Staread
星文文化

一年天下

典藏版

（上）

煌瑛 著

浙江文艺出版社

目录

楔 子

如果给你一年时间权倾天下，但是要以十年的忍辱为前提，以十年的寂苦为结果，你要不要？

你的所作所为无人反对，仿佛正是众望所归。你的一言一行恰合人心，受到拥戴。人们对你只剩体谅和容忍，甚至会找出你自己都想不到的理由，为你的任性、荒唐、残忍辩解开脱。

代价是你要隐忍十年。身边的人都有一刻辉煌，唯独你不得不受他人左右，无力抗拒。纵有刹那间的绚烂，也终会坠入更深的黑暗。还要寂苦十年。花团锦簇化为云烟，无人问津又如从前。

如果给你一年时间支配命运，你愿不愿意用这样的二十年来交换？

彩幡随风招展，恍若满天虹霓。鼓乐隆重，响彻云霄。宗庙外跪着黑压压的人群，个个衣着华美，气态不俗。男子在东，女子在西，共同膜拜缄默的祖宗神像。

透过缭绕的香烟，素盈定定地望着那绝美的女人，不知所措。

美人一袭白衣如冰如雾，软绵绵地坐在铜鹿背上，闲适随意又妩媚动人。绝美的面孔无喜无嗔，眼眸冷锐清晰，傲然睥睨众生。

素盈不明白美人怎会出现在那里——青鹿是素氏的保护神，从来只被膜拜，不被乘骑。

“你是问我吗？”她不敢在祭典上说话，只是心里这样想了想，便看见美人轻轻颔首。

“用二十年来交换，素盈，你要不要权倾天下的一年？”美人说的，和家中长辈成日琢磨的东西差不多，又像是有天壤之别。

素盈满腹狐疑，不明白这女人看中自己什么。世上已经没有几人看重她了。

“我不需要，你去问用得着的人……”她眼角一瞟，余光瞥向周围屏息凝神的众位姐姐。

东平郡王的五个女儿正值豆蔻年华，娟好静秀，各有千秋。与众人瞩目的姐姐们相比，素盈是放在哪里都多余的黄毛丫头。

美人极缓慢地摇头，冷淡地说：“如果你回心转意，再来膜拜我吧。”

白衣如烟消云散，铜鹿背上空无一物。大典司仪悠长的声调响起：“素氏儿女参拜始祖女神，跪——拜——”

姐姐们迎来人生中重要的一年，匍匐之际格外虔诚。素盈恍恍惚惚，最后一拜尤为马虎，她比别人早早地抬起上身，左顾右盼，但那苍白的身影杳无踪迹。

八岁这年的记忆里，素盈藏了一个秘密。舞动的彩幡、缭绕的香烟、黑压压的近千人动作一致的膜拜，渐渐模糊不清。只有那女人留下的言语，变成内心深处的轻喃，痛苦时偶尔会响起来——

“如果你回心转意，再来膜拜我。”

第一章
奉香

慈明二年的冬天下了好几场大雪。积雪未消，新雪又至，入冬以来没见几个晴天，人人烦闷。腊月初七一早，铅云密布，半空中雷声隐隐。东平郡王府里四下悄然，合窗闭户，只有妙音轩窗扇大开。

素盈临风坐着，饶有兴致地看鸟雀在雪地里蹦跳觅食。丫鬟轩叶端来早饭，笑道："年年都是这几只鸟来道贺，亏你看不厌。"

素盈接过那碗寿面，不忘吩咐："撒点东西喂它们。今年冬天太长，活得不易。"

话音方落，鸟儿呼啦一声全飞走了——原来是她大哥素沉身边一个年轻管事正走来。素盈不及回避，他已径直走到窗下，扬着头尖声细气地说："听说六小姐有块上好的沉香，驸马想要借用。"

素盈怔了一下，不言语。旁边的轩叶把脸一沉，呛声说："真有意思！别的小姐生日，府里上上下下张罗送礼。我们小姐过生日，竟然碰上伸手要东西的！驸马什么宝贝没有，还惦记妹妹的东西？沉香是九夫人留下的。小姐晚上睡不好，一定要枕着安神，能随便出借吗？"

那管事很少在郡王府走动，但也听说这妙音轩里小姐不像小姐，丫鬟不像丫鬟。他在驸马府中跋扈惯了，当下冷笑回敬："真有意思！九夫人的东西，哪一样不是郡王赏的？她自己的私房，我们这正经用处可不敢惦记。"

轩叶气得瞪圆眼睛，正要再与他理论，脚面被素盈轻轻踩了一下。

素盈笑问："大哥要沉香做什么？"

管事耀武扬威地回答："下个月是丹嫔生辰，驸马请人雕个精致东西送进去。"

雕刻必然将沉香改头换面，又要送进宫里，再不可能归还。"借"只是托词，其实是"要"。轩叶嘴巴一抿正要发作，手腕却被素盈暗暗地攥住。

"什么精致东西？"素盈一双清亮的大眼睛里满是好奇。

管事看看这位清秀柔和的小姐，气便消了一些，说："是座小仙宫，图纸已经画好，在三公子那里。他拿出一块上好紫檀，也是九夫人留下的。”

三公子素飒是素盈的同母哥哥，从小在宫中侍读，家里人对他期望很高。他有些古怪脾气，平日与热心慷慨不沾边。管事特意提起他，素盈果然懂了，笑嘻嘻地说：“既然用到三哥的紫檀，我这沉香也正好凑个热闹。轩叶，快去取来，莫要耽误。”

轩叶跺了跺脚，赌气回房里抱出大而沉重的沉香枕。管事在驸马身边看惯宝贝，见了仍不由得睁了睁眼。轩叶恨恨地交给他，转脸冲素盈嚷：“你们兄妹就这点私房，早晚折腾没了！”

素盈淡淡地笑一笑，代她道歉：“丹嫔生辰是件喜事，我做侄女的没本事筹办礼物，正好借大哥的光。管事别跟丫鬟一般见识，扫大家的兴。”

“还是六小姐识大体。”那管事得了沉香，再不多看轩叶一眼。临走前他侧了侧身，向素盈笑道：“今日是六小姐生辰，正赶上驸马去寺里给公主祈福，忙忘了。小人代为道个喜，愿小姐福寿绵长。”

下人口里缺乏诚意的“福寿绵长”四个字，便换走了沉香枕。轩叶目送他抱走宝贝，心疼得直皱眉，扪着心口唠叨：“九夫人攒的东西，多少件有去无回？如今惯出他们这毛病，连大公子也不肯落到人后——平常都说他器量宏大，今天真让人小看。”

“我们家不是第一次打着大哥的幌子送礼，别冤枉他。”素盈的嘴角上扬，稚气未脱的脸立刻呈现出一种特别的韵味，“木雕宫殿送给丹嫔，宫里人少不了捕风捉影，但听说是驸马送的，又总得憋住。毕竟，皇帝爱女有个三长两短，谁也担当不起。”

轩叶气道：“索性不送，哪儿来这么多事！还能省下我们的沉香。”

素盈话到嘴边，最后只是模糊地笑笑，说：“今天不提那些寒心的人了。”

吃完寿面，她又说：“图纸在三哥那里，我们去长长见识。上次借他的书，也顺便送回去。”轩叶恚容之上顿时泛起微笑，她抱了一摞沉重的书，腿脚却比平常更加轻快。素盈边走边想些七零八碎的事情，反而要紧走几步才能跟上。

姑姑丹嫔入宫十二年，素盈早忘记她的模样。按父兄女眷们口耳相传，她是素氏与皇族所生的高贵血脉，是天生该呼风唤雨的美人。可惜蹉跎至今，人生也不过如此。眼看她就二十七岁了，他们这个迷信“七”的家族，总认为这类年份必定会发生些事情。送一座木雕宫殿，是听到了什么风声？

不多时，南书苑的粉墙已近在眼前。上一场残雪乏人打扫，瓦顶墙根随处留白。桐树枯枝挂雪，寒风一抖，玉屑纷飞，闪闪烁烁地落入回廊围住的空地。

三公子素飒平日总在宫中值宿，鲜少回来住，但妹妹生日这天，他必定在家。素盈、轩叶主仆二人由墙上的月洞门进入回廊，迎面看见空地中的箭靶插满了箭。素飒习武已毕，在满架刀枪前面就着一盆冷水洗濯。

轩叶抱着书腾不出手，急得跺脚大嚷：“寒冬腊月，公子不怕受寒！”

素盈跑去摘了架子上的手巾，笑道：“有人先犯心口疼，倒是真的。”

素飒擦掉满头满脸细碎晶晶的水珠，狠狠瞪她，板着脸问："来看图纸？"

"听说要送丹嫔一座小仙宫，我来看看，是蓬莱还是广寒。"

兄妹二人穿过一间小厅，并肩走入书房。大桌上展开一卷图画，精细线条勾出气势磅礴的宫殿，造型独特。尤其正殿，规模异于寻常，细节煞费心思。

素盈注目一看——果然不是什么仙宫玉殿，是丹茜宫，历代皇后的居所。只要听过它的来历，谁也不会错认。

兄妹二人心照不宣地笑笑。素飒问："气势如何？"

素盈嫣然道："原来送的是人间仙境，不怕别人看了不舒服吗？"

"没打算摆出来供人瞻仰。"素飒若无其事地说，"父亲说，长年累月沾人气的材料最好。想来想去，你那块沉香和我这边的紫檀，是九夫人在世的时候就跟着人的。"

沾过人气的材料？父亲莫不是要行巫术？素盈心头起了阴霾，眉间便呈现忧色。素飒没注意，将图纸捧到光亮处，凝目望着纸上的宫殿，神往似的说："拿在手上一定更好看。"

素盈低声提醒："只怕太沉重。"

素飒不假思索地嗤笑："拿不动的人才会这么想。"

自从丹茜宫崛地而起，不知多少前程性命断送于此，更数不出有多少人为这座举世无双的宫殿痴迷贪怨，无法自拔。

造宫之时，世宗皇帝欲以威仪震慑四方，力求集天下之美、众家所长，万金征聘海内外技师。宏图初具，诸国宫殿无一能出其右。

天下还有那么多百姓头上无片瓦、脚下无寸地，他却要如此精美绝伦的宫殿，当然会有臣子反对，如果没有，反倒是王朝的悲哀。世宗心意坚决，力排众议，为他的新宫选定基址。后来的两年里，大臣们无数次劝他回心转意，试图缩减这座宫殿的规模和造价，而世宗以强大的气魄消弭了异议。

傲然雄立的正殿如同世宗构想，不仅像宫城的中心、北国的中心，俨然是整个大地的中心。任何人在它面前，都不由得倾倒折服。大多数宫殿的建造，到了这一步已无话好说，然而它才开始挑动人心——世宗宠爱的敬妃素氏，突发奇想，建议皇帝用丹茜草汁涂染这座新落成的宫殿。

前人想出长庆赤、雪花泥已令人咂舌，拿染衣的染料涂刷宫墙，简直奢靡到匪夷所思。世宗正是一个喜欢炫耀国力、挖空心思要在史上留名的人，敬妃向来懂得投其所好。

很快，典雅内敛的红色着于新宫粉壁。苍天白云、金瓦灰墙之间，多了小小的暖意。沉默的宫殿群落之中，唯独它有呼之欲出的饱满情绪。世宗幻想中的恢宏宫城，有了一颗热烈活跃的心脏。他伫立高楼赞赏那红色宫殿，赐名"丹茜"，敬妃却卷入"谄媚不贤"的旋涡——她只记得讨皇帝的欢心，急于出谋划策，忘了这世上不止皇帝一人看到她的言行。在她看不到的地方，朝臣们防备着她。

深宫似海，皇帝一入其中，便暂时摆脱了臣子的规谏，受惑于一群女人。外臣向来提防宫中女性，听闻敬妃的主意，当即警惕起来：恃宠而骄，佞惑天子，这般荒唐的奇想也能得逞，还有什么是她想不出、做不到的吗？“女祸”近在咫尺！

只是为涂料出主意的敬妃怎能容忍“女祸”的罪名？她激烈否认一切指责，似乎不认错就没有错。她将攻击她的大臣视为仇敌，难掩愤恨，不知不觉已无法回头。

诤谏大臣们料到这场战斗注定是他们胜利。世宗好名，越是激烈的谏言，越可以体现出他有容人之量。要他疏远一个女人，实在容易。

果然，世宗很快疏远了红颜祸水。孤立无援的敬妃不知是自愿还是被迫，去了皇家寺院修行。

目送敬妃出宫的顺妃在心里冷笑——宫廷中的富贵不属于那些自以为很聪明的人。

用丹茜草做涂料，是顺妃装作无意透露给敬妃的点子。当将军的父亲教过她，不战而屈人之兵，靠的是了解对手。

她了解敬妃借花献佛的坏习惯、不肯让步的固执，还有几近离谱的自尊心。她也了解，建造宫殿一事上，谏臣们没能阻止皇帝，令诤谏的勇气受到质疑，于是需要一个小题来做大，最好关于道德——太切实的问题，都不如它易于收放且冠冕堂皇。她知道他们为了体现忠心会奋不顾身，也知道他们一定能够令皇帝就范。

然而，足智多谋的顺妃却没算到，她的下一个对手从哪里来。

丹茜宫竣工之日，世宗突然宣布，新落成的宫殿赐给顺妃，立刻引来新一轮轩然大波：太后住在简朴的宫中，却将如此奢华的宫殿赐予妃嫔，孝道何在？

太后并非世宗生母，比他还要年轻两岁。青春丧夫的太后在堂皇喧嚣的宫殿群中隐居，只在需要露面的场合出现，以提醒人们她仍活着。世宗对她一向没有好感，但她是他名义上的母亲。

圆滑的顺妃立刻主动让步。然而获得一个人的欢心很难，失去一个人的欢心，只需要一件事、一个瞬间。这个错误的瞬间，使得太后不久之后在立储一事上，挺身站到朝臣们一边，首先排除了顺妃的儿子——因为皇帝偏宠，开了错乱嫡庶的先例，恐怕贻害无穷。

据说，顺妃曾惆怅叹息：“不该让圣上萌生赐宫的意图。”也曾愤懑地向太后抱怨：“不就是一座宫殿吗？何必计较至此！”

太后漠然回答：“今日的皇帝心里，你在前，我在后，差的只是一座宫殿。凭你逼敬妃出家的手段，倘若你儿子当上明日的皇帝，那宫里还有我这太皇太后喘气的地方吗？”

丹茜宫落入太后囊中。

第二年元旦，世宗在丹茜宫大宴各国使节，来者无不喟叹。世宗轻描淡写地说：“此是太后寡居之所，先于诸宫营造，今年借来一用。来年，宫城初具规模，另有恰当之处设宴。”使节们赞他孝心，也好奇北国宫城究竟要建多大。

世宗大笑说：“百里小国，宫城至多十里，再大些，全国都在宫中。一统天下之国，如海纳百川，无所不容，宫城自然要宏大。”太后对他的豪言壮语粲然微笑，以为自己能在天下的中心看到那一天。

听说南边那个大国的皇帝，都城当中只有一宫，其余皆称为殿。世宗便要超过他，成为十座、百座宫的主人。长宁宫、庆云宫、凝芳宫、流泉宫……他梦想中的宫城日复一日扩大，琼楼玉宇层出不穷，湖光山色亦入宫中。太后娘家参与督造，谨慎地避开了过度奢华的陷阱，又小心翼翼地满足世宗的喜好。看起来不会再出差错，想不到最后还是毁在丹茜宫。

为保持宫殿的朱漆历久不衰，两年便要重新涂丹。若是遭遇突如其来的暴雨，被冲刷褪色的墙壁需要额外补色。工程所需的丹茜草用量巨大，几场暴雨之后，负责采办的太后娘家成了众矢之的，指责他们欺压百姓、易田植草、以假乱真、牟取暴利的言论充斥朝廷。世宗派御史彻查，揪出太后的兄弟、侄子十余人，处以极刑。

年轻的太后又气又惧，卧病不起。

“世上没有永远能保住的东西，只有永远得不到的。我竟以为自己能够例外，真傻啊！”她在病榻上唏嘘，旋即驾薨。

丹茜宫从此改用寻常涂料，并且定为中宫皇后的居所，后世不容变更，以免纷争。

民间暗传，洋溢着红色的丹茜宫如染血光，是王朝的不祥之地。宫闱屡屡祸起，迟早断送江山。然而入主丹茜宫，仍是素氏的使命。或许正因为她们有此使命，更加重了丹茜宫的不祥，围绕它的明争暗斗从未消停。

素盈伸手在图纸上弹了一记：“前些年的风波才消停，父亲就故态复萌了，偏要送惹麻烦的东西。姑姑敢收？”

丹嫔素玉婵，数年前也曾有让丹茜宫易主的声望，可惜几场风波之后不了了之。但宫里人对某些事情，始终保持着超乎寻常的记忆力。

素飒卷起图纸，模棱两可地说：“今非昔比。”

素盈的目光从他脸上转回图纸，奇道：“难道今日突降奇缘，宫中面貌焕然一新了吗？”

素飒微微皱眉，一语带过：“那些自有人思量，你只管读你的书，画你的画。”

忽听啪的一声，原来是轩叶痴痴地盯着素飒看，掉了怀里的书。轩叶见素飒望过来，如梦中惊醒，面红耳赤。素盈急忙解围：“上次的书，我看完了，快拿过来。”轩叶忙拾起书，整整齐齐放在桌上。素盈故意取笑道：“府里没几个人能斗过她那张嘴，一到三哥面前就变哑巴。”

素飒装作没听见，翻了翻上面那本，随口说：“最近刚好有几位范家公子在府中做客。他们家几代都是史官，你有哪里不懂，就去问。”提起这事，他不禁赞叹，“那几位公子谈吐不俗，见地非凡，年纪轻轻能将古今得失了然于胸，不愧名门之后。”

郡王府上常有五花八门的访客，素盈见多了也就不以为意了，张口便说：“范氏的著作，我泛泛地看过几部，字里行间恨不得替古人重活一遍，尽是空谈。我不喜欢。”

素飒愣了一下。妹妹喜欢提问，他本以为她会雀跃，想不到冒出这么一句。他当即低声说：“往世之失千千万万，范氏拣选与今日相近的，三寸毫锋痛批弊病，怎能算是空谈？”

素盈听他言辞偏袒，眨了眨眼睛，反诘道：“穷极心思苛责古人，妄想有益于现时，那不是隔靴搔痒吗？”

素飒脸色尴尬，摇头笑道：“你在我面前说话倒是胆大，换到别人面前，你连隔着靴子搔两下也不敢。而范氏的公子们改天要为东宫开讲，也会畅所欲言。”

素盈闷了一刹那，叹气说：“哥哥别逗我了。从古至今，一样的痒处，男人碰得，女人碰不得，男人说得，女人说不得。我们啊，从小就知道，不言不语好过胡言乱语。”

素飒开玩笑似的说：“既然知道，切忌背后苛责别人，凸显自己见地。你知道你的背后，是谁的面前？”

素盈一惊，心领神会，换了话题：“哥哥还有什么好书，一并给我。省得我看完书时，你又在宫中当值。我不敢随便动你的东西，只能等着。”

素飒笑着将轩叶抱来的书重新推到她眼前。

“这些重看一遍。”他敛容说，“仔细看，那些不怕‘沉重’的人，经历过怎样的生死得失。”

素盈微微蹙眉，自嘲似的一笑：“与我有什么关系呢？”

“今时今日也有这样的人，而你和他们同生一世。”素飒顿了顿，低声补充，“同为一姓，同出一门。”

素盈沉默了一瞬，抱起那些书。

素飒拍着妹妹的肩膀叹息：“你比七妹、八妹毫不逊色，可惜。”

素盈低头瞥向那图纸上无与伦比的宫殿，淡淡地说：“我与素氏的宿命无缘。读书是为了自己喜欢，有什么可惜？”

换作别的女孩，小小年纪将宿命、缘分挂在嘴边，定会惹人失笑，但素盈的神态引来轩叶温柔而难过的凝望。

素飒什么也没说，取来一个盒子，和书一并放在轩叶怀里：“这沉香是东宫所赐。前些天我请人做了一个枕头，只是不如你原先的大，算是贺你生辰。”

制枕头少说要半个月工夫。他早知道府里会索要沉香，也早知道她会让出它。素盈笑嘻嘻地收下，拉起轩叶的手便走。

素盈平常总要翻着书问东问西，耽搁好一阵。轩叶没想到她今天这么痛快就告辞，出了南书苑老远，还是一副恋恋不舍的模样。素盈心里暗笑，嘴上说：“三哥还有别的客人，大约是他说的范公子，我们久留不好。”

轩叶很奇怪："哪里有人？"素盈默默微笑，没有答。

来的是生客，不晓得素飒练武的时辰。书房已经上第一道茶，却不见人。应该是听见女眷突至，径自回避。没在小厅里打发，请到书房里奉茶的客人，自然有点来历，但身份还不够格面会郡王的女儿，不是素氏七家里的人。至于是谁……素飒说得很明白，他们背后的话，也许说在别人面前，屋里正是她看不起的范公子们。

改日要为东宫开讲，却先来东平郡王府。东宫右卫率素飒不准妹妹对范氏出言不逊，却不避讳在他们面前提起木雕的丹茜宫。其中有怎样的玄机？

那些自有人思量——素飒会这样说。每当这种时候，素盈都会觉得他们并没有"同生一世"。

他所在的世界，像在书里，又比书更遥远。因为还没有结局，她不知道从何处入手解读。

午后，云又堆起来，阴沉沉的天空洒下雪花，屋内暗如暮夜。轩叶见素盈当真重读拿回的书，便剔亮一盏琉璃灯送到桌前，自己凑在旁边做针线，好奇地问："小姐，史官世家是哪种世家？至多比我们会念书，不会比我们家了不起吧？为什么三公子不准议论呢？"

素盈放下手中的书卷，对着烛光想了想，不知道怎么回答。

她父亲东平郡王喜好结交，常邀各种有才能的人来家中。其中不少人，姓名相近，血脉相承，介绍起来才知道，是传家数代、术业专攻的某地某姓。

比如，渤海郭家是律学世家，子弟能畅谈从古至今的圣典。看到父亲如坐针毡的样子，即可推知郭氏的确有不同寻常的真知灼见。繁阳李家擅长击技，一把长剑舞得光耀全庭，大哥、三哥常和他们在演武堂上切磋。临安冯氏歌声曼妙，舞姿翩跹，纵声舒袖时如天仙群列。素盈以前在姐姐的舞榭中看过她们展歌喉，旋舞衣。粟州王氏，杏林世家，救人无数，也曾挽救过素盈大嫂凤烨公主的性命，屡受天子嘉奖……

素盈小时候不免迷惑，世上怎么会有"世家"这个奇妙的形态——家里一个人喜欢一件事，其他人都前仆后继地入这行。一个大家族少说百人，怎么可能兴趣一致？年纪稍大，疑窦便径自解开：前人希望有人传承坚守，发扬光大，后人自小耳濡目染，走这行轻巧一些。如此能有两三代人，已属不易，而世家往往积累数代，秉持同样的信念，将个人纤细的意志与家族拧成一股，一代又一代前仆后继，的确配得上"了不起"三字。

不过，无论多了不起的世家子弟，见了幼小的素盈，也会客气几分。大概因为她也出身世家。

没人用"世家"形容素氏，可素盈觉得很贴切。

素氏，后妃世家。

传说很久以前，骑着白马的天神和骑着青鹿的女仙在那罗河源头相遇，生下一对儿女，男孩名睿，女孩名素。兄妹各自立国为王，后代以他们的名为姓，便有了睿氏和素氏。鹿衔日月，马踏河山，两面旗帜插遍北方大地。再后来，神谕说他们本是同源，若能合二为一，必能征服天下。两姓结为同盟，果真缔造了广阔的国家，从此约为婚姻永不变更。

从开国皇帝的正妻直到今天的皇后，无一例外由素氏独揽。历代皇后之外载于史册的妃嫔，也无非是柔妃素氏、敏妃素氏，德妃、嬲妃、顺妃、敬妃、贤妃、淑妃……一大堆头衔后落款“素氏”二字，以至于民间戏语说皇帝不知天下女子有其他姓氏。当然只是戏语。真宗有一位田贵媛，出身不高，有名号无事迹，夹在本朝野史《后宫诸妃志》一片素氏之中，仅供后人想象。

真宗的勇气令人敬佩：若国家是一个人，素氏就是半个肉身，他却在国家的心窝里惦着一个外姓女人，给了她王朝历史上的特例。这样的事情再没有过。素氏和所有世家一样，有独特的自尊。他们固执地认为，在他们与皇家共同建立的国里，必须给他们留出最崇高之地。后宫是皇帝的后宫，也是素氏的后宫。莫说丹茜宫是不祥之地，哪怕是葬身之地，也要树满素氏的墓碑，不容外人染指。

年复一年，后妃世家日渐庞大，文有文魁，武有武曲，谋士、将帅数不胜数。皇帝们胆战心惊，怕有朝一日变生肘腋，终于在真宗手上，命史官考据素氏源流，以超人的强硬决心将这大家族一分为七。

从此人们提到“素氏”，习惯加问“哪一家”，好像他们一出现在世上就是“素氏七家”，他们自己心里也不再惦记那位共同的祖先。因为与其他六家拥有同样的姓氏地位，彼此反而更加怨怼。封妻荫子生儿育女，凡事都要拿出来跟别家比一比，仿佛荣华富贵稍稍落后于人，就是愧对祖宗，步向没落。

他们既然是后妃世家，真正能分出高下、志在必得的，唯有丹茜宫。后座之争从未消停。入主丹茜宫是素氏女儿天生与世间女子的差别，每个新生儿呱呱坠地的一刻，就在通向丹茜宫的道路上迈出了第一步，未来要做的仅仅是按部就班走下去。这就是素氏的宿命。

然而上天总会留下少许漏网之鱼，无法于家族的命运长河中昂然前行，注定无声无息地湮灭。东平郡王的六女素盈，正是如此。深究起来，要怪世上还有一个世家，喜欢把他们的想法定成规矩，不容挑衅质疑。这家是天下第一家，专出皇帝。

他们说，“七”是个好数字，暗合国运，凡是大事应该尊崇它。所以，入宫女子七年一选，选女年龄必须十四岁，宫中教养三年，十七岁时正式侍奉帝王，或为后妃，或为女官。从此每隔七年，国家就会迎来素氏的生育高峰。

东平郡王的九夫人产女时，恰好不是高峰之年。上一次选女，素盈八岁，下一次她十五岁。丹茜宫与她无缘，她便与整个家族欠缺天生的联系。就像武林世家中天生不能习武的男儿，书画世家中天生辨不清颜色的残废，她是后妃世家中可有可无的存在。

范氏很了不起吗？素盈对轩叶的问题笑了笑，没有回答。

换了其他姐妹，躲在帷幕之后的史官子弟不足为惧。她们是素氏，是东平郡王的女儿，日后出入宫廷，或许还有机会成为丹茜宫之主。即便当面与范氏激辩，她们依旧能够面不改色。

她不是她们。后妃世家，如雷贯耳，然而和她没什么关系。

“木雕宫殿的事，不要对人提起。”素盈再次叮咛，“范家公子们拜访三哥的事，也不要讲。事有蹊跷，就算是自家人，搞得上下皆知，也免不了出乱子。”

轩叶眉尖耸动，立刻紧张起来：“三公子会不会受累？”

素盈笑道：“三哥几时需要我们操心！”

轩叶不禁惆怅，讷讷咕哝：“夺了我们的好沉香，做件好事也罢，怎么郡王偏喜欢找麻烦呢？”

素盈蹙眉微哂：“你的胆量见长，大哥的管事不够你骂，指点到郡王头上。”

轩叶又悻悻地嘟哝：“郡王这舒坦日子，世间少有，投胎投得如同神仙般逍遥。何苦将妹妹、女儿一个个送进宫去，日夜为她们提心吊胆呢？”素盈微微哑然。

别人眼中，东平郡王的确过着神仙日子。他母亲惠和大长公主是先皇唯一的胞妹，青春丧偶，膝下唯有一儿一女。郡王自幼深受先皇喜爱，诸般待遇视如皇子，享尽富贵。可惜先皇与惠和死后，世态突然炎凉。在这个俗不可耐的世家里，郡王既不能像神仙寿与天齐，又不能像神仙无缚无羁，不如皇后的父兄，有实实在在的好处。

素盈向轩叶婉然微笑：“你言语坦荡是天性使然，但我们不可能一辈子童言无忌。过了年，你就十八岁了，以后可要留心言语，万一被郡王怪罪……你知道，我是保不了你的。”郡王儿女众多，父爱向来不够分，到素盈这里所剩无几，三五个月不闻不问是常有的事。说了这些实话，素盈目光轻轻地飘开，眼角又呈现酸楚。

“该说的话，总得有人说。”轩叶叹口气，埋头做针线。过了一会儿，她又不平：“老天真不公平！丹嫔也是赶在大冷天出生，偏巧是正月初七，赶上选女之年，又有个‘七’字讨喜。差一个月而已！若是我们小姐晚生几天……”猛然察觉自己失言，忙在嘴上打一下，自责道：“这嘴今天怎么回事？说完郡王又说到老天爷头上！”

素盈生硬地垂下头看书。轩叶偷偷地看她，一边飞针走线，一边悠悠地说：“三公子以前可不是这样。郡王的事、驸马的事，他从不过问。丹嫔在宫里好不好，与我们有多大干系？又没人为了娘娘交好运，多给我们一个笑脸。他以前可不会凑这种热闹。”

素盈默默地摇头，说不上来哥哥是哪里起了变化。在父亲的安排下，他进入东宫随侍太子已近十年。后宫风波迭起，他从不参与。这回到底有什么不同？

素盈不免猜测：“三哥到底是郡王的儿子，年纪不小了，家里的事也不能不问。再说，他一两年内就该成亲，当然要有番作为。”轩叶听了，将头垂得更低了。素盈懂这丫头的心思，暗暗地叹了口气。

她脱离了素氏的命运轨迹，她的哥哥却没有。他端详那张图纸时神采飞扬的模样，正是后妃世家的男儿与丹茜宫的羁绊——一生盯着它，为宫中姐妹姑侄谋益。

她还不曾知道，男人长大的时候，身体里会有另一颗心一起长大——野心。那颗心让他们变得意气风发、锐意进取，让他们变成前所未有的自己。

她的哥哥有这样一颗心。她没有看到。

严冬来时凶猛，走得也利落。寒风卷着残雪遥遥而去，北国的春天如约而至。素盈原以为父亲的木雕宫殿有重大预示，可时日推移，未见动静。直到有一天，妙音轩持续领到郡王分赐的糕点，整盘不曾动过。素盈察觉到父亲饭量突减。

郡王向来享受口腹之欲，各色点心不离手边，也常分赐府中众人。然而多到每天分给妙音轩，却稀罕得很，不像好事。

素飒过年陪皇家到崇山去祭天，年后才回来，一到家就说太累，在南书苑闭门谢客，恹恹地睡了三天。他在妹妹面前强打精神，装作与平常无异，但素盈敏感地留意到：折磨他的不是疲惫，是一种颓丧的情绪。她想安慰，又不知从何说起，假意问："范公子们还在京中吗？我有几个疑难，想要请教。"

素飒说："那两位公子讲过一次。东宫的意思倒是和你有点像，不再召见。他们早已离京，想见也不好见了。"悄然而来，不告而别，这又是一件怪事。

新年伊始，家里的气氛十分沉闷。只有轩叶口无遮拦地抱怨了几句，说拿走小姐的好沉香，怎么过年不见丹嫔随便赏点东西出来。这话辗转传到驸马素沉耳中，已是立春之后了。他命人专门做了几盒春饼给妹妹们。素盈在他剩下的三个妹妹里年纪最长，分得最多，但她反而诚惶诚恐，后悔立春那天没想起做几个点心给他，只好等下回机会。

驸马府上的厨子皆是宫里出来的，手艺精湛，素盈却吃不惯那过分鲜肥的味道，忽然想起冕州春饼的滋味，灵机一动，想做几个送给素飒聊以解忧，当即吩咐轩叶去大厨房要些食材。

轩叶听说多要胡椒，知道这是要做冕州春饼，提醒她："就算有，也不一定够。"素盈怔一下，勉强笑说："有多少算多少。"

从前立春这几天，总有胡椒。九夫人是冕州人，东平郡王自她死后，常于立春时专吃这种特殊的春饼感怀亡人，边吃边流泪。最近两年的立春，厨房里却很难找出胡椒特殊的辛香。只有素飒和素盈对亡母喜欢的滋味念念不忘。

素盈等了许久，轩叶终于气呼呼地回来，大声说："大厨房那些人简直气死我了！跟他们要什么都说没有——哪里是没有？浪费的鲜菜堆积如山，勉强给我们一点葱姜，还都是挑剩下的！"

阖府上下，唯独大厨房和轩叶吵了许多年，仍然棋逢对手难分高下。素盈皱眉责备："你有没有说是三哥要的？"

轩叶想了想："没来得及说。"

素盈轻轻地摇头："我的名号管什么用？只值几根老葱。你只说是三公子吩咐做点心，谅他们没有废话。"

轩叶又跑一趟，果然拿到各种菜蔬，回来忍不住嘀咕："摸准这班势利眼的门道，做事倒也方便。可我还是讨厌这样！郡王吩咐他们照应妙音轩的饮食，他们就应该照办，摆什么臭脸色！"

素盈微笑听完，说："人情本来有厚有薄。所谓人缘，不就是图个做事方便嘛！你向来不在乎，注定有许多不便。"

轩叶笑一笑说："我只要小姐与三公子能高看一眼，就够了。势利眼的青睐，没什么意思。"说完去将妙音轩大门紧闭，与素盈一起进了灶间。

府中各自开灶，又是东平郡王的独创。他的十二位夫人来自天南地北，众口难调，索性在各自的住处筹备饮食。他今天在这里吃素点，明天在那里吃汤鲜，乐此不疲。别人讥他，分爨是不和之兆，郡王却反驳说这是烟火鼎盛。

别处人手多，倒无所谓，妙音轩却自九夫人死后人手减少，又没闲钱请人专司饮馔，想按老规矩由大厨房供应饮食，忽成了问题。有时候轩叶去取，大厨房敷衍："今天王爷在别处用饭，这里没准备。"多吵几次，话便不入耳："如今府里都是各自开灶，我们只管伺候王爷。"即便有，也不尽如人意。

年幼的素盈完全不明白家里发生了什么。母亲死了，哥哥突然离开了家。别人说他在东宫侍读，仿佛是很体面的事，但他的身影从家里消失，素盈只觉得很可怕。她熟悉的一切都变了，心惊胆战，怀疑饥饿是父亲给她的惩罚，虽然她不知道自己哪里做错了。她害怕向父亲抱怨，也害怕见到父亲，有一天半夜，竟与轩叶饿得抱头痛哭。

郡王从小得尽世间宠爱，没想过家里的势利眼会发挥到何种地步。家仆相互遮掩，他听见轩叶哭诉，还当是小孩子夸大其词，随便指派了一个做饭丫头。孰料半个月后，素盈上吐下泻，病恹恹的，有气无力。轩叶连哭带骂地撵走那丫头，说声"只好我来"，就当真学起来。调养了三四个月，素盈又生龙活虎，视轩叶有救命之恩。从此她在饮食上诸多洁癖，养成亲力亲为的习惯。

素盈暗自计议：郡王的女儿下厨，说出来只能丢脸，反倒是心直口快的轩叶，需要让人看得起的本事。

有回郡王生辰，妙音轩送去的几样点心颇得郡王欢心，轩叶的手艺顿时声名鹊起。

然而她们还是年纪小，不知令人眼红又是新的麻烦——各处丫鬟常常打着夫人们的名号使唤轩叶，着实难以应付。轩叶发起脾气，又生是非。好手艺没有带来多少实惠，她自己并不在乎。能像今天这样，在素飒、素盈兄妹烦恼的时候，做一些他们喜欢的点心，这手艺就没白练。

晶莹剔透的春饼很快做成。轩叶先挑出其中手工漂亮的留给素飒。素盈又吩咐：

“拿个好看的食盒，装十二个。”

轩叶一听便知用处，嘴动了动，将话憋回去，找出干净漂亮的圆盒。终于，那些话还是不吐不快：“要给七夫人送去？”

阖府皆知七夫人白潇潇迷信命理，视“十二”为她的吉数。见素盈闷不作声，轩叶撇嘴提醒：“你忘了上回送年糕的事？我好不容易讨来一点东西，专程跑去，让她赏了丫鬟，想想就心疼。”

素盈一言不发，挑了样子精巧的春饼放在盒中，摆成花形，看看无可挑剔，嘘口气说：“走吧。”

两人穿过半个花园，由一道朱漆桥过了浮着碎冰残雪的水池。向前是依水而建的一座亭，上题七夫人亲书的“涟上”，笔法颇有几分狂纵不羁的气态，和这两个字的含义一样令人费解。再过去，就是她所住的偕止斋。

早春寒峭，黑瓦白墙周围石冷树凋，一片水墨画般的萧索，但粉墙上大门半开，飘出丫鬟们清脆婉转的笑语，已有融融春意。素盈进门就见她们在整理衣物。新制的锦衣霓裳光华灿烂，像聚拢的一片片艳丽的晚霞，张扬地宣告：至少今时今日，七夫人得到的宠爱尚未减少。

确实是值得炫耀的奇事。素盈生母去世那年，白潇潇的儿子受了致命伤，痛苦直到断气。白潇潇心神崩溃，发誓不再生育，从此拒绝与郡王同寝。郡王却对她言听计从，似乎可以别无所求地宠爱她一辈子。这种超脱的奇特感情，在凡人看来实在不可思议，加上她又特别迷信，不免有传言说她掌握了某种魅惑郡王的巫术。

九夫人临终前，将孩子们托付给她。起初她十分尽心，直到送来一个做饭的丫鬟，害得素盈差点病死。轩叶从别处听说，七夫人怕老无所依才抚养素飒。素盈的死活她本无所谓，打发来最不中用的丫鬟，以至于闹出事。素飒、素盈兄妹将信将疑，而白潇潇恼他们偏信谣言，待二人稍稍长大就不怎么管他们了。

素盈年纪日长，渐渐明白这家里什么都不缺，唯独缺实话，自己和轩叶什么都信，难免遭人愚弄利用。往事已不可考证真伪，但白家有他们的好处。素飒还需要这位母亲，她不能让哥哥夹在中间为难。最近，她与白潇潇又慢慢地亲近，只是轩叶总怕她又吃亏，不免有些过分戒备。

丫鬟们看见轩叶手里的食盒便知来意，打过招呼就说：“夫人不在。六小姐要送东西，只管放下。”轩叶听见，马上向素盈使眼色。

上回她们放下一盒年糕，才转身就被这些丫鬟吃了。等白潇潇问起，她们竟说：“轩叶做的东西，只配给我们这些下人尝尝。夫人的肠胃精细，吃坏了怎么办！”或许她们还记恨素盈幼年那次不迟不早地闹肚子，害她们蒙了一场投毒的冤。白潇潇一向放纵丫鬟，什么也没说。素盈得知之后，顿然醒悟：她只不过是名义上的女儿，这些丫鬟才是白潇潇真正亲近的人。

素盈笑吟吟地问："七夫人今天去哪里走动？"

"去咏花堂了。"

"正好我也要去，顺便拿过去。"素盈说完往外走。

丫鬟们忙道："怎么能劳动小姐呢！"素盈微笑谢绝，拉起轩叶告辞。

丫鬟们送到门外，转回身啧啧道："都说六小姐小小年纪乖巧文静，我看那肚子里藏的心眼可不少。"也有不服气的，冷笑说："冲我们使心眼算什么本事？！有本事去宫里施展，混到永泰殿领册子，坐进丹茜宫！"说着一起咯咯笑起来。

笑声清亮，随风传了老远。轩叶依稀听见，恨恨地说："你还说我没大没小呢！七夫人这帮丫鬟才是家里占山为王的猴子。听听，背地里不晓得怎么挖苦我们！"

"正因为这样，这春饼不得不送。"素盈缓缓地说，"如果因为上一回丫鬟们吃了年糕，挖苦我，从此再不送糕点，那就是宣布我为这点小事对七夫人心存芥蒂——我有什么资格记恨别人？"

轩叶寒心地说："小姐总由着他们，活得如此仔细。可谁在乎你心里是甜是苦呢！下次先想想你自己高不高兴。"

素盈瞪圆了眼睛："真是傻话！像阿澜与阿槐，得了郡王宠爱，就能不仔细了吗？在我们家，你能活得如此直爽，才是难得！"

轩叶睫毛颤动，低下头，无声地笑了笑。

池边一带楼阁馆庭，全是东平郡王宴客、自娱的场所，今年尚未用过，寂无人声。素盈与轩叶穿过小径，枯木残雪中出现咏花堂光彩夺目的屋顶。

这堂本是庭园中宴乐之所，构造巨丽，檐柱斗拱五彩遍装，台阶勾栏皆是名贵的玉石香木。东平郡王年轻时常常在此与众位女眷饮酒作乐，一日兴起，见十二位美眷如花，便选十二种名花为众美赐号。郡王妃自然是牡丹，七夫人白潇潇是虞美人，素盈生母九夫人得了水仙君的雅号。

欢愉时光稍纵即逝，一群儿女日渐长成，郡王不得不花些心思筹划东平素氏的前程，从此将咏花堂改为家塾，专为女儿们开讲——儿子们有别的去处。

素盈到了开蒙的年纪，郡王也没彻底忘记她，只是要求不高，平日懒得过问。姐姐们未进宫时，素盈跟她们在咏花堂中学些经史辞赋，也旁观音律舞蹈。后来两个妹妹入学，她不太肯来，多是跟在素飒身边读书练字。

此时算来是妹妹们学琴的时辰，堂中却不闻琴声。素盈猜今日的课有变化，急忙吩咐轩叶："你赶快回去，把昨天晚上做的豆糕包四块。记得取湿润的，用白纸包。崔先生讨厌干点心。"

轩叶笑着答应："不如多包几块贿赂，免得先生责备你逃学。"说罢抄近路回妙音轩。

素盈轻轻地抿起嘴。责备……应该听不到，那塾师根本不是为她这种人请的。她一边想着，一边蹑手蹑脚上了台阶，凑到窗外。

堂内有聚音之效。塾师崔先生清晰的话音，与冬日的清冷凑成绝配，在檐下响出一丝凝重：“如果你们像我所说的这位皇后，孤身陷于深宫之中，父母兄弟无一可依，帝王眷爱已稀，宠妃虎视眈眈，储君旦夕忧危，该怎么办？”素盈又抿了抿嘴，贴近窗缝。

女塾师干净利落的侧影便在眼前。

智通崔氏，昔日亦是高门，家中无分男女皆有文名。皇家访得他家女子数人，充任后宫妃嫔的教习。可惜也因此惹来一场横祸，落得家中男子永世禁锢不得出仕，只剩女儿们授业四方。然而世上缺少倾力栽培女儿的门户，她们渐渐成为专门教育素氏少女的教习，也渐渐教出一些特殊的学问——她们能从任何事件中发掘后宫的生存之道。

不少文人叱责崔家女人心术不正，明知素氏贵为后族，却不教导学生妇道贞烈，专讲些尔虞我诈的典故，不仅是女界之耻，也是文人之耻。

但素氏不以为然。女塾师不甘心读书女子落在男人下风，竭尽所能充当后族之师，欲成就与帝师比肩的荣耀。昔日她们能左右后宫，干预朝政，结果是一场大祸，险些灭门，从此终于知道，男人根本不需要女人的成就能与自己比肩。女人想在皇朝之巅保全性命、伸张抱负，需要更多的狡黠。这种狡黠不为男子认同。但女子的地位乃至性命也常常不为他们认同，总不能因为他们看不惯就撇开不要。有这种觉悟，才有资格与素氏共存。

崔家与素氏代代相缠，彼此扶持，门庭向来热闹，家中女子四海为师，很难找出一个闲人。咏花堂的西席崔落花，初到府时只比郡王的五个女儿大了几岁，却如老松磐石，不为富贵所动，对世俗女子视为归宿的婚嫁毫无期待。这是她们女塾师世家的怪象：才华横溢却不愿寻个琴瑟相和的良人，宁愿孤独终老。

府里下人嘲笑她，也有一丝可怜她，说都怪读书太多，想得多了就不肯委身男人，可见女人还是少读些书好。

崔落花无意与夏虫语冰，同府里的人不大来往。素盈因此愿意亲近她。得知她有个自己起的号，叫作西风女居士，简单得不像认真想过，素盈曾问其中有什么深意，崔落花用波澜不惊的声音回答：“人如冷风，风刀霜剑怎能伤她？风花雪月怎能惑她？风言风语怎能扰她？滚滚红尘中，权心炽热，利眼通红。身在红尘而人能如风，岂不善哉？”

阖府上下，素盈只对那位清冷似风的女先生既钦佩又喜爱，但对此时此刻的崔先生，她却有些避犹不及的心情。

坐镇咏花堂的这道风，更像是要使出浑身力气刺穿红尘。当她用清冷的语气谈起宫廷，俨然在说：所有的幸运和不幸都是必然，只不过愚者看不明白，以为一切依靠时机运气。

比起郡王、素飒谈起宫廷时略带幻想、大喜大悲的态度，她淡漠的神情更加令人不寒而栗。

堂中两个梳双髻的女孩儿，是比素盈晚生了数月的妹妹们。因她们前途广大，郡王管束得紧，每日必在这咏花堂里老实学习，今年已是第六个年头。

戴宫花的少女是七小姐素澜，年纪虽小，已出落成素氏当中首屈一指的美人，无论几时见她，总是神采奕奕，顾盼生姿。听到先生提问，素澜咯咯地笑道："老师难住我了。古人说，有'威立于上'，才有'众服于下'。皇后懦弱，为免口舌之争，姑息养奸直至威仪丧尽、上下失序。这样的人，我不知道如何去比，实在难以回答。我宁肯想想，怎样免于落到这地步。"

崔落花不置可否，转脸问："八小姐怎么看？"

郡王的八女素槐容貌清婉，别有一种柔和无争的气质。

"以德服人，才有两肋插刀之交。皇后受妃嫔一人之气，却自始至终不发恶言，因此宫中上下爱戴。可见公道自在人心。"素槐声音温软，"形势险恶，与其施威风，誓要分出高低主从，不如端正言行，将来总有受益的时候。"

素澜不能苟同，朗朗说："一千个两肋插刀的朋友汇聚，也需要掷地有声的一人为首。否则，或散或乱，最终刀子不知插在谁身上。为了一团和气，忍耐不该容忍的人，恰恰是皇后最大的错误。明眼人看得出来，后宫失序始于皇后目光短浅。人们或许会同情善人，但不会扶起愚人。"

素槐含糊地想要分辩，素澜仿佛没有注意，一口气说："先人有言，'位尊者其教受，威立者其奸止'。皇后无尊严、无威信，就算她有'将来'，又怎能避免第二次、第三次同样的事呢？只想着回避风头，以后也只是不断重复这种可悲的愚行吧。"

她所征引的典故，素盈尚未读过，不禁心生羡慕。三夫人娘家富可敌国，存心栽培外孙女。大姐素湄、二姐素淳已受封丽媛、柔媛，青春正盛，他家犹恐将来有变，在这第三个外孙女身上照旧下足功夫。阿澜一句话，京城各大印坊便常来献书，诸子群经不在话下，南北文人各种新刊文集也能随时送到。她也争气，不仅有过目不忘的天资，还擅长融会贯通，着实可叹可羡。

崔落花还没有作声，素槐讷讷地说："澜姐姐的见识向来比我高明。妹妹没本事去当位尊者、威立者，但愿不必如老师所言，遇上这种景况。"她机敏灵巧，懂得消弭争执，又是一种与博览群书不分伯仲的才华。

素盈聆窗之际，心中五味杂陈：两个妹妹是后妃世家真正的女儿，比她小几个月而已，却早就不是孩子。

素澜不依不饶地问："先生觉得我和阿槐的道理，哪一个行得通？"这位七小姐向来要与人清清楚楚分出高下，可惜与六个姐姐都没什么可比的，只剩素槐倒霉。

崔落花继续用淡漠的语调说："天下的事，没有绝对的好与不好、对与不对。世无万全之策，是阴阳相成、祸福相依之理。雷霆手腕、温柔心肠，都可以趋利避害。我想听小姐们如何审时度势，从朝堂内外找出绝地逢生的蛛丝马迹，小姐们却拘泥于挑剔皇后的‘对错’——所谓‘对错’，不过是事后的结论、反省罢了。你们评价别人的对错，仿佛置身事外，何曾真正从那境地里想出办法呢！”

两位小姐若有所思，都不说话。

崔落花幽幽叹道：“独见己所见，而不知彼所知，则自以为是。世间悲剧，莫不是由每个人自认为正确的道路交织而成。荒唐癫狂，脱胎于追求正确；清醒的决定，反被斥为离经叛道。评价对错，不过是旁观者为自身表态。困境中的人，却指望不上这些高见。我所说的那位皇后，早有盖棺定论。棺板翻来覆去盖过无数遍，但对于棺中一把枯骨，还有什么意义？”

这时，轩叶蹑手蹑脚地带着豆糕回来，正好听见，向素盈吐舌。咏花堂里讲的东西，与六小姐没半点关系，所以素盈总是逃学。

素盈涩涩地一笑，又专注倾听。崔落花不疾不徐地说：“身为女子，‘我实无咎’只能换一捧清泪、一声叹息，不能救人于水火。物无非彼，物无非是。小姐们不妨用皇后的眼睛，将我今天讲的故事再看一遍——那时或许能想出有用的对策。”

严厉的目光在两位学生脸上转了一圈之后，她忽然高声问：“谁在外面？”

素盈急忙走到门口，向崔先生笑道：“听老师一直在讲话，没敢进来打扰。”

素槐起身打声招呼，便无话了。素澜只管看书。素盈也知道她们与自己是两种人，向来没有可说的，彼此早就习以为常。

“小姐们稍后还有琴课，这就去准备吧。”崔先生打发了两位女学生，向素盈微微一笑，“六小姐好久没来学诗了。”素盈不禁脸红。

皇后精于诗道，格外看重诗人。民间一窝蜂地跟风，仿佛不会赋诗就等于没识过字。郡王心想，这是必需的装点，逼着素盈附庸风雅。只是素盈的嫁资终究放在妹妹们之后，遇上这几日妹妹们功课紧张，她便识趣不来了。

轩叶怕崔先生责骂素盈，急忙道：“婢子做了豆糕，给您尝尝。”

崔先生见是用干净白纸包好，向素盈点头，嘴里却说：“轩叶的心思越来越细致。”轩叶只当是夸自己，嘻嘻一笑。

崔落花吃了一块豆糕，忽然问：“六小姐听到刚才的话，作何感想？”

素盈尴尬笑道：“我想这些做什么呢？”

崔落花又显出塾师本色，冷冷清清地叮咛：“天文地理，无非九霄八荒之外。史书煌煌，字字都是孤坟枯骨。除了眼前鸡毛蒜皮，世间尽是这样看似遥远的事。若说事不关己便可不思不想，那人与井底之蛙有什么差别？上天所赐的头脑，我们总要用一用，才能活得像个人啊。”

听见“史书煌煌”，素盈便知塾师对她常借史书来读已有耳闻，低头思忖，说：“先生要学生与冷宫皇后易地而处……恐怕我只好什么也不说了。”

崔落花眉梢轻轻一挑，欲知详解。素盈说：“绝地重生，自古罕见，可见生路微茫。死生一线之境，倘若真有见解，不论谁问都不能说出来。”

崔落花淡漠的神情中似有一丝惊讶。素盈当即笑道：“我总这么偷懒，自然比不上阿澜那样条分缕析的好学生。”说罢岔开话，笑道：“吃了豆糕口干。轩叶，去为先生端水来。”轩叶从刚才就听不懂她们的话，此刻乐得跑腿。

“我有一个年长许多的姐姐，做塾师时问过学生相似的问题。”崔落花闲聊似的将话题放得远了，微微笑起来，“那一家的小姐们也如七小姐、八小姐，看似侃侃而谈，其实没有一句真心话。唯独一位小姐缄口不言。我姐姐私下责备她，她却很平淡地说，‘老师如果是聪明人，何必追问？’”

她回想着，感慨说：“那家的上一代出了大纷争……前车之鉴太惨烈，从此姐妹之间深深忌讳。而老师也有可能变成威胁，不可信任。他日真处于这种境地，任何人知道自己应对的手段，终是隐患。沉默是最好的答案。后来，果然是那位小姐最为不凡。”

素盈急忙摆手笑道：“我是为了老师说的‘设身处地’，才想出那么一句，反倒惹上嫌疑了。”

“崔氏是素氏之师，‘不要轻信’正是我们一代代教给你们的，无须大惊小怪。”崔先生一边擦手一边平淡地说，“况且与空谈敷衍相比，你们其实说了心里真正的答案。”

素盈听得投入，不知不觉对那位从未谋面的小姐起了好奇，问：“您的姐姐，是哪一位？”

崔落花从容回答：“丹茜宫崔秉仪。”

皇后之师。

素盈没想到答案是这样，惊讶之下不敢随意接口。崔落花却不肯就此放过她，问题紧追不舍：“我对皇后的回答，一直有个疑问。今日索性与小姐切磋。”

素盈硬着头皮回答：“‘切磋’二字可不敢当。”

“做不到知己知彼，可以反其道而行。少一人知我，就少一分不战而殆的风险。然而照这样沉默下去，将自己与世隔绝，终将无人知我，落到绝大的寂寞当中。为什么有人宁肯令自己落入那般孤单境地，也要缄口不言，选择提防？”

素盈听罢凄然微笑：“我反而好奇，先生这样的人，竟会将‘没有知己’视为不幸？这个世上，原本就无人知我啊！”

崔落花“啊”一声，骤然领会。

此时轩叶端了一杯清水来，素盈无意继续夹缠，借机问：“丫鬟们说，七夫人来了这边，我怎么没看到？”

崔先生很肯定地说：“一定又在后院看花。”说罢，抱了书一同向后走。

庭园中央一个白玉石桌，是昔日欢宴残留的痕迹。这时节根本无花可看，素衣美人却倚着石桌，向角落里瞩目出神。听见脚步声，她转头望过来。

清冷特异的美，与人间烟火隔着千山万水，却又不似神仙逍遥洒脱。

素盈走上前，唤道："七姨娘。"迷迷蒙蒙的光从美人眼里倏然消失，倾国倾城的脸庞又笼罩起冷漠锐利的神气。

七夫人白潇潇还不到三十岁，眉宇间的怨戾之气已深不可弃。珠光包裹起来的，仿佛是哀怨幻化成的魅影，凉冰冰的，拒人于千里之外。会看相的人偷偷说，七夫人不像能攒住福气的。她听了，只是大大咧咧地回应："好命怎会生在我家！勉强活完这辈子就算了，要多余的福气做什么！"可是她又格外迷信，对自己的生命有股异常强烈的执着。谁也说不清，她是态度多变还是言不由衷。素盈从来拿不准她微妙的表情之下，究竟在想什么，对她怎么也亲近不起来。

白潇潇对崔落花向来格外敬重，特意站起身同女教习打招呼，请崔落花坐到旁边。在这府中，她们两人竟成知交，也算一桩奇事。

早春的风尚未催开院中花朵，放眼看去还是一片萧条。而白潇潇微笑起来，一景一物顿时有了光彩："你今天来听崔先生授课？刚才怎么没看见？"

素盈柔声答："轩叶做了些春饼，送来给姨娘尝鲜。"

崔落花在一旁夸道："六小姐天生聪慧，又有一份孝心，当真难得。"

听说素盈不是到咏花堂读书，白潇潇悻悻然长叹："先生不必这样夸她，小孩子都是被夸坏的。我有个侄子，四五岁就出落得聪明伶俐、不同凡响。人人都说日后定然大有出息，必能光耀门楣。谁想到真长大了，竟是个作奸犯科的材料，丢尽他父亲的脸——小时了了，大未必佳。"

白潇潇身边的丫鬟庭梅笑着插嘴："崔先生腹中是神仙打架的道理，放在天顶上才好施展，落到人间烟火里，寻常人家只怕无福消受。六小姐这样的，反而好嫁得很。读书识字只要不给父母丢脸就够了，多余的也不必苛求。"

素盈暗暗惊异，料这嫁人的话不会凭空而来，实在不敢听下去。

轩叶看到素盈偷使眼色，急忙呈上春饼。白潇潇伸手拈了一个，掰开看了一眼，立刻笑道："什么做的？"

轩叶知道她疑心重，马上背菜谱似的回答："豌豆、鲜笋、蘑菇、豆干、葱末、蒜白、胡椒……"

不等听完，白潇潇怅然若失，声音飘忽："冕州春饼。"

轩叶忙奉承："到底是七夫人见多识广！"

庭梅笑问："节气已经过了，怎么现在起闲心做这个？"

轩叶听出话里有刺，仿佛是嫌弃她们送晚了，冷笑道："正当节的时候，哪儿有食材分给我们！"

白潇潇指着食盒吩咐庭梅："你送回去热上，我稍后吃。"庭梅应声而去。白潇潇又和颜悦色地向素盈说："你早些回妙音轩学点什么。年少时光，挥霍可惜。"

素盈知道她是有话和崔先生说，立刻道声告辞。

咏花堂后一时清静，白潇潇叹一声："真是不敢细算啊……婉音那事，竟已是十年前了。"

她抬起双眼注视咏花堂，凝眉向崔落花抱怨："阿澜姿容绝代，阿槐心思内敛，这样的女孩儿尚且早起迟睡地用功，阿盈却游手好闲。生得不好，又这样不思进取，她亲娘若泉下有知，不知怎样想呢！"

崔落花微笑说："九夫人早看破了吧。"

白潇潇的眼睑又向下沉了沉。

崔落花问："你早来了，怎么不进去听？"

白潇潇冷笑道："你今天的典故讲反了。我该操心的是如何能让她落入那种境地，不是如何脱困。"

崔落花摇头笑道："她迟早落入那种境地。这些孩子，要预料到她的反击。"

白潇潇又叹口气。她的神情并无太多变化，崔落花却凭多年深知，看出其中焦虑，淡淡地问："那木雕，果然失败了吧？"白潇潇抿紧嘴不说话，目光又扫向萧条的角落。

崔落花深叹一声："你改姓之前也是素氏之女，凭你的聪明，自然能够审时度势。为何听信巫婆指点？难道巫婆比你更懂宫廷？"

"阿罗不会出错。那木雕……只是暂时看不出用处罢了。将来，万千命运当中，必有一段去响应它。"

见她固执为巫婆辩护，崔落花嘴角浮起坚定温和的笑意："巫婆指点你造木雕，无果而终。你的智慧告诉你，以素沉的名义送出才稳妥——这一步可以救命。孰优孰劣一目了然，为什么不信自己的智慧，却因为巫婆的无稽之谈未能实现而消沉？"

白潇潇目光垂地，沉默良久，再抬起头时忽然充满精神，坚毅且流畅地说："这次功亏一篑，实在糟糕。宫里那三人，前途堪忧。万一丹嫔受损，不赔郡王一位娘娘，我就是东平素氏的罪人了。"

崔落花无言以对。

白潇潇问："府里两个女孩，你怎么看？"

崔落花轻飘飘地说："素氏的前程没有绝对。不管她们现在是怎样的人，将来面前，没有绝对的成败，只有不同的痛苦。我们能教她们如何面对、如何处置，但……只有宫廷，能决定她们最终变成什么样的人。"

白潇潇听了蹙眉，半晌之后恢复常态，轻声说："明年又是一个七年，阿盈的终身大事也该提前思量。那孤寂心性，唯有挑个温柔佳儿照拂，才不枉她母亲托我一场。你觉得呢？"

这是想联一门好亲事，在郡王面前挽回一局，为明年两个妹妹的前程增一分保障。崔落花不便对郡王家的儿女婚嫁发表意见，只道一声："慎重。"

春饼的事过去两三天，当真有人对素盈提起婚事。

来人是白潇潇身边一个年长的丫鬟庭兰，进门略微寒暄，立刻背书似的说：“我们夫人有个侄子，和三公子一样在东宫任职，今年十九岁，尚未娶亲。这年轻人很有担当，虽然是郡公的次子，可是家里大事全靠他来张罗，无可挑剔。他在东宫很得太子赏识，小姐可以向三公子打听打听，白信默是什么样的人。”

素盈暗暗吃惊：终身大事，七夫人竟随便打发一个丫鬟来提。她脸颊飞红，又一阵白，敷衍了两句。庭兰不解她的心思，好像想要快点了结这桩差使，催促说：“如果小姐有心，我们夫人就去跟王爷提这件事了。”

成亲毕竟是大事，素盈长这么大还没来得及想。白潇潇突然插手，她顿感为难：“姨娘的眼光必是不错。”素盈的声音很小，口气也不怎么肯定。

庭兰不给她思量的空暇，气势十足地说：“小姐呀，我这人说话直，你别见怪。这事必须要定了——七小姐、八小姐明年就进宫去，你当姐姐的，落在她们后面，不好看。再说，明年宫里只选七十个，大把大把的素氏小姐等嫁人，好姻缘哪能轮到你呢？”

素盈脸上又一阵发白，低声喃喃：“请姨娘先问问郡王是什么意思。”

话虽如此，素盈对父亲却实在没有信心。隔日，素飒从东宫当值回来，素盈马上去找他商议。

素飒沉默片刻，一声冷笑：“她倒是会算计。”

算计什么？难道她这样可有可无的女儿身上，也有利可图？素盈默不作声地想了半晌，问：“哥哥认识七夫人的侄子吗？”

素飒回忆的时间稍显长了点，最后说：“姓白的有好几个，都是清河那一家改姓。我跟他们没什么交情，也不知道七夫人说的是哪个侄子。”

以他的性格，在东宫十年，只怕同僚们盘根错节的家谱，他全能背出来。推诿说不知，是不容她生出一丝一毫的心思。素盈识趣不问。素飒又说：“我去跟父亲说，暂时别想这回事，你配得上更好的。”

素盈苦笑叹息：“父亲几时指望我有更好的？清和郡公家也算门当户对，算是我的造化了。”

“造化？”素飒不住冷笑，“你能仰仗的唯一造化，就是投胎为东平郡王的女儿。一旦跨出此门嫁为人妇，就只能随着夫家浮沉。清和郡公家有污名，哪有能耐将你的终身大事变成造化！”意似暗指，他有本事给妹妹找到另一个值得称幸的姻缘。可他从来没有问过她的想法。素盈本以为他会问一问的。或许，还不到问的时候。

过了几天，东平郡王把素盈叫到跟前，面无表情地发话：“七夫人想给你说门亲事，听说你也情愿，但我觉得不用这么着急。倘若对方有心，不妨等一等。反正你年纪还小。”

年纪还小实在是太敷衍的借口，至于等等看的真正原因，东平郡王没有挑明。

平日白潇潇在郡王面前说一不二，这回替自己的侄子做媒却受挫，谁也说不清她哪里惹了郡王。白潇潇十分扫兴，看素盈的眼光不免又淡了一点。轩叶为此愤愤不平：“是郡王不答应，跟我们小姐有什么关系？”

素盈好奇哥哥到底怎样说动了父亲。素飒绝口不提，笑道：“不用急，过些天你就知道了。”新年以来的抑郁之色，从他脸上消失了。

素盈的疑惑倒也没有持续太久。仲春的一天，素飒忽然拿着包袱来，进门就支开轩叶，对妹妹说：“换上这个。”

包袱里是一套干净的男仆衣装。素飒不顾妹妹的诧异，安然说：“别多问，跟我出一趟门。”

素盈在家中谨言慎行，还怕躲不掉闲言碎语，易装出行简直不敢想，但更不敢想的是令哥哥失望。当下洗掉胭脂，顺从地换了那身衣服。

素飒亲手将她的头发绾起，拿一顶绒帽兜住，说：“我带你去见一个人。不过到了那里，你不能随便说话。”

“我是哑仆？”

“不。”素飒想了想，又说，“有机会单独跟那人相处，我自然会为你引见。到时候，不管他问你什么，你只管往好里说。”

素盈更加诧异了，脱口问道：“去见谁？”

“是个大人物。”素飒不多解释，神情十分期待。

出了郡王府，身着男装的素盈低头走在哥哥的马旁，从头到脚地别扭，觉得人们都在看她，一路上红着脸，被素飒笑话了好几次。

沿着繁华街道走了不多时，兄妹二人来到京城最大的酒楼富华楼前。素飒有时与同僚在此小聚，会顺便带几块点心给素盈。点心不见得多么出色，听说其他美酒佳肴也很寻常。富华楼不寻常的只有两样：一是令人咂舌的定价，一是幕后真正的店主——当今宰相的长子。

“三……三公子，这地方是不是真像人说的，吃顿饭就能飞黄腾达？你是去赴宴吗？”

素飒瞪了她一眼，坦然从富华楼前走过，在不起眼的小酒馆前下马，对素盈低低地说：“我先进去。你拴好马之后，随便在周围看看，发现容色可疑的人，及时告诉我。”

在这种小酒馆吃饭，唯一值得警惕的是腹泻吧？素盈想着，使出浑身力气拉扯素飒的坐骑。

那匹马在素飒面前温驯如羊，此刻见一个瘦弱的小家伙来指挥它，就不肯听话了。

任凭素盈又呼又扯，它只是一个劲摇头摆尾，鼻中咴咴地喷出又湿又热的气，喷得素盈满头满脸。素盈正慌乱狼狈，忽然听到有人笑她，不禁又羞又气，转过身狠狠瞪了一眼。

身后是位十八九岁相貌堂堂的公子。服饰、马具并不华丽，唯独骏马体态不俗，懂的人便知马主绝非等闲。他左右不见一个随从，只身立在马旁，看着手忙脚乱的素盈微笑。

素盈逐渐招架无力，尴尬地央求："公子！请帮个忙。"

那位公子上前，从容接过缰绳，拍着马脖子呼喝几声，娴熟地拉着它走进马厩，系在桩上。方才闹脾气的倔马，竟又乖乖任凭摆布。

"这匹马我认识。你是东平郡王府的下人？"他饶有兴致地打量素盈，眼中满是不相信。素盈捂着绒帽低下头，不敢随便说话，算是默认。

那位公子拍了拍马背，温和地说："这马性情很犟，稍后解它缰绳，也要小心。"

素盈低着头小声说："多谢。"那位公子笑了一下，径直走到素盈前头去了。

素盈徐徐地舒了口气，大着胆子仔细地环顾四周：富华楼前，一两个路人心不在焉地聊着天，时不时向楼中扫上两眼，没留意这个不起眼的小店。素盈悬着的心放下了一半，满腹好奇地走进店里。

门面虽然小，里面却宽敞。光线不太好，素盈努力地睁开眼睛，看见哥哥站在二楼一个灰蒙蒙的雅间门口向她招手。素盈急忙低头快步走到他身边，小声说："有两个人眼神不对，都在富华楼门口，没到这边来。"

素飒见妹妹又疑又忧的样子，将声音压低，微笑说："隔三岔五，总有新上任的御史以为自己前脚跨进御史台，后脚就能踢翻宰相。白白在富华楼前面浪费两三年，才晓得深浅。"

素盈侧耳听着，顺势从门缝中瞄一眼：雅间中还有几位公子，衣着朴素，可个个气度不凡，多半是睿、素两姓苗裔。他们从小耳濡目染，受周围环境的熏陶，身上的谨慎与小心翼翼踏入仕途的文人不同，自信豪气也与身经百战的武将、一掷千金的富豪不同。素盈见此情形，更加诧异这小地方是如何引来一群凤凰的。

帮她系马的公子从隔壁小间走出来，手脸濯洗过，更加容光焕发。她急忙退到素飒身后，瞥见左右雅间都是空的，仿佛特意留空，防止隔墙有耳。

那青年向素飒打个招呼，看素盈一眼，说："原来三公子也在被邀之列。"

素飒淡淡一笑，说："承蒙那位大人抬爱。白公子也在受邀之列，倒是令人意外。"

素盈听到"白"字有些敏感，忍不住偷偷再次打量：这位白公子相貌文雅，眉宇开朗，应该是个很讨人喜欢的青年。他与素飒如此熟稔，不知道是不是东宫的同僚。

小店中又进来一个人，素飒与白公子立刻噤声，毕恭毕敬地让开楼梯口。素盈从哥哥身后偷偷望，只见来客披了件颜色暗淡的披风，头脸一并遮盖，身边没有随从，来得无声无息。

那人路过白公子和素飒身边，只是略略点头，说声“进去坐”，便走了进去。雅间内的公子们当下齐齐站起来。

素盈等在门口，只听雅间里静若无人，只有一个稍为年长的声音在低低地说些什么。小店里十分喧闹，他的声音在嘈杂中难以辨认，素盈索性不再听。她难得到这种地方来，于是一门心思观察店里面来来去去的人。

气氛冷清的聚会持续了很久。素盈正等得不耐烦，门突然打开，几位公子陆陆续续地从她身边走过。素盈侧目观察，他们的年纪都在二十来岁。能与她的哥哥相聚一堂，身份不会差距悬殊。他们都不肯说话，交换眼神时十分苦恼，像是有件大事压在心头。

白公子最后一个出来。她鼓起勇气抬头看一眼，但他没察觉，头也不回地走了。素盈不见哥哥，疑惑地向雅间里张望。素飒正走到门边，用很低的声音在她耳边柔声说：“阿盈，进来拜见琚大人。”

他的声音低微，却在嘈杂中格外沉着有力。素盈心上轰然一响，目瞪口呆。

朝中有位独揽大权的重要人物是这稀罕姓氏，然而他绝不准自己的亲族为官，于是京城官员里只有一位琚大人——宰相琚含玄。倘若雅间内真是宰相，哥哥为什么要她拜见？她茫然看向镇定的哥哥，定定心神，走进雅间，正好迎上主座那人锐利的目光。

总觉得“宰相”头衔应属老者，然而琚含玄少年成名，如今不过三十五六岁，面容棱角分明，有一股由内而生的英朗。若不是那颜色暗沉的披风挂在旁边，很难认出他就是刚才的来客。他只是随意坐在那里，盯着素盈看了一眼，她的心就打鼓，慌忙欠身施礼。

琚含玄不声不响地看了片刻，爽朗笑道：“右卫率的妹妹果然不同凡响！刚才打个照面，我就好奇你为什么带个俊秀的小童来——现在可以明说了吧？”素盈心中早已存疑，竖起耳朵听哥哥如何对答。

素飒平日年少气盛，此刻却不敢有半分怠慢之色，躬身说：“下官兄妹二人幼失生母，引以为憾。听说琚夫人最近得神明托梦，在找一个义女。下官斗胆推荐舍妹。”

这话也太直接了！素盈又惊又骇：琚夫人想要女儿的事情她闻所未闻，更不知道哥哥怎么敢在宰相面前提这种要求。她感觉到沉默的宰相正在打量自己——无声的冷漠，逼得她无处躲藏。

很快，琚含玄又开口说话，不是回答素飒，却是温和地问素盈：“你会不会骑马？”

素盈轻轻点头：“学过。”

“会射箭吗？”

素盈稍松口气，说：“略懂一些。”

“精于乐器吗？”

素盈微微一笑，坦然回答：“能奏笛。”

琚含玄似乎看穿她前面心虚，并不追问，忽然又问：“会调香吗？”

这种事情从没听说过，素盈不敢贸然答应，偷瞥哥哥一眼，低声道：“尚未学过。”

宰相短促地一呵，听不出有没有笑意。

“为何不说‘会’？回家迅速学起来，以后我需要你调香，不露马脚就行了。”

素盈不知他是否开玩笑，谨慎地回答：“滥竽充数，非我所为。若信口开河，误了大人的事，更是罪过。”

琚含玄笑了笑，说：“要做我的义女，不能连这点胆量也没有。”素盈讶异地想：他好像漏掉了两个字，应是“我夫人的义女”才对。

素飒大喜过望，轻轻一推妹妹，催促道：“还不赶快拜见义父。”素盈骑虎难下，只得又行礼。

琚含玄转目打量素飒，不冷不热地说：“换个人有这样的心思，我一定笑话他不知好歹。但你小小年纪有这样的胆识，我倒是很喜欢。可惜你是东宫的人，单是认这一个义女，恐怕就少不了是非。”

素飒急忙回答：“大人赏识，下官感恩不尽。”顿了顿，又说，“此系家事，原本轮不到外人飞短流长，但险恶之辈素来以小人度君子。我看不必对外声张，省得大人听他们喋喋不休。”

他替琚含玄想得周全，琚含玄却没回应，拉起素盈看了看，赞道：“果然与惠和大长公主一脉相承，早生了几天真是可惜。”

许多人知道东平郡王有个生错年份的女儿，宰相却精准地知道她只“早生了几天”。素飒心头一凛，牵强笑道：“今日能得相爷青眼，才是世所罕见的福气。”

琚含玄哈哈笑两声，说：“右卫率将我这刚上任的义父抬得太高了。莫不是指望我将她送进丹茜宫，对得起‘宰相义女’的罕见福气？”

素飒忙道：“薄命之人怎敢痴心妄想！下官言语失当，望相爷恕罪。”

琚含玄收敛笑意，又问素盈：“你对香料知道多少？”

素飒见他二次问起香料，从旁试探：“大人为何对调香这样在意？”

琚含玄说：“前一段日子，宫中忽然流行起来，丹茜宫专门设了一名女官为皇后调香。”

听见丹茜宫，素盈不禁留神。琚含玄加重鼻音哼一声：“可惜奉香不识好歹，我看她在宫中不会长久。女儿今日回去就学起来吧，总有用得着的时候。”

素盈讷讷地答应，心中暗自嘀咕：听他这话，似乎能够很轻易地把她送进宫中，顶替那位女官。可是，宰相的手能够伸入后宫吗？这样的事情素盈没听说过。

琚含玄站起身，由素飒为他披上来时那件暗淡的披风，锋芒顿时掩在其中，再看不到什么过人之处。

回家的路上，素盈闷声走了一会儿，终于忍不住问："那位大人……他为什么说喜欢你的胆识？今天这事很危险吗？"

素飒不愿在外面说，敷衍道："你不必知道。"

一句话害素盈更加赌气："我看也看了，听也听了，拜也拜了，事到如今才不必知道？"

素飒叮嘱说："先不要在家里声张，过些日子大人自然有表示。"

素盈着恼："只知道推搪！把自己妹妹当成什么？"

素飒今日心情大好，看她发脾气反觉有趣。他笑嘻嘻地从马背上伸手，在妹妹头上轻轻地拍了一下，说："你那点聪明，只比轩叶强，想弄明白朝臣的心思，还欠火候。"

素盈捂着被打的后脑勺，哑口无言，忽然意识到，这次走出家门，她见识到另一个世界的一角，属于她哥哥和琚含玄的世界。

她有一部分在里面，譬如她的姓氏、她高贵的祖母惠和大长公主留给她的血脉。

但她更重要的部分被排斥在外，譬如她的好奇心、她的意愿。

过了数日，相府果然派几个人，带了礼物造访东平郡王。得知宰相想要认素盈为义女，郡王着实意外。

达官贵人有互相认子的风气，算是比结亲更灵活的结盟。东平素氏这些年跌宕起伏，在朝中、宫中的地位十分微妙，向来没人对他的孩子打这主意，东平郡王也看不上别人。想不到，竟是宰相率先起意。

郡王急忙找来素盈，收了礼物，只等良辰吉日去认义父义母。相府的人却说不必，暗暗叮嘱东平郡王：这件事还是不要弄出动静为好。郡王满口应承——他本来是个闲散王爷，与相府攀上关系虽然值得吹嘘，但朝臣的派系一向不稳固，跟着倒霉可不划算。当然，眼下毕竟没有这种苗头，他还是欢喜多过担忧。

"好在听你哥哥的话。若急急忙忙地打发你嫁人，反倒失算。"郡王一边说，一边不住地拊掌，"琚含玄岂会认'那家人'未过门的媳妇当义女？"

"那家人"自然说的是白家。当年梁王、秀王争夺皇位，他们跟错了人。梁王登基之后改了他们的姓，他们自此跌出素氏的行列。这种陈年老账，虽然过了时，但保不准几时又被翻起来。其他名门望族对他们向来警惕，只有东平郡王仗着自己出身显赫，心特别宽。

父亲这样说，反而提醒了素盈。宰相认女，定有一番计较，不会是在小酒馆里脑子一热，信口开河。不知他看中她什么。

就算相府叮嘱不要声张，此事还是震动了郡王府。全家上下遍是聪明人，猜出素盈这番奇遇，除了素飒无人能促成。他小小年纪有如此手段，让人刮目相看。众人皆向素盈道贺，又转着弯地恭维素飒。

只有白潇潇冷淡地说：“前途无量，白家的公子从此配不上你了。”

素盈心中并无太大的欢喜，但更不爱听她还算计着联姻，静静地回应：“偶尔有一点小福气，哪敢妄谈前途呢！一切都是缘分，什么配得上、配不上，我没想过。”

“福气？傻丫头啊傻丫头！”白潇潇以一种奇异的眼光打量这女孩儿，双目微斜，冷笑说，“你这辈子，只见过府里几个男男女女。宰相的手段，可不像你整天跟大厨房周旋那样！”说罢，带着嘲弄和讥诮走了。素盈恼她讥诮，更懊丧她说得并没有错，一时心中百味杂陈。

最高兴的莫过轩叶。她先谢老天有眼，又谢死去的九夫人保佑，言语里夹枪带棒地数落府里势利眼，道贺的人个个败兴而归。

素盈心中千头万绪，没精神教训她，晚上就寝时才说：“得意不可忘形，否则苦头在后面。”

轩叶犹自兴奋，喋喋不休：“能有什么苦头？宰相比郡王还了不起！这样的义父，比冷眼旁观的亲生父亲强了岂止千百倍！”

素盈摇头笑说：“真是傻话！半路认亲，怎么可能坚如磐石呢！再说，宰相有的不过是权势煊赫，万一有天失势呢？”

“不可能！”轩叶连呸几声，“我去打听过了，人人都说，天下谁倒霉也不会轮到琚相。”

素盈叹口气：“暴得富贵，终非吉兆。”

“小姐真是的！何必无缘无故扫自己的兴？”轩叶喜滋滋的，“这应该叫否极泰来，后面的好事情多着呢！”

仿佛轩叶的祈祷应验，好事接连不断地来到素盈面前。先是一位南来的调香高手忽然出现在门口，声称府上有异香飘荡，他要遵循天意，收个关门弟子。

东平郡王事前听素飒说过，近来京城不流行作诗了，流行调香，可请聘一位调香老师。这话说完还不到三天，就有高手登门，着实蹊跷。郡王叫出女儿们，请那位调香大师过目，他立刻认出素盈，当即收徒。

宰相建议她学调香，凑巧就有老师上门，其中因果不言而喻。素盈不敢懈怠，唯恐学得慢了不如宰相的意。

一日，她问道：“请问师父，调香之法要学多久能有小成？”

老人笑说：“南边流派繁多，深浅意度不可一概而论。放在你们北边，就容易多了。”

“愿闻其详。”

老人拿起一截香料，说：“你看这零陵，在我手中是香料。换一双手，它可能是贩售的货品，也可能是药材，或者害人的毒物。”

素盈屏息凝视那细碎槁枝。

他继续说：“你们北边有过一次大乱，是叫‘昌永之乱’吧？不知何人，在制好的香丸中混入药物，毒害太后。事情败露，从此宫中香料都要留形，供随时验证，说是‘焚香图它去除腥膻味道，有股香气就够’——再珍罕的香料也是囫囵烧。”

他是江湖散人，戏谑惯了，说话随便。素盈不敢跟他一起说笑，敛容细听。老人见这小女娃绷起脸，实在无趣得很，讪讪地说：“放在南边，这实在算不上调香的技艺，只是令人咂舌的浪费。可你们北边竟将这囫囵烧法，弄出一套本领来，叫作叠香法。”

他拿出几样香料，动手演示。叠香法取材严苛精确，如何叠放方能得到意想的效果，又是一套说法。师父捋须微笑说：“香料经过炼合，就成定式。照香谱做出来成百上千，皆为一味。而北法叠香方便因时增减，伤春悲秋皆可由香中映照，更贴近‘自在’的意境。”

素盈点头，若有所得。从此，她由识香入手，每日由晨至昏细嗅各种香草。练得多了，自己也能摆弄几样别人未曾想过的搭配。

她不仅嗅觉灵敏，而且擅长联想，特别能于自然之中有所感悟，自制香谱颇有灵气。师父有心栽培她，闲暇之余又指点她南方的合、炼、熏、烧。不觉数月过去，素盈技艺逐渐老练。

这天，忽有一位穿便装的宦官，手持“奉芝使”的名帖登门。东平郡王知道这是给后宫办事的，忙请进来，却不认识。那宦官略去客套，说：“传闻贵府六小姐是位调香高手，宫中有位贵人想请小姐调一味香，名字在这锦囊中。宫中要得很急，劳烦小姐即刻调配，事成必有重谢。”

宫中贵人就那么几位，东平郡王一只手能数完，倒也想不出是谁神神秘秘地差遣他女儿。见此人进退规矩仿若天成，言辞应对莫不巧妙，绝不是随便哪一处宫苑的跑腿。郡王拿不准这是给后宫办事，还是别处的托词，但也不敢怠慢，转而对素盈千叮万嘱，要她务必全神贯注。

素盈不敢大意，回到自己房中关起门，打开锦囊，抽出一张小签，所写名目是“凌霄落英”。叠香法有一套大谱，分为十六部。“凌霄落英”不在其中，素盈闻所未闻，无从入手。偏偏今天有南来的香料到货，师父亲自去挑，不在府中，她问也无处去问。

再看锦囊中还有一张纸签，写着“春来芳满庭”。字体隽秀清丽，可是最后一笔蹭花了，似是写字的人不等墨迹干透就仓促封缄，可见确实急用。这是常见的一等香，人人都会，免不了要在意境上分出优劣，想出人意表也不容易。

素盈静心凝神，向窗外看了一会儿，便有了主意。选好香料，谨慎搭配，置入宦官携来的香炉中，前后不过一刻而已。又认真写了一张花笺，说明其中各用香料几分。

送走宦官，她敷衍父亲几句，径直去找素飒。

“叠香之术都是一脉，贵在叠置。复杂精妙的香不可换炉，因此来人自带香炉，是五彩红龙。”她一边说，一边看素飒的神色，“是丹茜宫的配置——那是皇后的使者！”

素飒放下手中的书，笑得坦然自若：“今天宫里办斗香大会，招待南国使臣。皇帝、宰相乃至众位大臣都等着丹茜宫向使臣夸耀风雅，彰显我国文华鼎盛。这当口出了岔子，皇后只好硬着头皮把香炉送出来。”

素盈不解：“皇后身边不是有个奉香吗？何必如此大费周章？我们家可是……丹嫔的娘家。”

“这是没办法的事，奉香突遭横祸。”素飒淡淡地说，“那人不知怎么想的，非要出宫采办香料。今年香价快赶上黄金，她又去挑了南来一等的，倒霉遇上亡命徒抢劫，被割掉了鼻子。早晨的事，街上都闹翻天了。”

素盈听得毛骨悚然：“京、京城之中，哪来的强盗？”

素飒轻描淡写地说：“你只管好好地调香，其他事情别问那么多，不要枉费你义父在皇后面前几次三番夸你的本事。”

素盈打个寒战：宰相的手确实能够伸入后宫，打倒他不满意的人。可是，奉香究竟如何惹了他，竟要做到罔顾人命的地步？她深深地吸了口气：“哥哥，你到底给我找了一个什么样的义父？”

“他会让你的人生有另一种可能。”素飒温柔地注视妹妹，“你我有幸，生在东平郡王家。郡王有幸，生为惠和大长公主之子。但你也知道，这种幸运可能变成不幸。大长公主，八皇子……”他说到此处便说不下去了。

素盈并不需要他说出来才懂。

惠和大长公主是先皇唯一的胞妹，膝下只有一儿一女。儿子东平郡王深受先皇喜爱，诸般待遇视如皇子，人生几乎毫无缺憾。女儿素玉婵入宫产子，地位直逼皇后。外界传说，惠和有心为丹茜宫换一位主人。可惜惠和突发恶疾，数日之间溘然长逝，不久，素玉婵所生的八皇子也意外夭折。丹茜宫易主之说从此烟消云散。

纵然血脉高贵，若无实实在在的权力加持，也照样自身难保。

素盈忐忑不安地看哥哥，欲言又止。

权力的加持向来要求回报。哥哥当初只求宰相夫人能收素盈为义女，没想到宰相会厚待到这种地步，恐怕宰相心中所求远超出他的想象。这山庞然可靠，但随便丢下一块石子也能致命。今天奉香女官丢了鼻子，改日他们兄妹会丢掉什么？

“我怕哥哥陷进去不能自主。”她的心事一多，口气跟着沉重起来。

她担忧的事情，素飒早已想过。他脸上滑过一丝不常见的凄凉，努力笑笑，却不自然：“傻丫头，世上有几个人能活得自由自在？我们虽不自在，好歹可以锦衣玉食、使奴唤婢，可以去追求凡人不敢想的东西……还有什么好求的？”

素盈本就思虑过度，自从睿奉香遭逢不测，她忧心更重，唯恐辜负宰相期望，累及哥哥。事已至此，除了更加勤学苦练，别无他法。且经这一事，她发现自己涉猎有限，香中还有没听说过的名目“凌霄落英”，从此更加广读香谱，增长见识。

那五彩红龙香炉去了一段日子，宫中音讯全无。东平郡王心里没底，一个劲儿追问素盈香炉是什么样的。素盈避而不答。他问急了，素盈只说香炉是铜的，没有花纹。东平郡王想了想，以为宫中的人心细，不露马脚，便不再追究这事了。

又过了几天，丹嫔托人捎话出来，请他代买各样香料。

原来上次斗香大会招待南国使者，事前，各宫分配了名目。丹茜宫要出“凌霄落英”，事到临头，皇后却说“落英”二字不祥，不该在这种日子提起。明知丹嫔要敬献“春来芳满庭”，她偏制了一副同样的香，且气味雅致得多。丹嫔不服气，打算在皇帝的生辰天庆节再扳回一局。

东平郡王听说皇后的香来自宫外，已猜到大半，但不敢说出来惹是生非。他对妹妹向来有求必应，忙不迭地采购各色香料，特意提醒来人：“六小姐擅长调香，请丹嫔留心。如有机会，让阿盈到她身边岂不方便？”

丹嫔还没传出话来，东平郡王府先迎来了丹茜宫的使者。

“皇后娘娘听说六小姐本事高明，想请进宫调香鉴赏。”宦官温和地打量素盈，“娘娘最近迷这玩意儿，小姐尽心去做，不会吃亏。”

东平郡王对丹茜宫心存提防，言行上却不敢轻慢，忙催女儿梳洗更衣。

事出突然，府里上下不知吉凶。轩叶给素盈梳头时十分迟疑，惴惴不安地嘀咕：“你不像七小姐、八小姐学过后宫礼仪。崔先生讲的那些道理，你从来不肯认真听。万一皇后随便挑一个毛病，治你的罪可怎么办？唉，我赶紧去找崔先生来，请教几个逢凶化吉的关窍吧！”

“哪里来得及！”素盈不便告诉她，宰相要她学调香，为的正是今日。见轩叶着实焦灼，她安慰道：“皇后与丹嫔的关系微妙，不会专门拉我去教训一顿。你不是总说‘否极泰来’嘛！调香虽是无关紧要的消遣，没准也是人生契机呢！”

轩叶怔了怔，喃喃说：“这么想，的确像是大好事。”神情中却没有欢喜雀跃，一边梳头，一边又落落地叹：“今年小姐终于时来运转，简直停不下来。从前怎么能想到，有天会进宫开眼界呢！还以为，找一个门当户对的妥当人托付终身，就足够了……”

足够？素盈彻底怔住。生错年份的素氏都一样，嫁个无关紧要的人，消失在某一扇朱门之后，一辈子悄然过去。她的家人正是因此看轻她。原来轩叶也是这样想。

素盈若有所失，忽然从镜中看见另一个轩叶的影子：一次又一次为主仆二人的境遇大声抗议，却毫无改善，不知何时也默认了素盈无足轻重的命运。抗议只是一种习惯，并不敢对未来抱有额外的期待。

素盈失神地望着镜中的轩叶和自己，不再言语。

牛车停在青阳门外，离丹茜宫还有段距离，只能徒步走去。过了一重宫门，去郡王府接素盈的宦官止步不前，另一名宦官已等在这里。

等候的宦官三十来岁，身姿修长，面如玉色，眉目沉静。深枣色团花袍，两肩与胸前团金花，领口和腰带同是玄色。他的地位比之前那宦官高一大截。究竟是几品，素盈却不清楚。细看他腰间垂着一段香色丝绦，下结木牌，刻着一鸟一兽——麒麟凤凰，善政得祥。这人同那五彩红龙香炉一样，属于丹茜宫。

素盈唯恐失敬，当下行礼。枣袍宦官泰然回礼，说："鄙姓白，从此处引小姐入内。宫中规矩森严，不容乱闯，请小姐紧跟。"宣布完毕，引着她向宫苑深处前行。

走了一段，宦官忽然夸道："六小姐是东平郡王之女，在规矩上却不马虎，很好。皇后娘娘最看不惯显贵之家倚仗出身自以为是。"他并未转头，却像长有后眼，对她的一举一动了如指掌。素盈本就紧张，受这一惊，气也不敢长出，暗想：他的话，是不是讽刺她家里的人，仗着是惠和大长公主的后裔，自以为是，不懂规矩？

素盈与姑姑、姐姐们多年不通音讯，无端为她们受了宦官讽刺，十分诧异。家中的人都将三位娘娘夸得花团锦簇，仿佛她们一步登天，过着神仙般高不可攀的日子。看来并非如此。

两个人沿着甬道默默前行，宦官又悠然说："能看见丹茜宫了。"素盈心头一热，抬眼望去。那深红色的宫殿矗立在不远处，素盈几乎能闻到它散发出的古老的幽香。

啊！她暗自长叹，心怦怦直跳：人人都说她这辈子和丹茜宫无缘，可她现在就站在它前面。然而，即使站在这里，她也并不属于这里。欢喜和失落同时涌上素盈心头，她急忙垂下眼睑，深深地吸了口气。

前面的宦官听到她细微的那一口气，就像听到她的心声，嘿嘿笑道："无须尴尬。素氏女孩儿看见丹茜宫，没有不忘情的。"他顿了顿，慢条斯理地说，"六小姐纳闷我如何知道你想什么、做什么——在这宫里走动，没有后眼可不行。"

他的话里有话，似善意又似暗嘲。素盈拿不准他的用心，回以无声的微笑。两个人走到宫前的开阔处，迎面走来一队侍卫，看服色是丹茜宫侍卫。素盈急忙低头回避。

为首那人错身而过时，似乎看了他们一眼。素盈感觉到他的注视，本能地抬眼看了看，慌忙又低下头——那人是素盈在小店中见过的白公子。他大概没有认出女装的她，面无表情地带队走远。

没想到，年纪轻轻的白公子竟是丹茜宫侍卫。既然不在东宫官署，当然也不是七夫人的侄子，也就不是那个差点和她谈婚论嫁的人。有一刹那，素盈心想："不知他是不是觉得我面熟。"立刻羞愧地打住这念头：只不过是交错而过，胡思乱想真是可笑。又不知道光天化日，侍卫出动是否常态。宫中事事不同外面，她不由得又新奇又紧张。

"请在这里稍候，一会儿有人传令。"枣袍宦官引素盈到一条偏廊下的阴凉处，嘱咐一句就走了。

素盈终于能够长出口气，打起精神，放开胆子环视周围。时值午后，丹茜宫的琉璃瓦在阳光下光彩夺目。

亲眼看见，才知它与纸上图画不可同日而语。世宗皇帝营建的正殿居中，样式别致，殿宇极高，屋顶的高度占了将近一半，周围的巨柱微微向中心倾斜，更显得宫殿高耸而稳定。

她本是远眺时略微遐想，竟一发不可收拾，踮起脚尖，依稀能看见正殿之后的永泰殿。那殿略小，细节别有一种细腻精致的风格。永泰殿后，花木荫蔽之下是历代修园名手所造的花园，亭台画堂可圈可点。沐芳池引自太平湖，广阔到可以垂钓戏鱼，临水有舞榭歌台，供四时赏乐。

宫之西门名为迎晖，出门有条长廊，回转处建着一个与丹茜宫样式相似的小亭，像一朵盛开的金萱，沉浸在夏日温暖芬芳的气息之中。素盈知道那条长廊通向哪里——延德殿，北国的皇朝，百官朝觐皇帝之处。

很多年前，当时的皇帝年幼，不得不由母后素氏代理朝政。那位素太后下令修葺这条长廊，便于她来往。从那以后，许多位不愿离开丹茜宫的素太后，以及住在丹茜宫的素皇后，从这里走向朝廷，帮助她们年幼的孩子管理这个国家，或是在她们夫君的身边分忧解难，保证这个国家不脱离睿、素两家的掌控。

这条长廊是一个象征——皇后的丹茜宫与皇帝的延德殿紧紧相连，谁也不能切断这种维系。

素盈看得入神，漫无边际的幻想似乎有些多，收心时察觉已经等了好一阵子，却迟迟不见有人来唤她。即便身边没有人，她也不敢有半分不耐烦的表现，反复回想自己一路的言谈举止，神态愈加恭敬谨慎。

终于，一名宫女走来。素盈立刻恰到好处地行了一礼。

“六小姐不要客气。”那宫女的口气很亲热，行动却无所表示，不远不近地走在素盈前头，“娘娘刚有空闲，立刻叫六小姐进去。白大人很少夸人，对小姐却不吝惜言辞——宫里上下都等着看小姐是怎样的人物。”

素盈受宠若惊，连忙说：“承蒙白大人抬举，素盈愧不敢当，只怕在娘娘和姐姐们面前献丑。”

宫女笑了笑：“奴婢哪里受得起小姐以姐妹称呼！”说完引着素盈走到宫门口，通报之后，毕恭毕敬地站在门外。原来，她只是最下等的宫女，进不得门。宫内又有高一等的宫女迎到门口，前来引路。

正殿两侧还有别殿，素盈不由得联想出昔日世宗宴请列国、诸殿齐开的宏大场面。想到脚下这些并不出奇的石砖，曾被许许多多留名史书的传奇人物踏过，她内心喜悦，不敢形于颜色。

殿内宫女在门槛内搀住她，素盈低头看着红蓝两色交织的毡毯，不敢左顾右盼。丹茜宫弥漫着甘美的香气——“天山雾重”，天部一等，有安神的功效。素盈边走边轻轻地吸了几口，心情随之舒缓。

行至一挂五彩珠帘前，宫女放开了素盈。这是要她跪拜的地方。素盈顺势跪下，向珠帘内行礼，口称“娘娘万福”。起身时，瞥见珠帘后几步开外，安放着一架胡床。皇后似乎在床上摆弄什么，素盈听到轻微的叮叮声，像是金属相击，在这个安静的宫中格外清晰。

“就是这个女孩子擅长调香？”皇后的声音轻快柔和，“好清秀的小姐！进来坐。”马上有宫女来搀起素盈，又有两个宫女挑开珠帘，另有宫女在胡床下放了坐垫，一举一动都是静静的。

素盈跪坐在皇后脚下，只看见一件白缎裙，裙上遍布深深浅浅的绿色小花，十分清丽。这条绣裙被香熏过，每一朵花都散发着幽香。

胡床上还坐着两个少女，金属的叮叮之声就是她们弄出的动静。素盈也没有看到她们的样貌，偷眼能看到一个腿长些，黄缎裙上绣着深红色大花，另一个穿着绣紫花的浅绿裙，手脚很小，只有八九岁。年幼的在年长的少女身边不安分地磨蹭，嘴里嘀咕：“给我那个！给我！”

皇后轻嗤一声：“真宁，不准这样没规矩。”

“姐姐不给我！”小女孩嚷嚷起来，一边抢，一边和她姐姐打闹，“她有两个，我一个都没有！”

素盈由此得知：年长少女是皇后所出的第二位公主荣安，小女孩是皇后的幺女真宁。

见妹妹来抢，荣安反而起了私心，咯咯笑着偏不给她，气得真宁要假哭。

“不懂知足，出丑的人是你。”皇后轻嗔，撇开两个女孩不再理睬，对素盈轻声笑道，“幸亏她们是天子的掌上明珠，不然像这般没规矩，你争我抢，在宫里的苦头不知有多少！”

素盈微笑不答。左右宫女递过来一只小香炉，正是素盈见过的五彩红龙纹。

“我这里刚调了一味香，你来品一品味道如何。”皇后说着拔下一根金簪，笑着送到素盈手里，“倘若见解精辟，这根金簪当是我的束脩。”素盈慌忙连称“不敢”。皇后含笑将金簪放在一旁，亲自接过香炉给她。

和那精美的金簪相比，她的手更堪称珍品。白皙圆润，仿佛晶莹剔透的白玉雕成，看不见皮肤纹理、骨节经脉。素盈为之目眩，旋即镇定地接过香炉，以手招香闻了闻。在满室芳馥的“天山雾重”之中，此香气味温润，透出清凉。

是南国的调香技法。以零陵为主，当属于心部，却不在素盈所知之列。再揭开炉顶观看，不免吃了一惊：小小炉中，根根香草的位次皆有讲究，盘龙一般首尾相接，叠香手艺出神入化。这是一只分心炉，炉底铜栅将焰心分为均等的六股，上面的香料如六瓣奇花在火中绽放，瓣瓣不同。六段芳香合为一气，妙不可言。

素盈自叹弗如，合上炉顶，小心翼翼地打开灰盘。香草皆化为灰，落成一个“寿”字，竟寻不出一根没烧干净的。皇家选材着实令人惊叹。

她不愿露怯，也不敢真接皇后的金簪束脩，虚虚实实地赞道：“选香独具匠心，叠香玄妙入神。细腻复杂如美人心事，甘甜沉郁，又有丝丝清爽萦绕始终，引得心神开朗。这是一味散心解忧的香，堪称心部上品。”

皇后听了，柔柔笑道：“好，这香就叫作‘解忧’吧，倒也风雅。文奉香觉得如何？”

旁边站立的女官欠身道：“皇后赐名是此香的造化。”声音清脆动听，语气中的妩媚浑然天成。素盈暗自疑惑：听说丹茜宫奉香被割了鼻子，为何还在宫中？

皇后又向素盈道：“这位文奉香师出名门，‘解忧’就出自她的手。”说到这里，似乎意犹未尽，又说，“解尘世之忧，毕竟只是浅表，如能忘却尘世烦恼，方显境界高远。听说你的调香手法小有名气，何不以‘忘尘’为名，制一味香？”

素盈垂首自谦：“雕虫小技，只怕在娘娘面前献丑。”话虽谦逊，却不退缩，当即求赐几味香料。

皇后莞尔评价：“选材平实，反而令人期待。”

素盈不敢分心，片刻之后将香燃起，举托盘高过头顶。皇后俯身轻嗅，赞道：“回味悠远，如读云锦天章，言有尽而意无穷。”说完，满怀期待似的拍了拍素盈的肩，“你与文奉香日后若能相互切磋，必令我国调香之技辉光日新，别具一格。”素盈急忙应诺，从托着圆盘的腕底偷眼一望。

众多宫女中，有位碧衫青裙的女官，年约二十，两肩金线绣纹也是麒麟凤凰，腰间束带与臂上披帛是紫铜色，双手托着红木盘，中央一只金炉散出丝丝袅袅的幽香。此人必是文奉香无疑。她不仅五官俱全，而且容貌出众，显然不是那个遇到强盗的人。

“这根金簪赏你玩吧。”皇后边说边拉起素盈，顺手将金簪插在她的发间，“起来说话。”

素盈谢恩，站在皇后身边，眼睛一低就看见了皇后的容颜，不禁浑身一震，心中惊叹：世上竟然有这样的美人！方才见到文奉香时的惊艳，在皇后莞尔的霎时便烟消云散了。

皇后素若星这年该是三十四岁，光彩丝毫不逊于二十来岁的女子。今年宫中流行粉面朱唇，民间纷纷效仿，素盈并不觉得如何美。此时看见皇后妆容清淡，莹润的红唇微微地抿着，真如红梅映雪一般幽雅，她才知道宫外东施效颦何等令人失笑。

素盈无端羞赧，觉得在如此美色之前无地自容。眼睛惶惶转开，又见胡床上的两位公主也正端详她。

荣安公主较她母亲更圆润些，鹅蛋脸上不着脂粉，自有一股飞扬的神采。真宁公主神似素盈的大嫂凤烨公主，想必是像父亲，双眸是神来之笔，机灵之中竟有锐利。

皇后一边把玩香炉，一边含笑问："明年就能在宫里看见你了吧？"

明年是选女之年，属于那些逢七而生的女孩子。素盈心下一凉，黯然答说："怪我福薄，生得不好。这等缘分须今生努力积德，来世再说了。"

皇后听这两句便像懂得了，上下打量她，浅浅笑道："哪里'生得不好'？我看不出来。只要为人堂堂正正，生在何时何地都是好的。"素盈心里仿佛划过一道微光，惊诧着偷眼看她。

皇后并不觉得自己说了要紧的话，随意问素盈的师承，又问学了多久，平常学些什么，喜欢什么。听起来都是闲话，素盈却不敢掉以轻心，字斟句酌，答得谨慎。说了没几句，有名女官上前在皇后身边低声提醒。皇后淡淡一笑，对素盈说："今天还有别的事，你先回去，改天再请你来，专做这事。"

素盈告退出门，见门外站着一名神清骨秀的抱琴青年，应是皇后的琴师，要为她献艺。他身上有一种缠绵的香气若隐若现，与皇后绣裙上散发的花香似乎一样……素盈心下一顿，快步走出去好远，才放心地透了口气。

送她出宫的仍是姓白的宦官。素盈柔声道谢："多谢大人在皇后面前美言。"白公公笑了笑，没说话。这时候他倒变成哑巴了。

素盈不知这人是否可靠，试探着问："斗胆向大人请教，这位文奉香是何来历？"

白公公微妙地笑了笑，说："前任奉香睿氏出事的消息轰动京城，小姐竟没听说？"

素盈不愿背后议论，只答一声"略有耳闻"。

白公公说："文奉香原在宫里有段日子了，跟在先前的睿奉香身边伺候。趁着睿奉香出事，她献上一副'春来芳满庭'，在南国使者面前保全了丹茜宫的颜面。"说罢，意味深长地看了素盈一眼，"可惜，她出身小门小户，得了少许颜色，便有些忘形。奉香到底是宫中女官，还是找有教养的人，才不会给丹茜宫丢脸啊。"

他说得似乎有理，却对解惑毫无帮助。文奉香今日调配的"解忧"足见功力，并非浪得虚名之辈。宫中有这样的人才，本不必假手外人。不知这文奉香是如何得意忘形，惹得皇后找来"春来芳满庭"的正主，放到她面前吓人。

真是看不懂。

宫中凉风习习，绿树浓荫飒飒婆娑，吹起素盈心上一片杂声。回顾仰望丹茜宫耀眼的琉璃瓦上方，万丈高空，风云叵测。

素盈带着皇后的赏赐回家，东平郡王府上下更加轰动。郡王猜到当初要香的正是皇后，将女儿唤到书房询问。没问出名堂，反被素盈看穿——父亲有事瞒着自己。她小心翼翼地试探："父亲是否听说了睿奉香遇害的前因后果？"

"这是你能问的话？"东平郡王瞪她一眼便别过脸，"我怎么会知道？"他未必懂得女儿的心思，素盈却对他的一举一动清楚无比——他在说谎。

素盈向来不得他的偏爱，也不怕失宠于他，大着胆子说：“姑姑与皇后是不是仍然势同水火？那木雕的丹茜宫，下落如何？父亲若不指点，我恐怕下次言辞不当惹来麻烦。”

东平郡王冷冰冰地说：“那你下次就不要去了。”

素盈无话可说，告退出来，暗暗地愤懑：父亲从来没有在她身上费过半点心思，如今却来泼冷水。她实在不知道自己在父亲眼里算什么人。

轩叶对素盈带回来的金簪充满欣羡，却不敢碰，高高地供在柜顶。当晚，她一边为素盈梳头，一边说：“还好无惊无险。看来皇宫也不像他们说的，要揣一百个心眼才能行走，皇后也不像他们说的那么神秘高强。”

不像吗？素盈抿嘴勾起轻柔的微笑。轩叶从镜中看见她的笑，手不由得抖了一下，问：“小姐在笑什么？”

“没什么。”素盈宁静地说，“你以后就知道了。”

轩叶一惊，低声问：“皇后该不会是……真的要小姐进去侍奉？”

素盈静静地点了一下头。

轩叶握着梳子呆住，失魂落魄地喃喃：“不是说，因着丹嫔，我们家的人不可能到皇后跟前伺候吗？”

“宫中复杂，凡事不会只为丹嫔一个人，还有许多我们不知道的其他人、其他缘故呢。”

轩叶垂下了眼睛，喃喃自语：“还以为小姐有那样了得的义父，定能嫁个好人家，从此过舒心的日子。”

素盈怅然叹道：“人生难料。也许会进宫，也许不会。也许能嫁一个平实人，也许嫁了还是跟舒心的日子无缘——这世上的事情不会总让我们一眼看透。”

轩叶默了一会儿，问：“小姐想去吗？”

素盈的眼睑微垂，黯然反问：“有什么关系？这家里，几时有人听过我的意愿？”

沉默之后，她抬起头，目光灼灼地注视镜中的轩叶，说：“他们如何待我，没人比你更清楚。开口闭口，说我生的日子不对，好像遭受冷遇是我的错。十四年，实在够了。我想去一个地方，没人终日提醒计较我生在哪天。宫里或许不好，到底是这么一个地方。”

轩叶听了不禁悲伤。梳理完毕，她含泪叹息：“小姐真入宫去，他们一定会赶我出府。恐怕这辈子没机会再见了。”她性情火暴，又爱为素盈打抱不平，从小在郡王府里得罪了不少势利仆人。这种担心并非空想。

素盈握住她的手，言不由衷地安慰：“你自幼在府里长大，不会随便赶你走的。”

轩叶咬着嘴唇摇头：“你不知道，下人有下人的难处。”

“我怎么不知道？”素盈看着镜中的自己，叹了口气，“即便能做个女官，还不是皇家的下人！”

轩叶咕哝道：“那你以后就知道了，现在还是不知道的。”

素盈呆呆地想了一会儿，说：“我求三哥要你过去。跟着他，岂不是强过我百倍？”

轩叶听了，便强忍住眼泪。

素盈故意轻松笑道：“看我们在说什么啊，好像明天就要分离似的！”

轩叶的心又沉下来，吞吞吐吐地说：“既然小姐与我都有预感，只怕分离不在明日，也不会太远了。”

果然，不久之后，一个略显燥热的日子，要素盈进宫侍奉的消息就传到了东平郡王府。

“七日后是个吉日，请小姐早做准备。”宦官这样说。

东平郡王无从违抗，欲言又止好几次，终于对女儿说：“进宫伺候，不比你偶尔进去一回，你可想清楚了。”宦官还在，他就摆明了不大高兴。

素飒怕父亲坏事，请他移步书房。

素盈擅自跟过去，附耳窗边，听到父亲说：“丹嫔、丽媛、柔媛已足够考验皇后容人的气量，今日竟要东平素氏在她身边添新丁，真让人称奇。”

东平郡王冲素飒冷笑：“我不知道你使了什么手段，为你妹妹做到这地步。”

素飒毕恭毕敬地回答：“孩儿自然是为了光耀门庭。”

东平郡王不大相信自己儿子似的，再度冷笑道：“光耀门庭的事交给丹嫔就够了，你们俩好自为之。”

素盈越听心越凉。皇后用人，不会不问底细，必定已经知道：东平郡王府的六小姐在家中不得宠爱，父兄姐妹视之如草芥。

父亲是在害怕，怕皇后趁机笼络素盈，令这个从小对王府深感不满的小姑娘，在权势富贵面前背叛家人。她到底在府里生活了十四年，不可外扬的家丑全在她心里。即便她心里空无一物，皇后诱惑她信口雌黄，她所说的弥天大谎也会变成可信的秘闻，给丹嫔、丽媛、柔媛乃至郡王本人带来不可估测的灾厄。

书房门开，东平郡王走出来。素盈仔细观察父亲微妙的表情——他种种复杂的忧虑之间，并没有一分是为了多余的女儿。

素盈以为自己早就习惯失望，但这时候还是难过。而东平郡王只是看着女儿大睁的眼睛，恼羞成怒地吼：“好大胆子！学会偷听了？这本事带进宫里，你还想活命吗？”

素盈咬紧嘴唇，转身从他面前跑开。回到妙音轩时泪水涟涟，说不清楚是因为父亲不关心她、不懂得她，还是可怜自己居然会对父亲怀有期待，以为自己走出一条新路，就能换来他高看一眼。

这日，许多人来道喜，素盈冷淡地打发他们，关起门来躲进灶间，使出全身力气把炉火烧到最旺，抱膝坐在火炉前垂泪。

炉火熊熊，可她心口仍然发冷，手脚仍然打战，眼泪总也不能蒸干。

第二章 暗流

北国要出嫁的女孩儿在离家之前要给母亲做一碗肉糜粥，意思是从此要离娘而去，还给娘肚子里一块肉。不知什么时候起，进宫的女孩儿也会给母亲做这道粥。关乎颜面的事，素盈不会落下，擦干眼泪便做了一碗肉粥，趁热端到偕止斋那边。

白潇潇料到她今天必来，专等着她，笑了笑说："我知道迟早要吃阿盈的肉粥，却没想到是为这件事。"

素盈一字一句地说："阿盈天生资质拙陋，这些年害姨娘白白操心，自知愧对姨娘。这一去，但愿姨娘往后能略略宽心。"话里也有几分诚意。

一抹很浅的、异样的笑容出现在白潇潇脸上，刹那间就失去痕迹。她递个眼色，旁边的丫鬟立刻捧过一只托盘。白潇潇掀开盖物的红绸，柔声说："我没什么东西值得你带进去睹物思人，这香炉是我的陪嫁，恰好你用得着。"

典雅古朴的八宝纽金香炉小巧玲珑，双手能够合握。炉盖上镶着一个刻成核桃样的大琥珀，蟠曲纹路清晰可辨，仿佛真是核桃天然化成。琥珀周围打造凸起的菱花，炉身遍布繁复的莲花纹，每个花心点缀一颗宝石，颜色各异，即便同是红宝蓝宝，也刻意选择不同的成色。

"太贵重了，阿盈不敢收。"

素盈诚惶诚恐地推辞，却听白潇潇说："若是你亲娘送的，你也推辞？"

素盈不知如何回答，旁边的一群丫鬟出声怂恿。

"六小姐就收下吧。"

"夫人这是把六小姐当亲女儿看，不收就不对了。"

素盈只好连连道谢。

"这香炉，一次也没用过。"白潇潇说，"带进宫的东西不能是全新的，你自己看着办吧。"为了避免宫人行贿，只有常用的随身旧物可带进宫。这规矩太老，名存实亡，只要东西不是簇新即可。白潇潇娘家改姓之前也是素氏，这些事，她知道的比素盈还多。

这天晚上，道贺的人终于走干净。轩叶从众人赠送的香料中挑选了一些，为素盈熏衣服。

竹篾熏笼是调香师父的设计，与别家十分不同。头尖底圆的尖锥，可悬于室内。熏衣时衣服披在尖锥外，香炉置于圆底敞口下方，香气于笼内萦绕盘旋。

他精心做了这样的物件，当然也有配套的用法。首先，香自火中来，需取阴性中和阴阳，因此不宜在白日进行。其次，忌讳香闭于壁橱衣柜中，不与天地人交相感应。再次，忌潮湿，忌无风，忌大风，忌心急、手忙脚乱、粗心大意。

至佳之法，是选一风轻月凉的天气，夜深人静时紧闭门户，仅留高处一窗接应天风，香炉置地连接地气，以手摇扇，令香气感染人气，直至每一寸衣料香入经纬。熏好的衣物不能立刻拿来穿，要在阴凉处放置，留下的香气若有若无，还有个名头叫作“暗香浮动”。

妙音轩偏房有雕花天窗，熏笼一一挂上去，像一排将坠未坠的水珠。素盈学调香的时候，找来十七八个形形色色的香炉，这时候都派上了用场，吞云吐雾，十分壮观。

主仆二人并肩席地而坐，看着香烟冉冉，各自沉默。周围静得可以听到炉中香料嘶嘶燃烧。轩叶忧郁地问：“小姐能不能像三公子，当完了值就回来？”

多此一问不过是静夜中的妄想，她们都知道不可能。素盈强打精神开玩笑：“以后你跟着三公子，哪有工夫惦记我？”轩叶勉强笑笑，无法由衷欢喜。

素盈早知道这丫鬟的心事，此刻终于狠下心来打破她的幻想，握住轩叶的手，缓缓说：“你知道我家是什么样的门第，也知道郡王有什么样的心思。素氏男儿早晚要娶睿氏为妻。倘若郡王能说动丹嫔、宰相一起出力，兴许三哥也能尚主。”

轩叶直勾勾地盯着悠悠香烟，一动不动。素盈也看着高低不同的十几个炉，说：“郡王妻妾成群，有十二名花的雅号，却也分三六九等。九夫人是女乐班笛手，能在府中并称夫人，是因为大长公主在世时纵容郡王，而郡王妃对他心灰意冷。其他素氏男儿以皇家公主、宗女为妻，除非有绝后之忧，否则纳妾是断不可能的。”

轩叶瞪圆眼睛，又惊又羞道：“婢子怎敢痴心妄想！”说完又低落地喃喃，“我没有小姐的聪明美貌，脾气也不好，只有‘全心全意’一个优点可以自豪。三公子那样出色的人物，如能容我在他身边鞠躬尽瘁，为他守望一生，就是我天大的良缘。”

素盈知她既无非分之想，那么在这家中便无后顾之忧。可惜她抱定这种志愿，注定余生无法享受花好月圆。

她的同情写在脸上，轩叶从苦涩中挤出一丝笑，故作坦然地说：“崔先生家，不嫁人的奇女子比比皆是。我看崔先生怡然自得，也是一种人生。她有满腹诗书相伴，我有一颗痴心相伴，足够了。”

不等素盈宽慰，轩叶急忙岔开话：“小姐，用这个熏衣可以吗？这‘月笼沙’不如‘零陵香’那么好。”

“又犯傻了！”素盈嗔道，“皇后熏衣用的是文奉香配的‘月出云海’，那香胜在气味清妙，用料并不贵重。我的零陵香是师父独创，听着一般，只因他不会起名罢了，其中除却零陵，珍贵香料不止三五种。区区奉香怎么能用比皇后还好的香？就算皇后没察觉，文奉香的鼻子不会不知道。”

轩叶愣愣地听罢，惆怅道：“看小姐这样仔细，我反而不大伤心了。”

素盈是凡事亲力亲为的个性，但又怕休息不足，入宫时不够精神抖擞，这几日天天早睡。轩叶不是第一次代她熏衣，她对轩叶颇为放心，自己早去安歇。将睡未睡中，听到妙音轩有人来访，轻轻地叩门。轩叶去开了门，低微的声音在静夜中依稀可闻：“这么晚，你怎么来了？”

素盈想问是谁，眼睑却重得抬不起来。平日她一定勉强起身应付，这回却混混沌沌地想：她再也不需要看他们的脸色了，不管来的是谁，她都要继续睡下去。这样暗自想着，竟睡到天光大亮。

一睁眼，她就觉得不对劲——起晚了许久，轩叶却没有来唤她。

难言的古怪笼罩着寂无人声的妙音轩。素盈跑到门外，暗叫糟糕：夜风吹开了偏房的窗户，香气四散，整个小院都沉浸在淡香之中。推开偏房的门，怪异的感觉更加浓重——

灰白色晨光里，香灰的微粒诡秘而迟缓地浮移，像有一头鳞光闪闪的无形巨兽，在光影之间不祥地出没。那些挂满衣服的熏笼，仿佛一个个沉默的人偶，半吊在空中观看。

素盈不由自主地屏住呼吸停留片刻，迈入房中，绕过熏笼。轩叶侧卧在地，身子缩成一团，在重重烟雾中纹丝不动。

“轩叶。”素盈轻唤一声，回音带回某种冰冷气息，撞上她心尖。她又唤一声，声音更加艰涩。轩叶仍然没有回应。素盈颤抖的手按在轩叶身上，用力扳过她的身子。

丫鬟浑身冰凉，僵硬的脸上泛起青灰色——已经死去多时了。

素飒急匆匆来到妙音轩，只见各位姨娘派来帮忙、慰问的丫鬟里三层外三层地堵在门口。她们远远看见他，自觉地停下私语，退开一条道路。他径直走上前推门，推了几次纹丝不动，皱了皱眉，一脚踢开，穿过浓烈刺鼻的香味，直奔素盈卧房。

地上摔了好几个香炉，香灰遍地。素盈抱膝蜷坐床里，身边还放着几个小香炉。她一边抚摸，一边喃喃自语：“是你害死轩叶吗？不是？”随手抄起来狠狠扔在地上。

砰的一响，粉末如有生命，攀着阳光哗然升腾，呛得素飒皱眉。素盈并不关心他，也不看哥哥一眼。她全神贯注地向香炉们提问，迷离的目光透出疯狂。素飒张了张嘴，却不知道该说什么，默默伫立床边。

最后一个香炉是白潇潇的礼物。素盈轻轻地抚摸着，问：“是你害死轩叶吗？”不等她说下去，素飒惊醒似的抢步上前，狠狠打了她一记耳光。

他向来疼爱胞妹，别说是打，连戳一指也不舍得。门前探头探脑的下人们大惊失色，没人敢进来劝。

素飒教训妹妹已做给她们看，不容她们继续听更多，重重地关上门，走回素盈面前，压着声音低吼：“死一个丫鬟，你也不活了？东平郡王的女儿，落到给丫鬟陪葬！”

“她不是随便哪个丫鬟，是轩叶！”素盈攥紧拳头，愤怒地大喊，“她只比我大四岁，可我是她养大的！她明知在我身边无利可图，在你身边注定孤苦，还是紧随我们左右。郡王府里最高贵的人不是父亲，不是你我这些公子小姐，是轩叶！”嚷完大哭着扑在哥哥怀里，泣不成声。素飒抱着她，千言万语哽在胸中。

素盈呜呜地说：“他们说轩叶一时想不开……我亲眼看到尸身那副模样，怎么可能是自尽？他们不仅骗我，还要我骗自己——他们到底想干什么？！”

素飒轻拍她的后背，在她耳边说：“父亲情急之下思虑欠妥。你要记住，以后倘若有人问起，就说她回家乡嫁人了。”

素盈猛地推开哥哥，瞪大眼睛，看着他的嘴唇开合，一串谎言平滑流利地响起来：“轩叶没有死，是年纪大了，借你入宫之机回故乡成亲。无父无母的婢女，鲜少有人问起，你若答不出详情，就说不知道。”

泪水霎时又溢满素盈的双眼。透过泪光，她像端详一个陌生人似的看着哥哥，心想：“他是怎么了？轩叶死了！他从小认识的那个直率的少女死了啊！”她红着眼睛咬牙问：“难道就这样罢休，当作她还活着？容那害死她的人逍遥自在？”

素飒对钻牛角尖的妹妹无可奈何：“你发疯发傻，搭上自己的前程，就会真相大白？”

“府里统共这几个人，只要父亲肯查……”

素飒静静地抢白：“我们是丹嫔的娘家，即便年年岁岁太平无事，也要提防人乱造把柄。我们亲娘死得糊涂，尚且没有声张，如今更不会为了一个婢女闹得鸡犬不宁。”

素盈忽然感到头晕窒息，脸色苍白地哆嗦起来。

素飒像没注意，声音不带情绪：“无凭无据，为什么不顾下人们看着，拿七夫人的香炉出气？去，把香炉捡起来。”

素盈执拗不肯，素飒当即沉下脸，提高声音厉色道：“捡起来！”凶恶的样子吓了素盈一跳，慢吞吞地拾起香炉交给他。

素飒抖去香灰，说：“配一副香料填满。我这就拿去南书苑焚香。”

素盈急了：“万一、万一香炉真有古怪……”

素飒鼻腔里迸出一声嗤笑：“哪来的‘万一’？别小看曾经姓素的人。如今宫里姓白的，全是她勾连辗转的亲戚。倘若宫中人知道你怀疑养母杀人，他们该如何看你，如何看东平郡王府？”

素盈默不作声，提起力气打开箱箧，取出配香的全副用具，开始用心调配香料。

“哥哥知道吗？每年送你的香囊荷包、手巾腰带，一切刺绣物件，都是轩叶的手工。”

她回想起来，哭了又笑，说：“这丫头，吵架时脾性火暴，拈起银针就像换了人，女红堪比京中名坊的刺绣物件。”笑完又哭，抬起手背抹去脸上泪痕，看着素飒，“你这样聪明，肯定早就知道那是她的一针一线，也是她的心。可是你脸上看不出半点欢喜，就像今日看不出半点哀伤。”

一言不发的素飒面如寒冰。素盈紧盯手中的香料，哽咽说：“我说会安排她到南书苑。其实我还没有开口问你，只是觉得十拿九稳，就给她承诺，而她信以为真，也给了我一个承诺——用余生守望你。我现在觉得不安，对她最后的许诺，是不是空言？”

素飒端坐不动，沉默良久，终于徐徐地说：“你不该替我乱安排。”素盈不再言语，默默地配好香料，交到他手上。

“此香名为‘葵藿倾阳’。我曾经拿这名字取笑轩叶，说她一看见你，就跟着转，这四字简直是为她量身而创。这香我只在今日配制，以后便是皇帝下令，我也断不会配了。”她说完又从袖中取出一样东西，强塞到素飒手里。

莲花荷包和他新年收到的礼物一样，只是一瓣花上带着针尖大的血渍。想是因为刺破手指，留下小小瑕疵，又重做了。素飒打开荷包，里面蜷着一缕发丝。

素盈恨恨地说：“我听到了，我听到那个人来了！可是我没有起来看，只有昨晚没有……是我的错！我绝不会骗自己，说她没有死，她回乡嫁人。东平郡王府的颜面不该靠谎言维系。府中有三百人，就从三百人里查清真相。府中有三千人，就从三千人里找出凶手。还死者公道，才是堂堂正正的颜面！”

不等她说完，一只有力的手就紧紧捂上她的嘴。素飒神色严厉，冰冷骇人。

“你以为你是谁？”他眼中寒光闪烁，忍不住发脾气，“你说了那么多个‘不该’，我问你，‘应该’的事情是什么？”

素盈想要理直气壮地说出自己的道理，却无法抢在哥哥冰冷的话锋之前。

“母亲应该活着。她没有。父亲应该顾念母亲，格外可怜偏爱我们。他没有。你应该晚生二十四天——只要晚二十四天，就能生在逢七之年。你没有！”

这些话脱口而出的一刻，素飒眉眼之间阴鸷凄厉，素盈简直疑心哥哥其实是恨她的。

“弱者触目所及，必定是‘不该’的事情多过‘应该’！你在家，是无人问津的六小姐，进宫去做奉香，不过是开口自称‘奴婢’的末等女官——你有资格跟谁说‘应该’？你以为，我有资格去说什么是‘应该’？”

泪珠从素盈眼眶里滚落。她想要反驳，脑中却只剩下四个字：人微言轻。这四个字已经跟了她十四年，还要跟她四十年。

她的眼泪流到哥哥手上，他满面怨怒隐隐冰消，激烈的呼吸逐渐平缓：“如果昨晚，你和轩叶在一起，会怎么样……你有没有想过？”他痛苦地紧紧盯住她，心有余悸地颤抖着，“幸好没有。”

她为逝者不甘，而他为生者庆幸。素盈怔住，想不出该说什么了。素飒拭去妹妹的眼泪，用力说：“敢把杀机放进妙音轩的人，我绝不会轻饶。但不是现在。记住我的话——每个人都有自认为‘应该’的事，你的‘应该’对别人根本无所谓。想实现你要的‘应该’，就要忍到出人头地，让那些曾经对你不屑的人憋住他们想要的‘应该’。”

他再不多看她一眼，捧着装满香料的八宝香炉走了。

素盈勉强忍住伤心，重又躺在床上动弹不得。轩叶不在，没人来收拾房间，满地泼洒的香灰犹自散发着浓烈的味道。她希望永远没有人收拾这团狼藉，一生一世留着今日的冤屈。

“早晚，要给轩叶申冤！”素盈在令人疯狂的香气中边想边流泪，昏昏沉沉，不知是要睡去还是昏厥。

恍惚之间，有一个女人推门进来，径直走到素盈床边坐下，幽幽地说：“可怜的孩子！那时若答应我的条件，你这些年的苦也不算白受。”

素盈觉得她不是府里的人，又觉得这女人一定在哪里见过，拼命想她的来历，偏偏怎么也想不起来。

“素盈啊素盈。”女人眼中充满怜悯，声音无比温柔，“我让你权倾天下，一言九鼎，如何？到那时，区区东平郡王府算什么？全天下没有一个人敢对你说‘不’。‘人微言轻’这四个字再也与你无缘——你愿不愿意？”

这种特异的神态和语气，唤起了素盈尘封的记忆。数年前的初遇，电光石火般重现。她恍然大悟：“是你！”

那女人不住地问：“你愿不愿意？只要答应，从今天起，你所受的苦难都有价值——十年后的今天，就是你扬眉吐气之日。”

素盈想了想，慢慢地摇头说：“总有一天，我能找到加害轩叶的人。为她雪冤的道路有许多条，我要天下做什么？”

她费解地打量那女人，反问道：“你真是太奇怪了。我的痛苦是天下独一无二的吗？世上比我痛苦的人，恐怕不止千万。你怎么会想到给我偌大的许诺？”

那女人冰凉的手指托起素盈的脸庞，怜悯地说：“世人当然各有各的苦难，但他们认命。而你的认命只在嘴上，心里却永远在幻想——幻想有朝一日，能比那些高高在上的亲眷更加高贵，让他们为错待你而后悔。”

她带着一种神秘的态度摇头，起身离去，边走边说：“不是我选中你，是你召唤我。不是我给你偌大的许诺，是你有偌大的渴望。”素盈猛地惊醒。

床边静静地坐着一人。无人掌灯的黑暗房间里，只能勉强看清一个曼妙轮廓。素盈以为还在梦中，以为床边是那鬼魅般的女人，再仔细看，认出是白潇潇。

朦胧夜色中，白潇潇的侧脸映着地面返照的月光，美艳而冷淡。她没有看素盈，却像能够完完整整地感受到敌意，似笑非笑地说："听说你为了我的香炉，挨了你哥哥的打？飒儿真是……我怎么会和小孩子计较呢！"说完，又像黑暗中一幅轮廓柔和的画，脱离尘世般沉默着。

一刹那，素盈想起了丹茜宫的白公公——不看也能察觉到别人情绪的宦官，也姓白。眼睛看不到的地方，也要能够感知。活到如此地步，难道他们的姓氏是另一种魔咒？

"想报仇吗？"阴暗的画里浮出了声音。

素盈认真想想，摇头说："我想要轩叶能够瞑目，天道能够昭彰。无关报仇。"

"那就好。"白潇潇眺望窗外暗夜，以和缓的声音娓娓说，"阿盈，我教你一件事吧。"

素盈猜不透她的用心，无所表示。白潇潇也不在意，径自幽幽地说："轩叶在你心中，是无价的人，但在另一些人眼中，她一文不值，死便死了。让她无价的，仅仅是你的感情——感情，这才是真正无价的东西。可是在你要去的地方，没人配得上它的无价。如果只有你看重感情，重到愿意豁出自己，那只有你会遭受利用、背叛、践踏……直到一无所有。明天、明年、将来的三年五年十年，你只要想起轩叶，就要想想今天的悲恸，提醒自己，感情这种筹码不能轻易许人，但一定要尽量去夺取。"

素盈吃惊地瞪着白潇潇。这个人怎么能在这种时候，说这种话？简直让人疑心她的心是不是一块石头！

白潇潇纤长的手指轻轻压在素盈的肩上，淡漠地说："我们不像有些人天生好命，正因如此，才要同老天爷斤斤计较，不能让老天爷对我们的命运太敷衍。可是你根本不知道宰相、皇后，还有那位高高在上的天子，是什么样的人。但愿脆弱如你，能在命运的乱弦里拨动一根，发出回响。"

她长长地叹了口气，起身便走。素盈急忙喊住她："我是要走了，可你们还要留下。轩叶莫名其妙地招致毒手，父亲为图大事化无，宁肯缄口不言。从今往后，府中还有人敢安心入睡吗？"

白潇潇在门口略微地转回身，侧影如同练习过千万次般无可挑剔。月光点亮的眼角，仿佛有一丝微微的嘲笑，笑素盈还拘泥于一个丫鬟的死亡。

她很快又转正身子，立在阶上眺望整个王府，声音淡淡地飘过来："东平素氏离丹茜宫只有一步之遥，从没有安心睡过。你呢，从今以后也没有安稳觉了。"说罢跨出门，身影在一片浅白月光中摇曳远去。

万籁俱寂的夜晚沉入更深、更浓的暗。素盈默默起身，将房中灯烛一一燃起，坐在妆台边观察镜中的自己。昨晚还是轩叶帮她梳头，今天镜中唯有一个狼狈而憔悴的少女。

失去了轩叶的世界，忽然展现出前所未见的一面。以前素盈不是这么爱哭，哥哥不是这么冷酷，白潇潇的言谈也不是这么让她困惑。以后……一切都不复从前了。素盈拿起梳子，眼泪又要涌出来。她急忙忍住，心想："眼泪有什么用？别人会同情你吗？会心疼你吗？会帮你吗？素盈，你再也不哭了！"

奉香是帝后二人一时兴起定下的名称，并非祖制，也没有定员，在丹茜宫品级最低，却是大热的职位。皇后对亲近之人向来慷慨，宫中皆知奉香的好处不会少。无数双眼睛瞅着，却给一个小孩子和一个南来的穷酸女人占了，不知多少人背地里捶胸顿足。

文彩环出身南国没落士人之家，父兄北上求官未果，债台高筑，得知北国流行调香，恰好文彩环深谙此道，便将她托付某位官员——说是托付，其实与卖掉无异。文彩环每日同夫人设香局消遣，日日翻新，皆有名目。官员惊异她的本事，又辗转将她献给皇后。她只身流落异国宫廷，无人充当靠山，向来不受宫人们看重。睿奉香横遭不测，她趁机出了头，宫里人都说是运气，没人提她调香的手段高明。

至于素盈，出身东平素氏正宗，一姑两姐早受册封，同胞哥哥在东宫供职，这是从投胎就注定的运气，就算毫无才能，小小年纪当上女官也不奇怪。

宫中看轻这两人，又眼红那件绿衫——苦心练习调香的不在少数，都指望成为第三位奉香。

素盈初入宫廷，心头仍笼着轩叶暴亡的阴霾，然而形势不容她掉以轻心。她有空便默默研习老师传授的香谱，偶尔向文奉香讨教。她只道侍奉皇后凭的是技艺，攀比出身实在没什么意思。可文彩环也和其他宫人一样，觉得这小孩子倚仗出身，玩耍似的学了几天调香，就有模有样地当起女官，心中愤愤不平。平常二人相处时，她对素盈也客气，但是隔着几步远就视而不见。素盈看出端倪，不再自讨无趣。

两位奉香几乎天天不离皇后左右，有时试制新品，有时开局斗香。每有杰作，皇后即刻亲制诗词，命她钟爱的乐师当场谱成新歌唱吟。有时邀来其他妃嫔同赏清香雅乐，共成一幅如诗如画的太平御景。

宫内宫外争相效仿，京城香价翻了几倍。往往两位奉香制出新作，一张香谱便值数金。不久之后，香谱上若有"奉香令人素氏新制"字样，索价往往高出三五成。世俗中真正懂香的人本来不多，只听这差距，便将少女视为天才，追捧起来。待到素盈入宫月余，市面上的素氏香谱价钱已是文氏香谱的两倍。卖香谱本来是文彩环替父兄还债的主意，如今反成了素盈的陪衬。

素盈并非妄自尊大的人，心知文奉香怀有不传秘技，手法令人叹服。而且此人的处事态度与调香一样细致谨慎，丹茜宫不想留她，却也不好逐她。短短数十日，自己的名气陡然超过她，背后定有缘故，只是尚未揭晓。

又过了些日子，暑热渐盛，皇后常去沐芳池边纳凉，只带素盈同去。两位奉香在她眼里的轻重不言而喻，从此文奉香出现的次数越来越少。素盈担心招来妒恨，有一天装作闲谈，旁敲侧击地问宫女：“文奉香最近是不是在用心调新香料？好几天没看到她在丹茜宫侍奉了。”

她身边的两个宫女婉微和令柔，都是十六岁，自幼入宫，对丹茜宫上下很熟。令柔向素盈笑道：“文奉香不只给皇后进香，圣上的经堂焚香也是她配的。”

当今皇帝推崇佛教，三天两头聚众讲经，还在宫内设置佛堂。这几日正是他与高僧聚会讲法之期。见素盈恍然大悟，令柔又说：“圣上说，文奉香配的香料很有缘法，典香司比不了。她在那边侍奉，哪里走得开！”

“奉香要跟她好好相处。”婉微的口吻像轻蔑又像妒忌，“那人聪明着呢！早晚还要出头。”素盈低低地答应一声，诧异文奉香势单力孤，竟有这种手段，难怪白公公说她有些忘形。然而惹得皇后不快，有意疏远她，以后她是出头还是栽跟头，还不好说。

过了两天，她对婉微说：“宫中人人都能随口说几句佛偈。我在家的时候没学过这个，你们给我找两本佛经看看。”

小宫女们趁她没注意，心照不宣地相视一笑。素盈其实看到，便问：“怎么？不好找吗？”

婉微柔声笑道：“自从圣上事佛，宫里的人都挖空心思地念经，可没有一个能从中得到好处。经书好找得很，只怕念了也是白念。”

素盈噗地笑出来：“我听其中的故事言浅意深，令人开悟，怎么会白念呢！你们只管去找，多少不拘，越多越好。”

找经书的事，不知怎么被丽媛素湄和柔媛素淳知道，各差人送来大摞，还有念珠之类的小玩意儿。她们下赐私物，素盈反而慌了。她迈进丹茜宫的第一天，就背了长长的森冷规矩，其中之一便是女官不宜与妃嫔私交过密。何况东平素氏与皇后的那些事在宫里不是秘密，多少人明里暗里盯着素奉香！

素盈小心避嫌，至今尚未与姑姐谋面。今日两位姐姐主动，她再没有避而不见的道理。然而此去是致谢还是姐妹叙旧，十分为难。婉微又在一旁款款笑道：“妃嫔怎会拿出这么多私物，馈赠丹茜宫女官？两位娘娘是将奉香当作亲妹，奉香也按照姐妹之谊聊表心意即可。”

谈到聊表心意，素盈带来的全副家当，最值钱的不过白潇潇所赠的香炉一只，拆成八块也不够丽媛和柔媛分。近来，皇后赏赐了不少金玉珍玩，但她万万不敢拿丹茜宫的赏赐去给丽媛、柔媛。正为难时，令柔提醒道：“奉香这里最不缺的就是香，而且她们都喜欢。”

香料大多都有药性，一进一出皆有记录，交由太医院存案。她们也是知道的，竟说这傻话。素盈急忙摇头："上次丹嫔托东平郡王买香料，私自送进来，闹出多大的乱子！我怎敢忘了前车之鉴？"

婉微叹道："这就是奉香的老实之处。香料过手，岂会那般精准？少许出入，谁能察觉？文奉香没少拿香料做人情。安息、龙脑也就罢了，麝香、零陵之类要命的东西，她也没少弄出去。"

令柔立刻以目示意她不可再说，自己向素盈微笑道："皇后娘娘亲手配制的'兰芝常生'，赐给奉香三副。名目寓意精彩，即便转赠他人，也是愿皇后娘娘馨泽后宫。"素盈点头称是，取出两副赏赐的香料，去向姐姐们道谢。

据宫女们说，这对孪生姐妹形影不离，常聚在丽媛的蕊珠宫喝茶。她们入宫那时候，宫里流行煎茶，两人深谙此道。后来天子睡眠不好，太医禁了饮茶。煎茶的一堆规矩在众人眼中忽然麻烦起来，渐渐丢开。只有她们两人，日复一日以此消遣。

素盈对姐姐们的印象，还是六年前——五个姐姐当时十四岁，各有妙处，父亲对她们寄望很高。可惜排行第三的素宁在选女之前一夜暴毙，四小姐素蕙和五小姐素络也身染小恙。惊慌失措的东平郡王又是求神又是拜佛。

据说巫婆听到先祖的声音，说素蕙、素络一定要在一个月之内嫁人才能保住性命。东平郡王不相信，又拖了几天，素蕙眼看就不行了。郡王不得已，匆匆将她嫁了。素络一直强撑着不肯择婿，反说："生死有命。天不予我，是天无情。我宁肯选个命终之处，不能让这无情苍天埋没我。"或许是顽强的意志暂时扭转天意，她病情忽然好转，选中入宫。可叹没多久传来消息：素络入宫之后病况日益加重，一天晚上突然死了。至此，东平郡王府进宫的女儿只有素湄和素淳安然无恙。

开国以来，后宫的素氏不计其数，如此相似的孪生姐妹还是第一对。加上她们说话动听，举止乖巧，慢慢在宫中得到了好人缘。选女们三年教养完成，两人受封丽媛和柔媛。东平郡王府皆以为这二人必有远大前程，尤其是她们的生母三夫人，颇得意了一阵，逢人便说："我的女儿什么时候让我失望过！"

如今又三年了，二人始终未见子息，也不见得宠。三夫人出手阔绰，买了一座私宅捐作寺院，几十名僧人没日没夜地诵经祷告，不见效，又买了座私宅捐作尼寺。全家人翘首以盼，就是等不来佳音。再过一年，又有新的选女入宫，家里人不由得有些着急。

素盈在蕊珠宫见到两个姐姐，发现她们的样子有点不同。

丽媛素湄眉头紧皱，一脸忧心忡忡的样子。这神态似乎成了习惯，她自己并未察觉。柔媛素淳的神色仿佛时时含着讥诮，眼神左右轻飘，像是走神，又像是警惕，时刻要看清周围有谁。如今二人倒是好区分了，可跟记忆中差了十万八千里，素盈几乎不敢认。

孪生姐妹待她倒十分亲热。

柔媛亲手搀扶，左看右看，赞不绝口：“好些年没见，妹妹出落得愈加非凡了。”

丽媛眼中蒙上泪光，微微哽咽：“当年手把手教你写字，那手还是小小一团，今日能调出名盖天下的香了。”

手把手教写字的是四姐素蕙，这事素盈记得，但丽媛好像深信那幅画里应是自己。素盈当下只是微笑，不多言语。

两位姐姐拉着她的手并肩而坐，先问家中可好，又问宫中可住得惯。素盈离家两个月，既不知道家中近况，也在宫中住惯，一一答完就无话可说。

丽媛支开旁人，问：“妹妹有没有去丹嫔那边走动？”

素盈看她的神情像是十分难过，不由自主放轻声音：“一直不得闲，还没去过。”

柔媛忙关切地说：“姑姑的性情和我们当年知道的可不一样——不去惹她也好。”

丹嫔当年是什么脾性，素盈原本就不知道，便不接话。柔媛又长叹一声：“妹妹如今是出入丹茜宫的人，自然无须我们关照。倘若有为难之处，姐妹间也方便说话。似姑姑那样，还是敬而远之为好。”

素盈暗暗蹙眉：她是第一天见到姐姐们，可不是第一天进宫。妃嫔们的景况，她多少有所耳闻，可丽媛、柔媛为何与丹嫔反目，却没有听说过。她们说了这些好话，她也不能无动于衷，迟疑地说：“娘娘们的提醒，妹妹自当谨记。丹嫔毕竟是长辈，妹妹自然不敢失敬。”

柔媛一声冷哼：“有些人单单喜欢为难自家人！谁让我们父亲分了她那高贵的血，又分给我们呢？可怜我们，沾亲的好处是没有，只是跟着倒霉。”语气当中不只是揶揄，甚至有些怨毒了。

察言观色的本事还是姐姐们比较娴熟。看出素盈惊讶，丽媛便说：“丹嫔在后宫孤芳自赏，我们姐妹早就不入她的眼了。”

柔媛也叹道：“妹妹如今在皇后跟前侍奉，有机会要帮着姐姐们澄清才是。自家姐妹不比旁人。”

素盈愣了短短一瞬，旋即笑道：“妹妹进宫这些天，能被人高看几眼，还不是沾了娘娘们的光？娘娘们吩咐，自当从命。”

丽媛、柔媛松口气，笑着点头：“妹妹果然聪明懂事。”

她们要说的话都说了，素盈再待下去也没意思，就此告辞。回去的路上不免略感心酸：东平素氏向来以丹嫔为首，尤其几年之前，颇有和皇后一较高下的味道。素盈在丹茜宫侍奉时，鲜少遇见她们，只道是两边不爱来往。今日显然风水不对，连丽媛、柔媛都要见风转舵，抛弃亲姑姑去讨好皇后。真不知父亲若见此景象，会作何感想。

至于姑侄三人的境遇为何急转直下，仍是个谜。素盈心想，还是该去探一探丹嫔的口风，弄清楚那位至今没露面的姑姑是何方神圣，免得日后做事犯了忌讳。

一天，宦官提前来传话，说晚膳之后皇帝要驾临丹茜宫。文彩环唯恐御前的差使也被素盈抢走，每次都费尽心机地支开素盈。素盈懒得同她计较，索性主动避让。虽然至今未曾亲睹天颜，倒也不觉得可惜。

她料想整个晚上都不必去丹茜宫露面，便精心挑选了几副皇后所赐的香料，去丹嫔的流泉宫拜见。

那处宫苑较之丹茜宫稍稍逊色，也是数一数二的精美建筑，待到近前看，比远望的规模更宏伟些，只是出奇地安静。

宫人得知丹茜宫奉香来访，先是愣了一下，全然不知道丹茜宫的人来做什么。听说素奉香是丹嫔的侄女，又愣一下，似乎闻所未闻。素盈见状便有些后悔，里面却传出话来，请奉香进去。

正殿内金碧辉煌，触目可及皆是美轮美奂的摆设。宫人各个衣着艳丽，众星捧月似的簇拥着一位披金戴银的妇人坐在当中。

年轻妇人周身挂满各式珠宝，金银美玉层层叠叠，交相辉映，将她堆成一座宝山，让人一眼不知该看哪里。她正在自斟自饮，面目融在一片光辉当中不大能看清楚，硕大的酒杯也是金玉交辉，与手指上的戒指融为一体。杯中想必是烈酒，而她喝了不止一时，宫中四处弥漫着酒气。

素盈心中尴尬，生怕丹嫔开口先问："你是谁？东平郡王的哪个女儿？我入宫许多年，记不得了。"

然而丹嫔带醉的声音跑着调，冒出一句素盈意想不到的话："听说琚大人认了你当义女？"

素盈愣住，不知她张扬这事是什么用意，一时默然不语。

丹嫔仰头将杯中的酒一饮而尽，冷笑道："我说嘛，他这种闲不住的人，怎么把我搁在一边不理睬，原来是找到好使唤的了！"

周围宫人不住向丹嫔使眼色，她似未发觉，一边斟酒一边笑道："你来干什么？有话快说！我以前喜欢揣摩别人的心思，现在懒了。凡是懒得猜的，我直接扔出去打死！"

素盈被她一惊一乍的样子唬住，忙说："姑姑醉了，阿盈改日再来……"

她还没说完，丹嫔就举起酒杯摔在她面前，厉声道："姑姑？阿盈？好亲热！你突然想起来认亲了？怎么不去找你的姐姐？你们不是要一起追随丹茜宫吗？"

素盈未料到姐姐们算盘打得响，已经被人听去，心慌之后迅速回答："娘娘是长辈，奴婢本该来拜见，无奈一直不得闲。奴婢是丹茜宫奉香，也是娘娘的侄女。哪边是断不掉的关系，娘娘慧眼看得明白。"

丹嫔没说话。素盈留神看她，小心翼翼地说："明年又是选女之年，七妹阿澜就要进宫。到时候她们姐妹三人差遣奴婢，恐怕更加乱套。奴婢思虑短浅，倘若能有娘娘指点迷津，自然安心。"

过了半晌，丹嫔半醉半醒地咕哝：“阿澜？我想起来了，就是在我进宫之前生的那个，她亲娘特意在七月初七催产。厉害，厉害。稍有差池就是一尸两命，这样拼，就算是我们素氏，也不敢比。”她眯着眼睛问，“听说，让亲娘豁出命的那丫头相当值得，是不是真的？”

素盈忙道：“阿澜在众位姐妹当中首屈一指，但比起娘娘还是差些。”

丹嫔摆手大笑道：“干什么拿小姑娘和我比？比我当然差些，但也强得多。”

素盈听她语无伦次，深悔今日拜会的时机不巧。

丹嫔呵呵笑着，又拿起一只酒杯，斟酒时突然蹦出格外清晰的话：“大宴南使那天，春来什么什么香，是你配的？”

素盈吓了一跳，不敢答。

丹嫔笑道：“我哪能揪着自家人不放呢？况且手艺确实好，我自愧不如。”

素盈谦让也不对，应承也不对，悄然低头。

丹嫔见状微微一笑，接连痛饮几杯，又说：“看丽媛、柔媛那样子，我还为哥哥惋惜。那两个想要招我余光，有些不配。看看你嘛，好像还有几分福气。阿盈，站起来！”

素盈连忙起身。

丹嫔勉强睁着蒙眬醉眼，前前后后地看她，蹙眉道：“这打扮，简直要什么没什么！映荣，把我昨天装的首饰拿来！”

宫女取来一只漆盒。丹嫔打开，面上霎时倒映七彩宝光。

“闲着没事做，收拾零碎首饰，凑了一套。”她嘟囔着，仿佛还是不大满意，亲手从里面挑出发簪、耳坠之类，在素盈身上比画半天，才微笑说，“你自小没怎么打扮过，是时候学起来。别让东平郡王的女儿给人笑话！”说罢，将整只盒子丢到素盈怀里。

素盈怀中、心中同时沉重，忙推辞道：“侄女一介奉香而已，不敢张扬。”

丹嫔冷哼一声：“奉香怎么了？文彩环不是每天花枝招展的？”

宫女映荣忙在一旁劝：“长者所赐，却之不恭。奉香赶快收下吧。”

素盈知道这就是逐客令，遂取出带来的香料，毕恭毕敬地说：“初来拜见姑姑，并无珍玩供奉。这两副香料是……”她还不及说出是皇后所赐，忽然察觉周围气氛有异，众人如临大敌似的屏息收声。

丹嫔一改醉态，双眼直直盯着她手里的纸包。不等素盈继续说下去，她漠然冷哼，说：“我发誓再不焚香已经有段日子了。你心意到了就好，香料拿回去吧。免得宫里哪个有头疼脑热，又要怀疑我用手里的香料搞鬼。”

原来，流泉宫中的酒气没有香味掩盖，是这缘故。见素盈不知所措，丹嫔莞尔道：“我不跟你说那么多。阿盈，在丹茜宫行走要小心，里面没一个好惹的——不信你就看着吧！”

素盈喏喏地从流泉宫出来，依旧心惊肉跳。

姑姑的性格作风与想象的完全不同。酩酊大醉，口无遮拦，即便血统再高贵也不容易在宫中立足。她却在年前收到一座木雕的丹茜宫。

素盈隐隐觉得，丽媛柔媛的反常、丹嫔大起大落的情绪，都与那木雕脱不开关系，但又说不出究竟是怎么回事。

折腾这一番，时辰已不早。素盈回到住所，婉微、令柔正坐立不安地等她，一见便说："奉香去哪里了？娘娘找了两次！"

素盈吃惊地问："今晚不是文奉香在宫里侍奉吗？"

婉微切齿道："文奉香这人，总是时不时地靠不住。斗香大会那次也是，急需她，却无影无踪。今天又神神秘秘地不见了！"

丹茜宫上下心知肚明，皇后斗香夺魁的"春来芳满庭"是素盈手制。素盈却是今日第一次听说——原来文彩环在那关键时刻不见人影，难怪没有一展身手。

令柔以目示意婉微不要扯远，说："圣上在丹茜宫小坐一会儿就走了。文奉香告退出来，娘娘再找她，就找不到了，让人来找您，偏偏您也不在——娘娘大发脾气，这时候正在气头上呢！"

皇后平日总是浅笑微颦，素盈从未见过她发脾气。今日必是出了非比寻常的事。

这时候，一个年轻的宦官来问："素奉香在不在？"素盈料他是丹茜宫来的，匆匆跟了出去。

两人走了一段路，方向不对，素盈疑惑问："这是去哪里？"

那宦官道："御花园。"

素盈又问："娘娘在御花园玩月散心？"

那宦官支吾不肯细说。

丹茜宫上下四等宦官百余人，素盈认不全，但料想没人敢冒充，强将心里的疑云压住。走到一处偏僻宫室前，宦官忽然往腰上摸了摸，说："不好！我的牌子掉了——奉香请稍等。"不待素盈反应过来，他已经匆匆转身去找。

周围幽静，素盈还没来得及观察，阴暗的宫门内忽然冲出一人，捂着她的口拖入正殿。素盈毫无防备，骇然之下连尖叫也发不出来。那人没有更深的歹意，将她往地上一推，立刻逃了出去，从外面锁上门。

素盈突逢变故，僵坐在地愣了一刹那，奔过去用力夺门，却已迟了，大声喝问："这是做什么？！"借着月色，只见锁了她的那个宦官转身跑远。

"来人——来人！"她用尽全力呼喊了几声，并没有人来。回想来时一路未见人影，定是偏僻所在，素盈追悔莫及，不该轻视内心的疑虑以至于大意被欺。

她泄气地借着月光打量窗外，玉阶蒙尘，青苔遍布。再看室内，空落落的什么都没有。她只怕黑暗中有人加害，既然没有人，也就不怕了，一边细细观察，一边静心回忆途经的宫道，推测自己的所在。

这个方位，废弃宫室无人居住，只能是靖嫔生前所住的庆云宫。

素盈不禁头疼。这位靖嫔原是辅佐皇帝平定秀王叛乱的女将，自入后宫，言语颇有分量。皇帝喜欢她忠言直谏，皇后对她礼让三分。当年，丹嫔所生的八皇子坠楼而亡，风言风语传说那时候靖嫔也在楼上。靖嫔气血刚烈，盛怒之下触柱以证清白，伤重不治而死。

纵横百战、全身而还的靖嫔如此了结性命，实在令人难以置信。于是，不久又有传闻，说靖嫔激愤之下触柱是真，但伤不至死。后来一命呜呼，是有人趁机下毒手。靖嫔之父北固郡王不肯罢休，力求皇帝查清死因。

丹嫔承受丧子之痛时，竟遭人反诬，说她听信谣言为子报仇，指使宫女谋害靖嫔。东平郡王当然不肯看他妹妹受这冤枉，适逢惠和大长公主新丧，他抱着母亲的牌位，在昭文阁中痛哭号泣，同北固素氏的众位大臣打成一团。

皇帝既哀伤皇子之丧，又惋惜靖嫔之死，赶上姑姑惠和大长公主也暴病身亡，短短数十日内连丧三人，东平、北固两家还因为谣言大打出手，实在可悲，当即下令必须彻查。结果，八皇子坠楼与靖嫔毫无关系，只是孩童初学爬行，宫女失于看护导致。靖嫔之死与丹嫔也无关系，的确是触柱重伤不治。皇帝下令严惩看护八皇子的宫女，又抓出十几个恶语中伤靖嫔、丹嫔的宫人，处以极刑。庆云宫从此封闭，以免睹物思人。连番风波终告平息。

但东平、北固两家从此各存心结，成了百世不易的冤家。素盈被人蒙骗，偏偏是丢到庆云宫，不免疑心那两名宦官是北固素氏的耳目，故意向她寻衅。

她忍不住又多想：进宫这些日子平安无事，偏偏刚拜访流泉宫，就遇到这样的事，会不会是个暗示？他们不招惹丹茜宫，但她若与流泉宫亲近，他们可没忘了昔日恩怨。

素盈打个激灵，抱膝席地而坐，再度打量幽暗的空宫。除了这庆云宫，事情没有半点迹象与北固素氏有关。她竟无凭无据地认定是他们，胡乱幻想出许多道理——不知几时，猜疑也浸透她的内心。

她深深地叹息，感到疲惫。

至少这里没有人。

她靠着门，心里奇异地放松下来，忽然感到人与人的种种是非之中，久违的孤寂多么亲切可贵。

庆云宫荒废多年无人问津，只有夜晚巡游的提铃宫女，负责以铜铃驱散宫中妖邪，每夜必到此处，再三震动铜铃串，惊走盘桓不去的怨气。素盈几次从困意中挣脱，等候她们的铃声。

夜色越来越沉，铃声迟迟没有出现，却传来轻微的脚步声。素盈正昏昏欲睡，不知身在梦中还是人间，想要出声求救，听到有人说话。

一个人说："是真是假？"

另一个人沉声道："若不是那缘故，左卫率怎么会从东宫调离？"

第一个人问："右卫率也在其列？"

东宫右卫率正是素盈的哥哥素飒。素盈吃了一惊，骤然清醒，屏息静听。第二个人低低地"嗯"了一声。

重重一拳突地打在门上，空荡荡的正殿里发出轰然回响。素盈差点叫出来，急忙双手捂口。

"知人知面难知心！"年轻人的声音充满失望和愤怒，"现在怎么办？左卫率离了东宫，右卫率又是琚贼的同党……他真是把我重重包得密不透风！"

"幸好那件事情已有着落，可以稍稍放心。"

"不除他，我无法放心。"

"臣这次就是给您一个口信——下个月初五。"

"下个月初五！"年轻人重复轻喃，难掩兴奋。他们击掌之后各自离去，素盈已是一身冷汗，犹自提心吊胆地屏着呼吸。

天下能让对方称"臣"的人有几个，素盈自然知晓。既然猜到，她更加不敢有丝毫动静，唯恐他们去而复返。

天色渐白，依稀的铃声迢迢传来，提铃宫女竟偷懒绕过此处，从别处走了。

殿门外又传来匆促的脚步声。素盈偷偷从门缝向外看，看到一个熟悉的人——她曾于小酒馆中见过的白公子，在庆云宫院内兜了个圈，正要离去。

素盈已能识别丹茜宫里的所有品级服色，叫了一声："副卫尉！"

他立刻回转身，满脸惊骇地望着庆云宫，仿佛听见里面传来鬼魂呼唤。

素盈连忙道："丹茜宫奉香在此，副卫尉救我！"

他惊骇之色稍减，脸上腾起疑云："素奉香？怎么在这里？丹茜宫上上下下都在找你。"说着快步上前，拿起殿门的锁看了看，"是谁把奉香锁在这儿？"

素盈麻痹的身体忽然有了知觉，感觉到清晨的微寒，浑身颤抖起来。难以付诸言语的委屈和惊吓结在舌根，她张了张嘴，最终只有牵强的苦笑。

白副卫尉不等她回答，两手用力，缠在门上的铁链应声而断。素盈看得目瞪口呆——那条铁链不粗，但她从未见过谁能赤手拧断铁链。他轻松笑道："锁链已锈了多年，不值一提。素奉香赶快回丹茜宫去吧。"

素盈猛地察觉：侍卫和女官在这无人之处相见，实在容易招致非议。她忙垂下头，低声道谢，侧身从他身边走过。

"素奉香，"白副卫尉忽然想起什么，喊住她问，"贵府的七夫人白氏是你的养母？"

素盈点头，听他又说："她是我的一位庶出姑母。"

素盈的心忽然狂跳不已，好像预感到接下来他会说什么。

他停了停，说："在下白信默。"

啊……素盈心下大乱，浑浑噩噩地听见他说："如此说来，我们也算亲戚，又同在丹茜宫效力，奉香若有为难之处，我自当帮忙。"

她不知怎样对答才算合宜，轻声低喃："多谢大人美意。天亮了，让人看见我和大人在一起，不妥当。"

白信默也意识到，这女孩失踪一晚上，倘若有人看见两人在一起，真是百口莫辩。

"奉香究竟被什么人关在此处？"

素盈瞅见远远走来的两个宦官，急道："就是他们！"

那两个宦官未想到她被困在这荒废宫殿里，能得人救助脱身，大惊失色，转身便跑。

白信默叮咛："奉香请先回丹茜宫。"说罢从容追了上去。

素盈看着他矫捷的身影有些失神，一时不知道自己该往哪里走。她蓬头垢面，不敢去丹茜宫请安，便先回到自己的住处。

婉微和令柔见她回来，又哭又笑："险些吓死我们！"你一言我一语，说素盈走后，可巧丹茜宫的人又来找。听说一名宦官传走素盈，皇后疑虑陡生，派人四下寻找，怎么也找不到。文奉香身边的宫女不敢隐瞒，说出文奉香对素盈不怀好意，万一真是她动手泄愤，怕是要不顾脸面了。皇后急传文彩环，也不见人影，又气又疑，要宦官卫尉一定找出这两个人，活见人，死见尸。

素盈不知这事如何扣到了文彩环头上，正要解释，婉微怒眉睁目，问："到底是哪里来的不开眼的小贼，竟敢冒称丹茜宫下属前来诳人？不要命了吧！"

素盈可不敢掩盖这事，改口说："我至今一头雾水。"

婉微恨恨地说："文彩环的父兄又欠下大笔债，不知怎么同印坊闹僵，印坊再不敢收她的香谱。她恨自己父兄无用，可惜隔着宫墙管不着，就把怨气发到你身上，扬言你坏了她的名声，要让你好看。昨晚，恰好她又鬼鬼祟祟不知所终。这事不管是不是她，往后都不得不提防了。"

素盈本已受了一夜惊吓，又听这些话，实在无语："她家里的事情怎能怪到我头上？"

令柔"唉"一声，说："这种人宫里多得是。你得了他们一辈子等不到的际遇，他们看着难受。非把你踩扁了，才显出他们本是有能耐的，只是一时的运气不如你。更不着调的胡话，我们也没少听，只是不敢让你知道。"

素盈听罢，沉默得连呼吸都失去声响。

婉微转动眼睛提醒："若说谁的嫌疑最重，必定是文彩环。可昨晚这事，实在太大胆，不像她干得出来的。你快去丹茜宫报平安，娘娘自然能看清是非。"

素盈被困庆云宫，前因后果尚不分明，文奉香身边的宫女立刻向皇后揭发，未免太心急。她再看婉微和令柔坚定的神气，生出一丝不安，疑心其实是暗示。文奉香的小宫女已经放出第一支冷箭，这就是皇后赶走文彩环的时机，接下来看她素奉香怎么做。

此时犹豫只会引来猜疑。文奉香身边的宫女是皇后忠仆，她素奉香身边的宫女，又有什么差别？素盈索性按她们说的，保持昨夜的狼狈模样，走一步看一步。

丹茜宫里，白信默垂首立在珠帘外。素盈一到，皇后立刻命她进珠帘内，见她满头满身灰尘，不禁骇然提高声音："怎么弄成这样？！"

听素盈说完被困始末，皇后含怒问白信默："副卫尉，那两个可抓住了？"

白信默答："抓住了，还没有问话，正要请示娘娘。"

皇后眉峰微动，冷笑道："不错。你带他们来，我亲自问。"

白信默正要告退，一名宫女急急忙忙来到皇后身边，附耳说了几句。皇后面色微沉，低声问："当真？"

宫女回答："是昭文阁都监说的。"她声音轻细，但在静可闻针的丹茜宫中，众人都听见了。

昭文阁是皇帝处理公务之处，素盈想不出这事和他有什么关系。皇后沉着脸靠在胡床边上，向白信默挥一下手："那两个混账东西，逐出宫去。余事勿问——你下去办吧。"

白信默领命出去。素盈却在皇后身边摸不着头脑。

皇后像是特别疲惫，慢吞吞地说："奉香，昨晚之事，是文才媛一句戏语所致。不要张扬。"

"文才媛？"素盈茫然中让疑惑溜出嘴。

"昨晚在昭文阁，圣上亲封文氏为才媛，将昭文阁几个宦官宫女拨给她。她那封号还没念顺口呢，就指使两个小宦官来捉弄你！"皇后冷笑一声，"是我无德无能，任她欺到丹茜宫女官头上。可她受封不足一日，不懂规矩，我不愿生事，只好委屈你。"

素盈忙道："娘娘厚意，奴婢已感恩不尽。"

原来，并非皇后设下陷阱对付文彩环，是文彩环无事生非。素盈气愤的是，她不在调香技艺上钻研取胜，却在一件素盈绝不会做的事上，以旁门左道耀武扬威。果真是不入流的出身、不入流的手段。

素盈恼怒之下又想，自己不过受一点捉弄，而皇后却被如此张扬地侮辱了——被朝夕侍奉她的奉香，还有她的夫君。她一时又替皇后不平，冒出了逾矩的念头，想对皇后再说一次多谢，比刚才那一句诚心。

但皇后好像很累。片刻之前傲雪盛放的寒梅，忽然感到积雪的沉重。素盈不忍打扰她闭目沉思。

宫里陷入尴尬的静默，最终还是由皇后打破："折腾一晚，你去歇着吧。今天我不想用香。"

此时天光已大亮，素盈告退出来，纵然疲乏，也睡不着了，合衣躺一会儿便坐起身。外间的婉微与令柔不知她醒来独坐，仍靠在外面榻上低语交谈。

令柔说：“文……咳，才媛娘娘真有胆子。”

婉微冷笑道：“夜授媛位，这是多大的例外！单有胆子可做不到。我早说过，那人早晚要出头。”

令柔默了一瞬，说：“平日倒看不出来。”

婉微又冷笑：“你看出来过什么？依我看，昨晚未必是第一次呢。”

“这又怎么说？”

婉微将声音压得更低：“斗香大会那次，皇后怎么也找不到她——宫苑虽深，但能走动的地方就这么大，她能去哪儿？”

令柔疾叱道：“不要乱猜乱讲！”婉微便不言语了。

两人静了片刻，令柔忍不住叹息：“我们这位奉香虽然年少，到底是东平素氏的女儿，又是丹茜宫里有名有分的女官。才媛倘若真聪明，怎敢公然挑衅丹茜宫？这是不打算给自己好日子过了。”

婉微接话讥诮：“说到底，不过是南方来的小家女子。在宫里调了几天香而已，哪里知道素氏的厉害！一晚上把能犯的错都犯了，也是罕见。”

不论叹息还是讥诮，她们不明白怎会有人干出这种傻事。

素盈的怒气过了，昨晚的自己仿佛变成一个渐渐走远的人。这时候，置身事外地看一看，她忽然看得更加明白。

小时候，她曾幻想生母其实是隐姓埋名的落难公主，终有一天真相大白，她会重新拥有真正的出身。那一刻，素盈将站在父亲面前，昂然要求他正视自己，告诉他，无论她生在哪天，都不比姐妹们差。

文彩环怀抱相似的幻想。让那些轻视她的宫人、让凭借姓氏后来居上的小姑娘知道，无论文彩环姓什么，终有扬眉吐气的时刻。她不是存心向丹茜宫挑衅，她是等到了梦想成真，要试一试出人头地的分量。

可有些事情是不该试的。

或许她以为，这座姓素的后宫里，女人们除了生于后妃世家，和别处的女人没什么不同。与素氏为敌，会让她耳目一新。

“素氏”不仅仅是一群女人，还有举国上下数以万计的贵族。他们的祖先浴血开疆，将御座拱手让给皇家，得到匹配皇族、共治天下的资格。这是拿无数性命换来的特权。任何外姓胆敢染指，他们就要对方也尝尝血的滋味。

素盈激灵灵打个冷战，预感到祸事要来。文彩环“一晚上把能犯的错都犯了”，最后倒霉的人，却未必只有她。七家之间各藏恩怨，一遇事端，不知多少人揣着私心借机使力。风波易起，难消。素盈自己在丹茜宫受着众多赤红妒眼的紧盯，实在不想卷入是非。

而且，她身上已经有一桩重大的是非了——侍卫们找了她一晚上，动静不小。素奉香夜困庆云宫，用不了多久就会传遍深宫。到那时候，庆云宫的不速之客将会发现，他们密谈时，刚好有个女官阴差阳错地困在里面……

素盈小小的一颗心马上就不够阴霾肆虐。她紧缩双眉，一边起身梳洗，一边想：三哥今天要在东宫当值，此刻应该忙过头一阵。她端详镜中身影——除了疲惫，与普通女官并无差别。

下个月初五。昨晚的捉弄，在这事面前根本不算什么。

许多年前，国巫推算国运，结果不容乐观，于是在东宫旁选定方位，建了一对极大的十步亭，用来安定储君运势。前一个名为凌虚，后一个名为御风，仿佛有道家忘身而无患的意思。可惜没用。

素盈站在凌虚亭中，只见东宫门前人来人往，十分热闹，似乎有特别的事情发生。她不敢贸然靠近，又不知如何才能找到素飒，不由得暗暗着急。忽听身后有人唤她："奉香！"

来的是白信默，素盈急忙行礼。此前慌乱，竟然忘了他的官位比她高得多。走到这里还能遇见他，她不免疑心并非巧合。

白信默上前笑问："奉香来找右卫率？"

素盈说："他若听说昨晚的事，不明就里，会担心的。"

白信默带着理解的神情说："你在这里空等无用。正好我奉诏入内，帮你去找找看。"

他原先是东宫僚属，昨夜正好当值，若要问话，自然是他答得清楚。素盈的嘴动了动，最终只道声多谢。一直看着他进了东宫门内，素盈说不清楚自己可以松口气还是该更紧张，怅怅地一低头，看见亭外一株蔷薇花。

那花姿态风流，是谱上有名的品种，栽在宫中却不知谁的手来摧折。素盈伸手轻轻地碰触柔弱的花瓣，叹了口气，抽出手帕慢慢揩去花瓣上的灰尘。恰好这时候，亭外有人走过，素盈起初没留意，抬头只见一个陌生人盯着她。

年轻人一袭整洁的蓝色便服，腰间蹀躞带上金光璀璨，仿佛暮夜群星，衬得白玉面庞如月出重霄。素盈从来没有被人这样直直地盯着看，急忙侧过身。年轻人笑一下，便走开了。

不多时，素飒匆匆地出来找她，素盈急忙招了招手。兄妹二人许久不曾见面，却没有说些寻常的关切的话，仿佛那些话已配不上今时今日的处境。素飒开门见山："今早进来就听说丹茜宫闹了一晚上，说是有个奉香不见了——我正担心是你出事。"

素盈连忙摇头说："我没事。"

她忐忑不安地四下看一遍，小声问："东宫与平日有什么不同吗？"

她向来与太子毫无瓜葛，素飒自然当她说的东宫是整个东宫官署，笑道："下个月初五，殿下随圣上外出打猎。这些天，宫里一直在准备，有点忙碌。"

“下个月初五？”素盈脸色稍变，“哥哥一起去？”

“当然。”素飒敏感地打量她，“怎么？”

素盈咬了咬嘴唇，说：“东宫已经知道哥哥的事。”

“我有什么事？”

素飒四下看了看，低声严厉地警告：“在宫里不比在家。不言不语好过胡言乱语，你忘了？”

素盈张了张口，忽见素飒身后走来一个年轻人，正是刚才看着她笑的人。

他还是那件蓝色便服，冲着他们走来，步履从容，料定这兄妹不能从他面前逃走。素盈不知如何是好，急忙向哥哥丢眼色。

素飒绷着脸转身，然而一见那人就卸去戒备之色，躬身施礼，侧头向素盈道：“快拜见殿下！”

砸在庆云宫门上的那一拳，仿佛原样打到素盈头上，脑中嗡的一声巨大回响。她脸色煞白，原本不必跪拜，回神时却已行了跪礼。

东宫注视她肩上绣的金丝麟凤，笑问：“素率，这是丹茜宫里哪一位？”

他的声音清朗动听，听过就不会轻易忘记。可惜这好听的声音，不久之前在别处响过。素盈紧张地咬紧嘴唇，头垂得更低。

素飒不知妹妹惊惧，朗朗回道：“这是丹茜宫素奉香，臣的胞妹。”

“哦？”东宫口气飘忽，仿佛漫不经心，“奉香，昨晚丹茜宫出了什么事？今天一早，我去拜见母后，她竟然病倒了。”

他已见过白信默，自然猜到素奉香昨晚撞上他密会，也猜到东宫外面绿衫青裙的人是谁。大约正是如此，发现素飒出来与她见面，才特意紧追出来。素盈庆幸此刻低着头，能将心慌意乱藏到低垂的眼眸与青石砖之间。可是发髻上仅余的一根玉钗轻颤，还是泄露了心迹。亭内外鸦雀无声，玉坠琮琮的声响在素盈耳中凸显清晰。幸得一阵清风解围，却又提醒她，前额后背已经微微地渗出汗来。

她沉默的时间长了点，原本仿若无事的气氛，变得有些尴尬。素飒只当她在毫无准备下见到东宫，不知如何应对，轻声催促：“殿下问话，还不如实回答！”

素盈为难地回答：“皇后吩咐，此事不准张扬。”

东宫似笑非笑地说：“不准张扬，却可以告诉右卫率，不能告诉我。”

素飒听出话锋蹊跷，含笑解围：“她初入宫廷，不善辞令，求殿下别为难。”

东宫当即爽快一笑，说：“奉香，你起来吧。素率从小跟在我身边，不同于别人。你以后来找他，不必躲躲闪闪，只管进去。”

素盈忐忑起身，本能地偷看东宫态度。

东宫睿洵继承皇后美貌，眉峰多一股男儿气概，那双眼睛却秀气。素盈与他四目一对，便忍不住向后缩——那双秀美的眼睛里，目光冰凉，逼视她的瞬间，仿佛发出清朗的声音："我知道是你听见！"

素盈只想快点从他的目光里逃走，嗫嚅地说："奴婢先告退……"边说边行礼。东宫微微一笑，不等她礼毕便从她面前转身走开。素飒也不再逗留，神态自若地同东宫一起走了。

素盈焦急无奈，却不敢唤住哥哥。怏怏地走到无人看见的地方，她捂着心口暗想：轩叶没说错——当下人的难处，亲身做了才知。她早就准备好应付种种难题，却总是在当口上发觉自己不够伶俐。算来下个月初五近在眼前，只求平安度过那天。

皇后本来说过这天不用香，正午过后却派人来叫她。素盈比平常更加小心留意周围众人神色，只见丹茜宫中一如平常，不像要再提那扫兴的事。

皇后的笑容光彩照人，仿佛冰消雪融，梅花又将绽放——只是花苞里藏着东西。

等素盈行过礼，皇后说："下个月初五，我随圣上去游猎。本来打算由文奉香随侍，可她今非昔比了，只好辛苦你跟我们奔波一回。"

素盈连忙谢恩。

皇后身边的秉阁令人说："出猎用香共十四味，已开列清楚，你稍后去典香司领。务必记得，设帐之后要燃'山水清幽'，猎毕设宴是'同庆'助兴，圣上御帐内要燃'承安'。娘娘熏衣沐浴的香，不可撞了这些味道。"

素盈一一记在心里。

皇后怕她没经验，亲口叮嘱："另外预备随赏的，切记内外官员不可混同。宫里这些人，你看着换个花样，不要与平日重了。给外面的人，只准备一样'葵藿倾阳'。"

素盈听见打个哆嗦，皇后看在眼中，淡淡地问："怎么了？"

素盈轻声说："今年单是藿香消耗大，平日用的赏的，两千斤出头。典香司同奴婢说过几次，照这用法，到年底，至少还要两千斤。"

皇后吃了一惊："竟用了这么多！"

素盈忙说："也不是丹茜宫一处用的。若赏'葵藿倾阳'，少说又是百斤，奴婢恐怕……"

她的担忧还没说出口，皇后已经点头说："换成'鹿鸣青野'。"

几百种香当中，她即时就说出一个名目寓意贴切的，并且不含藿香。素盈敬服，叹道："娘娘高明。"

皇后微笑说："这次，文才媛也要随行。她是圣上新宠，我原想例外待她，各色香膏、香露都为她准备一份，但想不到她离开丹茜宫才半日，就对我客气很多，说是媛位以上还有妃嫔，她不敢额外领受……大约是要自己配制了。你知道，她很擅长这个。"

素盈当即说："娘娘是丹茜宫之主，一切应用自然是后宫之冠。"

皇后缓缓摇头，向她招手："阿盈，你过来。"周围女官宫女们不着痕迹地向后退了少许。素盈急忙上前。

皇后脸上挂着看透一切似的微笑，徐徐吐气："宫里偶尔会发生这种事。我的一切应用都是后宫之冠，我有丹茜宫。但偶尔，会发生这种事，提醒我别忘了最重要的是什么。"

她两根手指从袖子里拈出一张折叠的纸："香的好坏，跟谱上的名次没关系，与人投缘才算数。比如，你赞不绝口的'春山挂雪''白鹤孤行'都是香中极品，意境高邈，制法也着实显出手段，可我实在难生亲近。人也一样。"

素盈双手接过那张纸，一看并非香谱，只言片语提到旃檀、薰陆、沉香。书中称薰陆为多伽罗，大约是一页佛经。

皇帝曾经说过，文才媛配的香很有缘法，想必皇后对此耿耿于怀。原来对她来说，最重要的是拥有皇帝的欢心。

见素盈目光闪动，皇后笑笑，话锋忽然一转，慢悠悠地说："阿盈，你是个聪明人。文才媛也不傻，可小门小户出身的女人，聪明到底差一截。跑太快的人摔一跤，会比别人摔得更惨。你是东平郡王家的孩子，应该从小就懂得这道理。"

素盈再度欠身，敛容回答："奴婢定不辜负娘娘。"

攥着那一页经书退出丹茜宫，她大致识破了文彩环的诀窍，心中冒出的却是个无关的念头——从未谋面的圣上是个奇人。

他常念佛讲经，在香氤里畅谈慈悲，但也喜欢打猎，在驰骋中享受猎物的鲜血和嘶鸣。他与皇后是并肩夺得天下的佳偶，鹣鲽情深，举世皆知，但他转身就宠幸了皇后身边的奉香。那些上知天文、下通地理的素氏妃嫔冷落深宫，他却因为一个女人拿佛经上的香料投机，就授以媛位。宰相琚含玄权倾朝野，东宫已辗转不安，而他若无其事，每天依旧烧香诵佛，计划游猎。

他到底是什么样的人？

日子一天天迫近。忙碌与忐忑中，庆云宫外那个好听的声音所说的"下个月初五"到来了。皇家的游猎队伍浩浩荡荡，开拔至崇山猎场。早有先行队伍为他们构建营地，不同规模的帐篷以颜色和形制区分人等，蓝天碧野中添了一座等级森严的简易宫城。

皇后大帐附近，一顶瘦弱的红色毡帐宣示它卑微地从属于丹茜宫。素盈在这顶行帐中，最后一次核对香料。名目与数量经过多次清点，分毫无误，但她还是忍不住一次次地摆弄它们。

脚下的大地微微颤抖，远处传来震耳欲聋的呼喝——皇帝就要带领他的卫士冲入山林。这是素盈第一次参加皇家狩猎，但她宁可坐在帐中，也不愿插在皇后、姑姑和两个姐姐之间。

丹嫔赌气不用熏香已经好久，宫里调香之风越是热闹，她越是固执地远离。皇后忍不住暗示这位睿、素两家的高贵后裔：今时今日在一个南国落魄女人面前落了下风，与其怄气，不如多花心思打理自己。她特意恩赐一副上等的香料，供丹嫔狩猎之后使用。

今日事情特别多，送香只要打发一个小宫女即可，但素盈心想，小宫女若是言辞不够机灵，反而显得皇后借香讥诮，连带配香的她也要受埋怨，还是亲自走一趟更为妥当。

想不到，她入帐拜见时，恰好撞上丹嫔怒斥丽媛、柔媛的场面。

丹嫔并不需要皇后的暗示。生在素氏的女人们，有时候心有灵犀。

“两个没用的东西！”丹嫔一腔懊恼全发泄在两个侄女身上，“亏郡王费尽心思栽培！竟让一个打杂的女人爬上来，跟你们平起平坐——外姓封了媛位，百年不遇的事重现后宫，让人笑话我们素氏一代不如一代，沦落到和南方来路不明的女人互称姐妹！”

看见素盈进来，丹嫔的口气和缓了一些，不至于让那两姐妹在丹茜宫女官面前丢脸：“安嫔、景嫔没机会来，皇后却准那贱婢同行，是什么意思，你们琢磨。还想称自己是素氏，就赶紧抖擞精神做点事，让看笑话的人知道，你们两个不是混到今日就到头的！”

素盈进退两难，别扭地立在一旁打量她们。丹嫔一身猎装，英姿飒爽。丽媛和柔媛也是猎装，却穿不出丹嫔那样的风度。两人畏缩不敢顶嘴，柔媛更是被骂得掉下不知真假的眼泪。待两人垂头丧气地退出丹嫔行帐，素盈才道：“娘娘息怒。文才媛小人得志，自然有人与她为难，何必要姐姐们去惹麻烦呢！”

丹嫔冷冷一笑，斜睨素盈：“贞妃、文妃伤了心，肃嫔破了相，都是可怜人，不争不恼、闭门隐遁也有人心疼。而我们家这两个还年轻，本来就有人等着挑刺，偏生她们不争气——再这样被人看扁，才媛之后轮到谁倒霉，我可说不好。”

她说着，淡淡地瞥了素盈一眼，似笑非笑地说：“后宫之中，只有她们跟我是一家人。我就算不喜欢，也不能让东平素氏任人踩扁。你说是不是？”

话锋暗指素盈也是东平郡王家的人，最后一问几乎是要素盈表态——在丹茜宫和家人之间做出选择。素盈眼望地面不作声，脸上仍是笑吟吟的。

丹嫔不强迫她，站起身抹平衣褶，问：“这身衣服好不好看？”

素盈诚心夸道：“娘娘穿什么都好看！”

丹嫔听了却更失落：“我也觉得好看，可是好看有什么用？好香料有什么用？”

她的手掌无意识地在素盈送来的香料上拍了拍，恍惚片刻之后，恢复高傲，挑眉道：“你回去吧，省得皇后叫人的时候找不到，又风风火火地大闹一场。”挥手唤来映荣：“今天营地里杂得很，奉香这样年轻的女孩子独自走动，不知道要惹谁闲话。你送一送。”

素盈来不及婉拒，映荣已经搀住她的手臂向外走。两人路过一处空地，望见丽媛素湄坐在一截断树上，不顾自己身份和旁人眼光，只是怔怔地发呆。侧影萧索，风中更显凄楚。

素盈上前几步，想问问出了什么事。

映荣跟上来，扯住她的衣袖说：“丹嫔娘娘是想激一激她——堂堂惠和大长公主的血脉，十四岁入宫，三年教养，费了偌大的心血，就落到年纪轻轻冷寂深宫的下场？二十岁认了命，待到四五十岁后悔，可找不出翻身的机会。”

素盈听了，再看姐姐的侧影，莫名一阵心酸。

映荣又毫不留情地说：“有口气就有开心快活的好日子，那是神仙境地、世外桃源。可我们这是什么地方？自己不争气，别人可就真当你断气了。像贞妃、文妃想得开也罢，就怕她过不好，还想不开，怨天怨命，徒惹人憎鬼嫌。”字字句句清晰有力，是故意说给素湄的。

素湄分明听见了她们说话，然而一动不动。直到素盈远远走开，回头望，她仍像在树桩上坐化了似的。

美得令文字失色的皇后素若星、血脉高贵的丹嫔素玉婵、曾经乖巧伶俐的孪生姐妹素淳与素湄、在丹茜宫中妙手调香的南方佳人文彩环……个个都压在一种沉重的氛围里。

丹茜宫是王朝的不祥之地。素盈回到自己营帐中摆弄香料，不知不觉又冒出这念头。

但……是谁让它不祥？

第一遍号角响过三次，皇帝皇后的大队人马出发。素盈点齐香料，正要去交代宫人调制香汤，满面焦急的素飒匆忙闯入行帐。

“哥哥？”素盈心里顿生不好的预感。

他此时此刻应该在东宫身边准备出发，却跑了老远来，简单明了地问：“有没有能让人沉睡的香料？”

素盈一惊，本能地反问：“睡？多久？”

素飒蹙眉道：“这时候不能太讲究。若是有，赶快给我。”

素盈坚决地摇头：“带出来的香料都是有数的，怎么给你？”

素飒焦躁地环顾周围，搓着手低声说：“事情不妙。东宫要趁今日狩猎，对琚大人不利！”

庆云宫外那句“不除他，我无法放心”忽又浮动于素盈耳畔。此时她终于明白那晚听到的秘密是什么，不禁脸色骤变，低呼：“东宫疯了不成？！”

素飒神色凝重，压低声音道：“我绝不希望东宫毁于一旦，你明白吗？”

若不是事关重大，他不会贸然跑来求助。素盈还在犹豫，素飒已动手去翻拣。大约他也学了一些香料的皮毛，果真从中挑出几样。

素盈压住他的手腕，忧虑地说：“熏香不是能掩盖形迹的手段，若有失手……你知道药害储君是多重的罪？！”

素飒攥紧香料，沉吟一瞬，毅然说：“今天太子一旦动手，必败无疑。他自己不会怎样，但收场的时候势必有人遭殃，不得不拼一次！”

素盈见他心意坚决，打开几个纸包，每包里取出一截香料扎成一束，交给素飒，说：“我手边只有这些——说是吸入燃烧的烟会致人眩晕，我没试过。”

素飒收下便要走，临行又说：“若我不能阻止东宫，你要想办法转告皇后。她和琚大人的交情……唉，我不说了，你记住！”

素盈拉住他的衣袖，泫然欲泣：“东宫有事，我去找皇后。你若有事，我去找谁？都知道你妹妹是奉香，倘若追查这香料的来处，我去找谁？”

素飒想要说什么，听到第二遍号角响起——那是东宫即将出猎的信号。他用力转身，大步飞快从她营帐中走出。

他这一走便是什么也不顾，将兄妹两人的前途性命都拿去赌。素盈突地感到脱力，扶住身边木箱，愣愣地听。

第二遍号角响过第一声之后，过了好久才响起第二声。

第三声……若第三声号角响起，就是东宫按计划出猎，素飒失败了。

过了好一阵，没有传来第三声号角。素盈心里一片空白，有几次甚至出现幻觉，觉得号角早已响过，又像是正在她耳边响起。

那香草真的有效吗？她从调香老师那里听到的，真是这一种吗？她在恍惚忐忑中开始怀疑。

突然，呜呜的号角声真切地传来。远处一片欢声雷动，大地再次颤抖——东宫的大队人马士气激昂，吼声直冲云霄。素盈木然地僵立，浑身冰冷。

“哥哥！”失败了……她喉中艰难地发出一点声音，身子晃了晃。

如果真如素飒所说，那么东宫的队伍只有一个目标——宰相琚含玄。可他们的猎物不像獐子、兔子。

现在只有皇后能够挽回局面，就算不能在酿成大祸之前制止东宫，也只有她能减轻素盈兄妹药害东宫的罪孽。素盈急忙奔出营帐，将汤沐用香交给宫女，问出皇后的下落，脱身去找马匹。

丹茜宫卫尉处还有很多马，素盈一心盼望白信默今天来了，可是怎么也找不到他。正在卫尉的红色大帐外着急，忽听有人喝问：“你是做什么的？为何在此处徘徊？”

素盈见是卫尉，忙行个礼道：“大人，奴婢是丹茜宫令人，来找副卫尉的。”

卫尉知道白信默向来注重名声，不同女官宫女来往，因此不信她的话：“你是什么令人？找副卫尉做什么？”

白信默在帐中听见动静，走出来，向卫尉躬身答道：“是我家亲戚。”拉着素盈避开卫尉，小声问：“奉香怎么来了？”

素盈急道：“白大人，奴婢要借一匹马。”

白信默不禁诧异："借马做什么？"

素盈眉头紧蹙，嗫嚅道："奴婢……"

白信默正色说："'大人''奴婢'就免了吧，只管告诉我出了什么事。"

素盈急得快哭了，咬着嘴唇忍住眼泪，说："大人看在七夫人的情分上，别再追问。若是为难就算了，只当我没来过。"

白信默深深注视她的眼睛，叹口气说："你在这里等着。"离去不多时回来，牵了一匹灰马。他顺手脱下披风，罩在素盈身上，说："穿这身衣服上猎场可不行。我的马脾气温和，比你哥哥的马听话得多，你就骑它吧。"

素盈一时没听懂，旋即想起来，他说的是那次在小酒馆的初见。他果然什么都知道……她垂下头，接过马鞭。白信默当真什么也不问，目送她疾驰而去。

北国的贵族大多喜爱狩猎。素盈学过骑射，但久不骑马，骑术见绌。好在这马确实温驯，稳稳地带着她直奔天地交界处。

离开营地约莫一刻，皇家猎场的全貌在面前展开。万里长天下，西边是茂盛的草原，小动物种类很多；东边密林之中，禽鸟要多少有多少；南边静卧一片大湖，盛产鱼类；北面耸立的崇山有大型猛兽出没，是皇帝最常去的地方。

皇后喜欢草原。整个夏季，野草疯狂地长，高过人头顶。即便有一支大军进入草原，也会转瞬被它们吞没，不见踪迹。据说，那景象能令皇后忆起少女时期在宣城离宫外的野草中捉迷藏的场景。

此刻，素盈无法体会捉迷藏的乐趣。风中起伏的草原宛如浩荡的海，亿万绿叶汇聚为波涛汹涌，一波接一波袭来。她在马背上坐直身子四望，根本看不到皇后的队伍。她心中着急，轻声催促，灰马伶俐地驮着她四处游荡。

寻了半晌，不止看不到皇后的踪影，连打猎的人也没看见半个，无边无垠的天地之间，仿佛只剩下她一个人。素盈开始害怕，疑心迷了方向。风吹得她心慌意乱，长草扑簌簌直响，轻松地吞没她。灰马感受到她的犹豫，顿足不前。

素盈正欲挥鞭，骤然停手——草浪中夹杂了一两声人语。她静静地凝神细听，过了片刻，又一句话语传来。素盈心中大喜，跳下马背，向密草深处寻去。

她走得小心翼翼，生怕响动模糊了话语传来的方向，又怕惊动说话的人。在弄清对方是谁之前，不要让他们发现她比较好。

万顷草原的合奏掩盖了她谨慎的脚步，也削弱了远处的言语。素盈刚停下细寻，忽听身边不远处传来清楚的声音："娘娘身边的人走得够远吗？"素盈吓了一跳——她不知不觉已离他们太近。

大风推动野草折腰，两个背影在她眼前一晃，又被合拢的草浪湮没。其中之一，正是皇后。素盈急忙蹲下，大气也不敢出。灰马仿佛通晓人性，见她伏低身子，也悠然地默默低下头。

“我身边的人知道什么话能听，什么不能听。”皇后淡淡地说。

和她对话的人笑了笑，问：“不知素盈在娘娘身边听不听话？”素盈听出这声音是琚含玄，心中诧异他怎么会在这里，而且提到自己。

皇后冷笑一声，道：“该听的话，她当然都听了。至于不该听的话，她有没有听到，我应该问你。”

过了一会儿，琚含玄深深地叹息：“星儿，你还记不记得我长什么样？”

“大人的样子，我怎么敢忘？”

“那你记不记得，上一次正眼看我是什么时候？”琚含玄缓缓地说，“没旁人在的时候，你也要这样背对着我？”

皇后冷淡地反问：“面对面又能看清什么呢？”

琚含玄似是无言以对，话锋忽然一转：“你知不知道东宫今天打算做什么？”

素盈的心顿时提到嗓子眼里，皇后却不紧不慢地说：“他有本事，爱做什么就做什么，我知不知道无所谓。”

“他以为二百死士就能制服我，先斩后奏。”

“唔……”皇后声音低沉，“那他确实太天真了。”但语气中没有惊慌。

“不过，东宫竟然悄无声息地养了二百死士，倒也让我刮目相看。”琚含玄呵呵笑了数声，语气骤变，“请皇后帮我一个忙，看紧你儿子。”

皇后不回答。素盈听到马鞭轻轻地抽打野草，力道很轻。很快，那抽打野草的声音停了。

“好。”皇后说，“你也要帮我一个忙。”

“娘娘有什么吩咐，琚某自当效力。”

他直呼皇后小名已相当不敬，在皇后面前竟然不自称“臣”，而是像个颇有气概的男人那样以姓自称。素盈心中的惊奇刚达到峰顶，又被皇后接下来的话拔高一山。

“文才媛的事，我很心烦。”皇后的口吻很淡，却让人不由得心惊。

琚含玄笑道：“不自量力的婢子而已。这种人不会长久，何劳娘娘烦心？”

“她是丹茜宫的人。”皇后冷笑道，“万一有人以为我上了年纪，粗心眼拙，丹茜宫的人能避过我的眼睛得逞……恐怕明天就有人盘算我的命了吧？唉，身为皇后，这心根本闲不下来。”

琚含玄问：“文才媛要怎么办？”

“若是奉香，好歹是我丹茜宫的人，我会让她不失体面，全身而退。可她现在是才媛，怠慢不起。”皇后走了几步，到琚含玄身边低声说了些什么，又道，“如此一来，大人这一身血迹也不用费心解释。”

琚含玄似乎不太欣赏她的主意，语气中兴味索然：“一个婢子，实在犯不着小题大做。有我在，丹茜宫就是你的，谁也踩不着你。”

皇后当即高声提醒："没有你，丹茜宫一样在我手心里。"

琚含玄发出响亮的嘲讽的笑声。在他的笑声中，皇后更为冷静，又说一遍："丹茜宫一日在我手里，就没人能插手。"

她说着，口气放缓和，柔柔地说："就算你手里有素玉婵，也没什么了不起——是谁的女儿，早就不值一提，是谁的母亲，才是今后的胜券。大人想要我管好我儿子，那就先管好你的棋子。"这温软的一句，却比之前千言万语更加凶险。

琚含玄的笑声越来越响，变成哈哈大笑。

"素玉婵若不是在我手里，只怕早就坐进丹茜宫了！"他毫不掩饰讥诮，"年前那座木雕，你当是用来唬人的？那次万分紧急，但总算留有转圜的机会。娘娘若再出那样的纰漏，任你是谁的母亲也没用。闲来无事，与其拿婢子撒气，不如想想'投桃报李'这句老话吧。"

皇后冷冷一笑："大人这几句话，我一句也听不懂。投桃报李很简单，我随时想得起来。但愿大人不忘'桃李无言'——这可是说来容易做来难。"

他们起初尚且有几分暧昧客气，此时渐渐剑拔弩张。素盈听得心惊胆战。

那座木雕丹茜宫的确有用意。丹嫔的确有望入主丹茜宫，竟被宰相作梗落空，当作极大的人情卖给皇后。至于宰相口中"万分紧急"的"那样的纰漏"是什么，素盈不敢想，宁肯自己毫不知情。甚至连此刻的秘闻，她也宁肯从来没听见。

皇后和宰相各自上马，分道扬镳。素盈伏低身子，失神地藏身于长草间，茫然无措。

宰相指使人割了睿奉香的鼻子，这只是对付婢子、"用不着小题大做"的办法。文彩环会怎么样？素盈无法想象，也不敢想。

等候素盈下落的皇后、被文彩环背叛的皇后、让素盈一时感动一时同情的女人，终究是一个个短暂的泡影。投桃报李，桃李无言，才是丹茜宫里的素皇后。素飒搭上前程性命，唯恐宰相与东宫之间有血光之灾，而她轻轻地讲几句话，就换她儿子平安无事。

谁来理会素飒与素盈的生死呢？

素盈回神时，只见眼前云淡天高。苍穹上有千万神明，竟没有一个在此刻显灵。天野之间，驰骋着举国上下最高贵的贵族们，竟没有一个名字能成为她心中救命的稻草。

她心灰意冷，只想快点离开这里，回到哥哥身边。浑身无力地向身后看，却不见借来的马。原来灰马贪吃嫩草，偷偷走远了。素盈拨开面前野草，漫无目的，一脚高一脚低地寻找，误打误撞找到了走失的坐骑。

灰马正卧在草中，身边靠着一人。素盈气喘吁吁地走到跟前，不禁傻眼：那人双目紧闭，正是东宫。

"殿下！"素盈见睿洵一身血渍，慌了手脚，不住地唤道，"殿下快醒醒！"

睿洵听到呼声，睁开眼睛看了看，没有认出她，只是本能地问："这是左卫率的马……信默在哪儿？”他的思绪似乎很混乱，忘了白信默已不再是东宫左卫率。

“白大人不在这里。”素盈扶起睿洵，关切地问，“殿下受伤没有？”

睿洵摇摇头，仔细打量素盈，突然推开，警觉道：“你！”

素盈不为所动，说：“奴婢扶您上马。”

睿洵将她远远推开，冷笑道：“是素飒派你来的？”

素盈面对他的敌意沉住气，说：“是右卫率叮嘱奴婢，为殿下寻求援手。”

“他用来迷我的香，是你给的？”睿洵冷冷地看着素盈，眼中敌意不减，“你既然是他同党，援手助谁？走开！”

素盈任由他怒意肆虐，始终镇定地看着他。待他以自己的力量无法攀上马背时，她一字一句地说：“如果殿下当时昏厥，现在怎会满身血污、担惊受怕呢？”

睿洵听明白她的话，默默攥紧了挽缰绳的手。

素盈又说：“右卫率用我们兄妹二人的前途性命，换殿下在营地中高枕无忧。殿下不屑这份心意也无妨，请不要在此地耽搁。”她的声音沉稳，自己也颇感意外。刚才明明绝望而不知所措，但在睿洵这一身血污前，她的恐惧似乎微不足道了。

睿洵被她镇定的态度说服，倔强地说：“我还不至于虚弱到要女人来扶。”说完这句话，尽力攀上马背。

素盈小小地腹诽：他是不需要一个比他更弱的女人来扶，对丹茜宫里那位，他可说不出这样的话。

低头隐瞒自己的情绪时，她瞥见睿洵的靴子如同从血泊中打捞出来的，已经看不出原本面目。再看别处，大片泥水染得绫裤斑驳狼狈。她伸手整理东宫衣摆，特意为他遮住，手臂忽然被他拉紧。

“上马。”睿洵漠然说着，眼睛仍在打量四周。

素盈慌忙摆手：“奴婢不敢！”

“这是猎场，不等你走回去，先被猛兽吃了。”睿洵说着，提起她的腰带向上一扯，她便斜坐在他面前。

俊美而苍白的面孔近在咫尺。素盈惊得瞪大眼睛，怕呼吸冒犯了他，憋着一口气不敢呼出，也不敢落荒而逃。睿洵沉声要她坐好，她脑中没有别的主意，浑身僵直地坐在他前面。

“放心。”睿洵的声音就在她耳边，“我们从营地西南回去，没人会看见。”

灰马驮着两个人仍然四足如飞，不消多时就回到皇家营地——西南角果然没有人。睿洵放她下马，说：“时候不早了，你赶快回去。这马会自己回信默那里。”

素盈挽住缰绳央求：“殿下，右卫率有他的难处，他只想好好地在宫里有番作为。殿下也说过，右卫率和您是一起长大的。求殿下饶他一次。”

睿洵警惕地环顾周遭，急促地说：“我不知道你在说什么。今天早些时候，我精神欠佳，睡了好半天。离开营地不久就回来了，猎也没打成。”

素盈不敢多话，放开缰绳，目送睿洵走远，心想：他不愧是皇后的儿子，这句“我不知道你在说什么”和他母亲如出一辙。但他的谎话太差劲，那么多人跟着他出猎，难不成一一封住他们的口？

这天晚些时候她才知道，那么多人早就死在猎场上，变成了另一场祸害。

素盈生怕错过进香的时辰，匆匆回到自己的行帐，只见一个小宫女早在那里等着，说今天不用进香。

不合常理的事自然有非常的原因，素盈急忙问：“为什么？”

小宫女回答：“奴婢不知。这话是上面一层层传下来的，奴婢只是照传。”

素盈又问：“消息还要传到哪里去？”

小宫女看了看她，谨慎答道：“进膳、进乐舞都免了。”

“啊？圣上今天没有满意的猎物？”

“奴婢不知。”小宫女简单地答了一句，就匆忙告辞。

那位神秘的皇帝不会轻易变动规矩。

御帐之内正在发生一件大事。素盈凭直觉猜到：她的义父和皇后既然要隐瞒东宫截杀宰相的真相，定是造了另一件不相伯仲的厉害事端。素盈忽然心慌，直奔东宫营帐而去。

在她离开的这一阵工夫，营地排满了金戈铁甲的武士。素盈来不及靠近东宫营帐，便被军官怒斥制止。她怯怯地不敢向前，也不肯离去。

这时，大帐洞开，一尘不染的睿洵从里面走出来。素盈的心向上提，脚尖不由得跟着踮起来。那军官见一个小小年纪的女官，竟敢于百人之前眺望储君，提高声音大喝，顺势将手里金戈挥了一下。他挥得虎虎生风，吓得素盈脱口惊叫。

呼声传到睿洵耳中，他转身看了一眼。素盈顾不上赞他神容静雅的高超伪装，只顾向他身后去找素飒的身影。可惜她位置不好，触目所及全是一顶接一顶相似的帽子。

睿洵遥见她慌张，向身后低声说了句话，便有一人回头望过来，正是素飒。他面色严峻，眼角肿起一片乌青。素盈落定的心思又绷紧，脚步不由自主地跟着东宫向御帐走去。

御帐周围，侍卫数目骤然增多，金戈卫士充满视野，素盈再也看不见哥哥的背影。侍卫更加不客气地拦住素盈。

素盈忙说：“奴婢是丹茜宫奉香令人，刚才得知今日不必进香，不知传话是否有误。”

侍卫不回答她，板着脸厉声断喝：“速速退开！”

正此时，睿洵得到许可进入御帐。帘幕开合之间，女子悲切大哭的声音传出。天生妩媚的声音，哭泣也格外动人心弦。

素盈心头的阴霾更重，失魂落魄地回到营帐中，文彩环的哭声仿佛还在耳边萦绕。

心里并没有拍手称快的感觉，只有恐惧。

睿奉香“不识好歹”死于非命，文彩环大约也在劫难逃。皇后亲口说“怠慢不得”，又要用什么借口？

皇后……素盈心里晃过原野中的疾风靡草，又立刻将那一幕抓住扼杀。她不该听见。忘了吧，忘了就等于没发生过。

她胡思乱想着，无法推测他们兄妹的命运，坐立不安，直至日影西斜。营地又热闹起来，和早些时候的兴奋不同，是一种带着紧张的喧嚣。丹茜宫的白公公来传话：“奉香收拾东西，准备走吧。”

素盈的第一个念头是拿香料给哥哥的事情败露，此刻便要处置。她手足冰凉，颤声问：“去、去哪里……”

白公公爽快地回答：“御驾回宫。”

“回宫？”

白公公一丝不苟地说：“皇后娘娘交代下来，今日带出的香料颇多，其中不乏要紧东西，务必清点仔细，回宫之后要按数报核。”

素盈惊心未定，磕磕绊绊地问：“为什么仓促回宫呢？出了什么事？”

“奉香还不知吗？”白公公故作惊诧地看着素盈，脸上挂着他很擅长的、推心置腹的表情，“南国刺客行刺圣上！”

素盈想不到还有这样一桩大事，脱口惊呼：“圣上现在如何？”

“没事。”白公公笑道，“恰好是琚相撞上刺客，一举歼灭——你没看见相爷那一身血，真吓人！据说刺客数以百计，幸好随侍琚相的青衣卫都骁勇矫健。”

素盈的心嗵嗵直跳，胡乱找话道：“圣上化险为夷，相爷又立奇功，真是天下大幸。”

“是啊。”白公公含糊地说，“才媛娘娘竟是南国的谍人……不可思议！”

素盈浑身一颤，惊呼：“才媛？文才媛？怎么会是南国的谍人？”

白公公斜了她一眼，又叹道：“是琚大人拷问刺客得知。圣上大怒，当即要查明此事。皇后命令搜才媛的行装，搜出许多红线——猎场上也有许多地方系了红线，不是才媛给刺客留的暗号，又是什么？”

素盈糊涂了：“出猎带的东西，都是上了簿子、宫司提前检点过的，她怎能私藏红线？”

白公公别有深意地赞道：“说起来，是你姐姐柔媛的功劳。柔媛细心，发现文才媛一路上结了许多红线，疑心暗留记号会不会干出有亏操行的事情，因此禀报皇后。皇后命人去检视，才发现文才媛竟将自己马车中的红毯拆出许多线来。也真难为她。”

最后这句“也真难为她”说得模棱两可，不知是指文才媛拆毯子的心思惊人，还是说柔媛与皇后竟能抓住一把红线，推算出那是留给刺客的记号。

素盈心如明镜：姐姐到底还是动手了。柔媛与才媛所用的马车是同一规格，红线、红毯到底是谁车里的，只有老天知道。不必素盈这区区奉香从中牵线，柔媛素淳就已给自己和丹茜宫牵好了红线。

潜通南国，果然是和东宫暗杀宰相势均力敌、配得上才媛娘娘的一顶大帽子。人证物证俱全，但是——文彩环没做过。

素盈感到嘴唇微颤，却发不出声音。

皇后说，在这宫里跑得越快，摔得越惨。直到昨天，素盈还想要文彩环狠狠地摔一跤，恶有恶报。但不是以这样的方式。

这是冤案。

沉重的呼吸在她喉中哧哧作响，每次吞吐都预谋把她锯成两半。心像一把大锤砰砰用力，砸得她整个人都在摇晃。

白公公扫了她一眼，若无其事地说："奉香赶快收拾东西吧，皇后与相爷唯恐还有刺客，劝说圣上今晚连夜回宫。"接着，他不知出于什么样的心思，用不高不低的声音说："你哥哥要护送东宫走了。"

事情没有牵涉东宫，哥哥平安度过了今日。素盈费力地问："才媛如今怎样？"

"不知道。"白公公淡淡地说着，似有意似无意地加重了声音，"她的事情，我们这等微末小卒怎管得了？！"每句话像别有一重暗示，又像没那么多深意。

素盈送白公公到帐外，浑浑噩噩地一转身，素飒便跟着她走进帐篷中。素盈见到他，立刻转忧为喜："哥哥，你……"

"没事。"他脸上有块瘀青，像是早些时候挨了打。

"东宫此刻要随驾回京，我先走一步。"素飒满脸阴云，"阿盈，今天实在情势所逼，不得已才要你涉险。以后不论谁要你做这样的事情，千万不能答应。你只管做好你的事。"

素盈默了一瞬，张嘴说："文……"

素飒即刻看穿她的心思，伸手捂住她的嘴。那只手宽大有力，紧紧贴住她的口鼻，几令素盈无法呼吸。

同样的事情，以前发生过一次。

吃惊的瞬间，素盈从他脸上看到了轩叶死后的素飒——说出"弱者触目所及，必定是'不该'多过'应该'"的那个素飒。

她恍惚明白，那个素飒出现，是因为他看到了轩叶死后的那个素盈——说"还死者公道，才是堂堂正正的颜面"的素盈。

堂堂正正的素盈，一直不被哥哥喜欢。素盈曾经以为，原因是她太软弱了，没有力量却公然向周围伸出手，像个乞讨公平的乞丐，认为伸出手，别人就应该发善心，把公道给她。

现在她恍然顿悟：不被哥哥喜欢的真正原因，是她太傻。

人人都知道轩叶没有回乡成亲。他们不在乎借口是嫁人还是自尽，只有素盈一个人以为他们都受了骗。只有她，想找出真相给他们看。

今天也一样。人人都知道文彩环不是南国的间谍，不在乎那是不是一桩冤案，只有素盈以为，别人都在等待水落石出，而真相只在她的牙关后面。

窒息的感觉仿佛来自哥哥紧紧压迫的手，又好像她置身宫中早已透不过气，直到此刻才发觉。

她短促地笑了一声，炽热的气息烫了素飒的手心。他抽回手，静静地看着她。

"哥哥是不是有事要告诉我？"她想等他说出来，堂堂正正对自己妹妹说一个他们都知道的秘密——文才媛是被冤枉的。

但他摇头，说："你知道的已经够多了。"并在离开之前更加严厉地告诫："你义父和皇后的手段，你也见识到了，以后小心。"

失望突然如千斤压顶，压得素盈失去感慨。最终，她也没有对哥哥说出那句真相。她心里清楚，此时此刻，对哥哥尚且说不出来，以后更不会对任何人说。害怕真相带来祸害，情愿装作一无所知。素盈说不清哥哥和自己，谁让她更失望。

她茫然地整理香料，不费什么力气就将素飒留下的空缺补齐——的确像婉微和令柔所说，香料这东西，出现分毫的差错根本看不出。

一个之前没有的想法忽地冒出来。哥哥是东宫右卫率，有无数机会接近睿洵。他从小习武，能轻易打晕睿洵，比十倍香料还有效。只要一人之力就能做到的事情，他却向妹妹索要燃放片刻才能见效的香。

素盈的心又向更低处沉下去。

睿洵看见素盈的瞬间，就知道香料出自她手——谁能比奉香更方便拿香料呢？况且是兄妹。

素飒知道，东宫的决心根本无法阻止。妹妹找到皇后报信，是件大功。就算找不到，他们兄妹最终也肯定不是斗胆药害东宫的罪人，而是宁愿冒生命危险，用一片赤诚保护东宫的忠仆。

哥哥用一截小小的香料，拉她来分一桩功劳。

可是为什么呢？她是丹茜宫奉香女官，与东宫有瓜葛，只会让她的处境更难。

马车载着素盈返回京城。她想得入神，时不时随着颠簸在壁板上撞一下。每撞一下，就感觉自己仿佛被困在一座永无尽头的迷宫里，高墙就是身边的一个个人。

御驾在夜半时分回到宫中，禁卫加强，灯火通明，处处不得清净。唯独玉英宫如同死地。素盈从丹茜宫告退出来，路过时特意看了一眼——玉英宫的主人文才媛有去无回，宫中一片黑暗，宫女宦官在圣驾未回时，已被宫正司带走问话。

幽寂中吹来的风格外诡异。素盈加快脚步走过去，忽觉宫檐上有动静，惊得大声喝问："谁？"

白色的身影优美无双，静坐于玉英宫屋顶，向素盈发话：“你看，区区一个奉香想要左右自己的命运，是多么不容易……她死了。”

素盈认出这是曾经想和她交易的女人，不禁浑身打战：“你到底是谁？”她怎么会在这样的一个夜晚——偏偏是这样一个夜晚——悠闲地坐在宫殿上？

“我能让你不再害怕。”她循循善诱的口吻烙印在素盈脑海里，“令人畏惧的隐秘、让你感到无力的不公，都将屈服在你脚下。”

“我没有怕……”

那女人毫不留情地戳穿她的谎话：“你在猎场欲哭无泪，没有感到绝望吗？真相就在你牙关后面，你的嘴怎么张不开？此时此刻，压在你心上的不是真相，是担忧、疑问，想知道那两个人在草原上密谋时，有没有看见你——你比文彩环多一个‘素’字，又能怎样？还不是叫天不应，渺如尘埃！”

素盈脸上顿时失去血色，只觉得和今日所见的成百名金戈卫士相比，这个优雅娇柔的女人更加可怕。她苍白的微笑，比睿洵血染的猎靴恐怖万倍。

“我不一样！我踏实做自己的事，只要不做错，自然没人为难我。我不需要那些、那些让人染血的可怕东西！我不需要摆布命运！”素盈捂上耳朵，飞快地跑开。

那女人呵呵一笑，话音穿过幽深的夜色直传到她脑海——

谁是天生需要呢？

阿盈啊，每个人一开始都不懂得命运的意义，都是走在别人指的路上，顺从地走，以为安稳。有的人就这样走了一辈子，有的人却发现道路与道路的差别——姐姐们的那条路意气风发前途无量，自己的这条路前方空空荡荡。

是幼小的你召唤我，看见我，要我提醒你：你过的生活和你想要的生活之间，隔着不公、恐惧和无能为力的深渊。

很快……很快你就会知道：掌握选择道路的权力，你就能越过深渊。

很快你就会需要的。

第三章
灵犀

良缘大约是在野外吹风受寒，归来之后，素盈神昏乏力，白天打不起精神，夜里睡不安稳，觉得有人在她窗外偷窥。

很多次，她在半梦半醒之间，听到窗外传来低语："睡了吗？皇后……皇后……"

她总觉得是文彩环的鬼魂来找皇后，忙说："我不是！我不知道！你、你为什么要到我这里来？"

暗影知晓她的心迹，顷刻间有了文彩环的样貌声音："因为你有罪。"文彩环仍是做奉香时的打扮，直勾勾地瞪着素盈。

"用你配的'春来芳满庭'攫取奉香之名，是我的主意吗？你为此怨我，觉得我欺世盗名，占了你的便宜。"她步步逼近，素盈在梦境里无处可躲。

"你明知我是冤枉的，可你希望我有错、有罪——'谁让她一晚上犯了所有的错！''谁让她自己大意！'这样你就能说服自己，只要不犯同样的错，就可以高枕无忧。你这个可悲的、卑鄙的人！"

素盈浑身哆嗦，弱弱地抗议："我能怎样呢？你看看我！你看到的是上苍派来的神仙吗？是手持免死牌的御史吗？他们是什么身份，我又是什么身份？"

魅影停在素盈前方的黑暗中，以更加哀怨的口气说："一个人若把自己放在万全之地，就无处安放正义。你不可能为我昭雪冤屈，你已经发觉了吧，小姐？"

素盈手脚冰凉，发现面前的魅影换了容颜："轩叶？"

"小姐终于知道下人的难处了。听话难，听从内心更难。"轩叶幽幽地叹息，又换了面目。

"正义从来得不到昭彰，只是一层一层裹上恶。"文彩环带着充满恶意的笑，说，"皇后的栽赃、你的沉默裹在我身上。有一天，也会有人把这些恶臭裹到你身上，你也会死于臭烘烘的冠冕堂皇。"

"我和你不一样！"

“是啊，你希望我们不一样。可是狗与狗有多大差别呢？”

鬼魅被房中某种东西迷住，微微侧转身。朦胧月色中，黑影忽然一分为二，像是文彩环和轩叶，又像是另外两个人，声音也走了调：“香……好香……会不会死呢？”素盈吓出遍体冷汗，猛地从梦境中挣脱。

房中燃着助人熟睡的香，令柔和婉微正坐在香炉旁轻摇扇子，催动香风。素盈觉得那香味激起胸中一阵恶心，跳起来冲到桌边，抄起半杯残茶泼上香炉。

令柔和婉微还没从惊骇中回过神。素盈颤抖着跌坐在地，仿佛看不见她们二人似的，掩面大哭。

从那夜起，她房里不燃夜香。虽然睡眠仍不安稳，但也没再见过文彩环与轩叶的鬼魂。

婉微、令柔看出她心病沉重，几次劝：“娘娘近来十分厚待你。不如向娘娘禀报一声，休息几日？”

素盈边揉额头边说：“眼下只剩我一名奉香，怎能动辄懈怠，惹娘娘扫兴？一点小毛病而已，还不至于病倒。”

皇后这些天确实对素盈格外器重。狩猎归来，她便对素盈说：“昨天的香，圣上说，味道质朴，却比精心配制的好，以后就用这种香来熏衣。”她只记得衣服上的香味和皇帝的关心，死者已从脑海中抹掉了。

素盈暗暗觉得讽刺。她为皇后熏衣的香，是由佛前供奉常用的几种香配成。皇帝喜欢诵佛，宫中人挖空心思念经，无一能得要领——皇帝不会随便抓住一个人，问他是否对经文有所领悟。皇帝不闻不问，他们念了也是白念。唯独文彩环前往御前侍奉时，改以礼佛之香熏衣。皇帝一嗅便知，这人若非虔诚信徒，就是格外伶俐。这位机灵人去丹茜宫侍奉时，又刻意改穿别种香料熏过的衣服，以至于皇后从未嗅出蛛丝马迹。

大慈大悲的香味，却涌动于尔虞我诈、刀光血影之中。

“从前配的不必用了，还有多少？”

素盈听皇后发问，马上答：“娘娘常用的‘摇光散彩’还有十副。”皇后颔首说：“拿给柔媛。你记得将香料和去处登入簿子。”这独一份的恩赐，证明柔媛果真没白忙一场。

不久之后，素盈听说蕊珠宫的茶会散场。柔媛偶尔去坐一坐，不花太多时间喝茶了。

狩猎的余波很快消失，宫中无人再提昙花--现的文才媛。素盈心里还惦念这回事，问宫女：“玉英宫的人还没放出来？”婉微谨慎地说：“好好静心休息吧，想别人的闲事做什么！”

“那么多人，因为一个文彩环，不明不白地就……”

令柔说：“这就是宫女的命。哪一回上面风吹草动，到我们这里不是电闪雷鸣？但愿从此太平无事，别连累我们运气太低。”

婉微也哀叹："奉香心善，与其操她们的闲心，不如可怜可怜我们两个活着的。"

素盈看看这个，又看看那个，不再说话。

过了一阵子，刺客事件逐渐风平浪静。素盈在丹茜宫外碰巧遇到东宫睿洵一次。睿洵不知从哪里听说她身体欠佳，和颜悦色地问她病况是否严重，与初次见面时的虚情假意截然不同。

素盈离他远远的，回答："一点小小风寒，哪里称得上病？"

睿洵立即说："小恙也需要时时提防，才不至于酿成大病。"又饶有兴趣地问些关于香料的事。

素盈对答清楚，他问什么便说什么，只讲些选香、调香的技巧，绝口不提其他。

末了，睿洵说："听起来是一套有趣的学问，改天要向奉香好好请教。"

素盈猜他另有目的，由衷希望这只是一句客套，万万不要当真。

可惜，睿洵不解她的烦恼。一个天气晴好的日子，丹茜宫传话说，东宫请素奉香去演示调香。

素盈的病总不见好，本来想要休息，此时只得提起精神，拿出惯用的工具和上好香料。婉微热心帮她修饰，妆容比平日稍稍艳丽，以掩盖憔悴，又特意寻出一根丹嫔送的粉红珊瑚发簪。

脸色可以遮掩，精神没法焕然一新。走去东宫时，素盈三番五次感到眼前金星流窜，太阳穴上咚咚地疼，不得不咬牙强撑。

虽然睿洵说过，她可以随便去找她哥哥，但素盈从来不敢拿他们张口就来的一句话当真。这天是她第一次进入东宫，只见花木扶疏，亭阁连绵，廊庑、便道上往来男子甚多。她奉命前来，不觉得有什么，反而是他们看见她，免不了有些疑惑。

宦官径自引她进了一处大屋。里面光线极好，摆设尽显古朴典雅，没半分奢华迹象。除了四壁图书字画，还有一只高耸的刀剑架，供着两刀一剑，儒雅之中别有一股英气。素盈的情绪为之一振。

睿洵走出来"咦"了一声，问："奉香的病，近来仍不见好吗？"

素盈连忙垂首回答："多谢殿下垂问。大概这几日就快痊愈了。"

她气力虚弱，答得很慢。睿洵上下细看，又叮咛："拖了这么久，可要格外注意。"

素盈谢恩之后抬起头，不禁愣了一瞬。他原就一表人才，今天穿件水色长袍，象牙花纹，比平日更显素净利落。只看一眼，素盈便觉得胸中有团压抑的乌云倏然散尽。

"唉……"她心里无端地叹了一声，心想，这和猎场上满身血污的模样，哪个是真正的他？还是今日的样子更适合他。

睿洵仿佛没留意她的神色，指着她怀里的包裹问："这就是调香用具？"

“正是。”素盈在桌上解开包裹给他看。木匣的抽屉一层层打开，分别放置各种用具与香料。

“其实调香也没什么难的。”她说着便要开始，想及早完成这件差事。

睿洵却不急，款款笑道：“我也想效仿母后，找一处好风景，对景焚香，不枉风雅。”

旁边伶俐的宦官立刻结好包裹，打手势说：“奉香请这边走。”

睿洵看见素盈出乎意料的表情，微微笑了笑，走到前面去了。

三人向宫内有花木的方向走，睿洵随口问：“奉香今年多大年纪？”

“奴婢眼看就要十五岁了。”

睿洵笑道：“原来是生得早了。难怪你家里没指望你进宫侍奉君王。”

素盈轻皱眉，郑重回答：“奴婢在宫里当奉香，一样是侍奉皇家。”听她答得有板有眼，睿洵回头瞥她，笑而不语。

绿荫中有一亭名为“澄澜”，睿洵入内坐下，素盈恭谨地立在旁边。睿洵不提调香，却一派悠闲地举目四望，问：“你看这里风景如何？”

素盈环顾周遭——不过是宫中寻常的一个角落，有树有石而已。

睿洵自嘲似的冒出一句：“这就是……我一辈子能看到的风景。”

素盈微微转眼去看他的面庞，只见俊秀容颜一片落寞，不由得柔声说：“殿下是天子之子，国之储君，人生即是风景，胸中自有大千，何须求声色耳目的肤浅愉悦呢？”

“心内的风景，一生能得几人共赏？”睿洵不胜唏嘘，挥了挥手。宦官打开木匣，将香炉、香料放在亭中央的石桌上。

睿洵见那香炉顶上一颗核桃形的大琥珀，问：“我几时给素率的？竟不记得了。”

宦官赶紧替茫然的素盈回答：“殿下那个还在库里收着呢！奉香这个看起来确实像，大约从前也是宫里的东西。”

先皇在时，给了她父亲东平郡王无数赏赐。睿洵听了也就不见怪，目光却在上面多留了一会儿。

“不知殿下想要看哪种香的制法？”素盈无意耽搁，看到睿洵以眼色表示不解，便用最简单的方式解释，“宫内常用的香有两种。一种是香材不加修饰，取其单纯明净，如檀香、乳香、丝柏，自有独特味道；一种是众香混配，求其丰富曼妙。”

谈起香料，素盈的语调不由得变得轻快。睿洵泛起微笑，问：“我听人说过什么南法制香、北法叠香，不知有什么差别？”

“差别很大。”素盈顺着他的话提起叠香的原委。

“南国制香，往往将香料以酒蜜、乳蜜、苏合油调和，制成香丸香饼。我朝忌讳这种制法，恐有差失难以查证。后宫赏香是不准用的。焚玩功夫尽在叠放之中，就是我国独树一帜的燃香法。”

说到此处，她想起第一次进丹茜宫时，见识到文彩环叹为观止的叠香技艺，眼中光华黯淡几分，为防冷场，匆忙说道："不知殿下有没有特别忌讳的气味？"

睿洵摇头说："奉香是个细心人，别挑那些辛辣的即可。"

素盈暗自称奇，调香又不是做菜，哪儿来辛的辣的？难道他竟然从香炉中闻过辛辣味道？这话自然不敢说出来与他玩笑，当即用丝绢拭净双手，挑选香料。

睿洵悠闲地看着，拈起一块香料，好奇地问："这是什么？"

"这是降香，产自南国，能活血行气，当药也可内服。"素盈神色肃然，强调说，"奴婢所用诸多香料，皆有药性，因此用在何处、用了多少都要向典香司通报。倘若典香司以为香谱不妥，还要交给太医院验证。今日带来的香，用不着的，还需原样带回，不能留给殿下把玩，还望勿怪。"

睿洵知道她姑姑几个月前私夹香料入宫，其中恰有药材，被皇后抓个正着。丹嫔至今还在赌气不碰香料。见她警惕的样子，睿洵忍俊不禁："奉香放心，不会令你为难。"又若无其事地拈起一块香料，问，"这又是什么？"

"龙脑，对付头疼很管用。今天奴婢不用它。"素盈说罢，专心致志地挑选香料。

"这个呢？"睿洵又递来一物。

素盈瞥一眼，眉头便蹙起来——那不是她的香料。她的香料品种、分量皆有备记，多了少了是大差失，向来谨慎。今日带出来的香料也有清单，突然多出一块绝非意外之喜。她从睿洵手中接过那干枯的东西，觉得样子眼熟，掰开观察，双眉拧得更紧。

睿洵一直紧盯她，缓缓地问："到底是什么？"

素盈脑中一个疑问左右来去：这里怎么会有这东西？

睿洵用慢悠悠的口吻再问一遍："奉香，到底是什么？"

她瞥见他淡然的脸孔，瞬间找到答案——东西不是她带来的，是他带来的。他对调香没有兴趣。找她来，是因为他脑子里也有同样挥之不去的疑问。

既然这是他的目的，素盈料他不会轻易放过自己，忙跪下。她没有想好怎样作答，口舌一时结巴："奴婢不知，这、这不是奴婢准备的香料……"

"谁让你跪的？抬起头来！"

隐藏表情的把戏对他不管用了。素盈不敢抬头，也不敢起身。睿洵伸手托起她的下颌，看一眼就放手，心平气和地说："若真不知，为什么这副表情？说吧。我不会告诉别人是你说的。"

他的声音仿佛劝诱，素盈觉得快要落入他的陷阱，垂下眼睛逃避他的凝视，余光瞄到一旁，发现随侍宦官不知何时已走了。再偷看睿洵，英俊的脸孔依然和蔼可亲，目光传递的信息却截然相反。

素盈睁大眼睛望向他眼眸深处，看出他虚张声势，但他誓不罢休。她小心翼翼地说："那、那是冬珊瑚的果实，不能用作香料。"

睿洵眼睛转视别处，仿佛去看遥远的一棵树或一株花："有毒，是不是？"

“冬珊瑚的叶子有微弱毒性，大量服用必有损伤。奴婢没听说过焚烧果实有何危害。”

睿洵淡淡地吟哦一声，口气缥缈：“我也没说这是香炉里发现的。”

“殿下！”素盈头皮发麻，希望他不要再说。她早已不想知道更多秘密。

“你告诉我，冬珊瑚叶什么样？中毒有什么症状？”睿洵的目光从远处收回，温柔地与素盈四目相对，“我信得过你们兄妹的忠心，才会问这些。”

忠心……素盈为这两个字失神。忠心只有一个方向，由下奔向上。她不觉得自己对他有什么忠心，猎场上更像是一种同情。而身为太子，他只需要奴仆的忠心，在猎场上大概没有从她言行中感觉到多少。此时，他满脸诚恳地问她，将来定要私下查证。若她对答失误，连哥哥也免不了受牵连。

素盈攥紧那颗果实，如实回答：“冬珊瑚的叶子形如柳叶，不及柳长，更为肥厚，干燥之后仍有浓绿。中毒会头晕恶心，时常困倦。若是严重，腹中会剧烈疼痛。奴婢未听说过致死之事，但是长久服用，必有贻害。”

睿洵认真聆听，片刻之后咬了咬牙，说：“你起来。”

素盈近来虚弱，加上心中一紧一松，站起身时便有黑云障目，几欲摔倒，急忙去扶石桌。睿洵见她摇晃，不假思索去扶，恰好将她的手握在手中。素盈急忙甩手，退开两三步。

“继续配香吧。”睿洵若无其事地侧过身，静静观赏周围风景。素盈哪里还有心思配香，手抖个不停。

沉默了一会儿，素盈开口说：“殿下……”听睿洵也在同时唤：“奉香。”

两人同时收声看着对方，一瞬又把目光调开。素盈深深呼吸，问：“殿下有何吩咐？”

睿洵垂下眼睛，一手握拳放在膝头，一手摆弄桌上的香料：“奉香说过，右卫率有他的难处，不得不逢迎宰相。那有传言说，奉香拜了宰相为义父，又是为了什么？想讨好他，庆云宫里听到的话可谓天赐良机，但事情不是你泄露出去的。”

素盈拨弄手里的香料，低声回答：“为了什么，奴婢不知道。”

“不知道？”他像是不信，又像是不解。大约他从小所知的素氏，从来没有一个会做不清不楚的事。

素盈苦涩笑道：“上天……生我为女子的那一天，就夺走了我给许多事情做主的资格。菟丝浮萍，哪里去问为什么？”

两人再度陷入沉默。素盈故作轻松道：“殿下若是不喜欢东宫的香，用香时只管吩咐奴婢，绝不会有什么辛的辣的。”

睿洵摇头说：“我本来就不喜欢那些香气。它们一搅，别的味道都闻不出来了。不说这个，你现在配的是什么？”

素盈将心思放回香料上，答说：“九华香，能散发九种香气。”

“都用什么香料？”

“这一种是迷迭香。”

睿洵拿在手里看，低吟道：“播西都之丽草兮，应青春而凝晖。”

素盈温和地低声接了下去：“流翠叶于纤柯兮，结微根于丹墀。”

下一句是“信繁华之速实兮，弗见凋于严霜”，她顺口背出来，旁边他的声音也一字不错地同背出这句。素盈憋闷长久的胸腔仿佛松了一刹那，转眸向他微笑。

睿洵眼中含笑地望她，带着赞许说：“素率曾经说过，你喜欢曹子建的赋。”

素盈涩涩一笑，没有让他知道，曹植所作的这篇《迷迭香赋》当中，她最牢记的，其实是“附玉体以行止兮，顺微风而舒光”——和她一样，不甘心地想要开花结果，抗拒严霜，结局却只是依托他人，为旁人锦上添花。她努力隐藏情绪，拿起另一种香料，说：“这是龙脑。”

“龙脑？”睿洵放在鼻端轻嗅，“不是说今天不用它？”

素盈立即发现自己走了神，结结巴巴连说两声“奴婢”，仍未想出一句话为自己辩白。

睿洵宽厚地笑了笑，问：“龙脑可是乌苌国出产的最佳？”

“这……奴婢不知。只见过书上记载，贞观年间，乌苌国向大唐献过龙脑香，大约不会差。”

睿洵点头夸她：“总听素率夸你博学广记，连上次在宫中讲史的两位范家公子，也附和说是博览经史颇有见地。”

听他提起范公子，素盈立即想起去年冬天哥哥书房里发生的事情。轩叶满脸惊奇地问“哪里有人”，仍然历历在目。想起轩叶，素盈的心复又沉重，再笑不出来。

“素氏当中聪敏博学的女子数不胜数，我实在不值一提。”素盈摆弄着香料，轻轻地说，“倒是范家的公子们当真好气度，我当日口出不逊，他们却不介意。”

睿洵奇问：“你说了什么？”

“说范氏高谈阔论，如隔靴搔痒，我不喜欢。”素盈说罢，微微脸红。

睿洵笑道：“我也不喜欢他们。”

素盈眨动眼睛，双目泛起神气，好奇地问：“他们对殿下说了什么？”

睿洵想了想，谨慎地告诉她：“他们讲历代刑志，偏要扯到孝敬父亲与孝敬母亲哪个重要，大段地说，母若伤父，做儿子的该怎么办——听了让人讨厌。”直到今日说起，他脸上犹有嫌恶之色。素盈也觉此话有离间之嫌，不晓得范公子们怎会对太子讲出这种事来。

正要说下一种香，睿洵忽然正色起身。素盈顺着他的目光向身后一望，连忙跪倒。

道路上走来一队侍从，是御前服色。侍从簇拥下，向澄澜亭信步而来的人，正是皇帝。

平日皇帝去丹茜宫，文彩环想方设法地支开素盈，只她一人侍奉。文彩环死后，素盈谨记着皇后冷森森的提醒，哪怕终生不逢圣面，也好过多事。想不到今日在这样的情况下突然遇见。

睿洵行过礼，面带微笑，恭谨地问："父皇怎么到这里来了？"

"随便走走。"皇帝的声音柔和清朗，意外地年轻温柔。素盈无端受到那声音的鼓舞，险些偷看君临天下的人到底什么模样。但她终于忍住，只看见一件薄紫色常服从眼前过，几无婆娑之声。

皇帝身边跟着一个少女，胭脂红的裙子绣满金花，举步之间淡淡幽香，是皇后自创的"待春晖"。素盈一嗅便知：少女是东宫妃素璃，皇后的侄女。

这女孩儿也没有生在逢七之年，但丹茜宫已在素若星手中，她家对素璃的生辰不太在乎，还庆幸她与睿洵正合婚配。睿洵立为太子那年，素璃毫无悬念地成为太子妃。但宰相率大臣们进言说，东宫未及弱冠，血气未定，正值勤学精进之际，不宜耽于女色。又进言说，皇家嫔御当在十七岁合婚，素璃年纪亦不合规矩。如此，素璃便暂居在绣屏宫，等待年及吉数。

素盈在丹茜宫常见到她，只觉得容色柔和，与艳绝天下的皇后相去甚远，谈吐见识也不见得特别出众。

据说，当年很多美人备选东宫妃，有位素氏少女的美貌令皇后也动容道："天下竟有如此丽人！"然而最后雀屏中选的是素璃。因为皇后还说："过美则不祥。东宫妃德才兼备即可，无须苛求容貌。"

皇后对这侄女爱逾骨肉，凡是公主们有的，绝不会少她的，遇着特别稀罕的东西，宁可公主们没有也要先给她。相比之下，东宫身为储君，行为举止绝不逾矩，更不愿与大臣们的谏言背道而行，对她的态度便冷淡很多。

素璃碍于没有合婚，顾及睿洵与自己的名声，鲜少出入东宫。大约今日听说他有闲情，特意前来造访。

宫女向桌上放了一样东西，素璃大大方方地说："妾做了一些殿下喜欢的包儿饭。"不知是不是皇帝在场的缘故，睿洵对她客气到有些冷淡，道声"辛苦"，接过那盘点心，随手放在桌上香料之间。

"二郎，这香料是用来做什么的？"皇帝以小名呼睿洵，指着石桌上的香料问。

睿洵答说："儿臣一时好奇，请丹茜宫的素奉香前来演示调香。"

皇帝便问素盈："你是奉香令人素氏？"

素盈忙答："是。"

"玉鸣的女儿？"

素盈又答一个"是"，除此之外不敢多说一字。皇帝不知想些什么，一言不发。他不说话，周围也跟着屏住声息，亭中顿时寂静。

冷场来得猝不及防，素璃含笑转向睿洵，找话说："殿下对香料有兴趣吗？"

睿洵一板一眼地回答："有点好奇。"

素璃莞尔道："近来妾也很好奇，有心学一两招。"

皇帝忽然发话："韶光似箭，一去难追。你们二人是国之未来，不如多读些书，修身养德。这些消遣待到五六十岁再玩，也不嫌晚。"

素璃连忙垂首应道："陛下教诲得极是。"

睿洵却指着素盈，对他父亲微笑说："用心之人，倒也不会因为消遣耽搁。比如这位奉香，任取一种香料，皆能说出来历典故，着实令人叹羡。"

他忽略父亲的指责，反而趁机抬举这小女官，素璃眼角含笑地打量他，玩笑似的拿起一片香料，说："既是这样说，我想开开眼界。奉香，这是什么东西？"

素盈跪了许久，地寒从双腿慢慢染遍全身，不得不咬紧牙关，赔笑回答："殿下，此物是木兰。"

"可有来历？"

素盈略想了想，一字字清晰地说："去皮不死，经冬不凋，荫蔽云梦之北，千仞立于上林。阿房之梁，未央之椽，婆娑华林园里，摇香显阳殿前。鲁班刻舟，载骚人别离。屈子饮露，取至洁合德。花经封八品，香醉往来人。"

众人听了都显出吃惊。尤其素璃，平日进出丹茜宫，只知道这小姑娘擅长调和香料，从未看出她深藏不露。她不愿素盈继续出风头，向东宫点头赞道："不愧小小年纪当得起丹茜宫奉香，果真是在这上面用过心的。"

"奉香，这是什么？"皇帝拈起一样东西置于鼻端轻嗅，问素盈，"这味道好像在哪里闻过……"

见他发问，众人立刻安静下来。素盈仰望皇帝手中之物，目光不敢偏离半分，看仔细就低下头回答："禀陛下，那是甘松。"

皇帝放下甘松，随意问："可有妙用？"

素盈心思电转，立刻答："《浴像功德经》说的'以诸妙香水，而浴于佛像'，众妙香当中就有甘松。宫中洗浴诸佛正是用经中所列的众香，故而常有甘松香气。"说完之后，隐隐觉得众人看自己的眼光不善。她并未说错什么，可周围气氛突然更冷了。

素璃因为刚刚出过难题，怕东宫当她故意刁难，这时有意要显出气度来维护素盈，连忙拍着手说："是了是了，是有这么一种香汤！"

"又信口开河。"皇帝笑嗔，"你何时见过浴佛？"

素璃从容辩白："妾也努力看过许多佛经，当然记得有这样一种香汤，何须亲眼见过？"经她一提醒，素盈立刻明白哪里犯了忌讳——文彩环刚倒下，就有人拿佛经来讨好皇帝，简直冒失可笑。

"你这孩子，什么时候都有理，也不知道像谁。"皇帝站起身要走，素盈跪着没动，其他人又行礼送皇帝，闹腾一番才静下来。

素璃和蔼地说："奉香快快起来！你是丹茜宫女官，我们哪里能受得起这样的礼！"

素盈的腿脚早已麻痹，勉强慢慢地站起来，一抬头就看到渐行渐远的皇帝。他正侧目望着远处，犹如感应到素盈的目光，回头看了一眼澄澜亭。

他的样貌还很年轻，穿便服显得非常俊雅，奇的是眼角眉梢含有一种超然脱俗的气韵，让人一见心折。素盈无端慌乱，急忙垂下头。

这就是天下至尊。她好奇过，却绝没想到会是这样的男人。他的目光太奇妙了。

她的义父琚大人，目光冷冽，与之对视就好像行走在寒风凛冽的冰谷。皇后的双眼太美，目光深不可测，四目相遇便无地自容。东宫睿洵的目光时而清澈如水晶，无比干净，时而又像迷雾，柔和模糊。而回眸的皇帝，目光仿佛徘徊世外。素盈见过的所有人中，只有一人与他神似，便是那来去无踪的白衣女子。

素璃难得等到与东宫相处，便说："这里没什么事了，奉香请回吧。"素盈应一声，待到迈步时，脚下虚浮无力。她不敢声张，静静向澄澜亭外退。

"奉香请留步。"睿洵从地上拾起一样东西，不疾不徐地说，"奉香对东宫妃可谈诗赋，对圣上可谈佛经，真是人才。我再来考考你，这是何物？"

素盈又走上前，几步之间，眼前便涌起密密麻麻的金星，定神看了片刻，答道："回禀殿下，这是芸香。"

睿洵盯着素盈，面上一股森冷。然而素盈眼前越发昏暗，看不清楚。耳中嗡嗡不绝，中间夹着他似远似近的声音："奉香可曾读过'始以微香进御，终于捐弃黄壤'？这一句，让人联想起另外一位奉香。"

想到文彩环以卑微之身亲近圣驾，落得冤死荒野，素盈登时容颜失色，几番张口欲辩，气却沉在胸口出不来。

"奴婢……"她勉强吐出蚊吟似的两个字，骤然觉得头重如铅，眼前一黑。耳边似有男人女人的呼声。

怎么能在这里出丑呢？这念头闪了一下，她便不省人事了。

周围更静，也更冷。世间种种归于寂暗，仿佛同她再无瓜葛。但是细看，幽暗中有高大廊庑，还是宫殿模样。深远无尽的阴森之中，泛起飘飘忽忽的声音。

"阿盈，那句话是怎么说的？"浑身苍白的女人悄然从暗中闪出来，"臣无贤愚，入朝见嫉……"

"妇无美丑，入宫见妒。"素盈不由自主地全身一震。

"走开！"她想要呼喊，可是发不出声。

白衣女人所过之处亮了起来，素盈发现这里其实就是自己的房间。女人坐到素盈的桌边，摆弄桌上的茶具："写这警句的人，以为庙堂之上，深宫之中，只有'嫉妒'一种可怕的破坏力。你若是以为自己无足轻重，没有值得别人嫉妒之处，因此掉以轻心，那就大错特错了。今日种种，不可逆转。”

“你为什么总是缠着我？你放过我吧！去找别人！”素盈几乎是在哀求。那女人无动于衷，雪白的手指从银提壶的手柄上滑过，慢慢移到茶碗，忽然手指一戳。

咕噜噜的声响如霹雳雷鸣。素盈一惊，睁开眼睛。屋中已经点灯，并没什么白衣女人。原来是梦。素盈撑起身左右回顾：婉微和令柔不知去向，确实有一只茶碗不知为何掉落。月光照在水渍上，映出一层冰冷的光，晃得她难受。

素盈起身倒杯清水，顺便捡起碎片，捡着捡着停下手，疑惑地蹙眉。

茶碗里原是松花柏叶饮，她去东宫走得匆忙，撇下半杯。洒落的水渍中，有些东西不像柏叶。素盈顿时起疑，掀开银提壶，倒出残余不多的汤汤水水，立刻看到颜色特异的碎花碎叶。

松花柏叶饮是宫里的方子，怎么会有花瓣？素盈犹豫片刻，挑出较大的含了一下，没尝出味道。柏叶的芳香掩盖了那东西原本的气味。

“我本来就不喜欢那些香气，被它们一搅，别的味道都闻不出来了。”睿洵的话不知怎的冒了出来。被掩盖的味道……素盈忙吐了出来。

窗上晃出两个人影，吓了她一跳，以为此时仍身在梦中，鬼魅般的文彩环与轩叶又来了。但那两个人影却会交谈，低语着“她睡了没？”“进去看看”，便要进屋。

素盈怔了一刹，用力掀翻桌子。银壶、茶碗叮哐摔了满地。

“奉香！”婉微和令柔一齐惊呼，看到桌子掀翻，遍地碎瓷片和水渍，脸色苍白的素盈瘫坐中间。

婉微急道：“奉香别动！小心伤到！”令柔上前嗔怪：“怎么起来了？”

“我口渴。”素盈含含糊糊地说，“不知怎的，没站稳。”

“还好只是碰倒桌子，伤到自己可怎么好？！”两人一边说着，一边扶着素盈回到床上。

令柔问：“奉香今天又做噩梦了吗？”

素盈点点头，令柔便透出些许担忧的样子。

窗外天色已晚，素盈问是什么时辰。听说酉时将过，急问：“丹茜宫有没有来取夜熏的香？”

婉微笑着安慰她：“就是奉香今天配的‘桂风萝月’嘛！我晓得，已送过去了。”又说，“皇后娘娘专派了人来叮嘱，说好好休息，不需入侍。刚才东宫右卫率也差人来看，还有副卫尉。”

“不大的事，怎么惊动他们？我晕倒之后竟一概不知。”

令柔笑笑说：“事虽不大，偏巧是在储君夫妇眼前。他们二位宅心仁厚，不能不担心。”她说这话的神态，仿佛素盈是故意在东宫面前表演，又刻意加重“储君夫妇”，素盈听了实在不舒服。

婉微横了令柔一眼，似有责备之意，转而对素盈说："东宫妃派人送来一盒点心，说是照顾不周，让丹茜宫的人在东宫出了事，过意不去。奉香现在饿不饿？我去把点心热一热？"素盈点点头，她便出去张罗。

令柔重新沏上热的松花柏叶饮，徐徐说："东宫听说奉香睡过晚饭时辰，也让人送来夜宵，说是免得夜里起来肚子饿。我正道谢呢，正好被东宫妃那边的宫女撞见。东宫的小宦官匆匆走了，宫女却要那夜宵。我怕当下不给她，以后的麻烦少不了，便给她了。"

素盈心里揪了一下，问："是什么夜宵？"

"一整盒包儿饭。"

"可曾动过？"

"没有。"

素盈愣了愣，心想，难道是东宫妃做的那盒？东宫怎么想的，竟赏给一个女官，岂不是给人找麻烦！唉，他们这些人，又怎么会替她思量难处呢？碰巧被撞见，只怪她运气不好。

她向来言行小心，一天之内却两次惹得东宫妃不悦，越想越为难，一点食欲也没了："告诉婉微不用热夜宵了，你们去休息吧。"

令柔出去寻婉微，两人恰好在窗外遇见。一对人影落在窗纸上，窃窃私语。素盈听不到她们在说什么，却有似曾相识之感，不禁开始怀疑：狩猎归来后的第一个噩梦，有几分是虚幻的，几分是真实的？

听说素盈在东宫昏厥，丹茜宫专门派了一位太医来看。太医说素盈喜静不喜动，气血运行有些问题，除了服药补益，还要效仿她姑姑丹嫔，每天早晚去太平湖边绕行到永寿山攀登。素盈不答应——太平湖方圆数里，加上登山，一趟少说一个时辰。每天两趟，只有丹嫔耗得起，女官哪敢这样挥霍时间！

皇后得知，接连几天传话说不需侍香，要她谨遵医嘱，就当是丹茜宫的差事一般认真完成。素盈不敢不从，也感激皇后关照。可没过多久，越变越多的闲暇时间害她心慌——这是个危险的信号。皇后得了爱惜女官的好名声，可素盈入宫是侍奉皇家，不是来游山玩水养病的。

现如今，调香早不是一两人专有的伎俩，连婉微也晓得"桂风萝月"这种复杂香料。有那么多人希冀以调香的手段崭露头角，被撇在一旁的奉香若是不能改变境遇，不出三日便会寂寂无闻，接下来就该打发她出宫去尽情休养了。

素盈暗自揣测，皇后召她入宫的本意是取代文彩环，眼下就是鸟尽弓藏的时候。偏她在这节骨眼上，惹了东宫妃。又或是，皇后本人对她在皇帝面前巧舌对答不满。

她一个人胡思乱想，在太平湖边绕行，路过柳堤。晨风迢迢，飒飒飘摇的细叶当中，响起清脆的金属声。素盈抬头一看，只见柳枝中藏着系好的成串大钱，随翠浪颠簸起伏。

忽然一箭如电，射断柳丝。金钱落地，众人喝彩。那箭犹有去势，直落入太平湖里。原来是东宫正在此练习射箭。素盈忧心忡忡地低头走路，没来得及回避。

睿洵看见她，唤到面前仔细端详一番，口气不冷不热："奉香的气色还是不大好，怎么不安心休养？"

素盈心中委屈，淡淡地说："承蒙殿下厚待，奴婢受益匪浅。"

睿洵张弓向湖心的浮靶连放三箭。他不仅目力惊人，臂力亦如神助。湖中乘舟的宦官火速取靶呈来，箭都正中靶心。睿洵对结果毫不意外，笑着问素盈："奉香是怪我话说得重，把你气倒了，还是怪我根本不该叫你去调香？"

"奴婢不敢。"

睿洵又搭上箭，缓缓道："反正没有下次。你也听到圣上怎么说。"

随风摇动的柳叶剪碎晨光，他的眼神在翩翩光影中忽明忽暗，透出一股不痛快。素盈羡慕地轻叹："那才是父亲啊。"睿洵没有听清，报以询问的目光。

素盈遥望粼粼水波，苦涩地追忆，说："奴婢小时候不喜欢和姐姐们一起读书，整天跟乐手学吹笛。女塾师向郡王提了几次，郡王说，由她去吧，她还能干什么呢？"

睿洵哑然不知如何安慰她。素盈笑了笑又说："殿下受到责备和约束，是因为身负厚望，将要担起无人可及的责任。"睿洵不置可否地提起嘴角，没笑出来。

"这世上总会有人指望你。"他话里似有玄机。

素盈忽然感到心中一阵凄凉："曾经有。我想，我和她都错了。我这样的人，根本不值得指望。就算想要不负众望，也没有人告诉我，怎么做是对的。"

她这股忧郁似乎让睿洵不快，他又转身连放三箭，射落三串金钱之后冷笑："奉香进来有些日子了，还说这种傻话？等着别人告诉你答案，只怕最后既不知道怎么做是对的，也不知道怎么死的。"

死。这字眼在他口中如此轻易。素盈自遐思中回过神，更觉凄然，垂下头低声道："多谢殿下点拨。"

睿洵垂下手臂，眼睛还是看着湖中一起一伏的标靶，说："我是诚心问你，你要说实话……"素盈听到这种口吻就犯愁，怕他又问起香炉里的香、冬珊瑚之类的。

"点心好吃吗？"

素盈想了想，小声回答："奴婢没有吃，不知道好不好。"他挑了一下眉梢。素盈如实答道："殿下送来点心，刚好被东宫妃的宫女撞见，要走了。"睿洵哼了一声。

素盈偷眼看他，他是真的不懂东宫妃的心意，还是故意让她难过？

"东宫妃一番心意，奴婢不敢糟蹋。"

睿洵放下弓箭，微微笑道："素氏生来锦衣玉食，恐怕连菜和草也分不清。说是'她做的'，不过是她想起这回事，吩咐御厨去做，就算是她的功劳了。"他看了素盈一眼，笑起来，"若当着右卫率的面说这些，又要被他抢白——'殿下这话有失偏颇，臣的妹妹就很会做点心'。你哥哥总是把你挂在嘴边。"

她也是素氏，洗衣做饭不是值得夸耀的本事。素盈微微脸红，但听他夸奖自己，心中虽然有一半羞赧，也有一半高兴，面庞不由得透出笑意："哥哥……右卫率平常说些什么？"

睿洵扫她一眼："你真不知道？"见她摇头，睿洵不相信似的笑道："你去问他。"态度不明不白的，害素盈又一头雾水。

她还有一座山要爬，几次三番想要告退，但睿洵每每顾左右而言他，丝毫没有放她走的意思。素盈看出他还有话要说，便从容侍立一旁，等他习射结束。

东宫作息有固定时辰，十几年来不曾有过片刻误差。习射时辰将满，他收起弓箭，转身面对素盈，紧紧盯了片刻，说："退下吧。"素盈等了许久，以为他有要紧的吩咐，想不到只是这样一句。她纳闷地欠身告退，睿洵又反悔了，要她站住，挥手屏退旁人。

他在她面前负手而立，目光垂地，似乎在斟酌言语，又像仍在迟疑当不当讲。素盈不敢催，他也没让她等太久。

"每次宫里办过丧事，就有人飞黄腾达。"他说。

素盈不知他卖这么大的关子有何用意，又惊又奇地眨眼打量他。

"太后刚驾薨，丹茜宫的女官就得蒙圣恩，生下盛乐公主。三皇子、四皇子不幸病殁之后，怡媛、丹媛有了身孕。之前那位睿奉香遭人暗害，没多久，文奉香变成文才媛。"

这些事如何扯到一起，素盈一时间不能明白。睿洵知道她没有留心过这些事，继续用淡泊的口吻说："也许圣上自己没察觉——他在用这方式暗示，他不能管遍每个人的死法，但每个人的活法，只有他能主宰。你们素氏总以为，后宫是你们的。他会提醒你们，这里和整个天下一样，是他的。"

素盈感到讶异，又不敢反驳。睿洵深深地注视她，说："这回文才媛死了……大家都很小心。一不小心，也许就变成那个特别幸运的人。可是福祸相依，幸运的人最终往往特别不幸。你成日在丹茜宫出入，没准几时会撞见圣驾。最好小心言行，别再惹他注意。"

原来澄澜亭中的静寂，周遭众人突如其来的冷场，是因为皇帝在注意她。她有什么值得注意的呢？但她更诧异的是睿洵的口吻和神情。

素盈忍不住睁大眼睛看着他，忘记这是失礼至极的举动。睿洵并没有见怪，也大大方方地回望她。她被他看得心慌，胡乱说："我已经不能成日出入丹茜宫了。"

他从小在这里长大，当然知道这句话的意思，含笑说："今天黄昏那一趟绕湖就免了吧，老实等着。"

素盈愣一下便懂了，恭敬地问："殿下喜欢哪种香？"

睿洵向前凑了一点，低声说："提前说出来还有什么意思！"看见旁边侍从暗示时候不早，他微笑道："退下吧。"

素盈急忙行礼，飞快地逃避他呼吸中的暖意。

这回他没再喊住她。

当天黄昏，丹茜宫传香，素盈进宫便看到睿洵坐在皇后身边。母子二人正说什么。皇后见她进来，含笑说："东宫的鼻子灵，一进来就闻到宫里的味道变了。他喜欢'悠然见南山'，你就在这儿置炉。"素盈应诺，埋头在角落里调香。

那母子二人依旧接着之前的话题，款款地闲聊。皇后说："你讲的这事倒也有趣，可见活在南国的宫廷里同样不轻松。"

南国宫廷。近来宫里时不时提到邻国，素盈烦心事多，不曾格外留意。零零碎碎地听说，那边的皇太后逼年轻的皇帝退位，要群臣拥戴皇太弟称帝。皇太弟审时度势，亲自保护皇帝平乱。皇太后削发出家，皇太弟反而立了功。

做母亲的偏心幼子，将皇位当作私财，竟至谋反；做儿子的算计胜负，背叛母亲保全自己；皇帝逼生母出家——皇家闹到这地步，也算近年少见。最近有流言说，皇太弟担心兄长暗算，想要北投。

素氏皇后有参与朝政的惯例，丹茜宫里少不了议论这些事。只是素盈接连数日不曾聆听皇后高见，拿不准她的态度，也不知今天是为谁感慨。

睿洵小心翼翼地说："哪里谈得上'有趣'呢？弟弟为他做到这地步，那个人果真意图加害的话，实在令人心寒。若真投过来，母后怎么看？"素盈听了暗自吃惊。丹茜宫里还有众多女官宫女，他不避讳地说出来，仿佛这事十有八九要发生。

皇后笑了笑："令人心寒？"她的笑容总是像藏着难以捉摸的心事，浮现的一瞬间，便让人不敢贸然去接她的话。她悠悠叹息说："感人肺腑的结局是什么样呢？那兄弟二人从此不分彼此、亲密无间？"

睿洵脸色难堪，皇后扫他一眼，继续说："当年你父皇饶秀王性命，太后说过一句话，'只要对天下人仁慈，秀王那样的弟弟，随你杀掉多少个，天下人都不会介意'。当时，我内心惊怖无以言表。待到秀王谋反，生灵涂炭，我才懂得，太后的冷酷或许是超越俗人境界的慈悲。"

素盈不禁打个冷战——北方这宫廷里，过去也曾有骨肉相残。皇帝对二十几年前的梁秀之争并不避讳，但鲜少有人公然回顾过去。

皇后提起嘴角，却没有笑意："皇帝能够控制自己的权力，江山稳固，就是最大的尽责。南边那个年轻人知道怎么当皇帝，我儿子却想收留他弟弟，做个好人。"这话与其说是感慨，更像是深深的嘲讽。她冷哼一声，说：“你要记住，在这宫里，没有什么‘好人’‘坏人’，只有‘活人’和‘死人’。”她总是能带着微笑，说出冷酷的结论。

睿洵垂下眼睛，似乎不能苟同，低声问：“人若不思考是非善恶，该怎样看待自己？”

皇后脸上有笑，声音却无情：“思考是活人才能做的事。”

睿洵默了短短片刻，但凝重的神情不像是在铭记他母亲的教诲，而是思考反驳。

很快，丹茜宫里再度响起他清朗温暖的声音：“既然成为‘活人’比成为‘好人’更难，那么活下来的人，为什么不尝试举手之劳，想想如何做个好人呢？”

炉中的“悠然见南山”恰恰这时流淌出来，温和的、柔软的味道。

素盈很明白，绝不应该在这时候抬头。然而她被睿洵掷地有声的话音吸引——那是她的父亲、哥哥、姨娘、姐妹、东平郡王府的崔先生、宫中的姑姑，所有认识的人绝不会说出来的话。

他们没有一个人拥有这样的信念。

她实在忍不住，抬起头看了他一眼。而睿洵正在回避皇后责备的目光，无意中和她四目相对。尽管皇后用严厉的神情责备他天真，但他眼里没有惭愧和畏缩。

他们的眼睛里是两种温暖的情绪，和此时此刻的丹茜宫格格不入。素盈短暂一瞥表达出赞赏，他就知道她懂了，丹茜宫里只有她一个人听懂了。素盈觉得他似乎有笑意，而自己也快要不合时宜地微笑鼓励他时，急忙低下头。

忽听皇后一声断喝：“都退下！”丹茜宫霎时展现它应有的威严，抹杀了睿洵眼里的暖意。素盈打个哆嗦，炉中香烟魂飞魄散。她匆忙垂首起身，跟在无声退出的众多宫女身后。睿洵稍稍一顿，也做出告退的表示。

皇后清晰有力地说：“东宫留步。”素盈已经走到门边，听到那严厉的话语，忍不住又担心地回头偷看。

睿洵神情黯然，垂目盯着素盈留下的香炉。素盈便后悔起来——她不应该坏了规矩，不应该抬起头撞上他的目光，让他看见赞许。她的认同根本不重要，皇后的才重要。他应该专注聆听他母亲的话，而她不该让他知道，有人支持他唱反调。

她不知不觉在门边多停了一下，听见皇后用温和的声音对东宫说：“过来坐。”她松了口气——毕竟是亲母子，不需要她多虑。

这时候，她终于担心起自己——万一刚才一幕被哪个眼尖的宫女瞧去，只怕绕湖爬山的差事不会结束了。

数日之后听说，南方那位皇太弟最终没有逃亡北上，死于风寒后的一场高热。北方的宫廷里不再提这回事，只有皇后偶然说一句：“今年冬天确实冷得很，不知多少人要遭殃。”转过脸，又和颜悦色地叮咛素盈，“你身体弱，更要注意。调香这事，不过是一种消遣，犯不着呕心沥血。”

弦外之音袅袅不绝，害得素盈胡乱猜测。

这不是皇后第一次透露出对调香失去兴趣。她为别的缘故产生成见，素盈或可努力想出挽回的办法。如果皇后厌倦的是调香，那么一时高兴而设立的奉香女官，哪里还有存在的必要？偏偏她的身体不争气，常是一副难当大任的样子。她暗暗地着急，格外重视起来。因此，天气日渐寒冷，身体却渐渐有了起色，生日之前差不多痊愈了。

腊月宫中也忙，丹茜宫的白公公和一众女官宫女却都记得她的生日，贺礼有轻有重。宫里按规矩赏下一套点心和一枚宫制银币。

巴掌大的寿币正面是白马青鹿，背面是“福寿安宁”字样和当年的年号。素盈从来没见过，来回把玩，问：“每年都是这图样？”

令柔笑道：“以前是‘福寿康宁’，比这个小一些、厚一些，马与鹿也没这股灵气。太后仙去之后，借改字样的机会，皇后亲手画了这图样。”

素盈吃惊不小：“你见过？那是多少年前的事了！”

婉微端来寿面，笑道：“令柔的亲姐姐从前也在宫里侍奉。”

“如今人呢？”她是出于关切，婉微却突然紧张起来。

令柔像被戳到痛处，冷硬地回答：“在宫里三心二意的人，早没了。”

素盈不知道“三心二意”是指什么，但见再说下去只能更尴尬，便笑道：“圣人说，三人行必有我师，诚不我欺。快把宫币拿出来，给我长长见识。”

令柔不好意思似的喃喃：“我们的哪能跟奉香的比？”话虽如此，倒也没拒绝。

不多时，令柔取来一根细短棍子似的布袋，像是专为收纳宫币做的，通身绣满各种图案，花样色彩无处不精，针法细密多变，绣龙袍的功夫也不过如此了。素盈心中啧啧称奇，只见令柔轻轻地挤出十几枚大小不一的铜币，一枚一枚光洁锃亮，整整齐齐地按年份叠放在里面。

婉微解释说：“我们这等奴婢只赐铜币，也不是年年有，总归看娘娘们高不高兴。如今的皇后宅心仁厚，赏赐从未少过，我们赶上这时光，算是难得。”

令柔挑了几枚给素盈看过，又小心翼翼按年份收起那些铜币，不忘擦去上面的指印。婉微又道：“这寿币拿到宫外没处花，给我们留个感恩的念想罢了。奉香与诸位女官都是银币，娘娘们都是金的。我们一辈子也就这样了。”言语中带几分自嘲。

素盈本想说几句鼓励的话，思绪却被令柔收拾宫币的手指缠住了——她纤长的手指仿佛慈母抚摸孩子，熟知它们每个是哪一年来到的。素盈看在眼中，触发心底一股怪异的战栗。

偏在这时，婉微笑道：“我给奉香也缝个袋子吧。”素盈像被泼了一桶冰水，不假思索地摇头。

入宫后一直回避的念头猛然蹿起，她承受的一切嫉妒、侧目、秘密、危险……她小心翼翼周旋至今，是为了同生不逢时的宿命赌气，还是她果真有觉悟，准备在宫廷中度过一生？年复一年，只能与一袋宫币惺惺相惜，一辈子就这样了！

婉微与令柔交换眼神，令柔走了出去。

婉微细细端详素盈的眼角眉梢，和蔼地说：“今天提起这些话，容我说一句平常不敢说的——我和令柔是无家可归，但奉香不仅有家，还是数一数二的门第，难道没有想过出宫去吗？东平郡王的女儿自然有高门愿意匹配良缘，何必在这地方终日看人脸色呢？”

那一摇头，已经泄露了一些真心，此时想收也收不回来。素盈暗自懊悔，想了想说：“也有高兴的事。印着‘奉香素氏新制’的香谱千金难求，我虽然羞愧名不副实，但也有那么一点点高兴。昔日哪敢想这样的事？”

婉微的嘴唇动了动，似有言语呼之欲出，但用一个微笑带过，语气中添了几分真心的担忧：“奉香，我在宫中才九年，已经见识过烹茶、制花露、赋诗、念佛经，一股又一股风刮起来刮过去。调香恐怕也难例外。你这能耐的确已经登峰造极，但唯一的用处是讨皇后欢心。上回同南使斗香，的确长脸，可那不过是上面一时起意罢了，不可能年年拉他们来比赛，成全你为国争光。高兴的事情很短，活着却很长久，你不能不为以后打算。奉香上头每一位尚宫、令人，都是跟随娘娘多年的心腹，水泼不进。而典香司呢，从来不收女官。难不成你也想等待时机，当一位娘娘吗？”

素盈吓得连连摇头。婉微也察觉话说得急了，掩饰似的笑道：“这也不是不可能。南方来的文彩环都能办成，何况是东平素氏的女儿呢！”

“我没想过。”素盈看出婉微不相信，“我进宫来是调香，没有多余的心思气力琢磨分外的事。”

婉微无端叹一句：“只怕别人不是这样想。”说罢去忙别的。

桌上的银币闪闪发亮，素盈被那刺眼而冰冷的光亮魇住，忽觉喉咙干涩。喝水之前，她先揭开壶盖，端详里面的柏叶。自从她每次拣出异物，就不怎么发噩梦了。仿佛察觉她会拣去花叶，壶里异样的东西彻底消失，但素盈的新习惯已经养成。

端起水杯，她却喝不下去，愣愣地注视着茶具和银币，像注视余生。

消沉的念头一经萌生，事事就显出无趣来。她一直努力在这里扎根，此刻心却像浮萍，无论怎样暗暗使力也扎不下去。

皇后察觉出素盈的变化，有意无意地笑说，奉香入宫时还有几分孩子气，现在满怀少女心事，更显袅娜了。

素盈猜是那一炉“悠然见南山”不小心点燃的真意，终于传到皇后耳中。她脸上不得不含笑，心中却忐忑，想起草原上听到的话：皇后有留给奉香的后路，会不失体面地打发。不知道皇后给她准备好什么样的后路。

距离新年还早，皇后早早放话，奉香在宫中兢兢业业，特准提前回家过年。别人都道是罕见的恩典，素盈却隐约觉得，这个年一定会过得很长，不给她回来的机会。

还未成行，又遇上一件事：来年东宫妃终于十七岁，正月就要合婚。因为早已行过婚礼，这回不再庆贺，但对太安素氏来说是件大事。况且皇后偏爱素璃，不愿喜事平平淡淡地过去。斟酌之后，皇后决定赏赐东宫上下贵重的金银器。

东宫数次谦谢，说金银存于宫库是长久之计，而宫中香料囤积，日久不用则变为槁灰齑粉，再无价值，恳请改赐香料。

本来典香司拿了香谱可以操办，东宫却说赏赐的都是素奉香得意之作，恐怕旁人做不好，反而有损丹茜宫的名声。意思很明白，素盈只好承担下来。

东宫官属人数可观，按照品级颁赐不同规格的香，上百种、百余斤香料都要素盈经手，不仅没法回家过年，甚至宫中守岁、贺年的日子，她都没能得闲。忙到东宫合婚、颁赐香料完毕，皇后的心思全投注到她的儿媳身上，对素盈的去留又不大过问了。

素盈免不了彷徨，终于找了一个机会对哥哥倾吐。素飒完全不懂她的烦恼，反而淡淡地说："年前皇后有心赶你，是谁特意要香料，把这事拖过去？不要忘记东宫的好意。"

霎时，她脑海中又回荡起那句"为什么不尝试举手之劳，想想如何做个好人呢"，紧接着，自然而然浮现双目交接的刹那。素盈精神一凛，急于避开这段记忆，心虚地将头垂得更低。

她的表情瞬息万变，素飒察觉异样，但表面仍装作无动于衷，说："东宫说，前些日子，在丹茜宫附近远远看见你，你掉头就跑。他同我开玩笑，问你是不是做了见不得他的事。究竟怎么了？"

这是东宫侍卫们休息的一处小轩，众人听说丹茜宫女官来访，全都回避，并无人来打扰。但素盈还是目光游移，支吾半晌才说："东宫合婚还没几天，皇后姑侄悬了三年的心刚放下，你却要我没事找事，岂不是害我？"

素飒转动手中茶盏，略带尴尬，说："如果是为了东宫合婚难过……你要知道，他将来还会有别的女人。"素盈飞快避开他的话音，别过脸去看轩外树梢。

明明是立春，却没有春天的感觉。她凉凉地问："去年的事，你忘了吗？"

去年发生的事很多，素飒拿不准她说的是哪一件。她又说："文彩环，好像已经死了很久。可是皇后不会忘的。只管调香，不要管别的事，你自己这么对我说的。"

素飒落寞的眼神投向妹妹注视的那棵树："彼一时，此一时。相爷要你进来，可不是惦记一个九品女官的位子。你能凭自己的本事坐稳，就到了该你管别的事的时候。若是坐不稳，也没有哪种香缺了你就不行。"

终于，他说出来了——她的努力只是一层没人在乎的虚名。瓦楞上的阳光刺痛素盈的眼，她慢慢闭上眼睛。

她本来生得柔弱，此时神态更显凄婉，不似这年纪的少女，却又只有少女身上才能找出来。素飒情不自禁地放低声音："后悔吗？"

素盈苦笑一下，转而望着哥哥摇头："相爷要我成为奉香，我没有怨言，因为我需要一个契机，离开东平郡王府，最好永远不回去。"

她的目光从树杈墙头徐徐扫过，幽幽叹道："宫廷有可怕的一面，也有一种……让人必须打起精神的力量。我有生以来一无是处地活着，从未像这样，每一天都竭尽全力，所以并不后悔。可是离开香炉，我就会陷在可怕的那一面里。"

她的眼神本有怨意，顷刻又变温柔，转瞬之间千回百转，无限细腻心思在里面。素飒出于直觉知道，让她变化的除了丹茜宫，还有另外一种藏在她心里、不知所措的情绪，需要尽很大力气去忍住。

"缘分不可强求，也无须逃避。"素飒说，"身处宫中应该谨慎，但也不必用别人的噩运吓倒自己。"

素盈那盏茶已经凉了，她好像没注意，抿一口，涩涩地说："我不知道……"

她凄凉地笑了一下，说："在这宫里，大概只有噩运是不分高低贵贱人人有份的。"

素飒一时无言以对，看她泼去残茶起身告辞。他看着她的背影，不禁有些心惊。

以前只从同僚的口中听过，豆蔻年华的女孩像拆不开的九连环，以为一眼看穿，其实有复杂的弯弯绕绕。她们对有些事情半知半解，对有些事情却格外敏感，有时候不点即通，有时候又迟迟不领悟。他曾经以为，他的妹妹不会像别家的女孩那般忸怩小气。素盈是在宫廷里成长的女官，机敏与见识不会受缚于琐碎的心事。

今天他第一次担心，宫廷会变成她成长的一道障碍，和他的期望大相径庭。

芳风荡雪、翠谷飞云、梨花淡月、雨入莲波……丹茜宫用的香渐渐从春季的温厚变为夏季的清爽。

入夏之后，这年渐渐显出与往年的不同。清凉香味终日弥漫，还是无法驱散皇后诸多烦躁。随着时日推移，宫中气氛逐渐怪异，人人坐立难安。

自幼在宫中的婉微、令柔晓得关窍，提醒素盈说："今年是逢七之年，七月选女入宫。新人换旧，自古就是凄凉事。每到这种年景，后宫里面年资较长的有机会进位，若是没能顺利进位，心情更糟。奉香要小心伺候。"

令柔平常不爱发表见解，这时候忍不住忧心忡忡地说："可悲的事，一不留神就变成可怕的事。"究竟是什么光景，素盈暂时想不出。

家中两个妹妹大约又像七年前的姐姐们，为这件命中注定的事情忙碌起来。素澜天姿国色，生于七月初七，姐妹中行七，种种讨喜的好事都在一身，家里从来是当作娘娘来培养。素槐温雅安静，待人谦和，若是入宫来，素盈不知该为她欢喜还是担忧。

东平郡王对两个小女儿格外地上心，吩咐素飒转告素盈，新制一些别人没有的香谱给她妹妹们用。素盈制成香谱，托素飒转交。他翻看之后，蹙眉嗔道：“这十二分的能耐，留在宫中即可，何必用到她们身上？”

素盈冷笑说：“我们家栽培女儿下的是什么功夫！我只出七八分力，她们岂会看不出来？他日飞黄腾达，岂是我小小奉香能够得罪的？”

她说这话的神态，不像姐姐谈及妹妹，倒像仆人议论主人。素飒的脸色更阴沉，将香谱塞回她怀中，闷声说：“现在使出十二分力，太早了。她们果真进来，你从哪里拿出二十分的余力去应付？”

素盈见他说得很有把握，便问：“阿澜、阿槐准备得如何？”

素飒闷哼一声，撇嘴说：“父亲的为人，你也知道——阿澜把握大，他倾注全副心思。阿槐，听天由命吧。现在家里上下真是难看至极！”

东平郡王府活灵活现的谄媚图霎时如在眼前。七七八八的下人们看管事的脸色，管事看郡王跟班们、三夫人丫鬟们的脸色。郡王跟班看得出郡王对素澜寄予厚望，谁也不敢对掌上明珠的前程无动于衷。三夫人的丫鬟将三夫人奉若神明，生怕这时候怠慢了前途无量的素澜，日后倘使有半分闪失，少不了种种苦难归咎到她们身上。

他们各自讨好自己需要的人，虚假的笑脸层层传递，又在府里上演欢天喜地的闹剧。

素盈想了想，摇头道：“这种事情一向难说。三姐、四姐、五姐当年踌躇满志，下场令人唏嘘。哥哥别亏待了阿槐。生她的十二夫人性情柔弱，遇事恐怕招架不来。”

素飒点头赞成：“她那边我一直在照应。阿槐一向少言寡语，心思却一点不差，自己把选女的事情料理得井井有条，很有气魄。这样的人若进来，只怕不会逊色于生来得尽宠爱的那几个人。”

见他先提到宫里那几个女眷，素盈便小声说：“恐怕丹嫔这回不能进位。”

素飒愣了一瞬，问：“你听到风声？”

“不。”素盈露出虚幻的微笑，“远处的事，比如远到南方的事，人人都敢随便说几句，但近在眼前的事，丹茜宫里没有风声。无声之中含意更深，我看得出姑姑今年没指望。”

素飒原本就不抱太大信心，一线幻想终于湮灭，无奈喟叹：“岂止今年……这辈子不知能否看见丹嫔进位为妃了。”

姑姑由媛位进为嫔位已经是九年前的事情，迟迟不能进位为妃有些蹊跷。但是“一辈子”的断言太过沉重，似乎有令人绝望的理由。素盈鼓起勇气问：“丹嫔到底做了什么？那个木雕的丹茜宫……”素飒悚然变色，轻咳一声制止她：“别再提了！”

“过去一年多，还是不能提？”

“有些事情，过去一辈子也不能提。”

见妹妹目光中闪动疑惑，素飒忽想：她性格多虑，再瞒着她，不定怎样浮想联翩，宫中人事将变，这件事情让她知道也好。

他前后左右看遍，确定无人，仍然放低了声音：“丢掉鼻子、后来丧命的奉香睿氏向姑姑说了一些奇怪的话，对皇后十分不利。”

惧意悄悄在素盈心尖蔓延。

皇后言行举止细致高明，但在她身边久了，多少能从她身上看出凡人的影子。凡人总有缺陷，哪怕很微小。可她始终是皇后。女官不该向人泄露她的隐私，很危险。何况是向丹嫔！

“什么奇怪的话？”素盈眨动眼睛时故作镇定，心里却不由自主地想起一个人、一种香气。初次见面时，皇后熏衣的香料是文彩环调配的“月出云海”，琴师刘若愚的身上也有这种香味。后来，皇后换了素盈配的“叠瑞重祥”，用料珍贵，皇后格外爱惜，公主们与东宫妃都没分到。然而琴师举手投足间，竟也有细微若无的痕迹。

皇后身边常有各种香气，常人很难分辨出琴师掺杂其中的这一丁点。但奉香的嗅觉较之常人灵敏。若是睿奉香在时，发生过类似的事，她应该也能嗅出端倪。

素飒紧紧地抿着嘴，又向周围看了一圈，艰难地回答：“睿奉香说，皇后在宫中擅合毒药。她怕丹嫔会有危险，所以暗中提醒。”

与素盈的猜想相去万里，却更令人骇异。她失声惊呼：“皇后又不是药师、巫女，岂能随便做得出毒药？再说，她一进一出前呼后拥，哪能避开人动手？丹嫔会信？”

“这种话若是谎言，实在不够高明。皇后行事缜密，能抓住她纰漏的机会千载难逢。父亲、姑姑、大姐、二姐不遗余力地搜罗证物，指望一举废掉皇后，可惜没有成功。”

平常看不出什么手段的家人，竟能干出这种事。素盈脊背发凉，终于明白那座木雕为什么害他们一个个焦灼难安。可是所图甚大，他们竟指望巫术庇佑，这种荒唐早注定功亏一篑。

素飒看妹妹脸色苍白，又说：“事情是宰相暗中平息的。我本以为这下要完了，想不到他能息事宁人。我猜他也防备皇后，因此保全丹嫔，免得皇后弄出个死无对证的局面。正是看出他与皇后之间有可乘之隙，我才冒险推荐你为宰相义女，以防情况再有变时，你我无从幸免。”

“他也相信，皇后在宫中擅合毒药？”

素飒没回答，默了一刻，岔开话说：“睿奉香死得突兀，圣上起了疑心。据说，文彩环聪明过头，有所察觉，引来皇后猜忌。”

皇后对文彩环的态度蹊跷，最终将她置于死地，竟是为如此离奇的缘故。素盈惴惴地问：“姑姑……确实有皇后制毒的证物吗？”

“幸好只是知情。倘若真有证物，宰相反倒不敢管她——皇后若知他们拿住实实在在的把柄，怎会善罢甘休？”素飒想了想，说，“睿奉香和文彩环大约是真有，谁也救不了。”

素盈震骇得说不出话，半刻之后弱弱地质疑："不会吧？文彩环若有真凭实据，不是正好为姑姑所用？"

素飒嘴角微扬："她行事的方法，你看不出来？她才不当素氏相互捅的刀子。结果，潜通南国谋害圣上……咳，本来是皇后与宰相的事，谁想到，柔嫒赶的时机不巧，阴差阳错地插了一手。事关重大，皇后、丹嫔、宰相、柔嫒彼此算计，都想撇过这事，可也都知道撇不开。"

素盈骇然无语，瞪着他讶叹："你们竟能忍住这样的秘密！"

"秘密就是越沉重越要忍住。"素飒长长地嘘口气，"父亲嘴上不说，其实很怕。待到七月阿澜进来，于我们家是百利无害，宫里的局面当有新转机。"

他说完，又长长地呼了口气，面容起了细微变化，仿佛有一层肉眼难以看清的愁云隐约散开。

素盈心上一软，觉得今日让他说出来，实在是太好了。他在宫里十来年，可想而知有多少不敢说也不能说的隐情堵在心里。她向来只想着向他倾诉，却帮不到他，能让他一吐为快也好。

素飒却不知她的好意，生怕她再追问，敷衍地总结："你的地位……还没有玩弄秘密的能力。你要学会追问，也要学会忘掉。记住，别在七月之前惹是生非。"

"阿澜与阿槐，也知道这事吗？"

素飒摇头："总不能尽人皆知。能进宫来，再让她们承受秘密吧。"

话还没有说完，忽然一阵马蹄声由远及近，兄妹俩急忙避让。素盈眼尖，看见马上那个蓝色骑装的女子正是荣安公主。这公主仗着父母的宠爱，常常无理取闹，搅得宫苑禁地不得安生。前两天，素盈听她在皇后面前央求，想要出宫骑马，没有得到允许。今天她便在宫中撒起野来，策马扬鞭四处驃突，随从侍卫们不知被甩到了哪里。

快马闪电一般掠过兄妹二人旁边，公主突发奇想，用马鞭去挑素盈头上的花。素盈吓得大惊失色，忙往哥哥身后躲藏。荣安向前一探，重心不稳，大叫一声便掉下马背。素飒不假思索地奔上去，伸开双臂，恰好接住。他扶公主站稳，单膝跪在一旁，口称得罪。

荣安笑嘻嘻地看着他说："险些摔惨呢！"边说边转头看素盈，又瞥他一眼，笑道，"总听人说，你偷偷摸摸同宫女幽会，原来是你妹妹。"

素飒着实生气，竖起眉问："谁在公主面前胡言乱语？"

荣安不理睬，转而责备素盈："你不躲不闪让我挑到那朵花，我岂会坠马！为一朵花害得皇家公主差点受伤，你担当得起吗？"

素盈无奈，低声说："请公主责罚。"

荣安笑两声："怎么罚？轻了没意思，重了又惹人说三道四。你是丹茜宫的人，不好好地钻研调香，跑出来同东宫的人说闲话——还是让母后罚你更妥当。"

素盈大感为难，正要央求，素飒已开口为她求情：“此事若是交到丹茜宫，只怕娘娘问起公主如何撞见，少不得要为宫中纵马的事责备几句。公主又何必为她惹这些麻烦？”

“你是同我谈条件吗？”荣安白了素飒一眼，略有愠色，“我不过开两句玩笑。这点小事，谁有工夫计较！你们赶快走得远远的，别挡我的路。”兄妹二人连忙道谢，远远地走开。素盈回头望一眼，看见公主打呼哨唤来马匹，又在那里骑马。

荣安公主对哥哥的态度十分熟稔，她感到奇怪：“哥哥与她很熟吗？”

“公主有时去东宫玩，我常遇见。”素飒说得含糊不清。素盈不再追问。

家里的素飒，是体贴的哥哥。宫里的素飒，却是满腹秘辛的东宫卫率，对她吐露一个秘密，还有一万个秘密瞒着她。

前后左右、里里外外，他被秘密层层包裹着，素盈简直看不出自己的哥哥是什么样的人了。

这年的七月十四恰好是末伏，燠热的天气害人恹恹的不想做事。宫里每日闲谈的话题不离选女。今日说专门安置选女的宫苑已收拾干净，明日看经过层层挑选、专门教导选女的女先生们陆续入宫——九成姓崔。

爱凑热闹的宫女向参与选拔的宦官们打听，私下评判哪个会一鸣惊人，哪个有望在三年后领受册封。所谓“名录”也出现了，罗列素氏七家当中出类拔萃的少女，谣传是入选名单。这东西向来没有真的，可每回流传出一个名字，仍能在宫女们当中制造短暂的小话题。

三年后将有新的娘娘，需要新的宫人侍奉。于这日复一日等闲过的宫中人来说，三年快得很，也不能怪他们从今起就要谋划自己的前程。

素澜的名字不止一次在他们私密的话语中流转，出现的次数越多，越被人深信不疑。时不时有年轻宫女向素盈打听她的妹妹，听说这位少女不仅姿容绝代，聪慧更胜常人，无不欣羡神往。

吉日倏忽到来，通过初选的七十名选女入宫。宫中准许观望，素盈便随众人一起去看这七年一回的大事。

宫中选女与吏部选人相对，差别在于获得为官资格的男子从天下拣选，而选女们只出自素氏。三年之后通过考试，她们就可转迁，或为嫔御，或为女官。入宫拜见的仪式，也同选人入觐差不多，只是陪同皇帝的监督之官换作以皇后为首的内命妇们。

丹茜宫外宽敞的方场上铺了红毡，搭起七色彩帐。居中的龙游九天帐内设御座，麒麟凤凰帐内设后座。两顶鹿踏祥云帐，本是留给嫔位之上的两名妃子，然而贞妃、文妃姐妹向来于深宫中大隐，双双缺席。丹嫔、景嫔、恭嫔、安嫔四人分坐东西两侧略小的飞马帐内。因天官奏称天文不利，诸嫔今年都没能进位为妃。到底是久在宫中的人，四张脸上看不出丝毫沮丧。还有一位肃嫔，也是性情怪异，从不抛头露面，久而久之被人遗忘，连她的坐帐也没设。

司礼宦官向帝后二人报上选女们的家门、名字，选女们跪在帐前十步开外，听见叫名字，便上前拜见。

素盈一一辨认，但选女们穿一样的长裙，梳一样的宫人发髻，脸上又涂着金色佛妆，放眼望去像彩俑方阵，一时半会儿找不出自己的姐妹。她和围观的宫女们一起留心细听，很快听到素槐的名字。

一名选女从队列中走出，翩翩上前，行了一个完美的大礼。素槐换了装束，像变成另一个人。她原先在家时头发披散，这时长发向脑后绾起，露出白皙细腻的脖颈，别有一种成熟韵致。选女们都是佛妆，难免面目不明、不易分别，她的佛妆却娇媚精巧，更显得眉眼秀气，笑靥可爱。

彩帐之中，皇后始终笑意盈盈，众嫔端坐不露声色，只有丹嫔坦然欢喜，向素槐亲切地点头。素槐仪态万方地退下去。

有宫女知道她是素盈的妹妹，向素盈道喜。素盈匆匆道谢，又凝神聆听。直到入觐仪式终了，选女们由宦官引领退下，也没听见素澜的名字。

那最有希望的妹妹，竟然落选了。素盈心中惊诧，想不出这是怎么回事。

四院都监远远地向她招几次手，见她发呆不理，干脆急急地走过来。那宦官今日忙得不可开交，离她还有十来步就大声说："皇后娘娘刚发话，要奉香到四院走一趟。"

"去做什么？"

都监阴阳怪气地说："麝香、零陵这类香料，列入禁品已有时日，只是宫门司的人并非行家，难免百密一疏。有些女孩子的香包当中，仿佛私带了东西进来。皇后娘娘说，这事情交到典香司处置，就是大事了，不如让奉香去看看。倘若不要紧，索性别声张。果真是违禁的东西，再向典香司、宫正司通报。"

皇后有心送选女们一个天大情面，素盈不敢怠慢，当下随都监同去。

昆霞、瑶光、凌华、飞香四院在太平湖另一边，专门安置选女。素盈随四院都监绕湖过去，只见四院中间的大庭园里，条案拼成一道长龙，几十个五光十色的香包、香囊摆在上面。

都监举手在素盈耳边一搭，兜住低沉从容的嗓音："娘娘吩咐，奉香只管拿出气势，秉公办事。"素盈在宫里久了，当即听懂这话——皇后的人情不是放一句泛泛的话。

人情送得太轻松，过几天便没人记得。要杀鸡儆猴，才能让没挨刀的猴子感激涕零。而她就是那把刀子。

十几个选女站在两旁，大约是有犯禁的重大嫌疑。刚卸去佛妆的脸上，十四岁的天真神气并未完全褪去，扑闪的眼睛正瞟向这位和她们年纪差不多的女官。

素盈知道素氏小姐们是怎样培养出来的，因此不信她们会干出违反宫禁的傻事，心上也没有太重的担子。她深吸口气，朗朗地说：“丹茜宫奉香奉命检验诸位私物。宫规森严，麝香、零陵、檀香、沉香，私挟五钱即犯宫禁。若是诸位入宫时疏于检点，不知分量是否逾制，请即刻告知。”

众选女都一言不发。素盈见无人作声，向都监点头。四院的年轻宦官们立刻动起手，眨眼的工夫，条案上香包、香囊全被拆开了。

宫中禁用磨碎的香料，选女们不会明着往上撞。香囊中大多是整物，偶有禁品，但分量不足。素盈走了一遍，松口气，向都监说：“未见触犯宫禁。”

忽然有一名宦官手中托着东西，到都监身边耳语。都监眨了眨眼睛，向素盈说：“有位选女私藏丸药，说是香丸，用在香囊中焚燃染衣，还说本是御赐之物，已报过宫门司，准她带进来。奉香看看，是不是？”

宦官手中一枚褐红色香丸，表皮有蜡光，是南方蜜合香料的技艺。素盈看见上面的南国金字，说：“这是去年斗香大会，南使敬献的香丸。来路去处皆有记载，所以宫门司敢放进来。后宫调香虽不准擅自做这东西，但御前也常常使用，并无害处。”

都监又挂起笑意，阴阳怪气地说：“奉香还是太年轻，眼见什么就是什么。我朝本是担心这东西能烧干净，才立了禁。如今弄这么一颗进四院，倘若惹出事端，连个踪迹也寻不出，那不就是我们的祸事了？”

像他这种眼红奉香少年得意、倚老卖老冷嘲热讽的人，素盈不是第一回遇上，早就不同他们计较。但选女们初来乍到，没有得罪他的地方，他却一定要弄出点动静，向皇后表达尽职尽责的忠心。毕竟皇后才是后宫的主人，没人能赶走素若星。

素盈不愿多言语，只能同情地看了一眼私藏香丸的少女。

那女孩子抿紧嘴唇，大约觉得自己的表现尚可算作镇定。素盈见了她那个样子，也疑心香丸的确有鬼。可想而知，在这群老宦官的眼中，她散发出的紧张气息几乎就是认罪。

素盈轻轻地叹息：“香的事，我已看完讲清。四院的事归都监管，不是我该管的。”

四院都监笑道：“没错。劳驾奉香多时，请回吧。”说罢，拿起香丸在手心里掂了掂，忽然合掌握碎。

香丸中露出另一个圆圆的物件。选女脸色霎时苍白。都监若无其事地微笑说：“这东西是什么，我们也说不清，只好送去太医院。众位太医终归比我们懂得多，小姐不必担心莫名蒙受委屈。宫里自有宫里的规矩，没人敢糟践。”

他拍了拍手，脸上带着快慰的笑，大声说：“提起规矩——诸位在后宫多有亲戚长辈，老规矩，头一天来应当拜见。今天要去湖东拜访亲戚的，可别忘了，不得在别处用宫膳、酒和点心。宫中一向对饮食十分节制，万一娘娘们一时高兴乱了规矩，诸位小姐乱吃东西，闹出毛病又无从查证，我们四院可担当不起。”

他那微不足道的权力，等了七年才又一次带来实感，耀武扬威的神态说不出有多难看。选女们默默地各自散去。

素盈去昆霞院寻她妹妹，才知道查香料没挑出阿槐的毛病，她早就被丹嫔、丽媛和柔媛请去流泉宫了。

三位娘娘相邀，足见东平郡王家看重这位新来的选女。素盈不能装聋作哑，但也不愿去她们中间掺和，回到自己住所，取出提前准备好的贺礼。

柜中本有一模一样的两份礼物，想不到只有一份用得上。素盈想起七妹，不禁一阵疑惑。估摸流泉宫的寒暄差不多完毕，她才抄偏僻近路前往。

想不到，平日无人的小道上，竟出现了白信默的身影。

自从猎场上借马后，两人再没说过话。他是个聪明人，一定知道她借马之后猎场发生的事和她有关，也不想别人发现他与这事有更多的联系。今天迎面遇上，素盈环顾周围无人，惊奇问：“出了什么事？副卫尉为何在这里？”

白信默急忙摆手说：“太平无事，无须担心。”他一时说不出自己为何擅自走动，耳根染上少年的羞赧，努力找话说：“奉香是去找丹嫔娘娘？”

素盈摇摇头，说：“不，我来看妹妹从流泉宫出来没有。”

白信默顺口回答：“还没有。”

素盈诧异极了：“副卫尉认识我妹妹？”

白信默不好意思地低头，吞吞吐吐地说：“奉香的妹妹，似乎曾经和我有过婚配的意向。”

素盈不由得瞪大眼睛。白信默继续说：“七夫人曾经有意撮合我与贵府联姻，可一直没有下文。后来，令尊有心再续前事，家父满以为这回可以操办起来，孰料前几天得知，那位小姐竟然得以进宫。”

他说着，更加不好意思：“既然是如此出色的人，我断断不敢多事妄想。不过，这宫里处处风波，初来乍到的人实在……我忍不住有点担心，想看看究竟是怎样的人……奉香？”他看到素盈古怪地笑了一下，猜不出她在想什么。

父亲不想痛快地承认“那位小姐”早已进宫去，打算在素槐落选的时候顶替这门亲事——反正白府不知道最初议婚的是哪位小姐。“素盈”又一次成了无足轻重的两个字，被父亲若无其事地抹消。

“副卫尉是怕我们东平素氏比别人更容易惹祸上身，担心她似我这般愚钝，并非避祸趋福的人才吧？”她嫣然一笑，戳中关键。

白信默心照不宣地轻咳一声，讷讷地顾左右而言他：“奉香绝非愚钝，是太澄明了，才让人担心啊。”

“澄明”不知是他从哪里得到的结论。素盈借马一事，就不怎么坦诚。或许他说的正是反话，担心素盈把实情告诉他，将他拖到危险境地当中。

素盈皱了一下眉，敛容说："副卫尉是重情之人，多谢美意。可是谈婚论嫁这种事情若让人知道……倘若有人看见你在这里流连，只怕就是她的第一件祸事。"

白信默神色微惊，向她微施一礼："奉香说得对，是我犯糊涂了。"

素盈欠身道别。白信默笑笑说："保重。"便头也不回地告辞。

流泉宫的聚会持续稍久，素槐出来时，已近黄昏。姐妹二人远远地对上眼神，她快步迎上前，含笑拉住素盈的衣袖，亲热地说："我正猜这位窈窕女官是谁，原来是盈姐姐——样貌变了好多，险些认不出来。"

她自己又何尝不是呢？素盈打量妹妹，只觉她的神情比从前开朗，以往微微低着头，今天自信地抬起来，好像一下子长高了许多。大约这就是人们所说的意气风发，是素盈今生尚未有过的体会。她含笑柔声说："阿槐，恭喜你。十四年辛苦，终有今天。"

素槐似乎不愿在流泉宫前攀谈，拉住姐姐的手，一边走一边说："能有今天，亏得三哥一直照应。我自己的亲娘，只会说'听天由命'。"提起来，仍旧神情萧索，"我原本也没有指望家里对待我和阿澜能够一碗水端平。可是，他们做得未免太过了，只有三哥气愤看不过去。姐姐托三哥送我的香，也帮了大忙。三哥和姐姐的关照，阿槐一辈子都不会忘。"有她这句话，素飒算是押对了前程。

家里厚此薄彼并不稀奇，但两个女儿彻底颠倒的结果却不常有。素盈连忙问："阿澜出了什么事？她没进来，想必丽媛和柔媛大失所望。"

"人家是同胞姐妹嘛！"素槐轻轻一笑，"要怪就怪我们家风水不好——临选的时候，她像之前几个姐姐那样病得厉害。巫婆又说，只有嫁人一条路。她宁死不肯，想要学络姐姐那股犟劲儿，却没运气。"

素盈心中打个突，忙问："后来呢？"

素槐摇头说："三夫人焦急心疼，说要死母女俩一起死，她才松了口。父亲想让她嫁到白家——就是盈姐姐差一点嫁过去的那位公子。总算赶在她没咽气的时候谈妥了，可她醒来那么一会儿，便要挑三拣四，逼着父亲向琚相的二公子提亲。亲事定下，她终于好转。"

家中跌宕起伏，令素盈惊疑不已——原来父亲想与白家重谈婚事，不是为素槐，是为素澜。

"我还以为，同白家谈婚事的是你呢。"

素槐叹道："自然要推到我身上！否则，传到琚大人的耳朵里，发现我们家隐瞒她快死的事去攀亲，岂不是羞辱人？"

不多几句话，素槐提起素澜总是"她"，连"姐姐"二字都不肯提，竟当没这个姐姐了。素盈心想："你明知我是琚相义女，还把不让琚家知道的话说给我听，是什么缘故？"暂将疑心撇到一旁，感慨道："咱们家有什么邪气？上次折损三个姐姐，这次又让阿澜撞上。"

素槐恻恻地笑道："我看这是报应。"笑里有恶毒的快意。

素盈诧异地脱口问："什么报应？"

素槐自觉失言，岔开话："盈姐姐，改天有机会再闲聊吧。今天时候不早了，四院规矩很严，我要赶紧回去。"

就姐妹两人说话的工夫，已快要走到四院。素盈递上手中香料，说："四院都监刻薄，今天刚没收选女熏衣服的香囊香袋。女孩儿家常用的东西，一下子没了恐怕不习惯。我比不上众位娘娘出手阔绰，唯独这个好说。"

素槐连忙摆手，浅笑嗔怪："香料岂是私授的东西！"

丹嫔在香料上栽的跟头，她必定早知道，宫规也背得滚瓜烂熟，所以今天才没被都监抓住。素盈见她心细如丝，指着纸包上的红签解释："这是皇后赐我的，里面没有违禁的东西，分量与去处也已写明入簿。即便都监撞见，也无话可说。"

素槐接过纸包打开看，赞道："盈姐姐的手艺我一向钦佩。这一味'兰秀菊芳'当真好闻，又不需要特别的叠香手法便可置炉。果然，还是姐姐有心，盼着我与众不同。"

一瞥之间便将香的名目说对，连相应的叠香法都通晓，这可不是三五日能练出的功夫。素槐看出姐姐惊讶，又笑道："市面上流行的'奉香素氏亲制'香谱，我每张都研读过呢！"

素盈想不出她钻营调香的用心，大约也是父亲逼的，半笑半感慨："四院不准擅用香料，妹妹一番辛苦实在冤枉。"

"一点不冤枉。"素槐浅浅笑罢，就道了别。

姐妹二人的路在两头，背道而行。素盈走几步，转头去看妹妹的背影。素槐的脚步无忧无虑，轻捷的身姿隐入湖边树荫，再看不见。

日影西斜，热意向暮光收敛处消隐。一天的热闹都已散去，花静云停，蝉声止息。太平湖边不见人影，铺天盖地的金晖中，风声水波透出陌生的肃穆。

依稀有欢声笑语，不知从哪座宫中随风飘来。那些选女的欢喜，仿佛与宫廷久别重逢，又像是经过漫长的路途终于到达归宿。那笑声让素盈更为寥落。

这条路是她绕湖时走惯的，今天怎么变得这样长？素盈逐渐感到一丝疲惫，来路不明的念头乘虚而入。

很久之前，东平郡王府流传着一个隐秘的传言。生在同年的五位小姐，只有阿湄、阿淳平安入宫，是因为三夫人在其他小姐的饮食中投毒，逼她们嫁人。三夫人想要东平素氏的荣耀归于她的女儿，这样东平素氏的未来、郡王的关心将落在她一人身上。所以素槐说是报应——老天爷让三夫人的前两个女儿无缘生育，小女儿承受同样的噩运。

可她眼中那股极力隐藏的快意，好像泄露出，这件事情老天爷没份，她有份。

忽然，皇极寺的鼓声迢迢地传来。素盈打个激灵——她如此轻易地给妹妹扣上骨肉相残的嫌疑，这样的自己，难道不可怕吗？

又是一声浑沉的鼓声传来，她仰面深深呼吸，心中有一丝躁动被驱散，不觉停下脚步，眺望无尽高空。

鼓声掠过头顶、乘着赤色流霞，传向遥远无际的天心。

这不是她第一次听到皇极寺的暮鼓。平常从未在意，可今日有种说不出的感觉。慢且悠长的韵律，将某种深邃的东西打入心坎。

一声又一声，在高远的天际迢迢荡开，一声声仿佛昭示命运。她产生一种错觉，仿佛看见鼓声在高空翻起的涟漪，心神随之荡漾远去，与苍穹、与风云融为一体。

时光像是静止，又像急速流淌，真正的她飘荡在那片空阔中，一种陌生的心绪借了这具傀儡般的躯壳，打量这座宫廷。

她就那样仰面站着，不留神已泪流满面，直到最后一记暮鼓的回声消失在天际。夜色悄然染上云端，天上变得很冷，身体也是。她的心思又沉沉地落下来。

素盈慢慢地低头拭泪，眼角余光飘过袖口，恍惚看见不远的宫道上，有两名宦官陪着一个人。透过蒙蒙的泪光，只见颀长的身姿负手而立，正望向她。素盈大吃一惊，急忙背身擦净面孔，再转过身，那人已不见了。

她不敢久留，带着一身冷汗，踉踉跄跄地回到住处。只有婉微一人正在做女红，见素盈失魂落魄的模样，不禁奇道："奉香怎么了？脸色这样差！"

素盈推说今天在四院查出一位选女携带药丸，自己没发现，却被都监发现了，惹来几句嘲讽。

婉微重新拿起针线，笑道："私藏禁物入宫、第一天就被赶出去的选女数不清。这才只是开头呢！你等着看，往后会有别的花样。都监若是面慈心软，还不知多少人受连累！"她在宫中多年，恐怕见过不少类似的事，说得轻描淡写。

她语调里泄露出对选女们的微妙厌恶。素盈微微诧异："那些选女的前程都在宫里，将来还有妹妹、侄女进来。都监和她们作对，不怕来日倒霉吗？"

婉微笑了笑，眼睛仍然盯着她的绣花，头也不抬地说："来日，她们都会找到自己的对手。只要她们有对手，下面的人就有用处、有活路。"

素盈从前可没听过这种话，反复琢磨了几遍，又问："不知道夹带的是什么，要不要紧？"

"是那个吧。"婉微眉眼稍稍弯起，讥笑说，"女子十四岁该有月信，若是没有，恐怕体质有亏欠，不利于日后生育。所以，选女必须来过月信，这是道死坎。不知道多少素氏的小姐，为了迈过这道坎，乱服药闹出命案。"

"当真？"素盈吓了一跳，忽然想，不知自家姐妹有没有因为这个卧病的。她不该错疑阿槐。

“不能再真了。”婉微惋惜说，“小小年纪不知着了什么魔。素氏的千金小姐又不是没别的出路，偏要作假蒙混进来。宫里岂是走进来就大功告成的？谎话只好一个接一个，偷偷摸摸乱服药，还不敢让太医们发现。”

“这也能靠服药吗？”

“她们愿意信邪，当然有人赚这笔钱，弄出许多偏方来。”婉微满脸嫌恶地说，“七年前有一个，半夜里疼得死去活来，满床的血别提多吓人。所幸保住小命，狼狈出宫。跟她一起的另外一个，就没那么好运……每回七十人里，总有几个毁在这上面。”

说完，她不禁感慨：“从前叱咤风云的娘娘们，真是说不完的能耐。哪个是靠这种小花招出人头地？现如今都是这般人才，怨不得别人说，素氏一代不如一代。”望向素盈，又笑说，“我看奉香倒是比她们更像个人。”

可是素盈心思已到别处，颤声问：“七年前，运气不好的那个，是不是我姐姐素络？”婉微将头一低，咬断线头，算是默认了。

倔强的络姐姐，竟是为这种糊涂的事情而死。素盈忽感浑身无力，晚饭也没吃，径自倒向床内。

四处打听的宫女，焦虑的妃嫔，微笑的皇后，奸笑的四院都监，私藏药丸的选女，脚步轻盈的阿槐，宫外遥不可及的阿澜，还有她，勉强跻身此处的素奉香……十年、二十年、一辈子，每隔七年重复今天。种种面孔，不知谁更可怜。

没准她也会变成四院都监那样，只在七年一次抖威风的时候焕发活力。下一次、再下一次，她搜出选女私藏的香料，是会怜悯地说“没有禁物”，还是得意地冷笑？

宫廷恢复冷寂，夜寒不失时机偷袭，借助冷汗濡湿的单衣逞虐。素盈百感交集，眼泪止不住地滚落枕上，却说不清是为谁哭泣。

婉微听见啜泣，叹了口气，去点了一个小火炉，热了几样夜宵。正在这个时候，令柔回来，见她点炉子，蹙眉问：“这又是哪一出？”

婉微将方才的事情说了一遍。

令柔冷笑道：“你倒是个热心人！”

婉微摇扇子生火，不紧不慢地说：“我乐意。”

令柔坐到她脚边，声音几如蚊吟：“上面又问起来，她擅自跑去东宫是什么缘故。”

“再拖一拖。”婉微生好小炉，絮絮地说，“东平郡王的女儿，哪有小小年纪到宫里受气的道理？她哥哥那心思，还有谁看不穿！不信你就看着吧。”

私藏药丸的选女，第二天被遣出宫去。她父亲和哥哥亲自前来请罪，宫里只是叱责一顿，没有为难。但这事毕竟十分丢脸，宫里当作笑话讲了几天。

其余的选女开始在淑文殿受教，内容无所不包，既有宫规、文章、音律、绘画，也有骑射、兵法。她们在家都学过，然而那些不算，只有在宫里学得好，才能为她们未来的考核垫实基础。三年之后，出色的选女们便有机会授媛位，其余则充实女官行列。除在淑文殿学习，选女们也跟随各处的尚宫女官在宫中服务。或有聪颖能干的，不到三年之期就被挑去。

想到几十个与妹妹心思不相伯仲的少女，将要一起生活三年，素盈忍不住慨叹："起初挑选十四岁的，是要她们带着吉数献身皇家。后来，又说是担心过早孕育皇嗣，不利于健康。既然如此，何不直接挑选十七岁的女子？"

她正按照皇后吩咐，为选女们专门配香料，避开一切危险的药用嫌疑。旁边帮忙的婉微"噗"地笑了："我们嫌麻烦，是怕连累自己。上头的人不一样，有的是工夫慢慢考验。"

她望着素盈，奇妙地提起嘴角说："人会变的。不管这些女孩子是怎么长大的，在宫里待三年，差不多能决定后半生的样子了。"

她那看惯热闹的眼角透出一种讯息——未来的三年注定风波迭起。

丹茜宫慢慢变得热闹。许多选女来拜见皇后，用不同的方式献殷勤。有时几个人不期而遇，彼此之间客客气气，没有什么冷嘲暗讽，也没有特别的亲热。素盈不得不佩服她们受到的教育，那种教育让她们的表现无懈可击。

但在她眼中无懈可击的面皮，大约在皇后眼中全是"破洞"。一日，素盈在宫中侍奉，恰好碰到素槐和几位选女来陪皇后闲聊。

皇后见人多热闹，一时高兴，说："我看你们彼此之间十分融洽，忽然想起一个故事，说是三国的时候，有位将军攻城略地，抢了另一个城主的爱妾。那女子貌美如花、倾国倾城，在将军身边有专房之宠。将军的姬妾们深深嫉妒她，便对她说，'若是你时常在将军面前涕泣，他一定认为你心怀故土，对你格外敬重'。美人听了她们的话，时常在将军面前垂泪。将军怜她这份心意，对她更加疼爱。过了些日子，姬妾们联合起来，把那美人勒死，悬挂在房梁上，说她伤感过度，怀节而死。将军哪里知道其中的奥妙，所做的不过是厚葬而已……"

皇后说到这里，环顾众位屏息敛容的选女，笑道："我见你们和和气气的，当然高兴，只愿你们的感情别好到一起干那些伤天害理的事。"

以素盈对皇后的了解，她从不做没来由的暗示，话讲得这么重也很少见。众选女都道："有娘娘这样福德圆满的百花领袖，宫中上下言芳行洁，谁忍做出罪孽深重的事情？"

皇后眉眼仍是笑的，可话锋俨然更不对头："众位都是闺门中有抱负的女子，没点志气走不到今天。真看得起自己，就别坠了本朝后宫的名声。来耍猴儿似的，把三十六计使一遍，索性让圣上送你们去西陲当军师吧——那里的对手何止七十个，有本事杀敌杀他一千八百，还有功呢。"她自己仿佛觉得很好笑，嫣然笑起来。

这话再明白不过——四院有动静传到皇后耳边。

选女们今日不走运，撞上这么一番教训，陆续告辞，唯独素槐像是有事，磨磨蹭蹭不走。最后只剩她一人。皇后问：“你有什么事吗？”

素槐柔柔浅笑，从怀中取出一包东西，说：“前些日子，承蒙奉香厚爱，转赠了娘娘惠赐的几样香料。奴婢配了一味香，不敢自专。宫中唯有娘娘是个中高手，请娘娘鉴赏。”

眼看皇后气还没理顺，她冷不丁地冒出这么一件，选的时机也太差了。皇后却像不介意，说：“你姐姐师出名门，在宫中日益精进，名动京城，你该请她评价才是。”

素槐含笑，从容地说：“姐姐一向言语温和，即便有什么不好，她也不会直说。自然还是娘娘的评论公正。”皇后不再推辞，命素盈取香炉，当即燃起来。

炉中散逸丝丝幽香，素盈心中立刻一沉——这分明是她送给素槐的“兰秀菊芳”，原封不改。

这种香料以前曾向皇后进献，也得到称赞，是她亲口命素盈多配几份，也是她亲手将其中之一赐给素盈。但今日皇后仿佛没有分辨出来，“咦”一声，冲素盈笑道：“这香味不比你配的差。幽深无际，令人有出尘之想。可有名目？”

素槐连忙殷勤接口：“正要请娘娘赐名。”

皇后想了想，说：“就叫‘凌云霄’吧。没想到，你也是调香好手。”

“兰秀菊芳”彻底从她们脑海中消失了。

素盈心中发冷。以皇后的目力，当然看得出素槐的伎俩，为何刻意应和？她初至丹茜宫，第一次配的香料赐名“忘尘”，盖过文彩环的“解忧”。此时皇后为香料赐名“凌云霄”，是要素槐凌驾于谁？

素槐笑嘻嘻地说：“奉香所制香谱皆是奴婢珍藏的至宝，市售的一百余张，奴婢无一遗漏。这些日子也学了不少。”

素盈顿感不妙，来不及掩饰。皇后果然转脸，向她开玩笑：“竟有一百多张了？真不简单。如此说来，奉香的私房比我还要多些。”她又看看姐妹二人，向素槐微笑道：“平常只有我与你姐姐两个人，一问一答，到底有些冷清。你时常来闲聊几句，倒也热闹。”

素槐大喜，千恩万谢之后终于告辞。素盈也找个借口告退，在太平湖边追上妹妹，一把扯住，笑问：“这是什么意思？”

素槐不挣不闹，伸手向湖对岸的四院指了指，满脸的无可奈何。

“姐姐不知道，昆霞院里若论刻薄，都监根本排不上名次。只有皇后看得起，才能得人高看一眼。”

金灿灿的湖光倒映在她脸上，却呈现阑珊之色。素槐由衷叹了口气：“我以前以为，吃点小亏没什么了不起，与人和气总不会惹来是非。我真是太傻了。”

凄然一笑之后，她神色一变，直率而坚定地说：“盈姐姐，从小我只是阿澜的陪衬。即便我再努力，家人、老师也只夸她一个，让她自以为天生奇才、不可超越，从小就怀抱夺下丹茜宫的信心。若不是这次入选吓了家里人一跳，亲爹亲娘都看不起我！我终于知道扬眉吐气的滋味——从今以后，我再不当任何人的陪衬！”

光覆盖在她的脸上，像一层坚硬的面具。她斩钉截铁地说：“三哥与盈姐姐的恩情，我终生不忘。倘若有出头之日，我定将十倍、百倍报答姐姐。只是今天，没有姐姐的香料相助，我出不了头，只好借花献佛。请姐姐体谅。”

素盈有千言万语，却说不出口。这宫里不只选女指望前程，奉香也一样。皇后表面上亲切，其实早就对她生出疏远，不止一次有打发她出宫的意思，缺的只是一个不伤脸面的机会。但是她不想离开，不想回到东平郡王府。

她想警告素槐，调香是她在宫里唯一看重、珍惜的事，她不会轻言让步。想借助她的才能可以，但不能伸手拿走，冠上自己的名字。

然而与那张坚硬的光面默然相对，素盈看出来，她妹妹正等着这些话——它们早就在素槐心里，素槐的拒绝也跟它们在一起。这是蓄谋已久的策划，争吵改不了已经写好的答案。

素盈轻淡地笑了笑，默不作声地撇开妹妹的手，头也不回地走回自己的住处。胸中憋得很，千言万语在心里交战，想要一口气全喊出来，又想把脸埋到枕头里面去大叫。可真的把脸埋入枕中，只有窒息的痛苦。

她起身向外走。令柔跟上来问：“奉香去哪里？”

素盈说随便走走，她却不信，拉住素盈说：“你与素率虽然是亲兄妹，但毕竟是中宫、东宫两处的人，宫规本来是不准结交的。万望谨慎。”

素盈苦笑道：“多谢你提醒。”

令柔忍不住多劝一句：“我们这样的人，想不出错很难，惹麻烦却容易得很。奉香向来仔细，谁也挑不出你的短处，只有这一件，还是改了好。有什么委屈，往心底多压一会儿，就过去了。”

宫中到底不是一个聆听、倾诉委屈的地方。

素盈心中更加黯淡，越走越是失落。身后一个小宦官追她一路，气咻咻地赶上她，说：“奉香，东宫有请。”

自从睿洵合婚，素璃移居东宫，东宫里渐渐弥漫起各种香气。皇后格外开恩，不需东宫妃另外提请，可以直接差遣奉香。只是东宫妃并不曾唤她去，这是头一回。素盈不敢怠慢，连忙撇开自己的烦恼。

来到东宫，却没看见东宫妃，只有睿洵一人在等。原来“东宫有请”不是东宫里的人有请，是东宫本人邀请。素盈顿觉一阵尴尬。

睿洵摊开桌上的绸包袱，说：“今天有外国进贡香料，父皇赏赐许多。我不喜欢摆弄这些——你拿去吧。”包袱中是整块的沉香，形如枕头。

素盈知道这东西珍贵，连忙推辞说：“调香用不到这样大的沉香。”

睿洵笑道：“调香用不到，你就拿去做个枕头。”

话到此处，素盈便看出，他是得知自己睡眠不好，厚情相赠。这却更加让她为难，况且眼下是这种局面。

见她左右为难，睿洵虽不知今天又是什么事，但也猜得出她在宫中不快乐。他鼻端发出轻轻的叹息，引得素盈抬头，恰好撞上他关切的目光。她不敢看，急忙低下头，心头某个地方发酸。

他好像不确定她试图藏起哪种情绪，伸手托了她的下颌一下，就看见她双眼中腾起薄薄的泪光。他没有问她想哭的缘由，只是默默看着她水光迷离的眼。

他什么也没有说，素盈却觉得豁然开朗——她本来以为没人会在意，上天却在宫中留了这样一个人。

她勉强笑起来，仍不肯接那块沉香，反而问：“殿下还记得那盒包儿饭吗？”

不需更多言语，睿洵已然明白，缓声说：“那事孩子气十足，她也后悔让丹茜宫的女官、宫女见笑了。我这边一年馈赠丹茜宫上下不知多少，不独你这几样，无须多心。”

素盈还是不接。

“素奉香，”睿洵见她眉间仍然是满满的落寞，轻声问，“在丹茜宫太艰难，不如到东宫如何？”

素盈望了望他，黯然垂下头：“哪个宫都是一样的。”

“可是宫里的人不一样。”

素盈幽幽地说：“早晚都会一样。”

这回睿洵无言以对，只叹了口气，说：“沉香很重，我让人送你。”说完唤来素飒，吩咐他去送。本来是小宦官可以做的事，却特意唤来他，素盈便猜到，东宫这边也有人做了同令柔一样的提示。

兄妹二人拘谨地走了一段路。素盈心里的委屈不吐不快，讲了妹妹借花献佛，又是一阵失望。

“阿槐当着我的面，就用那香讨好皇后。崔先生到底是怎么教她的？”

素飒带着鄙薄说：“崔先生教她的时候，你若在咏花堂旁听，何至于今日抱怨？你不认识你妹妹，她却知道你是什么人。”

素盈摇头，咬着嘴唇说：“她从前不是这样子，变得太快了。”

“以我们微末的身份，难道能让宫廷变样子逢迎自己吗？即便皇后，也早就不是从前的她。”素飒瞥她一眼，“阿槐总归是我们家的女儿，姑姑、姐姐们懂得怎样点拨。我担心的是你。”

他仔细端详妹妹，口气中既有失望，也有心疼：“这回不知是哪一处的人小题大做，说是怕我们兄妹私下传递后宫消息，要殿下对我严加管束。我恐怕是皇后与东宫妃的意思。从今以后不要总来找我。坚强一点。”

素盈怔了半晌，无言以对。沉默之际，两个人走到了东宫与后宫之间的最后一道门，素飒停住脚步，惊见妹妹两行眼泪无声流淌：“阿盈！”

“这宫里的女人都疯了。”素盈流着泪，却在笑，说这话像讲笑话，“素氏花十几年工夫，养出来一群疯子！”

素飒急忙喝止，又低声安慰她：“东宫妃还年少。日子久了，人的想法都会变。”

“对我，不会的。”素盈攥紧拳说，“我一直以为时间能够证明一切，可是她们选择视而不见，时间也无能为力。”说着，怪气地笑起来，“不过是个奉香，哪里配得上她们这般玲珑心思？何不杀了我？又不是没杀过奉香！想抢名的，一百多张香谱而已，涂了我的名字有什么难！疑心我要效仿文彩环的，也不必苦心编什么故事，反正是第三个奉香，人人知道奉香都是该死的！”

素飒急忙摆手制止她胡乱说话，劝道：“回去点一炉清香，好好休息。”

他居然只说出这样一句不痛不痒的劝慰。素盈脸上挂着奇怪的笑，甩开哥哥的手，颤巍巍地走。她每一步像是踏在浮云上，轻虚无力，似乎踏偏就坠入地底，没有人会伸手拉住她。

坚强，脆弱。她记忆当中的一生，尚未用这两个词评价过自己。她从不敢奢望像睿洵说的那样，先做个强者，再做个好人。迄今为止的一切，只是不得已。可惜连“不得已”这三个字，她也快要无法应付，只感到每过一天，就更空虚一些。她快要说不清，这空壳里是不是真有一个“人”存在。

素盈定住脚步，转身四顾。宫阙沉静地包围她，一砖一瓦无比鲜明。然而寂如无人。她最重要的哥哥在这里，她在乎的都在这里，可它只报以无情的沉默，静得像是一座空城。

静得像是……其实她也并不存在。

丹茜宫一连几天不召奉香，好像把素盈忘了。这种情况以前也有过，从来不是吉兆。婉微和令柔都劝她。

“奉香真是太安分了！宫里不叫你，你就不能去？娘娘不会把你赶出来。”

“娘娘不召唤，你更要殷勤一些才对，显得你心里惦记。”

这些建议倒没有不妥。素盈用心调配一副香料，打算呈给皇后，谁知丹茜宫里已有香氤缭绕。素槐亲热地跪坐在皇后身边，手捧香炉。

那正是素盈平日的位置。

皇后笑着说：“奉香，你这个妹妹的手段可不一般啊！”一语双关，素盈除了无可奈何地笑，亦无言语。

阿槐不复往日安静小心的样子，能言善道，时不时蹦出几句典故趣闻，倒像是素澜附身，两个人用这种方式一起进来了。有时，她的言行在素盈看来不大得体，但皇后摆明喜欢她机灵活泼，周围的女官也一个个含笑看她。素盈懂得那种眼神。和婉微一样，这些女官见多了选女的花招百出，有心要瞧瞧这孩子还有什么手段，唤醒她们心里闲置七年的新鲜感。

众人都高高兴兴，唯独素盈别有心事，更显得格格不入。皇后看出她在这场合尴尬，说声“这会儿用不着你”，打发了出去。

丹茜宫用不着她……素盈的心坠到谷底，之前不得与哥哥见面的警告便不算什么了。她不管不顾，又去东宫找到素飒，开口便是叹息：“我在丹茜宫待不成了——本来皇后对我就格外提防，这次总算用不着，终于能逐出宫去。”

素飒不明白：“宫中只有你一名奉香，怎会用不着？”

素盈冷笑，说：“奉香是不可或缺的女官吗？阿槐也会摆弄香料，她跟皇后一拍即合，丹茜宫哪里还有我立锥之地！昔年，康豫太后坐镇丹茜宫时，看中一名选女的才能，当即让她出了选女之列，授为女官。没准皇后尤而效之，阿槐便是新的素奉香。”

素飒愣了一下，蹙眉低声自语：“阿槐真是疯了！”

素盈听了也愣：“已经有人告诉她了吗？皇后……睿奉香那件事。”

素飒眉头紧锁，片刻之后长嘘，说：“你是相爷推荐，几乎是公开的事了。至今相爷没有要你做任何有碍皇后的事，她仍不能容你，未免对宰相的敌意太重。我看她未必会走到那步。”

“我出宫是早晚的事。”素盈哀怨地抬起眼睛，狠狠盯着远处的丹茜宫，“妹妹们从小比我得到的多，只有这一件事是我占先。可她来抢我的，反比去抢别人的更顺理成章。”

素飒抚摸妹妹的头发，柔声说：“眼界放开一些。为这弄到姐妹反目，也太短视了。退步退得漂亮，比铤而走险有用一百倍。”

退……素盈无言苦笑。退到哪里去呢？从小生活的家，只剩一群名为家人的陌生人，聚在一起掂量她值几斤几两。灰头土脸地回去，面对另一种磨难，那时候她还能再逃往何处？

“与其等到皇后不厌其烦，不如我主动退让。或许合她心意，尚能善始善终。”素盈小心翼翼地，一边说，一边观察哥哥神色，“东宫殿下曾说过，若我不愿在丹茜宫，可以到这边来，我看现在就是时候。”

“东宫几时说过这话？我怎么不知道？”

“就是几天前的事。”

素飒的神情半忧半喜，细看仿佛喜色更多一些。他带着一丝责备说：“笨！你自己想想，东宫说要你过来，是要你来奉香的吗？东宫里哪有奉香女官？”

素盈先前未曾多想，一经点醒，脸色骤变。

素飒叹息道："只要你开口，东宫一定会履行承诺。可是，殿下袒护你，对你反而更糟。这种时机进入东宫，恐怕一辈子得不到名分。"

他想得如此离谱，素盈不由得错愕。素飒又柔声说："东宫自己也有很多不遂心的事。你的事情暂且不要牵连到他那里，免得你们两个都麻烦。"

素盈暗自起疑，轻声问："东宫眼下不遂心的事……是什么？"

素飒搪塞似的笑道："来来去去就是那些。你管好自己，不必为别人发愁。"素盈不信他的托词，但心情稍稍放松。

同辜负宰相的安排相比，她更怕辜负哥哥。素飒竟能提出"退步"，如雨前一般沉闷的未来似乎有了徐徐微风。

算日子，距离皇后生辰不远。丹茜宫在半年之前就着手安排庆贺用香，时日临近，反而不再频繁催促。素盈依旧兢兢业业地做这件事，不时感觉到那些在宫中行走多年的宦官、宫女看她的眼神和态度，随着暗涌的波涛日渐改变。

情形到底有多糟，她拿不准。

不过是后宫女官与东宫来往，总不至于随便给她栽个罪名，累及名声性命吧？可睿奉香、文彩环，又如何能料到自己落得横死呢？越是忐忑，她越是不敢放松警惕。

几天后，皇极寺为皇后生辰做法会，宫人们竞相捐助香火，素盈索性将售卖香谱的所得尽数捐出。宫人们都客气地夸几句，但眼睛里闪动着彼此才能看懂的信号——这是徒劳。

果然有一天，突然传出旨意，大致是说：本朝原没有奉香一职，自从添了此职，采办香料靡费良多；宫中态度向来为天下效仿，近来民间调香之风愈盛，愚民不惜拿耕田之牛、征战之马去换南国的香料；长此以往，不仅沉迷奢靡，还要伤害国本，于国于民大为不利；为整肃后宫，表率天下，特裁去此职，奉香素氏可即日返家。

事情都是他们说了算。他们说调香清雅，它便高尚；他们说这是奇技淫巧，它便成了祸国殃民的祸根。素盈平静地接下旨意，去丹茜宫叩别皇后，看见睿洵也在。

皇后满脸不悦，冷冷地说："调香本来不是坏事，也算一技之长。只是自古帝王家有什么喜好，民间便蜂拥效仿。如今民间纷纷视调香为捷径，费尽心机哗众取宠，这不是好现象。宫中取消奉香之职，是为民表率，希望你不要心存怨念。"

"娘娘一番苦心，奴婢为天下人称幸。"素盈不知她为什么不高兴，想到以后无须再猜她的心思，倒也松了口气，从容地说，"娘娘仙诞为期不远，奴婢早已准备新香庆寿。恐怕无缘面颂大安，今日进呈，愿娘娘精金美玉、万岁千秋。"

皇后命人收下，神色无动于衷。素盈继续说："奴婢原本只是家中一无是处的女儿，托娘娘一顾之荣，得以微末技巧侍奉宫中。想来此生事迹，不过如此了。虚名早晚要化作过眼烟云，唯有娘娘知遇之恩，奴婢五内铭感，不敢淡忘。恳请娘娘准许奴婢于家中供奉御容，早晚膜拜。”

似有言语在皇后唇边呼之欲出，最后只是化成常见的微笑。

“记得、忘却，都是人生常事。太过刻意可就俗了，不像你素奉香的风格。”她说着叹息，“我身边有过三位奉香，你是我最喜欢的一个。你知道为什么吗？”

素盈暗想：三位奉香没有一个能让皇后安心的，难怪要裁掉了。

皇后看着她匍匐不动的娇小身影，口气变得温柔：“很多人以为，只要坐上一个位子，会不会做事就不再重要，拿谄谀取容、奔走钻营当作正事，唯独没有精益求精的心思。”说着，放眼向宫中望，被她目光扫到的人都忍不住瑟缩一下。

宫里静得几乎可以听见香气宛转，皇后的声音便在香气的簇拥下微微散开：“人嘛，不肯为难自己，不肯下功夫精进本事，想高人一头就只有拼命踩低别人。对人阴毒、对己宽容，是小人通病。可是阿盈，你的眼里，只有香料香炉。你珍惜‘奉香’之名……”

皇后感慨之色愈深：“名声……哪怕只是过眼云烟，也不是我给你的，而是那些令人惊叹的香谱应得的。”

素盈得她盛赞，着实有些意外，连周围的女官们也摸不着风向了。皇后似乎觉得感慨过了头，匆匆打住，说：“我最欣赏你这一点。若要你早晚对画像三跪九叩，反而坏了这一点。供奉御容就免了。只要你来日能如今日，莫令我丹茜宫的威名招损，便是回报。”顿了顿之后，又笑道，“以你的资质，大千世界自有风云际会，或许比我们更令人称羡。东宫想要你到他那边去，我想想还是不妥。”

原来他真是为她的事来……素盈匆匆偷看了睿洵一眼。事情已成定局，现在求情，除了激怒他母亲，还有什么用呢？但心里又有些失落，后悔没能早一刻进来，那样就能听到他究竟是怎么说的。

睿洵没有看她，也不说话。皇后转头向他诚恳地说：“圣上废除奉香一职，怕的是宫人沉湎于此，玩物丧志——你是储君，怎么反而糊涂？”睿洵还是没有答话。皇后忍住不悦，向周围挥挥手，示意众人退下。

素盈习以为常地随着宫女们静静退出。跨过门槛的刹那突然想：这是最后一次。脚下一个踉跄，似乎是身体戳穿她淡漠的伪装，擅自泄露她心底的不平。

回到住所，素槐已在等她。一见姐姐，她局促地站起身，拉住素盈的手，代她抱屈：“没想到姐姐竟受到这样的对待。”

素盈淡淡地抽回手，说：“妹妹怎么可能想到呢？”

素槐神情尴尬，讪讪笑道：“我就知道这气要出在我头上——能让姐姐高兴，我情愿告个罪。可是姐姐想想，为什么和你一起奉香的文彩环能成为异姓才媛，姐姐却被裁汰？倘若姐姐有独到之处，即使万夫所指，他们也舍不得撵你出去。”说着说着，没有愧疚的意思了，理直气壮地补充，“我不过是能做到姐姐能做的事，姐姐做不到的也能勉力做上几件而已。”

咄咄逼人的语气没有歉意，全是为自己开脱。素盈本以为自己会生气，奇怪的是，心中没有怒火。

面前是一个好笑的、自负的小女孩，自以为与众不同、能人所不能，却不知道，很多事情由着她轻取盛名，是有万丈深渊般的底细——大概自己初入宫廷时，别人眼中看到的素盈也是一样吧？素盈脸上浮现垂怜般的微笑。

素槐显然出乎预料，透出困惑的神气，十四岁小女孩的神气。

曾几何时，素盈认为妹妹已经不是小孩子了。今天又看到孩子气，不知是素槐心中仍有未脱的天真，还是她的内心走得比妹妹更快。

她握住妹妹的手，温柔地说：“宫里的是是非非永无止境，与我无关了。阿槐，在宫廷里，想让别人知道你‘聪明’，是一件很容易的事情。要让别人觉得你‘傻’，才是难事。”

在素槐惊诧的注视下，素盈笑了，感叹说：“察言观色、拿捏分寸、把握时机，谁不是这么想、这么做的呢？正因为每个人都知道别人会这么做，所以心中存在恐惧，生怕有一个遗漏的角落里冒出一支防不住的暗箭。只有傻瓜不会算计，让人安心。我待久了，觉得一个脑子不够用，却忘记这教训。”

她稍顿了顿，握住素槐的手不自觉地加了点力气：“你拿我和文彩环比较，不妨也想想她的结局。”

此时她仍能言语诚恳，素槐倒真觉得有些对不住她，紧紧反握她的手，说：“若我能选，我当然想姐姐留下，长长久久做一个不须提防的真正姐妹，为我欢喜、担忧，时常对我说这样的话。”

妹妹眼中有真实的惋惜。素盈胸口忽然一阵轻松，庆幸姐妹之间是这样分别，没有因为一时之气毕生仇怨。可实话也暴露出素槐内心的孤独——宫廷给她的第一个考验，只能由阿槐自己去战胜。素盈不再为自己难过，意味深长地握了握妹妹的手。

素槐忽闪着大眼睛，见无旁人，紧紧贴在姐姐耳边小声说：“奉香被废，一定是东宫妃从中作梗——我那天正在皇后身边燃香，她进来就说不得了，民间良田改种香草，牛马都被牵去换南国的香料。我直发蒙，以为她是冲我来呢……”

刚入宫的选女们戒心很重，加上她们受过那种教育，总以为别人事事针对自己。素盈连连摇头：“那你有没有想过，东宫妃久居深宫，若无高人点拨，怎知民间景况？她说这些话，又是听谁的主意？”

素槐瞪大眼睛，闭紧了嘴。

素盈说不清自己是从什么时候开始，“自信”和“信任”变得同样脆弱。但在这瞬间，她见证了妹妹动摇的时刻。素盈伸出手去，碰触妹妹脸颊上一层轻薄的忐忑，像触摸已经不存在的自己。

“宫里的事情纷繁复杂，眼见也不一定为实。我的事，已经结束了。你好好保重自己吧。”

素槐“嗯”一声，短促的语调失去了那股神采飞扬的灵动。

至今为止，投入整个人生所相信的道理，看似无懈可击，但在现实的人与事面前操练起来，离奏效却很遥远。早一刻发现这点，对还要留在宫廷里的人来说，或许是件好事。

素盈手中还剩许多香料，一一开列明细，差令柔送回典香司。婉微笑着说：“小姐做事，真是由始至终一板一眼。”她已改口称素盈为小姐。

素盈拉着婉微坐下，口称姐姐，说：“姐姐平日怎样待我，我岂有看不出来的？”说着，拿出她生日收到的银币，“别的东西，只怕私下相赠不妥，姐姐也未必稀罕。这银币不知可否收下，当个吉兆？以我浅见，姐姐定能步步高升，早领银赏。”

婉微对那银币的光辉不由得心动，道谢收下。她久在宫中，自然想到送礼必有名目，当即笑道：“小姐有话不妨直说。”

素盈正色问：“我时常在壶里发现一些不知名的花叶，要向姐姐请教，那是什么？”

婉微脸色微变，强装糊涂，说：“都是从宫廪司领出来的，小姐别是看错了吧？”

素盈面沉如水，嘴角扯出一点若有若无的笑意：“我是奉香，唯一超过常人的就是嗅觉。”

婉微咬着牙默了一会儿，知道不可能稀里糊涂地蒙过去，叹道：“小姐这就要离宫了，何必给自己找不快活？”

素盈含笑反问：“如鲠在喉，尚不能自在。鲠若在心，怎能快活？”

婉微也知道东平郡王家里不缺懂的人，既然她问到自己，索性做个人情，便讪讪地说：“那东西在宫里常见，没什么害处。”她眨眨眼睛，含蓄地笑道，“这里可是丹茜宫。小姐又不是没见过，丹茜宫的人出事，那都是什么样的事！真有人成心害你，怎会用这种伎俩？”

她那若无其事的微笑，引起素盈心里一阵反感，问：“究竟是什么？”

婉微一脸无所谓的神气，随意回答：“骆驼蓬。”想了想又略为郑重地说，“如今的宫里……唉，不止如今，自从康豫太后之后，宫里风气糟糕得很。令柔的姐姐是怎么死的，小姐大约能够想到。但我与令柔不敢为了保住自己的贱命，加害小姐。来日若有再会，万望小姐留一星半点的慈悲。”

时辰一到，有宦官来送素盈出宫，正是丹茜宫的白公公。素盈笑道：“真是缘分。我进来出去，都是大人照应。”

白公公无声地笑了笑，说：“‘照应’二字不敢当。小姐这般抬举，我不知该从哪里查您的私物了。”原来他是受命前来检查素盈的随身物品，防她私藏了宫里的东西出去。

素盈点头说：“这是大人分内的事，请依规矩办。”

检查不过是走个过场，宫里真正不能带出去的东西，都在她脑子里，总不能开颅挑拣。白公公略看一遍，将行李包好，一直送她到安静的地方。

四下无人，他从袖中摸出一封长笺，说：“副卫尉不便相送，要我转交。”

素盈接过长笺，一时失神：“副卫尉怎么会托大人传递这种东西……”

白公公似笑非笑地说：“举手之劳。”

他笑起来时，素盈从他脸上找到了白信默的影子，恍然大悟：“两位果真是兄弟，平常却不曾听说呢。”

白公公颇有意味地斜了她一眼，换了话：“宫里看皇后脸色，连个肯送小姐几步路的人都没有。此物权且充作宽慰，小姐无须伤心。”

素盈听了他的话完全摸不着头脑，展开那封长笺。

白信默一定是匆匆留笔，写的无非是惋惜和惊讶。宫中并无风波针对奉香，突然撤去也就罢了，但素奉香从无过失，不该这样遣出宫去。普通的话经他一说，也变得诚挚。

素盈心中感动，将长笺收入怀中，说：“麻烦公公转告副卫尉，大风起于青萍之末，宫里的小事和大事没什么不同，都要有人遭殃。我不是被大风吹到，是摘错了青萍。此事我心里早有准备，并不难过。”

他们走到第二道宫门时，忽然走过来一个小宦官拦路：“公公送到这里就好，下面有人送小姐出去。”

白公公上下打量，见小宦官是杂役服色，却有股傲慢。他还在迟疑，对方已不耐烦，催促素盈：“请这边走。”白公公认出来他是谁，只得道别，以眼暗示素盈多加小心。

小宦官一言不发，引素盈走到临近宫门处，指了指东边一面照壁——睿洵正站那里，垂手看着他们，显出疲倦之态。素盈大惊，忙快步走上前行礼。

睿洵定定地看着她，黯然低语：“我从来没见你笑过。那种发自内心的、欢喜的笑，一次也没有。”素盈自己倒没想过这事，不由得发呆。

睿洵叹息似的低吟：“出去也好。你也听皇后说过，这宫里只有两种人，活人和死人。趁你还活着，赶快出去也好。”

素盈忙说：“殿下也要保重。”

睿洵一动不动，不知想些什么，过了很久，终于干涩地苦笑，声音喑哑：“我这个东宫，想除的人除不去，想留的人留不住，保重又有什么用？素率劝我说，事已至此，不必再生枝节……我没理会他。是我太高估自己。”

“殿下切莫为奴婢说出这样的话。”素盈心里有些着慌，有些讶异，也有些感动。看着面前清秀的青年，她柔声道：“殿下是这宫廷里长长久久的主人，而奴婢的出现只是昙花一现，注定要草草退场。殿下早晚会忘了这一点小小遗憾。”

“怎么可能忘了？”睿洵悠悠长叹，“除了你，谁还会在凌虚亭中，用丝帕拭去花上的尘埃？虽然我告诉自己，放你出去未尝不是好事——只有出去，在长草中救助我的少女，才能保住她的勇气和正直，可是……”

“殿下！请别再说了！”

睿洵不容她打断，盯着素盈的双眼，继续说：“可是我也想留下你。这宫里没有几个‘活人’，都是一些冰冷的行尸走肉而已。我想时常看看活生生的人，但一切不由我掌握。”

“一切皆有定数，殿下何必为奴婢自怨自艾呢？”素盈心下凄然，再也想不出什么言语。

睿洵默默地看了她一会儿，奋力一挥手：“你走吧。”说完，自己似乎再也不能多忍一刹那，先用力地转身离开。

走开十几步，素盈的眼泪终于无法克制——她并不打算为出宫而哭泣，却忍不住为他心酸。泪越流越快，脚步却越来越慢。她再次回顾，恰好见睿洵转身，被冷风推着，慢慢地走回属于他的宫廷。

素盈想，恐怕从此无缘相见，她不应该让他记着她凄凉的神态走回去。她刚才应该对他微笑。

她一直凝望他，想着他如果回过头来，她要立刻笑一笑。

可是他没有回头。

第四章
良 缘

东平郡王与众多姬妾前往别邸过中秋，大约七八日方回。大班人马离去，家中冷冷清清。素盈独自伫立妙音轩前，无人迎接。大门挂着落满灰尘的锁，看来已有时日不曾开启。素盈透过门缝张望，门内果然一片萧索。目光碰到轩叶殒命的偏房，她急忙逃开。

偌大的府中不见人影，她恍惚地走，不一会儿竟转到了咏花堂，见门开着便走进去。

安静的咏花堂里有一个人在看书，听见素盈的脚步声，抬起头来。四目相对，彼此都有些吃惊。

素澜首先恢复彬彬有礼的微笑，合书起身打招呼："姐姐回来了。"一起身，阳光轻柔地覆在她的侧面，脸颊透亮如珠如玉，不施粉黛却美得令人惊异。

素盈看了不禁再度暗叹：父亲固然英俊潇洒，三夫人也是丰艳韵致，可生出这般美人，只能是老天的造化，绝非凡人可以奢想。然而老天如此造化，却要她承受大起大落，不知到底是何居心。

这位得尽宠爱的七小姐，从不会在热闹的活动中缺席。以往东平郡王府娱乐的成败，都取决于郡王觉得七小姐满不满意。但她今天独留在咏花堂里，无人问津。冷清的气氛和她丝毫不般配，她却像是习惯了。素盈不知该从何说起，环顾周遭，问："妹妹一个人在这里？崔先生呢？"

此时她才从素澜口中得知，崔落花早已辞馆，不知云游何处去了。培养女儿们入宫的咏花堂里，只剩下两个不得其门的人。素盈露出五味杂陈的浅笑，素澜仿佛心领神会，默默地莞尔。

两人相对而坐，素盈端详妹妹沉静的面孔，关切地问："你近来痊愈了吗？听阿槐说，前些天病得奄奄一息。若真是疑症，千万不能大意。"

素澜轻点头，不置可否，却问："阿槐好吗？前阵子我听说，她在丹茜宫活跃得很，也开始在皇后面前摆弄香料。"

她的消息如此灵通，素盈反而不能贸然回答，徐徐地说："阿槐熟知香技，一定下了很大辛苦。能得到皇后赏识，正是功夫不负有心人。"边说边品味素澜脸上那股玄妙的笑意。

"姐姐调香的技艺名动京城，素奉香亲制的香谱洛阳纸贵，人人争抢，父亲哪能轻易放走家中那位老先生呢！不过，只有阿槐学得仔细。"素澜婉然微笑，"我原以为文彩环死后，宫里调香的劲头也该过去了。想不到，素奉香名高一时，不得不冠上误导天下的罪状，才能打发你出来。"

素盈听她道尽种种关窍，内心诧异她身在宫外，却对宫中一举一动了如指掌："妹妹目光雪亮，调香这种讨一时之好的雕虫小技，当然不能入眼。"

素澜微微唏嘘："学来做什么呢？调香一夜之间风行宫廷，事出突然，着实蹊跷。睿奉香横遭不测，文彩环不得善终，姐姐被遣出宫……还有人提着脑袋往上冲，也真是够胆。"

说话间秋波流转，扫过姐姐的眉眼，落到面前那本书上："我们家蒙获天恩，靠的是战功赫赫。摆弄花花草草的，是太安素氏。各有所长，还是扬长避短比较好。"

素盈垂目一扫，那书是本国著名的野史《后宫诸妃志》："这是书里讲的？还说些什么？"

"太安素氏是巫医后裔，有个女儿能够目视鬼神，与异类换来一种仙露配方，帮主上诛灭异党。"素澜说着，嘴角有一丝讥诮，"杀人无形的'仙露'不就是毒药嘛！她们深知毒药的威力，向来提防宫中摆弄花花草草的人。"

宫中本来就有皇后制毒的谣言，想不到她也私底下议论。素盈将脸色沉下，责怪说："圣贤不语的怪事，我们这种人家可不该乱传。"

素澜盯着她的眉眼看，玄妙笑意变成直爽的评语："姐姐说得对。早早从皇后身边退出，是件好事。"她在打一个很大的哑谜，谜底惊人。她看出素盈没法猜透，草草将猜谜游戏收场。

素盈再次垂眼凝视那书，微微摇头：这咏花堂里的话题永远绕不开宫廷。

素澜站起身说："到我喝药的时辰了。姐姐若不嫌弃，与我移步梦鹤楼慢慢再聊。"

姐妹二人手挽手离开咏花堂，好像还是此生头一次。素澜边走边说："我以前很讨厌姐姐来这儿。"素盈怔了怔。

素澜无悲无喜地说："姐姐想来就来，想逃就逃。阿槐无处可逃，看到你那样自在，更加自哀自怜。而我看到那样的她，更加逼迫自己努力，不想落到后悔的境地。"说罢侧目打量素盈，没有笑意的眼睛清澈无比。

"姐姐觉得，自己生得阴差阳错，备受冷落，是家中最可怜的人。阿槐何尝没有抱怨呢——不幸生在选女之年，注定没有一天随心所欲的日子，整个人生困在一件事上。我曾经见她埋怨十二夫人，为什么不晚点生她。"

素盈愕然得说不出话来。素澜凉凉地一笑："但她是素氏。与其怯懦地逃避，不如穷尽手段拼一次，看自己究竟能走到何种地步。这就是我们的命吧。"

姐妹两人各怀心事，悄然走了一路。

素澜所住的梦鹤楼，与别的千金院落十分不同。院内修建一座别致小楼，闺房设在楼上，平日登高眺远，深为旁人艳羡。若非推心置腹的交情，她不肯轻易相邀。姐妹二人登上楼，素澜便推开窗子，顿将小半个京城一览无余。

东平郡王府修建于京城热闹之地，周围皆是富贵人家。素盈自高处眺望，只见华屋精舍鳞次栉比，烟云盛景璀璨似梦。

素澜与姐姐比肩而立，目光毫无误差地投向丹茜宫的方向。素盈瞥见她眼角的哀怨，不禁唏嘘："我想去，或许只是同生辰赌气，而你从小知道宫中险恶，为什么还想去？"

这几句在素澜耳中不中听，她也不生气，扬起手里那本《后宫诸妃志》："这本书，从开国写到清雍十年素宛嵘册封皇后。姐姐，你可知道，里面的素氏有几人活过四十岁？"素盈不仅不知，甚至从未想过。

"九个。"素澜扳着手指历数，"生育，疾病，政变，意外，失宠郁郁而终，因故自尽……二十来岁就香消玉殒的最多。也就是说，我们素氏女子，十四岁入宫前，已经过完了大半辈子。肤浅的缘由，值得豁出余生吗？"

她知道素盈不会思考这种问题，笑笑说："生为女身，从文不能科举，从武不能纵横沙场。即使我朝巾帼不让须眉，可说到封王授爵、领军挂帅、议论国家大事，还是难在男人中间找到立锥之地。幸好我们生为素氏，还有一个地方，能让女人的意志不容小觑、传遍天下。"

绝色美人的神情透出肃穆，凛然如不可冒犯的天女，声音婉转动听，然而充满力量，字字当中雄心万丈。素盈看得发愣，莫名怅惋。这个妹妹身上，找不到十四岁千金小姐的痕迹。不是她比阿槐更擅长隐藏童稚，而是她真正萌生了抱负。

但那天真的意志，还没有去和真正的宫廷碰撞，只能在闺房里好高骛远。

"即使在丹茜宫……"素盈想说，即使在那里，女人的声音仍然只在自己的心里，无法向人诉说。可此时此刻，素澜的脸庞仿佛一个发光的梦。宫廷对她，也仅仅剩下那个梦。素盈不忍破坏梦境的辽阔。

"那阿槐想要别人听到什么样的声音？"她问。

素澜淡然眺望皇宫方向，似乎能从摇动的光与尘中，看见隔着云端的妹妹。"谁知道呢？大概……那声音还没有出现，她只想走到我们所有人的前面，像个赌气的小孩子似的。"

这时候，丫鬟捧着碗上来。药汤颜色浅淡，但有刺鼻的酸味。素澜一仰头喝下去，好像喝得急了，呼吸有些急促。喘了几口气，她又重拾微笑，说："妙音轩锁了许久，没法住人，姐姐不如在这儿将就几日吧，我们两人也好做个伴，说说话。”

素盈想起妙音轩内蛛网尘结，当下心酸：“那就是我的地方，是好是歹都不能挑剔。”

素澜微微哂笑：“何必呢？”

三个字里藏着一句深沉的提醒：为难自己，也没人会在乎。这番体会在素盈而言，是一段漫长的经验。想不到集万千宠爱的妹妹，今日发出如此一叹。

同病相怜反而让素盈觉得更加可悲：“你我之间，能说什么呢？丹茜宫是什么样的？浮想阿槐在宫里过着怎样的日子？从我们开始闲谈，没有一句话离开丹茜宫和她。”

素澜的脸上晃过失落，眨眼就用深切的自嘲将真实的情绪藏起。

“丹茜宫……是啊，大概还是，只能说它。”她苦涩地笑起来，挥手斥退丫鬟，又去眺望遥远的宫廷，难过地喃喃，“你看看我——为什么生在七月初七？因为我是为丹茜宫而生的。自落生的那一天起，人所向往的东西我都有，是我积了十世功德吗？呵！他们倾注财力、物力塑造我，去夺取姑姑没能夺下的后座，再现明真皇后、延真太后这些东平素氏的辉煌时代。婚姻大事必须在帝王之家，我从没怀疑过。七月之前，谁跟我提‘宫中寂苦’‘平凡是福’这些虚话，只会让我惊愕。现在呢？我的余生不见了！”

她再也装不出超凡脱俗的姿态，脱力地低喃：“不说丹茜宫，我还能说什么呢？上天给素氏女儿一个非同凡响的机会，我却失去了生于素氏的唯一好处。或许，只有姐姐能够让我知道，没有丹茜宫该怎么过吧。”

那巨大的失落令素盈不由得心疼：“聪颖如你，什么样的日子都能应付。”

素澜用力摇头，似乎姐姐完全抓错了重点：“日子嘛，谁都能应付。我怕的是，余下的日子和郡王府一样。我怕的是，变成我娘。想当年，走南闯北、易装经商，多少男子甘拜下风！现在说出来谁信？她自己都不舍得提了。这才几年工夫？”

她正在委屈懊丧的顶峰，忽然一道白亮的闪光晃到梦鹤楼，定格在她脸上。不知哪里有人晃动镜子，戏弄楼上佳人。

素澜心潮起伏之际遭到如此戏弄，勃然大怒，伸手将窗紧闭，大步走到楼下怒斥丫鬟：“为什么还没有将那无耻之徒找出来打一顿？”

原来她不是第一次被镜光调戏。丫鬟灰头土脸地退出去寻找恶作剧的家伙。素澜又气又难过，语调起伏不定：“之前京城好事之徒都说，东平郡王的女儿美貌无双，稳操胜券。结果落选，乱七八糟的无赖便都欺到我头上，说要看看究竟长什么样。不打死一个，这事完不了。”

素盈劝道：“你是相爷未来的儿媳，怎能同无赖计较！”

素澜柳眉倒竖：“他们就是欺负我们要脸，才越来越放肆！若不是父亲和你讲一样的话，我一定亲手把那登徒子揪出来鞭打。”她说到此处，灵机一动，“父亲今日不在，我出去一趟他不会知道。”

素盈大惊，急忙阻拦：“万万不可闯祸！”

素澜不听劝，吩咐她的贴身丫鬟：“你上去把窗子打开一半，记得站远一些，不要让外面的人看见你的样子。”

丫鬟依照素澜吩咐，将窗半开，那束闪光果然又出现，如同挑逗似的晃动，引诱窗后佳人将另外一半窗子也打开。素澜一声冷笑，飞快跑下楼。

东平郡王府修得极为广大，走路出去颇费工夫。她怕无赖跑了，直奔马厩去牵马。素盈担心她借机发泄积蓄已久的委屈怨气，手下没有轻重，闯出无可挽回的祸事，于是紧紧地跟着她。姐妹各驾驭一骑，出了郡王府沿外墙寻找。

僻静的斜巷里有两个人，仆人模样的少年手持尺许宽的明镜，正对着梦鹤楼方向晃动。他身后的公子目不转睛地眺望，专心等待窗户再次敞开，没在意两匹快马飒沓而来。

素澜飞骑近前，一鞭劈下，吓得少年仆人惊叫一声，跌碎了明镜。素盈见她还要挥鞭打人，急唤一声：“快住手！”

素澜本意不在伤人，勒紧缰绳，向空抽了一鞭，响声颇为惊人，旋即向那公子恶狠狠地威胁：“若有下次，碎的可不是镜子。”说罢疾驰而去。

那公子望着素澜的背影远去，惊诧不已。素盈带一股又吃惊又好笑的神情，勒马停在青年公子身边，低声说：“何必多此一举？”公子满脸尴尬。素盈又摇了摇头，扬长而去。

素澜出了一口恶气，回到梦鹤楼上终于心情舒畅，然而素盈脸上古怪的微笑让她不解：“姐姐笑什么？”

素盈小声问：“你看清那人的长相了？”

素澜何等心思，当即问：“姐姐认识他？”

素盈不肯答。

很奇怪，此时素盈担心的，不是琚家二公子如何看待未婚妻，而是素澜发现未婚夫不过和寻常的无赖一样，只对她的美貌好奇，会陷在失望的深渊里，无法自拔。

十天之后，东平郡王与一众妻妾姗姗归来。素盈问安时，东平郡王问：“阿槐在宫里可好？”

素盈回答：“好。”

郡王“嗯”一声，至此无话可说，快速地挥挥手，示意素盈可以赶紧走了。

郡王挥手的一刹，素盈猛然醒悟——父亲除了给她素姓，不会再给她别的。

在他眼中，素盈的奉香经历只是一场横生的意外，从此一事无成，才是回归人生正轨吧……她这样想着，去向白潇潇问安。一路寻到后园，听见男女两人说话的声音。她侧身在假山后稍停，偷眼看见白潇潇与素飒，正在一丛矮树前闲聊。

那矮树是白潇潇种的，每年开花结果，姿态有些邪气。她神神道道的门道多，没人敢问这树的名字，也没人问她为什么在每年的这时节采摘果实。或许，正是因为她为这家带来神秘的东西，素飒才会怀疑母亲死于毒手，素盈才会怀疑轩叶身受其害。而她一年又一年，无惧旁人的目光，坦然采摘着那些果实，始终没人知道用来做什么。

“阿盈还没有准备好。”素飒负手立在一侧，嗓音带着惋惜，“宫廷对她来说，还是早了点。”

白潇潇一边摘果实，一边拣出不满意的丢向旁边水池。扑通一声，又一声，伴着她慢悠悠的嘲讽：“她从来不肯好好听崔先生的话，怎能和十几岁的素氏女儿们比？”

素飒看着池中涟漪说：“现在开始听话，已迟很多，况且崔先生已离开，想听也没处听了。”

果实投水的声音消停，素盈的心也跟着停了一拍。

白潇潇侧目打量素飒，不冷不热地问：“什么意思？你还指望她再进宫去？”

素飒笑道：“这可不好说。”两人陷入短暂沉默。

躲在假山后的素盈莫名感到一丝紧张，低下头，看见攥着裙子的双手在发抖。

白潇潇一声冷笑：“看来，如今的宫门是想进就进，想出就出。你的手段多，快把我们这些老家伙甩没影子了。”

素飒淡淡地说：“进去、出来，有什么难？难的是留下。”

白潇潇横他一眼，冷冷清清道破素飒的心思：“你要我教她怎样留下？”

“只有素氏最懂素氏，没人比姨娘更合适。”

白潇潇像被“素”字烫了耳朵，清晰有力地说：“我姓白！”斥罢，她又恢复和气，“这行不通。我没有教人的本事，你妹妹也不是肯听话的人。”

素飒正要说什么，白潇潇诚意规劝：“你有姑姑、姐妹在宫里，四个，算得上罕见了。好好在东宫身边打实根基，圣上百年之后改朝换代，何愁没有你的显赫生涯！阿盈有你这样的哥哥，比聪明的素氏幸运何止百倍！”

扑通、扑通，无名果丢进水里的声音又响起来。

素盈想，大约对话到此为止。孰料，素飒竟带着几分焦灼不安地反问：“姨娘能想到改朝换代，怎么不想想，到时候我们人多有什么用？你听过哪个太妃掌权的？更不要说只是嫔位、媛位！”

扑通……

素盈的心也跟着下沉，溺水似的透不过气，想逃开，又觉得逃不开，最好还是继续听下去。

“原来如此。”白潇潇低“哦”一声，陡然变了语气，“你想要我教她什么？”声调中竟有冰冷的恐怖。

素飒又悲又气，重重地说：“她在丹茜宫误喝骆驼蓬，惊恐不知所措，以为会死。可是戳穿之后，宫里人怎么说？反正她没死，大人不记小人过就算了。她们对恶毒司空见惯，不以为然——阿盈必须懂得她们的伎俩，保护自己，不能再受这种伤害。”

他还在絮絮地说些什么，素盈已听不到心上，悄悄探头窥视。

矮树丛前，有两位白衣佳人。素盈纳闷另一人是谁，发现她正对自己微笑——竟是数次神出鬼没的白衣女子。

“阿盈！”她旁若无人地向素盈打招呼，“你姓了素，路只有一条。”

素盈悚然变色，再也无心偷听，失魂落魄地逃开。那女人如影随形，亦步亦趋地逼近素盈，说：“素氏呀素氏，就算你不去争夺天下的巅峰，也会有人赶着你去。”素盈为了摆脱她，飞快地跑起来。

“索性自己把握机会，过一段风云变色的人生，怎么样？”白衣女人的声音随风轻轻吹到耳边。素盈仓皇之下不辨方向，一口气跑到咏花堂，慌张地回望，生怕被谁追上。

没人追着她。紧闭的咏花堂仿佛在嘲笑她的胆怯，岿然不动地与她对峙。

从前，她将崔先生的话当作耳旁风，总觉得那套道理言过其实。就算世事当真险恶如斯，与自己并没有多大关系。然而，白潇潇是活例子。无论嫁给谁、怎样老去，一生之中总会有人记得她的姓氏，要她担起素氏的责任。就算改了姓，也不可能置身事外。

她对这个所谓的家来说，也只剩下素姓而已。

过了中秋，妙音轩整饬完毕，素盈便向妹妹道谢告辞，要搬回去。素澜看出她心里塞着沉重的忧愁，但没有刨根问底，只是以一种了然而无奈的目光目送姐姐。而素盈看出，妹妹的确不是过去那个定要问清楚孰对孰错、孰高孰低的七小姐了。

妙音轩焕然一新，唯独轩叶丧命的房间紧锁着，做过法事仍不解锁。重新投身于这片专属于她的冷清当中，素盈反有一种怡然自得，每日看书、调香，倒也逍遥。过了几天，她发现调制胭脂花露很有趣，又一头扎进了王府花园。

东平郡王对她从无期待，她爱做什么就随来随去地做一些。郡王不过问，别人更无心理会她的消遣。只有白潇潇偶尔拜访妙音轩，观摩调配花露，问几句宫里的事。

素盈料到她受了三哥的请托而来，往往含混过去。尽管如此，但白潇潇有通天法眼似的，听一分就能补全七八分，总让她哑口无言。

有天，白潇潇看着素盈摆弄花汁，带着笑意说：“女人用的东西，向来能讨好女人。你返家之后，还没有拜望你义母吧？送一份自己做的香露，也算尽点孝心。”

“琚夫人是聪颖妇人，一向知道我的心意。”

“人与人的交往，怎能寄望于对方全知呢？知道的事情，也有不大确定的时候。”白潇潇说话时，眉目之间总带着浅浅的幽怨，“你无所表示，她的确定就会慢慢变成不确定，以为自己看错了你。”

素盈不置可否。白潇潇不逼她作答，自顾自拿起书案上的一册书，口气更加寂寥：“人啊，要不断用行动说话，才能让别人明白自己。闷声坐着就想被了解，只能从书里寻找虚幻的知己。”

她掂了掂那册书，嗤笑道："飒儿督促你读了很多书。经由他宣扬出去的言谈，很能唬人。你这个年纪能讲出那种话，实属难得。可你在丹茜宫，怎么处处碰壁呢？"

素盈原想不作声蒙混过关，但这一回，白潇潇紧盯着她等候答案。她只得回答："人心不会化成白纸黑字放在眼前，由我品评，丹茜宫也不需要我的聪明。"

"是啊，书中道理当然不容罔顾，但人世百态不会照本宣科。"白潇潇双手抓住那本书，刺啦一声撕裂。素盈心疼书，白潇潇却弃如敝屣，说："假如读过几本书，就能在人群中如鱼得水，那人人都可以坐在书斋里成精了。"

她伸出纤纤手指，轻戳素盈的心口，说："那些不会化成白纸黑字的东西，才是纠缠你一辈子的东西，不但要去看、去听，还要恰当地回应。"

素盈略微将头别过。白潇潇对她的反感熟视无睹，摆弄着那些花露，若无其事地问："今天是什么日子？"

"初八。"

"初八是什么日子？"

见素盈摸不着头脑，白潇潇笑道："每月初一至初七，琚夫人为康豫太后吃斋诵佛，闭门谢客。初八是她会客的日子。"

素盈点头说："这我知道。"

"你知道，但没将琚夫人放在心上，她的事情你想不起来。"白潇潇不住摇头，细嗅花露胭脂，指着其中几样说，"我看这些不错，送给琚夫人很合适。"转头吩咐丫鬟："庭梅，差人送给相府，就说是我们家六小姐送的。"

庭梅笑嘻嘻地说："谁去也不如六小姐自己去。"

白潇潇微微笑道："你比六小姐机灵，就你去吧。转告琚夫人，阿盈被赶出丹茜宫，心情抑郁，身体也不好，改日再去拜见。"

送过香露之后，琚夫人回赠时新的花锦，捎话说：阿盈年纪尚小，不必为一时的挫折而意气消沉。东平郡王大为稀奇，自然不忘白潇潇的功劳，连连慨叹："我的话，她从不肯听。早点在她义父母心里挂名，何至于出宫时无人替她说话？"

白潇潇抿嘴笑道："王爷以为这就算大功告成吗？我们家老三的心思大得很，阿盈离'通'字还早呢！"

素盈调花露本是游戏，王府里的花试过一遍就没新意，打算放手不做了。白潇潇却又给她出难题："我们府里的花，数五夫人花圃里的最好。哪些花露是从她花圃里搜集的？"

郡王众位夫人各有脾性，五夫人爱花胜过爱人，出嫁时不顾金银珠宝，抱来家里移植的数种名菊。东平郡王诧异她这股痴意，封为菊仙，开辟一座园圃送给她种花。她产下一女之后，对生儿育女再也没有兴趣，心思全在花上。经她精心整饬，花圃早已享誉京城。

素盈推搪说："五夫人那里规矩很大。郡王的朋友想要一睹花韵，郡王代为求情，她也未必肯。我为一点小事去央求，在她看来必定无理。"

白潇潇掩口而笑："你以前就喜欢猜别人的想法。可是不去证实，'察言观色'跟'胡思乱想'没有分别。"

素盈一度默然，幽幽地问："终日计较猜对还是猜错、看准还是走眼，不会觉得活着很麻烦吗？"

白潇潇一声冷笑："活着哪有不麻烦的时候？心有灵犀也要点一下才通。躲在屋里就有生死之交送上门，这种事我没见过。"不由分说，拉着素盈到五夫人所住的小院门外，要她自己进去。

稀客造访，五夫人有些惊讶。听过素盈的来意，她稍稍迟疑，同意第二天早早打开菊花圃，只是再三强调，穿着鞋袜踩踏花圃会损伤菊花的元气。阖府上下，不论时节，谁想进她的花圃，都得褪去鞋袜。

天气渐渐转凉，赤脚踏在清晨的露水上，无疑是件苦差。素盈反倒想要看看这件事最终的结果，第二天如约前往。五夫人开了花圃，就在门口看。见素盈动作温柔，处处留神没弄出一点闪失，她风华老去的脸上绽开笑容："六小姐真细心，跟我的蕙儿似的。"

四小姐素蕙是她亲生女儿，七年前因病落选，嫁为人妇。素盈讷讷地道："我可没有蕙姐姐的好福气。"

五夫人眉起愁云，叹道："蕙儿有什么好福气？郡王匆匆地打发她嫁人，嫁的也不是有根基的人家。"

"姐夫年轻有为，来日方长。"素盈客气了一句，见五夫人笑得若有所思，心中猜到几分，"姨娘有事吩咐？"

五夫人忙摆手："哎呀，'吩咐'二字怎敢对六小姐讲。有一事，想厚着脸皮请六小姐帮忙。"

这位夫人平常不张扬，素盈到宫里才听说，五夫人幼年时，父亲获罪净身，没入宫中。这宦官很有才能，深受先帝信赖。他位高权重却爱惜后辈，单是梁秀之争时，靠他得以全生的宫人就有近百，其中不乏如今得势的宦官、女官。他自己却得罪康豫太后，遭了殃。去世多年，宫中仍有不少旧交感念那份恩情，逢年过节必捎来香火钱，托五夫人代办香烛金纸，到老宦官坟上焚化。可惜，阿蕙无缘入宫，这点人情给丽媛、柔媛占了去。

若说五夫人有事拜托一个晚辈，素盈想不到会是什么，不置可否地轻轻一笑，等着下文。

"我听人说，将有几位大人致仕归乡，朝廷想提拔青年补上。六小姐最近若往相府走动，不知、不知能不能在宰相面前为你姐夫美言几句？"

消息大约是她那些宫里的朋友透露出来的。五夫人一向自重，也只有为了独女才会低声下气。可是，不知多少双眼睛盯着相府，倘若素蕙的夫婿登门得官，恐怕惹来麻烦。靠得住的人只剩下宰相的义女。

素盈多少懂得这些关窍，宽慰道："说起来，姐姐们不是选入宫中，就是香消玉殒。我能叫一声'姐夫'的，也只有蕙姐的夫婿，这亲戚不同于别人。再说，蕙姐姐在家时待我很好，我岂有不帮的道理？"

其实素蕙没有偏爱谁，只是没有厚此薄彼地看待妹妹们罢了。仅是如此，在素盈想来，已算是厚道人。五夫人感激地握住素盈的手，说："你们姐妹还年轻，日子还长，相互照应必定不会吃亏。"

素盈怕她期望过重，提醒道："我去相府走动，总是在内宅与琚夫人调香、说话。即便见到相爷，我说的话，也不知他会不会记得。"

五夫人怕她想得太多不敢开口，连忙说："相爷从你这里听一两句，知道他有这心思，也就够了。若是青眼有加，是你姐夫的造化。不肯理会，彼此也不尴尬。无论如何，六小姐这份好意一样令人感激。"她到这年纪，还要为女儿女婿操心，母女亲情令素盈羡慕，又再三允诺必定转达。

妙音轩里，白潇潇恭候多时，笑嘻嘻地问："五夫人没有吃了你吧？"

素盈叹道："本是我求她，想不到她也有烦心事拜托我。"

白潇潇挽起她的手，一边向外走，一边说："七年前，郡王满心以为女儿们都要入宫，谁料一个个病得措手不及。事前毫无准备，哪有现成女婿等着？你们姓素的，又必须要匹配皇族，不然脸上没光——匆匆找到一个未婚的，全家都当找着起死回生的良药。他出身、才能都经不起推敲，郡王越看越不入眼，懒得费心帮他请托。难得你这宰相义女开口，老五的脸皮再薄，也肯为阿蕙豁出去。"

素盈奇道："姨娘早就知道她有事相求？"

白潇潇冷冷哂笑："阿蕙嫁出去七年，我们几个都被她求遍了。你竟然不知道'宰相义女'的用处——你那义父是认来做什么的。"

这家里向来是三句话不离"用处"。素盈暗暗地叹了口气。

白潇潇理直气壮地说："有求有予、礼尚往来，人与人的关系总归是如此起步。我问你，你这许多的花露，调配出来可有用处？"

素盈摇头说："我自己喜欢，并没有特别的用处。"

她不肯说：娱心之事自然是同知心之人分享，花露大多洒在轩叶殒命的房前祭奠。

白潇潇仿佛全知，不住地摇头："之前，家里人知道你学调香，谁也没闻着。在宫里走了一圈，你还是老样子——都知道你调制花露，谁也没见着是什么货色。是我们不配用前任奉香亲制的东西吗？"

“姨娘们识遍天下美物，打发时间做出来的东西怎能拿出手呢？”

这种懒费心思的谎话自然不能敷衍白潇潇。

“既然是打发时间——这家里有个人的时间很难打发，你有空独乐，不如陪陪她。”

不需赘言，素盈便知是谁：“打扰公主，不太好吧？”大嫂凤烨公主身体孱弱，没有精神应酬婆家的亲戚。没事别去烦她，是郡王府里不成文的规矩。公主与素盈虽是姑嫂，一年到头不过见两三次而已。

白潇潇冷哼一声，说：“宰相纵然权倾朝野，终归与你非亲非故，利聚则不散，利散则不聚。凤烨公主是你的大嫂，更是帝后心中无可媲美的女儿。连宰相未来的儿媳，也知道孰轻孰重，不时过去陪她解闷。我们家最好的一门亲事，你却不放在眼里。”

素盈闷不作声，脸上仍是一股淡淡的神气。

以父亲那脾气和头脑，生到别家，不知倒霉多少回。他能大大咧咧地活到今天，多亏惠和大长公主在世时精心策划，他的每段姻缘都有利可图。可惜惠和死得早，一众孙子孙女当中，只有素沉的亲事是她策划。若她活着，素蕙必定不是今天这样子。

一个人要靠结亲保住前程，多半是欠缺别的才能。东平郡王很讨厌别人说他沾了联姻的光。家里人知道他不爱提，平常没人摆出亲戚来炫耀，但不得不承认，这不需要什么本事的招数，足够应付大多数困难。

“我们这样的人家结亲，大多无关风月。东平素氏几代联姻才有今日，不知羡煞多少人。可你只认得一个素飒，对别人视而不见。”白潇潇略过素盈的生母和那几位出身寒微的夫人，做了总结。

素盈低头凝望手中花露，反问她：“让我们结成一家人的并非感情，要我与她们情逾骨肉，又从何谈起呢？”

白潇潇嗤笑道：“要躲回房里看书绘画吗？做些一个人就能完成的事情，一辈子只顾自己的心思，不需顾及别人——那倒是轻松，可惜人世没那种活法。就算在皇极寺出了家，除了自己念经，还得普度众生呢。”

素盈语气微冷，徐徐说：“我也知人世难免周旋，非不能累，是不愿为。”

沉默片刻，她的声音更显怆恻：“姨娘聪颖圆通，人心在你眼中大约全如白纸黑字一般清楚，懂得越多，越是手到擒来。而我懂得越多，越是想要逃开。”

白潇潇猜她大约看穿了素飒的意图，不禁叹道：“谁不想撇开别人脸色，自在而活？但愿你下辈子做个庙里的菩萨像，不声不响坐着，天天有人磕头供奉。”

两人说着话，横穿花园往东平郡王府的西北角走去，眼前的景色豁然开朗。枫林郁郁葱葱，尚未染上艳红。树梢之间露出一片宅院，粉墙与郡王府隔开，墙上另有大门、脚门。白潇潇停住脚，说：“我昨日已代你打过招呼了，免得你这稀客突然登门，让人摸不着头脑。”

素盈走到门前，那边已有人等候。丫鬟们比素盈的打扮更显富贵，客客气气迎她进去，边走边说：“驸马不在，公主正觉得冷清呢！”

这么一说，素盈想起来，自从娶了这位体弱的公主，大哥终日不离左右，每年只有一次离开，是在皇极寺住七天，为公主祈求平安。至于是哪七天，要看公主的健康而定。选在皇极寺，也是因为近，只要公主召唤，他就能回来。大约最近公主的情况不差，他终于得空去诵经。

丫鬟引着素盈穿过精心构建的庭园，来到一处清静院落，花木比先前所见更为雅致，听差的仆人也更多。人人屏息凝神，仿佛怕喘气用得力大了，吹进屋里伤到公主。

里面丫鬟无声无息地出来，静静打手势。素盈不由得屏住呼吸，轻手轻脚地绕过屏风，看到堆金绣银的卧榻上，素澜和淡妆紫衣的凤烨公主正并肩说话。淡淡的紫丝如透过薄雾的晚霞，是今年新贡的织品，宫里统共百来尺。不过这位公主是帝后掌上明珠，不会少了她的。

待素盈向公主行过礼，素澜亲热地拉着她到凤烨公主身边坐下，问：“姐姐拿的是什么新奇玩意儿？”语调雀跃，但不敢大声。

素盈呈上刚搜集的菊花露，轻轻地说：“闲来无事去采了些晨露，估摸这分量能做一副菊花饮了。恐怕旁人不懂得做法，拿来送给公主。”

凤烨公主接过净瓶，点头微笑：“宫里到这季节，总要做一些。正好我这里有人擅制，让她做给我们喝。”这两句话说得极慢，越到后面越是飘忽。素盈忍不住担心地打量她。

凤烨容貌绝佳，与皇后的神情却差了十万八千里，更像她父亲的淡泊。即便不是医生，也能从她脸上看出先天不足的痕迹。帝后二人对长女分外疼爱，千挑万选，挑中素沉，又拨出大把金银为她修葺宅院。可是凤烨依旧郁郁寡欢——她下嫁素沉已经七年，膝下还是无儿无女。别人没有，也就不想了，偏她越是没有，越是哀怨，长年累月郁郁寡欢。

对于东平郡王来说，长男膝下无子固然有些遗憾，但以公主的柔弱之躯勉强生产，万一母子双失是更大的损害，因此他从未抱怨。而素沉对病妻体贴入微，从未萌生蓄养一两个姬妾的念头。素盈想起白潇潇那些关于联姻的说教，暗想：联姻若能得此福分，也算造化。可惜这种福分，只有生为太平世道中的公主才可获得。

姑嫂三人轻声细语地说了一会儿话，丫鬟呈上菊花饮。素澜啜饮一口，叹道：“宫里的做法，果真不是寻常人家比得了的。”不觉忧伤，多喝了一杯。

凤烨抿嘴笑了笑，说：“嫁入相府，还怕少了这种东西吗？”

提起这事，素澜兴致索然：“我这一次马失前蹄，府里的人看我的眼神都不一样了，只有公主和盈姐姐与他们不同……唉，我终于真正知道书上说的‘疾风知劲草’是什么景况。”

凤烨公主把玩着一只银盒，向两个小姑各看一眼，徐徐地说：“世事无常。多少人费尽心机往宫里去，以女官终老。我母亲慧眼识珠，嫁给梁王，自然而然成了皇后。没准琚家哪天更上一层楼，你不费吹灰之力就拥有丹茜宫呢！”

素盈和素澜惊得低呼：“公主！这话怎么敢乱说？”

凤烨笑笑，拉住素澜的手，期期艾艾地叹气：“没选中你，是福气。即便当上皇后，也不过是缩在丹茜宫的影子里，看谁都像仇人，活着只剩较量。”

她语气里有怜悯，也有厌倦。素盈记忆中的皇后，忽然被蒙上一层冰冷的蓝灰色——素氏当中首屈一指的女人，得到了所有素氏渴望之物的女人，她的丈夫若即若离，她的儿子抱怨她，她最珍视的女儿也用冷淡疏远的口气议论她。

“可是皇后……全部承受了。”她忍不住说了出来。

凤烨掉转目光，端详很少露面的第六位小姑——竟为赶她出宫的皇后说话，微微惆怅的语气，与惋惜错失之物的素澜不同，是在说一个她熟知的人。宫廷留在她心上的痕迹已然抹不消了，而她自己并未发觉。

“是啊，全部。”凤烨默默地笑了笑。

“朝廷中的男人只管国家大事，不需与皇帝朝夕相对；后宫中的女人只管服侍君王，不必把握政局。而皇后，介乎男臣女眷之间，兼有男女二重的责任。”公主停下来歇了一会儿，感慨地说，“容貌、家世、头脑、运气……我母后都有，但她的意志才是真正配得上丹茜宫的力量，可敬，可畏。下一个能担起这种艰难责任的人，不知道在哪里。”

这话分明是说，东平郡王府虽然对素澜寄予厚望，但她还不够格染指丹茜宫。素澜当然听得出来，嘻嘻笑道：“上天的眼睛雪亮，什么人该放在什么地方，自有安排。公主与我，也算各得其所了。只剩下盈姐姐……”

她说点别的来岔开话也罢，突然提起这个，素盈怔了一下，唯有苦笑。凤烨瞧见，也只是无声地含笑不语。

喝过菊花饮，公主显出倦态。姐妹二人不敢耽搁，结伴告辞出来。今日提起琚家，素澜索性敞开来，问了许多关于未婚夫的事。素盈有的能答，有的答不上。

琚云垂虽然没有一官半职，但毕竟是宰相之子，不能游手好闲。宰相早早打发他走南闯北长见识，常年不在京城。具体做些什么，没人说得清楚，据说是在榷场学习。偶尔遇见，他与素盈也以兄妹相称，只是十分拘谨，保持着外人的距离。

他的事情，素澜早就托人打听过，唯一不知道的是这人的样貌脾气究竟如何。听姐姐的形容，是个温和踏实的青年，素澜也就放心了，感叹道：“我以前从没在意男人的长相，现在实在没别的可想，居然开始看重皮囊——真是想不到啊。”

素盈从她的口气中听到一丝遗憾，默默走了几步，小声问：“白信默白公子也是一表人才，妹妹当时为什么不愿意嫁他？”

素澜的神色玄妙难测：“当时恐怕不定亲事，遭到不测，更怕像蕙姐姐误了一生。我想，就是从云端上坠地，也要弹起来，不能像蕙姐姐那样摔扁了。”她不愿再提那事，诚挚地劝素盈说，“你也要及早定个主意。父亲、姨娘们可不会替你掏心掏肺地着想，好的总归要靠自己争取。”

素盈不由得黯然，阿澜从云端来，能让她弹回去的人就是好的。她苦笑说：“我一出生就是扁的，定要弹上天给人看，结果呢？什么是好，什么是不好，我快说不清了。”

素澜忽然说出一句崔先生曾在咏花堂说过的话：“天下的事，没有绝对的好与不好，对与不对。”现在再提这话，姐妹二人心有戚戚。素澜叹道：“你想要的，就算众人侧目，也是好的。如果不想要，王孙公子又有什么了不起呢！”

她深深地看了素盈一眼，似乎已看穿了姐姐的宿命，但不便发表她的意见，含蓄地说：“至于姐姐……我想，不乏有人指派好的给你，就看你自己看重什么。”

这年秋天，皇家又计划出猎，预计的目的地远远超出猎场范围，从猎队伍壮大，几近一支精锐部队。

皇家的传统本来就是将狩猎当作练兵，历年来亲自操练校阅不足为奇。但戎马呼啸于大漠深林之中的，是面容文秀淡泊的皇帝，终归让素盈有些难以置信。她见过他的脸，实在无法想象那样一个安静的人如何驰骋于千军万马之前，如何气势豪迈地挽弓引箭、追熊猎虎。

而大臣们无法想象的是，他们每次规谏，他竟能每次置若罔闻。

出猎耗费巨大，谏臣希望这样耗资、耗时、调动无数人力物力的大规模狩猎从每年两次减为一次。皇帝断然拒绝，对那些言辞恳切的奏章中提到的民生民情不屑一顾——他的固执似乎正在步上夏帝太康的后尘。

这回的诤谏一直持续到御驾出发。留到最后的参与者大多是一些仕途惨淡的小臣僚，几乎都是睿、素之外的小姓。位高权重的大臣们大多懂得加入和退出的时机，而小姓官员这辈子很难登峰造极，所以至少要为博得流芳百世的美名尽力一试。敢于直谏的骨鲠之臣，名留青史的概率要大得多。

“你怎么看？”白潇潇问素盈。最近，她们之间的话慢慢地多起来，话题也变得复杂。

素盈轻声回答：“另一种病态。为了个人的美誉强装勇士，只知道跟风叫嚷，借助舆论声名鹊起，当作攀升的捷径——为劝而劝，丝毫无助于解决问题，对国家有什么益处？”

白潇潇颔首轻笑：“后宫光景并无二致。男人们一旦动手就必须蒙蔽全天下，否则达不到效果，而女人的美名蒙蔽外臣便足矣。”

她说的是皇后素若星也加入了进谏行列——素盈却不认为她是买名。素若星多年来周旋于政局当中，除了懂得维护自己，更明白怎样维护皇家。

皇帝永远不该和官员们对峙、决裂。臣僚的势力千纠万结，对付敌人时各有各的说法，但众口一词却可以令皇帝束手无策。亲戚、同乡、师生，在同一支军队里共同杀敌，或在同一个学馆中受教……只要他们需要，能瞬间列出一张清单，丰富自己的阵营。

这是一群跪着但仍然骄傲、谦卑但仍然可怕的人。对皇帝顺从恭敬，是他们从小受到的教育和习以为常的义务，也是他们报效国家的途径。但皇帝只是一个神圣的象征，而他们的朋友是能够彼此交流抱负、分享政见的活生生的人。皇帝可以决定他们的生死荣辱，他们也可以将拒绝纳谏的皇帝束之高阁，把赤诚献给愿意聆听的人，譬如宰相琚含玄——群臣之首本来就是为了这种时刻而存在。

素若星绝不会坐视琚相蔽日遮天。她在努力缓和皇帝与臣僚的关系，但频繁谏言，却适得其反。皇帝对她的容忍结束，当着众臣的面，对跪谏的皇后说："那你就不要去了。"想象那场面时，素盈几乎能够肯定，他脸上挂着不急不恼的、淡淡的微笑。

狩猎如期，代替皇后出行的是丹嫔。原本宫内外都当她无望妃位，更别提觊觎丹茜宫，连东平郡王都偃旗息鼓，她的际遇却又突然逆转。

东平郡王这回学乖了，不敢冒冒失失，落一场空欢喜。可他又不是能坐等的性格，非要做点什么才安心。为求顺遂，三天两头打发家人去灵山名寺进香，祈求丹嫔的好运别再翻覆。

素盈是家中闲人，自然逃不脱使唤，与白潇潇同去京城七座寺庙烧了一遍香。这天回来，进门就见素飒憋着一股火气等她。

原来，因为这回狩猎规模空前，素飒估摸至少两三个月不能回家，临走前向素盈道别，还有许多话要叮嘱，却听说妹妹去给别人烧香，不由得教训："这就是你选择的退步？无所事事，虚掷光阴？"

素盈缓缓地摇头说："这不是退步，是我选择的放弃。"

"阿盈！"素飒沉下脸来，不甘心地说，"东宫一直很惦记你，时常问起你的身体怎样，是不是还会哭，还问你写的那么多香谱当中，为什么没有'九华香'。他让我跟你要一张配方，说要夹在香集里，这样以后看见就不会忘了。"

澄澜亭中那个越来越遥远的秋日，被他的语音勾起，在回忆里泛起丝丝暖意。素盈的心一紧，叹息道："东宫重情谊。渺小如我，他也不会轻易忘记。也许他会一直惦记，但那不意味着他需要我。哥哥，你在他身边多年，会不明白其中的区别吗？"

素飒的面孔微微绷紧，一时说不出话。

素盈将求来的上签交给他，从容地说："你拜托七姨娘来教我，她确实尽心尽力。有些从前不去想的事，我渐渐看清楚一些。皇后与丹嫔闹到这个地步，东宫里，又怎能重演太安素氏与东平素氏的闹剧呢？"

素飒不住摇头，连声说："他对你……唉，何必这样颓丧！先别急着心灰意冷，再看一段日子。"

他叹了两声，忽然想起一事，冷笑说："白信默也有几次问起你。真可笑！几次照面的交情而已，嘘寒问暖像什么话！"

见他厚此薄彼到这地步，素盈不禁觉得可疑："哥哥好像以前就不喜欢白副卫尉。我看他是个正直诚恳的青年，不知哪里让哥哥不满？"

"正直？诚恳？"素飒冷笑，"你记不记得娘临死前说过的话？"

千万不能相信那些几近完美的人，不能参与看似天衣无缝的计划——完美的背后常常是最可怕的深渊。亲娘去世时，素盈年纪尚小，其实不记得话是不是这样说的。不过素飒说是，她也无法反驳。

素飒又声色俱厉地告诫："不要理会他。那个人，和你不是一种人。"

话题扯到白信默，本来只是偶然，素盈却突然蹦出一个怪念头，很难分辨仅仅是为那个送她一纸宽慰的青年美言，还是想要向哥哥暗示她的未来有别样可能。

"父亲可不是这么看。"她含笑提醒，"我们家三个女儿，或真或假差点许给他。这样的人，找遍天下没有第二个。我看哥哥是以小人之心度君子之腹。"

不知素飒有没有体会她的用意，他咬牙说："我宁可当小人，也好过错信他人，追悔莫及。"他放出这话就走了。

素盈依旧与白潇潇结伴，每天去为丹嫔烧香。

"你哥哥不会死心。"白潇潇似乎知道兄妹二人临走前的对话，淡淡地说，"素氏不懂得死心。我还以为，你终于醒悟，所以愿意与我聊宫里那些乱糟糟的事。"

素盈微笑说："因为与我无关，我才会高谈阔论。"

"倘若有关，我也不可能听到你真正的想法吧？"白潇潇的眼睛微微地弯起，突然提出，"回家之前，和我去拜访一个朋友。"

近来，她看素盈同家里人有了话说，又开始带她出门会友。她的朋友不多，大多是和她一样，受到政局牵连，怀着绝艺默默隐于门墙之后，姓名都不像是真的。

车驶入城郊一座民宅。还未到起炊之时，上空却有淡淡的烟。一名中年妇人迎出来。白潇潇与她执手寒暄，指着素盈说"我们家的六小姐"，却不说这妇人是谁。

妇人头脸平常，面带和气，盯住素盈使劲看，最后说："上回见，还是三四岁的小娃。那时候可算不出，会长成这样的佳人。"素盈恍然大悟，妇人大约是白潇潇结识的女法师。

因她看得见鬼魅般的白衣女人，反而比常人更加忌讳怪力乱神。今日不小心进了这种人的住处，没来由地紧张，既怕听到更多离谱的话题，也怕自己的秘密被看穿。妇人似是没看见素盈神情紧绷，依旧笑眯眯的，请她们到清静内室去喝茶。

宅中布置简洁雅致，与素盈所想的法师住处完全不同。待妇人亲手奉茶，玉色盏中一泓薄翠。素盈一望便知是白潇潇喜欢的喝法，省去烹茶的全套功夫，只拿沸水冲一下。她说是从前养成的习惯，但从未提过是哪里学的这种饮法。

白潇潇与妇人随便说了几句家常话，素盈便看出来，妇人不善言辞，不仅比玲珑心肝的素氏差得远，恐怕较之常人也逊色几分。但白潇潇却在意她的言语，不时沉吟。

告辞之际，妇人从内室取来一封红笺，郑重其事地说："上次问的事，回话都在里面。"

白潇潇接了藏到怀中，领着素盈出来，回到车上问："又有什么不高兴的？"

素盈早憋了一肚子话，指着她胸口缓缓说："姨娘教我，人与人的交往没有捷径可循，想了解人，只有同人来往。请问姨娘，观星象、翻相书就想掌握别人的为人、行事手段，拿法师的话当自己的指南，又算什么？"

白潇潇先是发怔，细思片刻，取出怀中的红笺轻轻摩挲。

"人需要信点什么。"她无可奈何地说，"我不可能信'人'，也没有勇气信'自己'。这两者当中有一个能够信赖，就不会困惑。"

她含蓄地笑了一下，望着素盈又说："但愿你永远不要相信巫术。"

素盈细思这话，微微叹息："巫术终究不是正道。现在正是丹嫔的紧要关头，让人发现我们家同法师来往，累了丹嫔的名声，家里人都不会好过。"

白潇潇冷笑着抖了抖红笺："你以为我是为了谁？！"说罢展开浏览。

女法师讲的多半不是佳音。白潇潇读完一言不发，脸色愈加难看，一路上心事重重，回到府中立刻去见东平郡王。不多时，家仆到妙音轩传话说，郡王要见六小姐。

素盈走到父亲书房窗边，恰好听见东平郡王的大嗓门说："上次说，只要有木雕的丹茜宫，事情一定能成，结果呢？哼！"素盈不爱听，转身想走。

白潇潇的声音隔窗传来："阿罗说，上次时机难得，坏在六小姐突然学调香，没人想到是相爷的主意。横生出这么一件没有算进去的事，累了阿灯的性命。"一句话刺痛素盈，心想这群人真是鬼迷心窍，不思量自己做的那事有没有谱，反而怪到她头上了。

"事情不成，又说这种话，谁信？"东平郡王牢骚完，还是本着宁可信其有的心情问，"这回又怎么说？"

"天时、地利、人和样样不对，没指望。"白潇潇重重地叹口气，"也有半句好话，说无心插木反成荫。可惜后半句又说，到最后还是虚花飞尽，无果而终。"

东平郡王起初嚷嚷不信，听了这些不吉利的话，又像全信似的，气得直拍桌子："一年一年又一年，什么时候才有天时地利人和？"

"阿罗早说过，求早了不算，变数太多。待到最后一位小姐的亲事有着落，事情就不会有大的变数了。"白潇潇诚心地劝说，"阿罗的话，有时候我也不大能听懂。可是从未错过。不管怎么讲，眼下也是时候为阿盈寻个良人。"

"你当我没想过吗？"东平郡王不耐烦起来，"可是老三另有打算。他妹妹简直像他一个人的，谁也不准说、不准碰。我管不了他。你想给阿盈寻婆家，去跟老三商量！"

素盈故意错过白潇潇，走入书房见父亲满脸晦气，不由得暗想，不过是一个女法师的话，何至于认真到这地步？为那些似是而非的东西自寻烦恼，注定成不了事。

东平郡王见她来了，直奔主题：“你哥哥从猎场送回一封书信，你自己看。”

素盈奇道：“何须劳动父亲代传？”接过信看，只有莫名其妙的一首诗赋，既无题头也无落款，不是素飒的字迹。

东平郡王清了清嗓子，说：“是东宫的手书。”

素盈大惊，将信丢回父亲桌上：“东宫字迹怎能私传民间？哥哥真是糊涂。”

东平郡王尴尬地嘟哝：“传都传来了，你摆什么架子！”

素盈大声说：“我不看。”

东平郡王讨了没趣，讪讪道：“你哥哥不知道费了多大的心思，能让东宫至今惦念你。又不是坏事。不想看就算了，我找人替你回信。”

素盈气愤至极，不住冷笑：“我这辈子只得了一个人诚意相待。就一个人，那么短的情谊，你们也要糟蹋一遍！”

东平郡王忽地怒目圆睁，狠拍桌子，一声巨响镇住素盈。

“谁借给你胆子敢这样同我说话？！”他强压怒意，长长地换了几口气，“东宫选纳侧妃是迟早的事，你从今给我放机灵些！”

侧妃。原来这就是他们等的机会。

素盈胸中翻涌一股气，冲得言语七零八落，欲言难言，最终面对父亲一咬牙，转身跑出书房。

不久之后，猎场传回消息，说丹嫔在狩猎中大出风头。东平郡王急修一封家书给素飒，叮咛他速转丹嫔亲览。

他虽然受封东平郡王，膝下八个女儿却没有一个蒙受天恩，获得片纸之封。以前考虑到她们是要入宫侍奉皇家的人，有没有封号无所谓，但现在不同了。东平郡王急于向丹嫔求援：阿澜落选之后，京城谣言不少。她要嫁入宰相家门，需要漂亮的虚名重整旗鼓，千万求圣上随便给一个封号。若是郡主，则最妙不过。

素澜很快得到一纸封诰，受封为德昌郡主。这是大大的超授，只有惠和大长公主的后裔兼琚家的媳妇，才有这么稀罕的运气。素澜却不领情。使者一走，她就提着黄绢冷笑道：“封给我一片好地方，我去琚家还能说得出口，可德昌郡算什么？！地不长草，鸟不拉屎，一年拨不出几个私房钱，打起仗来不出三天就沦陷。白白欠丹嫔一个人情，真是不如不要。”

随便她怎么说，东平郡王不放在心上。他正处心积虑计划第二件事情：荣安公主十七岁，女大不中留，眼看就要嫁人了。他听说素飒在猎场上意气风发，引人注目，立刻又修书暗示丹嫔：咱们家素飒是多好的青年啊，那真是要文有文、要武能武，遍览朝野上下宫内宫外，再也找不到这样一个美男子，而且与荣安公主年纪相当——千万要在圣上面前多多提起！

丹嫔这次的回话有点不耐烦：荣安公主的婚事正在议，备选驸马虽说不多，但都是出类拔萃的青年，到最后关头再说吧，现在说也是白说。

尽管她言辞很不客气，东平郡王却感到丹嫔的话在皇帝耳中又有了分量。他心中有指望，人也快乐和气起来。下人们见他每天喜气洋洋，自然陪着他高兴，府里出现了前所未有的和睦局面。

欢欢喜喜的，冬季就降临了。

宫中为凤烨公主送来上等的熊皮、狐皮、鹿皮共七十七张，各色貂皮十七张，还有许多进贡来的珍玩。凤烨随便看了几眼，便向宫中使者笑道：“我在父皇眼里，只值一堆东西。倘若真的爱惜我，为何要对皇后施以颜色，害我担忧、难过？”使者忙说了一些劝慰开解的话。凤烨淡淡苦笑，别过身不理，漠然吩咐将东西分给家中众人，让素盈和素澜随便挑几件喜欢的首饰。

姐妹二人听了她那番话，不敢雀跃，就从手边拿了两三件。送走使者，凤烨让她们代为挑花样、选衣料，准备置办过节衣装，自己又不说话，斜靠在床边想心事。

她天生容易哀愁，闷不多时，开始叹息：“皇帝的女儿、宰相的儿媳，能这样快乐相处真不容易。不知道阿盈的前程在何处，但愿日后也能如今日一样相聚。”嘴上说的是“不知何处”，慢条斯理的语气却透出敏锐的洞察力。

这家里从来没有某个人的终身大事，桩桩都是一家人的前程。东平郡王和素飒的心思瞒不过她，但是遇上皇后与丹嫔再度较劲，东宫侧妃之选悬而又悬。

素盈眼中的苦涩正撞上凤烨的悲悯，慌忙将目光掉转——窗外白雪皑皑，一片银白刺得她眼睛酸疼。

今年降雪早，狩猎提前结束。素飒带回一个锦盒，说：“东宫的一番心意，我代你收下了。”盒中分为两格，左边是一株干枯的香花，右边是一模一样的金花发簪。

“这是进贡来的不老香——花虽枯，香不败，馥郁持久，据说可存留百年。”

素盈盯着出神，微微地有些惆怅。素飒又说：“你也回赠一样吧。上次那封信，久久不见回音，未免太伤人。”

素盈冷笑：“父亲不是找人替我写了回信吗？”

素飒的眉心拧成团，埋怨说：“殿下在猎场睹物思人，其中关窍，父亲哪里知道？那种言不达意的回信，我怎敢拿去？”

睿洵与猎场，两样合在一处，素盈不禁恍惚。她到底不忍心让睿洵失望，略想了想，转身从柜子里取出香炉，说：“我没什么好私房，里里外外，只有它还算精贵。跟我进宫又出来，也算有点来历。”说完又劝，“私相授受终不光彩，请哥哥顾及东宫与我的颜面，不要有下次，也别再提醒东宫去想那些……应该忘掉的事情。”

“事到如今，还要人去提醒？”素飒接过香炉，喟叹一声，心事重重地走了。

数日之后，准许东宫选纳侧妃的消息传遍京城。

东宫侧妃少则一人，多则三人，瞄准此处的人不在少数。东平郡王一心巴望这天早点来，千万不要拖到素盈人老珠黄。收到消息，他正在偕止斋赏梅花，本该高兴，却涌出了长辈的担忧：“储君年纪尚轻，增添寝侍无可厚非。可是合婚不满一年，就喜新厌旧，实在是……”

素盈也在旁边，低头敛眉不言不语。白潇潇冷哼一声，说：“王爷想得真简单。”东平郡王习惯在这种时候听她发表高见，当即眨巴眼睛聆听。

白潇潇的目光轻飘飘扫过素盈：“东宫选纳侧妃，本无定期，偏偏选在皇后屡遭冷遇的时候，其中用心还需多言吗？皇后是要借机拉拢人了。”

“哎呀！”东平郡王原本没将这事跟皇后联系起来，隐约觉得不妙。

白潇潇面无喜色，继续说：“若是皇帝为东宫选侧妃，丹嫔或能游说。若是宰相献计，人选必是他的义女无疑。可惜皇后做主，定不肯从东平素氏中选择——有一个丹嫔已如虎狼在侧，再添个东宫侧妃，岂不是利刃之上又加毒药？”

素盈站起来，不顾父亲讶异，头也不回地出了书房。

东平郡王张口结舌地看着她走掉，气得拍案：“你看看她这该死的脾气！”

白潇潇没有附和，望着门口，缓缓地说：“从前你们不当她是素氏，她不得不忍受轻视。如今要她变成素氏，她不得不忍受强加的不情愿。只有现在，她可以发脾气。请郡王也尝一尝忍受的滋味吧。”

冬意沉沉地覆遍小园，老松雪影黑白分明，宛如水墨勾勒的一幅孤绝画境。素盈不顾北风寒峭，独自攀上家中假山，凄凉地坐在山顶亭中。

雨似的冰霰子洒了一阵儿，化成新雪翩翩落下。随风飘来一声轻唤：“奉香！”她浑身一震，几乎怀疑这小亭是东宫之南的澄澜亭。

回首时，映入眼帘的却是白信默。

他大概刚从哪个屋里出来，一身暖意，仰首时融融地流贯周身：“远远看着像是奉香。冰天雪地，为何在室外流连？啊，你看我，叫你‘奉香’叫惯了，现在不知怎么称呼。”他攀上假山，眉目透出意外相逢的欢喜。

素盈强作笑颜：“大人别来无恙？”

白信默看她的脸颊冻僵了，好心提醒：“到这高处吹冷风，恐怕会生病。”

素盈双眉紧蹙，转瞬又有泪光莹莹，瓮声瓮气地说：“生病才好呢。”

白信默见她泪容凄婉，于心不忍，后悔没拎披风出来，只能再劝：“还是快回屋里去吧。”

素盈默默摇头，问：“大人怎么会到这里？”

“我来探望姑母，可是郡王在里面说话，好像一时半会儿说不完，就想去拜访素率，记得是走这条路。”

“你走反了。”素盈说完，两个人默了一瞬。

白信默仔细端详，困惑地问：“东宫要选侧妃，对小姐来说不是好事吗？”

一语道中素盈哭泣的根由，她猝不及防，垂首不语。他更加费解，奇道：“素率自小在东宫中为小姐美言，多年来苦心经营着实不易。事到临头，小姐却要做辜负他的人？”

原来，素飒的用心尽人皆知。素盈顿感无地自容，悄然背过身。白信默仿佛知道她羞赧的缘故，笑道：“这没什么，家中有姐妹的都是一样。”见素盈愁眉不展，他犹自好奇，“东宫的为人，小姐亲眼见过。那样的男子仍不能入眼，小姐究竟希求怎样的良缘？”

“我和他几时有过良缘！”素盈突感悲愤，脱口又说，“素氏图的是丹茜宫，皇家求的是帮手，毕生心思都用在盘算上，谁有空暇顾及他或我？”

白信默的神情分明吃惊不已。大约从来没人想过，一个素氏需要有别的心事。素盈心中酸楚，涌出哭腔：“大人久在宫中，熟知景况，你觉得我若侥幸成为东宫侧妃，是一段美满良缘吗？”

白信默顿时手足无措，伸手想要有所表示，却不知如何是好。最后他在素盈肩上轻轻地拍了拍，笨拙地连声说：“别哭了，别哭了。”口气像哄小孩子。

素盈忽想起，二人没有深厚的交情，却谈起这种话题，真是尴尬得很，急忙胡乱地擦眼泪。白信默见状叹道：“你有那样的父兄，不难求来富贵良缘，但你却想要美满。你这位素氏的企图，比名位前程更大、更难得啊。”

寒风吹过脸颊，泪痕冻疼之处灼灼刺骨。素盈将刺痛当作他揭示的真相，由那痛楚直逼到心里去。

他不忍看，低下头沉吟：“我不知道如何实现你的愿望，但是知道，人若勉强自己去做不情愿的事，距离愿望只会越来越遥远。除了这话，我想不出别的。”他说完，素盈便不再哭了。他又柔声劝：“赶快回去暖暖。”

素盈倔强地摇头，说：“我还是一个人在这儿更自在。”

孤男寡女小园相会，让人看见十分不妥。白信默站了站就告辞而去。走出去不远，他已回头数次，每次均看见素盈仍在亭中对着雪景发愣。

他走着走着，不知不觉加快脚步，几乎是跑回偕止斋，提了自己的披风又去花园。假山上却没了素盈的踪影，大约她终于畏寒离去。

他心里反而有点失落。

素盈在雪地里吹了风，当晚觉得头重，心知不好，倒也不怕。次日风寒又加重，她便卧床不起了。

素飒自幼常在东宫中寝宿，听说妹妹卧病，当即改成每日归家，督促她喝药。丫鬟煎药、喂药他不放心，必要亲眼看着妹妹一口口喝完才罢休。

这天素盈喝完药，突然说：“也许蕙姐姐不愿入宫，否则怎会偏在那时候生病，一嫁人就好了？”

素飒正坐在她床畔剥糖栗子，听到这话立刻满脸寒气游走：“你敢装病试试？！”

“能装得出来，何必去挨冻？”

“还敢承认是故意的！”素飒狠狠在她额头上戳了一指。

素盈攥紧拳说：“我偏要看看，是我的小命要紧，还是东宫侧妃要紧！”

素飒冷笑一声，低头边剥栗子边说：“当然是你要紧。你看不上这个侧妃就罢了，可千万好起来——我还等着看你抱憾终身呢。”素盈知道是玩笑，赌气不理睬。

素飒掸去衣襟上的栗子壳，慢悠悠地说：“不会有人比他更好了。”

送别那天，睿洵凄凉的背影还在她心底轻轻地疼。素盈低声呢喃：“是呀……可是……”

“他的心意，你最清楚。”

“得到那样的心意，实在是莫大的幸运，但……”素盈捧着哥哥剥给她的一碗栗子，讷讷道，“停留在‘心意’，大概就是最好的结果。再往下走，幸运会变成不幸。宫里从来都是这样的。”

“只要战胜那些让你不幸的人，幸运就不会消散。”

“那我的幸运注定是别人的不幸。”

“人世从来都是这样的。”

“也可以不是。”素盈抬起眼睛看她哥哥，说，“至少这回，在我这里，可以不是。”

素飒默默注视妹妹，半晌之后痛苦地说：“不幸，吃亏，忍受……这种事情我们受得够多了，我只希望你不再遇上。可你为什么要去在乎别人好不好呢？你为什么要在乎轩叶、文彩环、妹妹们的感受呢？阿盈，我只能管你，管不了你心里那么多的别人啊！”

素盈想要说些什么，但还没有想好。他摇头制止：“开口之前，想想我的不幸。如果你心里那些‘别人’当中，还有我。”

他这样说，素盈什么话也讲不出了。

东平郡王得知素飒的劝导也归于失败，抓起桌上的毛笔纸张一气乱扔。

“我从没见过哪家的女儿许人，还要父兄去求！想要我低头，除非她有能耐坐拥丹茜宫！”一句话定了素盈的前途。当日，她的生辰八字就被报到宫里。素盈仍存一丝侥幸，心想皇后定不会容她过关斩将。

腊月初七这天，宫里突然传出话，请素盈第二天入宫赴腊八宴。东平郡王摸不着头脑，心想素盈何德何能，竟得皇后赐宴。一打听才知道，受邀的还有另外五位素氏小姐，印证了这阵容的真意。事情没有大张旗鼓地宣扬，但必定是要内定侧妃人选。皇后就算不愿东平素氏的女儿入选，表面功夫也绝不会落下。

东平郡王不敢对侧妃之选抱太高期待，但也不肯死心，立刻紧急地当作第一要务操办起来。

这天正是素盈生日，妙音轩本来如往年一样冷冷清清，临近傍晚突然热闹非常。东平郡王带队鱼贯而入，放下各种胭脂首饰，上下打量女儿过于素净的衣衫，皱着眉连连摇头，说：“这是什么打扮？掉在雪地里都找不出来！现裁新衣来不及了，将就改改。”

府里养着一群好裁缝，素盈以前无缘见他们施展身手，今天他们全绕着她打转，要拆轩叶给她绣的衣领和袖口。素盈不肯，正僵持，来了一对手捧锦衣的丫鬟。素澜跟进来，眉开眼笑地说：“得知好消息，料到姐姐没有提前预备，我这几身衣服是今冬新裁的，还没穿过，先拿去凑合。”

东平郡王上前翻了翻，赞许说：“阿澜的眼光不错。”

衣服还没上身，又有几名丫鬟涌入妙音轩。原来，众位夫人想起今日是素盈生辰，各自送来礼物。头上戴的金钗玉簪珠花雪柳，身上挂的项坠衣钩香囊环佩，一应俱全，不是送给素盈，是送给郡王看。

东平郡王好奇，亲手打开一一过目，见到好东西便点头，不入眼的便“嘁”一声，连声说：“拿走拿走！这也送得出手？”被他“嘁”过的东西当即灰溜溜退下，不多时就换来好的。

东平郡王代女儿审完礼物，又想起一事。挑剔的目光打量过各位夫人派来的丫鬟们，指着一个眉眼机灵的，问：“你是哪一处的？”那丫鬟回答是四夫人身边的跑腿丫鬟，新来不久。

东平郡王说：“你从现在起跟着六小姐，就顶那个回乡嫁人的丫鬟的名，叫轩芽吧。小心伺候！”说是伺候，无非是多找个人看紧素盈，防她临阵脱逃或起别的心思。

素盈心头腾起无名火，冷冷瞪着父亲，想说：“你对谎话记得清楚，却不记得她叫轩叶，不是什么轩芽！”但开口时说的却是：“时候不早了，父亲请回。我也要早早休息，以免误事。”

东平郡王见她终于开窍，欣慰地点头说：“明日可得抖擞精神。”

第二日天色蒙蒙亮时，有人敲门。原来是七夫人身边手艺最好的丫鬟，来为素盈梳头上妆，对着镜子足足折腾半个时辰，终于大功告成。

白潇潇掐准时辰，亲自来了。见素盈气色饱满，装扮起来焕然一新，白潇潇挽起她的手叹道：“先将‘情愿不情愿’放一边吧。既然是上天赐的机缘，那么辜负上天的心意，终非善举。一味任性，糟蹋眼前大好前程，日后必定追悔莫及。”

素盈轻启丹唇，缓缓地说：“贪图眼前风光，最终下场凄惨的更不在少数啊。”

白潇潇还要劝她，素盈却像自己看开了，说：“我再不情愿，也不会专程到宫里去丢脸。其余的……既然是上天赐的机缘，就看上天的意思吧。”

白潇潇听她的口气像是事不关己。她握着素盈的手，款款地问：“阿盈，你怕与素氏争夺吗？怕素氏吗？”素盈一时想不出答案。

白潇潇说："素氏并非坚不可摧。真实的境遇跟书上的道理大不相同，奉为信条的傍身之术，有可能变成毫无用武之地的屠龙之技。聪明反被聪明误，令多年的教诲白费，这样的例子比比皆是。可是你不同。"

她脸上呈现出复杂的感慨之色："她们还在为积攒筹码而殚精竭虑，你已经得到了最重的那一枚。以我之见，倒是旁人该忌惮你多一些。今天你只要想，这枚筹码，你用还是不用。"

家仆在外传话说，东平郡王安排的牛车已到，王爷特差肩舆驮小姐过去。素盈裹了一件薄红银花面的白狐领披风，衬得肌肤如粉雕玉琢，唇上一点淡淡的胭脂，像白雪之上傲寒盛放的花。她的一呼一吸静静的，仿佛花瓣上轻盈掠过丝丝香风，吹动了颌前长长的狐毛领子。终究无言，只有叹息。

新来的丫鬟轩芽衷心赞道："小姐真美。"素盈不置可否地笑了一下，从容地由丫鬟仆人们前后簇拥着送她。

临到门口，总管素平又代郡王叮咛："王爷说，小姐这回可得打起十二分的精神，别再满不在乎。糟蹋了大好机会，老天爷不怨你，他代老天爷给你好看。"

事到临头还放这种狠话，恐怕是她父亲独树一帜的"关怀"。素盈隔着车窗，用不高不低的声音说："知道了。"

得到她这声回答，东平郡王府从昨天就开始的闹剧才算收尾。牛车轻晃着碾过积雪，世界渐渐清静。

素盈听到雪咯吱吱被车轮压实，听到车出府门时下人们的招呼吆喝，听到外面的街道上有几个行人匆匆地路过……她能听到一切，唯独听不到自己心里的声音。

心又静又冷，没有期待也没有烦恼，仿佛从前生日时，小院中那一大片无人踏足的雪地。

宫中的气息早为素盈熟知，雪白肃静的景象只是表面。在这样特殊的时候，又是这样一群特别的少女入宫赴宴，一定有很多人守在暗处揣度。可她什么都不在意，只觉得披云楼里的火再旺一点就好了，前胸后背就不会一直这么凉。

椅子很不舒服。她僵直地坐着，脖子、后背和腰一路疼起来。想来端坐在列的另外几位小姐也是一样。

素盈以前从未见过她们，偷眼打量，只见年长的与自己差不多、年幼的脸上稚气未脱。无论长幼，皆是容貌娟秀、姿态典雅。众女不敢擅自交谈，静待皇后驾临。偌大的披云楼静如宇外。

时辰刚到，楼外声声传话"皇后驾到"。众女一齐起身，只有衣衫婆娑，仍是呼吸皆静。素若星携东宫妃同临披云楼，入座之后赐素氏小姐们坐，含笑打量，和蔼地说："各位都是京城中声名赫赫的闺媛，堪称我国闺门的典范。我早想见见你们这些后起之秀，今日终于如愿。”客套话之后，一一问起家门姓名。

素盈由此得知，在座分别是南安郡王的十一女、神毅将军家的二小姐、西陵郡王家的四小姐，年纪最小的是皇后的侄女、素璃的堂妹。

轮到素盈时，皇后笑道：“这不是我丹茜宫素奉香吗？真是女大多变，几日不见，更为光彩照人了。”素盈谢她谬赞，恍惚有种回到了丹茜宫、需时时刻刻揣摩她心思的感觉，不由得脑后生凉。

皇后唏嘘道：“原本还请了北固将军家的女儿。可惜她前些日子偶感风寒，恐将寒症带入宫中，因此没来，只好日后有缘再见。”

东宫妃素璃笑嘻嘻地说：“听说六小姐前些天病重，令兄天天回家侍奉汤药。今天气色很好，想必是令兄照顾周到。这秘方我可一定要向素率请教。”有几个东宫的宫女听了，便低低地笑出声。

皇后仿佛没注意到素璃话里的冷锋，关切地问素盈：“果真病了吗？不要紧了吧？”素盈谢她赐问，回答说已大好。

皇后不愿单单对她关心而冷落别人，又与诸位小姐随意闲谈几句，下令开宴。披云楼上霎时起了笙歌。仙音雅乐绕梁，美酒珍馔在前，诸位小姐却无一松懈，举杯抬箸皆是小心翼翼。皇后见她们如此拘束，淡淡一笑，点名要她侄女唱首歌来助兴。

那孩子年纪尚小，在皇后和太子妃面前毫不拘束，当即放声唱了一曲。童声犹在，格外娇婉，众宫女纷纷笑赞。那孩子自告奋勇又唱了一支歌，唱着唱着忘了词，信口胡诌起来，惹得皇后呵呵直笑。气氛由此稍变轻松。

撤了宴，皇后请西陵郡王的女儿临窗作画，请南安郡王的小姐应景赋诗。这两位小姐正是以诗画驰名。楼内早准备好文房，显然是要考验她们。二人不敢怠慢，当即挥毫着色，成就画卷，并有题诗。皇后唤众女一同观览。

素盈见南安素氏的题诗工整，没什么特异，但西陵郡王之女素慈所绘的高楼观雪图，寥寥数笔而已，黑白之间神飞雅逸，纸面如生团团寒气，缥缈灵慧不可尽言。

皇后笑问素盈：“佳人齐聚，各领风骚，真是乐事。不知你回家之后研习什么？”

正这时，楼下传告说“东宫拜见”。不仅众家素氏小姐，连皇后与东宫妃也吃一惊。神毅将军家的二小姐素应芳当即站起身，板着脸说：“储君于后宫之中撞见我等，有伤大雅，小女恳请回避。”语毕深躬，径自离席，前往宴厅一侧的偏室，傲气大胆比东宫突至更令人吃惊。

其余诸位小姐来不及请求回避，东宫睿洵已到楼上向皇后施礼。皇后笑道：“你运气真好，赶上我这里群芳荟萃，各显神通。正要请六小姐出个花样呢。既然你也来了，可不能让她随便敷衍我们。”又满含笑意向素盈道，“有了稀客，你可不能再推搪。”

素盈深吸口气，说：“请借乐班笛子试奏一曲，以和高楼观雪图的意境。”

皇后颔首笑道：“如此才好。”

旁边侍奉的乐班笛手惶恐，将吹孔在袖上仔细地擦拭，一不小心脱手摔落。琵琶手见状从腰里抽出一支玉笛，说："小姐若不嫌弃，请用这个。"语音从容娴静。素盈不由得多看一眼，见是个眉目清秀的女子，从前没在前排见过，大约是新提拔上来的。她接过玉笛，回身时顺势望了东宫一眼。

他的目光还如印象当中，看向她时，似有万语千言。

宫中有很多东西一成不变，机灵、刻薄、拐弯抹角的言谈、高深莫测的冷淡微笑……所有的不变之中，只有他的眼神让人不舍。

也许哥哥是对的——他这样的人，再无法从别处找到了。素盈带着伤感吹了一曲，又望东宫，见他神情和缓，分明欣赏婉转清丽的笛声。

"果然声声动情。"东宫在她交还玉笛时，用很低的声音赞了一句，"时常能听到的人，真是有福。"

披云楼里突然寂若无人。东宫妃回神最快，扑哧笑道："是了，我曾听说六小姐有吹奏笛子的血统，果然名不虚传。"素盈听了，只是唇边挂上若有若无的笑意。

东宫没再说什么，起身向他母亲告辞，脚步声很快消失。皇后掩口笑道："总算能把应芳请回来。"宦官嘻嘻笑着开了偏门，请少女归座。素应芳仍旧沉着脸，向皇后行礼之后坐回她的位子。

皇后叹道："被他搅和，扫兴得很。罢了。眼看今日又要落雪，我还是放你们早早回家，同各自的伴儿去赏雪游玩。"

宫女取来托盘，放着五只一模一样的金镯。皇后赏了五位素氏小姐各一只，起身带东宫妃走了。

素氏小姐们结伴出了披云楼，一路无话走到宫门，不约而同长出口气，互相道别。素盈将登车之际，见素应芳竟是骑马来回，卷起裙子就露出骑装，飞身上马毫无累赘之态。她内心暗暗叫好，赞叹这位小姐的确不同凡响。

回头瞥见西陵郡王的女儿素慈孤零零地等在宫门前，素盈上前问："府上的车呢？"

素慈当即羞红脸，低声说："大约父亲有别的吩咐。"

素盈早听说西陵素氏子弟不肖，致使家门败落，想不到颓唐至此，竟只有一辆牛车可供差遣。她装作不明就里，携起素慈的手说："宴席上来不及与小姐攀谈。刚好我们两家是一个方向，小姐若不嫌牛车狭小，请惠赐同乘之荣。"

其实走不了多远，两家就变成截然相反的方向。素慈感激她顾全颜面，两人便手挽着手上了牛车。

闲聊起来才知道，素慈比素盈大两个月，素盈当即口称"姐姐"。素慈连声说"不敢当"，仍称素盈为六小姐。她们同是生在选年之外，自幼的境遇十分相似，随意聊了一会儿就不再生疏。

素慈外表柔弱，实则耿直率真，提到今日的宫宴，不禁感慨："侧妃之选，只要一道旨意即可了结，何必要我们全到宫中，看东宫妃颐指气使？难怪莲春不肯奉陪。”她说的正是缺席的北固将军之女。

素盈问：“姐姐认识那位未到的小姐？”

“她就是东宫选妃时，皇后以‘太美’为由落选的那位小姐。”

“究竟有多美？”

素慈笑道：“同令妹澜小姐相比，还是略逊一分。”

素盈感叹：“不来也罢，未必不是一种福气。”

素慈款款点头说：“结识六小姐，今日也有收获。那笛声真令人心旷神怡。”

素盈诚心道：“我不过是对姐姐的妙手丹青有感而发罢了。”

两人说几句闲话，还是绕回今日的主题——猜最终选谁。

“南安素氏有恭嫔、景嫔在帝王之侧，无须再送个东宫侧妃的名位给他家。”素慈扳着手指说，“我看是神毅将军家的应芳。她脾气强硬了些，可她父叔手握重兵。”

“姐姐自己亦是大好婵娟。”

素慈苦着脸连连摆手，说：“阿璃小时候就嫌弃我窝囊，玩也不肯玩在一处。再说，我们家实在没什么可以仰仗。六小姐比我的指望还大些。”

“我是不成的。”素盈缓慢地摇头之后，又缓缓点头，由衷放心地说，“幸好有应芳小姐——快言快语，飞骑来去，令人钦慕。确实是配得上东宫的女子。若有她陪伴左右，想必东宫也能意气风发。”

素慈点头时不自觉地合起双掌，仿佛感谢素应芳免除了她们的灭顶之灾：“总听老一辈人说，应芳的个性简直像是康豫太后转世投胎。如此杰出的女子，但愿天赐良缘。”

她们都觉得今日自己只是过场的陪客，任务已经结束。说音乐，说绘画，漫谈渐渐变得有趣。不觉牛车已到西陵郡王的府前，两人意犹未尽，约定有机会再聚。

素盈回家后，家里人察言观色，怕问得急又惹了她。偏她的脸色最难捉摸，看不出是凶是吉。东平郡王不管那么多，追到素盈房中问：“怎么样？”素盈拣紧要的说了一遍，说东宫突然出现，自己吹一曲笛子之后，宴会就结束了。

东平郡王喜道：“东宫既然这么说，可见心里是想和你长相厮守。”

素盈冷冷地问：“父亲怎么知道？”

东平郡王怅惋道：“我当然知道。”没头没脑地说上这么一句，又不作声了。

接下来的几天动静全无，但父亲们自有手段去探明。大臣与后宫，尤其是宰相与皇后，正在为侧妃人选争执不下。既然宰相有掺和的余地，东平郡王可不会放过他，借口商谈素澜的婚事细节，亲自登门，适时地暗示：相爷只有素盈一个义女，大事上不要客气，能管到什么地步，就管到什么地步。

琚含玄像看笑话似的看着他，说：“大事的确不能指望你。”东平郡王宛如领了一颗大大的定心丸，舒坦地回家去等佳音。

腊月十五一早，天蒙蒙亮，素飒告假回家。

这天要迎东宫侧妃入宫。用了一个“迎”字，但远远无法与东宫聘妃时的正式隆重相提并论，不过是一队宦官带一份皇家的礼物去，用少许时间把该做的仪式走一遍过场，将侧妃接入宫中。

素飒有心拖延片刻，慢悠悠行至宫门附近，果然遇见一队宦官带着焕彩斑斓的礼品，正在宫门交验凭证。为首的两名宦官之一看见了素飒，脸别往另一边。

素飒愣了一下，不确定自己是不是看花眼了——他私下拜托过这名宦官，若是侧妃之选定为素盈，请他在这时做个暗示。他只是从来小心惯了，才这样拜托对方，其实早已对结果胸有成竹，所以今天特意告假。

但那宦官并没有再看他一眼，验过凭证就带队出了宫门。素飒站在原地，浑身发抖。

“你在看什么？”睿洵的声音从他身后传来。素飒回头，见他负手站在不远处。

素飒迅速定下心神，镇静地反问：“殿下又在看什么？”

睿洵没有回答，怔怔目送那队宦官消失在宫门处。晨光熹微中，彩幡隐灭，宫门再度恢复冬日清晨的冷寂，他眼角眉梢也染了凄寒。一片淡淡的白雾自他唇边溜出，素飒知道他又在叹气。

“阿盈她会明白我。”睿洵说。

素飒的心顿时被幽寒扼住，颤声问：“是殿下自己的决定？”

睿洵点头说：“西陵郡王的四女——我选了她，求父皇为我御旨亲批。”

素飒失神地望着他，浑身直哆嗦，喉中干涩得发不出声音。睿洵黯然转身。素飒高声问：“殿下是不是因为宰相这一次力荐阿盈，才……”

“与他无关。”睿洵的口气飘忽，“你不明白，去问阿盈吧。”

简短的对话到此为止。头脑发蒙的素飒不知道自己是怎么找到坐骑，又是怎么爬上马背的，他缓缓地、遥遥地跟在那队宦官后面，看着他们的仪仗在十字天街拐向与东平郡王府截然相反的方向。

天街口上早有各家下人冒寒等着，一见此景，便拔腿跑回去报信——其中也有东平郡王府的人。

素飒僵坐在马背上，默默望着仪仗远去。直到朝阳初绽，残雪白霜染上金红，晨光将他的影子拖长。他轻轻抖了抖缰绳，浑身脱力似的，任由马驮着他晃悠悠地回家。

府里已得消息。素飒去向父亲问安，郡王呆呆地不理人，错愕地唠叨：“那臭小子！揣着什么心呢？可把我弄糊涂了。”素飒不知如何回答，静静退出。

他脑子里还飘荡着睿洵那句话：去问阿盈……只说了这么一句话，就算有所交代。

十年的苦心，就这样结束了。

门外有丫鬟问：“三公子要去看看小姐吗？”是素盈的新丫鬟，叫轩芽，有点过度机灵。

素飒沉默片刻，摇摇头。回到南书苑时，一眼看到妹妹早已来了，在桌边看书。见他进来，她站起身望着他，眼中既没有惊讶，也没有伤感，甚至没有一丝失望。

她的眼睛让他想起早逝的母亲——母亲生命中的最后几年，眼睛也是常常透着这样无动于衷的冷静，仿佛应该悲伤的事情都是别人的，伤不到她。他伸手摸了摸素盈的脸庞，确定不是母亲还魂。

素盈轻轻地问："最终花落谁家？"

"西陵郡王。"

素盈似乎吃惊，旋即展露细腻的笑意："殿下眼光很好。那位小姐是可亲之人，温柔诚挚，定不会伤了东宫里的和气。"素飒张了张口，不知道该说什么。

"我不明白。"最终说出这句话，心分明在痛，可他说不清是为了谁，眼中险些涌出泪，忙将头仰起。

素盈还是看见他眼角处水光一闪："何至于此？"她轻声低喃，眼中的冷静融化了，清澈的目光满是怜悯。

"何至于此？十年……天下再没有人下到我的功夫，天下再没有谁家女子比我的妹妹更有胜算。"他的悲愤，只让素盈越看越心酸。她从未算计，仍能得到睿洵的青睐，或许只是因为，哥哥替她花了素氏该有的心思。

"你没有让他失望，也没有让我失望。"素飒用双手抓住妹妹的肩膀，温和地说，"单纯、柔弱，有时勇敢，可以为救他不顾性命；有时胆怯，会说错话、落眼泪——你的全部他都喜欢！他忘不了你！一切都是这么真实、这么正确！"

素盈想要装作不在乎，付诸一笑，然而做不到。这结果对她来说毫无悬念。而面前，是一个心血落空的人。他们在这事上，其实无话可说。

"这一次相爷有心助你一臂之力，几乎水到渠成，可是东宫却……他说你能明白。他没有选你，却说你能明白！"话到后来，素飒有些愤然。

素盈的睫毛颤了一下，昂然望着哥哥问："相爷这时候又想起我？"

"东宫想过除掉宰相，宰相岂会坐以待毙？他需要一个与东宫非常亲近的人，非常、非常亲近。"素飒一气说来，毫无愧色。

素盈心口暗暗生寒，心想哥哥真是在宫里太久了。

"这是机会。只要得到，以后的事情自有以后的办法。现在……都成泡影，说也无用了。"他语气中的痛苦，渐渐无法打动素盈。

她直直地望着哥哥的眼睛，说："我原以为，哥哥与众不同。即便行事落入俗套，但心里还是为我好。难道，哥哥终不过是素氏无用的儿子，只图挈着妹妹的衣带步步高升？"

素飒惊讶地张了张嘴。素盈不待他说话，便道："哥哥才二十岁，文韬武略不逊旁人，若是我今日死了，难道哥哥就再也没有上进之路了吗？"

"不准胡说！"

见素盈神色坦然，并无轻生的心思，素飒松口气，抚着她的脸庞道："我只是……只是一向不服气。我自小在宫中陪伴东宫，看多了那些出入宫廷的权贵。不管怎么说，琚相居功至伟，才有今日权倾朝野。皇后家的子弟呢？仗着他家出了四代皇后，不思进取，照样高官厚禄。早该有人取而代之！"

素盈边听边摇头："单凭哥哥的才能，未尝不能飞黄腾达。这些话，还是不要再想为妙。"

见她似乎丝毫不为落选难过，素飒不禁有些惊奇："阿盈，你一点都不伤心？你从来没有将东宫放在心上吗？"

素盈摩挲桌上的书卷——她刚才读的《傅玄集》。睿洵曾厉声厉色地引过其中一句："奉香可曾读过'始以微香进御，终于捐弃黄壤'？"想起那时，素盈不禁轻笑，徐徐地长舒一口气。

"东宫不能像寻常少年那样随心所欲。他亲自做的决定，不一定是他真正的意愿。有时候差强人意的结局，恰是他弥足珍贵的心意。"她见素飒听得糊涂，解释说，"他曾经说过，怕我留在宫廷里，会变得和其他人一样。他要放我一条生路……这不正是哥哥再三强调的——他的'心意'吗？"

她看着瞠目结舌的素飒，泰然地笑起来："哥哥经营十载，东宫会不知你的企图？我的身上有东平素氏这番心思，怎能与皇后、东宫妃相安无事？长相厮守迟早变成折磨。既知如此，何必今日踏错？哥哥切勿因为今天的事，对他生出怨气。他，真是非常好的人。你永远不要背叛他。"

素飒无措地看着她的笑靥。睿洵说"阿盈她会明白我"，这模糊不清的解释，她竟真的明白。

她合上那卷书，轻柔地说："你们想要上天赐我与东宫良缘。这结果，就是上天赐我们的良缘。"

第五章
错　爱

东宫选纳侧妃一事尘埃落定，东平郡王渐渐接受了事实，可免不了还是那句哀叹：倘若惠和大长公主在世，绝不会是这种结局。他是一个无法消沉太久的人，即将来临的新年成了他排遣不快的重要机会。素盈看父亲为过节做的筹备，猜这年没准要从腊月热闹到来年夏至。

进入正月，东平素氏的亲戚们纷纷来走动，也有不少人为素盈提亲。郡王开始精打细算：他的四女嫁给皇族，七女匹配相府，婚配可以说是大功告成，这回倒可以静下心来仔细想想，还差一个什么样的乘龙快婿。

许多名字流水般涌进妙音轩。素盈虽然羞赧，可也明白人生已到这步，必须正视。她在心里认真考量这些贵族少年，总觉得这个少点什么，那个又少点什么。他们的欠缺究竟是同谁相比，她却不敢细想。

初十那天，素盈与素澜约定赏雪。谁料素澜打听到，琚二公子这天要主持琚府的周济，开门施粥。她乔装一番，偷偷去看自己的未婚夫，把素盈撇在寂静的后园中。

素盈一边在蜡梅之间漫步，一边猜想妹妹认出那个用镜光晃她的登徒子时会作何感想。独自在花间流连一会儿，正打算回去，忽见有人过来，她不由得瞪大眼睛：“白大人！”

这日阳光朗照，渐渐有早春气象，素盈因在室外游玩，罩了一领银缣披风。白信默不过在外面走几步，却提着他的兔毛褐披风，宽厚的熊皮领围显得格外暖和。素盈不禁关心，问：“大人身体不适吗？”

“不。”白信默有些不好意思似的，将披风撇在旁边石桌上，同时仔细地打量素盈，松了口气，“你看起来很好，脸上没愁容了，精神爽朗许多。”

上回他们在这里相遇，她站在冷风里哭泣。他还记得这事，令素盈略感尴尬。白信默也有些局促，想了想说：“我偶然见到令妹了。那位选女，和你截然两样。”

素盈紧张一下，急忙问：“大人怎么会见到她？出事了吗？”

白信默摇头说："她很好。是四院别的人。"他不愿与她细说宫里的事，略带局促地问："你的亲事怎么样了？"

素盈皱起眉，凄然说："亲事，是父亲的事，只有他知道。"

白信默逐字逐句聆听，慢悠悠地问："那你也不知道，贵府有意与我家结亲，最初是为了你？"

素盈的心嗵嗵狠跳几下，急忙别过脸，盯着地砖缝隙里的残雪，轻声说："八字没一撇的事情，说它做什么？"

白信默缓慢地摇头，也垂下眼睛，盯住她凝望的那道缝隙。

"可是我的回忆变得完全不同啊。"

素盈仿佛从地缝里感到他的目光，心不在焉地"哦？"了一声。

他的微笑有些拘谨，似乎拿不准该不该从头说起："你哥哥开始在东宫提起你的好处时，同僚都觉得滑稽——才几岁的孩子，就学着别人有这种心思。可是我知道，他害怕离开家，更害怕他不在的时候这个家会伤害你。他担心的时候就说那些愉快的琐事，好像这样就能用一个愉快咒保护你。只有我愿意听，所以他对我说的特别多。现在竟然会变成这样。"

素盈更加失神。他很不好意思地说："我忍不住想，耳熟能详的那个女孩，差点成为我妻子。曾经扮成侍童，却连一匹马也拉不住，满怀信心进入宫廷，渐渐变得楚楚可怜——这个人，居然差点成为我妻子。若是那时候我们已经成亲，她会不会是另外一种模样……"

话音里，素盈想起被困庆云宫的第二天清晨，他说出"在下白信默"时，她越跳越快的心里也曾这样想过——是他啊。

她低头拨弄披风上的缎带，听到他迟疑地问："这样的回忆，还能改回从前吗？"

"可以的。"素盈揪紧缎带，声音变得飘忽，"只要不去想，迟早能淡忘，回到从前的自己。"

"我试过。短短的一刻，反而觉得，需要'刻意'才能忘记的人，不该错过。"白信默长长地叹了口气，目光灼灼地注视她，"可我偏偏知道你是个寻找'美满'的人。与东宫失之交臂，你也不觉得可惜。我这样的人，一定不成吧。"

素盈的手指绕在缎带的死结里。她诧异地抬起头，遇上他炽热的眼神。她呆愣愣地盯住他，而他毫不退缩，目光踏实温暖。

记忆从沉寂的角落喷涌而出：那个帮他挽住马的公子，救她出庆云宫的卫尉，还有在黑白分明的雪景中，对她说"人若勉强自己去做不情愿的事，距离愿望只会越来越遥远"的青年……他们的眼睛都变得明亮温柔。她心里一片沉睡的幽暗里，忽然闪出满天星光。

她忍不住伸出手，轻轻地去碰他的睫毛。他对她的顽皮始料不及，躲闪之际带着吃惊的笑意抓住她的指尖。

如此真实的碰触——只要她伸出手，他马上就能够实实在在地回应。

“大人觉得，我追求的美满难如登天、无人能给吗？”素盈抽回手指，轻轻地说，“也许我想要的，不过是一种与丹茜宫截然不同的生活。湖山院落，无忧小楼，一夫一妇朝夕相对，只为明月春风欢喜，只对落花晓梦哀愁。”

周围是冰天雪地，她晶莹的眼里却有诗情画意。精致的脸庞白里透红，淡淡惆怅的神情里有向往，像初夏的莲花瓣落在白雪里。少女竟能这般柔美可怜。白信默痴痴地看了片刻，执起素盈的手紧紧握住。

“我愿尽心竭力，造成那座小楼。”他声音坚定温柔。素盈急忙抽回手，一时面红耳赤，不知如何回答。他不为莽撞的举动后悔致歉，又斩钉截铁地说：“嫁我吧。”

这时素盈才真正吓一跳，想起他们谈论的是什么。她慌张回答：“有很多人提亲。”

白信默静静地看着她，蹙眉道：“愿意就是愿意，不愿意就是不愿意，阿盈，你心里觉得好还是不好？”

她的心里——从来没人问过，她的心里怎么想。

有什么地方松动了。长久以来箍紧心脏的哀伤、自怜、失落、烦恼，在另一种情绪之前悄然退却。

看着那双星星般明亮的眼睛，素盈愣愣地想：有生以来的种种向往，仿佛只隔着一层薄纱，努力就可以戳破，实则隔着整个天河，波澜壮阔的“不可能”，一波一波无穷尽。但眼前的温柔，却是可以期待的。也许这才是上天真正的安排呢？

她竟重新萌生了期待。

“你……很好。”给了答案，她又有些心虚，避开他的欢欣，低声说，“可你应该去问我父亲。他还有他的打算。”

白信默不以为意，由衷舒了口气，说：“我唯一怕的是一厢情愿，你并没有格外看待我。”

素盈为一晃而过的犹疑而对他愧疚，逞强说：“难道只有你有回忆吗？”白信默怔了一怔，立刻笑起来，紧紧握住素盈的手放在心口。

“一言为定。”他说，“最迟三天，定来提亲。”素盈满面羞红，怕久了有人看见，轻轻点一下头就要走。

“阿盈！”他又叫住她，从领子里解下一块翡翠，放在素盈手心。

晶莹的白翡翠外形方正，雕一朵盛放的花，五个花瓣都是天然紫色，花蕊中带淡淡的鹅黄。素盈一见就很喜欢，只是没有恰当的东西回赠，捧着那翡翠，深深地凝望他的五官轮廓，柔声说：“我虽是女子，也重许诺，就以千金一诺回报此物吧——但愿与君同好，使我有福。”

她转头逃回自己房中，一身热气忽被妙音轩里的寒意压散——她父兄还在挑三拣四，她竟在后园与人私订终身！她心下生出惊慌，可看着手心里的翡翠又想，即便莽撞，也是自己拿的主意，强过他们丢来的陌生人。这么想想又不后悔了。

私下应允求婚，总归要让父兄知道。素盈不敢告诉东平郡王，婉转委托白潇潇去劝说。

但要如何向素飒坦白，只怕世上并没有好办法。她准备好种种说辞，瞅准素飒得闲的空当，万分小心地坦白这桩隐情。

素飒顿时大发雷霆："我跟你说过的话，你一个字都记不住吗？！你知道他是什么样的人？竟敢同他私订终身！他是如何哄骗你的？"

看他气急败坏，素盈心中的理亏忽然变成冷漠："你和父亲掂量过的人选，一定有很大的好处，但我宁肯托付给了解的人——除了彼此的门第、利弊，他知道素盈是怎样的人，我也知道他是怎样的人。"

素飒眼里快要射出刀子，硬生生沉住气，冷笑问："你哪里来的自信，居然敢说自己知道白信默是怎样的人？"

素盈不甘示弱地看着他，说："结一门有利可图的亲事，在你们看来，不过是无数种手段当中简单好用的。所有素氏、所有皇族贵族都是一样的心思。但是信默，他很清楚我什么也给不了，却仍然想要为我实现一种生活。"

"信默？"素飒气得哆嗦，大声说，"这世上了解他的人，恐怕连三个也找不出！你才认识他几天，居然以为自己了解他？全是幻想！"

素盈傲然道："那就请你说说看，他是怎样的人。"

素飒黑着脸冷笑几声，突然不说话。素盈在他沉默时紧张起来。

"记不记得你拜琚大人为义父的那天？到场的有东宫侍卫，还有禁中统领。聚会的意图是什么，大家心照不宣——宰相与东宫的关系岌岌可危，找上我们没好事。处理不妥，会变得十分棘手。去的人大多不过是无从拒绝。白信默那时还是东宫左卫率，我的同僚。"

事关重大，素飒本来不想再提，但此刻顾不了那么多："宰相本人倒也没说什么要紧的，白信默却直言聚会既然无关紧要，不得不如实禀报东宫——东宫向来视琚党如仇敌，一旦染上嫌疑，在他身边不可能再获重用。白信默，他是用一句话，逼得人投靠琚相。"

素盈的嘴角冷冷地勾起来："哥哥心眼多，言语中全是花招圈套。别人一定和你一样吗？"

不屑地冷笑之后，素飒又说回那件事："东宫发觉亲近尽数遭宰相拉拢，万分愤慨，才有了猎场上那件事。阿盈，你这样成日在家的女孩儿，都明白东宫不是宰相的对手，白信默又怎会不知？看似一腔忠诚，其实奸诈无比，拿东宫安危，换了自己忠心耿耿的名声。"

素盈张了张嘴，欲言又止。素飒看出她想说的话，苦笑着说："没错，我的处境与他相反，失去东宫信赖，不得不在猎场上使出险招扭转境遇。而你骑了他的马——他把自己的马借给你，功劳一点不少。”

素盈咬着嘴唇，把头别到一边，说：“他也担了风险，没有二话。”

素飒森森地说：“你以为风险真来的时候，他会担吗？”他叹息一声，连连摇头，“白信默这个人，我不敢比——不仅蒙蔽了东宫，也蒙蔽了皇后，由东宫向后宫升迁，两处都打下根基。这样的人屈指可数，注定前途无量。可他究竟是什么样的人，他跟谁站在一边，你根本无法想象！阿盈，我知道你有自己的想法，可是人心就像深不可测的湖水，你自以为看透，其实不过只看到第二层、第三层、第四层——真相还在千层以下！”

“照这样说，世上有哪个是好人呢？哪个人没有千层之下、不让人看透的真相呢？”素盈失望地说，“我不想费力，用一生去探寻深渊。只要他第二层、第三层的心对我始终如一，此生也能波澜不惊了。”

素飒哑口无言。素盈又说：“哥哥今天说的事，已经进了我心里，我没法装作没听过。我会问问信默，看他如何解释。请哥哥不要再反复猜测。”

素飒知道她犯了倔强脾气，此时针锋相对，只会弄巧成拙，需要假以时日慢慢开解。他只得说：“终身大事，切勿着急。佳偶难寻固然让人惆怅，但为求姻缘落定而匆忙择婿，更容易出错。”

三天之后，清河郡公果然派人来提亲。出乎素盈意料的是，东平郡王痛快许婚，甚至迫不及待地邀请白家父子同来，观赏他新购的乐班试奏。素飒的抗议，被东平郡王挥挥手甩到了九霄云外。

“第一回你不准阿盈许人，是有把握让她认宰相为义父，进宫做女官。后来不准她嫁人，是图东宫侧妃的位子。这些都过去了，今天又是为什么？难道你找到门道，能让圣上给你妹妹当义父？还是东宫马上又要一个侧妃？飒儿，你妹妹年纪不小了。这样一拖两拖，你让她一辈子跟你过吗？”东平郡王本来是开玩笑，可是话出口之后，心中骤然一凛，不由得拿半惊半恐的目光打量素飒。

素飒不理会他的玩笑，厉色说：“白家几时和我们家门当户对？被圣上改了姓的罪人之家，怎能配得上东平郡王的女儿？”

东平郡王晃着头说：“清河郡公的能耐，还轮不到你来小看。人家犯的罪，是差点把国家一劈为二。”

素飒又冷笑：“我另一个妹妹，是宰相的儿媳。这个妹妹嫁给反贼的后代，岂不让人笑话？”

东平郡王似觉儿子不可理喻，用力摆了摆手，一脸不耐烦地说：“阿澜何等姿容才智？就算坐镇丹茜宫也不为过。连她这般出色的女儿，我也曾想许给白信默呢！如今是你妹妹走运了。”

素飒还要抗议，东平郡王不搭理他，一把扯住素盈的手腕。

“信默这个年轻人不简单。”东平郡王推心置腹对素盈说，“以他的出息，不出几年就能当上禁军统领。”

“禁军统领又如何？”素飒不依不饶地拦住父亲，咬牙切齿道，“他就算能当上皇帝，也不能当阿盈的夫婿。”东平郡王知道这儿子要开始纠缠不休了，长长地叹口气，挥手示意素盈先离开。

素盈前脚迈过门槛，后脚还在门内，他们父子二人便争执起来。素盈心惊肉跳地听了一会儿，终于领悟——父亲确实有他的考虑。

无论出身还是接人待事的方式，东平郡王从不认为自己与清河白家是同一种人。白家的人在东平郡王看来，有种难以言说的处世手段，白潇潇如此，清河郡公也是如此。他无法理解，但不止一次见识到出人意表的效果。

东平郡王年轻时很自负，对别人的心机不以为意。如今随着世道变幻，他开始考虑丰富他的家族。除了长子素沉的稳健、三子素飒的谨小慎微之外，东平素氏需要别的想法和手段。正因为如此，他想要清河郡公最杰出的儿子，成为家中一员。

在这样的思虑面前，素飒的抗议占不了上风。这门婚事眼看是成定局了。

清河郡公答应来看郡王的乐班，可信默却在正月下旬跟随皇室去鸭川河猎鹅。素飒随东宫去，临行时还在气他妹妹和父亲，一脸杀意腾腾。素盈几乎担心他会放出暗箭，百般央求凤烨公主盯紧他。

凤烨婉婉笑道：“这回你哥哥绝不会闯乱子。”

从她意味深长的眼神当中，素盈察觉这回猎鹅不同以往——贵胄们纷纷离开京城随行，连喜静不喜动的凤烨公主，也在皇后的极力邀请下一道去了。

宏大的阵容当中，没有东平郡王的位置，他颇觉没趣，自己带着家人去观雪别墅游玩。白潇潇因巫婆说她近来冲煞，不准她随郡王同去，整日闭着偕止斋的门。素盈素澜姐妹两人都不喜欢与父亲凑热闹，各找了借口不去。府中一时清静，她们倒也自得其乐。

自从琚府施粥那天，素澜见到未来夫婿的真容后，不再挖空心思到处乱打听，安分地在家中待嫁，只是不忘抱怨素盈：“姐姐知道当日持镜的人是我未来夫婿，竟由我去打！”

素盈大惊：“这么快就颠倒黑白？”

素澜犹自撇嘴：“后来又过去多少天？你只字不提！”

出了正月素澜就要嫁人，此前她不紧张，也不期待。时至今日，终于有些迫不及待的样子。素盈默然微笑：“你对那位登徒子不计前嫌了吗？”

“我也去偷看他了，就算扯平吧。”素澜忍不住想要笑，“起初吓一跳，但是看了一会儿，发现他丝毫没有骄纵的样子，脾气不错，但是不会对人太宽容，失了做事的规矩。”

素盈不禁感慨："想不到妹妹许婚之日，对琚二公子一无所知。不像你做的事。"

"人会变，今日的了解与昨日不同，明日与今日不同，哪能观看一辈子再决定呢？"素澜似乎意有所指，"托付终身固然应该谨慎，但姐姐不必过于忧虑。"

素盈慌了一霎，矢口否认："我没有不满意之处，哪儿来的忧虑？"

素澜含笑说："依姐姐的性格，太满意同样会忧虑吧？"素盈不禁怔住。

不知从几时起，母亲的遗言深植在她心里：世间没有不经计算就得出的正确答案，也没有不经算计就轻易实现的完美。没有完人，只有盲目。是白信默无可挑剔，还是她错漏了一些东西？思及此处，她总是忽喜忽忧，有些害怕。

素澜见姐姐神色不定，便笑："定亲之前你就跟白大人在宫中共事。"

素盈低声说："你以为宫里只有女人难以看透吗？"

素澜知道她的性格，话题再向这边走，只怕她又要过度忧虑了，当下笑眯眯地岔开话："听说这次鹅头宴，是要为荣安公主选驸马。"

素盈也情愿不再提那些忧心的话，顺着问："你怎么知道？"

"猜的。"素澜笑嘻嘻说，"往年的鹅头宴，圣上是带后宫女眷和大臣，今年去了一群不相干的年轻人。大哥大嫂这两个不爱凑热闹的人都被拉去了，肯定是要多几双眼睛，为荣安公主精挑细选。"

怪不得凤烨说，素飒这次不会乱来。皇后一直觉得凤烨公主嫁早了，舍不得荣安公主早早下嫁。一旦舍得把公主嫁出去，就不会随随便便。

素澜握住素盈的手，朗朗地说："皇帝的女儿也要担心所托非人，何况我们呢？我们素氏的女儿，一辈子靠得住的只有自己。姐姐记着我这句话，不论嫁给什么人也不会埋没了你。"

素盈惊诧于她的坚毅，浅浅地"嗯"一声。

素澜又笑道："不知三哥有没有这个福分。两位公主嫁在一家的事情可不多。"她看得出来，但是不看好。

素盈想起荣安公主和素飒之间的亲切态度，便也笑道："世事难料，我们等着看就是了。"

说这话时没想到，看到最后，是别人来看她的热闹。

鹅头宴结束前的一天，下人引入一位面生的妇人，说是西陵郡王家里来的。

妇人捧出一卷画轴，说："这是东宫侧妃赐出，特意叮咛送给六小姐，还说，六小姐懂得丹青，请细细鉴赏。"想不到素慈入宫之后仍惦念自己，素盈一时感动，接过画轴展阅。

图中一名美女头戴宝冠，手持软鞭策马疾驰，鞭在半空中抖开，卷住马蹄旁一只白兔。那兔子身旁还有一只略小的白兔，犹自在草丛中扑蝶，不知同伴已入他人之手。

这幅美女行猎图与素慈之前那张高楼观雪图的意境相差甚远。素盈看了又看，说不出哪里好，也说不出哪里怪。只是那美女的容貌，以及那挥鞭的身姿，像极了曾在宫中纵马的荣安公主。素盈将这画珍重收藏，也就抛到脑后。

待到鹅头宴结束，素飒还在赌气，径直去了东宫，接连数日不回家。而白信默代他父亲应约来看乐班的那天，东平郡王还没有从别墅回来。既然没有乐班可看，他就顺便探望白潇潇，恰好又在花园遇见素盈。

本来没有特别的事情说，可两人不知不觉聊了很多。素盈已经从凤烨口中听到鹅头宴的轶闻，但信默再讲一遍，仍让她兴趣盎然。他朴直的描述令人身临其境，比凤烨浅淡无味的措辞不知强出几许。

既然知道此行的目的，素盈也免不了关心她哥哥的表现。信默微笑说："从没见过素率那样意气风发的样子。往年他代东宫猎鹅的场面就十分精彩，今年东宫派他与丹茜宫、御前侍卫、禁中侍卫一较高低，他的表现实在令人赞叹。"

丹茜宫出人竞猎，人选必是卫尉或副卫尉。考虑这回的动机，已婚的卫尉当然不会大显身手，素飒的对手非他莫属。不知道哥哥的奋勇，是意气风发还是怒气冲冲。素盈含笑看着信默，问："你也输给他了？"

信默爽快回答："这比试的目的不难猜——我已经有婚约在身，何必与人争锋？"

一句话就让素盈欢喜，心想：不是她不懂得怀疑，是他坦诚可爱。怀疑这样的情谊是假，本身就是一件可悲的事。

"咦？"信默看素盈腕上挂着一块翡翠，抓住她的手问，"这不是我的坠子吗？怎么变漂亮了？"

素盈怕人看见，忙抽回手，微嗔道："哪有的事！"

信默笑说："我父亲昨天还问这坠子去了哪儿，我说已经给你——人人都知道白家的翡翠合欢是传儿媳的，当然要给你才对。"

素盈攥着翡翠，轻声说："既然将我当作一家人，我就大胆问一个家人之间的问题。"

信默不假思索地回答："你随便问吧。"

"当初离宫的时候，丹茜宫的白公公代你送了一封长笺给我。我不懂，他既然是你兄长，怎么宫里从没人提起？"

信默愣了愣："就问这个？"

当然还有别的。素盈亏心似的略微低头，信默便笑了一下，好像看穿这只是第一个试探，真正的考验在后面。

"我大哥是个好人，年少无知犯了错，没入宫中为奴。毕竟是有罪之身，宫里人忌讳很深。我最初进东宫的时候，跟你三哥一样，才七八岁。他怕连累我，特意嘱咐我要做出跟他不和的样子，日后也方便知道别人怎么看我们两人。"

素盈蹙起眉头："要怎么知道？"

信默在她额前轻弹一下，说："你也曾在宫中侍奉，可你不知道别人如何在背后议论素率，他也不知道别人私下说你什么——大家都知道你们是相依为命的好兄妹。我们兄弟就不同了，尽人皆知我们十年来形同陌路，断然不会作假，对他有什么不满，不在我面前避讳，对我的不满也会讲给他。"

素盈沉默良久，含笑摇头说："我很难想象。"

信默也笑，只是笑里满是艰涩："世情所迫，人只能自寻解法。你若是为这个看低我，我也无话可说。"

素盈莞尔之后轻轻一叹："宫里行走的人，小心总不为过。原本不明白你怎么会调任丹茜宫，现在想想，是白公公从中出力？"

信默深深地看她一眼，马上又笑得轻松："这话不是你想到的。是素率提出来的吧？"他很像白潇潇，总是不假思索一语命中，好像能轻松看穿人心。

素盈有些尴尬，讷讷地说："我也觉得挺奇怪。"

信默露出迷惘之色，说："我自己同样觉得不可思议。消息灵通的朋友事前说是琚相准备将我调出京城，去边镇领兵。我倒不觉可惜——去边关一展身手，好过在宫中浑噩度日。可文书下来却是去丹茜宫，真是匪夷所思。至今不知是谁相助，只好当其中有我不能探知的隐情。"

素盈见他的谈吐诚笃，黯然沉默片刻，说："我习惯了小心翼翼，难免多疑，你不要见怪。"

"不会。"信默柔声道，"说出来让我知道，我自然为你打开心结。素率唯独这点不好，总是疑心重重，却又不向人说。"

他虽然是说素飒的坏话，可素盈知道他并无恶意，会心一笑说："世情所迫，人各有各的解法。"

又过了两天，东平郡王从观雪别墅回来，准备同他的准亲家商议婚期。毕竟素盈是姐姐，嫁在素澜的后面不好看。清河郡公推说筹划还不周全，两边都是有头有脸的人家，仓促迎娶更不好看。东平郡王手头还有相府的婚事要忙，也就欣然接受。

素澜在二月一个晴好天气出嫁，婚礼壮观，堪称惊天动地。皇家贵戚与宰相联姻，皇帝不仅颁赐许多礼物，还亲自从飞龙厩中挑了一对骏马，给迎亲队伍用。

东平郡王喜欢铺张，结了这门心满意足的亲事，当然不肯放过炫耀的机会，提前到宫中请旨，嫁女之日清了迎亲路过的几条大街，全拿五彩帐幔、金银饰品装点。

凤烨特别叮嘱素盈，一定要转告今日盛况。送走妹妹，素盈便在梦鹤楼上举目眺望。从相府到东平郡王府不过三四里，五座花山，十架彩楼，种种奢华热闹的景观数不胜数。大街小巷人潮涌动，盛大如同节日，喧闹之声传遍八方。这场面，普天之下再难有人比肩，过些日子，东平郡王府的另一场婚礼肯定比不上。然而素盈嫁人并不图别人眼中的热闹，今日的喜庆，眼中看着虽然高兴，心里却很平淡。

过了正午，冲天的欢喜丝毫不减，据说到点灯时分还有彩灯焰火。她没心思再看，况且说太多，恐怕公主又要直白地讽刺宰相家做事没分寸。

不知为什么，凤烨自从猎鹅回来，话更少了，看素盈的眼神总是凉凉的，很是心痛的感觉。素盈以为她为两个小姑出嫁多愁善感，说话时更加留心言语。

讲起婚礼，明明全是高兴话，凤烨却几次三番欲言又止，忧心忡忡。恰好轩芽来报，说有个面生的丫鬟，自称从相府来的，见只有四小姐陪着新娘，问六小姐怎么没去。

送新娘的都是已经出嫁的姐妹。素盈正待嫁人，不是抛头露面的时候，于是笑道："哪儿有这样的规矩？"

凤烨飘飘忽忽地说："相爷要见你，哪儿能由你定规矩？"经她提醒，素盈料是事出有因，当下告辞。凤烨也不挽留，只是怅然垂首。

今天是琚府的大日子，西花园像是刻意留出一块僻静，不容人来叨扰。下人领素盈到这无人之处，便退走了。

周围异样地安静，不像喜从天降的前兆。素盈正忐忑，忽见一个高大魁梧的年轻人，步伐沉稳地走过来，一直到她面前才站住，用锐利的目光上下打量："素六小姐？"

青年体格强健，气势不俗，口音有南方味道。素盈猜他不是京中官员，大约是武将家的公子。她不愿与陌生男子交谈，想转身离开。他说："在下白信端。"

竟然是信默的弟弟。素盈曾听信默偶然说，他这弟弟十八岁受封强弩将军，隔年晋升威毅将军，一直驻守毗邻南国的光州。素盈满腹狐疑，迟疑道："如此私会实在不妥，请将军直说来意。"

白信端抿了一下嘴唇，说："家兄性情随意，对身外之物从不介怀，常常一时高兴就将随身之物轻易赠人——听说家传翡翠落在小姐手里，在下受父命，特请归还。"

素盈大吃一惊。为什么？事到如今，此时此地，为什么他要提出这样离奇的要求？

她脸上仍是微笑，不动声色地问："你我都知，这块翡翠意义重大，没有送了又要的道理。令尊发话，是反悔了吗？"

白信端的嘴唇动了动，生硬地说："事出有因，万望勿怪。"

刹那之间，素盈眼前发黑，胸中翻起惊涛骇浪，一股脑冲撞她的胸腔，非要把她的身子撞得支离破碎不可。

"勿……怪？"她想要强作镇定，可很难做到，自己能清楚听见牙齿打战，不得不紧咬牙关，"我与信默的婚事是按照礼数定下，将军一个人、一句话，就要收回吗？"

"婚事的确是家父与令尊共议，容后再说吧。今日我来，只要我们家的翡翠。"白信端说罢，抿了抿嘴，似笑非笑地补充，"这东西好像并不是按照礼数给小姐的。"一句话明白无误地表达了日后退婚的意愿。

素盈脸上已无血色，自己并不知道，仍极力保持从容，口气却透出敌意："将军以为，素盈是什么人，东平郡王府是什么样的人家？"

白信端见她悲愤至极，心知这事对不起她，可实在是只能如此。他充满歉意地说："只要小姐答应此事，无论要什么，白家定当双手奉上。"

"无故退婚，是要我死——那么我要白信默偿命，你拿得出来吗？"素盈厉声喝问，眼中原本水光盈盈，霎时晃动了无数刀光剑影。只一瞬间，这弱不禁风的少女就变得凛凛不可侵犯。

白信端不得不信她字字当真，话也严厉起来："小姐若不归还，恐怕我真拿得出来！"

素盈没听懂他的意思，二人在这里僵持住，谁也说不出话。

"阿盈。"身着便装的琚含玄这时出现。

见他们两人神色不善，琚含玄向素盈温和地说："你父亲定的亲事，我不便插嘴。但这门亲事的确不妥，委屈了惠和大长公主的后人。朝中青年才俊有的是，你父亲看不分明，我帮你物色一个更好的人家。"

为什么在此时此地？无非是要她知道，她能够仰仗的最强硬的靠山，是站在他们那边的。素盈眉头一挑，讥诮道："惠和大长公主的后人，嫁给白家尚且委屈，被他们如此羞辱，却该忍气吞声吗？"

琚含玄并不把区区少女的怒气放在心上，云淡风轻地说："你不知这其中的难处。"

"难处？"素盈哑然失笑，从衣襟里取出翡翠坠子向他们晃了晃，"既然强词夺理如此为难，不如白将军就在这里取我性命！相爷帮他毁尸灭迹，岂不是简单得多？"

白信端听到这种话，吃惊地瞪圆眼睛。琚含玄摇头冷笑："我家大喜之日，你说什么晦气话！"

"相爷说得是。我这晦气之人不便久留，就此告辞。"素盈头也不回地走了。

白信端不曾想到哥哥口中柔弱温和的素盈，会倔强至此，竟对宰相不屑一顾。

"只怪家兄一时脑热，将祖传之物送她，如今惹出偌大的岔子。"

琚含玄嗤道："就算给她，又有什么了不得？一块破石头也要费许多工夫。你父亲的心思都用在这上面了！"

白信端被他鄙薄，不敢回口，心虚地说："谁知道事情如此凑巧，那边指定要这块破石头……"

"你哥哥倒是会挑，相中这么一个聪明人。"琚含玄懒得与他废话，"回去等着吧。她的聪明恰到好处，不会放任冲动玉石俱焚。"

东平郡王府的马车刚掉头，仆人就见六小姐脸色苍白，撞鬼似的跑出来。

素盈踉踉跄跄躲进马车，浑身发颤。最初的愤怒变成沉甸甸的疑团箍紧她，她无处突围，无助地哭起来。仆人连忙劝道：“今天是七小姐出嫁的好日子，不能在人家门前哭啊！”

好日子……素盈想要绝望大喊，张嘴竟逼出一口血，污了披风。她顺手拽下披风，伸手递到窗外，对跑在车边的小童说：“你把这个，送到白信默手上，告诉他，今天是我妹妹大喜之日，我不忍让家人伤心——否则就该同归于尽！”

血迹狰狞可怕，这话更加可怕。小童从未见过她这样子，仓皇撒腿就跑。

喜庆之声渐渐抛在身后。素盈忍住胸中的疼痛，细想信默连日来的言谈，唯独一件事情可疑——那天他说，他父亲问起翡翠。她当时并未多心，现在才觉得，白家想要悔婚的意图自那时已有端倪。可是个中缘由，她还是想不透。

提亲至今，时日不长，终身大事上如此善变，当初为何要提呢？

郡王府今日忙着操办嫁女，没人顾及妙音轩。素盈木然垂泪，无人知晓。信默风风火火地冲进来，也无人阻拦。

素盈原本满腔悲愤和埋怨，不知要向何处发泄。可是一看到他的脸，看到他焦急惊骇的样子，她只觉得浑身更加沉重，疲惫地坐着没动，大睁双眼掉泪。

她的嘴角还有残存的血渍，信默见了不由得心慌：“信端对你做什么了？”素盈双唇紧抿，直直盯着他看。信默提起衣袖去擦血迹。素盈推开他的手，扬起手腕。

翡翠花依旧在她腕底绽放。

“我以为，交换信物虽是私下约定，可一诺千金值得生死相守。退婚是谁的意思？令尊？”

信默柔声安慰：“阿盈，送你这块翡翠的那天，我的心意已经告诉你了。如果信端再敢找你麻烦，我不会放过他。”

这话在素盈听来，是顾左右而言他，可再痴缠此事又像是信不过他。她手握翡翠，缓缓说：“白将军怕我不答应，特意要琚相从中调解。相爷竟然要给我另找一门亲事。你弟弟有这种手段，我怕我活不到过门。”

“别说傻话！”

素盈笑得冰凉：“白大人，你我都知道相爷是什么人。”

信默握住素盈的手，许久才说：“不会的。你别担心。”

什么不会？别担心什么？素盈还想追问。丫鬟轩芽趁素盈不在，跑去看热闹，恰是这时候回来。撞见两人并肩挽手坐在桌旁，轩芽吃惊道：“小姐回来了！白公子来很久了吗？”

信默起身告辞说：“改天我再来看你。”

但他放下这话，再没出现。

相府的人倒是来过几次，劝郡王退婚。东平郡王看不懂宰相的意图，又偏赶上白潇潇去扫墓，一时半会儿回不来，他无处打听白家的态度。但他还不至于看琚相的脸色过日子，也没有糊涂到拿悔婚当有趣。

“婚姻大事既然叫作定终身，那就是约定一辈子的事。就算我这亲爹想要反悔，也得仔细斟酌。相爷管到这份儿上，干脆将阿盈领回家当亲生女儿。以后同谁定亲悔婚，随便他，我一个字也不会多说。”东平郡王放出这话之后，懒得搭理说客。

相府说客来的次数多了，素盈索性不肯奉陪，一概以闭门羹“款待”。宰相家的人也没受过气，在门外向素盈冷笑：“小姐不要仗着是东平郡王的女儿，相爷任由你发脾气，你就以为能分庭抗礼。相爷仁至义尽，你再不识抬举，后悔的日子在后面！”素盈不敢掉以轻心，托素澜为她打探。

事关重大，素澜不敢怠慢，可偌大的相府竟没一个人透出口风。她们姐妹从不盲目乐观，见情况如此，更觉其中大有来历。

素盈越来越焦躁，想要托人告诉宫中的哥哥。可是想起他怎样气急败坏地反对这婚事，至今还不回家，她又不情愿在事情没弄清楚的时候，平白惹他生气。再说，信默在东宫的旧识很多，事情传到东宫，闹得尽人皆知，她更难堪。

东平郡王怀着一肚子怒气，拜访信默的父亲清河郡公，质问他为什么拉宰相掺和婚事。但是同准亲家闲谈，郡王仍然由衷感到无聊。问起这桩婚事是否有问题，清河郡公运用高超而娴熟的技巧闪烁其词。东平郡王忽而觉得无须担心，忽而又觉得大有问题，归根结底问不出一句斩钉截铁的话。

回到家，东平郡王最终质问的是自己：当初着什么魔，为什么要同这个人结亲？于是他想起来，那位曾经的北镇大将军冷静而有条不紊地毁灭一座城市，就在年轻的东平郡王面前。如今白效圣已经无法再毁灭任何城市，但这个改了姓的局外人，只要肯相助，就能帮东平素氏夺下丹茜宫。

郡王忍不住怀疑，宰相背后是皇后唆使，怕东平素氏得到这样的帮手后，丹嫔又威胁丹茜宫。他想想觉得自己很有道理，咽下所有的忐忑和郁闷，告诉女儿，这门亲事必定要成。或许这话只是他给自己的激励，但他自信的态度给了素盈少许安慰。

她想，也许是她的猜疑心太重。应该对信默怀抱信心，自乱阵脚实在有失风度。她开始回避悲观的预感，努力在琐碎的杂务当中消灭不安，仿佛所有的准备都做完，婚事就铁定无疑。

四月的一天，素盈正为熏衣拣选香料，一个小丫鬟磨磨蹭蹭地走进妙音轩，结结巴巴地禀报：“小、小姐，奴婢听说……荣安公主的驸马定下了……”

素盈见这个不常走动的小丫鬟面容苍白，心知不是素飒。她温和地笑笑，说：“喜讯也轮不到你来报信。是哪个人将三公子比了下去？”

小丫鬟缩在门边说：“驸马是、是白公子……”

素盈的身子陡然一震，呆呆地反问：“哪个白公子？”

“清河郡公的二公子。”小丫鬟见素盈面如土灰，不敢再说下去，“小姐，你还好吗？”

素盈惊得几乎要跳起来，可身子却如镇在大山之下动弹不得，头上重重地顶着万顷沉铅，压得她摇摇晃晃。她的手抓着桌沿，手臂颤抖，连桌上的茶具也咯咯地响起来。

“你胡说什么？公主向来都是下嫁素氏，何时轮到外姓？！”

小丫鬟吓得哭出来，啜泣道：“奴婢不知。”

素盈心中一片空虚：“他要尚主？那么……我呢？”她的喉咙干涩，几不成声。

小丫鬟大气也不敢出，可又不敢不说：“白家三公子，那位白将军，就在小姐的门外……”

妙音轩中确实站着一个神采飞扬的人。素盈勉力抬起头，眼前仍然恍恍惚惚的，拼着一口气站起身，走到门前，冷冰冰地瞪他。

白信端遥遥地问：“六小姐别来无恙？”天高云淡，阳光明媚，他的笑意和它们如此般配。他，他们，拥有整个世界的光。而她被撇在幽暗的绝望里，那光从不来照亮她，也从不忘记来刺伤她。

“白将军又来要翡翠？”素盈的双手在袖中狠狠交握，终于能够保持清醒。

白信端轻快地说：“荣安公主是个明理的人，说她已经有了信默，有没有那块翡翠无所谓。可家父怕公主心中见怪，希望小姐通情达理，把那翡翠还来，家父定当感激，公主也会明白小姐心胸宽阔。”

素盈空空的头脑逐渐填满疼痛。通情达理，心胸宽阔——多像啊，多像离开丹茜宫的那一刻！欺辱她的人，希望她不要计较。

“这回，我要心胸狭隘，你们还想怎样？”

白信端没想到事到如今，她还是冥顽不灵。他只好婉转说：“皇家定下的婚事，我们也无可奈何，希望小姐体谅。小姐若是惦记与信默的情分，就不要让白家为难。”

素盈嘴角含笑，冰冷地问：“做出这样的事情，还有什么情分？还有什么事情让你们为难？”

白信端来之前准备了很多说辞，准备面对很多他可能见到的场面。她的脾气他已经见过，若能激她甩出那块翡翠，是最好的结果。可素盈冷如冰霜。白信端知道口舌上占不到她的便宜，便佯装发怒，大声说：“皇家指婚，我们有什么办法？难道要选信默为驸马的皇帝陛下，亲自向你赔罪不成？！”

素盈突然安静下来，默默地看着他。白信端忽觉一口气梗在心头，再说不出狡辩的话。虽然没有明说，他心里其实有些为她感到委屈不平，觉得她不该受到这样的对待，可是这少女用一种居高临下的目光看着他——仿佛他是为了尚主而背信弃义，做出无耻行径还沾沾自喜的可怜虫。

白信端年少时就镇守边关，提起他的名字，南方边疆没有人不服。可是因为这样一件事情，有个手无缚鸡之力的女孩鄙视他。他在她的目光下忽然觉得焦躁不安。

他好声好气地低声说："算了吧。你什么也改不了。"

"让白信默来拿他的翡翠。"素盈缓缓地说着，转身走回房中。

"我等他。"

郡王府炸开了锅。

东平郡王原本以为，素盈成亲、素飒尚主都是水到渠成的事。驸马人选一出，他顿感天下大乱。那白信默可是定过亲的呀！一国之君为了自己女儿，抢走表兄的女婿，皇家、东平素氏的脸往哪里放？

他甚至开始考虑，要再一次抱着惠和大长公主的牌位，去朝堂上理论。可是思前想后，他去嚷什么呢？和皇帝抢女婿？想到这里，他已经泄气。同时他也清清楚楚地知道，抬出惠和大长公主是又一次自取其辱——除了死去的母亲，他再也没有别的。

东平郡王既恨白家背信，又恼皇帝无理，更怨自家无人，相比之下，最后一种怨恨更深。他将这股情绪全发泄到白家，压着万般怒火，逼视堂中的来客——清河郡公派来的都是能言善道的家仆，可无一不在东平郡王凶恶的神情前偃旗息鼓。

"素平，照着礼单，聘礼一样别少，都扔出去。"东平郡王不冷不热地说，"人家的东西，我要不起。"

清河郡公府的总管忙赔笑道："郡王错怪——在下是奉郡公之命，特来奉送贵重礼品，向郡王赔罪。"

"越说越看不起我了！"东平郡王怒目一睁，"当我是什么人？花几个钱就算赔罪？当我没见过金山银山吗？"

白总管知道接下来的话更难开口，还是吞吞吐吐地说："其实郡王结亲的意思，我们郡公很明白。可是皇家指婚，点名是二公子，实在没有办法。不过郡王也知道……我们家还有一位公子。"

东平郡王瞪圆眼睛，一声断喝："放屁！白效圣是不是疯了？我养的马拉出去配种，也没这样凑合的！你问问他——我不要未来驸马的人头，他换上另一个儿子的人头来认罪，怎么样？"

总管素平忙上前劝说："王爷息怒。我们两家以后还是亲戚，万一清河郡公误会……"

"他造下这样的孽，还怕我误会？"东平郡王怒极而笑，指着白府的总管道，"为了避免误会，你回去，清清楚楚告诉白效圣那个死反贼——这事我忘不了！他不要以为家里娶了一个公主就抖擞起来！"

他的话说得决绝，白总管无言以对。东平郡王又道："素平，把这些人坐过的椅子在门口烧了。烧旺一点，除晦气。"

素平知道东平郡王在气头上，做事难免过分，忙劝道："郡王，皇家指婚也不是白家的错，何必弄僵呢？"

东平郡王啪地拍桌子，大喝道："别以为我不知道白效圣打什么主意。他就是怕我从中作梗，怕飒儿抢了你家的公主，坏了你家的好事，藏着掖着不敢张扬，到了娶公主的当口才跑来——这哪里是赔罪？是不想让阿盈活了！这是跑到我家里来杀人了，杀人了！"

白总管急忙摆手说："我家三公子早提过的。"

"他怎么不清楚告诉阿盈，白信默要娶公主？你们早说，我自然明白我女儿没法跟荣安比，用得着闹成这样？"

东平郡王见白总管无言以对，冷笑道："你回去告诉白效圣那个死反贼，这两件事我都记下了！不是我不能容人，是他做事容不得我忍着！"

白信端在妙音轩碰了一鼻子灰，听见东平郡王骂他父亲，也怒道："我家自知理亏才处处容让，郡王不要得寸进尺！"

东平郡王跳起来迈一步，指着脚底下说："你看清楚，这是'尺'。"又连走几个大步到他面前，指着他的鼻子说，"我不仅得寸进尺，还要进到你们眼皮底下，让你们这辈子看着难受！"

不等白信端说话，郡王大手一挥，险些打在白信端脸上："素平，把这伙人给我轰出去！"

白信端忍一口气道："不用劳动郡王。"说罢带着一干家人怒气冲冲地挥袖离去。

素平想要劝解几句，东平郡王却伸手拦住他，无比利落地说："马上派个人进宫去问丹嫔，荣安公主下嫁是谁操办。既然诚心要我丢脸，那我跟他们没完！再让阿澜去打听，相爷掺和到这事情里是什么意思。前天二公子刚来信问起飒儿和阿盈，你立刻着人回信给他，万万不要添油加醋，把来龙去脉照实说就好——素震最恼别人言不属实。"

"郡王！"素平连连苦笑，"这事问问宫里和相府，也该问清楚了。何必闹到二公子那边？"

"马上照我说的去办。"东平郡王怒目一瞪，"今日之事，也算个契机。该让我们家这群孩子知道，人家白家，一个犯过十恶大罪的门第，为了往上爬能这么不要脸，还能得逞踩我们一脚——我们家这些自在惯了的孩子，别以为乐呵呵坐在家里就有福星高照！再不抖擞精神做点什么，活该被人踩死！"

素盈把自己锁在阴暗之中。愤懑和不满当着白信端的面宣泄过，她觉得整个人空空荡荡，一无所有。恍然发觉，她好像习惯了一无所有。这才是她的归宿。

冷静之后，她内心当中比较聪明的那个素盈叹息：所以白信端说，若不归还翡翠，就能拿得出信默的命——说的是抗旨。

其实比较聪明的素盈猜到了，白家态度转变的那几天，正是信默从鸭川河回来的时候。只是心中还有一个比较天真的素盈，一直不肯承认。

镜子里映出一张麻木的脸，表情空白如浩渺雪原。再大的风也掀不起冻结的雪，风过之后雪原仍是静默，像什么也没发生过……素盈原以为整个灵魂会很疼，结果并非如此。愤怒和背叛仅仅是一阵狂风，激烈地来，飞快地过去。只剩下平静，宛如心神与尘世疏离，令她自己也感到离奇。

不疼的话，信默对她来说算是什么呢？她想不出答案，也没有费力去想。

他和她还有什么关系呢？没有了。

在她一个人的世界里，有一道白色的影子飘来荡去。素盈知道那是谁，那女人总是喜欢前来嘲笑她的不幸。素盈转动木讷的目光去追，却追不及。

不知过了多久，轩芽敲门，激动地报讯：“六小姐，凤烨公主来看你。”凤烨公主离开自己的房间，是件罕见的事情。

“阿盈。”凤烨在门外歉疚地唤了一声，旋即暗默。

素盈睁了睁眼睛，又黯然抱膝说：“公主请回。”

她原没有心思去想别人，一旦开始想，恍然明白凤烨连日来闪避的目光，是早就知道素盈的婚事岌岌可危。可惜明白得有些晚。

凤烨还是细声细语：“不是我故意瞒着你。我也希望，驸马人选在昭告之前，还能改变。我也责怪荣安，可是荣安从小跋扈，只顾她自己，不肯听。”她歇口气，恹恹叹道，“自我嫁人，我们姐妹……早已疏远。父母面前，我也不如她多了。”

“大嫂不必内疚。”素盈悲从中来，“皇家结亲，不能由你一人左右。我明白。”

凤烨沉默一会儿，勉强笑道：“你第一次叫我‘大嫂’，我听了更伤心。阿盈，不要伤了自己——不值得。”公主知道，素盈若自己想不开，别人劝解的功夫再高明也无用。她又安慰几句就离开了。

素盈站起身，从柜中取出一卷画轴——是素慈送给她的美女行猎图。

这时候终于看明白了，那傻傻扑蝶、不知处境的小白兔，不正是她吗？画是鹅头宴期间送来，看来宫中早在鹅头宴之前，就有内定白信默的风声。素盈嘴角提起一个苦涩的笑，心里却稍稍舒服了一点——至少还有一个人，曾想提醒她。想不到只有一面之缘的素慈，却比她信赖的人、比她的家人更牵挂她的不幸。而这些好运的人，唯一的安慰就是一句“不值得”。

为被逐出宫而忧郁，不值得。为悔婚而难过，不值得。她所有的挫折在这些从未经历过的人眼里，都不值得。

素盈将画收起，轩芽又来拍门，心急火燎地说：“六小姐，大事不好了！”

“还有多少不好，快来吧。”素盈没有辨别出轩芽的声音，慢慢别过脸，对着镜子里那张缺乏表情的面孔，幽幽地低喃，“我也想看看自己还能忍多少。”

“三公子不见了！刀带走，马也不在厩中，不知到哪里去了。”

轩芽还没说完，素盈呼地开门奔出来，颤声问：“三哥？他几时回家来的？”

“没多久。南书苑的人说，三公子听说驸马人选不是他，倒也不太难过。听说竟是白公子，就勃然大怒。”

“真是带刀走的？”

轩芽急切地说：“刚才，他已经到妙音轩门口，站了一会儿就走了，嘱咐我不要告诉你。腰里确实挂着刀呢！这还没多少工夫，南书苑的人就到处找他，个个都吓坏了。”

素盈静心一想，吩咐说：“我要出门一趟，你别声张，免得惹家里人更慌乱。”她迅速去换了一身便于骑行的衣服，匆匆地出门。

京城南郊有片白杨林，骑行不过一刻工夫。现在正是草长莺飞，满目新绿。素盈下马四处看，见素飒的马系在杨树上。她疾走几步，果然发现哥哥倚着一棵树，坐在细草当中。

素盈放下心，坐到他身边，说：“下人还以为你不难过呢。”

“我是不让他们看见。”

素飒仰头望树叶间的蓝天，声音低沉舒缓，慢慢地说：“鸭川河猎鹅，是我输了。我太想让那个骗我妹妹私订终身的男人颜面扫地。我赢了一只鹅，他赢了气度。”

素盈轻轻叹息：“在这地方就别说这些了吧！”

光影在树林间随风转动，万物苏发的气息包裹着兄妹二人。他们安静地聆听树叶沙沙作响，也听到彼此心底散发出的怨叹。

“我怎么会笨到这地步？”素飒用平静的语调抛出一句极不相称的话，“东宫的心思我没看懂，荣安的也是。竟走眼到这地步……该不会明天死在宫里还不自知吧？”

“没有的事！”素盈急叱一声，素飒便不再唠叨。

两人心不在焉地看着林中光影变幻，谁也不提时间的流淌、外人的忧惧。

“小时候我们两个总想着从家里逃走，可最远也就逃到这里。”素飒长长地唏嘘，“总以为长大就能走得更远，可是今时今日也走不过这片杨树林。说到底，顾虑太多，无处可去。”

素盈温和地说：“依我们两人的性子，做什么都不能肆无忌惮。”

“如果我能肆无忌惮一次，已经提着白信默的人头去自首了。”

“别说这种可怕的话！”

素飒的嘴角艰难地提起：“是啊，可怕。杀了他，除了让我变成一个杀人犯，什么都不会改变。荣安还会再找一个驸马，你也还是伤心。”

素盈抱住素飒的腰，把头埋在他胸前：“我们回家吧。”

素飒沉声一叹，抚摸妹妹的头发：“事已至此，除了接受还能怎样？我们总是这样问自己，然后就回家。可怜的妹妹！”

他像是失去了全部力气，低声哀叹：“我总以为，有冷漠的父亲、早逝的母亲，实在不幸。可是有我这样的哥哥，何尝不是悲哀呢？换一个有血性的兄长，定不会让你受这样的委屈，非要白信默后悔不可。”

“委屈、悲哀、不幸，世间无人可免。”素盈柔声说，“我不需要别人后悔。只要我们自己不后悔，总会有好事情发生的。”

亭外，柳絮杨花漫天飞舞，如同阳光下的一场浩浩雪宴。当空中飘荡着真正的雪花时，信默就是在这里求婚，素盈心里无比温暖。可在这暮春时节的弥天杨花中，她冷彻心扉。

眼泪流下来，被风吹干，又流下来……要说伤心，似乎也不至于泪流满面。也许落泪，只是为了雪地里那个自以为抓住归宿的少女。素盈索性不擦，脸庞渐渐僵硬，一张咸涩的面具覆盖了喜怒哀乐。

亭中点了一炉新制的香——仅此一份，原打算用来熏染嫁衣。这香味本是用来祝福她和信默的未来，然而与她共同品香、赏杨花的，却是别人。

不知几时，这女人又真真切切地来到素盈身边，坐在她触手可及的地方。

“算了吧。你什么也改不了。”白衣女人伤感地重复白信端的话，“有什么办法呢？那些比你站得高的人，就是能够轻易踢散你头顶的福云。可是阿盈，我能让你站得比他们更高。”

“你对我还不死心吗？”素盈无神地喃喃。

那女人笑了：“因为你这个人，从不知‘死心’为何物。刚才你不是还在对自己说吗？‘阿盈，这还不是人生尽头，只要挣扎着，总是有希望的’……可怜的阿盈！你的力气能挣扎多久？”

“至少今天，我还能够撑过去。”

白衣女人笑起来：“是啊，撑过去。为了成全别人，一点又一点，失去你得到的。你以为这会是最后一次？好傻啊。你能忍受损害，损害你的人就不会减少。你再看看那个人，仔细看看那个人……”

素盈顺着她手指的方向望去，信默在亭外站着。他大概已经站了好一会儿，头上身上沾了许多杨花。

“你马上就要失去他。以后，还会失去更多。”白衣女人在素盈耳边低喃一句，倏然消失。

素盈目不斜视，紧盯着杨花中的男子，无可奈何地微笑——她原打算将余生托付给他。她做好了一生的准备，可是他来得突然，去得也突然。

信默遥遥地端详她凄凉的笑，快步走上前，将她拥入怀中。他的胸膛宽和温暖，素盈忍不住深深呼吸，想要确定他的气息不是幻影。他的心跳均匀，并没有特别的起伏，素盈不禁问：“你在想什么？”

“不知道。”他的声音哑涩，神思飘忽，“不知道哪个是真正的想法，哪个仅仅是自哀自嫌和抱怨。”

“随便挑一个，当作给我的交代吧。”

信默依然以那神游般的口吻说：“如果那天在鸭川河，素率专注于猎鹅，不是杀气腾腾地对付我……也许我和你，能够解脱，去找你想要的那座小楼。”

素盈伸出手，苍白手心托着冰冷的翡翠。之前攥得太紧，手掌上留下烙印般的压痕。

“我幻想只要抓紧它，就有一线希望。现在……不能留了。”

“是不能留，还是不想留？”信默抓着她的双肩不愿放开，仿佛她才是他眼中的幻影，一松手就要灰飞烟灭。

素盈叹了口气：“荣安公主拿不到这块翡翠，终究不会安心。她是天子与皇后的爱女，我姑姑在宫中会尴尬。就当我成全白家的婚事，送你们家上上下下一颗定心丸。也当是，给我们东平素氏一个台阶下。”

“这是我给你的。”信默回握素盈的手，让她紧紧攥住那冰凉的石头，“跟荣安、跟其他人没有关系。父亲怪我多此一举，但我没有后悔 —— 一夫一妇、无忧小楼，是你的美满，也是我的。”

素盈的嘴唇轻颤，狠心说：“那个小楼，我还会等到别人。你带着你的翡翠，走吧。”

他呆呆地看了她一会儿，不仅没有放开，反而紧抓她的手腕，飞快地跑起来。

“去哪儿？”素盈被他拉扯，脚步踉跄地随着他一路奔跑。他脸色铁青，一路拉着她来到马厩，无视马仆们大呼小叫，跃上马，顺手将素盈拉上马背。

素盈恍如梦游，浑然忘记抗议。信默抖开披风，将她兜头罩住，拨马冲出东平郡王府的旁门。

素盈贴在他胸前不住颤抖，数着他的心跳，渐渐数不出多少。灼灼日光逐渐暗淡，周遭开始旋起微凉的风，京城在他们身后远去，他们正背对夕阳，向夜色中奔驰。

骏马不再四足如飞，一点点放慢速度，终于疲惫地停下来。素盈睁开眼睛，看到前所未有的景象。天空残留的嫣红正向西退却，东边幽蓝的夜空升起，笼罩着一望无际的空旷。几棵稀疏的树，宁静广阔的湖泊倒映着瑰丽的晚霞。

呼吸平静之后，她凝望他的眼睛，想找到只有他能给她的结束。

“我……”信默开口时气息起伏，不得不大口地深深呼吸，恢复平静。

“得知驸马人选的一刻，我脑海里忽然浮现一个念头。”他抡起马鞭，指向遥远的天际，“向东走，我们可以找到不知名的山村隐姓埋名。”

素盈仰望他的脸，声音低柔：“你不能那样做，我也不能。”

“是啊。我不能选我要娶的人，但总能为自己的一生选点什么吧！”信默垂下眼睛，紧拥着素盈，“我想让你记住眼前的景象。就算有一天，我怀疑自己有没有这样勇敢，有没有做过这样一件事——有人能替我证实。”

素盈抚摸他的嘴角，微笑起来，霎时明白他为什么会言行失控，她为什么没有反抗——这趟短暂的飞驰，是他们给皇家与素氏的嘲弄，在无法违抗的命运面前放肆一场。

“我们何等相似。”

信默沉重地摇了摇头，说："你比我好。"

他们静静看着西空最后一丝残红消失在群山之后。幽深的夜空下多了打着火把的大队骑士，一边呼喝着，一边将他们团团围住。

"公子！""六小姐！"当中有东平郡王府的家丁，也有白府的下人。

素盈和信默漠然地看着这些人，又抬起眼深深对视——夜空的凉意骤然从万丈高空降到他们中间，在他们眼中各凝结了一点凉冰冰的水光。

"保重。"素盈转开视线，细碎的光华一闪，跌入黑暗的尘埃。

信默仍抓着她的手腕，用力握了一下，确定那块翡翠还在她的手腕上。他嘴唇颤抖，好一会儿才发出声音。

"保重。"

清河郡公对婚礼的筹备确实周全，不求奢华，但比相府娶亲多了一股沉稳庄严。观者如堵，都盛赞说不愧是真宗皇帝当初亲封的七家之一，就算改了姓，世家的风范也不是新贵撒钱就比得上的。这种气势才配得上皇家公主。

东平郡王心里的恼怨排山倒海，又听丹嫔从宫里捎回几句传言：皇帝看不惯东平素氏联姻广泛。东宫卫率与中宫的副卫尉结成姻亲，又和宰相连着亲，这家人简直能翻天。纵然有人抗议驸马人选不当，皇帝也没当回事。

退婚令全家颜面尽失，传言更在东平郡王心头雪上加霜——别人只当皇帝宠爱荣安，做出这种荒唐事，郡王自己却知道，他惯用的联姻算盘，在素飒、素盈的身上难再打响。东平郡王想着，更加没精打采，失去了飞扬跋扈的活力。

他那样一个习惯大呼大笑的人，突然萎靡，倒让人不由得为他惋惜。人人明白，东平、清河两家绝没有和好的可能。白潇潇的地位变得十分尴尬。其实东平郡王只是需要找一个泄愤的对象，她不幸恰好来自白家。

"你是不是早就知道？"郡王狐疑且冷漠地质问她，"你哥哥的伎俩，你怎么会不清楚！"

白潇潇半晌无语，冷笑一声："我若能看穿他，何至于今日！"

东平郡王抱怨了几句，也没再继续为难她。但白潇潇这几年来所图之事无一完满，免不了气馁，又向巫婆求助。罗大娘要她住到距离京城百里外的山间别邸，远避家务。她深信不疑，当日就向郡王辞行。

临行前，白潇潇找到素盈，深深叹一句："这家里只有你——只有你恨我，我无话可说。就算你恨不得把白家夷为平地，我也无话可说。可你却是这样子。"

素盈正在一架藤萝下专心致志地作画，闻言向白潇潇蹙眉。

"这是姨娘第二次在我面前提起'恨''报仇'。"她在画上添了两笔，轻轻地说，"可我改不了世态炎凉，仇恨有什么用呢？"

白潇潇没回答，端坐青石凳上，目光随着摇摆的紫藤左右飘忽，过了一会儿仿佛看够，转过脸来沉沉地笑："罗大娘对命运有了不起的先见。'那女孩儿的身上，汇集了东平素氏百年来的气数，白家留不住她'——她很早以前对我说的。"

素盈头也不抬地笑道："可惜她不是老天爷。"

听了这玩笑话，白潇潇只是很轻微地笑了一下，低声说："哪里有什么老天爷呢！气数、命运，就在言行当中。"

素盈初闻这新奇的言谈，抬起眼睛注目细听。

白潇潇望着飘摇的藤萝，说："如风靡草，如草吟风。一个人的言行，会在成百上千人心中留下不同的痕迹。旁人又以自己的言行回应，干扰这个人的未来。惠和大长公主、郡王、丹嫔、皇后、东宫、宰相、白家……联姻、谋算、利用、反抗……每个人的所作所为，所有的偶然、所有的碰巧，早晚会应在某个人的身上，变成无法抗拒的强大宿命。"

素盈默默将画卷起，又劝一次："巫婆的话，还是少听为好。"

"可是听了之后，心里又有期待了。'期待'这种毒药，人怎么可能戒掉？"白潇潇说完，就孤零零地启程了。

大约是夏天有三次流星坠地的缘故，这年八月没一点秋天的气象，反而特别热。东平郡王计划离开京城，去山间的别墅避热浪，定了随从人数，又是浩大壮观的一行。

素盈有幸同去——郡王剩这一个命途多舛的女儿，总觉着她下半辈子没好福气了，近来转了性似的对她格外疼爱，特意为她准备马匹弓箭，让她去山间打猎散心。

离京在即，忽然从宫中来了两个宦官，是两张生面孔，非常年轻。东平郡王不明白来人有何用意，顿时惊疑不定。宫里的事向来是他们家头等大事，一家人喜怒哀乐都系在上面，后宅的夫人们也好奇是什么事，拉着素盈一道等消息。

前去打听消息的小丫鬟很快就回来了，慌慌张张地说："娘娘有喜了！"

众位夫人都大喜，问："哪位娘娘？"

小丫鬟说："珍媛娘娘有了——已经四个月。"

众夫人奇道："我们家有丹嫔、丽媛、柔媛，哪里来的珍媛？"

小丫鬟吞吞吐吐地回答："八小姐不知怎么有了身孕，破格封了珍媛。因为选女临幸的事情没有先例，小姐一直瞒天过海，昨天才泄露出去，仓促擢升。"素槐的亲娘十二夫人两眼一闭便晕了过去。

众夫人有的救她，有的面面相觑，各自笑得尴尬："真是稀奇！一时倒把我们蒙住，看不出是好事坏事了！"

这边正乱，又一个丫鬟跑来找素盈，说："郡王请六小姐赶快过去。"

素盈不知所以，来到正厅，见两个十六七岁的小宦官在东平郡王下首坐着，脸色不见悲喜。东平郡王向素盈扁了扁嘴："阿盈，他们有件事对你说。"

素盈惴惴不安地行了礼，两个宦官起身还礼，其中一个道："贵府第八位千金，昨日已擢为珍媛。娘娘有将近四个月身孕，圣上隆恩，准六小姐进宫照料。”

东平郡王摇头道：“哪儿有怀了孕，找姐姐进宫去服侍的？这孩子是盘算什么呢？”

素盈心中犹自猜度，含笑道：“珍媛自幼不是无理取闹的人，应该有她的道理。父亲且听完再说。”

两宦官早有准备。

一人说：“娘娘大约是有身的缘故，性情十分敏感，加上未受封时遇到一点意外，疑心很重。宫中不乏人手，可娘娘指名要六小姐进去。”

另一人苦笑道：“珍媛娘娘情绪非常糟糕，时常大喜大悲，对人忽冷忽热。这是最难伺候、最易失宠的。我们跟在娘娘身边，自然希望她心情爽利，恩宠不绝。但愿六小姐进去小住，能安她的心。”

他们口中的人根本不像素槐。素盈静静地说：“娘娘自幼懂得控制心绪。天恩难得，但她绝不会失态。事出必定有因，请两位赐告。”

两宦官早知道她是丹茜宫出来的人，宫里底细瞒不过她。他们互相使了眼色，其中一人压低声说：“这个月初，娘娘险些小产。按御医的说法，是天气失和，加上众人不知她有孕，未能及时照料。可娘娘认定是有人暗害。我们临出来的时候，她还放话呢，说是除了小姐，她谁都不信。”

“小产”二字吓得东平郡王不轻，急忙问：“胎儿如何？”

“郡王放心，安然无恙。”宦官接着说，“圣上准六小姐入宫照料娘娘，着实不容易。这事泄露了风声，有不少人反对。我们临行之前，还有人在昭文阁外跪谏，说宫规是宫闱禁地的威严，不容擅改。自古没有妃嫔娘家入宫照料孕妇的规矩。”

他说着，脸上满是为难神色，怕素盈不懂，推心置腹地说：“他们的意思是，娘娘蒙恩、获封，已经两开先例，不可再有第三件。倘若当真不适，归家静养更符合先制。”

他的同伴点头唏嘘：“圣上力压众议，偿了珍媛娘娘一番心愿。若六小姐不去，这番心意就付诸流水，娘娘在宫中就愈发艰难了。”

若说先例，身怀皇家骨血却要在娘家养胎，才是闻所未闻。素盈听见“归家养胎”便觉得背后别有用心，难怪皇帝不准。

东平郡王更是打个大大的激灵——前朝的二皇子，当今皇帝的次兄宁王，正是很不凑巧生于宫外。其母为求安产，到皇极寺祈福，结果在寺中分娩。不知几时出现谣言，说妃子所生本是公主，在皇极寺内偷换男婴。宁王短短一生陷于身世之谜，他的生母和外公全家饱受尴尬，未得半点好处。

东平郡王当下拿定主意：兹事体大，绝不能重蹈覆辙。他向宦官道声“少陪片刻”，拉起素盈到屏风后面。

“去收拾几件衣物行李。”他省下套话，直奔主题，“你进去守着阿槐，临盆之前绝不要离开她半步！”

素盈遍体生寒，踌躇道：“可是……”

“可是什么？！”

东平郡王满面厉色没有唬住素盈，她惴惴地说：“自从八皇子夭折，后宫十年未闻儿啼。打破这局面不知是凶是吉。”

“又说不吉利的话！”东平郡王急了，“今非昔比！现在宫里是你姑姑占尽风头，总不会由着皇后来下绊子。”

素盈抬眼望向父亲，目光闪动：“丹嫔会为阿槐欢喜吗？”

东平郡王愣了愣，垂下眼睛说：“丹嫔识大体，不需要你操心。反而是你妹妹，未必分得清好歹……你要时刻警醒着，仔细关照她。”

“我哪有经验？”素盈见父亲口风不松动，委屈得想哭，低声说，“让别人去吧！她自己的亲娘不比我强？”

东平郡王不顾她乞怜，摇头说：“十二夫人那软性子，成不了事。家中只有你曾入宫，晓得其中利害。”

素盈还是迟疑。东平郡王发起火来，高声断喝：“珍媛孕育的不是她一人的孩子！她指名要你去，你就去，别再横生枝节，听明白了？”说完出去答复宦官，又请两位宦官换个地方品茶等候。

素盈正怏怏不乐，十二夫人哭着跑进来。东平郡王知道这位最年轻的夫人性情怯懦，遇事没主意。他故作欢喜，安慰道：“棠君，你女儿受封，又怀上皇家血脉，是好事。”

“郡王别哄我了。”十二夫人止不住哭泣，“若是天大的幸运，为何宫中许多娘娘呼风唤雨这么些年，都没遇上？我看这是阿槐的劫数。”说着又不住呜咽。平常她没见识，这话却说得精辟。素盈听了也觉得难过，在旁边连声宽慰。

十二夫人忽然咚地跪在素盈面前，吓得素盈连忙搀扶躲闪。

“六小姐，阿槐不求再见我，只盼看见你——可见你是她唯一的希望。我求求六小姐！我的阿槐，不知日后会怎么样。六小姐就做做好事，让她安心几天吧！”

素盈手足无措地看着她，又看看父亲，再看一拥而入的众位姨娘，人人都为珍媛悬着一颗心，根本无人顾及她是否情愿。这家里不是向来如此吗？素盈一时心冷，无声地流泪。

东平郡王见她到了这时候只知道哭，痛心道：“阿盈，那是你妹妹！”

素盈心中一酸，哽咽道：“姨娘快起来吧！不管我有没有用处，陪她一段日子，总好过她一个人。”

十二夫人拉着她的手放声痛哭。素盈见她哭得悲切，心想：人都说怀孕是“有喜”，素槐的身孕却愁云惨雾、泪雨倾盆。十二夫人哭成泪人，不知道是否母女连心，有了不祥的预感。

当下东平郡王命人收拾素盈的衣物，将她托付给宫中来的宦官。临行前素盈回头望了父亲一眼，见他的神情像是还有很多话想要交代。但以他的口才，实在说不出感人至深的话，最后仅仅是叮嘱："此事非同小可，你多长个心眼，仔细伺候。"

宫中的路是素盈走熟的，原以为再不会踏足，谁知还是甩不开。

拐了几个弯，迎面遇到带着几个丫鬟的荣安公主。荣安换了妇人发髻，妆容也大有改变。素盈心事重重，一时没认出公主，倒是公主一眼认出了她，挡在路当中，冷眼瞅着素盈。

宦官向公主行过宫礼，素盈也上前拜见。荣安公主没有放她过去的意思，只是看着素盈，笑得阴阳怪气："听说珍媛要你进来照顾她？排场倒是不小。怎么奇怪的事情都出在你们家人身上呢？"

女眷进宫探望妃嫔，甚至小住，都有过先例。况且珍媛有孕，召姐妹进来陪伴是皇帝亲准。素盈听她的口气分明是故意找碴儿，不愿和她争执，敛容站在那里不答话。

荣安见她没脾气，心中更觉愤懑，切齿道："这男人啊，挑女人的眼光不讲究，生出来不知道是什么东西。一个当不成人家的儿媳，死乞白赖占着信物；一个不过是选女，就有了身子——果然是笛手舞姬的贱种，改不了下贱！"

素盈就知道她必定要拿翡翠的事做文章，心里默默地反驳："那是我与信默的事，是被你横插一脚而了断的婚约，你怎么有底气向我发泄？"

荣安冷笑说："你们以为自己是谁？素盈，你以为你是什么人物？信默得罪宰相，是我在母后面前为他苦苦央求，是我让他留在宫里、留在京中，没有到那蛮荒的地方受苦。这不过是我一句话！这种话，我这辈子说出多少，就有多少能实现！你呢？你能为他做什么？你就算拼上这条命，又能为他做什么？"

这口气她不知忍了多久，今日仿佛连箭带着火油嗖嗖扑向素盈。但素盈只觉得往事如烟，听到耳中，竟像隔云观天一般缥缈。

荣安一口气说完了，见素盈像个闷葫芦似的一言不发，愤愤之中觉得无趣，冷哼一声从她身边走过。

这时候，素盈却神使鬼差地低语："你觉得他在乎吗？"

荣安吃惊地停下脚步，转过身。素盈直视她，短促地笑了一声，用温和的、怜悯的语气说："你觉得，他会在乎你能为他做什么，而我不能做什么吗？"

荣安如被一箭穿心，脸庞倏然苍白，又腾地涨红，抬手便向素盈脸上打去。素盈向旁边躲闪，她扑了空，反手又打第二下。

"住手！"丹嫔带着几名宫女走过来，见荣安恼羞成怒的样子，喝道，"光天化日，堂堂公主，泼妇似的打人，成何体统！"

荣安一见是她，含怒笑道："好啊！你们一家人勾结起来了！教训我？呵——这地方还不是你的！"一甩衣袖，趾高气扬地扬长而去，分明没把丹嫔放在眼里。

丹嫔白了她的背影一眼，冷哼一声："求仁得仁，冲别人乱发什么脾气！"说完径自走到素盈面前，柔声问：“我看看，伤着没有？”

素盈向她行过礼才说：“没有。”话音未落就觉得耳垂刺痛，原来是荣安的指甲刮掉了她的耳坠，见血了。脱落的耳坠也不知掉在哪里。

丹嫔打量一番，说声不严重，转而向她近身宫女映荣说：“你耳朵上这对，摘下来给六小姐。”又向素盈说，“来不及取一对好的，你先拿她的将就。免得你妹妹看见你妆容不整，又要多心。”

丹嫔向来喜欢收藏首饰，精美绝伦的瑰宝不计其数，自己从头到脚装饰得无处插针，近身宫女身上也全是罕见的奇珍。话虽是“将就”，可那对耳坠缀着两颗宛如孪生的上好紫玉，比素盈失落的强出十倍。

丹嫔伸手抚平素盈耳鬓的发丝，笑道：“珍媛等你等得着急，央我来看看。快过去吧。”说着亲热地拉起素盈的手臂。

素盈从没见过她的笑脸，乍见她如此亲切，本能地缩了一下，为了掩饰，忙说：“娘娘折煞我。”

丹嫔察觉她的心思，嘴角绽出模糊的笑，打个手势，与素盈并肩前行，边走边说：“你从前在宫里，大概也觉得我说话难听，脸色难看，还是离远一点好吧？”

“娘娘多心了……”

丹嫔微微一笑，说：“善意这东西，糟蹋完，就再也造不出来。我不敢浪费而已。”区区几字，无限辛酸，她却看得很淡，仿佛怕解释也浪费似的，说完一个大步走到前面。

素盈跟在后面走了几步，对丹嫔挺直的背影说：“娘娘，一念为善，必有福报。但愿珍媛与我可以响应娘娘善念，令娘娘善缘不绝。”

丹嫔的后颈似乎僵直。素盈不确定自己听见的，是不是她鼻端喷出的无可奈何的苦笑。丹嫔略转过身，向素盈伸出手，说：“来吧。”素盈不敢怠慢，上前搀住她。

两人心照不宣，避过通往丹茜宫的路，绕了点路，终于从影影绰绰的树木之间看见了琉屏宫。

琉屏、绣屏两宫如两页展开的屏风，矗立在永寿山下，背向太平湖，周围广植树木，聚气藏风。位置比围绕丹茜宫的宫殿群稍偏，却是一处有山有水的幽静所在。

从前琉屏宫无人居住，素盈不曾到过。近处一看，的确是雅致宫阙，呼吸中有草木清芳，如置身世外，令人心旷神怡。

素盈先按规矩向珍媛行拜礼，待素槐无比欢欣地扶她起来，她才看清妹妹的样子，不禁骇然。

这位新受封的娘娘形神萧索，手背上筋骨尽显，双颊微陷，瘦得看不出有四月身孕。素槐初入宫廷何等神采飞扬，今天简直判若两人。

“娘娘怎么、怎么弄成这样？”素盈上下打量，顿感心酸。

珍媛握着素盈的手，带着笑容哽咽道："就怕姐姐不愿意来。这下我安心了。"激动时身子像风中树叶似的扑簌簌打战。素盈怕她心神激荡动了胎气，忙挑高兴的话安慰她一番。说的无非是阖家上下为她欢喜，家里众人转告的祝福之类。

丹嫔知她们姐妹有些话不愿当着自己说，坐了一会儿就起身告辞。珍媛也不强留，一心要向素盈倾诉，忽然瞥见素盈的耳坠，愣道："这不是映荣的？"眼神突变警惕。

她居然能认出丹嫔身边宫女的耳坠，观察细致简直不可思议。素盈并无隐瞒的意思，便将撞见荣安、失落耳坠的事情说了。珍媛容色转为缓和，用意不明地哼一声，亲自取出一对自己的耳坠，说："姐姐又不是外人，谁会责备姐姐妆容不整呢？换我这对，赶紧将映荣的还回去。"意思很明白：不想让人觉得她同流泉宫特别亲近。

素盈一边换下耳坠差人归还，一边观察。珍媛对宫中的宦官、宫女提防得很，他们端上来的茶水点心，珍媛碰也不碰。素盈也有过这样的经历——喝茶之前必须先检查壶中茶叶。照这样子看来，珍媛吃饭一定更加谨慎。

姐妹二人诉说分别这些时日的话，一直说到进晚膳。素盈留心看，果然见珍媛不怎么吃。她有意说："娘娘是有身的人，这样可不行。是不合口味吗？"

珍媛郁郁寡欢地回答："人都说孕妇口味刁钻，我不得不服气。虽说圣上与皇后格外开恩，要御膳房随时听命。可我这胃口多变，这一阵什么都不想吃，只是惦记轩叶做过的点心。"

素盈笑道："这个容易。我没少看她做点心，并不难。"

珍媛欣喜万分，说："原来姐姐会做？真是我的福气！"仿佛她是真不晓得素盈在家中自持炊事，此刻才知道。

素盈却觉得，她正是因为怕有人在饭中投毒，才指名要一个能执炊的姐姐进宫里来伺候。她不禁叹道："分别之时，怎能想到娘娘过成这样？"

珍媛垂下头，泪盈于睫："姐姐心里一定以为我这是杯弓蛇影、草木皆兵。姐姐不知道我遇的那些事……"她正要说，窗外恰有一点动静，她就什么也不说了。

只是麻雀从窗边飞起而已。

素盈做的点心清爽美味，珍媛这回多吃了些，素盈也陪着吃了一点。她们吃完又闲聊，不知不觉已是掌灯时分。素盈怕珍媛说话太多伤了神，夜里难睡，便劝她静静冥想一会儿。可珍媛迫不及待要把分别以后的心事都告诉她，直到安寝时还没说完，索性道："姐姐就睡这儿。久别重逢，我可舍不得放你走。"

"那怎么行！"素盈笑道，"万一圣上过来，我来不及回避，成何体统！"

珍媛的嘴角动了动，黯然说："圣上不会来。"

素盈想说几句好听的话来安慰她，但她们都是明白人——珍媛怀孕受封的事正受人挑剔，皇帝好歹要做个回避的样子。好听话对明白人的疗效总是不太明显。

宫女为她们铺好床就退了出去。珍媛等宫女一走，便把被褥掀开，一寸一寸地捏遍，神情紧绷，疑心病已入膏肓。这能捏出什么东西来？素盈看在眼中，心里直打突，可忍住了没说——珍媛最怕的东西不是埋在被子里，是深种在心里。

姐妹二人一里一外同榻而眠，静静地躺了一会儿，素盈听珍媛的呼吸就知道她睡不着，柔声道："娘娘现在不比往日，不管做什么都要先想想自己的身子，好好调息熟睡才成。"

珍媛叹口气："睡不着了！我已经有好一段时间睡不踏实，总觉得晚上有人来窥探。"

今日她说过的所有的话，唯有这句让素盈立刻警觉起来。她不想被妹妹察觉，轻轻笑道："说这一天话，我又口渴了。"她起身去桌边倒水，顺手揭开瓷壶往里面瞧。

珍媛在床上轻声笑道："我看过了。姐姐安心喝吧。"她是素氏的女儿，当然知道有种东西叫骆驼蓬。

凉水入口，精神稍稍振奋。素盈默默地啜饮完毕，躺回床上，轻轻握住珍媛消瘦的手腕，将十二姨娘交代的安胎养神的话逐一交代，末了说："你该要她来，毕竟她有经验。"

珍媛仰面望着帐顶，一声冷笑："她来了也是抱怨！从小，别人冷言冷语待我，是我的错；姐姐们讥诮，也是我的错；挨打挨骂都是我的错，谁让我做得不好——她只认得一个道理，自己没毛病，就不会倒霉。没本事维护我，只会怪我。如今宫里，处处是指摘我的风言风语，何必再添一个她？"

素盈没想到一不小心勾起这样的话，说："她很担心你，哭得伤心极了。"

珍媛怏怏叹息："我只有离她远点，才是好女儿。唉，别提她了，已经够难受了。"她一边唠叨一边抚摸肚子，慢悠悠地说，"要不是为圣上，我都不知道要怎么熬。"

素盈早想问她是怎么造就今日，见她提起这事时神态安稳，便婉转地说："娘娘有这奇缘，家里人都蒙了。"

珍媛静默片刻，微笑道："上次皇家远猎，我也去了——选女们只有两三个能跟去，费我不少工夫。可是围猎第一天，就有人弄坏我的弓箭……现在已经不去想那人是谁，多亏这番手脚，我才遇到圣上。"

月光下的珍媛神态安详甜美，沉浸在那天的回忆里，抿嘴笑道："我身边只剩一副弹弓，只好拿弹弓打鸟儿玩。圣上……他就那样突然出现在我面前，全身上下是金银辉映的甲胄，马背上挂满了狐狸、野兔，简直是战神下凡。"

珍媛想到高兴处，头偏过来靠在素盈肩上："姐姐，我告诉你，这宫里只有圣上是好人，他是最好的人！我不知所措的时候，他笑吟吟地说，'弹弓给我，我教你。'那一刹那，我第一次觉得，生在逢七之年也有好处。"

她徐徐地缓口气，含着笑，一字一字慢慢地追忆："他说，'这是出猎的队伍，你居然不带弓箭，还不会打弹弓，是怎么混进来的？'我告诉他，'没有人教我。我小时候央求父亲，但父亲懒得理我。要是有圣上这样的父亲，没准我也能像东宫，六岁就打到熊。’他大笑说，‘不是熊，是老虎。’”

她口中有春意盎然，素盈周身却染着夜寒——四个月前，正是珍媛受孕的时候，也正是一道圣旨，将信默点为驸马，从她这里夺走一桩婚事的时候……果然如东宫所说，有人倒霉，就有人会走运。

仿佛姐妹之间心意相通，珍媛靠在素盈肩上就知道她在想什么，悠悠地说：“公主择婿不是圣上的错，他本不愿将荣安许配给白家。那可是出过反贼的一家。但荣安以死相逼。皇后娘娘爱女心切，也保不住是怕丹嫔又添一副硬翅膀，找了一堆道理。宰相也掺和进来，为皇后帮腔——他们没完没了地聒噪，我才、才……”

她有点羞涩，也有点苦恼，素盈猜她本来想说“有机可乘”，可是说不出口。她是东平素氏的女儿，一张新面孔，还没掺杂宫里的爱恨纠葛。皇帝对东平素氏的内疚可以在这里补偿，烦恼可以在这里得到原谅。她要做的，仅仅是站出来抓住机会。

“嘘！”素盈轻声制止，心中对公主下嫁的大略情形已经了然，柔声道，“都过去了，不要提了。”

珍媛咬着下唇摇摇头：“不。没有过去！宫里面的人知道底细，不说什么。可外面一直在议论，说圣上为女儿夺人之美，引出父亲和白家大闹，还扬言要烧死他们。”

“只烧了几把椅子，哪有那么夸张？！”

“你看，风言风语就这么乱传。这回说圣上违反祖制临幸选女，有亏圣道，还不知要传成什么样……唉，唉！我真是，不知怎么搞的，竟然有了……我根本没想过呀！”

素盈见她胸脯起伏，怕她伤心气结，急忙劝阻。珍媛说了这些话，精神有点不济，拉着素盈的手道：“有姐姐在身边，我有话也敢说出来，比前些日子舒坦多了。”她絮絮地说着，话音渐渐变低，“我生怕姐姐还记恨我，不会进来……姐姐毕竟是个大度的人。”

素盈听了不免发怔：妹妹借花献佛拿了她的香，她没有报复；公主抢了她的未婚夫，她还能在宫禁之中面不改色挨公主的打——只不过是无可奈何，居然跟“大度”连在一起。

她在一瞬间懂得，素槐在这个睚眦必报的世界里，连最微渺的善意也找不出，只能美化逆来顺受的姐姐。

“我没那么了不起。”素盈仰面大睁着眼睛，“那天，父亲说，阿盈，那是你妹妹——不知怎的，我猛然想起你小时候，才四五岁的时候。有一次在我们家后院的枫树林里……”她说着侧过脸去看妹妹，发现珍媛闭着眼睛，呼吸安稳柔和，已经沉沉睡去。

素盈只好笑笑，也安静地闭上眼睛。

从此素盈全心全意操办珍媛的饮食起居，后来索性在琉屏宫中辟出一间干净的偏舍，专用来为珍媛置办饮食。珍媛渐渐吃得多起来，气色好了许多。

宫中人多口杂，对这事颇有非议，一面倒地认为珍媛太过骄纵。唯独丹嫔往琉屏宫走动最勤，三天两头必要去小坐，让素盈为她做点心吃，对这姐妹二人格外回护。事情到丹嫔身上，总是容易闹大，到底让人有些忌惮。宫里人不想惹是生非，渐渐消停。

这天，丹嫔提起宫人暗地里说的话，说是丽媛、柔媛也跟着起哄，指责自己妹妹过分精贵。丹嫔笑得十分讥诮："这两个没用的东西，前几年好歹是生动机灵的人，最近越来越无趣。我要是男人，也不会喜欢！有本事她们也做几件让人偏心的事情！"

珍媛因她是长辈，说什么都无关紧要，可自己总不能跟着指责姐姐们的不是，于是只笑不答。丹嫔略坐了一会儿，笑道："前些天你身体虚弱，走多了怕伤身，这几天外面天气很好，该出去透透气。"珍媛也有这心思，便让宫女们拿了户外要用的东西，一手搀着丹嫔，一手拉着素盈往宫外走。

刚走到琉屏宫门口，一个宦官突地从外面拦住素盈，说："小姐请留步。"

丹嫔被他吓一跳，没好气地呵斥道："你是哪里来的？怎敢在宫里冲撞妃嫔？"

那宦官连声赔罪，又道："皇后娘娘的口谕，六小姐不是宫里人，因为照应珍媛进来，只在琉屏宫中走动就罢，不得到宫中其他地方乱走。"言下之意是把素盈拘禁在琉屏宫里。

丹嫔没有好脾气好耐性，当着宦官的面，向素盈冷笑道："我前天才跟你说，荣安不舍得让你在这里好过，你还不信呢！我倒要去丹茜宫问个清楚——皇后把我们家的孩子当成密探还是囚犯？"

珍媛原本兴致不错，此刻杵在门口左右为难。素盈忙说："皇后做事一向周到，下口谕有她的道理。"

丹嫔转念一想，去了也是自讨没趣。她看着素盈一笑："你倒是懂她！"

素盈婉转笑道："天气好，请两位娘娘四处走走。我在这里准备点心，恭候两位回来。"

珍媛总觉得没她在身边，丹嫔和一干宫人不知会对自己做什么，忙道："在门口站这一会儿，我已经觉得累了，恐怕到外面走动，伤了精神——姑姑一片美意，只好等下回了。"

丹嫔不好勉强，又瞪了守在琉屏宫前的宦官一眼，带着自己的宫女们离去。

珍媛握着素盈的手说："我们就在后面的小花园里走走吧。"

琉屏宫内除了正殿别无建筑，空闲之处种了几棵春槐夏柳，一条石子铺砌的小道穿过，实在称不上风景。素盈不能拂了珍媛的兴致，搀着她在后院慢慢地走了几圈。

"姑姑真是厉害，一张嘴就揪出犯人。"珍媛一边走一边冷冷地嘲笑，"你觉得是荣安吗？"

"是谁有什么区别呢？"素盈轻声道，"宫中是非，夹缠不清又有什么益处？还是少惹是生非为好。"

"姐姐也太顺别人的心！"珍媛叹了一声。

素盈苦笑着，不肯多提自己的旧事，随口道："娘娘只管保重身体。这可是十年以来，宫中唯一的一胎。连姑姑都挺身而出了。"

珍媛奇异地微笑说："她看中的哪里是我？"说完抚摸小腹，惆怅道，"我有孕的事情刚传出去，她就向圣上说我年纪小，恐怕照应婴儿不周，又说她自己丧子之后悲恸多年，恳请圣上将我的孩子交给她抚养。"

素盈其实并不意外，还是装作意想不到，低呼："有这种事？"

珍媛来回抚摸腹部，恻然低语："若是我的孩子，即便为男，富贵至极不过封王而已。她这一闹，只怕有心之人以为她另有所图，反而害我母子性命。"

她神情凄怆，素盈急忙宽慰："娘娘多虑。"

珍媛摇头咕哝说："姐姐不见文妃、贞妃是怎样落到今日？"

两人不约而同向凝芳、凝华两宫的方向望。树枝荫蔽，自然什么也看不见，可单是向那方位眺望，就感受到一股孤寒气息。姐妹两人不由得双双叹息。

武威素氏这对姐妹生来错过选女之年，但她们父亲无子，将一对女儿精心栽培。到她们待字闺中时，天下无人不知素君惜与素君念才情高雅、书画双绝。后来双双配与梁王，到他登基后册封为妃，也算荣华一时。直到贞妃生下孪生的三皇子与四皇子，可怜她姐姐文妃无子，请旨准文妃抱养三皇子。

偏有人以为其中带着更深刻的企图：文妃年长位尊，又得养子，是准备向丹茜宫挑衅。接下来皇后生的五皇子、六皇子先后夭折，三皇子、四皇子却长得头角峥嵘。得到两位才情横溢的母亲教育，这对孪生兄弟快要将哥哥睿洵的风姿掩盖了。

可惜两位皇子长到六岁，宫中忽然流行小儿疫病，且只传男。众位公主安然无恙，睿洵恰好在舅舅家中，躲过一劫。只有三皇子、四皇子前后生病，病情快且重，各自躺了两天就撒手仙去。

这是个教训，可丹嫔什么也没学到，或者她以为自己是不同的。出身尊贵的八皇子最终也没有躲过夭折的噩运。这回，她又看中素槐的孩子。

素盈想着不免担忧："娘娘自己如何打算？"

珍媛摸着肚子，向素盈微微侧脸，露出一个孩子气的狡猾微笑："我不给她。"又叮咛素盈，"先别让她知道。我们姑侄现在就翻脸，生下来却是个公主，岂不让人笑话？"

她们绕回琉屏宫朝阳处，正好见皇帝带着三个随侍进来。珍媛因有身孕，免了礼，无比惊喜地走到皇帝身边，脚步轻盈得几乎看不出是孕妇。

皇帝见她从宫殿一侧绕出来，好奇地问："你怎么去那又阴又狭的地方走动？"

珍媛看了素盈一眼，为难地笑了笑，没有说话。

皇帝拉起她的手走到阳光明媚处，见她气色好了许多，心中快慰，连连发问："这几天怎么样？夜里睡得踏实吗？胃口呢？好点没有？"

珍媛满心欢喜地答："承蒙圣上恩准家人进宫来照料，妾的身体好多了。圣上还没见过她吧？这就是郡王的六女，从前丹茜宫的奉香。"

素盈跟在珍媛身后两步远的地方，听她叫到自己，忙又向皇帝行一个礼。

皇帝随意应一声，目光仍是聚在珍媛身上，款款道："既然你姐姐清楚你想要什么、想吃什么，尽管让她准备。那些闲言碎语，我也知道——不管哪个有孕，她们都是这样不让人清净，也不独针对你。不必理会。"

珍媛眼圈一红，压低声音柔柔地说："她们说得倒也不错……是妾连累圣上的名声。"

这几天，朝臣除了力谏皇帝狩猎一事，又在奏折中添上他太宠爱珍媛一事。原本是后宫私事，可他们见珍媛破格受封，又有破格的待遇，已将珍媛视为红颜祸水，更怕她产下皇子，祸乱皇储继承。这类没影子的事情总是引发他们强烈的不安。

素盈觉得他们特别喜欢在事情发生之前几年，甚至十几年就开始预料事情的结果，这样显得有远见。而结果总是非常可怕——乐观可没法说明他们忧国忧民。

他们总在不遗余力地反复陈述十几年后可能产生的危害，逼迫皇帝在一切都没有发生的时候立刻就范。皇帝不胜其烦，不得不做出妥协，近来不太亲近珍媛。可朝臣犹自穷追猛打，更进一步要求他将珍媛的姐姐送出宫去。他索性不再回应他们的言论。

此时见珍媛脸上还是一派小孩子的天真，皇帝叹口气，抚摸她的脸庞，温柔唏嘘："你就别操那些闲心了，有空多想想好的，仔细调养。"

素盈见他们二人情真意切，着实意外——她原以为只有自己的妹妹喝了迷魂汤，看起来皇帝也一副缱绻其中的样子。

珍媛笑着摇头，说："圣上的'心意'在这里陪着妾，妾心里当然都是好事！这两天精神不错，刚才还打算跟姐姐一起去附近走走。"

皇帝颔首说："让你姐姐做个先遣，找些清静宜人、不冷不热的去处，布置妥当，你再去——你这身体可不能大意。"

珍媛向素盈眨眨眼，素盈也回她一个微笑。

有皇帝的金口玉言，任谁也不能拦着素盈了。素盈却满心狐疑：皇后的门卫刚站在门口，皇帝就来发一段口谕，这么紧凑未免太巧。

她偷偷地打量天子，他平和的面容与澄澜亭侍香那天几无差别，眼神温和而含蓄。

还是那个令人费解的人。

珍媛正与皇帝有说有笑，丹嫔忽然走进来，看这情景不由得愣了一下，旋即笑道："碰巧我刚才掉了一颗明珠，急着来寻。不然还见不到圣上的金面。"皇帝知道她一向胆大，口齿又厉害，一会儿不定说出什么话来让大家难堪。他与丹嫔、珍媛寒暄几句就要走。

珍媛依依不舍送到门口，轻声叮咛："妾虽然想时刻看见陛下，但不想短短相聚惹来流言，害陛下心烦。还是不要来了……不！少来几回吧……唉，隔个三五天，容妾见一面吧。"一句话改了两次口，满是凄楚。皇帝只是微笑着点了点头。

他的背影刚离开，珍媛犹自恋恋不舍，丹嫔却冷冷地哼了一声，漠然瞪着她。气氛骤然尴尬到了极点，素盈明知事不关己，也不由得心慌。

珍媛面不改色，笑嘻嘻地问："姑姑的明珠什么样？我让人找找。"

“明珠有什么要紧！”丹嫔咬牙说，“怎么连你也犯糊涂？”

珍媛显然不是第一次听她叨念，脸上浮现佛像一般的波澜不惊。丹嫔从手腕上褪下一条珊瑚链，递给素盈：“阿盈，这条链子上原本是三颗一模一样的夜明珠，掉了一颗。你给我找找。”

素盈刚伸手去接，珍媛似有力似无力地拉住她，嘴角含着一点若有若无的笑，定定地望着丹嫔，笑吟吟地说：“姑姑急要，我让宫里的人一起找。如果不急，就留姐姐在这儿陪着说话吧。”

丹嫔原要拿出长辈的姿态教训素槐几句，见她神情从容，眼角眉梢不卑不亢，显然没有将自己放在眼中。丹嫔的架子端不起来，一时间既有些恼，又有些气素槐那股来自腹部的骄矜。她自言自语似的摇头说：“我就知道，哥哥的女儿，早晚死在这种事上！”

珍媛和素盈对视一眼，不知她提起东平郡王做什么。丹嫔叹一声：“阿槐呀阿槐！在这地方，‘宠你’跟‘爱你’是两回事。一个能让你得到名分地位、荣华富贵，也许短暂，但是实在。另一个，只能让你得到虚妄的幸福、长久的敌意，也许累及性命。”

“这道理，我跟姑姑一样学过。”一阵轻风掠过，珍媛微微仰起头，去寻风的去向，不再看丹嫔。

丹嫔直直地盯着她，忽然泄气似的笑起来：“何必跟你浪费口舌呢？”收起笑便走了。

尴尬的气氛并未因此消散，反而变成冰冷的凝重。素盈眼角瞥见台阶下宝光一闪，正是失落的夜明珠，急忙上前拾起，说：“我给姑姑送过去。”琉屏宫前守卫的宦官，撇了撇嘴没有拦她。

丹嫔带一众宫女刚走到松林附近，听见有人呼唤，停下脚步，回头见是素盈，以目示意众宫女退开。

素盈交还夜明珠，敛容说：“明珠是有价之物，姑姑丢失一颗，尚且急着寻找。珍媛娘娘腹中是无价之宝，姑姑却能弃之不顾吗？”

丹嫔冷冷地哼一声：“我的话放早了。她现在防我如临大敌，只怕我抢她的孩子。我说什么，她都听不进去。”

素盈委婉劝道：“珍媛有孕早已满城风雨，倘若姑侄之间变脸，恐怕有人趁机生事，对两位娘娘都无益处。”

丹嫔攥着那颗夜明珠，出神地想心事，神情有微妙的变化，忽而悲伤，忽而气恼，脚步也时快时慢。行至永寿山，丹嫔要素盈挽着上去，向远处看了好一阵儿。

满天白云在宫檐树顶恣意流淌，树丛中露出太平湖一角波光。松风飒飒，别无人声。丹嫔仿佛神魂入画，全然忘记世上俗事。许久之后，她叹息道：“我与郡王幼年丧父，我不知道父亲什么样，他不知道怎样当父亲。谁想到，千谋万算，会在这种事上出问题。”

素盈谨慎惯了，低头望了望假山下——丹嫔的众宫女相距甚远，纵使听到也听不清楚她们此时的谈话。她微微地蹙眉：“姑姑是说……”

丹嫔注视她，悲悯地问："你也是郡王的女儿，有没有想象过另外一种父亲？"

素盈怅然回答："我生的年份不好，难免有埋怨父亲的时候。姐妹们跟我不一样，都是父亲的掌上明珠。"

"是不一样。你还有哥哥照顾。你嫁人时，想嫁一个同你哥哥不相上下的白信默。可是珍媛……"丹嫔看了一眼琉屏宫方向，紧紧地攥着那串珊瑚手链，咬牙说，"幻想应该留在脑子里，到宫里做梦很危险。"

素盈总觉得有些难以置信，但联想珍媛见到皇帝时的神态，又恐怕丹嫔说的并不算错。

"那个人是天下至尊，不是想象中的爱侣。可人总是到梦醒，才知道从前一切都是虚妄。"丹嫔冷冷地说，"你替我劝劝她——错觉不要编得太美，把自己骗住。"

说完她昂然向山下走，忽然又想起什么，转回身笑道："既然提起来，不妨多说一句——那个姓白的与他大哥假装不和，装上十天、十个月没什么稀奇，他居然能在宫里装十年。这种人啊，嘿，是你逃过一劫。"

素盈怔怔地回到琉屏宫，只见珍媛仍在皇帝离去之处低头发呆。素盈忙上前说："娘娘，外面热起来了，我们进去。"

珍媛带着一丝嘲讽地问："姑姑又有什么高见？"

素盈怕如实转述伤了和气，小声说："她是担心娘娘天真率性，错失大好前程。"珍媛冷笑一声，想必是不服气，可也不说话。

素盈搀着她慢慢走回屋里，刚刚坐下，手背上忽然落了一滴水珠，遂吃惊地看向珍媛——她已经无声无息地流了满面泪痕。素盈心下伤感，一面给她擦拭眼泪，一面宽慰："圣上才来看过娘娘，过阵子必定还会来的。何必伤心呢？"

珍媛缓缓摇头，喃喃说："你不懂。你不是像我这样被养大的。有些事情，没有人教你，永远不会知道。"

素盈温和地笑笑，说："情合同云汉，葵藿仰阳春……我看得出来，何须教过才知道呢？"

"错就错在这上面。"珍媛抹去眼泪，无限忧愁。

"崔先生教我们许多，却没教过我们去爱他。他是天子，事君如事天。谁会教我们以男女的情爱仰头望天呢！"

爱天。素盈忍不住向窗外望了一眼，软语宽慰："那样辽阔，容得下你随心翱翔，即便爱了，也没什么错。"

珍媛一个劲摇头："所以我说姐姐不懂——如果心里最重的是自己，为自己的前程、家人、孩子，当然能够强硬起来。如果心里最重的是他，怎会在乎自己？只要能在他身边与他朝夕相对，是选女、是皇后有什么差别？这就是我现在的想法。可笑吗？"

换了丹嫔，定会狠狠泼她一头冷水。但素盈被妹妹惨淡的泪颜触动，缓慢而坚决地摇头。

珍媛看到她的认同，欣慰地笑了一下，转瞬又深深叹气，落下两颗大泪珠，轻抚心口说："你看，我这颗心，已经糊涂得不会权衡。若是清醒，我自然懂得，现在是最好的时候。万一日后胎儿有难，或是生下来不归我，我就什么也要不来了。可这心里最重的是他。"说着带出浓浓哭腔，痛苦似的抓皱胸前衣襟，"我已经得到太多了——整个后宫没人得到的，我独得了，怎么能觍着脸，再去为难他呢？"

她的情绪经常大起大落，素盈已不见怪，但今天她真情流露，反而比乱发脾气更加吓人。素盈实在想不出怎样讲能让她好受。

珍媛哭了一阵儿，渐渐收住泪，按着心口冷笑："有时候我也觉得，姑姑说得没错，是我太傻——可是聪明的活法，有什么意思？就算蠢死，我知道心里装着一个人是什么滋味，这才是真正的'实在'，死而无憾。"

"扯到哪儿去了！"素盈急忙将她的气话打断，"你才这个年纪，别人选不到宫中，你入选；别人还在四院，你封了珍媛；别人多年无子，你已有孕在身——得天独厚，凭空说什么死啊活的！"

珍媛仍是郁郁不乐，却不忘叮咛素盈："这些话，姐姐听过就罢。千万不能传到父亲的耳朵里。他少不了又要胡乱盘算。"素盈点点头。

一想起东平郡王，素盈就觉得，让他知道皇帝与珍媛的情形，恐怕真会再次打起丹茜宫的主意，对谁都没有好处。

第六章
诅咒

宫中已有十年未见新生儿，皇帝的重视超出众人预料。见珍嫒身体渐渐有起色，皇帝挑了九月十九黄道吉日为她诵经祈福，求各路神佛保佑她安产。

珍嫒年纪轻轻，能在攻讦之中屹立不倒，反而获此殊荣，恩宠日深，着实令人不敢小觑。各宫妃嫔乃至后宫受教的选女们纷纷解囊，或赠经幡，或赠法器，仿佛人人都对她的肚子怀抱无限美好的期待。

皇帝又下令召集十位高僧在安济殿为珍嫒诵经加持。这天一早，宫女们为珍嫒装扮起来，一队光华灿烂的丽装宫人簇拥着她前往安济殿。在珍嫒执意要求下，素盈也陪侍在侧，一袭素色长裙紧随前后。

安济殿早已布置妥当，彩幡、垂帘、香花、素果一应俱全。珍嫒的玉座是一张短榻。上方置细纱珍珠顶帐，榻上铺着各色描金绣银的茵褥，都是各宫各院送的。素盈多了一个小心，赶在珍嫒前头掀起来看。珍嫒待她点头之后，在宫女的搀扶下就座。

后宫女眷不容男子直睹面容，便是高僧也不能例外。玉座前面放一架水晶帘，不知何处风来，一架珠子微微泛光。

素盈陪在玉座旁，隔着一层薄纱，只见妹妹的脸朦朦胧胧，倒映水晶细碎的反光，仿佛深潭中一尾金鱼，随时会晃入无底的幽暗。她心头忽然生出一种怪异的不安。来不及多想，十名高僧低着头走进殿中，在不远处的蒲团上趺坐。

悠远而空冥的梵音低颂祝福，木鱼徐徐地发出仿若含有深意的回声。素盈虽看过佛经，却未听过梵音，不由得被那新奇沉和的语调吸引，心思也随之宁静。

不知过了多久，身边有东西清脆地响了一声，素盈从她的飘忽境界中惊醒，急忙去看珍嫒——她身子歪倒，素盈听到的声音是她头上的金饰撞到了扶手。

“娘娘！”

透过薄纱，珍嫒脸色苍白，笼着一层黯淡的灰暗。她轻微地呻吟一声，向素盈伸出手，尖尖的指甲撕破了那层薄纱，紧紧扣住素盈的手腕。

“姐姐……”珍媛的身子一侧，从玉座上跌落。素盈一声惊呼，宫女们立刻拥上前，将珍媛团团扶住。

然而血还是流了下来——珍媛侧身的刹那，落了几滴在深青色的玉石地面。她那堇色的裙子，早已浸透了。

惊呼、尖叫，安济殿中乱成一团。素盈心中再没什么超凡脱俗的圣音，只有闷闷的一团混沌交错的轰鸣，轰得她眼前发黑。

“阿槐！”她浑浑噩噩地僵立着，大叫了一声。

宫人们七手八脚地抬起珍媛离开。一片青色宫衣当中露出她一点金色衣领，惨白的容色从素盈的视野中一晃而过，深青色的地板上血迹斑斑。

高僧们手足无措地呆坐在原地，口中不住地念着佛号。安济殿内的小宦官们面面相觑，目瞪口呆。

素盈回过神，止不住地发起抖来。她对安济殿内的主管宦官说：“看好殿内所有物事，一样都不可少。这事非同小可，务必要尽心。”

那宦官莫名其妙地瞪着素盈：“小姐这时候还有心思管这些？快去看珍媛娘娘吧！”

宫里数消息跑得最快，短短一刻，琉屏宫外已聚起好些人。素盈远远看见其中有丹嫔，一声“姑姑”还没叫出来，丹嫔已冲上来抓住她，厉色问：“怎么回事？”素盈简略地说一遍，至于究竟怎么回事，她尚且没想明白。

丹嫔到底见多了乱场面，立刻下令：“映荣，你马上带人去安济殿，不准任何人动里面的东西——今日是圣上亲自张罗的法事，谁敢乱来，当心担待不起！”

吩咐完毕，丹嫔拉着素盈的手往琉屏宫里走。守在门口的医官无论如何不准她们进去。丹嫔知道规矩，不便强来，与素盈心急如焚地守在外面。等了好久不见传出消息，素盈心头越来越寒，忍不住啜泣道：“姑姑，阿槐的孩子，是不是……”

“不准乱说。”

丹嫔从来不会说宽慰的话，这时候想说也说不出，恨恨地跺脚：“急死人了！我说了要周太医过来，他们偏偏说找不到。这个方太医到底能不能行？”

两人正着急，里面走出一位太医，见丹嫔忙躬身施礼。丹嫔不耐烦地挥了挥手：“方太医，珍媛如何？”方太医低垂着头不说话。丹嫔见他不敢正视自己，当下神色骤变，拉着素盈闯入内室。

她们前脚刚进来，便听到宫人一齐痛哭出声。丹嫔的脚步僵住，怔怔地顿在原地，素盈也呆了——珍媛静静地躺在床上，无声无息。一片哀声之中，她超脱的宁静最令人遍体生寒。

“阿槐？”素盈胸中发出艰难的一声唤，向前迈了一步，打个趔趄跌坐在地。手触到地上的湿冷，摊开掌心，发现滑倒自己的是鲜血，红得让人心悸。

素盈在那一瞬间，又想起五六岁时的某一天。午后的东平郡王府格外安静，素盈不愿睡午觉，偷偷溜到后院的枫树林玩耍。谁知素槐已经在那里，小小的身子站在一株枫树下，仰头望着天。听到素盈的脚步，她腼腆地笑，伸出小手指向树巅，带着一丝欣喜和羞怯，柔柔地说："姐姐，看！"梢头是一片半红的枫叶。她发现了秋天的第一片红叶，无限欢欣地和素盈分享。

眼泪模糊了视线，眼前金碧辉煌的琉屏宫化成一片灿烂冰冷的昏黄。再也不会有人用那样温暖的声音说"姐姐，看"……再也不会有。那个孩子被毁掉了。毁掉她还嫌不够，连她的命也夺走。

素盈狠狠地抽泣起来，仿佛琉屏宫中所有的冷气都吸入胸腔，刺得她五脏六腑剧痛。

"你们都出去！"丹嫔的声音冷冰冰的，宫女不敢违逆，一边抽泣一边退出去。丹嫔走到珍媛的床边，悲悯地抚摸珍媛的脸，扶起珍媛的头，扳开她的口又用力合上，解开她的衣领端详脖颈，最后把她脑下的软枕抽了出来。

这一连串奇异的举动，素盈看不明白："姑姑？"

丹嫔伸手在枕头上轻轻摩挲，终于找到想要的答案，嘴角慢慢挂上一丝寒冷残酷的笑："你来摸摸看……"她把枕头递给素盈，"这一片，还湿着呢。"她的声音低缓阴森，素盈听了害怕。

"姑姑是什么意思？"

丹嫔疲惫地闭上眼睛，用乏力的声音说："十年前，谨媛也是这么死的。孩子没落生，一尸两命，快得很。"她倏然睁开眼，"我看他们……就是用这个闷死你妹妹的。"

素盈手中的软枕噗地落在地上。"只因为她有孕？"她浑身颤抖，不知自己是怒还是怕。

"谁知道呢？"丹嫔定定地看着珍媛的脸，无限哀怜。

素盈突然跪在丹嫔面前，无声地紧握她的手，泪眼凝视着她。丹嫔却摇着头，软软地拉起素盈的手："这宫里死去的孩子还少吗？哪一次不是怪到老天爷头上？我若是有本事抓住一双实实在在的黑手，八皇子又怎么会稀里糊涂坠楼而死！"

素盈用力摇头："不，这跟老天爷没关系。"

"是啊。可是这一次，会有什么不同？"丹嫔的口气一变，阴沉沉地说，"揪出几个人给珍媛陪葬，害一群宫女倒霉。每次都是这样。我也提不起精神了。"

玉英宫那些消失的宫人，霎时间都在素盈脑海中奔涌。

"这不是我求娘娘寻找的东西。"她咬着嘴唇，猛然站起身，向琉屏宫外跑去。丹嫔不知道她忽然发什么疯，喊了一声，没喊住她。

琉屏宫，绣屏宫，长宁宫，宣惠宫，玉英宫，玉屑宫……素盈踉踉跄跄从它们旁边跑过。高大的宫殿群落没有尽头，沉默了数百年的倒影，层层叠叠压在她身上。不论跑向哪个方向，笼罩着她的影子里全是秘密，没有光。

阴影吞没丹嫔的儿子、少年时真挚的素飒、素盈的幻想，现在它们悄悄掩走素槐的生命。

为了在这片影子中前行，轩叶死时，文彩环受诬陷时，她都沉默。这一次呢？继续被它一点一滴地夺去声音吗？

她停下脚步，抽泣着迷失了方向。

“小姐……小姐！”不远处有个声音忽高忽低地传来，素盈心思一凛，回过神来。

“六小姐！”映荣正与几个宦官夹缠不休，遥遥看到素盈，忙向她求助。

素盈快步走上前，见那些宦官是司库服色，不明白他们为何捧着安济殿中的彩幡绣褥。

“这是做什么？”素盈高声阻拦，“丹嫔吩咐过，安济殿的东西不可移动。”

“小姐是在宫里待过的人，怎么糊涂了？”为首的宦官向素盈笑笑，“安济殿的法事做完，东西自然该归回库府。什么时候轮到丹嫔来管？”

素盈心知规矩虽然没错，但不全然如此：“众位娘娘送给珍媛的东西，若要归置，该由琉屏宫保管。”

那宦官不怀好意地瞥了素盈一眼，冷冷反问：“琉屏宫一时无主，万一出了差错，如何是好？”素盈如被冷箭刺中，紧紧咬住下唇，手在袖里已攥成了拳。

宦官又一板一眼地说：“咱们司库专司保管之责。倘若这里面真有要紧的东西，咱们当然照章办事。”话虽如此，他面上却是一股无法令人信赖的神气。眼看那些宦官就要将东西带走，素盈心有不甘，可又无能为力。

映荣忽然拉扯素盈的衣袖，向她使个眼色。素盈回头一看，整个人便呆住——东宫正带着两个侍从向她走来。

他不知去何处习武，劲装还未更换，腰间束带上挂着佩刀。也不知他是碰巧路过，还是有事绕道过来。见一群宦官与宫女争执，他本来只停下脚步看一眼，瞧见里面有个素色衣装的少女，就走过来。

素盈忙跪拜。睿洵走到她身边，深深地看了一眼，问：“出了什么事？”

素盈一时没忍住，哭出来：“珍媛仙去了。”

睿洵听说珍媛死了，也觉吃惊。映荣见东宫分明有些偏袒的意思，忙把事情的来龙去脉说了一遍。她伶牙俐齿，说得又快又清晰，不容司库宦官们插嘴，末了添一句：“珍媛娘娘魂魄尚在，给琉屏宫的东西就收归宫廪司，算是什么意思？”

睿洵冷脸对宦官们说：“东西给她。”

“恕小人难以从命。”宦官故作为难地看素盈一眼，慢条斯理地对睿洵说，“我等专司保管，位卑权轻，可也有章法。琉屏宫眼下无人交接，流泉宫越俎代庖已是胡来，六小姐并非宫里的人，出面索要更是荒唐。我等就地将东西毁了，不过各挨一顿重板。胡乱交接惹出乱子，却是要逐出宫门的。”

睿洵的嘴角微妙地向上轻提，徐徐地说：“你的章法背得这么熟，我倒想问问，东宫过问，有什么说法？”

宦官毫无惧色，朗朗抗议："库府的事情自有内官管理。殿下拦路过问，十分不妥。若要移交，请出谕旨。"

听到此处，睿洵脸色愈加严峻。

素盈后悔将他牵扯进来，上前一步说："公公宁可将东西毁了，也不愿交给小女。既然这样，小女也不敢连累公公。"素盈冷眼扫过司库宦官，侧身向睿洵欠身道："殿下的佩刀可否借小女一用？"

睿洵深深地皱起眉："阿盈，你想干什么？"

素盈又是深深一拜，坚定地看着睿洵，说："珍媛不是一张纸，撕碎无所谓，也不是一个茶碗，摔烂无所谓——她是条性命，不能这样不明不白地结束。小女定要为她求个明白，求殿下成全。"

睿洵高声质问："你自己，就是一张纸、一个茶碗吗？"

素盈向他抬起头，目光闪动，像是凄切，可又像是蕴藏火星般炯炯有神："除了我这样的小人物，还有谁情愿破碎，去找答案？求殿下成全！"

睿洵紧握刀柄的手抖了一下，终于摘下佩刀，毅然说："你起来。"

他紧紧握着刀鞘，递到素盈面前，低声说："藏在深处的东西，有藏起来的原因。人们不去找，有不去找的理由。你要想好。"

素盈一咬牙，伸手抓住刀鞘。可睿洵比她身手快，径自抽刀出鞘，手起刀落，一道寒光直劈宦官双手捧的那叠绣褥。他的佩刀意外地锋利，绣褥连同托盘齐齐断为两截。宦官毫无防备，吓得跌倒。

丝絮棉絮飞飞扬扬散了出来。

睿洵收刀归鞘，默默地看素盈一眼。素盈望着他，口唇微翕，身子微微地颤抖。似乎有些话应该说出来，可是又像彼此明白，不必说出来。

他们二人沉默时，映荣眼尖，弯腰从棉絮中抽出一块黄纸——展开竟是一个写着珍媛生辰八字的小纸人。映荣大惊："殿下，有人在宫中行巫祝！"

睿洵见真的找出异物，脸色一沉，向宦官冷冷地说："巫祝不是小事。我看见了，不得不过问。"宦官瞠目结舌不能回答，睿洵又大声说："再找！"

素盈跪在地上，一张一张抖开绣褥，在那些残絮中摸索，手指刚触到一些不知名的东西，便听有个女人厉声道："住手！"

素盈对她的怒斥记忆犹新，斜眼一瞥，果然看见皇后带着荣安公主和东宫妃来了。

皇后大声喝问："宫廷禁地，被你们当成什么地方！"

睿洵把那纸人送到母后面前，低声说了几句。

皇后眉头紧蹙，又道："就算如此，后宫的事情，自有规矩。你是东宫，也该有几分储君的样子。"她向身后做个手势，"去把东西收起来。"

丹茜宫的宫人来夺绣褥，素盈只得袖手站在一旁，任由她们将所有东西收去。皇后冷冷地盯着她，气势汹汹地说："我当你是个聪明人，没想到犯起糊涂更不知天高地厚——你是什么身份，怎敢在宫中放肆？"

"母后……"

睿洵正要说什么，皇后一抬手制止了他，又说："我知道，为她在宫内动了刀，自然会为她求情。素盈，珍媛的事，我会给你家交代。这样胡闹，成什么样子？"

素盈静静地向她叩头："请娘娘责罚。"

"责罚稍后再说。"皇后不再看她，转而冷冷地瞪着东宫，"你跟我来。"

睿洵丢下一个关切的眼神，随皇后一行人离去。宫廪司的宦官们收拾一团狼藉，片刻之后也提心吊胆地走了。

素盈仍伏在地上好一会儿，才摊开手——手中是她从绣褥中扯出的一片黑色丝絮。

"她们也真动了脑筋……"丹嫔撕下一缕黑絮，凑近蜡烛。跳跃的烛火上发出嗞嗞声，化为一团黑烟。丹嫔哆嗦一下，受惊似的将手立刻缩回，吸了一口冷气："竟真被你找出来了！"

素盈在一边看着，心不住下沉，又听丹嫔这样说，更加有不祥的预感："这是什么东西？有毒吗？"

丹嫔咬了咬嘴唇，飞快地扫了素盈一眼，摇头低声说："不要问。单是想知道这是什么东西的念头，就该遭天谴。只盼知道的人都不要说，世上再没人惦记它才好。"

"是不是这东西害了阿槐？"素盈的声音忍不住颤抖起来。

丹嫔连连地摇头，说："这不过是巫术。用上这东西的人，下的是极其恶毒的血咒。可我向来不信巫术能取人性命。只怕还有其他隐情。"

"还有其他？"素盈向来知道宫廷里的变故防不胜防，却也没想到那些女人竟敢在皇帝指定的法会上，释放她们的嫉妒心。

"恐怕你没看到的东西还多着呢。"丹嫔失去了惯常的飞扬语调，忽然泄了气，迟缓地嘟囔，"眼看自己得不到的东西落到别人肚子里，这些人真是疯了！"

素盈的目光闪了一下，丹嫔便察觉她的心思，悠悠地说："在你看来，我是五十步笑百步吧。"

素盈默默地摇头，轻声说："她们早就疯了。"

丹嫔愣了愣，哀戚之中喷出一声苦笑。短促的笑之后，她又失落："可让我发疯的，并非利欲熏心贪图皇子。"

她看了看愕然的素盈，黯然说："我入宫十余年，绕着丹茜宫打转，有什么意义呢？活得像个陀螺似的。可是未来的十余年，若能全心全意抚养一个孩子成人，这陀螺好歹有根轴心……纵然阿槐所生的是个公主，我也愿意爱如己出。"

寒气不经意弥漫，素盈仿佛被吸入一口深井。是谁的女儿，早就不值一提，是谁的母亲，才是今后的胜券——她莫名想起皇后的话，觉得这冰冷的寒井根本没有底。

素盈脸色苍白，十指紧紧交扣在一起，尽量放缓声音说：“珍媛已逝，侄女恐怕不会久留。姑姑，您要多保重。”

丹嫔苦苦一笑：“你还想走吗？今天皇后将诅咒的事原原本本说给他听。他大发雷霆。所有进出琉屏宫的人，一个都不准少，全要送到宫正司问话。”她嘴里的“他”只有一个人，就是天下至尊。

皇帝震怒是预料之中的事，可素盈没想到自己也要被送去宫正司。那地方向来有“只进不出”的传闻，她不由得恐惧。丹嫔斜眼看着她冷笑：“你撺掇东宫去砍东西之前，就没想过害怕吗？自己担不起后果，倒送了一把好刀给皇后。且看她怎么干净利落地挥吧。”

话里话外，是怪素盈戳破了包裹丑恶的锦绣表皮。素盈垂下眼睛，一字一句地说：“当然怕。但我更害怕活在一个没有真相的地方。”

借着不太明亮的烛光，丹嫔深深地看着这唯一与众不同的侄女，终于露出一种素盈前所未见的表情，温和柔软中透着浅浅的悲凉：“傻孩子。你当奉香的时候，也很伶俐。回家过得自在，心眼都蒙住了。”

“比真相更重要的是秘密。”她幽幽的话音跟烛光一起飘摇，“让我们神气活现，或者心惊胆战的，不是掌握多少个天下大白的真相，而是攥着多少不为人知的秘密，又有多少秘密被人攥在手里。”

“阿槐的死，会变成秘密？就算找到内情，也会变成皇后的筹码？”素盈心里是明白的，只是不愿意事事变成这样。

丹嫔沉默的时候，脸上恢复了惯常的神气。

“放心。宫正司那边，同郡王的五夫人有交情。再说那些锦茵绣褥，是谁送的都有数，不干你的事。”她冷冷笑道，“想趁火打劫，把我们东平素氏连根拔起，也没那么容易。”

她对珍媛的哀悼飞快地结束了，只提防老对手又将矛头悄悄转过来。

这时映荣苦着脸走进来，也不避讳素盈，向丹嫔禀报：“柔媛求见。奴婢说您今日心情不好谁也不见，可她不肯走，在外面哭起来了。”

丹嫔蹙眉嗔怪：“不看看今天是什么日子！不为她妹妹哭两声，跑来我这里哭！”又冷笑，“她巴结皇后的好手段，我自愧不如。纵然是稀客，我也不敢放她进来。”

然而柔媛却不肯走，哭闹声很快从外面传到丹嫔耳中。素盈惴惴地说：“今天这样的日子，娘娘将她拒之门外似乎不妥。”

丹嫔冷冷地说：“那就请你做个见证，别让她从我的毯子上抽什么红线蓝线。”

柔媛抽抽搭搭地一边揩眼泪一边走进来，见素盈也在，嗫嚅半晌没说来意。

丹嫔大声呵斥：“用不着我的时候，你可不会登门。有话便说，别给彼此添不痛快。”映荣立刻带宫女们退了出去。丹嫔冷眼看着柔媛，说：“剩下的都是自家人，你若还是说不出来，就请回吧。”

柔媛不住颤抖，眼圈一红，重重地跪到丹嫔脚下，边哭边说：“我的性命就在姑姑一念之间了。”

丹嫔前额晃过一丝阴翳，不住嘿嘿冷笑道：“前年帮丹茜宫牵的一手好红线，白牵了？那么大的人情，还有什么麻烦难倒你？”

听她提起揭发文彩环的旧事，柔媛不敢接话，吞吞吐吐地说：“宫正司那边，开始查验安济殿的东西和礼单。”

她一说，丹嫔就明白几分，脸色不由得微微变了：“你这傻瓜，不会送了忌讳的东西吧？”

柔媛头低得抬不起来，又哭道：“那个夹带纸人的绣褥，在礼单上写着是、是我送的。”

丹嫔霍地站了起来，眼睛仍直直瞪着柔媛，恨不得将她吞了：“阿淳，你妹妹哪里碍着你了？你这样咒她，还有脸来求我？”

柔媛大哭起来：“我不是当真的呀！巫术怎么可能有效？不过是让我自己心里好受一点！”

她当下跪地，拉着丹嫔的衣襟声泪俱下：“我入宫八年了，我娘捐了三座私宅，一百多僧尼日夜祷告。阿槐才来几天？她的亲娘又为我们家做过什么？偏偏是她！偏偏是她！我一念之差做了糊涂事，只是泄愤呀！姑姑，你救救我！”

素盈看着号啕的二姐目瞪口呆，急忙转眼去看丹嫔。

“巫术……会有效。那是宫中最大禁忌，会实实在在要你的命。”丹嫔慢慢地坐下，无可奈何地摇头，“我没有在后宫颠倒黑白的手段。你该去找皇后坦白。”

柔媛登时慌了，抱住丹嫔的双膝央求：“这两年来，她巴不得我有差错——我一死，那红线的事就再无对证了！姑姑，只有你能救我！天地为证，从此以后我对姑姑再无二心。姑姑若要丹茜宫，我定以死相报。”末了伏在丹嫔膝头号啕大哭。

她越是慌乱，丹嫔的神色越是冷静，摇头说：“你知道宫中祝诅是什么罪，也知道皇后等着你犯错，又这么怕死，干什么去犯糊涂？”她的神情充满惋惜，横下心来给出唯一的建议，“你自己想个法子了断，不要丢尽你父亲的脸。”

一言既出，素盈与柔媛皆如五雷轰顶。

丹嫔圆润的脸庞如石头般僵硬，只有嘴唇轻轻地开合，无情的声音轻轻地飘出来：“人做出无力承担的丑事，不是死于真相败露，就是死于隐藏秘密。换作是我，宁可死于秘密——好看一些。”

她的语调如此自然，仿佛在说一件人人都应该知道的事。柔媛眼中的悲戚变成了绝望，绝望又变成冰冷。终于，她摇摇晃晃地站起来，再不多看姑姑一眼，失魂落魄地往外走。

素盈想要上前搀扶，忽被她反手抓住。素盈疼得张开了嘴，却没有发出声音。原本白皙秀美的柔媛，五官扭曲至可怖，几乎看不出本来面目。尤其眉眼狰狞，哭红的双目几乎要迸出血来。素盈一瞬间骇然，忘记了疼痛。

厉鬼般的女人用力钳住素盈的手腕，狠命摇晃她，恶声恶气地嘶吼起来：“你为什么要多事？谁都知道不要戳破，偏偏你要在东宫面前出风头。我是被你害死的——素盈，我是被你害死的！”不知她从哪里来的巨大力气，狠狠将素盈推倒在地，自己头也不回地走了。

丹嫔默默听着她的脚步声消失，又沉默了片刻，才用非常轻微的声音吩咐素盈：“你先回琉屏宫去。”

素盈倒地时用手撑了一下，手掌传来钻心的痛，眼看着深夜的宫廷将柔媛吞没，黯然道：“我不信她有心置阿槐于死地。姑姑难道一点办法也没有？”

丹嫔直愣愣盯着灯上刚结出的一朵灯花，叹道：“巫术不可能凭空消失——东西是她送的，纸人是我这里的映荣搜出来的。要救她，只能颠倒黑白，毁了映荣。我不愿意玩弄是非。”

说完她将目光投向素盈：“你看见了——她诅咒自己妹妹还迁怒于你。这种人纵然救下来又怎样？”素盈无言以对，默默地退出流泉宫。

九月的星空威风凛凛地压在宫廷之上，亿万星辰灼灼注视着没有提灯的少女。她在暗夜里仍能凭着印象找出前往琉屏宫的路。宫廷留在体内的记忆，深刻得超过她的想象。

路过玉英宫，素盈抬眼望了望，一转眼文才媛死了两年，里面黑沉沉的，了无生气。今夜的琉屏宫，就要和玉英宫遥相呼应。想到那沉默的死亡气息，素盈几乎没有走回去的勇气。

然而，琉屏宫改头换面进入办丧事的模样，太监宫女比平日还多。素盈没有发现熟悉面孔，一问才知，宫人已全被宫正司提去问话。一个宫女说：“六小姐请这边走，有人要见你。”素盈今晚有些恍惚，晕乎乎地跟了过去。

偏室端坐着一名女子，是改为宫妆的东宫侧妃素慈。两人数月不见，此时在这种情况下会面，不免百感交集。素慈上前紧握素盈双手，关切地问：“你还好吗？”素盈默默地摇头，一个字也答不出。

她们携手坐下，双双沉默。素慈知道东平素氏今日遭逢巨变，素盈心里定是惊涛骇浪，便不计较她能不能听进去，自顾自地、轻而慢地说：“早就想来看看你，可是怕惹出是非。好容易找到理由来了，却是这样的理由。”

过了片刻，素盈有气无力地说：“多谢你送的那幅画。”说到过往，显然是不愿提今天发生的事。

素慈笑得有些奇怪，柔声说：“那没什么。我想，如果你我二人易地而处，你也一定会提醒我。”她顿了顿，又说，“至少，东宫口中的那个素盈，一定会提醒我。我只是……想要像你一样。”

素盈见她神情郁郁寡欢，投去疑惑的一瞥。

“现在我懂得，阿璃为什么对你那般刻薄。”素慈寂寥地笑笑，“是东宫要我来的。”

她的笑容温柔而悲伤，素盈忽然有种愧对她的感觉，心虚地避开她的目光。素慈慢悠悠地说：“他今天感叹，你还是老样子没变。口气很欣慰，也很难过。他说，这样的你，遇到惨事，一定比别人感受到更多的悲哀和愤怒，太可怜了。”

素盈不自在地扭动身子，素慈察觉她的尴尬，可还是把当初的内情倾吐出来：“那幅画也是他的意思。我本来不信皇家公主会下嫁白家。是东宫说，皇后自己深受惠和大长公主和丹嫔的明枪暗箭，不愿嫡出公主下嫁素氏，免得公主以后生了女儿、嫁入皇家，又要仗着亲娘争宠。凤烨的婚事没能遂她心愿，荣安和真宁的婚事，她必定要干预，因此选了唯一不姓素的白信默。正好荣安也心仪于他。”

素盈怔了一会儿，喃喃道：“我太愚笨，想不到这一层。”

素慈将声音压得又轻又低，说：“你和令尊选的这个人也太……无论怎么看，都不成。下次还是让素率来谋划吧。”

“我哥哥？他只能想出一个主意。”

素慈软软的目光落在素盈脸上，烫得她一颤：“正是那个意思。”她凑到素盈耳边，语调更低更轻，“东宫还会再纳侧妃。上回选了我这样一个无用的人，皇后暗地里很恼火他。加之公主下嫁白氏，不少素氏对皇后颇有微词。她还得再笼络帮手。”

灯光中，素盈朦胧的脸颊浮现一层迷离，许久之后缓缓闭上眼睛，摇头说：“珍媛尸骨未寒，我不想在她殒命之地谈论这种事！”

素慈丝毫不恼，语气依旧柔软：“他希望有些人永远不要改变，譬如你。还希望有些人能够改变，变成你。阿璃不肯变。我呢……我想真正的你来了，我就可以做回自己。”

她的话让素盈透不过气。素慈站起身，小声说：“我该告辞了。他等着我的消息，还没睡呢。今晚的话，你一定要仔细斟酌。”

不消一日，整个后宫之内，上至贞妃的凝华宫、文妃的凝芳宫，下至选女们所在的昆霞院，时时可见小宦官来来回回叫人去问话。琉屏宫有四个宫女因在珍媛小产时守在一边，宫正问话后没再露面。

后宫中人心惶惶，连皇后也坐不住了，对几个向她诉苦的选女说：“出了事情固然可恨，但这样翻天覆地也太过了。”

其中一个选女迎合她的意思，接口道：“是呀！天下坐不住胎的多了，她偏巧在宫里而已。这样折腾，好像是谁成心害她似的。”

皇后一边把玩手里的玉佩，一边说：“是不是有人作怪，大家心里清楚。那纸人就在宫正司收着呢。”

另一个选女忙顺着她的话，紧跟着说：“既然罪证都有了，是谁干的很清楚，何必兴师动众，搅得大家都不得安宁？”

皇后不紧不慢地摩挲她的玉佩，轻轻一笑道：“你们又没有做亏心事，怕什么？”

这些话原封不动地从丹茜宫传到流泉宫，又经丹嫔的口传到了素盈耳朵里。

丹嫔到底还是担心皇后借机发作，细细地问：“宫正找你问话，都有谁在？”

素盈如实答：“宫正、司正、典正都在，还算客气。”

她此时已不为自己担心，却又担心起柔媛：“我听那些在宫正司等问话的小宫女说，柔媛自离了这里，就被软禁，任何人不准探望。”

丹嫔有些伤感地轻叹道：“去的是咱们阿槐，造孽的又偏偏是咱们家的她！这样便宜的事，怎么会轻易过去呢？”

“她会怎样？”素盈忐忑不安地望着丹嫔。她心里能够猜到，只是想听丹嫔亲口告诉她。

丹嫔手中捧着一只白玉茶盏，放下又端起，稍稍地喝了一点，柔声说：“有人来我这里通过消息……你大概很快就能回家去。至于柔媛，一时半会儿也不会怎么样。你父亲问起来，你如实说，他自然明白。”

事情果真如丹嫔所说，素盈只等了两个时辰就等到命她出宫的口谕。

她别了丹嫔，去同丽媛、柔媛辞别。丽媛的蕊珠宫气氛十分紧张，素盈不知大姐素湄为什么忧心忡忡，只当她为柔媛的事情难受，说了几句宽慰的话。可丽媛由始至终一副心不在焉的样子，素盈便告退，又往柔媛的蕊琦宫去。

柔媛在软禁中，门禁森严不容靠近。素盈只得央求把门宦官捎话进去，然而半晌不见柔媛送个回话出来。素盈出入有时辰管着，不敢逗留太久，无奈只好怏怏离去。

素槐出事不过三日，宫中气氛紧张，人人自顾不暇，没有人特别想起来给东平郡王府捎个信。丹嫔、素盈二人怕纸上说不清楚，徒增家人恐慌，索性也没有向家中报信。

素盈的牛车行至门口，府里才知道她自宫中归家。东平郡王府的人习惯了以小见大，见她神色凄凉，便知道没有好事。

父女二人在书房相见，东平郡王心中不祥的预感都放在脸上，一来便说：“有人跟我说，后宫死了一位妃嫔，消息还没有正式传到外面。”

素盈当下跪地哭泣，东平郡王看这光景，登时面如土灰，勉强问：“是谁？”

“珍媛。”

东平郡王的胸膛一起一伏，颤抖片刻失声喝问：“阿槐没了？！什么时候的事？！”

“前天。”

东平郡王抑制不住震惊和悲怆，不等素盈多说，便用那洪钟般的声音大哭。父亲有这样真性情的一面，倒是素盈始料未及，不由得陪着他掉眼泪。

郡王哭了一会儿，命人去找十二夫人。不多时，远远的有个妇人一路号啕大哭，片刻工夫被人搀进屋中。郡王原本不知如何向她开口，下人已泄露了消息，他便略去经过，叫一声“棠君”，不避外人就将她揽在怀里抱头痛哭。

十二夫人身材单薄，这般撕心裂肺地哭着，几乎要人担心她把命耗尽。其余众位夫人在旁纷纷用言语开解，并不见效。哭到伤心处，她一口气接不上，昏厥过去，吓得东平郡王与众位夫人又是手忙脚乱，半晌将她救醒。

珍媛死在宫中，可人人自危，没人如此轰动地哭号，反倒不像真出了命案。素盈此时置身一片悲声泪海，又见十二夫人痛不欲生的样子，终于把持不住，当即跪下哭道："我没照顾好妹妹，辜负姨娘一番托付。"

十二夫人泪流满面，摇头说："不怪你。我早知道，这是祸不是福！这个傻孩子呀。"她用力擦眼泪，可总也擦不干净，索性不再擦了，哽咽地问素盈："你妹妹，她去得苦不苦？"

素盈不敢说实情，轻轻地啜泣着说："阿槐最后……神色很安宁。"

十二夫人捂着心口叫了一声："我的女儿！"再度昏厥过去。众位夫人又是惊叫着救她。

东平郡王哭了一会儿，心思渐渐沉着，拭去眼泪向素盈说："这几天辛苦你。回去歇着吧——等你姨娘缓过来，我还有话问你。"素盈垂泪告辞，众人顾不上理她，都忙着救护十二夫人。

轩芽早在妙音轩门口等她。小丫鬟机灵得很，见素盈神情凄怆，她飞快地端来一盆热水，替她抹去脸上泪痕："小姐受惊了，先休息一会儿，用晚饭时奴婢唤您起来。"

素盈蜷缩成一团，心乱如麻，不由得想：她进宫的日子加起来统共没多久，这已是第二回看见死人，只怕柔媛的第三条人命，不久也要折进去。如此想着，所有的力气都随眼泪流走了。她这几天没踏实合过眼，一转头便昏昏沉沉地睡去。

直睡到点灯时分，清醒时不知自己身在何处。轩芽就守在她床边，听到动静立刻问素盈饿不饿，不消多时端了一碗肉粥回来。

素盈有气无力地吃两口，心中还是惦记十二夫人，便问轩芽："外面怎么样？"

轩芽轻声说："十二夫人哭昏好几次。她原本就不是能扛住事的性子……唯一的女儿没了，只怕她也好不了。"

素盈一口粥含在口中，半天咽不下去，眼泪又扑簌簌落下来。轩芽忙拿银盅过来，让她吐掉，连声说："遇上这种大事，还是交给家里的男人们。正好二公子回来，三位公子都在，总能帮着郡王扛过去。"素盈的手一抖，粥洒在床上。

"谁回来了？"

"二公子。"轩芽一边擦拭，一边说，"他刚才来看过小姐，听说你睡着，就走了。"

空气中仿佛飘来一缕甜而稀薄的桂花香气。记忆中的他，不动声色地质问："怕什么？把我换成老三，你也怕下人乱传风言风语吗？"

"可你、你不是三哥。"素盈抗议着，挣脱他的手。

"没错。"素震那双少年刚毅的眼睛里，透出坚定神色，"没人当我是郡王的儿子。我也宁愿自己的父亲是谢将军、林将军。总有一天，我再回来，不再是郡王的儿子。"

他回来了……素盈一阵心慌："什么时候的事？"

轩芽一边收拾残粥一边说："回来有七八天了。三公子在宫中没跟您提起吗？"

素盈在琉屏宫陪伴珍媛片刻不离，况且身份变了，见不到素飒，家里的事都不知晓。看轩芽提起二哥时语气平淡，不像是闹出大动静。素盈支吾两声，又倒在床上。

这一夜素盈辗转反侧，似睡非睡，怪梦连连。仿佛见柔媛、珍媛走来探望，两人心平气和、温和诚恳地与她说话，她忘了宫中发生过的悲剧，心中没来由地担心十二姨娘，恍惚去寻，见到一个女子与十二姨娘聊天。一看之下没认出来，再仔细看，怀疑那有些陌生的女子是她死去的母亲秋婉音。跟在旁边的丫鬟正是轩叶，素盈又悲又喜，什么也说不出来。又见三个哥哥依次来到，或从容安慰，或温柔无语，或心疼怜惜……

素盈清醒的瞬间察觉梦里好多死者，心头顿生不祥。死者与生者的世界重叠，仿佛是专门来提醒她，生死不过一线之间，她随时会走到那边。

她不敢再睡，可倦意袭来，又扛不住。几次三番惊醒，折腾到天亮，终于安稳地沉入无梦之境。待醒来时，昨晚那些梦一个都记不清楚，只余冷汗濡湿的一床沁凉。

东平郡王早早派人来找她。素盈脚步轻浮无力，全仗轩芽出力扶着，走不出几步就觉得心口突突直跳。两人走过府中莲池，轩芽忽然轻声低呼："二公子！"

素盈精神一振，抬眼望去，莲池对面有个高大挺拔的便装青年负手而立。

三年不见，今时今日的素震完全是成年人的身架，更高大结实，眉目也更为成熟。边关风吹日晒，染成他微黑肤色，再也变不回京城中贵公子的细腻。五官仍能看出是他，但从前的几分秀气，被一脸硬朗的线条扫空。

他身后跟着一个二十来岁的美人，样貌也有些眼熟。

素盈深吸口气，向他遥遥地颔首。素震点了点头，却不靠近，向身后女子低声说了什么。那美人轻盈地走过池上小桥，到素盈面前，笑吟吟对轩芽说："我来替妹妹一会儿。"说着伸手搀住素盈的手臂，一双软绵绵的手腕缠得人紧。

鼻端传来不浓不淡的香气，素盈本能地闻：熏衣的尺度把握适宜，很得要领。但这"天山雾重"虽然品位不俗，并不是熏衣的香。素盈又向她脸上看一眼，心头微颤。

素震要她认识这婢女，一定有他的用意。素盈当下没有推搪，再度向远处的人欠了欠身，慢慢地走开。她毕竟与那陌生女子无话可说，一路默默地走到东平郡王书房，道声："有劳姐姐，不知姐姐如何称呼？"

"奴婢馨娘。"那美人笑吟吟说，"奴婢在将军身边，从没拿过比茶碗更重的东西，就怕不能伺候好小姐。"语气中自视甚高，在郡王府中不知轻重，惹来轩芽一个白眼。

素盈忍不住轻声问："他现在……是什么将军？"

馨娘扑闪大眼睛，似乎惊讶素盈不知自己哥哥的官阶。她用一种敬佩的口吻说："如今是正六品襄武将军。"

"哦。"素盈满脸沉重阴云中，展开一线缥缈的暖意，"比上回又升了。"

“可不是！前阵子刚打了一个漂亮仗。这次回来，是林将军安排他进京来报战功的。”

林将军是四夫人林氏的亲哥哥，向来用心栽培素震，比东平郡王费的心还多。素盈点点头，不再同馨娘多话，款款走入她父亲的书房。

东平郡王昨晚也没有睡好，目光有些混浊，强打起精神仍像是老了几岁。见女儿进来，他做个手势打发走所有下人，哑着嗓子说：“你说吧，珍媛的事情，还有什么没有告诉我？”

素盈把宫中的种种一五一十向父亲说了。说到有人在绣褥中藏纸人诅咒珍媛时，东平郡王一只巨掌拍在桌子上，震得案头清供摇摇欲坠。

“那些见不得人好的妖孽！我不会善罢甘休！”他红着眼睛，气咻咻地嘶吼，“珍媛是被人所害，还是确实如宫里说的，小产而死？”

素盈记忆中的一地血迹又鲜明起来，紧接着是丹嫔的话——他们就是用这个闷死你妹妹。

她急忙闭上眼睛，低声说：“我不知道。”

东平郡王也没见过死于小产是什么场面，大手捂住眼睛，哀叹：“老天无眼啊！我可怜的女儿，死得不明不白！”

素盈犹犹豫豫地向父亲靠近一步，低低地说：“那纸人，是柔媛放的。”

“纸人？我们家的柔媛？”东平郡王的嘴角抽动，重重地向后靠在椅背上久久无语，最后又气又痛地大声叹道，“真是冤孽！冤孽！”

他用手不住在额头上揉，将那些愁纹越揉越深：“你姑姑，她怎么说？”

“姑姑说她没办法。”

东平郡王用力地来回挥手：“怎么会没有办法？不过是一个纸人，算什么巫术！这能弄出人命，国家索性不要打仗，让将士们都回家剪纸人吧！”

他爱女心切，原本的一腔怨恨都变作焦急。素盈摇头说：“宫规严禁行巫术，哪怕毫无作用的巫术，也是犯罪。”

东平郡王挥动的手僵住，坐在那里一动不动，半晌才短促地苦笑：“小纸人！”似乎是感慨这一跤摔得多么荒唐。就在素盈琢磨他的心思时，他忽然说：“阿盈，向你义父赔个不是吧。”素盈默默地咬紧牙。

“手心手背都是肉，我不忍心就这样不管阿淳。就是为我们家想想，也不能不管她——珍媛已经死了，不能再搭上柔媛。”郡王说，“自从与白家的婚事不成，你心里就迁怒相爷，再也不跟相府来往。可现在，除了他，谁还能帮你姐姐说句有分量的话？”

他没有指望阿澜，因为宰相对阿澜也没别的指望。但素盈……如果宰相还想利用她，就还会玩弄有求有予的花招。

“我算什么？”素盈看着地面，冷淡地说，“宫中行巫术，事关重大。皇后打定主意不肯善罢甘休。我登门去说一句话，他就会插手，与皇后为难？父亲还是想其他办法。”

东平郡王原本不是很有把握，听素盈这样一说就更加犹豫。素盈料他除了这些，再没有别的可说，起身告辞。想不到郡王又说："素震回来了。我已叫人把银铃送去妙音轩，回去就系上。"

素盈疑心自己听错了，却听父亲又说："这种时候，可不能再传出难听的事情。"他说罢，托着额头陷入沉思，不再理素盈。

这种时候，他还惦记这样的事。素盈哑口无言，恨恨地转身跑走。

素盈回到妙音轩，还没进房门，中年妇人的声音夺门而出——是从前伺候她母亲的轩枝。

自从九夫人死后，原先的仆人分到别处，轩枝分去管库房。她在家中爱传闲话，很多关于九夫人秋婉音的轶事，就是她传来传去。素盈正想着该怎么打发，却听轩芽在里面问："枝姐送什么东西来？"

屋里传出叮铃铃的铃声。老婢女嘿嘿一笑，说："这是给六小姐裙上系的。"

轩芽不服道："干吗给我们小姐系这个？又不是卖艺的。"

"用处大呢。"老婢女倚老卖老，神神秘秘地说，"你来了没多久，很多事情不知道。我跟你说的，你可仔细记好，免得以后犯了小姐的忌讳。"

轩芽想听，但不愿让老婢女卖弄起来太过得意，含笑道："我们小姐向来宽容和气，没有忌讳。"

老婢女将一串银铃摇了摇，继续说："你长长心眼吧！六小姐年纪不小了，和二公子到底不是亲兄妹，哪能不防？"

轩芽不屑地说："白公子从前进来出去多少回，都不当紧。珍媛刚没了，我们小姐就成了稀世珍宝，要防人靠近？难道还指望她当娘娘吗？"

她心里毕竟没有将这位小姐当一回事，素盈早有察觉，倒也不在乎。可她竟拿白信默拜访的事当作谈资，素盈气极，扶着窗沿不住颤抖。又想，平时专门问，还问不出轩芽的实话，索性听听。只是临窗偷听婢女们闲谈，实在是说不出口的丑事，不能被她们发觉。

老婢女连连叹气："当什么娘娘！别弄出家丑就够了。"

她看得出轩芽很在意这话，有心卖弄一番，故意将话头放在小丫头不可能知道的十几年前："二公子是谢夫人从自己娘家抱养的。谁想到刚领过来没多久，谢夫人就身故。抱过来的孩子，总没有给人退回去的道理。谢夫人娘家与四夫人的娘家是至交，这公子就由四夫人当儿子抚养。"

轩芽不耐烦地笑笑："枝姐健忘了？我本来就是四夫人那边的。"这位二公子的来历，她还不至于一无所知。

"你急什么？"老婢女尴尬地咳一声说，"人家从小没当自己姓素，整天念叨回北镇，全家上下没人能安住他的心。这样的一个人，偏喜欢跟六小姐混在一起。"

她点了点自己的额头："这武将的后代，骨子里就是五大三粗的。二公子小时候教小姐打弹弓——你说哪有人教三岁的小姑娘玩弹弓？他自己还是个娃娃。弹子弹了一下，直直打在小姐眉毛上，当时就血流披面，差点伤到眼！"

轩芽不由得叹息："现在还有个小疤呢。"

"长到十三岁，郡王要在宫里给他安排一个去处，他竟然一声不吭，逃到边关去投奔四夫人的哥哥，把郡王气得直跳脚。"

老婢女又停下喝了口水，感慨说："好在他有两下子，这几年升了几级——话说回来，听从郡王的安排，岂止是一个六品武将？"

轩芽微笑问："说了半天，铃铛是怎么回事？"

老婢女捂着嘴不怀好意地说："几年前，郡王碰巧发现他们两人书信往来，好厚的一大摞，随便问问写的什么。小姐不说。郡王抢了一封，一看就怒发冲冠——也没说是什么了不得的话，从此就不准他们来往了。"

轩芽松了口气："原来只是写了几封信！八小姐在宫中受教就怀上孩子，也没见郡王这样大惊小怪。"

老婢女知道的就这么多，见她不当一回事，脸上下不去，干脆放开胆子道："人跟人能一样吗？让你像四夫人那边的亭鹃那样，撞见二公子把六小姐抱在怀里，被郡王赶出去才好！"

一股寒气在素盈胸中弥漫，生出冰锥，刺痛心脏。她转身飞快地跑出妙音轩。轩枝的大嗓门却一直传到她耳朵里："那是三年前，二公子刚升了绥远将军，回京谢恩，顺便回家来……"

没错，那是三年前。那一次他说："有天我回来，不再是郡王的儿子。"

素盈逃跑似的跑到了北园，郡王府中最僻静的地方。

园中有棵桂树。当年四夫人一句戏语，东平郡王就为她从南国寻来幼树，发愿与她花下赏月。可惜的是它只开过一次花，稀稀落落的几朵，像四夫人得到的宠爱，虽不能说从未有过，但也仅一度绽放。

素盈理平喘息，走到桂树旁的长廊，寻一处无人打扰的地方，坐下出神。

寂寂北园飘来笛声。清幽的曲调勾起人心里一片微凉——那是缅怀荒夜的乐曲，唯有见过星垂阔野、冷月飞霜的人，才能吹出这样的曲调，在悲凉的旋律中演绎一丝昂扬的豪气。

这样的人，整个东平郡王府只有一个。

素盈沉浸在笛声里，仰头望着枝叶婆娑的桂树，回想起唯一的一次桂花开放，是三年前的夏末。尽管只是寥寥无几的几朵桂花，东平郡王仍将它们视为珍宝，安排妻妾儿女们赏了一番——素盈在父亲眼中早已可有可无，这样的场合她像一件填空子的摆设，在角落里看着别人热闹。

赏完了花，东平郡王命人小心折下桂花，送给他珍视的儿女们，讨个折桂的好兆头。素盈并未得到。

几天之后，她偶然路过这里，发现较高的枝头又露出几朵淡得发白的花朵，那么柔弱，仿佛随时会被风带走，不被任何人知道它们曾经开过。她不知着了什么魔，四顾无人，扔下外褂就兴冲冲地爬上树，一门心思要在旁人发现那几朵花之前将它们采摘。

树并不高，只是她爬树的技术很差，几经努力终于折到了那枝桂花。还未来得及欣喜，脚下咔一声，她就握着桂枝摔了下来……

此刻，眼前的桂树比三年前高大许多。素盈走上前抚摸它的枝干，无奈地想：若是它三年前就像今日这样结实，大约什么都不会发生。或者，它没有生出那几朵晚开的花，她就不会那样衣衫不整地落入素震的怀中，被丫鬟看见。

“二哥，快放开我！”她在少年怀里乱挣扎，外衣掉在地上，这场面想想就可怕。但他明知道被人看见，还能坦然反问：“怕什么？”

他以为问心无愧，就不需要害怕。

能这样想的人，整个东平郡王府，只有他一个。其余拥有素姓的人都知道：让人害怕的，正是无法解释清楚自己没有做过。

笛声徘徊，素盈心里一处针尖大的地方发酸。待一曲终了，她才发觉坐久了有些冷，可心里却分外平静。此时此刻，一切声响归无，只剩那棵桂树随风低吟。素盈看着云天在枝头变幻——就算生死无常，流言可恶，美好的东西仍然是美好的。

“阿盈。”

有人这样叫了她一声，醇厚的声音那么柔软，像是怕惊动了落在花蕊上的蝴蝶。素盈却受了惊，怔怔地不能动弹。

素震仍是那身便装，朴素得不像素氏公子。他身后的馨娘，头上手上有几件不错的首饰，倒比他更像大户人家的儿女。

他的身影和她回忆中的少年叠在一起，神色较从前更坚毅，可双眼却更温和。

“二哥。”素盈讷讷地唤了一声，站起身。

他向她走近一步，素盈十分客气地向后退了一步。素震没注意到似的，继续向前走。素盈为难地看他一眼，又后退一步。他不容她连连退步，两个大步走到她身边，拉着她并肩坐在回廊低矮的阑干上。前后不过一眨眼的工夫，这对兄妹怪异的表现已惹得馨娘直瞪眼。

素盈注意到馨娘诧异的神色，尴尬地低呼一声：“这不行！父亲不准。”

素震置若罔闻，自顾自问：“你近来还吹笛子吗？”说着含笑将手中的玉笛送到素盈面前，“来吹那支《送秋声》吧！我总是吹不出你那样的韵味。”

素盈局促不安地又看了馨娘一眼——美貌的婢女竭力装作镇定无事，可她分明对兄妹二人的言谈举止感到惊奇。

“妹妹好久没吹奏，已经记不清调子。”素盈刻意强调“妹妹”二字，没接那支玉笛。

素震笑了笑，侧身对馨娘道：“去我房里取谱来。”

素盈又瞥见馨娘露出古怪的神情，亏心似的低下头，直到听不见馨娘的脚步声，才叹一声：“二哥，父亲知道该不高兴了。”

“你总是怕别人不高兴，你自己何时高兴过？”素震将玉笛的吹孔在袖上轻轻一拭，“这玉笛好久没与旧主重聚，大约也想念你。”

素盈接过来，抚摸隐隐透出青色的翠玉笛，将它送到唇边。《送秋声》是素盈的亡母最得意的曲子，这支“送秋”也是她最心爱之物。京城首屈一指的女笛手秋婉音，借着一曲笛声遇到东平郡王，也许不是最圆满的结果，但也无悔无怨。曾经有个婢女打趣，说六小姐不用进宫，没准有朝一日也能靠这两样觅得一个如意郎君。

那时素盈多大？三岁？太小了，以至于她有时怀疑回忆中的事情是否真的发生过。可这一件，她记得那么清楚。母亲说：“傻瓜！难道不进宫，她就不是素氏的女儿？姓了素，结果都是一样的。”

现在想来，那个被人看不起的女笛手，拥有何等的洞察。一曲《送秋声》在低回的尾音中渐渐缥缈远去，素盈放下玉笛，拭去眼眶中尚未垂下的泪。

很多事情想要告诉素震：她是如何认宰相为义父，学习调香，如何在丹茜宫奉香，目睹诡计与死亡……但他已经回家十来天，应该早就听别人说过了。一桩挨一桩，梗在心头，最后她只悲哀地说：“轩叶没回乡嫁人。阿槐在我眼前死了。”

他竟听懂这两件不相干的事，简短地说：“哭吧。”

素盈倔强摇头：“哭有什么用？”

“你需要。”

素盈为这话怔了怔，却哭不出来。素震想了片刻，缓缓道：“白家的事，我听说了。那时候正在打仗，四夫人告知定亲的信，和郡王控诉退婚的信一块儿到的。”素盈一愣，未料到他忽然提起这一桩。

退婚时仿佛天崩地裂，如今已如同往事经年。她淡淡地笑着摇了摇头，凄然道：“你为国效命，不该拿这些事烦你。”

“阿盈，你若恨他，不必忍着。”素震说着，定定望过来。

素盈仿佛从他目光里看到杀机，忙摇头说：“我不恨他。”

“那么就是爱他？”

素盈乍听一个男子直率地说出那字，不免一阵仓皇，随后镇定下来：“白公子……的确是我曾经想托付终身的人，可是结束了。过去了。纠缠不休没有意义。”

她说罢，收敛容色，又道：“现在不是说这些的时候。你难得回来，正好能帮父亲拿主意。”

“他几时听我的？”

他们沉默了一会儿，素震仿佛宽慰她，说：“有大哥在，诸事都能应付。你能做的都做了，不要太过悲伤自责。”

素盈心向下沉，好半天才说：“你难得回来，多陪陪四夫人。你常年在外拼杀，若有三长两短，对四夫人来说就是天崩地裂。”

素震见她言辞极为疏远拘束，估摸馨娘快要回来，简洁地说：“谢将军上一战中已为国捐躯。”

素盈怔了怔——这回说的谢将军，是他亲生哥哥。他生父也是位谢将军，前些年已战死了。她心中不胜唏嘘，又不知该如何宽慰素震。

素震伸手握住素盈的手：“林将军不愿我再守边，托了很多人帮忙，终于求到宰相。若是事情能成，我这次回来，就不走了。”正说到要紧处，忽然听一样东西夹着风飞过来。他忙把素盈护在怀里往旁边躲闪。那东西狠狠打在他肩膀上，一声闷响。

“二哥！”素盈挣脱他的双臂，眼见击中素震的是一柄剑鞘。

剑还提在东平郡王手中。郡王气得脸色铁青，大概原本想拔剑伤人，最终忍住了。剑锋上寒光不住颤动，素盈认出那是素飒的佩剑。素飒站在郡王身后，望向妹妹时带着责备，调转目光看二哥时，却变成冰冷。

“你这禽兽不如的东西！”东平郡王大喝一声，将剑掷在地上。

“父亲！”

素盈叫了一声，立刻被东平郡王怒斥：“你回房里待着！飒儿，带你妹妹回去！”

他蛮不讲理，争辩是白费口舌，素盈黯然看着三哥沉着脸走过来——素飒也是武官，但与经历风霜雪雨的素震相比，就好像柔弱的书生一般。他并不多看素震，拍了拍妹妹的肩说：“先回去。”

仍坐在原处的素震忽地拉住妹妹的袖子，慢悠悠说：“何必摆出理亏的样子，委屈自己？”

素盈并未答话，素飒已推开他的手腕，沉声道：“二哥，阿盈不像你这么傻。”说完拉着素盈走开两步。

素盈忍不住回头，正好看见东平郡王响亮的一掌掴在素震脸上。

“父亲！”素盈想折回去，但素飒牢牢抓住她不放。

东平郡王指着素震的鼻子说：“名分上是你妹妹，这辈子就是你妹妹！我在名分上是你父亲，你这辈子也别想跟我作对——我说过，不准你靠近阿盈十步之内，你怎么敢忤逆我？！”

素震缓缓地站起身，比东平郡王还要高半头。他居高临下地望着东平郡王，一字一句说：“你怎么敢自称父亲？！”

“畜生！”东平郡王拾起剑鞘，反手便向素震劈头盖脸地打，“我们是什么样的人家？东平郡王府的清白名声，是我家众位娘娘的脸面！你敢像三年前，传出风言风语，我索性打死你永绝后患！”

“父亲！别打了！”素盈见二哥并不反抗，不由得大叫起来，“哪有这样打人的？”

“老三，还不把你妹妹带走！”东平郡王气呼呼地叉腰冲素飒大吼。而素盈用含怒的双眼狠狠瞪他。素飒劝不动，索性将妹妹拦腰抱起，扛在肩上便走。

“哥！你、你放下！”

素盈眼看父亲又打素震，剑鞘尚未落下，就被人挡住——竟然是捧着一叠曲谱的馨娘。

“郡王不能打！将军这一两天还要去相府做客，脸上有伤如何见人？”

东平郡王眨了眨眼，着实意外：“你？你去相府做什么？”

素震不理他，对馨娘道：“走吧。”竟撇下东平郡王若无其事地走了。

素盈想看接下来会如何，但素飒扛着她转个弯，眼前只余一道墙壁。走出老远，素飒放下妹妹，开口时语气已柔缓许多：“你知道现在是什么时候？与二哥夹缠不清，绝非明智。”

他心平气和，素盈也没了脾气，委屈地抗议：“你先问问父亲，他胡思乱想，把我想成什么样了！”

“父亲怎么想，没什么要紧。”素飒连连摇头说，“东宫要再选一位侧妃。这种时候，你可不要惹出乱七八糟的传闻。”

素盈呆呆地看着哥哥——他对珍媛的哀悼，也结束了。她忽然有些心灰意懒，冷笑说：“宫里刚为一个怀孕的东平素氏送葬，怎容得下我？”

素飒胸有成竹地说：“你只要乖乖在家里，不传出闲言碎语就好。其他的，不用你操心。”

素盈还要抗议，素飒的神情已变得严肃，不容她多话。

素盈的忧伤忽然难以遏制：“哥哥说信默不是好人——其实不管我想嫁给谁，你都能找一大堆毛病吧？只要东宫侧妃不足三人，我是嫁不出去的。”

素飒抿紧嘴唇，伸手在妹妹肩上温柔地轻拍一下，立刻收回手，逃避似的走了。

素盈失神地盯着他的背影，仿佛听见白衣女人在她耳边一声冷笑。

宫中对珍媛后事、柔媛诅咒的处断，经由素澜传回家中——发生在后宫的事，除非冲撞了祖宗规矩，否则朝廷里的男人们没心思揪住不放。偏偏这回又给他们找来事做。

死去的珍媛很有可能被追封为珍嫔。目前尚不确定，是因为朝中有人作梗，以为珍媛以选女之身受封已是特例，以此封号入葬就是极大的恩典，追封为嫔实在不合情理。而皇帝看似已拿定主意，一定要追封。

“不过这事情也难说。他拿定主意的事情多了，有多少办不成的，大家心里清楚。”素澜这样说。

旁边还有两个丫鬟陪着，素盈忙打发丫鬟们去外面，责备妹妹：“别乱说话！让人听去多不好——宰相的儿媳妇不把圣上放在眼里，别人怎么猜度宰相？”

“有能猜透他的，我倒想讨教。”素澜苦笑，险些变成哭。

素盈心下黯然，握住她的手，轻声问：“柔媛的事，怎么样了？”

素澜有点伤感：“我听说她自从软禁，整天神经兮兮的……大姐常去看她，可她不肯见。也不知道如今怎么样了。”她忍不住泪水上涌，咬牙切齿道，“她又不傻，怎么会头昏脑涨地想起巫咒？不知道中了谁的圈套。”

素盈想起柔媛狰狞的面孔，恐怕最大的圈套并不需要别人来设，早在她自己的心里。

素澜止住眼泪，勉强笑道：“拖久了是好事。只要保住命，一切都好办。”

“既然至今没有论断，应该、应该不至于有性命之虞吧？”

素澜不作声，半晌才恨恨道：“我求了相爷好多次。好歹我怀着他们家的骨肉，给他跪来跪去也怪可怜。他竟摆明了袖手旁观。那可是我的亲姐姐！”说着又伤了心，字字悲凉，“我原以为，我这人有几分傲气，从不求人，低下头来实属难得。如今才知道，我的确是求人太少，不知道我的傲气分文不值，没人稀罕！”

“又说傻话。”素盈急忙连声劝解，“大不了再想别的门路。你挺着肚子还毛毛躁躁的，伤了胎可没法子补救！”

“相爷不想管的事，谁还愿管？”素澜红着眼睛说，“今天专程来陪我娘，给五夫人跪一跪，求她拜托宫正司，别太为难淳姐姐。只怕事到如今，她的情面不够分量。”

素盈再说不出话，只能叹气。

素澜拭去眼角泪痕，苦笑道：“这些日子，走到哪儿都是说她们。今天不说了。”

她上下打量素盈，劝道：“珍媛、柔媛的事自然有人操心——就是天塌下来，有父亲和哥哥们挡着。前一阵还见父亲为你忙活着找婆家，现在他焦头烂额，对你的终身大事不闻不问。你还耽误得起？”

她突然提起这样一桩，素盈冷不防打个哆嗦。素澜也知道她多心又敏感，坦白说：“万一这场风波难以收拾，对我们家只有害处，你嫁人的时候免不了受连累。得时无怠，时不再来。若有机缘，务必当机立断。”

东宫还会再选侧妃。素盈想起素慈的话，狠狠打个哆嗦，疑心妹妹已经得到消息。

这时候轩芽在门口通报：“小姐，二公子来了。”

素盈说声“请他进来”，站起身向外望，一阵铃声随之摇动。

素澜提起她腰间长丝绦，抖了抖末端一连串小银铃，笑道：“我说呢，姐姐怎么又把这些铃铛挂上了。”

待到素震进屋，她仔细端详，讶异极了：“二哥？多年不见，丝毫认不出了！”又向贴身的丫鬟说，“你看这是不是前天在府里，远远看见的那位公子？”

那丫鬟捂嘴笑道：“可不是嘛！您还说，这位面生的公子跟六小姐倒是般配！”

素澜嫌她多嘴乱打趣，白了她一眼，向素震笑道：“原来是自家哥哥！二哥恐怕也不认得我吧？”

素震惜字如金：“我见到相府女眷就避开了，没看清。”

素澜又笑道：“原来送给相爷一名美婢的就是二哥。我还在猜是哪个北镇的将军如此鲁莽，坏了相爷洁身自好的名声。”

素盈稍感吃惊，心想难怪这两天没看见馨娘的影子。忽又想起，他之前说林将军为他铺了回京的路，大约馨娘也是其中一块垫脚石。

“婢女而已，怎能动摇相爷声望？”素震淡淡地回了一句，神色还是稳如泰山。

素澜笑道：“送给相爷的美人不少，他从不放在眼里。唯独二哥送来的这位……也不至于倾国倾城，竟与相爷投缘。不知二哥所托何事？我看，成功的把握不小啊！”

素震无心再说这事，拿出一只朴实无华的木盒。盒面不带一点花纹装饰，跟他的作风很一致。他说：“阿盈，听说你这两天夜里又睡不着。这里有一根不错的首乌藤，还有些茯苓、龙齿。你拿去用。”放下木盒，就要起身告辞。

素澜又笑道：“宰相夫人也睡不好，总在找好的首乌藤。”

素盈不想收他的东西，顺水推舟说：“你给夫人捎去，记得要说是二哥送的……”

刚把木盒向妹妹手边推，素震一步跨到她身边，将她的手按在木盒上，说：“给你的，你就留着。”他的语气听不出是责备还是气恼，然而神态强硬。

素家姐妹惯于轻声细语、兜圈客套，不知如何应付武将的莽撞。她们反应也快，素澜打圆场，笑嘻嘻地说：“相府想找什么药材找不到？姐姐不用操心，先养好自己的身体。”

素盈只得莞尔：“我本来没什么不好的。你们这样郑重，倒让我不敢不仔细了。”

他这才转身离开。素澜说是时候不早，该跟她亲娘去拜会五夫人，也走了。

素盈打开木盒，只见里面几个格子，每格中都是难得的药材。尤其当中一段首乌藤，在北方很少见这么大而好的，恐怕相府还真找不到。数了数各样药材，猜这原本是林将军为宰相夫人准备的礼物。

想起素震那天要馨娘搀扶自己，忽然有些明白：他这人不懂得如何送礼，大约是想要素盈代为将馨娘送去相府，又开不了口。这些好药材，大约还是他开不了口送琚夫人。她总感到受之有愧，寻了一方素雅绢布，细心包好药盒，叮嘱轩芽差可靠的人送给琚夫人。

轩芽笑嘻嘻说：“小姐冰雪聪明的人，怎么犯糊涂——他刚说了要你留着，前脚一走，小姐就拿去做人情，他会高兴吗？”又劝说，“二公子专门上京来送礼，岂会只带一个馨娘、一盒药材？小姐不要替人操心，将自己身体养好吧。”她本是四夫人身边的丫鬟，同那边的丫鬟们走得近，又喜欢四处打听闲言碎语，素盈疑心她知道一些内情。可是问起来，她又神神秘秘地笑着推说不知。

还是借这丫鬟的嘴，素盈听说素澜与三夫人苦苦哀求，五夫人推不开，下了很大一番功夫去托宫中的旧识。而东平郡王这边，也在找自己的解脱之法。

家中遇上事，东平郡王想不出主意，终于将白潇潇从别邸接回来。

“阿罗说虚花无果，原来如此。”白潇潇这时候才听说珍嫒的死讯，不免惋惜。

东平郡王好容易平复的心情又被勾起来，气道：“我让你回来，是要用你的脑子！若要听这些，我索性接罗大娘来。虚花无果——哼，世上能开花结果的事情有几件？我偏不信邪！”

白潇潇见他的暴躁一触即发，便不作声。

东平郡王怀抱微渺的希望，说：“柔嫒不傻。这种时候，一口咬定纸人的事是陷害，保住自己应该不难。”

白潇潇略为沉思，说：“只怕皇后意不在她，要她咬出‘指使她的人’。郡王可要趁早想想，我们家那几个女人，哪个更要紧，免得阿淳又釜底抽薪，抽得我们自家元气大伤。”

东平郡王打个寒战：“这事总不能波及丹嫔吧？”

白潇潇冷笑道：“阿淳拿一张毯子就弄死了文彩环——文彩环还没撞上她生死一线的关头呢。”

经这一说，东平郡王又不敢轻举妄动。

如此煎熬地过了几天，忽然来了一名相府的下人。东平郡王这时如惊弓之鸟，怕是素澜的身子出差错，忙将来人请入后厅。

那人带来的却是另一个天大的消息：柔嫒在宫中自尽了。

下咒的事，东平郡王原本没在家中声张，素盈不去惹是生非。素澜从婆家听说此事，也没敢对母亲说实话，只告诉她柔嫒受了嫌疑。而今柔嫒畏罪自尽，纸再也包不住火。

十二夫人一听就挣扎起身，要与三夫人拼命。三夫人骤然受到丧女的打击，本就像疯了似的，一口咬定有人陷害。这时见众人偏袒十二夫人的多，她不免口不择言，说了许多难听的话，连五夫人也被殃及。

素盈原是为慰问而来，正撞见三夫人大声责备五夫人：“早知道宦官的情分靠不住！你说宫正司能还她清白，原来就是放任她死！”

五夫人也生气：“反成我的错了？应承你的时候，你们跟我说阿淳是蒙受不白之冤，我自然求人帮她雪冤。可没人告诉我，阿淳的确是行巫术呀！我岂有颠倒是非的能耐？”

三夫人还不罢休，嚷嚷道：“怎么没有？你们个个都有颠倒是非的能耐！阿宁、阿络的事怪到我头上，也不看看她们干的什么好事！如今阿槐也算到我头上，你们索性拧成股绳来勒死我！”

此时白潇潇上前劝三夫人：“前因后果还不知如何，你且等等看。”

素络的生母六夫人却不肯罢休了，叫嚷起来：“我女儿干了什么好事，你索性说大声些！话说半句，不清不楚，是什么意思？”

这些女人一把年纪，翻开老皇历还是要发疯。场面太难看，素盈退到僻静处，命人找来琚府的下人，问：“少夫人可知道此事？”

那下人摇头回答：“都怕少夫人动了胎气，还没有人告诉她。”

素盈点头道：“这事是瞒不住的，要提前让她有准备，慢慢让她知道。柔媛娘娘怎么没了的？她宫中没人发现？怎么没救过来呢？”

那下人道：“小的不清楚——我家二公子写了一封信给郡王，大概郡王已知详情。”

东平郡王今日心情极差，无力听一群女人吵闹，自己闷在书房里。素盈暗想，不能在今天去寻晦气，偏偏有人来找她，说郡王唤她。

她裙上系了十几个银铃，一路上叮叮当当，在安静的南园勾出清脆的回响。东平郡王连日劳心费神，正独自在书房里踱步，听见银铃声由远及近，停下脚步等她。

“父亲。”素盈低低地唤了一声，见父亲神情冷峻，心里不由得颤了一下，说不上为何生出不好的预感。

东平郡王用极慢的脚步走到素盈身边，像是背负了沉重的心事，迈不开腿，又像是逼近一根重要的救命稻草，不得不小心谨慎。

“阿盈。”他拉起素盈的手轻轻拍了拍，罕见的亲昵态度害素盈打个哆嗦，“还好有你。”

没头没脑的言语，令素盈更加心惊胆战：“有我？什么事有我？”

东平郡王古怪地笑了一下，用一种听天由命的口吻说：“我们家在宫里的女人们，大约是要完了。”

素盈惊道：“父亲说什么！”

东平郡王摇了摇头，苦笑着拿出一封信在她眼前一晃：“柔媛，是服药自尽。”

宫中药禁甚严，没人比素盈更清楚，她当即摇头质疑：“她软禁宫中，哪儿来的药？”

“是丽媛给她的。”东平郡王心力交瘁，话音越来越低，“柔媛连着几天白日见鬼，神志不清。丽媛不忍心，私藏了一些曼荼罗给她。谁知柔媛有心寻死，一口气全吃下去，以致中毒身亡。”

这话就更不通了。素盈眉心蹙得更紧：“安神药多得是，何必用到曼荼罗？这岂是说有就有的东西？”

东平郡王森森笑道：“谢天谢地，宫里不打算像你这样刨根问底。”似乎是暗示，他已经知道，柔媛诅咒败露，是素盈在宫里刨根问底的结果。素盈又怀疑，他其实也知道曼荼罗的来历。

“丽媛因为在宫中私传药物闹出人命，昨天已被剥了封号，没入丹茜宫为奴。”东平郡王说。

素盈吃惊不已。本来柔媛行巫术的意图不是谋害皇帝皇后，最糟不过削封受杖，如今平白赔上性命又连累丽媛，实在匪夷所思。骤然听到噩耗，她除了怔怔看着父亲，说不出话来。

“你大哥进宫去为阿淳收尸。”东平郡王颓然跌坐在一张椅子中，“我把精心养育的女儿送进去，她莫名其妙死在里面，皇家还嫌她的尸身有罪，一张席子就给我送了回来。”

素盈回想起睿洵提着刀说“藏在深处的东西，有藏起来的原因。人们不去找，有不去找的理由”，那时候怎么会想到结局是这样呢？

她一阵心寒，颤声说：“姑姑不会有事。若是连她也受牵连，未免做得过度了。”

“我怕用不了多久，丹嫔也会倒霉。也许就是今天，也许是明天。”东平郡王低声咆哮，却没有往日那股嚣张的气焰，“到底是谁害了珍媛？谁怂恿柔媛去诅咒自己的妹妹？谁让丽媛擅自传递毒药？好高明的手腕！死的死、废的废……我们被人家一网打尽了！”

素盈看见一个接连失去女儿的老人，十几年来的企图一块块瓦解。他明知危机四伏，可是束手无策，像困兽般懊恼。

她去倒水，壶中却是酒，只得撇开。东平郡王却招手要她斟一杯来，不住自责：“我如今后悔啊——是我当初得意忘形，事做得太绝，话说得太满，处处树敌，还以为靠我妹妹就能打倒他们！眼看什么都没了。你下面那三个弟弟如今还小，待到长大，要怎么活啊？”

他的三个小儿子平日在别院中读书，不怎么同姐姐们往来。素盈脱口道：“像二哥那样历练一番，不也很好？虽然在边城过了几年苦日子，但是凭着自身能耐踏实升迁，也不见得就活不下去……”不等她说完，东平郡王冷冷地看着她。素盈一接触他的目光，便噤声不语。

“你傻不傻？素震有他亲爹和林将军提拔。你的弟弟们吃完苦，有什么甜头等着？战战兢兢倚仗有权势的人，尽心竭力看别人脸色，万一出了事，连一个能求助的人也没有、一丝希望也没有……你根本不知道那是什么日子！”东平郡王短促地哼了一声，态度好像他知道那是什么样的日子。素盈却预感到，这些话里还有另一重意味将被揭晓。

他从容地说：“传闻东宫要再选侧妃。这是老天爷送上门的一线生机。”

一股寒流当头泻下，将素盈浸没。她呆愣好一会儿，缓缓站起身，冰冷的声音夹在颤抖的铃音里：“父亲可想过，女儿一样要战战兢兢，一样会出事，也许和姐妹们一样，死在里面。父亲又怎会有踏实日子？”

东平郡王静静地看着她悲愤的脸，一字一句说：“那要看我们父女的造化——我，放手一搏；你，不准怯阵！”

这一霎，房中光线昏沉，素盈忽然看见了十几年前的一幕：同样暗淡的房内，她美丽的母亲对身边的婢女说“素氏的女儿，结果都是一样的”，仿佛那时候，母亲就看到，有一天，郡王漫无尽头的冷漠之中突然蹦出一句充满欣慰的“还好有你”。

素盈笑了一下，不知是嘲笑父亲的着魔，还是赞叹母亲的先知。

“女儿……明白了。”

压迫父亲的那份沉重，悄无声息而又得意扬扬地攻占了她。她对父亲再也无话可说，离开书房的蹒跚脚步带出一串铃声，在空荡荡的心里回响，连回音也是凉的。

素震不知从何时起站在父亲的书房外。素盈没有看见他，径自茫茫然地往前走，素震就默默地跟了她一路。行至一处安静的地方，素盈终于听见了身后的脚步声。

她停下来，仿佛自言自语，又像是问他："我们到底是为什么生下来？"

他注视她的背影，和蔼的声音充满同情："曾经，素氏的地位是靠战功赫赫、报效国家换来的。现在，素氏的荣华富贵背后没有实实在在的东西。不知道凭什么能够保住权势地位，也不知道什么时候会失去。所以要有皇后，帮他们安心。越是恐惧，越是需要这样的女儿。"

素盈笑了笑，说："你不需要依靠女人来安心，想必也没有恐惧。"

"还是有的。"素震看着她的双肩那么娇小，忍不住心疼，"你和郡王的话，我都听到了。一而再，再而三，他太过分了。你要忍他到什么时候？"

素盈仰头看着万里云天，口气有些遗憾："二哥是男子，不愿听、不愿照办，可以走，可以独自去闯。我只是一个女儿，不愿听又如何？只能听。不愿照办，也只能照办。"

"阿盈。"素震走到素盈背后，低低地说，"不必灰心。既然应承了郡王，你就佯装甘愿，拖延些时日。"

素盈有些奇怪，问："拖到何时？"

"不必很久——我带你走。"素震的声音越沉越低，最后几乎是在素盈耳边叹气。

听到这种话应该害怕，但她没有。倾注身心的那股寒流，被一丝暖意破开——毕竟还是有一个人，不曾将她视作脚下的阶梯，借她攀爬又随意践踏。

可惜他是痴人说梦。

温暖转瞬即逝，她勉强笑道："这些年来，有三个男子说要带我走——三哥从小就说要带我离开这个家，可最远只到南郊的杨树林。第二个是白公子，带我走到一匹马精疲力竭能到的最远处。你是第三个。你是我的二哥，你又能带我走多远？"

看他面孔僵住，素盈笑了一下，摇头说："没人能带我走。我生在东平郡王府，只有一个去处，就是宫里。"

她的绝望没能打击素震，他缓慢坚决地说："你信我一次。"

素盈苦笑着摇了摇头，慢慢地转身走开。

那天素沉带着柔媛的尸身归家。三夫人伏尸痛哭一场，亲手为女儿梳洗打扮，仿佛她还是活人一般。众婢女都被她的样子吓到，怕她伤心过度出乱子，去请郡王妃做主。郡王妃却说，柔媛丢了全家的脸，她对三夫人无话可说。下人们找了一圈，找到妙音轩。

素盈黯然许久，从妆匣里挑出一副最好的首饰，是七宝金银错的一根发簪、一对耳坠、一双镯子和一只衣钩，吩咐轩芽送过去："给姐姐戴去吧，是我一点心意。"

不一会儿，轩芽脸色苍白地跑回来，失了魂似的向素盈说："小姐，三夫人莫不是要疯了吧？"

素盈忙问出了什么事。轩芽本是乐意凑这热闹的，此时却哭出来，说："我进屋的时候，就她与二小姐……在屋里，连她身边的丫鬟都不敢进去。我也不知自己胆大还是胆小，与三夫人说了一句客套话，放下东西就跑了回来。"

"三姨娘怎么说？"

轩芽一脸苦相，说："三夫人根本没看见我，两眼直勾勾的，看二小姐的、的尸身——衣服都扒了。"

素盈心中惊奇，暗想不会真要疯了吧，连忙问："她要做什么？"

轩芽心惊胆战地说："好像听她嘴里嘟嘟囔囔，说'痣呢？痣哪儿去了'……"

素盈骤然打个激灵，厉声问："你听清楚了？"

轩芽吓一跳，慌张地连连摇头："我什么都没听到！什么都没听到！"

素盈勉强挤出微笑说："我不过随便问一句。今晚这趟差事也够你受的——去睡吧。"

轩芽如蒙大赦，急忙走了。

"痣"是什么意思，素盈不明白，可总觉得是件不能让人安心的事。她强迫自己不要往坏处去想，唯恐可怕的念头会招来噩运。

然而黑暗总是酝酿不安，越是睡不着，越是心慌意乱。最近种种可怕可悲的见闻交织一处，系成胸中的死结。不可能睡得着了。

素盈披衣起身点灯，轻手轻脚从箱中翻出一只布包。她从小习惯把贵重的东西分开来放，万一有闪失，不至于荡然无存。素震的来信只被父亲抢去烧掉一半，还有一半保存在箱底。

他从前每两个月寄来一封信，每封信中写着两个月来的点点滴滴，每天写一小段。素盈觉得他的写法十分新鲜，也照样给他回信。虽是两月与他通信一次，却像是每天都在攀谈。

那些琐事，在她看来，不过是倾诉的情绪。在父亲看来，字里行间却是滋生危险的羁绊。

今夜她无心去读信的内容，只将素震的一手好字从头看到尾。他的字大而磊落，下笔遒劲有力，不带一点花哨。素盈小时候曾偷偷地模仿过，但女孩儿的字较之终归娟秀几分，总也学不像。想到自己少时举动，素盈不安地动了动，碰到桌上的银铃铛，仿佛一声清脆的嘲笑。

他居然说出"我带你走"，让父亲的小人之心变成了先见之明。素盈无声地叹口气，将那张纸移到烛焰上，火苗顿时穿透纸心。

远处忽然传来一声凄厉的尖叫，深夜中传得格外远。素盈吓得心惊肉跳，手一抖，烧了一半的残信落在桌面，她急忙扑灭。紧接着，房门也砰砰响，素盈跳起来，几乎是尖叫道："谁？！"

"小姐，我、奴婢害怕……"原来是轩芽没睡，可怜兮兮地来敲门。素盈慌忙包好余下的信，重新放入箱中，才要她进来。

轩芽吓得哆嗦，瓮声瓮气地说："小姐，你听见刚才那声音没有？"话音未落，又是一声。轩芽颤缩着说："是从三夫人那边传过来的。"

三夫人住处距离妙音轩最近，素盈恐怕是出了变故，吩咐说："去看看出了什么事。"轩芽死也不敢去，素盈等不及，自己拎了灯笼出门。

临近三夫人门前，恰好看见几个粗壮的妇人高举火把，围着一辆牛车。内宅鲜少放牛车进来。素盈正纳闷，忽见两个孔武有力的仆妇，一个抓肩一个提脚，将三夫人塞入牛车。素盈一声惊呼："做什么？！"没人理她。但她们惊慌的眼神避开素盈，说明干的不是光彩事，不愿被人看见。

东平郡王从门内走出来，向那些人道："走吧！"

驾车的人吆喝一声，车轮便缓缓地转动。素盈听见牛车内的三夫人发出咿咿唔唔的闷声，分明是被塞住了嘴，可也听得出恐惧。她心虚地叫了声："父亲！"

东平郡王目光冰冷，像头顶的星星，脸色却黑得如同夜空："你来做什么？"

"姨娘她，怎么了？"

东平郡王不说话。素盈又追问一句："到底怎么了？"

"太伤心，扛不过去，疯了。"东平郡王望着压在宅院上方的幽黑夜空，轻声说，"我送她去别邸休养，那边清静。"

素盈心中震骇，不敢再多话，心事重重地折回妙音轩。一关上房门，她提醒轩芽："今晚的事，你切记不要声张。"

轩芽不住点头。

素盈又道："三夫人疯了，她的话不能当真。你听去的那些，切勿再提——你爱与人闲聊，当心传到郡王耳朵里。"

轩芽听说三夫人发疯，吓得不轻。先是轩叶回乡嫁人，现在府里的夫人也逃不脱了。小丫鬟径直跪下向素盈央求道："奴婢什么也不说——奴婢什么都没听见！"说着哭哭啼啼地赌咒发誓。

素盈见她真心怕了，打发她去睡。

第二天，全府都知道三夫人伤心成狂，被东平郡王连夜送往消夏别墅。

隔天就是下葬的好日子，东平郡王府匆匆将柔媛埋了。因她死得不光彩，也不能为她铺张，只做到不失体面。

珍媛终归没能追封珍嫔。

东平素氏两死一废，归根结底不过是一个女人小产而死，一个女人诅咒暴露，还算不得震动后宫的大事。处理完毕，宫中便息事宁人，回归日常。

那些藏起来不愿被人揭发的东西，到底还是藏住了。连死者的亲生父亲也不打算再追问，反而说了一句"适可而止"——真相到此为止，东平郡王还可以承受，再揪着不放，恐怕烧了更多人的手。

而另一个可以追问的人，有权要求真相的皇帝，素盈听说他又带队出猎了。原本她对皇家狩猎并不在意，这时听来却不免唏嘘：珍媛、柔媛尸骨未寒，所有人都当她们是一页念完的书，轻松翻了过去。

让东平郡王气馁的是，东宫再选侧妃的传言，很快就不了了之。皇帝在猎场上发话“不宜再选”，将此事无限期地推延。

期望破灭的不仅是东平郡王。皇后没随同皇帝出猎，以表明自己仍坚持立场，希望皇帝减少出猎离京的次数。此举当然得到一些大臣支持。但自从荣安公主花落异姓、后宫东平素氏连遭不测，皇后与另外几家素氏之间的弦越绷越紧。东宫不再选侧妃，皇后也少了缓和这局面的最佳手段。

素盈还在揣测皇后如何挽救这局面，白潇潇已经知道了。

“太安素氏那个小姑娘，素璃的堂妹，许给了威武郡王妃睿氏的侄子。皇后还想为她侄子结亲北固郡王家的素莲春，但北固郡王可没那么好脾气，由着自己女儿被她扔来扔去——莲春许给庆王家。南安郡王倒是愿意他家的小姐匹配皇后侄子，奈何男方看不上。”

“以她的手段，居然还是结亲。”素盈深感失望。

白潇潇嗤道：“口气好大！找一个愿意与你花前月下的男人，有什么难！眼下风云诡谲，能找一人，既有能耐给你花前月下的生活，还愿意与东平素氏祸福与共、扭转乾坤，才算你眼光变好了。”

素盈冷着脸说：“真是强人所难。阿澜那样好的眼光，都不敢说祸福与共呢。”

慈明五年就在东平郡王府的一片消沉中，悄然过去了。

第七章 灾难

南国前些年出了一种奇怪的说法，说是“赤马红羊多劫难”，年值丙午、丁未，天下必然有乱。慈明六年适逢丙午，刚开一个头，人人都预感到这不是一个好年景，注定多灾多难。

新年伊始，东平郡王在京城几座大寺发了宏愿，捐了金身，还是没能挡住祸事——正月里，丹嫔生辰那天，独自饮酒至酩酊大醉。不知一个倒霉的宫女如何触怒她，竟被她失手打死。皇朝早有明令，不准后宫妃嫔私自动刑。丹嫔错手打死宫女引得龙颜震怒，念她入宫多年又曾育有皇子，未加重罚，只在第二天降为丹媛。

东平素氏去年在宫中损兵折将，又得这噩耗，无疑雪上加霜。唯独东平郡王连说：“还好，还好！只是降位。”天下也只有他，因为头一年的祸事太多，如今能将小祸当作吉兆。

二月初一，国舅家正宴请皇帝，已出嫁几年的三公主盛乐又送来急报：她的驸马征虏将军在西陲阵亡，她将择日扶柩回朝。

征虏将军纵横沙场，向来有常胜不败之誉，驻守西陲从未有过闪失，没想到竟一战殒命，朝野惊骇。皇帝接连几天召群臣商议镇守西陲之事。

素震的本家全在西陲驻军，素盈记挂他，差人去问。不多时，他亲自来了。

素盈见他步履沉重，紧咬牙关，猜到事情不妙。果然，他浑浑噩噩地坐下，喑哑地说：“小谢将军阵亡。”转瞬落下眼泪。

素盈从未见过他落泪，不由得慌了，上前轻拍他肩，有些难过。小谢将军是他亲弟弟，只有十七岁。他们谢家总共三个儿子，长子在上一战中已经殉国，次子送给东平郡王收养，谢门只剩小谢将军，可惜天不予寿。

他拭去脸上泪痕，毅然宣告：“我是来道别的。这种时候，我无法坐在京中安享太平。四夫人也担心林家子弟的近况，托我去看。”

素盈急道：“不要去！那是两国交兵之处，岂是你来去自如的地方？”

素震见她真情流露，微笑道："我是在那地方长大的。"放下话便告辞，收拾行装远赴西陲。

国事正焦头烂额，后宫又出意外。这年冰河开封之后，地泉翻涌异常，宫中水井十之六七受到影响，水质不及从前清净。起先宫人们并未在意，按规矩以药石净化井水，照常使用。谁知不出几日，宫中妃嫔、宫人病倒一大片，皇后、贞妃及众多选女未能幸免。

四院周围的八口水井，无一例外受了污染。选女患病的太多，一时难以全数得到诊断，七八日内暴毙十余人。星官夜测天象，禀报说星象不吉，主后宫乱。此时皇后身体稍有起色，向皇帝进言，恳请放年长的宫女出宫择配，连那些选女，若是想要归家休养，也一并允许，待星乱过去再迎入宫。

宫女出宫倒是容易，然而选女们各有心思，谁也不愿在这当口离宫归家。不出十日，又有十人暴毙，竟像是强行撵她们似的。有人说看见珍媛的鬼魂在昆霞院行走，请召巫正前来驱邪。皇后不准，说："珍媛虽然可怜，但丧事处置公道，并没有对不起她的地方。传这谣言不知是何居心。倘若真有人白日见鬼，应该反省自己。"

选女之间猜忌顿起，纷纷求去。这一番折腾，昆霞院的选女只剩八人，余下三院合共十来人，或是家人竭力不准回去的，或是骨气较硬不肯就此放弃前程。

经这一乱，人们但凡遇事便忍不住往那谶语上牵连，总觉得厄运远未结束。上谕一道，禁止妖言惑众，违者严惩。但世上最难管住的便是人心。

这可怕的一年还没熬完第二个月，染病的贞妃抛下皮囊西登极乐。太医用的药她并不拒绝，然而皇后日渐有起色，她却渐渐衰弱，终于在一个夜晚悄无声息地离世。她姐姐文妃也不悲伤，斩断一头长发，求皇帝送她到皇极寺出家，为贞妃祈祷冥福去了。

武威素氏早年出重兵助皇帝登基、平乱，到头来只出了这两位娘娘。两人自从三皇子、四皇子死后仿佛看破红尘，从不参与宫中是非，日日紧闭宫门吃斋诵佛。两人一时俱损，不由得让武威素氏生出疑心和怨气。

二月初二射兔，武威素氏力压太安素氏夺冠，定要皇后的哥哥永宁郡王下马跪敬金樽。永宁郡王素若峦是皇后亲兄，太子妃素璃的生父，往年别家总让着他，他从未受过这种气。彩帐中端坐的皇后也觉颜面无光。但祖先从来如此游戏，总不能单为她的兄弟改个规矩。

素若峦膝盖落地，有眼睛的人都看得出来，这就是武威素氏继东平素氏之后，公然与皇后翻脸。

后宫中萧条惨淡，而又事事透出紧张，气氛大为迥异。

东平郡王家亲戚来来往往，都与皇家沾亲带故，各种消息不请自到。这日素盈拜访四夫人，还没问到素震，五夫人、白潇潇又来说起宫里是非。她不想听，独自走到花园中透气。

杨柳正发芽，院中无花无雪，乏善可陈。素盈走了几步，忽然看见一株梅树上犹存疏疏朗朗的五六朵蜡梅，清爽可爱，摇摇欲坠。她看了喜欢，想送给凤烨公主看看，走至近前小心翼翼地攀折。

凤烨在年初诊出喜脉，全家人喜忧参半，比往常更加小心呵护。谁知未出正月，公主好端端坐在家中，那胎不知怎么伤到，竟流了去。凤烨大伤元气，整日恹恹地卧床谢客。素沉也难过，但更怕她闷出三长两短，自己每天陪着她，犹恐关照不周，又请素盈来与她做伴。

素盈在梅枝下深深呼吸，若隐若现的浅香令人神清气爽，她不禁微笑着踮起脚尖，勉强探到梅枝，又不敢太过用力伤了花。正在费劲，身后忽然伸过一只手，轻松折下梅枝。

素盈一回身，正撞入那人怀里。她慌忙退开半步，低低地叫了声："白大人……"

白信默静静地看了她片刻，递过梅枝，低声问候："你近来可好？"

素盈点点头，轻声问："大人探望七夫人？"

白信默心不在焉地应一声，目光还是定定地望着她，什么也不说。

素盈垂下头说："我还有事，先行一步。"

白信默一步跨向前，伸手抓住她的手腕。素盈本能地抽手挣扎，他却抓着不放。那枝梅花原本就单薄，经这一折腾，花瓣跌得七零八落，纷纷散在地上。

素盈见花已毁，无奈地撇开梅枝。白信默已摸到她腕上没有挂着那块硬硬的石头，失落地松开手。

"我听庆源侯的公子问起你。好像是与亲事有关。又好像，事情已有眉目，大约你们的父亲就要确定了。"他声音低迷，"你要嫁他？阿盈，他……他并不是托付终身的可靠人选。"

素盈摇头说："大人不必听那些空穴来风的消息，也不必为我担心。"

白信默还想说什么，嘴唇动了动，终究没说出来。

两人尴尬了片刻，他忽然说："只要你开口。"

她吃惊地望向他。

"说什么都可以。"他眼中挣扎着一股苦涩的神色，"什么要求都可以——我想为你做到。我必须为你做些什么，否则我会疯掉。"

素盈怔忡片刻，很快冷静下来："你是说，补偿过我，就互不亏欠，你从此可以心安理得，往事就可以过去了吗？"

白信默嘴角轻颤，答不上来。

素盈快速而坚决地说："我不要你补偿——谁都可以让那事过去，你不可以。"

他伸手，还未触及她，素盈就仓皇躲开，谎称："凤烨公主在等我。"

白信默怔了怔，说："荣安过一会儿也要来探望她。"

素盈“哦”一声，心中暗暗不悦，觉得他像是暗示她最好不要撞见荣安。又想，他不与公主同行，提前一步来，是偷偷摸摸地来见她吗？这样一想更觉受了侮辱，板着脸向白信默略施一礼：“我早就与大人道过别。今日不再赘言。”

可是走出很远，却总觉得他的目光在她身后徘徊，她总也走不出他的视线，索性低头跑了起来。

素盈到底不愿和荣安照面，第二天才去探望凤烨。

凤烨绝口不提昨日荣安夫妇曾经拜访，素盈也不问荣安来说了什么。姑嫂二人随意聊了一会儿，凤烨终于忍不住叹息：“阿澜生了一对佳儿，你还没去看吗？”

这是今年唯一一件喜事。素澜产下一对孪生子，琚府上下喜气冲天。东平郡王儿女众多，却是头一回眼见孙辈出生，由衷高兴。只是遇到这等喜事，他仍不肯将三夫人接回来，又让人猜不透她的病到底多严重。

素盈为素澜庆幸，可无论谁来劝说，她就是不登相府的门。

凤烨轻握素盈的手腕，纤细的声音温柔而郑重：“眼下有几件事，想要拜托你。”

素盈忙道：“这是什么话！公主只管吩咐。”

“我猜阿澜碍于我年初小产，怕伤我的心，至今没有带孩子来给我看。你委婉地说，待孩子满月之后，她若能带来让我看看，我更高兴些。”她容色宁静，强将辛酸掩过去。

素盈不知如何拒绝，含笑宽慰：“这有何难！公主还有别的吩咐？”

凤烨左思右想，徐徐说：“荣安昨日讲了一些话，我非常不安。可是不能随便去打听。你小心地问问阿澜，最近有没有发觉异样的传闻。”

“什么传闻？”

凤烨极为谨慎地轻声说：“关于宫里。”

素盈哑然：“阿澜在家里坐月子，怎会知宫里的传闻？”

凤烨的嘴角透着高深莫测的神气，悠悠地说：“你太小看阿澜。她的姐姐妹妹，早不止郡王生的这几个。她早就和南安、北固两家的好几位小姐，结了手帕交。那些小姐都是宫里的选女。恐怕京中，没人比她更了解选女近况。”

“我还是第一次听说。”素盈微微皱起眉，“她想什么呢？”

“那时候珍媛还未受封，看不出手段。丽媛、柔媛想指望宠遇再临，不实际。云垂又不出仕，宰相百年之后，阿澜一家还能靠谁？早早押宝罢了。会这么做的也不止她一个，不过她眼前能给的好处多些，人家愿意巴结她。”

凤烨多说了几句，喘不上气，缓了缓又说：“前些日子，好些选女出了宫，阿澜自己坐着月子还帮人寻婆家。选女出来，比别人多知道宫里的事。”

“公主想要我问些什么？”

凤烨又沉默，却不像是透不过气。过了许久，她说：“你问问，那些中水毒而死的人，是什么死状。”

素盈惊道：“好好的，怎么想起打听那些？”

“荣安说最近京城很乱。过世选女的父亲们，又将锋芒指向皇后，有些话十分难听。”凤烨握着素盈的手腕微微用力，“别人去问阿澜，我不放心，她也未必肯说。你知道该怎么问，我也信得过你。”

素盈想说：阿澜从来只说愿意让人知道的。想从她嘴里听到真正想听的东西，要看她乐不乐意透露。可她不能对凤烨那句“信得过你”草草推搪，当下只好应允。

次日登门拜访，相府众人无不笑脸相迎，空气中还弥漫着那一对孩子带来的喜气。素澜自从产子，相府便像金珠宝玉似的供起来。她自己也得意，不免有颐指气使的架势。

见素盈来了，她一高兴，吩咐下人拿来收到的种种贺礼，给姐姐赏玩，又说：“夫人刚抱走两个孩子，去给吏部尚书和羽林中郎将的夫人看，不然让你见见。”

素盈笑道：“我还怕以后见不到他们吗？倒是这满屋子的好东西，吓得我不敢把礼物拿出手了。”

素澜抿嘴嗔怪：“姐姐的心意与旁人不同，好坏我都要！”

素盈送的是一对雕花翠玉镯，通体如冰，雕工华贵精细。素澜笑嘻嘻地说：“这颜色适合我。”马上将镯子戴起。

姐妹俩说了一会儿话，素盈将话题移到凤烨公主身上。听闻公主想见新生儿，素澜一口应承，眼中含泪代凤烨唏嘘：“生得好，嫁得也好，可惜体质弱到如此可怜。再来这么一遭，只怕命也保不住了，还是万万不要经历生育之苦。但愿三哥早日成亲生子，过继一个给公主，偿了她的心愿。”

她不会没头没脑说起三哥成亲，素盈当下扑闪眼睛打量她。素澜果然说：“南安郡王家有位小姐，本是选女，前些时候从宫里出来。我看她人才品格与三哥十分般配，料想能成一段佳话。”又笑道，“可我拿不准三哥的心思，还是你懂他。那位小姐今日就在府中，姐姐不妨见一见。”

素盈蹙眉问：“选女出宫，多半是中了今年的水毒。这位小姐身子可好？”

素澜不疑她是设计套话，当即说：“几百人饮的是一口井水，都病了，她没能幸免。可她好了，早就不碍事。”

“不会遗留什么病症吗？”

素澜摇头：“这倒是看不出来。”

素盈略加思忖，说：“水毒可大可小，有些人并不是当下显出病兆，还有一个月后才暴毙的呢。”

素澜瞥了素盈一眼，不作声地转着手腕上的镯子，似乎揣测到姐姐的意图，模棱两可地说：“那是天数。姐姐若不放心，且在暗处看看她是否有病症隐患。”

“太医看不好的病，我能看出什么？”素盈打趣说，“就算我看着好，有什么用？我们这等俗不可耐的人家，必定要两家父亲互相掂量能耐，才能成就佳话。”

素澜听出她无意揽事，微笑着收场：“成人之美是积德的事。我多做几桩好事，但愿我娘能有善报。”

众人都向素澜恭贺产子，却没人愿意在她面前提起她生母与姐姐。大家都以为，素澜今日身处风光之中，必定不愿再提她们。素盈却觉得，她们才是素澜对东平郡王府唯一的挂念。尤其是被送往别邸的三夫人，全家忌讳提起她的疯病，但他们越是刻意遗忘她，素澜越是无法放开她。

素盈轻拍她的手，说：“父亲本来疼爱你，如今又有两个外孙。稍加时日，不难劝动他。”

素澜当下稍稍地感动，拉住素盈的手腕，摇头苦笑：“家里几时出过无缘无故的事？我娘的疯病，必定也有隐情。父亲缺点很多，但他不是薄情寡义之辈，竟以发疯为由禁锢我娘……严峻到如此地步，岂是我一点福气能扭转乾坤的？”说着眼角湿润，急忙伸手揩去。

“相府也不喜欢我亲娘，怕疯了的外婆影响孩子们前程。据夫人婉转说，要尽孝道，只管孝顺郡王与郡王妃，那是我的亲爹嫡母——仿佛十月怀胎、赐我骨血的女人，是件无所谓的东西。”素澜说话时虽然伤心，但仅仅流露出平静的颤动，没有脾气。

贵胄高门，有方便之处，也有不便之处，这种亲戚就是他们的避忌。姐妹两人执手默然，素澜连忙自嘲道：“唉，我与我娘才分别多久，居然在姐姐面前说起委屈。”

近来提起自己身世，素盈也不像从前那般哀怨了，安然说：“我有时想起九夫人，很难想起她的为人。但总觉得，我虽无大幸，亦无大灾，跌跌撞撞活到今日，不枉她怀胎一场。你看十二夫人，没了阿槐，纵有仙丹续命，仍然了无生趣。你平安喜乐，就是对赐生之人的最大回报。”

素澜收起悲伤，沉声问：“你还是不相信阿槐死于小产？”

素盈没有出声。

素澜叹息道：“你亲眼看见，尚且不信。难怪那些没有亲见选女病死的父亲，个个都不信她们会突然离世。”

“听说这事闹得很大。”

“大到出人意料了。”素澜撇嘴，“总归要怪皇后，没将她们尸身归还，反而按宫女的规格安葬。对外说，太医验尸未发觉异常。既然如此，由亲人安葬还算是人情——都是素氏的千金小姐，谁家修不起好墓？偷偷埋了算什么！巫医的后代，本来就有使毒药的嫌疑，勿怪别人疑心她毁尸灭迹。”

她说着，扳起手指数：“荣安下嫁是一件，我们家横遭不测是一件，贞妃、文妃的事是一件，选女暴亡又是一件——皇极寺的高僧们单是给皇后一个人消灾祈福，就要忙不过来了。”

提起皇后，她忽然想起一事，命人取来一只银盒：“这是宰相赐的好东西，在宫里也只有皇后才有呢。”

素盈打开盒子，登时香气扑鼻，原来是一盒香膏。晶莹细腻，色泽翠绿透亮，制法精湛，确实不是寻常得见。

“这叫‘绿浮萍’，是相爷天价求来的秘方。据说能安神。”素澜压低声音说，“先前别人看见珍媛的亡魂出没，皇后不信，说人家问心有愧才会见鬼。现在不知道是哪个鬼出没，搅扰她没法睡觉，半夜惊悸。”

素盈将香膏放在鼻端轻嗅，不动声色地赞了一句：“好特别的香味！原来是皇后娘娘用的，难怪像在哪里闻过。”

素澜耸耸肩，说：“她多年之前就睡不安稳，一直离不开这东西。”她冷笑一声，低语道，“听说宰相就是为这缘故，铺天盖地花重金找秘方。可惜人家只管拿去用，不会领情。”

“这些话我可没有听见。”素盈略带严厉地说，“什么闹鬼、什么皇后相爷——可不是我该知道的话。”

素澜知道她向来不在私下说秘闻，笑道：“是、是。这味道我不喜欢。姐姐心事多，不容易睡安稳，还用得着它。”姐妹二人就此话别。

素盈借口今日府上有贵客，不便同琚夫人道别，从相府中人少的偏廊走。一边走，一边打开银盒，又深深地闻。

这味道……她也不喜欢。

想着心事拐了个弯，就看见琚相气定神逸地坐在一处转角亭里，俯瞰府中池塘。素盈无路可换，只得硬着头皮走上去，向他行礼。

琚含玄随意看她两眼，不放她走，也不与她说话。他没有反应，素盈便不出声，立定在那里等他开口。过了片刻，琚含玄站起身，似是看够了风景要离开，走到她面前停下来，冷冷地说：“你这脾气，怎么能有出息？”

原来他等在此处，是好心给她一个重新巴结的机会。素盈含蓄地笑笑，不回答。琚含玄看见她手里的银盒，别有用意似的说：“这是难得的好东西，拿回去好好地用，想清楚，谁能让你睡得安稳。”

“难得？”素盈嘴角有一个若隐若现的微笑，无视他的眼神，轻飘飘说，“我记得琴师刘若愚身上，就是这种香味。不过是乐师之流用的东西吧。”她偷偷望了琚含玄一眼，见他眼中骤然凝聚寒芒，便不作声。

琚含玄冷笑道：“没想到，奉香女官的鼻子闻到俊美的琴师身上去了。”

素盈涨红脸，旋即又冷下来，漠然说：“大人推荐我担任奉香，不就是闻来闻去吗？”

琚含玄紧盯着她的眉眼看了看，用力一挥袖：“你走吧！”结果自己先大步走了。

素盈向他的背影欠身，顺着长廊离开。

孤零零的云向天心移动，不大的一块，却试图纠缠太阳。大地光影变幻，她的脸时阴时晴。一边走着，又打开银盒，由那稀有的清香在鼻端缭绕。

绝对不会记错。

那是一生也不会记错的一刻——当她拾起那个塞满恶意的绣褥，握紧那一团黑絮，手心久久残留这奇妙的香气。

“阿盈呀阿盈，你终于做下无法收拾的事。”耳边忽然飘来一段袅袅声音。

素盈顿住脚步，旋即遍体生寒。无法收拾的事！

一双苍白的手从她背后伸过来，温柔地紧压她的双肩，仿佛要给她力量，很多力量。但素盈感受到的只有无尽压力。

白衣女人轻轻在她耳边低喃：“人的命运，就在言行之中——你刚才所说的话，会变成怎样的命运呢？琴师身上有皇后的香味……他会信？不信？若是信了，皇后会怎样？若是不信，编造谎言中伤皇后的你，还有你最重视的哥哥，会怎样？”

素盈深深地吸入手中那一缕微香，仰望头顶上朗朗的高空。

“她曾经对我说，对人阴毒、对己宽容，是小人通病。原来她已病入膏肓。她以行巫术治柔媛的罪，但正是她，下了最险恶的诅咒。”素盈说着，攥紧香盒。

“琴师的身上，的确有过皇后的香味。我说了实话。剩下的，是她治不了也不想治的小人通病，在宫里发作。”

白衣女人咯咯笑起来：“很好，好得很。这样才‘对’。可是，你如今有决定对错的能力了吗？”

素盈无言，愣愣地看着白色衣袂如烟似雾，伴随一阵哈哈笑声从眼前飘散。

“素氏的女儿，你不想看到我，但我会一直看着你。直到你——向我低头。”

世上的事物都是应运而生——有征战，便有了战士；有权力相夺，便有了成王败寇；有王，便有后，有了皇后世家。如今有了传言中的丙午劫数之说，世上忽然冒出许多道人方士，为人化解劫难。

东平郡王觉得，天下谁家都不如他家更需要这样的能人异士。

他的迷信和白潇潇不同。白潇潇只信自己愿意相信的巫婆，而东平郡王什么都想尝试。

相士、僧道的话并不总是一致，常常南辕北辙。有说该往东磕头的，就有说该往西的；有说该大展身手的，就有说静观其变的。东平郡王发现：全信和全不信是一样的，结果都是摸不着头脑，做什么也不合适。

他渐渐记不住对方说了些什么，但越来越喜欢听——听人们描述未来的一千一万种可能，为每一种未来畅想片刻，好像自己能活一千一万次。

有天，像往常一样，一位颇有道骨仙风的布衣神算被请进东平郡王府密室之中。

“不知郡王想化解何灾何难？”那神算一身道袍很寒酸，可态度从容，像是宠辱不惊、看破红尘的方外之人。

东平郡王见他眉宇轩昂，已有三分期待：“小女出门撞邪，请先生指点解救之法。”

他斟酌词语，最后不得不将素盈近来的状况归结为撞邪——好好地去相府探望她妹妹，回来就闷在房中不住哆嗦，脸上一会儿苍白，一会儿铁青，身上忽冷忽热。问话，她对答如流，只是说着说着就神色飘忽，仿佛分心去看别人看不见的东西。

“近来京中乖戾之气甚盛，邪气冲撞不稀奇。”神算说着取出一枚很大的药丸交给东平郡王，“每晚临睡前在鼻端闻上大约一盏茶的工夫即可。”

这种东西，东平郡王已经从各种奇人异士手中买来几大箱，但他还是收下药丸，又问：“流年似乎对我家不利，家中子弟多有不顺。不知先生能否指点一二？”

神算以玄妙的口吻说：“劫与非劫，因人而异。化解之术也有天渊之别。要看过八字，才好说。”

东平郡王早备了纸笔，当即亲自写下儿女们的八字。

以生辰八字诅咒珍嫒之事犹在眼前，东平郡王多了一个心眼，胡乱写了许多生辰混淆耳目，将素沉、素飒、素湄、素盈与素澜兄妹五人的八字掺杂其中，令人难以对号。

神算一一看过方说：“第一张，生在坤位，时辰大佳，五行俱全，有左右天下之状。唯土稍欠，不利生长。当是极大的富贵伴其一生，可惜有无嗣之患，且难以寿终。”

东平郡王看了一眼，见是素沉的生辰，心中很不痛快。神算又批了几个生辰，其中有好有坏，有个极富贵长久的，可惜是东平郡王杜撰出来的。直到拿起一张八字，那先生掐算一番忽然笑道：“这定是郡王捉弄贫道——纸上之人命已休矣！”

东平郡王心想他果真有两下，居然连杜撰出来的都能算出。可看那八字时，却是仍在宫中的素湄。他心中早就有鬼，这时不免惊得神色微变，心头忽地生出杀意。

神算并未在意，又拿起一张八字，连连点头微笑：“这若是位公子，可生得好了！此人生在巽位，恰逢风生水起之时，一生不宜静守，最宜闯荡，且逢变则胜，无可限量！若是静守一处，就可惜了这样的命格。”

东平郡王听他终于说出一句好话，且说的是素飒，这才将心定了定。

神算手上八字无多，又拿起一张，惊得瞠目结舌：“这位命相与第一位有些相似，都生在坤位上，较前面那位更好一层，生得圆满——若是小姐，怕是要效仿启运太后了！”

启运太后素氏在皇朝历史上颇负盛名。她以宫人之身诞下皇子，也就是后来的静帝。因正宫素后无出，便将静帝要来抚养。静帝登基之后奉嫡母为隆运太后。启运太后自封为太后，反废了隆运，为坐稳丹茜宫又将其诬杀，以自己的家族取代了隆运一家在后宫外朝绵延三代的大权。

东平郡王吃了一惊，将那八字捏在手中反复看。

这孩子出生之时，也找人批过命，说的都是美言，可是后来命运多舛，证明那些动听的批语就是一堆骗赏钱的屁话。倘若还在宫中，或许真能以宫人之身效仿启运太后。如今端坐家中，要如何掐断太安素氏掌控丹茜宫的命脉？

神算解释说："启运太后正是这种命格，盈亏轮回。然而命中有杀气。盛衰互转，便如乾坤颠倒，必有血光。"

此话勾起东平郡王遥远的记忆，仿佛在她出生时也听过，否则她亲娘不会取那名字。睿、素两家高门的子女，多取带有山水草木的字为名，以示不忘祖先游牧四方。她那名字让人一看就觉得，多半是生母微贱，不配佳名——东平郡王早已忘记它是九夫人扭转女儿宿命的寄托。

"先生可有转圜的办法？"

神算掐算一番，摇头叹息："眼下正是由缺转盈之时，倒也不需解脱之法。日后若是有所生养，缺时便有依靠。若是无子，索性也罢，儿孙一事上太过执着，恐怕又像启运太后，血光之灾不断。"

他不再多说，拿起最后一张八字细细看了看，点头道："这位的命格上佳，一生能保大富大贵，且有后妃之相，颇宜子孙。"

最近东平郡王见的骗子多了，知道"后妃之相"这种话，放在民间自然稀奇，唯独放在素氏，是万无一失的骗钱套话。见神算拿的是素澜的八字——素澜已是相府媳妇，又何来后妃之相？东平郡王对他的话又有八分不信，直接问："敢问先生，我这些孩子，要如何过今年的赤马之劫？"

"贵府何来劫数？"神算拈须笑道，"众位公子小姐的命格不乏富贵，此劫难以动摇。况且还有那位风生水起的公子与这位正当大盈的小姐，今年乃是一大契机。"

最终是什么法子都说不出来。东平郡王听罢哈哈一笑，拿过早准备好的银两赏了先生，心中认定他绝对是个江湖骗子。

可是过了几个时辰，东平郡王闲着没有别的事，又想起这茬，觉得有些话中听，可以信。他吩咐仆人将药丸送给素盈。仆人走出去几步，他又唤回来，自己拿着药丸亲自去妙音轩。他这举动着实罕见，不免让人啧啧称奇，不知道嫁不出去的六小姐又撞上什么好事。

妙音轩近来十分沉闷。轩芽见到郡王对付三夫人的手段，整个人提不起精神，总躲在自己房里。东平郡王一路走到素盈房门外，也无人来招呼他。

房中传来微微人语，是素飒的声音。东平郡王早想知道这兄妹二人私下说些什么，此刻多个心眼，在门外顿足。

近来西陲战事吃紧，到了刻不容缓的地步。素飒之前受了妹妹的激将，说他不靠自己的姐妹就无法高升，心里毕竟还是介意。他年少气盛，有机会到战场上建功立业，是很大的诱惑。

恰好东宫存心助他一臂之力。

睿洵十四岁受封天下兵马大元帅，实际只有一个空空的头衔。他的亲信没有领兵的才能，他自己带着二百人去杀宰相，败得一塌糊涂。宰相当然不会忘记那次“事故”，睿洵也对自己的安危耿耿于怀，一直等待能够握兵的机会。

然而此事一直困难重重。从前有人说他年纪小，这几年他实在不算小了，又说他是皇帝独一无二的儿子，安危重于功勋，不可儿戏。不仅睿洵，许多人看得出：宰相成心不给东宫掌控兵权的机会，而睿洵无计可施。

素璃不止一次讽刺他：“当初选侧妃，挑了神毅将军家的素应芳多好！还怕今日没有兵马相助？现在想要，也要不来了。”

皇帝金口玉言“不宜再纳侧妃”，武威素氏与皇后公然翻脸，而那位二小姐素应芳，一早跑到战场上打仗，听说表现相当出色。睿洵自己并不懊恼，他的确需要帮手，但他需要的是忠心耿耿的将领，不是建功立业的女人。

他急于扶植能够握兵的亲信，看来看去，除了素飒和白信默，实在没有特别合适的人选。

荣安认定白信默只要有她，一辈子的荣华富贵跑不了，犯不着送驸马去战场上冒险。相反素飒倒是敢作敢为。睿洵保荐他领了一个稳妥的差使，既让他前线领兵，又没有偌大的性命之忧。

启程之期近在眼前，想不到素盈又病了。

自从相府回来，她整日蜷缩在床角，床帏多半时候是放下，仿佛怕风和阳光，又仿佛害怕拉开床帏之后看到的任何东西。连日来她对病因闭口不谈，但素飒一看就知道她有心病。他委婉地问：“阿盈，是不是受了什么委屈？又拿退婚的事情顶撞相爷了吗？”

素盈眼中沉沉无光，听素飒也问，她终于握住哥哥的手，无力地说：“我害怕……怕我还没有考虑周全，已经做了危险的决定。可是，我不后悔——这更可怕。我不知道，我怎么会是这样的人……”

这话说得稀里糊涂，素飒实在不懂：“惹得相爷翻脸了？”

素盈笑得有些古怪：“不是。这次，他要帮我一个大忙，帮我们家一个大忙！”

“什么大忙？”素飒更加觉得稀奇，忽然见素盈神色一敛，瞬间又有难掩的惶恐。他连忙柔声问：“阿盈，怎么了？”

素盈避开他的目光，把脸转往一旁——那个常年穿白衣的女人，坐在素飒身边，他却看不见。素盈深深地呼吸，刻意忽略那女人的存在，向素飒微笑。

“我们家多年来殚精竭虑，想给丹茜宫换个主人，可是从未成功。因为，皇后和宰相利害攸关，相互牵制，只挑战其中一个，没有胜算。但是他们之间，早就有裂缝，只是不至于彻底断裂。我……在那裂缝上，打了一个楔子。”

“你怎么会……”素飒很惊奇，转念想，奉香女官到底还是看出几件皇后的隐秘，便换了一问，“你和相爷说什么？”

素盈要他去看看门前窗外是否有人。东平郡王急忙向侧面闪了闪身。

素飒料是无人在意他们兄妹，走到门边十分敷衍地看了一眼就退回房内，急急坐回妹妹身旁。

“阿盈，近来的风头的确不利于皇后。相爷是不是露出什么口风？”

素盈的手在他的手心里微微发冷，整个身子也轻轻战栗，几度张了张口，可没说出话。

“阿盈，你不敢说了？”白衣女人笑着，用温和轻盈的声音说，“帮忙……呵！据含玄真会因为你的一丁点暗示，去撼动后座吗？万一，他发现你有陷害皇后的心思，先对付你呢？幸好，你还有一条退路——我。”

素盈阴沉着脸，缓缓回答：“退路？我每次沉默，都是怕没有退路。可是这一次，并不怕。”

她的声音冰冷，不是对他说话。素飒暗暗吃惊。

素盈柔软的脸颊上有一层稀薄的阳光，面向虚空，从容地说：“丹茜宫留在我眼里的冤屈够多了。终于我也造出一桩。那是我和它扯在一起的最后一件事。我与宫廷，到此为止了。”

“阿盈……你在和谁说话？”素飒的神经紧张起来，口气变严厉。

“哥哥，有一件事情，我从来没有告诉你。现在必须说出来。”素盈微微地颤抖，而白衣女人只是坐在那里微笑，好整以暇地看着她。

“你真敢用这种方式，试探你哥哥？看他会不会当你是个疯子？看他究竟在乎你，还是在乎东宫侧妃的位子、他自己的前程、东平素氏的脸面？看他……会不会用一辆牛车打发你去陪伴三夫人？”

“到此为止了。”素盈瞪着她，安闲地说。

以这种方式结束，未尝不痛快。不……就算是痛苦，也只有这种方式，才能了断他们的心思，真正结束。

素盈紧绷的神情忽然放松，舒缓地长出口气，从容地对哥哥说：“我能看到一个穿白衣的女人。她有时出现，然后消失，几年、几个月之后再出现。我躲避她，忽视她，遗忘她，可是这一次——”

素飒直愣愣地看她伸出手，指向空无一人之处。

“这一次，她不肯走了。”

“阿盈？”他的脸色微微发白，越来越用力地握紧她的手，不愿相信自己此刻看到和听到的。素盈却温柔地看着他微笑，目光循循善诱，仿佛在说：问我吧，问我是不是疯了。

“你……说什么呢？”素飒的嘴唇颤抖，紧紧握住她的手，“这回没处挨冻了，又装的什么病？”

白衣女人听了这话，大笑起来：“阿盈，你是他们仅剩的棋子，太宝贵了，当不成疯子。”

“住口。”素盈紧紧地咬住下唇，嘴里尝到血腥。

“知道我为什么总会来到你面前吗？”白衣女人的目光悲悯，声音如春风和煦，“你一直都是这样，一面觉得自己微不足道，一面又觉得自己能够做到谁也做不到的事。你一直都是这样，不甘心别人来摆布，也知道此生不可能摆脱。你需要的不是逃离，是我——我给你机会，让你看真正的自己。”

“随你怎么说，我不可能给你二十年。”素盈直直地瞪着她，用力攥拳，指甲刺入素飒的手心。可她浑然不觉，还是僵直身子与那女人对峙：“神志错乱的人，怎么可能得到你许诺的那样一年？”

但这白衣女人向来不懂倾听，自顾自地说：“与其相信他们会放过你，不如听从我——我可以让所有的人看到，你不是一件会说会动的东西，你值得昂首挺胸地活着，像个人！你的光芒可以闪耀天下……”

“我不想受人摆布，也不想摆布别人。”素盈大叫一声，“我不需要你给的天下！”

当她喊出最后一声，白衣女人埋头一笑，悄然步出门外。素飒霍地站起身，将她的嘴捂上，警觉地向窗外看了一眼：“阿盈，你发烧了，我让人给你煎退烧药。”

“哥哥！”素盈猛然扯住他的衣袖央求，“听我说！”

“嘘——不要慌乱。”素飒轻轻拍着她的后背，坚定地说，“你只是在发烧！喝了药，很快就会没事。”

他退出房门，看见父亲呆呆地拿着一颗大药丸立在门外。

素飒有瞬间的惊悚，怕他妹妹落到和三夫人一样的下场。但东平郡王的神态，与平常很不一样。这位沉不住气又爱嚷嚷的父亲，竟没有对他女儿的胡言乱语感到惊讶，像在严肃地思考。

“阿盈她……”素飒干涩地挤出几个字。

东平郡王摆了摆手，眉目恢复清朗：“那个叫轩叶的丫头，是个什么样的人？”

素飒知道他又弄错了丫鬟的名字，从容说：“轩叶早就回乡嫁人。现在是个叫轩芽的丫头跟着她。”

“从桂娘那边借来的，我想起来了。”东平郡王拍着额头说，“差不多是时候还给桂娘了。你再找个靠得住的丫鬟来。”

不需多言，素飒便明白父亲与他意思一致：这样的年景里，东平素氏不能冒出第二桩疯病，更不能是丹媛的血亲。从此刻起，素盈再不能由任何能听会说的人来伺候。

东平郡王轻手轻脚走入房内，看见女儿沮丧地坐在床上，脸埋在膝间。他又细细端详这个女儿，越想越觉得蹊跷。他有很多女儿，也见过很多女人。倘若老天爷青睐的，会是素盈这样的女孩儿，那老天爷的品味未免太让人好奇了。

“父亲？你怎么来了？”素盈迅速抹去脸上的泪痕，便要起身。

东平郡王拦住她，不紧不慢地说：“今年流年不利，能不出门就不要出去。你没听人说吗？丙午年是要出乱子的！我弄到一粒镇邪的药，每天嗅一嗅——撞邪的人总是看见些奇怪的东西，没什么稀奇可怕，驱了邪就好。”

见他日渐走上白潇潇那条道路，素盈皱眉劝道：“自古弄出这些名堂的人，大多是庸人自扰。再说、再说……”她本想说，看见那女人也不是今年的事，可又不想与父亲深谈。

东平郡王呵呵一笑：“有些事不由你不信。往远看，听人说商汤灭夏、周武灭商都是这年头，也不知是真是假。有据可考的——汉高祖驾崩、吕氏夺权，永始二年，汉成帝立王莽为新都侯，可都是在丙午。”

素盈冷笑道：“尧舜以后，无数灾乱。几千年里有三四件碰巧撞上，有什么稀奇？再说，果真如此，商周两代建国、吕王二姓之兴，不也有赖这年？”

东平郡王笑嘻嘻道：“人常说‘宁可信其有，不可信其无’，千古的谚语自然有道理。你一个女孩儿家，闲来无事在房里画个画儿，吹吹笛儿，挺好的。总之把身体养好才是要紧事。”

他从来不是嘘寒问暖的家长，素盈听见如此动听的话，不禁悲伤：“我是好不了的。”

“小小年纪胡说什么？这病肯定能治，你信我的话。”

东平郡王好久没到过妙音轩，左顾右盼感慨道：“若是逝者有知，你娘必定对我含怨已久。倘若这回你有个好歹，恐怕她泉下不肯与我重逢。放心吧，一定给你寻访好医好药，最好的。”

素盈从未听他提起秋婉音，原以为他早就将九夫人忘了，想不到他竟有幽冥重逢的念头。

东平郡王的回忆稍停，马上端起教训的口吻：“有病治病，别急吼吼地吓唬你哥——因为婉音的出身，他在东宫受过多少奚落，根本不能数。你再闹出这么一桩，传出这道门，他也该疯了。”

素盈愣一下。

东平郡王苦笑说：“在家里，在官场，飒儿想要超过兄弟、同僚，只有成为第一，才无惧旁人的轻蔑、奚落。他不会懂，你为什么不敢去争。”想了想之后，补充，“我也不懂。”

素盈噗地笑出来。短暂无奈的一笑，也是她记忆中，这些年来对父亲的第一次笑。

东平郡王又说：“无论多么勇于攀登的人，也会在某个时刻，生出放弃、退缩的心思。那时候，最糟的就是遇上你这种人。”

他横了女儿一眼，口气越来越冷淡：“装疯卖傻，挑个不要紧的时候。别赶在东宫指望你哥哥的当口上！多少人伺机背后捅他一刀，实在找不着好借口。就你出手快——他跟疯子沾上亲，还怎么往高走？”

素盈本来有些辛酸，听到他这急转直下的发言，不由得微笑——这才像她父亲东平郡王会说的话。

沉默又席卷房间。

素飒端着热度适宜的汤药回来，盯着妹妹喝完，复杂的眼神仿佛闪动千言万语，最后只说了一句：“我不去了。”

素盈没能马上明白，呆呆地端详他脸上那股坚定。

“那怎么行！”东平郡王大吃一惊，“难得东宫保荐，建功立业还要靠这一战。”

“建功立业治不好我妹妹的心病。她这么可怜，早晚变成我的心病。”素飒拉住妹妹的手，凄然笑笑，“索性什么也不管不想，当我们不是素氏，没准能轻轻松松过完这辈子。”

东平郡王急得跺脚：“没种的想法，趁早收起来！”

他向来不舍得孩子们经受风吹雨打，与其说溺爱，不如说是嫌弃那些卖命的营生掉了身价。这回转性，竟肯放儿子去征战。素盈以为父亲终于觉悟，不知道他是惦记道士的话。反倒是自己，从前就盼哥哥能有一番作为，事到临头却害他担心，要放弃难得的历练。

“我只不过是发烧，胡思乱想罢了。”她故作轻快地说，“因为妹妹说胡话，就错失战场，简直像临阵脱逃！我可不希望变成哥哥人生中的瑕疵。”

“那你在相府，究竟……”素飒那股恋恋不舍、欲言又止的神气，东平郡王看了很不痛快。

“天大的事有我呢！”郡王急急地说，“你们兄妹两个，只管打仗的打仗，养病的养病。”

他下了这不容反驳的结论，素飒隔天就启程了，京城良医也走马灯似的来给素盈治病。

东平郡王一边等候素飒的捷报，一边防着他女儿的病情变成京中丑闻，心里没剩多大空地，还要琢磨素盈的话是什么意思。他始终问不出女儿在相府做了什么事，只觉得她说“在宰相和皇后的裂缝上打了楔子”十分蹊跷。

老天并没有让他困惑太久。

赤马之厄带来的恐慌在四月涌向顶峰——宫中女伶告发皇后素若星与琴师私通。

一向在言论中袒护皇后的宰相，这次唱起反调，主张废后。对皇后不满的素氏，纷纷站到皇后对面。他们咄咄逼人，占了朝廷多半。

剩余的一小半人，不信皇后有亏妇道。他们那长远的忧心，在这时候又起了作用。东宫与宰相势同水火，危及性命不止一次。然而只要素若星在，琚含玄就别想动睿洵。以丑闻废后，一举砍去了睿洵的依靠。恐怕下一步，就是换太子了。变更储君，是千百年来每朝每代最需要防微杜渐的变故，他们断不能让宰相一步步得逞。

东宫焦头烂额，同样疑心琚含玄真正的目的，是要换一个没有策划谋杀宰相的储君。但皇后私通证据确凿，已闹得满城风雨，睿洵与素璃百般挽救，终究无法将这种丑事不了了之。废后几成定局。

通常朝廷大小事免不了相互争执、攻讦，闹上几个月。但这事没拖太久。据说是皇帝不想天下皆知皇后丑闻，事发不过半月，一纸诏书废黜皇后素氏，放逐缦城。

一场大戏，看得东平郡王两眼发直。等了多少年，终于等到中宫虚位，但东平素氏的天之骄女素玉婵，却没在废后风波中获得半点好处。

武威、北固素氏跳出来挑刺：素玉婵与皇后争宠太过，世人皆知，虽然皇后之废与她无关，但为明示皇帝非因偏宠而有废立，最好按老规矩，不选妃嫔，别甄于贵族。

东平、北固两家积怨太深，北固素氏不愿逼死靖嫔的素玉婵登上后位。而武威素氏在宫中无人，也要趁此机会再搏一回。诸位娘娘、选女无缘丹茜宫，当然失望，但朝臣们却都赞同，摆明了对目前的后宫格局不满意。

东平郡王忐忑不安，忽喜忽忧——能够匹配皇家、正位中宫的贵族女子屈指可数，老天开眼，他家还有一个。

素飒已赴西陲，验证了神算为他做出的批语。他的才华在战争中展露无遗，不容任何人轻视。东平郡王无法不信神算关于素盈的那一段长篇大论。

只是，皇后之选放弃了东平素氏出身的素玉婵，会选择她的侄女吗？

新近来侍奉素盈的小丫鬟刚十五岁，原先没有名字，因为是个哑巴，人人叫她哑妹。她是总管素平的远房亲戚，从八九岁就在厨房帮佣。突然有这样一个机会，素平总算想起来关照她。

哑妹知道在妙音轩做事不同于过去，凡事小心谨慎。素盈见她敦厚，想要她长久跟在身边，为她起了名字叫轩茵，将这两字写给她看。哑妹得了名字如获至宝，小心翼翼地收藏起那张纸。

轩茵不知小姐有什么病，只知道每天有两三位大夫来诊治，一碗一碗的汤药不断。郡王大声交代，必须亲眼看着小姐按时喝药。声音大得连耳朵不太灵光的轩茵也不需要听第二遍。那些药的苦味光是闻一闻就可怕，然而素盈每次见药端来，眉头不皱，仰脖就喝，喝罢至多苦笑一下。

六小姐不仅在喝药这事上特别顺从，别的事上，她也从来没有害轩茵为难、挨郡王的骂。只是偶然间，她会自言自语，表情时而悲愤，时而伤心。轩茵听不见她说什么，总觉得一定是难过的事，反而心疼起这位六小姐。每次煎好药，她就向过去那些厨房里的朋友要些蜜饯甜食。

素盈整日禁足在妙音轩中，除却喝药与睡觉，无所事事。路人皆知的废黜皇后风波，传到她耳中时，已是尘埃落定，废后已离京前往缨城了。

事情竟在短短时间内演变到这地步，她始料不及，有些惊疑害怕，说不清自己在其中的用处。究竟是她误导了宰相，还是宰相正在等一个击垮废后的诡计，她正好送上一段不堪的隐情？事已至此，唯有将疑惧深埋心底。

这天百无聊赖，又从箱箧中翻出少许剩余的香料，随意摆弄。正配到一半，忽听轩茵在大门口咿咿呀呀，与人争执。素盈心中好奇，走到门边张望。

来的两人都是风尘仆仆的巾帼，行囊未解，但疲倦难掩她们不凡的气度。其中一个是从前在咏花堂任教的崔落花。

“崔先生！”素盈惊喜地叫了一声，将她们迎入室内。

自从素盈、素槐先后入宫，素澜订婚，府里没有需要受教的小姐，崔落花便主动求去。东平郡王无意挽留，念在与她有十余年主仆之情，临行前厚赠一笔箧资而已。

“先生此次回京，是有了高就之处吗？”素盈随便地问。

崔落花没回答，却细细端详素盈，眼中满是赞许：“一年多不见，小姐比从前更清丽了。听说近来身体欠安？”

素盈敷衍地“嗯”一声，又打量她的同伴。这位女子年纪不过三十，容貌端正，眼角眉梢已有星霜痕迹，入妙音轩后端坐在侧，不言语，却有一种不卑不亢的气质流露，像是见惯富贵人家。见素盈望过来，她谦和地微微颔首致意。

“这位是粟州杏林世家王氏的小姐。”崔落花向素盈介绍，“王氏医术天下闻名，小姐大约也有耳闻。”

素盈的神色稍微变了变，勉强笑道：“原来先生是请人来为我看病。”

“秋莹小姐是位不出世的神医，六小姐可以信她。”崔落花似乎已经知道一些东西，含蓄地说，“王氏家规森严，绝不会泄露病人隐私。小姐可以畅所欲言。”

素盈摇头：“我的病怕是药石无功。”

王秋莹静静地看了看素盈，说：“令尊已将情况略说一点。若是所言不虚，那么小姐并非我见过的第一位‘撞邪’之人。”

“郡王说我是撞邪吗？”素盈听了浅笑不语。

王秋莹又宽慰说：“我曾见过另一位小姐，她总是看到一条白龙绕着自己的身子，与她喁喁对语。她不堪惊恐，几乎癫狂。小姐可知事情的真相是什么？”

她说话不给人拒绝的空隙，素盈只得迟疑地摇头。

王秋莹和蔼地笑道：“那位小姐嗜吃一种珍异水果——旁人吃了并无异状，偏偏她吃了心生臆想，眼生幻惑。自从不吃那水果，辅以汤药调养，几十天后，她就与常人无异了。”

素盈听罢站起身，在屋中来回踱了几步，说：“王小姐大约不知东平郡王府的习惯。我从小就是自己置办饮食，从来没有吃过稀奇古怪的东西。”

“不一定是食物出错。”王秋莹认真地说，“也许是水，也许是花——小姐可否想起最初出现症状是在何时？”

素盈行至窗边站定，瞥了崔落花一眼，轻松回答：“八岁。”

崔、王二人都有吃惊之色。尤其崔落花，在府中多年，从未看出半点端倪。王秋莹诧异问：“小姐从未求过医？”

素盈望着外面的天空淡淡一笑：“我也许疯了，但并不傻。”

王秋莹晓得她这种人家对待秘密的手段，不再责问，只是对她更加好奇。征得素盈同意，她马上从行囊中取出纸笔，调了墨，一边问一边记：“一年四季，小姐何时出现幻象的次数多？”

素盈默想片刻，摇头说："记不清了。还是在宫里时最多。"

"那么，最后一次，是在何时？"

窗边的素盈回过头，逆光的眼中有一星寒凉："现在。"那白衣美人正笑吟吟地坐在王秋莹与崔落花之间，她们完全没有察觉。

崔、王两人又惊了一刹，面面相觑。王秋莹迅速镇定，详细问了素盈眼见的种种奇异景象，又问："不知那女人对小姐说些什么？"

素盈的脸色突变，冷冷地反问："这有什么关系？"

崔落花知道她的事情是不容外人打听的，忙打圆场："心病，还要从心事入手。医生知道得越详尽越好。秋莹是为小姐着想——"

"我也是为两位着想。"素盈神情温和诚挚，声音却有寒意，"我家不是平常人家。说了不该说的，听了不该听的，都要付出代价。"

王秋莹没有被她的话吓倒，想必出入朱门、洞察隐微不是一两回："那么，等小姐愿意说时，再说与我听吧。我从来不怕付出代价。"她收拾纸笔，向素盈暖暖一笑，随手拿起素盈散放在桌上的香料，说："倘若小姐不介意，这些香料可否容我带走？"

素盈眼中透出好奇，凝视这个女人——轻易说出"不怕"的人，大约只是用常理来判断"代价"二字，从来没有承受过代价的沉重可怕。

她唤来轩茵包好那些香料，将崔、王二人送至院门口，又问："崔先生这次回来，仅仅是带王小姐为我看病？"

崔落花知道终究逃不过这一问，缓缓回答："我的确是来执教。令尊请我回来，为您重开咏花堂。"

素盈的脸色倏然苍白，却没感到太多的意外，默默目送二人离去。

庭院寂寂，屋内暗淡，唯有桌边那女人一身雪白刺眼。她一言不发地坐了好一阵，这时怡然自得地笑看素盈。

"阿盈，你看到了。"她说，"就算你是真疯，他们还是不会放过。只要你活着，他们就可以在瑕疵之外涂满粉泥，抹去污点，再按需要重新雕刻——你的举止、性格、喜好……全要按照他们的需要改变。"

素盈不理她，坐在桌旁，眼望着对面墙壁上的图画。

那女人微笑着说："可是，无论她是什么样的神医，也赶不走我。"

素盈的睫毛抖动一下，轻声问："你到底是什么？"

"重要吗？"那女人托着腮，眨了眨眼睛，狡猾地一笑，"有一天你会发现，大千世界，唯有我懂你的心，比你自己看得更深、更明白。唯有我，长久陪伴你——你现在觉得讨厌、烦恼，但有一天，你会庆幸我存在。"

素盈胸中发闷，站起身走到门外阶上遥望苍天，忽然心生无奈无力。

轩茵正在院中煎药，看她神色茫茫，忙走来，紧紧盯住她的口唇。素盈慢慢地说：

“你去厨房把昨天做的豆糕，用干净的纸包六块。纸千万不要用带花色的……给咏花堂的崔先生送去……”

她鼻尖上忽然一酸，突兀地落下两颗眼泪。轩茵惊慌失措，见素盈只管流泪也不擦，急忙跑进屋取了手帕。回转再看素盈，神情已恢复往常的宁静。

“去吧！”素盈向轩茵笑笑，“我没事。”

轩茵从来把素盈交代的事情当作头等大事，立刻包了豆糕送去。

“你要去咏花堂，学着做一个真正的素氏？”白衣女人身子一晃，到素盈身旁，“你宁肯为他们的野心妥协，也不肯为了自己，向我低头？”

素盈目光灼灼望着她，缓缓低喃：“你只是一个幻影，郡王的野心却无比真实。决定今天会不会有一辆牛车来接我的，不是你，不是我这发疯的头脑，是他的野心。”

第二天一早，郡王派两个丫鬟押着素盈步入咏花堂。崔落花早已等候，微笑说：“小姐，我们先去花园走走。”

时令方交初夏，往年已有暑气，然而今年天候异常，此时仿若仲春。天气清和，不暖不寒，正宜赏游。素盈久未离开妙音轩，但见晴色可人，万绿披园，朦胧晨霭直连层云，轻薄霞光在瓦棱上悠游变幻。偶尔有微风拂过，目及之处浮光湛湛，原来是藤萝丛中朝露未晞。

九曲桥下一池春水，涟漪倒映朝霞，时时轻换颜色。此时花事未尽，处处幽香。池边三五丫鬟在为夫人们的雅室折花，仰头花下细语娇呼，如彩衣之鸟，鸣啭花间。素盈轻呼吸清晨的空气，连日来的苦闷愁绪稍微放松。

两人登上园中假山，于小亭中相对而坐，忽见一对蝴蝶翩翩而来。崔落花问：“小姐有没有听过梁山伯与祝英台的故事？”

素盈点点头，含笑说：“一生得一有情郎相知，一死得一有情人相殉，此生足矣。”

“若是当初甄选驸马，白公子为您拒婚，或者提出殉情……小姐会与他同去吗？”

素盈一惊，晶莹双目蒙上阴霾，本能地摇头道：“他不会，我也不会。”

崔落花点头说：“这世上，除了情爱，还有别的，能让人一生无价。尤其素氏女子，背负太多责任，也许一生遇不到一个山伯，但有别种的际遇等着。”

素盈呆呆望着那对蝴蝶出神，见它们叶底相逐，姗姗而去。崔落花又问：“小姐已经见过宫廷了。回想起宫廷时，会想些什么？”

“我很害怕。”素盈眼含悲怆，望向崔落花，“轩叶、文彩环、阿槐、柔媛，四条人命！崔先生，我与后宫扯上干系，每次都看到有人死得不明不白，每次都看到‘真相’二字被人鄙弃！我害怕那样死掉，人们不在乎真相，只知道绕着我的尸体盘算利害。”

崔落花沉默片刻，说：“世上有些事情是如此——穷尽一生去寻找，却找不到一个让人安心的答案。真相很难浮出水面，有时候我们只能选择相信自己的判断。”

“如果信错了呢？”

崔先生双眼清冷，转向素盈时，如一股冰流席卷：“有不少人相信，素若星被废是因为私通。”

素盈身子颤了颤，连她自己也觉得太明显了。可崔落花没有在意，自顾自说：“如果他们信错了呢？事情不会有什么改变——结局与他们相信什么无关。左右结局的，是极少数的人。结局，只在于这些人相信什么——你将成为这些人中的一个。我曾经赞赏你不拘泥于别人眼中的对错，懂得如何去自行判断。现在我希望你能有足够坚强的意志，承受你的判断。”

素盈沉声问：“关于废后，先生相信什么？”

崔落花静了一刹，好像在聆听躲在假山石缝中的小鸟细语。

“爱过天上太阳的人，怎会恋上野草中的流萤？”崔落花顿了顿，“即使坐上皇后的宝座，前途仍有许多未知。这些事情，小姐日后慢慢会懂。”

素盈低下头。崔落花凝望她眼角眉梢，轻声说：“小姐心中满是困惑。”

素盈不住摇头：“到我身上打主意，定是丹媛无力回天。可是，我怎么可能呢？父亲是异想天开。”

“郡王不大懂得韬光养晦，但也从不异想天开。”崔落花拂去身上的飞絮，问素盈，“你为什么不可能呢？你是素氏女子，正值妙龄，尚未许人。”

“我是一个没有生在好年份、从小乏人管教、自由散漫的人——这样的人怎能自称素氏？”素盈说着，稍稍地烦躁起来。

“我知道素氏是什么样的人。她们是受宠的女儿，我不是。她们能处心积虑在宫中扎根，而我一直被赶出她们的世界——她们是她们，我是我。丹茜宫？我怎么可能呢！”素盈心中激愤，出语连珠。

崔落花用和蔼的微笑抚慰她的焦躁，等她平静之后说：“小姐，我们回咏花堂。”

素盈脸色苍白，咬着嘴唇一动不动。崔落花挽起她的手臂，边走边轻声说：“你的确与她们不同。你不是公主的女儿，不会像丹媛自负，一再错判处境。能放开订婚之人的你，不会像珍媛为情逾矩。最重要的是，你对宫廷心存恐惧。”

“心存？我踏入宫廷，时时刻刻活在恐惧之中！”

“那很好。”崔落花直视素盈痛苦的眼睛，坚定地说，“常怀惕怵之心，才能记住——后宫不属于皇后，不是皇后的囊中之物。是皇后属于后宫。是皇后，要用尽浑身解数，才能不被它抛弃。”

素盈被烫到似的甩开她的双手，两脚没能协调，绊个踉跄。崔落花急忙来搀扶，素盈戒备地后退，愣愣地立在晨光中。

半晌之后，她苍白的脸上绽出嫣然一笑：“我做不到。”

崔落花既不意外，也不失望，还要劝她。素盈抢在前面说：“这就是我的判断。我想试试看，自己有没有坚强的意志承受它。”

崔落花带着一种不知该笑还是该叹、该点头还是摇头的复杂神情，没有勉强素盈。

这番对话，她大概告诉了王秋莹。那天午后，王秋莹带着一碗汤药来看素盈。

“从今起我来主治。”她的态度不容反驳，“无论小姐对将来有什么打算，病是不能拖的。”

素盈带笑喝下那碗药，问：“我早听说粟州王氏一身傲骨，不为五斗米折腰。你怎么会来掺和东平素氏的这种事呢？”

王秋莹反而奇怪她怎么会发问：“小姐的症状，恰是我家两代人苦心钻研的病症，所以我来了。东平素氏有什么事，与病症有关吗？”

“我的病，已经传到粟州了？”

王秋莹想了想说：“有位大人非常担心小姐的身体，上门求医。那人在凶险时刻救过我弟弟的性命。救命之恩，不可怠慢。”

“是我二哥？”素盈心中并不很诧异，“他知道我……疯了？”

王秋莹未料到她一语道破，尴尬片刻不知该怎样作答，只得如实说：“将军并不知道小姐生的是什么病。贵府的三公子什么也不告诉他，所以他更加担心。现在反倒是我好奇——小姐如何一猜即中？”

素盈轻笑，说：“粟州与驰阳镇很近。我猜是哥哥们上门求医，只是不知道是哪一个。我三哥从未离开京城，与令弟素不相识，那么只有二哥了。再说我一猜，王小姐就承认，还有什么不确定的？”

王秋莹不由得感慨：“贵府当真是藏珠隐玉之地。”

“是王小姐见过的素氏太少了。”素盈笑罢，低声问，“他也知道崔先生回来重开咏花堂吗？”

王秋莹不假思索地说：“那边正打仗，书信传递不太方便，不能这么快知道。”

素盈的口唇微动，欲言又止，最终叹了口气：“如果这一仗也很长……不知他会收到怎样的两封信。”

起初是东平郡王不准素盈离开妙音轩。自从和崔落花谈过后，素盈自己关起妙音轩的门不肯出来了。这是明明白白同她父亲叫战。

东平郡王先是劝，后是吓，始终扭不过她的心意，最后大发雷霆，在妙音轩门前咆哮：“和我作对？别痴心妄想！”

隔着门，素盈漠然地说：“父亲让我在这里哭死也罢，饿死也罢，好过背一身孽债葬送在宫里。”

东平郡王见她冥顽不灵，气得踹门几脚，边踹边骂：“我是抬举你抬得太高了！你竟想在我家里造反！先看看自己算什么！”

素盈隔着门又央求说：“我也有想过的日子、想要的快乐。你放过我！”

东平郡王气极而笑：“快乐？我还有我想过的日子、我想要的快乐，我跟谁去要？”

抗议无用，央求也无用，素盈听他在门外又踢又打，索性不说话。东平郡王愈加发怒，嘶吼道："你打从生下来，做过什么壮举，积过什么大德？衣来伸手，饭来张口，还要别人把快乐供给你？"

门内还是不声不响，更加激怒他："阿蕙求过我，求我放过她，让她嫁人——现在呢？夫婿也有三妻四妾。日子未必比宫中太平，仍只是个没落侯爵的夫人，于己于家没好处！不想干的事情全躲过去，就是你们的快乐？用用你的脑子！哎哟！"

他一脚踹偏，崴了一下，大呼小叫地喊疼。下人们忙忙乱乱地上前搀扶，妙音轩乱成一团。东平郡王还不忘使那只好脚踢踢打打："快乐有什么难？只顾自己高兴，是世上最简单的事！我尝过快乐，可是贪图一时的快乐，撑不起人的一辈子！"

嚷了半天，听门里还是没有动静，东平郡王推开下人，怒道："这么多人都来扶我干什么？腾两双手，把门砸开！"

不必他们再忙活，素盈自己将门开了，脸色苍白地立在两扇门中间，一字一字地说："父亲若是逼我，我从今日起就不再喝药，索性疯一辈子。"

东平郡王指着她的鼻子冷笑道："那你就疯一辈子吧！疯子倒是能快乐！"

与他讲自己的心思无异于与夏虫语冰，于是素盈关起院门，从此自顾自地写写画画，或与自己下棋消磨时间，连送汤药的王秋莹也一并关在门外不见。

东平郡王大怒之下断了妙音轩的饭食，素盈吃完了自己小厨房里的东西就什么也不吃。轩茵每天回大厨房去要几块点心，就是她们主仆一天的饭食。

大厨房肯给点心，自然是郡王默许。果然，过了两天，郡王经周遭的人规劝，心又软下来。白潇潇与众位夫人都说，能否登上后位还是悬案，家中先闹得鸡飞狗跳，徒增笑料。东平郡王暂时消气，仍是照常按王秋莹的单子给素盈备饭，又发动白潇潇与众位夫人轮番来劝素盈。

白潇潇寒着脸讥诮说："要死你就来个痛快，也算烈性女子。磨磨唧唧，凭一张嘴硬，就想让郡王低头，给你快乐——别让人瞧不起，行吗？"

四夫人也劝说："你这样轻贱性命，被你哥哥们知道，心里怎么能踏实？"

夫人们劝上几句陆续走了，崔落花提着一篮糕点进来，一一放到桌上。素盈想到远在战场的二哥与三哥，心头松动，拿起蒸糕来吃。

崔落花不谈府里这些乱糟糟的事，却慢悠悠问："小姐，你知道当今天子是如何当上皇帝的？"

这些事情还难不住素盈。她小口嚼着糕不作声，慢慢点头。

崔落花双手放在膝上，挺直的坐姿仿佛在说她可以将任何地方变成咏花堂。

"圣上幼年和生母被放逐宣城离宫，后来得到先帝遗诏传位。按说有了先皇遗诏，是不可思议的好运，可还是要出生入死，一路鏖战，平皇叔之乱，灭秀王逆党——皇帝尚且如此艰辛，才能得到自己想要的东西，你又凭什么把门一关就心想事成？"

“我能够怎样呢？”素盈放下手中的半块糕，黯然说，“阿澜说，低下头祈求，才发现别人不当她是一回事。而我，早知道自己低头是分文不值。如果连这条命都不为父亲看重，那我还有什么能耐让他明白我的想法？”

“郡王很明白你的想法。”崔落花用异样的眼神看着她，“不仅仅是他，这家里每个人都明白。你想要的那种生活，也正是他们想要的。是你没有明白——这就是他们爬向那种生活必经的泥潭啊。”

一切看似恢复常态，但素盈知道父亲不会死心，东平郡王也知道他总会找到让女儿屈服的办法。

药用了一个月，素盈果真没有再看见那白衣女人，有时候特意四下寻找，也找不出她那不染纤尘的衣袂。王秋莹仍不满意，继续探究素盈的病因。她将素盈平日吃穿用的东西全部梳理一遍列成清单，一样样小心地让素盈重新接触。素盈感激她这段日子的尽心竭力，心中对她生出信赖。数日之后，又见那白衣女人在远远的地方出现，仿佛欲言又止。从前素盈不会对任何人说，这时却如实对王秋莹说了。

王秋莹埋头琢磨了一日，隔天似乎有所发现，自信满满地来找素盈：“小姐有没有想过，薰草会让您生幻？”

素盈愣了：“薰草不是致幻的香料。”

王秋莹肯定地说：“人与人是不同的。有时候微妙的差异，会让多数人觉得不可能的事，要了某个人的命。”

“只是因为薰草？”素盈心中说不出是惊诧还是不信，还有一丝失落。

“小姐不妨先试试，别再碰薰草。”王秋莹充满自信的微笑让素盈不能不信。

素盈将身边的薰草尽数扔掉。然而像对她示威似的，那白衣女人过了几天又出现，含笑目送轩茵捧着一封信跌跌撞撞跑进来。

信是素飒写来。他初到西陲写过信报平安，后来就断了音讯，大约是战况吃紧，没有闲工夫。好容易来了一封，素盈急忙打开看，不料笔迹颤抖，几乎难以分辨。她的心顿时提起来，匆忙读下去，才知道哥哥在写信之时身受重伤，昏迷五天刚刚醒来。再看落款，已是十余日前的事情。

哥哥字字惦记她的病情，却不提自己的伤势，素盈禁不住担忧惧怕。

东平郡王也收到信。本以为这回是个稳妥差使，想不到儿子竟会伤及性命，急得他团团转。然而远水难解近渴，只能按王秋莹的建议火速筹备珍稀药材，命人飞赴边陲。

不过两日，又接一信。这次字迹清秀整洁，说素飒于上次写信之后的第三天清晨退了烧，想必没有大碍，只待静养康复。素盈一颗心终于放下，再看此信落款“盛乐代书”，不禁诧异——与素飒同征西陲的盛乐公主，竟为他代写家信。

东平郡王却不愿女儿太早安心，怒气沮丧都发泄在她身上：“战场是要死人的！

唉……若是我们家在朝中有人，飒儿平步青云有什么难？何必拿命去换？”

素盈仰慕书传中叱咤千古的名将，思量哥哥并非庸碌之辈，希望他成就一番事业。况且二哥闯荡边关多年，屡立战功总能全身而退，她无形中低估了刀光剑影的厉害。如今血淋淋的事实放在眼前，她也怕了几分，惴惴地问：“哥哥何时能回来？”

“我说了不算！”东平郡王恶狠狠地答一句，知道他同女儿的较量就要在这里分出胜负。

“我们素氏，大多是靠军功起家。祖先纵横沙场，所向披靡，一路打下这万里河山。为什么现如今，有名有姓的悍将不见素氏？”东平郡王揉着眼角浮现的皱纹，忽然多了几分苍老神态，“因为万里河山处处埋骨，尽是素氏儿郎！天下嘲笑我们用女儿去赢荣华富贵，也不想想国朝之初，战场上死了多少素氏男儿！”

东平郡王说着痛心疾首，连连用力拍打桌子：“我们的仗打够了，才把荣耀家门的事情交给你们这些女人，经营起你们的后宫。如果有一天，你们想退缩，那就轮到父亲、兄弟重回血肉翻飞的战场。”

他丢下这句话，拂袖离开妙音轩。

素盈一心担忧哥哥，急忙写信给他，顾不上考虑其他。直到素飒亲笔写了回信，证明身体已有康复的迹象，她才安心。

东平郡王再也不来看她，素盈察觉：因为素飒九死一生，更坚定了父亲的决心，以免几个幼子日后也受这等惨罪。只是她心中还存侥幸，以为继立中宫事大，不是父亲一厢情愿就有办法的。

六月中伏那天，相府送了大量嫩藕，特意说是送给素盈。相府不会无缘无故送礼，东平郡王正好有事相求，当即准备回礼，携素盈上门。

素盈不愿踏入相府，可心底深处有一丝不安蠢蠢欲动，怂恿她务必亲眼看看宰相的态度。鱼池边那几句闲谈，究竟是已经过去，还是永远过不去？

拜见过宰相夫人，素澜便拉着姐姐去她房中。两人走开不远，素澜握了素盈的手一下，顿足不前，以目示意。

素盈顺着她目光望去，见一位窈窕佳人向琚夫人住处而去。珠光宝气灿然华丽，明妆霓裳宛如神仙。身后一群侍女簇拥，个个锦衣罗裳，且颦且笑风韵翩然。为首佳人忽停了停，回身向素盈与素澜所在之处顾盼。素盈这回看得分明，惊奇地问：“那是馨娘吗？”

素澜掩口笑问：“像不像？”

“像不像谁？”

“废后。”素澜抿嘴，“我无缘一睹废后风韵，姐姐过去可是成日进出丹茜宫的。你看像不像？”

素盈心下惴惴，迟疑地说：“是有五六分相似。”

“才五六分？人都说，要不是差了十来岁，简直怀疑素若星有个孪生妹妹流落民间。”

素盈摇头笑道："人没有那么像，衣装服饰倒是很相似。"

素澜望着馨娘离去的方向，不禁感慨："坊间好事之徒最喜欢谣传相爷与废后的所谓秘事，相爷一向避讳。弄了这么一个女人在家里，恣意地娇宠起来，反而不怕人说闲话了。"

素盈蹙起眉，又舒展，叹道："这是二哥送的，能得相爷欢心，算是送对了。"

"馨娘倒是个重情的人，二哥善待过她，她不时在相爷面前美言，所求之事无不成功。她自己倒是没有多余的企图，夫人索性由她去哄相爷高兴。"素澜的眉头轻轻一挑，"照这样有求必应，二哥注定当不成我们的二哥了。"

素盈没有听懂，睁大眼睛等她详解。素澜说："谢家最后一个儿郎死在西陲，绝了后。二哥闹着要归宗呢！"

"他？！"

素澜见她惊呆，轻笑说："郡王统共几个儿子？就这么一个能征善战、笼络边镇大将的，怎能轻易放了他？"

素盈心如乱麻，随口支吾着应付。素澜盯着她一会儿，笑道："二哥实在天真。他改回谢姓，不过是个边镇将领。况且曾经有过兄妹的名分，父亲怎么也不会丢脸挑他当女婿呀！"

"你胡说什么！"素盈生气地推开她的手，"一家兄妹，怎么能开这种玩笑！"素澜一试便知流水无情，连忙笑着赔不是。

到房中，早有丫鬟抱来一对孪生佳儿。两个孩子一样白皙可爱，细观面貌却有小异。哥哥知微眉痕清长，双目秀美，见生人犹带笑意。弟弟知渐双目净朗，如有光耀，时时机警好奇。

素盈暗赞这两个孩子生得令人喜欢，问："可给相士看过？"

素澜笑道："相爷不信那一套。我们这种人家的富贵吉凶，靠的是更实在的东西。"

她话里有埋伏，素盈不上当，低头逗弄怀中的外甥。素澜咯咯笑道："自从上次你走了，相爷有一回还特意跟我提起来。我能看得出，他似乎是有点欣赏你。"

素盈只顾抱着婴儿逗弄，不理她。素澜唤乳娘抱走孩子们，说："我们姐妹俩清静地说一会儿话。"

素盈略微沉吟，问："你听到风声？"

素澜紧贴她身边坐下，握住她微凉的双手，轻声说："素氏一辈子指望丹茜宫。眼下千载难逢的时机，人人都钻在风窟里了。"

素盈戚戚冷笑："我说我疯，他们不信。呵。我看他们才是真疯了。"

素澜看她好一会儿，突然问："姐姐怕什么呢？"

素盈打个哆嗦，回避她的目光。

"那可是丹茜宫啊。"素澜说，"举国上下只有一个女人，能以丹茜宫之主的身份影响国家。”

“我见过！”素盈狠狠地摇头，眼中影影绰绰的泪光闪动，“成为那个人……太可悲了。”

素澜见状不再逼问，长长地叹口气，拿手帕帮她沾去泪珠，目光好像在说：你这样的人更可悲啊。

一提到丹茜宫，姐妹两人就有些无话可说。丫鬟来请素盈，说是相爷要见。素澜不便再留姐姐，可还有未尽的话，当下挽住素盈手臂，一道向外走。

“相爷说你是个有趣的人，很喜欢你的胆量。这话真让人耳目一新。”

素澜眼底又闪出嫁人之前一直蕴含的那种光华。素盈一见就加了几分谨慎：“我有什么胆量？不过是不像别人会说奉承话，言语上冲撞了他。”

“与那香膏有关？”素澜的口气不疾不徐，像是很随意，但素盈还是立刻感觉到一丝紧张。不等她斟酌词语，素澜便笑了起来：“姐姐下次若要相助，敬请直说。我被蒙在鼓里，怕是要吃亏。”

素盈自觉上次行事冲动，全无预想，的确陷素澜于莫名的境地，抱歉地笑一下说：“妹妹是吉人天相，总能化险为夷。”

“凭‘运气’和仰仗姐姐关心疼爱可不一样，后面这个让我心里舒服。”

快到宰相的书房，素澜再次停住脚，脸上一股犹豫的态度，不符合她的性格。想了又想，她叹息说：“大长公主、郡王、三哥、宰相、废后、东宫，甚至我，各打各的算盘，噼里啪啦响了几十年，往来交错，碰出这一声。细想种种因由，恐怕唯有你是不二之选。”

素盈听得僵住。

“我知道姐姐向来没有这种野心。那么你心里……有没有一个人，为了他，就算会变得很可悲，也要把丹茜宫打起来？”

素盈怔怔地问：“什么人？”

素澜连忙摆手说：“哎呀，我怎么说出这种不害臊的话？快去见相爷吧，别说我跟你胡言乱语。”

素盈觉得这是暗示——如果错过丹茜宫，有一个对她来说非常重要的人，要倒霉了。

她顶着沉甸甸的一头雾水，走进书房，以为父亲肯定也在，但只有琚含玄悠然坐着看书。书房中有股淡香，她不禁发愁——她近来一直不碰香料，生怕又出幻觉。

“已经通风好一会儿，应该不成大碍吧？”琚含玄见她在门口止步不前，慢悠悠说，“郡王说你以后不能再动香料。”

素盈“嗯”一声。

他感慨道：“当日丹茜宫每成一香，满京城疯求香谱，家家都是一个味道。年移运改，物是人非啊！”

直奔“味道”，说明上次的事还没过去。素盈默默上前，向他拜了一拜。琚含玄仔仔细细打量她。她不禁想起第一次见面，他收她为义女的时候，也曾这样看她，目光里有逼人的寒意。

“你上次说过的话，我并不全信。”他说，“可你没有凭空捏造的本事。所以我去查了……琴师身上经常和皇后一起换味道。丹茜宫那群人，知而不举，把皇家脸面抹得漆黑，活该跟着倒霉。你做奉香那么久，早就嗅出端倪，却一直默不作声——幸好有人替你挡住，否则就算从宫里出来，也逃不掉啊。”

素盈的嘴角轻轻牵动，没说出话。

“阿盈，现在是回报的时候了。”琚含玄站起身，走到素盈身边，微笑着注视着她的眼睛说，“我要你做一件事情。”

素盈咬了咬牙，问：“什么事？”

“素飒应该告诉过你，我为什么极力帮你谋划东宫侧妃的位子。”琚含玄含笑说，“现在你到另一个人身边，做你该做的事。”

素盈骤然失色，脱口低呼：“不！”

琚含玄早知她是这种反应，不紧不慢地问：“你说什么？”不等素盈开口回答，他收敛微笑，冷冷地提醒：“郡王说，你哥哥前些日子受了重伤。”

素盈正心乱，又听他提起这事，不由得怔了怔。

“你可知道——上不上战场，由他决定；能不能回来，却由不得他。”琚含玄一脸寒霜，缓缓地说，“去的人，都想着载誉而归，没算过多少人老死边陲。你哥哥会是哪种呢？”

一只看不见的巨掌紧紧掐住素盈的心脏，她顿时透不过气来。琚含玄对此很满意，轻轻拍了拍她的肩膀，微笑说：“回去以后，好好跟你的老师学——学得要快，要好。我相信你能做到。”

素盈腿脚发抖，因此走得很慢，走到门边仿佛过了一百年。她抓住门框，侧身回望琚含玄。他本来又坐下看书，见她站在门边一动不动地盯着自己，他也冷冰冰地瞪过来。

“大人，你知道，你在做的是什么样的事情吗？”她发颤的唇齿间抖出一句话。

琚含玄放下书，低沉而稳定地说：“我要给你素氏梦寐以求的地位。”

他嘴角向上，挑出傲慢的浅笑，仿佛在等着她顶礼膜拜。可是素盈纤细的手指依旧紧紧抓着门框，大睁的眼中透出漠然。

“大人，你真的知道，你要给我什么吗？”她的眼里溢满泪水，下一瞬间就夺眶而出。琚含玄不知这是什么花招，微微眯起眼睛。

素盈不顾泪珠一颗接一颗地淌落，哽咽道：“中宫是天子之配，大人废立自如，视中宫为走狗，将皇家玩弄于股掌。我不敢想大人还有什么企图——倘若这就是大人要给我的地位，日后必有灭顶之灾。我情愿不要。”

他的嘴角微微提起，冷笑说：“我今天已经听你说了两个‘不’。罢了，如果东平郡王能怜惜你这珍稀的倔强，说出第三个‘不’，我就将丹茜宫奉送别家。”

“我不指望他的怜惜，也不在乎。”

“你在乎谁？”琚含玄的口吻平缓而阴鸷。

素盈想了想，铿锵回答：“当然是我哥哥。”

答案换来琚含玄巨大的讥诮，勾起的嘴角仿佛用力宣告“答错了”，但嘲讽的声音却说出一句极宽容的话：“书信往来西陲要费许多工夫，幸好此时还不必着急。我就将今日的话留一个月，等你问他的意思。”

东平郡王得了琚含玄吩咐，当日派了一名心腹下人，乘千里骏马昼夜兼程，将宰相有意扶植中宫的消息秘传素飒。

恰好素飒在边镇养伤，下人带了他的回信返回东平郡王府，才二十天。东平郡王唤素盈一道拆启回信，免得她疑心父亲偷梁换柱。

信纸是很淡的蓝色，据说用药水浸泡过。从前信使被敌人俘获，哪怕吞下密信，也有破腹取出的。用上这种纸，遇火瞬时便为灰烬，入水则化为无形，严密防敌。

东平郡王将折成小块的信展开，里面只有几个字：“天予不取，反受其咎。若成此事，万死不辞。”

素盈在父亲身旁看见，“啊”一声便怔住。

字迹还有些勉强，大约素飒手上的伤仍未完全愈合。但一笔一画的走势坚定，透露出他心意坚决。

东平郡王喜上眉梢：“果然是我的儿子识得大体。”转脸又向素盈冷哼，“你哥哥也这样说，你还有什么牢骚？”

素盈从父亲手里夺下那张纸，死死盯着那几行字，心思却不在信上了。

他曾坐在她对面唏嘘，再也找不到比睿洵更好的人，也曾怜爱地看着她说，索性当我们不是素氏，轻轻松松过完这辈子。

那时候她以为，他到底还是看重东宫的为人，看重妹妹一生的幸福。

然而他最看重的，还是丹茜宫。

六月最后的四天，京城浸在滂沱大雨之中。大雨初停的那个晚上，月太明亮，不见平日的暗斑。这异象由星官推算之后得出结论：月中兔与蟾蜍骤然不见，是缺失中宫的缘故，应当速立皇后。

废后之事已有些日子，朝中仍有人为她申辩，要求皇帝为她洗刷冤屈，迎她回宫。太子睿洵曾在显英殿前长跪绝食两日两夜，为其母诉冤。皇帝命人强行架回东宫，此后太子就在东宫内吟诗写文，委婉陈词，企图打动他的父亲。

也有人上奏皇帝，要求迎回那些归家的选女，充实后宫。可皇帝无动于衷，不知想些什么。他不表态，群臣难以安心，不断揣度他的心思，几乎每天都有形形色色的新建议。

这个夏天对许多人来说，漫长而艰涩。

薄暮时分，暑热渐消，咏花堂外蝉鸣悠长。素盈的坐姿挺直，心却不知飘到何处。崔落花见她神思飘忽，将手中一卷《别赋》合上，静静等她回神。

素盈竟不知她停下不讲，仍是木然呆坐。夕阳以一层均匀的金晖，将她同静谧的万物连接起来，仿佛她也是静物中的一员。咏花堂中只有蝉嘶哑的音调回荡。

崔落花摇头微笑，朗朗道："实澹泊而寡欲兮，独怡乐而长吟——我记得小姐原来很喜欢陈思王的《蝉赋》。"

"苦黄雀之作害兮，患螳螂之劲斧。"素盈的口唇微动，声音轻缓。

身生双翅却难以高飞，小心翼翼地托身茂叶荫蔽，却躲不过虫雀狡童的戕害。

"《蝉赋》一直不是我最喜欢的，太过无望。"

崔落花知她的心思不在咏花堂，便说："今日就到这里吧。骈文诗赋原本是小姐所长，至于史传，小姐耳熟能详，颇有心得，也不必再做功夫。明日起，我与小姐同读诸子。"

素盈并不热心，淡淡地说："我读过。"

"有些东西，读一辈子也不为多。"

素盈笑一声："既然如此，我又怎能在数日之间穷尽？读完了诸子，尚有琴棋书画、骑射韬略……"

"琴画不过陶冶情操，若想赏玩，自有宫中伶人画师效劳。书棋也是一时雅兴而已，不通，至多不能尽兴，并无大碍。骑射技巧，多数用在猎场，即便空手而归，也无人指摘。至于韬略……皇后是丹茜宫五千宫卫之主，然而若不像前朝的宪烈皇太妃，或如今的盛乐公主那样驰骋沙场，韬略再精通，终究是纸上谈兵。"

崔落花不慌不忙地说："闲来无事时，这些才技足以讨好，但万一有事，靠它们不能保命。唯有诸子不可不读，不可不细细品味。"

"难道通读诸子就能保命？"素盈轻嗤，"废后何尝没有学过？"

崔落花浅浅地笑了一下，若有深意。

"二十年后宫之主——她很不容易。"她从容地说，"可惜上位者稍稍过得安稳，就容易生出错觉，以为自己能够从危言耸听当中例外。若真深谙韬光养晦、明哲保身的道理，明了上下百战、以守为攻的策略，何至于今日？"

素盈听得心中烦闷："老师以前并不是这样教我的姐妹。"

"因为'怎样当上皇后'和'怎样当皇后'是两回事。"

见素盈眉头紧皱，崔落花又说："素若星先失人望，后亏德行，落到废位放逐。她之后的下一位中宫，周旋于天子、宰相与东宫之间，必要德行圆满，不落人口实，方能在丹茜宫长久不败。如此处境，'怎样当皇后'比'怎样当上皇后'更难。"

素盈垂下眼睑，黯然沉吟："废后不是受到暗算就一蹶不振的人。太安素氏势力不弱，况且还有东宫支持。说不定哪一天圣上回心转意，郡王所做的一切都成枉然。今日越是努力，来日遭到的报复越重。"

崔落花看着素盈微笑："小姐是在为自己遐想。如果置身事外，以你的聪颖，绝不会说出这样的话。"

素盈本来快要说服自己，但与她锐利的双眸对视一刹，立刻低下头。

"废后回不来了。"崔落花没有掩饰口气中的惋惜，"她再度拥势，中宫、东宫必不能放过宰相。琚相不会纵容对自己不利的人东山再起——与他较量，素若星没有胜算。"

素盈放在膝上的双手不由自主地颤抖了一下："先生对宰相，知道多少？"

崔落花笑了一下，沉稳地说："三年前，宰相收东平郡王的女儿为义女，像是突发奇想吗？三公子以为，相爷要在东宫身边安插一个心腹，却不敢继续往深处想——相爷这种角色，何须笼络太子？两人积怨已深，危及性命不止一次，又怎能用一个女人笼住？"

倏忽之间，素盈想起那个嘈杂的小酒馆。第一次见到琚含玄时，他的眼睛冷漠深沉，若有所思。那时候她不了解他。现在她知道琚含玄是什么样的人，知道那眼睛每次闪动都是险谲。

现在回想，那双眼睛是在说："这就是素飒多年来赞不绝口的妹妹。这就是睿洵常常听说的素盈。"那短短的一瞬间，他准确地预见到睿洵会喜欢她。

"会调香吗？"他问那个问题的时候，每个人都在劫难逃了。她必须出现在丹茜宫——太子每天去丹茜宫问候皇后，他们迟早会遇见。皇后不想宰相在她身边放一个人，扶起文彩环，可马上发现那是另一种错误。素盈没能在丹茜宫遇见太子，却因为文彩环遇见他。

崔落花的声音仿佛很远，字字敲出深沉回响："东宫也没有傻到自投罗网。否则前年遴选侧妃，一时动情选了你，迟早为皇家传宗接代，到那时候……"

素盈犹自想，十几年来，没人能取代睿洵，连怀孕的谨媛、珍媛也死了。她曾以为那是女人的嫉妒，现在却猜测：死亡会不会是为了阻止宰相有机可乘？也许他早就在等一个新的储君。

素盈浑身发冷，懂了阿澜那句话：姐姐心里有没有一个人……

"唉！"她觉得天旋地转透不过气，捂着双眼一声悲呼，伏倒在桌案上。哭不出来，身子却像大哭般悲恸地颤抖。

"不要拂逆宰相。"崔落花见状叹了口气，"后宫与权臣硬碰，昌永之乱就是惨痛教训。"

素盈心中悲酸无尽，轻飘飘地说："我小时候嫉妒这地方。"她环顾咏花堂，眼中苦楚之色幽隐而深，"那时候我想要的，不过是父亲多看我一眼，因此嫉妒咏花堂里的姐妹们。现在，我嫉妒那时候的我。"

窗外响起皇极寺的暮鼓，崔落花轻声说："时候不早，今天到此为止吧。"

两人一同走出咏花堂。素盈听见暮鼓，又想起一事："阿澜说，宫中高僧劝圣上斋戒。自从废后出宫，后宫妃嫔没有一个能睹圣上金面。"

崔落花边走边说："不仅如此，星官说流年不吉，生肖属鼠、虎的女子对皇家不利，天子勿近。珍媛那批选女都是虎年所生。”

素盈冷笑：“斋戒、生肖……这些鬼话，是琚相授意的吗？”

“小姐再想想看。”崔落花笑道，“自废后出宫，可有哪些事不合琚相的心意？事事‘授意’才能达到目的，他就不是琚相。恐怕唯一需要他开口‘授意’的，就是小姐您。而您也无法拒绝他。”

素盈缄默不语，行至一丛紫阳花畔。不知是暮光暗淡还是花期将过，原本鲜明的紫色花朵，仿佛灰蒙蒙的。

她伸手折下一朵，放在鼻端嗅了一下，只有力不从心的一抹淡香。

“夏天……就要过去了。”

东平郡王府再度延请女教习已经不是秘密，有心人不难猜到其中企图。

京城当中还有未嫁的素氏，但只有素盈是素澜的姐姐，只有素盈成为皇后，可以生下与琚家血脉相连的皇子。

昔日的素奉香又一次在京城贵族中变得很有名。大多数人并未了解她的优点，已经熟知她的缺陷。当宰相提出宜立新后主持后宫，并且提出东平郡王的六女貌婉心贤、德才兼备时，立刻遭到许多或含蓄或慷慨的攻击。

他们提出的最有力的理由就是：京中早就盛传东平郡王的六女是个疯子。十余位名医可以证明她常发臆想，满眼生幻——这样一个病人，如何能登上后位？

那些名医都是有名有姓的杏林高手，以他们从医的经验认为素盈的病无法根治，联名上书不可立为皇后。其中有正在为她治病的王秋莹。粟州王氏之女的话，听起来尤为可信。

东平郡王大发雷霆，几乎要生吞了那位女医。多亏白潇潇极力阻拦，东平郡王只是将女医赶出府，也没有太多为难。

女医去向素盈辞行，轩茵生气地赏她闭门羹。素盈却亲自出来开门，与王秋莹隔着门槛，面对面沉默。王秋莹神情变了几次，难言的尴尬与愧疚过去之后，她缓缓说：“小姐的病，我不应对外人说。可是……”

“可是没有人告诉你，他们要你医治我，是打算以我为皇后。”素盈笑了笑，“我明白。你没有做错。”

“事关重大，我不得不说出来。”王秋莹注视素盈，一字一句地说，“皇后，将要为皇家生儿育女。小姐的病很罕见，至今难说清来龙去脉。万一所生之子，也有同样的烦恼……”

“不必担心。”素盈冷淡地说，“不会有这种事。”

她脸上神情非常玄妙，目光仿佛穿透残暑，碰触了一些冰冷的东西。王秋莹说不清，她是认定自己进不了丹茜宫，还是为别的缘故。

继群医上书之后，对皇后之选另有想法的朝臣们一鼓作气，列举素盈身上的缺陷——虽然是东平郡王的女儿，但生母微贱。

她曾经在宫中奉香，这样一个卑微的职位，她尚且无法把握分寸，诱使废后沉迷，又怎能担当中宫而不至于害得天子沉迷于无用的消遣呢？

她家里几位姐妹入宫，都没有留下良好的声誉，可见东平郡王家中的教育非常有问题，怎能冒险以他的女儿为皇后？

东平郡王很心急，但琚相不急于为素盈辟谣，导致朝中声量对比分明，素盈看似是没什么盼头了。支持废后的人也再度蓄势，上书恳请迎回废后。

朝中派系一目了然，小吵大吵接连不断。倒是宰相委婉让步，令众多大臣有些意外。他说："既然立东平郡王之女有诸多非议，更立他人未尝不可，像如今这样吵闹绝非良策。可召大臣集议，有更好的人选再请陛下定夺。"他的一进一退实在令人好奇，众多大臣不知他葫芦里卖什么药，言谈也谨慎起来，特别不希望自己看起来像是站在废后一边。

很快皇帝单独召见琚含玄，问起他为何举荐素盈。琚含玄先是答道："星官称，今年之劫需要一位八字极特别的女子平息。东平郡王的六女恰是星官推得的八字。"

皇帝不是傻瓜。琚含玄见他脸上平和淡泊，似乎不感兴趣，于是叹了口气："臣举荐此女，归根结底是看她温柔典雅，聪慧娴静。的确如众臣所说，她曾经在宫中奉香，职位卑微，但她却用心做到天下闻名。说到她的姐妹——她曾入宫陪伴珍媛，正因如此，臣对她刮目相看。试问我国这些素氏，有几人敢将性命托付给姐妹？珍媛怀有身孕却信赖她，可见她的品德有过人之处。对东平郡王家风有怀疑的，不妨请出自己的女儿们，看看她们敢不敢以性命托付彼此。"

皇帝站起身负手静立，双眼望入宫殿的某个幽暗角落里，平静地问："她果真满脑子臆想，举止不当？"

琚含玄微微笑道："史籍所载的种种异人异象，也不见得都是疯病。依臣之见，与其道听途说，不如亲眼一见。陛下可以看看那位小姐，是否如他们所说的那样不堪。"

皇帝轻轻地点了点头，说："后天是七月十三，朕要往西郊扎营迎节。东平郡王可在随行之列？"

琚含玄连忙说："在。"便去安排。

七月十五中元节前两日，皇家就开始庆祝——七月十三晚上，皇帝带领亲近的臣子前往西郊，预备宴庆。素盈随父亲同行，心中早知道这意味着什么——昔日披云楼的甄选侧妃，改换一个名目罢了。

她既无法欢喜，也无法拒绝。原本还有一丝焦灼，然而时至今日，再难找出借口说服自己。

一到营地，东平郡王忙着四处应酬。素盈无事可做，在自己的帐中独坐，一直坐到手足冰凉，才发现西郊的夜如此寒冷。她走出帐外，独自向远处步月。

夜空澄澈，月如寒玉，近乎圆满。一层缥缈的夜雾在远处悠荡，将风景笼入朦胧。草上的夜露很快打湿裙脚、锦袜，阵阵凉意沁骨，她不得不停下脚步。

忽然一阵天风直下，千里瑟瑟，花香四起。不知名的野花在月下绽放，白色花瓣薄得仿佛透明。素盈俯身采了一朵，迎着月光，想看看它是否晶莹剔透。不等她看分明，忽听草地沙沙作响，有人低语，隐约提到东平郡王的名字，有人轻笑一声。

素盈惊疑转身。皎皎月华照得万顷草原遍地铺银，五六名男子迎风信步。如此朗夜，月下之人的面目纤毫可辨。素盈手里的花跌落在地，急忙双膝跪倒，口称“吾皇万岁”。

皇帝带着东宫与宦官卫士，悠然走过来。

“夜露太重，起来吧。”皇帝说着，走到素盈近旁。伶俐的老宦官已为他摘了一朵小花送到手上。他向身边的东宫笑笑，说：“我很小的时候，也喜欢把几近透明的花放在眼前，以为这样看到的世界会变美丽。”

他拈着那朵花从眼前晃过，叹道：“花不是一样的花，世界还是一样的世界。”一松手，那朵花飘落在素盈面前。他的目光随着那朵花一起下落，注视着素盈的眉眼，温和地说：“抬起头来。”

素盈应声叩首，慢慢仰头，迎上皇帝柔和的目光——他背对明月，神色模糊，唯独这双眼睛柔和宁静，与她印象当中一般无二。

他轻轻点头，梦呓似的说：“眉眼都像。”声音低微若无。素盈不知他说她像谁，只觉得似有深意，便微微垂下头。

“时候不早了，荒郊野外的，一个女儿家不该在外面流连。夏天……就要过去，夜太凉。”皇帝说完，吩咐身边的宦官，“送她回去。”

素盈谢了恩，站起身欲走，忽然听东宫问：“你哥哥近来还好吗？”她回身望了望东宫，发现他犹有恋恋不舍之情，似乎想要留她多说几句话。

自从去年他突然出现在她面前，挥刀斩断了那些隐藏秘密的绣垫，他们再没有见过面。一年来，皇朝之巅风云诡谲，他的气质更加忧郁苦涩。

他才二十一岁，英姿勃发之年，神情中却蕴藏着万般失望之后的累累伤痕。素盈忍不住难过，避开他的目光，欠身回答：“素率自从得到殿下保荐赴边，唯恐辜负殿下厚望。前一阵虽然受了伤，近来已好多了。”

东宫见她容色拘谨、对答慎重，喃喃道：“那就好。”他的声音低落，素盈想再说点什么，可是众目睽睽，实在没有恰当的话可以说，又向他一拜才离去。

东平郡王听说这桩巧遇，火速向素盈追问始末。素盈只说巧遇天子，并且东宫关心素飒的近况，除此之外没有别的。

东平郡王眨巴眼睛想了一会儿，摇头叹息道：“东宫这痴儿！事到如今能怎样呢？真想每天听到你的笛声，就应该选你。哪怕只有一天好日子，也应该跟自己想要的人过一天。他是个蠢货，活该一天顺心日子也抓不住。”素盈听了又不由得悄然伤神。

中元节的盛宴没有因为缺少一位皇后而失色。除了素盈，还有几位素氏少女随父兄一道前来。到了舞祀环节，素盈与这些少女身穿白衣扮演女巫，围绕巨大的篝火歌舞，表达对祖先的敬仰和追念。

睿、素同源，皇帝在舞祀之后颁赐礼物，感激这些后族少女慰藉祖先亡灵。他对少女们一视同仁，素盈也没有得到特别对待。见这场面，东平郡王虽有宰相撑腰，仍免不了心中打鼓。

素盈反而坦然——若是皇帝没有选她，谁也不能怪她。父亲会唠叨一段日子，终有死心的一天。她心中原本渺茫的侥幸，又缓缓地变强。

可是七月十六凌晨，送节之后，贵族们将要返城之时，素盈忽然收到一份礼物。

黄衫宦官并不避讳旁人，就在来来往往的人群前，笑吟吟将一只径约尺许的红木圆盒交到素盈手上。素盈见了他那身御前的服色，已忐忑不安，待打开圆盒，更不知该做出何种表情。

盒中是满满的白色小花，每一朵都带着露珠，晶莹透亮，香气盈面。

礼盒并没有附上只言片语，然而不需要任何言语，每个人都看见了结局。

宫廷中的事情有时很简单，只需要一个暗示，众人都已意会，不需更多口舌，譬如那盒花。有时又很复杂，用难以想象的繁文缛节做一件原本可以很简单的事情，譬如那盒花之后接踵而来的仪式。

纳后仪式定于八月十三。东平郡王经历过数次期待与失望，这回终于踏实，喜不自禁。

居然真的变成这样。素盈试着回想那热闹的中元迎节、送节，那个万里清澄的月夜。

天风破雾，光动草海。波涛中心，她失落一朵花。天子看见，送给她一整盒——真的不是梦吗？整件事情对她来说，实在太不真实，虚幻到不知该如何抗拒。

月下半明半暗的短暂相见，不过一个转身的工夫。他似懂非懂的一句呓语，就让她再也没有后退的余地。中宫之选怎会这样轻易？轻得体会不到痕迹。

素盈私下将这场意外的相遇告诉崔落花，向她征询心中的疑问：“我的眉眼像谁？我不像姑姑。难道是像珍媛？”

崔落花摇头说：“珍媛双目温柔慧黠，小姐眼中清朗含愁，各有千秋，难以比较。不过终究是一家姐妹，外人看来大约相似。”

“如此说来，圣上对珍媛，还有一丝惦念？”

崔落花笑着说：“天子需要考虑的东西很多，不会为这个缘故把丹茜宫送给你。在他决定之前，后位已经在小姐手中了，他不过是挑个场合给众人看——除了琚相安排的人选，还能选谁？只怕他就是选了别人，也不长久吧！”

素盈无语。那盒花，不是送给她一人，是送给许多人看的。她早该料到。

崔落花看出来素盈介意皇帝的那句话，收敛容色奉劝：“圣上记不记得珍媛，事小。小姐记不记得珍嫒，事大。”

一句话惊醒素盈。

当然不是提醒她铭记妹妹的音容笑貌，而是怕她忘记素槐放纵芳心恋慕天子，终落得早开早凋，一场横死。

素盈沉默片刻，低低地说：“我不会忘记。”

第八章
新 后

八月初六。整整三天，素盈马不停蹄地练习皇后大婚的礼仪，背诵对不同人说的不同话，用过晚饭才得闲。

那些要紧的叮咛、嘱托、告诫……字句交叠，仿佛悬在空气中不肯走，增加了压在她身上的分量。素盈愣愣地坐了片刻，觉得再不离开房间，她就要被压扁了。

她没有特定的目的，却不知不觉走到咏花堂。

堂内无光，素盈推门进去，幽暗中恍然想起，她曾许多次在窗外听到崔先生教导她的姐妹们。那时她们离宫廷那么近，仿佛触手可及，而她是那么遥远。

“小姐，您在这里做什么？”崔落花秉烛而来，摇动一室光影。

素盈的遐思在烛光里破碎，轻声细语：“来这里清净一会儿。”

崔落花见她神情寥落，将怀中的书放在桌上，道别似的说：“眼下是我能教的最后时刻——这些书该交给小姐，以后能用得上。”

素盈低头看，原来是一函《女诫》，一函《女则》。她翻也没翻，伸手打落在地，笑说：“没有哪个素皇后是靠它们坐在后位上的。”

崔落花并不着恼，将书捡起，拂去微尘，也笑道：“可是每个皇后都要拿它们来装点。”

素盈若有所思地看着她的一举一动，双目莹莹直视她，清冷地说：“我的病已经不是秘密，他们丝毫不介意，推着一个病人登上后位。这样的我，对他们来说就够了，还需要这些装点吗？”

崔落花眉间微微耸动。

素盈问：“先生，你有没有好奇，我看到的幻影，对我说什么？”

崔落花静静摇头说：“我对不需要探寻的事情没有兴趣。”

素盈面向烛火，淡黄的光芒没有为清寂的脸庞增添温度，声音里微妙的尖锐仿佛破碎的薄冰：“我的幻觉，和你有些相似，总是说一些我不愿相信，却被人视为理所当然的道理。”

“你听从她的话了吗？”

“没有。”

“也许不听是对的。”

崔落花打量咏花堂里的陈设，手心按在她的学生们曾用过的桌案上，对吃惊的素盈苦涩地笑了一下。

“阿湄与阿淳，是我最初的学生。那时候她们那样自信，我也是。”她侧转身，目光落到空荡荡的阴暗当中，“可是她们下场可怜。听说槐小姐的祸事之后，我对自己失去信心，云游天下，不知余生归处。”

崔落花收回目光，半明半暗的光线里，语气更加朦胧：“小姐你曾说，害怕宫廷。其实我也一样。我用十年工夫去观察一个素氏的性格，修剪她，塑造她，可是宫廷只要十天就把她变成另一个人。我倾尽年华，教她们用坚定的信念辅佐帝王，用聪明的手段与政敌周旋，保全自己。我希望她们振聋发聩，可她们只留下痛苦呻吟。”

崔落花凝望素盈，伸手放在她的肩头：“你已经脱出素氏的轨迹长成。郡王、素飒、白潇潇改不了你，我无法重铸你。你可以听我的，也可以不必听从我。接下来，只有宫廷能够继续修剪你，塑造你。它将是你的老师。”

素盈眼角似有感慨神色，嘴唇轻翕，还是无言。崔落花最后说：“有忧而不知，必有凶险。有忧而深忧，逢凶化吉。恐惧并非坏事，也许比我能教的更多。只希望小姐不要放任恐惧。”

素盈摸着那些书，忽然说：“我有一个问题请教先生。”

“请讲。”

素盈轻轻地蹙眉说：“素氏的后宫稳如磐石，可以影响皇帝，然而与朝臣硬碰，从来没有赢过。但即使是昌永之乱，朝臣也仅仅铲除后党，没有闹到废皇后的地步。素若星是第一个由朝臣力主废黜的皇后。今时今日与昌永年间，究竟差在哪里？”

直到今天，她才第一次主动提出关于政局的问题。但是这样的一个问题，让崔落花深感意外。

“昌永之乱……”塾师轻轻叹一口气，灯花摇动不止。她伸手护住火苗，坐到素盈对面，稍加思索，尽职尽责地回答：“每代帝王花费一生中大量的精力，培养、寻找继承人。可惜没人能够预见将来，没人能保证皇帝的一生始终贤明理智。帝王之选包含极大的风险。”

昌永年间那位皇帝，也曾是沉稳坚毅、有气度的太子，堪称英明之选。谁也想不到，即位十余年之后，这位帝王沉迷风水，不惜发动百万民夫，要在大河北岸堆山，阻断南国的气数，又选址构建三座新皇都，说是能以四京克四方。

天下大兴土木，民怨载道。不惜辞官死谏的诤官数十，他不为所动，说他们沽名钓誉。群臣跪满殿前请求停工，激怒了他，当场罢官上百。皇后劝谏，被他送往皇极寺面壁反思。太后怒斥，被他以有病为由软禁深宫。

当时丹茜宫有位女官名为崔铉，数次帮皇后陈情，终于换得皇帝回心转意，接皇后回宫。崔铉从此日日怀刃于丹茜宫，等候帝王驾临。皇后偶然发现，大惊之下不敢声张，将她送到太后面前，问她怎敢干这种大逆不道之事。

崔铉说："长官不贤，可以弹劾，可以改换。天子不贤又该如何？世上没有弹劾他、换掉他的章程。一百多个头脑清醒的大臣，能为国家做出更多贡献，却徒劳地拿前途性命，换一个浑人恢复理智。与其等到商汤周武、陈胜吴广那样的人出现，天下自下而上乱作一团，苍生蒙受数年甚至数十年苦难，不如以我区区性命，手起刀落即刻了结。"

太后拍案而起，说："若死，自有该死之人。贤愚怎可同归于尽？"

是夜，皇帝暴崩。太后与群臣欲立皇弟康王，不料邯王带兵入京，杀皇后夺下玉玺，自立为帝。邯王得位不正，恐众兄弟有异心、大臣另立主君，迅速谋害诸王。太后震怒，命崔铉秘调丹茜宫卫尉，斩邯王于殿上。

可惜皇家血脉仅剩下那位风水大师的小儿子，天生呆钝，绝非帝王之选。太后向崔铉感慨说："因为天子不贤，我们不惜逆天。孰料留下的，只有这个必然不贤的家伙。事到如今，除非将江山拱手让人，不然没有别的办法，只好选拔贤臣贤后辅佐他。"

那位呆钝的皇帝，却深深记得他本来是正统皇子，坚持年号仍然用他父亲用过的昌永。

皇朝顶端从此形成两派：以丹茜宫都监崔铉、显英殿都监崔锦为首的后党，辅佐太皇太后与皇后；帝党则以辅佐帝王为名，宣扬他们的意志。两派都是忠于国家的人，但他们的信念中，有一个无法言和的矛盾——

帝党认为，皇帝不贤，应该劝谏，哪怕以性命死谏。这是忠君之道。

而后党却屡次用行动说，皇帝不贤，可以换。这是忠于天下之道。

不过七八年，两派对立至深，坐不同席，行不同路。糟糕的是，皇帝已成人，没有高明的见地，却念念不忘他父亲遗志，要修那三座半途而废的王都。

昔日百官劝谏的光景重现，苦口婆心陈说利害，想以一片赤诚唤醒他。但皇帝只想要一个人满意，就是他死了的父亲。那股扭曲的孝心，比先皇当年的荒唐更顽固。

太皇太后与崔铉召见皇后，问："上位者不贤，可以弹劾改换。天子不贤又该如何？"

年轻的皇后回答说："天子不贤，必有祸乱。皇帝仅为宽慰先灵，便征发百万民夫，妻离子散，暴尸荒野。如此珍重死者、轻视生者，必遭生者背弃，而死者不能庇佑。妾今日有丹茜宫，他日恐无葬身之处。愿今日赌命，换天下大安。"

数日之后，皇帝死于睡梦中。皇后四岁的儿子立为新帝。修建三座皇都的闹剧总算结束。

十年之间三次宫变，触到朝臣的底线。帝党反击，先斩后奏几乎灭崔氏满门，崔铉、崔锦姐妹首当其冲。

面对三次弑君的罪状，崔铉说："若非如此，谁能换掉帝王？千百年后，一定还有你这样的'忠臣'咒骂我们祸乱宫闱。然而正是我们，把皇朝的隐患在宫墙之内解决了。"

"逆臣贼子，死到临头竟敢大放厥词！天下是君之天下，不忠于君，竟敢诳言忠于国家？"

"这十年之间，国家没有出现三次暴乱，害得天下动荡生灵涂炭吧？"崔铉说完，淡然赴死。

崔氏姐妹死后，骂名震天。然而后世帝王对她们、对昌永之乱讳莫如深，更愿意人们相信那是皇帝无能、后宫擅权导致的变乱，只是偶然状况，不会代代都有。

因为比死了三位皇帝更可怕的，是崔氏所持的信念——皇帝可以换，可以杀。没有一位帝王能容忍这种信念传开。

天子是天下至尊，纵然不贤，甚至发疯变傻，至多给一个时代带来痛苦。倘若"天子不容侵犯"的信念动摇，千百年来构建天下秩序的纲常将彻底大乱。

烛光昏暗，崔落花掐去一截烛芯，脸庞骤然映得明亮。

"昌永之乱给朝臣们提了醒——皇后、太后可以在宫闱之中，替换政见相左的君王，他们必须有对策，否则皇帝胡来、素氏胡闹，都要累及大臣。结果就是，宰相成为实至名归的群臣之首，权力越来越重。即使出现昏君，群臣也有办法料理政务，防止大权落到后宫。"

她说完这些，回答素盈的问题："素氏后宫，是为了睿、素两姓共治天下。宰相权重，是为了君臣共治天下。若说今日与昌永年间有什么不同——宰相可以换掉皇后，本身就说明一切了吧。"

素盈凝神细思，低声叹道："我当奉香时，就有宫女说过，素氏在走下坡路，昔日荣耀不再。宫女能看出来，废后、丹媛却不懂吗？十几年来钩心斗角，落得一个个被据相宰割。"

长久的沉默之后，崔落花说："惠和大长公主与丹媛，有一个与素若星完全不同的信念。"

"信念？先生，你会为了自己的信念，穷尽手段，设计陷害别人吗？"

崔落花没法马上回答，思忖之后，不像是答她，倒像是教训："皇朝之巅皆非常人。世间不仅没有弹劾皇帝的章程，也没有轻易处置他们任何一个人的办法，只有用非常的手段去较量。只求利己，闹得太过，确实令人扼腕。但昏君、暴君、庸主、懦主，从来无法长久，又是靠什么淘汰了他们，一次次更新皇朝的气象呢？"

她说着，微微地提起嘴角，像是浅笑又像是无奈，继续说："人一生当中，可做可不做的事情很多。但是会有一刻，意识到某件事必须是自己去做。也许值得自豪，也许不值得开脱，但无论如何，我会做，这是我成为‘我’的缘故。”

“必须是我去做的事……”素盈细细地将这话吟过，陷入沉思。再抬起眼，蜡烛只剩短短一截。

“先生不必为以后费心打算了。我已经决定，带你入宫。”透过烛光，她温柔地望着崔落花，坚定地说，“你一辈子都在谈论宫廷，是时候去见识它了。”

崔落花有点意外，但很快微笑起来，躬身一拜，恭谨地说：“多谢小姐。”

素盈微微地点了点头——这一拜她受之无愧。

为了表示无心窥探皇后隐私，众家素氏不聘皇后的老师。而寻常的民间女子，父兄教识几个字就算天大恩赐，也用不着崔氏。崔落花培养出一位皇后，塾师的道路也走到头了。胸中万卷不再有用武之地，将湮灭于人间烟火，对她这样的人，简直无法想象。

崔落花直起身，一股微弱的气流卷灭了忽明忽暗的烛花。咏花堂仿佛知道寄托在这里的多年夙愿总算实现，黯然闭上了眼睛。窗棂、桌椅和两个女人，只剩下晦暗的轮廓。她们静静的，没有动，聆听它的沉寂。

不知过了多久，她们又在若隐若现的月光中发现彼此，这一回看到的不是塾师与小姐，像是两个新得有些陌生的人。素盈起身离去，柔声叮嘱：“先生记得锁好门。”

崔落花没有动，似乎想在这里多留片刻。素盈听见她用低微的声音说：“下一次，下一位崔先生，会讲你的故事。”

将来某一天，为了皇后素盈留下的丹茜宫不落入外人之手，还会有崔先生与素小姐们走进来。她们会像昔日的崔落花与小姐们，犀利地剖析素盈是如何艰辛周旋，或者如何失败。恍惚遥想自己的结局，素盈竟不知是难过还是叹息，被刺痛似的匆匆迈出门。

满地花影乱如迷宫。她垂着头走，踩到一个模糊的人影，停下来，循着影子慢慢望上他的眼角眉尖。

他器宇轩昂，可五官与东平郡王府的王爷夫人、兄弟姐妹没有一点相似之处，瞒不住血缘的差异。尽管如此，素盈却不止一次地觉得，他的脸，他的每个表情每个眼神，她一直都熟悉。

有些人天天在眼前，却很陌生。而他表里如一。就算远在山海尽头，他的信是什么样，话是什么样，他就是什么样。

“二哥。”素盈略略颔首，算是招呼，“什么时候回来的？仗……打完了吗？”

素震神色平静，说：“之前拜托琚相的事情有结果了，我转迁了虎贲郎将。今早刚回来。”

“恭喜二哥。”

素震却道：“你不必这样叫我了。”

素盈怔了怔，听他又说：“承蒙宰相居中说和，郡王已同意我复姓归宗，承谢家宗祧。”

许多人攀附东平郡王府时，他却选了认祖归宗。从此世上再没有素震，只有虎贲郎将谢震。素盈“嗯”一声，不再说话。

两人在狭窄的小径上默默地面对面站着，似乎都不知该说些什么。远处传来一声更鼓，素盈叹了口气，举步从他身边擦肩而过。

素震猛地抓住她从他身畔掠过的手，仍是面向前方，呼吸却难以平静。

“他做得太过了！”他的声调起伏，“一个又一个，一次又一次……郡王太过分了！”

素盈手上传来他的体温和颤抖，忽然悲从中来——她并非不明白他所做的一切。可她明白的事情太多。太明白，不可能有“一时糊涂”，只能再一次摇头。

发簪上琉璃珠轻轻撞击出清冽的声音，像是随时会碎。

“放开吧。”她说。

他放开她的手，却抱紧她整个人。素盈被他的莽撞惊呆，不知他何时已用情至此。头脑一片混沌，听他用柔缓的声音在她耳边说：“七年，你给我写过三十五封信。我从每个字里看见你，独一无二的你。读完第十九封信，我已知道，世上没人比你更了解我，可你是那么孤独。有生之年，我要与你为伴。”

几句话害得素盈心绪起伏，不得不沉下脸，口气透出寒意：“请你自重！”冰冷的口吻逼退素震眼中的炽热。素盈在他怅然若失时摆脱，退开一步。

“别跟过来。”她无力地说，“兄妹一场，善始善终。”

素震却大步向前，向她手中塞了一样东西。素盈想甩开，却甩不脱他紧扣的双手，又羞又气地问：“这是什么？”

“给你的选择。”素震语气凝重，“郡王和素飒没有给你选择的余地，我给你。如果你肯放弃名为素盈的一生，这就是机会。”

借着微茫月光，素盈看清掌中是蜡纸包裹的一枚药丸，不禁又惊又疑，连声问：“这是什么？从哪里来的？”

见她惊恐，素震面色深沉中泛起温柔，安慰她说：“是四夫人成全我的心意，私下给我的。溶于沸水，服下即可。你放心，此事必能万无一失。”

“四夫人？”素盈旋即顿悟，“宁姐姐！”

素宁是四夫人林氏所生，于皇家选女之前重病卧床。素盈那时候八岁，不大懂得发生什么事，只知道有天清晨传来噩耗：三小姐在睡梦中悄无声息地过世。

“宁姐姐？”素盈倒吸一口冷气，不知是这想法太过荒唐，无法说出口，还是不敢说出口。

素震温和地说：“她有了心上人，郡王绝不会同意——现在她很好。”

“你早就知道！”

“所以我早知道，抛开东平郡王府，人一样能够活下去。”他握着素盈的手，一并扣紧那颗药丸，“阿盈，你手里是‘自由’。”

小径上响起脚步声，崔落花走过来，抱着素盈没有带走的书。素盈慌忙挣脱，可崔落花还是看见他们拉扯。她愣了一瞬，定神对素盈说："小姐，虽然很多人说'知错能改，善莫大焉'，但有些人是不能犯错的——她们没有改的机会。"

她的神态语气平平，仿佛只是突然想起一件事要告诉学生，而素震是个幻影，她完全没有看见："那琴师，区区小人物而已，谁能想到丹茜宫竟会因为这种人易主？假如素若星根本不曾青睐他，哪有今天呢？"

"我明白。"素盈幽幽地说出这三个字的时候，口齿有些含糊，忽然有种预感。为这一个"明白"，她一生会如崔落花曾说的那样，遇不到一个山伯；为这一个"明白"，有些人注定只能擦肩而过。

她静静深吸口气，侧身从素震身边走过。他没有再冒失地牵她的手，轻声说："阿盈，能叫一次我的名字吗？还没有人……那样叫我。我想从你口中听听它怎么样。"

谢震。他的新名字让人伤感，但是敬佩。她为彼此不再有家人的羁绊而伤感，也敬佩他终于找到了真正的自己。

素盈转过脸看了他一眼，紧闭的嘴却怎么也张不开。她黯然垂下头，默默地继续走她的路，终究没有叫出来。

第二天清晨，谢震房外来了一个丫鬟，不说话，只晓得将手里的小锦盒塞给他。谢震不认得轩茵，问她话，她指点口舌，意思是说不出。

锦盒里，药丸端端正正躺着。他心下顿时寒透，攥紧盒子，毫不迟疑地向妙音轩大步疾走。

时辰尚早，妙音轩已经人来人往。素盈正向命妇背诵宫规。那些宫规她当奉香的时候早就背过。那时候是为了不犯错，一字一字背诵时满怀敬畏。这回记熟，是为了发现、管束犯错的人，一声一声散发威严。

听说谢震来访，她莫名其妙地连连出错。错一个字便从头再来，直到她将七十多条正确地背完了，才得闲见他。

谢震激动的情绪已退却。素盈仍称他为"二哥"，他也没有矫正。

"这就是你的选择？"他将锦盒放在桌上，仿佛失去力气，慢慢地坐下，"派一个哑巴丫鬟推辞，免了解释。"

不久之前也有一次，他如此颓然地坐在那个位置，为小谢将军之死而落泪。素盈端坐着，深深凝望他的侧脸，觉得他今日并不比那天的哀伤轻浅。可是这一次，她狠下心没有安慰他——门外有三个命妇守着，话音稍高她们就能听到。

"这不是自由。"她望着他，语调平和缥缈，"这是欺君之罪。"

谢震眉峰耸动，欲言又止。素盈与他那双痛苦的眼睛对视，宁静而小声地说："我的自由太奢侈了。你给不了，我也得不到。"

谢震的眉宇之间腾起一层薄薄怒气，额上青筋突起，不知是气她小看了他，还是气她悲观决绝。素盈看得出来，他胸中有话不吐不快，但她害怕听到。

“你说，从字里行间看到我懂你，也许只是你的一种错觉。也许，我写的其实与你无关，是我的欣羡——羡慕你敢反抗父亲，羡慕你知道自己可以去哪里。”她惋惜似的笑了一下。

“现在有了一条我可以走的路。丹茜宫里……有一件只有我能做到的事，在等着。”她说罢，不等谢震回应，迅速拍了拍手。

门外的命妇闪出半个身子，面向内，垂头不看里面的两人。谢震只得捡起锦盒，头也不回地离开。

他当天就搬去一座赁来的小宅院。四夫人养他一场，十几年的儿子成了外人，落了几滴眼泪。其他人对这位公子的感情一向生分，仿佛没有注意到家里少了一个人。

东平郡王特意观察素盈的脸色，发现她忙碌之余没有流露别的情绪，稍稍安心，语重心长对她说：“年少时，懵懂无知是难免的，过些日子就会变淡。嫁的嫁，娶的娶，各有各的一辈子。以后你自己也会觉得，有些事情很傻气，幸好没闹出大乱子就过去了。”

见素盈无动于衷，东平郡王又慨叹道：“你是个懂事的孩子——以后要更加小心慎重。哎，直到生下皇子，都不能松懈啊！”

连他这样不谙机锋的闲散王爷，也想到了皇子一层，世上还有哪个人不晓得新皇后的用处吗？素盈将脸沉下，前额似有挥之不尽的铅云。

看她满面愁容，东平郡王心生不悦，总觉得大婚当前，不似吉兆。只是她今非昔比，他也不便再数落了。

八月十三倏忽而至，素氏全族显贵齐集东平郡王府。皇家使者送上精美的酒馔和丰厚的聘礼，后族遍饮御酒之后，命妇请皇后登车。

在这场盛大的典礼中，素盈一直有种疏离的感觉，仿佛这不是她的婚礼，仿佛这场典礼没有她，换一个人也完全可以。她按部就班，麻木地履行学来的礼仪，走了一步之后想着下一步，有时候头脑空空的不去想，身体也能自行完成，悲伤喜悦都不知去了哪里。周围的欢歌如海缭绕着她，她却是漂流的孤岛，沉默地徜徉，变不成一滴海水融入其中。

直到东平郡王与王妃睿氏轮番走上东西阶，无比恭敬地说“敬之戒之，夙夜无违命”“勉之敬之，夙夜无违命”，嫁女的部分顺利完结。素盈在命妇的引领搀扶下步上骆驼车，这才意识到她浑浑噩噩完成了在家的所有仪式——他们交付的最后一句话，只剩下担心她今晚不能得到夫君欢心。

帷幕一垂，鼓乐再起，脾气温和的骆驼驮车稳稳地向皇宫进发。

素盈的嘴角挂着僵硬的冷笑，正襟危坐，心神飘忽，觉得这空壳般的身体已不受她的控制，想动也动弹不得。

“傀儡……”一个声音轻轻地嘲讽她，“你以为，顺从他们的心意，就能皆大欢喜？”

“住口。”素盈知道那是谁的声音。那女人没有在香氤缭绕的日子出现，仍不忘用声音来干扰。

女人的声音消失无踪，素盈却难以平静。

皇宫之中还有另一场更加隆重的仪式在等待她，但她心中突然想不起该怎么做。若是嫁入普通人家，就算做错了什么，她也不必害怕——至多不过是众人嬉笑一番，日后当作笑谈。然而她今日的婚礼是这国家的一部分，承天之命，入史传世，稍有差池都会被当作冥冥中可怖的暗示。

素盈一时慌了神，极力去想，却总有一些遗漏。

将至宫门，宰相传敕赐酒，素盈在车中饮了，心中万般念头很神奇地被这一杯酒平息。她在便殿七十步远的地方下车，由一队命妇引导，踏着黄绢从容前行。

道上居中放置一副银鞍。鞍桥上鎏金的风神破阵、狂飙卷云，她一见就知道是哥哥素飒的。

帝后大婚是庄重要紧的仪式，用她长兄素沉的马鞍更为恰当。他是郡王夫妇的长子，又是凤烨公主的驸马，名位皆高于素飒。郡王妃早就帮素沉选了几副马鞍，凤烨公主亲手挑了其中一副。事到临头却换了。

凤烨公主宽雅惇大，但郡王妃视爱子为天下无双的贤郎，必为马鞍一事衔恨素飒。素盈想着，心里轻轻叹了一声，提步跨过。那些东平郡王府的烦恼，好似从足下轻盈地淌了过去。瞬间她真切地感到，她从此就不再是东平郡王家的六小姐素盈，而是皇后素氏。她要想的事情太多，顾不上家人之间琐细的较量。

改用远在战场的素飒的马鞍，不知是因他无法送嫁而给皇后的小小慰藉，还是提醒她：有人曾经扬言，能够让素飒一辈子困在战场。素盈轻轻地咬了咬牙。

任何一个皇后素氏，都不会在婚礼上分心出错。她背过的那些东西，毫无差错地在脑中苏醒了。

乾元殿敬诣历代先皇神主，崇光殿跪拜先皇与康豫太后御容，接下来是在安放历代皇帝御容绘卷的弘明殿，一一瞻仰跪拜列祖列宗。然后，为陪她履行仪式的四姐素蕙与妹妹素澜颁一份百年不改的赏赐，她就可以到宁福殿去喘口气了。皇族与新的后族要在长春殿欢宴，持续三天。

她记得每个仪式，却没有想到，这仪式的每个步骤长得超出估测。黄昏初降时，盛典终于进入尾声。素盈在尚宫的引领下步入宁福殿，已被身上沉重的礼服累得抬不起头。

尚食进酒，尚寝设席，举动皆是一团寂静。寻常喜事可见的欢声笑语、调笑嬉闹，与她们绝无关系。末了，她们齐至素盈近前，屈膝行拜礼，向新妇贺喜。素盈看了一眼她们毫无笑意的庄重脸庞，默默把目光投向地面。

宁福殿，她不是在这里休息累垮的身体，她是要在这里变成那个人的妻子。想着，不禁打个哆嗦。

宫中人养成配合紧密的行事节奏，能够分毫不差地环环相扣。这边女官们刚拜完皇后，起身，那边门就开了。众人又整齐地换了一个方位恭迎。素盈起身，敛着双手侧立。只听一阵衣襟婆娑，皇帝到了她面前。

他牵起她的手，一言不发地带她入席——只有他们两人的宴席，静得可以听到殿内香炉咝咝地响，角落里的某支红烛爆开灯花。

他们郑重接过尚食奉上的五谷，又接过酒，祭奠神明。无论是否喜欢盘中所盛，都要象征性地吃三口。晚膳更像一个神圣仪式，祈祷这段婚姻顺应阴阳，庇佑天下五谷丰登。

饮过酒，漱了口。尚仪跪奏“礼毕”，是素盈踏入此处以来听到的第一声人语。一场空灵虚幻的仪式突然染上人间烟火色。她此前为仪式能否顺利而惴惴不安，待它顺利结束，她却更真切地慌张起来，身子不由自主地轻轻颤抖，转瞬变成明显的战栗。

一位尚宫引皇帝去东房宽衣释冕，另一位尚宫站在素盈身旁，等她起身入幄。可素盈无法动弹。那位尚宫的目光中带了三分责备，一言不发拉起她，褪去凤冠礼服，几乎是半拖着她坐上御床。

所有的尚宫都悄无声息地退出，素盈听到殿门轻轻合上，万籁俱寂。烛光下满室金红，温暖的色彩驱不走身边的寒气，害只剩一件绫衣的她不住发抖。

完全不知道接下来要发生什么——在她背过的无数东西里面，没有接下来的内容。

她听见自己的怦怦心跳，越来越慌乱。她想要站起来，躲起来，可是双膝不住打战，没有支撑身体的气力。

她开始从第一个字背宫规。心里叨叨着，试图冲淡那人拨开层帘、向她走来的脚步声。他的脚步安静，而她的心跳如破阵乐中的鼓声，突突突突，震得牙齿抖起来。

他的白绫袍移至她面前，又从她面前转到她身边坐下。

也许刚才静了太久，他们一时都不知该怎么说话。

他的手轻柔地放在她交叠的双手上，暖和的掌心压住她的颤抖。

素盈的心头瞬间一片空白，白得让人惶恐。她企图想些什么，填弥那无垠的空洞，徒劳努力只换来瑟瑟颤抖。

毫无头绪时，她忽然想起七夫人。

“素氏和别家女子不同，而你，素皇后，和所有别的素氏不同。但在男人的眼中，你仍旧只是女人。他们不会像尊重男人那样尊重你，不会像欣赏男人的性格那样纵容你的个性。”白潇潇的言辞总是尖锐，而脸上配着看透一切的平静。

“男人和女人，是两种悬殊太大的生命，彼此可能产生情感，也可能互相毁灭。‘伪装’是弱小的动物千百年来自保的手段，我们不得不会。”

确定素盈对此前提明白无误，她送上几句经验：“整个婚礼太累，他未必有空细看你的脸。当只剩你们两人，你一定要在他看你第一眼的时候，对他微笑，让他知道——不论你是因为什么成为他的妻子，你心存期待，对你们两人的结合，你乐意而且乐观。”

她那哀凉的声音消失在微微泛着寒意的空气中。素盈想要抬起头对她身边的夫君微笑，忽然听到他沉和的声音："这时候，你想起谁？"

话音在她空白的脑海里掀起风浪，积攒的微弱力气瞬间散尽。素盈心中转过几个人影，每个都让她笑不出来。一滴硕大的眼泪突如其来，倏地落在绫衫上，甚至没有强忍的机会。

她是素皇后，也是和睿洵在澄澜亭中调香而被他撞见的素奉香，差点成为东宫侧妃，和驸马白信默有过婚约。她是他的新妇，也是宰相的义女，琚家儿媳的姐姐，肩负宰相与东平郡王的托付。

为了她的此时此刻，有人被辜负，有人被陷害。而她，发过疯，绝过食，此时此刻却顺从地坐在这里。

这时候，她心里的人太多了，唯独没有他。

他全都知道。

"妾有罪……"素盈忍住心中酸楚，低声告罪。

他的手指轻轻拭去她的泪痕，抚过她的下颌、唇角、眼睑、眉梢。

"难过就哭吧。"他把她抱在怀中，宽容地说，"为了你我，以后，再也不能想那些人了。"

素盈轻轻地抬起眼，透过睫毛上细碎的泪光，看见他英气逼人的眉眼。他映照着烛光的炯炯双瞳，烨若明星。

为了你我？从此时此刻开始，就有"你我"了吗？素盈猜不透他宁静的语调里究竟是什么意味，呆呆地想：众位夫人都认为，猜测男人的心思是重要的本领，美其名曰了解才能避免无谓的争执，从而和睦美满。

可她从他第二句话开始，就找不到猜测的起点。未来必定是在一片迷雾中跌跌撞撞。

皇帝嘴角的微笑似乎在说，他看穿了她的迷惑。他像安慰一只胆怯的小动物，更有力地抱紧她瑟瑟发抖的身体，抚平她紧缩的双肩，手心的温柔与眼中的清醒判若两人。

素盈逃避似的垂下头，却说不清楚自己害怕什么。她的脸贴着他温热的胸膛，遍体寒意全消，又慌得出了一层细汗。衣衫上的香味受了温湿的气，霎时浓郁。

他从香里嗅到她的慌乱，发出轻松而低软的一声笑："皇后还是个孩子啊。"没有嘲笑的意味，很温和，几近怜爱。她的身心都不能算幼小，此时却像中了这咒，萌生婴儿般的无助，惶惶地看着帐顶的芙蓉突然在眼前盛开。

她以为自己已准备好承受，但男性的身体和气息让她不知所措。他温柔相待，但她还是陷入一股错觉——西郊月下那一瞬，以及眼前的这一瞬，一个朦胧但高大的身影，突然强加在她渺小的世界里，发生的一切都不似真实。

本来他们之间，没什么真实的东西。这样一想，头脑更空。紧张和痛楚，都在浑浑噩噩中结束，而那空虚却顽强地扎了根。

玉漏滴答，素盈睁着眼睛不知数了多久，心中却反反复复只念着“一声”“两声”。

宁静明亮的月光晃进来。身边的他睡得宁静，呼吸匀净安稳。她轻轻起身，想要下床，衾底靠近他的手却被抓住。

“天还未亮，不吉利。”他闭目说。

据说新婚之夜一定要共枕至天明，否则此生难以白头偕老。今天的一切都是为了仪式圆满，这件也不能例外。素盈缓缓躺下，仰望帐顶刺绣的无数芙蓉花。

“睡不着？在想什么？”他问。

素盈怕记不住接见东宫、东宫妃、群臣、内外命妇的全套礼数，将它们写在一方丝绢上，藏在裙带中。她想拿来看，以免届时出丑，但她不知道该怎么和他对话。

他们是两个陌生人，突然变成男女之间最亲密的关系，变成这个国家里最特别的夫妻。她偷偷地看他一眼，长久地沉默。

幸好他猜到了，握着她的手轻声说：“不要担忧——你是皇后，其他人会看你的脸色行事，不会让你难堪。”

她的脸色……明天开始，她也可以有脸色了。素盈不习惯，愣了好一会儿，涩涩地问：“真的？”

他侧过头又是一笑：“这是经验。”

今天所有的话里，只有这句最生动。素盈忍不住大胆地抬眼注视他：他的眼角已生皱纹，然而含笑时双眸晶莹如蕴春水。她心头慌乱，忙转身背对。这突然的动作非常失礼，可实在不敢转回身去。

“睡吧。”他口吻中没有责备，低低地说，“不然明天你撑不住。”他的声音沉沉的，像有魔力。素盈很快就入睡。

她心里惦记一件要紧的事，只睡了不到两个时辰就醒来。窗纱微微泛白，很快染上胭脂色，她屏住呼吸溜下床。这次他没有拉着她，似乎睡熟了。

素盈回头看了两次，蹑手蹑脚走出重重帷幄。路过妆台时，她顺手抄起一支发簪，走到殿中喷云吐雾的香炉前，揭开铜罩，用发簪拨了拨，拣出未燃的香料。

皇帝大婚之夜，御炉用香是多年不易的制度。金炉内的叠香之技，稍逊于当年丹茜宫的文、素两位奉香。素盈入室之际就闻到香味扩散不匀，心知罗列功夫未到，即使到了天明，也不会全化为灰。皇帝阻拦片刻，让她短暂地担忧零陵已遭焚身，但依然完好的不在少数。

窗外一声扑棱，惊得素盈一哆嗦，待看清是一只鸟影掠过，她松了口气，又回顾帷幕深处——沉睡的皇帝没有动静。

桌上有昨夜的残酒，用来供奉婚神。她将那些香末投入杯中。

麝香、零陵、凌霄、凤仙从来是严管之物，素盈做奉香那些日子，提心吊胆，只怕少了一星半点。尤其零陵，据说酒服二钱即致不孕，后宫禁用。但是大婚所用的御炉香，却要用它。哪个皇后会在宁福殿里饮零陵酒呢？从来没有吧！

辛烈的酒从喉头流下，素盈缓缓吐了口气。

想要将她玩弄于股掌的宰相，追逐丹茜宫不知休止的父亲……这世上总有他们控制不了的事，比如生育。这是只有她能决定的事，他们休想利用。

经过这漫长的一天，她终于露出微弱的、胜利似的微笑。

山玄玉，水苍玦，翡翠珥，白珠珰。金花十二树，重重叠叠插入发髻。

出嫁之前，命妇讲过，皇后的服饰隆重华贵，周身金玉缤纷，象征天地山河——这身天下最沉重的装扮，让皇后在第一次穿上时就知道，加在她身上的不只是无与伦比的荣华，还有异于常人的重负。

素盈曾经满戴金钗玉佩在家中正襟静坐，然而那时没有人敢让她用真正的皇后衣冠来练习，用的是平常首饰。命妇一边在她的发间插上沉甸甸的金钗，一边说："太轻、太轻！"直到素盈的脖颈发酸，她才停手。今天第一次穿上真正的皇后袆衣，素盈才知道命妇所言不虚。

深青色的质地上，金丝玉络，彩绣重叠，典雅庄重地提醒：它是四百年王朝的一部分，它里面的她也是。以前，素盈曾有机会见到废后如此装扮。素若星在这身行头里从容熟练，仿佛与它们融为一体。相比之下，素盈是如此年轻。镜中那个富丽的身影仿佛不是她自己，模糊的一小片苍白面目，像由古至今的素皇后的鬼魂。是这身沉重的衣服将要驾驭她。

一缕香气轻飘飘地舞入殿来，宫女捧香在殿外等候。素盈闻了一下，向立在不远处的崔落花微微侧头。崔落花目不转睛地注意着她的一举一动，看见她的眼神，立刻说："尚仪，速将此香换掉。"

清朗的声音打破了御殿里安静的秩序，众人无不为那毫不客气的口吻略感惊讶。两名尚仪面面相觑，轻声轻气地说："娘娘，这不合规矩。再说，吉时就要到了。"

素盈无动于衷，目光还在审视镜中陌生的自己。

"定规矩的人不知道娘娘不能闻薰草的气味。"崔落花向她们微笑，"两位不会想不出权变的办法吧。"

两位尚仪听了连忙退下，殿外那一抹香气也很快消弭。当素盈迈出御殿时，宫女捧香走在她前面，淡淡香烟随风萦绕，已换了一种味道。

规矩，曾经高高在上的两个字，今天这样轻易向她屈服。真的像天子所说，从今天起，她可以有脸色了。素盈打个激灵，说不出内心不适的感觉来自何处。

道路铺了黄缎，在初阳下闪动柔和的光彩。素盈垂着眼，由女官搀扶徐徐前行。

皇后第一次与群臣相见，是个要紧的仪式。长春殿中，皇族、后族早已等候。东平郡王亲睹女儿的皇后大妆，眼中涌上泪。待素盈与他行家礼，他更是激动得几乎不能自持。宰相的微笑不像是对皇后的赞许或者鼓励，倒像是嘲笑。

其余显贵都是一副走过场的模样。皇后，只在尚未确定的时候与他们有关。他们反对过，就像丹茜宫、狩猎和其他的许多事，他们唯一能做的就是“反对”。最终这个头脑错乱的少女也像丹茜宫，无视他们的抗议，出现在这里。

但是今天，素盈看得出来，他们仍然想要从她身上找出些疯狂的端倪，留待以后，她生下皇子时，作为孩子不配扰乱储位的证据，或者不久的将来，再换一位皇后的借口。

她不由自主地充满戒备，绷紧身子，僵直地坐着一动不动，接受他们一道道目光来回检阅。不知几时，嘴里隐约出现一股苦味，她想喝水，却不敢在这样隆重的场合节外生枝。

总算熬过这一关，该去丹茜宫，受东宫与诸位公主及家眷拜贺。这是大婚期间，皇后第一次进入丹茜宫，女官和宫女们似乎都有些期待。一众女官在前引导，宫女在后追随，浩浩荡荡的一行人退入后宫，颇有气势。

而素盈只惦记一杯清水，忍着嘴里那股苦味，勉励自己再多忍一会儿。

她攒眉的神情引起了崔落花的注意：“娘娘有何吩咐？”

素盈猛地吃了一惊，这才回神想起她不是过去那个需要在仪式中忍耐的奉香：“我想喝水。”

队伍立刻停下，宦官飞似的以托盘呈来一杯温热的清水。素盈喝得一滴不剩，整个人稍稍振作。她放下玉杯，宦官躬身站在旁边没动。崔落花又问：“娘娘还有什么吩咐？”

原来一动不动的几十人是在等她的下一个吩咐。素盈很不习惯，说：“没有了，走吧。”队伍又开始向前。

阳光隐入宫阙飞檐之后，阴凉之气陡然席卷全身。素盈霎时倦意全消，缓缓抬起头，湿润的唇边挂上冰凉的微笑——

丹茜宫依然巍峨沉默，与她初次见到时一样庄严。不同的是，今日的大门为她敞开。那条绊过她的门槛，匍匐在她脚下。

宫内已设幄座，命妇搀扶素盈入座，礼官报唱一声，准东宫与诸公主拜贺。

家人相见不同于大朝，但毕竟怠慢不得。东宫穿一身重色常服，和季节不相称，但与他刻板严肃的神情很配。也许是因为素盈第一次见他穿沉重的颜色，只觉得距离上次见面不过一个月，他的神态气质与印象中又不大相同。

他没有看她，随着司赞的唱礼躬行进退，目光所及最远之处，大约是她脚下。素盈直视前方，等他退到一旁，她向身边的宫女颔首，她们便将赏赐颁下——明金弓帽、玉扣弦、青玉佩，件件珍贵，都是按例准备，没有一件是她亲自挑选。

东宫妃素璃上前施礼，笑得很勉强。素盈发觉她的面庞更加圆润富态，不禁疑心她是否有喜。这时候问，恐怕素璃不会当作关切，反而要多心。她省了废话，按规矩赏一朵金花、一双明珰。

紧接着，公主与驸马们依次入内。荣安公主的一脸不屑早在预料之中——她拜得草率，勉强有的三分敬意，是献给后座，不是献给素盈。她如此坦率的表现反而让素盈安心。至于其他人，素盈细细看他们盛装之下的眉目，看不出一丝心事。

一场拜贺眼看要沉闷而平静地收场，却在小公主真宁身上出了插曲。这位最小的公主举止有度，然而完成全部的礼节之后，她定定站在素盈面前，笑吟吟地说："我认识你——你以前在这里调香，在我母亲面前，头也不敢抬起。"

她的声音清脆，引出宫中一片死寂。

这考验的下半场，当然不会让人轻松通过。如果她以为退入后宫就能令人俯首，那就大错特错了。素盈微笑的双眼望着昂然的小公主。她比真宁还小的时候，也曾经仗着年幼说些让人难堪的话，以为童言无忌，谁也拿她无可奈何。

小公主在她的目光之下，起初还能够无畏地对视，很快就脸色泛白，将眼睛垂下。素盈对她的反应有些遗憾——这孩子并没有做好接受结果的准备，就在众人中间造了僵局。然而这就是公主，率性而为，不负责收拾麻烦。

凤烨上前一步，歉然道："真宁公主年幼无知，望娘娘恕罪。"

素盈没有回答，看了司赞一眼，他立刻乖觉地继续唱礼。这场觐见以皇后赐酒馔收场。真宁松了口气时，素盈也觉得肩上好像卸下一副担子，突然发现浑身力气早用尽了，起身时一阵眩晕。宫女连忙从旁边扶住。

荣安仿佛等了太久，这时候终于可以发难，不失时机地揶揄："娘娘，第一回坐上去就坐不稳，恐非吉兆啊。"

原本已经气馁的真宁听见，又扬起脸冲皇后怪怪地笑。凤烨来不及圆场，忽听东宫低沉的声音说："这是什么日子什么场合？轮不到你谈吉凶。"他脸上看不出喜怒，声音却有些吓人。荣安登时脸色难看，不再多话。

拖下去准没好事。素盈不再与他们周旋，出丹茜宫走开没有几步，头昏昏沉沉的。恰好不远处有一座八角亭，她绕道进去小坐，只留崔落花在一旁。

她不言不语，崔落花也不扰她清净。

一股爽风扑面，直入襟怀，素盈深深呼吸，脸上又焕发少许光彩。

"崔秉仪。"她低低地问，"刚才种种，你看见了，有何感想？"

崔落花微笑着说："娘娘眼观六路，何须旁人参谋？"

素盈叹了口气："皇后果然难当！"她这一声叹息随风四散，连风也凉了三分。崔落花由她在思绪中沉浸片刻，指着远处唤了声"娘娘"。

十几步开外的花丛之后，有个女子身影似露非露，犹犹豫豫地止步不前。素盈认出那是东宫侧妃素慈，伸出手向她招了招。素慈便走了过来。

两人相视唯有苦笑，素慈尤为难过一些。

"你可把人害苦了。"她哀哀地说着，没有因为素盈变成皇后而格外避忌。至于她说到的人是谁，素盈也不想点破，就势问："他说了什么？"

“什么都没说！”素慈的两道秀眉拧在一处，悲从心发，“他生母被废这种事，还能化成三言两语，同我悲叹几句。这回只是咬着牙，一个字说不出，可见心中有多少气苦。”她代睿洵难过，又扫素盈一眼，痛心疾首地说，“他一心为母亲平反，迎她回宫。如今丹茜宫被人占了，再没有他母亲的容身之处。偏偏是你。”

素盈发了会儿愣，虚虚地说：“我也没有办法。”

素慈对她的反应十分失望，语气不免嗔怨：“倘若是他心中那个素盈，怎么会没有办法？”

素盈心里一半是无奈，一半是无法辩白的伤感委屈，负气道：“换了是你，有什么好法子？”

素慈想也未想，毅然决然地说：“我会为他死——不过是一种根本不想要的余生，扔了也罢，至少还可以让他避开这种困境。”

素盈从未有过这种念头，半晌才失神地喃喃：“你可能……比我更像他心目中的阿盈。”

两人默然望着对方，说不出彼此眼中、自己心里究竟是何滋味。忽听近处传来低柔呼唤：“阿慈。”

素慈登时慌了神，站起身讷讷地回一声：“殿下！”

睿洵立在亭外不远处，看着这边出神。素盈轻轻地点头，他迟疑一瞬便走上前，径直问素慈：“你怎么到这里来了？”

素慈的嘴唇微微动了动，眼睛却垂下去望着地面。她是为他鸣不平，但是不能连累他担忧。她对他的心意，只能交给沉默。

素盈发现，这位东宫侧妃的脸上呈现一股委屈可怜、欲言又止的神气——竟然真与哀愁时的自己相似。睿洵面对那张楚楚可怜的脸，更加温柔地说：“你先回去。”素慈低头告退，凄凄艾艾的背影十分惹人怜惜。素盈情不自禁地叹了口气。

听见她叹息，睿洵侧身扫一眼，觉得崔落花会听见他们对话，脸色便严肃起来，说：“阿慈向来视娘娘为知己，未免有些不知轻重，请勿见怪。”

素盈听他语态疏离，苦笑着别过脸避开他的目光。睿洵看着她的侧脸，眉宇间染上哀怨，黯然问：“为什么是你？”像是无奈地抱怨，又像是自言自语。

恰逢一阵风起，亭上悬铃叮当响了起来。睿洵从混沌中惊醒，醒悟到他们此时的身份不便独处很久，叹了一声：“你要小心。”

素盈感激他的心意，仰头说：“你也一样。”

睿洵再不多话，转身离去，素盈也调转目光不再看他。崔落花望着东宫的背影，上前提醒：“娘娘可注意到侧妃的话？”素盈不言语。

崔落花压低声音说：“娘娘要我一起来，不是为了听我编造动听的虚话。请恕我直言——废后不死，总会有人处心积虑扶她东山再起。攸关性命，不可不防啊。”

素盈站起身，直直眺望远处的丹茜宫，凄然笑道："琚相真是面面俱到。为什么是我？换了别人，东宫会不会睁一只眼闭一只眼，由废后的余党让那人从丹茜宫消失？"

"东宫眼下不忍危害娘娘，但废后是他生母。娘娘要早做打算。"

素盈又陷入低落，悠悠地说："再说吧。"

长春殿欢宴持续至掌灯。素盈独自在宁福殿用过晚膳，皇帝姗姗驾到。忙碌了整天，他的神态依旧平和安稳如常，不见一点倦色。看到素盈略显疲惫，他笑道："习惯了就好。"

素盈知道她会习惯——盛大的正式朝贺一年有四次，若无特别情形，还有大大小小数十种祭天祈雨、接见臣僚命妇和各国使节的礼仪。

"一年岂不是有大半时间在做这些？"她忍不住说了出来。

皇帝看着她，微笑道："很快你就会嫌少，觉得无事可做。"

就寝时，他在枕边问："真宁是不是比别家的女儿任性得多？"看来他已听说真宁公主今日的事迹。

他这辈子见过的女人，只有素氏和素氏为他生养的女儿。别人家的女儿是什么品性，他大约根本不知道。素盈也差不多，只好说："公主是金枝玉叶，何须与旁人去比？"

他又说："真宁年纪小，不懂得她母亲那些事，免不了凭情感好恶去看人。"说着，仿佛察觉到岁月流逝，"过两三年，真宁也该嫁人了。但愿那时候更懂事吧。"

素盈知道这是宽慰她，却忽然警惕起来——他们两人，昨天才真正看清楚对方的脸，跨过陌生人的界限一步而已，一天而已。

她不是初次置身宫廷，太清楚没人会无缘无故对陌生人如此体贴。他的温柔背后有难以揣摩的东西。

辗转枕席之际，他温热的呼吸在她颈畔流连，她却比前一天更加紧张，脑中忽然浮现一个柳风柔媚的时刻，太平湖边那个温和的声音说：皇帝不能管遍每个人的死法，但每个人的活法，只有他能主宰，"你们素氏总以为，后宫是你们的。他会提醒你们，这里和整个天下一样，是他的"。

说得没错。素槐那样的恩遇，废后那样的下场，文彩环那样的薄命蒙冤。固然每个人有咎由自取之处，但最终裁判她们命运的人，除了他还有谁呢？

素盈战战兢兢地想：他说，不可以再想别人。若是知道今天她在亭子里的对话，她是什么下场？

很怕他会问起今日其他人的表现，但他没有问。

第二天素盈醒来时，皇帝已走了。她竟然完全没察觉，不禁有些懊恼。今日东平郡王进为平王，素沉封东洛郡王。素盈一干近亲都要受赏，连她三个十岁的弟弟也一同登殿，蒙天子亲自垂问。按规矩她应该早点起来向他表达谦恭，恳求他不要给他们特别的封赏，以示皇后不为家人谋求私利。

错失这环节，她没有过分担心——封赏一事有祖宗规矩，不管她有没有婉拒，结果都是一样。

然而这判断大错特错。

不消多时，有机灵的宦官从大德殿及时传回消息。

圣上问三位公子平日如何读书、习武，听说已依次读过《小学》《大学》《论语》《孟子》，深为赞叹，试着考校他们。三位公子对答如流，众臣无不赞叹东平素氏后继有人。圣上欢喜，听说公子们正读《中庸》，将读《孝经》，当即钦赐了秘书监新刻的《孝经》，又叮嘱他们不可重文废武，另赐三人骏马弓刀等物。

素盈听到此处，已觉得弟弟们受到了厚待。只见又一宦官飞跑而来，从眼角眉梢到飞奔的脚尖都是喜气洋洋，上前来报说："娘娘家三位小公子，方才授了从六品出身。"

一时间殿内殿外欢欣、羡叹之声不绝，多少还有一些震惊。本国王公将帅家的子弟，十岁以上即可依门第预授官职，较之常人悬梁刺股、闻鸡起舞，是绝大的恩惠。但是笼络素氏的历代皇帝也觉得，将官职许给十岁小儿着实荒唐，最近三代，无人获此殊荣。

厚待过了度，素盈内心不安，希望再来一个人告诉她：平王和她的弟弟们谦谢不受。

但是没有。她父亲竟大言不惭地接受了。

这正是他想要的，真正的荣耀满门。素盈梳妆完毕，对镜中自己的新模样已有一点习惯。她向镜中人笑笑——了结一笔债，父亲该无话可说。他想摆脱公主之子的头衔，成为皇后之父，她已为他得到。他想要他的幼子们不必蒙受雨打风吹之苦，也实现了。

有一个缥缈的声音却说："你真以为，这样就了结了吗？"

素盈刻意忽略那声音。今天她要接见外命妇，前来拜见的全是四品以上，其中不乏太安素氏、废后的亲族，她不能走神出丑，可是心思不由自主地动摇。

情义发于无端而倏忽得宠，这样的事情，也曾发生在她妹妹阿槐身上。她仍然记得阿槐的下场。

外命妇们大约做足了准备前来，但素盈没能记住几张新面孔。所有的人仿佛都是一个模样：金饰青衣，笑脸盈盈。有些笑容是谄媚，得知皇后的幼弟们那般好运，趁早示好。有些笑容是悲辛，大多来自废后的亲族旧友——聪明绝顶的她们看得出来，皇帝厚待东平素氏，是要断绝众人迎回废后的心思。

有笑容无笑意的众多面孔组成一个可怖的奇阵，皇后的金冠越来越沉重，更加深了这场灾难。素盈开始坐不安稳。司赞注意到她的细微举动，便在唱礼时略微加快了速度——只是加快了一点点，除了皇帝那个体弱而行动不便的弟媳邕王妃之外，几乎没人察觉，但却让素盈提前半个时辰摆脱了苦海。

她正要回宁福殿，忽见一队宦官宫女捧来衣服饰物。原来皇帝传话：皇后往来辛苦，就在丹茜宫内换了衣服休息。

他是故意让她们看看新皇后前所未有的恩宠。出身太安素氏的外命妇们，饶是修炼多年，也难掩不平之色。

崔落花领丹茜宫女官们含笑上前，迎了衣妆诸物，提示素盈："这是格外的恩典，娘娘快谢恩。"素盈强压内心的不安，在她的搀扶下袅娜地谢过圣恩。

素盈的嫡母平王妃因殿前谢恩来得迟了，此时正好上前说："既然圣上爱护，还请娘娘快入内休息。"说完亲自来扶素盈。

一转入宫内静室，平王妃神态突变，板起面孔，目光十分凌厉。

平王众多女眷当中，她是最不喜欢孩子的那种人。昔日丽媛、柔媛妙龄受封，她不曾刮目相看，像素盈这种随便养活的女儿，更是没有入过她的眼。她对庶出子女一视同仁地冷淡，和府中极端的势利偏心相比，倒是一种罕见的公平。唯有一件事不容商量，就是她的亲生儿子素沉万万不能受委屈。

素盈估摸大婚当天的马鞍事件这就要发作了。

平王妃沉着脸，严厉地瞪着崔落花说："国婚时皇后暂居宁福殿，只在丹茜宫受拜。我朝多少皇后都能耐住性子，不曾坏了规矩。你不劝皇后辞谢，却怂恿她谢恩，岂不是诚心要人笑话她骨子里卑贱，一步登天，巴不得早这么一时半刻占有丹茜宫？"口气没有担忧或者关切，倒有些泄愤的意味。

崔落花立刻平静地反击："娘娘是平王之女，何来卑贱？王妃请慎言。"

平王妃嗤笑着横了素盈一眼，一板一眼地教训说："像妾这样出身皇家，匹配平王，也要诸般忍耐直至撒手人寰。皇后年纪轻轻正位坤极，不可效仿珍媛，仗着青春娇美，恣意造作。"

崔落花要出声呵斥，素盈迅速递个眼色制止她。

大德殿里，皇帝刚将《孝经》赐给皇后的弟弟，宣告孝道重要。平王妃当然懂这是她身为嫡母的好时机。

素盈软软地说："王妃如有教诲，我当洗耳恭听。但崔秉仪是宫中女官，不是府上的女教习了。"

平王妃一声冷笑："你带了这样一个人进宫来，恐怕洗耳没什么用，要洗一洗心才能听进我的肺腑之言。"说罢告退出去。

素盈实在不能更惊讶。从六岁起，她就按时去向王妃问安，今天才像是第一次看清父亲的妻子——王妃的端庄向来宛如天成，今天她冷漠的脸上第一次出现厌憎。

素盈骤然明白：王妃永远不会为家中出了皇后而欢喜，或许多年以来，她真正希望的是东平郡王府不要出皇后。

她的儿子素沉少年尚主，举国歆羡，然而她的夫婿是看重女儿的素氏。令她自豪的儿子，在这可憎的门第里，在他父亲心里，无法超越妾室所生的女儿们。最终，是一个女笛手的女儿将她的骄傲压得不见天日。

是父亲重女轻男给她的伤害比较深，还是素盈意外的红运给她的伤害更深？素盈不忍心替她想。

尴尬的沉默在宫内悄然弥漫。

卸去沉重的衣装后，宫女上前搀扶她去休息，素盈才发现周围变化很大。素若星终日流连的那张檀木胡床不知去向，换了一张楠木的。过去殿内依废后喜好而挑选的帷幕珠帘，换成别种颜色。宫中摆设或减或换，放眼望去有些空荡。

二十年皇后，一点痕迹也没留下。

皇后倚在床边黯然不语，旁人不知她想些什么。崔落花轻声问：“娘娘可有吩咐？”

素盈摇头，轻飘飘的口气像是唏嘘：“生之不永如春霜。”

丹茜宫众位女官中，有几位晓得这位新皇后钟爱曹植，是化用《节游赋》中的句子，然而不明白她缘何感慨。唯有崔落花了然于心，以《蝉赋》进言道：“皎皎贞素，侔夷节兮。帝臣是戴，尚其洁兮。废后是咎由自取。娘娘幽娴贞静，切勿再同她比。”

素盈亦悔失言，况且不吉利。接下来内命妇们前来拜见皇后，她不愿在人前显出倦意，稍事休息之后又提起精神，做出皇后应有的姿态。

后宫先后有过十余位妃嫔，今日仅有五人健在。婵娟寥寥，倒为接见省下许多时间。按位次上前的安嫔、恭嫔、景嫔，素盈从前都见过。只有肃嫔，多年之前出猎时被猛禽抓了脸，素若星知道她羞于见人，不勉强她往来相会。今日，素盈方睹其人。只见肃嫔左半边脸白皙无瑕，右半边脸覆着一块剪裁巧妙的丝绢。因为破相，她似乎不愿意引人注意，行坐都在人后，反应也有些迟钝。气势还不如别人身边的宫女，素盈不由得暗叹可惜。

最后上前拜见的，是由嫔位降为媛位的素玉婵。她刚上前一步，众嫔的容貌便不足道了。素盈暗叹：难怪诗人有闭月羞花的比喻！花月何其无辜，可叹上天造化不公。

丹媛本是东平素氏众望所归，十余年来距离丹茜宫咫尺之遥，最终竟被年轻的侄女轻易超过。她的态度却毫无忸怩神色，朗声道贺，落落大方地立在一旁。

后宫嫔御都是功臣后代，素盈照例向对方的父兄表达钦重之意。众人谢过皇后垂问，素盈对安嫔与肃嫔多说了一句：“那么二位与东宫侧妃是一家人。”

安嫔当即笑着回应：“世代遥远，出了五服，也难说是一家人。”

素盈见她急于撇清同东宫的关系，当下绕过这话，含笑道：“自从今春飞来横祸，宫中萧条冷落，视之凄惶。但愿各位常来陪伴，共成融融之乐，令丹茜宫早得福庆。”

众人立刻谦谢许诺。

忽然，銮舆司太监扶了一乘步辇来，说是圣上特派步辇来迎皇后回宁福殿。

皇家多逞自己体魄强健，鲜少动用代步的行具。在场众位不乏入宫多年的老资历，除了出宫远行，没有见过步辇在宫中穿行。素氏一个赛一个的火眼金睛，看得明白——皇帝是下足功夫给这位年轻的皇后撑腰，众臣面前嘉赏她弟弟，现在特意抬来步辇给她们看。众人避让一侧恭请皇后登辇，亦步亦趋地簇拥素盈登上步辇，由宦官抬去宁福殿。

素盈又羞又窘，不由得暗暗猜测：头脑里这种恍若虚幻的轻盈，是否为人们说的飘飘然？

这天是皇帝先结束觐见，换了一身淡霜青的常服在宁福殿中休息，正斜倚在榻上浅酌，恬淡逍遥如山间高士，连发髻上那根简朴的玉簪也有脱俗之气。见素盈面红耳赤地回来，他不由得笑："今年天气太热了。"

素盈转动眼睛看他，觉得他的态度太过轻松，今天发生了这么多破例的事，他居然谈论天气。她从宫女手中接过白玉瓶，亲自侍酒，收敛嬉笑的神气说："陛下对平王的三个幼子厚待有加——妾以浅陋的德行，蒙受世所罕见的恩典，怎能毫无愧色？"

皇帝听了，若无其事地微笑说："你那三个弟弟，只比真宁小一点，可是进退俯仰，容止堂堂。算不上神童，也算得上俊秀之才。"说罢命人取了一只白瓷盏给她，一同品尝新酒，又说："平常可不能这么自在地喝。"

素盈猛然想起，今天是八月十五。宦官来报，太平湖上已准备妥当。皇帝便笑道："今天不在这儿用晚膳，五莲亭有家宴。"素盈急忙告退去换衣服。

几套衣衫罗裙早已备齐，其中一套衣衫是象牙白绣着五色花，裙是柔软内敛的茜染，丹茜宫的名声就是由这种染料而来。轻抚罗裙，触手之处柔滑细密，如掠春水，不是寻常的茜染能够相比的。她心中喜欢，形于颜色，周围宫女当即取来相配的珊瑚首饰。素盈觉得太过娇艳，同皇帝那身衣服凑在一处十分扎眼，最终挑了一件极浅的鸭壳青色。

她走出来时，他盯着那身偏青色的衣服多看了几眼。素盈以为他会评价，但他像是感觉不到她挑这身衣服有什么特别的用心，没多话。两人并肩向太平湖去。

湖面上五个亭子，各有莲台托着，由交错的拱桥与湖岸衔接，形如五朵莲花，故而宫里呼为五莲亭，其实各有名字。今年中秋不知为何安排在这里过。五个亭子拿彩缎宫灯装饰起来，花锦绣缎各有千秋，宫灯也是竭尽巧思。

东宫与东宫妃已站在岸边桥头等候。皇帝扫了一眼，问睿洵："今晚是家宴，怎么不见侧妃？"

素璃莞尔，代睿洵回答："阿慈心思细腻，不知被殿下怎么招惹，哭得眼睛肿了，消了肿就来。这会儿殿下的脸上也恼着呢。"

东宫默不作声，眼睛一直看着地面。

皇帝看了一眼沉着脸的东宫，含笑摇头，极为自然地牵起素盈的手向拱桥上走。素盈不及细想就将手挣脱。跟在后面的东宫不由得瞪大眼睛，素盈自己也吓了一跳，但皇帝只是随意地笑了笑就径自走过桥去。

最大的一个亭坐落于最北面，高临湖水，名为"碧光"。总共十来根柱子，各缠绣花缎，锦绣重叠仿佛虹霓绕柱，密密匝匝的流苏是一个一换颜色。亭中央悬一盏硕大的八角琉璃灯，做出飞龙奔马的棱角，林林总总悬挂百来个金银小铃，微风拂动便传来清澈跳脱的叮叮声。

亭内设了皇帝皇后座位，前面一张大桌，摆设奇大的珊瑚与白玉雕塑，是海上升明月、龙宫望桂宫的图景。皇后下首另置一席，皇帝见空着，问："真宁在哪儿？"两旁宫女无人敢答。皇帝望了一圈，看见有个头发泛灰的年长女官，是真宁的老师崔落霞，便责难道："秉仪，怎么回事？"

崔落霞有些迟钝地回答说："公主昨天对娘娘出言不逊，事后懊悔，夜读《孝经》，受了风寒。"

素盈忍不住想笑。为了讨皇帝欢心，宫里人人争读佛经仿佛历历在目，今天他刚赐《孝经》给平王的儿子们，《孝经》顿时又倍受追捧，什么都要扯上去。

皇帝蹙眉道："会背那些字有什么用？阖家团聚的日子，她躲着不来，像是读懂了吗？真不知道你是怎么教的。"

崔落霞忽然嗵地跪下，苍老的声音激动上扬："生母蒙冤而欢笑嬉戏，岂是孝女所为？"

谁也没料到这种私宴上，还有人跳出来扫兴。素盈扑闪眼睛望向皇帝。他脸上并没有愠怒之色，仿佛对类似的说辞习以为常，爱理不理了。这种反馈，比愠怒更令废后的余党们伤心。

"我看你也该跟着真宁多读几遍。"皇帝云淡风轻地说着，挥了挥手命她离开。崔落霞以悲凉的神情告退，目光扫向素盈，陡然变作恨意，倘若能放出刀子，早就穿她千万个洞了。

素盈心下惊骇：这两天她没空闲回想废后是怎样的人，废后一党可不会忘记她。睿奉香与文彩环并没有触及丹茜宫，就落得惨死。她挡了废后的路，怎么可能逍遥快活呢？当下打个寒战，有些心不在焉。

众人分别向几个亭中坐定。后宫诸位女眷落座于西边紫风、照清两亭，睿洵一家坐到东边的月滟亭。近岸的露华亭中安排乐班。皇帝做个手势，乐班奏起《清平调》，曲罢又转《洞仙歌》，声满湖上，飘飘翩翩。崔落霞冒犯皇帝而带来的那股压抑之气，在乐曲声中渐渐消散。

此时暮色方至，青蓝苍穹翻卷着漫天澄霞，姹紫嫣红映入湖中，百顷清波间晃动亿万片绚丽夺目的琉璃光影。乐班又奏新谱的《望月波》，曲调清灵，回声遏云，仙音佳景两相得宜，人间之乐不减月宫。

忽然一段笛声婉约，高扬低回恰如其分。素盈转眼去看，吹笛的是个出色人物，正是内定东宫侧妃的腊八，披云楼里借笛子的那女子。

皇帝仿佛能读懂她心思，轻声问："听说皇后也是个横吹高手，让这笛手与你比一比，如何？"

素盈脸颊飞红，嫣然笑道："妾不过学了几天，闲时胡乱解闷。高下有别，皇后拿玩闹的技艺同自幼苦练的乐师较量，岂不是令他们为难？”

皇帝轻拍她手背，笑道：“皇后实在拘束得很。我从前遇着闲暇，也同他们胡乱解闷，还向乐师讨教过、切磋过呢！”

素盈星眸婉转，含笑问：“陛下擅长什么？”

皇帝说：“少年时偶尔吹笛。有好多年没碰过，大约还不如你。”

关于他少年时代的私事，宫中偶然口耳相传，没有太细致的内容。素盈初次得知，微笑道：“换个日子，我再献丑。今天可不同乐班争抢风头。”说着意识到出错，忘了自称为“妾”，伸手指压住嘴唇。

皇帝见状笑道：“随意一些无妨。谁家过日子也不能时时刻刻那么讲究。”

东宫妃从月滟亭中望见他们两人窃窃私语，彼此十分亲切，不由得黯然神伤：“昔日情丝结发，今朝海棠梨花。还以为二十年夫妻是地老天荒之兆呢。”睿洵始终闷闷地不说话，听见这话更添愁绪，提起玉壶自斟自饮，顷刻将一壶桂花酒倒空了。

前后几支曲子的工夫，夕阳沉到宫阙后。水天之间一片暗沉，湖上风光大不如前。像是要弥补这残缺，又像是终于等到时机，两岸宫灯三三五五亮起来，蜿蜒成一道五光十色的珠链。

五莲亭的灯也一一挑亮。数十盏花灯各有名目，造型都是成双成对，题诗题画为多，也有几个打谜。众人赏了一会儿灯，乐声稍歇，唯有清风与秋波入耳，别生一股磅礴之感。

冰洁的银月徐徐升起，夜空皎皎苍苍，万里清光接地通天，众人都被吸引住，带着赞叹凝神去看。陪侍皇帝身边的老宦官潘公公上前道喜，说：“中宫得人，月桂分明，是个吉兆。”素盈想起天官之前奏报的月中蟾蜍不见踪影，又细看月中影子，果然轮廓分明，蟾蜍玉兔俱在。

皇帝笑了笑，为潘公公这话赏下佳酿，侧身向素盈说：“有酒无歌，难成佳节。今年还是按老规矩，每人写个题目投入签筒。抽中的人，或歌或诗写成一篇。先由皇后定三个题。”

宫女呈上笔墨与三枚牡丹红的洒金纸笺。素盈想了想，含笑说：“不如写三句吉语，看谁能凭题作首好歌，还要用上吉语里的字。众人来猜猜是什么题。”

皇帝点头笑道：“随你吧。”

素盈提起笔一气呵成。皇帝侧身来看，恰好看见她三张写好的纸笺排成一列。素盈慌忙伸手掩住，可他已经看见“明月澄清景”，笑着说：“皇后的字有男子气，不像是闺塾女师所教。”

素盈吓一跳，讷讷说：“小时候向我哥哥学的。”

“是在西陲征战的那个？”

素盈胡乱“嗯”一声，默默将写着“四海无交兵”的纸笺折好，放入红漆签筒，又放了“甘露晨降，景星舒光”。

忽听月滟亭中杯跌盘碎，两人一齐向那边望，见睿洵踉踉跄跄地站起身扶着桌子，毫不掩饰醉酒失态。东宫妃命人将他搀去岸上，到皇帝跟前赔罪说：“妾一个不留神，没能劝住太子，让陛下见笑了。”

皇帝微微地蹙眉，嗔怪道：“他往常并不贪杯。果真为了一个女人，就如此失态吗？”

素盈的心脏狠狠一颤，背上冷汗悄无声息地洇湿里衣。

东宫妃原本低着的头仰了起来，常常含笑的一双杏眼变得严肃。

平日里她总是笑脸迎人，用并不真心的微笑去掩盖真实的心情，周旋在天子夫妇与她丈夫之间。此刻像是无力维持那层假象，疲惫之余，脸上呈现出且悲且叹的复杂神色。

“的确是为了一个女人，但不是同太子闹别扭的侧妃。”东宫妃的嗓音清晰有力，仿佛之前崔落霞的举动鼓舞了她，“今夜是阖家团圆之夜，可太子的母亲在哪里呢？陛下在大德殿，谆谆叮嘱别人的儿子谨遵孝道，却要责怪自己的儿子思念母亲吗？”

素盈持着签筒的双手僵住。这不是她应该插嘴的话题，她僵硬地转头避开这场面，直勾勾地盯着前面那个白玉珊瑚摆件，希望没人能从她脸上看出多余的情绪。

白玉雕成的月宫旁，坐着一个比明月更加皎洁的女人，似笑非笑地望着素盈。她平常总是出言讥诮，但此时一言不发，眼角眉梢流转的神情不住变化。真宁公主的挑衅、平王妃的刻薄、东宫的惆怅、崔落霞的愤慨、东宫妃由来已久的厌恶……一张脸上，竟能重现。

素盈直直地盯着看，从中读出千万种意蕴——今日的一切，没有一样是她自己得到的。

她和那些费尽心机、披荆斩棘夺取丹茜宫的皇后不一样。宫廷对她的记忆，是素奉香。他们不曾尊敬她、恐惧她，却记得如何讥讽她、无视她……至今只有父亲当她是素皇后。其余的人，只看到占了鹊巢的蠢斑鸠。

东宫妃似乎与皇帝还在说些什么，素盈耳中嗡嗡的，听不清楚。五莲亭中的流光溢彩忽然失去了颜色。这个家宴褪去了虚浮的外表，向她露出冰冷的真面目。跟平王府十几年来的家宴没有差别——她就在这里，却像家宴中的“家”字，其实并不存在。

素盈转动麻木的眼睛，想要找出一个眼神，将她从这可怕的境地中拉出来。她觉得有一个人会的。可是那个人，为他母亲酩酊大醉早早退场。

她的呼吸越来越急促，但还是感觉透不过气来。她没有听清皇帝如何吩咐结束宴会。宫女们簇拥她回宁福殿，为她卸妆，她又想不起来是什么时候坐到妆台前的。

崔落花上前告罪说：“崔秉仪失言，望娘娘念在她年老，许她改过。”

素盈乱“嗯”了一声。崔落花仔细看她几眼，关切地问：“娘娘是不是在湖上受了风寒？哪里不舒服，要太医来看吗？”

素盈默默摇头，伸手在心口上按了一下。崔落花一望便知，低声说：“娘娘，这才是第三天。”素盈眼里突地有水光打转，匆匆地挥手要崔落花退下，慢吞吞地起身离开妆台，歪倒在床上。

她从小习惯遭人无视，有时不甘，却从未像今天这样感到恐惧——此时此刻终于知道，一直纠缠着她的那股不安为何比以往更强烈。弱小，却拥有一件重于自己的、不相称的宝物，人们看轻她，就会肆无忌惮地前来夺取，打碎她这个虚弱的幻影。

月光冰冷寂静，轻易浸没了她。空虚和无措绵绵不绝，好像一辈子不会减弱消失。她被逼得无处可去，屡次感觉眩晕。眼前萦绕的仍然是那些人、那些场面，还有和苍白月光一样无处不在的敌意。

静得能够听到心跳的宫里，传来轻微的对话，一人谦卑，一人安然。

“奴婢这就去唤娘娘来接驾。”说话的宫女衣裙婆娑，声响终于到床帏外，烛光在轻薄的纱帏上映出一团圆润的浅黄，“娘娘，睡着了吗？”

素盈盯住烛光中摇曳的暗花，静静地躺着没有作声。

另一串脚步声从容而来。宫女退了几步，持手中烛台去引亮角落里的一盏灯。花帏微颤，皇帝穿一件软纱里衣轻坐床畔，一低头发现她睁着眼睛没有睡，好像吓了一跳。

素盈用空洞的眼神望着他，迷思错乱之中，她觉得自己整个人消失了，疑心他是否能看见自己。

他默默地伸出手，摸到她脸颊湿漉漉的，更加吃惊。

因为常年热衷于狩猎，他的手没有养尊处优的细腻，扣弦之处有薄薄的茧。素盈的脸颊被他摩挲着，渐渐从一片空虚中找回了肉身的质感。她一言不发地坐起身，拦腰抱住他，脸埋到他胸前啜泣。

他仿佛懂得她为什么哭，没有问也没有说话，慢慢地轻抚她的发、她的背。

他的指尖在她身上留下的温度，比他之前恩赐的一切更真实有分量。素盈仰起脸，紧盯着他的眼睛——他准确无误地看着她的双眼，目光温和、宽容，也许还有一些怜悯。

那目光让她明白，她得到的恩赐、地位，还有那一次次破例，只是在彰显他的力量。丹茜宫里没有皇后的痕迹，而他可以若无其事地谈论天气。

她忽然想起素若星，想起文彩环受封的第二天，素若星递过来一张纸，说：“我有丹茜宫，但……别忘了最重要的是什么。”

她需要更多地占有他的重量。这是小人通病泛滥的宫廷，她需要分一些他的分量，才能远离恐惧。

才能存在。

她默默扯住他的前襟，去抹自己脸上的眼泪。当他正要笑这孩子气的举动时，她微微发凉的脸贴在他胸膛上，双手非常自然地解开他的衣带。

香炉缓慢地吞吐香氲。这天晚上，炉内燃放名为“万年芳”的香，其中有零陵。

素盈枕着他的手臂，睁着眼睛聆听那香燃尽，香灰扑簌簌地落到炉腹之中。

宫中昏暗，不见日月光芒，举手不见五指。素盈行走在一片灰蒙之中，心里知道自己要去什么地方。

她对宫里的道路熟悉，毫无差错地找到方向。不多时，昏朦大雾里隐约呈现一座亭子。素盈缓步走过去，亭中出现男子模糊的身影。见她来了，睿洵神情悲怆，喑哑地说：“你明知道有人等着你的孩子，竟能这样对我？你有了丹茜宫，还不够吗？”

他的指责让素盈一阵心痛：“我有丹茜宫吗？我只不过是废后夺回后座之前的一桩小劫难，一根要拔走的刺。谁把我当人看呢？”

她有很多牢骚，可已经没有兴趣去发泄，冷淡地说：“我现在才知道，原来人只要稍微自私一点，活着就能痛快很多！”

“那么现在，你痛快了吗？”睿洵穿过迷雾，上前一步。

素盈猛然发现他衣服上的暗红并不是刺绣，是一团团血迹。她难以置信地伸手去摸，双手顿时染遍鲜血，惊骇地大叫起来。

这场短暂的噩梦惊出她一身冷汗。醒来，她又后悔了。很惊讶她昨晚怎么会萌生离谱的妄想，竟在皇帝怀中失态痛哭。实在太幼稚。她应该笑笑，当作五莲亭中什么都没发生，说几句体谅真宁、大崔秉仪和东宫夫妇的话。

“应该”的事又没有发生。宫廷还是老样子，她竟然把应当考虑的事、顾忌的事全抛脑后，只为了同境遇赌气！

这天她移住丹茜宫，坐定后立刻手写香谱，向崔落花说：“秋意渐浓，用香应合清雅之气。晚上用的‘一帐春’‘万年芳’过于浓郁。正好我今天有兴致调香。依这谱，去典香司要香料来。”

崔落花扫一眼，见纸上有龙麝、零陵，当即折了交还素盈，低声说：“这些谁都要不来。”接着走近两步，几乎是附在她耳朵上说，“东宫妃有五个月身孕。早前废后的事情闹得沸沸扬扬的，她疑心有人对太安素氏不利，恐怕伤了胎，请求圣上出一道禁令。没有圣上亲准，典香司不得划拨麝香、零陵之类。”

自从素飒上战场，素盈对东宫里的事情就不大了解，虽然早疑心，听见真相还是有片刻的茫然：“五个月了？外表倒看不出来。”

“因为有这一胎，她才不顾及她姑姑那桩丑事，还敢在圣上面前张狂。”

素盈无端感到失落，左顾右盼不知道该说什么。崔落花又说：“说起那桩丑事——昨晚奏乐的笛子手肖月瑟，就是揭发废后的宫中女伶。我看娘娘频频注目，好像特别留心她。有什么缘故吗？”

“啊！是她？怎么会这样巧……”

崔落花不懂她闪烁的目光，径自继续说：“琴师恃宠而骄，向来不把其他乐师放在眼中。肖月瑟不知怎样惹了他。废后意图将肖月瑟逐出去，便要他们比试技艺，输的人拿出骨气别再碰自己的乐器。”

“她？掺和宫伶的纠纷？”素盈蹙起眉，心想素若星的为人不应该糊涂至此。

“还有更甚。”崔落花也不明白那时的琵琶手肖月瑟如何得罪了废后，被逼到穷途末路，“琴师大约没有想到事情弄到这地步，有些后悔，比试当日说弄伤了手，比不成。废后竟替他与肖月瑟切磋。”

素盈直摇头：“她是怎么了？和一个宫伶这样计较。”

“肖月瑟偏偏不走，认输搁下琵琶又拿起笛子。这事情传到皇帝耳中，她名声大噪，废后也不能奈何。”

崔落花稍停顿，又说：“没多久，肖月瑟就揭发废后与琴师私通。宫中人都说，当初正是因为她窥破私情，废后与琴师才百般为难。”

素盈心头一动，脱口问：“真的有私情吗？”

“就算没有，肖月瑟必定是知道些东西，否则废后的做法让人想不通。”崔落花攒起眉头，说，“被废之前的一连串举动……简直不像素若星。”

素盈沉思时，崔落花又说：“昨晚圣上问起与乐班较量技艺，娘娘虽然不知道废后与琵琶手比试之事，仍旧答得很妥当。”

“早知道就不那么说了。”素盈惆怅叹息，“别人怎知我没听过？大约要怪我故意贬低废后。肖月瑟现在何处？让她带琵琶来见我。”

宫伶抱着琵琶进来时，素盈努力透过摇曳的珠帘看清她的脸。玲珑的珠光后面，是一张小巧白皙的面孔，安静文雅，不卑不亢，别有一股清高的气质。莫说在数十人的乐班中，即便将她放在百千人里，这股气质也能让她脱颖而出。

“奴婢肖月瑟拜见娘娘。”她的声音低而柔和。

素盈委婉和蔼地说：“前年在披云楼向你借过笛子，不知你还记不记得。那时候你抱着琵琶，昨晚却充当笛手。为什么呢？”

肖月瑟再度俯首，说：“奴婢听候主上差遣。主上吩咐演奏什么，奴婢就奏什么。”

素盈微笑道：“你的笛音我已领教，令人耳目一新。之前没有机会听你独奏琵琶，今日不拘曲目，随意弹一首吧。”

肖月瑟怀抱琵琶，转轴，埋首，拨弦。宫中立时肃静，众人眼中唯剩一双妙手。一曲终了，她舒气，起身，又拜倒。素盈由衷赞道：“好一手弹挑吟揉！与泰州唐氏相似。”

唐氏的揉弦自成一派，较之其他流派更显凄婉。素盈曾见有人为练那一手揉弦而废寝忘食。跪在地上的肖月瑟怔忡一瞬，答道：“奴婢正是唐氏弟子。”

素盈不禁微笑，悠然问：“我有个姐姐，也曾拜过泰州唐氏为师。你认得她吗？”

肖月瑟的嘴唇隐约抿紧，看来不想攀上这种关系，但最终还是从容对答：“唐氏能为贵府执教，深以为荣，常常提起。”

推算起来，素若星逼迫她出宫，正是在柔媛素淳死后。恐怕她们的交情不止一点点同门之谊。肖月瑟不愿坦言，素盈也不再深究，和蔼地问：“你从几岁入乐班？要多少年辛苦，才能练成这样一手琵琶，弹出如此清静的曲调？”

肖月瑟仰头微笑，恰有一抹阳光映上她的脸：“奴婢自幼在班中。不过乐曲之妙，不在年高，在心境。”她的神情竟格外庄重，“心无杂念，唯求通达天人之境，曲调自然质朴淳静。心若别有所求，音是骗不了人的。”

素盈命肖月瑟走入珠帘，又仔细看她一遍。她本以为，敢揭发废后的人，应该是精于算计之辈。可是无论见几次，肖月瑟面目中那一股澄澈始终不变，配得上她那清如溪水的绝妙音色。

“前年我在高手面前班门弄斧，真是惭愧。”

肖月瑟欠身，徐徐地说：“娘娘那一曲是世所罕见的曲调，情真意切。不知谱曲的是何方高手，一气呵成，百转千回，收尾之处余韵渺渺，当之无愧的神来之笔。奴婢深为感动，至今难忘。”

那天在披云楼上，素盈吹奏的是她亲娘自谱的《送秋声》，知者稀少。素盈笑道：“照这样说，你是我的知音。既然你仍记得当日的曲子，正好帮我答疑——昨天圣上问我，你我的技艺谁高谁低。你怎么看？”

女乐手的脸轻轻绷紧，很快恢复如常，不疾不徐地回答：“是奴婢略高一筹。”她在众多宫女侧目之下，语调安然，“音乐只是娘娘诸多技艺中的一种，却是奴婢的生命。技艺与生命不能相提并论。”

这宫伶有一种骄傲和自信，那种骄傲让她不擅长说谎，或者可以说，她不屑谎言。素盈觉得喜欢，微笑点头说：“我也这样想。”

早就守候在宫外的丹茜宫都监一等再等，终于捧了名册入宫，请皇后过目。皇后侍从二百八十人，落在纸上是好大的一本。众人见了那名册，都有些肃穆的神色。一朝天子一朝臣，在后宫也是一样，只是不点破。

素盈手上拿着她们的前程，不由得正襟危坐，遣退乐师，翻开名册仔细看。因受素若星牵连，好些从前的名字杳无踪迹。留下的这些，不见得就不是废后的心腹，只是有留下的能耐。

六尚十一局及宫正司等内官内侍，由吏部铨选，皇后无权干预调动，大略记个名字就不必看了。

丹茜宫卫尉带领的五千禁卫军，位列武官之序，皇后只是名义上的统帅，真正调遣的机会不多。最近的一回，是康豫太后带领他们击退三位皇叔谋反，那也是二十年前的事了。正是因为皇后、太后们的能力令人惊奇，男人们担忧变生肘腋，愈发小心谨慎，卫尉与副卫尉的人选同样不容皇后改换。但显然已经有人替她换过——四下不见白信默。

只有六品以下的中宫下属，皇后可以改换而不同吏部交涉。上一代唯一一次使用这种权力，就是在丹茜宫增设九品奉香，后又撤掉。素澜曾经说这事“事出突然，着实蹊跷”，素盈当时不以为然，后来才明白，皇后增删一个职位极其麻烦。奉香到底有什么用处，不知道是否还能有人说清。

那些整齐排列的名字，像密密匝匝叠压的砖。一撇一捺之间都是秘密，垫着他们到这位置。其中有人效忠废后，也有人为宰相效力——当初琚含玄会送素盈来做奉香，今日也会在她身边安插别人。

素盈边看边问：“原先在宫中走动的白信则，到哪里去了？”他的姓氏特别，本应该醒目，却遍寻不见。

丹茜宫都监上了年纪，说话慢条斯理：“他自求调往宫苑司已有月余。”

白家人看到苗头不对，全跑了吗？素盈继续看那卷名册，又问：“原先奉香名下的两名小宫女，顾婉微和封令柔去了哪里？”

“这两人自奉香一职被除，就自宫中调出。顾婉微在年初中了水毒，已经殁了。封令柔还在尚衣局。”都监答得非常快，必定私下做过功课，将她这些年来与宫中人物的来往摸得一清二楚。

她有了调换人物的权力，却没留下几个人给她调换。素盈随便向后翻，随口问：“素湄如今在哪里？”

都监不假思索回答：“宫内浣衣坊。”

素盈怔了怔，想不出她姐姐洗衣的样子：“平日可苦重？”

都监答道：“浣衣坊知她曾是妃嫔，不敢为难。如今有娘娘在，她更加不会难过。”说起来好像素湄是沾了新皇后的光，但素盈想到的却是她孪生姐妹的脸——狰狞地责怪素盈追求真相。

“我想去看看她。”

身边的女官们立刻阻止：“卑微之地，娘娘岂可踏足！”

崔落花也道：“若是要见，不如召她进来。”

素盈摇头：“这就走吧。”说着便向宫外走。

皇后这样心血来潮，周围女官都感到为难。崔落花忙走到素盈身边，低声劝：“娘娘一向明智，刚刚入主宫廷，怎可率性而为？”

素盈微微侧头，用只让她一人听得到的声音说：“日子久了，更加不能率性。”

她神色凝重，崔落花当即醒悟：宫里处处是废后的旧人，她有话不能在这里说。

丹茜宫众女官只当皇后年轻，要试一试新宠的力量，也不坚持拂逆她，派了人去吩咐回避。素盈只带崔落花，一路走来都是寂静。

至一处路口，远远望见一道宫门紧闭。那是唯一一条素盈曾在宫中常走的路，通向东宫。崔落花立刻说：“圣上的意思是，东宫已成年，按规矩不可随意进出后宫。从前念他一片孝心，方便他入宫向废后问安。如今东宫若是有事入内，须得圣上首肯。”

素盈心中愕然，说话时不免压低了声：“我和他光明磊落，何须加一道锁？这也太——”

崔落花不等她说出口，低头轻语：“娘娘忘了‘小人通病’是如何毁了素若星？圣上断了小人们无事生非的念想，省去许多麻烦。”

素盈立在原地不作声。崔落花知道她心里已经有了顾忌，问：“娘娘是否回去？”

素盈摇头说：“以后只怕连这里也走不到。”

已有人提前通知浣衣坊，但不见素湄来接驾。素盈不准人打扰，与崔落花径直向后穿过房舍。

宫渠边有一青衣宫人弓着身子洗白绢，嘴里轻声哼着小曲。素盈上前叫了一声：“姐姐。”

那宫人并未停下手中的活儿，素盈又叫一声，她缓缓转身问：“娘娘在叫谁？”一张不施粉黛的脸，双颊黯淡，嘴角微微地下垂。眉目没有精神，显得苍老憔悴。也许是神态迟钝的缘故，她的面目有股意外的泰然自若。

素盈仔细看，勉强和印象中的姐姐对上，但眼前这人的神情呆板，素盈轻轻叹息：“我也不知道我叫的是谁。”

浣衣女僵了一瞬，又去洗涤。天气渐冷，宫渠水十分冰凉，她的双手浸泡水中，苍白如同没有生命。素盈本来想好了要说的话，这时候又不知如何开口。向前走了几步，见她洗涤的都是轻软之物，确如丹茜宫都监所言，并不苦重。

“姐姐，这是你想要的吗？”

宫渠中水流潺潺，倒映浣衣女模糊的脸。她低着头抱起木盆，很快为一条长绳挂满白绢，随风散出丝丝凉气。

“罪有应得，没什么可想的。”她飞快地转身回到渠边，僵硬的背影看不出悲喜哀怨。

素盈放慢语调，尽量让声音听起来有诚意：“宫里的人与事，变了很多。丹茜宫也变了。不如我要你过去吧？”

“别来管我！”浣衣女忽然将手里白衫子用力抖开，甩了素盈一脸细碎的水珠，“因为你，死了一个阿淳还不够吗？”

素盈心里一凉：“姐姐还为那事恨我。”

浣衣女搭衣服的手停住，脸对着白衫，盯了自己的影子好一会儿，吐口气说：“不，你只是凑巧。凑巧是你。”声音逐渐低微，她转过脸望向素盈，黑沉沉的眼睛有些吓人。

“你走吧。”她执拗地说，“宫里变了很多，那是你该发愁的事。捏着大把秘密的人比比皆是，可有的人不适合掌握秘密，知道一点皮毛就害人害己。真当我是姐姐，就别再来。”

“从前也有一天，有一个人，责怪我探寻秘密。”素盈苦笑，“我亲眼看见阿槐的尸身，看见柔媛的坟——我能装作那些都过去了吗？”

往事对浣衣女来说，好像非常遥远，隔了很久才触到她心里，又隔了很久，在脸颊上勾起一丝颤动。

"都过去了。"她含糊地说着，又挂起连串的白衫。

一转眼，满院子都是湿衣物散出来的沁凉，吸走了人的温度。

素盈总想从她身上看出些端倪，但飘飘的衣衫故意封满她的视线。她的声音穿过一片苍白，染上湿冷气："我听说，有人在琴师的住处发现废后题写情诗的绢帕。她不承认是她写的。文采也确实差了一截。"

浣衣女仿若没听见。素盈伸手摆弄一块白绢，叹道："姐姐从前那么手巧，尤其临得一手好字，天下的字没有你摹不来的，现如今干这种粗活……往事真能过去？"

"娘娘健忘。练字的是阿淳。"浣衣女用力揉洗，不知把手里白衫洗了多少遍，就是不看素盈，"青天黄土，人各有数。娘娘有娘娘的日子，别妨碍我干粗活。"说完，身子几乎弯低到渠里，打定主意不对她说话了。

素盈本以为她们之间，或许还可以交谈，到头只是这样几句。皇后可以决定她的前程，但问不出她的秘密。秘密就是她的一切，没人会将一切托付给别人。

她注视姐姐良久，转身向崔落花低声说："走吧。"

浣衣女忽然又出声："崔先生！"

崔落花停住脚步，谦谦有礼地问："大小姐有何吩咐？"

"你还记不记得，你到东平郡王府，教我们姐妹的第一天，教了些什么？"

崔落花怔了怔。浣衣女将白衫拧干，撇到身旁的木盆中，瞪着崔落花，一字一字清晰用力地说："玩物丧志，玩人丧德。"

崔落花悚然动容，还来不及答话，浣衣女又弯腰对着泠泠渠水，边洗衣服边恣意地笑起来："学生不成器，是你以身作则的时候了。"她又唱起歌，比素盈来之前唱得更大声。

哗哗作响的流水声和浣衣女怪异至极的歌声中，一片乌云挡住了太阳。皇后与她的老师仿佛被阴霾压住，带着一身无言的消沉回到丹茜宫。

名册还在桌案上放着，丹茜宫都监也还在等她。素盈拿起来又看一遍，含笑说："前年我在宫中侍奉，这里面许多人是我的同僚，都是尽心尽职、极有才能的人。暂且不忙调换。"老宦官应了一声，手捧名册告退。

诸位女官当然不信"有才能"这种话。年轻的皇后见了揭发废后的琵琶手，又见了她那个被素若星定罪的姐姐，意思再明白不过。幸好在浣衣坊的是索然寡味的素湄，若是柔媛活着，不知谁要遭殃。

她们的脸上看不出心病，只有沉默的固定微笑。素盈也向她们笑笑。彼此都知道，不变的只有那几页纸。

纸外是上天写的新局面。

皇后去见素湄的事，不知经由哪个多虑的人传到了丹媛耳中。第二天她就来了，恰好遇上一队宦官捧着各色托盘、宝匣立在丹茜宫阶下，皇后从他们面前走过一一观赏。

丹媛没看明白："这是做什么呢？"

司宝太监回答道："圣上送娘娘装点宫室的器玩，正请娘娘过目。"

琳琅满目的宝物既有精巧华美，也有古拙质朴。司宝太监见素盈难以决定，又奉上一册目录，说："圣上吩咐，没有合意的，再从府库中取。"

素盈接过卷册时，暗想也许这是一个考验，从她的品位中，观察她的为人。宫里从来喜欢以小见大。

但她很快放弃了这个念头，她要在这里住一辈子，也许是很短的一辈子，她不希望用别人的喜好装点余生。素盈认真挑选了一些摆设，命宫女们去装饰，自己转过身向姑姑微笑："从前我在丹茜宫，不怎么见后妃们闲暇来访。正担心众位与我这年轻晚辈无话可说呢，姑姑就来了。好得很。"

她刚叫一声"姑姑"，丹媛便向她侧身俯首。素盈怔了一下，她将二人视为姑侄，她姑姑眼中却只有丹媛和皇后。素盈一时间感到不自在，转念又释然。丹媛是皇后的姑姑，辈分高且入宫早，恐怕举动稍有偏失，有人诘难她轻慢皇后，本该仔细。

素盈挥了挥手，想要拨开姑侄之间的拘束，但全无效果。丹媛以为这动作是示意她讲话，巧笑说："妾今天来得也巧也不巧。"她身后的映荣听了便怀抱一只缎盒走上前。

素盈好奇地问："这是什么？"

"打算送给娘娘，想不到正赶上御赐珍宝。众宝齐集丹茜宫，这是巧遇。不巧的是，恐怕妾要献丑了。"丹媛说完，映荣将缎盒打开。

那木雕的丹茜宫，比图纸上更加精致，素盈还是第一次见到它制成的模样。透过窗户，似乎能看见里面的光景：并非丹茜宫今时今日的模样，也不是素若星时代的格局，大约只有丹媛知道，那里面的一景一物有什么样的意义。

素盈笑笑，凑上去嗅了一下，轻轻说："是件难得的东西。"

丹媛轻快地说："平王不知被谁说动，打算用沉檀二香给娘娘做个精致摆件，可惜一下子找不到好的。我跟他说不要找了，我代他做成此事。"

只字不提这东西早在她流泉宫里，也没有用拙劣的谎话伪装这东西是新造成。送宫殿给她的那一回，素盈知情。留着是个事端。

素盈浅浅微笑道："这样的东西哪有献丑之说？多谢姑姑好意。"

丹媛向四周扫一眼，又说："日暖风和，何必闷坐宫中？妾斗胆请娘娘移步，同游太平湖。"

素盈点头应许，两人便并肩携手，一边说笑一边向湖畔走去。

碧波万顷，水面开阔，风生水上格外清凉，走到湖堤更觉迎面而来的劲风十分爽朗。天气晴和，日光照得景物巨细分明，一眼望去，对岸花木纤毫可见如在眼前。素盈心赞姑姑挑了一个游湖的好日子，谈笑间回头望丹媛，不由得暗暗吃惊。

印象当中，丹媛热衷收藏各种首饰，哪怕闲坐时也披挂如同金山玉树，闪耀夺目，几乎无法直视。今天她一改往日风格，简简单单地戴着三五件红白玉饰，却更显得明媚动人。她气色比向中宫道贺那天又好了很多，细腻的皮肤之下仿佛透出光来。眉眼神气活现，转动时顾盼生辉，似有一道阳光是老天爷专留给她一个人用的。

浣衣坊的素湄，一个二十出头的女子仿佛老妇人般消沉憔悴。丹媛却像枯涩一冬的槁木又开出花。倘若有人不知道“容光焕发”为何意，只消看一眼此刻的她，再不会弄错了。

这才像是家里人十几年来赞不绝口的那个女子。素盈不由得称赞：“姑姑有什么好事，不妨说出来一起高兴。”丹媛又是一声开朗的笑，握着她的手，双眼中春光融融，含笑而庄重地说：“多谢娘娘。”素盈莫名其妙：“谢我什么？”

“我终于解脱了。”

素盈“哦”一声，反倒笑不出来。

路过一棵枝条拂地的大柳树，丹媛折了几根柳枝，像个小孩子似的挥着玩。

“当年进宫来，才十几岁，只道一辈子长得很，还有很多美好的事情没发生。从没想过，半辈子用来和另一个人水火不容，没有一天能够开怀大笑。”

柳条挥剑似的甩动，在空中划出一片波澜，叶子零零落落掉了一路，只剩光秃秃的枝条。她犹在与空气战斗：“不知从几时开始，那个女人只是在丹茜宫里活着，就把我活着的乐趣挤压殆尽。可是并没有想去加害她……”

素盈听见这话，转头端详她的神色。

丹媛洒脱地笑了笑，说：“如果讨厌就要加害别人，世上早就空无一人，圣贤也无法幸存。我只是一味地忧郁，险些毁掉自己……是八皇子救了我。”她的脸上浮动温柔，浅浅一晃又变成哀伤，“她却把他夺走了。”

她说得非常确定。素盈的嘴动了动，不知该说什么。丹媛长嘘口气，丢掉柳条拍拍手说：“她再也回不来了。多谢娘娘。”

太平湖上忽然吹来一股大风，直吹得一湖秋波如海涛拍岸。众人都提起袖子掩住脸，素盈却像没有察觉，木然眺望着风波跌宕的湖心，幽幽地说：“谁知道呢……现在谢我还有些早。”

丹媛提着丝帕遮了半面，一双杏眼在丝帕上缘望向素盈。

“娘娘这么年轻，短短的人生中从无劣迹，这是宫里谁都不能比的，也是圣上特意从宫外找一位皇后的缘故。”她伸出手，剔去素盈头上的一片枯叶，柔声说，“弹琵琶的、浣衣坊的，这种小人物用不着娘娘费心垂问。娘娘只要别变成素若星，心存感激的人会很多。其他的，自然有人处理。”

“姑姑要怎么处理？”素盈任凭她细长尖尖的手指扫过脸颊，双眸紧盯她的眼睛，等着后面的话。

不出所料，闲话可以很多，到关键处，又是只余沉默。丹媛仿佛没有注意到她的目光，面含微笑，转过脸观赏湖上风景，轻飘飘地说：“如果你抱过自己的孩子，就永远不可能原谅伤害他的人。”

素盈也转过脸。周遭微风四起，透着森森凉气。绿浪汩汩拍石，湖里数十只白鸟或带波盘旋，或振翮高飞。果然是深秋了，鸟鸣声声透着冷冽。

这天晚上，侧卧床畔，素盈忍不住胡思乱想起来。很多人，也许是每个人，都无法忘记素若星。她远在缦城，却在宫里留了一个巨大的伏笔，笔端一勾，又是天旋地转。

丹媛多少有一些对付素若星的筹码，可惜她们之间没有同仇敌忾这回事。丹媛、浣衣坊那个人，还有众多的其他人，她们对新皇后是同样提防，断不会让秘密落到素盈手中，变成有朝一日算计的手段。

她想得多了，眉头又深深地攒起来，再次翻身，眼睛一挑，正对上旁边安静的眼神。

她本不是能言善道的人，但他察觉到今夜的沉默有所不同，在她耳边柔声问：“怎么了？”

素盈的脸贴在他的胸前，斟酌许久才问：“为什么是我？”

他抚摸她的长发，笑着反问：“为什么问？”

“因为我知道别人看我的目光是什么意思——我配不上丹茜宫。”素盈坦然笑了笑，“我有时觉得他们的想法……其实没错。”

他的笑容减淡，徐徐地问：“什么样的人配得上丹茜宫？”

素盈想了想，说：“总归应该是一个资质不凡、能与天子配成天作之合的人。”

他不以为然地笑笑，突兀地说：“你也资质不凡。你的幻觉，别人何曾见过？”

“哎？陛下信那些话？”素盈疑心自己听错，半嗔半笑地问。

他不置可否地笑了笑，手仍是在她的发丝间摩挲。不答她的问题，却慢悠悠地说：“我以前听过一个故事。”

素盈扑闪眼睛充满好奇。

皇帝拈起她散落枕上的长发，继续不紧不慢地说：“很久以前，也有一位贵妇有你这样的好头发，绿云乌瀑，绕指成柔。可惜她失去丈夫的欢心，被其他姬妾排挤，移居一处偏僻的别院。”

素盈摸不着头脑，悄然屏息，生怕打断他讲故事的兴致。

他用很散漫的声调继续述说：“她年幼的儿子与她一同放逐。虽然年纪小，但他明白母子二人的命运正滑入黑暗。渐渐的，他不敢面对仆人们的绝望和母亲的强硬——两种表情，都在说‘今天很糟，明天还是一样’。他越来越喜欢逃避到无人之处。有一天，一个青衫少年来到他面前……”

他停下来，深深地叹气之后继续说：“青衫少年用很忧伤的口气问他，‘如果我为你实现愿望，你愿不愿意用十年的爱与十年的被爱来交换？从此刻起，十年之内你无法爱任何人；从实现心愿起，十年之内无人爱你。’”

素盈猛地打个寒战。他感觉到了，抱紧她，轻声说：“‘没有人会来解救我。如果不舍弃一些东西，什么也无法改变。’孩子这样想着，实现了愿望。代价——当然也付出了，他无怨无悔。那青衫少年或许就是他的命运之神。又过了很久，他才隐约觉得……也许他看到的不是他的宿命，而是他的野心。”

素盈的惊骇无法诉诸言语，眼睛不由自主地扑闪着寻找，但是今夜那白色的身影没有出现。

“世间众生，苦于困惑。有人却能直视自己想要什么，何尝不是一种天赋呢？”他讲完故事，沉默一瞬，拥着她，“你的故事里，看到的又是什么样的宿命，或者野心？”

素盈脸色苍白，蜷缩在他怀中，难以回答。他亲吻她的额头，低声说：“睡吧。”

听了这样的故事，素盈不可能酣然入睡。金炉徐徐吐出曼妙舞动的香气，丝丝缕缕弥散游走，空气仿佛愈加稀薄。她知道他也没有睡着，就在他身旁轻轻地说：“我看到的，很美，也很痛苦。”

“那就不要尝试兑现。”他闭着眼睛说。

第九章
珠　胎

那故事他只提了一次。素盈想问他，为什么对她说这个，仅仅想了一想。他们很有默契——这是只能提一次、不能追问的事。

她心里突然横了这一桩故事，起初莫名惧怕。在这地方第一个将秘密托付给她的人，出乎意料；而他交付的秘密，也出乎她的预料。

可是恐惧过后，竟变成一丝无法解释的轻快，反复回想起来，她竟感到自己前所未有地接近他。缦城离宫里的那个人，忐忑不安和焦虑，都稍稍地退远了一些。

眼看就是重阳，御苑中甘菊陆续盛开，宫里准备造菊花酿，派宦官采花取露水。素盈从前就摆弄花露，总是不像宫里做得好。她专等到这天，一听说宦官们进了御苑，便去旁观。

几十名宦官都是清一色的深青短褂，乌巾包裹头发，腰间系一只竹篓，一手持钵承露，一手摘花放入篓中。见皇后驾到，他们都要行礼，素盈挥了挥手示意不必。他们又弓着身子去忙碌，御苑中一片窸窸窣窣的声响。

素盈瞧见其中一人背影高大魁梧，轻声问崔落花："那不是白信则吗？"崔落花不知道白信则什么样，小声去问别人。摘花的宦官仿佛听见自己的名字在她们口中流转，装作寻找合适的花，有意越走越远。

崔落花得到准话，说："的确是宫苑司的宦官白信则。"顿了顿又说，"是驸马白信默的兄长。先前供职丹茜宫，却没察觉废后的丑事，有损皇家声誉，请求自贬。"

白家悔婚时，崔落花已经离开东平郡王府，但这事在京城中尽人皆知。自从素盈进了丹茜宫，白家对平王避路而行，怕他想起当年受的气又找碴儿。

然而平王没有对他们怎样。受了委屈的女子翻身当上皇后，第一件事就是报仇雪恨，把欺负过自己的人一个个拎出来处置——这是编给百姓们大快人心的，并不是皇后的活法。

素盈望着白信则的背影，扑哧笑道："说是自贬，其实是把我看低了，怕我使出手段报仇呢。”听了她的话，崔落花和宫女们很配合地跟着掩口轻笑。

看了多时，晨光渐渐转盛，素盈返回丹茜宫，还来不及换下沾满露水的裙子，就听门外传来“接驾”之声。

皇帝昨日与群臣在昭文阁中议事，彻夜未毕，在阁中安歇。素盈得知他今天还要继续议，想不到他一早出来就到丹茜宫了。她见皇帝气色十分不好，不由得关心：“陛下通宵没睡？”

皇帝看她裙上全是露水，忍不住笑道：“你去玩吧，我在这里躺一躺就好。”

御寝设在显英殿，他却大白天跑来后宫躺一躺，素盈岂敢怠慢！

“陛下这个样子，我哪有心思走开？”她边说边笑着去换裙子。换毕，素盈遇见奉馔令人送来早膳，不禁讶异道：“怎么到现在还没用膳？”

皇帝枕着手臂侧卧，懒得开口。一旁的潘公公插嘴回答：“昨晚就省了。任凭昭文阁的众位大人继续缠着，这顿还不晓得什么时候才入口。”

“什么要紧事，废寝忘食地商谈？”素盈随口讲了一句，无人应话。不容她问，她也没兴趣打听，低头去看那份早膳。

他喜欢咸食，今日同往常差不多，是熏鹅肉、煨鹿肉、酱梅条、清水三丝、羊羹、杏酪，每样分量不多，简简单单的几个小碟。往日平王看不入眼、赏给下人的早膳配菜，都比这要多。素盈指着肉食说：“平常倒是无妨。陛下昨晚空腹熬夜，今早吃这么咸恐怕不好。不如换个清淡的。”

皇帝摆手说：“别麻烦了。”

素盈微笑道：“我早上的百合煲肉，瘦肉火候不够，让他们继续煲着，此时应该差不多了。陛下若不嫌弃，将就吃点。”

不多时，莲子百合煲肉送到，皇帝笑道：“皇后不是没吃到吗？一起来。”他平常不吃这个，尝了一勺觉得清爽鲜美，不禁感叹：“到底是平王的女儿，四海之内没有你们不知道的美味。”

素盈正轻吹热汤，听见“你们”二字怔了怔——原来姐妹们早就关照过他的饮食。恍然想到人家当了二十几年皇帝，早就看遍天下的巴结奉承，她这时候才来，哪里还有留着等她使的花招？今天本来是一时兴起，反倒像是效颦前人，徒增笑话了。素盈唯有垂下头，对自己笑笑。

“皇族后族之中，数平王最逍遥自在。尝遍珍馐美味，坐拥绝色倾城，声色口腹的享受无一不精。”皇帝边喝汤边笑着摇头，“真是个快活的家伙。”

他的亲兄弟寥寥无几，堂表兄弟或身体不好早早夭折，或在三皇叔谋反时受株连，降了爵的、分封各地的，没一个能扬眉吐气。只有平王素玉鸣是惠和大长公主的儿子，外姓当中血缘最近的皇亲，皇帝对他从来不大管束，的确是贵族当中第一快活的人。

逍遥的平王，却觉得母亲死后风光不再，巴望丹茜宫。素盈转动碗中的汤勺，怏怏地说：

"古人说知足知止，方能乐而无忧，常享安宁。平王离真正的快乐，是'道远且迷'。"

皇帝听她引语出自占书，不由得笑问："这书你也看过？"

书虽然不算邪门歪道，到底跟女孩儿们平常的读物大相径庭。素盈的双颊微红，又有些怅惘，嗫嚅说："凡人参不透前程宿命，对未知感到困扰迷惑，自然要想方设法看清。"

皇帝仿佛愣了很短暂的一刹那，含笑问："那你看见了什么样的宿命？"

素盈眨动眼睛笑道："我看得见陛下就够了。"

见他们说笑忘了时间，潘公公上前提醒："太子从昭文阁过来，正在外面等着。"

皇帝笑着拍了拍额头："刚才没顾上理会他的事，他大概是等不及，追到了这里。"说完站起身向外走。

素盈怕他们父子又要说到废后，踌躇了一瞬，没立即跟过去。

崔落花轻推她一把，提醒说："太子过来丹茜宫，理应向娘娘问安。娘娘避而不见，恐怕不妥。"

素盈迟了几步，再跟过去，东宫已同皇帝在说话，见了素盈不得不将话停住，问完"娘娘安好"又向他父亲说："重阳在即，请陛下准儿臣出京登高。"

"我忙忘了，原来明天就是重阳。"皇帝笑了笑，"打算去哪儿？"

睿洵毕恭毕敬地回答："还是往年的去处。"

皇帝含着一抹很浅的微笑点头，没有立刻说话，看了儿子几眼才说："你去吧。近来国家有事，你不要太散漫，早去早回。"

睿洵得了他的准许，说声"即刻出发"，告退出去。

潘公公提醒皇帝："昭文阁众位大人还等着呢。"皇帝无可奈何地笑着点头，又去议事。

素盈免不了叹息："紧急到这地步，恐怕是西陲战事不休。"她挂念素飒，命人布置笔砚，当下写了一封家信。

他们兄妹自从七月以后未通音信，素盈问过平安，觉得应该告诉哥哥她在丹茜宫的情形。写完又觉得千言万语实在多余，哥哥未必在乎她的感受。想起他那句"若成此事，万死不辞"，心中仍然悲愤，撕掉了又重写。每写每改，写到进午膳时，终于满意。

岂料崔落霞板着脸说："想是小崔秉仪教导不周，娘娘不知道后宫不得向边关通传文字。"

素盈吃一惊，捏着写给素飒的信，惴惴道："既然如此，只好等平王下回进来，问他吧。"

崔落霞又冷言冷语说："瑞象七年十一月诏书中提过，外戚当中有人带兵在外，中宫不得与之言语边事。"

素盈略微沉吟，伤感叹道："宫女们还能写封家信，我倒不如她们。"

崔落霞不住冷笑："她们写一辈子，也没有什么要紧的话。"

素盈听了更加消沉，挥手要她去照管还在生病的真宁公主。

在旁边奉膳的奉馔令人赵氏也是老成人物，见皇后怏怏不乐，半晌不举玉箸，柔声说："娘娘挂念定远将军，是骨肉亲情，无可厚非。然而先祖定下的规矩，有先祖的智慧。娘娘何必与先人怄气废食？"

素盈笑道："我已经不想这事了。以定远将军的本领，原本是不需要我担心的。只是过这个节，惹来伤感。"

赵令人含笑点头说："将军骁勇可嘉。以他的战绩，升至广武将军是早晚的事吧。"

这话说了不过一日，第二天重阳节，素盈正与丹媛在宫内永寿山登高，忽闻昭文阁传出谕旨：前些日子西陲之战重创敌军，数位将领战功卓著，值得嘉奖。其中就有素飒，果然是定远将军升了广武将军。

恰好奉馔赵令人在旁侍奉，素盈若有所思地向她笑道："借你吉言。"并赐她金菊酒一杯。

丹媛欢喜之后就沉默，小声说："这该让东宫怎么想？飒儿是他送去的左膀右臂，得到功勋，反而是中宫如虎添翼。"

素盈不愿接这话，默默地啜饮，只见盏中之物清莹透亮，色胜冰雪，入口幽香恬淡，赞道："这是什么酒？实在好喝。"赵令人回答并不是酒，是宫中新造的秋香露，由花露所制。

素盈斟一盏秋香露，饮罢叹道："春芳如丽人，秋香如高士。时令之物，当远离尘嚣，置身四山匀净之中，有长空雁阵、草木秋风相伴，饮来才算得宜。正逢东宫外出登高，这瓶秋香露可以为他登临助兴。"转身向崔落花笑道，"我托你办这事，你可知东宫在何处登高？"

出了京城十余里，三面环山，向北的山外又有山，绵延不绝，素盈确实没听过东宫登高之处是其中哪座。丹媛在旁边回答："是见龙山。"

见龙山……素盈的嘴角挂不住笑意，缓缓地沉了下来。

多年之前，皇帝将那里圈为猎场，赐给废后的兄长——东宫妃素璃的父亲素若峦。睿洵是借着重阳登高，去同废后的亲族会面。

重阳登高原本就是和亲朋聚会，那些人就是他的亲朋，聚在一起理所当然。可是素盈压不住心里那股不安的念头。崔落霞与素璃在五莲亭中声讨皇帝的景象，还历历在目。与她们志同道合的人，全都聚在一起，会说些什么？

崔落花接过秋香露问："娘娘可有别的吩咐？"

素盈微笑点头说："广武将军能有今日，多亏东宫历年来的栽培。我诸多感激之词无以言表，你代我说吧。”崔落花领命出宫。

素盈仍旧与丹媛在永寿山盘桓，原意是等皇帝散了众臣同来登临，可昭文阁迟迟没有动静。姑侄二人久坐无聊，只得散了。

黄昏时分，崔落花入宫复命。素盈遣退诸人，独留崔落花问：“见龙山都有什么人？”

“东宫、二妃、太安素氏一脉的永宁郡王素若峦、法善大师、羽林郎素征，还有荣安公主、驸马白信默，都在其列。我们到时，东宫已知道三公子升为广武将军的事，先向娘娘道贺。”

听了那一串人名，素盈胸中仿佛有重物沉坠，轻轻咬住嘴唇，问：“你怎么说的？”

“一片冰心在玉壶。”

“那他……怎么回答？”

崔落花奉上一只狭长锦盒。素盈打开，见是一根清秀翠绿的茱萸枝，枝上有十来枚色泽鲜亮的果实。

“东宫亲手折此枝收入盒中，要我转呈娘娘。”崔落花说着又去看素盈，见她脸色似惊恐又似悲伤，“东宫以‘每逢佳节倍思亲’‘遍插茱萸少一人’来对，是痛惜废后之意啊。”

素盈手握嫩枝微微颤抖，眼中含泪，嘴唇咬得更深：“他怎么会以唐诗答我？他说的是‘茱萸自有芳，不若桂与兰’。”

以曹植之作答复，才合乎东宫对素盈的了解。这是哀叹弃妇“恪勤在朝夕，无端获罪尤”的篇章，而引人悲伤的不是昔日恩爱、今朝陌路的凄凉处境，是蒙受不公正的嫌弃仍心存幻想，期待丈夫的恩爱仍能复苏的残念。

崔落花感慨：“以这话回报娘娘的赐饮，用心有什么差别呢？”

“有差别，所以我才难过。”素盈双手捂上眼睛，强忍着不想被人听见哭声，但适得其反，她越发伤心地抽泣起来。

崔落花既惊诧又莫名其妙，只好为她检视周围，好在并无多事的宫女。

“娘娘究竟为何伤心？”崔落花见素盈压低哭声颤抖不已，担忧中不免增添了些许的恐惧，“难道事关重大？”

素盈哽咽道：“废后喜用一种安神的香膏。因为颜色翠绿轻薄，取名‘绿浮萍’。”

“那又如何？”

“他以《浮萍篇》答我，就是说他知道了……知道废后不是‘无端获罪尤’，是浮萍之祸，是我干的。”

崔落花瞠目结舌地看着哭成泪人的皇后，惊疑问：“娘娘做了什么？”

素盈用力摇头不肯说。

崔落花定了定神，强硬地劝说："娘娘切勿再哭！圣上稍后就来，娘娘泪痕狼藉，如何接驾？"

"我现在六神无主，恐怕面对圣上言行失措。你代我拿个主意，避过今晚。"素盈说着抬起头，已经是双目通红，怎样也无法掩饰她哭过了。

崔落花只得当机立断，说："那么就说娘娘今天登临高处，染上风寒。"

不消多时，皇帝果然驾临，听说素盈受了风寒，特意到床前看。素盈萎靡不振，因为之前哭过，答话时瓮声瓮气，喉咙嘶哑。皇帝关切地试探她的体温，触手之处不烫，略微宽心说："让太医进来看看，以免小病拖延成大病。"

丹茜宫医官由太医院的李太医兼任，是废后过去的安排。素盈不太信得过他。有位周太医是平王的至交，常在王府中走动，素盈当下命人去找来。皇帝直等到周太医写过处方，知道不严重，才起身离去。

周太医开的是发汗的汤饮，然而素盈喝过之后还是不住哆嗦。

夜深人静，万物无声，唯独她心里停不了的你言我语此起彼伏，越想越是心塞，又躲在锦被中闷着头哭了一场。

这天半夜淅淅沥沥地下起雨来。秋风萧瑟，密雨敲窗，须臾之间寒气侵染。素盈哭得心神俱疲又发了汗，被寒气一逼，反而假病成真了。

虽是小恙，却也难缠。素盈吃了三四天药才好转。东宫听说皇后染恙，很有分寸地表达他恰当的关心，绝口不提那壶秋香露和那枝茱萸。

素盈希望是自己想错，希望他并没有发现绿浮萍的隐情。这事只有她与宰相知道，谁会告诉他呢?

可她清醒地知道，他不仅发现，而且是在重阳那天，太安素氏当中有人揭穿。不单睿洵知道，在场的所有人都知道了。她又忍不住怀疑是宰相故意泄露出去的。

不论他知道与否、如何得知，真相就是真相——她的确曾用一盒绿浮萍，影射废后与琴师有染。她以为，废后以巫蛊的名义逼得柔媛自尽、丽媛被废，报应来得迟，但不该放过她。可是睿洵不会这样想。那是他亲生母亲。

素盈内心摇摆不定，终日惴惴，不禁要感谢后宫与东宫之间上锁的门。万一哪天打开，她不知该如何面对他。

恰好这几天昭文阁公事不断，难见圣面，省下她遮遮掩掩，还为这份不安找到一个借口。

"最近又是什么事？"她问。

崔落花一边注视棋盘一边说："一直都是打仗的事。"

两人闲来无事，对弈打发时间。素盈随意落了一子，又问："这西边消停许多年，为何最近突然来势汹汹？"

“要说起来，是秀王叛乱时埋下的祸端。”崔落花仔细回答，“当初秀王叛乱，占据北方，坏了西北防线。那时候西边敌主年幼，国无良将，不敢趁火打劫，却在暗中筹备。十几年过去，我国镇边将军青黄不接，他便以为有机可乘。”

素盈奇道：“区区小国能有多少人才？竟敢频繁挑衅我国？”

崔落花想了想才说：“听说元帅也是一位少年，自称是秀王的儿子。”

素盈不禁觉得可笑：“怎么？他还要替他父亲报仇，继续来夺这皇位吗？”

“他是假冒的。”崔落花微笑说，“不过是扰乱军心的说辞罢了。”

素盈心中一动：“你怎么知道是假的？”

崔落花避而不答，望着棋盘说：“三公子若能在这战场建功立业，即便东宫有所企图，也不能轻举妄动。”

素盈盯着黑与白的阡陌，一时失神。

宫人报说圣驾到了，素盈忙起身迎接。皇帝听说她渐渐好了，特来探望，也没说关于战事的话，两人只是一起品茶，下一盘棋。

素盈不擅棋艺，初次与他对弈不免有些畏首畏尾。可不过三刻她就发现，皇帝的棋路平和，竟是一派不计较胜负的气象。既然他是消磨时间，她也就放宽了心。

宫中静谧，偶尔可闻一声不紧不慢的落子，所以脚步飒沓而来时，许多人都注意到，唯独素盈正凝神细想，没太在意。皇帝身边的潘公公退出门外，又进来，在皇帝耳边低语。

皇帝忽地站起，吓了素盈一跳。她仰望他的脸，发现他十分高兴——她见过他微笑，但这时候才知道他真正欢喜是什么样子。他神采飞扬，望向素盈时双眼仿佛透出光：“西陲全胜，他们就要凯旋。”

素盈忙与一众宫人称贺。皇帝知道她一直挂念素飒，扶起她，笑着说：“不到冬天，你哥哥就能回来了。我朝又得一员猛将。”

猛将？这两个字实在难与素飒联系起来。素盈喜忧参半，这一年来，许多人都在改变。

最近一场决出胜负的大战，王师大败西国，获骏马万匹。千余匹宝骏运送京师，陆续到达。西国骏马向来号称天下无双，皇帝亲自选中一匹宝马，取名踏雪驹，赠予皇后。又选一匹，取名玉花骢，赐给东宫。除他们二人，京中权贵几乎都得到赏赐，个个欢欣。京城中一片歌舞升平，人人扳着手指数日子，料想今年定能过个好年。

临近冬至，终于盼来大军凯旋。金銮殿上见到哥哥活生生地回到眼前，穿着那一身簇新朝服向她膜拜，素盈又是想笑，又是想落泪，冠冕堂皇的话一句也说不出。皇帝说完了褒奖之辞，颁下一纸封诰，又将素飒升为二品龙骧将军——这消息他事先不露一点风声，素盈颇感意外。再看满朝武官，更无一人比素飒年轻显赫。功勋、权力、部众，他现在什么都不缺。

素盈静下心，预感到额外的超升必定还有缘故，只是一时半会儿难以明了。

盛乐公主也一道上殿，一身戎装如同男子。素盈有些见怪，皇帝低声对她说："她向来这样，嫌女儿家的衣装累赘。"

公主的相貌端丽，却带着一股豁达英姿，说话干脆利落、掷地有声，爽直如同少年。素盈一见就很喜欢，实在想不出这样一位女子如何能展现温柔一面，为受伤的素飒代笔修书。

她心中存了这个念头，待盛乐就亲热几分，况且盛乐公主自小无母，素盈更生一丝同病相怜。那些对素飒说不出的嘘寒问暖的话，对盛乐反而说得真诚亲切。这些举动被荣安公主看在眼里，一个劲向她冷笑。素盈无意中看见，只怕旁人也有误会，便收住话。

赐宴之后，素盈将哥哥唤至丹茜宫，周围只留崔落花。搀起跪拜的哥哥，她有很多话想说，那些担忧、欢喜，都适合今日，但她最终说："将军仔细看看这地方。"

素飒依言仔细地举目环顾，听到皇后凉凉地笑问："将军'万死不辞'换来的地方，可还满意？"他目光一闪，心知为"若成此事，万死不辞"八个字，她大概永远不会原谅自己。

他没有回应妹妹的怨艾，温和地说："我差一点死掉。"

素盈的心顿了一拍，双目不由自主地睁大，想问怎么回事，嘴唇刚动了一下，他就知道她要问什么。

"不是上回写信那次。是个清晨，很凉爽，薄雾缭绕，眼中看到一切都是朦朦胧胧的。敌军阵线像水墨中晕染开的线，参差不齐之处，全是骑兵和旗帜，像画一样。"

他的描述平静而优美，素盈却紧张地抓住他的手腕。

"很多人将要死在这幅画里，可是无人战栗。我努力眺望，想知道对面哪个人将与我一拼刀锋。"他想到那一刻，笑起来，"我的战马躁动，进攻开始，它就像飞了起来，根本不需要鞭策。"

"哥哥……"她脑海里晕开一大片血色。

"不知道是第几个对手刺穿了我的马腹，不过没有关系，那里有很多失去主人的马。不知道第几匹马倒下的时候，我挨了一刀。可我知道，我绝不会死在这里。"素飒锐利的目光更加明亮，语调如钢似铁，"国家只有一个皇后，皇后只有一个一母同胞的哥哥，我不能让敌人获得杀死我的荣耀而让我妹妹蒙羞。因为这念头，我又一次活下来——是'皇后'二字救了我。"

素盈睁大眼睛端详哥哥的双眸，他的眼睛里有一种特殊的光华，仿佛变了一个人。她以前从未见过这个人。

"娘娘可以尽情抱怨我。"这个亲近又遥远的人说着，攥起拳头，"可是我……从今以后，我的名字只能与胜利相伴。我要带给自己、带给你的，只能是胜利。"

她无声打量他，在他脸上发现许多陌生之处。他左眉梢多了一道细细的伤痕，显然是用药褪过。右耳后添了一道难看的疤，一直延入领中。她伸出手指去碰那些伤疤，素飒就柔声说："这是城头上中了敌箭，险些瞎了眼。这一刀是敌将砍的，很久止不住血，副将们都以为我没救了。"

素盈握住他的左手——那手上也有一块巨大的疤痕贯穿掌心。

"这是有一次中埋伏，一支箭射向盛乐公主，我情急去抓，结果被射穿了手。以后再不能吹笛弹琴，幸好不妨碍挽弓。"素飒说得若无其事，活动手指，果然五指都不能自如。

"挽什么弓！"素盈掉了一串泪在那伤疤上，"再也不要你去了！"

素飒见她难过，摇头笑道："我若不去，娘娘日后坐在金銮殿上也要像今日这样，不住环顾旁人的脸色。"

原来他注意到了。素盈想要反驳，但找不到好理由——他需要她的庇护，她也需要强有力的家人作为后盾。这是皇后世家的通识。素盈叹了口气："太危险了！"素飒没有回答，因为彼此都知道，他们的立足之地没有哪里是绝对安全的。

"大功劳只能建立于大战场上。小打小闹不危险，可也没有傲人之处。"素飒说话时似有豪情万丈。

素盈笑笑，抹去他伤痕上的泪渍，又问："盛乐公主好相处吗？"

"是位令人钦佩的女子，不逊男儿。"素飒答得很谨慎。

"哥哥！"素盈嗔怪他对她也藏着掖着。

素飒含蓄地笑道："她很好，非常好。"

有这句话，素盈就在心里拿定主意撮合他们。

"你也该成家了。"她试探素飒的心意。

素飒垂下眼，叹了口气："看来是。出去打了几个月的仗，就像跟别人过的不是同一年。东宫同僚大多成亲，太子就要做父亲。"

"东宫的事情我不大清楚。"素盈想把这话题绕过去。

但素飒终于说到要紧处，不容她回避，沉声道："娘娘还记得第一次随皇家出猎的情形吗？可还记得宰相身上的血？"

素盈当然不会忘记——那是她这辈子都无法忘记的一天。

"娘娘曾说'他是个好人'，但形势已变。他对我们来说，或许不再是好人了。"见素盈脸色泛青，他又担忧地说，"娘娘太年轻，我担心你没有宰相化险为夷的能力。"

素盈心中一凛，压低声问："你听到什么风声？"

"太安素氏当中谣传娘娘协助宰相，诬陷废后，所以宰相不遗余力成全娘娘入主丹茜宫。他们听信这种恶毒的谣言，对娘娘更是衔恨。"

素盈暗暗地咬住嘴唇。素飒低声说："寄希望于东宫的情义不变，太不可靠。"

如果他变了，那她所做的一切，算什么呢？素盈苦涩地笑了笑："我情愿寄望于他不会改变。"

"你仍然是……一股孩子气。"素飒带着爱怜打量她，沉默之后略带尴尬地问，"圣上待你如何？"

素盈抿唇微笑，没有说话。

素飒心头一紧，干涩地说："圣上待我们家不薄。赐给弟弟们从六品出身，为我们加官晋爵，人人都说皇后得到世所罕见的恩遇。"这些话，他从旁人口中听过无数次，每次都感到飘飘然。现在从他自己嘴里说出来，却越说越紧张，生怕妹妹紧抿的嘴唇中蹦出一句"都是假的"。那么他就只能找一些常见的借口，安慰她，欺骗她，让他自己良心安稳，却对她的余生无济于事。

在他的紧张中，素盈缓缓地说："圣上待我十分宽容。"听起来像是好，又像是不太好。素飒茫然地紧盯着她轻轻翕动的嘴唇。

"我从前以为，像父亲那样，对人不闻不问就是薄情。现在才知道，嘘寒问暖亦非有情。"她的声音生涩，像是连她自己也无法操纵语调中的喜怒哀乐。

素飒突然感到胸腔里一阵发冷，谈到战场、谈到胜利时的热血沸腾，霎时间消失无踪。

她又说："能够让他真正流露欢喜的，只有国家胜利。至于皇后……无论谁当上皇后，无论后宫气象如何，都不会让他眼里出现那种光彩。这大概就是'天地无心，以万物为心；圣人无情，以万民为情'。"

素飒呈现出一种感慨的神色，又沉默了一会儿，试探地问："你满意吗？"

素盈比他沉默的时间更长，最后答道："七姨娘曾经说，找一个与我花前月下的人很容易，找一个与东平素氏同进退的人不容易。我这也算是找到了，不该贪心。"言语虽然平静，微微提起的嘴角却仿若有余音袅袅，全是苍凉回响。

当下素飒心中也冷冰冰的。

京中人人争看年轻的龙骧将军锦衣宝马载誉归来，他却面沉如水不见喜色。

平王府的下人早就在府门之外列队一里，恭候龙骧将军回家，声势浩大，十分壮观。荣安公主自宫中出来，道路中见这规模，好奇地问："前面出了什么事？"

得知是平王府欢迎素飒的队伍，她怒意陡升："不过是打了一场胜仗，何至于得意到这地步！不知道的人还以为这是万民欢呼改朝换代呢！"

她的侍从惊得失色："公主，这话可不敢随便说！"

荣安不住冷笑："你怎知道是随便说？这家人有什么不敢的？保不准这话还是个预兆呢！"她回家的路本来和平王府不在同一方向，这时起了寻衅之心，偏绕道走到前头去，与素飒一行面对面地顶在路当中。

公主家令大喝一声：“公主在此！前方何人，还不下马避让？”素飒正想心事，忽然被这声大喝惊醒，急忙勒住缰绳，下马行礼。

他身后一队侍卫，全是从战场上选拔的心腹，常年在边关作战，不懂得礼仪。见素飒下马避让，他们也学着回避。其中有几人出身行伍，规矩上十分马虎，公主队伍路过，他们犹自用眼睛上下乱看。

荣安在车中略掀起帘，狠狠地瞪素飒一眼，可惜他低着头并没有看见。她一转眼，恰好撞见几个面貌皴黑的家伙嬉皮笑脸偷看自己，怒火上冲，斥道：“哪里来的贼子，竟敢偷窥公主！”家令们听见她发怒，立刻扬起长棍。素飒拦不及，一通乱棍已打下去。

民众哗地惊呼逃避，场面一时大乱。平王府的下人们大声呼朋引伴，全冲过来保护素飒。那些挨了打的莽夫不甘示弱，反手同公主家令们打起来，嘴里直嚷：“爷还要问你是哪里来的公主？爷爷们给你家出生入死，挨了刀还不够？一群狗奴才有什么功劳，敢来打我们！”素飒左拦右挡，劝不住他们。

这天早些时候刚下过细雪，此时都碾落成泥，战士们动起手来，把公主那些衣着锦绣的随从一个个打翻在泥里。

闹市中忽然响起一声尖锐哨音，刺得众人耳疼。从边陲回来的士兵们熟悉这种声音，本能地停下手。荣安不知底细，从牛车中探出头张望。

白衣戴孝的盛乐公主口中含着哨子，骑一匹黑马冲过来。见荣安满脸悻悻，盛乐公主径直骑马到她窗前，取下口哨笑道：“我在军中从来都是这样来来去去，因此他们不知道公主的脸不能随便看，冒犯了姐姐，还请海涵。”

荣安犹带愠色：“父皇平日总夸你小小年纪能驭兵万人，让敌寇丧胆——倘若这就是你带的兵，还真让人不得不惊叹！”

盛乐坦荡荡地笑道：“他们报国靠的是舍生忘死，不懂背诵规矩低头抬头。姐姐看得惯白驸马那样举止娴雅的人才，还请改日批他一个‘准’字，放到我军中来，指点我们一二。”

清河白家原本是战功赫赫的武将世家，荣安却怕白信默上战场，拦着不准去，成了笑话。荣安一时哑口无言，愤愤地放下帘幕，命令继续走，才走两步，又探出头问：“你这是去哪儿？”

盛乐答说平王府。

荣安提高声音训斥道：“你一个没出丧期的妇人，像什么话！”

盛乐依旧不急不恼，含笑说：“我去看望大姐。”

荣安早看见她与素飒眉来眼去，看望凤烨公主必定是托词，可又没有话能戳穿她，只好气鼓鼓地说：“代我问候大姐。”

盛乐笑着答应，目送她队伍过去，转身问素飒："还不走吗？"

素飒忙说："下官不敢。"

盛乐知道他避讳世人眼光，蹙眉道："我们在西陲什么样，在这儿还是什么样。"说着拨马到素飒旁边，素飒急忙向后退让。盛乐撇了撇嘴，也不勉强他。

公主一身孝服，素飒鲜衣宝骏，并辔而行十分怪异，两人却仿佛浑然不觉。

盛乐小时候养在深宫，自从出嫁就没有回过京城，大街小巷看在眼中都是陌生的，路上不停地张望。素飒笑她童心未泯，由她问东问西，走走停停地为她解说。男如秀树，女如白梅，路人看了无限歆慕。

他们走得慢，待到平王府外，平王已听说闹市中的遭遇，亲自出门来迎接。盛乐这时才慌了，急忙跳下马，连声说不敢当。平王容光焕发，说："老夫虽是闲散王爵，规矩还是懂的，不能失礼。"

盛乐满口谦谢，说："王爷是长辈，我是晚辈。若再多礼，我不能安受。"

平王脸上乐得快要开出花来，请入内宅上座。他自己不便与公主一同出入起坐，唤出众位夫人陪伴。

府上女眷众多，都来争看公主。盛乐在她们环绕之下泰然自若，谈吐亲切而有分寸，众夫人都是叹吁不已。平王与素飒在书房攀谈，不时差人去看，听说公主与夫人们相谈甚欢，一会儿被这位夫人请过去赏梅花，一会儿被那位夫人请去烹雪茶。

素飒皱起眉抱怨说："比上阵杀敌还忙！"平王只是看着他不说话。

父子二人默坐许久，平王终于开口问："你心意已定？"

素飒见他似有不吐不快的道理，冷冷地反问："父亲有何高见？"

"盛乐是个可怜孩子。"平王真心实意地叹惋，"当今圣上坐稳江山，第一回选女就人才济济。几十人中，康豫太后只怕两人抢走丹茜宫，一是我家玉婵，一是公主的生母轻容。轻容机敏美貌，康豫太后让她出了选女行列，入丹茜宫为女官。圣上到底还是看中了她。可惜红颜薄命，早产公主，不几日就香消玉殒。"

素飒不作声，听到此处，粗声粗气地问："父亲是怕公主与先天不足的凤烨相似，无法生儿育女？"

"那倒不是。"平王横了他一眼，"轻容出身北固素氏。她死后，圣上将盛乐托付给靖嫔抚养——就是触柱自杀、害得你姑姑蒙受杀人之嫌的那个。"

素飒安然说："靖嫔过世时，公主才五岁。当时的事她并不清楚，也不轻信传闻。她聪明过人，知道宫中谣言常常别有用心，不会因此怨恨姑姑。"

平王连连摇头："靖嫔之后，抚养她的是北固素氏怡媛。没几年，怡媛所生的七皇子坠马丧生，怡媛郁郁而终。素若星说盛乐克母，宫中无人能养，为公主择婿，嫁的还是北固素氏。"

素飒眼睛望着地面，默了一会儿，说："她对我说过。征虏将军那时候已经二十二岁，她才十一岁。就算是天赐良缘，将军仍然觉得娶这么小的孩子十分荒唐。她和家中年纪小的孩子们同吃、同住、同学，也跟着习武练兵。本打算等她年纪长大再行完婚，可惜征虏将军英年早逝。”

“你向来喜欢杞人忧天，这回反倒傻了？”平王瞪起眼睛，知道儿子是懂装不懂，急得直拍桌子。

“皇家的算盘打得精着呢，不会为笼络我们一家，得罪别家。东平、北固水火不容。公主的生母、养母、驸马，都是北固素氏，那家人视她为囊中之物，怎能拱手让人？就算皇家真遂你愿，恐怕消息一出，等不到洞房花烛你就没命。”

他的话说得明白无误，素飒不顶嘴，也不像听了进去。平王忍不住又唠叨：“我这是为你做件好事。免得你一回尚主不成，第二回搭上性命。”

素飒脸上有一团阴沉沉的青气，站起身说：“父亲为我做过的最大好事，就是为我生了一个妹妹。这一件够了。今日这种‘为我好’，大可不必。”

不等平王发出声来，他又说：“我有三个弟弟，听说很得圣上喜爱。父亲若贪图真宁公主，请尽情为他们谋划。”

平王哑然失声，愣愣地看着他欠身告辞。本想大骂素飒不识好歹，可又被提醒，想起他确实还有三个同真宁公主年纪相仿的儿子，从此也就懒得在素飒身上费心了。

冬至之后气温骤降，冰冻三尺。

盛乐公主在宫中闷得慌，每天到丹茜宫拜访素盈。她们二人年纪相仿，彼此之间不太拘束。素盈不畏寒，也不爱去冰天雪地里闲晃，但盛乐是坐不住的个性，坐下说一会儿话，必要想着法子拉她出去游玩。

丹媛看见她们携手在太平湖上玩冰车，皱着眉笑她们是“一对小孩儿”，向皇帝抱怨说：“不知道公主使了什么法子，把好端端的皇后娘娘，变成个顽童！”

皇帝并不见怪，反而微笑说：“素氏之女，恐怕有生以来从未当过顽童。随她们去吧。”

盛乐熟读兵法，擅长刀弓，对琴棋书画不感兴趣，也不欣赏宫中乐班磨磨唧唧的演奏，只对羯鼓有好感，没学过却能击打出豪迈的节拍。素盈对兵法只知大略，听不懂她绘声绘色解说的奇袭，也不太懂其中的精彩绝妙、险象环生，然而喜欢听她描述。

有时盛乐说到万里沙场尸横遍野，神情中那股真挚的悲壮，引得素盈叹息不绝。

“你害怕吗？”她问盛乐。

公主摇头：“将士守土，自然祈望四海宁静、战事消停。但不是胆怯。若是敌来犯我，必以兵应。”

素盈怔怔地说：“是呀。我们当然是想要太平无事，免予兵戈。可是那有多么难！”

盛乐听不出她借此感怀自身，犹自说："眼下虽说养兵百万，可还是缺良将威慑边疆。有兵无将，枉送许多刀下鬼。"

她一提起这些就滔滔不绝。她虽然是皇家公主，却像是早就忘了有关宫廷的一切，边疆战场才是她的家。素盈怀疑她是故意说给自己听，要京城中的贵族们多知道边疆的疾苦。

"朝中这些素将军，生对了家门就能授职，没几个上过战场。年轻的只会纸上谈兵，年老的更不中用，一个个都无心打仗。林、谢两家倒是兢兢业业，可惜是外姓，朝中始终提防他们，长年累月升不到高位。"盛乐越想越郁闷，说着笑道，"龙骧将军是个例外。虽然还是沾了姓氏的光，但一战成名、三次转迁都是出于战功的素氏青年，这年头见不到几个。"

她们两人时常把话带到素飒身上。素盈觉得，盛乐认识的素飒，与自己所知的哥哥是两个人。大约盛乐也有同样的感觉。但对方所知的那个素飒，又让她们感到亲切。那两个迥异的素飒被她们维系在一起，她们也被那两个素飒维系在一起，彼此之间萌生默契。若是哪天盛乐没有来，素盈还要担心她是不是生病，差人去看她。

日子从未过得这么快，还来不及数九，不知不觉已是腊月。素盈生日那天，停了数日的大雪又开始漫天飞舞。宫中嫔御女官一早都来称贺，唯独不见东宫妃。这边众人还在嘀咕，那边已传来消息：原来素璃在这天清晨动了胎气，幸好有惊无险生产顺利，诞下一位皇孙。

皇帝自然欣喜，重赏珍宝，为其家人晋封爵位，钦赐皇孙名为睿歆。丹茜宫里本来都是废后留下的老面孔，太安素氏遇到喜事，许多人借故去东宫走动。素盈正好落得清净，说些私密的言语也省得屏退左右。

"这样一来，娘娘若诞下皇子，就更麻烦了。"崔落花不无惋惜地说。

素盈只是笑笑："生育皇子谈何容易！"

简单的一句，已引起崔落花的警觉："娘娘贵为元后，正值青春，为皇家广延圣嗣不是理所当然的吗？"

素盈静静看着窗外雪花飞舞，说："珍媛何尝不是豆蔻年华？即使是曾经贵为元后的废后，她所生的大皇子、五皇子、六皇子，也没能养活，更不要说其他妃嫔了。"

崔落花低声道："娘娘所处的境遇与她们大不相同。"

素盈仿佛在专注地看窗外玉树琼枝，没有答话。

这场雪连下了三天。换到平时，早就惹人心烦，但是皇朝有喜，这场雪仿佛吉祥无瑕的征兆。皇帝见这雪时紧时慢，或飘或飏，颇有趣致，命人开了塑晶阁，与一班臣子赏雪饮酒。

素盈陪坐，见琚含玄每有一作，必博得满堂喝彩。本来是为东宫得子而开宴，竟像是吹捧他。东宫一定也感到妖风扑面，但不愿在这种场合发作。

座中的素飒同样不想出风头，只在点到他时即兴赋诗。遣词谨慎，是一贯的风格。可诗作并非奏章，太过拘谨，少了巧思与灵气，缺乏值得称赞之处。全场仅剩琚含玄与他那一班附徒唱酬应和。场面自然热闹，帝后夫妇倒像是遥遥在上的摆设，唯有点头称善而已。

素盈正觉无趣，皇帝忽然伸手在她腕间一握，笑道："怎么这样凉？若是耐不住，不妨回宫暖暖身子。"他当着这许多人的面做出亲切的举动，素盈脸上微红，见他一双眼眸清莹秀澈，不似看不清眼前的局面。她只好佩服他的好心性。

"妾情愿看看今日的热闹。"她浅笑，伸另一只手在他手上压了一下。这短短的一幕，众臣当然是当作没看见，仍赋诗咏文。

近旁很快有宫女呈上一副灰狐毛手笼，素盈的双手插入其中，手指立刻触到细细的一卷纸。她心里惊了刹那，细看那宫女有些面生，不知又是什么名堂。

一场风来，万树千枝雪条摇曳，玉英缤纷，众人望得出了神，素盈趁机取出字条扫一眼。

纸上只有"清尘浊水"四个字——熟悉的字迹，是护卫阁下的虎贲郎将谢震。他不会忘了她将曹植作品倒背如流，《七哀诗》不在话下。

君若清路尘，妾若浊水泥，浮沉各异势，会合何时谐。

自从她进丹茜宫，他借宰相之力得以跻身禁卫，这是两人相距最近的一次。素盈的心嗵嗵直跳，惊诧他胆大妄为，疑心这是个骗局。她不动声色地将字条藏入袖中，转动眼睛去观察阁中众人。

东宫喜得贵子，眉宇间相伴多日的阴霾终于烟开云散。素盈一看他，他就像察觉到，也向她投来匆匆的目光。

是他终于要迈出一步了吗？因为她暗指废后与人通奸，他也弄出这么一张字条来？素盈偏头去看窗外白雪，暗暗攥紧拳。

恰逢臣子请题，素盈出了"清尘浊水"。若是被人发现那张字条，就推说自己以为是素飒送来，哥哥暗托她出这题，以博得喝彩。

皇后的题目与雪景无关，然而难不倒那些文臣。有慨叹白雪成泥的，有颂扬雪花讥诮泥潭的，有身在浊世仰慕高洁的，居然一一都能对上。一轮吟遍，再请题时，素盈想了想，向皇帝款款道："今日咏雪，虽然风雅，终嫌萧索。春生残雪间，不如出个春题，祈愿来年风调雨顺。"

皇帝流露赞许。素盈秋波流转，说："忽然想起一个'陌上桑'——可会太难？"就算她说难，在座众臣又哪里有拒绝的道理？领了题待做时，素盈却向琚含玄笑道："就算难，大约难不倒琚相。"

她点了名，琚含玄略加思索便成一首，不见得多么高明，倒也中规中矩。素盈只是浅浅笑着，心想：有琚相赋诗，这题目必将众所周知。不管那张字条是谢震送来，还是哪个人用来试探她，都该知道她的回应——

罗敷自有夫。

她绝不会像废后那样倒下。

一场雪直赏到夜幕降临，四下挑起宫灯，帝后二人与群臣在阁上俯瞰灯光映射下冰雕玉砌的世界，真如在云海之上、天河中央，满地灯火仿若星子，俯拾可得。众臣对景斗酒，尽兴而归。

第二天，天还未亮，皇帝就起身。素盈睡得迷糊，隐约听到三三两两的低语。她蹙眉翻个身，透过灯影看见服侍他穿衣的人动作匆忙，可时辰并不像是耽搁了上朝。素盈推枕撑起半个身子，低低地问："陛下，怎么了？"

他走回床帏前面对她，眉间的阴郁让她吃惊。

"宰相遇刺。"皇帝已穿好衣服，沉声答了一句就向外走，回头对素盈说，"你也起身吧。退朝之后，一起去相府。"

宰相遇刺？素盈完全清醒了，但这句话反复念了几次还是难以相信，脑海中还是昨日宰相志得意满的样子。她掩饰不住满心惶惑，挑选了颜色庄重的首饰、衣服换好，召送信的宦官进来说话。

原来昨晚雪宴散后，琚含玄回到府中不多时就被刺客以利刃击伤，伤势凶险。相府跟天塌了似的，将京中所有名医都惊动了，恨不能片刻之间把天下神医都聚集。

陪琚含玄一道回相府的还有几名官员，于是京中官员很快也大多知道此事。唯独宫门落锁，相府递消息之人将此事按十万火急的要事奏报，但这毕竟不同于紧要军情，宫中无人敢承担责任，虽是得了风声，也不敢贸然入寝宫惊扰帝后。直到帝后二人起身，才成为京中最后得知这一大消息的人。

素盈心中转了千万个念头，每个念头都说此事百害而无一利。她不由得焦急，忙问："琚相现下怎样？"

宦官答道："起初很危急，据说命悬一线。但众位名医救治有方，一刻之前又有人来送话，说是相爷已救过来，剩下的就是慢慢调养。"

素盈的身子一直微微前倾，听他这样说，才坐正了，松口气，点头连说："还好还好……"旋即拧眉道，"相府戒备森严，怎么让刺客潜了进去？是哪个亡命徒敢做出这等事？可查清楚了？"

宦官摇头："只听说刺客夺路而逃时，被相府侍卫乱箭射死。那刺客整张脸被火燎过，原本的面目都毁尽了，看不出是什么来历。"

素盈听了一哆嗦，失声道："竟连面目也毁去了？"她定了定神，又道，"既然对方下功至此，只怕别的线索更是一无所获。"

宫中众人没有一个敢接口。宰相遇刺太过重大，他们生怕多嘴说错了一字半字，日后就成为旁人的话柄。丹茜宫一时静得尴尬。

不消片刻，女官来请素盈，说皇帝在前面已散了早朝，这就要往相府探望。

宰相遇刺在皇朝历史上绝无仅有，何况这位宰相又是史无前例的权倾朝野，连皇后也曾是他的义女——这一桩从未得到宰相与皇后亲口承认，但宫中对此早已心照不宣。帝后结伴亲自去探视，是前所未有的殊荣，但也算不上意料之外。

龙驹凤辇行至相府门，门庭前已有一大片人跪接圣驾，秩序井然。素盈却看出地上车辙凌乱，堪比闹市——想必他们没有来时，借此机会向琚含玄讨好的人已踩平相府几根门槛。她心里冷笑，可脸上没有笑，尤其看见皇帝神色凝重，就更不敢流露出不合时宜的表情。

她望了望那些跪着的人，其中不仅有相府中有品的诰命夫人，也有正在府中拜望的京官，素沉与白信默也在里面。素盈又四下看了看，瞧见谢震，连忙把头别开。

帝后两人正要入府，忽听一阵欢快的金铃响。皇帝听了便皱起眉。素盈未见来人的车马，已猜到是谁如此猖狂，待看清楚时，果然见到荣安公主的马车向这边来。马车以醒目的黄色丝绢装饰，如同要去参加庆典。

皇帝不等公主近前，重重地冷哼一声，甩袖走进相府。而荣安公主没看见她父皇，干脆不在相府前停车，一双小金铎叮叮当当，欢快地响着，经过相府大门招摇而去。

她始终是这样张扬又无畏，不掩饰她的厌恶，不惧怕她憎恶的人——荣安好像从来没有对任何人与事妥协过。

素盈忍不住对那远去的铃声微笑起来，从那些匍匐的人前面走过。这些跪着的人和站着的人，内心当中就没有对宰相的嫌恶吗？但他们还是专程来跪着、站着，包括素盈自己。他们没有一个能够媲美荣安。素盈忽然觉得，也许这就是她不太讨厌荣安的缘故。

琚含玄的卧室中已备好帝后的座椅。素盈坐定了，一眼就看见在床头侍奉汤药的馨娘——仿佛便装的废后在他们中间。素盈不由自主地去看皇帝，他似乎没注意到房中有馨娘这号人物。

馨娘轻而缓慢地掀起床帏，素盈看到床上的琚含玄，吓了一跳。

床帏后的男子脸色灰白，双目紧闭，简直不像活人。馨娘连唤几声，他只是低微含糊地哼了几声，不见转醒。见他这样子，皇帝叹口气，向两旁道："是谁诊治？朕要问话。"

门外立刻进来一位女子，正是王秋莹。素盈向她笑了笑，她却仍有些愧对皇后似的，迅速地低头避开。

"女医？"皇帝见到王秋莹时微微有些诧异，但并无他想，直截了当问到琚含玄的伤势。王秋莹有条不紊地作答，素盈也认真听着，这才知道，琚含玄伤在胸口，略高于心，加上刺伤他的利剑原是淬过毒的，情势十分凶险。所幸众多名医齐心合力，终将宰相救了回来。

她说得流利，态度又稳重，皇帝听过，安心几分，和蔼地说："想不到女医有如此高明的见解。"

素盈微笑着接口："这一位就是妾未入宫时，为妾看过病的王小姐，是粟州王氏的后人。"

"哦？"皇帝自然也记得群医上书那回事，打量王秋莹几眼，若有深意地说，"真是了不起啊。"他转而又向素盈道："既然遇到旧相识，你再稍坐一会儿吧。"

素盈送驾之后又坐下，静静望着琚含玄，向馨娘与王秋莹说："你们该做什么就做什么，不必拘束。"馨娘与王秋莹不敢怠慢，谢过恩就各自忙活起来。素盈见馨娘举动轻柔，哪怕扶一下枕头也小心翼翼。对她这番情意，素盈倒也有些意外。

"馨儿。"琚含玄恍惚地唤了一声，馨娘立刻跪在他身边细听他的吩咐。素盈却忍不住浑身震了一震——他也曾经用这样的口吻轻唤另一个人。

素盈心里有些不痛快，转脸问王秋莹："相爷中的是什么毒？"

"名目不可得知，毒性有些厉害。幸好相爷遭遇毒杀不是一两回，府上医师擅长解毒。"

听到琚含玄不止一次中毒，素盈不免有些唏嘘。这时琚含玄悠悠地转醒，馨娘慢慢地扶起他。平日伟岸傲然的男人靠在她娇小的肩膀上，她浅浅的珊瑚色衣衫衬着他苍白的脸，两人之间有种异样而含蓄的凄婉美感。

素盈本想说些什么，可琚含玄费力地睁开眼睛时，漆黑的双眸透出一道锐利的光彩直逼素盈。她在一刹那绷紧了浑身的神经，不由自主地警觉起来——这人永远不会变软弱，即使是此时此刻。

"娘娘……"他勉力向素盈点点头，接连换了几口气，又闭目休息。不知他向馨娘使了什么暗示，她一言不发地招呼王秋莹一起退了出去。

室内只剩素盈与琚含玄两人，素盈竟有点紧张："琚相这样子，过几天是没法随圣上出猎了。"

皇家原定于正月去鸭川河钓鱼，距离启程没有几天。素盈细细慢慢地浅笑道："见不到相爷的英姿，真可惜。"

琚含玄的头微微垂着，抬起凌厉的眼睛望着素盈，冷冰冰地笑了笑："娘娘受封后第一次伴驾出行，臣无缘随行，确实可惜……"

说了这么长一句，他不得不停下来休息片刻，才阴沉地接下去："钩鱼不像行猎那么危险，可往年，也有人受伤，也有人站错位置坠入冰窟。娘娘当心别太狼狈。"

他的声音又低又弱，但话里有话，透着深不可测的危险。素盈的心提了一下——东宫才迎新生儿，不出三天就有人要宰相的命，难道钩鱼之行，东宫又有所图谋，他已经知道？

"闻名遐迩的相府青衣卫一向得力谨慎，没想到也有百密一疏的时候。不知琚相对这次的主谋有什么想法？会不会又是南国的刺客？”

上回“南国的刺客”是从哪里来的，他们心知肚明。琚含玄除了笑笑之外无所表示，像是懒于在这件事上花力气，反将话题岔开：“臣在昨日雪宴上，见娘娘与圣上感情甚好。恭喜娘娘。”

他言毕有些气虚，见素盈神色迟疑，又深深提气，冷笑道：“娘娘该不会以为，人家对你笑了笑，你就柳暗花明，可以把我的托付都扔了吧？”

“我虽然不聪明，也没那么傻。”素盈垂下眼睛黯然说，“只是，他的心思……不是那么容易明白的。”

琚含玄默不作声，神情也没有变化，素盈看不出他是否对她失望，猜他大概开始怀念那位玲珑剔透、总能摸到皇帝心思的废后。

“你只要记得——你是我扶起来的。只需要这一个理由，我倒的时候，你也没有好处。”琚含玄似是气力不支，淡淡地说，“记着这个，很多事情就容易明白了。”

素盈怨恨他说这话的口吻，将脸别过一旁。琚含玄不再步步紧逼，歇了歇又道：“娘娘的妹妹，这一胎刚满七个月，想沾一点娘娘的福气。若不嫌弃，请移驾内宅，容她拜见。”说罢已有八分倦意。

素盈虚应了几句便起身，忽然听他歪在枕畔恍恍惚惚地说：“猜不透也要猜……他快把我逼疯了……”

素盈惊诧地顿住脚步，怔怔看着他，怀疑自己听错了。可他已合上眼睛，呼吸越来越平缓。素盈站在那里又看了一会儿，见他确实昏睡了，才心事重重地离开。

宰相遇刺很快在京城造成一场大风波。上至朝堂下至街巷，都有谣传说刺客是南国身怀绝技的高人，甚至有人声称南国已派出数十名这样的刺客对付朝内高官乃至皇帝。还有人夸张地说那些刺客武功盖世，一人一剑就扫平了相府大半青衣卫。

谣言越传越离奇，负责京城治安的官员不得不一次又一次下更严厉的命令，拘捕散播谣言的人，后来竟变成令人惶恐的大搜捕。谣言却又变了样，说这场搜捕其实是在京城中查找刺客，刺杀宰相的人还有同党在京城中伺机而动。

京城上下人人自危。素盈既怕传闻是真，南国真派了刺客对皇帝不利，又怕谣言不真——东宫后继有人，必然令废后余党重拾信心。宰相险些丧命，太安素氏的嫌疑最重。万一刺客不是“南”来，而是“东”至，她的处境最糟。

皇家原定于正月以钩鱼宴庆祝皇孙诞生，一切应用俱已准备妥当。京中出了这样的事，皇帝仍没有打消出行的念头。朝中对他一意孤行一片哗然，极力反对。

“陛下，这回别去了吧？”素盈也在一天晚上温柔地瑟缩于他怀中，满脸为难地诉说她的担忧，“万一，真有刺客伺机对陛下不利呢？”

皇帝朗朗一笑：“能见识那出神入化的剑术，也可大开眼界。”

“天下子民为陛下担忧，有趣吗？”

他深深地看着她，手指沿着她的面庞轻轻滑过：“钩鱼宴早已确定。为一个谣言就改，也太令人小窥王家。倘若真有刺客，反倒涨了他们的气焰。”

素盈劝不动他，不知道他是坦然无惧，还是已经对谜底了然于心，自信绝不会遇险。她倒也不敢奢望三言两语影响皇帝的决定，然而内心还是有些惆怅，好像他做给外人看的功夫都做完了，她的言语心情从此无足轻重。

隔日，随行的名册送到丹茜宫，素盈一看就明白此行为何不可更改：这是故伎重演，要为盛乐公主选驸马。东宫得子、宰相遇刺的当口，唯一让她感到宽慰的是看见素飒的名字也在册中。

盛乐公主与北固素氏有莫大渊源，偏偏北固、东平两家积怨多年。素盈恐北固素氏作梗，又仔细翻看名册，揣测哪位少年贵族会与素飒竞争，却意外地看见谢震的名字。她没反应过来，又看了一眼，恍然失神，怔怔地看了好一阵。

区区一名虎贲郎将，特意被放在近侍显贵之间，若非有人属意，谁也不会这样大胆安排。属意之人不是皇帝便是琚相。素盈瞬间想起盛乐公主的话：林、谢两家是边疆倚重的大将，却因为是外姓，升不到高位。

小姓武官从前也难高升，近十几年来更为稀有。因为有琚含玄的先例——他没有显赫血统而要在睿、素两姓当中站稳，因此不遗余力笼络朋党，终成朝廷党首，连中宫废立也玩弄于股掌，睿、素两姓不得不仰承鼻息。有这样的镜鉴，从今以后，睿、素两姓再也不可能坐视小姓的升迁。

有功之人不能论功行赏，反而受制于门第出身，长年累月必有积怨。尚主是显示隆恩、笼络大将的绝佳方法。荣安公主已经嫁过小姓，盛乐公主又是再醮，择婿小姓无可厚非。

掌册宦官见她神情有异，问：“娘娘是否觉得哪里不妥？”

素盈摇头说：“很好，就按这个吧。”

只要皇后开口，总有办法让谢震的名字从册上消失，不会成为妨碍素飒的隐患。

可她神使鬼差没那么做。

每年春冰未破时，皇帝都要携亲近的贵族前往鸭川河，举行颇为壮观的钩鱼大会，并以所钩牛鱼设宴。这一年他所携宫眷宠臣与往年不尽相同，废后一门的几名大臣虽然因东宫妃而得以同行，但气势远远不及素盈的父兄平王、东洛郡王和龙骧将军。

素盈自车中观望，见父亲的表现谦和平稳，两位兄长沉着审慎。全家不显一丝骄逸，仪仗恪守本分，没有奢华之状。平王本来是喜欢炫耀的人，能这么安守本分实在不容易。待安下营帐，召见父兄时，素盈为此称赞了父亲两句，怎知平王却忧心忡忡道：“东宫里那小娃，脸还没长开，就有人等不及除掉宰相。娘娘在宫中的根基还不稳，臣哪里敢招摇过市！”

他这话又让素盈堵心，不想更让她扫兴的话还在后面。

“京中尽人皆知这次钩鱼宴的意图。”平王叹口气，“尚主的确是莫大恩典，但盛乐公主是北固素氏所出，这门婚事极不合适。”

素盈看了看素飒的反应，见他对父亲的话也不能苟同，当即沉下脸说：“在你们眼中，公主是一个人还是一件遗物？七家提前分好了，约定俗成，不准别人动？”

平王一语梗在喉头，素飒从旁插话：“太安素氏视我家如肉中刺。清河那一家，因为白信默的事耿耿于怀。倘若东平、北固前嫌不消，又有一家素氏与中宫不和。我恐怕，宰相遇刺是太安素氏报仇的前兆。人家有太子皇孙，我家只有娘娘，绝不能让她有闪失。父亲觉得，这和迎娶一位北固素氏所出的公主相比，哪个更不痛快？”

这番道理他在家中也对平王说过，平王原想在素盈面前扭转他心意，却被他们兄妹逼得无话可说。他也知道他的话在这对兄妹耳中向来不大管用，只得扁了扁嘴，望向女儿，推心置腹地问：“盛乐公主为人豪爽，有男子气概。你凭良心说，她与你哥哥相配吗？”

想起那个和她一起推冰车、在太平湖冰面上游戏的公主，素盈陷入沉默。但片刻之后，她冷冷地问：“父亲是凭良心觉得我与圣上般配，才将我推到丹茜宫的吗？”平王哑口无言，推说他还要拜见宰相，心事重重地告退。

素盈严肃地问哥哥：“你当真只是图她有一家北固素氏的亲戚？”素飒不回答，素盈叹气之后说：“盛乐是真心喜欢你。我希望你们能心心相印。”

素飒的嘴唇动了动，忽然露出一丝悲伤：“我为娘娘做主的婚事，什么都得到了，只有娘娘未能得到心心相印。我怎能厚颜祈求自己的婚事占尽好处，还能心心相印？”

“这对公主不公平。”

“爱憎亲疏，谁能做到对所有人公平呢？”

素盈一时无言以对，凝望良久，郑重地说：“我曾经拜托你，永远不要辜负一个人。你说恐怕做不到了。那么我再拜托哥哥，永远不要辜负盛乐公主。我不准你做不到！”

兄妹二人就此搁下尚主的事。素盈不见大哥素沉的踪影，问起来才知道：凤烨公主的身体还未大好，一路随行颇为辛苦，这时候正在休息，素沉守在旁边寸步不离。尚主这十几年，他几乎是与凤烨捆在一起，即便离开片刻，也在她一呼即应的范围之内。从前素盈羡慕公主，现在却觉得她大哥夫妻二人都可怜得很。

“阿澜曾经向我提过，凤烨公主体质柔弱，实在不利于生育，勉强为之恐怕有性命之忧。”素盈想起凤烨公主，不由得连连叹息。

素飒默默望了妹妹一会儿，突然说：“娘娘惦念与凤烨公主的旧情，当然不错。但娘娘也要记得，上一回皇家到这河边，发生了什么事——荣安公主要嫁与您有婚约的人，她选了维护自己的妹妹。”见素盈表情凝住，素飒缓缓地说：“凤烨公主重亲情，可惜娘娘与她不是最亲的。”

“哥哥几时变成这样？连身边亲眷的利弊也要一一计较。”素盈低下头摆弄腰上的玉璜，那串名贵的玉石被她一拨，发出琮琮泠泠的清音。

素飒看她低头时腮边垂下一缕发丝不住地轻颤，心生怜惜，又将他刚才的话说了一遍：“爱憎亲疏，难求公平。我做不到，凤烨公主也做不到。你千万不要低估她与废后的感情。”

“废后”又冒出来。无论哪里都躲不开她。素盈哀哀地叹口气：“造化无情，让我们落到这境地，只盼大家相安无事。”

可她很快就发现，相安无事只是她一厢情愿。

北国破冰钩鱼与垂钓大不相同，三爪鱼钩系在钓绳顶端，全凭准、狠将牛鱼钩起，尽显豪放而无娴雅之态。热闹的钩鱼赛一开始，青年贵族们纷纷在结实的冰面上挑好位置凿开冰口，手持利钩静候牛鱼浮上水面换气。

一身男装的盛乐公主迫不及待，要与众人一较高低。荣安公主不甘示弱，命人准备了鱼钩，加入驸马白信默的队列。

往年皇帝偶尔兴致大发，也会动手钩鱼，但今天他似乎更愿意看热闹。素盈陪他坐在了岸边，目光从一名名衣着光鲜的青年身上掠过。远远地看见谢震时，她的眼睑抖动一下，忙掉转目光去看旁人。

冰上很快传来一阵欢呼——素飒钩起一尾大鱼。依照风俗，钩得第一尾牛鱼的人可受重赏。素盈见哥哥身手利落，潇洒拔得头筹，由衷欢喜，与皇帝离席，行至岸边各自下了赏赐。不一会儿，谢震、素沉、盛乐公主也各有收获。

素盈专心致志数着哥哥钩到多少条鱼，冷不防一样东西夹着风声向她脸上打来。她只听几个人惊呼尖叫，本能地扭头去看时，眼前一黑，一副袍袖挡住了阳光——身边的皇帝伸手抓住那样东西，鲜血当即顺着他手腕滴落。

鸭川河畔鼎沸的人声仿佛被冷风卷去。寂静只持续短短一瞬，之后有人惊呼：“刺客！护驾！”侍卫顿时忙乱守护帝后二人。

“不要惊慌。”皇帝含怒瞪着不远处的荣安公主，狠狠将手中的三爪金钩扔过去。

染血的金钩在冰上滴溜溜打了几个转，滑到公主面前。惊呆的荣安伏在冰面瑟瑟发抖，连声道：“是、是金钩自己飞出……”原来是她手中的钓绳不知怎么脱扣，失了金钩。

太医飞快地赶来为皇帝包扎伤口，一道血口足有三寸长。另一太医看到素盈手上有血，以为她也受了伤，要为她清理。素盈紧紧盯着看白绢一圈又一圈缠在皇帝手上，没听清太医说些什么。

皇帝望着荣安不住冷笑，向一旁下令：“将为公主准备钩具的人扔到河里去。荣安，你就在那里跪着吧。年纪也不小了，还不知道任性莽撞的后果。愚蠢至极！”

荣安跪在冰上低声啜泣。跪在她身边的驸马白信默向前匍匐一步之距，叩头央求：“恳请陛下准臣代公主受罚！公主已有身孕，实在不能领受冰寒。”

皇帝与素盈听了都怔住。默然片刻，皇帝伸手将素盈拉起来，又说：“让她向你赔罪，这事就罢了。”

素盈忙说：“公主原是无心，‘赔罪’二字妾不敢当。陛下别扯动伤口。”

他笑笑没有说什么，与她携手归座。素飒钩到的第一尾鱼已由御厨做好，向帝后献上。皇帝仿佛忘了刚才的不愉快，神态自若地赐宴，冰上众人这才谢恩起身。

席间荣安满脸难堪，离座向素盈敬酒谢罪。素盈接酒举杯欲饮，素沉站起来说：“娘娘——此酒是用金波曲酿制，内含木香。娘娘不宜饮用。”

素盈一直遵王秋莹的嘱咐，饮食熏浴器用中禁用了很多香料。木香入酒曲，又经蒸酿，原本不成大碍，但素盈见大哥出面阻拦，心中对这酒已有了提防，恐怕其中另有内容。

迟疑的短短一瞬，便勾起尴尬。荣安脸色难看地瞪着素沉，一声冷哼：“郡王是怕酒里有毒吗？我诚心道歉，娘娘若不愿喝就算了。”说着便要夺那杯酒。

素沉向皇帝躬身，从容说：“请圣上准臣代饮此酒。”

他是素盈的长兄，又愿代饮证明他不以小人之心妄测公主投毒，素盈顺水推舟将酒给他。素沉一饮而尽。荣安满脸不快，却也拿他没有办法，闷闷地哼了一声，归回座上。

酒过三巡，驸马白信默忽然站起身，举杯向素盈祝酒：“娘娘不喝一杯赔罪的酒，公主终难安心。臣代公主敬娘娘一杯——此酒不带木香、官桂，娘娘但饮无妨。”

即使他说得真挚诚恳，素盈还是暗暗怪他多事，也诧异他竟能历数她的避讳。眼睛一转，将荣安的反应收归眼中，果然见她咬牙，眼中几乎迸出火星。

素沉再没有阻拦的道理，然而他与素飒手中原本端着一杯酒，这时却不约而同地放下。素盈看见这小动作，知道哥哥们不愿她喝，正想找个理由推搪，恰听皇帝平淡地说：“皇后说不怪荣安，就不会怪她。何必学那些婆婆妈妈的俗人，敬来敬去非要人喝？”白信默被不冷不热地责备一句，只得躬身退回座中。

素盈本以为白信默刚才那番举动定让荣安不满，却惊奇地发现荣安对她家驸马和颜悦色，仿佛更亲热了几分，真是匪夷所思。

皇帝不再理会他们，召今日获鱼最多的三人入内，同赏雅乐，共饮佳酿。素飒、素沉已在帐内，除了他们，获鱼最多的是虎贲郎将谢震。

传令出去不多时，已经换回常服的谢震大步入帐行礼。皇帝见他一身质朴却不减英姿，似乎很满意，含笑下令赐座，又赐美酒。乐手们奏完一曲，皇帝忽然笑说：“谢将军目不斜视，拘谨得很。唤你来，本是共享欢宴，这样屏息凝神的架势，反而让我过意不去。”

谢震忙口称有罪。皇帝又笑道："那么罚你做点什么吧。皇后意下如何？"

素盈看得明白：皇帝把谢震请到一群天潢贵胄当中，与将他名字加入今日的队列是同样用心——这是刻意抬举出身边将的谢震，做给全天下的边将们看。她只能锦上添花，不能让谢震出丑，于是笑道："罚他吹一曲笛子吧。"

乐手当中有肖月瑟，今天仍然是弹琵琶，将玉笛别在腰间。素盈微笑说："月瑟，你的笛子借他。"

谢震接过笛子，躬身道声"献丑"，当即吹了起来。

帐中响起一段婉转低回的悠扬笛声。

皇帝不由得为之凝神。凤烨公主是伤春悲秋的性格，心随音转，泪交于睫。荣安本来是一股不屑的态度，渐渐也屏住呼吸。盛乐不知不觉地以手中金箸击节应和。东宫凝眉，仿佛觉得乐声似曾相识，总是想不起来，可又被深深触动，脸上流露出哀伤纠结的神色。只有平王父子都知道这一曲是《送秋声》，没觉得有什么稀奇。

素盈想不到谢震当众吹出这一曲来，心头百味杂陈，微微地别过脸。无意中瞥见肖月瑟一脸诧异，直直地望着谢震。素盈顿时记起，肖月瑟也曾在甄选侧妃的披云楼听过这支曲子。东宫已经忘记，但她清清楚楚记得。

一曲终了，谢震躬身奉还笛子，女乐手还未回过神。众人见状都笑，肖月瑟愣一下，羞得满面通红，连连称罪。皇帝不以为她失敬，反而赞谢震："真是好技艺，连乐师都为之失魂落魄。"又赐谢震一杯酒。

众人纷纷赞叹，钩鱼宴的种种不快，仿佛在一段笛声中消散了。

盛宴结束，太医入内为皇帝重新包扎。素盈接过药膏与白绢亲自动手。皇帝一边看她上药，一边说："素飒比从前沉稳多了——以前他的沉着，总是心事太重，从军果真是磨炼。日子不长，可不难看出他现在是真正稳重。"听他夸奖哥哥，素盈回报一个微笑，动作轻巧地为他缠上白绢。

"想不到平王这样洒脱的人，养出三个出类拔萃的儿子。"

素盈怔了一下，琢磨他为什么还将谢震归在她家，徐徐地说："虎贲郎将早就姓谢了。"

皇帝想起来又笑道："当时你就要封后，眼看一家人平步青云，他却主动与平王脱开关系——我对他倒有几分钦佩。可他说谢家无嗣才归回本宗，却不见娶妻生子的苗头，不知是为什么。"

素盈埋头为白绢打结，不动声色地说："也许心里有了不能高攀的人吧。"

皇帝笑道："真是那样，就该成全他。不如召来问个清楚——毕竟他与你是十几年的兄妹。"

方才因见帝后二人神态亲密，周遭宦官宫女已退了出去，此刻帐中没有旁人伺候。素盈走到帐外，对守在近前的潘公公道："陛下召见虎贲郎将谢震。"潘公公急忙去传旨。素盈又低声向崔落花吩咐："你马上去平王行帐，让他即刻往后帐中等我。"说罢命人将御帐升起，与皇帝坐在帐中，一边等谢震来，一边随意聊天。

不一会儿，素盈便从帐帘卷起处看见父亲匆匆朝后帐走，又见谢震在这时候向他迎面而去。素盈目不转睛看着他们，见父亲与谢震错身而过时，互相都不理睬。谢震身份比平王低得多，也不向他施礼。

皇帝分明也看见这一幕，素盈留意着他的反应，发现他面容不见异样，却多看了几眼。谢震入帐觐见帝后，皇帝的言谈和蔼，却不像片刻之前与素盈提起谢震时那么亲切，只简单问了他几句边镇的生活，并不似热心择配的样子。

素盈在皇帝手边随意地坐着，眼角的余光看见谢震的大致举动。他的声音还是如往日那样温厚，她不禁垂下头藏住表情。至于谢震说了些什么，她反而没大在意，只是仔细听他发出的每一个音节。

该说的话都说完了，他的声音戛然而止，素盈也收回心。

皇帝含笑遣退谢震，不无遗憾地对素盈说："真是个不错的青年。可是平王好歹也是养他十几年的养父，他对平王的态度……"

素盈见他以目示疑，敛容回答："说出来恐怕陛下见笑。因为父子不和，他十三岁就离家出走，投奔谢家，因此能够成为一员骁将。"

皇帝微微摇头："对父亲尚且如此……"

他说了一半就不说了，但素盈已做完了她想做的，并且收效——以孝事父的人，自幼有言听计从的习惯，容易对国君恭顺忠诚。而对养育自己的父亲尚且不屑一顾、处处质疑的人，恐怕世上的权威很难降伏他们。皇帝几次三番颁赐《孝经》，宫中八成的人都懂得这番道理。

谢震在剩下的两成人中。他始终没有学会追捧宫廷中的风尚，也不懂得在旁人面前装装样子，对平王亲近一些。

可这就是他。

圣贤不认识他与平王，不知道他们是什么样的父子。谢震不盲从圣贤所说的道理，只尊重值得他尊重的人。

素盈抬起头，目光追到谢震背影上，淡淡地说："他就是如此。我们素氏的生活，对他而言，实在无趣得很。"

后帐中，平王焦急地等了许久，好容易见素盈回帐，匆匆地行过礼就迫不及待地问："娘娘身体不适吗？还是圣上那边……"

素盈悠悠地说："没事，龙骧将军呢？"

"被盛乐公主拉去钩鱼。公主多年没有参加钩鱼，还没玩够。"

"那很好。王爷可以回去了。"

平王被她弄得莫名其妙，很聪明地没有纠缠不休。

素盈在宫女服侍下换了衣装，呆坐沉思。宫女退出时，一缕梅香溜入帐中。她消沉之中悄然心动，留下众人，独自往河畔去寻。

营帐周围方圆百步的雪都被踏平了，以防雪下的土地有坑坑洼洼、枯枝野藤绊倒如金似玉的贵人们。素盈走得平稳，但也没了踏雪的乐趣。眼见未经践踏的雪原铺陈眼前，她正满心欢喜想要上前，却听身后有人道："娘娘请止步。"

是谢震的声音。她生生地站住，转身望他。他也望着她，既不向前，也不拜见。他的眼神像是失望，又像是难过。素盈看了觉得惭愧，见四下无人，正想开口说些什么，却听他说："我原本就没有尚主的心思，你何必呢？"

素盈脸上一红，低下头，踢了踢脚边的雪，抬起头昂然道："白信默也没有。你怎么想，我怎么想，从来不重要。圣上怎么想才是最重要的。"

谢震深深注视她一眼，转身走开两步，又回头道："拿到名册时把我的名字划去，不是更简单吗？你是皇后，这一件事还是能够做到的。"

"可我……"素盈欲言又止，别过脸黯然叹口气，不再说话。

谢震见她一脸淡漠，沉下脸问："你没有那么做，是怕别人指责皇后为亲兄的胜算排挤别人？还是以静制动，等着将我加入名册的人，自己失望？"

素盈有点吃惊地抬眼望着他，湛湛秋波倒映一片雪光，又添几分清冷。谢震等她解释，她开口时却说："你那样想，就当是那样吧。"

谢震大失所望，抿紧嘴唇掉头便走。没走上几步，听到身后有沙沙的踏雪声，他忙回头去看，果然见素盈走到了未踩实的雪地上，向不远处的梅树走去。他心里刚冒出一个不安的念头，就见她一个踉跄，绊了一下摔倒在地。

"阿盈！"他失声叫出来，大步奔回去扶她。

"别过来。"素盈倔强地站了起来，抖去身上的雪屑，昂然挺直上身，并不看他。

谢震僵立在她身边，脸色阴晴不定，终于向她躬身道："娘娘有何吩咐？臣愿代劳。"

"那么，以后不要再叫我的名字——即使是父兄，也不能再叫我的名字，何况旁人？那是要触罪的。"她冷漠地说。

谢震嘴角颤抖，极力忍住了喉头呼之欲出的话语。

"清尘浊水，你既然知道，何必纠缠？"素盈说罢，见谢震微微皱起眉，脸上露出茫然的神气。

他不知道。素盈心头一颤，旷野的寒意陡然从脚底涌起，蹿遍全身。

那张字条是要告诉她：有人能模仿谢震的字迹，还能选择一个他们二人在场的场合，以隐秘的方式传递，仿佛真是他们胆大包天，在圣驾之前私下传情。

而谢震一无所知。

素盈又气又惊，忍不住攥紧拳。因为是她没有血缘的哥哥，就被卷入无妄之灾？还是传递字条的人已经打听到，每当他回到王府，六小姐就要戴起银铃？

对着那一树清孤的梅花，她闭上眼睛，接着果断转身离开这是非之地，再没有回头看他。谢震喉头发出含糊的“阿盈”，旷野里传得远，声韵辗转中细微的情愫，点点滴滴都传到她耳中。她专注于脚下咯吱作响的雪声，直到一步一步踩上冰冷坚硬的地。他没有跟上来。她松口气，脚下终于踏实。

雪地里走了一遭再回到温暖的营帐内，鞋袜衣摆都湿了，发梢上的雪也化成水珠。宫女们七手八脚为她除下湿衣物。素盈屏退众人，只穿单衣裹上一张厚实的熊皮坐在香炉旁。

这时候她希望有谁来说点什么，但只有千头万绪在心里乱七八糟地翻涌，永远没有止境。冰冷和疲惫如影随形，她一时间迷失了方向。

有人轻手轻脚走入帐中。素盈以为是崔落花或是别的宫女，待那人伸手抚摸她的头发，她才发现是换了便装的皇帝。她连忙直起身，熊皮滑落一旁。她想行礼，却被他伸手拦住。

皇帝坐在她身旁，拉过熊皮为她裹上，顺势将她抱在怀里，手中一枝细梅插入她发间。

“盛乐再嫁……”他低声说，“就选素飒吧。”

素盈紧靠在他胸口，默默地伸臂环抱他。他大概已经知道她怎么弄湿了鞋袜，不然不会折来一枝梅花。他似乎总是知道很多事情，却总是无所表示，好像都与他无关似的。

“陛下不是很看重虎贲郎将谢震？”素盈还是忍不住着意提起。

“他不像我想的稳重。”他说，“况且，他心有所属，这对盛乐不公平。”

素盈“嗯”一声——他确实知道了。

“我问过盛乐，她自己选素飒。”他停顿之后说，“她要求封素飒为郡王，我已经答应。”

素盈吃惊极了。她从未看出盛乐公主有这样的心思，甚至怀疑是哥哥的授意。

皇帝托起素盈的下颌，说：“这些年我与盛乐一直很疏远，她还小的时候，就让她嫁了年长太多的征虏将军，结果是这样一个下场。她不愿在京中久留，要求与夫婿到封地上住，也情有可原。”他有几分遗憾，但也不为之介怀，转头又说，“到时，你家一门三王，两位驸马。你知道这意味着什么？”

素盈点点头。很多人更希望她是一个无权无势的摆设皇后，其中包括琚相。素沉先封郡王，不过是多了一个封号，他们无话可说。但素飒不同，他领兵。所谓的“后党”初露端倪。她必须更加小心那些想操控她、利用她、打压她的人，他们很喜欢把无法控制的势力扼杀在雏形。

“故技重演很容易，因为世人已经接受过相同的解释。”皇帝淡淡地说，“我不希望我的皇后总是由于令人难堪的理由交出丹茜宫。”

素盈颤抖一下，慢悠悠地说：“我答应过陛下，不该想的人，不会再想。”

他笑起来，手指轻轻点了点自己的心口：“控制这里很难。”旋即手指向上移，轻轻点到额头，“这里就比较容易。我只希望，你偶尔想起那些人的时候，哪怕只是很短的一瞬，控制自己，不要让任何人察觉。”他笑着叹气，将她抱得更紧，“你啊，确实不像素氏的女儿。”

素盈苦笑——她被人算计了，否则皇帝不会那么恰巧看见她和谢震在雪地上交谈。

可是算计她的人没有想到，他不在乎。

她与东宫失之交臂，与白信默许过终身，他都不在乎，怎么会因为她和谢震说了几句话就放在心上？皇帝在乎的是，她居然毫无防备遭人算计。

“陛下，如果我像素氏的女儿，会比较好吗？”素盈的口气中有些倦意。

他呵地笑出声来，下颌抵着她的前额，温和地说：“那我就看不到想看的了。”

“陛下想看什么？”

他依旧抵着她的前额，想了片刻，缓慢而含蓄地说：“一种……没有发生的‘如果’。大概只有你，能让我看到。”

素盈听不明白，可是从他口中第一次说出“只有你”三个字，还是让她有前所未有的感觉。一刹那的惊愕过去，她微笑起来。

虽然不知道他在说什么，但是……

丹茜宫里，还有一件只有她能做到的事。

钩鱼归来，敏锐的宫人们察觉到皇后的变化。

新皇后从入宫一直飘飘忽忽。毕竟不是从小受教的素氏，凭空得了丹茜宫，好像从此不知该怎么过了。宫人们偷偷地回忆废后在这年纪是如何才华横溢、伶俐可人。那时废后的世界绕着皇帝转，他就是她的重中之重——至少她让人生出这种感觉。相形之下，年轻的皇后没有贴近天子的世界，反而像刻意保持距离，只管在丹茜宫过她自己的日子。

她能得到皇帝喜爱，是皇帝对他的新妻子格外开恩。但本末倒置的事情不会长久，他不会永远在她身边转。宫人们预感到素盈得到的宠爱恐怕难以为继。

然而一趟钩鱼之行，皇后对她的夫君增加了许多诚意。他的手还缠着绷带，是为她受的伤，她对那伤口格外用心。

素飒从鸭川河回来就受封兰陵郡王，即便在素氏当中也算不可思议——郡王封号不会轻易授予素氏，受封的不是公主之子，就是公主之夫。因为盛乐公主为先夫服丧，内定驸马尚未公开，但毫无疑问，素飒就是盛乐未来的驸马。

皇帝亲赐一柄宝光剑，一领银麟青霜裘，一座宏伟堂皇的郡王府，又准他带剑入宫——可就算是这份荣耀，在皇后眼中也不及皇帝手上那道伤的意义重大，促成这道伤痕的荣安公主，一定始料未及。

“大姐的夫婿封为郡王，盛乐选定的人也早早地封为郡王。唯独我的驸马，连个随便的爵位也没有。难道只有素盈娘家的人，才能当郡王吗？”她跑到宫中抱怨。皇帝不理会。荣安无可奈何，又将怨气转到盛乐头上，认定妹妹是故意为素飒讨封，让白信默难堪。

“真是无理取闹。”素盈感叹。

盛乐却笑说：“她想的没错。”

见素盈有些诧异，盛乐收起笑脸，说：“荣安在闹市中，命令她的家仆当众殴打龙骧将军的随从。”

素盈还是第一次听说这事，不禁瞪起眼睛。

“我早知京城贵族看不起边镇将士，却不知道傲慢到这地步。”盛乐说着露出愤慨，“荣安有什么功劳？她耀武扬威，要别人附耳听命，不过是从前她母亲纵容。我要将军受封郡王，偏要超过她的驸马，就是要她知道——她只是一个公主而已，她的驸马不过是个养尊处优的贵族子弟。而我和龙骧将军为国家效力，强过她，正是天道公平。”

想必她也曾无数次埋怨上天不公，才会想着追求自己的“天道公平”。素盈对那种心情再熟悉不过，轻握她的手说：“但愿你们两人相伴，能让世人对皇家素氏刮目相看。”

她们两人有了这重关系，从此更加亲密。

从鸭川河回来，帝后二人又去看过一次宰相。那是三月的一天，素澜顺产一胎，又是一对双生，这回是龙凤胎。因为这桩喜事，琚含玄喝酒发了汗，加重了原本的病况。他顽强的意志令人惊奇，竟将他再一次从鬼门关拉扯回来。

皇帝探病时，免不了说许多安慰的话，无意似的笑道：“歆儿快要百日，你家抱了孙女，这是喜事。”言下暗示要为皇孙结亲琚家。相府家人不胜欢喜，纷纷向素澜道喜。

素澜心中当然高兴，嘴里却说：“圣上无心之语，你们就这样大惊小怪的！”

素盈正在她房中慰问，笑道：“圣上几时说过无心之语？”

素澜唇边飘过一丝悻悻的笑：“只怕皇孙年纪大了，他舅舅家里又不缺好女儿，就想起我的女儿不姓素。”

素盈沉默良久，缓声说：“那未尝不是好事。”

皇后心事重重必定事出有因。素澜将丫鬟下人全赶出去，笑道：“听说圣上为姐姐徒手挡金钩，又促成三哥的好姻缘，令我家有福二次尚主。这是世所罕见的恩宠，姐姐怎么又愁苦呢？”

自从谢震归宗，素飒的排行该是素家次子才对，可人们都习惯叫他素三公子，素盈、素澜姐妹也一直叫他“三哥”，没有改口。素盈想起这位三哥，就忍不住想起已经变为外人的二哥。素澜猜错了她的心思，不无担忧地问：“圣上近来还提起废后吗？”

素盈摇头：“至少不是……怀念的语气。”

“珍媛、废后都曾在他眼里如宝如珠，鹣鲽情深，最后她们都两手空空地离开。”素澜说，“姐姐要来的荣华富贵，都是实实在在的，不需要惭愧。”

素盈缓缓摇头，本想说她从来没有要过，但思绪岔到别处，没说出口。

除了打猎与诵经一直在皇帝心头念念不忘，其他仿佛都只是过眼云烟，热闹时看看无妨，待烟消云散，也不觉可惜。世间之物，似乎没有一样值得他执着眷恋。人也是。

那些女人，好像已经写完的几行字。他知道他们将来会被誊写到同一本史书里。他看她们，也好像将来的人看过去的字，知道是怎么写的就够了。

然而正是这样的他，抬起手为她挡下金钩。

那一瞬间，究竟算什么呢？素盈不知道。可是忘不了。

满门荣耀，和他一抬手的刹那——到底哪个是实实在在的，哪个是转瞬即逝的？她迷惑了。

素澜一直盯着姐姐，仿佛看穿她，不失时机地轻声说：“别忘了阿槐。”

别忘了阿槐什么？素盈想起阿槐哭着说：“怎么才能不在乎他？你教教我！”又想起阿槐冷笑着按住心口说：“我这里是满的，聪明的活法，有什么意思？”

悲惨的回忆和素盈心头的迷惑重叠起来，浮动着浓重的不祥。她刻意换个话题，压低声音问：“行刺相爷的人，身份到底有没有查出来？”

素澜摇头，沉声嗔怪：“你管他查出来没有！这是姐姐该操心的事情吗？因为皇孙，太安素氏受了封赏，近来又抖擞起来。你那宫里全是废后留下的旧人，能有什么好心？赶快将那帮人换掉才是正事。后宫里下到宫女，上至皇后，哪一次不是坏在下面人的手里？当心祸生肘腋。”

素盈锁紧的眉头又舒展开，冷笑说：“万一不小心，将相爷送来的人也换掉，如何是好？”

“恐怕没那么容易。”素澜代她叹了口气。素盈怔了怔，心想这倒是实话。姐妹二人无可奈何地相视笑起来。

“圣上想在皇孙百日时，外出行猎。”素盈说，“我不想到那刀光剑影的地方。钩鱼劝不动他，这回距离宰相遇刺又更远了，更加没有好说辞。”

素澜转动双目，说：“总不能办一场宴会打发——人家从生下来都办过多少次宫宴了。即便不打猎，也免不了踏春、射兔，热闹一场。我们这样喜欢舞刀弄剑的皇家，走到哪里没有刀光剑影？我帮姐姐想办法，姐姐自己也早做准备。”

不消两日，朝中果然对皇帝行猎发出质疑。刺杀宰相的凶手还没有着落，皇帝再次冒险出猎，太不明智。有位大人提议：左右都是祈福，不如为皇孙去皇极寺斋戒诵经，还能称得上一桩功德。素盈也劝道："行刺宰相的贼人尚未查出来历，此时行事小心总不为过。"

皇帝又像上次那样深深地看着她，手指点在她皱紧的眉头正中："皇子皇孙百日时的猎宴，是多年的习俗。为一个刺客就改了，也太令人小窥王家。"反驳的说辞和上次没有大差别。

他对于懒得听从的劝阻，也懒得寻找新借口去拒绝。任凭别人想出一百个理由，他仍是以不变应万变地答复。而素盈坚持她能想到的唯一理由："天子平安才是天下大吉，百日猎宴不过是图个吉利，难道陛下的安危，不及一个无知小儿的吉利？"

皇帝笑而不语，对这个建议没有立刻表态。但素盈第二天得知，他改在皇极寺斋戒诵经十日，但出猎的传统不能轻抛，猎宴由宰相代行。

琚含玄重伤之后已经休息三个多月，才初愈就要代为远行，恐怕有些吃不消。但关于他受伤有诸多对东宫不利的传闻，皇帝似乎是特意要他来主持皇孙的猎宴，以缓和双方的对立。

盛乐公主在宫中住了许多日子，再也坐不住，早就盼望去猎场大显身手。皇帝禁不住她百般央求，只好让她去，可担心她那男孩子似的性格在宰相身边惹出麻烦，又命丹媛随行照管她。东平、北固两家芥蒂颇深，本是由丹媛而起，他特意叮嘱丹媛多加小心不要再出差错，用意大约与派宰相主持皇孙的猎宴一样。丹媛心思敏巧，笑嘻嘻地说："公主不同于外人，妾自当尽心。"

出猎的队伍不日启程。素盈才松了口气，宫中又忙忙地重新筹备御驾改幸皇极寺事宜。

这天，素盈用过早膳，一名管事宦官送来两小盒香膏，请示皇后打算赏赐皇极寺众僧哪一种。两种香膏都是素盈知道的，没有她的避讳。可是才闻一下，她就觉得心口发闷，来不及招呼宫女，"哇"地吐了一口。

旁边宫女立刻拥上来，那送香膏的宦官吓得伏在地上直哆嗦，连连恳求"恕罪"。素盈吐了之后倒不觉得怎样，可是有些心慌意乱，随便将香膏定下来，打发宫女去找太医周醒。

自从周太医为皇后诊断风寒得当，兼领中宫医官，对皇后的健康从不敢怠慢。听说召见，立刻急急地带着药箱赶来。

素盈心里已有自己的考虑，见他来了，便将多余宫人都遣开，连崔落花也只远远地站着。周太医丝毫不敢大意，细细问了素盈的症状，又小心为她诊脉，脸上表情方显松动，宽慰道："娘娘不必担忧，此乃是——"

素盈压低嗓音打断他的话："太医别忙着下结论！"伸手蘸了一点茶碗里的水，在托腕的小枕上写一个“子”字，以目示意。周太医点点头，不知她为何如临大敌。

“怎么会？！”素盈惊得出了神。枕上的字迹很快消失，她还是愣愣的。

“娘娘信期不至已有段时日，想来此事也是自然。”周太医不见素盈反应，又连唤两声“娘娘”。

她回过神，说：“我自从入宫，信期少有准的时候。近来也不当一回事了，却没想到是这个缘故。”她想了想，向太医低低地说，“不可泄露。”

周太医在宫中多年，见惯了初有身孕的妃嫔。她们诸多顾虑，紧张之下胡乱打算，闹出许多乱子。她妹妹珍媛就是最近的一例。周太医低声劝道：“娘娘脉象安稳，无须惊慌。宫中要据此为娘娘安排饮食、器用，有这些安排，总好过娘娘独立承担。”

“太医！”素盈提高声音喝止，看了看远远分散在宫中的宫女，料想她们听不清她的话，才道，“太医只管听我吩咐，不要对你我之外的人提起。”

此时周太医方知她是当真，不由得紧张起来：“隐瞒这等大事，微臣担当不起。再说，万一照顾不周，损伤娘娘凤体龙胎，那可是……”

素盈起身踱了几步，神色凝重，一字一顿说：“现在还不是时候。”

周太医见她自有打算，不好执意与她较劲，只得说：“万望娘娘凡事以凤体为重。”

素盈点点头，又道：“今天录册时，就先写其他病症吧——记得说我身体不适，不能伴驾去皇极寺。”

周太医欲言又止，看见素盈眼中那一抹可怜而痛苦的神色，最终极其艰难地点了一下头，紧接着无奈地不住摇头，表达他真正的态度。

素盈提起嘴角牵出一个苦涩的笑，算是给他的谢意。

第十章
假象

珍媛殒命那天，仿佛近在眼前。她拿命教给素盈宫中最龌龊的一课：腹中骨肉，不仅仅是一个孩子。他是一枚筹码，很多人想要掌握；他也是勒在别人脖子上的一根绳，斩断才能呼吸。

怀孕死于非命的妹妹，仅仅是后宫最末一等的媛位。而素盈是皇后，她的孩子同东宫一样，有嫡子的身份。宰相将她推进丹茜宫，正是为了这孩子。

最棘手的境况，偏偏是在最凶险的时候出现——废后一家对宰相动了杀机，琚含玄挨了一刀险些死掉，熟悉他的人知道，他站起来就会把这一刀还回去。皇后有孕的消息会变成他手中的利刃。

而废后从不坐以待毙。冰冷的念头一一浮现，素盈思量的结果，只能是暂不声张。

周太医一走，素盈就病了，病得不重，但不能去皇极寺。怕烟熏火燎，拜神跪佛伤了身体；怕十日斋戒太长，让人看出端倪……值得担心的事情固然很多，但最伤脑筋的是，她还没想好如何面对这件事情，又该如何在她夫君面前隐瞒。

皇极寺祈福是她极力赞成的，事到临头她却退缩，自己也觉得有些说不过去，满怀愧意地说："由小崔秉仪代我去，为皇孙抄写经书祈福。"皇帝笑笑没说什么，只是叮咛她仔细留心身子。

他的眼神让素盈心惊。毕竟她只是第一遭，而他前前后后做过十余个孩子的父亲，看过其中几个胎死腹中，还有几个少年早夭。素盈想，也许他是唯一一个能够和她妥善面对这件事的人。毕竟他对她讲了那个青衣少年的故事，他为她挡下金钩，他说期待在她身上看到一个未曾出现的"如果"……

很多次，她快要忍不住，想问他该怎么办。

当他走进丹茜宫，向她微笑的时候，她却想含泪说："陛下，我有身孕了。"也许他会笑她庸人自扰，喜事何必哭哭啼啼。可那只是幻想。她没有说出口，像平常一样微笑着和他并肩走入宫中。

当他从棋局上抬起头望向她，她想平静地说："陛下，我有身孕了。"也许他会吃惊地睁大眼睛，落下一步错棋。那同样是幻想。她还是什么也没有说，小心翼翼地在棋盘上放置一子。

为什么每次都能忍住？或许是担心，他不会把这当作一个喜讯，像迎接睿歆那样迎接她的孩子。她焦虑地冒出一个念头，想要对他发誓：即便生男，至多封王，绝无他想。可下一个瞬间，她又难过得想要哭出来——承诺不过是片刻消失的话音，就算人人信得过她，谁能相信宰相扶植新皇后，只是等着她生下一位亲王？

皇帝好像没有发现她的情绪起伏异于平常，日子到了就前往皇极寺。素盈失去了向他坦白的机会，接下来的十天只好暂时放开这事。

头三天无事。每日有内侍来往于皇极寺与宫廷之间传递消息，总是差不多——圣体无恙，寺中平安。第四日有些无聊，素盈召肖月瑟来弹了一回琵琶，又到御花园中散步。

走了没多久，有名宦官匆匆找到素盈禀报："娘娘，平王府送进话来，说是平王暴病。"

素盈心头一凛。父亲格外注意健康，多少年不曾生病，偏赶上宰相与丹媛出京的时候病了。她怕暴病是假，有人加害是真，提高声问："几时的事情？请了哪个御医？诊出什么病？"

"平王府的人只说王爷的病来得奇怪，一个劲说胡话，不住大呼小叫，定要见娘娘。公主、驸马和兰陵郡王都随驾皇极寺，府里的人找不出一个拿主意的。王妃说不必大惊小怪，七夫人却要禀明娘娘，请娘娘定夺。"

素盈大为踌躇，这一回必定是事出有因。然而皇后归省也非一时半会儿就能轻易决定，正左右为难，皇极寺的传事内侍也来了，向素盈行过礼，径直道："平王府给东洛郡王送信时，圣上正好在场。圣上传话给娘娘，若是宫中无事，可速往探望。一切礼节从简。"言毕又道，"东洛郡王已由皇极寺返回，请娘娘稍稍宽心。"

素盈对口谕向来慎重，验证那内侍的身份无误，命人准备出宫銮驾，急急地往平王府去。

虽然圣旨准平王府从简接驾，素盈回家时的场面仍很壮观。一下凤辇，满眼都是人，猛然间分不清谁是谁。她看了几眼，双手搀起大哥素沉，急切地问："平王怎样了？"

素沉垂首回答："请娘娘进来说话。"

素盈与大哥一同步入府中，不见素飒，问："三哥为什么没有一起回来？"

素沉低声回答："兰陵郡王代圣上在寒露馆写经，一时走不开。臣见父亲情形稳定，暂不必兴师动众，就没唤他回来。"

两人前后走进内宅，但见层层守卫，情形愈发不像卧病，倒像是防刺客。平王卧室内无人伺候，静得令人心慌。素盈心中起疑，脱口问："平王在哪儿？"

素沉无声地摇摇头，行至床前掀开床帐。

“父亲！”素盈不禁惊叫一声，两步走上前——平王正坐在床上，端着一碗细粥，不紧不慢地品尝。见素盈来，他放下粥碗，轻松地迈下床。素盈前后看了看，找不出半点生病的痕迹。她又望向神色凝重的大哥，莫名其妙：“这是做什么？”

“向宫里传递消息多有不便，只得出此下策，面见娘娘。”素沉躬身致歉，口气沉重。

平王披上外衣，向素沉抱怨：“半夜突然传回话来，让我装疯扮傻。到底何事？”

“寺里出事了？”素盈的心一坠，“是三哥出事了？”

素沉摇摇头：“三弟还在寺中探听动静。娘娘，你为何不去皇极寺？”口气有几分嗔怪。

“我自有道理。”素盈不与他解释，坐下来问，“寺里怎么了？”

素沉满脸阴云，说：“前天夜里，圣上本该去寒露馆写经，已沐浴更衣，却临时改主意，由三弟代劳。昨天，御驾所在的正光堂闭门谢客，里面传出话，说是圣上体悟经书，不许任何人打扰。可有人透露消息给我，寺里来了不速之客——是废后。”

素盈盯着他的嘴，疑心自己听错。素沉又说一遍：“素庶人趁宰相出猎，丹媛离京，娘娘留守宫中，从缦城回来了。”

平王吸口冷气，又惊又怒却不得不放低声音：“素庶人在皇极寺？她怎么敢？！”

“大哥亲眼看见了吗？”素盈稳住心神发问，这才发现自己不知不觉站了起来。

素沉从怀中取出一沓折好的纸送到素盈手上，说：“我求见圣上，未得准许，因此没有亲见，不过……”

素盈不待他说完，默默打开看，心中先是惊，又是冷，最后五味杂陈，不知该作何感想。

那是一沓图画，高大房屋里有一群人，面目以寥寥数笔勾勒，没有大分别。然而每人服饰表情不同，只是用简简单单的线条描画，却不会让人认错——当中是头戴朗月冠的皇帝，他面前跪着一男四女：愁苦的东宫、悲切的凤烨、激愤的荣安、幼弱的真宁，还有怀抱皇孙的东宫妃……角落里有一人用衣袖蒙脸伏在地上。

画师妙笔生花，只用草草几笔就画出每个人的神情态度。可素盈顾不上赞他的画技，也顾不上夸他细心地在留白处添了那些人物的言语。一页一页匆匆翻下去，一幕幕活生生的悲欢在眼前涌动，她的心跳也随之越来越快，几乎听见废后伏在地上隐隐啜泣，听见她的儿女们为她哀泣、激辩，央求他们的父亲为母亲雪冤。她依稀产生身临其境之感，憋得透不过气。

看到最后一页，她仿佛已置身在那房间之中，亲眼见他伸手搀起被他定罪废黜的前妻……

素盈胸腔深处发出柔弱不堪的一声呻吟，画册失手而落。

"娘娘！"素沉忙上前扶住妹妹。

素盈脸色惨白，颤声问："是谁做的？"

"送图册的人说，琚相恐怕娘娘前阵子生病，耳目还不够清亮。"

素盈冷笑："我不信他。"

平王一直插不上嘴，听了这话终于撇嘴："自己不上心，还嫌别人管得多？多少人劝过你，放着废后不管，总要出乱子。如今好了，你容得下别人，别人未必容得下你！"

素盈思忖片刻，说："我要去皇极寺一趟。"

素沉急忙阻拦："废后擅自回京是掉脑袋的罪，圣上摆明了不加处置，代为遮掩。娘娘前去戳穿，让他们灰头土脸吗？"

素盈还是冷笑，咬牙说："别人阖家团聚，我去掺和什么？我只是去给三哥送个信，告诉他父亲没事，不必担心。"

素沉还想劝阻，平王向儿子丢一串白眼，说："你能劝得住，我送你一个斗大的'服'字！由她去吧。反正她那颗心，不死一次是不会开窍的。"

素盈浅浅一笑，苦涩地说："请大哥马上准备一套整齐的男装，一封写给三哥的信。"素沉依言去办。

平王与素盈四目相对，父女二人无话可说。平王叹口气："我的话，你从来不肯听。这次你自己斟酌着办吧——有时候，一念之仁，生不如死。看清楚自己在别人心里的位置，值不值得赔上性命。"

他说的是"别人"，但其实只指一个人。素盈低头看那张画，但是看不出跪地的那个年轻人在想什么。

素盈沉默了一会儿，低声说："女儿有底线。"

"那我只好希望，万人之上的皇后，底线不会任人践踏。"平王说完，依旧躺回被窝里装病。

衣物很快送来，素盈换好了，由暗门出去。素沉一路陪着素盈，说："马已经准备好了。"

"要牛车，要稳。"

素沉笑道："哪有下人用车的？"

"我要牛车。"素盈的态度从容，口气不容置疑。

素沉的笑容迅速收敛，只一刹那就微微瞪大了眼睛："娘娘……你！"惊骇归惊骇，他仍然不多言语，沉着迅速地找来牛车。

"不要说出去。"素盈轻轻地叮咛一句，转身钻入车中。

当今天子并不是王朝第一个崇佛的帝王。在他之前，已有两位笃信佛祖的皇帝，其中一位正是修建丹茜宫的世宗。他不仅建造出恢宏的宫城，还在国内大兴三教。三教之中，他最偏爱因果之说，不惜斥巨资修建皇极寺，规模恢宏令人叹为观止，也有将南国三教的气势压过的用意。

起初，这寺庙只有僧人。当那位参与修建丹茜宫的敬妃选择出家时，仍然幻想有朝一日重返宫廷，恳请修业于皇极寺。世宗将皇极寺一分为二，僧院在东，尼院在西，不相通问。后来出家的妃嫔宫人渐多，每次改朝换代，总有大批宫女舍弃红尘，为故主念经祈福。东西两院的规模逐渐不相上下。除僧尼禅房之外，还修建有供皇家御用的休憩之所。

历代的皇帝们不断布施扩建，后宫嫔御常捐香火，皇极寺日渐修成美轮美奂的皇家寺院，楼台殿宇较之宫廷毫不逊色，亭阁风物别有意境，乃是京城美景之集萃，然而只对皇室贵胄开放。朝中众臣想一览其中风光，只能等特别的机缘——例如这次为皇孙祈福。

素盈没想到，她的提议让许多人堂而皇之地入寺膜拜，而自己却走不进去。

平王府的下人从惠和公主在世时就为所欲为，跑腿小童乘车而来，还算不上他们家最令人侧目的事。但禁军看得出来，她绝不是普通的家仆。见过皇后仪容的禁军并不多，何况她换了少年衣装，乍一看连自己也认不出来。可作为一个少年来说，她太过秀美。伪装本身就是一件值得怀疑的事情。

素盈与他们僵持不下，灵机一动，说："请兰陵郡王出来一见。"禁军先是不肯，然而得罪平王府的使者也是一件令人为难的事。权衡之后，他们觉得兰陵郡王为人和蔼，惊动一下也无妨，便将素飒找来。

素飒看到妹妹那身打扮，居然沉得住气，不动声色地将她一路带入皇极寺。

走过一处青砖铺地的阔地，绕过几栋辉煌的佛殿，跨过石拱桥，转过清香扑鼻的山萝墙，前方景致迥然不同，左旋右转满眼花木。藤萝覆盖假山，十色石子铺就的小路曲折穿过山洞。素飒一路无言，素盈愈发难料事情到了什么地步，是吉是凶。

忽然耳中泠泠有声，原来是人工造出许多清流，在假山另一面做出丝瀑形状，溅入一面池塘。素飒借着淅淅沥沥的水声，短促地厉声责备一句："莽撞！"素盈无奈地笑笑，埋头跟在哥哥身后，无心流连周围景色，再向前走，廊庑连环回绕，通向僻静厢房。

素飒带她走进一间，四顾无人，将门关上。素盈站在他身边很近的地方，留意到他阴沉的脸。

"郡王……"她生怕隔墙有耳，不敢大胆以兄妹相称。

素飒径自坐下，向妹妹叹口气："相爷虽在猎场，对京中的一举一动了然于心。这次利害一致，有他出力，我们可以稍微宽心。"

"提他做什么？"素盈想起那沓画就觉得不舒服，好像有一双眼睛正在暗处盯着他们兄妹，有一双手正把此时此刻画下来。

素飒沉下脸，说："素庶人那样的人，有绝地重生的野心，但不会急着去做。这次回来，已经谋划一年。我与父亲、大哥虽有准备，废后那家人又怎么会不预备对策？没有宰相出手，凭我们两家人，哪能决出胜负？”

“哥哥别抬举我。我在相爷眼里，能跟素庶人比？”

素飒的口气平淡，说：“是不能比。可他与素庶人，再难假装一团和气。素庶人看准他下不了手，抢了先机。他再也拖不得。”

素盈叹道：“只怕人家到他面前一求，他也跟某人似的，狠不下心了。”

“素庶人娘家的死士，没带着淬毒的剑去杀你说的‘某人’。”素飒淡淡地说，“这就是相爷与‘某人’的区别。”

“当真？！”素盈吃了一惊。

素飒点点头，说：“这事相爷已经查出结果，没有说出来罢了。”

“即使到这地步，相爷还是不忍说出她的名字？”素盈苦苦一笑，“他对素庶人情义至深，将她逼到绝地却不忍最后一击，要我来担这罪孽。万一哪天又想起她的好处，怨恨我呢？”

素飒嘲讽地哼了一声：“他首先是宰相，然后才是痴心不改的男人。”他加重了口气，神色更为严峻，“素若星是什么样的人，你又不是不知道。这种时候万万不可心存侥幸。”

素盈抿着嘴，半晌才说：“罪废之人没有活着复位的先例。圣上会为了让罪人回归丹茜宫而废了我？那不合情理。”

素飒淡淡地说：“我说的，不是你的丹茜宫，是你的命。只怕素庶人也料定圣上不会为罪人废掉你，斗胆害你性命，空出丹茜宫来给她复位。你能无视宰相，坐等她动手吗？”

素盈听着黯然神伤，久久沉默。素飒不得不一针见血地说：“这世上只有我们想不到的事，没有什么是不可能的。所以才有‘当机立断’这个词，提醒我们，‘未来’永远不及‘现在’容易把握。”

这天一直阴沉沉地酿着一场雨，此时半空传来微微的雷鸣。屋内转眼就暗下来，黑得连人脸上的表情都看不分明。素飒推窗望了望，见天空阴云密布，随时会泻下大雨。他关好窗，走到妹妹身边拍拍她的肩膀，柔声道：“我知道你来是想亲眼见见，不然总是不愿相信。可今天时机不好，你还是快回去，当心着凉。”

话音还未落，天上突地打个闷雷，雨哗哗地落下。

“我也没有什么信不信的。”素盈声音低柔，缓缓说，“只是想亲眼看看——就当是让自己下决心，或是死心。”

透过昏暗，素飒盯着妹妹看了一会儿，垂头道：“撑伞。我带你去。”

一落起雨，寺中忽然寂静，僧侣朝臣各归禅房厢房，连鸟雀也失去声息。

院中仍有禁军巡视，但见了素飒并不盘问。兄妹两人辗转来到一座宁静的佛殿。素盈收了伞打量殿中：全是历代皇族臣子题写的石碑，一块块默默地竖立成林。素飒关上门，拉她走到一扇窗前，示意她望出去。

窗外是一片整齐的荷塘，几枝早发的荷箭刚刚破水，荷叶被雨点敲打，左右摇摆，不胜娇弱。塘中圈圈涟漪、点点绿萍，塘上水雾朦胧，飞烟若梦。据说这四月中旬的荷塘轻烟也是寺中一景，可雨中没看出多美，只是一片癫狂似的嘈杂。

荷塘对面是个临水的小亭。她的夫君在里面下棋，对手是一个笑容淡雅的绝色女人。隔着雨帘，两人的身影如幻梦倒影，不大分明，可是素盈不会认错。

她呆呆地看着他们无法动弹——他也跟她下过棋，但与她对弈时，他的神情总是让她察觉到若有若无的漫不经心。而在素若星对面的他，在微笑。

他的笑容第一次让素盈觉得浑身发冷。素若星却是一副受之无愧的样子，仿佛他对她笑是理所应当，是天经地义。

一局终了，看不出是谁输谁赢。他起身，素若星跪着送驾。他走开几步，脚步慢下来，好像出于习惯在等一个人。素若星自然而然地跟上去，走在他身后，然后在他刻意停顿的一个刹那，她不着痕迹地加一步走到他身边。

素盈呼吸凝滞。她看过画册，想要知道他与素庶人之间到底如何。这时却期望，刚才那一幕只是画册上栩栩如生的图。可是她的眼睛违背了内心意愿，大大地睁着，看着他们一步步远去。

幻想应该留在脑子里。

“错觉不要编得太美，把自己骗住。”姑姑冰冷的话音忽然从嘈杂的雨声中翻起来。

什么时候……什么时候她也有了幻想和错觉？碎裂的时候才发觉，为什么她没有告诉他有孕的消息——因为他会这样对任何素氏微笑，但是并不在乎她们的下场。

那个青衣少年，那挡下金钩的一刹那——为什么她会误以为，那属于她一个人呢？

都是错觉。

那两人肩并肩踏在她心上，一步一伤。心里有什么东西，本来很充盈又很纤细的东西，被他践踏得支离破碎，化成尘埃。霎时之间，一种熟悉的感觉侵占了她的躯壳——曾经在中秋之夜吞噬了她的那种虚无空洞，再一次扫空她的内心。她又一次感觉不到自己的存在。

素飒见妹妹浑身不住地哆嗦，一双苍白的手抓住窗框，关节咯咯作响。他不得不扳开她的手指，拉着她退了两步：“不要乱动，他会发现。”

皇帝果真回过头向这边看了一眼，目光没有久留，又转身继续走。

“他看不见。”素盈缩在哥哥臂弯里，声音几不可闻，“他眼里，全是她。”

“皇帝的视野不会被一个人填满。”

她没有听见，酸楚地喃喃：“如果落到这境地的是我……你猜，圣上会不会那样看着我，那样微笑呢？”

素飒无情地回答："素庶人是东宫太子和公主们的生母，娘娘不是。"

素盈勉强笑笑："对。"

对面已经走得不留一人，久留无益，他们静静退出碑殿。门外仍然是淅淅沥沥的雨，开始变冷。清新爽朗的凉气一激，眼睛有落泪的冲动。

素盈含糊不清地喃一声："我真傻啊。"

素飒伸手撩一下伞外的雨线，说："那个请求将猎宴改为皇极寺祈福的人，本就是太安素氏的朋友。相爷早猜到，皇极寺必有设好的局。废后那边大约也料定，娘娘会起戒心不来。"

素盈动了动嘴唇。她不来，并非因为戒心。如果没有肚子里的秘密搅乱心神，她或许应该察觉到，皇帝看见她极力赞成皇极寺之行时，曾经露出一抹讳莫如深的微笑。他早就猜到了……

她的脚步越来越慢。素飒不动声色地放慢了脚步陪她，她没有发觉。最终她像是失去全部力气，再也迈不开腿。

"相爷有什么打算？"她站定了问。

素飒宽慰她："相爷出行之前，筹划极为妥当，他的亲信也在寺中。说事情虽然可恶，但绝不至于让中宫受到威胁。"

这种口气，俨然是说，丹茜宫仍然是他的囊中物，愿意给谁就给谁。素盈心里没有生气或是不满。东平素氏没有值得依靠的人，一门三王，只有虚名，回到宰相掌握当中是注定的结果。

雨水飘洒之势略见收敛，冷冷的雾气四下浮动，素盈吸入肺腑，声音不觉带了几分颤抖："如果这回不了断，往后还是没完没了吧？一次又一次，直到我想起缦城，就无法痛快地呼吸。"

素飒的表情柔和，正想说点什么，却见前面影壁前伫立着一对主仆，堵在他们的必经之路上，直直望过来。素盈一眼看清那人，忙躬身低头，装作不敢亵渎他的容颜，其实不想让他看见自己的脸。

素飒稳步走到那人面前，躬身施礼："殿下。"

东宫扫了素盈一眼，关切地问素飒："平王如何了？"

"一时半会儿难好，可也不至于太危急。"素飒看看四周，心知东宫守在这里堵他，却还是不得不问，"殿下为何在这里？请以贵体为重，早早回房，以免受凉。"

"听说平王府派人进来，我想亲自问几句。"东宫的眼睛一直没从素盈身上离开，向她发问，"平王几时开始说胡话？当时是癫狂还是昏迷？"

素飒微笑代答："多谢殿下关心。他这种下人只管递信，哪里知道详情呢？"

东宫不理会，又向素盈道："抬起头来。"

素盈只得抬起头，眼睛还是避开与他对视。东宫一点也没吃惊，微笑着说："长得像皇后，有福之相。只管递信岂不可惜？不如送到东宫给我使唤吧。”

素飒含笑摇头：“殿下又说笑。贱籍之人以一面之缘登堂入室，有损殿下名声。”

这时，一名黄衣宦官急匆匆冒雨走来，说：“圣上听说郡王见过了家里的使者，要郡王过去问几句话。”

东宫冲素飒挥手说：“你赶快去。”

在这当口，素飒不愿撇下妹妹与东宫为伴，不禁忐忑地看了她一眼。

“放心，我随便说几句话，不会吃人。”东宫的笑容反而让素飒更加不安，但难违皇命，不得不随那宦官同去。东宫见他走远，向身边的侍从道：“伞给她，你退下。”

那侍从将伞塞在素盈手中，脚步踏着雨点消失。周围再无一丝人声。

素盈刚才就发现，侍从为东宫撑伞，东宫周身干爽，而侍从在雨中湿透；她为素飒撑伞，哥哥却让着她，她这家僮身上不见雨水，郡王淋湿半身。任谁也看得出怪异，再假装也没有用了。

她小心地和睿洵保持距离，整个身子慢慢退到伞外，不一会儿就被雨打湿了。

而他浑然不觉。

琉璃影壁有高挑的飞檐，瓦棱之间悬挂万千细流，野泉跳涧似的直击青砖，噼啪作响。雨声、水声交错敲打在素盈心上，既冷且疼。

“你可知这影壁上画的是什么？”睿洵悠悠地问。

“是阿修罗。”

“逆他欢心的，必将被他灭亡——这画的是他涂炭生灵的修罗场。”

素盈又看一眼，淡淡地说：“不知是阿修罗造就修罗场，还是修罗场成就阿修罗。”

睿洵听了，一言不发。

这时候，素盈的衣服已湿透，全贴在身上，只觉得从没有如此难过。她咬紧嘴唇，身子越来越冷，忍不住打起寒战。少许眼泪涌上眼眶，也说不清是因为冷还是屈辱。

睿洵忽然一把抓住她握伞的双手，将她拉到伞下，她湿漉漉的头发几乎贴上他的脸颊。

“你对别人，也这样落泪吗？还是说……”他与她四目相对，眼中的犀利渐渐缓和，“还是说，这就是你对付我的策略？”

素盈用力挣了一下，向后退一大步。伞啪啦一声落地。两人隔着细雨，彼此眼中有千言万语，都给雨水洇得又湿又冷。

素盈浅浅一笑，弯腰拾起雨伞，重又挡在二人之间。

“我发过誓不再哭泣，那时候还以为，已经看过世间最难过的事。”她将雨伞递给睿洵，“可是眼泪不是一个誓言能够断绝的。所见所闻总会让我耳目一新。既然殿下心烦，那我尽量不在殿下面前落一滴泪。”

睿洵没有接伞，起伏的呼吸变成一团团浅白迷雾，眼神透过温热的气息，模糊难测。

“如果她真的有罪……如果你认定我母亲与珍媛之死有关——拿出证据让她伏法，我绝无怨念。可你拿出的，是一句谎话，助宰相一臂之力陷害她。”他默默地看着素盈，摇头苦笑，“那个与我共骑一匹马的女孩儿，已经不在了，对吧？珍贵的东西总是难以保留。”

“如果殿下只能接受当年的她，不能接受她的改变，那么，珍贵的东西确实短暂。”素盈幽幽地说着，直直逼视他的眼睛。

“如果她真的有罪，证据就在殿下手中。你从哪里发现冬珊瑚？为何后宫之中只有那时候——只有你发现冬珊瑚的时候，丹茜宫有了奉香，从此终日弥漫香烟？范公子为什么去向你解说‘母杀父’时，应该选择‘孝父’还是‘孝母’？秘书监新刻四书五经，为什么圣上单单将《孝经》推为首屈一指的经典，向全天下大力推行？”

睿洵的脸孔在冰冷的潮气中泛起青色，短促地低呼：“别说了。”

素盈不觉得害怕，只觉得伤感：“为什么丹茜宫会有奉香？睿奉香、文奉香，为什么引来杀身之祸？还有我……为什么小小奉香女官的梦话，重要到下毒去听？我好像渐渐有些明白。”

“别说了！”

素盈看着他由铁青变为苍白的面孔，悲哀而缓慢地说：“你曾经说，成为活人比成为好人更难，那么活下来的人，为什么不尝试举手之劳，想想如何做个好人呢——那情景历历在目，常纠缠我。那句话如烙如印，触及必痛。可是说出这句话的太子，又去了哪里？你又做了什么？你怕变成罪人的儿子，宁肯纵容她！事到如今，还要为她正名！”

“别做傻事。”睿洵深深凝望素盈的眼睛，一字一句地说，“千万别做傻事！”

“你该劝的不是我。”素盈苦笑，“有人已做傻事，我不得不奉陪。而你——你真能容忍那样的母亲回来吗？”

“阿盈！”睿洵情急之下握住她的手，手心一团冰冷，心里不由得慌了一刹那。

素盈就在那一刹甩开他，声音比手还凉：“殿下请让我走。”

睿洵眼中闪烁的光彩骤然暗淡，将伞交回她手中，颤声说：“你拿去吧。”

素盈没有接，向后退一步，想起曾经有一天，她目送他背负冷风黯然远离，那时她想对他笑一下。

于是她对他笑了一下，转身走进雨里。

平王府中等她已经等得沉不住气。见她浑身湿淋淋地回来，素沉大惊失色，忙命人准备热水。

素盈梳洗完毕问：“录事官打算如何册录？”她这次省亲，按照规矩，随身带了一名录事官全程记录。

素沉回答："平王药方需要无根水，娘娘望天祈雨，孝心感动上苍。娘娘心意坚决，亲自用白瓷盆为平王接雨，至周身打湿亦不以为意。"

令人钦佩的孝心。素盈点头赞许："大哥做事妥帖。"

素沉学过一些医术，自请为她把脉，凝神细诊脉象之后又嗔怪："当无大碍。但娘娘千万不能对自己的身体漫不经心。"

素盈凄然说："有信心长命百岁的人，才看重身体。我哪里有这种底气呢？"

素沉急忙摆手说："此事非同小可！臣比旁人……见多几回。"

素盈听了，心下又是另一股哀伤，轻声说："凤烨公主也在画中。"

素沉没说话。

素盈注目打量，猜测他对这段没有自由、却总是重复悲伤的婚姻，是否感到疲惫："大哥，你尚主时，是什么景况？猎鹅还是钩鱼？"

素沉愣了一下，似乎才想起那是多遥远的事，他妹妹已经忘了，或者从没听说过。

"是惠和大长公主请旨。"他拘谨地说，"我们自幼订婚，到了年纪就完婚。"

素盈忍不住问："那你知道凤烨她是……会是这样吗？"

"知道。"素沉温和地说，"第一次见到她，她坐在一张椅子上赏花。梨花落在她脸上，就找不出来了。我怀疑她其实是上一年冬天留下来的雪人，阳光照上去，就化成雾气。"

素盈想到那情形，心下惨然。

"那天我推着她在花下乱转。她一直沉默，最后有气无力地拿出纸笔说，'你写，梨花，一个时辰。'我问这是何意。她说，梨花已经看过，下次就不在这事上费时间了。我惊讶不已，说明天会有更多花开，又是一个新景。她说，'明天啊……明天什么都有，但是和我没关系。'"

他记得清清楚楚，说起来仍不免伤感："回到家，我告诉父亲和祖母，我看见天意，我要娶凤烨公主。他们两人被我吓了一跳。"

"为什么？"素盈奇怪，孩子自己生出这种念头，他们该高兴而不是吓一跳。

素沉却回答："因为我不放心别人照顾她。世上还有那么多花，我希望她能一年又一年地看，而不是用'一个时辰'丈量生命中的每件事。"

素盈来不及惊叹，素沉便说："她的余生太珍贵，废后却舍得替她浪费。废后是素氏，成亲、生育，每件都是算计。把凤烨生成这样也就罢了，毕竟不是父母愿意。可是因为她比另外几个更可怜，每次不忘拉出她来博取同情，要她卷进痛苦，耗费她的生命。这种事情，必须结束了。"

他面对妹妹，沉着地说："那画上，是最后一次。娘娘无须顾虑将来。我也希望，将来无须替她顾虑娘娘。"

素盈什么也说不出，点了点头。

宫人进来提醒说，回宫的时辰到了。素盈说声知道，挥手打发出去，起身向大哥叹道："父亲装病，一回两回管用，不能再三再四。再有了紧急的消息，宫里没个可靠的传话人，怎么办？"

素沉也想到这一重，早有准备，笑道："娘娘记得原先服侍您的那个哑姑娘轩茵吗？"

素盈眼睛一亮，说："轩茵怎么样了？今天都没来得及见她。"

"平王收她做义女。"素沉说，"如今她有姓了。"

素盈沉下脸，知道父亲没那份好心，即便有好心，也不会随便用在一个哑奴婢身上。素沉看得出她容色不悦，又说："既然她已经是娘娘的义妹，娘娘带进宫去也没那么多闲话。"

素盈垂下眼睛，说："去叫她来。我今天就带她一起回去。"

不消多时，丫鬟搀来一位千金，海棠衫白练裙，梨花粉面芙蓉双颊——轩茵以王府千金的标准梳洗打扮一番，也是个清丽的少女，只是进退举止还不够流利。她看见素盈就欢喜，还是过去那样的敦厚诚恳，得知是要带她回宫，受宠若惊不知该如何是好。

上鸾舆之后，素盈忍不住回首看——轩茵满心欢喜地坐上平王府为她准备的车舆。天真少女，以为去一趟皇宫是登天一般的殊荣。素盈一阵心酸，忙命人放下四角垂帘。

皇后从家里带回一个女孩儿，大崔秉仪果然发难："这位小姐口耳不便，恐怕不能当作宫女使唤。娘娘要将她安置何处？总不能让她以后都住在丹茜宫吧？"

素盈早有防备，微笑说："这是平王新认的义女，我恐怕她天生残缺被人看轻，有心在外人面前抬举她，并不要她常留宫中。过三两天，就将她送回去了。"

话到此处，宫中的人不好再讲别的。然而三日之后，素盈没有将轩茵送走的意思，反而对大崔秉仪说："小崔秉仪已经在皇极寺抄经数日，你去换一换她。"

一个时辰之后，崔落花忧心忡忡地从皇极寺回来。素盈屏退众人，蹙眉头问："寺里演的是什么花样？"

"娘娘已经知道？"崔落花没有问素盈从何而知，只说，"我在云岫轩代娘娘抄写佛经，终日不得擅离。听说兰陵郡王也被困在寒露馆，我起疑心，可是与御驾所在的东院隔绝甚远，不能通问。幸好得到觉慧尼相助，才知道素庶人竟藏身东院。"

觉慧是文妃出家之后的法号。素盈略感惊奇："她在宫中十几年不问世事，出了家却管起闲事来？"

"说是不能容忍清修之地也变成素庶人钩心斗角的场所。"崔落花稍稍思忖，说，"可是以我观察，她从未忘记无端死掉的两位皇子和她妹妹。"

素盈缓慢地点了点头："现在是什么景况？"

"素庶人仍在寺中。"

"还在？！"素盈感到一阵眩晕，暗暗地咬住嘴唇，不知不觉咬破了。

皇帝一行前往皇极寺已有九天，而那女人也在寺中九天。素盈算算御驾该要回来，暂且将心中酸苦忍住，整理心绪做好面对他的准备。孰料第十天午后，东宫与东宫妃都回宫，而皇帝只传了一句话回来："朕与主持言谈相契，欲在寺中多盘桓三五日。"

素盈听罢就怔了，半晌才对传话的宦官说："转告圣上……"只说半句，她就发不出声。

宦官等了一会儿，大着胆子问："娘娘要转告的话是……"

素盈闭目片刻，提一口气，铿锵地说："转告他，我知道了。"

宦官离去后，素盈握着身边的轩茵的手，纹丝不动地坐着出神。轩茵以前就知道她能这样一动不动地坐一下午，好在她有耐性，竟那样陪着素盈一直坐到日影西斜。

殿内光线渐渐黯淡，素盈的眼泪又大滴大滴地落在轩茵手上。轩茵慌了，急急打手势让崔落花来。崔落花心知不妙，匆匆奔上前连声宽慰："娘娘！这是何苦？"

素盈双眼含泪，幽幽啜泣："一年，是长还是短？果然比不了二十年吧。"

崔落花想了想说："娘娘这一年，万事无差失，怎是废后可比？"

素盈楚楚苦笑："无差失？我失去了他。竟然只一年的工夫，他就回到了废后身边。"

"唉，娘娘！你们从古至今，从来没有得到过他——你们素氏，能得到的是丹茜宫，不是天子啊！"崔落花且怜且叹，"天心难测，但是此时此刻，不能气馁。"

素盈收敛悲容，冷冷看着崔落花："你听到什么传闻？"崔氏数代经营，也有自己的广阔脉络，否则不会有"此时此刻"之语。

"素庶人说，她不奢望重回后宫，只求还她清白。"

素盈冷笑："只求清白？她是罪废。若是还她清白，当初废黜元后就是错判，怎能不给她拨乱反正？"

"素庶人不会得逞。"崔落花淡淡地说，"纵然有东宫与皇孙在，她那一家经过这一年来与相爷较量，也已经大伤元气，难成气候。她的本钱只剩一条命。只有气数将近的人，才会这样不计后果地拼死一搏。"

"我原打算不蹚这浑水的。"素盈擦了擦脸上的泪痕，面容恢复平静。

崔落花将冷清的目光投向她的泪痕，不由得担忧，黯然说："一旦坐过皇后的位子，就会被它纠缠一生，再无他路可走，至死方休。放逐，冷落，寂寞孤苦到死，或是为丹茜宫搏斗而死——而以素庶人的为人，一定会选择拼死挣扎。娘娘，眼下已没有迟疑的时间。若有计策，请先行为上。时机一错，万事皆空。"

"丹茜宫？"素盈的嘴角勾起一个古怪的笑，"可叹的是，给她丹茜宫，她也不会满足。我想要的，她绝不会留给我。"

得知素盈为父祈雨受凉，皇帝自皇极寺中接连传回几道口谕，要宫中好生看顾皇后，吃的用的不断送到丹茜宫，但有所需，毫不吝啬。

但他没有回来。

皇极寺的觉慧尼，至今将皇子和贞妃之死归咎于素若星。丹媛提起八皇子，对她咬牙切齿。素盈也仍然怀疑珍媛一尸两命与她有关。唯独他，今时今日还能面对素若星微笑。

想到那一幕，素盈心中翻江倒海，越是想着“我生什么气呢”，越是止不住气苦。

她原本不挑食，这时候极为苛刻地挑剔起来。因为偶尔呕吐，她总是饿，然而不肯多吃，却频繁要水喝。丹茜宫众位女官见她总不好，当然也有猜疑，但周太医坚定地说是春夏相交，皇后先受风寒又染初暑，脾胃失和，食欲不振。这诊断实在难以服众，连崔落花也忍不住劝说皇后另召一位太医来看。但皇后不听。

皇后亲近之人很少，崔落花进言尚无功效，更无人能够进言。盛乐公主还未从猎场回来，只剩下皇后从家里带来的那个哑女。可轩茵从不与宫中人来往，倒是将皇后的病情一五一十地告知平王。

平王府趁机进呈许多补品，相府的素澜进宫探望时也送来大大小小的礼盒。

素盈见她身材依旧婀娜曼妙，不禁叹道：“真有你的——已经生了四个，还是这样好身段。”她平常从不谈论这些，大约是怀孕的缘故，突然注意起来，话出口又怕妹妹发觉。

素澜并未放在心上，嬉笑地说：“何时能听到姐姐的喜讯？若是位公主，可别忘了我家里有三个儿子。”

素盈松了口气，她妹妹关注的向来是这些事。见她有半分说笑的意思，素盈也开玩笑说：“圣上已经许了你家一个皇孙，还不够吗？”素澜听口风已知道姐姐的态度，就不再提这话。

姐妹二人正说话，东宫的宦官来了，送进来一盅蜜汁藕羹，伶牙俐齿地说：“殿下听说娘娘受风寒暑热二气相攻，病体连日不见好转，原想来问安，只是眼下不太妥当。因此特命小人们去莲池中掘出新鲜藕簪。殿下说此物能开胃止渴，特送来给娘娘尝鲜。”说罢到皇后面前打开绿玉盅。

新挖的藕簪莹白细嫩，还不及小指粗，生切成段，上面浇了一同蒸过的莲子和蜂蜜。三两样东西，做得简单却深得妙处。素盈有些惊讶。不久前的那个雨天，在那面画着地狱的影壁前……他铁青的面孔又模糊地浮现出来。

东宫送来饮食殷勤慰问，似乎太过亲切，是和解，还是有别的意思？

也许她不应该将话说得太明白，不应该让他怀疑——她已经拿住素若星擅合毒药的把柄。

素盈的目光在周围宫人的脸上转了一遍，细声说：“我这一点小毛病，是谁惊动了东宫？真是唯恐天下不乱。”

周围没人发声。坐在她旁边的素澜笑道："藕簪是新鲜时令物，别处还没开始挖呢。今天恰好让我碰上，不知娘娘肯不肯赏我一口？"

"你几时变得这样馋？"素盈嘴上取笑她，当即将那绿玉盅递过去。

素澜尝了尝，笑着说："倒也没什么特别的味道。"

素盈感激妹妹的勇气，也知道她不是鲁莽之辈，敢这样挺身而出，是料定太子不会在众目睽睽之下，送一碗藕羹毒死皇后。特别是宰相的儿媳在场，他随便一点花样，就是给宰相送一个好把柄。这么想想，自己真是把小人之心掏出来当众丢脸了。

小盅藕羹不过两三口，赏素澜一口之后所剩无几。她舀了一点放入口中，清香甘甜，恍如回忆中的某个春日。素盈动摇了，心想也许这是他一番好意。毕竟，他那天在雨中叫她"阿盈"，而不是"娘娘"……

用罢藕羹，素盈微笑问那宦官："殿下还说什么？"

宦官回答："殿下只说这病可大可小，不过娘娘吉人天相，必能安然痊愈。"

素盈心头紧了一下，总觉得有弦外之音缠在上面。

为这一口已经下腹的藕羹，她心里沉沉的。夜深独卧在床，忍不住又感慨万千。从前睿洵送的一盒包儿饭，她不吃，是为了不让他为难；现在他送的藕羹，她吃下去，是为了不让自己为难。曾几何时，想起睿洵，能让她微笑。他送的一块香料、一封手书，勾起她心中酸楚。她早忘了微笑的感觉，那种酸涩也变成了她心头的阴霾。

在咏花堂里，崔落花曾经说，用十年塑造一个人，宫廷只要十天就能改变这个人。她也被丹茜宫改变了。

素盈想着不免难过。

稍后的梦境更让素盈辗转难安——她似乎被困在一个可怕的地方动弹不得，呼吸不畅，身子仿佛要被压碎，又仿佛被看不见的手拉着下坠……素盈吓出一头冷汗，从梦中挣扎着醒来，身上还是疼痛乏力。直到睁大眼睛完全清醒，只觉呼吸急促粗重，周身的沉重有增无减，腹中又胀又坠。

她心中满是不祥，伸手一摸，竟摸了满手的血，不禁失声惊叫。值夜宫女匆匆掌灯入内，一挑起床帷就尖叫起来，手中纱灯摔在地上。

黑暗与惊叫中，素盈脸色惨白，狠狠攥着拳，指甲深深刺入手心："传、传周太医！"

痛苦的感觉没有加重而是渐渐变轻，素盈心里也渐渐变冷，知道自己失去了什么。她想苦笑又想大哭。原来毒药的味道也可以很美妙。

只为他一声"阿盈"，她竟犯这样的错。

半夜召见太医绝非寻常，但周太医很快就来了。说了才知，自从皇后生病，他终日不敢远离太医院，随时听宣。

周太医的脸色隔着帐子看不见，但他把脉的手指微微颤抖。

"说吧。"素盈靠着枕头半卧，目光无法离开腹部。

帐外衣襟娑娑，周太医跪地低呼："臣死罪！"

尽人皆知他之前坚称皇后是脾胃失和，未能诊出胎象。如今皇后不慎流产，就算他不是死罪，离死也不会太远。

"也可以不死。"素盈似乎已有主意，幽柔发问，"太医，我能救你，可是，我能不能信你？"

周太医顿感事关重大，说："秀王作乱时，臣一家百口受惠和大长公主活命之恩。靖嫔自尽时，又是丹媛娘娘力保臣的清白。"他说完凝望那道锦帐，"一息尚存，就是救命之恩仍在显示恩惠。臣没有一天忘记。"

锦帐中很快传出一句宁静的话语："太医带朱砂了吗？"

周太医不明所以，谨慎回答："带了。"

"朱笔报喜吧。"素盈慢悠悠地说，"是时候了。"

"娘、娘娘，这可是诈孕之罪！"纵是周太医见过许多素氏女子千奇百怪的花招，也没有见过这样一个，简直是疯狂，"太医院将选三名太医一起为娘娘诊脉，以确定脉象无异。娘娘已失龙胎，到时要如何应付？"

"你只管做你自己的事。"素盈云淡风轻地说，"天一亮，就把消息送到皇极寺去。"

"万万不可！"周太医重重地叩头劝道，"臣宁可承担误诊之罪，不能眼看娘娘铸成大错。"

锦帐内有短暂的静默，随后响起冰冷愠怒的声音："太医，你在宫中多年，竟不明白今日之事牵连重大？要我为你解说吗？"

周太医打个激灵。可他既然左右难逃死罪，索性昂然问："臣愿闻其详。"

锦帐内更加安静。过了片刻，流苏娑娑作响，素盈揭开帷幕，说："你起来。"周太医抬起上身跪正，神色凝重，始终不敢去看皇后的脸。

素盈身体虚弱，气力不足，声音低微，却清晰了很多："就算你揽下误诊的罪名，小产另有缘故。但今天东宫送来藕羹，会成为把柄。事关重大，恐怕朝廷生变。我不能在今天小产。"

周太医行走宫中多年，这些只可意会的事情自然也懂，颤声说："那么将此事掩过不提——虽然可惜，但不至于欺君之罪。"

一团东西噗地掷在周太医面前。浅蓝色单子上，深深浅浅的血渍还未干透，触目惊心。

"掩过不提？"皇后的声音如钢铁般冷硬，又像发出悲声的琴弦般颤抖着，"你看着这个，再说一遍！"

周太医张了张嘴，发不出声音。他可怜这个失去孩子的年轻女人，也为自己的明天捏把冷汗——这位年轻的皇后也是素氏，诈孕绝不单单是为瞒过今天，为东宫开脱。她不肯善罢甘休，那么今天只是第一步。

误诊或许不至于死，但听懂一位素氏皇后的真心话，则让他无路可退，只能成为共犯。这是窥探素氏的代价。

“臣懂了。”他虚脱地说。

宫门一开，皇后有惊无险保住一胎的喜讯，就飞马报送皇极寺。同时还有两名宦官低调地出宫去，将这消息通知平王府与相府。

御驾终于回宫。

皇帝走入丹茜宫时，素盈不小心睡着了。她穿着珊瑚色的外衣，上面绣满芍药色的卷草，像温暖的花朵静静地开放在黄色绣茵上，周身透出生命的欢喜。窗子开着，她手中的书被窗风一掠，片片书页在掌上起舞。宫女们在皇帝严厉的目光下匆忙关窗，他静静坐在床边，端详她的睡脸。素盈的眼睑跳了跳，从睡中醒来，向他嫣然一笑。

他拿起书看了一眼，笑着问：“读到哪里了？”

素盈轻轻将他手中的书抽走，说：“唐明皇后妃遗事。”

他点头：“读史常怀诫勉之心，很好。”素盈安静地柔柔一笑，不置可否。

“太医们在外面等着呢。”他柔声说。

素盈脸上微微显出红晕，把书抛到旁边：“叫他们进来吧。”

两边早准备了珠帘，素盈侧身坐于珠帘后。宫中安静肃穆，只听声音就知道三位太医来到近前。周太医回避此次诊脉，今天来的三人名义上是由太医院抽签决定，不得与皇后私下通消息。

但素盈对结果并不意外。她没有能力摆布太医院，有人可以。宰相等她的孩子等了这么久，恐怕已经不耐烦。只有怀孕这件事他没法逼皇后。那天，送到相府的“皇后有孕”四个字，已足够。他在京中留够了人手，遇这良机当然知道怎么做。

今天这场诊脉，重要的不是皇后是否真的有孕，而是宰相是否认为她有。

素盈的手伸出珠帘，垂眼一扫，看见托腕的小枕角上绣着一个万字——万太医经验老到，诊脉极快而准，在后宫很有名气。原来他是宰相的人，素盈暗暗地记住。万太医请脉之后什么也没说，面无表情地退到一旁。

第二位是太医院中最年轻的魏太医。他向皇帝行礼时，皇帝纳罕怎么会让一个刚刚升职的年轻人来，问：“为什么没有叫刘太医？”

崔落花代答：“刘太医是周太医的弟子，按规矩回避了。”

素盈微微偏头，透过珠帘看了魏太医一眼：这年轻人刚刚从医正升任，做事拘谨，为人中庸，不敢质疑前辈——希望宰相别看错他。

年轻的魏太医请脉费了许多工夫，一会儿请左手，一会儿请换右手，仿佛不能确定他的结论。素盈从他焦灼而不确定的态度看出来，宰相那帮人没有直截了当说明意图，而这年轻人也没有完全听懂他们的意思。他被这脉象彻底弄糊涂了。

左右各换了两三次，皇后终于不耐烦地抽回手。魏太医只得满脸尴尬地退下。

第三位是赵太医，刚上前来，皇帝就笑道："周太医的弟子按规矩回避了。这位赵太医是刚才万太医的弟子，也回避了吧，去太医院看看还有谁。"不仅赵太医有些不知所措，连素盈也陡然吃惊。

不一会儿，宦官回来禀报："吴太医、李太医和方太医都在。"

崔落花说："吴、李两位太医是御前侍奉，按规矩不能兼奉中宫。"

皇帝点头吩咐："那就让方太医来。"

方太医……素盈五脏仿佛结冰，但没有多话。去传太医的时候，她站起来在宫里走动。

皇帝嗔道："才这一会儿就坐不住了？"她笑嘻嘻地坐回去，手里拿了一盒胭脂把玩。

片刻之后，方太医匆匆地进来施礼。素盈瞥见他低头上前，轻轻地冷笑了一声。声音虽轻，足够他听见。

方太医知道今天是什么情况，却不知道为什么突然要换太医。皇后那声冷笑也十分古怪。他提心吊胆地将小枕放好，见皇后的手在水青色的珠帘之间更显苍白，微微地攥成拳。

突然，她摊开手，掌上用胭脂写着一个嫣红的"珍"字。方太医一惊，险些跳起来，却被那只苍白冰冷的手扣住手腕。方太医的心一通乱跳，飞快地产生许多可怕的联想——她是不会忘的，不会忘记她妹妹珍媛死时，是他在场。

方太医也不会忘，应该说是无法忘记——当时她还是珍媛的姐姐，她的眼神，分明是打定主意要将那天发生的事情记一辈子。自从她成为后宫之主，方太医就再也不能安心。那件一尸两命的惨事不会过去……如今这只苍白的手，抓住了他。

"方太医？"皇帝见他耽搁得久，出声催促。方太医伸手抹了一把额头，额上汗涔涔的。虽然心慌意乱，却也察觉了脉象的奇怪。他恍惚明白皇后为什么要威胁他，可他还不明白这只手要怎样摆布他。

面前是一个巨大的陷阱。

宫里总有新的阴谋、新的阴谋家。他们好像都能嗅到方太医身上有特别软弱的气味，总是找上他，利用他，威胁他。方太医痛苦不堪，抱怨上天让他再三置身这种境地。可这一次，无人授意，无人指示，他内心反而更加害怕，第一回知道：在阴谋中没有同伴，更糟糕。他没有独力逃生的办法。

"方太医！"皇帝又催一声，有点不耐烦。

皇后苍白的手缓缓收入帘后。方太医却觉得，还有一只更加可怕的手攥着他的脖子。他想起万太医是琚相的心腹，跟着万太医的话锋最安全。方太医头一回看懂阴谋的结构，松了口气，忙收拾东西退下。

皇帝扫了三位太医一眼，微笑问："如何？"

万太医一躬到地，高声道："恭喜陛下！"

皇帝看了看方、魏二人，问："是喜脉？"

方太医颤声道："娘娘日前受寒暑二气交攻，身体虚弱，加之昨晚又经历胎气不稳的危急情形，因此今日脉象嫌杂，不过……当是喜脉无疑。"

魏太医也附和道："微臣所见与周、万、方三位太医相同。"

丹茜宫众位女官宫女首先欢欣，宫中泛起轻盈的笑声。素盈透过珠帘，见和颜悦色的皇帝虽在微笑，但并未有显著的惊喜。她叹了口气——他有儿有女，连皇孙也有了，自然不像她一样稀罕孩子。一边想，一边低下头用力拿帕子在手心揉搓。

皇帝见珠帘之后的人好像垂头丧气，走过去掀开珠帘，伸手托起她的脸。她脸上果然有股淡淡的愁云。

"喜从天降，怎么是这副神气？"他问。

"看陛下不太欢喜，妾也高兴不起来。"

皇帝笑一声，向在场众人说："丹茜宫中，各等女官宫人，按常例颁赏。众位太医加一等。周太医先前没能诊出胎象，险些铸成大错，没他的份，再罚半年俸禄。余人下去领赏吧。"

宫中众人都欢喜地向皇帝跪下谢恩，又向素盈跪拜贺喜。皇帝又说："皇后是第一次有孕，不能大意。你们要小心看护。"宫女们齐道遵命。

一时间，丹茜宫中遍布笑脸，素盈也不由得微笑起来，恍然产生一个错觉：她的孩子确实就在这里，接受众人祝福，没有离开。可她又不得不立刻狠下心说：可怜的孩子，已经不在了。

皇朝之巅，皆非常人，世间没有轻易动摇他们的办法。她这最弱的一环，已被击中要害。接下来，没有期待，没有缅怀，只有……非同寻常的较量。

皇后有孕的消息传出，平王一家自是振奋。依风俗，孕妇的姐妹们要送带有佛手、鲤鱼、宝瓶、蝙蝠这四宝的礼物。皇后的姐妹自然不能随便。只是素盈的姐妹稀少，入宫来贺的只有四姐素蕙一个。

素盈奇道："阿澜呢？平常没热闹，她还要跑来露脸，今天倒不来了？"

素蕙说："妾去过相府，那边说澜妹这两天身子不好。"她想了想，又低声说，"好像是月信来了十几天还没有去，整个人虚脱了。"

素盈暗暗惊怖，嘱咐她代自己去慰问。

素蕙呈上礼盒，神情有些羞赧："妾一点心意，愿娘娘平安吉祥、早得贵子。"

盒中是一尊玉瓶，质地尚好，巧在造型别致：一双佛手稳稳托着玉瓶，瓶身上的花纹是蝙蝠和缠枝牡丹，瓶口涌出一股玉泉，泉上跃出鲤鱼。整尊玉瓶有静有动，又将四宝融为一体。素蕙的夫婿虽然是有爵皇族，但家境一般，人口多又不善经营，筹备这样的礼物定是为难了一番。

“早就答应过五姨娘，要为姐夫谋个前途，可惜一直都没碰着合适的。”素盈压低声音说，“过几天会出几个官缺，不知姐夫有什么想法？”

人人都知道这位皇后一向不问朝中的事，素蕙骤然听她放出这样的话，不免有些吃惊，可是知道素盈不会平白无故地许诺，几天之后必定有大变故。素蕙和她家姐妹们一样，聪明，有适当的分寸，想了想说：“我们家在御史台还没有人。娘娘信得过他，容他在御史台领个职位，日后也好为娘娘效力。”

素盈笑笑：“瞧姐姐想到哪儿去了！”

她说了这样一句之后不再澄清，又含笑道：“眼看就是清明，宫里还有不少人给陈大人烧奠吧？”

素蕙也猜到五姨娘的脸面不够换御史台的空缺，要用她外公的旧交。她默默地微笑，以一种早已看淡的心态说：“原本这几年，给我外公烧奠的人不多了。娘娘册立之后，又多起来。”

“有姐姐想见的人，我可以成全。”

“二十多年前的故交，我娘认得，我是一个也不认识。”素蕙垂下眼，思忖了短短刹那，说，“可是常听我娘提起一人，说他二十年来不忘大节小节与外公祭日，从未错失一次。我娘常赞他知恩，是个靠得住的人物。既然娘娘准许，我有意与他一见。”

“是谁？”

“宫正司的杨芳。”

那么多人被素蕙一语带过，只抬举这一个，当然是料到皇后用得着。素盈命人找来，安排素蕙与他在偏殿相见，又低声吩咐崔落花：“去打听看看，杨芳是什么人。”

过了一会儿，崔落花回来，先说：“素湄在外面求见娘娘，想送一份贺礼。因为她身份卑微，又并非得到召见，没人敢放她进来。”

素盈放下玉瓶，突然显出落寞神色，向左右说：“同是我的姐姐，何必这样厚此薄彼？”

很快，素湄带着一只木盒入宫叩见，匍匐在地。阳光照在她平展的后背上，似乎比之前又消瘦了。绾起的发髻里，已经有发亮的丝丝白发。她将手中木盒高举，说：“奴婢不敢自居姐妹，高攀娘娘。实在是今日这事真的很好。真好。奴婢由衷欢喜，不知该如何表达，万望娘娘不弃，收下奴婢卑贱心意。”

素盈准她上前，打开木盒——里面是两对银镯，每一只挂着佛手、鲤鱼、宝瓶、蝙蝠四个小小的翡翠坠子。这是她们父亲给众位女儿的周岁礼，素盈小时候也有一对。

“这两对是……”

“是奴婢与死去的柔媛娘娘的。”素湄凄然咧嘴，哀哀地说，“奴婢代她做这件好事。如果，她能真心为别人的生命欢喜，大概……总有一天能远离地狱。”

“唉，姐姐！”素盈一阵难过，强掩过去。但素湄那双迟钝而麻木的眼睛，却像抓住了一瞬间的可疑。素盈急忙岔开话，握住她的手说：“姐姐这些天还好吗？”

“我好不好，就是这样了。你千万保住孩子。”素湄黯淡无光的黑漆双瞳盯着皇后腹部，枯涩的声音宛如巫师念咒，“那些让你觉得死而无憾的东西，最后都是过眼烟云。只有孩子，比宫里的一切，比你人生中的一切都重要。这地方不知道有多少人，以为自己卓尔不群，是个人物，到头来，能耐再大，比不过一个大肚子。”

素盈愣了一下。一旁的女官厉声喝道：“大胆！你怎么敢在娘娘面前言语放肆！”素湄立刻匍匐在地，连连叩首。

素盈勉强牵动嘴角笑笑：“这几天，我打算去皇极寺祈福。只是不知道圣上准不准。若是准了，我想要姐姐一起去，代我为柔媛诵经超度。姐姐千万别拒绝。”说罢挥手示意她退下，素湄如蒙大赦，一股青烟似的退出门。

素盈看着她青色的身影消失，呆半晌才问：“你们还记得她昔日的样子吗？”

大崔秉仪半开玩笑地感慨：“一比较，死去的柔媛算是有福了，再也不变。”察觉失言，她立刻住嘴。

素盈没责备她。这扫兴的话，实在没错。

又过了五天，宰相圆满完成猎宴与献祭，浩浩荡荡地回京复命。他知道素若星在皇极寺中面圣，并不慌张，听说皇后有孕就赶回来，大约是从万太医口中知道了实情。

“臣还未恭喜娘娘。”

琚含玄的脸色比卧床时强了几分，可是长途跋涉耗费气力，终究不如昔日那般神完气足，只是态度仍然安闲自在。素盈全神贯注地留心他的一举一动，察觉他的笑容隐约带着几分嘲讽。

“臣也备了一份礼物，已送入丹茜宫后花园。唯愿娘娘母子平安。”

素盈不知他葫芦里卖的什么药，装作饶有兴致地应付了两句，匆匆抽身回宫去。素澜因为还没送过祈生的礼物，一道入宫拜见。她气色不佳，说话也不似往常那么干脆，说上三五句，就要停下来休息。

素盈关切地询问了半天，又打趣道：“可惜你们家不缺药材补品，我少了一个关照你的机会。”

素澜嘤嘤回答：“娘娘有这心意，妹妹就不冤了。”她的话十分蹊跷，素盈心中有鬼，便猜她已知道那碗藕簪的厉害。素澜也知道姐姐不肯将东宫送藕簪的事情拿出来说，不在这事上浪费口舌。

“相爷送了什么？我还没见呢。”素盈拉妹妹一起去后园中观看，只见送的是一尊三尺多高的五色金求子观音。她心中满不是滋味，忍不住问身边的素澜：“这是何意？”

素澜不紧不慢地回答："这座观音经京内八大寺院加持，愿娘娘早得贵子。"

女官宫女见那尊观音光华灿烂、巧夺天工，都啧啧称奇。素澜趁她们满怀欣羡观赏塑像之际，在素盈耳边低语："他说，要送，就送娘娘用得着的东西。现在送，比之前送更多点诚意呢。"

素盈的嘴角动了动，冷眼瞪着妹妹。

素澜毫不在意，细若蚊吟的声音轻飘飘地说："他还说——没了就说没了，有人愿意为娘娘报仇雪恨，何必犯欺君之罪？现在只好请娘娘瞒下去，待到临盆，自然会验证这求子观音灵不灵。"

素盈向她微微一笑，冷冰冰地说："我猜到他是这样打算。"

她命宫女退下，留自己与素澜二人说话。皇后玉体贵重，宫女们原本不敢退开太远。素盈却说："郡主比你们细心得多，没什么不放心的。"

待宫女们远远退开，素盈背向素澜，低声问："事已至此，你如何想？"

素澜默不作声，半晌才徐徐地说："传言娘娘抱病像是有孕，周太医随时听传，终日不敢离开太医院。连宫外的我都知道了，东宫怎能不知？我自恃聪明，也想不到堂堂东宫，真敢在光天化日之下使出阴招。"

素盈呆呆地看着面前的花，又好像目光穿透了它，落在泥土里。

素澜堆起笑，仿佛姐妹之间正说着愉快的话题："他待你够狠，也够好。不想要你的孩子，又舍不得伤你——碎梦膏千金难求，据说不会产生什么痛感，就能去掉肚子里的肉，永绝后患。看来有些言过其实。不过能像今天这样，也是万幸。"

她的声音冷冽，素盈哆嗦一下，从妹妹的笑容里看到鲜血。一想到那天晚上，她再也不能装作平静，怆然道："这也是崔先生教你的？"

"这种下流的手段，崔先生不知道。但东宫身边可是有一窝巫医的后代。"她虽然在笑，但眉头微微拧起来，苦涩中有悔恨，"只怪我过于自信，给人可乘之机，后悔也没用了。"

素盈转脸望着天空，无数雪白的云丝正缓缓在蔚蓝的天上摇曳。阳光明媚，可那片压顶的蓝却令人黯然，无力呼喊。

素澜缓缓说："废后已经逼到皇极寺。眼下的情形，舍小逐大，一本万利。可是姐姐不肯揭发东宫。为今之计，只好听相爷的。娘娘务必拖到临盆，自然会有儿子——"

她话没说完，素盈已回身一掌打在她脸上。素澜的身子晃了晃，脸色居然不变。远处的宫女见状一阵慌乱，有几名快步上前，却被素盈挥手斥退。

"一本万利？我的孩子死了，死了！"素盈红着眼睛，努力压抑着声音，身子不住发抖，"找一个补上，就算赚到了吗？！"

素澜一双大眼水盈盈的，分外明亮，望着姐姐且气且笑道："娘娘这是借我出怨气。我无话可说。可是扪心自问，那时你真的全无防备、一点不知道那是什么东西？"

素盈的口舌僵住，发不出声音。

素澜冷笑道："有了身孕，为什么不肯说出来？把那孩子放到明处，谁也不敢轻易动他，去惹谋害龙种的嫌疑。可你担心的，却是另一个人的安危……你藏着掩着，那人当然要起疑心，反而怕你诡计多端要加害他。现在知道疼了，能怨谁呢？"

"别说了！"

"其实，有那么一瞬间，你偷偷希望没有这个孩子，想要从这件事里解脱吧？有那么一瞬间，姐姐心里选了东宫，没有选自己的骨肉，就像后来一样——你明知道是东宫杀了你的孩子，还替他瞒住。你怕相爷等到皇子，就除掉睿洵。"素澜凝望姐姐，摇头笑道，"那一瞬间，若不是我抢了一半，这尊观音就可以省下——你这辈子也别指望有了。"

素盈悚然变色，惊得半晌发不出声。

姐妹二人紧闭着嘴，瞪着对方。素盈终于失了气力，飘忽地说："你问过我，有没有一个人，能够让我逞强，就算扛不动丹茜宫，也要为他扛起来……本来，是有的。"

素澜默不作声地看着她，紧紧握住她的手。

素盈又不再说话。许久，她从无数心事中抬起头，漠然说："这观音你带回去，告诉你家相爷——他自己留着吧。"

素澜这便知道宰相的计划行不通。宰相的目标向来只有东宫，但她姐姐的目标向来不是东宫，还有自己的一本账要算。她用力摇头："姐姐切勿胡乱打算！"

"什么叫胡乱？难道只有为相爷打算，才不乱？"

素澜继续摇头，提醒她："让你坐进丹茜宫，是皇朝的需要，是宰相、皇帝的需要。可是姐姐你直到现在，还是在不该谈感情的事上，依赖感情做判断。你一个人想挡下多少暗箭？你有多少条命可以挥霍？"

素盈怆然说："这就是……我成为我的缘故。"

素澜愣了愣，揣摩这话，发自内心叹了口气，低低叹道："姐姐的今天来之不易，愿姐姐珍重。"

素盈看着她离去，回到宫中更觉无力，软软地斜躺着休息，唤宫女取书来看。宫女们问她看哪一本，素盈说："昨天那本，我再看一遍。"

"娘娘已看了七八遍呢！"宫女笑嘻嘻地呈上书。

看不多时，周太医照例来请脉。最近他每天来，每次都私下对素盈说："娘娘，这事情拖不得！"素盈起初笑笑不答。

今天，她问忐忑不安的周太医："东西准备好了吗？"

周太医松了口气，旋即又谨慎起来："娘娘放心。"

素盈轻微地点头说："好，那就不拖了。"

这天，皇帝到丹茜宫小坐，看出素盈心事重重，笑问："皇后最近总是郁郁寡欢，有什么心事？"

“没有。”素盈对镜梳头，避过他目光直视。

皇帝上下打量她一会儿，半开玩笑似的问：“外国进贡的合欢瓜、水晶梨，还没有送来给皇后尝鲜？上贡的绉纱罗缲不如以往？御厨特别准备的膳食没有每天换菜色？还是宫里的人不够机灵，害你心烦？或者……是朕粗心大意，让你难受了？”

“怎么会呢？”素盈轻笑。她原先已是贵不可言，如今身价又增，吃穿消遣无不集天下之英华，每日睁眼看到的东西没有一样不是最好的。

“皇后的心事太多了。”皇帝随口说，“这种时候，只管挑好东西用着玩着，挑好事情想着。凡事已经有人代你操劳，你不用花那么多心思，会过得比较轻松。”

素盈僵了一刹那，继续梳理长发，缓缓笑道：“妾曾经听人说过，皇极寺中有位心灰意冷的僧人，总是睁一只眼、闭一只眼在庭院中打坐。他睁开的那只眼睛其实是瞎的，闭上的那只才有视力。告诉我这件事的人，同时也对我说——其实每个人都一样，遇到某些事情的时候，把能看清的眼睛闭起来，却睁着一只瞎眼骗自己‘确实已面对了’……大概这样会过得比较轻松。”

这是崔落花教习时讲过的一件事：处事不可盲目乐观，自欺欺人。素盈没有学好，以至于看着那碗藕簪的时候，闭上了能看到真相的眼睛。从今往后，她再也不想那么做。把操心事交给别人，告诉自己日子可以过得很轻松——这种事情她想也不会去想了。

故事不是什么新奇的逸闻，皇帝却听得入神。

“皇后也学会讲故事了。”他微笑着夸一句。

素盈离开镜前，含笑依偎在他身侧，双眼仍注视金光灿烂的大铜镜。他们两人的身影同映金辉，一种颜色。

“在看什么？”他柔声问。

素盈笑而不答，就势倚在他肩头，细声说道：“大婚的隔天清晨，陛下按住妾的手，没让妾起身。”

镜子里金色的男子无声微笑。素盈专注地看着他，温柔地问：“陛下那时，是愿意与妾白头偕老的，对吧？”

镜中人若无其事地笑问：“怎么想起这个？”

素盈的嘴张不开，双目太过专注，有些发酸。镜中的面容模糊起来。

他的声音在她旁边淡淡地响起：“天子之配，长久为好。”

为了宫廷安稳，愿意不愿意并不重要。他说的是“天子之配”，他与他的附属物。素盈默默地提起嘴角，凑不成笑容。

他对她的反应莫名其妙，问：“怎么了？”

说一个谎话也可以。素盈想对他说：“对我说一个谎话也可以。也许我不会相信，可是我想我会开心。”

但他没有兴趣为她编造谎言。

“没什么。”她起身回到镜前，亲手放下镜罩，撇开这个话题，敛容轻喃，“妾最近大约是有孕的缘故，时常心神恍惚，想起珍媛，免不了悲伤。想求陛下准许妾去皇极寺，为她诵一本经。”

他不假思索就平静地否决：“你现在不是一个人，出了差池怎么好？”声音还是那么动听。

素盈面带忧色，坐回他身边，柔柔地说：“上次陛下与东宫、公主们都去为皇孙祈福，只有妾未随行。偏巧这当口有了身孕。东宫那边的人会怎么想呢？妾想趁现在行动还方便，去皇极寺一趟，顺便求神佛保佑腹中胎儿。”

他听了这话，容色稍稍和缓，握着素盈的手说：“你总是想太多。东宫是个宽厚的人，怎么会乱猜？”

素盈听罢默然垂首：“那就不去了。”

皇帝想想，轻拍素盈的手背，说：“这时候让你整天闷在宫里，也无趣得很。真想去，挑个日子，少带些人，去一两天即可。”

素盈嫣然一笑：“谢陛下恩典。”

他微笑着点点头：“定下来日子，提早向寺里说一声，让他们仔细准备。”说罢站起身。

素盈知道他要走了，急忙起身相送。他却不急，伸手托起她的脸，端详她的眉眼。

“逝者可怜。”他忽然说。素盈想避开他的目光，却避不开。

“生者也是。逝者离开时，痛苦都留在红尘。红尘中的人，若是全捡起来，那就生不如死。我们这样的地位，不可执着于幽冥。”他收回手，仍然是一脸淡漠，“会招来灾祸。”

皇后的随从即便再怎么精简，也有八十多人。除了跟前伺候的那几个由素盈亲自选定之外，其他都交由各处负责的内侍去安排。人员定妥，呈送丹茜宫，素盈还不放心，拿到名册先让人查一遍八字，结果查出十几个相克的，要换人。内侍不敢违命，连忙重选。再将名册交上去，素盈说是做了噩梦，恐怕是个征兆，挑出几个名字应了噩梦的，又换。

宫里人都记得，她妹妹珍媛有孕的时候更加紧张，闹得琉屏宫惶惶不安。考虑到她之前夜里见红，现在是非常时期，谁也不敢抱怨。

第三份名册，素盈什么也没说，又指出几个人要换。众人也不问了，左右是一些她自己才当紧的理由，总之换到她满意就行了。临行前两天呈上名册，内侍原是做好再换的打算。皇后看了半天挑不出毛病，点头赞许说“辛苦你”，倒让他有些受宠若惊。

郑重筹备之后，皇后一行挑了良辰吉日动身。素盈上了銮驾还不忘问，随行的是不是一一与名册对照过。得知绝无差失，她才吩咐起驾。

隔着软纱罗，可以看见沉甸甸的灰云下，皇极寺浮屠塔的金顶遥遥地闪光。她脑中却是那面阿修罗出没的影壁。

一缕白纱模糊了她的视线。

那向来冷淡的声音说："有一天你会问自己，为什么变成曾经最讨厌的那种人。你会发现，曾经的讨厌，只是抗拒步入他们的后尘，以为这世界会向你铺陈一片与众不同的光景。"

白衣女子静静地坐在素盈身边，说："但世界就是世界，不会对谁特别开恩。你讨厌的活法，就是最常见的活法，就是……在这世界沉淀下来的、最合适的活法。你无法超然世外。"

素盈直视那阴霾下遥远的光，而拂动的白衣也倏忽不见。

走了这一步，置身群魔之中，没有退路，然而心里异样平静。她收回目光，漠然正视前方。

是时候要他们知道皇后的底线。

Staread
星文文化

一年天下

典藏版

（中）

煌瑛 著

浙江文艺出版社

目录

第十一章 修罗

这天天气闷热，一行人来到皇极寺时，已近正午，恰是最闷的时候。寺中东院有御驾下榻处，名为正光堂，西院有皇后下榻处，名为含光堂。素盈径直往含光堂稍事休息，随行的周太医很快跟入，为她略做检查。

一会儿，崔落花出来向西院的主事尼吩咐："娘娘有些疲惫，刚刚睡着。请众位大师先代娘娘为皇孙诵经。稍晚些时候，天气凉快，娘娘再亲自祈福。"她又向一旁躬身侧立的素湄说："娘娘吩咐，你先去僻静的殿阁中为柔媛抄《金刚经》。晚些时候，娘娘为皇孙祈福完毕，再去为柔媛诵经。"

不知不觉，天色暗下来，起了风。宫女们轻手轻脚关好门窗，却见皇后动了动，醒来慢悠悠地端详天色，说："今年的雨水可真多。今天看样子回不去。向宫里报一声，我今晚在寺里住。"

一名宫女自外面进来说："娘娘，有人求见。"

"是谁？"

"她说是相府来的，可空口无凭。她说有件事，说给娘娘一听便知——她有幸搀扶过娘娘一次，在那之前，连比茶碗更重的东西都没拿过。"

素盈心下纳罕：馨娘的身份不配入宫拜见，赶这个时候跑来，恐怕是有特别的事要说。这么要紧，多半是坏事。她心里猜着，笑说："宰相家的人，不妨事，让她进来。"

乌云沉沉，天光暗淡，屋内沉入昏暗。宫女们正掌灯，忽然一声巨雷，雨哗啦啦地泼洒下来。疾风携雨，横七竖八地吹，一气冲开门扉。馨娘随风进来，一头一脸的水，可并不显得狼狈——美人即使那样水淋淋地站着，也照样把旁人比了下去。素盈一看见她那张脸，心里就觉得沉甸甸的。

她向素盈行了大礼。素盈笑着问："你怎么专程跑这儿来？"

"听说娘娘来祈福，奴婢送一样东西为娘娘助兴。"馨娘笑了笑。不知是冷还是紧张，她的脸色略微有些苍白。说话时，取出一个锦囊呈给一旁的女官。

女官捏了捏，正要打开，馨娘慌张地说："里面的东西关系重大，请娘娘一人过目。"

女官正要斥责，素盈已笑起来："宫里有宫里的规矩，真是要紧的东西，你不该这样给我。"

馨娘脸色更白，提高声音说："若非事关重大，奴婢不敢亲身前来面见娘娘。"

素盈看了看她，向女官伸手，接过锦囊，打开看见一张有字的纸条。她使了个眼色，女官与宫娥各自退去两三步。

素盈抖开纸，单是看到题目心就沉了下来：《缦城感怀四首并序》。

电光一闪，满纸黑蛇要来咬她的手。素盈用力攥住，序言在褶皱里跌宕起伏——

"恶云弥空，恒日不消。天光远隔，难辨昏晓。祈好风来扫四野，天不解兮降狂飙。"

她嘶地吸了口气，对满纸不加修饰的大胆抱怨有些震惊。腥风盗瓦，污雨欺花。这是骂她偷了丹茜宫吗？素盈暗自冷笑，飞快地向下看。

"兰摧蕙折，星失月迷。中夜凄凄，悲心催发。苦茗已冷，残香方散，笔生愁，笺生哀。望帝京烟胧雾遥，前生梦幻，随风寸断……"

窗外雷声轰鸣，恰好应了那纸上的风景，原本沉重的哀怨显得更真切几分。只是字迹落拓，素盈认不完全，几十个字的序言，磕磕绊绊看不到尾。她定睛看，发现是她自己心慌意乱，目光拧了一股劲似的不肯向下看。

为什么要浪费时间，去念废后的新作呢？她埋怨自己，可是无法遏制地想要知道那女人在抱怨什么——这些抱怨，将传到皇帝耳中，就像此刻传到她眼前。她有多烦恼，他就有可能多垂怜。

他的心疼不疼，和她有什么关系？她更加懊恼。又想，废后素来以赋诗的才能闻名，这种写出来给人看的凄惨，将刻意散布天下。多一个人为她失去丹茜宫而扼腕，素盈失去它的时候，就少一个人抱屈。

素盈努力地读着，读了太久，旁人都不知她为何陷入漫长的沉思。

一道耀眼的电光晃过，素盈闭上眼睛，轻声说："好，好。"素若星不愧是当了二十年的皇后，懂得逼到皇极寺跪泣，也懂得无法获取皇帝谅解时，她需要让全天下都相信她是蒙冤，同情的声音多到帮他确信，一开始就是他弄错。

直到接她回宫变成顺应民心。

素盈命馨娘上前一步。虽然雷声隆隆，她还是放低声说："我当是什么十万火急的东西呢！这犯不着赶一个鬼天气跑来吧？"

馨娘的微笑中透着冰冷："想对娘娘说一句，有人在右手上吃了亏，改用左手了。"

"那又怎样？"

"诗是写给娘娘的夫君。"馨娘似乎有些沉不住气了，"娘娘不介意吗？"

素盈暗暗地苦笑一下。她和他，并不是世俗的夫妻，这种事情有什么介不介意呢？跟馨娘说，她也不会懂得。素盈将纸折起来，越折越小：“别说是一张纸，就算你拿给我一本诗集，能怎样呢？我管不了别人的心。”

这句话，馨娘仿佛深有感触，眼神凄凉，怅然说：“娘娘豁达。可是别人的心，却是我的命啊。怎么能不管不问呢？”

素盈不由得浑身发凉。这傻女人打什么主意，她能猜到——不是每个女人都有能力反击情敌，那些做不到的，总需要仰仗能做到的人。但皇后不是她打鸟的石头。她们两个都只是别人的石头。

“你怎么傻到这地步？”素盈看着馨娘，很难说她哪里更傻一些——是将宰相的心视作性命，还是背着宰相跑到皇后面前搬弄是非。

馨娘垂下头，说不出话，眼泪不停地落在膝上。素盈不想看她在这里哭，正要命人领她出去，忽然听她哽咽说：“奴婢也曾有孕，两次。”素盈警惕地盯住馨娘，发现她的神态不像是弦外有音。

“相爷不准留下。”馨娘期期艾艾地说，“我这样的人，原本也不敢奢想。可是上一次他说了真心话。他说——万一长得像我，见了徒增伤感。”

素盈对宰相家的事本不感兴趣，突然听到这话，却不能不惊诧，急忙挥挥手，让周围的宫女们退出去。

想起失去孩子的惨痛，素盈手脚冰冷，不由自主地打哆嗦。琚含玄在馨娘身上寄托了一个影子，缔造了一种在真实中绝无可能发生的关系。幻影不该开花结果，否则会变味，提醒他：她是另一个真实的人。为这种无聊的缘故，他竟把馨娘变成一个彻头彻尾的幻影。

“丧心病狂！”她情不自禁地咬牙。

得到皇后的怜悯后，馨娘一口气说：“我起初不知道为什么。是少夫人无意中说起来，我像那个人。若是嫌弃我出身低微，我也认了，竟然是这种缘故！”

“可是你……”素盈感慨道，“你得到的荣华富贵，也正是因为这长相啊！”

“我现在知道了。”馨娘的大眼睛转向素盈，闪电照映在那两枚漆黑的瞳孔上，仿佛目眦碎裂，又似仇恨之火喷薄而出。

“原本我为美貌沾沾自喜。林将军要拿我替谢将军换个前程，我还得意呢——幸好生得美，不然哪来的富贵运气！原来在相爷眼里，我不是我，也不是个人！就因为他的魔障，我余生只能次次承受堕胎之苦，在鬼门关徘徊？这是我珍视的脸，我却恨得不想看见！”馨娘无法克制胸中气苦，呜呜地哭着，匍匐在素盈脚下。

素盈发了一会儿愣，低下头看手里那张纸，叹口气说：“今日之事，我设法劝说相爷不同你计较。到此为止。你是谢将军送给相爷的，倘若再胡闹，连累谢将军，我不会饶你。”

“关乎谢将军前程的，早就不是我，是娘娘。”馨娘怪气地笑了一下，“谢将军转迁丹茜宫卫尉，难道是看我的面子？”

素盈心中忽然一颤。琚含玄料到废后一家必有异动，临时提拔谢震为丹茜宫卫尉。这种人，会百密一疏，放一个侍妾跑出家门告密？皇极寺中遍布琚含玄的耳目，若要阻拦，馨娘根本见不到皇后。

是他默许的。是他要馨娘来将这张纸交给皇后。琚含玄知道她到皇极寺做什么，为她提供了他愿意提供的东西。但他一言未发。素盈忽然觉得气馁，本打算交还馨娘的折叠好的纸张，又攥回手心。

“你回去吧，别再胡闹。”素盈装作若无其事，“我们还太年轻，伤不了他们的心。”

大雨下到晚间才收住。寺中杂役哗哗地扫积水，一波一波，扫清了徘徊的稀薄雨雾，月光澄明。

素盈带着一众女官往千佛殿为皇孙祷告，并没有花去很多时间——刚刚下过大雨，殿里湿气重，地板冰冷，只待了片刻，就有很多人考虑到这里对她的身体不好，劝她早早休息。她自然要正色道：“祈福原本就是一件以诚心为重的事，怎么可以这样草草结束？”

“既然是以诚心为重，娘娘有心即可，形式原本就不重要。”皇后身边永远都会有人为她着想，然后高声说出来让她听到。素盈在劝说下离开，又转往安静的三宝殿。

摇摆不定的烛光中，青衣宫女跪在案前抄金刚经，已抄了不少。素盈见状赞叹：“姐姐还是一手好字。”转身向随从的人说：“外面等着。我们姐妹静静地给死去的柔媛诵一段经。”

青衣宫女那双空洞的眼睛斜睨素盈，充满怀疑。素盈向她笑笑，跪在蒲团上低声诵念了一阵。

“娘娘别装了。”青衣宫女冷哼，“娘娘带我同行，是为死去的柔媛，还是冲着我？”

素盈闭目向佛像缓缓拜了拜，起身走到她身边，低声笑问：“有区别吗？”从袖中取出一块折得很小的纸，不疾不徐地说：“淳姐姐，你这双手，借我一用可好？”

月亮慢吞吞地从云层里露出一个边，殿中游荡着飘忽的微光。青衣宫女脸色惨白，嘴动了动，没发出声音。素盈平静地望着她的眉眼，轻声说：“你仍然以为，我不知道自己在跟谁说话吗？”

“娘娘在跟谁说话？”青衣宫女提起嘴角，牵强地笑了笑，月光在她脸上忽明忽暗，替她变换神情，“我自己，都不知道我是谁。”

素盈始终盯着她的眼角眉梢，竟觉得她说的是实话。

“有时候觉得，我是阿湄——拿曼荼罗毒害孪生妹妹的罪人。有时候觉得，我早已死了，应该是阿淳。素淳和素湄有生以来从未分开过，她们之间也没有秘密。我想找出一件事只属于我，可是……分不清那些记忆是谁的。”她说着，恢复麻木的神态，“我不知道自己究竟是谁。”

“今天我需要素淳从阴间还魂——过了今天，你还是被没为奴婢的素湄。”

青衣宫女吸了口气：“被你发现，就完不了。”说着伸出双手端详，恨恨地长吁短叹：“早知有人惦记这双手，不如弄残，省得造孽。说吧，你想谋害哪个？”

素盈受这充满怨恨的指责，好一阵子说不出话。她忍了又忍，悲从中来，颤抖着说：“姐姐，我……没有了。孩子没有了。”

幽暗中的青衣宫女大睁着眼睛瞪她。

“你送我再多的银镯，也没办法救赎——我的孩子死了。”素盈说着，再也憋不住胸腔里的哭声，又怕殿外的人听见，飞快地咬住衣袖。

青衣宫女惊骇得如同冻在空气里，许久才复苏。她慢吞吞向前走，伸出手臂抱住了颤抖抽泣的皇后。

素盈刚从她的拥抱中感受到温度，她就忽然推开皇后，抽走那张纸，抖开一看，说：“她的字变了。”她知道素盈为什么要这么做，马上就知道要对付谁，不在多余的事上浪费时间，借着半明半暗的月光仔细端详，边看边说：“这是左手的笔势。”

素盈擦掉眼泪说：“她很谨慎，流传于外的东西换了左手书写。”

青衣宫女阴沉沉地问：“这新字还有别处留存吗？”

“感怀四首，这是其一，还有三首可供对证。”

“你要我写什么？”

“如果你是她，会写什么？”

青衣宫女略加思忖，伏在案边动笔。一笔一画写得很慢，很久才写了十来个字。把这张纸交给素盈时，她再一次细细打量年轻的皇后，冷漠地说：“她罪有应得，你……早晚也是。可怕的家伙。”

素盈接过纸扫了几眼，心想她姐姐的见识果真没有在浣衣坊里流荡殆尽，字字直指雷池。

“你们是真正的素氏，我不敢比。”她叹罢，将纸藏入怀中。

青衣宫女那双黑沉沉的眼睛盯着妹妹，摇头说：“我们靠技能，你靠本能。而人性本恶，这才是真正的可怕。”她说到这里，眯起眼睛，冲皇后咧嘴笑了一下，“地狱之设，本是为人。我们姓素的，一个也逃不了啊！”

素盈呆呆地想着这话，青衣宫女趁机深深一躬，退行出殿。

“等一下！”素盈忽然发令，那深青色的身影在廊柱的阴影中定住。素盈悠悠地说：“姐妹们死在宫里时，父亲说——‘阿盈，还好有你’。”

大殿里响起嗡嗡的回音，好像真有一个平王在看不见的地方阴沉沉地发声。青衣宫女唇边浮现了然的笑容，静静看着她。素盈失神的眼睛仿佛在看着很远的远方或很久之前的过往，低声呢喃：“没有人在乎我的恐惧。我对父亲说我害怕宫廷，他嫌弃我没有出息。

我对哥哥说我害怕宫廷，他却要‘万死不辞’。”

素盈若有所思的目光穿过殿中的阴暗，定在那个面目模糊的女人身上，语气变得温柔：“入宫之前，我去扫过一次墓。为淳姐，也为了正视最糟糕的结局。她的坟修得很草率，可是干净整洁——有个男人，在附近结了一座草庐，坐在门口摆弄琵琶。”

阴影中的人向前走了一大步，冲到逐渐明亮的月光里。

“你说什么？！”她紧绷的语气透出难以形容的起伏，脸颊不受控制地颤抖。

素盈直直盯住她，不疾不徐地说：“他说阿淳善良坚强，他不相信她会干伤天害理的事，更不信她会自尽，一定是陷害。太奇怪了，对吧——姐姐们从小养在府中，他怎么会知道？我问他怎么称呼，他说他姓唐。”

青衣宫女的身子猛然摇晃，双膝一弯，嗵地跌坐在地。素盈仿佛没有看见。

“陪我去扫墓的丫鬟管不住嘴，这事让父亲知道了。父亲大怒，要派人去拆了草庐，将那人赶走。我听到大哥说，‘事到如今，由他去吧，能守到今天，也真难为他’。所以那个人，现在还在坟前摆弄他的琵琶。”素盈停顿一下，“姐姐记得这人吗？我总觉得，小时候在哪里见过他。”

“你为什么要对我说这个？”青衣宫女仰起头，脸颊上的泪水倒映出月光，像一道裂痕将面具劈碎。

素盈凝视桌上苍白的经卷，冷清地说：“素淳也好，素湄也罢，甚至素盈……终归要死在宫里，不过分个先后而已。可是看到那个草庐，再看到你，我才知道，那座坟墓不是最糟糕的结局。”

“你知道什么？！”跪在地上的人开始啜泣，“关于我，你知道什么？！”

“过去的事，过去了。知不知道又如何呢？”素盈黯然说，“我不知道以后的我、以后的你是什么样。可我们还有以后，世上还有一个不信你会自尽的人。为了那个信念，也值得挣扎着活得更像个人吧？”

她走出去，关闭殿门。

殿内呜呜的也许是哭声，也许是风声。

那天发生的事，到底是什么？

很多宫人并不清楚。就同他们知道许多事情的大致过程，但不清楚大多数事情的底细。这件事情的大致过程是这样——

晚上皇后为柔媛祈福之后，觉得不大舒服，周太医与方太医立刻赶去。周太医走得太急，不慎摔倒。刚刚下过雨，他这一跤摔了满身泥，不得不回去换衣服。方太医不敢耽误，先行一步。

方太医十分不情愿，还有些害怕。一想到皇后那无异于常人的脉，他就害怕——他已经犯下了欺君之罪。糊涂，该死的糊涂！他骂了自己千千万万回，可千千万万回当中，没有一回能想到另一个选择。

他走入含光堂为素盈把脉，以检查“龙胎”是否无异。他只敢低头看着地面，目光却无法集中在一点。

“娘、娘娘御体无恙，大约是一时略受了湿气侵扰。”他从指尖感受不到任何危险的信息，那正常而稳定的脉搏一个劲对他说，这不是有孕之身，这是弥天大谎、欺君之罪……

皇后收回手，轻声问：“可需用药？”

方太医知道她流产之后极易受风寒，每次总要病几天，胃口又时常不好，摇头说：“无须用药，以四神汤调养即可。”

待周太医到时，皇后已宽衣睡下。平常她的药方都要给周太医过目，只是今天方太医并未用药，周太医也不便打扰皇后。

然后，宫人们所知道的是，皇后喝过四神汤就安寝，在半夜忽然呻吟，大呼来人。宫女们慌慌张张去看，只见皇后卧榻上血淋淋的。虽然前些天皇后也有一次有惊无险的出血，但再次见到这场面，宫女们还是吓得六神无主，匆忙去找太医。可方太医竟然不知去向，幸好周太医恪尽职守。

“叫、叫丹茜宫卫尉！”素盈雪白的面孔透出慌张和恐惧，声音不住打战。

“娘娘，周太医来了。”刚刚赶来的女官以为她惊恐之下语无伦次，却见素盈努力摇头。

“丹茜宫卫尉——快！”她加重语气，说完就不住地喘，再也说不出完整的句子。女官们面面相觑，不解何意，已有机灵的宫女不想那么多，飞快地跑去召唤。

很快，丹茜宫卫尉匆匆冲进屋，大步走到屏风外，跪倒叩首：“娘娘有何吩咐？”

素盈一听他的声音，用尽浑身力气撑起身子挣扎着说：“谢、谢将军！”才说了这几个字，她就头晕眼花，用手压着胸口，重重倒在床上。宫娥女官一齐惊呼，不知谁撞到屏风，哐一声险些砸在卫尉身上。

谢震跪着没动，骇然瞪大眼睛，目不转睛地望着素盈。当即有四名宫娥快步走上来，背向他站成一排，挡住他的视线。可他已经看见素盈全无血色的面孔，冷汗与泪水将她乌黑的头发黏在苍白的脸颊上，大滴大滴的眼泪从晶亮的眼中不断淌出来。她的手紧紧抓着床边，灰白的手指上还染着血。她望着他的一瞬间，只能呲呲地喘气，发不出声音。她的目光伤心欲绝，又带着一线期待。

一瞥的图景让谢震如坠冰窟。周太医为皇后检查完毕，在一片慌乱当中，颤巍巍地跪地叩头：“臣死罪！”

含光堂中的人们全都忘记了呼吸。崔落花厉声大喝：“太医！你可要仔细言语！”

“确实……已经滑胎。娘娘节哀！”周太医将他曾经说过一遍的话又说了一次，实在做不到像第一次那样真切，可是含光堂中已起悲泣，素盈更是仰面痛哭不止。

呆若木鸡的崔落花很快醒悟，代替悲伤的皇后下令："此事非同小可！卫尉，立刻严守门禁，不准出入。倘若是有人谋害皇后，绝不可放过蛛丝马迹。"

"娘娘放心，臣一定彻查！"谢震的牙齿咬得咯咯直响，紧握的拳头青筋暴现。向上重重叩一个头，他起身退下，每个脚步声都沉重冷硬。

皇后身边的女官忙着救护素盈，没人注意到他恐怖的脸色，只有崔落花悄悄跟了出来。怒气冲天的谢震大步疾走，崔落花追不上，急忙叫声："谢将军留步！"

谢震站住，绷紧的背影依然让人害怕。崔落花走到他身边，严肃地说："今日之事太过突然，恐怕蓄谋已久。相信将军也知道，自从皇后有孕，朝廷内外有些人不怎么高兴。"

谢震没有回答。他的呼吸粗重，愤怒仍未平息。崔落花简洁明了地说："两位太医必须查。尤其方太医，珍媛就是死在他手上。但卫尉要记得，丹茜宫从未发生过动用私刑的事情，更未因此出过人命。越是这样令人扼腕的节骨眼上，越不能为皇后招来非议。"

谢震开口说话时声音还有些颤抖："若有差错，我当以命承担，绝不辜负娘娘。"崔落花斜眼看了看他——这个人果然是这样的。

"死在将军手上，您怎样也脱不开干系。娘娘已失腹中子，再因为这件事，失去一个兄弟，岂不是珍媛那回的事又重演吗？将军务必尽力，还要谨慎。"崔落花淡淡地说完，转身就走。

接下来，宫人们得知：丹茜宫卫尉命令封锁皇极寺所有可供出入之处，带人挨门挨户地搜查上千间禅房厢房——没有一个人能够消失得无迹可寻，他发誓找到潜逃的方太医。

素盈伏在血迹斑斑的床上，不顾一切地大哭。周围的宫女们无法劝她，有的看她太伤心，与她一起哭起来。

这场泪雨，她已经忍了太久。哭着哭着，想到所做的一切，更加悲从中来——她曾经因为在宰相面前暗示皇后的私情，吓得连日惶惶不安。至少那是一件她信以为真的事情。可现在，她作假的时候，没有害怕。

周太医的酒壶是一件巧妙的东西，分为内外两层。这件稀奇的壶是平王送他的礼物。周太医并不喝酒，但壶总带在身边，向旁人表明他与平王府、皇后的关系，昭告外人，他已深陷在平王的派系之中不能自拔，不能背叛。

今天，周太医藏在酒壶外层的是牛血。素盈用水稍稍稀释，洒在床上的时候，手没有颤抖。她确信，皇后小产，没人会把心思放在验证血迹上。

大大的壶塞是一整块好看的黄玉，特意弄这样大的一块，仿佛是为了炫耀壶的价值——但素盈知道如何旋开。从里面倒出一块淤血时，她不想看，怕错认成另一块染血的床单。

那一刻，害怕了吗？没有。她在做必须做的事情，害怕无用。做不好才真正该害怕。

她喝了壶中内层的药，五脏六腑很快疼痛起来，疼得面无血色——难过，但她想要疼痛。想要再一次，忆起撕碎她的那个夜晚，无边无际的绝望与寒冷。

到底变成了怎样的一个人呢？素盈好像又听见姐姐说，“地狱之设，本是为人”。她正在坠落。

但谢震没变……像她估计的一样。她理所当然地利用了他。她已经变成了这样一个人。

素盈哭得喘不过气。一场好戏能除掉对不起她的人，却让唯一一个会为她痛心的人把假戏当真，为她伤心……想到这个，她就没法不哭下去。

“娘娘！”女官当中也有见过这种场面的，但没见过谁会像素盈这样肆无忌惮地用哭泣发泄，“娘娘，请保重身体！”

素盈哭到筋疲力尽，哭到眼前发黑、声音喑哑，无精打采地说：“都出去。”

她什么也不想做，只想独自等她的结果。现在，她站在岔路口，需要安静，静静地看哪一条路出现曙光——是那条写着“得逞”的路，还是那条写着“欺君之罪”的路。女官们静静地退出去，只有崔落花没有走。

“你也出去。”素盈闭上眼睛仰面躺着。

崔落花欲言又止，叹了口气：“娘娘——是关于素湄。”

素盈睁开眼睛，轻轻地问：“她怎么了？”

“她想趁乱从寺中逃走。”崔落花低声说，“她拿了娘娘写的一张字条，说是要立刻送往平王府。”

素盈不作声。姐姐能够模仿许多人的字迹，也有她自己的主意。

崔落花继续说：“卫尉知道娘娘的状况不能够写字，将她按逃宫拘禁起来。他疑心素湄挑这时候逃走，与娘娘小产有关。”

“没她的事。”素盈一字一句慢慢说，“告诉谢震，湄姐很聪明，今天这事，她已看到十步以后……她不敢在宫里待下去，才想逃。放她走吧。”

崔落花半晌不答，素盈心疑，问：“怎么又不说话了？”

“逃宫的奴婢，抓住先杖打一百。素湄如何经受得起，现在也就剩半条命在。”

素盈呆呆地望着上空，忽然说：“我要见她。”

崔落花大惊：“娘娘刚刚……这样如何见她？”

“不知我们姐妹能活到几时。不见一面，太可惜了。你来想想办法。”

崔落花见素盈消沉，不忍强加违逆，只得说：“有娘娘放话，总能救她活过来，但见面就……还是等娘娘稍好一些吧。”说罢她就告退。

素盈呆呆望着上空，仔细聆听周遭的声音。

太安静了，她听不见谢震为她大动干戈。

再后来，宫人们听说，方太医逃不掉，躲在厕中，很快被人发现。但方太医说他不是潜逃。今晚忽然腹泻，而他对这庞大的寺院不熟悉，又不敢乱闯，迷路好几次才找到解手之地，竟被人凶神恶煞地抓了出来。那时他才知皇后小产。

“不可能！”方太医失控地喊了出来——她那里明明什么都没有，怎么可能小产？不等他喊第二声，一根浸过水的鞭子已劈头盖脸地打下来。这一顿鞭打，足足打掉他半条命，可挥鞭的人还不尽兴。

方太医在悲号中顾不上思考。今天发生的事情不大对劲——他说不上哪里不对，只觉得很多事情与“正常”存在细微的偏差，可是绝对想不到，一寸寸的差错竟将他这样一个微不足道的小人物推向血肉模糊。

他真的只是一个微不足道的小人物！至少他从来没有动过害人的念头，从来只是做着迫不得已的事——他只是别人的刀，账怎么能算到他的头上呢？

他徒劳地为自己分辩，不住嘟哝“冤枉”。他是冤枉，可要怎么证明？要向所有的人说“皇后早就小产了”吗？他自己为皇后诊过脉，证明皇后有孕，那一样是欺君之罪。有了这个念头，他渐渐发不出声音。

“将军手下留情！”谢震的手臂被人强行拉住，鞭梢一卷，从方太医脸颊上扫过，顿时刮得鲜血淋漓。

方太医透过血渍，看见丹茜宫卫尉拿过一只木托盘，上面放着许多纸灰和一块未烧尽的纸头，阴沉地问：“这是什么？”方太医的脑子已经不大灵光，感到莫名其妙。

“从你厢房里找到的，没有烧干净的信。你来读一读。”

方太医的眼睛被水、汗、血糊住，勉强看见那块纸上仅留的一行字：“旁枝晚出，后患无穷。”

一语双关。宫中人人都把皇帝、东宫和皇孙当作一脉相连的君王，而皇后素盈的孩子纵然是嫡出，还是被视为这条主线上蜿蜒出的旁枝。皇后的孩子日后是一大隐患，皇后也将成为一大隐患……两个后患，确实令人担忧。

“送信的是谁？”谢震问。

方太医无力地摇头。这栽赃太严重，他已经不知道该怎么分辩。

“我没有暗害皇后。”他提着一口气说，“我没给娘娘开任何药，娘娘的四神汤也不是我动手做的……要查也该去查掌膳的人。”

“歹毒！”谢震见他竟然还无耻分辩，恨得咬牙，“四神汤中是不是有薏苡？有关薏苡引起小产的传言，你身为太医会不知道吗？”

方太医不敢说皇后早已小产，现在也不必忌讳薏苡了。

“那只是民间传言而已，《本草》并没有说过。况且妃嫔有孕，宫中从未将薏苡纳入禁用之列。”方太医口齿不清，还未说完就被谢震一掌打得眼冒金星。

“民间传言？太医明知道有这种传言，还敢拿皇后来验证吗？！”

方太医勉力抬眼看看这暴跳如雷的卫尉，恍惚忆起：平王府对这位卫尉有养育之恩，他是十足的后党，落到他的手里，皮肉之苦只怕还是轻的。

周围一众禁卫也觉得谢震失态，只是平日与他极为亲厚，并未多想。副卫尉上前规劝："这事总归不是卫尉的权辖，既然已经将他拿获，还是交给宫正司去处断。"

谢震怒道："皇后亲口将此事交付我，是我们的运气——倘若交给宫正司，那么今日来皇极寺的人，一个也脱不开干系，连我们也要去走一遭。众位信得过宫正司的人吗？"

提起宫正司，有不少屈打成招的传言。比那更可怕的是，平日里不留神得罪的人，很可能趁机在宫正司信口雌黄。本来没自己的事，也不知道会闹到什么地步。这些禁卫不是第一天行走宫廷，想起那地方委实头疼，也不再提移交的话。

"卫尉，您先歇歇。给他留口气，让他说谁是主使。"

他们轮番上前，一个个凶神恶煞。

"早点说出来大家好受。"

"你什么都没有做，这信算什么？"

"为什么要躲起来？"

"腹泻？你以为这鬼话会有人相信？"

方太医渐渐看清了他的处境——宫廷里没有那么多巧合，也没有那么多人相信巧合。宫廷里有的，是让网中鱼自以为"恰巧"入网的阴谋。这不是他第一次陷入其中。

模糊的视野中出现了不该出现的身影，侍卫们狰狞的面孔之间，浮现出珍嫒苍白的容颜，嘴角有一丝快意。是为了她……这天终于还是来了。

"是她！是她！"方太医歇斯底里地吼起来，"是她的阴谋，不是我！"

"是谁？"禁卫们凑上前。

可方太医已近气竭。他混沌地想：他罪有应得，但今天这一桩不是他应得的罪。他寄希望于这群人，只有他们在守候他的临终遗言，也只有他们能为他辩解。

"皇后……"是皇后，要为她妹妹报仇，来陷害他。方太医的意识渐渐溃散，不知道自己有没有把这句话说出声来。

"废后？！"禁卫们倒吸冷气，面面相觑。他们当然以为方太医叫的是"废后"。

废后的死忠们，仍然称废后为"皇后"。而且看到那封信的残余之后，每个人都在心里的某处悄悄怀疑："会不会是缨城的那位，或者东宫的指示？"听方太医叫出一声"皇后"，正合他们心中那个隐秘的猜测。谁会联想到，这个"皇后"是那位正因痛失胎儿而伤心欲绝的皇后呢?

"卫尉……"

"将军！"

禁卫们不敢做主，望向谢震。而谢震已经有了他需要的答案。

皇后小产很少有悄无声息、大事化小的，不过素盈这一胎的代价格外大一些。查出废后在幕后指使之后，该管这事的人很多，丹茜宫不再过问。废后私离缨城一事也被纠举出来。得知那个因罪被废的女人，不安守本分，反省过错，却出于不甘，心急火燎地实施一系列逆行，连原本怀有同情的人也对她颇有微词。朝中如火如荼地讨论对素庶人的惩罚。

素盈留在皇极寺静养，不准任何人在她面前提那些大臣是如何争吵的。

她的时间用来读书、看画或者听女官们诵经，完全是一心休养、努力摆脱悲伤的样子。可是就算什么也不做，她仍然觉得很累，晚上总睡不好，白天一睡就是好几个时辰。

近来时常下雨，素盈醒来时阴雨蒙蒙，辨不清时辰，看见崔落花忧心忡忡地守护在床边。素盈能猜到她严峻的面色和谨慎的守护是为什么——她以为谢震揪出的元凶会是东宫，没有想到竟是废后。她知道捅了废后这个错误的马蜂窝，必有接踵而来的麻烦。如此局面，她只肯让信得过的人来时刻守护素盈，而她信得过的人只有一个，就是她自己。

素盈微笑着坐起身，安慰她说：“我还没有垮掉。”崔落花也勉强笑了笑。

“我想到窗边看看。”

“正下雨呢，没什么好看的。”

素盈执意要她搀扶自己到窗前，推窗看见丝丝绵绵的雨散入梨花之间。满树绿叶洗得苍翠，可惜花已凋残，失却了梨花带雨的韵致。尽管如此，素盈仍然看了好一阵。崔落花低声向素盈求证：没有把东宫扯入此事，是不是素盈担心与东宫对立还有些早？

“不是。”素盈笑笑说，“先生那么聪明，只管往对我更加不利的地方猜。”

崔落花明白素盈为宫中暗传的“主脉侧枝”一说烦恼。她漠然指着外面一棵梨树道：“娘娘从树冠上能看得出哪里是侧枝，哪里是主干吗？”

素盈随便指了一下。

崔落花微笑着说：“树是很奇妙的东西，要时不时修枝，所以折去三两枝不会死。而被剪掉的，变得一文不值。因为大家都会照料活下来的部分，让它长好，没那么多人去深究它原先是主是侧。娘娘若是不信，立刻命人将主枝砍去，看看这侧枝上明年是不是依然抽叶，后年是不是照样开花。再过三年，问问旁人何处是主枝——不论他挑中哪一枝，都只是原先侧枝上的侧枝而已。”

素盈含笑摇头：“你没说对。”

不对在哪里？她不再说下去。周太医这时候来拜见。

周太医与崔落花二人是皇后的心腹，可崔落花察觉到，最近太医与素盈之间有一个她无法涉入的隐秘。然而她不敢深究，只盼素盈做事把握分寸，不要让秘密葬送全家的大好前途。

“太医辛苦了。”素盈待周太医十分温和。她欠他一个道谢——这位老太医在方太医的水壶里投下泻药，为她的计划摔了一身水，趁换衣服的空当将素湄写好的假信在方太医厢房内烧剩一角……只有他们两人知道的事，他若出错，就变成弥天大祸。

“臣罪该万死。”

素盈望着他凄然笑道：“凑够一万次再说吧。”玩笑吓得周太医一哆嗦，她仿佛没看见，拿出一个大木盒，说：“这几天平王又呈进来很多东西给我。盒里的东西，我用不到，太医拿去。”

周太医一边谢恩一边接过木盒，觉得十分沉重。他换了一个话题：“寺中简陋，恐怕照料不周。此时移驾已无大碍……娘娘，差不多该回宫了。”

素盈拿起身边的书，边看边说：“这里清静，适合养病。”

周太医不敢多话，告退回到自己的住处，静静地盯着木盒看了一会儿，小心打开。

里面有一枝灵芝，分量不太重。他又拍了拍木盒，发现一个暗层，放着他的酒壶。他忐忑不安地检查所有的夹层暗格，呆了片刻才松口气，对自己苦笑——如果壶中是毒酒死药，他也不得不吃下去。看样子，皇后还打算用他。这样一想，前程更加不知是吉是凶了。

最后，宫人们知道的结局是：方太医由皇极寺移交宫正司的当天，就自尽了。

“娘娘将永远无法知道珍媛死时的真正景况。”崔落花有些怪宫正司下手太急。不过，据她打听到的消息来看，那位宫正司直长杨芳是个有两种面孔的人，对待他的恩人十分虔诚，对于落入他手中的嫌犯，却是个动手快而狠的凶神。

“我试探过方太医。他惊慌失措——珍媛的死，他脱不了干系。可他这样的人，没胆坦白主使是谁。”素盈恍恍惚惚地说，“我知道他死有余辜就够了。人都死了，真相还有什么用？到我死的时候，今天发生的事情也没人有兴趣追究。”

“娘娘千万不要这样说！”崔落花连忙制止她说这些丧气的话，“娘娘这样年轻，还有的是机会。”

素盈瞥她一眼，闭上眼睛，沉重地、长长地叹息。

“没有了。”

小产第四天，手里的书翻得卷了边。素盈数不清已经看了多少遍，明明可以倒背，偏偏还是想要一个字挨一个字看下去。又看了几页，她放下书稍稍休息，身边的宫女才禀报：“卫尉在外面等娘娘召见。”

“快请进来。”素盈说着向宫女轻轻颔首，宫女连忙捧了另一个木盒出来。

谢震隔着屏风行过大礼，跪着不动。素盈照常说了几句场面话，赞他办事尽心，将木盒赏他，然后赐了座。她一时想不到什么可说的，他也沉默。

“我有话单独问卫尉。”素盈遣退宫女时，崔落花有些担忧地看了她一眼，她装作没有发现。

以为没有旁人，就可以随便说些什么，可是周围安静时，素盈还是想不到话题。

“娘娘，为何不回宫？”还是他先开口。

素盈笑笑说：“不急。”

谢震忽然问：“难道娘娘在等圣上来吗？”

素盈嗤的一声笑道：“我从不等那些不会来的人。”

“娘娘的声音听起来好多了。”谢震的口气柔和下来，紧接着如实禀报，“前天西陲又来急报，圣上此刻正与大臣们商议大计，难以分身。”

“这些我知道。”素盈淡淡地说，似乎她不关心的事情只有废后那一件而已。

“将军……”素盈努力去看屏风那边的人，依稀能看见他宽阔的肩，面孔是无论如何也看不清。

“将军为何要往内宫升迁呢？”她问，“内宫武官，升到头，也难有作为。将军原先出生入死颇有功绩，难道就这样终老？”

其实是多此一问。她知道他为的是什么。他们彼此心知肚明，所以他省去了回答。素盈继续问：“将军愿不愿意去西陲走这趟？”

谢震深呼吸，静静地反问：“娘娘在担心什么？”

怕他想多了，说漏了，让她的事情功亏一篑？因此要把他打发到远方？

他此刻是这么想的吧？不知为何，素盈觉得她正在想的就是他的心思，不会猜错。她闭上眼睛，又缓缓睁开。

“为你我好。”她清晰地说出这几个字时，感到似曾相识——皇帝也曾经对她说过这样的话，劝她忘记曾经眷恋过的人。

“将军，你不是一个适合留在宫里的人。”她慢慢地说，“宫中人，把话说到三分恰好，再多一分就是犯傻。至于无所顾忌地表露情绪，那简直是不要命了。可惜，将军是后一种人。”

“那么娘娘呢？”谢震大胆地反问。

素盈无可奈何地笑了笑：“我会适应——不想让你亲眼看着我改变。”

“娘娘这句话是‘犯傻’，还是‘不要命’呢？”谢震笑了笑，素盈也跟着笑起来。

笑声稍纵即逝，还是沉默更适合他们。

“那天的事……”素盈有种冲动，想把真相说出来——只有对着这个人的时候，她非常想要说出来。可是总有个声音说：不要鲁莽！有朝一日他不像现在这样痴迷，今日的话就会变成把柄。

“娘娘什么都不要说了。”谢震的声音平静，“那天的事，臣全部知道。”

素盈有些忧愁地说：“你知道的是……”

谢震还是没让她说下去：“如果那是娘娘想要我相信的——我信。”

素盈难过地、轻轻地叹了一声，低下头继续说远征的事：“内宫武官想借战功升迁，是难得的机会。如果赴西陲获得战功，将军的前途自然比留在丹茜宫要好得多。况且这一次并无太大风险——有兰陵郡王挂帅，料想不会有太大意外。”

谢震摇头笑道：“胜败向来没有定数。”顿了顿又说，“娘娘的世界只是这一块小小的宫廷，很多事情，您是不知道的。”

大概是因为他的口气悲凉，素盈听了并没有生气，反而有些伤感：“若是将军愿意，我随时可以保荐将军。”她低声说，“你与兰陵郡王同行，我就谁也不担心了。”

“嗯？”谢震没有听清。

“有将军与兰陵郡王同行，我就‘什么’也不担心了。”素盈立刻改口，提高声音重新说了一遍。

“臣愿听娘娘安排。”没有抱怨，没有任何托词。

“那就这样定了。”素盈说出这句话的时候，自己也辨不清其中的情绪。

谢震知道这是会面的结束，向她行礼告退。素盈依稀看见他挺拔的背影向外走去，叫了声：“将军！”见他停住，她问，“你，还有什么想要的？”

他想了想，一字一字郑重地说：“我想要你好好地活着。”说罢头也不回地走了。

素盈呆了一瞬，自言自语似的轻笑道：“又不要命了……”笑过又有些失落：这也许是丹茜宫卫尉谢震对她说的最后一句话。以后，运气好的话，他会像素飒，向更前、更高的地方走，不知道停在哪里。

这时候，她忽然对自己赏赐的那只木盒有些失望。那里面只是普通的银锭，奖励宫人们的最常见的东西。

他这时候一定打开看到了，也一定失望了——他为她所做的一切，只从她这里得到再平常不过的反馈。可是他马上就会谅解她，因为她是皇后，不可以犯傻、不要命。他马上会为她辩解：银锭是最正确的奖赏。

素盈觉得自己再一次猜中了他的心思，忍不住浅浅地苦笑起来。

对废后的处断迟迟没有下文。恰好遇到西陲开战，这事反而被搁置。素盈虽然不准宫女们在她面前议论废后，或多或少也听来一些。废后自然不承认她对素盈的阴谋，她对一个已死太医的供词嗤之以鼻。但私离缦城却无法抵赖。只需私逃一个理由，就足够她被严密拘禁。

十天、十二天、十五天过去，素盈觉得失望——上天在这时候带来战争，而那些男人分明还不情愿处置废后，天与人都让素盈觉得无法信赖。

平王、兰陵郡王素飒、盛乐公主几乎每天来寺中探望，但素盈不提废后，也不提她失去的孩子。

盛乐公主担忧地劝说：“怡媛的事，我现在还记得——七皇子自六岁开始学习骑术时，就很有天赋，因此掉以轻心，坠马重伤而死。怡媛那时候才二十几岁，人人都劝她不必过于忧伤，她看起来也能听进去，可是日渐消沉，第二年就郁郁而终。你可不能步她的后尘。”

素盈含着眼泪喃喃：“我的孩子是自己不小心坠马而死的吗？”当下不肯再讲这事，反而抹掉眼泪劝说盛乐公主：“从前你上阵，是征虏将军家的惯例，没把你当女孩子看。如今没人赶你去，你这金枝玉叶何必又去，害我们提心吊胆？”

“我担心兰陵郡王。”盛乐公主略带忧愁，向她和盘托出，“郡王用兵太狠，恐怕边将不服。娘娘推荐谢震同去，是件好事。谢家在西陲声望很高。可谢家只剩那一个人，在边郡军士中声威不够。况且西贼大败不到半年就卷土重来，事出必有因，不能自大轻敌。”

公主说完又劝了素盈一阵儿，素盈决意不肯离开皇极寺，公主只得怏怏离去。

第十六天，宰相亲临皇极寺——大军将要开拔西陲，距离素飒带军出征的日子没几天了，他们需要她出现在皇帝身旁。可琚含玄的眼角眉梢带着嘲笑，没有一丝相劝的意思。

“回去吧。”他满是嘲弄地说，“皇极寺的事，只有自尽之人的口供，要依此为废后定罪，难以服人。圣上还没有为你昏了头，不会为你罔顾疑点。拖下去是你自讨没趣，趁眼前有台阶，赶紧下。”

素盈故作惊诧地瞪着他：“相爷认识我很久了，我像是那种异想天开、自以为能集万千宠爱令皇帝智昏的女人吗？”

琚含玄看了她一眼，目光落向她的腹部：“龙骧将军就要带兵出征，害他妹妹小产的元凶安然无恙，他的皇后妹妹却孤零零在寺院中伤心静养——重兵交给他，不稳妥。朝中商议，临时变换主帅。皇后想闹到那一步？”

“果真那样，将来史书里的废后会更加精彩吧？”素盈的手按在腹部，漠然说，“圣上的孩子因她而死，大军因此换帅——相爷觉得，这一页接前文的通奸被废，看起来如何？”

他绷着面孔不说话。

素盈微笑偏头看他一会儿，说：“我知道会这样。第一天，你由着我胡来，还愿意给点小恩小惠，因为我这点小能耐，根本不在你眼里。第二天，你不后悔——是她家先派刺客置你于死地。第三天，你等着她使出浑身解数。第四天，你开始希望大事化小，在朝廷中抹消舆论，风口浪尖变成风平浪静……今天，你希望她已经看清与你为敌的下场，记住你能打倒她，也能保住她。相爷，你是个有趣的人。”

琚含玄受到冒犯，看她的目光比往常更加冰冷。素盈迎着他的目光，微笑丝毫没有变样：“你舍不得戳破这层虚情假意，总是想要我做坏人，用我给她找点麻烦。你连站出来较量的胆子都没有，素若星会看得起你这种人吗？”

“你也是个有趣的人。”琚含玄不带情绪地说，“素庶人只是异想天开，她不可能威胁到你的丹茜宫。是睿洵自忖无法与我为敌，只能伤害你腹中的孩子。你却要子债母偿，嫉妒她在皇极寺中住了十几天——就为这点小事铤而走险，搅得太医院不得安宁。”

素盈的笑容有了悲切的意味：“她的言行会撩动妄想。她在皇极寺中住了十几天，就有人指望我不要生儿育女。她以后再出别的花招，恐怕我多喘一口气都让人忍无可忍了。我不想悬着心，天天打听她的一举一动。”

琚含玄生硬地问：“一定要她死？”

素盈苦涩一笑：“你用这个去问她——她若容得下我，我就容得下她。”

琚含玄的脸色微微沉下来。不管废后嘴上如何承诺，手上都不会放过素盈。她容不得风险，他们心知肚明。

素盈悠悠地说："二十年，差不多是你与她道别的时候了。"

琚含玄幽深的目光中隐藏着不知名的感触："如果二十年后，谢震要将你逼上绝路……"

"大人，你别忘了，是你——是你要我成为丹茜宫的主人，取代废后。你自己选的。现在要改来不及了。"素盈寒着脸冷冰冰地说着，昂然走近他，"我是挡她路的石头，你是套在她脖子上的绳索。你心里知道，送子观音是个漏洞百出的昏招，我的判断才是对的，这一步必须这样走。你自己走不出去，你在等我推你。"话说完时，人阴沉沉地站在他眼前，满怀恨意地推了一把。

琚含玄退一步，低头看着咄咄逼人的素盈，忽然笑了。笑声越来越响亮，起初的无奈变成爽快，似乎还有一点温柔。素盈被他无端的笑弄得莫名其妙。

"娘娘有便装吗？"他收敛笑意说，"臣记得娘娘很喜欢扮成少年到处乱跑。"小酒馆那一次，皇极寺那一次，他全都知道。

"要便装做什么？"

"交给旁人做，你会放心吗？不如……"琚含玄收敛笑容，说，"我带娘娘去看二十年后的你。"

素盈在皇极寺中没有便装可换，写了一张纸笺，交给可靠的人传了出去。用过午膳，有人轻手轻脚敲了三声门。素盈开门拿了那个不起眼的包袱，见里面是一套龙骧将军府里下人的衣物，换上之后尺寸刚好。她算算时间差不多，此时丹茜宫卫尉正值午后交接，宫女们无事也不挑这时候走动。

寺中寂静，素盈迈出门，为她送来衣服的宦官还在门口守着，她低声道："不准任何人进去。"白信则只说一句"小人明白"，就低头站在门口一动不动。

琚含玄换了便装，等在不远处，他上下打量素盈一番，冷笑道："好胆量，又用起白家的人。"素盈的嘴角轻轻向上挑了挑，不答他。

两人沿着寺中鹅卵石路离开。一路上没有半个人影，只有偶尔的鸟鸣从花木林荫中蹦出来。素盈不认识皇极寺中的道路，琚含玄却好像走过无数遍，毫不迟疑地左拐右转，不多时就来到一处便门。守门的侍卫认得琚相，没有多加盘问。

可他们还没走开两步，忽听有人高声道："请留步。"

原来是谢震。他看到便装的宰相从偏门离开，又见他身边跟着一名龙骧将军府的下人，觉得蹊跷。待走到琚相身边施礼时，见那下人刻意退到琚相身后避着他，心中更加疑惑。

"相爷可有需要效劳之处？"谢震躬身说话时，留意到那名下人的手很白皙。虽然早知道宰相在后宫耳目不少，但没想到他敢在光天化日之下带宫人出入。

“相爷……”他想要婉转阻拦，琚含玄已不理会他，带着那名下人转身离开。谢震一抬头，恰好看见素盈的侧脸，大吃一惊。

素盈使个眼色让他不要声张，然而谢震担心，忍不住快走几步跟了上去。琚含玄回头看了他们一眼，哼了一声：“将军不放心，大可跟来。”

三人出了偏门，四下无人，谢震一躬身，要向素盈跪拜，素盈忙托住他手肘，说：“这是秘差，万万不可引人注意。”

又出一道门，终于走到皇极寺外的僻静道路。素飒穿了不起眼的便装，立在马车旁。另有两人牵马，与他站在一起说话，素盈认出是琚含玄的两个儿子。

他的长子琚星展常年在边境榷场经商，素盈只在没出嫁时见过一回。最近连他也被召回来，看来宰相嘴里说着“素庶人不足为惧”，却没有掉以轻心。素澜说过她的夫婿云垂自幼习武，身手矫健，统管家中青衣卫。料想琚家的长子更不会差。

这两人轻装前来，似是对此行非常放心。但素盈不敢大意，向谢震道：“将军愿意跟来就不要多问。”她这样说，谢震不再多话，示意素飒到车内照顾皇后，他自己坐到驾车的位置。

素飒一直没有开口，这时候看着妹妹，脸色阴沉，用力叹了一声。素盈听得出责备的意味，沉声问：“两位琚公子说了什么？”

“没有要紧的话。”素飒果然嗔怪，“皇极寺那一次还不够吗？有什么了不得的事情，一定要自己去？你现在是什么……”他大概想说她不久之前刚刚小产，身体虚弱，又怕触她伤心，生硬地改口说：“什么身份？还当自己是郡王府里的小姑娘？”

素盈黯然低下头说：“这件事情，没有人能替我。”说着，马车已缓缓向前。

“是我开的头，自然是我收尾，谁也没法代劳。”

缦城离宫距京城并不遥远，快马半个时辰就可到达。

小小的缦城，称为“城”实在牵强。城墙总计不足十里，城内局促，低矮的民居多是宫城隶户的住所，不会超过百户。中央一座宫城，仅仅有五六座殿宇。宫墙倒是有人负责修葺，许多地方看得见弥补的痕迹。

马车跟随琚含玄，在宫墙前停下。素盈推开车门，谢震想扶她，素盈已经跳下车，向他略低头致谢，就从他身边走过。

素飒白了谢震一眼，冷冰冰地说：“丹茜宫卫尉屈尊搀扶鄙府下人，未免太过自轻。”

谢震皱眉说：“她还虚弱，况且没有旁人。”

素飒冷笑：“你没看到，就是没有吗？还是这么傻气！”

谢震默了一瞬，望着素盈的背影叹息：“正是你们这些聪明人，害她孤苦无依。”

琚含玄如同回家，带着他们拐东拐西，来到一处失修的角门。两门上的铺首门跋不是同一种颜色，较新的那个铜环颜色已经暗沉，而陈旧的那个遍布锈迹。石门槛上雕刻的兽形痕迹湮灭，还无人去更换。

堂堂丹茜宫的主人落到这种境地，素盈看了一阵黯然。

琚云垂上前敲了敲门，里面没有问是谁，就将门开了。离宫侍卫对琚含玄毕恭毕敬，沉默地退开。

“相爷想必常来会友。”素盈随口揶揄，琚含玄不理会。他仰首前行，大步走到萧索的正殿不远处，忽然驻足不前。

石板路旁，经过修剪的各种野生花草蓬勃生长，衬得离宫仿佛一处幽静家宅。所有的窗户紧闭着，只有正殿门开了一半。一名宫女坐在门前石阶上，借着天光缝补衣物。看见他们，她丢下衣物急匆匆跑过来，径直跑到琚含玄面前施礼。

素盈认出这宫女原先是丹茜宫中的人，同婉微、令柔的交情甚笃，叫迷雁。这些日子不见，她的衣衫已经褪色，领口处有些松散。离宫的生活落魄，素盈不禁蹙起眉，生了恻隐之心。

那宫女却不多看素盈，从袖中取出锃亮的银尺，在琚含玄脚前面划了一道直线，转身跑去关上正殿的门。素盈看得莫名其妙，吃惊地望了望静谧的门扉，又看看琚含玄。他的脸色分毫未变，平静地说：“她从不见我，你自己进去吧。”

素盈犹豫地向前走了一步，素飒与谢震立刻跟上，却被星展和云垂拦住。

“云垂，你知道她是谁。”素飒瞥了妹夫一眼，口气不善。

琚云垂不为所动，淡淡地回答：“三哥，我也知道里面的人是谁——你还是不要靠近为妙，免得给自己惹麻烦。”他与素飒平日融洽，这句话说得诚心诚意。

琚含玄嗤地笑了一声：“这里不过安置着一个失宠被废的女人，难道两位将军还怕里面有千军万马？”

素盈默默走到正殿门前，发现这里距离琚含玄面前那条直线刚好二十步。

门合得不严，轻推之下就开了。素盈回头看了一眼，宰相的面孔仿佛一张没有画上表情的面具，眼睛却一刻也未从狭窄的门缝上离开。

二十步，轻轻一推——这么简单的事，最想做的人却做不到。咫尺之遥，是有的人一生也跨不过的距离。

门缝中吹出宁静的香味，素盈轻轻吸气，脑海中忽地浮现她第一次走进丹茜宫时的记忆。迈过门槛的刹那，仿佛会看见那天丹茜宫的光辉，然而定睛处只有一片幽暗。

虽是白天，室内却黑漆漆的，冰凉潮气四下浮动。那个雪白的身影仿佛水中之月，格外耀眼。素盈的眼睛渐渐适应黑暗，可呆立着忘了走过去。第一次见到长发披肩的废后，她才发现这是多好的头发。

“以前你一直梳着宫髻，太可惜了。”素盈由衷叹了一声。

废后笑了一下，依旧是星眸璀璨，沉静安闲，不为她的长发而自得，也不为她失去的宫誓而悲愤。

素盈又怅然："你与他才是绝配。"

"深泓？"废后脱口而出，见素盈神色迟疑了一刹，笑道，"你从不敢叫他的名字？"

素盈没有作声。

她幽幽地说："天下独尊的人，不需要别人与他凑成绝配。"

素盈忍不住叹了一声，向她走近几步，看到她面对一盘棋，正独自悠然对弈。

废后盯着棋局，随口问："娘娘会下棋吗？"

"在你面前，我不会。"素盈一边说着，一边坐到她对面，细看那一局棋，"如此布局，我就更不敢说一个'会'字。"

废后自拈一枚白子，说："我猜你是不会。"沉思落子之后，她又说，"可就算事事都会，多数时候也没什么用处。真正到了紧要关头，重要的是运气。你只是运气好，让人无可奈何。"

素盈苦涩地笑了笑："原来我的痛苦，在别人眼中都是'运气'……那我是不是该恭喜你被废的运气？"

废后笑了笑，仿佛讥讽。

素盈端详棋盘，拣起一枚黑子落下，翩翩地说："我以为素氏学过避谈'运气'。把别人的成功、自己的失败归于运气，头脑就会慢慢闲置，失去判断能力。"

废后盯着那些黑白棋子看了好一阵，缓缓地吐一口气："你赢了。居然。"

素盈谦然说："我不懂下棋，只是顺势而为。"

"你也不懂如何做皇后，却得到多少人处心积虑而不可得的丹茜宫。这还不够说明，世上有所谓的运数吗？"废后意兴阑珊地拾掇棋子，一双手仍然是素盈记忆中的纤细，举动之间美得引人注目。

素盈漠然说："相信命运，是一件很恐怖的事情。"

"命运存在，只是我们不知道。"废后缓缓将面孔转向窗户方向，说，"凝……二十年来，我们是朋友、手足、同谋、对手……无论形势如何改变，唯一不变的是知彼若己。阴险的离间，不知经历过、识破过多少次，可你第一个谎言就蒙蔽了他。不可思议。"

素盈知道琚含玄有个字为"凝"，第一次听到有人这样叫他，有点不习惯，淡淡地说："从不说谎的人，第一次总能够成功。"

废后轻吁之后陷入沉默，神情中忽然显出疲惫，让人察觉她已经不再年轻："有时我想，如果那时候，没有纵容荣安夺了你的未婚夫……"

素盈面对面正视她的眼睛，平静地回应："但你不是妄想尝试后悔药的人。你不会去想，已经发生的事情重来一遍，结果会怎样。"

废后看了她一眼，轻轻地点头，又像假装否认似的，顺势将头低下，摩挲手中棋子，神情寥落地唏嘘："以前，有人对我说，人生是无数偶然与无数必然的唯一结果。以'如果'为开头的事没有发生，也不会发生。我将这话奉为至理，一步一步，务求看穿因果，担起丹茜宫的分量。结果，踏实辛苦编织的人生，不过是上天为一个小丫头铺的台阶。"

素盈看了她片刻，笑出声来，一面摇头一面笑道："把'天命'挂在嘴边，不适合你。我一直都知道——素若星只信自己，不信命。"

废后出神地垂目凝视纵横交错的棋盘，半晌才微微一笑："不是不适合我，是你只会选择不相信。"

好像过了很久，她深深地看着素盈，神情宁静地说："我印象中最后的素盈，不惜拼上性命寻找珍嫒之死的真相。今天实在看不出你和她是同一个人。"

轮到素盈僵住。她凄然笑了一下，喃喃说："是啊，我不惜拼上性命。但光明大道上，没有我期盼的水落石出。"

两人相对沉默一瞬。素盈将阿槐暴亡的那天沉入脑海深处，平缓地说："自尽之人的口供不足信，你只要抓住这一点为自己辩白，我就不得不绞尽脑汁，为了圆谎编一连串谎言。众多谎言中一定会有破绽，你在等它出现。"

素盈注意到废后微微上挑的眉尖，微笑说："可是我……我这辈子一直在等，等别人懂我、信我、对我刮目相看，所以我知道，有些东西等不到，娘娘……"失声叫了她，素盈才发觉，这女人的气质仍能够让人将她视为皇后。素盈这样称呼，并不觉得失言懊悔，笑着摇头说："你不该和我比'等待'，你等不到的。"

废后的嘴角有一个神秘的微笑："我根本没有视你为对手。我的对手，更顽固，更强大。想不到的是，你能做出这样一件事来帮他。"

"恨我吗？"

废后噗地笑了："爱恨，除了让人心力交瘁，只有失望。我很多年没那闲工夫了。"

素盈低头拨弄手边那些光润的黑色棋子，轻轻地说："娘娘能这么想就好。我们还可以说点正经事。"

废后的眼波流动，呵呵笑道："是啊，堂堂皇后，拖着伤病之身，不可能是来听我牢骚的。你想说什么？"

素盈从容地与她对视，拈起一枚白色棋子掂了掂，放在棋盘正中心。

"这是一个四角局。曾经，中宫皇后举足轻重，牵一发动四方。"她在白子前后左右放下四枚黑子，"'皇帝'敬你，'东宫'顺从你，'宰相'与你协作，你身后的'外家'依赖你。完美的平衡——至少对你是如此。"

她抬起眼睛看看废后的表情，冷淡地继续说："可是局面渐渐不同了。'皇帝'不再需要你；'宰相'能把你拉下来，不会再扶你上去；'东宫'想保你，但他做不到；至于'外家'……他们为你据理力争，为你暗杀宰相，为你安排了皇极寺的重聚，尝试过，冒险过，继续为你纠缠不休，迟早惹祸上身。"

说罢，她扔了那枚白子，拿起另外一枚白子放在“东宫”身边：“东宫妃才是太安素氏的希望所在。”又拿了一枚崭新的白子放在四角局里，“他们只好再等一等。因为在这个新的局里，有新的皇后和她的家人……看来，是我这边比较圆满。”

“圆满，真圆满。”废后用探究的目光看着素盈，“那么你来我这里做什么呢？”

“交易。”

废后看着她的眼睛，慢悠悠地说：“与一颗弃子，有什么交易可谈？”

素盈拣起象征“东宫妃”的棋子，向空中抛起又接住，紧紧攥在手心：“素璃是太安素氏的希望，你视如亲生，视如未来的丹茜宫之主。但你应该知道，我比较喜欢侧妃。东宫也是。”

废后笑了一笑：“洵儿知道什么样的人可以喜欢，什么样的人可以成为丹茜宫的主人。”

“侧妃那两位远房姑母，怕是不会这样想。”素盈稍停了一下，感慨说，“安嫔是怎样的人，肃嫔的脸是怎么回事，你比我清楚。”

废后的神情微妙地动了动：“你想要什么？”

“我听说，太安素氏死士众多，经常挑选他们的子女，隐瞒出身送入宫中。身边有这种人，我哪里管得了别人？等我能睡个安稳觉，大概会觉得，依阿慈的性格，真取代素璃，对她也是折磨。”

废后啼笑皆非：“在你眼里，爪牙跟阿璃一样重要？”

“我与你经历不同。”素盈直视她的眼睛，不疾不徐地说，“如果自己身边的狗总往外跑，该怎么办？‘杀一儆百’‘重新养一窝’和‘除掉它们向之摇尾的人’——我猜，老师当年提出这个问题时，你选的是最后一个吧？除掉最强的对手，他的一切就都会变成你的。你和圣上就是这样从秀王手中夺得了天下。”

废后的嘴唇不经意地抖了一下：“你选了第二个？”

素盈微笑，不置可否。

废后笑得很古怪，徐徐地说：“真想不到，我没有同自己女儿说过，没有同阿璃说过，却在此刻同你——当年的素奉香——谈起这种话题。唉，是阿修罗造就修罗场，还是修罗场成就阿修罗？”

素盈的心略微一沉。东宫……还是把那天的事情都告诉他母亲了。

“这是一盘特别的棋。”废后抚摸手中的白子，垂眼看了看棋盘，“每一枚白子，只能靠它自己和身边的黑子——阿璃和你都是这样。”

她向手上的棋子吹了口气，吹去它上面的微尘：“局外的棋，管不了局内的棋。你想把这一局下完，只能自己去猜它留下的伏笔。”

素盈摇摇头，认真地看着废后，见她的下颌微微扬起，坚毅镇定的神情仿佛在说：我儿子和他妻子并不像你想的那么脆弱。素盈觉得自己又一次看懂了她，轻轻地笑了起来：

“不是管不了局内的棋，是你也选择‘不相信’。”

“你不再是我称赞过的那个素盈。”废后气定神闲地说，“我说过，我身边有过三位奉香，我最喜欢你。东宫为你动心，我从来没有责怪他。”

她惨淡地笑起来，又说：“我希望他看到此时此刻的你，看到他心为之往的人已经死了。素氏有很多种，但丹茜宫里，只有一种人。”

听了她的话，素盈仿佛出神，片刻之后长长地叹了口气。两人相视笑起来，苦涩的笑容里各自包含意味，却又很相似。

素盈收敛笑意，正色说：“娘娘嘱咐过我，莫令丹茜宫的威名招损。还曾对我说，很多人想更上一层楼，只有拼命将别人踩到底。可惜，你有定天下、兴文教的才能，最终也只会被人踩来踩去。丹茜宫再没什么威名，废立皇后如同宰相的游戏。”

她从怀里摸出一个纸包，放在废后面前，郑重说：“这是我最后一次为娘娘调配香料——请慢慢品味。”

废后看着那个纸包，看了好一阵才打开来，失神喃喃：“已经磨成屑了。”不易看出是些什么香料，也难以推断有什么样的效果，但她马上又不在意了，轻轻地将那香放在一边。

素盈走了几步，回头问：“你……有没有要对圣上说的话？也许有一天，我会告诉他。”

“你是说，有一天，你要用我的遗言为你的良心赎罪？”废后冷笑，双眼望着素盈时闪烁出冷冽的寒光，“不必了。他和我们一样，并不执着于真相。”

她向棋盘冷哼一声，把棋子慢慢扫落：“牵一发动四方？说到底不过是四面被围的一粒棋子。”然后起身，旁若无人地走到屋角的琴边，铮铮地弹起来。

素盈听了几声，推门走出去。琚含玄站在原地，神情怔忡地听着素若星的琴声。素盈问：“你不过去？这首曲子是《相府莲》，她在叫你。”

“娘娘想到哪里去了？那曲名是误传。”琚含玄漠然说，“很多留下来的东西，都是误传。”

琴声戛然而止，大门重开，迷雁跑出来直奔琚含玄：“请相爷过来，娘娘有话说。”琚含玄神色一震，大步走上台阶，迷雁却将宫门合上，只准他隔门听着。

素盈停下脚步静听，没听清楚宫里的人说什么，只听琚含玄几乎是立刻回答：“我答应你。”似乎素若星只说了非常简短的一句话。

“哥？”素盈知道素飒耳力极好，向他一挑眉。

素飒在素盈耳边轻声道：“她说，‘照顾荣安’。”

照顾荣安。我答应你。

清楚无误，又像另有隐情。素盈心中狐疑不定：为什么是荣安？想了一路，想不到答案。

平安回到皇极寺，她换了衣服往正殿去拜佛。琚含玄又来求见。

“有人告诉我，对素庶人的处断是——处死。”他的声音在空荡荡的大殿里回响，“我们去缦城的这一会儿工夫，有人密告，说刺杀我的人，是废后指使。证据确凿，龙颜震怒。真是多事啊！又把我扯进来。”

素盈默默地在佛前祷告，仿佛没有听他说话。

“刺杀宰相，谋害中宫。圣上还在犹豫，不过，也不会犹豫很久。赐死发妻不是轻易可做的决断，但实在没有什么理由能放过她。”他说完向前一步，看向佛前叩拜的素盈，“娘娘，现在可否安心回宫？”

素盈一边叩头，一边说：“再等等吧。”

“等到何时？”

“圣上、你、我都不必为难的时候。我想，可能是明天。”

他好像预感到明天会有什么事情发生，又好像在回避相信。素盈起身端详他的眉目——他早已习惯在提到素庶人时，刻意装作没有反应，渐渐藏成了习惯，再难表露出情绪。

“相爷，你知道，开国以来，活过四十岁的素氏皇后、太后，有几位？”

看他茫然，她淡淡地说：“只有九位。”

他听了似有一丝唏嘘。她又说：“相爷今天要我亲身做个同谋，我去便是了。但我们看的，不是二十年后的我。”她苍凉地笑了笑，“你想看的是胜利，看她在这种时候终于低头，靠你的施舍，成为第十位当过皇后仍然长命百岁的素氏。但她是素若星，怎么可能那样活着呢？她想看的胜利是，即使在这种时候，你也会长途跋涉，只为隔着门听她说一句话。”

琚含玄的眼睛不自然地眨了眨。

“傻的是你啊！”素盈抛出这句话。琚含玄一把抓住她的手臂，眼角是深刻的冰凉。

“我答应她，照顾荣安公主。”他面无表情地陈述，“坦诚相告，免得娘娘乱起猜忌。”

素盈嘴角含讥：“她没有一言一语转告圣上，却能信得过你，可喜可贺。”

“故人所托，我不想辜负。别为了白信默去报复荣安公主，让我难做。”这句话同样不带多余的情绪。

“相爷以为我报复成瘾了吗？”素盈甩开他的手，转身往外走，走了几步，腿脚越来越沉重，最终停下来回头说，“你对寺里道路很熟。面对神明的经验应该很丰富吧？有件事情，问佛不如问你。”

她停顿一下，问：“有人因我而死，可我并不难过，这是不是一种罪孽？”

琚含玄从她身边目不斜视地走过，到佛前跪下，一边拜一边说：“你不是佛，只是自私的人。那人要置你于死地，虽然她明天将死，可你还活着——想到这个当然无法难过。

当那将死的人比自己还重要，宁愿死的是自己却不得不牺牲对方，那时候自然会明白什么是罪孽。”

素盈认真体味其中的意思，徐徐地笑起来：“宁愿死的是自己，却不肯死；牺牲对方，却说‘不得不’。紧要关头，心里最重要的人，没有你想的那么重——世上根本没有人比自己更重，这才是真正的罪孽吧？”

“娘娘知我，那么离知道罪孽，也不远了。”琚含玄不冷不热地说着，又向佛像重重地磕了一头，转回身，微光中的半张脸如铁面具般僵硬麻木。

“当它来时，你就懂得。”

素盈在皇极寺又留了一个晚上。第二天是盛乐公主来请她。

“你快回去吧。”盛乐公主单刀直入地说，“素庶人死了。”

原来从缦城传来消息：素庶人在离宫畏罪自缢。朝野震惊，不知前些天还坚称冤枉的废后怎么会突然自尽。睿洵不顾众人一致反对，前往缦城为他母亲料理后事。除了他之外，没有人顾及废后的丧事——前往西陲的大军五天后就要誓师出征。

出征仪需要皇后出席。素盈命令女官们收拾妥当，移驾回宫。

宫女整理素盈身边的物品，发现一包香，诧异问：“娘娘几时开始摆弄这些东西？”

素盈平静地说：“最近总睡不好，随手弄的。现在用不着了，你们拿去分吧。”

宫女欢喜地谢恩，问：“这香可有名目？”

“名为‘忘尘’。”素盈说。

听说你的调香手法小有名气，何不以“忘尘”为名，制一味香？

那时的话音，犹在耳边。

“回味悠远，如读云锦天章，言有尽而意无穷。”素盈又说。

人生中得到的第一句溢美之词，注定毕生难忘。

的确是上好香料，点燃就会知道。

但是素若星不会。一边担心它是毒药，一边又会猜，素盈不可能留下一包毒药作为罪证。到底出于什么目的，留下这样一包东西，她猜不透，因为她从未懂过素盈这样的人。

只要点燃，素若星就会知道，素盈懂得她。陷害、抛弃、践踏，陷身泥沼挣扎，越来越狼狈，再也无法脱身……他们还指望她屈辱顺从。苟延残喘不是素若星的活法。既然无法绝处逢生，那在他们裁决她的生死之前，她宁可选择自己能够控制的时辰和死法。

只要点燃，素若星就会知道，那是送给她前往另一个世界的饯行礼物。忘了这个不必留恋的尘世。

香如其名。

后宫嫔御们迎接皇后銮驾，脸上有悲有喜。只有丹媛盯着素盈的腹部看了一眼就泪流满面，哽咽道：“娘娘受苦了。”

素盈轻拍她的手背，低声说："你跟我来。"

两人携手走进丹茜宫，丹媛嘘寒问暖的话，都由旁边的崔落花代为一一作答。客套话说完，素盈挥手示意崔落花退下，面沉如水地望着姑姑，说："她再也不会回来。"

丹媛知道她说的是素若星，嘴角露出极为轻微的微笑，点头也非常轻。

"姑姑，你可以自由地呼吸了。你手中那些当作筹码的秘密，还是不能告诉我吗？"

丹媛垂下眼睛，局促地笑一声，旋即仰起落寞的脸庞，柔声回答："娘娘，我不能忍受她，也不愿在她死后攻讦她。她从此可以休息，那些秘密也是。"

"可是我不能。"素盈僵硬地说，"她的秘密，仍然是这宫廷中的一部分，很要紧的一部分。"

丹媛安静地打量她，大眼睛中有善意，也有同情。

"阿盈，从前你是郡王府的六小姐，你眼中的对手是姐妹，一群竞争父爱的小丫头。当你成为丹茜宫奉香，同你争夺名声的变成文彩环，旗鼓相当的调香高手。实力越强，站在面前的对手也越强。现在你是丹茜宫的主人，你面前已经没有弱者。那些秘密也许能够保住我，但你听了大概索然无味。"

素盈细细品味她的话，笑了笑点头："是啊……"

崔落花忽然慌乱地奔进宫来，全然不像她平常的风格，素盈与丹媛不禁侧目。崔落花弯腰在素盈耳边低声说："宫正司禀报娘娘，说素湄要不行了。"

宫中宁静，丹媛也听见这话，惊得发愣。素盈坐直上身，问："怎么回事？"

"卫尉将她转交宫正司收囚。今天听说素若星已死，她突然四肢抽搐，呼吸困难。宫正司怕不好担待，请了太医院医正为她抢救，眼看回天乏术。"

素盈没有听完就站起身向外走。丹媛急忙追问："你去哪里？"

"去见她。"

丹媛上前扯住素盈的衣袖，青着脸说："让她清静地走吧！"素盈的脚步滞住，目光对上丹媛的眼睛。

丹媛眼露哀伤，用不会被第三人听到的声音说："逃宫只是小罪过，她能体面安葬。难道要等人揭发她在皇极寺里干的事，再一次死无葬身之地吗？"

素盈推开她，想起姑姑和宫正司的交情匪浅，她那诸多秘密里面，当然也有素湄的一份。她深深地吸口气，向崔落花说："我要见她。叫太医，快！"

金玉之履不踏肃杀之地，但皇后铁了心。宫正司不敢开皇后干预宫正的先河，唯有将素湄速速送回浣衣坊。

浣衣女们所住的宫房很简陋，倒也洁净。仅有的一处阳光照耀的角落里，躺着一个悄无声息的女人。微尘宛如金粉，在她上方飞舞，她像数星星似的对它们微笑，又好像只是呆滞地睁着眼睛无法闭上。

素盈这一生还不算太长，见识有限，对"暴病""暴毙"的理解也很有限——中毒或暗杀，这是她心里首选的结论。所以看到面孔青灰的姐姐时，她没有十分惊讶。

医正如实禀告："怕是拖不住。方才她已两度昏厥。"

他还要再说下去，素盈抬手制止，径直问："还有多少时辰？"

"一脚已在鬼门关里……"

那医正是周太医弟子，素盈不想他惹上麻烦，简短吩咐："你退下。"

医正辩解："娘娘，人到这地步，华佗再世也束手无策。"

房外有个尖细的声音道："宫正司杨芳参见娘娘。"

年轻的医正脸上露出惊异，眼睁睁看着一个不该出现在此处的人，泰然自若地插到皇后与濒死的浣衣女之间。

杨芳是个中等身材的宦官，不怎么抬头看人，好像对旁人的样貌神情毫不关心，也不希望别人过多地关注他。素盈没看清他的样貌，省了所有废话，沉着脸问："她还能不能撑住？"

杨芳弯着身子仔细检看，木讷地回答："抢回一刻还是可以的。"医正张了张嘴想要反驳，而杨芳抢在前面，奉送一个谦虚的笑。

宦官的微笑无声胜有声，医正几乎是央求般望向皇后："娘娘，宫正司要做的事，绝非善道！"太医院一旦明白自己无法挽回人命，就会尽量让那人走得安稳，而宫正司从不打算救人，他们与阎王抢夺时间，是为了口供。

"别让她太疼。"素盈点头应允，杨芳就从怀中摸出一个包，不肯让人看见其中的东西，将身子挡在素湄前面，默不作声地动手。医正带着满腔的不赞同，愤然躬身告退。

不消片刻，浣衣女的喉咙中发出一声古怪的响动——素盈觉得那应该是一声尖叫，在半死的躯壳里变成了没头没尾的痛苦呻吟。

"娘娘请问吧。"杨芳卷起布包，万分小心地抱在怀中，又说，"解这种毒不应拖延，如今已迟，只能以毒攻毒换来一时。请留意咳嗽——头两声间隔较短，第二声之后能熬稍长时间，那是因为五脏皆坏，没有力气咳第三声。咳出第三声，大限就到，任谁也无能为力。"他说罢退到门外。

浣衣女混浊的眼睛大睁着，慢慢有了一点光彩，像是难得的生命力聚拢在一起，从眼里透出来。素盈心寒，几乎希望她没有睁开这双绝望的眼，多留一点生命在躯壳里。

听见裙钗婆娑，将死的女人像个木偶似的转头，深深地喘息，凝聚的力气变成一个无奈的微笑："上一次，为了你想要的真相，我只有死。这一次，为了你想要的假象，我还是只有死。"

素盈轻声问："要不要我叫阿澜迅速进来，见你一面？"

"不必了。贵贱有别，她还有大好前程。"

话说得平缓，素盈几乎要怀疑死亡是否真的逼近她。然而笼罩着姐姐的那种超越恐惧的从容，从她呼吸中散发出游离生死的平静，又让人时刻想起鬼门关近在咫尺。

“宫正司。”浣衣女想明白自己复苏的缘故，嘿嘿冷笑着望向皇后妹妹，断断续续地说，“你……从前那个追求真相的你，才是明白人。虽然那个你，没有能力，总是失望，可是那个你，问心无愧。”

最后这四字轻如梦呓，仿佛她没料到自己有生之年还能说出它。她停顿下来，回味它的意蕴，尝了才明白那是不属于她的味道，不无遗憾地说：“人若犯下罪孽，总有被戳穿的时候。人若追求正确的东西，也总有拨云见日的时候。两种真相大白，第二种才值得追求。从前的你，明白这道理。”

素盈微微颤抖，伸手握住她的手腕，可是她似乎没有知觉。

“而我，早已走得太偏，不管多少次，只能死于隐藏秘密。”浣衣女闭上眼睛笑了笑，“动用宫正司的人，是不舍得放我轻松去死啊。”

素盈看着她麻木的眼睛，收敛笑容：“你为什么要伪造废后送给琴师的绢帕？好不容易活下来，为什么要去冒险？是谁要你那么做？是宰相吗？”

浣衣女喉咙中咯咯作响：“你希望是他，希望有一个他的把柄。可惜不是。”

她说着咳了一声。姐妹二人从这声咳嗽当中感觉到死亡骤然压顶，一下子说不出话来。

濒死的人感受到剩余的时间不多，反而从容，自顾自地、慢条斯理地说：“素若星想要除掉柔媛——能证明她诬陷文彩环通敌的柔媛。她不知道，那堆红线，是丽媛做的。是阿湄……”

素盈由衷感到诧异——栽赃这种事，与不安分的素淳很相称，她无论如何不会想到是素湄的手笔。

“我们受的委屈够多了，为什么要为文彩环这种人，再受闲气呢？猎场擅留记号，指示圣驾所在，至多让文彩环挨一顿打。想不到，赶上素若星与琚含玄借机发力，闹那么大，扣了个南国行刺的帽子。她吓坏了，浑身哆嗦来找我商量。因为我是姐妹两人当中，敢铤而走险的。”

她眼角流出一滴眼泪，为这桩心结，毫不介意地挥霍剩余的生命，絮絮地说：“阿湄太脆弱，走错一步就失掉方向，不敢承担，更害怕皇后发现她也知道红线的真相。”

她大口地吸气，五官扭曲，脸上又出现那种狰狞的神色，素盈在琉屏宫曾见过。

“小纸人……哈哈，小纸人！她说那是换胎之术，阿槐的孩子会死掉，我会有自己的孩子。我被肚子逼疯了，能试的把戏都试过，再试一个又怎样？大不了就是没用……阿盈，就算东宫没有为你劈开绣茵，她也会，一定会，揭发我。只有我死，她那一次冒险引发的胆怯、后悔，才能结束。”

“别再说了。”素盈几乎不敢再看她快速起伏的胸腔，宁可她平静地辞世。

“我不能死！我罪不至死！‘三夫人捐了一座宅子当佛寺保佑娘娘早生贵子’，‘三夫人捐了一座尼寺保佑娘娘早生贵子’，‘三夫人捐出三座宅子了，娘娘一定能早生贵子'——我不想再听，不想我娘再失望！我从没让她失望过！"

她的声音越来越大，像是朝着看不见的噩运嘶喊宣泄，在半癫半死的状态下，竟然讲得流利清晰。她喊完后，牙关紧咬，脸上的肌肉恐怖地纠结起来，素盈不得不扳开她的嘴，让她能够继续呼吸。

素淳不顾一切地抱怨："她们想要我死，我偏不。这冒名'素湄'的空壳里，那个要求报仇的'素淳'，就是指使我的人。"她说得太急切，又大力地咳了一声，咳出许多血来。

"完了，全结束了。"素淳无视胸前大片血迹，脸上呈现出等待临终的虚无神色，空洞得宛如她已经死了。

外面忽然响起清凌凌的琵琶声，曲调柔缓缠绵。素淳一听那曲子就入了神，最后一次动容。

"月瑟无错。"她的目光带着哀求。

"我能看出来。"素盈温和地说，"你这辈子遇过好人，肖月瑟、唐先生。可到此刻，你只对湄姐念念不忘——忘了她吧。"

素淳呼呼地喘着气，仿佛胸腔里只剩一团无法调顺的气息。原本白中泛青的脸，瞬间涨得发紫。她被那口舍不得呼出来的气折磨，抓住喘气的间隙，泪光闪闪地问："我已实话实说，你是否还要欺骗将死的人？你怎么知道唐先生？"

门外琵琶声柔肠百转，素盈握住她的手，说："我没骗你。我去上坟，亲眼见到那个弹琵琶的人。坟中素淳是假的，但他的情义是真的！"

素淳不知听进去没有，只顾专注地听着外面的琵琶："皇极寺那天晚上，我想，我必须……死前必须去看看，有没有那座草庐。"

她自言自语似的低声呜咽，不知想起谁，温婉缠绵地长长叹了一声："唉……"尾音上一颤，变成轻微的咳嗽，生命就在那里戛然而止。这声叹息将素盈一双泪珠逼上眼眶，不等落下她就慌忙伸手拭去。

尘埃依旧在微渺光线中静谧地舞动，此刻与前一刻没有不同。素盈看着姐姐眼中的光华一点一滴地褪尽，摸出手帕擦干净素淳脸上的泪痕，说："姐姐，我曾经想——我该帮你，让你活着离开。"

那张容色恐怖的脸已不能反馈。素盈苦笑着摇头："不只为了保你的命，也为了救我的良心。我不知道能把你救到哪里，也不知道能救自己到几时。终于……救人好难，还没有开始，就夭折了。"

走出门时，素盈已神色如常，镇定地问杨芳："是什么毒？"

"浸过药汁的曼荼罗籽，就缝在衣带里。"杨芳细声细气地说，"因为是娘娘的姐姐，宫正司也没搜得太细。况且事不至死，过些时日就放出来，并不防备她寻短见。可她好像早有自尽的准备——真是莫名其妙啊。娘娘可要小人彻底查一查？"

素盈失神地默了一会儿，说：“不必了，辛苦你。”杨芳再无二话，恭恭敬敬地退下。

不远的井台上，怀抱琵琶的肖月瑟款款站起来，一身水淋淋的，她也不在意，盈盈拜倒：“奴婢衣衫狼狈，求娘娘恕罪。”

素盈看了她一眼，慢慢地说：“唐氏的吟揉，好得很——这曲子，里面那人曾经弹得很动听。”

在素盈印象中，素淳到选女那年才学琵琶，一鸣惊人。可父亲却说她“学得太晚，难以出彩”，用这模糊的理由断了她学琵琶的路。很奇怪——阿淳样样出色，琵琶一学即会，应该夸耀才对。

相比之下，阿湄太普通了。上天把两个人皮相生得一模一样，里面却天渊之别。就好像，她只是来给阿淳添一个孪生的特点。

阿淳说，素湄陷害文彩环，是不想受闲气。这些自己会发光的人，总是不明白影子里的人——阿湄真正受不了的，是自己的孪生妹妹。想要做点什么，挣扎一次。也许不会有结果，也许，死水一样的生活会得到一瞬间不同，感觉到自己独立存在。

涟漪终于还是归于平静。

“结庐的唐先生，是你什么人？”素盈问。

“是奴婢的表兄，吟揉高手，少年天才。我听说，有一天他突然厌世了。”肖月瑟站起身，轻轻地说，“那时他还年少，奴婢还小。”

少年天才。当年好像是有这样一个人，在郡王府中短暂出现。原来那样的姐姐，也有过秘密的青春。素盈长叹一口气：“那时，她还年少，我也还小。”

走了几步，素盈用平缓的声音说：“你是为这桩缘分，帮她揭发了自己根本不知道的奸情。”素淳伪造废后笔迹，肖月瑟去揭发。只要时机恰当，两个人就能扳倒一头大象。

顺从地跟在她后面的肖月瑟走得很慢，也很稳。她从容地说：“奴婢只做自己以为对的事情，只说自己以为真的话。是不是帮了她，奴婢不知。”

只做自己以为对的事，只说自己以为真的话。素盈无声冷笑。曾经的她何尝不是呢？自以为是，大概就是自诩正直的她们所犯的大罪吧。到头来还以为一切是顺应自己的意志。

素盈叹息：“下次阿澜进宫来，你们可以说说话。世上没谁比她更在乎姐姐了。”

肖月瑟的语调还是从容不迫：“不过按照阿淳对她的形容，奴婢以为，她大概不会与外人说没用的话。”

素盈点点头，缓慢而沉重地说：“是……她不会说没用的话。”

后宫中，后妃之死尚可引动短暂的小小波澜，而一个宫女的死去，连一段稍纵即逝的插曲都称不上。即使她身为中宫皇后的姐姐，好处也只是尸身得以归家入葬而已。隔天，平王府派人来接浣衣宫人素氏的尸身。素盈自己不便出面，指派一个小宫女去看。

那小宫女回来说：“平王府来了一位管事，带着两个下人，在北泰门外用青牛车接了宫人素氏。”

素盈问："然后呢？"

小宫女被她问住，讷讷地回答："然后？他们走了，没了。"

走了，没了。

她的双生姐妹尚且有两名兄弟来接，只因死前还有"媛"字。而她，四岁受教，十年辛苦，宫中三载费尽心机脱颖而出，荣华却不足四年就烟消云散，三年难熬的宫人生活，一声短短的"没了"，这一世就轻轻揭过。

素盈唤来轩茵，吩咐道："我已失掉龙胎，再没什么需要平王操心的。你暂且不必来陪我了。"说罢又交给她一封书信，让她务必交给平王。

信中特意交代，素湄、素淳如今都是皇后的姐姐，葬得太潦草不好看，请为她们改葬。姐姐们不愿葬在一处，分开葬得远些。依旧为唐先生在阿淳的坟前修座草庐。这些事情都交给素澜去办。

素盈料想，让素澜去主持改葬，两副棺材会各得其所。

那个想听唐先生弹琵琶的人，最终会听到。

办丧事的不仅东平郡王家，还有另一个人的丧事也要轰轰烈烈地大闹一场。

永宁郡王与东宫将宰相堵在昭文阁里。挺着大肚子的荣安公主被皇帝打发出来，马上气势汹汹地转向丹茜宫。素盈不紧不慢地回了句"不见"，崔落花当即在旁边小声提醒："娘娘不妨听听她说些什么。"

废后的众多亲眷里，只有荣安什么都说，实话最多。素盈微笑道："废后的事，她父皇没话和她讲，我能说什么呢？请她回去。"

"太安素氏对娘娘含怨已久，还是先听为好。"

素盈对镜整理妆容，回头笑道："说什么是他们的事。圣上怎么想，是另一回事。他有自己的主意，我才不跟着荣安闹。不见。"

宫女出去传话，很快回来说："公主已经走了。"

素盈再一次审视自己在镜中的倒影，悠悠地说："宫苑中的花开了吧？我想去看看。第一次看宫中的花时，才十四岁，一眨眼，五年过去了。"

崔落花笑着纠正她："娘娘，是四年。"

素盈怔了一下，想了想自己的生年，又想想今年的年份，失笑道："真的！忽然年轻一岁，该庆祝，你们都跟我去吧。"

一个"都"字变成浩大声势。丹茜宫的女官全在御花园中赏花，上一次还是素若星那时的事。素盈又命肖月瑟对景弹了一曲琵琶。满眼花娇叶俏，满耳仙乐悠扬，但她还是觉得神思恍惚。这一切仍然和她没有关系。心中空落落的，无所寄托，身边也空落落的，无所依偎。

宫女又上前报说："东宫求见。"

素盈浅浅一笑，问：“他从哪儿来？”

“看样子是从延德殿绕过来。”

不是昭文阁，即他没有得到皇帝准许，擅自走了丹茜宫与延德殿之间的通道。素盈正要说不见，睿洵身着面圣的朝服，已大步走来。俊雅一如既往，悲愤也由一贯的风度掩盖，但看清这番排场之后，他狠狠地将纸包摔到素盈脚边，冷声道：“兔死，狐尚且悲呢！”

磨碎的香料散了一地。众人见他气势汹汹的，都噤声面面相觑。素盈不理会他，转脸向丹茜宫的女官宫女们笑笑说：“天下没有不散的筵席。今天咱们也算是——好聚好散了，都退下吧。”这话来得蹊跷，女官们或愕然或讶异，迟疑着告退。

素盈折下身边最近的一朵花，一边轻轻地注目，一边漠然回应：“殿下可曾听说过狐狸死了，哪只兔子会掉眼泪？”

睿洵的嘴唇紧紧抿着，僵立着一动不动。

他不说话，素盈也不多理会他，发现花瓣上有一点尘斑，小心地用指尖剔去。睿洵见状低低地叹了一声：“缦城离宫的宫女说，你与素庶人密谈，留下香料逼她自尽。我知道，即便我来问你，你也不会承认。”

“谁需要我承认？”素盈徐徐地呼了口气，“你们不是已经拿着这包香料去圣上面前告状了吗？”

“你……就这么不愿意放过一个被废为庶人的女人？”睿洵的目光透出幽寒，“为什么不干脆来对付我？”

素盈没有回答，轻柔地嗔怪：“殿下这是什么话？！”她一扬手，那朵花随风飘落到睿洵脚边，“前一段日子我生病时，殿下送的那碗藕羹很好吃。殿下用心良苦，突然说什么‘放过’‘对付’，真让人惶恐。”

睿洵那像极他母亲的嘴唇慢慢绷成一条线，似笑非笑，似怒非怒：“是我愚钝，没有发觉娘娘已经不会对我说实话了。”

素盈的手不知不觉地放在腹部，默了许久，黯然发问：“这算不算是一种公平的报应？”

“这是报复，不是报应。”

他舍不得她，只害了她腹中将要威胁他地位的孩子。为了这个缘故，她只除掉他那个可能威胁她性命的母亲。然而这么做，却让生者承受的伤害更深。

睿洵拾起那朵花，低头看了半天，口气飘忽地问：“我忘了有没有说过——四年前，你拭去花瓣上的微尘时，那一刹那，这金碧辉煌的宫廷配不上你。”

素盈倏忽失神，喃喃地说：“我不记得。”

“那我再说一次，你以后会不会记得？”他看她的目光忽然柔和下来。

素盈的心颤了一下，摇摇头道：“说点别的。说点……想起来不会痛苦的。”

睿洵笑得苦涩，捻动花梗，看那朵花在指尖旋转，神色愈加温柔，继续说：“我心里，总是这些很傻的故事，但也很美妙。比如，一个像这样的好天气，有个少女和贵公子，不是你，不是我，一边调配香料，一边畅谈逸闻。她从容的双手很美，声音很美，专注的神态也很美。公子的目光被她牢牢吸引，看到不敢再看，怕再多看她一眼就要沦陷。可他不知道——已经太迟了。动心这种事情，一生一次虽然不多，但已足够，足够……危险。”

素盈垂下头，低声嗔怪：“你和你父皇一样，喜欢说别人的故事。”

“是他教给我，讲别人的故事比较容易。”睿洵望着头上蔚蓝色的无限高空，笑道，“而且，别人的故事，在需要忘记的时候，也会比较容易忘得一干二净。”

素盈陷入沉默。宫中的人从不多话，他自然也是如此。她凝望他的面容，忽然明白他这一刻的心意：不是因为忘乎所以真情流露，而是——

宣战。

那些你给我的回忆，那些藏在心里的宝贝，我把它们还给你。那些一生只能说一次的话，就在这一刻说出口，因为我们没有未来。

微风和暖如摇香扇，满园花叶在他们周围摇曳，一片安详宁静中，他的声音舒缓轻柔。素盈微笑起来，笑吟吟地一边听，一边点头附和。

别人的故事，他竟有那么多。素盈听着听着，忘了细节，怔怔凝望他的脸，端详他有些伤感的神情。

当他终于停下时，她知道素盈与睿洵要迎来结局，往后只有中宫皇后与东宫太子的故事。

“阿盈……有些话，我该在十九岁时让你知道。”睿洵忧伤地笑着说，“可十九岁的我，总觉得自己看穿世事，有些话不屑去说。再想说的时候，却把那个十九岁弄丢了。”

素盈一直没有插嘴，这时候不禁陪他怅叹：“一生只有一个十五、十六、十七岁，我也把它们弄丢了。”

“也许有一天，当我们发现时，我已经变成了父皇那样，而你已变成我母亲那样。”

素盈一动不动地坐着，神色迷惘地悠悠回答：“我宁可在那之前，我们当中有一人已经死掉。”

那毅然决然的字眼触动睿洵，他静默片刻，收敛温柔的神态，向素盈说：“娘娘——”

“东宫殿下。”素盈微笑着想，只要这一刻过去，一切也都过去了。

“这很好，从今往后，你叫我‘娘娘’。每次你叫我‘阿盈’，总会害我后来落泪。”

睿洵失神刹那，旋即笑道：“世上的人不哭，有两个理由，或是幸福满足无须哭泣，或是麻木。宫里的人不哭，只有一个理由。我印象中的那个少女是常常落泪的。娘娘与她不再相同，这也很好。”

他发出一声短促的、难过的笑声，接着收敛笑意，肃然说："宫女指控您将有毒的香料赐给素庶人。我知道娘娘的手法不会那么拙劣。娘娘身为中宫，和宰相一起逼到缦城，表明后宫外朝都要她死，素庶人想不死也难。"

"缦城吗？"素盈蹙眉搜索回忆，"我不记得去过。"

一句话引得睿洵满面寒气，向素盈微微躬身，漠然说："我以后会记得——娘娘即使在杀鸡时，也用牛刀。"他没有更多话要讲，深深地看了她一眼，转过身离去，脚步没有些许迟疑。

素盈目送他的背影消失在红墙之后，对走上前的崔落花低喃："真快啊……虽然从走进丹茜宫第一天就知道，这是早晚的事——他同我的诀别。"

"但娘娘并没有说任何话与他诀别。"崔落花不动声色地说，"奴婢佩服娘娘的定力，只希望娘娘不会以为，同这个人诀别的时刻还没有真正到来。"

素盈的目光一不小心落在睿洵踩烂的花上。满园风光依旧，可是不会再有人特意对她说一声"保重"。她不假思索地走向通往丹茜宫的道路，想赶快离开这里。

那个让她自愿走进丹茜宫的理由，从此弃她而去。但是除了丹茜宫，她无处可去，一无所有。

素盈艰涩地想着，回到她唯一的栖身之所，却真正吃了一惊：卧榻前无数花朵被几十根丝线串成一道娇艳的花帘，花瓣上还带着晶亮水珠。她轻轻抚摸那些花朵，听宫女笑嘻嘻地说："圣上说，但愿娘娘透过鲜花看到的宫廷会稍稍美丽。"

素盈绕到花帘后面坐下，目光静静地穿过那些花瓣和水珠，慢悠悠地问："圣上这时候在哪儿呢？"

宫女低声地回答："连日来一直在昭文阁，此时大概还是在那里。"

昭文阁设有寝室，遇到一时半会儿解决不了的事务，皇帝会留在那里休息。有人拿素庶人之死去烦他，她正在等待的那批官缺大约不会远了。

素盈仿佛专注又好像无神地看了一会儿花帘，走到桌边打开嵌宝金匣，拿出一张纸给崔落花，说："照这个拟旨。"她此前从未颁下懿旨，崔落花接过那张纸，未展读已觉事关重大，待读到最后一字，双膝重重落地跪倒。

"这是做什么？"素盈温和地说，"大崔秉仪在宫中多年，朝夕恪勤，深受器重。如今上了年纪，派朝廷官员以仪仗鼓吹送她衣锦还乡，还有什么不足之处吗？"

深深垂着头的崔落花颤声说："大崔秉仪是废后之师，素氏当中再无人敢聘她为西席。娘娘将她送出宫去，她就只能静待残年终了。"

素盈叹道："那也是一种福气啊！我们这些素氏，有几个能等到残年终了呢？"

皇后心意已决，崔落花唯有口中谢恩，走了出去。

素盈命人拿来她的书，斜躺在床上随意翻看。书页已经翻得卷了边，这些天不知道看了多少遍，早能倒背，可她还是想多看一遍。看着看着，她迷迷糊糊睡了过去。宫女们轻轻地取走她手里的书放回桌上。

当素盈醒来的时候，透过繁花刚好看见皇帝坐在她的书案旁，看那本书。案前香炉散出丝丝流烟，是静谧中唯一的灵动。

他的眉头轻锁，眼中似乎有一点凄迷——花朵太多，素盈看不清楚。这道帘没有让她看见的宫廷变美丽，只让她看到的他更加模糊而已。她没有弄出动静，悄无声息地侧卧着端详他。

整个世界，只剩下这寂静且封闭的一角宫殿，那花，那香，那人。

他盯着平放在面前的书，半晌也不翻一页。

“原来，你一直在看的是这一段。”他忽然说话，不知几时察觉她已醒来。

素盈起身走到他身边，与他一起看那段文字。

唐朝玄宗还是太子的时候，太平公主对太子颇为忌惮。太子宫的杨氏怀孕三个月，太子说：“当权的人不希望我多子，只怕要累及杨氏。”于是拿了堕胎的草药亲自去熬，可是却将药罐失手打翻了三次。

“天意！”太子这样想着，放弃了。后来那孩子平安降生，就是玄宗之后的肃宗。

“他是个狠心的父亲吧？”皇帝的神情怅惘。

素盈摇头，手指点了点胸口，缓缓地说：“他是不会控制这里的人，所以才会三次打翻药罐，三次之后就为自己找了住手的理由。不会控制这里，所以爱一个女人爱成一场灾难。”

皇帝拉着她的手，让她在身边坐下，向她微笑，可素盈觉得他的笑容黯淡。她不慌不忙地问：“东宫与陛下商量素庶人的后事了吗？”

素若星虽然称为素庶人，但不会变成真正的百姓。缦城离宫的主人，始终是宫中的女人。皇帝前妻、太子的生母，后事不可能草草了事。但皇帝合上书，淡淡地说：“商量什么？畏罪自尽的人办后事，有先例可依。”

素盈的睫毛颤了一下——她的姐姐柔嫒并没有死去很久，已经成了“先例”，化为一段有罪的往事供人借鉴：褫夺封号，席卷出宫，还家收敛。素盈又仔细地看眼前这男人，他与废后这对少年夫妻，以世间最亲密的关系一起长大，一起夺取天下，她为他生养过七个孩子，他们一起经历了失去三名骨肉的悲伤，以及为三个儿女嫁娶的喜悦。

他是个聪明人，竟然没有怀疑旁人加在素若星头上的罪名？聪慧美丽、多才多艺如废后，把他视为最强、最顽固的对手，被他如扫落叶一般扫入宫廷的历史……素盈的头轻轻靠在他肩上，不知该说些什么。

皇帝揽着她的肩，沉默了一会儿，忽然说：“记得我曾经给你讲过的那个少年吗？”

“记得。他用十年爱与十年被爱，换取心愿实现。”

“嗯。在你看来，很值得犹豫一番吧？”他怜爱地拥着她，沉静地说，“可是他却肯换。心愿固然是重要的缘故，但归根结底，因为那代价对他，本是无关紧要、可以放弃的啊！”

素盈一阵心寒，不自觉地在他怀中瑟缩。

他浑然不觉，说：“世间俗人，想要被爱。有人为爱她抛弃另一个人，说明她重于另一个人；有人为爱她抛家舍业，说明她重于家业；有人为爱她烽火戏诸侯，说明她重于千军万马；有人为爱她丢了江山，说明她重于天下——人皆渴望从爱里看见自己的分量。但那个少年不需要。他有自己选的命，自己选的分量。这一生，他不会像明皇那样打翻一次药罐，也不会为任何红颜引来祸乱。”

素盈抬起眼望着他柔和的侧面。她无法想象，能够温言款款地说出这番话的人，会去交换什么。她实在猜不透他，只得坦言：“陛下英明，而我只是个平庸的女人。”

他轻笑一声，握着她的手说：“你是丹茜宫之主，在这里你不会平庸。”他停了停，在素盈耳边温柔地说，“所以——别再乱跑了。那样对你我更好。”

素盈的心收紧——原来如此。缦城留下的香料惹来非议，她的所作所为，在他看来满是傻气。

“嘘——”她微笑着勾住他的脖子，贴着他的耳说，“这些话留到以后慢慢说，好不好？请陛下别在今天说出来。今天发生的事情已经太多了。”

他们的口吻轻柔体贴，姿态亲昵缠绵。只是在这幅旖旎的画面里，沉静的男人和柔婉的女人刻意避开对方的眼，仿佛害怕自己此刻的目光会向对方泄露心事。

皇帝不在小产的嫔御宫中留宿，但那天晚上他破例留在丹茜宫。就寝之前，他向着繁花编成的帘幕随意说：“撤了吧，要萎了。”

“别！”素盈攀住他的手臂，柔声道，“留着它。我不想在一天之内失去太多。”

他笑笑，顺她的心意，但素盈从他的温柔里再也感受不到任何担忧或者紧张。

每当有人遇到不幸，就会有人特别幸运。

没能管住一个女人的死法，他又不经意地来管另一个女人的活法。

素盈心里又累又冷，忽然使出力气，在他肩上咬了一口。他吃疼地向后退，瞪着放肆之后还若无其事的女人。

“你，一直都知道吧？”素盈仰面看着半空，“知道我用酒送服香料。”也知道她后来还是没能幸免，有了身孕。

没有琚含玄默许，馨娘不能送一张纸到皇极寺。没有他睁一只眼闭一只眼，东宫不可能送给素盈一碗藕羹。

他们彼此心知肚明：他已经有了储君，不要多余的人在他百年之后添乱。他只要她做皇后，不要她做皇子的母亲。这个狠心的父亲……比明皇狠心得多。竟放任东宫来做这事。她在宫中唯一不愿玷污的憧憬，变成了噩梦。

“如果我跟孩子一起死了呢？”素盈悲哀地问。

他的沉默仿佛是尴尬，又仿佛责怪她居然把话说到这么明白，超过了三分，超过了七分，不给人转圜的余地。最后他说：“你不会死。”语气平静，仿佛只是公布上个月一道谜语的答案，也很坚定，就好像谜语是他出的。

“事有万一。”

他抚摸她的长发，拂过她脸庞的气息还是那么温暖：“你知道接下来会发生什么——丹茜宫会有另一个素皇后。”

素盈默不作声，忽然觉得她与他之间升起一个冰绡帐，透着若有若无的寒意把他们隔在两边。

皇权、相权、丹茜宫、东宫——至尊的权力当中，素氏能稳稳地抓住一个，用这一个去影响其他三个，所以一旦抓住就不会放手，后位永远不会有空闲。素若星之后是她，她之后当然还有别人。

她不是听不到他的真话，只是真话总在她想听谎话的时候来到。

素盈的唇边出现一个虚幻般的笑，那样轻而慢地绽放，仿佛一辈子都不会完全盛开，也一辈子都不会凋谢。

皇帝忍不住伸出手指，轻轻地碰触那个笑颜。素盈避开他的指尖，轻轻闭上眼睛，什么也不说。很快，她的呼吸匀净。他看了她一会儿，欲言又止，也安静地入睡。

可这睡眠十分短暂——他多年来养成奇怪的本能，无论何时总能隐约察觉到旁人在注视他。他警惕地醒来时，身边一段柔柔的呼吸顺着他的脖根滑入温暖的衾底。原来是素盈侧脸望着他，眼神迷梦一般，混沌一般，似有意味，又仿佛全无意义。

“在看什么？”他问。

她轻轻地回答：“在看帝王。”声音飘飘忽忽，娇柔无力。说罢转身背对他，连一转身也是有气无力，仿佛已经看了太久、太疲惫。

似褒，似贬，似叹息，竟让人无言以对。他伸手搂住了她的腰，从她肩头望向外——月光透过他送来的花帘，洒了满地花影，一室冷香。

他听见轻微的一声响动，像是有滴很大的眼泪落在枕上。

第十二章 困兽

为了送小产的孩子早登极乐，丹茜宫做了一场隆重的法事。可是年轻的皇后与皇帝不同，她对神佛的信任很有限，对念经的效果也抱持冷淡和怀疑，所以法事之后她决定做点切实的善事。

大崔秉仪上了年纪，皇后不忍心看她终老宫中，派御史以仪仗送她荣归故里。看起来荣光无限，然而宫中人向来不大轻信眼睛。大崔秉仪是废后之师，人人都怕这是灾难的前兆。

崔落霞在宫中效劳已有二十四年，出宫时却几乎无人相送，只有她妹妹小崔秉仪送到宫门。她们姐妹年岁相差甚多，原本也不怎么亲近，但到底是血脉相连，崔落花眼见姐姐孤零零启程，忍不住心酸。崔落霞反而笑得洒脱："这位娘娘爱做表面文章，我好歹有仪仗相送。不知他年，你怎样还乡？"

崔落花拭去眼泪，问："为了素庶人，同皇后当面闹僵，如同仇寇，值得吗？"

"神安皇后不仅仅是我的学生！"

崔落霞严厉地瞪着她的妹妹，声如霹雳："她是我给这一代皇朝的贡献！皇朝有神安皇后，才有如今不输南国的文明气象。有神安皇后，鸿儒高士才能出入庙堂，成就列国不敢小觑的礼仪之邦。自诩为文华正统的南国，不知多少次被她震惊，再也不敢将我们视为蛮人。"

神安是素若星昔年受封的尊号，崔落霞一次次强调它，抹杀"素庶人"三字的屈辱，可还是无法遏制地想起素若星的苦难。她脸颊颤抖，不得不捂上嘴，强忍着没有发出冒失的哭声。

"神安皇后她……比我的孩子，比我的生死，比我的荣誉更重要。可是她被毁掉了，皇朝一代文华的巅峰也崩溃了。"崔落霞忍住悲腔，换上强硬的神态，悲愤而讥讽，"落花，你给皇朝的又是什么呢？"

崔落花久久无语。她姐姐以为她答不上来，冷笑一声要走。崔落花宁静地说："你在这里，是因为对自己的杰作满意。我在这里，是因为战战兢兢——换掉皇后，不是宰相与皇帝变了，是皇朝变了。皇朝不再像从前那样需要素氏。”

崔落霞悚然变色，绷着脸瞪视她妹妹。

崔落花无惧地回望她，平静地说：“你与素若星，只知道与南国计较文华高低，而朝堂里那些男人向往他们的制度——女人屈居男人之下，后宫无权对国家大事发声。你忘了，长久以来，我们是世间独一无二的国，并非因为文学诗歌，而是因为我们有素氏！无论这个后宫有多少缺点，诸国当中也唯有我们的国家允许皇后议政。如果素氏皇后不能决断国家大事，就再也不需要额外的教育。素氏、崔氏，我们这些女人都将泯然众人，用不了多久，全天下的女人都将悄无声息。可是，素若星只能在后宫外朝之间勉力周旋，早就发不出声音。有人换掉她，我很高兴。但那个人是阿盈……”

崔落花悲切地苦笑一声：“他们挑出来的，根本不是皇后，是最弱小的傀儡！倘若那时候轩茵已是平王义女，他们肯定更愿意要那个哑巴！皇后……阿盈，不应该是任何人的傀儡。但愿我能帮她熬过困境，发出一点声音。”

崔落霞拂袖转身，大步离去，走出十几步又折回来，跟她妹妹面对面，忧心忡忡地说：“不要忘记昌永年间的教训。好自为之。”

继大崔秉仪之后，很多宫女被放出宫。大军出征前，丹茜宫陆续遣出二十多名女官宫女，皇后身边几乎全部换成新面孔。后宫频繁的人事更迭，也传到平王耳中。

“那些心思歹毒的贱婢害了我家三个龙种！放她们出宫，真是娘娘心肠慈悲。”他愤愤地喝下一杯酒。

旁边的四夫人林氏劝道：“王爷，今天请孩子们聚在一块儿，可不是为了抱怨这些。”

一家人正在府中欢宴，素飒、谢震分坐两旁，各自默不作声。

平王笑道：“不提那些了。后天就是两位将军辞京之日，此宴就当是送行，预祝两位大胜而回，加官封侯。今天务必尽兴而归。”

素飒与谢震还是都不说话。

平王看看这个，又看看那个，不懂他们的心思，眨巴眼睛问：“怎么都变成了闷葫芦？有心事？说来听听。”

“稍后我要去宫中向皇后娘娘辞行，满身酒气不太合适。”素飒脸上没有一丁点笑意。

平王哦哦两声，不再勉强他。

谢震说：“出征之前还有很多东西需要准备，下官还未备齐，不能久留。王爷见谅。”

平王哈哈大笑，向身后挥手：“东西送过来。”

管事转身向外吆喝，一队侍从炫耀似的走到画堂外。前面的捧全副铠甲，后面的捧宝剑，还有一人托着盛满金银的托盘，最后牵出一匹青花马，精美结实的鞍鞯都已备齐。

平王笑得有些不好意思，说：“你知道我这人，从来不懂别人的心思。自家的孩子，我也弄不明白——我的父亲死得早，我不知道父亲是什么样儿。给你们好吃好喝，轻轻松松出人头地，还有什么对不住你们的地方吗？你们一个个都不满意，我本来当作不识好歹，可是连着死了三个女儿……”

提到那三位后宫女子，满座默然。平王苦笑了一下，音调变低落：“曾经在这地方跑来跑去的孩子，年纪轻轻就死了……我倒有些佩服太安王。怀敏皇后死于亲姐姐剑下，他家立下毒誓，就算百子千孙人人有女，也不准两女同入宫中，一位帝王的身边只能有一个太安素氏。我当时不以为这是智慧，还庆幸他们头脑发热，是我家的大好机会。”

他说着望向素沉、素飒与谢震：“现在我只剩下这么几个。”

迎着光，谢震发现，不知道什么时候，平王额头上的皱纹变得如刀刻一样深。尽管那么深，悲哀还是满溢出来。平王向来不擅长说谎，从来喜怒形于颜色，这几句话说得悲切，那么他心里就的确是这么想。谢震当下也有感动，可是还不能因此原谅他。

“那个人——当今圣上，是剑斩亲妹妹的康豫太后之子，是杀掉自己弟弟夺得皇位的男人。他对罪孽的容忍，大概和我们不一样。那个男人身边发生的事，已经超出我能够理解的尺度……所以阿盈曾经求过我。可是我不懂，当她懦弱。”平王咽下一杯酒，忽然将杯掷碎，咬牙切齿地毅然大喝，“世上没有后悔药，只能往前走了！”

一片沉寂中，这句话惊天动地，素飒与谢震不由得精神一凛。平王举杯，虔诚地祝酒：“我请求两位将军——同心协力，旗开得胜，即便神佛挡道，你们也要联手共戮！这是你们自己缔造的前程，一定要活着守住。”

酒过三巡，四夫人林氏忧心忡忡地看着谢震，说：“我早就劝你娶妻生子，你总当耳旁风。这回倘若有个万一，谢家后继无人，我怎么面对九泉之下的阿骊和你谢家众多祖先？”

“这很容易。”平王酒意正酣，挥挥手对四夫人说，“府中年轻女子多得是，你随便挑选。看到好的，不拘多少都送给谢将军。”

谢震大惊失色，连忙婉拒：“王爷好意，下官承受不起。”

平王笑嘻嘻说：“我知道，我知道。你是堂堂的丹茜宫卫尉，许多素氏都想把女儿嫁给你。丫鬟怎么可能高攀你呢？你那宅院太冷清，里外连个帮忙打理的人也没有。人领回去，随你安排。”

谢震还想拒绝，平王却不肯听他唠叨，拍手唤来府中乐班，咿咿呀呀地演奏起来。一曲还未终了，管事匆忙到近前禀报：“相府找谢将军。听说他在我们家，派人上门来请。”

素飒不冷不热地说：“既然是相爷有请，我们可不敢耽误。”

谢震告辞，四夫人说要送他，也离席而去。平王蹙眉端详素飒：“你以前对他不是这样。”

素飒直视演奏的乐班，小口啜饮冷酒，寒着脸说：“以前阿盈信他，但没有信到托付性命的地步。现在不管怎样胡闹，都拉着他一起。”

平王没听明白：“什么胡闹？”

素飒不肯细讲，冷飕飕地说：“我不会背叛阿盈，谁知道他呢？”咽下酒，又阴沉地盯着乐班不说话。

宰相有几个不同的书房，在京官当中有个排名，其中一两个常常用来会客，另外几个就不一定是什么人都能进去的。下人带谢震来的这一个书房，谢震从未听说有谁进过。

今天似乎哪里不一样。琚含玄指了一张椅子要谢震坐，没有客气话，单刀直入地说：“有件事要拜托你。”

谢震眉头微微一耸，低头说：“下官不敢当。”

“先前一群大夫说皇后脑子有问题，我还以为，是她自己装出来逃避入宫。今天看来，她这病是越来越严重。”琚含玄冷笑说，“圣上可怜她小产，凡事迁就，她却愈发没约束，把丹茜宫人事搞得一塌糊涂。”

他指着谢震说：“我花了多大力气，才替她找到这样合适的一个卫尉，她脑子一热，打发去打仗。”

他提起这话，谢震不得不起身说：“承蒙大人连番提拔，下官才超升至丹茜宫卫尉。不止一次听到周围的人说大人偏心小姓，说我若还姓素就没有这种红运。为我一人前程，连累大人声誉，下官实在难以安然消受，也不打算任凭旁人信口开河。此番上阵并非他人安排，正是我报国的志向。”

琚含玄冷笑一声：“报国的志向？看你在皇极寺、缦城的所作所为，只怕别人不怀疑你的能耐，倒要怀疑你心中的国家属于谁。”

谢震面不改色地说：“下官问心无愧。”

琚含玄口中徐徐飘出一句模棱两可的话：“可是你知道，有人心中有鬼。”

恩威并施之后，该说真正的理由了。谢震无言等候。

琚含玄说：“皇后打扫丹茜宫，是意料中的事。只是乱易生变，有个要紧的人，请你要出来。”

谢震一怔：“下官愚钝，不懂大人的意思。”

“你去求皇后赐一名宫女。”琚含玄不客气地说。

谢震悚然变色，瞪着他久久说不出话，听见自己嘴里发出恍恍惚惚的抗拒：“赐、赐出宫女，非同一般，下官不够资格。”

“只有你可以。”琚含玄的脸色透露出一股毋庸置疑的严峻气势，谢震实在看不懂。

他自惊骇中冷静，生硬地说：“自前朝至今，宫中只有两次赐出宫女。”

“我没忘。”琚含玄慢悠悠地说，“第三次，我说‘只有你可以’，还有什么不明白的地方吗？”

谢震咬咬牙，说：“下官愚钝，全然不懂。”

“荣安公主正像狗一样四处乱嗅，寻找皇后陷害素庶人的罪证。”琚含玄的眼角微微地弯成嘲笑，“凭她的脑筋，头发白了也找不到。但是女人的嫉妒心很可怕，谁知道她会不会有意外出彩的一击呢？中宫、东宫反目决裂，皇后纵有丹茜宫，也住不舒服。”

谢震觉得这些话必须仔细听，可怎么也听不到心上，仿佛听见琚相说：“已经沉下去的沙子，没必要再翻起来。这宫女事关重大，务必要她活着出来。”

谢震头皮发紧，终于再也忍不住，问出一开始就困扰他的问题：“那宫女究竟是何方神圣？”

“还记得钩鱼宴上，借你笛子的那位乐师吗？就是她。”琚含玄那天并不在场，却像什么都亲眼看见。反而是谢震一脸茫然，想不起这人。琚含玄又说：“明天去丹茜宫卸任，你只管提。其他的，让皇后去操心，必能做成此事。”

谈话到此，是再也不给谢震选择的余地了。琚含玄说声：“我还有事，恕不远送。”

谢震怔怔地站在空无一人的书房当中，疑心这从头到尾是个玩笑。婚姻大事哪有这样代人做主、言语威胁的？等他回过神来，明白今天遇到的事绝不可能是玩笑，不禁气得浑身发抖，满腔怒火，大步走出书房去追宰相，打定主意要一间一间地将相府找遍，大声告诉宰相：不要欺人太甚！

走出去没有几步，有人猛地拉住他的手臂。谢震一扭头，骇然失色——女人脸上有块巨大的伤疤，微笑如同鬼魅。

“将军别去。”她低声警告。

谢震本来不忍直视她受伤的面孔，听见这声音，惊得倒退两步：“馨娘？你的脸！”

馨娘半张脸被火烧伤，疤痕从脸颊蔓延到脖颈，却若无其事地说：“一点意外。府里过几天送我回家乡，以后恐怕再也帮不上将军。”

谢震惊骇中更生义愤：“你这样回乡，要怎么活？！”

馨娘冷淡地说：“我有手有脚，也有积蓄，难道只有靠脸才有活路吗？”

这话比她的伤疤更让谢震惊诧：她曾因那张绝色的脸而充满自信，现在洋溢的自信却是因为失去这张脸。馨娘懂得谢震的困惑，毫不怜惜地在受伤的脸颊上捏了一下：“我毁掉一个咒，再也不必当死人的影子。他看见这张脸时惊恐万状，我总算畅声大笑了一场。”她仿佛又在微笑，可在那张脸上，无论何种表情都是狰狞。

谢震不明白这里面是怎样的故事，只感到面前是一个无畏的女人。

“将军是个好人，我只能帮你最后一回——不要拒绝相爷。你我这种角色，没有同他讨价还价的能力。不仅你我没有，连皇后也……”馨娘尽量简洁地说，“相爷能让中宫与东宫反目，不是说说而已。”

谢震咬紧嘴唇：“当真？！”

馨娘没有受伤的那半个脸似乎在苦笑："皇后没有相爷的把柄，相爷却有皇后的把柄。那个方太医——"她听到有人向这边来，再不多费口舌，飞快地钻入旁边假山，山魈似的消失了。

前来引谢震出府的家仆仿佛看见人影一闪，又不能确定是人。

"谢将军，请这边走。"他说着，向出府的方向伸出手。

谢震僵立片刻，跟着他的脚步离开。

第二天，丹茜宫都监又呈上名册，供皇后筛选。素盈看了没几页，宫女报告说："卫尉求见。"

素盈折起名册含笑说："快请进来。"都监就闪到一旁去等候。

谢震在珠帘外停住脚步，单膝跪倒："臣来向娘娘辞行。"

素盈觉得他的声音似乎没有力气，不由得关心："卫尉身体不适吗？"

谢震站起身，仍旧垂首弯腰，顿了片刻说："没有。"

素盈无声地微笑，换个话题："昨天兰陵郡王来辞行，提到平王已经替你置办好行装。本是我举荐你去，却要平王破费一场，实在说不过去。你还有什么欠缺？只管提出来。"

"什么都可以吗？"

"什么都可以。"素盈注意到他语调中有一种难以言说的微妙情绪，睁大了眼睛打量珠帘之后的男人，"今天是怎么了？吞吞吐吐的，可不像你。"

谢震的胸腔明显起伏，努力抑制心跳，又深深呼吸，问："娘娘还记不记得，钩鱼宴那回，臣吹了一曲笛子，有位女乐手怔怔地看？"

"是有这回事。"素盈回想起来，也忍俊不禁。

"请将那位女乐手赐给臣。"

一阵轻风拂过，丹茜宫的水晶珠帘琤琤作响。余音落尽，不知过了多久，珠帘那边传来皇后微弱的声音："你说什么？"

谢震实在无法重复那句话，将头垂得更低，咬牙说："昨天四夫人提醒，说臣至今未娶，倘若在战场上有个万一，谢家就后继无人……"

他再也说不下去，就此停住，却听见素盈用略显困惑的声音下令："继续说。"

谢震的喉咙越来越紧，他不知道自己是怎么发出声音的："觍颜恳请娘娘将那女乐手赐给臣，免去臣后顾之忧。"

珠帘之后声息全无，时间的流逝变得异常艰涩。谢震不知道内心期盼什么样的答复，耳中只有自己嗵嗵的心跳。可是他并不反感此时此刻。

这样对他来说，似乎就是最好的，永远等不到她的答案。

珠帘后的声响很短暂，谢震一开始忽视了它，疑心是死寂中的幻听。可迅速明白那恰是她给出的回答，像是一声轻笑，又像一声轻叹。紧接着，她说："你也该成家了。"

素盈的语气不悲不喜，缓缓地问："你心意已定，就是那位女乐手？"

“是。”谢震简短地回答之后，怀疑自己再也不能发出声音了。

“不愧是谢将军，眼光很好。那位女乐手，也是我非常欣赏的人。”素盈始终在说一些无关紧要的话，可是究竟同不同意，没有答复。

丹茜宫都监在旁边提醒说：“娘娘，下赐宫女非同小可，需要禀明圣上。”仿佛这事已经定了。

素盈望着帘上珠光迷离，最终说：“谢将军明日就要出征，不知道仓促之间能否成事，我尽力而为。”

谢震身体僵硬，在旁边女官的提示下谢恩，无言地躬身，一躬到地。本来还想说些什么，可是心如乱麻，张嘴之后没有一个字能够自然而然地蹦出来。他只好什么也不说，转身告退。

素盈似乎也在等他再说点什么，可是没有等到，惘然地收回了目光。

赐出宫女的消息，在黄昏时分变成一桩喜事。丹茜宫都监亲自到乐班的排练之地仙韶苑，向女乐手道喜。

“圣上本来说，皇后的想法出于手足之情，是好意，但太轻率。谢家是镇边大将，多少皇族、素氏愿与他结亲！以宫伶为妻，并不相配。又说，谢将军的功劳尚有所欠缺，待到这回凯旋，再议不迟。但皇后再三恳求，圣上怜惜娘娘小产，说她从来没求过什么，这是第一件，最终折中准许你为侧室。”

有人道喜，有人眼红。只有肖月瑟无动于衷，攥着手中的玉笛想：那个人怎么可能记得她？

当笛手为特定的人演奏，身体会做出微妙的角度，很多时候自己不会察觉。肖月瑟当时就看出，那是吹给皇后一人听的曲子。他由始至终没有抬起眼睛，可是他用笛声围绕着皇后。

周围的人七嘴八舌，而坐着一动不动的肖月瑟开始浑身颤抖，手中那支曾经借给谢将军的玉笛，不留神跌落在地，清脆的一声，碎裂了。

“啊呀！”众人都知道她珍爱此物，不由得为她可惜。

肖月瑟双手捂着脸哭起来。她太过伤心，又不像是为了笛子。

“什么事哭得伤心？”皇后的声音温柔地传开。肖月瑟离开座椅，跪倒在地。众人纷纷乖觉地告退。

素盈拾起地上的玉笛，见碎了一条很大的裂口，痛惜道：“太不小心了！”说罢向身后招手。宫女捧上托盘，里面盛着一支通体晶莹的白玉笛，在夕阳余晖中宛如黄金。素盈笑说：“本来是想送你一件相宜的贺礼，恰好派上用场。”

肖月瑟匍匐在地，颤抖的声音中竟有悲壮：“奴婢宁肯与玉笛俱碎于宫中，也不愿出宫。”

素盈惊奇地愣了片刻，问："莫非你心有所属？"

"没有。"

素盈似乎难以想通，沉默之后温和地说："谢将军淳朴沉稳，你清傲正直，正是松梅佳偶，定不会误了终身。"

"即便世间好男儿俯拾可得，奴婢也不愿出宫。"

"为什么？"素盈更加不明白。

肖月瑟略微抬起身子，忐忑地说："奴婢七岁入乐班，专注的只有音律，从未想过成为人妻人母，甚至不知放下琵琶之后如何与人相处。令奴婢凝神的，是谢将军的笛声，而非将军的姿容、悲喜或处境前程。这在乐班中并无大碍，请问娘娘，在红尘俗世当中能够如此吗？"

素盈几次想要插话，可根本插不进去。肖月瑟一口气说完又哭，带着哽咽再次叩首道："奴婢与宫墙外的世界早已分道扬镳。奴婢一心想的，只有成为天下第一的乐手，回报娘娘的赏识。求娘娘不要将我赶出我的世界，变成墙外世人眼中的异类。"

素盈怔忡良久，说："你起来。"

肖月瑟颤巍巍地站起身，犹在垂泪，听皇后说："我懂得。"声音似安慰又似怅叹。

素盈亲手取来玉笛，软软地说："我也曾以为，我与墙外的世界格格不入，想在这里证明自己。但是，在这宫里争出第一，没什么值得夸耀。皇后的来去亦如风过涟漪，谁又会铭记一个女乐手的精湛技艺呢？找到一个知音，才是世上最难能可贵的事。"

肖月瑟的脸色悚然变僵硬，眼泪也凝滞在眶中。

皇后背对夕阳，纤纤手指摩挲那支白玉笛，两者皆白，如雪落玉脂，几乎无法分清界限。她抬起眼向肖月瑟笑笑说："这世间，高山流水怕也难寻，然而宫墙之外，或是浔阳江头，或是春溪南园，总会有人懂得。"

女乐手仿佛被皇后手指上缓慢游移的哀愁魇住，陷入沉思。

素盈出来久了，怕皇帝到丹茜宫寻不见她，起身说："谢将军以一支笛曲将你视为知音。但你若无意于他，我也不会强扭你的意愿。下回你心意改变，再觅良缘吧。"

肖月瑟一听这是迟早的事，蒙了一瞬，横下心叩头说："谢将军的笛技虽然平平无奇，但心音敦厚平正。娘娘深思熟虑，有心成全，奴婢不必等下回了。"

素盈莞尔，将白玉笛递到她手中，沉吟说："我曾读过诗，'白沙留月色，绿竹助秋声'——当时以为是有趣的巧合。你以月为名，这玉笛可取名'留月'。"

肖月瑟接过玉笛，当即有宫人陪她去收拾行李。丹茜宫赐下金银绸缎为她助妆，引来众多宫人围观。她在宫中的朋友不多，往日结为莲子姐妹的宫人，今天都来道喜送别。

肖月瑟垂泪说："当年对月焚香，许诺在宫中结伴扶持，原本抱定至死不渝的志向，想不到会有分离。"

与她结拜的掌馔赵令人含泪笑道："这是天降之喜，妹妹切勿悲伤。纵然是大崔乘仪，有官家仪仗送归故里，也不及妹妹的实惠。这样的分离，我们欢喜还来不及。”

流泉宫的映荣也说：“谢将军虽然认祖归宗，可到底曾是皇后家的人，又得宰相青眼，日后必有作为。我曾听丹媛夸他，说为人淳朴正直，颇有男子气概。削尖脑袋去求，也未必能求来这样的缘分。”

三人执手且哭且笑，一个小宫女进来报：“白公公来了。”三人连忙抹掉眼泪，站起身。

宦官高大的身影闪入室内。在他魁伟身材的对比之下，房间似乎也变得逼仄，赵令人与映荣忙为他让开座椅。

一见肖月瑟，白信则就道贺：“恭喜妹妹。”说着将手中礼盒打开。盒中一支光润的玉如意，色如薄冰，通体匀净，似一朵半开的白玉牡丹花，大如婴孩拳头。

肖月瑟见他来送别已经眼圈发酸，喃喃道：“兄长护持之恩尚未报答，便要独自离去，我已愧不敢言，怎能消受兄长馈赠？”

白信则连连摆手：“皇后因为小产，有心行善，过一阵子还要放宫女出宫。可惜我们在宫中日久年深，身不由己，想被放出宫也难。再会不知何期，倘若能睹物思人，珍宝何足留恋？如意是阿灯的遗物，算我替她做主，你带出去吧。”提起死去的睿奉香，赵令人与映荣忍不住又心酸。

肖月瑟昔日用的玉笛已裂，她索性摔在地上，碎为数段，取了三段分别送给白信则、赵令人和映荣，勉强笑道：“兄长说得很对。回赠的东西还算不上我最令人留恋之物，愿为众位弹奏一曲，但愿别后能够回想。”说完取出琵琶，指间顿如风惊幽篁，雨卷残花。

送肖月瑟出宫的小宦官等不及，催道：“众位姐姐，出入宫门有时辰管着，这都什么时候了，可不能再耽搁啦！”

琵琶声歇，赵令人与映荣又垂下眼泪，牵着肖月瑟的手说：“今日乐相乐，别后莫相忘。”自从丹茜宫换了一位钦慕曹植的皇后，她们都能随口援引几句，只是从没有像这回这样发自内心。

肖月瑟一步三回头地离去，赵令人不停挥手，映荣不住擦眼泪。直到看不见女乐师的背影，白信则叹了口气，同她们道别。赵令人与映荣鞠过离别泪，又担心起他。

皇后为了显示不计较白家的事，又将他从宫苑司调回丹茜宫，只是不会让他再当上昔日的副监。

赵令人劝说：“宫中风云又变，兄长务必小心。”

映荣也说：“月儿是个不会琢磨事的人，有些话不便说出来添她烦恼。浣衣坊那人一死，过去那事只留她一个活口，像这样放出去，让皇后的人管起来也好。兄长切勿再牵涉更深。”

白信则笑了笑，说：“多谢两位妹妹一番好意。宫中步步攸关性命，乱走终非明智之举。月儿如今逢凶化吉，我们有没有这份福气，且看看再说吧。”

肖月瑟出了宫门又回头看，只见门墙高耸，不见故人。想到日后再无机缘踏入门中，又一阵黯然神伤。宫门外有一辆简朴的马车等候，黄昏中拖下长长的倒影。赶车老者上前接她，躬身施礼："夫人。"

肖月瑟不太习惯"夫人"二字，生涩地点点头。老者躬身说："老奴是谢将军派来迎接夫人的。"

肖月瑟看了马车一眼。她不是以貌取人的势利眼，然而这辆马车的简陋实在出乎意料。老者微笑说："将军俸禄不丰，不能照料到细微之处。"他虽然是粗衣芒鞋，谈吐却文雅。肖月瑟见谢震有这等家仆，不容小觑，就不再介意一辆马车的外观。

马车绕过公卿府第云集的街坊，驶到城内一条略显偏僻的小巷。洒满金辉的巷中空无一人，两旁粉壁青檐十分洁净，宛如红尘中隔出一块净地，沿途伴随左右的喧嚣也在此处消弭无痕。

里面一个丫鬟开了门，面容灵动中透出喜气，连声说："夫人可来了。"欠身向肖月瑟道喜。

肖月瑟见状反而有些局促不安。那丫鬟十分伶俐，不需她开口就一连串地说："奴婢轩芽，是平王府四夫人派来伺候您的。四夫人还说，上阵杀敌是谢将军的长项，过日子可就马马虎虎，倘若这边有什么难处，您只管吩咐奴婢去平王府找她。"

肖月瑟受宠若惊，连说"不敢当"。

轩芽笑嘻嘻地说："谢将军是我们四夫人当成亲生儿子养大的。她听说皇后赐出宫人，不知道多高兴呢！直说皇后果然是重情之人，两个兄长都要尚主，也不忘为将军求赐姻缘。这种恩遇，只有郡王与相爷遇见过。"

肖月瑟着实羞赧，低声说："承蒙夫人抬举至此，真是愧不敢当。"

轩芽轻快地说："将军此时去赴同僚们的饯行宴，一时半会儿回不来。我先引夫人在宅内看一遍。"

这宅院规格不大，除了房屋，也有一个小花园。肖月瑟见花园中别的都平淡无奇，只是种着一株少见的桂树，不禁惊讶。轩芽解释说："平王的四夫人小字桂娘。将军虽然归宗，但对四夫人的养育之恩铭记不忘。这是从四夫人的桂树上折来的。"然后又讲起四夫人林氏的出身，说她娘家现在仍在金源镇统领大军，林家子弟都与谢震以兄弟相称。

这丫鬟言语中虽有炫耀，但更多是羡慕肖月瑟，生怕她不知道自己的运气有多好。肖月瑟不擅长发号施令，无从打断她的话，恭恭敬敬将平王府上的底细听了个遍，暗想：他们家的亲戚勾连复杂，不愧是将素若星扳倒的门第。

他们家最值得炫耀的，还是皇后素盈。轩芽又格外强调自己曾经贴身侍奉这位六小姐，非同一般丫鬟——她们在平王府中混来混去根本没见过皇后的脸。她绘声绘色地讲述素盈的生平，肖月瑟于是得知：皇后的生母秋夫人，原本是京城首屈一指的女笛手，曾在皇叔府的乐班里。平王当年还是二十岁的东平郡王，到皇叔府上做客，为她一曲《送秋声》魂牵梦绕，屡次去求。可是皇叔不肯给。过了三四年，皇叔谋反被灭，府中的人或被杀，或被流放。平王对女笛手念念不忘，将她救到自己府中。

谢震随身所带的翠玉笛名为“送秋”，是皇后生母的遗物，皇后年少时亲赠给谢震，要他带去边关排遣寂寞。

肖月瑟心中不胜唏嘘，忽听前面有动静。

轩芽说：“是将军回来了。”说完，转身去前面听候吩咐。

肖月瑟忐忑不安地等待，然而一直等到用过晚饭，宅中仍全无动静。她紧张又无聊，忍不住取出玉笛。她曾凭借记忆还原素盈在披云楼上的那支曲子，今日才知原来是秋夫人感怀身世的《送秋声》。不知为何，她此时此刻只想到这一曲，便吹了出来。

至尾音散去，她猛然发现门口站了一人。

夜色沁凉如水，半开的窗子漏下朗月清辉，他一动不动的身形看起来更加疏远冷淡。肖月瑟顿生慌张，手足无措，说不出话。

谢震温和地问：“你的玉笛，可否借我一看？”

肖月瑟忙送上白玉笛，喃喃地说：“这是皇后今日亲赐。”

“她还说了什么？”年轻将军的口吻里满是期待。

“娘娘说，‘白沙留月色，绿竹助秋声’，玉笛可名为‘留月’。”

“留月。”谢震的眼神一暗，将玉笛交回肖月瑟手中，不再提笛子的事。认真而沉默地打量她之后，他又问：“今日初见，还不知夫人芳龄几何，哪里人氏，家中还有何人？”

两人并不是初次见面，肖月瑟想纠正他，可马上就觉得，这对他而言没有差别。

“奴婢——”

谢震摆手说：“夫人在我面前不要自称奴婢。”

肖月瑟应诺，徐徐地说：“我今年十九岁，祖籍是金源镇泰昌城。不过我出生时，那里还不是金源镇，是盐陵镇。”

“原来也是北镇的人。”谢震面色略微松缓。

肖月瑟点头，又摇头，说：“可我对北镇没有印象。养父母说我出生之后，父母死于秀王之乱，他们带我从泰昌城逃往泰州。养母唐氏是泰州人氏，家人大多擅长琵琶，我自幼同唐家的孩子们一起学弹琵琶。后来宫中前去挑人，将我挑入乐班。”

谢震边听边想，坐到窗边一张椅子上，微微侧转脸，除了面颊一道微弱的弧光，整张脸看不分明。

“你是延兴五年生于泰昌城？那你养父母可曾告诉过你，清河郡公白效圣攻破泰昌城时，全城几乎无人生还？”

肖月瑟略一点头，低声说：“当时为宫中乐班挑人的，正是郡公的儿子。因为知道我这段身世，格外同情歉疚，说这种才能老于荒野，太可惜了。若在宫中，或许还能名留史传。”思及此处，她苦笑说，“大概真的可以吧……却不是因为我的这种才能。”

“是白信则将你带入宫中的？”谢震的目光闪烁不定，起身走了几步，只留给肖月瑟一个背影。

想了片刻，他又问：“你亲生父母本是何人？”

肖月瑟不明白他为什么执着于她的过去，但她没什么好隐瞒的，回道：“我养父母也不知他们是何人。”

“琚相可知你本来出身？”他又问。

肖月瑟茫然地看着这位年轻将军，不知道他说这些话是什么意思，摇头说：“我与相爷私下从无交往。”

谢震只看着她说话，便信了，点头说：“因为废后一事，宫中不乏谣言说女乐手受宰相指使。看来并非如此。”

肖月瑟淡淡地说：“乐班不是桃花源，自然有人愿意奉承宰相，受他恩惠，但其中没有我。”

她依靠的从来都是琵琶，而不是贵人。也许就是这缘故，那琴师刘若愚于众人之中偏爱针对她。好像只有证明肖月瑟这种活法注定吃亏倒霉，他那种趋炎附势的活法才能理直气壮。

因为有他存在，丹茜宫和废后在肖月瑟心中的光辉锐减。废后与他一拍即合，并非在音律上互相理解。他能够让废后感到她对年轻男子仍有无限的魅力。她从皇帝、宰相、她儿子甚至口是心非的宫人身上，无法得到彻底的掌控，而那琴师能够满足她。他在丹茜宫造成一种令肖月瑟反感的暧昧。大概她内心之中对此不能认同，大概她内心之中，希望丹茜宫能够有所改变……

谢震又说：“夫人真是命大。你知道，做出你这样的事，有几人能活到对证口供？”

肖月瑟打了个激灵，想起她揭发废后通奸之后，白信则也曾说过类似的话。紧接着，他又说了一句很奇怪的话：“既然是你，那就没有办法了。是素若星的气数尽了。”

想到这里，肖月瑟发觉思绪飘得太远。她忽然对那个今天刚刚告别、被她称为兄长的人，产生了一丝困惑，同时对谢震的追问感到警惕，因此垂下眼睛回答：“上天自有安排。”

谢震重新坐回椅子，想了许久，最后十分郑重地说：“素庶人虽死，污名仍在。有人不遗余力地想为她翻案，更有人造谣生事，说皇后也与此事有关。倘若他们得逞，皇后的处境便很危险。废黜素庶人的前因后果，只余夫人一个见证，着实要紧。谢某并非贪图恩遇，实在是事关重大，不容夫人在宫中有闪失。”

微风拂过花园里那棵桂树，娑娑声清晰可闻。肖月瑟等它响过了，喃喃地说：“多谢将军好意。”

两人耽搁到这时候，夜已深沉，前门外的街上传来报更的声音，后宅听得一清二楚。谢震站起身说：“时候不早了，夫人请休息。”

他瞥见茶盏里的残茶，仿佛只用沸水冲了一冲，便说：“我这里家具器物都不讲究，有什么欠缺的，夫人尽管差遣下人去置办。”

肖月瑟忙说：“我向来这样喝，将军切勿多心。”

她送人到门外石阶。谢震忽然转回身问：“你刚才吹的那支曲子，是皇后教的？”

似乎和他谈话，不管话题绕多远，最后总要回到皇后身上。肖月瑟却并没感到意外，实话实说：“是三年前，废后在披云楼上款待众位素氏小姐，不料太子突至，皇后——当时还是素六小姐——借笛子吹了一曲，曼妙清婉，令人神魂倾倒，我便记住了。”

他对这答案怔忡一瞬，微笑有几分惆怅，带着复杂的神情，转身离开。

猎猎西风吹得天地萧索。京城外，幡卷旗摇，千军万马浩荡无边。素盈第一次参加出征仪，面对声势浩大的军队，一阵莫名激动。

戎装的素飒在阵列最前面，左右两边大多是他提拔的将领和亲信，谢震因素盈的保荐也在其中。素盈第一次见到他穿盔甲的样子，不禁想：那身卫尉的服色配不上他，盔甲才是他的魂魄。但是他承蒙皇家下赐宫女的圣恩，神态却全无松快。素盈不禁暗生忐忑，担心肖月瑟对他说了什么。

素飒至帝后面前叩礼。皇帝仪态威严，说了一些勉励的话。他主持仪式一向无可挑剔。轮到素盈时，她将手放在素飒肩头，无比坚决地说：“一定要回来！”

誓师时应该说的话，通常是“为国效命”“马革裹尸”之类破釜沉舟的誓言，而不是一句留下后路的祈愿。素飒却明白——无论战果如何，只要他活着回来，她一定能设法保全他。也只有他活着回来，日后才能保护她。

素飒深深一拜，慨然道：“臣定不负重托，得胜归来。”

送走大军的那天晚上，京城开始下雨，时断时续，却不言弃，浓云经久不散，天早早地黑如暗夜。

“但愿大军所过之处没有下雨。”崔落花说着，又一次眺望窗外。

素盈偎在桌边画一盏纱灯，取笑道：“别看了，圣上不会来。”

“何出此言？”

素盈专心致志地研究墨兰的笔触，说：“把我从皇极寺请回来，就是为了今天用一阵子。大军已走，我又学会要这要那，他何必跑来给自己找麻烦？”或许是光线的缘故，崔落花觉得她柔和的神情格外放松。

崔落花叹了口气：“为别的事开口也罢了，为谢将军的婚事——值得吗？”

“谢将军觉得值得，姑且就算值得。”素盈说着，抹开一笔狭长的叶片，盯着空白，找下一个落笔之处。

“什么值得？”皇帝突然走进来，看见素盈一脸诧异，笑道，“怎么这副表情？”

崔落花与宫女们急忙收拾了桌上的笔墨退出。素盈忽然有些不知所措，讷讷地说：

“妾还以为……”

皇帝不等她费力说完，笑着回了一句：“傻丫头。”

他去屏风后面换掉衣服，单衣上披了一领青色外衣，坐到桌边说：“带了一样有趣的东西给你看。”

宦官捧过一只又小又简陋的木盒，素盈好奇地打开，失声笑道：“哎？七兽棋？”是小孩子们常玩的游戏棋。

方形棋盘上山、林、水、原四种地形各两块，一共八块，分蓝、白两色。两位棋手都有木雕的七种野兽猛禽：虎、豹、狼、狐、马、羚羊、鹰。一组涂成红色，一组涂成黑色。另外还有黄兔一只藏在棋盘中心。棋手们利用七兽在不同领域中的优势设法捕捉黄兔，同时提防和攻击对方的猛兽。

那些兽禽雕刻得简单笨拙，素盈随口问：“这不是宫里的东西吧？”她心想：自昨天傍晚起，他就在丹茜宫，今天也不见得有空，何时何地弄来这样一套棋呢?

皇帝兴致盎然地摆好棋盘，说：“真宁偷偷跑去外面的集市弄来的。”

素盈微微变色，急忙谢罪：“是妾失于管教。”

自从太安素氏当中流传素盈借绿浮萍诬陷废后，废后的子女都将她视为仇人，绝不来往。真宁公主连借口也懒得想，闷不作声地朝深宫中一避，就当没有素盈这人。读书，游戏，拜访东宫，有时出宫去看望两位姐姐，去打猎……她拥有一个接近快乐的世界，里面不仅没有继母，也没有偏心的亲娘。素盈不敢冒险走近，而真宁根本不打算放她进去。

皇帝欣然说：“来下一盘。”

素盈看着线条粗糙的小动物们，柔声笑道：“多年没玩过，只怕要献丑了。”

七种兽禽在四块地域上各有优劣，素盈选了红色那一组动物和白色地盘，按常见的方法把它们分布开。皇帝的黑色猛兽以一种奇怪的方式罗列，素盈看了觉得奇怪——羚羊在大多数人手中都是用来做诱饵的棋，没什么大用处，可他却珍而重之，把它放在虎王身边。

两人各自走了几步，窗外又飘起凉风，暗云簇成一团，不消片刻就落下无声的雨。素盈专心布她的局，皇帝也沉静如水，见招拆招。他身旁的老宦官潘公公却有些耐不住性子，挑个空当细声说：“陛下，太子殿下他……”

皇帝无动于衷，双眼在棋盘上流连。潘公公察言观色，唏嘘道：“这雨又下了，还不知下到几时，太子在雨地里等着，总是不好。”

素盈微微抬起眼表示诧异：东宫又长跪不起？不知是为了哪桩十万火急的事。她看看窗外，雨下得不紧不慢，一时恐怕收不住。

“皇后的棋艺很好。”皇帝抬起头，向素盈轻轻一笑，眼中闪着她猜不透的光。说完没一会儿，素盈一着不慎落了下风，很快满盘皆输。

“难得布下好局，奈何一步走错，草草收场！”皇帝叹了口气，收拾棋子，大有再下一盘的意思。

素盈本就是故意输他，给他一个空当了结东宫的事，怎料他不在意。潘公公见状，又开口为东宫求情。皇帝却冷笑道："就是你在一旁聒噪，糟蹋了娘娘的好局——全都出去！"

宫里的人片刻走了个干净。素盈垂下眼睛，默默摩挲手中的棋子。他浑厚的声音又响起："东宫为一件无足轻重的事，追着我到了丹茜宫外。"说着，他移动棋盘上的黑豹，语调里没有一丝波澜，"孩子就是这么奇怪的东西——他小的时候，我恨不得给他全天下。可他长大之后，反怨我不能早点把天下交给他。"

素盈边听他说话，边分心设想棋局，行棋就慢了许多。

"千金易得，知己难求。想养育一个明白父皇的皇子，比找知己难一点。"他的口吻是波澜不惊，修长的手指放下黑色野兽时，却是啪的一声。

素盈装作随口问："什么事让东宫锲而不舍？"

皇帝满不在乎地说："我打算去崇山。老样子，一群人炸了锅。洵委婉反对，但倔强地坚持异议。"

原来他又打算去皇家猎场，真是雷打不动。太平无事时也就罢了，可最近几年，后宫边疆一团乱。多事之秋，皇帝至少该给大臣们做个同心同德的样子，但他还是一意孤行，不难想象朝臣们反对的场面。

"这样好吗？"她试探着问。

皇帝笑道："这不是很好吗？只有在暴君的朝廷里，才会众口一词。"

素盈偏头看看窗外的雨。东宫淋这场雨，做给谁看呢？反对皇帝出猎的官员看到他的贤明，却将他父亲置于何地？

皇帝看她一眼："安心下棋吧，他该在你这里多跪一会儿。"

他说的是另外一件事。没有他的准许，东宫追不到丹茜宫。他要儿子跪在这里，却不是为了今日的请求。素盈只能苦笑：王子犯法不会与庶民同罪——荣安打向她的金钩可以用一杯酒勾销，她腹中一块不成形的肉换储君膝下的黄金，已然不薄。

"这样就够了吗？"一声冷厉的霹雳凭空迸出来，砸碎宁静。那白衣女子的身影出现在桌边，清晰地伫立在触手可及之处。

"下一次呢？再来跪一会儿？从此以后，只要他会下跪，就可以一而再、再而三地送来藕羹？直到他再也不需要为这事下跪……"

素盈的手不住颤抖，只好紧紧握住手中的虎王，想要深呼吸止住这一阵战栗，又怕力气重了，引得端详棋盘的皇帝怀疑。

白衣女人那张苍白的面孔凑近皇帝，一边端详一边嘲笑似的说："丹茜宫之主和馨娘有什么不同？在他们看来，根本都一样。"

素盈脸上失去血色，紧张地盯住皇帝——他当然看不见，那美妙不可方物的脸冷若冰霜，正傲然直视他。白衣女人冷哼一声，转向素盈，伸手戳了戳棋盘："傻丫头啊！你在别人的魔障里面，无法解脱。"

素盈刻意避开她，却对上了皇帝的目光。他等她的下一步棋，已经等了好一会儿。素盈没有太多时间思索，顺手将棋放在白衣女人指向的地方，定神细看时，才发现迈出这步，满盘杀气腾腾。

"很凌厉。"皇帝赞许中带着一点讶异。细看之后，他又笑道："可这一步不适合你。"他从容地又落一招，将她的群兽封死。素盈慌忙搜寻出路，但放眼望去，不只腥风血雨销声匿迹，更没有一处留着转圜余地。她被拘在他的局中，动弹不得。

这盘棋从来没有脱离他的掌控。素盈弃子投降，涩涩地笑道："陛下万无一失，妾甘拜下风。"

"皇后……"他拈起她最后出手的赤虎王，摇头点评，"这样的一着，要留到一击必中的时候。轻举妄动可是大忌。"

素盈赔笑道："多谢陛下指点。"

他瞥一眼窗外的雨，提高声音，不慌不忙地唤了一声。外面的潘公公立刻走进来。

"让东宫回去。"他吩咐一句。

满脸遗憾的潘公公无声退下。素盈悠悠地问："还是要去崇山？"

"带你一起去。"

"宫里的事没什么好担心的。朝廷的事谁来管？"素盈知道多此一问，答案一定是——

"有琚相。"

"陛下对宰相，比对东宫还要放心呢。"素盈笑得风轻云淡。

"皇后嫉妒吗？"他一笑，将她拥在怀里，伸手指着棋盘，"豹子不怕虎王死。虎王一死，他就能取而代之。狼呢，有自己的领地，虎豹更迭会破坏它的行动。下这种棋，要了解每个棋子。"

他拿起素盈牺牲的羚羊，说："羚羊在这局里没法依靠任何猛兽，是这棋盘上唯一且真正不希望虎王死去的，同时它的位置极其巧妙——皇后却大胆把它豁出去了。"

素盈发现他的那只羚羊在棋盘上从未动过。这只虎王不会把她扔出去做诱饵。还不到时候。

素盈笑不出来："我们欢欢喜喜地走了，留下宰相和东宫，还不知他们又要吵成什么样。"

他低头看着她的侧脸，轻轻地问："豹子能吃掉狼？"

素盈笑道："不能。"

"那么，狼能左右豹子的意志？"

素盈摇头："现在还不能。"

“那还有什么好担心的？”他轻声说，“哪天他们不吵了，才真该担心。”

比起忠诚，狼对虎更多的是惧怕，怕到快被逼疯。

而豹子恨狼，更恨虎。他说过，只有一个人能管遍宫里每个人的活法。狼能放出成千上万支暗箭，但决定他母亲生死的只有虎王。不顾二十年感情，使她身败名裂最终自尽的，是虎王。与外人相比，家人倒戈一击更让人心寒。

假如有一天，狼和豹发现彼此还有一点点相互利用的价值……真到那时候，虎与羚羊的死活就成了悬念。

素盈叹一声，紧接着又叹一声。

他第一次在她面前说出这样的话——评价宰相和储君。因为她说出“在看帝王”这样的话，所以他就让她真正地看，看真正的他？她在他身边走的每一步，都没回头路。

他微笑着抚摸她的发丝，作为对叹息的赞许。

素盈避开他，说：“从真宁那儿拿走这么好玩的棋，她该难过了。还她吧！以后妾一定管教她。”

“那就给她送回去，反正已经尽兴。”他无所谓。

素盈亲手收拾所有的棋子，最后抓起羚羊飞快地扔进盒子。木盒一关，她有刹那的失落，好像把自己的一辈子跟那些张牙舞爪的猛兽锁在了一处。她将怨气隐隐转嫁给这一盒棋，不想再看见它。

可是，她很快就又见到了——敞开的木盒子半浮在丹茜宫后的沐芳池里，水面上到处漂着死气沉沉的木头动物，仿佛尸横遍野。她碰过的东西，真宁不会带进自己的世界。

素盈盯着那些面目全非的木棋子，有种奇怪的感觉：无论在棋盘上是怎样的角色，总有一天，上天会派来一双出其不意的手，把它们全都扔进池塘。

隔着沐芳池，丹媛看见一片烟雨蒙蒙的绿柳长丝中，丹茜宫红领青衫的宫女们围着年轻的皇后。素盈自从皇极寺回来，再没让艳丽的色彩上身，今天穿一条与季节颜色不配的乌金裙，失魂落魄地盯着碧绿池中万千雨丝砸出的涟漪。

丹媛急忙快步绕过去，担忧地嗔怪：“娘娘身体还没养好，冒雨出来做什么？”边说边挽起素盈的手臂，走入旁边的水榭中。

素盈攀着丹媛的手，笑道：“听说，耽翠宫附近的石榴花开得好，我闲来无事，打算去看看。”丹媛劝说无效，姑侄两人便挽着手臂向耽翠宫的方向走。

细雨气力越来越弱，落在肌肤上只留下针尖大的凉意。空气中浮动着迷梦般的水雾，楼台殿宇似幻似真。一行人先是路过蕊珠、蕊琦两宫，又过凝芳、凝华、庆云、玉英等宫，皆是一片宁静。蒙蒙烟雨中偶尔一声孤独的鸟鸣，偌大宫苑浮动着慑人的冷清。

“圣上又要出猎，偏是在这种时候。”素盈与丹媛并肩耳语，“大军才出发，西陲战事尚不乐观，众多朝臣劝阻，东宫冒雨跪到了丹茜宫前——他的心意分毫不改，还说要带我去。我可不想别人误会他一意孤行是为给我散心，但又劝不动他。”

丹媛谨慎地对答：“圣上的固执不是从这回开始，没人会怪到娘娘头上。”

素盈叹口气，蹙着眉说：“有几个人体贴如你呢？倒是有那么一群人，藏锋敛锐，等着我出错。”

“这件事，你听他的就不会出错。”

丹媛眨动眼睛，避开皇后的目光，用一种略带耻笑的神气说：“我们这位圣上，平常不怎么较真，唯独狩猎，每年吵两回——贤臣们觉得，出猎耗资过大，皇帝却沉迷于游乐，必须制止。以娘娘的观察，圣上像是放纵喜好的人吗？”

素盈没有回答，只是笑了笑。

舍弃了爱与被爱，能让虎王岿然不动就获得满盘胜利的他，当然不会那么简单。也许他从来没有真正喜欢过什么，更谈不上痴迷。

丹媛说：“大臣之间有许多微妙的牵制。他们很擅长讲道理，引经据典粉饰共同的意志，把反对的声音排挤到不起眼的位置。倘若帝王只听他们滔滔不绝，忽略另一些人的声音，就不可能真正了解国家的全貌。”

“另一些人？”素盈略显出好奇，对撑伞的崔落花打了个手势，“伞给丹媛。”

丹媛向崔落花轻轻点头，一手搀着素盈一手撑伞，脚步仍然从容有余，呵出一片朦朦胧胧的白气。

“娘娘应该听盛乐公主提过，朝中文官歧视武官。文官以为他们从书本里得到了几千年传承的智慧，身负治理国家的重大使命，而武人头脑不够，没资格思考国家大事，只要在危急关头捐躯就行了。他们还说，这是‘偃武修文’，是太平盛世的征兆——素若星也是这群人中的一员。”

素若星……这个人已经死了，可她在丹媛的世界中无法彻底死掉。素盈暗暗生出一个念头：丹媛再也不可能自由地呼吸。

丹媛没注意到她目光黯然，用提起素若星时才会有的尖锐语气说：“她打过仗，但不擅长。她擅长扬长避短。只要文章写得好，就能被国家顶尖的大臣们视为女性楷模，她当然会为这种‘太平盛世’而陶醉——可圣上从来不认为太平这么廉价。娘娘数一数，从不制止他去狩猎的，都有谁？”

“宰相。”素盈低声说，向身后瞅一眼，“崔秉仪也从来没有建议我去劝谏。”

“这些都是明白人——圣上有他自己的方法，去表达他对武官的关怀。狩猎是其中一种。”丹媛微笑着打了一个手势，但又好像没有意义，只是说到了激动之处。素盈从未见过她这样兴奋地讨论一件事。

“武官知道，一年两次，皇帝会到他们中间。他们有办法绕开那些审阅奏章的文人，把想法传达给他。二十年来，文官、武官在他心里的重量从未失衡。谁也不可能阻止他继续狩猎。”

“原来如此。”素盈望着朦胧细雨轻轻地低喃。

那么他的确是……没有一种爱好仅仅是出于喜欢。素盈凄然苦笑，说不清内心是怜悯他，还是佩服他。

丹媛意犹未尽，继续侃侃而谈：“古往今来，武治而安、文华而乱的国家不计其数。自以为有‘道’，以德服人，周围那些崛起的小国就会心甘情愿地俯首称臣——简直是异想天开！正因为号令天下的欲望从未消失，世上才会有这么多国家生生灭灭。怎么可能恰好到我们这里就停住？能让我们免于不幸的，是战无不胜的大军。谢天谢地，圣上从未忘记。”

说话间，路边闪出一片夹道的石榴花，白、绿、红、黄四色掺杂，其中最高大的树干有六七尺。

“这么快就走到了！”素盈挽着丹媛的手稍稍紧握，笑吟吟地说，“果然，宫里的路还是要有个人结伴，才走得快。”

丹媛眼含嗔怪，说：“落下娘娘一个人，风里雨里受了寒，不晓得平王要怎么埋怨我呢！”

“姑姑，平王永远无法满足。”素盈从她手里抽出伞柄，和缓地说，“欲望只能克制，无法填满，而平王不知约束。你如何能用一生去填他无尽的欲壑？”

丹媛微微偏头看着素盈，一双妙目流动灼灼光华，可方才那股激扬的神采荡然无存。

“我没有拒绝的底气。”她的口气仿佛惋惜，嘿嘿一笑，“我自认非俗品，但在他人眼里，我不过是个无子的女人。若无有力的外戚，我只能结交权臣。若连权臣也不与我来往，那不知有多少人要骑到我头上。进宫这么多年，我不曾离开他们一刻，也离不开。”

素盈不自然地动了动嘴，无言以对。

丹媛折下一枝带雨露的红石榴花，一片一片地掐掉多余的叶子，将那枝娇艳的石榴花插到素盈发间，笑道：“从古至今，他们送了多少素氏女儿进来？人们只记得叱咤风云的几个皇后，而剩下的大多数人只有乏善可陈的一辈子。”

素盈默默地折了一枝盛放的黄石榴，插到丹媛发髻上，宁静地说：“但姑姑天生不是那些大多数。没有孩子就乏善可陈，就要受制于人？这所谓的道理只能糊弄愚妇。”

丹媛笑而不语，似乎在考虑她的真意。

“圣上有没有同你下过七兽棋？”素盈调整那枝花的位置，仿若在谈一件轻松的事，“虎豹鹰狼狐马羊，各有各的用处。狼却要摆布羚羊，一人在四角局中操控两样。以姑姑的见解，那位虎王是对这种局面坐视不理的帝王吗？”

丹媛飞快地扫了皇后一眼，但并无责备之意。目光警惕地落到了不远处那些宫女的身上，她道：“娘娘怎么想起说这些话？废后一家恨我们入骨，我看东宫也是翻脸无情的人，不得不防。这种时候踢开琚相……恐怕娘娘要应付的对手太多了吧。”

“废后一家是如何落到今日的呢？”素盈按住她的肩膀，郑重地说，“素若星和他的交情，我们能比吗？可素若星又落得什么下场？后宫有后宫的立场，宰相掺和进来够久了。听之任之，后宫里就只剩乏善可陈的女人，由他摆布。我们的一辈子还没有过完，还有别的样子。”

“娘娘折煞我。”丹媛垂下眼睛，伸出手指碰触头上那枝黄石榴。花朵轻颤，水滴落在她的脸颊上，说不出花与人面哪个更娇艳。一个与芙蓉粉面毫不相称的豪迈笑容，忽然在她脸上绽放：“但是娘娘说的，似乎也不错呢！”

素盈脸上浮动心领神会的微笑，缓缓地问：“姑姑，钦妃、懿妃、恭妃，你喜欢哪个？”

待到七月，选女们入宫就满三年。按宫里惯例，也是后宫里端方贤惠的妃嫔们该晋位的时候。

丹媛略想了想，说：“前朝的懿妃生过太子，母子都没有好下场，令人唏嘘。‘恭’字温厚，我自愧不配。”

“钦”字威仪悉备，确实适合她。素盈微笑点头，转目去看石榴花。

能说的都说完了，两人一时无话，静静地看花。雨帘雾幛重重围住她们，宫阙又在寂静中显出令人瑟缩的冷清。

从耽翠宫剪来的石榴花枝刚刚插瓶，出猎的计划就送到素盈面前。这一次，里面没有丹媛的名字。放在从前，这会是件令平王着慌的大事。素盈平淡地问：“这次没让姑姑跟去，姑姑不会怪我吧？”

丹媛含蓄笑道：“妾近来身体不适，就算娘娘厚爱，也不得不推辞。”

即便她想去，平王也会劝阻：素氏七家，还有六家瞄着丹茜宫。皇后与她，一个人出猎，另一个人自然要留下，守好她们东平素氏的囊中物。大约她从此再也不会去了。

素盈一面翻看随员名册，一面说：“这次要带四五个选女同去，也不知道谁能像我们阿槐那样好运气，一次打猎就蒙圣宠。”

丹媛认真看着素盈，笑道：“娘娘还这么年轻，倒是想得开。”

她们彼此明白：皇后的对手从不会减少，只会随着时光的流逝越来越多。

素盈凉凉地笑：“圣上正当英年，皇家却人丁稀薄，令人唏嘘。若是哪位聪明伶俐的选女能尽快为皇家添儿添女，是国家之福，也是我们的福气。”

皇极寺的惨剧没必要再演一回，皇后还有其他办法得到孩子——丹媛自己也想过这招数，嘴唇翕动，欲言又止。素盈见她神情有异，便问：“什么事？”

丹媛不由得替她悲哀，低声说：“娘娘和我不一样。其他孩子有人家的亲娘，她说不定比你更听相爷的话，对圣上更顺从，对东宫更和气。只怕到时，你是孩子也得不到，丹茜宫也没了。前车之鉴，不可不畏。”

所谓的前车之鉴，就是隆运太后——被皇子生母反将一军，落得一无所有，命也丢了。

素盈默默地低下头，盯着名册看了好一会儿，蹙眉说：“荣安公主身怀六甲，也要去凑热闹？”

“公主要去，飞虎卫自然要出一支精锐跟随——她可是摆明了把娘娘当作杀母仇人，几度扬言要为母平反。”丹媛叹道，“难得让一个死心塌地的人当上丹茜宫卫尉，娘娘却放他出征。换上的新卫尉也不知是什么底细。”

素盈放下名册，斜眼看她。丹媛不再卖关子，径直说：“阿澜的夫婿可以动用相府青衣卫，人数虽少，但以一当百的名声还是有的。万一……猎场上又冒出刺客，他们有经验。”

素澜自从上次惹恼素盈，挨了一巴掌后，好一阵子不来。素盈明白她是借着丹媛试探口风，冷冷一笑：“青衣卫是做大事的，我用不起。别误伤我，就谢天谢地了。再说，还有大哥带飞龙卫同行呢。”

话一出口就察觉不妥——飞龙卫、飞虎卫是公主们陪嫁的武人，名义上虽由驸马掌控，但凤烨、荣安两位公主才是他们真正的主人。她们是真正的一家人，不会兵刃相向。素澜是明知素盈左右找不到依托，才有胆量借这机会修好。

丹媛又劝：“祸生肘腋并不罕见，君王被近卫谋害的事情也有，何况皇后？”

“姑姑不必危言耸听。”素盈合上名册，“依靠出嫁的妹妹来保驾，那我不是去狩猎，是去丢人。”

丹媛无奈，笑着默默摇头。

素盈偏过头不看她，心中却多了一种因无力而生的畏惧。东宫有左右卫率府，公主们有飞龙卫、飞虎卫，他们各自牢牢掌握着一支卫队，还私下养着死士。皇后只有丹茜宫卫尉，却没法控制卫尉人选的替换补缺。她只能容忍一个别人认为可靠的人。

那天皇帝驾临丹茜宫时，提到狩猎，又提到了荣安公主。

“挺着大肚子还要凑热闹，简直胡闹。”他一边摇头，一边用很随意的态度说，“我已经命她乖乖待在家里，不准随行。否则，不知道又要替你挡什么东西。”

素盈握着他曾受伤的手，轻轻笑道：“意外而已，何必再提呢？”

他继续说：“凤烨身体不好，也不去了。不过，两位驸马还是会随行。素沉做事稳重，又有声望，信默的身手好得没话说。打猎，就是要看这样的年轻人大出风头，才有意思啊。”

素沉从不远离凤烨公主，这回竟独自出来打猎，想来是担心皇后。素盈自然没有异议。

四月底，丹媛复嫔位，七天之后又被封为钦妃。后宫诸嫔都在，只有她晋封，有些说不过去。素盈建议景嫔晋为熙妃，安嫔晋为宁妃，但皇帝并未采纳。南安、西陵两家当然失望，也知道他对他们还不够满意，只好再等时机。

宫中提前派人在崇山搭起行帐。五月中，皇帝带着皇后与一干心腹臣子浩浩荡荡地驾临。他要在这里留到七月，其间不能抛开国事，便随身携带朝廷的核心，唯独留下宰相与东宫。

素盈不再相信他是个不假思索随意安排的人，他的计划常有用意。她尝试用他的方式去看这个形势：东宫与宰相上一次在猎场上大打出手，他大约知道，所以不肯再放他们一起出来了，两人在京中互相掣肘，应当会各自安分。但是，对他的心思，她究竟能猜到几分？素盈毫无自信。

平王这次更加得意，带了几位夫人与素盈的三个弟弟，极力想与真宁公主套近乎。真宁不把他们放在眼里，一脸嫌恶地扬长而去。平王感觉十分没趣，而他身边的白潇潇只是微笑。

素澜与娘家亲戚们结伴前来，营帐立在一处。素盈暗暗嫌父亲多事。

皇帝不愿皇后与宰相结交太深。不仅是宰相——按照他的布局，除了虎王，羚羊不应该与棋盘上任何一种动物走得太近。平王一手结亲皇帝，一手结亲宰相，以为得了最牢固的羁绊，却不知道在这盘棋里，只有临时的伙伴。而随时可以拆伙的，不值得炫耀。

人马各自安置妥当，平王一家趾高气扬地入后帐拜见。

这是皇后小产之后，双方第一次相见。家里人免不了提起伤心事，也伴随安慰和勉励。素盈十分敷衍地应付。众人都以为她还不愿意回想这事，唯独白潇潇察觉异样。平王带领家人告退，她使了个眼色，崔落花便领了宫女们出去。

她还没开口，素盈就抢在前面，寒着脸说："你来凑这热闹，真少见。是罗大娘又说了高明的预言？"

白潇潇待冷嘲的涟漪散尽，缓缓地说："我也失去过孩子。"

素盈浑身一颤，马上别过脸。

"母亲可以用一生哀悼自己的孩子，但你……"白潇潇轻轻扯住素盈的衣袖。衣服是浓郁的深蓝，深得很难分辨是蓝还是黑。白潇潇嫌弃似的牵起来看一眼就撇开，说："你不能用这些小把戏，强迫别人和你一起，没日没夜地，与那个死去的孩子一起沉在幽冥里。适可而止。"

"别人"指的是谁，不言而喻。

"小把戏？"素盈短促地笑了一声，眼眶发酸，"多谢赐教！你可以走了。"

但白潇潇没有离开，反而更加凝重地说："阿盈，婚姻里如果没有感情，每一刻都是相互容忍。你很擅长忍耐，但你不能让他忍无可忍。这种较量，任凭你怎样做，都不可能赢。"

素盈不知不觉转回头，注视着她那凄婉的绝美容颜，疑心她在暗示什么。白潇潇转身走到帐外，取了一只托盘回来，漠然地说："为了丹茜宫，你已经失去一个孩子。失去丹茜宫，你将一无所有。"

托盘上放的是全套崭新的猎装，冷寂的淡青色，和素盈近来的喜好相差无几。唯一的差别是领口袖口偶然出现的刺绣花瓣，豆大的粉红，仅仅如此，便透出生机。用心良苦的巧妙差异，时机也好。

“皇后小产非同小可，必定是千头万绪之源，以后再不可能和以前一样。阿盈，不可纵容情绪，造成无法挽回的局面。”

白潇潇停顿了一下，说：“在这猎场上，人们观察的不仅仅是猎物。如果你与天子的关系变得脆弱，那必定会有人乘虚而入；如果有人怀疑你的怨憎太深，会给他们带来困扰，那恐怕我们家的丧事又要一场接一场——这些话不是危言耸听，你心里知道。”

素盈抚摸那些花，想把它们掐出来，可是它们在一片泪海似的颜色中顽强扎根。她轻缓地长吐一口气，双目灼灼地注视着白潇潇，说：“我会穿这件衣服去打猎，去呐喊助威，去笑，告诉他们——事情过去了，沉湎于悲伤没有意义，我会在丹茜宫里打起精神，盘算将来。放心吧，他们看不到脆弱，也看不到怨恨。”

白潇潇欣慰地点头，听到皇后又说：“脆弱……对皇后来说，太奢侈了。”

正式出猎的那天清晨，皇帝穿一身鎏金银甲，青披风绣着绀碧色云纹。也许是色彩的缘故，当素盈见他泰然自若地立马于草原之上，眼中仿佛看见一片干净无比的苍天。

帝后二人与一干贵族观赏了巫师向山原神明献祭和祝祷的舞蹈，又亲自酾酒，为狩猎带来的喧嚣向各处神明道歉，请求他们赐予丰厚的猎物，并许诺献上祭品。经历这一场仪式，狩猎才正式开始。

素盈曾经参加过皇家的狩猎，但那次的惊心动魄只让她脊背发凉。这天，她才有些明白其中的趣味——百里草原无边无际，到此放眼四顾，方知天宽地广。风吹草舞，云卷云舒，勇士纵马驰骋，放声长啸，当真有气吞山河、呼喝风雷之势。鲜衣骏马数百骑，纵横叱咤，豪情直上云霄，“逐鹿天下”所说的景象，在此具体而微。

而她眼中那片干净的天，这时也风云变幻，化为草场上一股闪烁银光的青色狂飙——他扬鞭呼喝，搭弓引箭时身手矫健，英姿不输少年。出行之前，他说希望看到素沉与白信默这些年轻人大展身手，但年轻人在他左右变成陪衬。

她用一身衣服向周围宣告，皇后已经从小产中振作起来。而他用整个人，向他的军队宣告：这片天，二十年来不曾改变，依旧强大、有力、无人可及。

素盈在这氛围中不知不觉地微笑，跟随在他身边，看他全神贯注地控弦。一声接一声锐啸，壮硕的麋鹿在远处扑倒。喝彩声中，他开怀而笑，笑声朗朗，眼中闪动明亮的光彩，向来沉静宁和的面容忽然无比生动。素盈看得发呆，觉得此刻的他是如此不同寻常。封锁内心的阴霾，被那笑声震开一道裂缝。

在草原上驰骋半晌，他说：“皇后喜欢去哪里，就去哪里吧。”他总是带队去崇山中搜寻虎狼，但从不勉强旁人与他同去。大约是身处开阔草原的缘故，他的声音洪亮豪爽，不似平日那样低沉和缓。

那罕见的爽朗，竟为她带来了白潇潇危言耸听也没能强加给她的平静。她几乎怀疑自己究竟有没有认识过他。

她本没有可去的地方，想知道跟着此时的他，还能发现多少个以前所不知道的模样，于是仰起脸说：“愿与陛下同行。”

他用含笑的眼睛望着她：“同我入山的都是勇士。崇山中猛兽出没，你不怕？”

素盈莞尔回答：“遇兽则走，还能叫作‘打猎’吗？”

他笑着振臂一呼：“来吧。”

林荫茂密，山势算不上十分险峻。他们在山脚流连，一边向上迁行，一边巡狩猎物，行至半山，收获已颇为丰富。皇帝未能猎到虎熊，有些遗憾。素盈倒是射到不少山鸡野兔，猎物之多连她自己也感到意外——后来才知皇帝不愿她的猎绩黯淡，命狩人驱赶走兽到她近前。

渐渐行至高处，素盈察觉到有些冷。皇帝与她并驾齐驱，兴致却丝毫不减。

“前面可供暂歇。”他拿马鞭一指，素盈看见山腰上一处平坦开阔的空地。

他说：“这里叫‘半醉台’——路走到一半，在半山腰上，喝一半酒，留一半清醒。”

素盈忍俊不禁：“在这里半醉，到山巅岂不是要醉倒？”

皇帝却恢复了往常的口吻，漠然回应：“到了山巅，你就会知道高处不胜寒，冷到清醒才是真。”即使来到野外，他宛如换了一个人，宫中那个他的痕迹也无法丢得一干二净。

素盈见他意兴阑珊，忙一扯他的衣袖道：“陛下，有狐狸！”

他从容地挽弓，一箭射出，向素盈笑道：“回头让人拿给你。”

狩人捧了那只狐狸上前——竟是一箭自左目入，没伤到皮毛。素盈看得目瞪口呆，忘了掩饰惊诧。皇帝把她这样子收入眼中，爽朗地笑着拍了拍她的背，又策马向前。

半醉台上早已收拾干净，备下好酒，为帝后二人张开七尺坐榻。勇士们席地而坐，各自烤野味佐酒，皇帝也把披风撇到一边，加入他们的行列，亲自动手——素盈第一次看见，不免惊诧了一会儿。

一大队人马在半醉台上热火朝天地饮酒放歌，除了衣饰器用更为精美之外，与寻常结伴出猎的猎手并无绝大差别。皇帝此刻待人的态度格外亲切，仿佛他只是一群猎人中的头领。那些护军对他依然恭敬，但较之平日轻松几分。的确如同钦妃所说，武士用这种方法确定皇帝从来没有远离他们。此时此地，他们的自豪不会输给引经据典、出口就是大道理的文人。

素盈本在坐榻上观望，见皇帝尚且如此平易近人，她也不敢自恃身份，即刻脱去披风，走到他身边，微笑说：“我来试试。”

皇帝正坐在两位驸马中间烤一块鹿肉，随手将长扦递给她。素盈手法灵活利落，一阵工夫将大块鹿肉烤至半熟，又麻利地用刀切了，以盐醯佐味。众人看得默不作声，连素沉也颇感意外。

皇帝尝过鹿肉，向众人笑道：“只怕日后的选女都不学琴棋书画，要改去洗手调羹了！”

素盈见他喜欢，心中也高兴。她毕竟是帝王女眷，虽然不摆架子，亦不便与众人过分亲热。与他一起喝了两杯酒，就找个托词，起身去附近看风景。不一会儿，皇帝也离了侍从，悄然走到她身后，说：“转到后面更好看。”说罢携起她的手，绕过一片山岩。

眼前果然豁然开朗。苍翠树林向外延伸，尽头的草原远远可见。日已西斜，一片金光染上树巅，风吹过，壮丽的色彩立刻活跃。伴着飒飒风声，素盈深深呼吸，伸出双臂迎风入袖。

“真好啊！”她的由衷赞叹，只能用这三个最简单的字表达。

皇帝轻轻点头，望着遥远的草原说：“我应该轰轰烈烈地生在那里。”他将手臂一挥，指向树林另一面幽深的山谷，“然后，清清静静地死在那里。”

“陛下！”素盈忙出声制止他提不祥的话题。他看着她笑笑，不再说。

纵然是帝王，也有不能实现的愿望。他即位没多久，便将陵寝选在皇家的风水宝地，离此处的清静尚有漫长距离。据素盈所知，陵寝在几年前已经营造完毕。她看看身边的男人，忍不住去握他的手。

他们并肩相依，一直看到太阳要落山。

“该往上走了吧？”素盈对眼前的壮美恋恋不舍，但也期待行程终点的风景。

皇帝却摇头说：“这就下山。”

“啊？”

他回首仰望山峰，幽然说：“我去过山顶一次——跟随先皇狩猎来到这里。有时觉得遗憾，为什么没有停在一半清醒一半醉的地方……”

他低下头沉默片刻，摸了摸素盈的衣衫，笑道：“山里很快要冷了，你这样子没法逗留，走吧。”

这一天，他们成绩斐然。晚上在巨大的篝火旁歌舞时，人人欢欣自在，仿佛忘了他们来自宫廷。第二天，皇帝又带队入山，捕到一只年轻的雄虎。无论场面还是战果，都令素盈大开眼界。第三天，帝后一起去草原上打野兔，薄暮时分在湖边饮马，素盈靠着她的踏雪驹，极目远眺。

落日熔金，莽原如画，晚风四起，远飏天外，满天云纹壮丽不似真实。但看得久了，又感觉这些都是真的，虚假的是她。仿佛她只是某种渺小之物的投影，不属于壮阔的真实，也没有真正活过。

素盈削了一段芦管，放在唇边吹奏，可惜音色不大美妙，原本苍苍茫茫的曲调多了几分凄迷的韵味。皇帝倚在他的流星骓旁，静静倾听。

一曲吹罢，素盈叹气：美则美矣，然而在这片天地之间过一辈子的人，一定也有他们的烦恼。

她的叹息还未散去，芦笛声又起——竟是皇帝在吹一支乡谣。简短数声成就一段灵动曲调，他吹罢笑道：“你那一曲太悲了，实在愧对美景。”说着高声问身后随从：“还有谁会？”武士们嬉笑着纷纷吹出家乡的歌谣。一人吹笛时，众人唱和，又成暮色中一道风景。

皇帝的芦笛吹罢就随手扔到一旁。素盈俯身拾起，用一茎柔韧的长草将他们的笛子缚在一起，小心翼翼地收在腰间的锦囊里。虽然她提醒自己，他们属于变幻莫测的宫廷，今天对她微笑的人，也许明天就改变，但她还是珍惜这一刹那——又一个她见所未见的他，被她收藏。

自在的日子过得飞快，好像只是又去半醉台看了几次日出日落，眨眼就到六月初。这天，皇帝原打算与众臣议事之后去击鞠，可是御帐中的会议长得超乎平常。

素盈起初没有在意，犹自在野花中寻找插花的材料。忽然，一名年轻宦官从御帐中飞快地跑出来，顾不上喘气似的狂奔。素盈远远地注意到异常，万分惊诧，不知不觉地站起身。

很快，宦官拖着吴太医往御帐跑去。吴太医一把年纪，居然也能跑得脚不点地。素盈浑身发冷，手里的花全掉落，脸色苍白地大步冲向御帐。帐前武士张臂拦住她：“帐中议事，后妃勿近。”

“出了什么事？！”素盈口齿哆嗦，两眼直直的，无法离开那紧闭的帐门。

武士一言不发。

“吴太医为什么进去？”素盈提高声音喊起来，“快说！”

她的声音传到帐内，潘公公很快大步走出来，青着脸安慰她：“娘娘不要惊慌。圣上大约是有些中暑，刚才不舒服，所以召太医来。”

素盈不相信：“圣上身体不适，为何还要议事？”

“事情紧急，圣上没有大碍，不愿耽搁。”潘公公说完，欠身转回御帐中。

素盈心中生出不祥。她很早就学会从周围的动静、每张脸上的表情推测局势，而此时此刻观察的结果让她沉不住气。她派人去御帐打听，然而得不到有用的消息。皇帝和众臣已在里面待了足足两个时辰。素盈坐立难安，命令崔落花：“想办法让东洛郡王从里面出来。”

崔落花对她的敏感早就习以为常，也早就发现：有时候，她的敏感会变成极敏锐准确的预见。崔落花到素沉的帐中，问侍从们有什么主意。他们面面相觑，每张脸上都是无可奈何的神气。

正此时，身着猎装的素澜也来到帐中，问明之后微笑说：“我当是什么难事！”说罢拿出一支常见的鹰哨，走到帐外去吹了三声，随后又吹了三声，向崔落花说：“敬请回后帐稍候。”

又过了一刻，素沉果然到后帐拜见，两道挺拔的剑眉皱得像是凶险的山峰。

“西陲传来战报，圣上看着看着突然昏倒。”他说。

“坏消息？”素盈心头的阴霾更浓。

“兰陵郡王在西陲连败，伤亡惨重。”素沉眉头紧锁，“上一战中他被俘，是副将谢震突袭敌营将他救回。如今西陲战事陷入僵局，形势不好。”

素盈一惊，勉强稳住心神，问：“里面怎么说？”

“吴太医救护半天，圣上终于转醒。大臣们的命吓掉一半，还会有好话吗？”素沉愁眉不展，又说，“臣必须赶快回去。大臣当中有人伺机诋毁三弟，我若不在，恐怕他们言语更加放肆。”

素盈颤抖着问：“兰陵郡王的败绩……究竟有多严重？”

素沉低下头，无力地说：“几乎全军覆没，只带几千精兵退到驰阳镇。那是林谢两家大将经营多年的重镇，能保他平安。”

最不愿想的事情发生了。素盈身子摇晃，脑中骤然多了无数沉甸甸的负担。

“他们要怎样处置他？”

素沉略微迟疑，说：“还不一定，但以我所见……爵禄难保。”

“趁这机会夺他郡王封号？”素盈心中又一次震动，“他们想对盛乐公主做什么？”

“和亲。”

“我国从不和亲！”

素沉又略微迟疑，黯然地说：“我国不是从前的我国了。”说罢退出后帐。

“娘娘……”崔落花想要宽慰皇后。

素盈软软地抬手挥了一下：“出去。”

不仅对崔落花说，也对那个蠢蠢欲动的白衣女人。在无限焦虑的时候，素盈不得不看着那可恶的白影逍遥地飘来荡去，这让她更烦闷。

“众兽之中，只有羚羊不希望虎王死掉。可是人总有一死。”白衣女人幸灾乐祸地说。

素盈瞥了瞥她，默默在心里说：“走开！”

“人总有一死。”白衣女人又说了一遍，恶意地微笑说，“你依靠的这个男人，也不过是有寿命的人。假如能够分给你重量、让你成为丹茜宫之主的这个人消失，你会变成什么样呢？你哥哥会变成什么样呢？”

“……你说谎！他不会的。他是能够在任何境地中游刃有余、操纵众兽的人。他不会死。”

她这股天真的顽抗，倒映成为白衣女人眼中浮动的笑意。

“是啊，他只要活着，就不会输掉。可是你呢？谁会在乎，羚羊想要什么样的胜利？”

“为什么你总是不肯安分地消失？”素盈不愿同她浪费气力。既要驱赶这恼人的幻影，又要担忧她哥哥的失败，害她的头快要裂开。她不得不走到后帐外面，大口呼吸新鲜的空气。

“阿盈，你知道什么是‘不幸’吗？”白衣女人走到她身旁，与她并肩而立，神态极为认真。

“怀抱希望而来，却发现希望只是空中楼阁，不仅抓不住，就连性命也随时会从手中溜掉——雄心壮志沦落到为生存而挣扎，这就是宫中的‘不幸’。”她说话时从不照顾素盈的情绪。

“很多人看不到我。”女人借一阵风荡上半空，边舞边说，“那些再也不敢妄想，习惯了为生存而挣扎的人，即使眼前有机会，也不敢去抓——他们看不到我。所幸的是，你始终能看到我。可惜你的时间也不多了。阿盈，在沦落为挣扎之前，取你急需的东西，否则你将再也抓不到。”

“急需？”素盈站在皇后大帐前，冷眼看着她，“我想要的，我能够得到。你给更多，对我来说只是多余，只是危险。”

白衣女人漠然说：“你从来不曾真正明白，我给你的东西有什么意义。可是皇后素氏啊，你马上就会发现——不能不要，否则你会一无所有。”

恰这时，皇帝与一众大臣走了出来。白衣女人翩然落在皇帝身边，手放在他的肩上，神秘地向素盈笑了笑。皇帝面孔缺乏血色，一刹那似乎觉得肩头发冷，他微微颤了一下。素盈看在眼中，脸色更加苍白，不禁快步向他走去，越走越快，一直走到他身边，失礼地拉住了他的袖子。

皇帝不明所以，见她又惊疑又难过，宽和地笑笑，说：“进来，我有话对你说。”他说着，轻轻挣了一下。她攥得太紧，他没能挣脱，于是换上严肃的神情望着她。

明明是在阳光下，素盈却觉得有些冷，还有些眩晕，越来越看不清他。她不得不闭上眼睛，深吸口气，放开他的衣袖步入御帐。

身后帘子垂下的一刹那，狩猎期间的快乐顿时隔绝在华美的御帐之外，他在她面前变回君王。

第十三章
出　阵

帐中有种清甜温暖的香气，毫不张扬地浸没他们。素盈心神恍惚地站在他面前，出神地观察他的一举一动——大臣们离开之后，他的神色并不愉悦。见她眼神凄凉，他沉声问：“兰陵郡王的事，你已经知道了？”他当然发现素沉半途离开又回来。

素盈立刻跪倒，代兄请罪。古来帝王常把“百姓有罪，在予一人”挂在嘴边，把全天下的错都揽在自己身上，好像只有这样才算明君。身为他的配偶贤后，自然依样照做。她的家眷做事不力，其中肯定有她的错，必须主动求罪才是明事理。不知什么时候起，这变成一种规矩。

今天这套没有切实意义的过场，只换来皇帝随意宽慰两句。他又说：“东宫请求西征。”

“战事吃紧到这地步？”素盈心下一阵紧张。历代太子挂名天下兵马大元帅，不带兵还好说，一旦实实在在地把握兵权，扫除异己屡见不鲜。

素盈的心深深地下坠——阵前不同于宫中，他统帅西陲，可以轻易找到置素飒于死地的理由，先斩后奏也未尝不可。假使东宫真的没有其他企图，区区西国，何至于让他亲自领兵？朝中又不是没有可以带军的将领。

“陛下仅此一子，派储君轻易上阵，是不是太冒险？”

“确实还需再细想。”皇帝稍稍拖长的语调，流露出对这个话题的疲惫。素盈察觉他对东宫不放心，反倒略微安心。

他锁着眉头在帐中慢慢踱了几步，道：“征虏将军战死，兰陵郡王击败西国还没多久，它又卷土重来。郡王的队伍锐不可当，再度交锋也吃了亏。听说敌军元帅只有二十来岁……年轻人的世界，真是不可小觑啊。”

国与国之间的事轮不到素盈评头论足，她不想自作聪明，走上前拥抱他：“不过是小小的西国，怎么能够难住想要轰轰烈烈活在草原上的你？只要陛下平安，世上就无难事。”她的奉承换来皇帝“嗬”地笑一声，至少是对她短暂的满意。

“说些别的——丹茜宫这些天还好吧？”

他从来不过问她在丹茜宫做什么，这时候提起来，自然是因为她哥哥在外面吃了大亏，她若轻举妄动，难免正中某些人的下怀。这道理素盈明白，慎重回道：“平安无事，请陛下宽心。”

“但愿如此。”他不紧不慢地说，“前阵子我听说，你因为小产忽然想起珍媛的事。有人说，是为这缘故，方太医才遭受重刑致死。有些事情揪出来容易，压下去难。我不想再听说你身边的人莫名其妙地死掉——尤其是现在。”口气虽然不甚严厉，但话里话外听起来像是责备。

素盈没有回答，心中不免怫然：今天之前，他从没用“听说”二字旁敲侧击，多半是方才有人拉出阿槐来，质疑她的品行——朝中从不缺闻风而动的人，但这反应未免太快了些。

“忘了她吧。过去的事、死去的人，没意义了。”皇帝看素盈脸色阴沉，不疾不徐地说，“怀旧，对我们这样的人来说，不是一种有益的消遣。已经过去的事，最好的结局就是留在过去。”

素盈睁大眼睛，忽然生出一种冲动，想要问问他。那些大臣乱放冷箭也就罢了，陛下当真能够把生离死别看得无足轻重？还是说，对他而言，忘掉珍媛，就像扔掉一张写错字的纸？难道他们之间昙花一现的缱绻笑容、缠绵眼神，还有那个孩子，都可以跟死者一并葬送？

“珍媛她——”

“珍媛是真正的素氏，并不像你看到的那样。”他打断她的话，看她的目光很平静，连语调也是一如既往的安稳。素盈暗暗腹诽：阿槐看到的他，也未必是真实的他，但阿槐愿意为他而死。可他并不在乎。

皇帝无视她的感伤，淡淡地说：“察见渊中鱼，不祥。宫里的事情你看得太清楚，下面的人会惶惶不安，你自己也会大失所望。”

他又何尝不是看得太清楚？素盈险些说出来。

虽然没有发出声，她的每个想法却像被他听见。他又说：“脱缰固然不好，但缰绳勒得太紧，鞭子挥得太急，也非明智——在兰陵郡王回来之前，丹茜宫的人不要再放出宫去。我不想再听说，皇后将与废后有关的宫女赶出宫，或者宫正司的宦官到浣衣坊动刑。”

一种熟悉的寒意兜头降下来。素盈垂下头无言以对，身子扑簌簌地颤抖。

她担心他的生命，担心得在众人面前失态。而他担心的，永远是深宫中那些盘根错节的隐秘和勾连复杂的关系。

或许，他想的事情才合乎时宜。而她想的那些，在宫中总是多余。

见她神情变幻，他柔声地说：“今天哪儿也不去，你歇着吧。”

素盈没有动，引来他质询的目光。她迎着那目光，平静地说："阿槐说，她还是选女的时候，随驾出猎却丢了弓箭，阴差阳错地巧遇圣驾，圣上教她打弹弓。"

这事与今天人们关心的话题无关。可是宫中并非只有让人焦头烂额的今天，还有许多人的人生。她不想假装忘了妹妹，从此再不提起。

皇帝看了她一会儿，心思像是捕捉昔日残存的光影，缓缓地说："弹弓，她使得很不对，始终打不到高处。"

素盈想对他说，忘掉那画面多可惜，宫中的痛苦够多了，美好的点点滴滴都有意义。但是他顿了顿，似笑非笑地摇头说："奇怪的孩子，她和你们都不一样。"

我们？素盈被他弄糊涂了，讷讷地问："怎么不一样？"

他的笑容淡去，脸上呈现一种令素盈感到陌生的严肃："你真想知道？"

素盈僵硬地点头。漫开的严肃在他眉眼之间更加深沉，他缓缓地说："我自幼就已醒悟，皇帝与至高的权力相伴，不配奢谈七情六欲，也没人会向他们奉献真心。二十年，三十年……我从不怀疑自己的判断。"

他将素盈惊讶的样子收入眼中，仍是似笑非笑地说："可是，她对皇帝的感情微微动摇了……我心里的一个诅咒。可惜打破诅咒，终致灾祸。"

他带着奇妙的爱怜，轻握素盈冰凉的双手，说："她和你们都不一样，你和她们也不一样。去好好休息，接下来还有很多皇后该做的事。"

素盈转过身，心中的惊涛骇浪无法平息：珍媛对他，不是没有意义。他不再对人提起珍媛，不是遗忘，而是没有必要浪费口舌。无人能够明白珍媛留在他心里的形象，也无人明白她对他一个人的意义。

珍媛和她们不同。她也和她们不同。但她的不同在于她是皇后——所有的皇后都只是皇后，珍媛却不仅仅是珍媛。

素盈一步快一步慢地走回后帐。

宫女禀报说："白公公求见。"素盈急忙从沉思中回神，不知他为何而来，但觉自己并没有多余的时间用来感慨，他来得正好。

白信则目不斜视，捧着一个不大的皮囊走上前说："娘娘，您的弹子袋掉在路上了。"那是素盈昨日打野兔时随身带的，未注意到腰上的绳结何时松脱，回营地时已失落不见。

"你没跟出去，怎么捡到这东西？"她问。

他低头轻声细语："是白将军拾到，托小人转呈。"

因为荣安不甘心，无论如何也要为她的驸马求个封号，皇帝不想将事情做得太偏，授了白信默一个虚封的将军。娶一位公主，到底还是有好处的。

素盈掂了掂手里那一包铁弹子，笑道："如果今天荣安在，他一定会当着公主的面，亲自送进来。"

白信则不作声。素盈攥着那个皮囊，不知不觉用力，揉得起了皱：“兰陵郡王的事，你们都听说了？”

白信则的目光始终落在自己脚尖，慎重地说：“胜败是兵家常事，郡王定能化险为夷。”

“胜可以是常事，败不可以。”素盈苦笑一下，掂了掂弹子袋，“他这是怕见我，怕我求到他头上。”

曾有一个时期，皇朝后妃出征非常频繁。她们是素氏，战士的后代，仿佛天生懂得如何打仗。后来，出征变成遥远的往事。皇后仍然是丹茜宫卫尉的统帅，只是越来越有名无实，大多没读过几本兵法。

提到和打仗有关的事，她没有主意，只是需要一位青年将领去为她哥哥解围，最要紧的是在阵前保住素飒的命——人人都看得出来。

白信则说：“国家自有栋梁，娘娘无须担忧。”

素盈叹口气，撇开皮囊问：“信则，记不记得你从宫苑司回到丹茜宫的那一天，我对你说了什么？”

她直呼名字太过亲切，白信则将上身躬得更低，沉声回答：“娘娘的话一针见血，小人不敢忘。”

那时她说：一个宁可与亲弟弟假装不和十几年，也要留在宫廷中的人，应该明白——他是个阉人，只有宫廷才是他的世界。一旦出去，就算家里有钱有势，还供着一位公主，在别人看来，他也不过是个瑕疵，是体面人家的美中不足。白潇潇早几年前就说过，白家长子丢尽了父亲的脸，应验那句“小时了了，大未必佳”。白家还有谁会珍视一个寒微的宦官？

和从小生活的宫廷相比，外面的世界才可怕——这是肖月瑟教给她的。他们用尽力气逃离那个视他们为异类的世界，那么，能决定他们去留的人就是他们命运的主宰。

那时，白信则屏息敛容地默默听。她隐约感觉到，不单是她在观察他，他也早就在深深地观察她。

宰相的耳目无孔不入，素盈亲眼看见谣言怎样摧毁丹茜宫之主。她需要自己的耳目聆听谣言，但有时候，谣言不会传到忠诚的耳朵里。

白家对她的所作所为人尽皆知。很多人以为，她把白信则调回丹茜宫，回到她的掌控，是为了彰显皇后大度，同时让他永无升迁的门路。

他们两人，正好可以顺理成章地演一对仇人。白信则只需要像对待信默那样对她，就可以了。

听了她的话，白信则并没有显出惊诧或疑惑，只是平静地问：“小人是白家的儿子，娘娘不需演戏，也可以尽情地痛恨小人。”

素盈无动于衷地回答：“在我心里，白家的分量没那么重，谈不上恨不恨。至于你值不值得信赖，我情愿试试。”

第一次尝试是在皇极寺——白信则守着她的房门。那次，他果真没让任何人察觉皇后已不在房中。期间，哪些人想要一探究竟，哪些人对皇后的举动颇有微词，他有条不紊地一一尽数。

那之后，素盈一直没有找到第二个试验他的机会。

她站起身，从妆匣中翻出一个胭脂盒，打开盒子，翡翠花朵便在光下绽放。白信则看见就愣了愣。

素盈郑重地交到他手里，正色说：“我要你做一件事，去问他一句话——是不是重新做了选择？如果是，那我成全他，这块翡翠不必回来。”

“娘娘可否容小人坦言？”白信则略微抬起头，眼仍看着地上，不敢用目光亵渎皇后，“白将军的资历不过是两宫武官，从来没有领兵的经验，恐怕也没有这方面的才能。”

素盈带着讥笑说：“才能需要激发。他不曾上过战场，何必早早断言没有才能呢？荣安想要他超越兰陵郡王，这可是难得的机会。”

白信则神情不变，然而沉默稍微长了一瞬，似乎泄露出不赞同。

素盈挑眉：“尽管直说。”

他刻意的沉默更明显，最终非常小心翼翼而诚挚地说：“将者，国之辅，错用必有大患。娘娘救兄心切，但信默绝非将才，难以托付，勉强为之，百害无利。万望娘娘三思。”

素盈听罢愣了愣，最终无奈地笑一下，说：“我们这个国家，什么时候是仅仅依靠才能来做事呢？清河郡公是昔日的北八镇统领，又是平定梁秀之乱时，力保众多镇将未受株连的人。信默是他的儿子，这就够了。”

从白信则的面孔上，看不出他是服膺还是腹诽。素盈静静看了片刻，又说：“一刻之后进午膳，西南面存放丹茜宫箱箧的营帐没有人。”她的口吻不容分辩。白信则再不多言，将翡翠紧紧握在手心，躬身告退。

兰陵郡王惨败的消息不胫而走，皇后免去午膳，紧闭后帐不见任何人。众人不敢在这当口自找麻烦，因此没有人发现后帐中空无一人。

此刻的素盈只觉得忐忑。躲在存放杂物的行帐里，容身三页围屏之后，偷听一名宦官和驸马的对话——这无论如何不是皇后风范。但她必须亲眼看，亲耳听。

求与予，她已做好准备。但是，凡是想要谈条件的人，都要面对风险——自己未必是出价最高的。

世上只有一种砝码无法称重，就是“人情”。可惜，“人情”的分量飘忽不定。在白信默的心里还留有多少，她其实无法确定。

胡思乱想了一会儿，白信则先来。他在帐中走几步，脚步停在围屏前，佯装欣赏上面的狩猎图，没有绕到后面一探究竟。他应该已经想到，既然皇后为他指定这个地方，就不会让他落单。

信默进来时，脚步很轻，素盈几乎没有察觉。

“大哥。”他唤了白信则一声。素盈从间隙望出去，宦官深青色的团花袍挡住了她的视线，她只能听见他们的声音，看不到他们的神情。

一言不发的白信则拿出那块翡翠，丝绦勾在指上，颜色清淡的流苏轻轻摇晃。不需要多解释，信默就明白其中含义。他叹了口气：“我们家不会介入东宫和中宫的事情——这是父亲的决定。”

素盈听了有些失望，但心里仍存侥幸——听他的口气，并不是斩钉截铁。

“她是你曾经想要娶的女人。”白信则的声音放低放缓时，有令人意外的柔软温和。

信默不假思索的回答让这种气氛完全改变：“我已经娶到我想要的女人。她只是计划的一部分，整件事里最短的几天——那几天，已经过去很久。”

素盈完全怔住。计划……她确确实实听到这个字眼。

“可你却陷在最短的几天里，走不出来。”白信则的话音又细又慢，“是谁自作主张把翡翠给她，还险些带她私奔？”

短暂的沉默之后，信默矢口否认：“那是大哥的错觉。如今还提这些做什么？大哥，我劝你不要掺和在她的事情里，不要再给我们家惹麻烦。”

“你好不容易尚主，确实该慎重一些。”白信则幽幽地叹口气，“可你别忘了，是你先在她心里插一脚。她现在处境微妙，要你表明立场。你选错了，一样会给白家惹来麻烦。”

信默很随意地应付，听不出关切：“她心里……我从没进去。她现在想起我，是因为在这当口上，找不到出身能力可堪差遣的人。代替东宫领兵去西陲，既可以将东宫留在京中，又可以援助她的哥哥。我不是谢震，我不能选她。”说罢向前一步。素盈以为他去拿信则手中的翡翠，但他只是推开信则的手：“翡翠由大哥处置吧。一块石头而已。传家之宝，还能找出很多。”

短短的对话结束了。狭窄的缝隙间，素盈看见他转身时漠然的脸——她努力看，仍觉眼前模糊不清。这真是白信默？与她信誓旦旦终身相许时，那张温情的脸？英姿天纵、风致潇洒的白信默，这真是他的脸？她忽然无法确定。

白信则向前追一步，拉住弟弟，摇头再问：“你打定主意了？撇开她？”

信默定定地沉默了短暂片刻，冷淡地回答说：“不过是个女人。”

在他冷硬的话音中，白信则低低地叹息一声。仿佛有回音似的，帐中某个角落里也飘出一丝掩不住的怅叹。

那声音虽然微乎其微，信默已悚然变色，忽地抽出腰间宝剑，一剑刺出。

“不可！”白信则出声制止，已来不及。

嗤的一声，素盈鼻尖上晃过一道凉意。她本能地向后仰，吓出一身冷汗。利刃从两页隔扇的缝隙插入，横在她面前。

“出来！”信默抽回剑，低声怒喝。

素盈站起身，离开她的藏身地。白家两兄弟没想到——裙钗摇曳，款款绕出围屏的是皇后本人。一刹那的怔忡，兄弟二人立刻恢复常态，一个匍匐在地不敢仰视皇后，一个弃剑跪倒，口称死罪。

素盈静静地看着白信默。此刻看分明了，她还是觉得陌生，不禁苦笑：“我原本就没指望世上会有第二个谢震。至于你……我想，我从来没有真的认识你。”

信默微微抬起头，眼神中满是疏远，旋即低下头轻声说：“相识虽久，相处不长。”

“换个地方说话。”素盈冷冷地提出建议。

信默却立定不动，口气平和：“娘娘，我们之间还有那么多话要说吗？”

素盈带着诧异端详这个无动于衷的男人——她曾经以为，他留给她的是足够伤心一辈子、在余生里想起来就伤感的绝爱，是一出棒打鸳鸯的悲剧，一次肝肠寸断的暮色驰骋，和一句至真的许诺。但眼前这人，真是她记忆中情愿托付终身的人吗？

“白信默……”素盈摇着头叹息，“你只在那时需要我？我对你已经没有用，往事可以不必再提了，对吧？”

他丝毫不为所动。与她有过婚约的白信默已经成为历史，眼前的他是荣安公主的驸马。素盈忽然明白，东宫当初为何会为她的改变无限惋惜——他想看的不是她，是一种美好的寄托。谁知，殊途同归，她看白信默时，也不过如此。

她忍不住笑起来，指着白信默，边笑边说：“那时候，你说只要我开口，什么要求都可以，你必须为我做些什么，否则会——疯掉。”她说出最后两字，笑得更大声，听起来却像是哭，“我是怎么回答的呢？谁都可以让那事过去，你不可以。你想到这句话的时候，是不是也在笑？”

白家兄弟礼貌地低垂着头，不看皇后失态的一幕。

笑意散尽，她面无表情，对着他紧绷的侧脸，慢悠悠地说：“让一切都过去，本来就是人之常情。更何况，这个‘一切’根本没有发生过。从一开始，你想娶的就是荣安公主？”

信默没有接口。

素盈冷冰冰地嘲讽他：“面具已经碎了，藏着掖着还有什么意义？”

信默不得不看着她的眼睛，一字一顿地回答：“娘娘颖悟。”

颖悟……过了这么久，才颖悟……

素盈费很大力气点了点头：“原来……”

不是他们之间变得无话可说，是一开始就没那么多话。他说完了他准备好的谎言，现在连谎言也没有了。她默默从他身边走过。擦肩的一瞬，信默似乎不由自主地想转身看她，但忍住别过脸。

这无情无义的人。素盈忽然想，她的夫君有令人惊讶的先见之明——把藏身深渊中的鱼看得太清楚，果然会大失所望。

她咬紧牙，不准自己失望。

只在谎言中存在过的美好，不值得失望。

碧空里一道云痕远远地落在天野交际处，素盈眼望那澄蓝上仅有的洁白，怔怔地往前走。白信则悄然追了出来，慢慢地跟着皇后。素盈心中并无目的，追着那道云痕，走入空旷的野地。

天蓝得要刺伤她的眼睛，她仍然大大地睁着双眼，心想：只要适应，疼痛就会过去。

“我十五岁时，以为遇到一个样样出众的年轻人，他发现我的优点，许诺与我白头偕老，此生就完满无缺。现在才醒悟——那时的他，出入宫廷逾十年，他的追求不可能像我一样天真。”素盈浅浅一笑，却掩不住眼中凄凉。

“如果我不是成为皇后，而是嫁入某个侯门朱户，或许偶尔想起这段感情，还会偷偷地微笑，庆幸自己得到过一个人的真心。”

那天的晚霞、野云四合的荒原、孤树、湖泊、他炽热的呼吸和温柔的嗓音，一切都美得不可亵渎。时过境迁才发现，她只是陪着信默演了一场戏。现在阴差阳错地坐到席上，第一次看见戏中他那高超的伎俩，还有那个天真的自己。往事只留一声叹息。

白信则的嘴唇动了一下，她立刻做手势制止他：“什么也别说了。他的事，从头到尾和我没有关系。”

“和小人有关系。”白信则细声细气地说，“与其等待娘娘一再试探小人的忠心，小人宁肯对娘娘开诚布公。”

在素盈探究和犹疑的目光下，白信则徐徐地说：“娘娘知道的——小人选择宫廷为家。弟弟们各有前程，而小人……只剩下宫廷。”

即使随随便便站着，他的腰和背也还是不自觉地弓着。样子谦卑，说话却不慌不忙：“今日才告诉我不要介入中宫与东宫之间，似乎有点晚。”

寂静的四野中，她发间的金银垂饰被风拂动发出的泠泠轻音。为了平复呼吸的节奏，素盈继续抬起头去看云彩。

在这时候，她忽然想起一件看似不相干的事：贵重的东西分别放在不同地方，是谁教给她的——白潇潇。

原本威风堂堂、一门百将的世袭八镇统领清河郡公，梁秀之争时错选秀王，背上反贼嫌疑，落到全家改姓苟且偷生的境地。错下重注的后果太惨烈，从此白家的儿子们各有投效，一个在丹茜宫，一个在东宫，最后一个在南边镇戍，唯一的女性后裔白潇潇在平王家。纵使朝廷风云变幻莫测，他们也可以上下内外互通消息，不管哪个失势，都有另一个可以救急。

但人不同于贵重的东西——人要向前，走上不同的道路，会越来越疏远。

“平王的七夫人，知道白信默存心尚主吗？”她忽然问。

白信则对皇后跳脱的思绪习以为常，也知道这话不能随便答——她或许可以不在意信默的背叛，但不会容忍平王府里有人背后插刀。

“她是真心诚意撮合两家结亲的。”他细声慢语地说，“可是，家父自从得知荣安公主时常往来东宫，就有了尚主的念头——那时信默十四岁，公主十一岁。”

十四岁。素盈哑然。她还在和轩叶嬉笑玩闹，有的人已开始谱写一生。

白信则知道她在等待诚意，不疾不徐地说：“世上有一种人，对能够轻易得到的东西，都视为理所当然，却为了得不到的东西殚精竭虑——荣安公主就是这种人。”

“呵。”想起入宫陪伴珍媛那天，荣安咬牙切齿地说“你能为他做什么”，素盈忍不住摇头笑。

她是公主，她天生就应该拥有一切。如果有什么东西得不到，一定是哪里出了问题——当然，问题总出在别人身上，而她总是付出努力却得不到回报、受了天大委屈的那个。

白信则心平气和地说：“开国以来八十三位公主，从没有嫁给素姓以外。信默与令兄同在东宫，年岁相仿。令兄处事小心谨慎，深得东宫赏识，况且是东平素氏，惠和大长公主的孙子。信默只是被改姓的白家之子，想要尚主，不能坐等运气，只能依靠大胆的策略。”

他摊开手，翡翠下端的流苏从掌心泻下。素盈看着那抹熟悉的色彩，失神地喃喃：“连成亲……也要策略？”

“宫里哪件事是凭空发生的呢！”白信则的声调中听不出情绪，“公主虽然常到东宫，但也不是想见就能见到的人。一年至多见几次面，每次必须有成效。不靠策略，难道靠月老吗？”

“他那样的男子，只要把心意告诉荣安，她未必不会动心。”

白信则摇头说：“可是那样，他和兰陵郡王没有差别。素氏少年视尚主为荣耀。他们越是看重这种荣耀，荣安越是看轻他们，以为他们没有本事，指望利用她。信默永远不会让公主觉得，他视尚主为天大的恩赐。他永远不会把翡翠给荣安公主。公主心里一日有娘娘的阴影，就会竭力做个贤妻。公主她……想要证明自己能为信默做到的事，绝对比娘娘更多。”

素盈凝望着翡翠浅色的光彩，觉得它在光亮处非常刺眼，以前竟没发现。她从信则手里轻轻拿起翡翠，产生怀疑：“这东西，真是传家之宝吗？”

白信则答说：“这是数代之前，皇帝褒奖当时的清河郡公，钦赐的随身之物。的确是传家的宝贝。”

素盈转过身背对他，不是怕他看见自己此刻的表情，而是不想看见他平静的表情。

“如果发生意外呢？如果宫中没有撤奉香一职，我没有返家待嫁，这块石头会给谁？他用订婚冒险，倘若无法退婚，无法尚主，岂不是满盘皆输？”

白信则似乎是怜悯地看了她一眼。

“唉，娘娘，奉香自从设立，就注定会撤掉，而您……”他的口气中也透出了同情，“从废后第一次召您走入丹茜宫的那天起，就有很多人观察您的性格。您和荣安公主刚好相反，对于难以得到的东西，您害怕‘争取’，害怕付出心血之后‘得不到’，让‘失去’变得加倍痛苦。只有主动靠近您的，才能打动您。对宫廷、对东宫是如此，对信默也是。您一定会返家，一定会接受他，最终也一定会退婚的。”

素盈惊呆了，低头紧盯着那块石头，失神低喃：“公主毕竟是公主，值得煞费苦心，算计到这地步。而我这样的人，至多值一块石头。幻想自己抹掉了‘公主’二字的分量，根本是不自量力啊！”

白信则微微眯起眼睛，轻声说：“娘娘怎么会是一块石头呢？信默的眼光，也许是太好了。”

素盈猝然转身，寒意早在眼中凝聚：“好，真好，堪称料事如神。他是否料到，会有今天的真相大白？我这种早就被看透的人，倒要请教——我在你们眼里，会如何一雪前耻？”

白信则仍然没有露出丝毫恐惧，安然地说：“宫里有很多人喜欢报复。偶尔也有像浣衣坊那人，不惜同归于尽，证明自己不容小觑。但娘娘不是追求短暂痛快的人。”

他竟知道浣衣坊那人的真相。素盈不再贸然作声。

白信则将身子躬得更低，显出歉意，说：“皇后、驸马皆非常人。陈年往事是否值得一提再提，娘娘自然会权衡。”

素盈紧盯着他看了一会儿，由衷喟叹：“白家不愧是……原本姓素的！”

“娘娘若是心绪难平，小人愿献一言，解郡王之危，将功折罪。”

“将功折罪？你能请命西征，能助我哥哥凯旋？”素盈随口找了一件他做不到的事情。

哪知，白信则却自然而然地接口：“小人不能，但小人能助郡王活着回来。”

素盈嘴角上扬，示意她不相信，但他的话立刻改变了她的想法。

“娘娘可知，东宫侧妃素慈有了身孕？”

素盈仔细想了想这句话，再看白信则时有些惊服。

没有什么事情不存在联系，只是有些人比另外一些人早看见而已——在她面前就站着一个能最早看穿的人。

他追上皇后，要说的不是白信默的故事。他要说，他不仅可以为皇后放弃家人，也有过人的敏锐。他的价值远非一双聆听谣言的耳朵。

“你想要什么？”素盈直截了当地问。

小孩子才会以为，周围的人应该无条件地对她好，馈赠不需要回报。那是一个遥远的年纪。世上没人会对皇后付出却毫无所求，就连谢震也要了一个宫女。即便真是将功折罪，也迟早有两清的时候，何况白信则并没有罪。

白信则的腰稍稍挺直，看了素盈一眼，迅速垂下眼睑说：“效忠主上是小人的本分。”

素盈含笑继续问：“丹茜宫都监？我知道，你早就有希望受领此职。当时为什么升不上去呢？”

白信则沉默片刻，徐徐回答：“因为宫中的人始终不会忘记，小人是秀王殿下的侍读，小人曾追随秀王转战半壁江山。”

“那是二十年前的事情了。”素盈蹙起眉。

白信则微笑起来：“娘娘还年轻，觉得二十年前的事情像上辈子那么远。可是对很多人来说，那事不仅不太远，还恰好是最值得铭记的回忆。”

素盈哑口无言。她曾经从白潇潇的口中听过，皇帝、宰相和素若星是如何将秀王赶尽杀绝。白家的人对秀王有种特别的感情，使得他们的描述和史官、大臣、素盈父兄的说法不太一样。

秀王余党的亲眷大多免死，然而禁锢终身不得出仕为官。睿洵曾有几次请求解除禁锢，给他们重新报效国家的机会，但宰相反驳说：“天下有才且身家清白之士，多得不知道有几千几万。这些人才尚且报国无门，等待发掘，为什么要将机会给予有罪之人？”

睿洵的请求从未获得准许，说明宰相的看法也是皇帝的态度——秀王逆党罪名太重，只要这一朝天子在位，就没有他们的出头之日。

素盈不禁有些担心：“既然知道自己的劣迹注定让你在宫中步步艰难，又想从我这里得到什么？”

白信则再度挺了挺腰板，眼中充满坚毅，神情骤然改变，仿佛换了一个人似的。素盈惊讶于他瞬间的改变，那个卑躬屈膝的宦官立刻就变成一个凛然英武的男子。她这才相信，很多年前，这人曾经是个颇有前途的少年武将。

“丹茜宫卫尉。”他平静泰然地回答。

“卫尉？！”答案大大出乎素盈的意料。他想要的居然是领兵五千、官拜四品的丹茜宫卫尉。

她摇头：“宦官怎么可以？！”

白信则微笑着垂头，又变成一个恭谦的内臣：“对皇后来说，‘可不可以’是次要，‘值不值得’才是首要。”

素盈瞪着他。他的弟弟，宫中交口称赞的白信默，经营多年加上公主通融，也只做到副卫尉而已。这宦官是因受到谋反的牵连而罪没入宫，究竟哪里来的底气？

不知道哪棵树上传来一声蝉鸣，在宁静的午后声扬辽远。素盈咦了一声，笑道："好早！"这是她在猎营附近第一次听到盛夏的声音。

白信则却赔笑说："不早了。它已经小心翼翼地蛰伏太久，再不抓住时机破茧，就只能一生自缚。"说话时目光灼灼，弦外之音不言而喻——他不再甘于寂寞，宁愿痛快甩开那个与他意见不合的家。

素盈攥紧翡翠又放开，无意识地重复了三四次——再信一次？不可能相信。但是，他想要的东西，那个谋反之家没法给他，她可以。

"证明你值得。"她的手指勾着翡翠，高高抬起，"或许有一天，这块石头又能成为白家的传家之宝。不是皇帝褒奖给清河白家，是皇后馈赠丹茜宫卫尉白信则。"

兰陵郡王战败，在文臣中间讨论，或许只是口诛笔伐多一点，切实对策还需时日，会给素盈留一些细细斟酌的时间。但在这满是武将的猎场，人人一听战况便有判断，都说必须立刻定夺挂帅的人选，否则边界朝不保夕。危机变得格外紧迫。

素盈回到后帐，平王与素沉早在等候。一见皇后，平王紧张地问："娘娘刚才在和那个宦官说什么？"他全都看见了，只是没有干预。

"没什么。"

素盈敷衍的回答没能安平王的心，他极其不安地说："紧要关头，万万不可让宦官碰触兵权。"

"你怎么知道他想要领兵？"素盈对他的直觉头一次刮目相看。

平王欲言又止，干咳一声，生硬地扭转话题："我与沉儿刚从御帐谢罪出来。眼下情况十分不妙，东宫十拿九稳要领兵出征。"

"我苦苦恳求，但圣上不准我前往西陲。"素沉说，"兰陵郡王生死关头，我身为兄长却不能相救，实在无颜面对娘娘。"

素盈嗔怪道："这种时候你离了京城，也不好。"

素沉皱着眉说："想找人代替东宫很难。谁在这时候出头，就是不信任储君，只有我没这种顾虑。"

平王的神情很不安："圣上虽说，是因为凤烨公主身体欠佳，不能担惊受怕。但我听他的口气，似乎已经决定由东宫领军。这回，相爷也挡不住了。"

素盈说不上这消息是意料之中还是意料之外，平静地问："圣上怎么说的？"

素沉恭谨地回答："我说，让东宫带兵西征，无异于明珠弹雀。圣上却笑着反问，明珠藏于匣中又有何用。东宫这些年来一直处在深宫，与军将有些疏远。圣上大概是为日后着想，有意放手让他培植势力。"

素盈边听边缓慢地点头："太子是天下兵马大元帅，的确应当历练。此事只能拜托他了。"

“你说什么呢？！”平王急了，“飒儿阵前失利，若放东宫前去，那他就九死一生了。”

“恐怕这一回，除了东宫，没有合适的人选。”素盈沉着地说，“父亲，你尽快物色两套绝好的女将盔甲来。”

“女将盔甲？”平王吃了一惊，“娘娘想做什么？”

素盈笑道：“我国自古有后妃出征的传统。我们东平素氏阵前失利，我与其在丹茜宫中坐等牵连、天天谢罪，不如做点实际的，也能少听几句唠叨。”

“这是什么话！”素沉大吃一惊，“娘娘失去胎儿才几天？！怎能上战场？！”

素盈不以为然，继续说：“这倒不是最要紧的。只怕我与东宫出征，说出来不太好听。所以第二套盔甲，送给东宫妃。她文韬武略熟烂于心，应是一员良将，在战场上应当比我更有建树。”

“就算她不愿去，皇后送她甲胄，请她一起西征，她也没有不穿的道理。”平王蹙眉，“恕我愚钝，不知娘娘与太子妃同行，有何益处？你真当军中添了你们两个，就能把西边百万大军赶回去？”

“同行？”素盈睁大眼睛看他，“我不久前刚刚失去胎儿！盔甲上身之后，竟没有人拦我吗？”

素沉怔了一下，低沉缓慢地说：“一定会有的，而且不会少。”

素盈为自己斟一杯酒，小口啜饮，安闲地说：“太子夫妇远征边疆，我有心无力，只能尽微薄之力照顾皇孙了。若是我哥哥在战场上出了变故，我难免伤心难过、神志恍惚，也许一个不小心连累皇孙有闪失。”

平王听了不住摇头：“你拿住他的儿子，东宫便会怕吗？”

素沉也说：“皇孙若有闪失，娘娘又如何担待？”

素盈笑笑说：“我刚听说，东宫侧妃有了身孕。素慈入宫有些日子了，好不容易怀上一胎，又赶上东宫与东宫妃不在宫中主事，我打算准她回家养着，务必要这孩子安安稳稳地生下来——万一皇孙有意外，侧妃又生下男儿，吃亏的是东宫妃。”

平王听得瞪圆眼睛：“侧妃有孕的消息当真？”

“应该不假。”素盈冷冷笑道，“我哥哥是死是活，与素璃没有干系，但她儿子不同。为保周全，她知道该怎么做。只要她是个明白人，就谁也不会有闪失。”

素沉还想多说，素盈又道：“大哥可曾读过，秦昭王幸姬为一领狐白裘在昭王面前美言，放走孟尝君？女人的目光是很短浅的。因为人心善变，就算女人看得长远，为男人做出牺牲，也无法知道，他在伟业实现的那一天还记不记得女人的牺牲。素璃对东宫的感情没有信心，她那一家在宫中又只剩她一个，她会保全自己。”

她说话时，平王与素沉一直眉头紧锁。素盈看在眼中不禁慨叹：“你们对我一直不放心。”

沉思的素沉颔首低吁：“素氏女子从小受教，玲珑剔透，果敢坚决。她们千人一面，的确显得娘娘禀性天然、与众不同。但论到在宫廷里生活，是另一回事——世上每个人都能做几件聪明事，但不是每个人都能像她们，在国家的巅峰日日保持聪明。”

他说得很缓慢，全无一丝责备和失望的态度，言语诚挚又字字属实，素盈听了感慨良深，默默无语。

“家门不幸，入宫的几个姐妹都没有学到安度一生的智慧。自从娘娘腹中骨肉流失，我就担心娘娘深陷旋涡，难以自主。如今又要去动东宫妃的孩子，此等大事，真能游刃有余吗？”

平王也说：“原本阿澜常常来往宫中，察伺动静，留心娘娘左右，可以代为出谋划策。为何娘娘对她也生嫌隙，再不理睬？”

素盈坐不住，站起身踱了几步，转过脸无奈地说：“你们放过她吧！放她去过自己的日子！”

平王漠然说：“她的日子什么样呢？我们从她出生的那天起，把一棵好好的树拧成奇形怪状。可是落选了。之后的日子，无异于把那棵树再乱拧一遍。如今宰相活着，她是相府的少夫人。一旦宰相故去，她就只是个盐商的妻子。但只要你还是皇后，她就是皇后的妹妹。她从来没有距离丹茜宫如此之近。她不会放过自己。她想在你这里找到正确的结局。”

他的话里满是无比真实的沉重。在父亲眼里，素盈、素澜有高下之分，但都是身世多舛的女儿。皇后之家固然荣耀，但皇后踏错一步，娘家受到的牵连也不小。这两个女儿最好能相得益彰。

素盈不以为然。

素沉又发问：“娘娘过去对素槐很亲。为何同是你的妹妹，娘娘却厚此薄彼？”

素盈张了张口，原想告诉他一点实情，但又觉得多说无益，改口道：“你们为她结的亲，太特殊了。”

平王说：“旁人却以为，圣上对珍媛格外垂爱，所以娘娘哪怕曾经吃过珍媛的亏，也要在圣上面前对她追思不断，但素澜样样强似娘娘，因此娘娘不愿她在宫中走动。”

素盈涨红脸，提高声音：“我愿意对谁好，也要找个理由让人信服？”

素沉见她动了气，摇头叹道：“娘娘，你比谁都清楚，谢震因为在养父面前不敬，令圣上对他失望。如今，外面谣传娘娘对自己的妹妹防备至此，传到圣上耳中，他如何肯在东宫无主时将皇孙交给你？”

他顿了顿，抬眼注视妹妹，一字一句地说：“那个人……要看穿你，太简单了。你不能给他留下话柄。”

素盈的嘴动了动，哑口无言地瞪着自己的大哥，终于气馁妥协：“去叫素澜进来吧。”

原本姐妹之间的对话，应该比兄妹之间亲密才对，但这对姐妹之间发生过太多事，有太多隐秘说不出口。素澜走入后帐时，一向张扬的白衣女人带着异样的神情退避几步。

素盈正在斟酒。皇帝出猎时最喜欢带上这种甘醇香冽的烈酒，以壮豪情。素盈倒了两杯放在案头，向妹妹招手："来喝酒！"

素澜大大方方地走上前，向姐姐露出不服输的笑容："罚什么？"

斗酒是北国的风尚，贵族常常以此消遣。素盈端起酒杯，扬眉道："落下风的人要说一句真话，赢的人听过之后必须忘记。"

"有趣。"素澜仰脖将酒灌下，刚放下酒杯就觉得一阵眩晕，不住摇头，"这酒性烈！"

素盈喝得虽然慢，但喝完之后面不改色，微笑着将酒又斟满。素澜自认逊色一筹，托腮望着她说："皇媒下定的时候，全家人欢天喜地。父亲异想天开，想用两个月时间，将一个已经成型的人塑造成皇后。放在其他的宫廷中也许可以，但在如今的世道中不行。皇帝、宰相、储君，没有一个是你能凭一己之力应付的。姐姐这种性格，注定充满危险。我不想看你丢掉性命！"

她说着，眼眶中有水光闪烁："你一定以为，我想利用你，依附皇后的地位——也许我内心深处是这样想，我说不清自己的真实心意——可我清楚地知道，我为湄姐、淳姐改葬时，只希望她们还活着。我只后悔，没有试遍所有的办法帮她们活下来。"

"姐姐们……安葬得体吗？"

"各得其所。"素澜破涕为笑，"唐先生跪谢娘娘的好意，哭着说了许多来生当牛做马的誓言。有时候，我也会去远远地听他弹琵琶。"她说完飞快地擦了一下眼角，抢着去将酒杯斟满。

第二杯酒入喉，素澜呛了一口，面庞立刻涨得通红，又认了输："姐姐，你是个好人——你从来不曾得到什么好东西，只要别人一生之中对你有一次善意，你就会记得好处。可惜也为这缘故，被别人摆布，如戏弄婴儿。阿槐，东宫……"

素盈的心向下一坠。素澜注意到她的表情，凄然笑了下，抡开手臂在后帐中比画了一个大大的圈："这个地方的真相太丑陋，我不能多说了。真相对好人太残忍。我不想看到你的信念破碎，那是你和我们不一样的东西，值得好好守住。"

"已经破碎了。"素盈垂下眼睛望着腹部，"在我失去这个孩子的时候，在我选择皇极寺的时候，我们……已经没有什么不一样。"

素澜带着一丝悲伤，凝望皇后宁静的眼睛，摇头说："不，你不一样。我说不上来那是什么，但绝对不是他们看中的'弱小'。"

素盈无声而轻微地笑了一下，端起杯，却觉得难以下咽，只喝一半就放下认输。回想过往，她已心力交瘁，缓缓地说："我和阿槐，做了同样的白日梦。"

在素澜惊讶注视下，素盈的嘴唇动了动，感慨道："我知道我有多傻。这个地方不能做梦，只能碎梦。一场梦醒来，以为自己清醒了，可直到下一次清醒，才发现又傻了一次。你呢？既然同情宫墙之内的苦涩，为何不珍惜自己的缘分，反而要来招惹麻烦呢？”她将剩下半杯酒喝得一滴不剩。喝完了，头脑有些沉重。

素澜自嘲地笑着摇头，低头注视酒杯，向素盈涩涩地苦笑：“我何尝没有想过平平淡淡呢？可是，弄潮儿为什么不在岸边观潮，却要去风口浪尖上搏命呢？有的人，试过才知道自己无法忍受平庸的安稳太平。”

素盈为这句话失神时，素澜缓缓地说：“我娘八天前死了，一个人死在祁城别邸。”

骤然听说三夫人的死讯，素盈愣了一会儿，叹了一声，轻拍妹妹的肩头。素澜想笑一下感激她的好意，但笑不出来。

“全家人都讨厌她，可在我眼里，她是可怜的母亲——为了得到父亲的欢心，她对丹茜宫比父亲还狂热。她为东平素氏、为父亲、为我们姐妹三人做了所有能做的事。她死的时候，父亲却没去看一眼！她在他眼里，什么也不是。”

素澜看见姐姐眉间的叹息，露出一丝感激的微笑，旋即自伤地说：“每天睁开眼，就更清楚，我的一辈子不可以像她。我不能什么也不是。”

素澜仰头大口喝，再添满酒与素盈碰杯：“我不能平庸。”

姐妹俩各自一饮而尽。虽有几分装出的醉态，两双眼睛还是一样的清亮。她们相视一笑，再斟再饮。几次不分胜负的推杯换盏之后，素盈让步。

“你怪我利用了那盒香膏——绿浮萍。”素盈小口啜饮，眼睛从酒盏的边沿望过去，观察素澜的神色，“可我做的，正是你希望我做的。是你对我说，那香膏只有皇后在用。相府的香膏既然能送我，也可以给其他人。对阿槐下巫术的人，不一定是素若星。那个香味，是一场阴谋。”

素澜的目光变得冷硬，转动手里的酒杯，提醒说：“这不是真话，是猜测。”

但素盈沉下脸，口吻再也没有姐妹情长：“阿澜，你不能忍受平庸，我不能忍受欺骗。”

话讲到这地步，素澜略一沉吟，清晰地回答：“我确实曾把香膏送人，她们是怎样用，或者又送给谁，我管不了。”

说是这样说，但她们心知肚明：素若星怎样利用水毒打击选女，至今仍清清楚楚地刻在不少人心里。死掉的少女们有家人，有朋友。许许多多的家人朋友当中，也有将她们视如珍宝、誓要报仇的人。是谁得到绿浮萍，试图用那沾满香味的黑絮栽赃素若星行巫术——恐怕又是一道无解的题。

素澜冲姐姐笑了笑，说：“在这宫里，素若星也许是离‘无辜’二字最远的人。宫里有那么多人，一人向浑水里丢一块石子，也能阻断江河。我们只是……两个丢过石子的人，是相爷向她扔了一座山。”

“是淳姐。”素盈沉默片刻，说，“江河虽断，但落下去的石子不会消失。”

素淳仿造的废后书信，共有十六个字。素盈让她对照诗作写，她却写了废后诗作中没有的字，而且有两个留在未烧尽的残纸上。

废黜素若星的证物，琚相大胆向素若星投出毒箭的根据，是废后给琴师的题诗白绢。他大概也怀疑过真伪。第二次见到，就更加确信——伪造字迹的人仍然在。素淳怕他灭口。会找出什么借口、使出什么手段，不得而知，总之不会由她活着。所以一得知废后死讯，她马上选择了自尽。

“掺和进来，早晚有一座山冲着你来。”素盈一口气告诉素澜，换来的只是妹妹淡淡的笑容。

“你以为淳姐只是没躲过一座山？”素澜慢慢地摇头，“我曾经央求可靠的人探望淳姐。她说，她的余生只剩一场战争，就是要当时高居丹茜宫的素若星和死去的‘柔媛’一样，获罪而死，席卷归家。她早就做好结束一切的准备。”

素盈暗暗惊诧，不知三姨娘生的姐妹像谁，生性之中带着一股不驯，为一个“不甘心”，向常人不能为的事情挑战。浣衣女妄想置皇后于死地，确实需要做好投入余生的准备。她们的姐姐，看似在宫渠边麻木地蹉跎年华，最终竟做到了。

“我们学了一辈子，要怎样躲过不利的结果。但总会有那么一次，能不能躲过已无所谓。那时候，只看你有没有准备好。”素澜肃然望着皇后，露出孤寂的神色，“她们准备好了，我也会的。”

素盈在她的目光中一缩，心生寥落。一坛酒很快喝得干干净净。

消磨许久，后帐无人来打扰。素盈聆听帐外的动静——没有人来，苦笑说：“平常不知道有多少人担心我的身子，今天我的身子成金刚不坏，不需要担心了！”说罢又拎出一坛酒。

素澜倒出两杯，不客气地说：“眼下抓住三哥的事情借题发挥，未免太心急。不过以后的日子还长，姐姐应该知道，别人想针对您，总能从八竿子打不着的地方找个理由，拖到竿子下面挨打。三哥这一败，永远不会过去。”

酒喝得差不多了，素澜开始进入正题：“如果姐姐有手段，所有的事情都是可大可小。可惜三哥这件事情，你既没有闹大的必要，也没有化小的把握。”她气定神逸，仿佛已有了化险为夷的法宝。

素盈已经喝得有些麻木，眼前白衣女人的身影是唯一不变的清晰。她不谈素飒的事，却醉眼蒙眬地问：“阿澜，如果给你一年时间权倾天下，但是要付出很大的代价，你要不要？”

素澜转身紧盯着姐姐，琢磨她的用意。见素盈也有了醉相，她开玩笑似的咯咯笑道：“为何不要？古来那些谋反篡位的，别说是一年权倾天下，只怕连坐拥半壁江山、半载叱咤风云也难保证，照样情愿把命搭上。”

这句话似乎很得白衣女人的赏识。她轻飘飘地落在素盈身边，温柔地把手压在素盈肩上，说：“对皇后而言，世上的一切都很难得，只有权力，总能得到。为什么不要？也许，你现在不知道要它用来做什么，但到你丈夫死的时候，你就会发现——没有它，你连自己也保不住。”

“但……天下不是人人都能要的。”素盈一口一口地品尝美酒，却总觉索然无味，“不是谁都能够将天下玩弄于股掌之间。看看天子，再看看一人之下的宰相……我们太年轻了。”

素澜哈哈一笑：“我们还年轻？姐姐啊，真正的老不是鹤发鸡皮，是把以前认为美好的一切重新看一遍，然后全盘否定——我们已经老了。”

素盈沉默了很久，埋头喝一口酒：“还记得祖德皇帝的荣妃是为什么被废？有人发现，她妹妹在家中诅咒重病的隆徽皇后，祈祷荣妃早登后位。荣妃被幽禁北宫，她妹妹被鬼箭乱射而死，妹夫生瘗。素氏之间一直暗传，是隆徽皇后担心她死后，荣妃晋位会将她的儿子赶尽杀绝，所以垂弥之际泯绝隐患。荣妃的妹妹未尝不是个聪明的素氏小姐，好好地过日子也许能够长命百岁，但她偏偏自作聪明去管宫廷中的事。”

素澜向姐姐微微一笑：“我们不是她们。”

“自作聪明的人，虽然知道经验之谈有用，但从来不相信那些坏事情会发生在自己身上。”

素澜听她说得严重，话锋仍是对自己不大放心，于是敛容道：“人的命运很难说，老天想要成全的人是姐姐您，一切自有道理。”

“命运？”素盈手滑，酒碗跌落，身上洇湿一片。成全她的不是老天，是几个把她当作棋子放来放去的人。

“你什么时候也开始谈论‘命运’？”

素澜一边擦拭姐姐裙上的酒渍，一边开玩笑似的反问：“如果它不存在，谁来做我的对手呢？”

素盈想要笑，但心里满是震惊。

走到一个更高之处的人会发现，实力越强，站在面前的对手也越强。素澜的面前已经没有人了，至少她自己是这样认为。

素盈托腮看着妹妹，问：“酒好喝吗？”

素澜回答：“娘娘赏脸，自然好喝。”

素盈倒净碗中残酒，重新斟满。最后一句真话，她说：“今后你必将后悔。”

素澜接过酒一饮而尽，说：“后悔并不可怕。连后悔的机会也没有，无所事事过一辈子，才可怕。”

猎期匆匆结束。北国的皇廷重归京城那天，素盈想要的盔甲送到了丹茜宫。

素沉说时间紧迫，来不及重新定做，用惠和大长公主的旧盔甲改了改。一领明光铠，头鍪是华丽的凤翼，胸甲是双凤护心，金银交错，灿若日月。一领康国铠，精钢金锁密密衔接，连绵如秋水鳞波。素盈试过之后穿了明光铠，命人抬起康国铠去东宫。

东宫与后宫的通路上大门紧闭，但丹茜宫有一条通往延德殿的捷径，那条路仍然可以通往东宫。素盈懂得皇帝保留那条道路的意图——给素皇后的摆设，封不封没有差别，反正他的妻子们从没走过。睿洵是另外一种懂得，他在急迫的时候走过，以示他只为公事、要事前往丹茜宫。

抬着盔甲的队伍昂然经过延德殿。身穿甲胄的皇后带人直奔东宫，吓坏了许多人。素盈刚走到澄澜亭附近，就有一百多名东宫官属仓皇出来，跪成一片将路堵死，齐声高呼：“娘娘恕罪。”

素盈吃不住明光铠的分量，额上一层汗珠，边擦边笑：“不过是一身盔甲，众位何必大惊小怪？难道我赤手空拳也让众多男儿惊怖吗？”东宫属下全都匍匐在地，无人回答。

炎热越来越无法忍受，素盈气喘吁吁地坐到澄澜亭中，挥手说：“请东宫妃来。”片刻之后，素璃与素慈一前一后，穿过宛如布阵似的跪拜者，快步走到素盈面前深深躬身。

“不知东宫所犯何罪，竟让娘娘披甲登门？”素璃刚说完，皇后就笑着摇头。

“东宫妃又是为什么将我当作兴师问罪呢？我是有求而来。”素盈招手，宦官要抬那康国铠上前。素盈却细声细气地说：“不是这个。请侧妃进来坐——有身孕的人哪能久站在烈日之下？”侧妃素慈再三婉拒，素盈索性起身将她牵到亭中。

明光铠不算笨重，可皇后只走这几步，人人已看出她脚步摇摇欲坠。并肩坐下之后，素盈打量侧妃的体形，含笑叮咛：“这可不是小事，容不得疏忽大意。”

素慈惴惴不安地恳求：“娘娘的脸色很差，请快回宫休息。”

女用铠甲不及男人的沉重，但也有三十来斤。素盈身上无力，透不过气来，取下头鍪深深呼吸，颜面更显得没有血色。素慈捏着一方小帕，眼见皇后汗如流水，干脆提起袖子为她擦拭：“娘娘，快叫太医来吧！”

素盈摆手笑起来：“穿这么一会儿就叫太医，可怎么上阵呢？”

“娘娘说什么？！”东宫妃素璃站在不远，清清楚楚听见这话，心中的愕然无法形容，直直地瞪着素盈，“上阵？娘娘是说，你要随军出征？此事岂能儿戏？！”

素盈命人将康国铠抬上前，真心实意地说：“我意已决。兰陵郡王战败，是国家之耻，我与其在宫中以泪洗面，不如金戈铁马一雪前耻。当今命妇，唯有你是文韬武略、弓刀马术的全才，所以我特来求你，助我一臂之力。”

东宫妃脸色倏然苍白。上回大军凯旋，她也曾不客气地点评兰陵郡王在西陲的胜仗，对行军布阵做出很精辟的见解，说可以用更小的代价获胜，条分缕析，头头是道，才华令人印象深刻。然而，素璃的韬略是为了在宫中鹤立鸡群，不是为了纵横沙场。她从没想过离开后宫。

“想不到那几回纸上谈兵，竟能让娘娘赏识。说起来惭愧，我不过是事后诸葛，哪里能有真知灼见呢？”素璃想笑却笑不出来，绷着脸说，“小小西贼，交给太子必定万无一失。娘娘万金之躯若有差错，才是国家不幸。”

“不必劝我，这回我一定要去。”素盈汗水稍微收敛，可是越来越没力气，这时候反而感谢铠甲能笼住她身子，她虚弱地笑着说，“你若不去，只有我与东宫出征，圣上不会允许。你就当是帮我。一旦圣上点头，我也不勉强你。”

素璃一心拒绝，可又不愿在东宫百人面前露怯，宁肯低下头不说话。

这时候，睿洵带着十几人从昭文阁方向快步走来。应当是有人通报皇后披甲逼到东宫，他匆忙来应付。看见面如金纸的皇后怀抱头鍪坐在澄澜亭中，睿洵箭步上前，铁青着脸问：“娘娘这是做什么？”

素盈端坐如钟，只是微笑，使不出说话的力气，身躯如同死了一般动弹不得。

侧妃素慈见睿洵气势汹汹，急忙起身退到亭外，三言两语将皇后的意图说明。睿洵听完，脸色稍稍缓和，目光和语气却更加严厉：“领兵征战自有朝廷安排！请快回丹茜宫，召太医侍奉。”

素盈集中全身力气，启齿说：“人生灾祸莫大于死。死于报效国家，总好过坐在宫里就丢掉半条命。”气若游丝，却逼得东宫面色一变，说不出话来。

又一队人闻讯而来，是潘公公带着几名御前侍卫。老宦官飞快地跑到亭外石阶下，惶恐地问：“天气炎热，娘娘身体虚弱，怎能忍受甲胄在身？快请回宫。”

素盈笑道：“再不走，这方寸之地要没处落脚了。”

她摇摇晃晃地站起身，深吸口气，对东宫妃说：“我字字发自肺腑，但愿东宫妃深明大义，不堕我朝后宫威名。”慢吞吞地走到澄澜亭外，忽然仿佛铅云遮眼，万物变成黑蒙蒙的。

她抱紧腋下头鍪，心想并没有戴它，头怎么会这样重呢？刚伸手去扶额，身子失去重心，直直地向前栽倒。睿洵惊慌中不假思索地伸出手臂，拦腰抱住她。素盈口齿打战，含糊地嘟囔：“放手！”

然而她毫无底气，睿洵听到的只是意义不明的嘟囔，慌神的刹那，手臂稍微松劲，素盈双膝嗵地落地。丹茜宫的宦官宫女们一阵慌乱尖叫，七手八脚地搀扶皇后，解开她的胸甲。

一片大呼小叫中，素盈眼前渐渐恢复色彩，发现自己仰面半躺在澄澜亭前的青石板上，睿洵苍白的脸就在前方。恍惚之间，她不知道哪里来的力气，提起嘴角笑说：“这地方和我八字不合。”他紧紧抿着嘴没有笑意。

素盈休息片刻，在宫女的搀扶下起身，说：“虽然不是件容易的事，但我不会就此退缩。”潘公公护送素盈到丹茜宫，转身回昭文阁复命。

皇后邀请东宫妃一起出征的消息当即为众大臣所知。大臣们面面相觑不知该做何感想。皇帝皱着眉直摇头：“真是异想天开！”

琚相却说：“皇后勇气可嘉，令人钦佩。”

皇帝望着他，眼中透出一股好笑的神气：“妇人之见，哪里值得钦佩？”

琚相沉着地说："皇后的想法不是没有道理。林、谢两家大将对部下爱如子弟，向来不肯枉死一兵一卒。谢家诸将殉国之后，八镇重兵转攻为守，难以调集。皇后亲征，或能调动八镇精锐，与太子所率大军成两面夹击之势。"

一位睿姓大将深以为然，附和道："皇后胆略非凡，破敌救兄之心坚不可摧，不妨由她游说八镇。唯有东平素氏是林、谢姻亲，他们一生富贵都在皇后身上，必定不会回绝她。至于韬略兵法，原本也不用皇后，众将当中另选栋梁即可。"

皇帝连连摇头觉得荒唐，一声哂笑："皇后穿着铠甲，从丹茜宫走到东宫都要晕过去！"

琚相不以为然，说："边郡多是秀王作乱时的占据之地，对陛下阳奉阴违不是一天两天。惠和大长公主是唯一积极与他们联姻的贵族。正是这缘故，边郡危急之际，朝中大臣才力荐东平素氏之女立为皇后。大敌当前，只好委屈皇后。"

皇帝微微笑道："西贼祸心不死，时隔半年就再度寇边。这回让皇后去，或许可以成功，但下一回又该如何调兵御敌呢？难道要封皇后为八镇大统领吗？皇后亲征绝非长久之计，此事不要再提。"

可是素盈不肯就此作罢。皇帝刚从昭文阁退到丹茜宫，素盈又跪求不已。皇帝见她脸色仍然白中泛青，将她拉到宫中清凉处并肩而坐，漠然说："你在京城，在丹茜宫，素飒他们纵然九死一生，也要活着回来见你。你去到边陲，恐怕他们会为了你一人的安危，白白牺牲别人的骨肉。"

素盈默然无言以对，半晌才问："可是，用得着我的时候，我怎能退缩呢？"

皇帝望向她，眼睛轻轻地眨动，目光像在打量一件全新的东西。素盈在他的目光中忸怩不安，用微弱的声音说："据说林、谢两家拥兵自重，难以调遣。陛下如何看？"

皇帝微笑，伸手轻触她脸颊上那种天真的信赖，不紧不慢地说："当初秀王在北部作乱，边郡是必争之地。金原林氏、驰阳谢氏高举义旗，助朝廷打下北部，才有如今的完璧江山。因此朝廷极为优待他们，绝非其他大将能够媲美。时至今日，西北边境仍然仰重他们。"

忆及往昔，他慨然叹道："若论战功，林、谢两家胜过众多皇姓后族，可是门卑地寒，难入上品。他们两家忠心耿耿，倒也未必'难以调遣'。有时候调兵之人有心削弱，免不了专挑精兵前去恶战。不到十年，谢家先后有六位将军捐躯，也难怪林家大将不肯轻举妄动。"

素盈咬了咬嘴唇，说："危难之前，人居然还要计较那些？！"

皇帝若有深意地望着她说："局势越是严峻，将对手逼到绝处的机会越多，把握越大，不是吗？"

素盈一惊，低下头不再言语。

皇帝忽略她的沉默，沉吟说："素沉再次请命出征。皇后的兄长，皇朝的驸马，又是林家的姻亲——若是只考虑这些，他很合适。可他的性格不适合厮杀，又没有上战场的经验，实在凶多吉少。为一家之利如此逞强，实在不像他平日为人。”

他回绝素沉不是为他体弱的长女担忧，而是不愿素沉去打无把握的仗，再跑去输得精光。为一家之利如此逞强，将素盈也指责了。

“一定还有别的人选。”素盈讷讷地低下头。

皇帝前脚离开丹茜宫，钦妃后脚就到，仿佛是掐指算计好，故意错过他。见素盈脸上仍然灰扑扑的没有血色，钦妃嗔怪说：“这么大的事情，若早些告诉我，哪还需要你一个小产过的人去穿铠甲？”

素盈没有立刻明白她的意思。

钦妃笑道：“平王今天奉召去昭文阁，有人等不及，说册立中宫正是西陲匪患严峻之时。就是看重这点，众臣才会听从宰相建议，力主东平素氏之女封后，说他可不能在这时候闷不作声。平王本已懵了，又听昭文阁出来的人说你披甲请命，直接晕了过去——把他吓得够呛。”

素盈勉强笑了一下，问：“他去向你抱怨？”

“只是捎进几句话。”钦妃顿了顿说，“那些大臣这回必定要我们家拿出对策。驸马请命被圣上金口驳回，皇后亲征是万万不可能的。所幸我们东平素氏之女不独你一个，况且皇妃领兵也有先例。”

素盈愕然：“平王这是什么意思？”

钦妃看见丹茜宫中放置的铠甲，微笑着说：“这铠甲我小时候穿过。那时候秀王作乱，天下未定，不计其数的有志之士投笔从戎。算起来，不过十几年的太平岁月，不仅素氏女儿们，很多男孩都没穿过盔甲，提起打仗一无所知，只晓得‘残酷’二字。真打起来，还是我这一代的人靠得住。”

素盈拉住她的手，放低声音，问：“此行有必要吗？”

钦妃柔软的面颊上多了一股冷静，认真地说：“娘娘说过，对宰相俯首帖耳不是长久之计。单凭你我二人坐在后宫空想，想得天花乱坠也改不了大势。和愚者角力，凭头脑或许能够智取。和强手角力，总归要有力量。”

钦妃上表，要效仿宪烈太妃西征，又引起一阵不小的轰动。东宫率先提出异议：“皇后年轻天真，救兄心切就罢了，钦妃怎么不懂事理？兵家之地，岂容女流逞能？”不少人附议，以为钦妃从来没有冲锋陷阵的经验，论起亲征也轮不到她。

东宫妃素璃专程去义正词严地抱怨：“后妃们一窝蜂地求上阵，传到外界，必定让人误会军情紧迫，已经逼到皇朝心脏，岂不是要天下大乱？”

钦妃正在永寿山上攀登。她从十四岁入宫以来，每天都要爬山，只有临盆和八皇子夭折的那两天没有来。素璃追到山上就是为了说这个，惹得钦妃笑起来：“我朝后妃上阵向来不输男儿，如今被人这般小看，可见是我辈丢了先人的脸。这口气不得不挣回来，否则将来后宫素氏更加抬不起头。”

素璃追着她的脚步爬山路，早已气喘吁吁，冷笑说：“你们姑侄演好戏，别把我扯进去。”

“不必客气。你们姑侄演戏的时候，也没冷落我。”钦妃讥诮说，“素若星的本事说到底不过两样，一是追随圣上平定秀王之乱，二是为皇家生儿育女。硬要找出第三件，就是她长得美。可她也只有二十年的恩情，你又凭什么向太子要二十年？”

素璃停住脚步，面上透出薄薄的怒气：“这话什么意思？”

钦妃面不改色，安然回答：“说开了也好，大家都省省工夫——皇后怕东宫到阵前害了她哥哥，因此支开你，拿住他的儿子。你呢？难道你无所畏惧？”

她伸手在素璃的肩头拍了拍，说：“太安素氏的处境，你比我清楚。他日立储，总觉得阿慈的儿子胜算大些……就算阿慈生不出来，总有一天，会有人为东宫生个儿子。你这当娘的不趁着有机会，给儿子争气，缩在东宫躲避是非——以后会有人帮你们母子长脸吗？”

素璃底气渐失，还想佯装被她激怒，目光却不住闪动，泄露了胆怯。钦妃笑着继续向上攀登，说：“孩子送到皇后怀里，她必定不会弄出半点差错。皇后的名声可比你儿子的小命要紧多了。”素璃再也说不出话来。

不消片刻她们攀到山顶，俯瞰太平湖上，翠绿荷叶铺开数里，中间缀满星星点点的红粉莲花。素璃无心欣赏风景，铁青着脸审视钦妃，问：“既然话说开了——你出征又是给谁争气？你……仍然想要丹茜宫？”

“不。丹茜宫，是惠和大长公主想要的，我没有特别渴望过。”钦妃笑起来，提着衣袖慢悠悠地扇风，“难道我没有丹茜宫，就不能给‘素玉婵’三字争口气吗？”

见素璃一脸茫然，钦妃以不可理喻的神气直摇头：“丹茜宫现在这样就很好，归不归我——无所谓！”她重重地说出这三个字，换来素璃不可思议的目光，仿佛素氏当中不可能有人这样说。

钦妃哂笑道：“丹茜宫，素若星有过，下场如何？就算她的生平载入史册，留下的都是些什么蠢事！本来属于我的那一页，只有她那些破事的补充。现在我可以为自己写几句，何乐不为呢？”

素璃渐有怒色，钦妃全不在意，望着山脚下的太平湖说：“阿盈的孩子和素庶人以命相抵，就算了。老实说，那胎儿可比素庶人清白可怜，阿盈身受之苦也比素庶人冤枉得多。好自为之，大家都能过几天快活日子。”

几句话击中素璃心里最阴暗之处，她一张脸青到发灰，脸颊不住地颤抖，尖声叫道：“你怎么敢？！你怎么敢这样羞辱我姑姑，这样教训我？！”

钦妃扑哧笑了：“你姑姑曾说，宫里没有好人和坏人，只有活人和死人——我还活着，自然爱说什么就说什么。”

这时候，守着山路的宫女打手势，映荣追上两步对钦妃说：“娘娘，还有一个时辰。”

钦妃转过头向素璃说：“你和你姑姑不一样，我才有这些话。倘若你想和她一样，我也奉陪。东宫里的人，不管是谁，若再盯着女人的肚子动歪脑筋，害皇家人丁稀薄，东平素氏必定连本带利地算总账！”话说完，她带着一队宫女飘飘摇摇地下山。

素璃望着她的背影，紧咬牙关，眼中恨不能迸出刀子来，最终流的却是稀少的泪。

“姑姑……”神安皇后聪明一世，为什么躲不过小人构陷，落得沾染污名？为什么要死？

她对着满天流云哽咽一声，软软地瘫坐在山石上，猛然间冷得直打哆嗦，仓皇四顾：这山水如画、规模宏大而应有尽有的宫廷，再也不是她的家了。

一个时辰之后，皇帝与群臣要看东宫操练。出场的都是东宫打算带上战场的人中俊杰，也有检校的意图。操练之地选在东宫北苑，众侍卫皆是阵前的全副披挂，只是没带刀枪，全都手持校阅用的木槌枪排成一字，齐声高呼万岁，如平地海涛汹涌。

为首将领十来人，各带百名士兵操练骑兵之阵，人马交错眼花缭乱，然而军阵严整滴水不漏。之后众将列队疾驰，飞骑弯弓，均能箭发连珠。又两两对战，槌枪上长缨银环流光飞舞，招式凌厉精湛。

皇帝轻拍素盈的手背，笑说：“这才是上阵的本事。”

素盈惭愧承认：“看来妾的确是不知深浅。”

睿洵身穿银甲，骑皇帝御赐的玉花骢，手中提着槌枪，在马背上向帝后行礼。素盈只见过他打猎时使用弓箭，不禁小声问：“东宫上阵用什么？”

“双钩枪。”皇帝说着感慨，“好些年没见过他这样子。”

睿洵演练的是一套枪术，与他配合的青年身手敏捷，大约是顾忌储君安危，不像是全力以赴的样子。皇帝问旁边的潘公公：“这人是谁？”

潘公公并不知道，素盈代为回答说：“是东宫侍卫白信端，驸马白信默的弟弟。”

皇帝点头：“原来是他。看着是比二郎强太多，此时收敛太过，放不开手脚。”

素盈略微沉吟，问：“陛下几时听说他？”皇帝只微笑不答话。

睿洵与白信端刚收住兵器向皇帝行礼，忽然一匹栗红马窜到场内，惠和大长公主的金甲光耀全庭。众人皆吃一惊，有些惊慌，唯独马背上的钦妃收放自如，言笑晏晏，向帝后二人躬身说：“妾来凑个热闹，万望陛下不要怪罪。”

素盈惊诧地站起身，高声责备：“校阅之场，怎能乱闯！”

钦妃笑道：“朝中众位大人讥我不自量力——不准我上阵可以，但别随便小看人。这几年，后宫的声威确是大不如前，但历代太后太妃、皇后皇妃立下的威名，可不能任人抹黑。”

皇帝紧蹙双眉直摇头："越上年纪越不像话！这岂是后妃游戏之地！"

话音方落，又一匹黄鬃马冲入场内。马背上，身穿康国铠的素璃寒着脸说："钦妃定要一试身手，我愿奉陪。望陛下准许。"她身上穿的正是皇后送她的盔甲。

素盈与她目光相对，彼此心照不宣——身不由己是一件可恨又无奈的事情。素璃只能像所有无能为力、又对"青山犹在"怀抱希望的女人一样，选择妥协。一次妥协，也许是反败为胜前的一次喘息，也许意味着从此山河直下，再没有扳回的余力。素璃心里清楚，索性抛开顾虑，冲入这困境，披荆斩棘。

她提起槌枪，熟练地在手中抖出花样，向钦妃挑衅："还等什么？"

钦妃微微含笑，扬起下颌说："我和你分出轩轾有什么趣味？索性各挑一位将军为对手，试试本朝将军们究竟强出你我多少。"

素璃没有退缩的意思，嘴角微微提起，说："这很简单。"

钦妃挥舞槌枪随便一指，恰好指向白信端。白信端在马上躬身，连连说不敢。

皇帝在高台上望见她们誓不罢休的样子，向素盈询问："皇后怎么想？"

素盈笑道："她们两位心高气傲，若这样赶她们回去，反而真成了笑话。索性让她们拿出本事，给众人开开眼界。既然陛下也夸奖白信端的武艺，不如让他以一敌二，胜负就不要计较了。"

皇命传到场内，白信端向帝后二人一躬身，再不推辞。

素盈眼见钦妃、素璃两人与白信端你来我去地打斗，心里不禁阵阵生寒，从未想到这两个女人都暗藏一身舞刀弄枪的本事。

"真想不到，东宫妃珠圆玉润的一个人，竟能将槌枪使得虎虎生风！"

皇帝皱着眉，摇头说："完全生疏了！她小时候养在宫里，和荣安一块儿学的。她有志气，不知道比荣安强出多少！"

素盈笑道："到底是为储君培养的佳偶，绝非凡人可比。"

一时半会儿分不出高下，素璃与钦妃两人渐渐较起真来，逼得白信端左支右绌。睿洵在旁边看不下去了，纵马上前，一枪挑开她们纠缠不休的枪尖，大喝："还不住手！"白信端立刻收住枪，退到一边。

钦妃在马背上向皇帝抱拳躬身，仰起头，笑嘻嘻地问："陛下意下如何？"

素璃跳下马背，摘了头鍪抱在胸前，向皇帝跪倒，大声说："妾请求从征，望陛下准许。"声如裂石，虽然坚决，但也有股悲愤的味道。

坐在皇帝右手下位的宰相顺势道喜："巾帼不让须眉，这是国家之喜。"又望向皇后，说，"东平、太安两家俱是外戚，若能同仇敌忾，助太子平贼，是天下的福气。"

"她们两位有报国决心，若能成全，当然是好。"素盈说完，转眼去看皇帝。

他不动声色，向潘公公颔首。潘公公立刻取来一个很长的托盘，送到睿洵面前。睿洵下马跪接。

皇帝说："此剑是我的佩剑，曾随我征战平乱，功劳无数，暂且借给你，不要辱没它的威名。"又命人去宫库中取来两柄宝剑。康豫太后昔年曾用的佩剑，赐给东宫妃。宪烈太妃曾用来杀敌的利刃，百年来仍旧光华灿烂，削铁如泥，暂且借给钦妃。

三人受了赏赐，却都没有特别的欢喜，只有睿洵似乎有些感动，而素璃的悲壮更多一些。皇帝问东宫妃："皇孙幼小，你要从征，他怎么办？"

素璃昂然回答："暂且托付皇后代为看护，必定不会令我儿受半点委屈。"

素盈握住她的手，温柔笑道："这你放心。"

六月的晨曦来得很早，可素盈还是赶在它之前睁开了眼睛。

天将明未明，混沌的光影模糊地切割两个时间，昨日与今日还未截然两清。她踮起脚尖，轻盈无声地绕到西房，屏住呼吸推开门。

茜纱窗被淡青色的晨光染出一片梦幻般的粉紫色，旖旎光线中，身披墨蓝外衣的男人坐在小床旁边，若有所思地托着腮。他的头发还没有梳，可是很整齐，流水一般沿着平展的肩膀披下来。发丝后的脸颊有凌厉的线条，只有眼睛周围最温柔。

"陛下！"素盈发出惊呼，他立刻做个手势制止。素盈蹑手蹑脚地走到他身旁，双手攀住床沿，凝望里面的孩子。

一堆锦绣中的婴孩张着小嘴呼吸。素盈伸出手指，小心翼翼碰触孩子软绵绵的脸颊。

"他好小啊！"她压得很低的声音禁不住雀跃。

皇帝握紧她的手抽回来，在她耳边说："吵醒熟睡的婴儿，你会后悔不已！"

素盈抿嘴微笑，仿佛偷偷做了坏事。

透过窗纱的晨光将她光洁的颈和肩染成旖旎的粉红。皇帝扯下自己的外衣裹住她，手就势揽着她的肩膀。他们静静凝望那个熟睡的孩子，一时忘记言语。

"你想要吗？孩子。"他忽然低声问。

素盈望着睿歆的睡脸，双眼一动不动，半晌之后幽幽地反问："陛下需要吗？"她问的是"需要"而不是"想要"，一字之差充满怨艾与嘲讽。他不再说什么。

气氛凝滞，而睿歆哼了一声，紧接着毫无征兆地哇哇大哭起来。素盈惊慌不知所措，皇帝连声说："快抱起来，抱起来。"

两人哄了一会儿，手忙脚乱却全无作用。睿歆扭动手脚号啕不止。皇帝丧气地放弃尝试，挥手说："去叫他乳娘。"

乳娘正在门外听命，接过孩子才眨眼的工夫，睿歆就不哭了。皇帝与素盈并肩站在旁边提心吊胆地看着，不约而同地吁口气。四目相对，发现两人都出了一头汗，不禁一起笑出来。

素盈笑着滚落一滴眼泪，佯装拭汗，提起衣袖偷偷地揩去。忽然想起这是他的外衣，想要解下来还他。他说："穿着吧。"

衣服太大，袖子宽而且长，她撑不起来，只好将衣袖在手腕上绕了两圈，伸直手臂沾去他前额的汗。皇帝与皇后并肩走回内寝，他再没有说别的，更衣之后径自上朝。

房里静得让人昏昏欲睡，可是已经错过熟睡的时辰。

在宫里错过一件事的时辰，就是错过了。素盈穿着她夫君的外衣坐在床畔，盯着金纱屏风上赤金线绣出的春燕牡丹。

这样她就可以无视身旁那个正襟危坐的幻影。

刚才，面色森冷的白色幻影坐在睿歆床畔、皇帝对面，冷傲地看着当今的天子和未来的天子，俨然一副高高在上的神态。素盈已经能够熟练地将她从视野中忽略，可她从未离开。

“她们都是这样想。”她与素盈并肩而坐，嘴唇吐出冷冰冰的声音，“没有孩子的皇后都是这样想，谁的孩子无所谓，有一个孩子就足够。你以为你嫁的人是谁？他会不知道你的念头吗？”

素盈仍旧不看她，只是感觉心口阵阵发冷。

“她们付出同样的心血，有的人抓住一切，有的人只抓住一场空。”白色幻影说。

“你又凭什么料定我的命运？”素盈扬起下颌，不留神将这话说出了声。

门外宫女以为她唤人，走进来问：“娘娘要更衣吗？”此刻是更衣的时辰，她们想不到问她要不要别的。

“万事万物皆有时辰。”白色女人从一架五颜六色的衣服前晃过，“生，死。成，败。我看得见你的时辰——你自己也看得见。”

素盈从满架斑斓中拿起一件藏青色外衫。自从小产之后，她看到娇艳的颜色总觉得烦躁，只有深暗的颜色能让她思绪平静。但这选择会引人揣度皇后的心态。她另挑出一件淡青色。

衣服上身，她惊讶地将窄袖口在手腕上卷了两圈。

“这是我的衣服吗？”她诧异自己怎么突然瘦成这样而完全没有察觉。

宫女赔笑说：“苦夏消瘦是常有的事，秋天就会慢慢好的。”

话虽如此，谁也不敢把皇后的健康交给老天爷，每日必备的汤药紧跟着送上前。周太医等在门外，见宫女端出来的药碗里还有一半，着急说：“务必要娘娘全喝下去！”

宫女面露难色，低声嘀咕：“天天都是这样，劝不动。大人没看见撤膳时剩的那些呢。饭都不肯吃，哪里肯吃药？”

“这是不要命了呀！”周太医转身去找崔落花，正逢尚食与掌膳令人一脸愁苦地向崔落花低声诉说。他们遇到一处，各有各的烦恼。

崔落花束手无策，叹息说：“娘娘本来就想得多。平常还可以开解，自从小产，又遇上兰陵郡王大败，没有一件好事，现在谁也劝不动她。她自己并没觉察，还以为和平常没什么不同，只能拜托你们两位竭尽全力。”

“药能救命，可不能扳开娘娘的嘴硬灌。”

周太医说完，尚食点头说：“饭菜何尝不是呢。”

“难道就没有一个人的话能让娘娘听进去吗？”赵令人多了一嘴，见崔落花的脸色更加消沉。

“这就是……皇后的处境。”崔落花说。

今天平王要觐见问安。他向来没有好口才，可眼下也只有指望他了。崔落花为此专门等他，提前叮嘱。但平王心不在焉，一个劲地唠叨：“阿盈除了多心，没有别的长处。”

崔落花说到皇后最近食欲很差又不肯遵从医嘱，睡眠极不安稳，宫里有一丝风动，她就会惊醒。平王摇头说：“还是想太多惹的祸。里里外外的事，谁也不要告诉她，让她没得想，就好了。”

崔落花嗔道：“王爷这话可笑！皇后总管后宫，哪有闲暇的时候？七月选女们甄选分配，满打满算只有半个月的时间，单是这一桩就足够操心了。”

“如果是这样，应该是我向你抱怨——你们领着俸禄不能分忧，同我抱怨什么？”平王翻了翻眼睛，“她想提上来几个？”

“三个。”

平王颇感意外：“往年六七十名选女待封，也就三四人封到媛位。今年只剩那么几人，也要三个？”

“钦妃由媛位晋封，对嫔位的众位娘娘有些不公，宫内外不乏微词。皇后不想选女晋位和往年有太大不同。”

“局势早就是大大的不同了呀！”平王摆摆手，不再说这些。走进丹茜宫还没有站稳，他就气咻咻地说：“难道娘娘没有听过养虎为患？何况那是视娘娘如寇仇的东宫的儿子！你想要的不过是……”

他长了心眼，周围看看，才说：“不过是个人质。安排人手去东宫照顾他就行了，为什么要接过来日夜看顾，好像自己的孩子一样？先前请人为娘娘批命，说过娘娘不可养育别人的孩子，否则一生的运气也要被那小儿带走。”

这些荒诞不经的奇谈怪论，素盈向来不放在心上，随口安慰道：“皇孙自有爹娘，我几时说要养他？”

崔落花趁机瞥一眼，见皇后正在挑选夏装绣样，又不自觉剔除了鲜艳的花样。

平王见她不当一回事，言语不免失望：“做做样子也就罢了，千万不要有别的想法。”

他顿了顿又说：“刚才听崔秉仪提起，我还没放在心上。此刻见了娘娘的样子，真是……这才几天工夫，怎么能瘦成这样？夜里睡觉，骨头不会把自己压疼吗？小产过的人，不用心调养，以后生儿育女怕有不顺。”

又是生儿育女。淡蓝底色绣红花，玄底绣金花，两种花样在皇后手上停留，最终她撇开那卷蓝色，说：“用心有什么用？我的时辰过了。”平王没听懂，以为她说觐见的时辰结束，稀里糊涂地告退了。

皇后选完花样，像诚心跟自己对着干，将选中的全都撇开，确定用她最先剔除的。丹茜宫将要度过一个明艳的夏天。崔落花实在看不明白。

素盈心不在焉地了结这事，一刻也不想耽搁，转到内室，长出一口气，心情又稍稍宽慰。宫女们向她齐齐跪拜，每张年轻的脸上都添了一丝明朗愉悦。

素盈见状问：“皇孙在哪里？乳娘喂过了吗？”

乳娘毕恭毕敬地回答：“喂过了才送来给娘娘看的。”宫女们立刻咯咯笑着拉开床帷。

听到响动，包裹在一团锦绣中的睿歆机灵地翻个身，眼睛滴溜溜地望着眼前陌生的人。素盈忍不住微笑，又怕他像清晨那样突然大哭，稍微坐远一点儿逗弄他：“来，到这儿！”

睿歆好像已经忘了她是谁，咿咿呀呀地发出含义不明的声音，一翻身仰面躺倒，眼睛还是好奇地看着素盈。众宫女围在旁边，看着都笑起来。丹茜宫少有如此轻松的笑声，一时恍如春风夏至，静涌和暖之意。

有个从东宫过来的宫女说：“三翻六坐九爬——皇孙还不到九个月大，现在还不会爬呢！”话刚说完，睿歆踢腾着小小的腿，向素盈身边挪了挪。

素盈见他活泼好动，心中喜欢，问他的乳母：“东宫里平常怎么叫他？”

那乳母如实答道：“皇孙有个小名叫阿寿，平日太子妃都这么叫。圣上和太子殿下都是唤皇孙为‘歆儿’。”

素盈怔了一怔：“叫什么？”

乳母不知何处不对，小心翼翼答道：“是依圣上赐的名字叫的。”

素盈怅然若失，低低地唤了一声：“歆儿？”

睿歆听见，向她伸出小手，一把抓住了素盈的袖口。素盈想轻轻挣脱，小家伙抓着不放，身子也向前匍匐。

“呀！会爬了！”年少的宫女们为这发现欢喜。

素盈向她们笑道：“行了，都做事去。”

宫女们躬身告退，素盈仍坐在床边看着爬了两下又躺倒的睿歆，再轻唤一声：“歆儿！”

睿歆笑眯眯地含着手指躺在她身边，一听到自己的名字就向她眨眼。他的眼睛大而明亮，拥有宫廷里谁也没有的清澈光彩。素盈看着这双眼睛由衷喜欢，柔声道：“歆儿，我们是同月同日生的。”说罢自己先笑了——跟这么小的孩子讲这些，他又不懂。

“害怕吗？”她抱起睿歆，觉得小小的他比想象中要重。睿歆不挣扎也不哭闹，只是用一双眼睛好奇地看着她。

素盈把他抱在臂弯里轻轻摇晃：“很好，你比很多人勇敢——他们怕我伤害你，但你一点也不怕。”

睿歆努力伸手，攀住素盈的手臂，挣扎着趴在她肩上。素盈怕他摔倒，忙抱在怀里，说：“有人说，我这辈子不能养别人的孩子。可我也不怕。”

睿歆在她怀里不安分，两腿一弯，翻倒在床上，乐呵呵地翻了几个身。素盈扑哧笑着，跪坐在床边托腮看他玩耍，片刻之后又黯然伤神，侧卧在床上，一边拉着他的小手玩，一边说：“我的时辰……生儿育女的时辰，不是过了，是从不会来。”

话中那份酸楚，连婴儿也感到异样。睿歆爬到她面前，伸手揉捏她的脸颊，似乎想在她脸上捏出一个笑容。也许在他的视界里，人都应该是那个模样，眼前这女人很不对劲。尝试失败之后，他皱着眉趴下，直直地望着素盈，大约不懂她为什么这样冥顽不灵。

崔落花和宫女们等候许久不见动静，悄悄走进来看，立即愣住——

很久没能安睡的皇后，和衣躺在床上，与四仰八叉的皇孙头挨着头，两人都呼呼地睡着了。

西陲战事刻不容缓，三天之后东宫夫妇就整军出发。素盈第二次参加出征仪，显得很娴熟。

鼓乐，燔柴，宰牲。威严的皇帝郑重将兵符令印交给戎装的东宫睿洵。素盈被东宫的明光甲晃得睁不开眼睛，微微眯上眼，端庄地立在一旁。而睿洵回报她一脸寒霜。

得知皇后要在他们夫妇出征时暂养皇孙，睿洵只是冷冷地说，不必等到出征之后，现在就送去给她，没差别。然后亲自到丹茜宫，感谢皇后费心，称颂她仁慈贤惠，为皇孙将会带给她的麻烦表示歉意。

素盈鼓励他勇往直前，信誓旦旦地保证皇孙在丹茜宫他无须担心。他的言行举止无懈可击。素盈含笑应对，心里冒出一个念头：日后作史书时，这场面也能够写得很完美，稍加修饰就可以变成一段温情脉脉的宫廷插曲。

遗憾的是，谱造真实的老天不像编写史书的史官，不会用几个曲笔把人与人之间修饰得尽善尽美，皆大欢喜。

炎炎夏日里的出征仪原本就让人心浮气躁，而仪式的主角——天下兵马大元帅、东宫太子睿洵，在这场面中心事重重。过分肃穆的神情让人看了觉得紧张，觉得他对战局没有充分的信心。

不管对前途有没有把握，一名领兵出征的将帅都必须在他的军队之前表现出气势昂扬、锐不可当的斗志。皇帝面露不悦，似乎是对这位天下兵马大元帅的表现有些不满，又不便说。睿洵像根本没有注意到他父皇的神情变化。

素盈察言观色，趁皇帝向天祭酒时，向睿洵低声道：“将士之前，殿下为何忧心忡忡？”睿洵看她一眼，但一个字也没有回答。直到士气昂然的大军绝尘而去，他也再没望向她。

钦妃临行前偷偷地握了握素盈的手，低声叮嘱：“诸事小心。”

素盈点头时发现自己有些舍不得她，几乎是用命令的口吻说："务必平安。"

钦妃傲气地笑了笑，轻松跃上马背，仿佛铠甲轻如鸿毛。

惠和大长公主的明光铠光华锃亮，大军行出一里，仍能看见它耀眼的闪光。

皇帝一直注视着天地交接处，直到尘埃落定犹在出神。素盈见他背影僵直，心中觉得不安，走上前说："陛下，今日恐怕有雨，及早回宫吧。"

他无声地转过身，眉目间忽然显露出老态，像是就要被疲惫击垮。素盈从未见过他这模样，自然而然地伸手去搀，却被他不露痕迹地避开。

"确实有些闷。"他说话时仿佛透不过气来。素盈没有介意他的冷淡，只觉他气色反常，心头隐隐生出不祥的预感。

天际薄灰的云团悄然弥漫，不经意间霸占苍穹，越叠越厚。浩浩荡荡的御驾才到宫城外，黑云就辗转腾挪，将天地封得黯然无光。

顷刻之间狂风怒起，仪仗中持扇的宫女纷纷尖叫，宫扇呼地被卷上半空。舁士全力稳住帝后銮驾，但仍被刮得东倒西歪。素盈拼力稳住身子，举目难辨晨昏，数步之外晦暝不见人影，不由得惊慌大呼："陛下！"然而满眼尘沙，四顾不见皇帝銮舆。

突的一声雷鸣，空气震颤，暴雨砸地如箭。侍卫宫女们惊呼尖叫，乱了步伐，行仗队伍狼狈不堪地涌入宫城。雨随飙风忽横忽纵，无论人们怎样闪避，仍逃不过被打湿的下场。钟楼那口大钟，竟被砸得铮铮有声。

帝后銮舆就近到彰化阁避雨，短短几十步的距离，雨势大得让每一步像在河中涉水。踉踉跄跄躲入彰化阁，人人一身狼狈。素盈终于找到浑身湿透的皇帝。

封闭天空的浓黑云层被一道电光撕裂。夺目白光中，他冷得脸色发青，眉峰痛苦地攒在一处，头疼似的紧闭双目。素盈拉住他的手唤了一声"陛下"，他仿佛是凭借本能反抓住她的手腕，想借力站稳但没有成功，整个人摇晃着扑倒在地，将素盈也拽倒。

"陛下！"人群跟着皇后一起惊呼。

钟楼的大钟仍然在风雨中当当响着，雷声仍然隆隆，电光肆意纵横。惨白的光芒中，素盈揽着他的肩膀，一声声尖叫着"陛下"，而众人中唯一毫不惊慌的白衣幻影，将手指压在唇上，庄重而神秘地说："时辰。"

她的话语仿佛噩兆，素盈的耳中忽然寂静，像是雨水堵塞了双耳，隔绝了世间声响。她低头紧盯怀里那张面容，听见自己的声音被恐惧扭曲："陛下……"回音朦朦胧胧的，她怕他听不见，俯首贴住他的脸颊，在他耳边不住呼唤。

他的脸颊冰冷，她用双手紧紧捧着，生怕分开的一刹那他就失去体温。

吴太医冒雨赶来，稍稍端详，毫不迟疑地向皇帝口中灌一瓶药。素盈瞥见他药箱中还有五个一模一样的白瓷瓶，白绢封口，没有标记——既不把脉也不检视，简直像是知道皇帝早晚会有这么一遭，而且准备好迎接未来五次同样的发作。

素盈始终从后侧抱着皇帝，可是感觉不到靠在自己肩上的身体有动静。只有她的牙关在不停打战。

“太医！”她惶恐绝望地望向吴太医。

雨水混合汗水从吴太医的头脸上淌落。老太医手指压住皇帝的脉搏，攒眉咬牙，又打开一只白瓷瓶，将药灌到皇帝口中。这次素盈看见，里面是数不清的红豆大小的丸药。潘公公持水盏为皇帝送服药丸，皇帝呛了一口，不住咳嗽，众人听见他的声息，悬着的心稍稍放下。

“陛下……”素盈见他双目睁开一线，心中绷紧的弦松动，也不顾及旁人的目光，紧紧地抱着他。

他浑然不觉，魂魄仿佛还未归复原位，一双眼睛茫然地睁着，却不转动。素盈顺着他的目光望去——晦暗的阁中挤满了人，他凝视的那个角落却空无一物，只有人们衣服上淌落的雨水汇集成的浅薄积水而已。

她看见他嘴唇微微颤动，急忙附耳去听他有何吩咐，然而他只是在叹息。

他没有注意到她，没有注意到身旁任何一个人，深深凝视那摊积水，自顾自地、无可奈何地徐徐吐气。

雷声隆隆地向远处翻滚，晦暗天际透出光明。吴太医提高声音说：“雨势收了。请将陛下移入御寝，准备汤沐。”早有人取来雨具，侍从们恢复秩序，利落地将皇帝扶上宫轿。素盈亦步亦趋地跟在后面。

雨水打湿的衣服又冷又重，沉甸甸地下坠，企图把她拖入积水中溺死。细雨随风缭乱，丝丝缕缕扑打她的面孔。她步履踉跄，觉得无法呼吸。

走到显英殿，吴太医回身向素盈说：“娘娘请先回丹茜宫，务必用沸汤驱寒。”皇帝病情未明之时，向来避讳中宫和东宫，以防他们胡思乱想，惹来祸事。素盈知道她不应该在旁窥探。她漠然地苦笑，什么也没有说，转身向丹茜宫方向走。

兜着大雷雨的云层飞快地东移，天空像清晨的窗纸般青白朦胧，空气中充满新鲜的冷。素盈麻木地走着，忽然嗅到刺鼻的气味。

“丹茜宫！”众人骇然惊呼。

素盈吃力地抬起头。

那巍峨壮美的宫殿，那为了向万邦炫耀国力而屹立在王朝中心的宫殿，被雷电击落了一角，在细雨中冉冉浮动着燃烧的灰烟。

不知为什么，今天她第一次笑了出来。

第十四章 许愿

雷击的力量颇大，几乎穿透顶檐。多亏那天雨势汹汹，雷火并未烧成灾害，丹茜宫的损伤仅限于正殿一角。修内司计算工期需要一个月，请皇后移居。

皇帝淋雨后病了一场，在显英殿卧床休养。后宫之中只有耽翠宫距离显英殿最近，素盈不假思索地选择移往耽翠宫。那宫是明元皇帝为贵妃所造，格局稍逊于丹茜宫，也称得上尽善尽美。贵妃后来册为皇后，即当今天子的祖母懿静皇后。

凡是皇帝祖母、生母所住过的宫殿，后妃多谦谢推辞不住。从先帝时代，就不曾以耽翠宫安置嫔御。耽翠宫都监在诸宫都监中最接近闲职。突然发生这样一件事，年事已高的他不禁有些犯怵：丹茜宫那些目高于顶的宫人向来挑剔，在他们面前很难保全颜面。更不要说，他一双阅尽宫中人事的老眼，看得出当下是什么节骨眼，稍有差失，可能会后悔活到这把年纪。

耽翠宫需要一位机灵得力的副监。最重要的是，这人的机灵必须有分寸，不能让耽翠宫都监显得太老太无能。

不久，吏部选出一位副监，是丹茜宫、耽翠宫两位都监保荐的白信则。

他们这点心思瞒不过皇后。丹茜宫都监是个敏锐的老宦官，他也许不明白皇后与白信则在打什么算盘，但嗅得出白信则身上有股前途无量的气味。抓住时机将白信则升迁到一个无害无利之处，是他的狡黠。

而白信则被两个老宦官轮番使唤，仍然游刃有余，应付各宫杂事从未显出一丝急躁，也从未办坏一样。多亏他，素盈能够安心照顾皇帝与皇孙。

遇雨之初，皇帝只是有轻微的不适，自己也没有当作大事。过了两天情况见好，他就像往常一样作息——上朝，退朝，与群臣在昭文阁议事，偶尔往耽翠宫探望皇孙。

可是吴太医对这场风寒的慎重超过平常，皇帝给他的厚待也超过平常。他的药方不再拿出来供太医院群议，只同李太医两人磋商。兼领丹茜宫医官的周太医完全被他们排斥在外，兼领东宫医官的赵太医索性不去自讨无趣。

见微知著是宫里人保命的习惯，几乎所有人都将太医的举动当成一种预兆，越发不敢妄动。

很快，这预兆的影响慢慢扩大，宫外开始察觉到一丝风声。荣安公主几次三番求见她父皇，想要代替素盈照顾睿歆。她自己尚且挺着大肚子需要照顾，怎么看也管不了别人的孩子。素盈不愿把睿歆交给她，皇帝也当她无理取闹，没加理睬。但这件事足够让素盈知道，所有的选择都有代价。她选择抓紧皇孙，代价就是会有无数双眼睛带着偏见注视她，疑心她会趁皇帝健康可疑之时控制储君的独子。

未免太小看人了，素盈冷笑着想。他们究竟是小看皇后，还是小看东宫？好像他一定会死在战场上，而她中邪似的专等那虚无缥缈的一天。她偏偏不愿意让看热闹的人如愿以偿，小心翼翼地，不容皇孙有些许闪失。

天却不愿助她。酷夏之中，宫里有几人出现类似中暑的症状，数日不见复原，太医院认为可能是夏疠。宫人大多记得往昔那场可怕的瘟气肆虐，一时人心惶惶。

素盈主持后宫以来第一次遇到疫症爆发，幸而身边不乏出谋划策的人，她采纳众长，将一切事务料理得井井有条，深得皇帝赞许。然而耽翠宫近来人多而杂，睿歆突然病了。皇孙年纪太小，太医院诊断时不免加上几分小心。他们行医素来讲究“中和”，况且病童是皇家长孙，这时候更加审慎，接连用药不见效果。

素盈衣不解带地陪侍在旁。周太医见她气色日渐衰弱，不免为她担心，几次劝说：“皇孙正在好转，当无大碍。娘娘依旧这样操劳，反而让人担忧。”

素盈干涩地回答：“我的死活谁在乎？大不了给丹茜宫再换张床！孩子若有三长两短，我宁可死在前面，还好受一些。”

“娘娘切勿再说这种没有骨气的话！”崔落花大胆进言，“娘娘若是对太医院没有信心，何不召自己知根知底、医术高明的人进宫来？”

又急又气的素盈当即想起一人：“秋莹仍在琚相府上？”

“承蒙相爷器重，一直客居相府。”

“立刻召她进来。”

由相府的女医为皇孙治病，免不了遭人非议。然而王秋莹的医术又有长进，至于熬药喂药，素盈事必躬亲，不消半月，睿歆便好转了。素盈对王秋莹的医术深深信服，特意要她在身边多留一些时日，协助太医院为宫女们诊治。

但王秋莹每每见了素盈，总是一副欲言又止的样子。终于有一天，女医忍不住，向素盈叩头：“奴婢冒死也要问个明白——娘娘近来是否还会出现入宫前的病状？”她想知道那个白色的幻象——她未能解决的老对手，是否还在。

旁人即便知道皇后的隐疾，也会装作不知，或是惟妙惟肖地演戏，让人以为她早就忘记。即使是皇后的妹妹素澜，在斗酒交代心里话之后，也必须忘记皇后不愿她记住的一字一句。而王秋莹在相府住了这么些日子，性情仍不改，见过的病症一定要弄个清楚。

素盈对她的执着并不见怪，抱着已经大好的睿歆，走到宫外折了一枝石榴花，一边逗孩子玩，一边心不在焉地反问：“有没有一种疗法，可以让人不再做梦？有没有一种药，可以让人不再有野心，不再凶残阴险？”

王秋莹答不上。素盈向她宽容地一笑：“我已想开了。人能容得下那么多欲望，为何容不下一个幻觉？”

白衣女人就在她身边不远处，看着尴尬的王秋莹，嫣然微笑。就算想要无视，她还是一直都在这里。素盈悲哀地想，也许在她这一生里，只有这白色的窈窕身影对她不离不弃。这么想的时候，反倒不怎么希望她消失不见。

王秋莹一个劲摇头：“现在只是一种幻觉，但是置之不理的话，娘娘知道以后会变成什么样吗？”

素盈的目光在睿歆和石榴花之间忙碌。过了好一会儿，王秋莹依稀听见她说：“我知道。”

王秋莹惊奇不已，想要追问她怎么会知道，可素盈没有兴趣解释，笑道：“你曾经认定，我出现幻觉的罪魁祸首是香料。可见世上有些病，医术再高明的人也治不了。”

王秋莹不服气，向素盈朗声说：“世上有些病，需要不断尝试才能找出真正根源。万望娘娘恩准奴婢再试一试。”她很有信心地说，“同娘娘分别之后，奴婢查阅各种医书，将我朝可以查证的相似病症都查过一遍。娘娘所述并非孤症，过去也有过治疗的记载。”

素盈没想到她如此穷尽心力，不忍拂逆她的苦心，笑着问：“你查到什么？”

“娘娘可曾听过，巫医太安素氏之女能够与鬼神交谈，从鬼神那里得到一种秘方？”

古老的故事，几乎能够上溯到睿素两家的起源。素盈曾经从妹妹素澜口中听过，出于好奇也去翻阅过相关的记载。那个数百年前的神话，的确如同素澜所说，仿佛是在隐晦地讲述巫医之女配置毒药，帮助主上暗杀政敌。

王秋莹整理思绪继续说：“她能看到一位头戴紫巾的老妇人。在那之前，她籍籍无名。巫医有很多儿女，她并不是最勤奋好学的，谁也没想到她能成为当时王者最器重的一个。紫巾老妇在她的故事里出现过很多次，每次似乎都能帮她做到一些……本来不可能完成的事。”

“好心的仙人。”素盈一边逗弄睿歆，一边微笑，“从古至今，遍地都是。”

“但太安素氏是巫医。常人视为妄想的病症，在巫医家却被当作神迹，因此从不治疗，而且鼓励他们繁衍。他们家一度有很多那样的人，大多不能寿终，后来渐渐知道不是体面的事，绝口不提了。”

王秋莹斟酌再三，慎重地提醒：“娘娘的祖母惠和大长公主，是太安素氏懿静皇后之女。”

素盈愣了一会儿，呵呵大笑起来：“你是说，这是一种病？随血脉流传？啊——惠和大长公主为之骄傲的血脉！她在天之灵听到，该怎么暴跳如雷！”

等她笑完，王秋莹镇静地说："惠和大长公主本人，或许也出现过类似的症状。"素盈望着女医，愣愣失语。

"奴婢查到大长公主的医案。她在过世之前几近癫狂，说看见一个陌生男子在内宅游荡。府中日夜守护，始终没有找出她说的男子。当年的东平郡王甚至怀疑有人刺杀大长公主。有一天，他忽然不再提'刺客'二字。大长公主很快便去世了，此事也就不了了之。"

王秋莹见素盈脸色难看，低声说："我想平王大概是与大长公主交谈过，知道这世间无法找出刺客。所以，娘娘最初将病症告诉家人，平王才会反应激烈——他是将娘娘的病和大长公主的当作同一种。"

"难以置信……"素盈匆匆地别过头，仍在看睿歆摆弄石榴花，却看不到心上。

"我家医案有限，算上娘娘只有六个。恐怕世间还有别人，或者很多人并没有求医。"王秋莹说，"只有六个，一次次与那幻觉重逢，求医问药亦难根除，就如同娘娘对我说过的病状。"

素盈怀中的睿歆对这番冗长的谈话失去兴趣，不安分地挣扎起来，想去别处玩耍。素盈将他交给崔落花，自己坐到石榴花下的白玉条凳上，示意王秋莹站到她近前。

"是一种病？"素盈想了一会儿，用力摇头，"太安素氏的子孙成千上万，若能因病知道毒药的配方，能对尚未发生之事产生预见，能做到自己不可能完成的事情——太安素氏早就称霸天下了。"

王秋莹隔着低垂的石榴花，打量皇后脆弱白皙的脸颊，笨拙地问："为什么要称霸天下？也许那并非他们所愿呢？娘娘并没有因为那种幻觉而想要称霸天下……不是吗？"

皇后紧紧地绷着脸，一言不发，令王秋莹渐渐担心起来。许久之后，素盈叹一声："你一番苦功，出于善心。今天就当是我们闲谈些旧时轶闻，我不会当真，也不想再探究。以后切勿再提。"说完从崔落花怀里抱走睿歆，转到别处去赏花。

"娘娘！"王秋莹急切地喊住皇后。

崔落花狠狠地递眼色，女医视如无睹，固执地问："娘娘说知道这病的结果，请问是什么？"

素盈并未生气，回眸一笑，皎洁的面孔在绿叶红花之间分外鲜明："一开始无法忍受却不得不忍受的事情，结果都一样——会变成一种习惯。"

王秋莹哑然，还想劝她，却被崔落花悄悄地拉住。

两人沉默地目送皇后姗姗隐到花丛后面。崔落花面容中罕见地带着怒色，口吻严厉："皇家威严不容白璧微瑕。太医不敢提起皇帝病情，而圣上不过是遇雨受寒而已。你怎敢指责皇后是个疯子？！"

"皇后头脑清醒，只是有幻觉。放任不管，说不定真的会疯。"王秋莹面色沉重，"想想惠和大长公主！"

崔落花左右看看无人，低而快地说：“大长公主是死于毒杀。”

她无视王秋莹骇然的神色，再三叮嘱：“娘娘找你来医治皇孙与宫女，你做得很好。现在是皇后和东平素氏的难关，你帮了她，她不会忘记。切勿节外生枝！”

“可是……”王秋莹欲言又止，最终叹息说，“为了维护皇后的名声而佯装无事，并不会对皇后有益。谁能预料一个存在妄想的人会做出什么样的事？”

她从袖中取出一叠纸，塞到崔落花手中，说：“看看这些人……倘若真为皇后着想，就不要让她也变成这样。”

崔落花展开那几张纸匆匆浏览。

纸上不是民间凡夫俗子，而是有王有爵、高不可攀的皇族与素氏。大约只有粟州王氏出入朱门百余年，才能拿出这些医案。崔落花知道王家医案向来不许外传，蹙眉说：“令尊发现你抄出这些医案，恐怕不只逐出家门。”

王秋莹苦笑说：“素氏之间联姻广泛，太安素氏的血脉散播无数。万一京城贵族知道我指责他们血脉当中有谵妄之症，恐怕粟州王氏再没有家门。”

她忍了忍，没有忍住，问：“这事，你怎么看？”

崔落花垂着头看遍纸上每一个字，抬起眼睛看着她，低缓地说：“我会留心皇后。”

王秋莹等的不是这种回答，戳着那些医案，摇头急道：“皇家不应该再同素氏联姻！皇姓与素姓勾连交错，血脉太近。皇后心存幻觉，尚可隐瞒，倘若一代乃至数代以后的天子发病，虚实不分，突变狂人，岂不是陷天下于水火？！”

“你没有说出这种话的能力。”崔落花将那些医案叠起，塞到怀中，毅然地做出最后决定，“这事交给我，你必须守口如瓶。”

王秋莹被她的语气神态惊住，结结巴巴地问：“这是病症啊，怎么交给你？”

她这股不懂事的神气，让人格外替她操心，也让人不忍心帮她变得懂事。崔落花在她手腕上握了握，算是回答。

皇孙在皇后身边染病时，多疑的人自然以为其中另有隐情。但经这一番波折，再说到皇后对皇孙，人人都道亲生骨肉也不过如此。加上宫内疫病控制得法，渐渐消停，自此宫廷内外提起皇后都赞不绝口。文武百官忽然想起，年轻的皇后还没有尊号。

皇帝在继位之初就按照传统，尊为天祐皇帝，平定秀王之乱后，又在前加了“至德”。因德行有亏而被废的太子生母，也曾受尊号“神安”。素盈却仍然只是皇后素氏。由几名德高望重的官员带头，百官上表求请为皇后上尊号“仁恭”。

历代皇后上尊号，总会找件事情当契机，冠上“孝慈敦睦，仁德厚载”等一套说辞，归根结底都有目的。素盈暗自猜疑，不知这些从政数十年、嗅觉比她灵的人，究竟想从她这里得到什么。三次谦谢不受尊号，倒也不是装样子，更像是同大臣们彼此试探。他们在这番周折的试探中，坚持要她接受。

素盈借口想见她的小甥女，要素澜带女儿进宫来。

琚家女婴刚过完百天，头脸略为长开，五官看得出素澜的痕迹，料想日后不会逊色于母亲。素盈抱在怀中爱不释手，问："取名了吗？"

素澜有素氏的习惯，将女儿看得比三个儿子重。皇后喜欢她女儿，比她自己得到赞许更高兴，连忙答说："相爷连给三个孙儿起名，这女孩儿的名字交给她父亲定夺。云垂取的是'忘机'。"

她家三个儿子分别是知微、知渐、知机，层层贴近通达之境，最末的女儿忽来一个全盘颠倒的名字，有些禅意。素盈含笑说："好一个得大自在的名字。以后再有弟妹，怕想不出更妙的名字了。"

坐在她身旁的素澜眼光闪避，饶是她善于隐藏情绪，也没能藏好神态中的异样。素盈不解这是何意。素澜笑容略微有些僵硬，岔开话："外面闹着为姐姐上尊号。姐姐已经辞谢三次，难道不喜欢？"

"这有什么喜欢不喜欢的。"素盈嘴上这么说，心里确有一丝悻悻。天祐、神安，似乎还能看出一些对等。到她这里，只留仁慈恭顺。她边逗弄女婴边说："我何德何能？"

"钦妃游说林家在金原郡的重兵出动，料想不久之后应有捷报。"

"应该不是为了这一桩。"

素澜早知不能随便敷衍她，身子微微前倾，看似凑到皇后身边打量她怀中女婴，实则将脸贴到素盈耳边说："圣上在崇山猎场昏厥，还不到一个月，又在彰化阁抱疾。之前那次说是被西陲惨败给气的，后面那次说是遇雨受寒——谁知道第三次会为什么缘故突然倒下呢？"

但皇帝已经接近痊愈，言谈举止又恢复沉稳但灵敏的节奏。之前笼罩他的那股倦态，除非仔细观察，否则看不出来。素盈相信他只是偶然不适，实在不懂这种带着恶意的忧心，嗔怒道："圣体渐复，外界竟还有这些无稽之谈，实在可恶！"

素澜没有惭色，双眼望着她女儿，嘴里悠悠地说："娘娘是懂得望闻问切，还是买通了吴太医、李太医？倘若都不是，何来如此把握？我们自己抓不着狐狸，最好还是跟着有经验的猎人。宰相可不像娘娘这么乐观。"

素盈的眼睛微微眯起来。她妹妹婉然微笑："连日来相府那种紧绷的气息……如果没有改朝换代的苗头，相爷犯不着这样紧张。倘若太子继承大统，翻起他亲娘的事，相爷可要大大地为难了。"

"他为难不为难，东宫始终是天子独子。难道他还能找出第二个储君吗？"

"谁知道呢……"素澜不打算细说，拍了拍姐姐的手，"尊号还是领受为妙。叫什么无所谓，关键是让那些人知道，娘娘领他们的人情，记他们的好处，他们才会把娘娘当作自己人。"

仁恭皇后在永泰殿领受玉册金宝那天，丹茜宫正殿的顶檐差不多翻新完毕。

素盈眺望那些簇新的琉璃瓦，觉得丹茜宫不再是她记忆中的样子了，竟有些不习惯。平王笑逐颜开，连声恭维：“娘娘正位以来，丹茜宫气象日新。但愿年年有庆典，岁岁有欢声。”

和不少人想到了一处，平王也觉得，如果皇帝的病体再这样拖下去而太子不能很快回来，那么就像皇朝过往中的许多类似场合一样——身为皇后的素盈会在幕后掌权。她确实没什么本事，平王一时也想不出这能有多大好处，但她比皇帝命长，就是她赢了。

宰相率众臣敬贺完毕，后宫众嫔也道过贺，崔落花禀报说四院有选女来贺。

平王还没有走开，眨着眼睛问：“今年要受封的人，已经选好了？”

崔落花代答说：“都到这时候了，当然选好了。”

先前，有司层层筛选，只有三个选女完全合乎皇家的标准，其余选女或是在这三年中有过不规矩的记录，或是身心不适应宫廷的生活。月信不准，梦呓，忧郁，谈吐不谨慎，神态不端庄，做事不稳重，在淑文殿的表现不够聪慧，不够敏捷，不够敦厚……一切都可以成为挑剔她们的理由。最后三个选女基本内定，封号也选好了——定媛、丰媛、承媛。

在素盈看来，能在这样的精挑细选中过关斩将简直是奇迹。如果她不是宰相所荐而是由选女出身，未必能通过。她也猜到获选的过程别有玄机，但她一直担忧皇帝的健康，对选女不大关注。

倒是平王有些耿耿于怀，悻悻然地咕哝：“那可是素氏的女儿，不下点狠功夫防着，谁晓得她们使什么手段？”又问，“都是谁家的女儿？”

崔落花又代皇后回答：“南安、北固、武威。”

平王撇了撇嘴。他料到素盈为了同北固素氏修好，必要关照那家。南安郡王家的恭嫔、景嫔未能晋位，也要别处补偿一点。可是不知道武威素氏是什么门道。

只有崔落花知道：觉慧尼在皇极寺中帮了忙，皇后不能装作忘记。

素盈挥手说：“这里不是说话的地方，让她们去耽翠宫等。”

专程跑到耽翠宫拜见的却不止南安素氏的那位选女，还有她的两位姑母恭嫔和景嫔。这阵势立刻让素盈警觉起来，料到不是向她道贺那么简单。

果然贺过皇后，恭嫔、景嫔都露出忧惧神色。那选女跪在皇后脚边不起。恭嫔先开口说：“不该在娘娘欢喜之日来说这事，可又怕耽搁下去铸成大错。”

素盈不动声色等她们的故事。景嫔吞吞吐吐说：“这孩子左耳断断续续地听不清声音，已经有两个多月，前天忽然完全听不见了。”

素盈惊呼一声：“哎呀！太医怎么说？”

“太医说不好治，恐怕从此失聪。”恭嫔言语间不乏心痛，“她之前还怀抱侥幸，直到今日，眼看没有办法侍奉皇家，才想到求皇后恕罪。”

素盈脸上的惊讶很快消失了，换上一种沉默的冷淡。

那选女已经内定为承媛，大约她们都知道。但她们更知道清雍二十年的事。那年夏天选了一批少女入宫，先皇秋季去打猎，落水受寒，崩于冬季。随后当今这位皇帝登基，康豫太后首先将选女们遣散，还安排了几个去为先皇守陵。

南安素氏有钱有势，原本就不是送女儿来当女官的，既然所图的后妃之位风险太高，那……十七岁的小姐只要因病出了宫，便不愁将来。

素盈明白她们的心思，止不住气恼：气她们看不起皇帝的安康，琢磨脱身之计；气她们与她截然相反的判断，让笃信皇帝康复的她看起来像个傻瓜。

"一耳失聪又不是绝症，既不影响头脑，也不妨碍生养，不过是白璧微瑕罢了。"看到恭嫔与景嫔两姐妹脸色尴尬，素盈紧绷的唇角提起一丝笑意，话锋一转，和缓地说，"可宫中女子经历千挑万选才能侍奉君王，最后选出来的不过如此，传出去，别人还以为素氏当中再找不出女人了呢——我是这样想的。但不知道圣上怎么说，待我禀明，看他的意思。"

算算时辰，皇帝正在显英殿休息。素盈去时，果然见他懒洋洋地仰面半躺在床上。

听说选女失聪，他眉头也没皱一下，反而噗地笑起来，说："前些日子，太医已经向我说过有选女染病。他说的是另外两个，患上睡行之症，大半夜衣衫不整地跑到太平湖边呆坐。"

三个人一起患上奇症未免太蹊跷了。素盈的嘴唇动了动，到嘴边的质疑又咽下去，换了客气的说辞："正值国家用兵之际，妾原本有心抬举武威、北固两家，想不到——"

皇帝当即挥手打断，呵呵笑着说："祸福无门，唯人所召。我向来不知道病痛之苦，大约前世修来的福气也快消磨殆尽。是我无福消受，不必为难她们。"

有多少人当他命不久矣，他大概知道。知道却不计较，仿佛他自己也认命了。素盈怔怔看着他谈笑自若地轻言福寿，倏地一双泪珠跌落，急忙抬手抹掉泪痕。他却已经看见，目不转睛地盯住她，沉默中似有一股探究。

素盈恍惚想起，有一天请他吃莲子百合瘦肉煲，被他当作是同她姐妹们一样的手腕。这回大约又要被他小看，当作她借机假惺惺。思及此处，她苦涩地笑出来，却比流泪还难过："那怎么行？陛下还要在崇山脚下轰轰烈烈地活呢！"

他伸出手，默默地在她手腕上握了一下，比往常握的时间都长。

"我近来一直想免去今年册封，立誓从此不再扩充后宫。"他说。

见素盈吃惊的样子，他从容笑道："古来常言'放情者危，节欲者安'，不可不听从古人智慧。"

素盈闷了半晌，说："选女们在宫中服务皇家三年，终于守到今日。就这样遣送出去，只怕她们的父兄不懂陛下的良苦用心。"

"那些年轻女子当初是抱着什么样的念头进来的，三年过后恐怕也有变化。倘若因为家中父兄势利，强扭她们的意愿，徒增宫中怨气，对我们有什么好处？放她们出去另寻姻缘，天下孤男寡女各得其所，善莫大焉。此事就托付皇后，务必问明选女们的态度，愿去者去，愿留者留。”

这差事颇费了素盈几天工夫。选女中有求去的，也有在六尚十一局表现出色，或者有其他缘故，不肯去宫外当个“某夫人”的。

不久大赦天下，诏命各宫各院放怨女出宫，连选女们一并放去，只留下几人补了女官的缺。素盈多了个心眼，找来那几个留宫的选女籍册看过，发现拨入东宫做女官的三个选女出身将门，父兄俱是朝中口碑良好、处事稳健的将领——分明是皇帝有意培植几个妥帖的军将扶持太子，先是让太子亲领了兵，如今又将武官出身的女孩儿送入东宫。

种种情形，倒像是他在着手准备传位。素盈被这些发现弄得心慌意乱，忙将籍册扔到一旁。

数日之后的傍晚，素盈正哄哭闹的睿歆，忽然进来一个跌跌撞撞的黄衣宦官，慌张地向她禀报：“圣上在昭文阁骤然晕厥。”

第三次。素盈脑中轰然作响，忙把睿歆交与宫女，自己匆匆地赶去。

路上宫女宦官无不避道，只有一个例外。

那周身闪耀雪白的女子等在前方，脸上挂着高深的微笑，以低缓的声音乱她心曲：“其实你也知道，这是迟早的事——你和他的诀别。”

素盈心烦意乱，顾不上理她，直奔昭文阁。

皇帝的健康是一项机密。为了避免后宫或东宫知道详情之后有所图谋，太医院素来对他们格外提防。皇帝御用的总是吴、李两位太医，而从他们的口中很难打听到真实状况。素盈上前询问几句，他们果然从容地回答：“近来御体偏弱，加之天气闷热，因此稍有中暑而已。”

“当真？”素盈拿不准这是否为真话，紧张地亲自入内探视。

皇帝已醒来，然而脸色青灰，一双眼睛不及平日清亮。她上前跪在他身边，想问他感觉如何，又怕他多心。皇帝见她满面关切，握了握她的手，温柔地说一声：“不碍事。”

素盈伸手拭去他额上一层细细的冷汗，急道：“都这样了，还说不碍事？”

说话时，宦官送进降暑汤，素盈尝过之后，才亲自喂他慢慢地喝了。

“正好你来了，有样东西给你。”皇帝动了动手，一旁的宦官立刻静悄悄地退去，取了一只木盒进来。

素盈不解其意，茫然地打开盒子，刹那便失了神。满盒都是白黄两色香花，淋着细细的水珠保持娇艳。她忽地想起今天是什么日子——中元节。他因为抱恙，今年没去西郊迎节。

“原打算今天晚上再送到丹茜宫。”他说着，从里面拈出一朵黄花，对着光亮处看。

素盈捧起花盒，埋下脸去闻，再抬起头时，鼻尖上、睫毛上都沾了亮晶晶的水珠。他伸手揩去她鼻端的水珠，悠悠说道：“当我还是个少年的时候，太后曾对我说，‘把自己看得最重的女人，会特意到你面前哭泣；把你看得最重的女人，总是在你看不到的地方哭泣，在你看得到的地方微笑’……太后是个非常睿智的人，可她只知道一种女人。”

素盈握住他那只手，他一翻手腕反扣住她的手，指着那盒花朵笑道：“其实那天晚上，我没太看清你的样貌。”

素盈听了也笑：“可是陛下说我的眉眼像某个人。”

他好像早忘了有这句话，转头盯着素盈的脸，反而害她不好意思。看了没多久，他的目光飘向旁边，嘴角向上扬起神秘的笑，自言自语道：“很像。”

“像谁？”

他轻飘飘地说：“像我小时候在宣城认识的一个伙伴。”

“是什么样的人呢？”

他含蓄地微笑，说：“十分固执，却能看穿我的内心。他的眼神，很特别。沉默，寂寞，冷清。你很像。”

素盈哑然，半晌之后悠悠地说：“真巧啊。第一次见到陛下的时候，我也觉得，您很像我小时候认识的一个……固执的伙伴。”

他将手里那朵花插在她发间，深深凝望戴花的女子，心平气和地说：“那天晚上，你跪在我面前的时候，我看到了丹茜宫在等的人。”

“哦？”素盈不太相信，“我这样的人？”

他点头，认真地说：“你是宰相保荐的人选，态度上却在躲闪回避——你畏惧他，只能是因为，他的想法你不认同。你和洵是旧识，却有意与他保持距离——你与太子之间可能有过一些事情，但与他不再亲近。丹茜宫需要你。”

素盈已经不太记得那天的自己，听他如此描述，仿佛看到一个拘谨畏缩的少女跪在夜晚的草地上，脸被他的身影掩入黑暗，但身姿语态还是泄漏了许多隐秘的心情。

“陛下当然也看得出，我不愿意当皇后。”她宁静地看着他的眼睛。

“每个人在这世上都有自己的位置。有时候，那位置不是我们自行选的。水渠不知几时已在那里，水流无法控制流向。”他无声地笑笑，“丹茜宫需要一个非常特殊的角色——素氏当中竟然恰好有这样的人，我也只是顺势而为。”

素盈听了有些惘然。他依然握着她的手，没用力也没松开。

“孩子的事，放过吧。”他轻柔地说，“如果是男孩，那么哪怕我死后几十年，你们母子也不可能安生。今天再为他诵一部经，让他在那边解脱吧。”

素盈紧盯怀里的黄花白花，无声的泪落在花瓣上。

“洵，不会是好皇帝。”他的口气没有太大失望，好像早已接受事实，“一个有资格成为皇帝的皇子，有在众多兄弟中脱颖而出的能力，能令他的父亲笃信选他没错，而不是将兄弟赶尽杀绝，让父亲除他之外别无选择。洵没有那样的信心，也没有那样的资质。”

话题突然由死亡转到东宫身上，意图简直是明示了。他像是没注意到素盈更加苍白的脸色，继续说：“他拘泥于琐碎的事，患得患失，又有太多的主意，想做的事情太多，却没有一件准备充分，缺乏说服力。我从未采纳过他的建议，然而他是唯一的储君。当他君临天下，会按他的那一套大施拳脚。那时，我这一套变成了故纸，难以保护任何人。”

“陛下！”素盈想要打断他的话，却被他无视。

他的双眼晶亮，话语清晰坚定：“我一生不敢自称笃信佛法，但对僧众一向照顾有加，曾发诏准许天下十一个州郡的寺院免粮免役。当我西去净土，你可以从中选择一座寺院，为我诵经。最好远离京城，尤其不能选在皇极寺。”

素盈先是手指发凉，听着听着，身子也颤抖起来。

他犹自说道：“洵曾经数次请求削减国内僧尼，要求寺院纳粮、纳田税。他日继位，一定付诸实践。但若你在寺中，他必须对先皇的皇后礼敬，一来能保那寺院安然无恙，二来僧尼念你好处，会对你格外尊敬爱护。皇极寺中……有不少人与他母亲相交甚厚，颇有渊源，你还是避开为妙。”

“陛下！”素盈虚弱地唤一声，双手将脸捂上。

他的话好像遗言，她连听下去的勇气也要丧失了：“陛下，别说这种话！”

皇帝果真停顿片刻，很快用平静的语气打破沉默：“那你宁愿去听太医的话吗？听他们说，这是偶尔发生的小毛病？相信我万寿无疆？”

“我愿意信。”

他看了她一会儿，低缓地说：“丹茜宫需要的皇后，其实是一个牺牲品。为了在皇家与素氏的天平上维持平衡，丹茜宫要你们耗尽一生，然而素皇后的未来却只有两种——成为素太后，或者神秘地死去，只留一个生卒年月，死因一笔带过。可怜。”

他说着说着，似是又开始眩晕，拧着眉头闭上眼睛，手也垂到床边。素盈难过极了，同时也不明白，太医院对外严守病情时，他为什么亲口向她交代后事。难道他不怕她会阴谋策划危险的事情？

“为什么要告诉我这些？”

“我曾说过，不会不管年轻的羚羊。现在，我为你找来第三种选择。”他神情清朗，仿佛不知多久之前，就对现在这一刻有十足的把握——他看透了素盈做不出惊天动地的举动，他不怕。

素盈望着他的眉眼，想到的却是白信则曾说过的话——从你入宫那天起，就有很多人观察你。你一定会离宫，一定会退婚的。

没错，皇帝脸上就是那种温和却不容置疑的神气，好像他们一个个都是先知，她一定会这样，一定会那样。

素盈心中的难过转为没来由的失望。她是他棋盘上的一只羚羊，他把她放在这里或那里，为的始终是棋盘上的局势，而不是珍爱这枚棋子。

她的脸上再也做不出任何表情，乏力地闭上眼睛，侧身枕着虚弱的帝王的手臂，好一会儿才止住颤抖，缓慢地问：“陛下……缦城是你为太子生母做的第三种选择？虽然她动用了皇极寺那些颇有渊源的人，得到了陛下那样温柔的微笑，可她还是逃不过素皇后的命运。”

他温柔地抚摸着她的头发，动作渐渐停滞，思考了一会儿，淡淡地说：“我没有替她选过，每一件事都是她自己选的。不是我不让她坐在我身边，是她不想做皇后了。”

素盈诧异地噤口，呆呆听他用无比平静的声音继续说：“微笑是宽恕她，也因为——除了微笑，我不会再给她任何东西。”他的手停下，“但愿你我缘尽时，彼此不负夫妻一场。”

素盈不自觉地屏住了呼吸。素若星不屑命运二字，却忌惮他。而在他心中，那只陪他跃上棋盘的羚羊，只是赏赐一个微笑就可以打发的失败者。

他温柔地抚摸她的头发，仿佛是在用心感受手心传来的微微颤抖。过了片刻，他的动作停滞。

素盈转动眼睛去看，发现他闭着眼睛。一瞬间，她产生恐惧，担心他不会再醒来。她紧张得不敢呼吸，静静听了片刻，见他睫毛轻颤，尽管鼻音略为沉重，但没有痛苦之色。她终于松了口气，蹑手蹑脚地退到外面，向太医们征询。

吴、李两位太医异口同声，认为皇帝连日辛劳过度，中暑之后身体虚弱，沉睡是自然反应。素盈木然听罢，叮嘱他们仔细侍奉。

她拖着沉重的步伐慢慢地走。距离丹茜宫几十步的地方，她停下来，仿佛第一次看见它似的，重新打量这座宫殿。

那些簇新的琉璃瓦让她感到害怕。仿佛一头怪兽浴火重生变得更加光彩照人，谁也夺不走它的生命力。一代又一代素氏蹑云登霄，逐日摘星，终逃不过轰然溃散。已死的、将死的，勾画自己的生死，算计别人的生死，而它从容等待后来人——永远不会缺少的后来人。素盈忽然怨恨，觉得应该有人来推倒它。

她走到近前，伸手贴住廊柱，愤愤地用力推了一下。

丹茜宫当然不会因此倒塌，只是沉默地回以一股扎实的力量。素盈愣了愣，又用更大的力气推了一下。

一刹那，仿佛醒悟，又仿佛从古到今的皇后们沉积的常识奔涌向她。

它有力量。

张开大口吞没素氏的力量，也是遮风挡雨的力量。素氏皇后不可能推倒它，只能和它一起屹立不倒。

“我们不是牺牲品。”她的心里话带着一份悲壮，大约只有她的前辈们能够懂得。

“我是皇后素氏。”

夏天接近尾声，天气却越发热得让人坐立难安。太医建议皇帝由显英殿移往后宫中清凉的宫殿，以便养病。

自从皇帝即位，因生病接连一个月不理朝政的情况绝无仅有，令人猜测不已。一旦他在后宫闭门不出，生死便成了后宫的机密，不为外界所知。太子出征在外，太医院挑这种时候做出这样的提议，无疑是雪上加霜。皇帝不愿在这当口常住丹茜宫，指名去他生母曾经住过的玉屑宫。

玉屑宫与耽翠宫境遇相似，也是闲置多年，都监早就缺人却没有补上。耽翠宫都监与几个说话有分量的老内官一起，推荐白信则补了缺。新任的玉屑宫都监不负众望，诸事运作顺畅。只是太医们见他沉稳聪明，格外提防他。

从此皇帝多数时候闭门不出，偶尔召几名大臣入内。众臣虽然见证了他还活着，却在面对面之后，对他的健康状况更无信心。会面不仅没有安定人心，反而传出一些谣言。

一天，平王入宫求见，单刀直入地问："圣上眼下是否还能亲理政事？"

素盈正欲作色，平王却说："皇后的生活就是驾驭，娘娘这时候应该担起责任。"

素盈瞪着父亲，呵斥一声"放肆"，别的话一时间说不出来。

平王向她叩头谢罪，起身之后又道："如今储君不在，圣上又在后宫休养。你必须做点什么。哪怕只是一两件小事，你必须参与，大臣们才知道你的态度。"

"圣上还不至于到那地步。"素盈动了气，不想听他说完，"政事由宰相理清，需要御笔亲批的，圣上还能处理。"

"已经昏厥三次了！谁知道第四次的结果？眼下正有战局，有些事一刻也拖不得。"平王始终不失从容，心里仿佛早就打好了算盘。

素盈不想问他盘算的事，冷笑着说："眼下正有战局。我做了主，他们就可以推到我身上。决策对了，是他们的筹备好、提议好；错了，是我这个女人目光短浅、私心重。"

她父亲不以为然："世事本来如此。上坡时满耳朵数不完的颂歌，下坡时数不完的石头往下落。你只想听好话，那就只能一直走上坡路。娘娘也可以这样想——今日为一件事情做主，日后就有权为更多的事情做主。至少在他们大放厥词之前，娘娘想做的事情都已经实现。"

素盈没想到父亲会说出这样的话，沉默了好一会儿，侧过半个身子不再看他，简短地说了一句："你出去。"

平王讪讪地走开几步，素盈又喊住他，语重心长地说："眼下局势不宜妄动。姑姑为了三哥的事亲赴战场，是难得的功劳，但也受人指摘。近来宫中不安，以讹传讹，我使尽浑身力气安定内外犹恐不及。父亲切勿听信煽动之言，害我们一番辛苦都变成别人的口实。"

平王没趣地应诺。素盈又问："近来七夫人还同罗大娘见面吗？"

平王支吾之后仓促地点头。素盈叹道："不要再让她们见面。"

在玉屑宫休养了一段日子，皇帝逐渐恢复精神，众人都道这难关总算过去，可素盈心里仍然回响着平王的话："谁知道第四次的结果？"她再也不能好整以暇地度日。

得了一个机会，素盈趁皇帝睡熟，悄悄召唤王秋莹入内。王秋莹偷偷摸摸为皇帝把脉，本来又惊又怕，却见并未惊动他一丝一毫，这才目示素盈退出来说话。

"娘娘可知圣上自染恙之后的症状？"

素盈忙拿出一张叠好的纸，罗列甚详，几乎一天十二个时辰的种种表现尽在其中。她见王秋莹还有顾忌，蹙眉道："你对病症一向直言不讳，就明说吧。"

王秋莹失去了平日的自信，犹豫地回答："奴婢不曾问诊，不敢信口开河。几年前倒是见过类似的病患，那人是一直用药保命，后来屡次复发——脉象、昏厥的情形与圣上有些相像，但也不好说就是一样的。"

素盈吃惊地说："圣上一向安康，我没有见过他整日用药。"

"药不必日日三饮，隔十几天偶尔喝一副并不会引人注目。也许娘娘没有存心观察，或是此事极其保密。"

"隔十几天吃一次？是治什么病的药？"素盈心生疑窦。

王秋莹瞒不住话，低声回答："奴婢过去所见的那位病人，是中毒。毒性十分棘手，解药太烈，只能半月用一剂。"

素盈难掩心中震撼，目瞪口呆，足有半刻才缓过神，幽幽地问："如果圣上也是中毒……你看他这样子，拖了有多久？"

"以圣上的样子来看，总有三四年吧。"

素盈愕然。三四年前，她正在宫中。皇帝那时候中过毒？她从未听说。宫中的皇历翻得特别快，当她成为皇后，没有人重提三四年前的事情。而他又是那么擅长掩饰的人。他不愿人知道的一切，全部静静地消弭于无形，只留下他中过毒的身体，在几年之后做出瞒不住的反应。

"你曾经见过的那人，又活了多久？"素盈满怀期待地看着王秋莹，"你救了他？"

王秋莹却露出没有把握的样子，为难地说："娘娘，以毒攻毒并不是高明的疗法，实在是别无他法，勉强拖着不死而已。上次那位病人拖了四年。"

素盈失望地转回玉屑宫，掀开帷幕，默默遥望夫君的睡脸。

三四年前。拖了四年。

他早就知道吗？

距离上次昏厥不到十天，皇帝又发生一次晕厥，恰好是他召见大臣的时候。如果他还能控制自己的身体，是不会让这种事情发生的。

朝臣中有人再次请求召太子回京。

上次有人如此提议时，宰相以"西陲战况紧急，不便召还主帅，何况圣体渐愈，不日可临朝理政"为由，冲散了那一波舆论。但当皇后素盈也不得不走到幕前，在一次人数很少的集会中，面对众臣对皇帝健康的质疑时，琚相大部分时间选择缄口不语。

素盈看得出他不满意眼前的局面。这只狼不愿看到皇位更迭。他与太子由于脾性、地位引起怨恨，已经演变为血债，不可能相容。

棋盘上的狼只是一只狼，但跃出棋盘，他身后有狼群。

素盈沉默着打量面前的中流砥柱，眼中不是他们的样貌，而是他们的派系——支持储君的人忠肝赤胆无可厚非，支持宰相的却是多数，其中还有她自己的父兄。静静听了听他们的议论和辩驳，她就明白，这次太子还是回不来。

她从容地宣布："圣上虽龙体染恙，然而睿智如前。况且皇帝历来有苍天庇佑，偶遭小厄，必能否极泰来。妾自今日开始斋戒，入太庙为圣上祈福。诸位与其纷纷扰扰，不如同心协力，协同宰相理清政务，待圣上康复临朝。"

当即有鲁莽的武将问道："若是圣上猝然西去，朝中又无储君主持，该如何是好？眼下当召太子回京，以备紧急。"他是曾经教导太子武艺的皇亲睿将军。

素盈漠然道："圣上素来体魄强健，不过偶有染恙而已，将军不必惊慌失措，危言耸听。况且圣上只有一子，或迟或早，总归要他来主持大局。眼下西陲战事紧迫是确凿无疑，龙体不济却是空穴来风。将军要太子弃实待虚，是何用意？"

她面色凝重，睿将军立刻领悟到：如果他再敢提出这样的话，那就不只是惑乱人心，简直像是迫不及待地想要拥护太子登基。他立刻给自己找到一些体面的借口，摆脱危险的嫌疑。

素盈沉着脸站起身，宣布这场密会结束。琚含玄自始至终没有说几句话，但素盈感到他对她的表现还算满意。素盈尽量避免和他的目光接触。

这个人的企图永远不变——他想要握住束缚她的线。并不是因为他急需一枚棋子，或是她不可或缺，他就是喜欢尽可能广泛而稳固地掌握局面。当他控制得越多，他需要的也越多。

想起那庞大的狼群，素盈有些动摇。赐予她分量的、名为"君王"的大山显露出倾颓的迹象，她该另寻出路。迟了就只有下坡路，一路挨石头——太安素氏不会忘了她的事迹。琚相这时需要她，只要她一个暗示，他们就能达成一致。

可是皇后与宰相都不在四角局的中线上。那局的轴心，从未偏离皇帝与他的储君。宰相的强势不过是一朝一代的浮华幻影，他的狼群只是不得不在檐下低头，当他们散去时，那速度会比投靠他更快。

还有别的选择吗？还有值得托付信赖的人吗？她依稀知道——没有。

面前这群男人从来不会允许女人和他们平起平坐，即使她是素氏皇后。如果她不想依靠他们而活，就必须战胜他们而活。素盈自忖还没有那样的实力。

在那些重臣面前，她能够态度强硬，但返回宫中，看到她夫君的状况，她就找不到可以安慰自己的吉兆。于是，素盈按照事前的表态，沐浴斋戒，步入太庙，向祖先神明祈祷灾难不要击垮她的夫君。

她不知道祖先神明是否真的在那里聆听，不过她知道一定会遇到那个幻影。

第一枝香燃起，苍白的美人出现在氤氲里，飘然降到殿中供奉的铜兽上，像第一次见面时那样，居高临下地俯视素盈。只不过这回，她坐的是睿氏的白马。

素盈拜过祖先，端坐跪垫上，定定地直视她，问出十年前就该问的问题："你到底是什么？"

苍白的女子俯身探向她，语气低迷："就算我告诉你，我是鬼，是神，是主宰，你仍然不知道鬼是什么，神是什么，也不知道能主宰你的是什么——问我是谁，是世上最无聊的问题。"

"你有名字吗？"

一抹白色从素盈身边远远荡开，晃到历代皇帝与素皇后的牌位前。尖而长的指甲勾勒那些名字，轻快地从那许许多多的名字前飘荡而过，咯咯笑起来。

"名字是用来流传的，我没有。我不需要广为人知。"她说，"我是秘密，是你最沉重的秘密，用来保守。"

"从今以后，我叫你'幽馥'——黑暗里的诱人香气。"素盈说。

白影直扑向素盈，美丽无双的脸凑到素盈面前，没有呼吸。

"我不是你的孩子，不是你可以掌控的任何东西。"她微笑说，"你可以随便叫我，但那不会是我的名字——世间之物，没有一样属于你，没有一样能够由你命名。"

素盈的目光端详着她，又仿佛穿透了她，看见许许多多的情绪。

幽馥的身影变成一张张纸片，纷纷扬扬落下来。

"现在你知道，素若星为什么喜欢给香起名字——'解忧''忘尘''兰芝常生''待春晖'……她能够控制的，也不过是些将要化灰的草木、一挥即散的香氤啊！"

香谱兜头散下来，落得周围一片雪白。素盈慢慢地闭上眼睛。

缥缈的白纱如氤氲般重新凝聚，幽馥咯咯地笑着浮上半空，身影骤然变得无比高大，居高临下地俯瞰她："我说过，当你回心转意，再来膜拜我——现在，膜拜我吧！"

素盈抬起头，像是端详那些神主牌位上的先人们，又像是平静地与幽馥对视。看了片刻，她轻轻地问："从我见到你的第一天，你就给了我世所罕见的承诺。可是你知道，我真正想要的是什么吗？"

白影轻飘飘地绕着她晃了一周，停驻在她面前。

"当然。我还知道，那是过去的素盈、现在的素盈无法得到的东西。要得到它，你只有变成另一个人——我许诺你成为的那种人。"

她抖动衣袖，在半空中化为男子之形，眉目不甚清晰，但她根本不需要改变眉目，就像那个人。素盈望着他，眼中充满平静的哀伤。

"过去的素盈、现在的素盈，只能得到一样东西——一座寺。不是丹茜宫选你作为牺牲品，是他选的。仅仅是为了他在短短一年当中能活得安稳，死得安稳，就牺牲你的整整一生，公平吗？”幽馥说。

一生……素盈打了一个哆嗦。那个哆嗦让她明白，人不应该看见自己的后半生，尤其是别人为她仓促画出来的后半生，仿佛她只是他们添在那画里的一件东西。

素盈轻轻垂下眼睑，盯着青石地面，语调低迷：“有你见证的过去十年，我从未得到真正的快乐，美妙的瞬间都伴随不好的结果。这样的十年算不算代价？”

幽馥哈哈大笑：“用代价来交换愿望，而不是用愿望回报你曾吃过的苦。因为代价的存在是要你觉悟——变成另一个人，变成登峰造极的那种人，这需要多大的毅力。倘若你仍不愿割舍，那就是你不懂自己的乞求有多沉重，不懂它值得怎样的献祭。”

素盈仰头冷笑：“我肯付出我的未来，为的是不再受人摆布，不是向谁献祭。但我知道凡事都有因果，所以，为今日的许愿，我已做好准备。”

白色的幻影仿佛要考验她，但更像是挑衅，飘飘忽忽地飞散，在最阴暗的角落里重新凝聚，发出悲切的劝告：“不可以！”

那声音似曾相识，素盈直直地紧盯着她重新幻化的形象，慢吞吞地认了出来：“轩叶？”

少女的魅影仿佛自知不配在这堂而皇之地立足，在众多皇帝皇后的威严神主下，怯生生地低语：“这地方的冤屈太多了，真相只在他们需要的时候才值得发掘。小姐，这不是属于你的地方——选那座寺吧！离开这一切，结束这一切。”

素盈用目光仔细地、眷恋地勾勒至亲的故人，眼睛睁得太大，终于酸涩得流出泪来。

“我不能。”勉强说出这话，她的眼泪越来越无法止住，哽咽变成啜泣，很快变成不折不扣的哭腔，“我已经给太多人念过经，有什么用呢！”

“那是你能堂堂正正说出来的话语，是你可以相信的善！”轩叶的影子期期艾艾地向前，“在这里，没有一句话可以堂堂正正地说，没有值得信赖的善意，没有真实。‘真实’是你唯一在乎的东西！”

“曾经是我唯一在乎的东西。”素盈放任泪如泉涌，向那逝去的少女和逝去的自己坦白。

“死去的娘把一生不幸归于错信别人。我从小以为，辨清真实和虚假太重要，不然会害死自己。可辨清真假却无能为力，更让人绝望。最后发现，我也……早就变成虚假的了。轩叶，我已经不配再提起你，不配再面对你了！”

哭泣被高耸的殿宇放大成沉重的震响，一波波弹回来压住她。悲伤的回声击中素盈内心的痛处，痛得她无法自持。白色幻影在阴暗中凝望哭泣的素盈，沉默着，慢慢坐下来。

坐姿端庄且有一种仪式感，模模糊糊的身影唤醒素盈记忆中的一幕——苍白的素槐端坐于白纱之后。

“姐姐，你从前是低估自己，现在是高估自己啊。”她忽然说话，侧身仰望如山般叠起的无数神主。

“素氏是为丹茜宫而生，都想在现实中举足轻重，一怒乾坤变色，一笑海晏河清。可惜每个人，无论身居何位，都可以被代替。没了素若星，有你补上。没了你，没了宰相，没了皇帝，照样有人能补上。没有人不可或缺，这就是宫廷乃至整个世间能够生生不息的秘密。只有一个地方，一个人的价值独一无二、不可替代。”

素盈睁着泪眼，浑浑噩噩地问：“哪里？”

“心里。”素槐的语气中有得意。虽然看不清她的面孔，素盈却清楚地忆起了妹妹人生中最后的时光，得到了皇帝喜爱而意气风发的短暂时光。

“素氏争夺丹茜宫，但不靠男人的爱，甚至小看它。这就是高估自己。你们有什么力量能与他抗衡呢？”素槐站起身，自信满满地指着素盈，“天子的感情，一丝也好，一毫也好，可以在细微之处左右你的命运。”

素盈短促地笑了一声：“那个人，他比任何人更加蔑视情感，没有人能从他那里得到。”

她望着妹妹的幻影，摇头说：“不，只有你一个人得到了。因为你，他看得更淡。天子的感情，或许已经不剩一丝一毫，我……不能将命运托付给不存在的东西。”

白影忽然笑出一声。笑声遥远而熟悉，素盈本能地打个冷战，泪水静止在眼眶中。

“是修罗场缔造阿修罗，还是阿修罗成就修罗场？是丹茜宫诅咒素氏，还是素氏让丹茜宫变成诅咒？”她款款地向前走了几步，耀眼的白衣暴露于月光下，脸仍然沉在阴暗中。

素盈身体僵硬，一动不动地凝视角落，看着素若星用那熟悉的步态向自己走来。无论她怎么走，脸却始终笼罩在阴影之下。

“这是一个四角局。”月光在她脚下画出棋盘，她伫立在纵横交叉之处，而素盈的跪垫是另一个交点。

“棋局而已。没人能得到圆满。”素若星说，“当我们发现，圆满不过是个短暂的骗局，真正的对手就出现了。”

白雾在她旁边凝成一枚发光的巨大圆形棋子，在棋盘正中心。

“他不会和你比‘等待’。这回你怎么办？”素若星问，“我有的一切，你都没有。我输了，你又怎么可能赢呢？”

“你想要的胜利，是结束皇后的身份，去做皇帝的母亲。”素盈望着那光亮如太阳的棋子微笑，摇头说，“我跟你不一样。”

素盈站起身，双手拾起那颗象征皇后的棋子，温柔地说：“梁王妃、皇后、皇太后——素氏可以求得更高的身份，但身份不是地位，不是尊严，更不是权力。”

棋子骤然缩得很小，最终只剩她指尖的一点圆光，与另外三枚棋子相比，比例极不协调。

“素氏的地位只在那两种结局里，素氏拥有的权力不过是二选一。这四角局里，首先被抛弃的，从来都是我们。因为我们‘不过是个女人’——你明知如此，无计可施，只好希求杀掉他能改变余生。可是换一个身份，会有所不同吗？死人不会尊重你，而活人……你以为，他们不会指着皇太后说‘不过是个女人’吗？”

素盈说完，将它用力丢出棋盘。

“结果，你唯一能掌控的是自己的死法，而我……想在那个人的注视下，掌控自己的活法。”

那白色身影听了素盈的话，向前一步，脸从阴影中落到光里，绝美的脸上满布怜悯。

是幽馥。她微笑着拍了拍手，好声好气地说：“十年来，你畏惧我，躲避我，容忍我，向我抗议，可是从来没有低头。今天你终于承认，没有我，你做不到。我是你的希望、你的神，可你却要从我的代价里抢回十年——这很有意思，也很可怕，你知道吗？”

素盈不动声色地直视她黝黑的眼睛。幽馥的声音仿佛来自无底深渊，发出可悲的回响：“对神尚且如此，世间还有哪个人能躲过你的交易呢？而且你拥有天下。”

她仿佛被想象中恐怖而美妙的图景迷住，咯咯笑起来，热切地说：“对这座走入绝境的宫廷来说，倒也不是坏事。”

“你以为，我想取代他的位置，当一年的女皇吗？别开玩笑了。”素盈注视着幽馥漆黑的眼睛，漠然地提起嘴角微笑。

“我知道自己是什么人。”她坦然地承认，站起身来，目光与幽馥齐平，“我们素氏都把史书读得很通。唐朝有位皇后做了女皇，当她的时代结束，家族几乎覆灭，残余的亲族中再也没有出过皇后。虽然她的孙子非常宠爱那家的一名女性，但只因那女子姓武，所有的人都反对她再登后位。她至死只是惠妃。”

原本伸手抚摸铜马的幽馥听了这些话，双臂在胸前交叉，严肃而安静地凝视素盈。

年轻皇后的脸上始终是嘲讽似的苦笑：“我是素氏——素氏想坐的只有后座，不是它旁边那个。天下所有素氏不会允许素氏女子有取代睿氏的企图，否则，等她的时代结束，素氏的女儿、孙女、曾孙女……连做皇后的机会也没有了。”

“那么，你想要什么？”

“我要他活着。”素盈神情坚定，睁大的双眼中充满了洞悉命运的光彩。

这句平静的话令她眼前的幻象产生了动摇。

“他知道自己活不久，选了你作为牺牲品。”幽馥十分不屑地提醒她，“也许是中毒之后，疑心儿子谋害他篡位，想找一股新的势力分散太子的注意；也许是想册立一个宰相推荐的女人，让琚相以为他还能左右帝王的选择；也许是看中你不倚重睿洵和琚含玄，用你来实现中宫、东宫和宰相的平衡。他给予你的家族无限荣耀，可这些荣耀只存在于他生命的最后。他准备把你扔进寺庙，你却宁愿要他再活一年？那么你自己呢？”

素盈的笑变了一种意味：“我自己？”

她的神情变得宁静，柔软的嗓音缓缓说：“世间从未有过‘我自己’。为了这个人、那个人，我一直放弃‘自己’。次数多了，他们都视为理所当然。已经没人知道，世上本来可以有‘我自己’。”

她昂起头，铿锵地说：“这是虎王的棋盘，也是羚羊的。我要他活着，看羚羊如何跳跃。我要他存在，要他见证，要他明白。我要你把许诺给我的天下，换作给他的寿命。至于别的……”

她奇异地微笑起来：“不必你给我，我有‘我自己’。”

幽馥微微眯上眼睛，斜睨着素盈好一会儿，阴森森地笑起来：“我没有看错你。阿盈，这愿望很好，真的很好。我已经预感到，用不了多久，你还会再一次向我献祭。”

她忽然贴近素盈，倏然化成一片水雾笼罩，转瞬消失不见。素盈觉得周身冰冷，仿佛突然从夏天坠入初冬。然后呢？她的愿望呢？

幽馥诱惑般的声音在整齐繁密的神主间回响：“听从我，听从你的内心。变成你自己想要成为的那个羚羊，有灵巧的蹄，也有尖锐的角。”

素盈浑身一震，睁开眼睛——不知何时起，她在冰凉的地板上昏睡。那些话，她是真的说出口了吗？被人听见了吗？或许只是一场梦？

皎洁的月光如梦似幻，耀目的白色笼罩宫城，仿佛幽馥无处不在。素盈第一次从苍白中看到一点希望，似乎会有好事发生。

果然，当她回到丹茜宫时，王秋莹乘着夜色来求见。

“一年。”她向素盈保证，“奴婢尽全力，应当能为圣上拖一年。但这一年当中……圣上只是活着，再不能像过去那样健康，而且，时常还会很痛苦。”她说完之后，偷眼观察皇后的面色，怕她失望，却看到素盈的嘴角缓缓地露出一个浅浅的笑，像是早就知道结果如此。

“原来是这样的一年。”素盈的声音流露出与年纪不符的苍浑。

“这样的一年”几个字当中包含着什么样的期许，旁人都不及她明白。

她自己，也不能真正地完全说清。

第十五章 立誓

睿洵看着渐渐染上夜色的天空，不知不觉失神。西边低垂着死气沉沉的月，比印象中的京城明月更加苍白脆弱，似乎一箭射去，它就会在蓝色天心支离破碎。

之子在万里，江湖迥且深。

偶尔，会凭空冒出这种不恰当不适宜的诗意。早知道如此悲伤，当初为什么去读呢？想全部忘掉却难得很。

一颗星星亮起来。他盯着它看了一会儿，一转眼，东南西北都是星星。

他微微地转头寻找心宿。从前在宫中，他有时候会抬头眺望，从熟悉的方位一眼找出心宿的前星——据说它是他在天上的象征。身处偏远的西北，天空似乎变了样，白天看起来无穷无尽的苍穹，这时候密密麻麻，拥挤不堪。长久以来很熟悉的星星，此时泯然于星群。他要找的究竟是哪一颗，令人困惑。

或许这就是他本来的面目——离开京城，便再也看不出有别于其他星宿的特殊之处。

“不是什么大不了的事。”母亲会微笑着说，“看不到心宿，你还可以看看北极南斗，或者任何一颗最亮的星。明亮就是你的宿命——你会一直光辉灿烂，直到变成太阳。”

睿洵曾有七个弟弟，以后或许还会有。但他的母后由始至终无比坚定地确信，天下终将属于他。渐渐地，随着他长成健康的青年而弟弟们相继夭折，睿洵也不再怀疑皇座的归属，但……

“太阳？”他冷笑，“那么到时候，宰相会变成什么？整个天空？”

母亲的脸微微变色，美丽的面孔失去表情，双目紧盯住他。

“从我小时候起，母后就要我深信，我将成为天子。但谁将拥有天下呢？恐怕是琚含玄吧！”

“胡说！”

睿洵无视她的厉声怒斥，理直气壮地说：“有朝一日我将成为天子，但从那天起也将成为宰相的傀儡。这是你们干的——你们给我皇位，却给他除此以外的一切。”

母后蹙起的眉尖有深深的失望。然而与往常一样，她没有说什么，一脸愁绪与爱怜中，泛起清淡的笑意。这也是睿洵讨厌她的原因之一。她总是以沉默的表情代替话语，希望她的对手无法看穿她，希望她在意的人能够自行看懂她。她实在太高估沉默的魅力。

“母后，我想听你的想法。”他痛苦地抗议，“为什么要把那个人和国家一起留给我？”

母亲异常严肃地瞪视他，语气愈加严厉：“‘那个人’在你还不知国家为何物的时候，已经为它立下不可磨灭的功劳。”

“他不是为国家，是为他自己，为了得到今天的权势。”

母后轻轻地微笑，宁静而缓慢地说出一番话：“功成身退仅仅是皇帝对臣子的期待罢了，世上更多的人，卖命是为了得到相应的报偿。追求权势是人之常情。可是，琚含玄他有理想——为了在充斥睿素两姓的朝廷里得到一席之地，为了让自己的声音得到响应。他想到了，做到了。你看不出这件事的意义吗？”

睿洵摇头。素若星早就料到儿子的回答，用波澜不惊的语气说：“我们的国家，立国以来从未脱离睿素两姓的掌控。皇后出自素氏，皇帝由素氏生育，朝廷挤满皇姓后族。这规矩好吗？要我说，蠢到极点。这是立国之初瓜分天下的规矩，根本不像管理国家的规矩。你也笑了……是啊，我们心知肚明，只有用人不拘门第，皇帝才有可能真正了解国家。以姓氏血统作为取人的第一关，那很快，整个朝廷都不再知道百姓的感受——他们没有一个来自百姓，又怎么可能知道载舟的水势呢？可是，就是这样一个糟糕的规矩，几百年来行得通、立得住，打倒了每一个向它挑衅的人——皇帝、亲王、后妃、大臣，纷纷一败涂地。”

其实，睿洵小时候就想过：数百年来，怎会没有人试图改变呢？他以为没有，是因为先例全部失败，甚至没能给后世留下一点回音。

母后说：“不只是这条规矩，世间任何规矩都有弊端，受益的人认为不可动摇，吃亏的人认为必须改变。如果有一个恰当的时机和一个恰当的人，规矩确实可以变。最近的一次，有一群小姓想要通过秀王建立小姓的朝廷。多亏他们，我十八岁就知道，改变要面对的不是一条规矩，是所有从中受益的人，千千万万已经积攒了权势、财富、力气的人。当然，改变也会造福千千万万人，但他们现在还没有底气摇旗呐喊。所以，我感谢琚含玄。”

睿洵愣了愣，没能立刻明白最后一句话与前面的关系。

素若星温柔地看着儿子，说：“高官显爵留给皇族后族，小姓很难升迁。任何一个正常的朝廷都无法承受这种怨气。幸好琚含玄出现了，以无可指摘的功勋、无可挑剔的能力。我们给他台阶，让他一步步走上去，告诉全天下的小姓官员，朝廷给小姓升迁的机会，只要你们的才能可以媲美琚含玄。小姓们很清楚自己做不到——是‘自己’做不到。因为想要琚含玄那样的功劳，需要另外一场大战。”

她见睿洵听了这番话愈发沉默，含笑问：“如果你急于除掉他，朝廷又是睿素两姓的朝廷。你以为这会大快人心吗？唉，洵儿，琚含玄不仅仅是一个权臣，他是一种象征，给小姓们希望。他不是天才，不是上苍选定的幸运儿，但他是他们需要的人。维护他的人比你想象的更多，即使人们对他有私怨，也会为了维护小姓的一席之地，稍稍地容忍他。”

睿洵彻底说不出话了。素若星轻抚儿子的脸颊，温柔地抹去他的沮丧，又问：“现在你知道，东宫左卫率为什么姓‘白’吗？”进行这番对话时，左卫率还是白信默。睿洵怔了一下。

素若星安然地说：“有一天你成为太阳，别忘了在身边带一颗小姓的星星。如果你选的星星足够闪亮，那时候，或许你可以考虑摘掉琚含玄。”

睿洵愣了好久，问：“母后，难道你们没有找到另外一颗吗？泱泱大国，人才济济，怎能任由奸猃小人窃取天下权柄？”

素若星无声地笑了一下，仰望夜空，叹道：“你会在天上布置自己的星，他也会在明处和暗处培养他的星宿。应该不在少数。但皇后不能像他那样笼络人。我只能培养一颗星，就是你，未来的天子。我不能像培养一个爪牙、密探那样培养你。”

美丽的皇后非常落寞地说：“老实说，和你父亲生活二十年之后，我已经不知道什么样的天子能得天命。但是你，我知道你是一个好孩子。”

她叹口气，再度望向天空：“我朝禁止民间私习天文，所以星象的解说，完全掌握在天官和巫士手中。而他们，掌握在我和琚含玄手中……目前。这意味着我和他可以曲解天意，让自己的意志变成上天的意志。但他讨厌和我分享这种权力，一直在削弱巫士的地位。”

“你要学会仔细看，在星象变成天官巫士嘴里的无稽之谈之前，在它变成你和宰相之间的决斗之前，有所准备。”

母后是美丽的人，心事重重，有很多秘密，有时候严肃得令人战栗。但她从来不是一个可爱的人。她总能说出他想不到的话，总在想他想不到的事。大概是为这缘故，面对她时，睿洵总有强烈的不安。失去母亲之前，他从未感到对她的爱。

他在皇极寺为她激辩、痛哭，更多是因为她蒙冤，值得有人用血泪为她辩白。他内心隐约知道没有用，但不肯放弃，问她，自己还能够做些什么。

而她只是说：“事到如今，不要为我做什么，要为你自己。”

这句话就是她留给儿子的遗言。

织女、勾陈、尾宿，据说有不少星星能够展示皇后的命运。可是母亲陨落之前，大星并未动摇。睿洵希望星星曾有某种迹象，这样就能自我安慰，母亲蒙受的不公不义直达上苍。但是没有。只有一本奏章，说月中蟾蜍和玉兔不见了，请早立皇后。睿洵想，至少她的离去，曾带走蟾蜍和玉兔。

静谧中传来异国的军歌，异样的、铿锵的节奏。

不要为我做什么，要为你自己。睿洵默念着，告诉她，能够再塑造一个象征的大战来到了。不仅能够塑造小姓，也能重新塑造东宫。可是跟他想的不一样。

很快，己方阵营里也传出豪迈的歌声，或许是距离近的缘故，听起来比敌人的气势强了数十数百倍。那是林将军的队伍。他们常年生活在边镇，了解敌人如同了解自己的弓马刀枪。因为了解，他们选择避战不出。

直到大军前来会合，林将军仍然抱持这种念头，语重心长地劝说：“大元帅，敌人来势汹汹，有速战的周详计划。我军先失战机，又折大军，重伤之后不宜交锋。当前之势，应当固守金源镇。”

他不叫睿洵“殿下”，而是“大元帅”。很陌生的称呼。这个地方和京城不同，只有军人能够得到尊重。睿洵暗暗喜欢“大元帅”这称呼，但也听得出，林将军的语气并无诚意，甚至有点轻蔑。

他很诚恳地要求：“请将军细说形势。”

打仗是林将军的强项，但交谈的技巧，睿洵比他多二十几年经验。几乎没费气力，睿洵就摸清了林将军的全部想法——驰阳镇边镇大将由谢家世袭，威望甚高，如今谢家只有一人，请以谢震为边镇大将，统率驰阳镇，安定军心。

母后说，仔细看。睿洵定睛细看，只看到星星可真乱。

身着甲胄的东宫妃素璃走到他身边，不明白他在看什么，又在犹豫什么。

“听到那声音了吗？明日一定又是场血战。”她慢悠悠地说，“明日的明日……永远是血战。父皇缠绵病榻，命运叵测，我们却被皇后和宰相阻在这里。”

宰相的意图很明显。睿洵从小抗拒那嚣张的、让人忽视太阳的天空，而宰相从睿洵小时候就清楚地看出，他需要一颗不会焚烧天空的温和太阳。

他们从来没打算接受对方的存在，迟早有一方以死结束角力。既然他几次出手未能夺取宰相性命，那就不得不防范来自宰相的致命一击。他来到这里，只是为了掌握军权，笼络武将，方便日后铲除异己。

可是先做成此事的人，居然是素玉婵。这女人向来棘手，自从宫中有她，母后再也没有快乐。睿洵从前不了解——对于父皇的嫔妃，他知道的其实非常少。她们属于他母亲的世界。用星空来比喻，她们是围绕着丹茜宫的另外一组星宿，和他属于不同的分野。

今时今日，他后悔了解太少。

素玉婵几时能够对山川形势侃侃而谈？又是如何懂得布阵设防？他一无所知。她哥哥平王有一位林夫人，是林将军的堂妹。但她本人是如何认识林将军的，言语之中仿佛生死之交？为何林将军能够只听她一面之词就发动大军？

每次睿洵听他们交谈，字字皆懂，却感到迷雾重重，忍不住想：她应该被一道高墙围在宫廷里，当皇后的对手、女人的对手，紧盯着丹茜宫就够了，为什么要破坏规则，跑到他的棋盘上来？这国家需要改的规矩不止一条，必须禁止后妃从征。一旦放出这群素氏，谁也不知道她们能干什么。

素璃见沉思的睿洵毫无反应，问：“你怎么想？”

他叹口气，问：“钦妃派出的密探，打探到敌营虚实了吗？敌将究竟是什么人？年纪轻轻，连斩我十余员大将，怎么可能是凭空冒出来的！”

素璃前来找他，不是为了说这些，敷衍地回答：“敌军谣传，他是秀王的儿子。”

“荒唐。”睿洵对谣言嗤之以鼻，“秀王死时才几岁？他没有儿子。这就是西边能找出来的出师之名吗？为秀王复仇？”

“秀王死时十八岁，你父皇在那个年纪已是三个孩子的父亲。”素璃漠然地说，“在京城，秀王是烂掉的老皇历里的人物，但在这里不一样。这破地方没有新鲜事，唯一值得津津乐道的就是他。”

她停顿片刻，低声说：“据说已经传了二十来年——秀王有孩子，而且在泰昌城逃过一劫，下落不明。”

“那不可能。”

“如果可能呢？”素璃因为连日疲惫而失去神采的双眸闪过一丝光亮，“围攻泰昌城、俘虏秀王、立下头功的是琚含玄，这是他后来显赫地位的基石。如果他隐瞒秀王有子，放了反贼的孩子呢？”

那他就给自己留下了致命的把柄。对于睿洵这样正发愁无从下手的人，实在是不可错失的良机。

“没有如果。”睿洵淡淡地驳回她的暗示，“倘若果真有这么一回事，母后不会被蒙蔽二十多年。她一定会找出蛛丝马迹，作为自己的筹码。她没拿这件事大做文章，那就是没有真凭实据。”

素璃略为呆愣，黯然摇头，说：“姑姑没有见过敌营那位小将。”

睿洵稍稍吃惊：“你见过？”

“边镇常年派探子设法取得敌将的绘影，以免乱阵当中与敌人失之交臂。你想看，可以向林将军要。”素璃说，“我偶然看见了。大概是三四年前绘制，那人还是少年。”

睿洵示意她继续说。她不再犹豫，一口气说完：“我不知道秀王的长相，只听说他和父皇非常相似，而那位敌将的面貌——比你更像父皇的儿子。”

睿洵惊愕得说不出话，仰面去看夜空，久久无法回神。一颗又一颗星星闪动，夜幕实在太拥挤了，大星之间说不出名字的小光点都想宣示地位，偷一片天空。

要谨慎。和宰相的交锋，他没有赢过。有理有据尚且无可奈何，拿这种无稽之谈当作武器，如同自寻死路。

首先，他要找出一颗新星。

“白信端这个人，你怎么看？”他第一次向素璃征询看法。

她感到一丝振奋，边想边说：“跟他哥哥很不一样。清河郡公曾是北镇大将军，养出信默那样一个儿子，倒看不出是武将家的子弟。白信端自幼在边镇长大，却不像林将军那些人那样莽撞，话很少，好像有心计，但不好说他是不是性格沉默。”

“他定亲了吗？”

“听说小时候和一户姓杨的人家定了亲。”

“杨？什么样的门第？”

“祖上也是边镇将领，受人蛊惑跟着秀王造反，最终弃暗投明。已经算不上门第了。但北镇的人喜欢依世代的生死之交来通婚，并未嫌弃杨家。”

“你连这些也知道？”

素璃冷淡地回答：“这些就是我该知道的。”

这一瞬间，她可真像母后。睿洵心里苦笑——又一个为了丹茜宫而成长的素氏。

怎能怪她呢？就算曾经不像地道的素氏，也只有去改变，才能变成最容易活的人。他内心凄凉，去看那惨淡的月。它渐渐亮起来，宛如锋利刀刃利落地割破苍穹。

你有整个夜晚，何必插手太阳的起落？他心里抱怨那个遥远的人。

那种熟悉的表情，素璃一见就失去了耐心，道：“殿下想要提拔白信端，林将军却要求为钦妃请头等功。殿下如何对付？”

“给钦妃请功。”

素璃急了：“后妃从征虽然多，但头功可是史无前例。”

“没人会因为她立过头功而记住她。”睿洵忍不住唏嘘，“他们只会问，她有几个孩子，是哪位皇子的母亲。”

“可将这种功劳给东平素氏，不是正中皇后下怀吗？”

“不。”睿洵平静地反驳，“皇后……她想要的，不是东平素氏功勋卓著。”

素璃将信将疑地打量他，他对素盈的判断，似乎从不正确，又似乎每次都是对的，只是他没法恰当地应对。

她讨厌他提起皇后时宛如神思相通的理解，宁愿相信那只是他自以为是的理解。

“想想你的母亲是怎么死的。”她知道睿洵不愿意回想这件事，但时不时故意提起来刺伤他，“素氏生来有很多种，进了丹茜宫就只剩一种。”

他果然像是受了当心一刺，眉头飞快地皱了皱。素璃感到一丝快慰，但是想起罹难的姑姑，那短暂的得意顿时遭到悲辛碾压，变成心酸的劝诫：“醒醒吧，殿下。万代千年，窃取天子权柄的奸臣有几个？又有多少皇子是受女祸所累，兄弟阋墙，终遭不幸呢？”

那样怯生生的月牙，当真是他的弓箭能够射下的吗？睿洵低下头，看到素璃手里的一对匕首。也许她……她才是夫妻两人之中，更有能力披荆斩棘的那一个。

“荣安和真宁，我不希望她们嫁入素氏七家。”母后生前曾经忧郁地说，“太后为太安素氏开了先例，二女不嫁一人。我也想开一个先例，公主不嫁素氏——听起来很惊人吧？可这是一件好事。她们是皇帝之女，愿意善待她们的人何止千万！生为素氏的女儿，又成为素氏的母亲，一生有这两件事，太可怜了。”

睿洵戏谑地问：“那么我呢？”

母后马上变了一副神气，郑重地说：“洵，你应该有一位忠诚坚强的素氏皇后。重要的是忠诚、坚强、素氏，三样缺一不可。”

看得出睿洵很失望，她语重心长地说：“我看得出来，你不会爱上阿璃。心之所向，不能由人，这是无可奈何的事。但你记住，忠诚是不逊于爱的品质。心爱的人，可以让你心怀愉悦入睡；忠诚的人，能让你安心睡到睁开眼睛。爱着皇帝的人不一定永不变心，而忠诚的人即便不爱，也仍能忠于夫君。阿璃懂得忠诚——她是我为你培养的妻子，这是我最需要她懂得的事情。希望你不要辜负她，不要辜负我的苦心。”

她的语气在睿洵心里投下一丝可怕的疑惑：为什么母后要说这种话？

他忍住没有问：那么父皇不再临幸丹茜宫，是不再相信你的爱，还是不再相信你的忠诚？

母后似乎看出他隐藏的疑惑，又像是并不在乎，谆谆教诲：“尊敬你的妻子。她不是素氏派来守住丹茜宫的傀儡，不是结网时扯住丝绳以保持各方平衡的一颗钉子。她是一个人。如果你当她是一个有尊严的‘人’，她就会成为一个好皇后。”

回忆中的母亲渐渐模糊，眼前的祭坛变得真实、沉重。

祭坛布置很简单，除了歃血的水盂、碗，只有素璃郑重放好的一对匕首，以及盟誓用的弓箭。应该放置祭品的位置空无一物，真正的祭品在他们心里。

这是只有两人参加的盟誓，无须做给太多人看，步骤也就非常简单。睿洵拿起一把匕首，素璃毫不犹豫地抽出另一把，在自己手掌中间割出鲜血淋漓的伤口。新婚枕上，他们不曾山盟海誓永结同心，此时此刻，却一起说出自己的许诺。

“杀尽奸魅，稳固储位。”素璃低低地说，“太安素氏的一切，都将为你所用。成就四代帝王的力量，也将成就你。”

“共守天下，永昭恩眷。”睿洵说出早就想好的诺言，“你将拥有丹茜宫。无论旁人如何离间构陷，我都不会让我的妻子落入我母后被废的结局。我们的儿子，将挑选太安素氏之女为妻。我百年之后，他们将是又一代皇帝与皇后。”

“违此誓言，日不得安，夜不能眠。”两人齐声说罢，击掌三次。

“殿下，战场只是你积蓄力量的第一步，不会将你困住。京城，整个宫廷在等着你和我，我们必定凯旋。”素璃的口吻坚定乐观，“在那之前，必须处置龙骧将军。接下来是谢震、素盈、宰相和他的两个儿子——前往缦城离宫，逼死神安皇后的人，必须偿命！”

她斩钉截铁地说：“姑姑的冤屈必须昭雪，她必须是光华灿烂的神安皇后，否则，作为因犯罪被废的皇后的儿子，你将受到多少非议！”

太安素氏、东平素氏，只有一家可以留下。睿洵看着手心的伤，攥紧了拳。他不该犹豫。

他取了三支箭，箭头在盛接二人鲜血的碗中浸过。张弓开满，松手时，弦上染血，他的脸颊也溅了星星点点的红。

这是他的天空，他生来就注定要临照的天空。谁人胆敢染指，唯有破散。

箭直直地飞向新月。

第十六章
争 天

“你……有愿望吧？你总是告诉自己，那愿望不可能实现吧？总是担心失败之后，境况会更糟吧？”

青衣少年眼中透露着怜惜，说：“我来帮你实现，如何？”

深泓被青衣少年的话语吸引，不由自主地凑近他，一步一步，走向水深处。湖水打湿衣衫，深泓没有在意。他在意的是，水面上本该是他的倒影，为什么映出一个陌生的面孔？

水波恢复平静，青衣少年继续说：“但是，我要求少许代价。”

“什么代价？”深泓的童音中夹杂了紧张。

“十年的爱，与十年的被爱。”青衣少年似乎微微笑了一下，“愿望实现之前的十年，你无法真心去爱。愿望实现之后的十年，无人真心爱你。”

鄙夷取代了深泓的期待。

“这代价太廉价，我不相信。”他伸手搅乱波光水影，不再去想这少年是湖底的龙神，还是千年的水魅，拖着湿漉漉的衣衫，回到远处的离宫。

七岁那年，梁王深泓得到他的封地——破旧的宣城。日久年深的宫殿及周围一望无际的荒原，从今往后便是他与生母的居住地。深泓坐在颠簸的马车上，移居宣城时，从母亲口中听到“放逐”二字。

“我们是被放逐到那荒芜之地呀！”她苦笑着这样说。

第一次踏入离宫，深泓听到脚步在空旷的宫殿里牵出回音——他从前生活的宫殿里没有这种声音。京城的宫殿没有这样巨大的空旷与寂静。他感到吃惊的同时，也觉得好奇，假装被飞舞的灰尘呛到，咳嗽了两声——咯，咯。

宫殿嗡嗡作响。他坚强的母亲握紧了拳，誓不被来自命运之神的叹息击垮。而母亲身边的宫女，当即有几人在回声消散时落下了泪。

“不要哭。”他的母亲端妃向她们微笑，笑容和她在皇宫中展露幸福时一样雍容华贵，“你们还年轻，花容不该在泪水中衰减。”

她昂然走入黯淡的离宫深处，挺直的背影诉说着永不屈服。

从此，端妃果然没有落一滴眼泪。清寂的日子中，她把心灵交给佛经。木鱼的声音在阴暗的离宫里不疾不徐地回荡。当她诵完经，总是虫鸣露重的深夜。有时，深泓能从房门的罅隙里看到她独立中宵，朦胧月色勉强能勾勒出她绰约的身姿，漫天繁星却没有一颗可与她的容颜媲美。然而她是那样沉默。

有一回，深泓忍不住走到她身边问：“娘娘，我们为什么被放逐？”

她低头看着他，神情萧索地回答：“殿下，因为妾输给了妾的妹妹——皇后。”

深泓又问：“我们什么时候能够回去？”

端妃俯身抚摸儿子的脸庞，微笑着回答：“当殿下不会输给您的兄弟时。”

她的世界充满了输与赢，过去和未来都用成败衡量。

“那……会是什么时候？”深泓有四个兄弟，他想知道不可避免的角斗会从何时开始，却没想到有生以来的七年早就身陷其中。

端妃摩挲他的头发，亲切地笑着说：“不急，我们等着看皇后的表演。”

深泓听得不是很明白。端妃蹲下身，在他耳边说：“殿下，您知道吗？想要了解素氏，并不难。只要数数你有几个儿女，再看看他们的母亲是谁，就差不多知道你身边的女人是什么样的角色。您的父皇看透了我，但他没看透皇后——我们等着吧。”

等什么呢？深泓隐约觉得不是好事。

后来的一年之内，宫中陆续传来两位皇子的死讯，其中有懿妃所生的太子。两个哥哥一死于痢疾，一死于堕马。深泓为他们感到难过，同时发现他成了最年长的皇子，而跟在他后面的弟弟是皇后所生的秀王和襄妃所生的邕王。

秀王深凛比他小三岁。深泓一想到这个弟弟，就感到自己似乎也不能活得太长久了。

“娘娘……”他跪坐在端妃面前，双眉紧锁，全然没有孩童的天真。

不等他说什么，正恭恭敬敬抄经书的端妃放下手中的笔，嫣然一笑：“殿下放心，一年之内有三位皇子谢世，太反常。殿下不会有事。”

“娘娘，我不明白。”深泓像所有的孩童一样，喜欢提问。

端妃想，她的儿子缺乏宫廷的启蒙，必须由她言传身教，于是她敛容回答：“如果殿下也在一年之内离奇死去，那任谁也会觉得其中另有隐情，秀王母子就会受质疑，襄妃也不会错失良机，最后反倒是邕王被立的机会变大。”

她微笑着说：“皇后不会轻举妄动，襄妃也不会坐以待毙。宣城里的我们，就清清静静地等着好了。”

“两位兄长之死是皇后所为？”深泓不大相信。当皇后还是和妃的时候，常常与端妃来往——她们是姐妹，长得也有些像，都是一样的温和典雅。她待深泓的情谊，仿佛另一个母亲。端妃待她的儿子秀王，也像另一个儿子。

“谁知道呢？”端妃淡淡地说完，又埋首于经卷，“殿下，素氏女人的真相，从脸上看不出来，从声音里听不出来，但你看她周围发生的事情，就能明白。”

素氏——与睿姓皇室一起开疆的家族，数百年来皇室唯一的通婚对象。

素氏七家的女儿，成长的目标就是入主皇后的丹茜宫，给自己的家庭带来崇高地位和显赫权柄。深泓看了看母亲，她是太安素氏当中的佼佼者，尚且在争夺丹茜宫的道路上功亏一篑。真有人能够看透素氏女人的真相吗？

如今，一个有手段的素氏女子占据了后座。她的儿子是皇帝嫡子，理所当然的皇位继承人。她怎么可能任由一个比秀王年长的皇子活着，毫不介怀呢？这里一定有皇后的耳目吧？深泓总觉得离宫里隐藏着一双阴森的眼睛。也许不止一双。

他想要逃离，无意中走入旷野的长草深处，正是在那里，发现了那一面幽深的湖泊，听到了青衣少年的建议。从那以后，每次想要躲避离宫中的恐惧和孤独时，他总是不自觉地逃到湖边。

“我实现你的愿望，但是要少许代价。十年的爱、十年的被爱，换你愿望成真——一年。”青衣少年每次都会这样说。

深泓总是在嘴角显出讥笑。“爱”与“被爱”是什么呢？他可能一生也不会拥有。用这些无用的东西，就能换得他难以企及的愿望？

每一次他都摇摇头，搅乱水波离去。

一天，他离开湖水回到离宫，没有听到离宫中的木鱼声。有种特异的声音，有节奏，一下又一下，正同血腥一起随风荡漾。他循着那锐利的啸响，来到端妃门前。

野草丛生的庭院里，有两人脸朝下被绑在长凳上。端妃身边最身强力壮的粗使宫女，正抡起皮鞭抽打瘦弱少年的脊背。鞭梢加了哨，每一下都拉长成一声鬼哭。

深泓从未见过血珠四溅，也从未见过这挨打的小小少年和另一条长凳上的女人。那女人的神情让他不安，她咬紧嘴唇，凝望皮开肉绽的少年，嘴角、眉梢、眼神、呼吸中没有任何一处透露出屈服。

深泓站在庭院洞门下，失声叫道：“娘娘！”

素丽大方的端妃正在庭院中欣赏恣意乱开的野菊，听到儿子的惊叫后回眸莞尔，似乎对身后的苦刑浑然不觉。

“娘娘，这是谁？是来偷窃的贼吗？”深泓问。

端妃的手指放在嘴边，轻轻地摇头责备：“殿下，提问就提问，不要说出你的推测。不要让人知道，你更容易相信哪种解释。”

鞭声没有停止，那粗使丫鬟失聪多年，只有端妃的手势能指挥她的行动。

深泓的目光避开鲜血淋漓的场面，瞪大眼睛望着母亲，再次问：“他们是谁？”

端妃携起儿子的手，说：“这个女人，是我晋封端妃之后，你外公送入宫中陪伴我的侍女。有一次，她代我去探望你生病的外公，从此再也没有出现。如今你外公抓住了她，将她送到我这里，由我处置……逃走的奴婢被抓住，应该打死。”

可她并没有打那女人。

端妃明白儿子的想法，幽幽地说：“我正在打她——很快，她的心就要受不住疼痛，裂成许多碎片。”

深泓怜悯地看着那女人——她还不是很老，也许和端妃的年纪相差无几。在他观察她时，她也像有所感应，向他轻轻颔首。深泓挣脱母亲的手腕，走到女人面前。

“殿下，见血是非常低劣的手段。”那女人说，“希望殿下日后不要像端妃娘娘。我已经离开她七年，而她一成未变。”

深泓的诧异无法诉诸言语——这女人谈吐镇定自若，双眼已经看到了未来。看透的人，无所畏惧。

端妃打了个手势，一旁的宫女走到行刑者的身边拉扯她的衣袖。粗使宫女望向端妃，停下了手中的鞭。端妃步态优雅地走到女人身边。

“寄篱妹妹。”端妃缓缓地说，“你的姑姑教导你，就像她教导我一样。你该明白，我可以宽宥任何一个宫女的背叛，但我不能饶恕情同姐妹的你。”

她屈尊蹲低了身子，在崔寄篱的耳边低声问：“这孩子的父亲是谁？”

“他的父亲叫作琚勇刚，是个军士。”

端妃对答案不满意，摇着头说：“崔氏女子目高于顶，不会嫁给粗鄙的军卒。”

崔氏？深泓吃了一惊。他所知道的崔氏女子，全是温文典雅的高贵形象——她们世代从事一种行业，即成为素氏女子的老师，教她们如何成为皇帝需要的女人，一步步走近巅峰。她们与素氏盘根错节，也是国内了不得的大家族。无论哪个素氏入主丹茜宫，崔氏全族都可从中受益。深泓从来没有见过一个崔氏女子沦落到如此狼狈的地步。不过惊痛之下仍然方寸不乱的神情，的确像是崔氏。

“我说什么娘娘都不信，为何还要问我？”崔寄篱的目光冰凉，不为所动。

端妃点点头：“这倒是真的。”她站起身，头也不回地离开。深泓眼看宫女们抬着绑了崔寄篱的长凳出去，从此再没从任何人口中听到这女人的名字。

空空荡荡的庭院中，深泓直视血肉模糊的少年——他一动不动，不知是否已经死去。深泓走到他不远处，不敢十分靠近。

少年微微张开的口中掉出一团东西，裹着血水看不分明，但落地有声。深泓心中一动，忍着对血渍的厌恶，拾到手里。原来是一块漂亮的墨玉佩，约莫铜钱大小。那孩子一直含在嘴里，没有被人发现。

深泓听到脚步声，慌忙把它藏进袖中。宫女们向他匆匆行礼，抬起血迹斑斑的长凳和少年，又要去深泓所不知道的地方，处理这个秘密。

“放下他。”深泓忽然朗声说。

宫女们回身看着他，款款地说：“殿下，奴婢们是遵照端妃娘娘的旨意。”

他的母亲虽然被幽禁，但在这些死忠之间，她仍有至高无上的权威。深泓挺直小小的身躯，昂然说："端妃只是后宫妃嫔，皇帝的女人之一，而我，我是梁王——皇帝之子！"

他的声音从未如此威严，洪亮的回音仿佛从这块小小的庭院直逼云霄。比他年长的宫女们为之愣神。长凳上的孩子也像听到了他的声音，微弱地咳了一声，吐出一口瘀血。

深泓的勇气得到回报——廊下传来不慌不忙的鼓掌，端妃微笑着走向她的儿子。

"那么，让他做你的奴仆。"她说，"奴婢的孩子，当然还是为奴为婢。"

深泓原本并没有这样的打算，他只是想放这少年一条生路。但他知道，母亲说的不是提议，是决定。他点头，第一次运用梁王的权威得到了第一个扈从。

少年清醒之后到深泓面前谢恩，是十天之后的事情。他年纪比深泓稍小，肤色黝黑，比深泓个头高，也更结实。和他相比，白皙文静的深泓如同女孩。

"小人琚深凝，跪谢梁王殿下救命之恩。"少年的声音听不出喜怒哀乐，深泓疑心他是否还记得他母亲，是否还惦记他母亲的下落。

他的名字犯讳，但深泓已经比端妃明了其中缘故。

"你是奴婢，奴婢不能有自己的名字。"深泓庄严地说。

少年伏在地上没有言语。他一定不甘心。名字是父母赐他生命之后，给他的第二个礼物。深泓明白，但他依然板着面孔，从袖中拿出洗净的玉佩，又说："奴婢也不能拥有自己的东西——这个归我所有，由我处置。你绝对不能让端妃娘娘知道。"

少年还是没有言语。这是他的过去留给他的唯一纪念，他一定不会无动于衷，只是藏在了苦涩的匍匐里。深泓看得很清楚，但他还是抡起桌上的铁砚，将那块玉佩砸得粉碎。鉴于他的力气，砚台重重拍了好几下，玉佩才粉身碎骨，再也看不出本来面目。

很多年后，深泓偶尔说到这件事，宰相琚含玄随口说："八下。"

深泓听了之后，没缘由地感到怅然若失，决定再也不提。而宰相琚含玄立刻又说："陛下救了臣的命……在那时。"

这回答似乎暗示着什么，但深泓不能确定宰相是不是已经知道——先皇的每个儿子都有一枚那样的玉佩，上面刻着生辰八字。

崔寄篱曾在宫中侍奉。如果端妃发现她儿子也有那样的玉佩，绝不会宽宏大量留下这孩子的性命。

那时，两个男孩看着几案上的碎石末，半晌无语。

"我赐你一个名字，含玄。"含着黑石的人。少年梁王说完，拣出砸不烂的小玉石块扔出窗外。

很多年后，含玄已不再为奴，但他还是留着这个名字。他给自己起的字，来自他母亲为他起的名字，也或许，是别人为他起的名字——去掉"深"，单叫作"凝"，避开了皇家的忌讳。

含玄是个沉默的少年，但他的眼睛灵活。这个不爱说话的男孩似乎比常人更加理解沉默，总能在别人不出声时，发现对方需要什么。这敏锐的本能或者才华，让他在冷清的离宫里过得不是十分艰难。

为数不多的年轻宫女不去捉弄他。准备过冬的老鼠咬坏了她们的冬衣，气得她们说出难听的话，很快那窝老鼠就销声匿迹了。宫女们是一群聪明的人，知道离宫中谁敢与老鼠为难——含玄用树杈做了一支弹弓，弹不虚发。有时他会特意把那些丑陋的小动物驱赶到没人的地方再打死，以免宫女们看在眼中花容失色。

深泓很好奇地看着含玄用石子打得那些小动物四脚朝天。当含玄也看到他，匍匐在地向他行礼时，深泓恢复主人的庄重，漠然说："你会打弹弓。"

"小人是军卒的儿子。"含玄清晰地回答。

端妃身边年纪最大的三名女官也不去呵斥含玄。春燕归来时，她们曾向端妃抱怨所住的殿阁檐下住了鸟雀，扰人清静。不久之后，那些鸟窝就不知去向。女官们有推测事情的智慧，能猜到是谁做了好事。

深泓则亲眼看到他的扈从灵活地爬上树，把鸟窝安置到安稳的树丫。他还看到含玄站在树下，用自制的简陋无比的弓箭，帮新搬迁的小鸟们赶走了前来骚扰的乌鸦。

"你还会射箭。"深泓站在他的身后，不动声色地说。

含玄立刻向他跪倒，伏在地上回答："小人是军卒的儿子。"

深泓沉默片刻，眺望高处的鸟巢，神色清冷地说："雏鸟会死。"

含玄愣了一下。

深泓说："离开原来的地方，双亲就不会再要它们了。雏鸟会死。"

含玄听罢，爬上树，抱回鸟巢说："多谢殿下提醒。我来养。"

看见深泓注视小鸟的眼神，他很迟疑地问："殿下，要一起养吗？"

"我？为什么？"

"因为殿下……没有看我死掉。"

幼鸟展翅时，含玄成了离宫的一员，没人再提起他的身世、他的母亲。

年轻的宫女们知道他沉默寡言，有时会故意逗他说话，但最终总是她们说得更多。她们向没见过世面的少年讲述宫廷的繁华，其实是向陌生人倾诉对往昔的怀念。春华秋实，夏蝉冬雪，每一样引发她们回忆的事物，都会带着她们的神思回到宫廷。

京城的那个宫廷，广袤如同天上之城，宫阙相望，山水相连——哈，傻小子，你以为皇宫只是比这里多一些高大的房屋吗？宫中有山，名为永寿，意为皇统如山，万年不动；有湖，名为太平，意为天下波澜不惊。还有数不尽的树，有各种你想得出来、想不出来的花。当然，最美轮美奂的是丹茜宫。

含玄是个很好的听众，聆听时认真专注，从不打断别人的叙述。他总是腼腆地向她们微笑，诚挚的目光像是鼓励她们说下去，说出所有的心事。

后来，宫女们不再满足于倾诉，想要将这离宫变得与京城一样。这里与宫廷差异最大的莫过于含玄，于是她们善意地矫正他的举止。他羞涩地应诺，在她们游戏似的指教下改过。他学得那么快，宫廷中伶俐的内侍也不会比他更聪敏灵活。为这缘故，有些宫女喜欢他，像喜欢自己的弟弟。

只有一名宫女与她们不同，她对这个少年无话可说。有一次深泓问她，是不是含玄有哪里得罪了她。她很慎重地回答："奴婢只是觉得，殿下的扈从与众不同。也许，与他攀谈能得到一刻的放松，但与他分享秘密……随之而来的恐怕是更长久的惶惶不安。"

这些话不知怎么传到了端妃耳中，这个名叫芳鸾的宫女因此得到端妃的器重。而端妃也并没有对那些亲近含玄的人动气。

"她们都是我挑选出来的宫女。"端妃在又一个冬季最冷的日子里，同儿子一起呆坐在四门紧闭的殿内。来自归霞山的风呼呼作响，仿佛要吹来万年雪寒，冰藏这座宫殿。孱弱的火焰无法抵抗它的威力。端妃似乎已变成一座端庄的冰雕，面容平静，语气淡然。

"我挑选她们的理由，是因她们做事稳重，守口如瓶。"端妃说，"可是，她们被'寂寞'击垮，只有芳鸾还记得宫女的本分。"

端妃像是世上最坚固的堡垒，没有任何力量能够摧毁她。被放逐的命运令人唏嘘，她却安之若素。

强装若无其事，很多人都能做到。但她是真正的不屈，令离宫中的所有人感到敬畏。宫女们从前也许只是害怕她，如今则是对她那令人惊异的顽强感到钦佩。一个能令下人心折的人，也能得到深泓的敬服。

深泓想问她，是什么样的期待支撑她屹立不动。难道她在渴望他父亲回心转意？他还没有发问，端妃先开口说："殿下，您要记住，被寂寞击垮的人只会得到同情，不会受到尊敬。能够成就大事业的人，永远是那些能够忍受大寂寞的人。"

深泓明白了。她的忍耐，是为了成就所谓的大事业。

"可是，忍受寂寞，就能够让娘娘再度得到天子的垂爱？"

端妃听了儿子的话，神秘地笑了笑。她冰凉的手抓住深泓纤细的手腕，把他向自己身边拉了几寸，侧身对他说："殿下，我偷偷告诉你一个秘密——得到天子的垂爱，从来不是素氏眼中的'大事业'。你将来也要娶素氏女子为妻，也许还能君临天下。你会看到那些女子互相践踏。但要记住，她们抢的不是你，从来不是你。她们抢的是那座宫殿——丹茜宫！"

她双眼闪亮，宛如寒夜里的星子。深泓凝望她，感到自己融化在夜空里，冷得无法呼吸——她不在乎任何人，她的目标不是得到男人的欢心。

"你那可怜的爱情算得上什么？就算得不到你的心，也还是得到了丹茜宫，那样的女人才是真正的素氏。"端妃放开儿子的手，像是忽然觉得冷，背对着儿子向火炉靠近几分。

深泓隐约觉得，他的生母并不是在对他说话。这一瞬间的发泄，是因为她看到了另一个人。

他凝视她的背影问："皇后娘娘得到了丹茜宫……她是真正的素氏？"

"不。她只是用了一些手段，暂时得到你的父皇。而你父皇暂时把丹茜宫交给她。"提起妹妹，端妃像是说到一个最平淡无奇的人，没有怨怼，没有嫉妒，"我的妹妹很会演戏，但你的父皇也不是傻瓜。他会渐渐发现，素宛嵘不是他想象的恋人。"

她回过头，向深泓莞尔一笑："有一天，你也会发现，丹茜宫等待的主人不是你爱的人，而是你需要的人。"

一转眼，深泓在宣城的第五个冬天来到了。听说，秀王在这年秋季随皇帝一起打猎，射杀了一只熊。深泓知道以后十分惊讶：当初那个刚开始识字的小儿，居然变成了勇士。而他的时间却像是凝滞了，五年来的进步，只是在端妃的亲自教导下读完了离宫中所有的书。

一天凌晨，深泓在寒冷中猝然惊醒，发现寝殿中的炉火熄灭。他披衣起身，想叫人来生火，听见庭院中有呼呼的声响。深泓将门拉开一条小缝，户外的冽风立刻见机而入。他打个哆嗦之后，看到寒霜覆盖的中庭有个辗转腾挪的身影。

尚未消隐的月光洒满庭院，地上白霜闪闪发亮。少年仿佛踏在无垠的薄云上，身姿如同起舞。霜华像无数璀璨星辰，活跃在他脚下，为他的每一次旋身和跳跃喝彩。他手中流淌着两道银光，时而飘忽如身生鹤翼，时而回旋若周身环电……难以想象，这个矫捷的人曾经被绑缚在长凳上动弹不得，一身血肉模糊。

深泓看得瞠目结舌，直到浑身颤抖着打了个喷嚏。含玄立刻发现了他，将手中两根冰柱远远抛开，向他跪倒。

深泓问："你在舞刀，还是舞剑？"

含玄低声回答："回禀殿下，是剑。"

"冰做的剑？"深泓微笑。

含玄还是低着头说："树枝太轻。"

深泓走出房门，拾起摔碎的冰剑端详，含玄去找了离宫檐下最大的冰柱，手握处用布缠了两圈。

"是谁教你？"

含玄依旧跪着回答："小人的父亲。他是个军卒。"

深泓觉得手心冰冷，忙把那些碎冰扔掉，又问："你的手不会冻僵？"

"小人的父亲曾说，冬天边塞战士的剑柄比真正的冰还冷。"

空中飞过一片云，笼罩少年们的月光忽明忽暗。深泓看到他的扈从身上散发出微微的白气，在苍凉的月色中飞散。

"你父亲对你好吗？"他问，"他总是让你在这样寒冷的天气里练习剑术？"

含玄真诚地回答："小人的父亲对小人非常好。"

他的回答中没有一丝犹豫，于是深泓在那个刹那有些羡慕。

“站起来说话吧。除了弹弓、弓箭和剑术，他还教了你什么？”

“骑马，爬树，游水，吹笛，锄草，包扎伤口……还有打铁。”含玄不慌不忙地站起身笑了笑，“小人的父亲是铁匠的儿子。可那时我太小了，不能学会他的本事。当初学会的，也有很多已忘记。”

“哦——”深泓这才发现含玄又长高了，比自己的身量还高很多。含玄在不经意间长得这样高大，连主人也没有发现。他在许多个深夜里练习小时候学来的剑技，却没有人知道。

深泓默默走开，走回他的寝殿关上门，随后的一整天都没有出来。

第二天月照中庭时，含玄又提着两根冰柱出现，却惊讶地发现他的主人手拿一根长树枝，站得笔直。

“殿下？”他要向这一本正经的少年行礼，却被深泓制止。

深泓冷淡地说：“我见过皇兄们习武，看得出绝技与劣技的区别。你的剑术师出名门，绝对不是军卒所教。”

含玄深深低着头，不敢回答。

“我不在意你是从哪里学来的，但我要你教给我。你能不能做到？”

含玄的头低着。深泓看不到他的表情，但他能感觉到他的奴仆正在难过。深泓忽然想，含玄为学习这套剑法，不知付出了什么样的代价，但主人只用一句话，就要他解囊相授而没有拒绝的理由……奴仆不能拒绝主人的要求。这是身世带来的差别。

“我不会让你白忙。”深泓朗声说，“所有善待我的人，我会让他们得到回报。”

“‘不求回报’是奴仆的本分。”含玄一躬到地，“殿下要求，小人无从拒绝。请恕小人失礼。”含玄说着，真的开始耐心讲解和演示。

第四天，含玄削了一把木剑送给深泓，说他自己小时候学剑时，父亲也削过这样一把。

第七天，当两个少年披着月光习剑时，深泓猝然感到有人在看他。他立刻停下来，望着廊下的黑暗处。黑暗中的人见他眺望，缓缓走出来。

是他的母亲端妃。

含玄立刻跪在地上，不敢用目光亵渎端妃的容颜。而深泓无所畏惧地看着她，发现她的目光充满无奈和伤感。

“向奴婢的儿子学习……”端妃的声音沉痛，用袖子捂上脸，不忍再看。

她只说了这样一句话，就旋身而去，留下一段冰凉的香气。深泓深深地呼吸——那是她在宫廷时很喜欢使用的高贵香料，她在这里保留了喜好，周身的香云与她在皇宫中并无二致。

即使在这冰天雪地的偏僻之地，她也从来不做有失身份的事。

深泓转过身背对月光，对他的仆人说：“起来，继续。”

含玄不敢随便说话，一边教他剑式，一边谨慎地揣测他的脸色。直到弦月移至树梢，深泓的学习时间结束，没有什么特别的事情发生。含玄躬身告退，打算去柴房做他平常的工作：帮忙拾柴铡草，生火备炊。就在这时，他听到深泓问：“你一定还记得你父亲的长相。他什么样？”

含玄恭敬地回答：“虽然他是个军卒，但并不粗暴。他对我娘很好，对我也很好，经常笑。”

“据说，我曾经见过父皇一次——在我出生的第二天。”深泓用他的木剑挑拨地上的白霜，“宫女曾经告诉我，那天他来看我，而我睁开眼睛，向他微笑。”

含玄望着月光下的少年皇子。深泓的个头不高，月光把他的影子拉扯得比本人还长，可含玄不觉得有趣。他看不到主人的脸，但从那道影子中看见悲伤。

“丝毫不记得他的长相……”深泓仿佛是自言自语，“后来再也没见过他。”

含玄对皇家的家事完全无法插嘴，又不敢失礼地走开，只能呆呆地僵立原地。

“你的母亲教你什么？”深泓又问。

含玄知道他看不清自己的脸，于是坦然流露出复杂的微笑：“我娘教的东西，比我爹教的更多。”

深泓在月光下玩弄他的木剑，过了一会儿才说：“我也是。”

每月初六，来自京城的马车会光临离宫。乘车而来的是太安王妃派来的下人，他们为端妃送来大量时鲜和补给。对太安王妃来说，小女儿成为皇后她由衷地感到高兴，大女儿的不幸也让她痛心疾首。

宣城离宫颓废荒芜，然而端妃是那么从容宁静，五年来的每一次出场都完全没有落魄之感，令娘家的奴仆们反而代她难过。唯一的麻烦是老王妃不相信他们的禀报。端妃拒绝给父母写信，因此老王妃不信好强的女儿会在一处废宫中安然度日，开始怀疑下人们每次都是用谎话搪塞，其实端妃早就遇害身亡。

这一次从马车中走出来的是端妃的弟弟，他奉母命来打探大姐的真实情况。看到端妃仪态万方地从晦暗的宫殿深处走来，年轻的永宁郡王松了口气：“娘娘，王妃惦念您的处境，让臣问问您近来可有不顺心之事，可有想要的东西、想见的人……”

端妃正襟危坐，木然听他寒暄一番，忽地一口气说：“我想请一位繁阳李氏子弟来这里，教梁王殿下习剑。”

永宁郡王怔了怔，叹息道：“这不像娘娘说的话……若非宫里默许，王府怎能每月来人探望？皇后对娘娘已经网开一面，娘娘在这时着意栽培梁王，岂不是平白引她忌惮？只怕日后与家人相见也难了。”

见端妃不言语，永宁郡王又道：“况且让人进来，不知又会生出什么风言风语。娘娘何必给自己找麻烦？”

“宛峻！”端妃厉色说，“梁王是皇帝之子，却不得不向军卒的儿子请教剑术。”

永宁郡王略感歉意地垂下眼睛，缓缓回答：“姐姐，今非昔比。宣城中，只有外城侍卫可以带刀佩剑，其他人莫说剑术教习，哪怕是一柄剑、一杆枪也不能私藏。谁知道搜出这些东西，旁人会怎么说？”

端妃冷笑一声：“懦夫。宛嵘施舍你一丁点好处，你就连勇气都拿给她践踏。”

“唉！姐姐……”永宁郡王一句话哽在喉头尚未吐出，端妃已站起身弃他而去。

那天，端妃有条不紊地处置家中捎来的东西，交给各处安排用途，也赏赐宫女们预备过年的小玩意儿。梁王从他母亲那里得到一枚金带钩，可以挂在腰间悬剑。端妃亲手将带钩系在深泓的衣带上，看它在那里空荡荡地摇晃，一言不发。可是深泓看出她下定了决心要做一件事情。

当她下定决心时，目光总是比平常更加清澈冰凉。那是一种预示：她要做的事情一定会成功。

含玄教完了所有的招式套路，深泓开始自己练习。

端妃仿佛知道他的剑术学习已告一段落。这天半夜，深泓意外地发现母亲站在月影昏黄的中庭。他吃了一惊，端妃的穿戴不同寻常，是一身精干利落的猎装。她向深泓招招手，深泓不解地走到她身旁。

端妃挽开一张弓——深泓从未见过雍容典雅的母亲挽弓搭箭，这时如同在幻惑的梦境中看着另一个人。

她的箭只是一枝削直的木头，尾端装上简陋的飞羽，前端没有箭头，绑了一个布球，球在她脚边的粉盒里蘸了一些面粉。端妃眼睛一眨不眨地瞄准远处的草靶，静静地将扣弦的手松开。

深泓忍不住追着风声跑向草靶——箭头无法射入，扑的一声落地，但靶心正当中多了一块粉白。

“娘娘！”深泓掩饰不住惊诧。他在这样的天气几乎看不清靶心，而他的母亲若无其事地直取目标。

“这张弓叫作‘裂鬼’，名字虽可怕，却非强弓。我把它送给你。”端妃将弓递给儿子，说，“从今天起，每日拉弓一百次。”

从此，每个冷彻肌骨难以成眠的夜晚，深泓就挥舞他的木剑，或是一次次拉开那张“裂鬼”。他喜爱这两样东西，逐渐胜过他摩挲千百遍的书。

可惜这样的日子未能长久，刚出正月，宫中就有人来。离宫上下顿时心惊胆战。宫女们已经不敢妄想能重回京城，只盼没有灭顶之灾。这并非杞人忧天——皇帝久久不立储君，而诸王当中最年长的梁王渐渐长大。纵然皇后所生的秀王讨人喜欢，但梁王哪怕是在地角天涯，也会成为皇后遥远的噩梦。

然而端妃胸有成竹，从容不迫地在主殿内接待了来自丹茜宫的使者。那名中年宦官向端妃和梁王行过礼，捧上一只雕匣，说："皇后娘娘听说您最近对宝剑颇有向往，特赐您这柄'冰洗'。剑乃凶器，终归不祥，藏之可赏玩，挥之则见伤。皇后恳切盼望您清心寡欲，好自为之。"

端妃面不改色地接过剑匣，谢了她妹妹的见赐之恩，又向宦官傲慢地笑道："潘公公气色不错，想必皇后待你不薄。"

潘姓宦官赔笑着回答："皇后娘娘宅心仁厚，待人一向不薄。"

"是吗？"端妃冷漠地哼了一声，"我怎么听说，我玉屑宫的人除了你步步高升之外，其余散得七零八落呢？"

潘公公讪讪地干笑两声，不再多说，匆忙告辞。

深泓明白赐剑的意思，垂首道："皇后以此威胁您，不准您轻举妄动？是因为我吗？"他精神沮丧，觉得以后恐怕不能随心所欲地做他喜欢的事情，于是难掩失望。

端妃伸手按住儿子的肩头，微笑还是那样美好："这算不上威胁。我根本没有觉得害怕。"

她打开剑匣，抽出宝剑递给深泓："它的名字叫作'冰洗'，是把名剑。殿下要好好爱惜。"

"冰洗"名副其实，仿佛以万年寒冰锻造，如同丝绸一般光滑。殿内跳动的如豆灯光，倒映在它身上也像流星一样耀眼。深泓对它爱不释手，后来只有一次将它递给旁人——他的母亲。而端妃接过剑后，用它斩下了一个女子的头颅——那个将剑赐给她的人，日后被称为怀敏皇后的女子，她的妹妹素宛嵘。

大约有人觉得，让端妃又活了五年，对她已经仁至义尽。一个春夜，端妃像往常一样就寝，第二天却没醒来。宣城仅有一名年老昏聩的大夫救急，对端妃的状况束手无策。

宫女们慌了手脚，深泓也顿感无措。不论周遭人来人往如何忙乱，他一直站在端妃的床帷之外。一道床帷隔出两个世界，里面的端妃那么宁静，仿佛魂魄正姗姗前往另一个僻静之地，一个比离宫更空旷寂寞的地方。

和暖的春风吹入窗牖，风中熟悉的气息勾起深泓的记忆，向帷幕中的端妃庄重地行礼道别。

他一路狂奔，来到离宫外的湖边。在这里，他曾遇见一个神秘的青衣少年，要许他愿望成真一年。

"喂。"深泓站在水边，俯瞰粼粼波光中的倒影，"真能实现吗？"

涟漪仿佛青衣少年的微笑："只要你肯付出代价，没有什么不能实现。"

"我为什么要相信你？"深泓仍不安心，"如果我的愿望没实现，那我要去哪里向你要回我的二十年？"

春风大动，水波如浪翻涌，青衣少年呵呵地笑起来："有个词叫作'义无反顾'。你许愿时，必须下定决心，这二十年是祭品，绝不回头去要。只有那样的你，才配得到你企求的东西。”

深泓惘然地呆立片刻，点头说：“我已下定决心。”

“那么就是今日起……”

风止水平，影像破灭。深泓一阵目眩，定睛再看，只看见水中一片深暗的苔痕，不见什么少年。他心生忐忑，不知这是否为南柯一梦。正在恍惚，听到有人呼唤他：“殿下——殿下！”

芳鸾容光焕发地奔过来，清晰而喜悦地说：“娘娘醒来了！”

深泓无声地点点头。风拨动几步开外的湖水，哗哗的声音像有个藏在水底的人正代他开怀大笑。他自己却无论如何也笑不出来——他期待端妃醒来，但也明白，她一醒来，必定会有另一个人永远沉睡。

果然，端妃醒来之后，迅速判断出一名宫女趁夜在她枕上滴下毒液，然后那宫女就无影无踪了。深泓不问也知道，她去了端妃本该去的地方。

即使虚弱卧床时，端妃脸上也总挂着从容的笑。当她日渐康复，笑容就更加充满胜利的光彩。有一天，她向深泓招手，将他唤至身边，从袖中取出一管细细的青竹。

“殿下请看，这就是差点夺走妾性命的毒药——‘沉梦’。”端妃拔开三寸长的竹管，迅速在桌上点了一下，留下一颗晶圆的水珠。

她的声音听起来朦朦胧胧，口气却毫不含糊：“洒在衣料、枕被上，不消片刻就会化为清淡的毒氲，持久不散。人吸入之后，用不了多久就会死去。如果那时正在睡梦里，则会死得毫无知觉。”

深泓盯着那颗折射出七彩日光的水珠，见它犹如有生命似的灵动可爱。一阵风来，它顷刻就消失，唯有桌面留下一块深色痕迹。

“这是最后一滴，一丁点的危害不大。”端妃挥动衣袖，将“沉梦”残留的味道一挥而尽，“原先满满的一管，都已用在妾的枕上。”

深泓有自己的想法，但还是发问：“既是这样，娘娘怎么会醒来？”

端妃也不大确定，迟疑道：“也许是因为……我以前也有几次闻过这味道，对它太熟悉，它伤不到我。”为了什么缘故闻过？她没有说。可深泓猜得到，既然她还在这里，那么之前几次定是有旁人没有醒来。

端妃偏头向深泓优雅地笑笑：“殿下记住这味道了？”

“记住了。”深泓收敛容色，郑重回答。

端妃轻轻颔首道：“以后哪怕是梦中有这香味，也要立刻醒来……但愿殿下一生不再闻到。”

深泓垂下头，低声问：“娘娘，你相信佛经所说的因果吗？一切所作所为，必将付出代价。”

端妃默默地凝视儿子，神情冷峻。

“我还会闻到……那是那些没有醒来的人，向娘娘索取的代价。”深泓说。

端妃有点诧异地看着自己的孩子，忽地掩嘴笑起来：“殿下，如果被这么愚蠢的念头束缚，战士将无法拿起剑，更别说向敌人挥动——你要面对的是世上最无情的修罗场，你该顾忌的不是那些已经死了的人，而是还没有死的。”

修罗场。这是深泓第一次听到她这样说。不知她是否注意到，从前她提起宫廷，也总是带着一丝不易察觉的厌倦和憎恶，但这是她第一次将如此恐怖的词加之于它。

深泓没有与她争执。毕竟他的母亲是从死亡之地回来的，无论这个世界在她眼中曾经是什么样，现在一定变得大不一样了。

数年之后，端妃的那支青竹管回到了宫廷，从此死亡的香气在属于深泓的宫闱中飘荡不散。深泓在画里、文字里多次看到修罗场的模样，他想，如果修罗场有气味，就该是“沉梦”的香。

时间在宣城的流动，原本总是慢吞吞的。忽然，万事变得紧迫起来——如果死亡触手可及，那么余生就会加快速度。深泓飞快地成长，生命中需要面对的一系列大事接踵而来。

素若星在宣城的第一次露面，那么突然又特别，他一生都无法忘记。

那天是夏季的某个初六。依稀是个大雨过后的清凉夏日，深泓记得不是非常清晰。似乎那天，她之外的一切都很模糊，只有她是鲜明的。

深泓记得，太安王府的马车送来一个陌生的中年人，清秀少年随后跟了下来。中年人身材高大魁梧，气度不凡，而那少年体格弱小，伶俐俊秀。深泓见他们在端妃面前跪下时，心想：真是奇妙的组合。

端妃一见那中年男子就由衷欢喜，深泓强烈察觉到她真心的喜悦。

“惜今！”她热情地称呼对方的名字，一旁的深泓无比诧异。

“小人李惜今拜见梁王殿下、端妃娘娘。”中年人抬起头时，双目透出温和坚定的光华。那双眼睛，让深泓不能讨厌他。

“这是繁阳李氏第六代当中的好手。”端妃向深泓介绍时，声音里透出别样的韵味。深泓看了李惜今一眼。繁阳李氏以剑术闻名，这样一个人出现在此地，当然不是来喝茶叙旧的。他会成为这人的弟子。

“小人受永宁郡王所托，探望梁王殿下和娘娘。”李惜今的措辞简短谨慎。

端妃点点头，没有多说什么，只问：“现在会不会太晚？”

李惜今那双眼睛仔细在深泓身上打量一番，笑着回答：“对梁王殿下来说，足够了。”

深泓因此松了口气——他这年十三岁，虽然从含玄那里学来一点皮毛，但他自己也没有十足信心能掌握真正的剑技。不过这师父对他有信心，认为他能学到更多东西，对一个皇家子弟来说足够用。更让深泓觉得轻松的是，自己能够毫不费力地解读他们的对话，尽管成人间的对话小心而隐晦。

与此同时，他也发现，李惜今身边的小孩子也能听得懂大人们在说的事情。他正在向深泓微笑，像是祝贺，却带有出于私心的快乐。深泓的心突地跳了一下，觉得这小孩子一刹那的笑脸，明亮得胜过周遭一切。他不知道这是谁，端妃也不知道。她问："这孩子是……"

"是小人现在的弟子。"李惜今恭敬地回答，依旧惜字如金，"他无处可去，所以小人走到哪里都带着他。"

端妃哦一声，不再多问。

那天，离宫中举行了皇子们通行的拜师礼。

让深泓感到不安的是端妃的眼神——当它们追逐这个远道而来的男人时，舞动出灵活的光彩。深泓不想在李惜今出现的第一天就怀疑自己的母亲，然而心中已经萌发出难以抑制的阴霾。

端妃看出他的疑虑，平淡地说："他曾经在我家担任教习。不过我那时没有学剑技，学了射术。所以，他其实是皇后一个人的教师。"

"您为什么不学呢？"深泓当着李惜今的面这样问。

端妃毫不避讳，宁静地回答："我不敢。和宛嵘一起学剑，她也许会强求我一起练习——我没有'在她剑下绝不受伤'的把握，尤其不敢用这张脸冒险。"

深泓偷看李惜今的反应，发现他无动于衷。

"这柄'冰洗'，原本是李先生送给皇后娘娘的。"端妃向深泓笑道，"他们都到了殿下身边，殿下要懂得爱惜。"

她说罢，携着梁王，亲自带李惜今到他暂住的地方。可李惜今却说："小人不能在这里住。日落之后，小人就到城外的马车上休息。"

端妃怔了怔，慢慢地点头说："这很好。"

深泓立刻接口道："我会让人送给先生一切应用之物。"

李惜今又毕恭毕敬地说："马车狭小，请殿下与娘娘收留小人的弟子。"

这件事于是圆满解决。李惜今当天就开始教深泓一些基本的技巧，夜幕初降便赶着马车往城外去了。

深泓独自琢磨他教的东西，觉得似乎并不艰深难懂。练习一会儿之后，他看见含玄悄悄地从角落路过。

"你去哪儿了？"他问。

含玄从容地回答："宫女不便四处行走，所以端妃娘娘让小人给李先生送去一些被衾、酒菜。"

深泓不以为意，继续练习。又过了一会儿，李惜今的小徒弟偷偷摸摸在暗里观望。深泓察觉到他的目光，停下来问："你跟着李先生多久了？"

那孩子向他甜美地笑笑，说："七年。"

深泓大吃一惊："那你岂不是高手？"

"差得远呢！"那孩子呵呵笑起来，声音清爽利落，"我很不成器。"

深泓喜欢他这样坦率的态度，柔声问："你叫什么名字？"

"星儿。"他转动黑亮的眼睛，狡黠地回答，"我叫星儿。"

有些高手自己实力不俗，但不会教，而李惜今常年充当教习，擅长教导。有些教师虽然会教，但面对皇子提心吊胆，技艺大打折扣，李惜今则一丝不苟，没有些许轻懈。

当这个魁梧的人握住剑柄的一刹，浑身立刻笼罩别样的气势。那肃穆的气势好像涟漪向外荡漾，令周围的人精神一凛，不敢小窥。他拔剑出鞘时神情专注，不等剑端美妙的振音散去，他已经挥出一片凉风。他的剑名为"焕雯"，舞动时剑光灿烂，仿佛在主人周身环护一道飞电，随着剑式翻成圆满的光华。

"冰洗"也是一柄好剑，剑光却像流动的冰泉。深泓不愿这男人瞧不起他，遂用"冰洗"施展他学到的一切，但每一剑寒意逼人，没有那种流畅而令人向往的流光溢彩。

李惜今很少对他的招式发表评论，只是纠正深泓的姿势和力道。有时一天的练习结束，他也仅仅是满意地向皇子点头，不置一词。

数日后的一个正午，一向安静的庭院忽然喧闹。深泓抬头观望，见一群人涌了进来，为首的是他舅父永宁郡王和端妃。

风尘仆仆的素宛峻脸色苍白，不向深泓行礼，径直快步走到李惜今面前，颤声喝问："她在哪儿？！"

李惜今一见永宁郡王就跪下，头低垂着，如同世间所有的家奴。深泓看不起他的举动，轻蔑地扫了他一眼，又厉色注视舅父。

永宁郡王向深泓施礼，可抬起头时，又是一脸愤愤。深泓顺着他的目光看去，见星儿从另一边的院门走过来，浅浅地笑着向这些大人跪下："拜见梁王殿下、端妃娘娘。"说罢又站起来向永宁郡王躬身，"父亲大人。"

"若星。"端妃嘴角轻轻挑起，深泓也很难说那是什么意思。

"你是若星。"端妃从没见过这个侄女，但不会搞错。素宛峻膝下有众多儿子，却只有一个女儿素若星。

"星儿！"素宛峻瞪着他的女儿，咬牙切齿地说，"成何体统！立刻跟我回去。"

深泓好奇地打量这位表妹，见素若星抿嘴一笑，仰起头时，脸上没了天真烂漫的孩子气。

"女儿已经在宣城离宫留宿多日。"素若星昂然说，"夜晚更是与梁王殿下同室而眠——就算父亲想让我入宫，怕是风言风语也不会放我顺利地进去呢。"

深泓见众人都望向他，只觉得可笑又可气。这位表妹整天整夜地穿着男装，他从没有戒备，让她钻了空子。

她说下榻之处的老鼠扰人清静，恳请在梁王寝殿的外室暂息。深泓只当是个小孩子，又想向她打听李惜今的底细，就准了。她只是说了一会儿话，就到外室的坐榻上安然入睡。深泓还有短短片刻觉得她毫无心机，没料到她有这般面目。

众人见梁王只是微笑却不辩解，一时反而尴尬。端妃泰然自若地站在一边，等着看这场面如何发展。素宛峻脸色灰青，伸手拉住女儿叱责："风言风语自有我应付——你以后只管老老实实地在家待着！"

素若星甩开父亲，笑嘻嘻地说："就算旁人没有说三道四，那皇后呢？她会怎么想？"

她说了这话，旁边立刻一片死寂。深泓知道她戳到了永宁郡王的痛处——端妃与皇后共有五个弟弟，而素宛峻从来都与端妃比较亲，皇后总疑心他想助端妃东山再起。他送来一个剑师已经有些冒险，偏偏他的女儿也千里迢迢地跑到宣城，到梁王殿中自荐枕席……

端妃看场面僵硬，将不相干的人一概遣退，半认真半打趣地问弟弟："宛峻，你生了个好女儿。现在怎么办才好呢？"话虽是向着永宁郡王说，眼睛却饶有兴致地看着素若星。

素若星向端妃欠身道："侄女愿从今往后侍奉姑姑与梁王殿下。"

端妃轻哦一声，没有表态。

素宛峻叹口气，侧身向端妃道："见过她的人，都说她的性子像姐姐小时候。"

端妃不答话，却问素若星："你的堂姐妹们比你更好看？做事比你更机灵？"太安王府这一代除了若星之外，还有三个女孩儿生在同年。

若星想了想才回答："姐妹们各有千秋。"

端妃嗤笑道："看到别人的优点后，不敢与人去争，这种人我最看不起。你若是自认入宫比不过她们，来我这里找退路——劝你不必丢人现眼，梁王他配得上最好的。"

若星坦然回答："侄女并非胆怯，只是碰巧和她们想要的东西不一样而已。"

她说出这句话时，展露的笑颜让深泓看了大为惊奇。皇家选女七年一筛，最近的一次在两年后。如果她是准备入宫的女孩儿，今年应该是十二岁，然而她笑的那一刹完全像是更加年长的女性。

端妃绕着若星转了一圈，哼了一声："既然梁王看得起你——"

她向弟弟点一下头，转而对深泓说："殿下，妾上表为您聘太安素氏的女儿若星，如何？"

还有什么"如何""不如何"呢？深泓心想：他这一辈子到现在为止，除却那些卑微的宫女之外，只见过若星一个年纪相仿的女孩而已。

永宁郡王执意要狠狠处罚李惜今，端妃认为他已经是梁王的老师，不可再当作昔日素府的门客那样对待。深泓向若星递个眼色，在他们讨论的间隙溜出去报信。两人的老师当众受辱，他们一样颜面无光。

可是有人比他们更早一步。

深泓和若星看到含玄在他们前面飞奔，跑近李惜今的马车时，他大叫了一声：“师父！”

午后的风掠过寂静的原野，草尖上荡起一片沙沙声。清风带着含玄的叫声扑面而来，深泓恍然大悟——李惜今的教导没有让他觉得难以接受，并不是因为老师因材施教、擅于点拨，而是因为他学的一直就是同样的东西。

当这个男人在太安王府里教授女孩儿们剑术时，府里除了日后的端妃与皇后，还有崔家年纪相仿的女孩儿崔寄篱——含玄的母亲。李惜今并非只有端妃一个朋友，也并非只有一个朋友拜托他教导孩子。

从马车旁转过身的李惜今看到了深泓和若星，无可奈何地笑了一下。含玄也回头看见了他们，一愣神之后，恢复了谦卑平静。

“你是他的老师？”深泓走上前问。

李惜今并没有否认的意思，坦言道：“从他四岁时起。不过，时间不长。”

若星叹了口气：“原来，从前先生每到双月就要出门二十天，是拿了我家的月饷，教别人去了。”

李惜今没说什么。深泓也不说什么，转身要离开。

“殿下不打算责备小人？”李惜今问。

深泓瞥了他一眼，漠然说：“不自量力的人不值得我责备——谁都知道，太安王府一旦抓住崔寄篱，就不会轻饶，而你在太安王府执教，却每年要去崔寄篱那里六次。如果我没想错，她就是这样被抓住的。太安王府怎么可能放心一个住在自己家里的人自由自在地到处走？”

李惜今的嘴角抽动一下，满脸愧疚地看着含玄。深泓觉得这里已经没有他要做的事情，不慌不忙地往回走。若星似乎并不知道崔寄篱是谁，只觉得其中不像有好事，于是指着含玄向李惜今道：“先生，若不想让他遭罪，教过他的事情就不要再提了。”

“小姐……”李惜今面对若星时，神态自如了许多。

若星摇头说：“皇子的教师是不能另外收徒的。倘若收在前面，也无可厚非，但他恰是梁王扈从。端妃自信梁王有高人指点，胜出这扈从百倍。倘若知道他真正的师承，怎会容忍儿子的身边另有高手，随时威胁梁王的性命呢？”

李惜今连连点头，又蹙眉道：“但是，梁王殿下向人提起此事，该怎么办？”

若星眨了眨大眼睛说：“梁王殿下少言寡语，别人说与他同室而眠，他不屑分辩，又怎么会在这样无足轻重的事情上多话？”

每次这个女弟子说得头头是道时，李惜今总是忍不住向她的推断发难，就像成年人喜欢逗聪明的小孩子。于是他说："可他只是个孩子，难免会说溜了嘴……"

"梁王殿下不是孩子。"含玄神情郑重，淡淡地说，"他是十三岁的王。"

若星没有正眼看含玄，向李惜今浅浅一笑："老师，不要拿你见过的那些舞刀弄剑的小孩儿同皇子做比较。"

一个是他钟爱的第一个徒弟，另一个是与他很谈得来的女弟子，李惜今对他们没有戒心，还有些好奇，因此直截了当地笑着问："那么，'皇子'是什么样的小孩子？"

男孩一本正经地回答："有朝一日，他会让天下见识其威名。"

"他生来不是嬉戏取闹的，他是为另一些事情而生的。"小姑娘含笑说，"所以老师待他，不可以像对待以前教过的那些素氏的女孩儿。"

看到他们的神态，李惜今忽然产生一种错觉：他们不是老师与学生，不是成年人与小孩子，他正在注视将来要统治他、统治天下的人。

梁王纳妃耽搁了一段时间。据闻，有些人觉得梁王年纪尚小，不必急切成婚。但后来不知为什么，事情又变得顺利起来。深泓常常觉得，身在僻壤，不能及时知道远方掌握他命运的人在想什么，是一件麻烦的事情，因此他也更加佩服端妃长年累月的镇定。

第二年春天，若星嫁到宣城。深泓在宣城的城门上迎接，放眼看到原野上一队衣着光鲜华美的人马，仿佛一道缓缓流动的虹霓。他笑着对身边的含玄说："送嫁的排场很气派。"

"那是为了配得上您。"含玄很机灵地回答。

这道彩虹停在城下，从中分开，若星款款走出来。即使是见过很多宫廷美人的宫女们，也对她的容貌和仪态赞不绝口。这女孩儿放在宫廷中会熠熠生辉，她们不明白她为何急着嫁给放逐蛮荒的皇子。

而若星在她们的疑窦中露出坚定的笑容，步伐充满自信。她才十三岁就成了梁王妃，成了同年所生的选女们当中唯一一个早早嫁人的，也是日后唯一一个真正入主皇宫的女人。

成婚第二年，年轻的深泓与若星为人父母，得到了他们的第一个女儿。

若星生产时年纪尚小，宣城的气候又过于寒冷，一切都为女儿的生养增添了许多危机。孩子出世时是那么脆弱的一个小小婴儿，深泓和若星常常担心她游丝般的呼吸会随时中断。

这个时常在阴阳界线上飘忽不定的生命，却让宣城的三个皇族捕捉到了些微希望。因这个小小的女婴也是皇帝的第一个孙辈，皇帝恩封她为凤烨郡主，准深泓携妻儿参加当年的皇家狩猎。

端妃以若星太年轻，不足以照料体弱的孩儿为理由，随深泓一起来到猎场。她没有资格伴驾出猎，于是没有准备猎装，而是挑了一身袍袖皆宽的长裾罗裙，把岁月带给身材的变化全隐藏起来。

当途经草原的风吹到营地，朝阳在端妃身上投下第一缕金光，深泓不由得向母亲微笑。她衣袖飘飘，风姿绰约，同营地另一边的皇后相比，她与马背上那位英姿飒爽的帝王更加般配。

深泓望向皇帝时，皇帝也望向他，目光很快一转，落在端妃身上。端妃原是侧身向他，片刻之后像是察觉到他的注视，款款旋身行礼。她动作轻盈优雅，仿佛还是双十年华的妙龄女子，神情间并不如何亲切，也没有显出对多年后的重逢感慨良深。深泓密切留意父亲的反应，却见他恍若无事一般，随意地掉转了马头，仿佛方才只是偶然和一个形似熟人的陌生人四目相对。

深泓在他策马转身的瞬间，目光也冷了下来。

“跟在他身后，到你应该在的位置。”端妃对夫君的反应不以为意，拉着深泓的缰绳，不疾不徐地嘱咐，“你要向我保证，无论是谁，都不能让你从那个位置离开。”

作为最年长的儿子，深泓应该到一个距离帝王很近、很亲密的位置。他心中不自在，淡漠地说：“我与他已经分别八年……不，我们已经十五年没有见面。”

“那么，我等这一刻已等了十五年。”端妃向儿子坚定地微笑，“不要让我失望，不要让我等更久。”

深泓在马背上俯视母亲的笑脸，慢慢地回敬她一个微笑。

就在同一天，深泓见识了秀王深凛。十二岁的秀王长得极像深泓，在人丁稀疏的家族成员之间，他们最像亲兄弟。

深泓惊诧秀王能在帝王身边那样自在地嬉戏笑闹，然后惊诧弟弟的骑术和箭术如此高明。深泓知道，自己潇洒娴熟的骑术令许多准备看笑话的人衷心折服。但马背上的秀王矫捷自如，仿佛他是由马化生，与他心爱的坐骑能够心意相通。小小少年全然无视骏马疾驰，从容悠闲地搭弓引箭，惊鸟走兔应声扑地。每当他提起猎物，皇帝都报以嘉奖的笑容，然而秀王并不满足。八岁就猎杀黑熊的他目光灼灼，一直在寻找更值得炫耀的猎物。

与活跃的弟弟相比，深泓格外珍惜自己的弓箭，始终没有特别的表现。秀王对这位突然出现的哥哥感到好奇，既不明白深泓为何一来就紧紧跟随在父亲身后，也不明白深泓为什么背着弓箭却不打猎。

“皇兄不会射箭吗？”秀王大大咧咧地问。

换了别人，大约会觉得这是挑衅，但深泓看得出来他的弟弟没有挑衅的心机。他温和地说：“不太擅长。”

“那你怎么不趁此机会多练练呢？”秀王真诚的态度毫无恶意，也许他只是想同初次见面的哥哥找到能够共鸣的话题，一边拉扯弓弦一边说，“我也不喜欢猎这些小狐狸、小野兔，可是不多练习，日后怎么能跟着父皇平南？”

深泓的眼角向皇帝微微地斜睨：“平南？”

秀王兴致勃勃地说："他日父皇铁骑南下，一统河山，我定要当个先锋。不早早练就本事，怎能建功立业？"

深泓的心怦地一跳，去看皇帝的神色，却见他不喜不怒，只轻轻在秀王背上拍了一下。在深泓看来，那一掌似有责备之意，但秀王却错认为是嘉赏。

皇后望向自己的儿子时，带着母亲的自豪。多年不见，她依旧文雅，眼梢微微下垂，添了几分慈善，一身猎装难掩其温柔风范。当她温和的双眼转向深泓时，又带着胜利者的高傲。同沉默寡言的深泓相比，秀王是众人的焦点，作为母亲和皇后，她希望深泓明白，秀王的璀璨无人可及。也许她还在希望，深泓能像襄妃与邕王母子那样，在一个无人关注的角落里沉默。

深泓以一个气定神闲的微笑回应这一切。他的微笑并不能称得上温暖，然而从容得体。随行的扈从大臣们觉得这位骤然降临的梁王神秘难测。他年纪虽小，可态度成熟深沉，举止沉稳。于是，不少人在心中产生一个奇妙的想法：与那个有九成把握即位的嬉笑小儿相比，这一位似乎更有帝王的风范。

皇帝对深泓态度疏离，一路也没有说几句话。深泓也无意急着引起他的注意，便用这机会静静地观察自己的父皇——他看起来还很年轻，也许岁月偏爱他，留给他的痕迹那么轻微，轻得超乎深泓的想象。借助这优势，他的英俊也超越了深泓的想象。深泓一直以为自己面目中的美好都来自母亲，今天才发现与他相似之处更多。

他一直默默地看着、听着，从皇帝传向周遭的每一个暗示中，揣摩他是怎样一个人。不知不觉，他们来到了半山腰的半醉台。

宴饮之后，皇帝见幼子嬉闹大半日已有倦意，说："时候不早了，当即刻出发，早去早还。"

皇后温柔地笑了笑，拉着秀王，打算在此处好好休息。往常也是这样，她与儿子就在这里等皇帝带亲卫从山顶折返。

深泓一边站起身，一边想：皇帝竟然是个体贴的父亲。想罢，他已经站在皇帝身边。他答应过母亲，绝不从皇帝身边离开，无论到哪里，他都要跟去。

皇后见状，轻轻蹙了蹙眉头，暗暗憎恶深泓不识眼色，一时也不愿由他们父子撇下秀王。

"泓儿不累吗？"她的声音温绵，叫得亲切。

深泓淡淡地笑着反问："凛儿已经累了吗？"他的声音清澈，话虽让人难堪，可话锋中听不出一丝逼人的气势，更像是长兄体恤年幼的弟弟。

秀王瞪着大眼睛，打量这位陌生的皇兄。从他的眼睛里，深泓能看出来，这个孩子真是个孩子，好像并不明白哥哥与母亲之间的对话有什么趣味。他的眼睛滴溜溜转了转，问哥哥："山顶上有什么好玩的？"

深泓脸上还是那样的微笑，轻软的声音回答道："随侍圣驾自然要护持前后，岂能以一己好恶辛劳，轻离左右？秀王应当同去才是。”这话说完，周围便有几个侍臣颇以为然。秀王闭上嘴不再言语。深泓看得出来，弟弟从那一刻开始不再喜欢他。

这段插曲，皇帝尽收眼底。一路上，他都不置一词，这时候忽然说：“想要护卫在朕左右，也要有那能耐。潘公公，取一张弓来。”

旁边有个近侍呵呵笑着走上前来。深泓瞥眼瞧见他态度自若，又见皇后神情放松，知道这人必定在圣驾与中宫面前都得宠。再仔细一看，认得是曾经去宣城赐剑的潘公公。看他服色，知道他又混到了御前。

潘公公呈上一张通体漆黑的弓。皇帝和蔼地向两个儿子说：“谁能拉开这张弓，射下那棵树上的白花，谁就同我上去。”

秀王原本是无所谓，这时却不愿在皇兄面前落下风，看了深泓一眼就抢先拿起弓箭，然而拉了四五次，总是拉不开。他自小同父亲一道狩猎，从未遇到过这种尴尬，不禁涨红了脸。

皇帝看看深泓的体格，摇头道：“这张似乎太强，换一张吧。”

“君子一言，金玉不移。”深泓说着，把自己的“裂鬼”放到一旁，拿起那张弓，决意全力一试。

狩猎并不是他的长项，射术也只知端妃亲传的那些。至于弓……他与一张“裂鬼”相伴多年，并无与强弓较力的经验。可一箭射出，远远的树梢一颤。白花飘零时，深泓恍然大悟——他母亲骗了他。

她说，“裂鬼”名字可怕，却非强弓。

她说了谎话。

那次狩猎，竟成为一个时代的终结和另一个时代的肇始。

皇帝在山巅的寒潭落水，深泓沉默地目送面色泛青的父皇被人群簇拥着远去。他沉默地回到宣城，仿佛对京中种种风言风语不为所动。

当日一同出猎的素将军很看重深泓，想把两个尚未出嫁的女儿托付给他。这两位出身武威素氏的少女早生了两年，不入皇家七年一次的选拔之列，比深泓年长少许。深泓闷不作声时，端妃已痛快地答应。

提亲的人离去，深泓在屏风后面看见安静的若星，一时不知该说什么来解除尴尬。若星却先道：“素君念、素君惜两位小姐才情高雅，在京中颇有盛名，足可匹配殿下。武威将军手握重兵，护卫京畿，实是难得的臂膀。良机难逢，殿下切勿犹豫。若是武威将军愿助殿下一臂之力，妾愿将梁王妃之位让与将军之女。”

“你不必这样。”深泓没有接受她的退让。她这一步退得太过大义凛然，他不敢接受盛情，况且他也根本不可能接受——他的母亲、她的姑母，就算不喜欢若星，也不会同意将未来的皇后之位拱手让给别的素氏。若星虚假的委曲求全，还是不要深究比较好。

不久之后，宣城离宫添了君念与君惜，深泓很快开始通过武威将军收揽盟友。太安王府的人来了又走，每次，端妃都会怅然许久，有时一整天不作声。深泓可以从她的表情中猜到，皇帝受寒之后的病情每况愈下。

他一定要更快、更快才行，得到更多的支持，汇聚更多的力量。这关键的一刻，与他射落树上的白花时相似，要当机立断，一击必中。

结果，他确实又一次拔得头筹。

皇帝染上风寒晏驾，一纸诏书送到宣城。深泓这样一个沉默的皇子，被撒手人寰的父亲寄予厚望。他将整个帝国交到他手上。宣城里的三位落魄贵族一步跃上了天下顶峰。

很多人觉得不可思议，其中包括若星的父亲永宁郡王。

"这世上还有娘娘做不到的事情吗？"他前去宣城迎接，跪坐在端妃前方，比任何人更早前来表达他的效忠之意。

端妃领受他的谦卑，但并不居功，望向身边的深泓，含笑说："这不是我的功劳，是梁王殿下值得托付。"

"有句不敬的话，万望娘娘不要见怪。"永宁郡王大胆抬眼扫过深泓那张平静的脸，惴惴不安地说，"不知秀王是否做错了什么？先皇遗诏是否还有玄机？秀王的朋友……一样也是我们家的朋友，实在不忍心看到他们受牵连。"

端妃冷笑说："怂恿秀王在先皇面前说出'平南'的话，实在不像朋友的作为。"见永宁郡王发愣，端妃面无表情地说，"铁骑南下，一统河山？先皇为政二十余年，殚精竭虑，耗尽毕生心血才收拾了前朝南征的疮痍。这些平南派说不动先皇，竟去煽动秀王。宛嵘只知道要秀王彰显大志，却不知慎选亲近。那小孩子好大喜功，心里种了平南的念头，岂不是日后祸患？倘若早知他们母子愚蠢至此，倒能省下我许多力气呢。"

永宁郡王直愣愣的目光低垂下来："原来传位梁王是为这缘故……如此说来，没有任何令人费解之处了。"

端妃无意与他多话，蹙眉问："说吧，你还带来谁的口信？"

永宁郡王垂着头说："老王爷与王妃恳请娘娘放过京城里的那对母子。"

端妃半晌没有言语，永宁郡王抬起头说："他们也曾为你和梁王这样求过人。老王爷与王妃年事已高，娘娘怎忍心让他们承受晚年丧子之痛？"

"他们也为我求过宛嵘。而现在是什么样的结果，我们都看见了。他们不愿承受丧子之痛，我也不愿意。"端妃悄然转脸望向窗外，面容之中隐约透出凄凉。

"代我转告父亲，天下只有一个丹茜宫，何苦要送两个女儿去？"

深泓前往京城登基，迎接的人群中没有他的外公。永宁郡王赤着脚，披散头发，一副潦倒骇人的模样，在城门前拦住端妃："老王爷说他早就料到，从皇后手中保端妃容易，从端妃手里救皇后难。娘娘的教诲，他铭记于心。日后我太安素氏，纵然百子千孙、家家有女，也只准一个入宫伴驾，不准二女同嫁一人。"

身披铠甲的端妃僵坐车中一动不动，生硬地说："这是他怪我、激我，一时的气话。不过我倒希望真能如此——百年之后再看，这决断是我们父女给太安素氏积下的功德。可惜他今日没来。改日来了，我该为这话，亲奉一杯酒。"

永宁郡王咬牙说："老王爷当初答应过皇后，若有今日，必要保全她与秀王的性命。眼看做不到，气得中风了。如今瘫在床上，只怕从今以后哪里也去不得，命我代他披发跣足，最后求娘娘一次。"

端妃一时怅然若失，旋即苦笑："我若是孝女，该看在他中风的份上点个头。可我若是孝女，便为我儿留下隐患——只好不孝了。"说罢握紧手中剑鞘，抵在永宁郡王肩上，用力将他推开。

艰苦的事情远未结束。不，才真正开始。

回到京城的第一天，端妃就在先皇的梓宫前一剑斩下怀敏皇后的头颅。

"妹妹，你手里拿的是什么？是他留下的诏书吗？姑且不论是真是假……妹妹，他已经死了，一张纸能保得住你吗？现在能决定你生死的人，是我——可我们都知道，我不会放过你。这是妹妹你教给我的。就算像你当初对我做的那样，放逐你，你也可能会回来。"

素宛嵘抿着嘴一言不发。她到死也没有发出一声哀求，只是在望向深泓时，眼中隐隐乞怜——那不是为她自己，而是为她怀中的儿子。深泓动了恻隐之心。当端妃挥去剑上的血迹，把"冰洗"交给深泓时，他收剑入鞘，而不是像端妃期待的那样直刺进秀王的胸膛。

"我饶他不死，到皇极寺修行。"深泓说话的口气不容置疑。端妃显然不同意，但只是嘴唇动了动，没有反驳。从今天起，他不仅是她的儿子，更是天子。

士兵拖着双目发直的秀王离开。当天夜里，他就从皇极寺销声匿迹，很快带着不知怎样聚集起来的叛党占据了北部数郡。深泓即位之初的第一个决定，换来旷日持久的战争。

深泓与若星领大军前去平叛，京城中只剩下已经成为太后的端妃。先皇的三个弟弟伺机在京谋反，领兵打到了宫墙之外。太后亲自指挥抵抗，气势不凡，但三位亲王还是小看了这个女人。

其中一位亲王在宫墙前辱及太后清誉，提及剑师李惜今曾在宣城长居，从此之后，太后就不敢穿纤瘦合体的衣服。他还没有说完，就死在太后箭下。

后来，含玄带着一队为数不多的人马回京救护，亲王们在前后夹击下溃败，他们的家眷也跟着遭殃——其中有若星的堂姐妹。她们按部就班地入宫，然而遭逢皇帝驾崩，不幸散入三位谋反的亲王的府中。

半年之后，深泓重创秀王的军队，从战场上归来。他原想宽恕若星的三个姐妹，以流放代替死罪。

然而，他的母亲冷笑道："陛下还没有长进吗？若是当日赐死秀王，何来北郡之乱？谁能断定，珲王他们的家眷绝对不会复仇呢？我们母子的经验足可说明，把野草的种子撒在荒城，它们还是会长回京城，成为参天大树——这样的草，只要我们两株就够了。"

深泓看着她，无法反驳她的道理。她是能对一母同胞痛下杀手的人。

今日提起了秀王，太后又嘲笑深泓："你放了自己的兄弟，只好去杀死更多人的兄弟，最终不得不把你放走的那个也杀死。何必费这个周折呢？"

深泓安然道："尽管如此，我那时还是要放过他。他会不会叛乱，尚未可知。他是我弟弟，却是确凿无疑。"

"那么我不仅高估了陛下的善心，还高估了陛下的眼力。"太后冷冷地说，"'尚未可知'？他会叛乱，几乎是人尽皆知！"

"就算如此，我的宫廷里也绝不能容忍骨肉相残。"深泓说，"皇后的堂姐妹免去一死，流放樵城。"

若星立刻跪下来谢他的恩典。而太后又是一声冷笑："陛下真是个仁君，对待罪人，比别人对我们要好得多呢！"宣城是最差的归宿，而樵城相对更易于安身。

深泓缓缓地说："太后似乎忘了，她们也是您的侄女。"

"我没忘记，我的侄女都是一些可怕的人。"太后面无表情地回应他，完全不顾若星这个侄女就在一旁跪着。难得若星听了这些话之后，脸上全无一点难堪，反而更加屏息凝神，恭敬地聆听太后教训。

深泓带着期待地看了他母亲一眼。他不希望看到，曾经一起于宣城共度凄寒岁月的三人，在这时仿佛各自独立于一角危冰之上，彼此虎视眈眈。太后明白他的心思，冷笑一声，遣退皇后。

"你知道，人的改变比任何变化都可怕。"太后对她儿子说，"我们已经不再是端妃、梁王和梁王妃，不再是为了同一个目的，一起努力要回到这里的那三个人。让我们三人联系在一起的宏愿已经实现，你终于君临天下。一个愿望实现之后，人们就会有更多的愿望。现在，我们三个都要为自己的愿望而活了。"

她和蔼地看了看年轻的君王，微微一笑："你的父亲只有一点值得佩服——他从来不把素氏女子当作知己，宁可忍受内心孤独，也不选择爱上素氏。"

"我并没有爱上她。"深泓缓缓地说，"我从来不明白那种感情。"

太后深深地注视他，目光不知是安心还是遗憾，最后只点点头说："好。还是那句老话——寡情少难，多情多艰。"

深泓离开她的身边，在花园的小径上看到他年轻的皇后。若星的仪容光艳照人，神情柔和典雅，连浅浅的笑窝中都满含体谅。无论何时看到她，深泓都对自己说：这真是个无可挑剔的皇后。

周围人退下之后，她上前挽住他的手臂，轻声说："多好的花园！"

“与你一直想要的，有几分相似？”深泓柔声问。

她仰头，星眸中闪烁着慧黠：“到明年春天，就会一模一样。”

当然，她是这里的主人了，任何东西都会随她的心愿。

深泓换个话题：“太后近来心情不好。”

“为了那个李姓侍从。”若星说，“因为他随秀王跑到了北郡。”这个消息在前天已坐实。自那一刻起，若星不再承认李惜今曾经是她的剑术老师。

“奇怪的人！他原本是帮我们的。”

深泓不觉痛惜，喟叹道：“他一向是个重承诺的人。也许，他与深凛的母亲之间也有承诺。”他看了看妻子，又说，“太后因此迁怒旁人，你要忍让。”

“我知道她并非对我不满。”若星神情淡然，“人们都说我和太后年轻时很像，大概她也这样觉得。无论怎样抱怨素氏女子，或者怎样厌恶我，至多只是痛恨自己被生养、塑造成这样。”

深泓难得见她露出这般寥落的神态，轻声问：“那么你呢？可曾怨过？”

“我没有。”若星将头靠在他肩上，“我从不知道除此之外的生活是什么模样，所以没有羡慕，没有遗憾，不过……”

“不过什么？”

若星非常浅淡地笑了一下：“如果有一天我的侄女步入这座宫廷，我要对她很好，非常好。”

秀王叛乱久久不能平息，颇有天下大乱的样子。尽管深泓屡次将秀王的叛军击溃，但每次失败之后，秀王总是很快又在其他地方召集人马，继续气势汹汹地造反。六年之内，叛军占据北部，还没有称王裂国，只是因为深凛向往更完整的皇位。

北郡流传一个传奇：怀敏皇后临盆之前，梦到一位天神，九重彩云在他身边缭绕，十色香花在他足下盛放，在十二种瑞兽的保护下，他投身人间化身秀王，注定成为真正的天子。

太后被这故事逗得大笑，向深泓说：“去吧！明天你向天下散布一个故事——我在孕育皇帝陛下时，梦到满天遍布百万神佛，他们护持着一位足令任何言语都相形见绌的高贵大神，入我腹中。只不过，要等你在皇座上坐稳，这才能被称为‘神迹’，否则就只是哗众取宠的笑话而已——就像那个愚蠢的秀王正在做的。我想，陛下可以在他的罪名当中增添一项‘妖言惑众’。”

深泓没有理会母亲的取笑，问垂首坐在一旁的含玄：“将军，你怎么看？”

含玄敛容道：“和郡一战，实力差距已见分晓，陛下不须多虑。”

纵然有三个皇叔反叛，深泓身后还是有一批睿姓皇族。除此之外，素氏七家中，有六家站在深泓这边，唯一没有表态的是太安素氏。在这样的境地中，也没有人指望他们表态。秀王集结的是一批年轻人，其中不乏帝国的精华。他们相信自己拥护的就是正义，天道需要他们的力量来获得伸张。可惜，在这样盘根错节的帝国里，想以“正义”二字冲开一片天地，远不如依靠贵族。

“那么，让这一次成为最后一战。”深泓说，“带他到我面前。”

含玄深深躬身告退。像往常一样，沉默是他最有力的保证。

太后目送他披着甲胄的身影从容步出殿外，若有所思地说：“每次他出现，若星都会恰好遇到事端不来。”

这语调让深泓不舒服。他问：“您在担心什么？”

“他也该成婚了。”太后的口吻毋庸置疑，“我想将芳鸾赐给他。”

深泓稍稍蹙眉：“芳鸾有嫁人的打算？”她比含玄年长两岁，已经错过了最动人的年华，况且她的性格又是那样少言寡语、索然无味，让她看起来远远不止二十三岁。但她深得太后信赖。旁人都以为，她会毕生侍奉皇家。

“有什么关系？”太后冷笑，“芳鸾忠心稳重。像琚含玄这种人，在朝中没有亲族，日后必定营结朋党。那时你要如何了解他的动向？”

深泓的嘴动了动，还没有说出什么，太后就继续说道：“如今你格外开恩，准他剑履上殿，甲胄在身。这也许会让他对你亲近一点，感激一点，但也会让他开始自认为是你的心腹。渐渐，他会认为他的意见能够左右你……那时候，你要怎么反手抓住他的命脉？谁来帮你呢？”

深泓闭上眼睛，听到母亲说：“你难道真的以为，朝堂之上，会有所谓的朋友？”

看到深泓嘴唇轻颤却久久沉默，太后宽心地笑了：“那就这样决定。”

那一次含玄凯旋时，带来了秀王和李惜今。

见弟弟之前，深泓先去看了昔日的剑术老师。李惜今的面容仍然温和，凝望深泓时有一丝无奈。

深泓没有问他为什么投奔秀王，径直说：“你知道太后的为人……她将敌人逼到一败涂地之后，会放过他们，但她不会宽恕朋友的背叛。”

他看着李惜今，开始有点同情这个男人：“她向我要了你。”

李惜今还是什么也没有说。深泓知道他们之间无话可说，便问：“你还想要什么？”

“陛下可以让我见见深凝吗？”李惜今一直把含玄叫作深凝。

深泓点头应允。待含玄来后，他就避开了。但这毕竟是与反贼的会面，含玄为了避嫌，请皇帝和太后信得过的宦官宫女旁听。交谈的内容，他也一五一十地禀告深泓。

李惜今并没有说许多，只对含玄委婉地说：“我年轻时，为了某些缘故，进入一个与我有着天壤之别的高门中，作为一个特别的奴仆，教那里的小姐学习剑术。在去之前，我的师父和父亲已经告诫过我，绝对不能产生非分之想。”

他腼腆地笑笑，又说：“就算他们不说，我也不会有什么非分之想。让我爱恋她们，就像让凡夫俗子走入传奇，去爱恋神话中的女仙一样不切实际。可是，那时我太年轻，还是没能逃脱旖旎之想……令我心生好感的少女并不属于那个家族，她是崔氏女教习的侄女。我想，这应该不是禁忌，所以并没有刻意摒弃那种感情。”

含玄静静地听着，没有出声。

“然而她也有幻想。”李惜今没有指望面前这位年轻显赫的将军回应，犹自说，“她比我还傻——我知道另一个世界对我们这种人来说是神话，于是止步不前。她却不同。明明告诉她那是一个神话，她只是个凡人，可是她却一定要试试自己能否变成传奇。”

他叹了口气：“听说几代之前，有位姓田的女子在后宫留名。为这缘故，她也要尝试。她以为，只要有人曾做到，那她也可以做到。她以为，她虽然姓崔，但她与素氏明明一样聪敏，一样年轻美貌……她有资格在天下之巅占据一席之地。”

含玄抿紧了嘴。

“我看得出来，她有野心。”李惜今又说，“当我问她能不能和我一起走的时候，她用一种坚定的眼神望着我，说‘不能，不是因为我看不起你的出身，而是我一定要去更高的地方’。后来，她真的成功了。”

对往昔的回忆，让这个日渐衰老的男人变得温柔安详。

“那时我说，不跟我走也没关系——其实不是没关系。但我想要的，不再是她，而是想看她如何成功，如何用一对柔弱的翅膀飞到那么陡峭的地方。我对她已经不是最初那种感情，可还是放不下……”

含玄一言不发，转身作势离去。

“深凝！”李惜今叫住他，“你看，我和你母亲都不是什么好的榜样，但愿你……不要像我这样，一生迷恋一个野心勃勃的女人，也不要像你母亲那样幻想。”

含玄越走越远的脚步像往常一样稳定，他自始至终没有说一个字。

太后考虑了两天，终于想好了如何惩处李惜今。她命人将这男人的双手反绑，放在一匹劣马背上，任由那匹马向遥远的天际奔驰。深泓心头冰凉，看着母亲将弓拉成满月。她绝不会射偏，她是那样好的一个神箭手。

然而，当那匹劣马驮着摇摇欲坠的李惜今将要逃出一箭之地时，太后还是没有放箭。深泓当然不敢催她。一同伫立在城门上的所有人，没有一个敢发出半点声音。

忽然，那支箭毫无预兆地离弦，带着响哨，鬼啸一般飞向远方的男人。他在马背上晃了晃，又坐稳，颠簸着化成天边一个黑点，终于消失不见。

“射偏了……”深泓难以置信地低喃。

太后却像放下心头一块大石，坦然撇开弓箭，对她儿子说：“是啊，射偏了——不射这一箭，我不甘心，可射死了他，我会难过。”

深泓诧异于她的坦率，却见阳光下的母亲展开笑颜。

“啊，这是我近来的愿望——不要为了保持一贯作风，而做让自己后悔的事。”她轻松地说，“如果惩罚他，会比他的背叛更让我难过，我就放过他。”说完没有在城头多停留，也没有多看天际一眼，带着一队侍从离去。

深泓怔怔望着她，不知是否天下的母亲在孩子眼中总是这么难以预料。

那个男人从此不再属于她的世界，他们之间的一切在鬼箭的啸响中戛然而止，她不需为老友耿耿于怀，他与素氏纠缠的时代也就此结束。

深泓立在城头向天朗声一笑，不知有朝一日，他是否能像他母亲一样想得开。

天下在等待皇帝对秀王的判决。

秀王被囚禁在一处干净整洁的牢狱中，是他从小长大的宣惠宫。曾经是愉快成长的乐园，如今却是不见枷锁的囚笼。深泓也说不清，这是他给弟弟的仁慈还是残忍。

秀王不再是那个仰望哥哥的少年，如今他同深泓一般高。侍卫呵斥他为何不跪时，他也笑，但那冷笑与深泓的截然不同。

“跪天地，不跪你这弑君杀父的逆贼！”秀王收敛笑容的一刹目眦尽裂，发出惊天动地的大喝，让周围所有人神情一震。唯独深泓无动于衷。弟弟这套说辞早在他的预料之中。

秀王认定哥哥弑父。在他纠集的军队中，他也用这套说辞鼓动士卒。他的口才和英姿仿佛天生就令人信服，更何况，先皇确实是同深泓一起下了崇山后，没多久就猝然卧病，其中的内情无人知晓。这一切，使得深泓被他的敌人视为一个不折不扣的叛逆。尽管当日随侍先皇的人众口一词，咬定先皇是失足滑入山顶的寒湖——那湖水终年冰冷彻骨，先皇因寒染病并没有什么可疑之处——但唯一没有附和这套说辞的正是深泓本人。

秀王从不相信父皇会这样对待自己。以长幼次序来说，深泓即位无可厚非。但秀王作为受尽宠爱的嫡子，认为自己成了阴谋的牺牲品，要挥戈夺回他的皇座。于是，他在每一个有人愿意倾听的场合，散布骇人听闻的真相：深泓害死了先皇，端妃亲手用剑砍下了怀敏皇后的头颅。

深泓很少做出回应，因为他并不觉得自己欠秀王解释。口舌之争没有意义，实力才是决定成败的唯一因素。今日一切已见分晓，深泓终于决定要对弟弟说点什么：“朕并不是……”

“不要在我面前用那个字自称。”秀王昂然打断他的话，“你不配。”

深泓看着弟弟脸上那股宁死不屈的傲气，不由得微笑，却换来秀王憎恶的眼神。

“先皇染病，起因确实是在崇山之巅意外落水，并非别的。”深泓安然地说，“在他脚下的石块松动塌陷之前，他确实不喜欢我。甚至，他像你一样，憎恶我的微笑。”

虽然弟弟一副爱听不听的样子，深泓却没有改变说话的语调：“然而，当他下山时，已经不那么疏远我——是我在他落水时第一个跃入寒潭，比任何一个侍卫都快。因为我站在离他最近的地方。深凛，你该怪自己错失了这个机会。”

秀王的脸色倏然变了，一刹之后又恢复不信任的神态：“石块松动塌陷？你想让我相信这样的鬼话吗？”

“啊……”深泓含笑点点头，“是。那块石头确实动过手脚。先皇被引到那里，也是事先计划好的。如果当时在他身边的人是你，你也一定会奋不顾身地去救你的父皇，可惜你没有拉开那张弓。”

看着弟弟错综复杂的神色，深泓惋惜地叹了口气：“其实，那张弓也是事先准备好的。挑选弓的人熟知你我的臂力，特意拿出一张我可以拉开而你力所不能及的强弓。深凛，你在引弓之前，就已经输了。”

“奸佞小人！”秀王脸色苍白地咒骂一句。

在他愤怒的目光中，深泓静静地站着没有动，挺拔的身姿像一尊安详的神像。

那一系列事件之前，他也不知道，直到父亲落水的那一刹，他脑中顿时响起端妃的话：“到他身边。我等这一刻，已经等了十五年！”他立刻明白端妃要他不离父皇左右，等的正是这一瞬间。让疏离十五年的父子迈出父慈子孝的第一步，还有什么比共同经历一场惊险更有效？

不过，直到迈入皇城，端妃变成太后掌控后宫而没有为难潘公公，深泓才恍然大悟：“他从来没有背叛你，只是换了一种方式效忠。”

太后狡黠地笑了笑，说：“否则他怎么会特意挑出一张让你技惊众人，让秀王出丑的弓？”

“奸佞小人！”秀王咬牙切齿地再骂一声，“是你的阴谋害死我的父皇，是那毒妇害死我的母后！”

深泓勃然变色，身子虽然未动，神态却已让深凛瞬间望而生怯。

“真正的毒妇是谁，你应该明白，只是不愿意去想。”深泓冷笑着说，“我为了亲近先皇，害他染上风寒，而她却借机要了先皇的命——为了在他下决心选我之前，让你坐上皇位。”

“胡说！”

“如果你母亲能动手更快，此刻她的心愿应该已经实现。然后，把谋害先皇的罪过全部推到我名下，就像你正在做的这样。”深泓长长地叹了口气，“其实你知道，有些看起来楚楚可怜的人，死得不冤。”

“住口！”秀王再一次愤怒地大吼。于是，深泓闭口不提怀敏皇后的劣迹。没有哪个素氏女子一尘不染，换了深泓自己，也不能容忍别人用丑陋的事实揭发自己的母亲。

秀王缓了口气，问：“你想怎么处置我？”

深泓再度微笑，没有当即回答。他转身向外走，一直走到宫城城门上，走到已经等了一会儿的太后和皇后身边。秀王由士兵押送到城门下，不解地仰望兄长。

太后冷眼看着这对兄弟。仿佛料到深泓还是不会当众处死他的弟弟，她用极为冷淡的口吻问："对不信你有善意的人行善，有什么意义？"

深泓恭谨地回答："我听说，有种帝王叫作仁君，他们以仁爱治国。"

"呵，是这样的。"太后用低微的声音嘀咕，"你也可以成为那种帝王。不过，那种帝王只要对世人仁慈就可以了。只要对世人好一点，那么像秀王这样的家伙，你杀多少个，世人都不会在乎，依然会把你奉为仁君。"

深泓没有接她的话，俯瞰城下众人，朗声道："朕与秀王共承血脉，何忍相残？昔日秀王深得先皇垂爱，朕不忍伤逝者之心，特赦秀王无罪，于京中赐第。"

深泓一挥手，城下有人捧出一张漆黑的弓和一支箭。箭虽非崇山的箭，弓却是当日的弓："深凛，朕将一箭之地赐你兴建王府。东南西北，不管你意在何处，但射无妨。"

那张弓对过去的秀王来说不大容易，然而今非昔比。谁都能看出，这是皇帝刻意厚待弟弟。他竟这样放过秀王，让人难以猜透他到底在想些什么。过去他强迫秀王在皇极寺出家，那时的秀王尚未谋反。如今他却准许秀王在宫城之外、京城之内兴造府邸，着实令人费解。

深泓话音方落，百僚之中就有人发表异议："陛下仁慈友爱，恩泽四海。但秀王所犯的谋反重罪乃十恶之首，罪不容赦……"

"哈哈哈——"那人还没说完，秀王就大笑起来，轻蔑地抄起弓箭，仰面指向城楼上的深泓，笑道，"果然是慈善仁厚的陛下！多么爱惜手足，多么冠冕堂皇！连我都要相信，你会真的既往不咎。"

他神情戏谑，环顾四周道："我的王府，建在哪里好呢？唉，无论在哪里，都是你触目可及之处。无论我住在哪里，都要担心你有朝一日变卦，又来取我的性命。只要你活着，天下就没有能让我安心的容身之处。"

他忽然一个旋身，引弓搭箭对着深泓。仿佛料到他会妄动，城下守卫的含玄几乎在同一瞬间向他投出手中的缨枪。

弓弦嘣的一声断了，羽箭无力地扑落在尘埃中。银色的缨枪贯穿秀王的胸膛，鲜血很快蜿蜒成触目惊心的诡异图画。

那个刹那，所有人无法回神。短暂的死寂之后，城下轰然乱了起来。诸臣都失了颜色，唯独太后在城上噗地笑出了声："宛嵘的儿子，怎么是这样？"她用袖子捂着嘴，看不出是冷笑还是鄙夷，"让人失望！"

深泓的神色一丝未变，看着躺在血泊与灰尘中气绝的弟弟，悠悠地说："天真明朗，率直骄傲，带着不顾一切的决心和勇气——这是您不屑的孩子，却是先皇想要的孩子，所以他才被养成这样。"

太后微微偏头，斜睨了深泓一眼，点头说："不错。"

她看着城下忙乱的人群，叹道："这一次让人再也无话可说。你对他仁至义尽，他却以怨报德，真是死有余辜。"她一边说着，一边转头凝视深泓，"不过，还有小小瑕疵。

如果不是琚将军救驾及时，陛下岂不要被他射伤？天子性命，怎可儿戏？”

“您已经让人偷换了弓弦，一扯即断，不是吗？”深泓若无其事地说。

太后张了张口，欲言又止，最后嫣然一笑：“连我也不得不夸奖陛下了。”说罢，她在众人的簇拥下离开。

深泓向若星笑笑：“走吧。”

若星与他携手回到宫中，这才淡淡地问：“陛下已经知道了吧？”

“嗯。”深泓很随意地回答，“如果你说的是你事先叮嘱含玄，让他一见秀王妄动就格杀——我已经知道了。”

若星的神色似乎微微变了。她迅速地掩饰过去，说：“这么说来，秀王今天又输在挽弓之前。”

深泓见她对秀王的举措有些轻视，便问：“如果你给他出谋划策，会怎么教他保命？”

“当然是别去碰那张弓，二话不说地跪地谢罪。”

“是啊……”深泓点点头，“换了我，也是这么做。可他是秀王，出生就被世间至尊的夫妻疼爱，从小睥睨天下。他不会当众下跪，也不会觉得自己有罪。如果他懂得忍辱偷生，当初就不会从皇极寺逃走。他是在任何时候都选择豁出性命一搏的人。”

若星托腮望向她的夫君。他还这么年轻，可是若星觉得他似乎突然间又变得深不可测。他不动手，但他的敌人们注定死去。他们的死亡成就他的圣名，同时也不能诋毁他，不能让他在旁人眼中变成一个冷血暴君。

若星想着想着就笑起来。

“笑什么？”深泓问。

“唉——吾皇！”若星叹一声，笑着偎在他怀中，什么也没有说。

秀王伏诛，叛乱平定之后，四海廓清，天下归心。当显贵们提起新的皇家，总能想到：皇帝聪明敏锐，朝廷之事往往略加思索便能决断；太后威严公允，主持后宫井井有条。

在他们心目中，后宫主人是住在丹茜宫中，劝谏帝王、旁观朝政的太后素宛峥。至于皇后素若星……人们记得她有惊人的美貌，还记得她生养的大公主凤烨体弱多病，后来生的皇长子还未被立为太子，就在襁褓中病亡。再后来，她又生了一位健康的皇子和一位公主。去年生育的五皇子也是先天不足，刚刚满月就夭折。这是一个擅生不擅养的美丽女人。除此之外，人们对素皇后并无特别的印象。

太后一直没有让出丹茜宫，皇后一直屈居肃宁宫，这违背了皇朝的规矩。有人提议请太后移居长宁宫，但是皇帝没有允许。

“就让太后在那里多住一些时日吧。”深泓与若星携手游园时，对她感到有些歉意，然而仍然坚持这种想法，“她等那座宫殿，等了很久。”

若星望向园中的花木，目光不冷不热。

“陛下曾经问妾，这花园是否与妾所想的一样。”她含笑说，“妾以为春天来临，花园也会焕然一新。果然没有错——它变成了太后喜爱的样子。”

深泓察觉到她的怨气，隐隐觉得不祥，用严厉的目光责备她的不敬。若星垂下眼睛，无可奈何地笑了一声。

太后并不在意人们如何看她，她每天过得恣意顺畅。然而深泓开始默默计算，他想起自己与青衣少年的交易——从她差点死去的春夜至今，十年一晃而过，十年之后的一年也接近终点。他不知那时将会发生什么。每当那天更近一点，他也更加忐忑。宫里的人觉得他是在为太后烦恼——近来她总说梦到先皇，于是斋戒之后把自己关在太庙。

深泓接连几天几夜辗转难眠，索性也沐浴焚香前往太庙。

他的母亲庄重地立在先皇的绣像之前，背对深泓一言不发。深泓静静地等待，许久才等到她转身面对他。深泓向她微笑，脸色微白的太后却轻轻挥手，说：“不要在他面前微笑——他很讨厌你的微笑。你笑起来和我一模一样。”

深泓哑然，片刻之后才问：“您同先皇说了什么？”

太后奇道：“我同他有什么好说的呢？应该对帝王说的话，我也曾对他说过，但他渐渐不愿听。所以我把那些话全数给你，现在已经没有更多了。至于要对夫君说的话……等来生再说吧。”

“来生？”

“嗯，来生。”太后的目光穿过窗棂，眼中倒映出苍穹的微光，“他此生这样待我，我不甘不服。来生除了他，我还会缠着谁呢？”

深泓觉得，她说出这话的时候，语调中有着奇妙的期待。他低下头，低低地说：“我还以为，日后也许要为您另行安排陵寝。如果您不愿与他葬在一处，我会为您那么做。可是……母后，您嫁的其实正是您想嫁的人吧？”

太后走到儿子面前，莞尔笑道：“我做过自己不想做的事吗？”

“你们之间，为什么会变成这样？”

太后很想保持那轻妙的一笑，然而仿佛忽然提不起力气，只露出满脸无奈和凄凉。

“要知道，许多故事最大的不圆满，就是未能在圆满之时戛然而止。”她说，“我与他之间就是如此。我也许能够成为一个很好的太后，因为太后不需要讨皇帝的欢心，但我当不了很好的皇后。除了变成这样，我也想不到其他结局。”

深泓忽然说：“母后，哪怕不圆满，也请您一直活下去，不要为了在圆满时离去，就把我留下。”

“陛下，你觉得孤独吗？”太后温和地望着儿子说，“假如觉得孤独，就想想我从前在宣城说过的话——只有能忍受寂寞的人，才能成就事业。你是帝王，这世上再没有任何一种软弱可以占据你的世界。”

深泓惭愧地垂下头，从这个无比坚定的女人面前悄然退下。

走开没几步，他忽然转身——他感到母亲在注视他。在他回首的刹那，恰好看到她向他微笑……果然是一模一样的微笑。深泓也对她笑了一下，觉得又有了勇气。

太后骤然昏厥，发生在次日清晨。据说她从太庙回宫时受了夜凉，直说头疼。第二天一早，她起身之后还是觉得昏昏沉沉，梳洗未毕就毫无预兆地扑倒在地。深泓中断早朝，匆匆赶往丹茜宫，看也未看那些跪在地上的人，惊呼着快步冲到太后床边：“母后！”

她紧闭着眼睛没有回应。深泓骤然战栗，无力地跪倒在她身边。

这一刻就像他在宣城的少年时代，她又变成了游离于人世和幽冥的存在。深泓感到多年不曾有过的恐惧再次袭来，他害怕她不会再醒。

“陛下。”若星走到他身边跪下，悄悄握住他的手。深泓无动于衷，怔怔地紧盯他的母亲。

不知过了多久，太后鼻腔中发出一声细细的轻哼，深泓看到希望，挺直身子。她果然幽幽转醒，认出深泓时，平静地笑了笑。深泓挣开若星握着他的那只手，随意挥了一下：“你出去。”

若星愣了一刹，乖觉地带领内官与宫女们离开。宫中只剩下两三名太后亲信的老宫女，很识相地站在略远的地方。气氛忽然悲凉。

太后长长地吁了口气，精神稍为振奋：“这一次，似乎要糟糕了……我好像真的看见属于那个世界的人来拉扯我。”她自嘲似的说，“丹茜宫也是时候让给若星了。”

“母后……”深泓的声音和缓轻柔，“您相信这世上有鬼神吗？”

太后鄙夷地哼了一声，不置可否。

“我，曾经在鬼神的面前许了一个心愿。”深泓宁静地笑起来，笑容像一个爽朗的孩子，而不是年轻的帝王，“那时我十二岁。”

这个秘密他藏了十一年，本来打算藏一辈子。但此时此刻，他忽然醒悟：世上唯一一个可以倾诉秘密的人就要离去，以后不会再有。他只有一次机会说出来。他想对她说出来。

太后的面部轻轻抽动，很快又恢复平常。

“我向他乞求——用十年的爱与十年的被爱，换一年实现心愿。”深泓容色温润，用只有他们母子才能听到的声音说，“我希望在这一年当中，您能成为丹茜宫的主人。这样，您就可以得到所有未曾得到过的美好，随心所欲地生活。这样，您就有机会发现自己想要什么，什么能让您快乐。唉，我的母亲，实在太可怜了……”

他勉强地笑，眼角弯时，带动眼眶里晶晶的泪光闪亮。

“生在素氏，步向皇朝之巅，可是什么也没有得到过，只是在失去。而您也不知道世上还有什么值得追寻，不知道别种生活的样子。如果丹茜宫能够补偿过去那些凄苦，希望它属于您。就算世上有果报，也让我偿付。”

太后带着震骇的神情望着深泓，即使是她这样的女子，此时此刻也不知该说什么。

“母后，这一年，您过得好吗？”

太后没有回答，眉目间漾起温柔。

“真傻……”她说，“为什么不许一个更难实现的愿望？”

“世上还有什么事情，比让您这样的女人感到快乐更难吗？”

“有的。”太后安详地回答，“譬如，让你自己无忧无虑地过一年。”

深泓想要苦笑，结果只露出令人心痛的难过。

“那不是不可能，是不可以。史上也有过绰号‘无愁天子’的皇帝。可是，天子无愁，天下就该发愁了。”他的声音越来越低，“相比之下，我宁愿希求不再称你为‘娘娘’，仿佛你和那些没有生我一场的妃嫔毫无差别。我想把生养我的女人叫作‘母后’——唯有站在皇朝之巅，这才能实现。那我就让它实现，哪怕只有一年。”

“唉，唉……”太后说不出话，连叹了两声，抬起手，手背抚过深泓的脸庞。

“这一年很好，最好的就是这一刻。我得到了我想要的，在最圆满时戛然而止。”她说着，绽放出优雅的笑容，欣慰地叹息，“唉，吾儿！”

她的手垂下的那一刻，深泓也把头低下，仿佛在追逐她的温暖。

谁也没有看到年轻皇帝的表情，那个距离他最近的宫女猜测：太后拭去了皇帝脸颊上的眼泪。但谁也说不清这猜测是否是真的。

谁也没有见过皇帝的眼泪，即使在他母亲死后。但无人怀疑他的孝心。他是那么悲恸。所有人都明白，他的悲伤，已经不需要眼泪来点缀。

太后丧期过后，若星成为丹茜宫新主人的那天，握住她夫君的手，郑重地说：“陛下，请节哀——还有妾在。”

他浅浅地笑了一下。如果她认为自己能够取代丹茜宫的上一位主人，那她就是不明白康豫太后对深泓意味着什么。

她是皇帝的母亲，但绝非是凑巧生了一个当上皇帝的儿子。她培养他，保全他，亲手推着他登上皇座。她是最亲的亲人，最令人尊敬的老师，最精明的谋士和最坚强的盟友。深泓非常怀疑，丹茜宫还会不会再有这样的主人。

但他不想扫兴，拥抱丹茜宫的新主人，说：“是呀，还有你在。”同时在他的心里，悄悄地萌发了一个疑窦。

不，不是在这时候突发的。很久之前，他曾劝说太后，毁掉“沉梦”的配方。

“怀敏皇后已死，太安素氏当中只有母后掌握配方。我不希望若星知道。”

然而太后用超然的口吻说：“天下的毒药何止‘沉梦’呢？陛下，就像你的双手不能放开弓与刀，太安素氏的双手也不能放开‘沉梦’。千百年来，我们就是这样效力君王。如果有一天，你对持毒的人感到不安，那就想想你这一路是如何取胜的——比对手行动更快。”

她是否预见到了什么呢？

太医说她的死因是中风。这解释听起来很可信，深泓没有道理再去怀疑谁。

同一天，深泓还见到了芳鸾。她虽是琚夫人，可一直都是太后的心腹。这天她来拜见皇后，像是与深泓不期而遇：“陛下若有差遣，妾定当从命。”

深泓哦一声，产生一种朦胧的感觉。

再晚些时候，潘公公也来说了相似的话。

那种感觉越来越强烈。第二天上朝时，深泓沉默地俯瞰文武百官，每看到一个，脑海中就想起他母亲对此人的评价。她目光犀利，看人极准。她留给他的亲信全部都在前列，她担心不能对他誓死效忠的人，不知何时已从朝堂上消失了……深泓不由自主地无声地笑了——母亲留给他一个井井有条的世界。她为深泓找了可以替代她的良师益友、谋士和盟友。

深泓想到这里，险些在他们面前落下眼泪，好在及时止住。

她唯一没有找到的替代，就是他最亲的亲人。

她为深泓找到了若星——据说与她年轻时很相似的女人，可深泓明白，丹茜宫再也不可能有她那样的主人。

慈明六年，无论怎样看都不是一个好年景。这一年适逢丙午，民间有传言，说是年值丙午、丁未，天下必然有乱。但是深泓知道，这种事情通常和迷信没什么关系。国家就像一个活太久的老人，经常会有这样那样的隐疾，有时很多病一起发作，格外严重一些。

这个老人在他的照顾下，已经平安地活了很久。距离康豫太后驾薨，已将近二十年。平稳的二十年。

深泓近来感到不安，总觉得这老人有哪里出问题了。世事总有一个周期。二十年恰好可以让崭新的一代人成长。当他们成长起来，总想要这可怜的老国家像一件衣服一样，发生一些变化去适应他们不断伸长的拳脚。

他们的力气还不够撑破它。但是，深泓可没有忘记，二十年时光公平地对待他与他的邻居们。南边，他的老对手死了，留下一个年轻的儿子。西边，曾经的毛孩子长成雄心勃勃的青年。谁会先来抢这件厚重美丽的衣服呢？

二月，已出嫁几年的三公主盛乐送来急报：她的驸马征虏将军在西陲一次出战中，被西国所杀，她将择日扶柩回朝。朝中顿时乱了几天。征虏将军纵横沙场十年，战功赫赫，驻守西陲四年从未有过闪失，没想到竟一战殒命。

国事正焦头烂额，后宫又出意外。宫中井水污染，妃嫔、选女、宫人们骤然暴病，连皇后也未能幸免。太医们措手不及，虽全力救护，仍然暴毙二十余人。

深泓在皇座上安坐多年，经历了太多风雨，看穿了太多翻云覆雨的手段，对有些事只会觉得格外无趣。

“芳鸾。”他的声音喑哑，“果然是那样吗？”

芳鸾上了年纪，态度比年轻时更加沉着：“太后曾教过奴婢如何识别‘沉梦’的残迹。陛下交给妾的枕褥，妾用药水浸过之后，呈现大片的痕迹。选女们的确是中了‘沉梦’之毒。”

“有这样的事……”深泓悠悠地说着，心向下沉。

慢了——他懊丧地暗叹。持毒的手又开始在修罗场里散布芳香，而他慢了一步。

“皇后不会那样做，太显眼了。”

芳鸾看了看她的帝王，说：“可是，‘沉梦’的配方只有太安素氏知道。这一向是她们的不传之秘。”

是吗？深泓挑了挑眉头：“几百年来，不知有多少人交接配方，哪里称得上不传之秘呢？大概早就泄露了。”

芳鸾从容道：“那么妾一定竭力寻访，给陛下一个可信的答案。”

深泓闭上眼睛想了想，挥手说：“你去吧。”

芳鸾行了跪拜大礼，悄无声息地向密室外退去。

“琚夫人……”深泓叫了一声，“你是否恨她？”

“陛下指的是宰相？还是皇后？”芳鸾回身柔柔一笑，摇头说，“宰相与妾虽然名为夫妻，住在一个宅院中，但他只是妾的邻居，不过相邻之处没有看得见的墙而已。他不值得爱憎，更不值得为他去爱憎旁人。”她说罢欠身告退。

深泓也起身离开。走在宫廷中的脚步沉重了许多，可还是不知不觉走到了丹茜宫。

皇后染病，却依然美丽，宛如白昼中敢与太阳争辉的星辰。在群星向他膜拜时，她是唯一一颗坦然散发自己光芒的。深泓凝视这个女人，她也无言地回望他。似乎已经有些日子没有来过，彼此的面孔看在眼中，有几分生疏。

“陛下很久没来了。”素若星笑着说，“可妾宁愿今天没有这份荣幸。”

深泓含笑看着二十年的妻子。

“陛下来，是为了怀疑，而不是要为妾洗脱嫌疑。”她苦笑，取来手边一只小匣推到他面前，“这把同心锁一旦锁上，就必须两支钥匙一并使用才能打开。”

她说着，从脖子上取下镀银钥匙插入一个锁眼：“陛下的钥匙呢？”

深泓默默解下颈中金匙。

锁应声而开，匣盖与匣身交接的缝隙中有尘迹，应是很久没有开启。匣中有支青竹，还有一张叠好的纸，深泓见了就觉黯然。

“配方可以熟背，但配制必须加入那竹管里的东西。都在这里。”她说，“陛下若是不信，我也无可奈何。”

不信吗？深泓望着这个美丽伤感的女人，向她微笑作为安慰。

“是我不好……”他没头没脑地说。她也许会错了意，深情而感激地望了他一眼。

但他并不是说自己不该怀疑她。他的不好，在于二十年前决心不要无用的感情，后来又让她也同他一起相信寡情少难、多情多艰。曾经像泉中月光一样明澈的眼神，变得这么咄咄逼人。

他当初相信那个拥有一双美丽眼睛的少女，如今却无法相信这个由他缔造的女人。

“若星。”他轻声地说，“你曾说过，世上唯一有趣的事，就是成为丹茜宫的主人。现在还觉得有趣吗？”

皇后素若星有一刹那目光闪烁，旋即仰头笑答：“唯有那些没做过的事情，才有趣。”

深泓的心一沉。一模一样的话，当她在那十方风起的草原上笑着说出时，那样天真而充满理想，第一次听到时，他心头颇感悸动，如今只觉得可怕。

“我不想看到更多选女死得离奇。”他放下这句话。

她平静而得体地回答：“妾也不想。”

数日之后，等病稍有起色，她便做主放那些年长的宫女出宫择配。选女们想出宫休养的，也一并应准。这一番折腾，后宫中一时萧条惨淡。

可丙午之年的劫难远没有结束，而是在四月涌向顶峰——宫中女伶告发皇后素若星与一名琴师私通，掀起朝野轩然大波。一向在言论中袒护皇后的宰相，这次竟唱起反调，主张废后。忠心于他的人自然随声附和。他们声势咄咄逼人，深泓便决定：废黜皇后素氏，放逐缦城。

六月的最后一夜，连绵数日的大雨终于止息，圆月重现夜空，光彻人间。

深泓透过如水的月色眺望丹茜宫。若星……当初带着冒险精神闯到宣城的女孩，无论如何也不会想到，结局是被废吧。皇朝硕果仅存的五位后嗣，除了盛乐公主，都是她的孩子。她是皇家唯一幸存的皇子之母。她心中的未来，应该是顺理成章地成为皇太后、太皇太后，看着她的孩子们生儿育女，从此安享天伦吧。

深泓从来没有相信过那个告发。若星不会用秽行玷污她来之不易的丹茜宫。可是所有指控做得功夫到位，难道不是一个好机会吗？她身为皇后和妻子的热情都已耗尽，而她的儿子已经长成，那才是让她看到更多期望、更多未来的人。

深泓嘴角提起一个苦笑，又立刻收拢。

“好亮的月光！”他掩饰似的随口说了一句，“不知预示着什么。”

“月中兔与蟾蜍骤然不见，是缺失中宫的缘故，应当速立皇后。”跪在不远处的芳鸾木然接口，“陛下明天就会听到星官这样说。”

深泓呵地笑一声，亲手关上窗。

丹茜宫是一座永远不会冷场的舞台。如果那里没有一名素皇后坐镇，素氏七家都会对他产生疑惑，继而产生猜忌和隔阂。但是他早已暗下决心，丹茜宫不是奖品，不是用来奖励后宫中最狡猾、最渴望在他眼中形成假象的女人。

“那么，来说说你所知的那些名媛。”

芳鸾仿佛早就知道他不会在后宫当中选出新皇后，有条不紊地说：“素氏七家当中，三家有达到适婚之年却未出嫁的女儿。东平郡王的六女，南安郡王的十一女，神毅将军的二女。”

“是什么样的人？”

芳鸾略为沉吟，说：“南安郡王家的十一小姐本也是逢七出生，只是早些年订了婚，因此不在选女之列。可惜尚未出嫁，对方就战死西陲，她至今留在闺中。这位小姐才情极高，性情方面，据说较为严苛，不仅自律极严，待人也是求全责备。”

“另外两位呢？”

芳鸾犹豫一下，说：“神毅将军家的二小姐曾经去相府走动过几次，令妾印象颇深。”

深泓坐在窗边品尝一盏温水，等她继续说下去。

“她生的年份不对，无法入宫，但人又聪明好强，不肯屈就，因此耽搁至今未嫁。”芳鸾深深叹了口气，“言谈举止，心思眼色，性格态度……无论怎样看，简直像是康豫太后再生。”

深泓托着玉盏的手停在空中不动，半晌他才问：“东平郡王家的那位呢？听说她是你的义女，该不会差吧。”

芳鸾笑笑，回答：“素盈也是生早了一点。样貌自是没话说，性情也还好，向来谨言慎行，不像那个年纪的女孩子。陛下应该见过她——前两年宫里流行调香时，她曾与文才媛一起在丹茜宫侍奉过几日。”

素奉香。丹茜宫已有文奉香，又添一人，深泓本有些多虑，想看看这个素氏身上有什么玄机。走进丹茜宫的一刻，他闻到熟悉的香味——太后被放逐宣城时，也不曾离身的香味。

“白鹤孤行”——极其清冷，如同崇山之巅，潭中一块映着寒空的浮冰融化时的味道。宫里已有多年没出现过这种香味——孤寂和冷清已经过时了，现在是花团锦簇的时代。

“很特别的味道。”他说，“让人想起宣城。”

若星微笑沉静，显然已经忘了这种香味，一心琢磨“宣城”是他在暗示什么。

“这种香的意境极难领悟。”深泓感慨，“素奉香真是高手啊。”

从此以后，他再没机会在丹茜宫遇见她。后来倒是在东宫偶遇一次。她始终低着头，谈吐有几分见识，却不见得多么机敏——换一个素氏，那时候根本不会在他和阿璃面前废话。不说话，就不会招来阿璃的顾忌，而东宫照样喜欢她。

或许，只是从哪里听过太后曾经用那种熏香吧，深泓想。手艺真好。但是，那样的小孩子，怎么可能真的懂得孤寂和冷清呢？

直到一个黄昏。他想，之前或许猜错了。

皇极寺的鼓声在半空中回响，身穿绿衣的小女官仰首伫立，满面的泪痕在夕阳的金晖下闪光。一声又一声，暮鼓在天空浮云之间回荡。她从那鼓声中听到了什么？深泓当时有些好奇，也有一丝羡慕——也许那一刻上天给出启迪，能够感动她，他却无法领会，只能错失。

东平郡王素玉鸣姬妾众多，女儿不少。他母亲惠和大长公主还在世时，这家人就对丹茜宫志在必得。丹媛、丽媛、柔媛、珍媛，的确可以令太安素氏深感不安。还有一个非常出色的女儿，阴差阳错地成了芳鸾的儿媳。深泓向芳鸾道喜时，曾说“是国家的福气”，倒也不是信口开河。这群姐妹当中，有这样一个，反而有些奇怪。

“她是不是有个同胞哥哥，从小在东宫侍读的？”

芳鸾抿嘴笑道：“陛下记得一点不错，东宫右卫率素飒正是她的同胞哥哥。因为素飒，她在宫里的时候，很得东宫关照。”

东宫。深泓拧起眉。之前东宫选侧妃，洵儿却没选她。唉，年轻人。

“我好像见过她，仿佛是个忧愁的人。”

芳鸾敏感地察觉到他对这一位小姐格外在意，代素盈叹了口气：“她年幼时生母就殁了。没生对年份，没法入宫，又没有生母庇护，自小过得很不如意，性子难免怯懦多疑，自怜自哀。后来认认真真地学过调香，手艺精湛，不负奉香女官之名。看得出来，是个想凭自己努力令人刮目相看的女孩儿。只是姻缘特别不顺。”

芳鸾顿了顿，口气里添了谨慎：“陛下一定记得，荣安公主的驸马曾和她订过婚。”

“啊！”深泓记得这事。当初听说东宫右卫率的妹妹与丹茜宫副卫尉白信默订婚，他想，这可不好。素飒、白信默自幼与东宫一起长大，堪称东宫的心腹。若是他们成为姻亲，利害一致，必能够左右未来帝王的言行。

巧的是荣安公主誓要嫁那白信默，若星也一力赞成。公主下嫁，问题就解决了。为这件事情，本来连着亲的白家与东平素氏闹得很不愉快。有不少人面谏，说他不该私爱女儿，坏人婚约。但那也仅仅是因为帝王不应该使高尚的道德有瑕疵，并非是为婚约中的那个少女打抱不平。

他今天才知道，素飒的这个妹妹就是同胞妹妹素奉香。

“真是曲折啊。”深泓微笑说，“不过生为素氏，这也是难免。况且还是东平郡王的女儿。”

芳鸾随意地笑笑，说：“她那性子，无论遇到什么事，也要忍着过下去。这一点的确像是素氏。”

深泓心中某个地方受到轻轻的触动。究竟是哪里打动了他，他却说不清。

“她家中亲戚可有丑声？”他问。

芳鸾大大地吃了一惊——这问题无异于明示，他心目中的丹茜宫之主大致确定。

“东平郡王家，陛下是知道的。驸马素沉是无可挑剔的青年，东宫右卫率素飒也出类拔萃。另有一位公子是收养的，本来出身于驰阳谢氏，少年时期离家从军，颇有战功，已升至襄武将军。因本家男子悉数战死，他要归宗，已改回谢姓。依妾所见，也是一个诚恳上进的青年。”她说罢，偷眼看了看深泓的脸色。他面上沉静如水，看不出一丝表情。

“若说丑事……丽媛与柔媛算是他们家近年来的大祸了。她们的生母因为两个女儿的祸事，羞愤悲伤之下神志错乱，郡王只好将她送往山中别邸休养。除此之外，都是些家长里短的琐事。”

深泓缓缓地说：“那么，琚相将要保荐的，必是这一位了。”

芳鸾没有作声，算是默认。

“容妾坦言——素盈自幼乏人管教，并非皇后之材，陛下若是另有所属，妾不妨暗示宰相……”

“不必，这一位听起来不错。”深泓漫不经心地笑了一下，“当然是选那个最懦弱的。”他留意到芳鸾的神色，一挑眉，示意她有话就说。

“陛下……变了。”她以为，他会属意像他母亲的那一位。

深泓面无表情。是啊，变了。谁不会变呢？

他曾经认为，唯有像他母亲那样的女人，才能成为冠绝古今的完美皇后。他现在仍然完完全全地崇拜母亲，但也明白一个道理：素氏太特殊，这家族的女性一旦成为皇后就有能力干预朝政，改天换日亦非难事。

无论什么样的皇帝，绝不能忍受自己的皇后在政治上大施拳脚，与日争天。他父皇并非翻脸无情的男人，只是一个如常的帝王，所以康豫太后当不了皇后，只能当太后。

他也只是那样一个帝王。他可以允许一个女人分享他至尊的荣耀，但不想再看到一个女人希图触摸他的权柄。宰相也不会保举一个有野心褫夺皇权的女人，那样的女人不会受他的操控。

深泓很快就听到宰相向他推荐东平郡王的六女素盈，也听到了更多关于这少女的争议。那些反对者说，她是个疯子。为她治过病的女医说，她能看到子虚乌有的白衣女人不断对她说话。

啊……深泓忽然一阵心惊，旋即微笑。如果他说出青衣少年的故事，一定也会变成别人口中的疯子吧。

含玄似是对这女孩儿有极大的期待，不遗余力为她游说。他懂得与皇帝交谈的分寸和技巧，可是他绝不会想到，深泓究竟为什么对这女孩儿好奇。

中元节前的夜晚，深泓见到了素盈。果然是个敏感谨慎的少女。她拈着一朵花，面对月光。

纤细的身影和孤立无助的眼神……深泓看着，默默拿定了主意。

当然是选最懦弱的那一个。

那时他绝对没有想到，他对这女人的判断，又几乎全错。

她的确有怯懦的一面，退让是她面对难题时的解决之道。然而当她站定脚跟不再后退的时候，竟也不是那么容易被击倒。

碧空只有一弯新月，却光华异常，照得夜空匀净，天如清潭。

玉屑宫开了半扇窗，一道雪白月华长驱直入，将大殿整齐地分成两半。半边点着纱灯，朦胧灯影仿佛羞与月色争辉，浅浅地在妇人跪坐的身影上晕染一层淡金。另外半边也有两盏华贵的高脚宫灯，灯芯弱得似有似无，无人去挑明。

“真是残忍的光辉啊。”阴暗中的那人先发出了感慨，引得跪坐的妇人举头望月。

从窗子直视出去，一片引人注目的光彩不是月亮，是丹茜宫。新换的琉璃瓦在月光下熠熠生辉，仿佛神话中仙人所居的宫阙。

“芳鸾，你走眼了。”暗影中的深泓慢悠悠地说着，眼睛始终看着那片华丽的光彩。

芳鸾精心斟酌之后问：“陛下是说皇后吗？”

去年这个季节，同样是个夜晚，她用简洁准确的描述勾勒出那少女的生平，说过的话让人记忆犹新。素盈的所作所为，的确可以证实芳鸾当初是多么低估她。

“妾老眼昏花，辜负陛下信赖——”芳鸾自责未毕，听见皇帝又笑了一声，笑得很轻松，全无责怪她的意思。

“你记不记我们年轻的时候？”他似乎憧憬着年轻时的自己，温柔地说，“从没有看错的人，从没有做不到的事。可是现在，不知道是上了年纪，还是世事变迁，很多事不能如意了。有料不到的事，也有看不穿的人。”

芳鸾直起上身，正襟危坐地说：“陛下圣明临照，洞悉隐微无所不周。”她侧目看着窗外的光，转过脸来低头说，“幽夜微光怎能与日争辉？皇后若是连这样显而易见的道理也不懂得，未免太没有自知之明。”

深泓肩膀耸动，晦暗中不太显眼，芳鸾不知道他是疲乏还是突然遭受病痛侵袭，担忧地急唤一声：“陛下！”

“幽夜微光……恐怕这夜，会有些长。”他不紧不慢地说，换了一个舒服的姿势，仍然望着窗外微笑。

素盈既然有她的想法，必定也有她的欲望。她究竟想要什么呢？如果能知道她想要什么，也就能知道如何控制她，哪怕他只是在病榻上寸步难行的帝王。

月光照到他的脸上，芳鸾觉得那张面孔浸在白月光中，更显得冰冷。

“我这不争气的身体近来总让人提心吊胆，想必含玄十分担忧吧？”

那名字仿佛一盆冷水，瞬间洗去芳鸾关切的神情。她刻板地回答：“琚大人位极人臣，这种时候免不了比别的臣子更操心一些。事关重大，他又是有城府的人，不肯轻易表露心思，从言语中是什么也听不出来的。”说着忽然岔开话，“前天有远客从清河郡来。”

“哦？”皇帝提起一丝兴趣，“邕王家的人？”

“陛下英明。”

深泓失笑道：“他不会慌张到误以为深涵比洵儿好糊弄吧？”

邕王深涵前往封地时还是十来岁的孩子。二十余年间，京城里虽然也有关于邕王的话题，可皇帝唯一的弟弟究竟是怎样的性格，很少有人能说清。不过深泓十分清楚他的为人。

芳鸾沉默片刻之后，下定决心说：“陛下，不能再等了。宰相不死，必有大乱。”

幽暗中蔓延开沉重的沉默，然而很短暂。深泓冷笑一声，沉下脸问：“如果宰相这时候死了呢？”

“东宫受益，皇统坚牢。”

看来，这个女人的思虑也不过如此。深泓又笑了一声，说：“当年是含玄扫平南方边境，奠定以商代战的根基，换来南北之间二十年太平。宰相一死，平南一派必然抬头。又正好遇上西贼作乱，损失惨重，他们乐得去鞭挞南国，弥补西边损失。和议化作飞灰，又要靠武力重新分出高低。生灵涂炭暂且不提——我朝如今的武力，还是二十年前的样子吗？”

芳鸾一个字也插不上。

深泓不停歇地说：“宰相一死，太安素氏必害皇后。皇后出事，东平素氏必然离心。边镇大将与他家联姻，必定担心受到牵连，即便不乱，也要保存实力，静观京城变动。没有他们相助，凭洵儿眼下的能耐，能一手抵御西贼百万之师，一手扼住南国咽喉？”

芳鸾彻底无言以对。

深泓叹口气：“含玄知道我随时能够撇开无用的大臣。为了不被轻易撇开，他几十年来没有一天懈怠，面面俱到，终于成就今日之势。洵儿呢？自小看见他的弟弟们一个个都死了，知道我不会撇开他，便从来没有像含玄那样努力过。自己的儿子不争气，盼别人早死有什么道理？不能这样对他。”说罢笑了一下，好像这番话是自嘲的玩笑。

“先帝当年偏爱秀王，却因为秀王有平南之志，为天下太平而传位于我。这是我深深钦佩先帝的原因。倘若他为了让自己心爱的儿子稳坐天下，清除异己，哪怕只是稍稍表露这种心思，恐怕我们母子也早就没有命了。既然我是这样从先帝手中接过天下的，又怎能辜负先帝的苦心，罔顾大势去除掉一个关键的人呢？”

芳鸾的脸绷得更紧了，她木讷地躬身说：“陛下英明。”

深泓向她微笑，婉婉地叮嘱：“我知道你的忠诚。正因如此，要你背负太多罪孽就过分了。”

这样的安慰不是天天有，然而芳鸾找不出一句应对的话，只觉得心突突跳得十分不祥。不对，这并不是一句安慰，是一缕疑云。她不得不用最快的速度，将它从皇帝心中扫除："妾向太后发过誓。"

"哦？"

芳鸾呼了口气，仰起头，衰老的面孔在月光下又显出宣城那宫女的神情："妾向太后发过誓——如果有这样一天，他就是我的责任。"

深泓感到少许诧异。恰好潘公公走进来，低咳一声："过一会儿，玉屑宫都监会亲自到宫中检查。"白信则是个细致的人，讨厌的是，他绝不会向皇帝献上忠诚。深泓冲芳鸾挥挥手，她立即灵巧地拜别。

太后……究竟对芳鸾说了什么？这么多年过去，芳鸾仍不能从中解脱，而深泓还是无法揣度母亲。

不知几时，他迷迷糊糊地沉入梦境。

梦里的他坐在朝堂之上，身边侧立的女人仿佛是母亲。她站着的身姿比坐在宝座上的他更高，挡住了日光，将他完全笼入阴影。深泓心里不大情愿，努力去看她的脸。她脸上是他最熟悉的笑容。

"所以我说，最圆满的结局，就是在圆满时戛然而止。"她说，"你会永远崇敬我，因为我在适当的时候放手死掉。"

深泓正想张口说些什么，她渐渐蹲下身，跪在他身边。这时，阳光照在她脸上，深泓看清了——不是母亲，是若星。她抚摸着他的御座，喃喃地说："是我让你坐在这里。我有儿子，我有为它换个主人所需要的一切。如果我是你母亲，早就成功了。但是我让你一直坐在这里。"

"不对。"深泓指着身旁的后座，温和地说，"是我让你坐在那里，直到你开始期冀所谓的'成功'。"

她似哭似笑，幽幽低吟："你以为这种奢望到我为止吗？不会的，我们是素氏。"

深泓怜悯地用手托住她冰冷的脸庞，仔细一看，原来是素盈。他笑着说："我知道，你是素氏，而我——我是天子，上天之子，天下之主。"

素盈朝他灿烂地笑了，可是灿烂中又有说不出的悲伤。在她身后，仿佛有白色的人影。啊，对了，这就是立后之前攻讦她的人所说的，她能够看到一个白色的女人。然而只是一团模糊的白，看不真切。

"这就是你的欲望。我知道她存在。"他笑得泰然自若，"用不了多久，我会看清她！"

宫里有无数秘密，其中一个属于深泓——有个青衣少年在水波中荡漾。深泓在太平湖上泛舟时，青衣少年就浮动在倒影里。甚至一盏清水中，也有他的面容。

"你有愿望吧？"他还是哀怜地看着深泓，问，"还是担心失败之后，境况会更糟吧？给我少许代价，我帮你实现愿望，如何？"

“不需要。”深泓默默地向他微笑，心中说，“我已不再担心失败。”

二十余年前，坐上皇位的第一天起，他就知道，争天的道路远未到头。

然而他也知道，无论对手是谁——

他不会轻易输掉。

第十七章
步 天

秋分一过，飘风捎来寒意。

宫里因帝王卧病而弥漫的浮躁，沉入一片沉静的蓝。国巫说，皇帝起居之处需用蓝帐幔，取一个“拦”的谐音，有助于驱散病魔。

为这似真似假的治病方法，宫中四处悬挂蓝缎，许多树与石上，也缠了蓝色织物。这办法流传民间，百姓们当作避邪的招数来使。蓝染一时成了京城中紧俏的东西，一月之间价钱翻了七八倍。染布的、卖布的、悬挂布的，相互唱和，把秋天染成了蓝色。

京城的汪洋里，丹茜宫那一点鲜红仿佛泪中之血，水中之火。

红衣宦官、青衣宫女，他们移来红石榴树装点庭院，像是怕这颗宫城的心脏在周遭冰冷的包裹之下，停止活跃。

平王入宫觐见，恰好从旁经过，见花叶之间已有果实，不由得勾起心事，怅怅地叹口气。

重阳将近，他来向皇后敬献节日所穿的罗衣，特意起早。没想到，有人比他更早。丹茜宫中，年轻美貌的女子在讲俏皮话，正是他的小女儿素澜。旁人没有不捧场微笑的，唯独素盈一脸严肃，不知又在想什么心事。

见父亲入宫来，素澜忙起身，趁机使个眼色。

平王便知时机不妙，小心翼翼地向皇后说了几句套话，越发觉得她待自己的态度比平日更冷淡了。他硬着头皮拿出重金置办的罗衣，素盈只淡淡地说一句收下了。他又奉上另一件稀罕物品，稍稍有了底气：“这原是要当作传家之宝的，听说宫里需要蓝缎，臣借这机会聊表心意。上了年头的东西，想必更能辟邪。”

素盈知道父亲喜欢卖弄，没将他扬扬得意的神情放在心上，也不觉得一块边角褪色的缎子有何稀奇。

三尺宽的缎面一铺开，她便为自己的眼拙略感惭愧：无数流金溢彩的花朵在一刹那尽数绽放，美得夺人心魄。花型不过寥寥数种，姿态各异，枝蔓纵横，繁而不乱。虽然上了年头，但仍可看出手法精湛。不难想象，当年这是一幅多么引人注目的杰作。

众女官都没见过，只有崔落花识得货色，向素盈道："这是明元皇帝时，宫中针黹女奉旨所制，后来辗转落到您祖母惠和大长公主手中。"她顿了顿，含笑道，"从上面，可以看到当时的整个宫廷呢！"

她说得玄妙，素盈潜下心来细看，片刻之后暗暗吃惊：花朵虽然婉转摇曳，排列位置却似曾相识。

"原来是宫图。"素盈指着青缎中央那朵独一无二的红花，说，"丹茜宫。向西的三朵稍小的红花、白花是凝芳宫、凝华宫、耽翠宫。那些更小的花，无非是各宫各院……"她骤然停顿，忽然想，为何妃嫔寝宫颜色有别，即便都为红，也是深浅不同？

崔落花轻声提醒道："娘娘看到的不是'宫廷'，只是'宫殿'而已。"

平王自是知道其中奥妙，在一旁默默微笑。素澜也凑上去端详。她自小熟知宫廷典故，看了几眼便见分晓，只是不说出来，微笑低语："国巫那套说辞多少年了，仍没变过。这也是当初宫中有事，用来辟邪的蓝缎吧？"

平王点头说没错。

素盈抚摸那些交错的金银绣线，指尖顺着绣线挪移，手指触及的花蔓次第闪亮。明元宫中的不幸……她霎时了然："的确不是宫院，是宫院的主人。原来，明元帝的后宫里，也是这样红白花开，派系分明。"

崔落花点头说："懿祯皇后年纪轻轻就因病仙去。继后之选，起初属意于凝芳宫元妃——在这幅图上，她是另一朵红花。"一向视事平淡的她，口气中也充满崇拜，素盈不禁对她所讲的往事更加在意。

"可是自从懿祯皇后驾薨，凝芳宫不断出事。宫中数十盏灯次第爆裂灯花，吓人不轻；更漏无端溢水；书籍图册原本好好的，转身再看，却变成了无字无画的白纸；香炉里的香是按规矩添的，与其他宫院没有差别，到了凝芳宫却发出辛辣的气味和可怖的声音；夜里脱下来的青色衣服，第二天清晨变成难看的苔色，衣料手感如昨，花纹、裁减分明是原先那一件，连细微处的针脚都一模一样，唯独颜色彻底变了……全是这种微不足道的小事。无论怎么责罚宫人，怪事还是层出不穷。没有一件事可以归咎于无辜的元妃，但明元帝迷信，以为不吉利。渐渐又有流言说是先后作祟。元妃坚辞后位，最终册立的是先后的堂妹贵妃。"

崔落花指着绣幌上象征元妃的单薄脆弱的红色小花，说："让她宫中的灯花爆裂，更漏溢水，图文消失，熏香变质，衣衫失色，比毒她、咒她更难。这些事务分掌在不同的宫司手中，但贵妃能让他们一起发作。她不只是一朵漂亮的白花，也是绣卷上所有银色藤蔓的中心。"

银白色的绣线已经不能像往昔那样耀眼，但随着指尖轻轻点触，每一个角落里的藤蔓都响应，整块青缎还是被它们牢牢掌握。

素盈叹一声："有这种手段，的确值得钦佩，可是却让懿祯皇后的亡灵背了一个私爱本家的恶名。"

"往生之人，本不必搅和尘世这些俗事。可惜，死者的名声总是与生者的需要相连。"崔落花话里似乎另有所指。

素澜含笑横插一句："贵妃封后，后宫太平三十二年。她就是当今圣上的祖母懿静皇后——娘娘手中，正是她的遗物。"

太安素氏素如慎。她的经历，是后来每个素氏入宫之前的必修一课，是成功典范。没有一个素氏女子甘心屈居另一人之下，素如慎却实现了超常的驾驭。那些女人，不能从她手中夺得丹茜宫，也不敢在她的注视下胡思乱想。没有觊觎的对象，就没有无谓的死亡。明元帝眼中的众女太平，是她的一枝独秀，和无数槁木的陪衬。

崔落花将青幔一卷，背面有墨书三字。字不大，然而笔锋飞扬，气韵不俗。

入宫八年有此成就，想必懿静皇后也很自负。

"步天歌？"素盈念出了声，"什么意思？"

"她眼中的宫廷，不是一座座位阶森严的宫殿，而是处在人世之巅、枝蔓交错的九层天——这里的大多数人只能看到自己所在的一层，不完全知道下面的事，更无法全然了解上面在发生什么。由下而上攀爬的人，踩着花蔓搭成的楼梯，常常走不稳。但她做到了，不仅走上顶峰，还透彻地俯瞰九天。"

崔落花停了一下，又说："即使如此，她也没有忘记克制自己。曾经有人告诉我，她本打算在背面作歌，但只写了三个字就停笔——毕竟，这只是建在丝绸上的阶梯，走得安静一些，不会错。"

素盈沉默一瞬，转脸问平王："送这样一块东西进宫，是什么意思？"

平王只是趁机献宝，除此之外不曾多想。见女儿沉下脸，他怔了怔，不明白她为什么又不高兴。

素盈一看便知父亲没有深思熟虑，冷着脸问："父亲不知现在是什么局面吗？"

平王本能地回答："知道。"

皇帝卧病，东宫领兵抵挡西陲强敌。按照帝国的传统，此刻的宫廷由皇后主内，宰相主外。

帝国还有另一个潜在的传统——掌握局势的人，要准备好承受更多攻讦。国家有成年储君，大多臣子不愿看见皇后趁夫君有病，从幕后走到台前。此时与他们较真毫无益处，因此在这最好的时机，她步步守矩，竟让他们无话可说。

"'步天歌'三字凌厉逼人，父亲要我把这东西拿到圣上面前，向卧病的帝王示威吗？"素盈挥手将美丽的青缎打落在地，惊得平王一哆嗦。他连连称罪，心中也怪自己多事，好端端来招惹这个思虑过度的女儿。

素盈并未抓住这事苛责他，却也没有放他离去的意思。平王没想到一块助兴的缎子引出许多扫兴，还等着皇后收下罗衣之后的赏赐——走完这个过场，他就可以从这些女人当中速速离去。可是素盈看着窗外发起呆来。平王的女儿们都有点怪脾气，而皇后素盈一有心事就一言不发，他总也无法习惯，每次猜不透又提着心，情愿被她厉色呵斥几句。

“娘娘……”平王刚试探着开口叫一声，就见素盈站起身向门外走，分明不打算听他说下去。他忙跟在她身后，立在阶前。

素盈向四下望了望，火红的花朵热热闹闹地开了满院。她只是随便说一句“秋天的丹茜宫太冷清，添些艳丽的花才好”，很快，暖色就在渐深的秋意中随处可见。

平王见她盯着石榴，以为她与自己想到了一处。他又叹了口气，斜眼瞄见宫女怀中活泼漂亮的皇孙，心头又嫉妒又担忧，说道：“娘娘，圣上有上天庇佑，龙体康复是早晚的事。娘娘还年轻，总还有机会……”

“不需平王发愁。”素盈的声音清脆利落，口气却不甚和善。

石榴丛中闪入一列红衣宦官，每人扛着一束朱漆长棍。他们弯着腰将棍子放在阶下，又迅速退走。素盈没有给父亲很多猜测的时间，道：“听说，贵府的总管素平新近在城郊买了块好地，建了庭园迎娶第四房妾室。此事不假吧？”

平王怔了怔，点头道：“应是不假。”

素盈一声冷笑：“可知他的地是怎么来的？女人又是怎么来的？”

见平王神情迷惘，她摇头斥道：“父亲向来御下不严，府里的下人连不如意的小姐也不放在眼里。如今，他们成了皇后娘家的仆从，只怕更加得意，积恶成习，以为世上没几个人能管住他们了吧？”

平王听女儿口气，已然心虚几分，讷讷道：“是臣失于管教。”

素盈哼一声，指着那些棍子厉声说：“这是赏给平王府的——日后府上若有人与平民争执，不论对错，不分主仆，先杖三十。家奴胆敢仗势欺人、为非作歹，杖打七十再交官府！”

“娘娘……”平王更加尴尬无言。

素盈走下台阶，弯腰从一束长棍中抽出一根，交到平王手上，又说：“这一根留给素平。”

平王接过红漆棍，脸色一片惨白。素盈甩袖走回宫中，撇下他一人尴尬地领了那一百根棍子，气鼓鼓地出宫了。

素澜跟在皇后身后，赔笑道：“姐姐大义灭亲，做给旁人看看样子就罢了，何必当着众多宫人的面，让父亲无地自容呢？”

素盈扫了她一眼，目光如冰似雪。

“眼下形势，你比我看得清楚。你说，旁人岂会看看样子就罢了？”皇后轻轻地叹息，“我不指望父亲脱胎换骨，只要他这一年安安分分别添乱，我就省心了。”

素澜眨动眼睛打量姐姐，开玩笑似的问：“娘娘近来怎么了？左一个‘一年’，右一个‘一年’，我依稀已听过好几遍了。”

话到此处，素盈又避而不谈，平淡地向她说一句：“我不大能见到父亲，还要你多劝他。”

素澜知道再问也没有结果，笑笑说：“看到平王刚才的脸色，我就知道要顺道回娘家走一趟呢。”

她走后，丹茜宫中忽然冷清。素盈像浑身脱力似的，缓缓地叹了口气。那声叹息轻得不能再轻，不会传到第三只耳朵里，其中意味永远只有她自己明了。片刻的消沉很快过去，她拾起地上的青缎，向崔落花说：“懿静皇后是个人物，事迹必定不止于此，老师从前却不曾为我细说。”

崔落花点头说：“请娘娘移步。”

她们两人走到门外，崔落花向石榴树旁边的一名为首宫女招手说：“你过来。”那宫女正在花栏边围蓝缎，停下手中的事，快步过来听候吩咐。

崔落花问：“你叫什么名字？”

那宫女惊疑不已，毕恭毕敬地回答：“奴婢宋之惠。”

崔落花挥手示意她退下，转向素盈：“娘娘日后能够认出她吗？”素盈不解其意，多看那宫女一眼，缓缓摇头。

崔落花笑道：“懿静皇后可以记住每个只有一面之交的人，名字、生辰、籍贯和职位一丝不错，令人受宠若惊。”

“啊！”素盈诧了一声，旋即柔柔地微笑，“下人有下人自求多福的想法，未必喜欢被高位者牢牢记住。何必生出一事，让他们终日战战兢兢？”

崔落花点头，放低了声音又道：“正因她的性格手段与娘娘的心性不符，故而从未向娘娘细说。每个皇后都有各自的手段。重要的是，她们都知道如何成为夫君需要的皇后。不这么做……她们就会从九霄之巅坠落。”

素盈心头一颤，忽感凄凉，人们都在看那瑰丽无比的花团，看那意气飞扬的“步天歌”，却没留意到，青色是多么寂寞冷清的颜色，无论什么样的花和歌，都填不满那些空缺。

那些意气风发的皇后，也曾被青色的愁绪笼罩吗？

她收起那卷绣缎，不紧不慢地说：“旧物虽美，但上面太多陈迹，有些破败的迹象。吩咐针工房，小心翻新。”

崔落花交给宫女去办。素盈又问：“什么时辰了？”

“是平日去玉屑宫的时辰。”崔落花小声提醒，“只是今天，真宁公主一早拿着好几个菊花灯，去求圣上题画，这时候恐怕还在玉屑宫盘桓呢。”

“那我们稍后再去。”素盈从宫女怀里抱过皇孙睿歆，脸上有真实而温柔的笑意。她说的“我们”，是她与皇孙睿歆。崔落花有时候疑心，皇后是否忘记了这孩子是别人的，而她自己的孩子已失去了。

素盈一边逗睿歆发笑，一边冲崔落花眨了眨眼：“先生，你知道我小时候会说的第一个字是什么？”不待崔落花回答，素盈就道，“是‘爹’。大约是我娘为了讨他欢心，只教了我这一个字。”

“你猜，阿寿开口说话的时候，会说什么？是‘娘娘’，还是‘娘’呢？”她满怀期待地笑了笑。

那笑容在崔落花看来，有些心惊。

平王府西门离内宅最近，素澜平日总是乘车由这里进出。今天透过窗，她瞥见几个仆人拎着白粉刷墙。不知哪里来的顽童在王府外墙上写了一串字，笔迹笨拙缭乱，似乎是好几个孩子一起动手做的恶作剧。

“东平素氏杀姐妹，清河素氏生反贼，正宫有子多逢难……”后面还有一句，白粉盖住，来不及看清，车已进了王府。

当今圣上登基时，拥戴秀王谋反的正是清河素氏，三位谋反被诛的亲王也是清河素氏所生。这首谶诗流行过一阵。不过当时所传的是“太安素氏杀姐妹”，指出身太安的康豫太后杀了亲妹妹怀敏皇后。今日不知哪个别有用心的人，将丑话移花接木到东平素氏身上。

以巫蛊谋害姐妹的正是素澜的亲姐姐。她心头刺痛，一下车就瞪起眼睛发怒：“什么人唆使孩子做这种事？今日欺到平王府头上，明日难不成想造反？”又向那些仆人大声说，“光天化日之下，竟然让几个孩子在墙上胡乱涂画——连一群顽童都防不住，要你们有什么用？”

总管素平的小儿子素威正指挥下人粉刷。见这位嫁出去的小姐又回来掺和娘家的事，他笑嘻嘻地走上前道：“琚夫人有所不知。那群孩子足有二十来个，一拥而上，一人只写一个字，门房的人还没回过神，他们已经写完跑了。不过还是拿住几个，我爹正找他们的爹娘一并管教呢。这些事情，我们料理就是，怎敢劳动琚夫人生气？”

他一口一个“琚夫人”叫得生分，素澜似笑非笑地看着他问：“你爹今日还好？”

素威应一声“托赖”，素澜又冷冷一笑：“只怕过会儿就不大好说了。”说罢不再理他。

原先在三夫人身边伺候的丫鬟迎上来，欢欢喜喜地喊：“七小姐！”

素澜的脚步并不停歇，她边走边问：“苑绮，府中最近没出什么事吧？”

苑绮小声道：“王妃不行了。请了好多先生来看，都说拖一日就是从阎王手里偷一日，恐怕撑不到来春。”

“偏是这时候。”素澜嘟哝一句，又问了些其他的。两人走到王府花厅外，苑绮不敢进去，素澜自顾自地迈进门。

鸦雀无声的厅中坐着平王和诸位夫人，唯独不见平王妃。女人们一个个尴尬地观察平王脸色，不敢轻易挑起话头。见素澜进来，众人松了口气，纷纷招呼。

素澜在父亲跟前行个礼，微笑道：“爹还在生闷气？”

一旁的四夫人林氏忙接口：“一家人欢欢喜喜地等着王爷回来开宴，哪想到他一进门就黑着脸不理人，分明想把我们吓死。”

“开什么宴！”平王鼓着腮帮子大吼了一句，气不打一处来，“没看见娘娘赏的棍子？领了一百根棍子也值得把酒欢庆？”

众人面面相觑，更加不敢多嘴。平王话匣子打开，索性一口气发泄：“哎哟哟，我算是明白啦！以前还指望她把持大权，现在——算了吧！真让她掌了权，只怕连我这当爹的也要挨棍子！”

旁人不知道他说的是哪桩，素澜却最清楚不过，笑嘻嘻地说给她们听。

七夫人白潇潇听罢一笑：“娘娘以前做事就是这样，宁可委屈自己，也不给人落下口舌。王爷有这女儿也不是一天两天，怎么忘了？”

平王叹息道：“正因直到现在还是这个样子，我才有气——你们见过哪个做大事的人，像她这样瞻前顾后、畏首畏尾？”

素澜呵呵一笑，说：“爹从前只是随便养着姐姐，不曾用心栽培，这时候又怪她拿不出气魄，岂不是强人所难？姐姐自然有她的心思，你我不知道罢了。”

平王眨巴眼睛，冷笑说：“她有什么大事要花心思？她以为这是什么年头？需要她领兵打仗，还是开疆辟土？或者需要她整顿朝纲，廓清四海？就算真有这种伟业——凭她？！”

众人听到话锋不对，越发不敢接茬。平王说得起劲，又道：“娘家一个总管添个小妾，她也当大乱子。眼里只看着这些细枝末节，就算花上一辈子料理干净，又能怎样？正经事却不见她下功夫……”他长长地吐了口气，“趁着圣上龙体好转，赶紧生个皇子。继大统倒是不敢想，就算日后封王，对我们家也大有好处。这长远大计，她却分毫不放在心上！”

待他停下要茶时，素澜冷着脸说：“爹在家里随便发几句牢骚便罢，可不要把这种见识传出去，给自己丢脸。天子只有一位皇后，天下只有我们是皇后的娘家。她拿不出主意，我们帮她。姐姐不懂的事，爹懂，哥哥们懂，我也懂。何必要她像寻常人家的媳妇，整天琢磨生孩子？姐姐为这事吃了多少苦，你们男人忘得也太快了！”

平王一个劲地咂舌：“你进出丹茜宫才几回，丹茜宫给你胆儿了？敢这样跟我说话？”

素澜看着父亲，冷笑一声。

诸位女眷见父女二人气氛弄僵，连忙出来圆场，张罗着开宴招待素澜。

平王站起身，甩袖子发威：“我头疼的事还没着落呢！去把素平叫来。”

总管素平匆匆了结手边的事赶过去，却见一家老小大眼瞪小眼，没有一个好脸色。平王手里握着一根朱红的大棍，不住在地上敲敲打打，见了素平，叹口气道：“圣贤之书上也写着，‘聘而为妻，夺而为妾’，你纳个四夫人原本不是什么大事，可偏偏我们小题大做的皇后娘娘知道了，定要罚你挨打。”

素平吃了一惊，嗵地跪下，连连哀求。平王把大棍丢给旁边的家丁，向素平道：“罢了，你去挨上三十棍，就当是为日后写史书的人，添一件娘娘的正直事迹。”

素平见事情没商量，垂头丧气地告退。素澜冷眼旁观，讥诮道：“娘娘交代的七十大棍，在爹这里少了一大半——真是仁厚得很！”

平王狠狠瞪着女儿道：“素平投效于我的时候，你们姐妹还没生出来呢！连他都被打残了，日后还有哪个肯来尽忠？别人跟着我，不过图‘好处’二字。我真听你姐姐的话，不给好处只给棍子，人家会巴巴地跑上门来，尝尝宫里赏的棍子跟寻常棍子有什么不同？”

他发了半天脾气，神情大为疲惫，挥挥手，道：“不吃了！我找个清静地方歇着去。”

素澜用过饭就要回相府，临走之前去父亲的书房告辞。只见平王搬了一把椅子面壁，对着一幅画呆呆出神。素澜凑近一看，原来是当年名家所绘的平王的十二位夫人。

她觉得父亲凝望的人，一定是图中那个与众美人气质迥异的女人。那人面目极为清秀，随意地坐在一株树旁，离其他女子不远也不近，神情不亲热也不疏远，明明身在人群，却像对周遭视若无睹。

“这是姐姐的亲娘九夫人？”她问。

平王看向那女子，叹一声：“只有她能生出那样的两个孩子！”

素澜听他提起九夫人的另一个孩子，立刻道：“京中沸沸扬扬，在说三哥的事。近来，相府中来往的大人们也在探听相爷的口风。听说这个月就要把三哥送回来。”

素飒因率军不利，被新任统帅的东宫睿洵卸了军职，绑缚回京定罪。太子亲拟的奏章已经到了宰相手中，听说言辞犀利，列了好几条凶险的罪状。

皇后怕睿洵到了前线，借机铲除她哥哥，于是费心思把皇孙弄到手中，挟为人质。可睿洵也非常人，径直将这烫手的山芋丢了回来。败军之将，国有常刑。皇后求情便是徇私屈法，秉公处断又对素飒大大不利。平王思及此处，手指不住在椅子上轻轻敲击，犹豫地说：“皇后的亲哥哥是国家贵戚，在八议之列，受大罪是不至于的。”

“只怕有人还想借这机会，拉姐姐一起遭殃呢。”素澜轻声道，“爹难道没有觉得，近来京中发生了很多针对我们家的事情？”

平王埋头不语。

“幸好同三哥回来的是谢震，定会为三哥美言。”素澜顿了顿，又对父亲说，“王妃的病万万要拖住。否则，哪天忽然没了，三哥便入孝期，与盛乐公主的婚事又要悬起来。”

“这些事情还要你交代吗？”平王望了望这个女儿，神色和缓下来，重重叹息，“假如你与你姐姐能换一换，我不知要省多少心思。”

素澜神色悻然：“说这些有的没的做什么？”

平王悠悠道：“你也知道你们换不成，那不如各安其分。你们两个都做自己该做的事，我又能省不少心了。”

他又转头盯着那幅画，叹息说：“你祖母是懿静皇后的女儿，当今圣上的亲姑姑。她在世时，这世间于我而言毫无缺憾。人们都说，我是皇家最完美的亲戚——血缘虽近却与皇座无缘，富贵安逸又胸无大志。先皇对我的溺爱超过皇子，因为我不需要承担皇子的责任，他也不必在我身上权衡利弊。我尽情享受，没有发觉那快乐是多么脆弱。直到有一天，先皇、母亲都离我而去。”

他从回忆中挣脱，重重地叹口气。

“惠和大长公主曾对我说，如果一个女人为了丹茜宫不惜杀人，突破天理国法的底线，此人必将无法无天。这种素氏占有丹茜宫，是为了母仪天下、匡扶皇室吗？哼！她常说，她兄弟十余人全毁于后宫女子，夺储惨烈至此，先皇却不能引以为鉴，终致梁秀之乱。如此下去，皇家终将后继无人。她对我们兄妹说，‘东平素氏必须从那丧德之人手中，夺回丹茜宫’。”

惠和大长公主的名字已经沉寂很久，一出现就同丹茜宫三字纠缠，倒也不出素澜的意料。祖母在丹茜宫出生，为丹茜宫而死，有生之年又在东平郡王府种下丹茜宫的魔咒。

“大长公主的强硬总让我不舒服。甚至，我妹妹的封号都是她强迫圣上御赐的‘丹’字——别人以为是‘丹茜宫’的丹，其实是‘一片丹心’的丹。但是回想起她的智慧，又总是让我感到震惊。”平王看着女儿，苦涩地笑了笑，“多亏这画上的每个人尽心尽力，终于在我手上完成大长公主的夙愿。阿盈是皇后，你是宰相的儿媳，沉儿娶了皇帝长女，飒儿准备娶另一个公主——我家的荣耀从来未及于此。可摊上你姐姐那样的皇后，我才开始担心，一颗脑袋用起来不够，丢起来也不够呢！”

素澜的目光一直在那画上徘徊，轻松找到画中的三夫人。众美当中，只有她一身男装。她淡淡地说：“有多少人，成就了东平素氏今天的荣耀，却没有见证荣耀的命。父亲也为她们想想，打起精神，别说这些丧气话了。”就此别过父亲。

她一出门就遇到大哥素沉，忙拉着远远走开，说：“爹这时候正闷闷不乐，大哥待会儿再去。”

“素平挨打的哀号都传到我那边了。”素沉蹙着眉头问，“爹今天一早高高兴兴地出门，怎么回来之后又是打人又是生气？宫里出事了？”

素澜随口回答一句“小事”，有意将话题扯开：“妹妹本来想去见一见凤烨公主，可听说她最近身体不好，也不敢轻易去打扰。”她听苑绮说，大嫂凤烨公主前一阵以为又有身孕，谁知空欢喜一场，灰心之下又病恹恹地不愿意见人了。

素沉默默地走了几步，黯然叹息道：“这么多年都在为这件事难过，偏偏天不遂愿，又伤心又伤身。我不忍心再看她这样。若是命中注定我们夫妇无子，不如就此作罢。保住她周全，我已知足。只是这些话，我坦诚对她说，反而更惹得她自怨自艾，倒不如你们常劝劝她。”

素澜陪着叹了口气，说：“将来三哥有子，过继一个给你们夫妻，无须担心宗祧。只是不知道，三哥这回惹上大祸，与盛乐公主的婚事要怎么办。毕竟皇家先前仅仅是有这种意思，没有真正订婚。”

素沉颇有深意的目光从素澜面上扫过。

她讪讪笑道：“从前我们家定好的亲事，也有被人横插一脚的。这回不但是三哥的喜事，也攸关他的性命。公主可不能再袖手旁观。如有万一……恐怕皇后会对她太过失望。”

素沉冷笑道：“我知道这话不是皇后的意思。你进出丹茜宫才几天，就有胆子借她的名义来说话，未免太心急了。”

他说得一针见血。素澜尴尬，连忙说：“妹妹不敢！不过是在这种时候，宁肯多想一些。”

素沉哼一声，不冷不热地说：“飒儿是你们的三哥，也是我的弟弟。”

素澜含笑说：“我当然知道大哥的为人。”

素沉也不为难她，说道：“皇后本来就思虑过度，你们不要总是夸大其词，害她更不安。下次你再进宫，代我说几句宽心的话。”

他一边慢慢地走，一边说：“父亲总是讲，宫里的成败取决于‘先机’和‘细节’。最纷乱的时候，谁抓住先机，谁就得了大便宜。离圣上越近，越有机会占先——这是他那个时代的变故，他那个时代的经验。但时代已变了，这个皇帝不是过去那个。好在皇后沉得住气。”

他不说透，素澜心里也清楚。在皇帝病情最捉摸不定的时候，皇后处事庄重沉静，让很多绷紧的神经暂时松弛。然而她也有敌人。这些人仍对她保持警惕，在他们眼里，她是素氏的女儿，除非剔尽全身骨血，否则与她的先人没有区别。

素澜收敛笑容，说：“三哥回来，就是这一两天的事。”

提起这事，兄妹二人稍稍沉默。本朝刑法太严，失阵之罪，依法当死。

“为钦妃请了头功，又在三哥这里插一刀，旁人还道他赏罚分明，秉公处置。”素澜说着冷笑起来，“可是钦妃的头功有什么了不起呢？三哥的前程却要毁了。”

“皇后怎么说？”

“只字未提。”素澜沉吟片刻，“今天在宫里，只说些缎子、棍子，都是可有可无的琐事。我看她是刻意不想。二十万大军，几乎全军覆灭，想破脑袋也未必能够化解，怎能逃避呢？换作从前，她早就为此寝食难安了。”

她说着，迟疑起来："皇后她……最近有些奇怪。"

素沉立刻警觉地问："怎么讲？"

"就当是我多心吧。圣上卧病，她情绪有些变化也是自然的。"素澜皱起眉，庄重地对大哥说，"三哥对皇后的意义非凡，万万不可出事。姐姐失去孩子，后来发生的事，想起来真是处处凶险。这回如果失去圣上，失去三哥，我不知道她会变成什么样。"

这不是危言耸听。素沉思忖许久，终于惴惴地说："圣上病情转好之后，我与凤烨屡次请求入宫问安，里面总是不准。口谕说，凤烨自己保重身体，他便安心。我们见不到圣面，也不知道口谕是他自己的意思，还是后宫的意思。"

素澜急忙说："自然是圣上的意思，姐姐从不干这种蠢事。"

"那……以你所见所闻，圣上的病况到底如何？"

素澜想了半天，说："恐怕只是在拖，好不了的。但究竟能拖多久，只有吴太医知道。偏偏吴太医最难笼络，连宰相也拿他没有办法。"

素沉听罢神色黯然，叹口气："这是谁也料不到的。恐怕皇后想起失掉的那一胎，会更加难过。"叮嘱她多留意皇后的心情，自己则去为素飒的事情奔走。

吴太医年轻时为医术自豪。两朝天子，棘手的疾病加起来有三五样，换了别人足够死三五回，但他凭着医术，为自己赢得声誉，为这个国家续命。

到如今的年纪，他最自豪的本领是得到康豫太后和当今天子的信任。医术可以救人，而这个能耐可以救他自己。有他们的信任，他才能够泰然面对皇后们的刺探。

天子大病向来避讳中宫东宫。放在寻常人家，夫妻父子之间不能询问，未免不近人情，但吴太医年轻时就以惨痛的教训领悟，他们不是寻常人家，皇后们的关心从来都不是仅仅出于人情。他也早从那些经验里，学会谨慎地对待，学会精简说出口的一字一句，避免言语在那些构造过于复杂的头脑中，勾起丰富的联想。

宫里行事各有时辰，他本来不会遇见皇后，但她今天来晚了。吴太医首先产生怀疑：她是不是故意挑了这时辰，撞见自己？

年轻的皇后怀抱皇孙，和蔼地问："圣上今日精神可佳？"

自那个女医插手后，她很少打听皇帝的病情，看起来非常信赖王秋莹的医术。或者是，已经不需要从太医们这里打听。吴太医老练而委婉地回答："病人的心情总是宜散不宜闷，今日有真宁公主侍疾在侧，胜于药石百倍。"

素盈身后一名伶俐的女官当即取笑道："这样好听的话，老太医该在小公主面前多说三四遍。回娘娘的问话，可不是这种答法。"语调里特意强调了"老""小"二字，笑话吴太医恭维一个小女孩儿。

这在行走宫廷数十年的吴太医眼里，如同幼儿的把戏。他不以为意地笑了笑，唯唯地告退。

太医院几位上了年纪的老人，可不像方太医那么容易被唬住。素盈想着，行至玉屑宫外，对守在门边的潘公公展开微笑，轻声问：“圣上这时候在做什么呢？怎么连你也被赶了出来？”

潘公公在宫中侍奉了两代帝王，白眉下一双眼睛总是炯炯有神。见皇后发问，他连忙躬身回答：“刚刚画完了灯笼，这时候正跟公主说话。”

素盈奇道：“什么话这么要紧？连你也听不得？”

潘公公连忙赔笑：“娘娘折煞小人。”

素盈将睿歆送到崔落花怀里，笑吟吟地说：“我倒要听听，一个小女孩有什么了不得的事可讲。暂且别通报。”

潘公公微笑着低头侧身，素盈便蹑手蹑脚地迈进玉屑宫。

静悬的蓝色绸缎为宫殿添了几分冷色，令人如坠冰湖，身心一颤。素盈向前走了两步，无声地伫立在木屏风后面。

屏风上镂雕十六个字：“敖不可长，欲不可从，志不可满，乐不可极。”

第一次看，她觉得崇拜。第二次看，她觉得悲哀：一个被剥夺了七情六欲的人，该是多么了无生气。第三次以及后来的每一次，渐渐成了习惯，不再感叹，反倒发现另外一些内容——从第三个“可”字望过去，刚好可以看见皇帝的床头，且不易被他看清。她现在总在那里放慢一步，飞快地斜一眼。如果他睡着，她会轻轻地落足；如果他半躺着看书，她会微笑而入；如果他在检视奏章，她会目不斜视地等在一旁。

今天他还是在看经书，真宁公主坐在他床边的脚榻上，竟然在翻弄奏章。几盏画了菊花的灯笼丢在一旁，一盒棋子散落满地，系着红线的木偶滚落在真宁脚边，床上、地上到处是翻乱的奏章。素盈拧紧眉头，留心听她说些什么。

“全是宰相看过的。”真宁把手里的奏章随便一扔，又从身边拿起一本。她父皇看也未看她一眼，犹自读经。素盈心道：奏章全由宰相检阅，筛选后交由皇帝，祖制人尽皆知，不知道小公主故意提起来，要做什么文章。

真宁把奏章推到一边，凑到她父皇身边说：“事情都让宰相做完了，父皇做什么呢？”

皇帝没回答，轻轻摸了摸她的头发，又低头看书。真宁咯咯笑着，夺走父亲的书藏到身后，又问：“君临天下的皇帝陛下只能看宰相想让您看的东西，听他想让您听的话，这有什么好玩的？”

素盈吃了一惊，屏息听她还要如何大放厥词。

皇帝温柔地笑了笑：“真宁，宰相是国之柱石，不可对他放肆。”

真宁不满地嘀咕了两句，拿起她的木偶，说：“父皇，你看这个木偶好玩吗？我提着它的线，它又提着两个小木偶。这么玩上一百年，它也许会以为自己才是别人的主宰，忘了有我在。”

素盈越发惊异，悄悄退到门外，向潘公公沉声道：“有劳公公。”

潘公公进去通报。素盈侧身问崔落花：“公主近来还偷偷往宫外跑吗？”

“偶尔。”

起初，真宁只是不愿意看见继母，后来发现宫里有太多的事需要年轻皇后去应付，论起头疼的事，根本轮不到她。从此她便开始享受自由。恰好又是半大不小的年纪，三五天不见，心思就变样，时不时冒出一些不知从哪里学来的话。

放任下去，不知会变成什么样。素盈带着众女官再走进去时，心里已经有了打算。

见皇后驾到，真宁冷淡地行了礼，又埋头去翻奏章。素盈故作诧异地向皇帝望了一眼，却见他只是微微一笑，淡淡地说了一句：“真宁，不准胡闹了。”

“我想看洵哥哥写的——不知道他近来好不好。”真宁说得清脆响亮。素盈当然知道她要借题发挥，果然听她又大呼：“在这里！洵哥哥一直打胜仗，快要回来了吧？”

皇帝神色微嗔，真宁也不敢造次。但素盈看得出，他目光和蔼，好像在说：“女儿而已，由她去，能怎样？”

素盈笑吟吟地抱着睿歆走上前，交到皇帝怀里，让他看看他的孙子平安无事。

她曾有那么一刻以为，他隔一日就要见一见孙儿，是因为卧病中无聊，而孩子能让他欣慰。后来就明白，他只是不放心在东宫西征时，把皇孙的安危交到她手上。他知道，她不会做出危害皇孙的事，但还是用这种方式表示他的不信任，要她时刻悬着心。

真宁见父亲的心思都放在睿歆身上，乖觉地抱起玩偶和灯笼告退。走到素盈身边时，她扑闪着大眼睛问：“娘娘，您的哥哥最近要回来了。可是我不明白——‘执送京师’是什么意思呢？”

素盈愕然，她却笑嘻嘻地走了。

皇帝宽慰道：“十来岁的孩子总是这样，公主又比皇子更不懂收敛。”

“是妾失于管教。”素盈只得欠身告罪，然后轻轻一笑，“妾可不信陛下当年也是这样。”

“比真宁更小的时候，我也对母亲失敬，以为自己是天子血脉，而她只是皇帝的一个女人。”皇帝脸上露出暖意，但对往事并不多提，说，“真宁身边，还是缺一个管得住她的人。”

素盈正等这个机会，佯装思忖一番，抬头笑道：“妾小时候受到崔秉仪的教导，获益匪浅。她应该对公主大有裨益。”

皇帝对这件事似乎并不深思，点头道：“那就让她去吧。”

素盈一面命人将奏章整理好放到一旁，一面慢慢陪他随便聊几句。见皇帝被真宁纠缠半晌，已经不胜疲惫，她不忍再让他劳心费力，亲自侍奉皇帝喝药之后，就起身告退。

宫女们察觉皇后心事重重，纷纷慢下脚步刻意落后。素盈唤崔落花到跟前，吩咐道：“明日就去公主那里——务必弄清楚，她在宫外到底结交了什么人。好大的胆子！现在敢撺掇她在圣上面前议论宰相的长短，日后还不知要做出什么事来。”

崔落花诺诺答应。

素盈又道：“眼看她也快到嫁人的年纪，差不多该物色一位持重可靠的驸马了，免得事到临头，考量不够，又盲目错付。”

提到真宁的驸马……平王早就有心为他三个年少的儿子谋求尚主，但他们比真宁年纪略小。皇后突然提起“持重可靠”，像是要拆她父亲的如意算盘，平王必定不肯答应。崔落花却懂得她的心思：皇后一家已有一位驸马，第二位也差不多是十拿九稳的事。三度尚主未必能带来更多显赫，却要与余下的几家素氏计较，惹来是非。

崔落花想起自己曾听几个宫女私下说，真宁公主出宫回来后会提起一个男子。她目光闪烁，被素盈发觉，素盈厉声道：“有什么话？说出来。”

崔落花忙答：“空穴来风而已，不敢混淆娘娘视听。待有定论，再向娘娘禀报。”

素盈看她一眼，又默默向前走了几步，忽然驻足遥望长天。看了好一会儿，她才神情寥落地说：“崔秉仪，能够步天的人，真的能够在九霄之巅放歌吗？”

崔落花还没有作声，素盈又说：“我不信。‘步天歌’只有三个字，是因为提笔的人心里也唱不出真正的庆歌吧。”

崔落花看着年轻皇后的背影，心里忽然想起当年王府中那一位敏感容忍的六小姐素盈，不由得惋惜。入宫之前，她是皇后的老师，入宫之后，她是皇后的女官。她是宫中与皇后相处最久的人，然而，没有什么人可以仗着资历，说自己了解后宫之主。

她早就知道宫廷比任何人更擅长塑造皇后，但皇后究竟向宫廷学到了什么，无人可知。

谁都没再说话。

两天之后，一支人数不多的队伍从西陲归来。

尽管素盈并没有把真宁孩子气的挑衅放在心上，但“执送京师”这四个字还是让她心中抑郁。

北国自古器重武将，一朝挂帅，在阵前便有无限权威，生杀予夺、先斩后奏，他们尽可斟酌定夺。正因如此，素盈才担心东宫挂帅会拿她连连败阵的哥哥开刀。没想到，东宫一石二鸟，夺了素飒在阵前戴罪立功的机会，又让皇后左右为难。

上一次由皇帝亲自裁处的事，还是二十多年前——那次被绑回京城的，是谋反的秀王，皇帝的弟弟。秀王罪孽至深，由皇帝亲自裁断无可非议。但素飒连败数阵就被绑送回来，未免有些小题大做，反而让人始料未及。

素盈的嘴角向上挑了挑——在这里，无论小看了谁，都是个错误。那些活在这里的人，实在是有能活下去的缘由。她吩咐梳头宫女：“今天不用这些金的玉的，去折几枝别致的桂花来。”

宫女们见她有别出心裁的兴致，暗自舒了口气。今天是龙骧将军被押回京的日子，不知道她怎么能这样轻松洒脱，但总好过终日沉着脸。

宫苑中有两株品种极佳的桂树，这时正在花期，很快就有宦官捧了一大盘花叶俱全的桂枝进来。素盈从中挑了三枝，宫女修剪之后插上她的发髻。素盈向镜子里看了一会儿，忽然叹了口气：“才转眼，人人都不似当年。”一声叹息又让周围的人提起了心，面面相觑，不敢随便出声。

素盈认真审视自己一番，前往衍庆殿。殿内已置好帝后二人的御座，素盈对空置的皇座致礼，在后座上坐好，颔首道：“宣。”

不知是不是因为刚刚走了一段路，衍庆殿里又太安静，此刻她清清楚楚地听到自己的心跳好快。越是细听，心就跳得越快，她不得不深深呼吸。

一道身影挡住了门口的阳光，素盈一见那轮廓，心绪又鼓动起来，刚才的努力都化作徒劳。

那人走得有些迟缓，似乎身体不适。素盈不免关切，留神听他的声音是否清朗如常。他向御座拜谒时，气息音调都是一如既往的沉着稳健：“臣谢震拜见至圣至明天祐皇帝，唯愿我皇福寿天齐。拜见至慈至善仁恭皇后，唯愿娘娘圣躬万福。”

素盈微笑起来，朗声说：“将军跋涉不易，平身赐座。”

谢震起身时，行动明显不便。素盈徐徐道：“将军似是有伤在身。”

“微臣礼欠周全，万望娘娘恕罪。”谢震没有告诉她，他劫敌营去救素飒时，被一杆长枪刺穿了腿。说来已是三个多月之前的事，伤处至今尚未完全恢复。她从不知道人受了那样一刺，需要用多久来疗伤，不必说出来让她徒增担忧。

素盈有点后悔失言，不该撇开战局与东宫不闻不问，却先问他的伤势。她连忙又问：“不知阵前是否凶险异常？东宫向来可好？”

谢震稍微怔忡一刹，眉心不自觉地拧紧。不需要他详述，素盈已猜到战事艰难。谁料谢震却说：“东宫殿下领军，无往不利。”他说的似乎是实情，口气却夹杂了少许的不肯定。

素盈心知在这排场下，想要深谈也没可能，嫣然笑道：“圣上近来偶染微恙，不便召见将军，已吩咐过在殿内赐宴，为将军洗尘。”说罢向一旁颔首，宫人们立刻传入酒宴。

代皇帝赐酒之后，素盈借口退出殿外，一直远远踱到一汪池塘边。此时景致略显萧瑟，却也别有风味。素盈无心观赏，低头望着池中。彩鲤牵出的涟漪或聚或散，秋风骤起，水面上微波粼粼。

过了片刻，崔落花轻轻咳嗽一声，带领谢震走来。谢震到近前还欲施礼，被素盈一把拉住。两人沉默了一瞬，谢震低头说：“龙骧将军已被送到京师狱，微臣与盛乐公主的奏章也已上呈。胜败无常，料想圣上能够体谅。”

他透露出奏章中的求情之意。素盈柔声道：“幸好有你一直照应，辛苦了。”

她迅速理清心里的疑惑，接连问道：“东宫从来没有领军经验，为何他能一路得胜？

是东宫治军另辟蹊径？又或是，西国境内局势变化，有机可乘？”

“娘娘！”谢震敛容打断她的疑问，说，“其中内情复杂，微臣愚钝，不能明了。事情本末已上奏圣上。”

素盈愣了一愣：“之前可与人商量过？”

“事涉机密，不便外泄。”

素盈皱眉嗔怪：“你怎么这样冒失？奏章送到他手中之前，已转了好几处，哪里还有机密可言？倘若真有重大隐秘，该另觅门路，面呈圣上。如今被外人看见，不怕他们转而对付你吗？”

谢震见她为自己的安危着急，坦言道：“这是密奏，微臣是托可靠的人转交，料想不会有差错。”

素盈心想，那也要看上奏的是什么事。若当真只给皇帝一人看，那他的反应更难料，不知会想出什么狠心的花招。还不如人尽皆知，缚住他的手脚反倒更好。

谢震观察她的神色，看出她满怀犹疑，不禁说道：“旁人不足信，唯信我君王。若是连君王也不信，怎能做得人臣？”

素盈不与他争执，牵强地笑一下，打住这话，抚摸鬓角，问：“桂花……比我们家的如何？”

谢震鼻端早有幽香浮动，此时深深看一眼，柔声回答：“好看多了。”

她没有穿礼服，一身日常的打扮，此时又特意说了“我们家”，是没有拿他当臣子和外人。但是他并未受宠若惊。

素盈浅浅地笑，话题一变，安慰他说：“月瑟的事，节哀。”

她从素澜口中得知，肖月瑟也在夏日染病，病情恶化很快，前后七八天的工夫就往生了。那时，素盈正全神贯注地照顾皇孙，没人向她提起。后来知道，人已经入土为安。素盈不胜唏嘘，但听妹妹说，丧事由平王府四夫人筹措，办得非常体面。

提起这事，谢震脸颊微微颤动，低下头。素盈诧异地发现，他不是为那位年轻女子惋惜，而像是无可奈何。他不擅长隐瞒，那闪避的神态格外显眼。

“原以为这样可以保她周全，想不到在我家中发生这种事……结果，素庶人当初被废的事，连一个活口也没留下。”他琢磨半天，挤出这样一句话，惹她生气。

“别说这种话。”她说，“回去为她好好做一场法事。”目送他的身影消失在扶疏的花影之间，她的心情也跟着蒙上一层阴影。

月瑟真是病死的吗？废后的那桩公案终于无人对证，可以再次提出平反了。死人的名声，对生者来说还很重要。尤其是，这个生者等着继承皇位。有个对皇帝不忠的母亲已经够糟，更糟的是，私通罪名可能招致敌人对他血统的诽谤。东宫一直没有放弃为生母雪冤，可废后残党会到谢震家中行凶？

去玉屑宫之前，素盈换了头上饰物，像往常一样中规中矩。可皇帝却陷入沉眠。素盈跪在他枕边仔细端详，见床畔掉落一本奏章。他一手放在胸前，另一只手垂在床边，睡姿安稳，眉目平静，不似初卧病时那么痛苦。

自从他病情好转，绝口不提说过的话——找一座寺庙出家，退出宫廷，给新君一个太平局面。他是绝对不会忘记的，不会将那些像遗言一样的安排当作从未说过。他也绝不会以为，她能够在听过之后浑然无事。

当时，他是真的以为自己性命垂危，说出真心的安排，还是故意试探她对改朝换代的反应？这平静的睡容之下，又酝酿着什么新的计划呢？

他真的……活不过一年吗？

素盈不知不觉咬住下唇，发觉痛的时候，向自己身后招了招手。王秋莹悄无声息地来到她身边，轻轻把手指搭在皇帝的手腕上。尽管素盈目不转睛地正视着王秋莹，这位女医却仿佛在一心一意地倾听患者身体传来的讯息，又像在刻意躲避探询，低垂着头，不与素盈的目光交接。过了一会儿，她眼睑轻轻抖动，抬起头看一眼素盈，神情有些躲闪。

素盈与她默默走到屏风之外，用耳语似的低音交谈："圣上的情形如何？"

王秋莹诺诺地低着头说："如常。"

这不知是第几次听到王秋莹一成不变的回答。素盈不禁开始怀疑："当真？我看圣上的气色较往常好了很多。"

王秋莹从容不迫地回道："圣上的状况非同一般，发病之前的气色不是比现在更好吗？这是不能以常理推测的。只怕以后还是会无声无息地发作起来。"

素盈还想追问，忽听御榻上衾帐摩挲，皇帝低沉的声音问："谁？"

素盈忙让王秋莹退出去，自己绕过镂屏，向他粲然一笑。皇帝刚刚转醒，目光还有些迷离，微微张口，像是想要唤一个名字，却忍住声，渐渐冷静下来。素盈在这空当为他端了一盏清水，跪着服侍他喝下。

"陛下累了就多睡一会儿吧。"她柔声说着，拭去他唇边的水渍。

皇帝笑了笑，伸手拾起落在床下的奏章，边看边说："是要养好精神——你看，邕王上表，请求回京面圣。我已准了。"

乍听到这个稀罕的人，素盈愣了一下，也微微笑了笑。她还从未见过皇帝最小的弟弟。册后之时，邕王声称染病，只有邕王妃一人入京称贺。从那以后，邕王在藩中默默无闻，像过去的二十年一样。素盈相信，在皇宫里，不止她一人忘记有这个人物存在。

皇帝卧病，他终于坐不住，想来一探究竟？素盈偷瞥皇帝一眼，却被他发现了。她忙低下头，怅然道："说到'回京'……陛下顾惜妾的颜面才没有提起吧？今天，是龙骧将军回京的日子。"

皇帝把手里奏章放到一边，若无其事地问："你想为他求情？"

"妾非圣人，不能忘情。仅此一个一母同胞的兄长，若说能够不闻不问，未免近于虚伪。"

皇帝指着镂屏笑了一下。

“你知道那是什么意思？意思是说，我永远不能在这里逞私欲。”他幽幽地说，“你也一样。”

“妾不敢以一己之私，令陛下英明有亏。”素盈庄严说罢，央求道，“他是待罪之人，也是妾的兄长。不知他这几个月来，是如何为陛下尽忠的，怎能落到这般地步？这一次令国家蒙羞，妾也想要亲自责备他。”

皇帝听着听着，闭上眼睛。素盈以为他不耐烦了，不免有些失望。他却慢悠悠地说：“毕竟血浓于水。如果你不在意旁人怎么说、怎么想，无论如何也要见他——可以。”他虽然同意，话里却在暗示，旁人正处心积虑，要利用这个契机挫伤后家，此时任情任性并不妥当。除此之外，他没有说更多。

有他金口一诺，素盈自然知道如何安排。她谢了恩，不准备继续打扰他。他却伸出手，在她肩上拈起一点东西——原来是一朵小小的桂花。

“喜欢桂花？”他很突然地问。

素盈想了想，认真回答：“大约是吧。”

“好像不肯定呢。”

素盈心里涌上一丝温暖，笑容也舒展开来。

“平王府里也有一株。”她说，“小时候有一次，我不顾一切得到一枝，还从树上摔落。可惜一刹那，它就支离破碎。大概是为此，才对它另眼看待。”

他听了这个天真的故事笑起来，又问：“现在呢？怕从高处摔落吗？”

素盈望着他指端宛如米粒的花朵，神往似的回答：“有人会接住我。”一言已出，她立刻察觉失言，赧然垂首。

他仿佛没有留意，轻声准她告退，然后像忽然想起什么，用那若无其事的声调，微笑说：“皇后，你不是可以冒险摘花的小女孩了，还是不要……把安危寄希望于别人能接住。”不可以冒险，也没几个人能用双臂托起丹茜宫的主人。

素盈暗自一惊，寻思自己的表现是否太过，让他起了疑心。她用浅浅一笑作为模棱两可的回答，欠身告退出去。

他看着她的背影，笑了笑，把那微不足道的桂花轻轻一弹，它立刻就从他眼前消失，不知落在哪一处尘埃里了。

龙骧将军素飒被执送回京后，关押在京师狱。第五天，圣谕将他提入宫中。

素飒知道这次面圣定是妹妹周旋的结果，却没想到，入宫之后径直被领入了丹茜宫。素盈见哥哥风仪依旧，显然在囹圄之中没有受到委屈。兄妹二人相视一笑，各有各的酸楚。素盈执起哥哥的手，说：“圣上刚才又不舒服，不能召见将军。”

在这当口，皇帝总是静观其变，不会挺身而出。

素飒满怀歉意说："微臣连累娘娘担忧，罪该万死。"

素盈笑笑说："战况我已从别处听说一二。将军求胜心切，用兵太狠。上回可以慑敌，而这回对方料定将军出战，早有强刃相交的准备。士卒苦不堪言，一败即散，终致将军大祸。"

素飒疑心是钦妃与她暗传前线消息，垂首说："娘娘所言极是，但是后宫切忌与前线互通消息。多事之秋，恐怕被人拿来乱做文章。"

"打仗的事我不懂，做文章的能耐也不大，但也不会由他们随便写。"素盈一笑之后又蹙起眉，问，"阵前众将谏言，为何置之不理？哥哥不过一两次领军的经验，怎能如此刚愎自用？"

素飒惭愧垂首，压低声说："大军开拔不久，微臣听闻圣上……军中也有改朝换代的传言。那边军心难定，这边娘娘处境堪忧，微臣本想速战速决。"

素盈嘴角微微抽动，勉强笑道："万万不可有这种念头，否则'皇后'二字救过你，也会害你。"

皇后兄长，这样惹眼的身份，别人总以为他成功太过轻巧，一次失误就被认为罪该万死。若又是为了他妹妹，简直该株连。

"后家会变，从太安素氏变成了东平素氏，但人们看待后家的态度不会变，如今轮到我们受人指摘。"素盈微笑着摇摇头，又说，"那天谢震提到前线，似乎别有隐情。我问他，他却不想对我说。哥哥可有话需要我转陈圣上？"

素飒见宫内并无旁人，低声道："军中有人通敌。"

素盈怔住，疑心听错，片刻才问："你说什么？"

"有人通敌。"素飒又沉着地说了一遍。

自入宫以来，素盈见过的意外实在不少，但也不过是皇家与素氏内部的钩心斗角。这回，她全力提防东宫，却没想到谢震、素飒担心的事和她想的大相径庭。

通敌叛国——世上向来都有这种人，自然不会因为她正愁自己的事就消停。偏偏她的哥哥涉入其中。

素盈眉头深锁，思忖通敌之说是否可信。同一支军队，没能在素飒的带领下获得胜利，却在东宫手中连连告捷。这事情发生在任何一个骄傲的男人身上，都足够伤人。伤害常常会影响他们的判断力。但是素飒泰然自若，眼神依旧冷锐沉着——他不是遇到挫败就失去理智的人。

"此事与后宫无关，因此不想说出来增添娘娘的烦恼。"他说。

素盈徐徐道："东宫挂帅后，哥哥应该向他禀明。"

素飒的嘴角冷冷地上扬："我与谢震都向他提过。不然，我们怎么会离开战场回到京城？"

这话题超出素盈平日的事务，她的反应稍有些迟钝。但素飒的态度毫不隐晦，她心中猛然一惊，深觉不可思议：“你是说，东宫有意包庇此事？他怎么会干这种事？”

素飒寒着脸道：“我手下有五个得力的人。其中一个与东宫的关系过于深厚，我一直不敢特别重用。那时两军交战连连失利，败得太蹊跷。我曾经怀疑有内奸，但没有疑心他。直到谢震劫营相救，事后想起种种蛛丝马迹，我才疑心那人就是奸细。”

“为何不立即除掉？”

“我还没有找到切实证物，东宫已到战场。我向他提过此事，但那人迄今仍然毫发无伤。”素飒顿了顿，又说，“东宫用兵，气度狭小。对我十分忠诚的四个将军被他任意安排，危急之战中不是前锋就是断后，已经先后阵亡。盛乐公主与钦妃被迫留守金源镇，谢震被支回京城，阵前已无我的亲党故交。龙骧将军麾下精锐交由他差遣，全灭也只是早晚的事。”

“东宫他……”素盈愈发诧异。

素飒又咬牙道：“娘娘应该知道，匿奸与通敌同罪。为与后家倾轧，出卖国家，断送精兵，这样的储君与国贼有什么不同？想到这个国家将要交到此人手上，真是令人心悸。”

“哥哥！”素盈连忙出声打断他，“我……不大相信。东宫是储君，他若想对付我和你，自有许多办法，怎么会出卖国家？他应该不是这样的人。连我都不愿相信，圣上就更不会信，何况此事证据渺茫。”说到这里，她心里突突跳了几下，暗自想，谢震该不会已贸然在密奏中揭发东宫了吧？

“你们，可有人向圣上指控东宫？”

素飒嘴唇绷紧，默认了。素盈顿感自己脑中出现一条空荡荡的路，从千头万绪中横生出来，不在她的预料，也不知通往何方。

她定了定心神，从容地说：“不妥善处置，容易被反将一军。诬陷储君犯了通敌重罪，这样的罪名又有谁担当得起？哥哥若是惦记此事，一定要不着痕迹地找出证物，但要快——圣上已经知道此事，若要彻查，必定调动人手，秘密就不再是秘密，对方也免不了要有所动作。”

“臣从来没有放弃追查。如今北镇那边还有一些手下，在暗中行动。”素飒赞同妹妹的话，也有些诧异。

他端详妹妹，又说：“娘娘好像有点不一样了。臣说不上来是哪里不一样，但是觉得，娘娘没有再哭过。”

素盈微笑一下，又说：“眼下大事，是如何为哥哥求得宽待，盛乐她……无论东宫如何领兵，总算保住局面，不必她去和亲了。”

众人都以为这件亲事保不住，结果有惊无险。素飒却不为之庆幸，黯然道：“依法论处，我无怨言。假设皇恩浩荡留我偷生，又予尚主之荣，我日后面对那四位将军的家眷，才更无地自容。”

素盈还想再安慰几句，忽然来了一名宦官，说皇帝方才醒来，此刻要召见龙骧将军。素飒临走时以大礼拜别，素盈忙去搀扶。素飒在她相搀时，用很低的声音说："我刚才说的那个人，叫作白信端——白信默的弟弟。"

素盈啊一声，呆在当场，心里万千个念头乱转。她恍然想起，正是此人，向她宣告白家悔婚。那并不是愉快的回忆。

从白家和东宫的渊源来看，这白信端无疑是东宫放在素飒身边的人。但白家纵然无赖，也已贵为皇亲国戚，说他们家出了奸细，任谁听来都会觉得不大可信。

她连忙在哥哥耳边叮嘱，让他仔细留意皇帝口风，千万不要再轻易提起东宫的事。紧接着，吩咐宫中一个机灵的宫女去玉屑宫观察动静，请潘公公有空闲时来丹茜宫小坐。

过了不一会儿，那宫女回来说召见已毕，龙骧将军已被放还京师狱。她又说潘公公走不开，向皇后娘娘问安，请皇后娘娘宽心。

第二天，皇帝以重阳大节为由头，下诏曲赦京师死罪以下，放他们归家团聚。九月恰是录囚之际，他又决定隔日在宏德殿亲录京师滞狱重囚十余人，其中也有龙骧将军素飒。

皇帝卧病已有一段时日，以赦免之举积德祈福并不意外。但亲录囚徒对病体来说，未免太过勉强。况且，龙骧将军出现在其中，朝野惊异。有人规谏，以为此时录囚对龙体无益；更有人干脆指出，龙骧之狱尚未定论，并非久久不裁决，不应在列。然而天子决意宣示这浩荡皇恩，完全不为所动。

到了录囚当日，皇帝精神大好，手笔断决十分敏捷，不到掌灯时已全部了结。素飒果然从轻发落，削了将军之职，仍保留兰陵郡王之封。

有人乖觉地见风转舵。有人愤愤地认为，皇帝即位以来从不插手断罪，这次行事完全不似他稳妥的作风，大约是年轻的皇后从中作梗。未料到平常悄无声息的皇后竟然能鼓动皇帝，为她哥哥一人劳师动众。他们不由得警惕起来，连宰相也对帝后二人一反常态的举动感到不妥。

素盈对皇帝的决定也颇感意外。他本已表示不愿干涉，事到临头又格外开恩。哥哥被夺了实职，空留一个虚衔，说起来，仿佛是皇帝厚待了她，其实是夺了后家实权。素盈不免苦笑。

想到素飒之事总算过去，她对旁人的吵嚷渐渐不大介怀。加之皇帝操劳后病情果然又出现反复，她更加无心其他，整日为保住他的性命忙碌。

只有平王以为近来战事颇为凶险，这个将军不做也罢，稳妥尚主才是当务之急。平王府阖家叩谢圣恩，称幸不迭。

第十八章
窥探

这天，素澜因为兰陵郡王的案子了结，要进宫一趟，便早早地起身梳洗。才挽上发髻，丫鬟就来请，说是相爷要见。素澜急忙换好衣装，临走又到床前催促尚未起身的丈夫：“还不快起来？今天不是同那几个侯爷约好去游猎？”

云垂伸手握住她的手腕，问：“几时回来？不会又要住在宫里吧？”

“难说，要看娘娘心情。”素澜笑着挣脱，又叮嘱丫鬟不可纵容他懒睡。

清晨微凉，空气爽利，荷塘周围比别处更为清幽。塘中养了不少五色鲤，琚含玄常常拿着饵站在那里，仿佛若有所思，心不在焉地随手投食。也许他并不在意鲤鱼是饥是饱，只是喜欢一群活物给他寂静的思绪添些生气。

素澜见他身边是自己的婆母芳鸾夫人，小小地诧异了一下，不知道这两人怎么有雅兴凑到一起。

见她到来，琚含玄的眼睛离开水面，轻轻地扫了儿媳一眼，问：“近来，你和娘娘之间好像很亲密，和好了？”

素澜笑答：“姐妹俩闹别扭，哪有闹长久的？”

琚含玄从石钵里抓了点鱼食，一边投向池中，一边说：“你姐姐那人，呵！”

素澜见他神情不屑，笑嘻嘻地接口道：“难道娘娘不是有口皆碑的好人吗？”

“好人？”琚含玄看着争食的鲤鱼，冷冷哼了一声，“她愿意当好人？以前只是没有做坏事的本事。这一次不就胡闹起来了？你替我转告她——她还是保持老样子最好，这一局玩不好，遭殃的可不止她一个。”

一句话让素澜愣住了，她僵硬地笑道：“爹这话严重了。”

“严不严重，日后数数她收拾了多少个以为她好捉弄的家伙才知道。你别以为自己是她妹妹，就得意忘形。”琚含玄说着，把整钵鱼食泼入池塘。

整个池塘沸腾起来，数十条鱼攒动争抢，搅乱一池秋水。素澜看到鱼腹翻滚、白沫四溅的景象，不免心生厌恶。琚含玄却连连冷笑，拍了拍手掌，转身走了。

芳鸾夫人向来不怎么说话，直到他走远，她的目光才从几枝摇动的残荷上收回来，向素澜颔首微笑："相爷喜欢看它们为了争食丑态毕露。"她顿了顿，又说，"你姐姐是我义女，我也倚老卖老地劝她一句——她本来是个温温弱弱的人，一旦逞起威风，可就不招人喜爱了。小心，被人温柔地将上一军。"

她虽是宰相夫人，可从来不在家中谈论宫廷、政局、战争，仿佛这辈子只打算袖手旁观，这时竟说出这样一句话。素澜不知她是出于什么心思。芳鸾夫人想了想，欲言又止，款款笑道："这话，你不妨帮我委婉地转告她。"

这位琚夫人虽然也冠着素姓，却不是素氏出身。康豫太后为她指婚时，念她多年服侍，赐她素姓以荣耀己身。素氏女子自小受教的那些周旋宫廷的道理，她一概没有学过。平日不大显山露水，处事也未见什么高明的见地，一遇到头疼的家务，便要转交给素澜整饬。无论怎么看，她都只是深院中吃斋念佛的妇人。

素澜一直暗中轻视这位婆母。她说的话，素澜也当作妇人之见，并未十分介意。

宫门处早早就有丹茜宫的人在等候，一见素澜的马车到了，便向籍禁司的人道："中宫引外命妇德昌郡主入宫。"随后领了引籍，向素澜做一个请的手势。

素澜进宫拜见早已惯了，唯独这句话，听几次都觉得不入耳。

嫁入相府足够荣耀，可惜云垂胸无大志，又对他爹言听计从。琚含玄拜相第一天便宣布，家中子侄不得为官。他的想法，素澜多少能够明白——他身为权相，自有无数人甘愿效犬马之劳，子弟参与官场于他没有了不得的好处。一朝触怒龙颜，反而阖家遭殃，牵连更广。

云垂当真从小就断了入仕之念，至今没有一官半职，更别提封妻荫子。素澜想觐见时，不得不把德昌郡主的名号拿来一用——那还是未出嫁时，父亲托宫里的姑姑为她求来的。每次喊出来，都像是在炫耀姑姑的能耐，与她自己的能耐毫无关系。

皇后只随便说了句话，四姐的夫婿就当上了殿中侍御史，素澜想，日后只要有机会，她也要为云垂谋划一番。

她一边想一边走到了丹茜宫，见宫外站着流泉宫的宫女，不由得一惊："钦妃娘娘几时回来的？"

宫女回答，是昨天傍晚。素澜连忙换一种笑意，进去问候，果然见钦妃与皇后并肩携手坐在榻上。

这一趟远征，钦妃少不了风吹日晒，却不见她姿容受损，反多了几分昂然挺拔的风貌。面目中那一股开朗气势，看了令人精神振奋。旁边的皇后素盈相形之下显得更加苍白脆弱。

钦妃向来与素澜无话可说。而素澜自恃是相府少夫人，无事求她，无事用她，犯不着看她的脸色。结果，两人每次凑在一起都觉得索然无味。

这回不同以往。素澜笑道："几十年来，后宫第一次阵前扬威。姑姑这样的大功臣，为何悄无声息地回来了？”

钦妃似笑非笑地说：“为国尽忠而已，哪能因此洋洋自得呢！何况兰陵郡王从轻发落，已是天恩，我又怎敢居功自傲？”

素盈微笑说：“赏罚有则，不相干的。只是圣上觉得，帝王女眷不便在前面受众臣称贺，要我另择吉日，在宫中庆贺犒赏。”

归根结底，上至天子，下至群臣，都不愿正视这女人的功劳。同样是出生入死，东宫亲信加官晋爵，而钦妃的功劳只用一场宴会就翻过去了。

素澜笑道：“今日便是吉日，何必拖到大家都没了兴致？我们替姑姑庆贺。”

素盈笑道：“今日另外有事。”

说话时，宦官进来通报：“人来了。”

素盈点头召见。两个面生的命妇——看打扮与京中贵妇不大相同——引入一个小小的少年。

那男孩不过八九岁，长得白皙清秀，神情十分大方，规规矩矩地向皇后施礼，又向钦妃施礼。素澜注目细看，只觉他年纪虽小，却有一种非凡的气质，面目尤为沉静内敛，实在是不可小觑的孩子。

男孩转向素澜，正欲施礼。素盈伸手制止，笑道：“世子对这一位可以不必多礼。”又对妹妹说，“这是邕王世子。”

素澜忙上前款款施礼，方知前些天请求回京的邕王今日进宫来了。

世子年纪虽小，但态度庄重自如，受了年长的人一礼，既不羞赧地躲避，也不装腔作势。素澜刮目相看，由衷赞道：“不愧是皇家血脉，当真与寻常稚童不同。”

钦妃有心逗这个孩子，问：“这位夫人美不美？大家都说她是京城第一美人，世子觉得我们京城人的眼光如何？”

小少年看了素澜一眼，轻声缓言：“娘娘问话，不敢不回答，可是年幼的人不应该随便评价长者。京城中人既然那样说，自有他们的道理吧。”他的声音未脱稚嫩，说出的却是一番道理，周遭又是一片赞叹。

素盈要他上前，拉住他的手，问些平常的话。他全都能敏捷得体地回答。素盈大为赞赏，随手拿起水果和点心给他。世子接在手里没有吃，说：“在皇后面前进食，不雅不敬。”

素盈听了更加喜欢，命人给他包好，让他带出去吃。

钦妃在一旁拉住世子仔细端详，忽然伤感：“八皇子若在，也快到这个年纪了。”

素澜听她拿早夭的儿子与世子比较，扫兴而且不吉，刚要打岔，有人通报说邕王从玉屑宫过来拜见。素盈拉住世子的手，笑道：“正想看看是什么样的父亲，教养了这么好的儿子。”

钦妃与素澜往屏风后面回避。素澜才走到屏风边，邕王就进来了。她突然冒出一个念头：皇帝这唯一的弟弟自然是知道他命不久矣，亲自进京来探听虚实。究竟是什么样的人物，不得不看看。心念一动，她有意顿了一步，飞快地回头一望。

邕王正好面对着她，一眼看见，却装作没有看见，向皇后施礼。

钦妃一把将素澜拉到屏风后面，严厉地瞪她。素澜也羞红了脸，然而匆匆一顾已眼界大开：邕王虽然身穿朝服，但与冷漠深沉的皇帝和狡猾犀利的宰相截然不同，是个气质温润的美男子。那神态样貌令人一见如沐春野之风，心神舒畅。

素盈也是第一次见到邕王。

她早知皇帝的末弟不会逊色，但见这位亲王除了五官与皇帝有几分相似，英俊不及素飒，英朗不及谢震，飘逸不及东宫，成熟安稳又不及皇帝，并未觉得哪里出众。只是邕王神态平和，谈吐也温文尔雅，让人很容易安心，素盈渐渐添了几分好感。寒暄过后，素盈问到邕王回京的缘由。

邕王自然早料到这一问，缓缓答道："臣原以为圣上福泽深厚，定能逢凶化吉。可不久前，听说圣上仍辗转病榻，实在令臣寝食难安。臣藩中盛产草药，特意选购精品进献御前。"他向素盈欠身，"得知娘娘自始至终亲侍巾栉，圣上日前已能亲录囚徒，可见两位仁德感天，圣上临朝听政指日可待，实乃苍生之福。"

这些翻来覆去的套话，素盈早就从不同的人口中听过好几遍，客气地应付了几句。她又随口问到邕王在藩中的日常生活。邕王却答得很谨慎："托圣上之福，这些年来并没有特别烦劳的事。平日常在藩中赏一赏四时风景，偶尔狩猎，或者与家人野外小酌。前年承蒙圣上钦赐乐班，时不时也纵声作乐。"

素盈欣羡道："好潇洒的日子。我们这种不潇洒的人，是万万比不上了。"

邕王却含笑，诚恳地说："臣能有潇洒的日子，正是因为有圣上与皇后这样不潇洒的人在。天下人能无拘无束，正是因为圣上与娘娘牢牢约束自己，为苍生守心节欲，不任意放纵，不轻易迷惑。此乃天下万幸！"

素盈觉得他话里有话，好像是在暗示她不应以私废公。但这话即使不作深解，也已足够让她悲伤。她刻意换了话题："世子年纪虽小，却很懂道理。平日是如何教养的呢？"

邕王谦虚地答道："平日并没有着意教导，让他学些东西也只是为了不辱王家。所幸，他不是冥顽不灵。"

素盈又问，除了读书之外，是否教过骑射。

邕王笑道："此次上京，他一路都是骑马。入京畿之后，坐骑染了病，因不敢把生病的畜生带入京城，才改乘车。"

提到染病的马，世子有些怏怏不乐。素盈握着他的手笑道："前两年，我的踏雪驹在平王府生了小马。平王一直好生照料那马驹，听说长得相当不错，现在差不多可供役使。既然世子恰好缺一匹坐骑，那我做主将它送给世子。"

世子连忙跪地谢恩。素盈又说："京郊有圣上赐给平王的猎场，世子如果想要试试马匹，尽管去那里。”

邕王见皇后这样厚待他的儿子，连忙一起谢恩，又道：“臣此次并未打算在京中久留，四五日内就要折返。娘娘好意，只能心领。”

“急什么呢？”素盈装作诧异，“难得回京一趟，多年不见的亲朋好友也该走访一趟，多住几日又何妨？”她好奇这位藩王在京城中是否尚有结交，有意观察几日。邕王却不动声色，委婉地应承了几句，带着世子告退。

这对父子一路沉默地出了宫门。乘上马车，邕王才指着儿子手中的纸包问：“是什么？”

世子捧给父亲看，口中答道：“是皇后赐的糕点。父王说过，不可以随便吃宫里的东西。”

邕王摸着他的头笑笑，待马车转到一个无人的角落，径直将那包点心扔了出去。

父子二人回到京中的邕王府，府里早已提前收拾妥当。

邕王与世子迈入前庭，见院落规模尚可，却远远不及方才路过的宰相府，甚至比平王府也差得远。那两处显贵的宅邸不仅门庭堂皇，连半空的云色似乎都在倒映它们的焕然气象，有股不可一世的气势。

相比之下，皇帝弟弟所住的府邸倒与最平常的公卿宅邸相差无几。邕王并不在意，低头看看儿子的反应。难得的是，世子年纪虽小，但也没有攀比好胜之心，对这平凡的宅邸不置一词。

“我的宅邸并不豪华。”邕王笑了笑，对儿子说，“不过比起秀王那一抔黄土，还是强了百倍。”

正厅中迎出来一个上了年纪的女人。

邕王在人前不与她交谈，走进内室才道：“今天见到那个女人了。放在人堆里，不觉得多么耀眼。放在素氏里面，倒显得很稀奇。宫里的安嫔、景嫔竟然让这样一个皇后坐稳了，是她们转性，还是皇后深藏不露，连我也蒙了过去？”

“景嫔、安嫔的羽翼早让素庶人剪去，便宜了如今这位皇后。”那女人敛眉垂首之间已经有了老态，声音也有些拖长，“老婢斗胆问殿下，您觉得皇后与素庶人相比，如何？”

邕王笑道：“素若星是能与皇帝一起开疆立业的人。如今这位皇后太淳厚了一些，不过，大约是个养老送终的好人选。我的皇兄一向很会挑人。”

“殿下看人的目光也一样精准。素盈大约还是老样子。这样，老婢就不知道她学了什么手段蛊惑圣心，能让圣上带病为她哥哥断罪——京中沸沸扬扬地在说这件事。”

邕王冷笑道：“他们各有各的打算。皇后不断提到她父亲，似乎是想让我领她娘家的情。至于我那皇兄……呵，他大概不想要她养老送终了，否则就不会自己当了一回带病录囚的圣人，让她成了人们眼里的红颜祸水。”

世子在一旁静静听了好久，这时道："父王，难道圣上的隆恩也会有诈吗？"

邕王仍是冷笑："我这位兄长啊……对人好的时候，才该提防呢！他对秀王大仁大义，秀王死了。他对素若星款款深情，素若星也死了。我宁可他对我差一些。"

邕王忽然想起一事，向女人道："今天没有见到你妹妹，不知道是不是出了什么事。"

女人欠身回答："多谢殿下关心。落花近来负责教导真宁公主，时常不在丹茜宫。"

邕王挑了挑眉："你们之间的消息还是很灵通。你怎么不问问她，皇后近来打着什么算盘？"

女人谦和地笑了："我们崔氏与皇家的做事方式不同。有些话我们相互说，有些话不说。"

说罢，她转脸向世子道："书斋已经收拾干净，请世子稍歇之后温习功课。"

邕王叹了口气："落霞先生，崔氏从不让学生休息吗？"

崔落霞淡淡地笑了一下："落花的学生常常得闲。而老婢的学生里面，只有素若星一人休息了。其他人，是不敢休息的。"

第二天，平王府派人送来小马，鞍鞯俱全，装饰十分华丽。两家约定好狩猎的日子，世子兴致很高，只是颇费了一番工夫才将那些过于华丽的装饰全部摘除。

到约定那天清晨，下了一整夜的绵绵细雨悄然消弭。邕王亲自检查坐骑马具，确保没有一样引人注目。他原本不打算在京城做出显眼的事，但平王之子素沉盛情相邀，他也不好拒绝，然而始终不愿太张扬，随便叫了几个好身手的家人与他同行，随身物品也尽量精简，一心想着早去早回。

素沉上门，见邕王身边只有十二三人，悄悄向身边的领队递个眼色。那领队趁主人们彼此问候之际退了出去。邕王整队出发时，发现素沉一行也不过十个人，笑道："郡王贵为国中第一等的贵族子弟，这样简朴，实在难得。"

素沉来时带着二三十个人，料到自己遣回大半随从的举动瞒不过他，便泰然自若地回答："殿下领队，在下岂敢僭越？"

这话换别人讲，免不了有三分刻意，但素沉的声音态度一向淳实，自他口中说来似发自肺腑。邕王听了微微一笑，叮嘱同行诸人举动安静不可扰民，一直到出了城门才纵情策马飞驰。

平王猎苑虽然不能与皇家相比，但在京城近郊也属难得之大。邕王上京时曾经路过，早知道其中的茂林甘泉堪比名胜，这天当然大大赞叹一番。

素沉也早打听过，知道邕王性情恬淡，不喜狩猎，年幼的世子虽有豪情，可腕力臂力都有限，还没有猎过庞然大物。因此，平王命人搜罗了许多野鸡、野兔之类的小猎物，散布在猎苑内，又早早将一处幽雅的小亭收拾干净。素沉陪邕王父子尽情追逐了半日，晌午时分陪他们在亭内小憩。

这时，林间淡薄的雾气在渐渐明朗的阳光下飘逸，四处弥漫着土与叶的清香气息，一道清流在亭边蜿蜒远去，流水淙淙，鸟鸣清幽。邕王顿觉身心舒畅，命人斟酒，与素沉对饮。

他们才休息了不到一刻，忽然听远处一阵喧闹越来越接近，邕王侍从们立刻排开架势严阵以待。素沉也不明所以，大为尴尬。

不一会儿，一只鹿向他们跑来。一队人马追逐着它，旋风般卷到了眼前。素沉一见那些衣着华丽的少年贵族，就不住蹙眉。而那些少年却对他们视若无睹，追逐着鹿从亭子边呼啸而过。

鹿早已惊慌失措，不一会儿又慌张地转了回来，见这里有邕王等众多人马，又掉头乱跑。

世子一直好奇地张望，这时忽地抓起手边的弓，搭了两支箭在弦上。电光石火之间，那鹿的两条后腿各中一箭。他露了这样一手，连素沉身边老练的猎手们也齐齐地大声喝彩，上前为他活捉了那头鹿。

“世子所发的是连珠箭吗？”素沉不禁赞叹，“我早就听说北镇军中有箭发连珠的高手，一向无缘，只能空想，今日终于大开眼界。”

邕王急忙说：“小孩子自己琢磨的把戏罢了，真正的连珠箭我也没见过。”说罢责备地望了世子一眼。

那些少年贵族逐鹿半日，却被一个孩童得手，纷纷诧异地聚过来。其中一个年轻英俊的公子看见素沉后，咦了一声，连忙跳下来施礼：“大哥今天怎么有兴致出猎？”

邕王见这公子相貌出众，便和颜悦色地问素沉：“难道这位就是兰陵郡王？”

素沉忙回答：“兰陵郡王至今仍在府中闭门思过。这是在下的妹婿，相爷的次子云垂。此地紧邻圣上赐给宰相的猎苑。狩猎时追逐猎物越过了界，是常有的事，只是亲家之间从来不计较这些。未料到今天因此扰了殿下雅兴，万望殿下恕罪。”

邕王自然知道他们两家关系亲密。他原本就无意追究，又见众少年各个不似寻常出身，笑着做个顺水人情，邀他们一起饮酒休息。那些年轻人也不推辞，一起下马谢过东道主。

云垂见亭子狭小，力邀邕王到相府林地中的一处连亭。邕王不愿与他家有瓜葛，婉言推辞。云垂也不勉强，命人铺开毡子席地而坐。一群人分了高低主次。云垂无官无职，随意坐到后面。有几个同行的人敬他是宰相次子、素沉的妹夫，让他往前面去，但云垂一向不以为意，随便挑个空位也自得其乐。

邕王细细打量一遍，慨叹道：“离京多年，面孔都生了。”旋即问起众人的姓名来历。一问才知，少年们多是素氏，既有在京官员，也有后族子弟。

其中一位衣饰极其华美的，是恭嫔与景嫔的亲弟弟，身边亲随和应用之物竟比素沉还丰厚许多。还有一个少言寡语的，是安嫔的远房堂弟，与邕王妃也沾亲。邕王连忙让世子与这位表舅见礼。

问到后面已经没有显赫官职，但邕王脸上始终没有半分轻慢的神色。云垂坐在最后，看在眼里不住暗暗点头，对邕王添了几分敬重。

所有人报过家门，邕王才为难地笑道："政令原本不许藩王与京官结交，本王也未想到诸位竟有这样大的来历，实在不便多加盘桓，不如这就告辞了。"说着起身要走。

素沉急忙挽留，那些年轻人也无所谓似的笑道："我们难得遇到殿下，刚刚心生仰慕，殿下三言两语就要打发，实在大伤人心。就算是政令，也不是不能变通。"

又有人趁机说："皇后赐猎，又有郡王和相爷的公子作陪，就算有人追问起来，也有法子交代。殿下这么谨小慎微，传出去反而让人疑心。痛痛快快饮上三巡，岂不强过庸人自扰？"

邕王向来知道京中素氏行为不端，眼看他们这样轻浮，更觉得身为皇后长兄的素沉难能可贵。他也有意与素沉表示亲近，便在素沉再次挽留时道声"恭敬不如从命"。

众人一边喝酒一边谈天说地，渐渐聊得起劲。世子不能陪着喝，得到他父亲的许可，就独自去林中玩。他走了不多远，发现一只野兔，一边追一边也记了路，可是林中来来去去都是差不多的树木，三转两转就迷失了方向，越走越远。

邕王等了一阵不见世子回来，命人四下散开去寻找。他尤其担心这个独子，自己也骑了马去找，一直走到平王与宰相两家猎苑的交界处，也没有看见儿子踪影。正想返回，却听见不远处有野兽威吓人的咆哮。

邕王怕是儿子遇险，忙循声过去，果然见一只凶悍的大野狗在世子几步远的地方虎视眈眈。世子手里握着短刀，却没动弹。一人一狗都不敢轻易攻击对方。

邕王急忙拿出弓箭，一箭还未射出，从旁已有一支银箭嗖地射穿了野狗的脖子。邕王快步上前拉住儿子，见世子毫发无伤，才放下心来寻找射箭之人。

身穿紫色猎装的年轻女子牵一匹白马，从树丛里走出来。邕王一见愣了，那女人眉目如画，一双眼睛特别明亮，像会闪光似的。那件紫色猎装并不十分出色，可是穿在她身上格外好看，更衬得肤白如雪。

她见到邕王也愣了一下，不再往前走，就在原地大大方方地施礼——是外命妇与亲王见面之礼。邕王暗自纳罕她怎会认得自己。世子认出这是在丹茜宫见过的德昌郡主，连忙道谢。

素澜没想到偶尔出来骑马会遇到这样一幕。见世子手握明晃晃的短刀，她远远地笑着问："世子持有利刃，为什么不进攻呢？"

世子收起短刀，一字一句地回答："激怒无法杀死的野兽，不是明智之举。"

素澜心头晃过一种熟悉之感，记得崔落花也教过她同样的话。她莞尔，向邕王道："殿下，自这里向南，不需几步就可以回到平王猎苑。"说罢欠身施礼，牵着马转身离开。

她边走边想，邕王双目精华暗敛，方才挽弓欲射的一刹那锐气逼人，果然是皇帝的手足，不仅有十分人才，深藏不露的功夫也了得。可惜他只是京中过客，不然与他结交倒也有趣。想着回头望了一眼，恰好撞上邕王也回头望她。

这一个回眸让邕王想起了丹茜宫中的惊鸿一瞥——原来就是她。问儿子，只知道是德昌郡主。他的亲戚当中并没有这样一个郡主，于是心里带了大大的疑团。与素沉等人会合后，他提起这场虚惊。

大家笑道："原来是郡王的妹妹，琚兄的贤内助——杀只野狗对那位夫人不过是牛刀小试，正经出猎时，指挥调遣人马、打虎杀熊猎鹿都不在话下。威风机智，让我们这些男儿都无地自容呢！"

云垂陪着微微笑了一下。

邕王谦谦有礼地赞一句："琚公子之福真令人羡慕。如此说来，尊夫人算一位女杰，若是生为男儿，真让人有心结交。"

云垂淡淡地说："这样的女人在素氏也不稀奇，何况拙荆原本是娘家用心栽培的，嫁入我们这等人家，倒是阴差阳错，可惜她了。"

旁人不好再说什么。

素沉道："殿下与世子经历一场虚惊，不如早些回城。"众人连声应诺，结伴回家。

去时不过二十几人，回时却变成了浩浩荡荡的一队人马，走在路上不免声势过大。邕王向来不喜欢被人关注，觉得十分不自在，偏偏那些素氏少年骄纵惯了，飞鹰猎犬又热闹得不得了。

一群人走在大街上，迎面忽然撞上一队仪仗，双方僵持住，谁也动弹不得。

仪卫中负责清道的两人知道这一班都是贵族子弟，也不愿得罪，反而是原本不需避让的邕王不愿在京城中多事，没有声张就挽了缰绳侧身一旁。这一来，又被那些贵族少年轻视几分，觉得这位亲王太没有威仪。唯有素沉与云垂两人，觉得他不拘小节的气度令人佩服。

贵族少年们暗自数了数，那仪卫中除却清道的两人外，有青衣女官六人，后面跟着偏扇、团扇、方扇各十六枝。他们心中各自称奇，再看三具行障、两具坐障之后跟着翟车，两边十六个婢女随行。仔细数了数驭手，发现是八人，这才知道此仪仗中的外命妇非同一般。

众人连忙控住鹰犬，不许它们叫嚣㶸突，心里猜测是哪位外命妇这么晚了还在外面流连。

邕王与素沉见车上包裹着白铜制成的花纹装饰，比别人更惊异：仪仗主人不是王妃便是公主。京城的王妃仅有平王妃而已，邕王想着，忍不住回头看了看素沉。

素沉见队伍仿佛要去平王府，但平王妃身子没有大好，平日足不出户。又猜测是不是宫里出了什么事，要去迎接凤烨公主入宫。素沉心里疑惑，刚想告辞回家，却见那仪仗转个弯，走到了另一方向。

少年们心里好奇，想要跟上去一探究竟，邕王正好借机与他们分手。素沉思忖去白府不是这个走法，不知道哪里还有王妃公主，索性混在那些贵公子中。他们尚且觉得这种阵仗蹊跷，寻常百姓就更加好奇，一股汹汹人流尾随其后，场面颇为壮观。

不想，这一队神秘的仪仗竟停在一座清静肃穆的书院前面。

大家正啧啧称奇，书院大门洞开。院内衣冠士子早就跪成一片，一队宦官护送着一名少年出来。众人见那少年面貌秀美，宛如女孩，已觉十分奇妙，又见仪仗向他拜倒，更加惊诧。

仪卫之中的青衣女令向四方喝道："公主威仪，万民拜受！"一直喊了三遍，众人才骇然醒悟，那少年竟是男装的真宁公主。人群陆续跪拜，不敢以目光亵渎。

真宁满脸羞愤，几乎气得哭出来，咬着嘴唇向车上走，一步步都在发抖。动用仪仗的事，除了皇后没人能做得出，真宁心中不禁充满怨恨。

旁边仪令见一男子只是下马侧立，上前欲以长杖击打。素沉身边的随从一跃而起，横身拦住她，朗声说："东洛郡王在此。"仪令听说是皇后长兄，忙撤回长杖。

真宁公主听得分明，厉声道："公主位列品外，亲王皇子以下皆要对我行礼。此人对公主仪仗无礼，为何不打？"素盈揭穿她的行踪，又令她暴露于人前，颜面尽失，于是她的言语神态尽显狠毒。

素沉不由得拧眉，紧紧盯着这个嚣张的小公主。

真宁碰到他的目光，忍不住哆嗦一下，忽地想起素盈拜后那天也是用这样的目光看着自己，心里连带着深深憎恶素沉，仰起头狠狠地瞪着他。

那随从又仗着胆子道："世上岂有姐夫跪拜小姨，母舅跪拜……"

他还没说完，真宁已笑起来："他是谁的母舅？我倒想见见他的外甥呢！可惜，还没出世吧？"笑毕冷哼一声，"看在大姐的份上，恕你无罪。"而后竟步入翟车，扬长而去。

素沉望着路上飞尘不住摇头。那些站起身的少年贵族也咂舌，但见好脾气的素沉也黑了脸，都不敢多话，转而好奇地向书院里面张望，嘀咕这明德书院有什么名堂，怎蒙公主大驾光临。

书院的学生们本来对公主一行就已难掩厌恶，又见门外有这么一群沾尘带血、呼鹰唤犬的贵族，一个个冷眼相待。贵族少年们自然体会到他们的敌意，也横眉冷对，满脸不屑。双方互相看不上眼，贵族们呼喝着纷纷上马离去，学子们也纷纷转身入内。

素沉成心要看这书院里有何洞天，上前时听见学生们愤愤地议论。

"我等潜心读书，是为了报效国家，一言一行俯仰无愧。她以为这是什么地方，竟敢女扮男装，颠倒阴阳，还闹出这样的动静，败坏我们书院的名声！"

"就是！我辈岂同于外面那些人不学无术，指望沾她的光攀龙附凤！"

一名塾师正打算将大门合拢，素沉用马鞭抵住，两人隔门对视一眼。素沉诚恳地道歉："猎物血污弄脏贵地，自有我家家奴善后，望先生见谅。"

年轻的塾师笑道："郡王不必挂心，区区几块青石板，书院弟子足能应付。"不容素沉再开口，缓缓又道，"否则，何以扫天下？"

素氏乃北国第一等名门，其他贵族根本不能入他们的法眼，对一名布衣平民如此谦和，足可令寻常人颜面生辉。可这塾师说出"扫天下"三字时，却如同他当真会有扫除素氏的那一天。素沉没见过哪个读书人有他这气势，心里生出一丝好感，有心与他结交："先生尊姓大名？"

"李怀英。"塾师微笑着关上了门。报上姓名时，他神态平和却自信，仿佛整个世界都将认得他、记住他。

这天早些时候，崔落花告诉真宁公主，她要在丹茜宫陪伴皇后，请公主自行温书。但她只是换了外出衣服，静静地坐在自己住处，静静地等。

很快，一名宫女进来报告说："真宁公主换了身宫女外出的衣服，偷偷溜出了寝宫。"

崔落花笑笑：这种小花招哄不住素盈素澜姐妹，但公主还没见过太多花招，一试即成。

宦官宫女外出的衫帽都一样，一如民间男子，颜色比较特别，民间一望便知是为宫中办事，不敢过问，且要提供方便。

眼看就是重阳，宫中不乏奉芝使外出，真宁便混在一群小宦官中。大概是因为常常得逞，加之这回憋在宫里的日子久了些，她没有十分谨慎地掩饰行迹，反而迫不及待拿着宫女印信在籍禁司记录，然后欢欢喜喜地走出宫门。

待她走出去，崔落花才不动声色地到籍禁司记名。女官们外出通常不改宫中装束，便装亦可，但必须以帷帽遮面。众人看她装束，纷纷后让。崔落花看到簿册上记的是"奉芝使丹茜宫宫女封令柔，蒙中宫恩准离宫，自卯时至酉时"，出入一栏记着"卯时三刻出"。

宫中不许宫女在外太久，平常的差使根本不会超过一个时辰。出门一整天的事情实在可疑，籍禁司却好像习以为常。不知道类似的事情已经发生过多少次。倘若其中一次出了乱子，就是皇后的问题了。

崔落花依稀在哪里听过封令柔的名字，一时想不起是何许人。想不到区区一个卑微宫女，竟敢假冒奉芝使，窜通公主伪造皇后谕令。她将那名字记在心里，自己也紧随出宫。

真宁一路脚步轻快，显然早已轻车熟路，虽然也警觉地回身看过几次，但没有发觉帷帽下的人在跟着她。崔落花遥遥地尾随她来到一座热闹的酒楼。身穿宫人衣装的真宁进门便引来讶异，掌柜亲自出来问候。真宁只要了一处雅间，说是等人，并不要茶酒等物，严禁打扰。

崔落花不知道这是什么把戏，在街对面守望。过不多时，楼里出来一位少年。不等众人看清样貌，少年已急匆匆地跑出去。但崔落花已惊异地发现，那是女扮男装的真宁公主。原来她外衫下面还有一套衣服。

没人会为一个寻常少年提供方便，而且她身边一个随从也没带。崔落花不禁为她的大胆冒失捏了把冷汗，急忙追去。

真宁跑出没几步，转个弯，便到了一处幽静院落的外墙。她毫不迟疑地找到侧门，敲了敲门，与应门的人笑嘻嘻地打过招呼，就走了进去。崔落花等了一会儿不见她出来，又见这宅邸清静肃穆，索性沿着围墙绕到正面一探究竟。

走到大门前，她仰头一看——宏阔的大门上高挂匾额，题着“明德书院”四字，门前立着一块石碑，记明建立书院的始末。与心中所想一样，这里是朝廷设立的一座公学。崔落花深深蹙眉，不知真宁公主专程换了男装到公学做什么。

她绕着书院走了一周，见书院还有两处供杂役和访客出入的侧门。真宁出入之处与书院后宅相通。崔落花更加不明白公主与书院有何瓜葛，疑惑之中走回去，也敲了敲门。

里面无人作声，门却吱呀地开了。

年轻妇人上下打量帷帽遮面的崔落花，问：“夫人有事吗？”这年轻妇人至多十八九岁，面目透着八分灵气，打扮却平常得很。

崔落花说：“不慎与家人在街市中走散，寻访至此，口渴难耐，求赐一杯水。”

年轻女子听她语出娴雅，绝非寻常女流，忙大开门说：“夫人若不嫌弃，请进来容愚妇奉一杯清茶。”

小门内是书院后宅，宽敞洁净，又精心种植着花木，空气芳香令人心旷神怡。崔落花暗暗赞叹，四顾却不见真宁的影子。她与那年轻妇人进屋坐定之后，先恭维了几句，问：“不知宝宅是哪位贵人的府邸？”

年轻妇人奉上香茗，款款地说：“此处是明德书院的后院。外子正是书院塾师。”

崔落花笑道：“我正寻访书院，竟不期而遇了。”

年轻妇人再次打量她，奇问：“夫人为何而来？”

崔落花谦谦一笑：“我家小公子一心想要入书院读书，我是代替我家夫人前来一看究竟。”

年轻妇人看她举止穿着，已经知道绝非寻常人家。她也知道本国门第之见极深，皇亲两姓自有家中教育，绝不屑入书院与小姓寒门一堂读书。她小心翼翼地问：“请教夫人高姓？”

崔落花听她有此一问，便知道这妇人不容糊弄，敛容回答：“敝姓崔。”

年轻妇人果然吃惊失色，起身说：“失敬失敬。”

崔落花也急忙起身谦让：“夫人切勿如此。”

崔氏通常为素氏执教，年轻妇人猜她定是为东道府上的公子前来，唯恐自己言语不当，惴惴地说："此时外子正在授课，请夫人稍坐片刻。过一会儿学生们做文章，他便可略微得闲。"

崔落花忙歉然说："贸然登门是我唐突，不敢打扰先生。不知夫人可否行个方便，容我旁听三五句？"

"这不太方便。"年轻妇人虽然对她客气，但在要紧的事上倒不糊涂。崔落花曾听说书院议论朝政，见她神色，恐怕确有其事。

一杯茶将喝完，年轻妇人道声"失陪"，去请她丈夫。不多时，门外响起脚步声，崔落花便站起身。

她从年轻妇人的举止推测，这位讲师的年纪不会太大。若是夫妻年岁相差太多，丈夫的处事态度多少会变成年轻妻子身上的一层沧桑外壳。譬如皇后，时常显得超越自身年龄太多。但走进门来的是一个刚刚弱冠的年轻人，仍然出乎崔落花的意料。

北国男女之防原本不严，但他入室之后态度十分谨慎，举止从容，言谈却有分寸。崔落花见他样貌只能说是端正清秀，可是如此沉稳，令人心生敬重，由此也不难解释真宁为何对他那么叹服，屡次偷跑出来。

她先道过叨扰之罪，问年轻人如何称呼，得知他名为李怀英，原是太学当中的佼佼者。

国家早在百余年前就允许各地才子入太学，结果到先帝时代，太学生多达两千，难以尽数为官。李怀英没有高贵出身，去年便出了太学成亲，之后不久又到明德书院讲学。

崔落花面带忧色，说："其实我们府中早为小公子请了塾师，那是颇有家学渊源的一位先生。但是不知为何，小公子不喜欢在家中用功，一定要来公学就读。李先生觉得，公学与家学，何者优，何者劣？"

李怀英肃容回答："家学常常要靠几代甚至十几代人的努力，才能成气候。单是这'持之以恒'一样，已经令人钦佩。无论时局如何，家学都能够子承父业，将学问传承下去。这是对国家的贡献，是又一样令人敬重的。而各地文人向往名士风流，竞相投奔，学问又能互相促进。此三样足可标为伟绩。"

崔落花默默点头。李怀英又侃侃而谈："但公学有另外的好处。家学之内思路有限，尊卑分明，即便有振聋发聩之声，也要兼顾长辈体面、本门传统，因此往往重旧说而乏新意，未免单调。公学学子来自五湖四海，俊才云集，竞相讨论，相得益彰，眼界与想法都更为开阔，处事态度也更有生机。"

崔落花一边听一边观察，心中暗笑他毕竟年轻天真，轻轻地说："请问先生，竞相讨论，果真能够有益思考？还是，仅仅平添牢骚呢？如果说，公学子弟能够因此开阔眼界，那为什么朝堂上，为国家效力的仍然是世家子弟多，公学子弟少呢？"

李怀英笑道："我朝门第之见极深，朝堂之上孰多孰少，只能说朝廷用人有偏废，怎么能说明才能的高低呢？"

“先生的意思是，世家子弟仗势而入，尸位素餐，只有公学子弟抨击朝政，才是为国分忧的学问见识？”

李怀英变了脸色，他夫人忙上前圆场：“哪里有这么严重呀？”

李怀英也收敛容色，和缓地说：“追求学问，济世报国，本是年轻人皆有的热心，此事不分门第。譬如，我这里也有一位小公子，常常前来旁听，不仅虚心待人，也有求学热忱。若因门第之见看轻他，那倒是我们这些人有眼无珠，妄自尊大了。”

他妻子几次三番使眼色，要打断这番话，可惜他没有注意。

崔落花含笑点头，没有更多话想问，匆匆道谢告辞，回到宫中向皇后禀报。

素盈得知真宁公主出宫是去公学，稍稍惊疑了一下，但也没有像崔落花那般忧心忡忡。她若有所思地问：“那个塾师，依你来看，真宁是不是对他……”

“这倒未必。”崔落花忙说，“公主似乎只是去听他讲学，而这恰是臣最担心的。”

素盈手拿一根发簪，不住在自己手背上轻轻敲，心中暗暗地想：真宁只是去偷听，就已学会在圣上面前议论宰相的长短，那么公学里的学生，平日都学些什么呢？诽谤朝政吗？

崔落花眉头紧锁，沉声道：“公学子弟妄想动摇世家，也不是一朝一夕的事了。不过他们势单力薄，从来没有得逞的机会。公主贵为皇家血脉，受到他们教唆始终不是好事。”

“公学与世家，皇家与平民，中宫与……”素盈咽下后面的话，叹口气，“崔先生，是时局要乱了，还是这个国家一开始就有这么多纷争？是不是因为我闭上了能看见的眼睛，睁着另一只眼睛寻找幻梦，所以一直不知道呢？”

也许，真宁是先睁开了另一只眼睛的人，所以才会喜欢跑到外面去。素盈想起自己小时候也会换一身衣服，装作自己是另外一个人，去看世界。可惜年纪越大，顾虑越多。

“我的世界越来越小了！”她袅袅婷婷地站在繁花旁，长长叹了口气。

秋风撩动她颊边一缕发丝，更显得她眼神深幽，神情冷清。崔落花心下寂然，最后说：“如果娘娘的幻梦是值得追求的，或许，比难看的真实更值得专注凝视。也许有一天，那美丽的幻梦会变成美丽的真实。”

素盈的心微微痛了一下，深深呼吸，再仰起头时已经恢复了常态。

“真宁是公主，愿意听听那些平日听不到的话，没什么大不了。崔秉仪不必多虑。”素盈的眼睛轻轻从崔落花脸上扫过，将金簪插到发间，悠悠地说，“只是女扮男装混迹一群少年当中，绝非皇家公主可为。你传我话，仪仗去接公主回宫。”

如此一来，不仅明德书院知道了公主的身份，全京城的书院都不会放任何可疑的少年进门了。崔落花不便多言，小心地问：“那么，叫作封令柔的宫女该如何处置？”

素盈柔柔地笑了笑：“这个人，我自有安排。”

这宫女果然有来历。崔落花不敢再提起来烦她，传令公主仪仗出宫前往明德书院迎接。

公主仪仗回宫之后，真宁关起寝宫的门谁也不见。她这一次出宫回宫的动作太大，连玉屑宫也被惊动了。

素盈往玉屑宫侍奉晚膳时，自然而然地在第三个“可”字后面望了一眼，发现皇帝竟然站立在窗前。她脚下不由自主快了起来，三步两步到他身边。

她喜出望外的神情一目了然，皇帝微笑着一手扶着窗棂，一手伸去挽她。可这一下他又站立不稳，素盈忙用身子支撑住他。宫女们七手八脚地将皇帝搀回床上。他脸上的微笑变成尴尬，但很快又恢复了笑容，说：“还以为总算有点起色。”

素盈坐在他身边侍奉用膳，宽慰说：“祛病如抽丝，陛下不必急在一时。”

皇帝吃了一点点东西就再也吃不下，反而说起真宁拒用晚膳，语气中对素盈有少许责备。

“动用全套仪仗，让未成亲的真宁公主暴露在百姓面前，这样羞辱她，做得太过了。”

素盈知道皇帝偏爱公主，但还是倔强地说：“让她蒙羞的是她自己——她如果还记得自己是没成亲的公主，就不该跑到那年轻男子云集的地方。”

皇帝目光灼灼，素盈被他看得心虚，稍稍侧了侧身，心里又想：真宁也以不着边际的借口对素沉无理取闹。这样一想，就觉得对她这种女孩子，教训一下也没什么不对。

皇帝却不以为然，说：“十几岁的女孩子整日困在宫中，对外面有所好奇，也不是多么奇怪的事。况且她是去开开眼界，不算为非作歹。”

“陛下一直都知道？”素盈心中还有些不服气，“陛下知道她在那书院里学了些什么乱七八糟的东西？”

“在我面前说出素氏和崔氏绝对不会教她的话，自然是那书院的影响。可是，偶尔会觉得，她的想法也很有趣。”皇帝握着素盈的手微笑起来，“虽然胡闹，但她有一段与其他皇子公主不一样的经历——我这样一个受那镂屏困缚的父亲，还能给女儿什么呢？”

素盈见他如此偏袒，只得缄口。

“你是在嫉妒她。她的身份，她的胆量，她的冒失。”皇帝不疾不徐地说，“现在，她再也不能去那座书院，他们也不敢再接待私自离宫的公主。她甚至不能再离开宫廷——外面会有人认出她，还有可能伤害她。”

他叹了口气：“可是，你把这个小东西跟自己关在一起，能不能管住她？”

素盈口气平淡：“自古以来，素氏十几岁入宫，一生都在宫中，也不见有人偷跑出去长见识。陛下若担心公主在宫中苦闷，请为她开府，或者择婿。”当初凤烨是开府、成亲一起办的，荣安便没有这种优待，只是嫁入清河郡公家。其实两件事的最终结局都是要公主嫁人。

皇帝静静地看着她，微微一笑：“是啊。东宫即将凯旋。等他回来，忙过这一阵，也该为真宁考虑了。”

他答允得这么爽快，素盈却犹豫起来——她不放心素飒，还不需要开口，他就已经轻判了。她不放心真宁，大略一提，他就同意把公主嫁出去。这是怎么回事？是她付出代价的愿望正在实现吗？

素盈凝视着他，目光渐渐飘忽，头轻轻靠在他肩上。

此时已晚，旁边的潘公公轻咳一声作为提示。崔落花上前唤一声：“娘娘。”看似是提醒皇后该走了，但暗含的意思却是提醒皇后争取留下。素盈转动眼睛，看清身边的他没有任何反应。果然，中元节的夜晚根本不曾过去，此时此刻只是它与下一步招数之间的空隙。

可是他说：“留下吧。”

素盈稍稍后退看着他。他的目光清澈冷静，与她对视时毫不动摇——这才是他的目光。素盈在这个刹那清楚地证实了自己的疑虑：他心里一定另有一个信念，让他能在表面上对她不断宽容。

她释然一笑，摇头说：“陛下的身体刚刚有康复的迹象，妾不敢妨碍陛下休养。”说罢站起身，像往常一样井井有条地安排皇帝休息。

真宁在自己的寝宫中又饿又恨无法成眠，暗暗发誓，绝不被素盈吓倒，有机会一定要再出去，让素盈无计可施。只是不知道怀英先生和冯氏经过这一番闹腾，对自己是何感想，还会不会欢迎她再一次出现……他们一定不会畏惧。他们是懂得许多道理的人。她还有很多疑问需要请教怀英先生，如果能明白他所通晓的学问，她一定可以变成一个和姐姐们不一样的公主！

想起两个姐姐，真宁又想起近来宫女们偷偷告诉她，天子和皇后要为她择婿。想到这个，真宁就觉得恶心。像荣安姐姐那样千挑万选，欢天喜地地嫁人，也不过是嫁给一个白信默而已。荣安是犯了傻，才没发觉自己所托非人。现在又要让另一个居心叵测的男人利用她高攀皇家血统？绝不！她要走的，是另一种道路！

她心中正暗暗发狠，听见有人进来。真宁料想是宫女因她没吃晚饭，又送进夜宵，翻身坐起，却见来人是崔落花。她哼一声，躺回床内。

崔落花走上前，将一个布包放在真宁脚边，心平气和地说：“穿上男装，可以让你稍微自由。但是，你不会变成男子。”

真宁侧过脸，冷冷注视她，坐起身解开包袱，里面果然是她在酒楼里换下的衣服。她狠狠地摔在地上，说：“我就知道是皇后在暗中搞鬼。”

崔落花不答，和蔼地说：“这世上有些东西，只有穿男装的人，才可以得到。但是在男子的眼中，不会因为你伪装成男人、想要变成男人，就能够变得和他们一样，你只是……变成了一个颠倒阴阳的怪物。”

真宁有些吃惊，抗拒似的默默摇头。

“如果那个书院明知你是女子，仍然愿意与你高谈阔论，那它才有一点点值得去的理由，否则的话……”崔落花温柔地说，“它所教的东西，那些在它看来只有男人才配畅谈的东西，只能让你看轻自己，自怨生为女身。你被他们口中的国家吸引，以为找到了志同道合的人，不如先看看，他们眼中的女人配不配与他们志同道合。”

她说完便走了，留下真宁呆愣愣地坐在黑暗里。

明德书院的后宅内，李怀英的夫人冯氏犹自嗟叹：“那湍公子竟然是……唉！我只当她是哪一家没落王公的子孙。”

如今不仅太学子弟难以为官，即使生在睿素两姓，也没那么多世袭。两姓子弟投身科举不足为怪，但明德书院来的第一个就是女扮男装的公主，这实在是一辈子只得一件的奇遇。

“那小公主在想什么呢？这样消遣我们！”冯氏又叹息，“她从哪里得知你的名字？难道朝中已经……”

李怀英仰面躺在床上，一双手放在胸前，十指像抚琴一般，悠闲地、轻轻地在被子上摩挲。好半天他才说：“她平常是怎么说家里的事？好像听你说过，她提到家里父亲卧病，后母生性懦弱却想要霸占家产，还有个阴险的管家在一旁觊觎？”

冯氏不禁心惊：“她说的是……”

李怀英仿佛觉得有趣，脸上绽放一个不易察觉的微笑：“还有什么别的话？”

冯氏反正睡不着，将真宁数次来时说过的话原原本本地告诉丈夫。李怀英默默听着，偶尔点点头。末了冯氏惋惜道：“我们还说，以那孩子的头脑性情，是两姓中的可造之才。只怕以后再见不到了。”

“她还会来的。”李怀英笑道，“她有苦恼，在她那个家里根本无法解脱。”

邕王府里也有一盏孤灯迟迟不灭。邕王在灯旁悠闲地翻阅书籍，时不时拿书中的典故向崔落霞请教几句。书案前跪着世子，他们两人却视而不见。世子平心静气地听他们谈天说地，明明已经跪了很久，却没有一丝怨色。

邕王看完了一本书，问儿子：“知道为什么罚你吗？”

世子恭敬地回答：“因为孩儿在郡主面前多言。”

“你面对野狗，知道不能轻举妄动。但面对人的时候却忘了谨慎，在她面前炫耀自己的判断力。”邕王温和地说，“她看起来不像野狗那样凶残，但她是素氏。你尚未出世时，她学的东西已经比你更复杂。”

崔落霞神情凝重，说：“世子可知，大约就是三年前的这个时候，那个女人陷害了神安皇后——那时她不过是个没进过宫门的年轻女子。”

世子与邕王都吃了一惊。

崔落霞接着说：“德昌郡主入宫的妹妹很有手腕，不过几个月就得到圣上逾制临幸，进而封为珍媛，有了身孕，结果因为小产而死。她自家两个姐姐因为巫咒、毒药，一死一废。郡主对神安皇后怀恨在心，唆使如今这位曾经当过奉香的皇后，陷害神安皇后。”

她想起往事，不住感慨：“那女人像无处施展的野藤，野心极大！给她一个缝隙，她就会破壁而出，肆无忌惮地蔓延——不是为了实现什么宏图伟业，只是为了证明她有能力做到。如今这位皇后，不过是她的傀儡罢了。”

邕王端坐细听，末了，肃容沉吟道：“如此说来，这人在素氏当中也是个奇人。”

“殿下如想韬光养晦，最好不要与此人有瓜葛。”崔落霞徐徐地说，“谁能控制野藤的长势呢？”

世子认真地听了她的话，点了点头，却见父亲的神色不似平常。父子二人各自回房就寝之前，世子忍不住仰头问父亲：“素氏的女人当真那么狠毒吗？母妃可不是这样。父王的母亲也不是吧？”

亲手持灯徐行的邕王顿住脚步，僵硬的身影一动不动，像被一双无形的手牢牢抓住肩膀。他转身蹲在儿子身边，脸色在月光下显得那么苍白，似乎想起可怕的事。

“你的母妃和我母亲成襄太妃，的确与‘心狠手辣’毫不沾边，她们连保护年幼的孩子也很难做到。”他的声音温软，像在叙述无关痛痒的点滴回忆，“很多年前，秀王死的那一天，我亲眼看见长枪刺穿他的胸膛……我想，也许是梦，像我过去的梦境一样，深受父皇宠爱的深凛哥哥死了。但是这里很疼。”

他用手拍了拍自己的肩头，说：“痛楚提醒我，这不是梦境——我的母亲，当时的襄妃，她站在我身后，紧盯着秀王的尸身，双手用力抓着我的肩膀，指甲几乎陷入我的肉里。后来她问我，‘你能做到吗？杀死自己的兄弟，还名正言顺地受人敬仰。’我说不能。于是她说，‘皇座上那人能够做到。你离开京城吧，越远越好。我不希望你成为下一个冤死的垫脚石。’她只能用这法子保我的命。那时候我十二岁，带着少得可怜的随从，像被流放一样前往藩地。”

世子柔软的睫毛轻轻颤抖了一下。邕王又说：“有什么办法呢？身为与皇帝血脉如此接近的血亲，等到别人诬告我们谋反的时候，再为自己辩白，一切都晚了。我们活着的每一天，都要向皇座上的人证明我们的忠心，证明我们绝对没有觊觎皇位的念头。因为实在太害怕，我没有一次，哪怕是在心里把那个人叫作‘哥哥’。怕他想起我是他的弟弟。他是一个可以看着弟弟去死的人。”

他无可奈何地摇摇头：“我听说，太子也可以冷酷地杀死自己未出世的同胞——仁恭皇后曾有身孕，正是被他下药落胎。如果后宫妃嫔不再产下皇子，当他即位，你就是唯一一个与他同辈的皇族。这是我请来崔氏的缘故——不是为了让你拥有足够炫耀的才学，而是要你足够狡猾，可以迷惑他，让他对你放心。”

世子点点头。

“父王的教诲，孩儿一定牢记。”世子想了想，又说，“以后我有机会遇见德昌郡主，也不会再去招惹她。”

“为什么？因为她狠毒可怕？”邕王牵着儿子的手，边走边说，“这一定是不好的吗？康豫太后比我母亲狠毒，但她把儿子推上王位，我们现在都要看他的脸色，靠揣摩他的心思过活。如果我的母亲是她，也许就不必过得这么小心翼翼。”

这样一说，世子又糊涂了，想了一会儿才说：“我明白了。这样的人作为敌人固然可怕，可是若能为我所用，就能获得常人无法企及的成就。下次见到她，我会对她更加恭敬。”

邕王摸着儿子的头，微笑道：“如果你生来就是个痴痴傻傻的孩子，我虽然伤心，却也知道你性命无虞。可是，儿子生得聪颖，父母就免不了要多费一番心思，为将来做打算。若是你的母亲能像那位郡主，大约我会省很多心思吧。”

东宫即将凯旋。然后为真宁择婿。

这两者中间，似乎有微妙的关联。素盈静静地坐到入夜仍未就寝，把皇帝的行为言语从头到尾想了一遍。脑海中始终挥之不去的，只有东宫凯旋。

西贼退兵。素飒与钦妃一致认为难有胜算的一战，睿洵居然逼退敌人，得胜归来。他漂亮地证明，战场上没有皇后家的人，胜利唾手可得。但是他到底做了什么？遥远的边疆发生的事，素盈只凭空想难有头绪。

但是宫中的事，她知道会变成怎样。

不多时，白信则进来低声报说：“陛下已经安寝。安然无恙。是否还要王秋莹去看？”

“不必了。”素盈说，“你去帮我找两个人进来。”

信则听她口风不对，小心地问：“是哪两个？”

“宫正司杨芳。还有一个提铃宫女，封令柔。”

白信则在宫道上等了没多久，就看到宫女封令柔提着一吊铜铃沿道巡行而来。

她的样子变了很多，好像幽灵一样安静。不只脸庞有着病态的孱弱，目光也似虚无一般，不知最终轻飘飘落在何处。

夜间的提铃人是最辛苦的宫人之一，每走几步就要一上一下地震动铃铛，惊散宫廷中的妖孽凶灵。这么走到黎明曙光再临，她们才能休息。这差使最为劳累而且不吉，总是由犯了宫禁、被重重责罚的人担任。

让她提铃并非皇后亲自指示，只是宫中势利的人猜到她得罪了皇后，故意欺负她。但始终没人能说出，她到底为什么倒霉。

得知中宫急召，令柔手里的铃铛扑簌簌响起来。

“白大人……”她似乎是想央求，但求情的话却说不出口。

信则自然知道，她与另一个宫女婉微当时负责照料素奉香的饮食起居，也知道她们一定听从吩咐，动过手脚。当时的丹茜宫，不需要废后亲自开口，就有人代她张罗这些龌龊的事。只是，废后那一朝一代的事情渐渐过去了，旧人也几乎流散殆尽，余下这宫女，根本没什么要紧的用处。

“受皇后猜疑的废后余党早已处置过，到现在，你还怕什么？”信则问。

令柔吐了口气，将铃铛挂在最近的一丛花上，忧郁地说：“大人有面对皇后的自信，奴婢没有。”

夜已深，丹茜宫的灯火熄灭大半，残光中的轮廓格外崔嵬。令柔忐忑不安地接近这座黑魆魆的庞然大物，迈入宫门的那一刻浑身一颤，好像感到自己将被它活生生地吞没。

宫中珠帘垂地，闪亮的珠子折射出满屋莹莹微光。皇后素盈安然坐在明灯旁，翻阅一册书簿。令柔跪拜，静静地听她发落。

“奉芝使丹茜宫宫女封令柔，蒙中宫恩准离宫，自卯时至酉时。”素盈把手中的卷簿放到一边，“籍禁司一口咬定校对无误，准条确实出自中宫。今天叫你来只是想问问，哪位皇后委你奉芝使的大任？”

令柔咬了咬牙，一言不发。素盈轻盈地拨开珠帘，走到她身边，手压在她的肩上安慰道：“如果是公主强人所难，窜通伪造，倒也情有可原，我不会为难你。我答应过婉微，来日相见，留一点慈悲。”

珠帘摇曳时晃动了满室莹光，飘舞的光点让令柔心慌意乱，身子也开始在素盈手下轻颤。

“婉微？”

素盈微笑道：“造化弄人。婉微看起来能在宫中长命百岁，可惜因病没了。她的银币，也在你那口袋里保管起来了吧？”

令柔脸色苍白，张不开口。忽听皇后说：“延兴十二年，八皇子坠楼而亡。”十几年来没人提的事情，突然又在宫里带出回响，令柔不由得打了个哆嗦。

“延兴十三年，靖嫔不堪忍受流言攻击，触柱自尽以示清白。庆云宫宫女高令娴，庆云宫都监养女，深为靖嫔器重，选为近身宫女。八皇子死后，她下宫正司，畏罪自尽。她就是你姐姐，留下那一袋银币的人。”素盈落落地说，“只要上面的人有对手，你们就有用处有活路。不过有时候，也会变成这种结局。”

令柔咬紧嘴唇不声不响。素盈向角落里颔首，一道影子从黑暗中移出来，手捧一碗清澈剔透的酒到令柔面前。令柔见这人是宫正司的杨芳，大吃一惊，接过碗端着，不敢动弹。可是素盈居高临下地看着她，她只得硬着头皮仰脖喝尽。

“骆驼蓬泡的酒。”素盈自己也接过一杯，轻声缓语，“偶尔服用一次，量少的话并无大碍，稍多则令人产生幻觉，梦呓，甚至窒息昏厥，也有人因此送命。而我当面揭穿之后，婉微只是笑了笑，说这东西在宫里很常用，没什么害处。”

令柔浑身颤抖着落下眼泪，却还是咬紧牙不置一词。

“没有害处，那就大家一起喝吧。重阳将至，我们为婉微喝一杯。”素盈抿一口，双眼炯炯有神地盯着令柔，阴森森地说，“当年你和婉微每晚等着我梦呓，辛苦了。现在还想听吗？我没有不能告诉你的。只是，你要考虑自己有没有带着这些呓语活命的本事。”

噔啷一声，令柔手中的空碗落在地上，颤抖着央求：“请娘娘赐奴婢一死。”

“可怜的人。恐吓一个奴婢，再让你死，岂是皇后所为？还是说，你见过素庶人这样做？毕竟，她是愿意亲自与琵琶手计较高下的人。”

令柔一言不发。素盈轻叹：“令柔，你告诉我，你当自己是一个‘人’吗？”

令柔匍匐在地，藏起脸。但素盈拉起她，面对面平静地说：“我当自己是人。所以，我不会为那些不当我是人的上位者，无谓牺牲。”

她转身拿起桌上的准条，问：“为真宁做这种事，对你来说有什么特别的意义吗？告诉我。”

令柔张了张口，猛然察觉舌头不听使唤。她眼前变得昏暗，素盈的脸庞也化成一片模糊。她依稀听见皇后的声音，如同溺水的人听见水面上方的回响，混沌但无所不在。

“我想知道，你是一个人，还是一粒棋子。”

“娘娘……”令柔颤巍巍地笑了，“棋子无心，人有心。棋子的一举一动受人摆布，而人的一举一动受自己的忠心指引。别人或许当我是棋子，但正因为我当自己是人，才不能放弃让我成为一个‘人’的忠心。娘娘，忠心这东西，货卖两家就一文不值了。”

素盈若有所思地默默看了她一会儿，缓声说：“我明白了。”

这时，旁边仿佛一团阴影似的杨芳忽然出声：“娘娘，请恕小人多嘴直言——您不谙此道，请将冒充中宫奉芝使、伪造准条之事交给小人，小人定不负娘娘所望。”

令柔的身子强烈地抖动一下，她昏昏然强辩：“那十张准条，是星后恩赐。因故未用，我只是交给公主，作为悼念星后的纪念。”

她神志渐渐不清，忘了自称奴婢，且把废后素若星称为星后。素盈见状笑笑，说：“让她回去吧。信则。”

等候在外的白信则闻声进来，素盈叮嘱：“妥善看管，不准她趁机自杀。”信则略感惊诧，应诺之后架起令柔，退出宫来。

令柔脚下不成步法，被信则拖了一路，终于在她撇下铃铛的花丛边摔倒。信则正要去扶，却见远远来了几个宫女，原来是值夜宫女们迟迟没有听到铃声，来寻提铃人。她们向信则行了礼，不解地看看他，又看看令柔。

信则神色漠然，说：“这提铃人竟然醉在路上，成何体统？先将她带回去，牢牢看守，明日再罚——不准懈怠，以免她畏罪自尽，害大家一起担待。”宫女们慌忙七手八脚地抬起令柔告辞。

自从令柔摊上提铃的差使，宫里都嫌晦气，没人愿意与她来往。加上她的差使与别人的作息相反，一直昏迷到第二天正午才转醒，竟也无人来寻麻烦。令柔一睁眼，就看到结拜姐姐之惠守在床前。如今也只剩下昔日结拜的莲子姐妹，对她不离不弃。

“怎么回事？”之惠一脸焦虑地问，“我听丹茜宫的人说，半夜命你前往。难道中宫竟敢夜设私刑？”

令柔摇头说并无私刑。之惠又问：“她想从你这里问出什么？非要半夜去秘讯？”

“她只问了一句话。”令柔对昨夜最后发生的事印象不大分明，只有这一句格外清晰，“她问我，我当自己是一个人，还是一枚棋子。”

之惠大吃一惊：“这是什么意思？”

“上面的人一时脑热，逗我们呢，能有什么意思！”令柔恹恹地冷笑。

因她提铃时醉酒，被罚去半年薪俸。令柔觉得这也没有什么，如果皇后就此放过她，那倒真是她的福气。可是第二天晚上令柔歇班，杨芳又请她前去喝酒。那阴鸷的宦官一言不发，只是要她跪在面前，喝了一大碗酒。令柔难辨其中滋味，也不敢多问。第三天，第四天……令柔一听到杨芳的名字，心就坠入无底深渊，但不得不硬着头皮去。

七天之后，令柔忽然在白昼中看到已死的婉微到她跟前。

“谁会想到，当初小小的奉香女官竟变成了皇后，而当初的皇后却变成了无名无分的冤魂。”婉微说，“我早走一步，反倒是运气。”

令柔惊得捂住胸口，一阵气血翻腾，骤然昏厥。

听说宫正司的人几次三番带走令柔，之惠终于明白这不可能是玩笑，其中一定有重大的缘由。

“令柔！到底是怎么回事？”她轻轻摇动着醉酒不醒的令柔。

令柔受到惊动，忽然说起梦话：“我们从没有想伤害奉香的性命。”她说得流畅，就好像这句话郁结在胸中好久，终于可以一口气倾吐出来。

她侍奉过一个奉香，如今被人称作皇后娘娘。之惠惊呆了，歪在一旁说不出话。

皇后册立之后，数次清理丹茜宫人事，几乎将废后留下的旧故清除殆尽。本以为从此不会有事，想不到她又拎出令柔。

之惠前思后想，皇后逼东宫妃上战场，将皇孙掌握手中，龙骧将军被夺军权，东宫在皇帝卧病时即将凯旋……这一回，东宫声势之强，前所未有，一定会为废后洗清冤屈。皇后想什么呢？事情已成定局，她此时抓住废后的宫人不放，打算怎样挣扎呢？

之惠打了个激灵，想起皇后几天前也曾问起自己的名字。该不会那时候已经知道她与令柔的关系？真是可怕。

每当上面这些人引出麻烦，最后总是连累宫女们。宫女们凭借经验知道，皇后这样的人尤为危险。她地位高，又年轻，绝不会坐视后宫在她手中没焐热就变成别人的囊中物。这一次山雨将至，不得不早做准备，否则会变成灭顶之灾。

之惠望着昏迷的令柔，惴惴不安地起身离开。

针工房依旧是秋季最忙的——刚将新制的重阳罗衣分送至各宫各院，又忙着检点帝王宫眷们十月将要换穿的纻丝衣，一边还在赶制内臣宫女的青色冬装。重阳装与冬衣两月两换，纵是这些已成熟手的针黹女，也不敢掉以轻心。

几十张绣架随光线安置，每张绣架后面都默坐着一个埋头刺绣的少女。针黹女终年忙碌，年纪稍大就做不来，很少能在这里看到两鬓染霜的人。

之惠走进来，针黹女们都站起身。之惠环顾四周，见房内新开一张大架，上面已展开一块蓝色绣缎。她心中一惊，快步上前。

“丹茜宫送来的，要翻新。”领班宫女向她禀告。

“翻新？确实是这样说？”

“对。”

之惠到近前仔细端详，又看背面。果然是鼎鼎大名的那一块。

皇后哪里来的底气，竟要翻新懿静皇后的东西？之惠想着，挑边角上的掐了掐，纬线竟应手而断。她愣了愣，再掐一处，又断了。本来难得一见的东西，却在这时候，出现在她这样的人面前，仿佛是个预兆。

物比人更加长寿，也会有不济的时候。矗立数百年的丹茜宫，尚有翻新屋顶的一日，何况这种东西？世间之物，没有不可翻新的，只是在等一个时机罢了。

“确实该翻新了。”她说完，挑出三名针工最好的针黹女。三人夜以继日，终于赶在重阳前一天完成这桩差使。之惠亲自捧了去丹茜宫。

素盈正抱着皇孙在沐芳池旁喂鱼，宫女就在阳光下将蓝缎呈给她看。原本陈旧的缎面换为新的，色泽更加典雅，金银绣都重做过，闪闪发亮。花朵大多保留从前模样，从旧缎上直接移过来。唯独象征丹茜宫的一朵大花，换了新丝重做一遍，花团锦簇当中格外鲜艳。素盈看了微笑说：“叫针工房的人过来，我有话问。”

针工房首领宫女立即上前。素盈上下打量，笑道：“是你——你不是宋之惠吗？”

之惠心中一凛，忙垂首回答：“是。”

素盈指着中央那朵大花，问：“为什么单单重做这一朵？”

之惠说：“这一朵是花中之冠。它若鲜明，群芳便有光彩；它若平平无奇，即便群芳百态千妍，也只是令人眼花缭乱而已，不堪叹赏。”

素盈看了看她，问：“你读过书吗？”

“奴婢小时候在家由父亲指点，读过几本。”

素盈轻轻挑了挑眉头，笑问：“在针工房多少年了？”

之惠没有立刻回答，稍想了想才说：“有一年半。”

“一年就能做到首领宫女？”

之惠又略加思忖，说：“奴婢原是凝华宫的领班宫女。”

听见这话，素盈与旁边的崔落花都不禁注目。素盈向崔落花蹙眉：“贞妃是因病仙去，又不像另外几个犯了错，为什么这样对待她宫里的人？”

崔落花低头回答："从前并未听说。"

素盈转向之惠，和蔼地吩咐："你先退下吧。"之惠躬身告退。

崔落花眼角余光瞥见她去得远了，提醒素盈说："娘娘，除了钦妃的流泉宫，各宫的领班宫女们是——"

"我知道。"素盈打断她的话，"去查查这个人的底细。再给我看看，凝芳宫和玉英宫的领班宫女、首领宫女的下落。"

"如今只是针工房的首领宫女。"崔落花再次提醒，"最近娘娘好不容易恢复元气，何必在这种人身上耗费精神呢？"

素盈指着她手中的蓝缎，说："让元妃衣服变色的是针工房，不是懿静，也不是她身边的崔秉仪。皇后的力量，就算能让乾坤变色，也要靠成千上万双手，并非她一双手打翻几个人就能做到。"

崔落花讶异不已：素盈自幼不肯将大事交托外人，凡事亲力亲为，今天竟说出这样的话。她慎重提醒："小人之心难测。"

"你看这些鱼。"素盈的目光在水面徘徊，"有些喜欢躲在深处，不为人看见。可是一辈子不向上，和池底的烂泥有什么区别？我搅动一下，必定会有鱼游上来。不是这条，也会有下一条。"

从那天开始，没人再叫令柔去喝茶。令柔暗自猜了好多种可能，但没有机会落实。她不喜欢与人分享心事，因此对自己的结拜姐妹宋之惠只字不提。

又过了不久，在东宫回京之前，之惠忽然从针工房调到了东宫。令柔得知后如坠云雾，道贺时试探着问："针工房与东宫隔了不止一层，姐姐是怎么得到这调遣的？"

之惠笑道："东宫里有位年事已高的女官因病遣出，皇后娘娘推荐了好几个人接替她，但东宫的女官们并不满意。我想这是个机会，就毛遂自荐。东宫官署知道我是素庶人同乡，在宫里也有年头，因此有意提携。"

"原来是托星后的福。姐姐可不要忘了星后的好处。"令柔娓娓地说，"太安素氏待我们几家，真是恩德深厚。你我这样的罪人子女，若非星后开恩，何以全生？宫中虽然改朝换代，但感恩之情不可磨灭。"

之惠见她说得动容，也温言软语道："在宫中多年，我才明白一个道理——我们是皇家的奴婢，不是哪一个人的奴婢。星后已经去了，我们还在这里，就该做自己分内的事。"

令柔勃然变色，提高声音说："姐姐不该讲这种话！我们受人恩惠，怎能因为恩人已死，就把往日得到的好处全抛到脑后？星后身受诬谤，尚未洗雪，我们怎能忘了？还记得娘娘赐的那十张准条吗？受人诬陷自身难保时，她仍然记挂我们，要我们逃离此地——星后贵为皇后，大难临头仍不忘我等，我们区区贱婢怎能忘恩负义？"

之惠心中长叹，恐怕素庶人并不记得她们这几人是谁。当时是大崔秉仪一手安排，唯恐她们几个被人揪出来，又供出不利言辞，才这般慷慨。令柔却是个死心眼，十张准条到了她手里，她竟扣住，誓与星后同生共死，令其他九人进退两难，只得陪她留下。

她不愿姐妹二人从此闹僵，心平气和道："话虽如此，要如何报答？星后是圣上所废，难道要我们做逆天之事？"

令柔心中早有主意，不慌不忙地说："依小妹之见，星后之冤，待到东宫即位，自然为她雪清。我们一介宫女，只能为东宫、东宫妃出些绵薄之力，守得云开，也不枉太安素氏厚待我们一场。"

她望着之惠，诚恳地说："姐姐有机会入东宫，正应该向东宫妃表明我们十人的身份。以眼下形势来看，东宫即位、东宫妃入主丹茜宫只是早晚的事。如不向她说明，恐怕到时扫宫又要累及你我。"

之惠笑了笑，没与她继续详谈。

崔落花得知东宫女官之缺补上，人选却不是她推荐的任何一个。她知道素盈一直试图在东宫里安插耳目，但东宫对中宫严防，稍与素盈或东平素氏有瓜葛的人，一概没有机会。这次崔落花用心筛选了几个人，但还是落空。她忍住心中的不快向素盈禀报时，为自己办事不力请罪。

素盈却轻描淡写地将此事一语带过。

崔落花见钦妃在一旁陪着素盈欣赏名画，不方便对此事提得太多。趁钦妃去取图卷时，崔落花装作闲谈似的说："宋之惠毛遂自荐，从针工房一步登天。"

"她的家底好。"素盈欣赏一卷图画，心不在焉地说，"她自小入宫，一直深受太安素氏关照，一步步做到凝华宫领班宫女。这回正是适合她的机会。"

崔落花始终不大放心："有这样的家底，还能不能对娘娘尽忠呢？"

"在我看来出身忠厚的人，恰是东宫看来最有嫌疑的，怎能使得？再说，信则比她如何？"素盈轻嗤一声，"白家的儿子，外人看来，我与他合该誓不两立。可这些想在宫中稳步的人，早已把自己家忘了，我们又何必念念不忘呢？"

"大事托付未经考验之人，始终是冒险。"

"能胜得毫无悬念的，是战神。我不是。"素盈卷起画轴，淡淡地说。

在床上午睡的睿歆这时候忽然醒来，无缘无故地放声大哭。素盈几步奔过去把他抱在怀里，温柔地哄了又哄："想见圣上了吗？我们这就去……"

手捧画卷的钦妃走过来盯着看，堆起笑容说："说这孩子不是娘娘所出，任谁听了都要吃一惊。娘娘与圣上、皇孙在一起，简直像画里的两夫妻与亲生孩儿，令人羡慕。改日一定要请画师好好地画出来。"

话里别有用意，素盈并不接茬。

钦妃仿佛自言自语："这事情要赶紧才行。过些天，画里再添一对年轻夫妇，就不那么好看了吧？"

连绵秋雨洗净京城最后一块屋瓦，最后一条陋巷。看似永不止息的雨丝，在东宫凯旋前夜收得一干二净。皓月腾空，霎时间天宇朗朗，星河如梦。楼台阴影中，一盏红纱灯变得分外耀眼。

一名宫中侍卫遥遥看见这盏纱灯，正想上前查问，红光却伴着一声奇怪的响动骤然消失。他走到灯笼消失处，月亮恰好悠悠地从云后游荡出来，照亮了三面宫墙——是个死胡同，墙头露出玉屑宫的一角屋檐。

古老的宫廷流传着很多神秘流言。其中之一是说，每当皇帝在玉屑宫留宿，追思他的母亲，就会有女人的幽灵循着这条旧路前往玉屑宫。据说，那是怀敏皇后的幽灵以为姐姐康豫太后又回到昔日寝宫，前去索命。为了阻挡她的去路，这条路上立起一面墙。她总是找不到通向玉屑宫的路，在这里愤愤地低喝一声才离开。

侍卫打了个哆嗦，疑心自己眼花，摇着头走了。

墙那边的玉屑宫一片寂静，值夜的人已经被支开。潘公公提着红灯笼，推开宫门，向里面轻声说："陛下，她来了。"

深泓披衣坐在窗边，目不斜视地眺望窗外夜空。夜风从窗缝中涌入，他仿若浑然不觉。满天星辉映在他双眸中，让那双眼睛又充满灵秀。

女人一进门就察觉热浪扑面——玉屑宫里竟然已经生上炉火。她走上前，轻轻合上窗说："陛下，小心一冷一热令御体违和。"

"芳鸾，"深泓向她一笑，"好久不见。"

芳鸾向他跪拜，真诚地说："陛下气色大好，实在令人欣慰。"

偌大的宫廷之中，只有三个人知道：往玉屑宫而来的并非怀敏皇后的幽灵，而是与皇帝在此会面的琚夫人。

"让你带来的东西呢？"

芳鸾从怀中摸出一个小小的绣囊，迟疑一下才交到深泓手中："陛下要知道，这东西对陛下目前的健康十分有害。"

深泓捏了捏那个绣囊无所表示，又问："外面有什么特别的事情？你可看到什么、听到什么？"

见他有意引开话题，芳鸾忧心忡忡地看他一眼，不再提绣囊的事，回答道："近来的大事无非是兰陵郡王与邕王回京。邕王殿下自小就处事老成，这一次在京中的一举一动都无可指摘。至于兰陵郡王，听闻皇后娘娘已经责令他在府中闭门思过，并没有什么动作。"

芳鸾看了看深泓的脸色，轻声道："群臣连日对皇后娘娘略有非议，但娘娘襟怀博大，对所有言论一概容忍，令他们渐渐失语。素氏的年轻女子中，能如皇后娘娘这样的，现今的确少见。”

深泓勾起嘴角，笑容却不似赞许。芳鸾察觉到其中微妙，问：“陛下是否需要妾更加留心后家的举动？”

“你看得还不够仔细。”深泓幽幽地说，“素盈的目光……她以前不会那样看着我。有什么地方变了，我有点担心。”

他的神情让芳鸾一怔，口齿也含糊起来：“陛、陛下，对皇后娘娘……”

深泓冷冷的目光落在她脸上，芳鸾生生地收回了后半句话，换了话题道：“近来相府中也有不少人来来往往——妾听到一些不敬的言论。有人在猜，这一次太子回京之后，陛下是否会让位于他。”

她一说完，深泓的表情与动作皆停滞住，气氛骤然陷入死寂。芳鸾大气也不敢出，纵使与他密谈已有十余年经验，也不曾记得几时像此刻这么凝重。

“说这话的有谁？”深泓悠长的语调非同寻常，芳鸾不敢欺瞒，为他数出几个人。深泓不再说什么，挥手示意她可以离去。

当芳鸾站起身时，他又问：“芳鸾，如果有人出于好意，要你做一件非常不想做的事，令你对他的为人大失所望……你会怎么样？”

芳鸾略一沉吟，回答道：“如果那人是陛下，无论吩咐什么事，妾一定照办。”

深泓笑了笑：“不必借机表示忠心——我从来不怀疑你的忠心。给我一个实实在在的答案。”

“这就是妾的真心回答。”芳鸾欠身道，“妾明白陛下如何向别人表示善意，也亲眼见过那些自不量力、辜负陛下好意的人是什么下场。”

深泓呵地笑了一声，说：“你也别太高估我对你的宽容，也许有一天，我会为这句话治你的罪。”

“如果妾自不量力，甘愿受罚。”芳鸾说完，施礼告退，门口的潘公公还是提着那盏红纱灯送她。

深泓扶着墙站起身，深深呼吸几次，迈开脚步挪向床榻。好不容易撑到床边，他身子一侧倒在床上，勉力抱过玉枕，又从怀中摸出芳鸾进献的绣囊。他的玉枕也是个匣子，打开之后可以放些小东西。深泓把绣囊里的东西尽数倒进去，那是一粒粒珠子一样圆润的果实和几片新鲜的绿叶。

冬珊瑚……最好不要用到。但世事难料，有备无患。

深泓轻轻地叹了一声，合上玉枕，把绣囊扔到火炉中烧了，这才仰面躺在床上，轻轻阖上眼睛。

第二天曙光初降，满天瑰艳的朝霞铺散成一片壮丽的图画。人们被阴雨烦扰的心情一扫而空，纷纷走出门外，一直迎至远郊，只为抢先一睹太子风姿。壮观的场面超越了十月初四的天安节——皇帝的生日，仿佛天地人不约而同地偷偷变心，把未来押在名扬西陲的储君身上，放弃了病榻上奄奄一息、连自己的圣节也无法出席的帝国之主。

这天一早，素盈就被告知皇帝精神不济，不能主持庆典，请皇后带百官前去迎接。素盈亲自抱着皇孙去玉屑宫，细细问了夫君的病状，得知他只是惯常的昏沉乏力又发作，并无大碍，这才放心地带领僚属登城门等候东宫。

赤如血色的朝霞映照着素盈青色的盛装，城下的人偷偷仰望时，诧异于年轻的皇后如此端庄安闲。周围人谦恭的态度衬托出她娴雅自如的举止，她偶尔与身边的人低语轻颦，从容委婉的神态尤其令人感慨。

"上一次随驾出猎，有幸窥见圣容，见到的不过是个忧郁安静的女人。想不到稍加时日，她就变成风仪出众的皇后。果然还是素氏的女子生而敏慧。"城下守候的百官中，有人偷偷议论。

"她怀里抱的是皇孙吧？宫里传说皇后疼爱皇孙如同己出，竟是真的。"他们说着，偷眼向城楼上望。皇后正专注地眺望远处，突地仿佛察觉到有人看她，一低头直直地回望过来，吓得那两个官员慌忙掉头，一动也不敢动。

素盈等了又等，始终不见大军的影子。她侧后方的宰相琚含玄见状道："连日大雨，路上泥泞，大军需要稍稍整顿军容才能到圣驾面前。"

素盈没有理他，眼睛忽然一亮。远郊荡起一线尘埃，隐隐蹄声如暗潮翻涌，显然是千军万马渐渐近前。

果然，地平线上一点、两点……无数点金银光华跃出，战士的金盔明甲与刀枪戟槊的寒光交相辉映。经过数日雨里跋涉，这支大军的威风丝毫不减，步伐稳健，气势昂扬。人群由远而近地欢呼起来。

他回来了。素盈盯着队伍最前端那众望所归的青年——看不清他的脸，但能看出他身姿傲然，与出征之际的颓丧截然不同。待他到了附近，素盈数了数他身边的人，发现将领副官的数目比出征时多，显而易见是他提拔了一批亲信。再看最前面那些年轻的面孔，与印象当中出征时的军将颇有出入，其中的奥妙不言自明。

素盈被他们的盔甲晃了眼，轻轻地眯起眼睛，这细微的表情变化让她忽然变得冷漠。宰相时不时向她扫一眼，看到此时，眼中方有了些微笑意。在他们身后的真宁公主虽然看不见素盈的表情，却一直左顾右盼，观察众人的反应。见他们各怀鬼胎，她眉宇间轻轻动了动，仿佛冷笑——这又被角落里的崔落花尽收眼底。

城下的人欢声雷动，城上的人宝相庄严，个个无言，旁人只道皇家威仪自与小民不同。

不登城上，一生也不会明白他们在想什么。

这是素盈第一次主持迎军仪，但习惯了许多礼仪之后，哪怕是初次实践，她的一举一动也无可挑剔。她代替皇帝犒赏三军，又下令于宫中赐统帅盛宴，举手投足之间神态自若。

军队的统帅睿洵在城下接旨谢恩时，素盈近看他的脸，思绪稍微乱了。数月之前那位白皙文雅的储君不翼而飞。眼前的年轻人，皮肤晒得黝黑，面容中透出坚毅，神态更加令人难以捉摸……他好像根本没有注意素盈怀里抱着他的独子。从他身上，素盈找不到她认识的东宫。

那个看着宫廷、看着她而流露出伤感和惋惜，目光中隐约藏着疑心和忧虑的东宫太子，到哪儿去了呢？

她心有所动，目光不由得飘开，往千军万马中寻找，这次细看才真正吃了一惊。方才没发觉有位马上将军是女将，此时才看到竟是东宫妃素璃。表情与气质，和素盈印象中的东宫妃判若两人。她持枪立马于大军之前，灼灼目光盯着素盈，犹如挟着千军万马的气势直逼城楼，竟让素盈一见之下心生寒意。

“娘娘，是移驾回宫的时候了。”琚含玄带着笑意从旁提醒，素盈这才发觉自己抱着皇孙的手已经被城上的风吹凉了。

再见东宫时，素盈已换了朝装，向卧榻上的帝王禀报仪式经过。睿洵得到宣召，轻手轻脚地走进来，向皇帝献上西国降书和西征功劳簿。

皇帝没有立即看，招手把他唤到床前，微笑着一边打量一边说：“晒黑了，像个战士了。”

素盈见他欣喜之中有了精神，也在一旁陪着高兴。她在床边的脚榻上跪坐，睿洵就跪在她面前尺许之处。素盈又看了东宫几眼，仍然觉得他不只是外表，连言谈举止都仿佛换了一个人似的。

素盈不喜欢改变，更不喜欢意料之外的改变。眼见东宫如此，她心中忽然生出难言的预感，让她惴惴不安。

皇帝和蔼地问了东宫数月来的情形，眼看要言归正传谈到军情。素盈不能参与议论，便告退出来。玉屑宫外早有宫娥等候，小声向她禀报：“东宫妃拜见娘娘，正在丹茜宫等候。”

素盈早知此事在所难免，但素璃竟一刻不歇就来要儿子，到底是母子亲情不比寻常。她一边暗自唏嘘一边回到丹茜宫，见东宫妃素璃早与一群乳娘、宫女在宫门外伫立多时。素盈向她笑笑，先领着宫娥走入宫中坐定了，再颔首传她进来。素璃这才屏息敛容，入宫拜见。

两人依惯例寒暄几番，素盈微笑赞道：“到底是上过战场的人，经历过大事，态度举止都不一样了。”

东宫妃含蓄地笑着，垂首谢道：“说到这事，妾一定要向娘娘告个罪。妾以前不懂圣上与娘娘苦心，也曾暗生不满。这一次亲自上了战场，见识到很多与宫中不同的人事，领悟很多。若不是圣上与娘娘成全，妾恐怕一世也学不来那些宫廷之外的东西。”

她一仰头，素盈就对上了那双漆黑的眼眸——仿佛晶亮的炭，看似坚如顽石岿然不动，却隐含着一点即燃、烧尽万物的能量。

素盈轻轻地挑了挑眉，脑海里浮现出一个少女——穿着胭脂红的裙子，裙上绣满了曙红色花蔓，她伶俐地在皇帝与东宫之间插话，让他们之间的言谈活跃起来。每当她一笑一动，那些花就随之欢腾。她总是很会接别人的话题，不论是称赞还是揶揄——是眼前这人曾经的模样吗？

素盈暗叹她比以前沉稳得多，脱口道：“战场到底是个什么样的地方？”

素璃眨了眨眼睛，坦然笑道：“这得亲眼见过才知道。”

这时，宫女抱来皇孙。素盈莞尔道：“完璧归赵。”

东宫妃一直笑意盈盈，此刻见了儿子才真情流露，从宫女臂弯里接过睿歆，眼中几乎垂下泪来，动容地唤了一声：“阿寿！”

睿歆听见他小名，立刻转着一双大眼睛看素璃，又见她髻上的花好玩，伸手去抓。东宫妃含泪微笑，腾出一只手把头上的花儿都除下来，柔声说：“给，都拿去！”

睿歆一下得了许多玩意儿，专注地摆弄起来。

“皇孙前天说了第一个字。那时下着雨，我正抱他在廊下玩，他看着阴云密布的天，忽然就说了。”素盈絮絮地说，“好稀奇的孩子，叫出来的第一个字不是爹娘，而是‘天’。圣上知道后高兴极了，夸他‘果真是天潢贵胄，与众不同’。”

她说话时，双眼一直盯紧那孩子，叹道：“阿寿这就该学着说话了，东宫里的人要仔细教他逗他，有什么喜讯就向圣上禀报。”

素璃听着这些被她错过的事，没有作声，只是紧紧把儿子抱在怀里，向素盈谢过看顾之恩就要拜别。素盈望着皇孙在东宫妃怀里玩闹，脸上早已变成苦笑，这时见她转身抱着睿歆就要走，硬生生地坐定没有动。

睿歆一向胆大不认生，平日也被许多宫女抱着到处走动，早已习惯。但是今日这个怀抱自己的女人走得特别快，熟悉的红墙金瓦从她肩头飞快地消失，睿歆忍不住惊慌起来，松手把金花扔到地上，攀着她的肩头回望丹茜宫，终于发现他离那里越来越远，于是哇的一声大哭起来。

素璃见他伸出双臂去抓身后那座宫殿，把他抱得更加紧。这一下惹恼了睿歆，他在母亲怀里哭得更凶，又踢又打。素璃险些抱不住他，垂泪连声唤道：“阿寿，不哭，不哭！”

可任凭她怎么哄，睿歆只是一个劲地号啕大哭。素璃几乎束手无策，听到身后有人喊了一声：“阿寿！”她回头一看，是素盈从丹茜宫追了过来。

这二字自素盈口中说出来，宛如神咒，睿歆立刻止住放肆的哭声，抽抽搭搭地向她伸出双手。素盈正欲抱他，素璃却旋身闪开。

素盈藏了眼中的关切，平心静气地说："突然抱他走，难免让他害怕。不如等他睡熟了再带他走。"

素璃勉强笑道："待他醒来，会与现在有什么不同？清醒地学学分离，也好。小孩子，不哭不闹是长不大的。"

素盈见她态度如此坚决，不好坚持，怔怔地看她抱着睿歆毅然远去。睿歆又开始哭，但他的母亲却不为所动，越走越快。

深泓慢悠悠地翻阅功劳簿，脸上的笑意不知是在延续刚才见到儿子的欢悦，还是又有新的发现。他看了看坐在一旁的东宫，不慌不忙地问："簿上第一等功劳的白信端，是荣安那位爱婿的弟弟？"

东宫沉着回答："正是。"

深泓合上功劳簿望着儿子，说："关于此人，你有什么看法？"

"汗马功劳，足可封爵。"

"哦？"

东宫听父亲的口气别有用意，问道："父皇是否听到不利谣言，对此人有先入为主的成见？"

深泓轻轻一笑："那是我的事，你只管说你的看法。"

东宫想了想，凛然道："儿臣听说，父皇前些日子亲审兰陵郡王。父皇英明，当然知道兰陵郡王对白家成见极深，他对白家的指责，若无实证，实在不可信。"

他见父亲默然，又道："兰陵郡王曾在儿臣面前指控白将军有罪，但并无证据可以佐其控告。此后儿臣眼观耳闻，白将军并没有些微差错。他冲锋陷阵，勇敢杀敌，实在堪当首功。儿臣以为，兰陵郡王惨败，意图推卸责任，以白将军为其顶罪，才是事情真相。"

"二郎，你好像忘了，天下人人都知道你对兰陵郡王也有成见。"深泓笑看着儿子，看他如何应对。

睿洵避开这个话题，仍执意道："父皇如果知道白将军在阵前的事迹……"

"每个人都有他们的故事。帝王要做的不是听故事，然后奖赏自己喜欢的，而是判断谁的故事更有价值、更可信。"深泓拍拍儿子的肩膀，说，"白信端的故事还不值一个爵位。既然你觉得他的故事可以在功劳簿上列第一等，我也不能无视统帅的看法，赏他金银就是了。"

"父皇！"睿洵还想为亲信争辩，却见父亲突然按住胸口，面露痛楚之色。

"父皇！"他慌得叫了一声，立刻要唤太医，却被父亲拦住。

"没事了——就那么一刹的难受，不要大惊小怪。"深泓重重地喘了几口气，扶着儿子的肩膀撑起身，又语重心长地说，"二郎，你心里觉得，我偏袒皇后家，已经昏了头，对吧？”

他不让儿子反驳，摆了摆手道：“可是这个天下终归要交给你。眼光放长远，忘了那些不值得计较的小恩小怨。我这一朝一代的事，自有我来解决。”

睿洵惙惙道：“儿臣无能，不能有番作为，助父皇整顿朝纲。”

“作为？”仰面望天的深泓哼了一声，“我曾祖以为，开疆辟土是帝王的作为。为此，三十万男儿血战南疆，夺来巴掌大一块地方，又有十万儿郎为守那地方前仆后继，但最终还是被南国夺了回去。他和南国的皇帝足可以因这些战争名震史籍，他也常常以此自满，觉得一生不虚。”

这些事情睿洵耳熟能详，不知父亲此刻说来有何用意，凝神恭敬地听着。

深泓又说：“我祖父把整肃吏治、明刑弼教当作自己的作为，可惜盛世仅他一代。继承帝位的人不仅没能延续盛世，还把宫廷弄得一塌糊涂，嫔妃内斗、皇储逢殃——这人是我的父亲。我年轻的时候就打定主意，一定要挑选一个对的人，把这副重担交给他……那将是我一生最大的作为。绝不要让我看到，我挑选的人，只是一个把权斗当成‘作为’的人。”

他话中已明示日后的皇位归属，说到此处又喘息起来。睿洵听得心神激动，见他神情痛楚，忍不住落下眼泪：“父皇，儿臣这就唤太医。”

深泓摇头，又接着说道：“朝中能助你的武将，我已将他们归入你旗下。文臣当中有三个人，与宰相久不相协。宰相不把他们放在眼里，不过是见我不重用他们。他们的能力才华不及宰相，但也属难得的人。我把这机会留给你——你对他们亲厚，他们必然赤诚相报知遇之恩，日后对你大有好处。”

睿洵忙真心诚意地说：“父皇御体如此，儿臣只愿侍奉汤药，无心其他。父皇早日康复才是国家之福。”

深泓看着儿子微笑，握住他的手道：“二郎，我以前从来没有告诉你，我与你的祖父之间十分淡漠。他并不喜欢我，也不了解我。有一天，他的密使送来遗诏，传位给我。直到那时，我仍然摸不清他的想法，而且再也没机会了解他是一个什么样的人。我一直避免与自己的儿子之间，变成我与他那样。”

“父皇一直为儿臣着想，儿臣明白。”

“可是自从那件事之后，我们父子就没这样说过话。”

睿洵知道父亲说的是将母后废为庶人的事，心里又翻起一股情绪，连忙用一个尴尬的垂首掩饰。深泓已看明白他对素若星之事仍然耿耿于怀，于是叹了口气，挥手道：“现在，去把太医叫来吧。”

睿洵起身要走，深泓又想起什么，忽然说：“二郎，既然人已回来宫廷，脑子也该回来了。在战场上，大可以放手厮杀，手刃敌人。但在这里，我们不用那种方式杀敌。”

深泓严峻的神情中荡开一丝微笑，继续说：“在这里，能杀敌的，只有敌人自己犯下的错——等待，不是更简单吗？当然了，我们也得记住，自己可别犯错。”

他的目光那么冷静，睿洵忍不住哆嗦了一下，心里忽然有个声音喊：“他知道了！他知道那件事！不然，为什么提到忘记？为什么提起母亲？为什么提到杀人？为什么提到犯错？”

他的神情一刹间变得复杂，刚才看起来不堪一击的父亲，这时在他眼中又变得深不可测。幸而父亲已阖上眼睛养神，他一边脚步匆匆地奔出宫外，一边喊着“太医”，掩盖了纷乱的心绪。

在他身后，深泓睁开眼睛摇了摇头——不是洵。但他知道是谁干的。没有能力离开父亲自立的孩子，会盼望父亲不要离开他。太子正是这种人，却有太多人高估了太子的能力。

深泓轻轻哼了一声。

妄想与他争天的人，他会一个一个找出来的。作为这一朝一代的事，由他来解决。

第十九章
冷箭

东宫太子荣归，外朝内宫的有些人以为辞旧迎新之机近在眼前，孰料，天心难测。皇帝已经病得寸步难离玉屑宫，明明无力览政，却毫无放权之意。他不仅没有表露出众人期待的让太子监国的意向，甚至在十月十五的小春祭典，宁可空置帝席也不交给东宫代行。

局面进入最为胶着的阶段。

一些大臣有心劝皇帝让东宫接手国政，却又不敢贸然提出。万一触及逆鳞，担上一个劝进的罪名非同小可。那些在皇帝面前说话有分量的人，譬如宰相，恰恰又是绝对不会提出这种建议的人。再如年轻的皇后，在皇帝跟前出的点子也是掷地有声。坊间传闻，皇帝对她厚爱有加，朝有所愿，暮已成真。没见皇后得到离谱的好处，无非是她因不育而自卑，不在皇帝面前提些非分的要求。可她正是第二个绝不盼望东宫掌权的人。

形势如此，那些以为改朝换代指日可待的人难免陷入沮丧。渡过兴奋期，朝政又是日复一日，陷入轮回，东宫身上闪耀的那些新气象，仿佛也不是那么耀眼了。

东宫固然还是未来的皇帝，但这个“未来”的实现似乎还要经历一番波折，谁也不好说，一切取决于皇帝的病情。偏偏他的病情玄之又玄，有心的大臣用尽手段，仍不得而知，即便是宫中医官和宫人愿意相告，也说不出“三长两短”四字。没准上天垂迹，龙体康复，东宫即位就此遥遥无期呢。一切都是未知数。

为那叵测的前途，大小官员中，有不少与东宫车马往来，但也不敢十分招摇，以免事有翻覆，反遭横祸。

“人情冷暖，本就是如此。你说能有什么横祸？”冯氏一边听丈夫分析，一边绣花。

李怀英笑说：“东宫无独立之能，宰相非柱石之倚，皇后有育储之心。这其中的变数还大得很。”

冯氏闲闲地笑道：“好端端的东宫太子放在那里，就算皇后再生一个皇子，也没有撇开一个伟岸青年去立一个婴孩的道理。”

“你们这些妇人难免这样想。”李怀英连连摇头，“试问，对宰相而言，襁褓中的婴孩和一个伟岸青年，哪个看起来更听话呢？”

冯氏斜看他一眼，微哂道：“我是小妇人之见，你是大丈夫之识。可你这些高瞻远瞩的见解，也只能对着我这个妇人抖一抖。”

她想起来又不由得叹息：“你说公主一定会再来，结果至今也没有再会。公主那样赏识你的学问，我还以为这次总算遇到贵人，看来是我痴心妄想了。”凝神绣了几针，又飘忽地说，“本来嘛，公主又非皇子，女扮男装跑来书院，多半是小孩子贪玩，并非追求造诣。”

“若是皇子，像她那样回到宫中大发议论，恐怕我们早没有这样的悠闲了。”李怀英饮罢清茶，展卷读书。

冯氏不敢扰他，心里憋着话，直到他放下书本才忙说：“我这个小妇人还有一事不明。就算皇后想要生个皇子，也是人之常情，你何必说得那样凶险？就算日后真立了一个稚童，只要是圣心所属的皇家血脉，又有什么关系？你一脸匹夫有责的样子，我倒不明白了。”

李怀英静静地抿嘴一笑，并不答她。

冯氏讨个没趣，哼一声不再与他讨论，转身向他的杯中续水，忽然想到有一事一直伺机与他商量，今日正是良机，于是她又说：“这个月东洛郡王连着邀请了四五次，你怎么爱理不理？难道你当自己是诸葛孔明，要人家亲自三顾茅庐？”

“郡王是后族。”李怀英喝着茶，口气疏落。

冯氏笑道：“后族怎么了？我们这个国家，自古以来就是睿素两姓共有天下。无论投效皇家还是后族，都是一样的报效国家。”

“又说胡话。天无二日。”

“天无二日，所以秀王那样的叛乱者必须剪除。但日月同天，谁当皇帝也不能抛开素氏。”

李怀英半晌还没有看进去一行书，听了冯氏的话，更加不耐烦起来：“妇人之见。”

冯氏顿了顿，说：“我这个妇人再发一个愚见——公主虽然可亲可爱，但黄鹤一去，云音杳杳。而且，在我们看来，公主稀罕得很，在公主看来，世上稀罕的人才却未必只有一个李怀英。万一是我们白日做梦，平白错过了东洛郡王一番好意，岂不可惜？”

李怀英站起身，缓缓在书房里走了几步，说：“东洛郡王的为人，我也很钦佩。身为一等一的贵族而无门第偏见，十分难得。”

话没讲完，书院一个老倌来到房门外，说是东洛郡王送来请柬。李怀英整理衣冠出去，见对方的言辞较前几次更为恳切，稍加沉吟，接下请柬。冯氏见丈夫终于愿意登门，笑道：“是对是错，总要迈一步才知道。”

真宁并没有把李怀英抛到脑后。这天她禀明父亲，便转到东宫，找半天才发现哥哥在一处僻静园里望天。真宁笑嘻嘻地跑过去，拉住他的衣袖，问："皇兄怎么这样闲？"

睿洵苦笑道："我能有多少事情做？"

兄妹二人一边闲话一边往书房走。睿洵神情仍有些萧索，迎面遇到东宫妃与抱着睿歆的宫女走来。见儿子哭得撕心裂肺，睿洵蹙眉斥道："怎么哭成这样？"

乳母、宫女连忙又是哄又是逗，小娃却毫不领情，更加扯着喉咙哭起来。睿洵见了连连摇头："一点儿也不像我。"

真宁也上去哄，但小娃根本不将她的几句软语放在眼里。睿洵心情原就不好，此时沉下脸，一甩袖子先走了。东宫妃见状，脸色立刻有些改变。一群宫女各个不敢作声，睿歆号啕大哭，更显得凄厉。

真宁暗自吐吐舌头，代东宫妃训斥那些宫女道："连个孩子也不会哄，要你们做什么？"

东宫妃冷笑道："今日才觉得这两父子像得很呢！"说罢昂首而去。

真宁听她的话蹊跷，忙向宫女询问始末。

原来东宫侧妃自从夏天回家，至今仍在娘家待产。东宫妃觉得皇家血脉不宜在宫外生产，免得别有用心之人偷龙转凤，于是去丹茜宫请旨，将侧妃接回。皇后特意交代要见皇孙，东宫妃便一道带了过去。怎料皇孙在丹茜宫喜笑颜开，一出丹茜宫就大哭大闹，仿佛生离死别似的。

真宁听了暗暗动怒，脸上却笑嘻嘻，轻轻捏住皇孙的脸颊，柔声道："这糊涂孩子，在丹茜宫住了几天，该不会错认了娘吧？"

"公主，不可！"乳母与宫女们惊得大声阻拦，真宁却笑眯眯地捏住皇孙的脸颊不放。皇孙被她掐疼，想放声大哭，可咧不开嘴，惊吓中竟止住啼哭，惶恐地看着真宁。真宁由始至终满脸堆笑，像是与孩童玩闹，皇孙的脸颊却被她掐出一个红印，旁边宫女见了忍不住在心中叫苦。

真宁满不在乎地拍着睿歆的脸，说："不哭了？这才乖。不要以为投对胎就万事大吉，以为怎样胡闹也没人管你。你倒是看看，我们这群人，哪个不需要讨爹娘欢心？"说完追着她哥哥去了书房。

睿洵正坐在书案旁，托腮凝望案头清供。房中寂寂，闲杂人已被他斥退。真宁细细审视，发现他正盯着香炉出神。

她走过去，捧起香炉在他眼前绕："在外面看过天，又在书房里发呆……原来皇兄的眼睛还会转。"

睿洵笑着夺下香炉放好，真宁这才注意到，八宝香炉顶上有一颗琥珀核桃，栩栩如生，除此之外也没什么特别。她记得哥哥从不喜欢香、烟之类，不知在桌上摆个没用的家伙有何玄机。她没有兴趣多问，笑着说："皇兄为何愁眉不展？让我猜猜，是不是因为国人只知有宰相，不知有储君？"

她刻意卖弄从书院学来的那一套，睿洵听了神色一凛，瞪了妹妹一眼。真宁依旧嬉皮笑脸："皇兄不要急着让我住嘴，我只有一句话——我擅作主张，帮皇兄物色了一个难得的人才，此人虽然今日郁郁不得志，但日后对皇兄一定大有裨益。"

睿洵失笑道："宫中有你认识而我不知的人才吗？"

"此人并非宫人，是明德书院的一名塾师，姓李名怀英。"真宁信心十足地说，"他见识卓尔不群，抱负远大，胆量过人，实在值得一交。"

睿洵听得认真，末了若有所思地向真宁笑道："我问你，这个塾师多大年纪？"

真宁怔了怔，道："约莫二十出头。"

"其人是风姿潇洒，还是文质彬彬，还是二者兼有？"

真宁微微侧目，回答道："应该是书卷气中有豪情。"

睿洵站起身，轻轻地拍了拍妹妹的肩膀，说："你自幼长在宫中，识人太少。但凡年轻书生，或多或少都有些自命不凡。论谈吐，他们的确能天高海阔地畅谈；论见识，他们也确实能把大事小事说得头头是道。这种书生，世上太多了，国家也不曾少用。可一旦他们懂得朝廷的真相，不出三年，就会变成如今满朝站立的那些人，再也不提昔日的夸夸其谈。"

真宁被他说得无趣，涨红了脸道："这个人真的与众不同。"

睿洵正色问："你属意于他？"

"没有的事！皇兄扯到哪里去了？"真宁急了，"好心助你物色帮手，反被你取笑——把我当作什么人了！"

她慌张转身时撞了书案，那香炉没有放稳，喀啷一声摔在地上。睿洵没有立刻去拾，眼底神色却泄露了关心。真宁将香炉捡起来，发现顶上的琥珀有道裂痕。

"糟糕！摔碎了。"

"不关你的事，以前就摔碎了。"睿洵淡淡地说。

真宁更加好奇他为何留着一个破玩意儿，但见他故作无所谓，又不方便问。

睿洵神情和缓，抚摸着那颗琥珀核桃向妹妹说："年少时遇人太少，偶然碰到一个，耳目一新，难免念念不忘，但终归道不同。"

真宁顿脚急道："我可没有皇兄这般情怀！你会错意，也错得太离谱。"

睿洵笑道："眼看就要为你择婿，不要再做那些让人会错意的事了。"

真宁荐人不成，难免有些羞恼。想起哥哥说她对李怀英别有心思，她实在不服气，尽力要显得自己不含私情，索性把书院的事情暂抛脑后，自此在宫中十分难得地安分起来，每日随崔落花读些列女的传记典故。

终于有一天，她不耐烦了，扔掉书说："什么'非温柔无以成其仁，非贞烈无以显其义'！难道'仁义'像衣服一样分男女？帝纪、忠臣列传字字激昂，幸臣、奸佞行迹字字切齿，都能引人深思，唯独列女传记字字可怜，要我学什么？活不成那个倒霉样子，便与仁义无缘了？”

“殿下！”崔落花厉声喝止。

真宁置若罔闻，反问：“难道你们也是这样教育素氏的？”

崔落花沉下脸说：“素氏如月在天，并非寻常妇人。”

真宁嗤笑一声，不以为然：“只有你们还信这话。”

“殿下！”

真宁故意气她，说：“既然大家都知道我平日常跑出宫去，那不妨告诉你一些我在外面听见的话——外戚干政，没有不亡国的。”

“殿下慎言！”

“亡了国的那个，还只有一家外戚而已，我们这里却有七家！不管皇后出自哪一家，另外六家不过是稍逊一筹，仍旧是耀武扬威的皇家贵戚，没准下一轮就到自己家。”

“殿下请勿妄议祖宗制度。”崔落花脸色铁青，“先人自有智慧。”

“先人顾念追随之功，给素氏一点好脸色罢了，哪里想到变成今日的局面？”

崔落花生硬地问：“殿下觉得，自己以后会变成什么样的人？能够像皇子一样封王，位列朝班，畅谈国政吗？”

真宁愣了愣。

崔落花说：“殿下以后会成为素氏的妻子、素氏的母亲。你的丈夫儿女仍然能够跻身朝堂、入主后宫，你仍然是朝政的一部分。皇家子孙，无论男女，都可以用这种方式参与国家大事——只要你们愿意。皇家先人岂会仅仅为了厚待素氏，就考虑出这样一种奇特的办法！殿下未详知原委，就先攻讦批判，倘若这是大崔秉仪昔日的教导，那真该收回她的旌表！”

“算了吧，你心里骂的根本不是你姐姐。”真宁冷笑说，“这种把戏，我从生下来睁开眼睛就一直在看，你以为我看不懂吗？是我根本不想学。崔秉仪，若有机会，你应该去看看别人都在教学生什么——关于国家，关于这世间。圣人之说写在同一本书里，为什么别人能读出那么明亮的道理？素氏把孩子交给你们，真是可怜。”

“请问殿下，那些字字可怜的列女传记是素氏所写，还是崔氏所写？”崔落花不疾不徐地发问。

真宁一时语塞。

崔落花将话题淡淡地一转：“那位李先生，好像是幼年随父亲从南边过来的？他父亲无法在南边施展抱负，万里迢迢前来。国家惜才授官，他们却想把这里变成南方？”

真宁慌道：“这和他有什么关系？不要乱扯！”从此压下这些话不敢再提。

消停没几天，她实在无趣得很，这才懊悔不该在气急时惹恼皇后。

一天，宫中新入冬笋，御厨烹出笋尖鱼汤给诸宫驱寒，丹茜宫却将鱼汤下赐给刚刚回宫待产的东宫侧妃。真宁灵机一动，带着自己那一份敬呈皇后。

素盈见来了这么一个稀客，不知公主搞什么名堂。她平常从没有喜极怒极的神色，这时候还是平平淡淡地接待真宁。

真宁看不出她的情绪，恭恭敬敬地献上一碗热汤，说："自从父皇卧病，娘娘数月来一直操劳，现在又为东宫侧妃操心，事无巨细，样样周到，令人佩服。想起我前阵子胡闹，给娘娘忙中添乱，实在汗颜。今日借花献佛，万望娘娘不计前嫌，受我一拜。"说着盈盈拜倒，将托盘高举过眉。

素盈口中笑道："何必说得这样严重！"手上却没接，命宫女端到一旁，问起真宁近来做什么、玩什么。

真宁说："平日没别的事情，闲了就随崔秉仪读书，近来也读出些趣味。"

她偷眼瞥见素盈背后倚着厚实的靠枕，忽然心生疑问，但面上仍堆满笑容，劝道："娘娘不尝尝这鱼汤吗？过些日子就冰封山河了，破冰取来的鱼，无论香味肉质都与此不同。"

素盈安然回答："近来胃口不适，常常觉得鱼腥难耐。"

真宁暗惊，声音却更加诚挚："娘娘定是累日操劳，才会身体不适，可千万不要硬撑，免得积劳成疾。"

素盈夸她懂得体贴，说是多读些书果然有长进。

真宁顺势又说："那日恼羞成怒，顶撞了东洛郡王，事后想想，我也觉得言行过分。恰好父皇又赏了一副好马鞍，我不怎么用得上，想亲自送给郡王，一来向郡王谢罪，二来探望凤烨姐姐。"

"郡王怎么会与公主计较呢？"素盈笑道，"圣上赐那马鞍，自然有派上用场的时候，可别胡乱送人。不过，公主有心探望凤烨公主，正好代我问候。早去早回。"

真宁欢喜地告退。素盈扭头，笑看着崔落花问："崔秉仪，你平日教公主什么？"

崔落花恭谨地答道："无非是列女传，还有《女则》《女诫》《女孝经》之类。"

素盈冷笑着点头："秉仪还记得吧？让你去教她，是要你对她严加管束，可不是要你教出一个素氏来。"

崔落花连忙诺诺称"是"。素盈又向等在一旁的宦官道："后天我代圣上去南郊观鹰，公主与我同行。"

皇家要将公主嫁出去，不外乎这几种手段。试鹰会上物色合适的少年，亲赐一个与真宁成对的马鞍。没有入眼的，就等冬天到了，换一拨少年去钩鱼。素盈向来对这些事情没太多兴致，只是这一回不得不抓紧——下回若是换了睿洵主持，不知道会让谁称心如意。

凤烨很久没见小妹，听说真宁驾临，心中欢喜。等了半天，却等来一个半大不小的少年。待那明眸皓齿的少年走近，凤烨不由得吃惊："你怎么打扮成这副样子？"

"这样方便。"穿男装的真宁也不多礼，径直向半坐半卧的姐姐身边凑，嘴里嘟囔，

“到处冷得像冬天，只有姐姐这里还是春天。”

凤烨怜爱地挽住她打量，说：“看哪里都像长大了，心里却还是小孩子。乔装去书院是怎么回事？”

真宁嬉皮笑脸地说：“他们讲的东西有意思。”

凤烨皱眉说：“有没有意思，和你有什么关系？那是学子们读书的地方，你这一闹，好像女子可以去窥帘择婿似的，让他们以后怎么静心读书？”

“我又没有从中择婿。”真宁若无其事地说，“人家都说，皇帝除了素氏，不知道天下女子有别的姓氏，虽是玩笑话，但也有道理——若没有去那书院，我便不知道天底下还有像样的人。”

凤烨笑道：“口无遮拦！你见过的人哪个不像话？”

“我们见过的这些两姓子弟，别说心里了，哪个嘴里有国家呢？天下的事，他们想都不肯多想，更怕说出一句半句惹恼别人，宁可脑中空空、坐享其成。”真宁从旁边的桌上拿水晶荸荠，一边吃一边冷笑，“我们不过是张‘富贵符’，他们费尽心机抢一张，放在家里能保二三代人的荣华富贵。过几天，我就要请大家看一场这种热闹。”

凤烨边听边摇头，淡淡地说：“那你说，在书院那些人的眼里，我们这些不学无术的皇子龙孙又是什么呢？是做官的通行符。郡王前些日子结识了一个，就在你去的那书院。我问他说些什么——尽是些不切实际的东西，相比之下，上天摘几颗星星更容易。我和郡王说，专挑别人没讲过的新鲜话，不过是因为人尽皆知的事情用不着他们说，奇谈怪论才能显出见地。郡王不以为然，这就要荐他去做官了。”

真宁越嚼越慢，最终全无声息，半晌才屏住气问：“明德书院的？哪一个？”

“叫作李怀英，小时候随父亲从南边投过来的。”凤烨眼角余光勾勒出妹妹愈发僵硬的侧脸，慢悠悠地说，“他对南边的制度当然也不满意。普天之下，没一个他能看入眼的地方。南北杂糅，拼拼凑凑，弄出一套神仙方，说能让我们这个垂垂老矣的国家返老还童。”

真宁紧绷着苍白的面孔，听得一动不动。凤烨说话累了，靠在枕头上长吁口气：“今天，郡王要带他的弟弟们一起去见这个人，这会儿都在平王那边。过几天有合适的机会，郡王准备向皇后推荐。倘若皇后看得起他，官位唾手可得。读书图什么呢？不就是这一天？”

真宁坐不住了，正想如何告辞，侍女悄悄走进来，在凤烨耳边轻声缓语。因为房中安静，真宁依稀听见说是有人来拜见。

凤烨微笑说：“快请进来。”

不顾妹妹就在旁边，来客应该不是外人，但真宁并不认识宫外的人。真宁有些诧异：“荣安姐姐也来了？”

“不是。她生完孩子才几天，哪儿能这么快到处跑？”凤烨说话时，神情不免有些寥落。

侍女引入一位美貌妇人，真宁多看了几眼——那妇人年纪与素若星差不多，美貌在一身浅色衣装的映衬下，更显出清幽脱俗。真宁自幼所见的宫中妃嫔，本就是素氏七家当中精挑细选的佼佼者，素若星更是世人口中的倾国绝色，但这妇人一走进来，原本昏昏然如同春末的室内顿时像是开了一扇窗，放入清风明月，令人神清气爽。

妇人上前向两位公主行礼。

凤烨笑说："这是平王的七夫人白氏。"说着招手要白氏到身边。

真宁目不转睛地看那美妇由远及近，找不出一点瑕疵。

白氏握住凤烨的手问："好些了？"声音却不像外表那么娴雅，像竹子，看似鲜翠欲滴，却很坚硬。

凤烨笑答："你送来的那汤，喝着很舒服。连喝这些天，说话有气力多了，今天说这么久，也不觉得累。"

白氏柔声说："慢慢总能养过来。但是以后别冒险，不值得。"

凤烨眉目之间又出现愁苦，摇头说："想做的事做不到，每天活着，面对一个残次的自己，又值得什么？"

"人生本来就不能事事如意，接受失败也没那么难。"

"你能吗？"

凤烨问出这个问题，真宁发现白氏的面孔有微妙的变化，很难说是悲伤还是抗拒。

"我不知道。"她说着，从侍女手中接过一只小汤碗。里面除了微微发红的清汤，什么也没有。

凤烨趁热全喝了，眼角扫过妹妹，忽然问："那位李先生还在平王府里？说些什么？"

白氏漠然微笑："那些东西若能行得通，秀王的国家早就二十岁了。"

真宁心中一惊，想起她姓白。一定是被改姓的清河郡公的亲戚。她忽然心血来潮，问："秀王的国家为什么行不通呢？"

白氏这时候终于抬起眼，看了看公主。

"真宁！"凤烨责备，"怎么能问这种事？！"

"为什么不能问？父皇从不避讳，是下面的人自己吓自己，一个字也不敢提。"真宁满不在乎地说，"我听说，秀王当年要建立一个不分两姓、小姓的国家，虽然叛逆当诛，但有那么多人追随，说明是有那么多人认可他的想法。平叛二十年来，国家未发生一丝一毫的变化。为什么故意无视呢？"

凤烨立刻挥手制止："不要在我这里说这些。"真宁扁了扁嘴。

白氏起身告辞，真宁也趁机说："看到姐姐好转，我也安心了，该回宫去禀报皇后了。"

"等一等。"凤烨让人送白氏出去，转向妹妹，说，"这里是我的家，也是东洛郡王的家。郡王是我的驸马，也是皇后的兄长。你牢牢记住，否则就别来了。"

真宁不禁咂舌："因为是你的家，我才敢在这里说话。难不成你自己也不敢吗？"

"真宁！"凤烨注视小公主说这番话时的每个表情，说，"国家变了，很早以前就变了。到今天，也一直在变。但有些东西没变过——想你不该想的事，说你不该说的话，会惹来灾祸。"

"那你为什么要成亲呢？"

"真宁！"

"因为过得太舒坦，必须找个人，时时刻刻地算计你，才能享受到芒刺在背的感觉？"

"真宁……"

真宁带着怜悯和不可思议的表情，向姐姐干笑一声："你记不记得我们一起去皇极寺的那天？母后……素庶人要我们为她去求父皇，无论如何都要我们哭着去——可我根本不想为她哭。我虽然小，但不傻，看得出父母之间发生了什么。跟那件丑事没关系，父皇早已不再相信她。保住丈夫的信任，保住丹茜宫，这些都是她身为皇后应该自己完成的事。可她搞得一塌糊涂，反要子女帮忙收拾残局，结果还是一样……我真心瞧不起她。但想一想，这些纷乱都是因为，他们是天子夫妻，考虑利弊得失胜过感情。寻常人家不必如此。然而你又告诉我，你也是这样。那是不是说，如果我成亲，也逃不掉同样的下场？"

凤烨呆呆地注视着激动的妹妹，嘴唇动了动："你觉得自己能活到几岁？"

真宁没明白，但想了想说："六十？七十？"

"我以为自己只能活到十二岁。"凤烨痛苦地说，"在十三岁的最后一天，我才知道自己能活到十四岁，在十四岁的最后一天，才知道能活到十五岁。但是，遇到郡王之后，不知道什么时候起，我没再想这件事。我想，我也许能有个孩子，也许能眼看他们长大成人。"

真宁呆住，转瞬便握住姐姐的手说："你可以的，早晚总会有那一天。"

"皇极寺那天，郡王知道我干了什么。"凤烨反握住她的手，"他也知道，如果我们真能说动父皇，哪怕父皇的态度只有一点松动，阿盈就完了。但是他没有怨我。我是人之妻，也是人之女，也是这个国家的公主，注定逃不掉一些事情，必须去做。所以我想，至少不在这个家里提到哪怕一句可能会危及他的话。"

真宁若有所思，不再出声。凤烨拉住她的手，温柔地说："这就是我的理由。荣安也一定有'驸马必须是白信默'的理由。你可能逃不掉同样的下场，也可能找到你自己的理由，但是你要记住，我们是人之妻、人之女，是这个国家的公主，注定逃不掉一些危险。而判断'危险'，我比你有经验。"

她注视少年似的妹妹，说："我们已经没有母亲了，所以这是我的责任——除了告诉你快乐的事，还必须告诉你危险的、痛苦的、难以面对的事。"

真宁神色沮丧，靠在姐姐的肩上，轻声低喃："别像那个女人那样，抛下自己的责任。"

“不会的。”凤烨轻轻揽住妹妹的肩膀，温柔地说，“我保证，你那场试鹰会一定干干净净。”

十月最后一天是传统的试鹰日。御苑中豢养的猎鹰此时换了冬毛，身姿健硕，羽翼丰满。南郊霜林遍染嫣红，贵族们头天晚上就在这里驻帐，带着自己得意的鹰为皇家助兴。

往年因皇帝爱鹰，这集会格外欢畅热闹，今年他染病不能出席，贵族们已经忌了几分，不敢尽兴狂欢。加上皇后素盈不谙此道，只是随便看看，并不大肆嬉闹，因此场面远不及以往，但马走鹰飞的阵势仍十分可观。宰相琚含玄、东宫与东宫妃、凤烨公主与驸马素沉、盛乐公主与兰陵郡王，还有皇后的妹妹素澜都来了。

真宁知道这次大会真正的目的是什么，心里早有盘算。她好不容易等到仪式散场，偷偷溜去东宫的帐篷。

东宫正在摩挲一只猎鹰，见她有话想说，笑问：“是不是有哪位少年入了公主法眼？”

真宁撇撇嘴：“别人想快点打发我，不奇怪，皇兄你急什么？我现在办完婚事，将来你还有别的妹妹可以拉拢人吗？”

睿洵愣了一下，竟没听出这是她率直的发言还是嘲讽。他反而有些不敢接话了，再次打量，只觉得妹妹不仅不像过去那个小孩子，简直完全不认识。

真宁趁四下无人，问：“皇兄有没有觉得皇后娘娘今日有些异样？”

睿洵怔了怔，摇头道：“没有留心。”

真宁讥笑道：“我见皇兄今日与大臣们交往时谨小慎微，这等应该留心的大事，皇兄却疏忽了吗？难道皇兄没看到她举动闲懒，不到午膳时就已经困乏？”见睿洵不解，她又道，“那天去丹茜宫拜见，我见她似乎腰肢不适，又听她说胃口不好，觉得鱼汤太腥——皇兄觉得这是什么病呢？”

睿洵看似不以为意，反笑道：“你想什么呢？”

真宁脱口而出：“我已经私下打听过，她的信期又不准了。”

说出这种不雅的话，不仅睿洵难堪地偏过头，真宁也红了脸，飞快地说：“反正我就是这些话，皇兄自己思量吧。”说罢跑开了。睿洵看她这样子，不住笑着摇头，心里却生了一丝不安。

真宁到帐外，心想刚才虽然尴尬，但该说的都说了，终于舒了口气。没想到，一抬头就看见素沉领着一个人向后帐走去，她睁大眼睛仔细看，发现那人竟是李怀英。她以为自己看错，揉揉眼睛再看，确实是李怀英。年轻塾师与素沉容色融洽，显然十分投契。他们先后进入后帐，半天没有出来。

果然是要在皇后面前求官。真宁本以为姐姐说得不一定对——李先生或许会与素沉结交，但他肯定只是宣扬自己的抱负，不会趁机求官，结果不外如是。

她失神地望了一会儿，狠狠地跺了跺脚，奔入自己的帐篷。

素盈打量眼前这个年轻人——无论是气质还是外表，他都与试鹰会格格不入，但他的眼神镇静坦然，并不因跻身贵族而卑谦。她知道素沉一向慎重，能得到他极力盛赞的人，必定不是俗人，此刻一见果然颇有君子之风。

素沉向李怀英爽朗地说："李贤弟在娘娘面前大可放言，娘娘心胸非同常人，定不会见怪。"

这么快就称兄道弟？素盈的眉峰轻轻动了动。

李怀英耳闻皇后少许事迹，原以为必定是个机敏凌厉、绵里藏针的女人，想不到，坐在一群女官宫女中间的是个容颜淡雅的年轻女子。比自己年纪还小，气质温和，又略带病倦之态。如果不是在这里相见而是道路相逢，绝对难以想象她会是天子之妻、后宫之主。

皇后含笑问："先生今日观鹰，有何感想？"

李怀英只听柔音温婉，恭谨地回答："皇家气派非凡，帝气正盛，福祚必长。"

素盈知他是少数笃信皇帝能转危为安的人，点头又问："以先生的眼光来看，除了御苑，谁家的鹰最好呢？"

"自然是相府的鹰，多且美，又有御赐名种，高出寻常贵族岂止一二！"李怀英叹道，"草民往日听闻种种传言，虽信为实，却无法想象其情其景。今日亲见相府之贵，始知何为皇恩浩荡。"

"圣上是念旧之人，宰相有三十年犬马功劳，常人当然难比。"素盈淡淡地笑了一下，"君使臣以礼，臣事君以忠，本来是一桩美谈，却有人嫉贤妒能，暗中离间生事，真是可笑。"

李怀英听了，陡地生出戒备，不知皇后话里有几分虚实，悄悄抬眼向上一望，正好看见皇后身边的女官有些面熟。他整日待在书院，所见女子不多，仔细一想就记起她正是曾经来过书院的那个女人——此时出现在皇后之侧，想必是随皇后入宫的崔氏。

皇后耳濡目染的全是门第血统之说，怎会把一介书生放在眼里？李怀英这样想了想，心头不免凉了一点，但又想到自己好不容易才能来到皇后面前，若贪一时安逸，噤如寒蝉，只怕要抱憾终身，于是放胆说道："待臣以礼是天子垂爱，事君以忠是臣子本分。天子厚爱是嘉善其忠，并非纵其逞欲。仰仗皇恩有恃无恐，岂是天心本意？"

素盈不惊也不怒，仍是一脸笑意，问："请教先生，何为'逞欲'？"

"娘娘聪颖过人，一想便知。近年来，是谁操纵人事变迁，为世家广开门路，断青衿仕途？官禁民间私卖茶、盐，是谁的儿子得到官府准许，买卖茶盐？谁家私苑广袤，不知边际？谁家奴仆带金玉，婢妾衣锦罗？"

素盈忍不住微笑，说："先生好犀利的口齿。"

李怀英躬身道："昌黎先生曾言，物不得其平则鸣。"

素盈微微敛容，又问："那么依先生之见，谁做宰相才能杜绝私欲？"

李怀英怔忡良久，才回答："以一人居要职，实在难保不重蹈覆辙。草民愚见，如将宰相之权分属数人，依照旧制稍加变通，总权归于天子一人，才符合以一执多、以一统众的道理。"

此言一出，旁边的女官们不禁动容，互相交换眼色。后帐中原本很安静，此时随着她们一个顾盼，空气中仿佛有一些弦绷紧了，悄无声息地缠在李怀英周围。他暗暗诧异，皇后身边的女子们竟都能听懂。

素盈知道自己身边有宰相的耳目，轻蹙眉头，向李怀英默默冷笑。正好一名宦官进来禀报，说时辰将近，请皇后准备登楼观鹰。

素盈借机遣退李怀英，留下素沉，笑着摇了摇头："好个不知轻重的书生！知道些老庄玄妙，学了些申韩皮毛，就敢睥睨朝堂，冷言冷语地中伤宰相。朝廷多年来伸世家而抑书生，不无道理。"

周围绷紧的弦略微放松，看宫女和女官的神色，她们都深以为然。

唯独素沉耿耿直言："李怀英有以一当十之才。他的见识与胆量，正是世家子弟所欠缺的。"

素盈仍然摇头："但他欠缺的却是一样重要的东西——圆通。"

"他本非依靠圆通来出头的那种人，所以臣才怕遗漏人才，特来举荐。"

素盈缓缓摇头，又道："出了头，然后呢？官场与书院不同，不是晓得大道理就能畅通无阻的。认宗师，攀同年，嫉贤妒能是官场通病。他无门无派，有十人之才，就要遭十人之嫉，而且恃才傲物，兼有仇视世家之心。在我面前尚且不知惜言，如何让他与百官相谐？大哥爱才是好，可是若这种才华不能为官呢？"

素沉惋惜道："臣并非不知，只是不向娘娘举荐他，可惜了。"

素盈笑道："大哥可知，我鲜少在圣上与宰相面前荐人是为什么？不是我不知人才，而是因为一旦推荐，就要与该人同担当。我已是皇后，更有何求？为什么要为一个李怀英引来十人嫌恶？大哥果真惜才，不妨让他在郡王府中磨去那股没见过世面的狂傲。半年之后我再见他。"

素沉怔了一怔："半年之后？"

素盈笑了笑，忽然拧眉掩口，身子也晃了晃，仿佛不适。素沉惊得上前去搀扶："娘娘！"

素盈连忙摆手，笑道："不碍事，大概是为圣上尝多了药，伤了胃。"

她为皇帝侍奉汤药时，必定亲尝，这已经传为宫中美谈。但素沉总觉得不像，心头疑云骤起。不知为何，她这表现似曾相识，仿佛以前也有过这样极力掩饰什么的样子。想到此处，他犹犹豫豫地问："莫非娘娘……"

崔落花在旁提醒："娘娘，要错过吉时了。"素盈向大哥轻轻挥手，打断他的猜疑，整理衣襟昂然步出营帐。

观鹰日的重头戏是纵鹰逐兔。皇帝命人将一只黄兔的耳朵染成金色，背上烙印为记。谁家的猎鹰先捉到这只兔子，即为当日的佼佼者，除了赏赐之外，皇帝还要亲自为这只鹰起个名字。今日与以往唯一的不同，就是这一套全由皇后主持。

众少年早已等得不耐烦，最后终于见到皇后登上万象楼。

这楼以其圆形围栏著称，半似楼台半似亭，凭栏一眺，三面河山尽收眼底。素盈携东宫妃、凤烨、盛乐各自入座，俯瞰百十名锦衣少年。只见人头攒动，胯下良驹、臂上好鹰，蔚为壮观，唯独不见真宁公主。素盈问公主去向，谁也不知，便忙命人去找。可时辰不等人，司仪呈上弓与哨箭，一声呼喝，楼下少年纷纷屏息控马，嬉笑之声刹那消弭。

素盈行至露台，张弓引箭，一松手，那箭便带着尖锐的哨音远远地化为黑点。少年们待哨音一响，立刻如一群小虎腾跃，一个个呼哨打马，朝着箭消失的方向绝尘而去。

“不知谁家的鹰能最先找到黄兔。”素盈话音刚落，忽见一少年姗姗来迟。他身负长弓箭袋，骑了一匹高大的骏马停在楼前。

素盈正皱眉端详，少年回身向楼上招手笑道：“我去啦！”

竟是真宁公主！她又穿了男装，扭头策马，循着尘烟尽处飞驰。楼上众人俱惊，素盈怒道：“是谁将马给她的？”

盛乐急忙起身说：“娘娘请勿动气，我去追她。”说罢转身离去。

楼下一人跪地：“微臣有罪。”

素盈低头一看是谢震，又见他肩头鞭痕犹在，显然是被真宁抽了几鞭，夺马而去。她怒容渐消，但口气仍然严厉：“谢将军帐前失马已成大错，还不速去追回？”

谢震叩头告退，领了一匹良驹便追上去。素沉看在眼里，心想，恐怕这辈子能得到皇后保荐的，也只有这一个人了。

贵族少年们正意气风发地奔驰四野，忽然头顶的雄鹰纷纷悲号坠落。少年们不明就里，竞相驻马。那些鹰都是价值不菲的名种，不停被人射落，少年们看得又惊又怒，急将那些尚未被射落的猎鹰召回。

脚力好的随从拾回死鹰的尸体呈给主人。少年们一见箭镞雕翎是禁军所用，又见翎末刻着“谢”字，知道是谢震所有。有人动怒，有人生疑，正这时，真宁公主一袭绿衣飞驰而过，兜起一圈烟尘。她毫无羞赧的神色，朗声笑着，停在众少年面前。

“喂，你们！谁抓到了黄兔？”

那些贵族公子听出少女声音，便是不认识的也猜到她是谁——毕竟她不是第一次女扮男装。他们面面相觑，都摇头。

真宁笑笑，说：“黄兔没影子，鹰也死了。不如试试自己动手吧，我看谁有真能耐。”

少年们忙道不敢。

真宁寒起脸，冷笑道：“一群只会玩弄鹰犬的废物。”她忽然听到远处鹰哨嘹亮，显然还有人在更前面逐兔，于是撇下一群少年，昂然打马追了过去。

少年们待她去得远了，才纷纷咂舌摇头。

“听说这次是为她择婿。抓不到黄兔倒是我的运气！可惜白白死了一只好鹰。”

“我倒是早知其悍，但有什么办法？皇家仅剩一个公主待嫁，家里父母逼着来，谁能不来？”

他们正议论着，谢震骑马过来，向众少年见了礼，问起公主去向。

少年们为他指点方向。有一两个同他熟识的苦笑道：“将军被她连累，又倒霉又辛苦！”谢震向失鹰的公子们赔礼，承诺日后摆酒请罪，这才快马追去。

少年们扫兴而回，免不了嘀咕：“换个旁人丢失弓箭，伤了我们的鹰，让他赔上十倍价钱，也不过分。”

有人冷笑道：“钱算什么。若公主有个万一，还不连累那人半死？幸好是谢将军！换了别人，哪能大事化小？”

少年们心照不宣，都是哈哈一笑，只有混在其中的白信端没有笑。

他知道皇后为谢震求了一个宫女，待这位昔日的平王养子实在不薄。宰相因谢震同是小姓，也有意栽培。加之谢家在北郡地位非常，连东宫也不得不多加容让。谢震有这三重关系，京中素氏子弟见了也要敬上几分。再想到父亲透露的消息，说谢震在与自己为难，白信端脸上不知不觉已堆满阴云。

万象楼上，素盈左等右等，只见贵族少年陆续返回万象楼，越聚越多，却不见谁猎获黄兔。

她回头问：“以往也要这么久吗？”

众人都摇头。

又过了好一阵，盛乐公主与真宁公主驰马来到楼下。少年们见了公主，都目不斜视地闭上嘴巴。真宁将手臂高高一举，手中正是金耳朵的黄兔。众人见了黄兔都欢笑起来，少年们也附和着欢呼几声，却不大起劲。

素盈猜到小公主意在抢夺贵族少年的风头，不令黄兔落入他人之手，杜绝他们生出非分之想。结果真让她在一群擅长骑猎的少年中得逞，倒也不容易。

素盈笑着走下楼，真宁用红盘托着黄兔捧到她面前，道：“请娘娘验证。”

素盈正要夸奖，一股血腥扑面，她骤然觉得厌恶，脸色苍白地向后退了半步，勉强笑笑，将几盘金银赐给真宁。素沉一直在旁边察言观色，这时终于大大吃了一惊。

真宁与东宫夫妇交换眼色，笑嘻嘻地抓过东宫妃臂上的猎鹰道：“这就是发现黄兔的鹰，请娘娘起个名字。”

名字是早定好的“傲云”，素盈提笔写在红纸上。刚写好，忽见远处尘嚣涌动，她认出是谢震，然而坐骑上还驮着另一个人。素盈隐约觉得不祥，为看真切，向前走了几步。

见皇后神情有异，众人也跟着张望。谢震不一会儿就来到近前，跳下马，将所驮的那个血迹斑斑的人抱下马背。人群顿时一阵惊呼慌乱。

素盈看清的瞬间一阵眩晕——浑身染血的竟是素飒。她低低地悲呼一声，忙奔过去，大声问：“怎么回事？”不待谢震回答，她就俯身去看素飒，见他后心中了一箭。今日只是纵鹰猎兔，未穿甲胄，这一箭入肉很深，所幸位置偏开。

盛乐大叫一声：“快传太医！”

周围那由人组成的漩涡活动起来。素盈只觉得头晕目眩，浑身颤抖。

“哥哥……”她抱住素飒的头，伸手去摸他的口鼻，手心里好像是温热的，但不知是他的呼吸，还是她的汗。有人过来拉扯她，被她一把推开。力气太大，害那人跌了一跤。

素盈抽出哥哥的腰刀，晃悠悠地站起来，狠狠掷刀在地。刀锋激起一片扬沙，没入地面寸许。世界忽然静下来，只剩下她哧哧的呼吸声，仿佛能从空气中擦出火花。

周太医爬起来说：“娘娘，容臣马上救治郡王。”说罢不再理会皇后，为素飒拔出箭，敷药止血，低声禀报说兰陵郡王性命无虞。

素盈冰冷的目光从身边众人的脸上一一扫过，人们被她的神色吓住，个个不敢大声。

“宰相！”她厉声一呼，琚含玄立刻走上前。

素盈接过太医拔出的箭，满手都是血。她反手将箭扔到琚含玄脚下：“查！”

明明严冬将至，为什么眼前仍是一片郁郁葱葱的树林？依稀是小时候常去的杨树林，又仿佛不是。素飒低头看了看，脚下芳草如茵，野花星散，分明是盛夏时节。

一声莺啼吸引了他，他步入林中，四下寻找，却不见鸟儿踪影。翠盖遮天，日光变得零零碎碎。

幽深中，一曲清笛婉转萦绕。那熟悉的调子让他心头渐喜，循着笛声，果然见到最粗最老的树下露出一角白色裙裾。

“阿盈，你怎么在这里？”素飒走过去坐在她身边，手轻轻搭在妹妹纤弱的肩上。

素盈抬起头，一张十三四岁的脸孔映入素飒眼中。他隐约觉得不对，可是转瞬又觉得没什么不对。

神情哀怯，水汪汪的眼里总像是藏着细碎的泪光——这是妹妹没错。记得她刚进宫的时候，有次身体不适，又被东宫训了几句，难过之中晕厥在地。素飒当值时，东宫一脸懊悔地说：“一看见你妹妹那双眼睛，就觉得不该那么狠心把话说太重。”

简直像是上辈子的事情。素飒凝望妹妹的眼睛，不知不觉勾起一个凉凉的微笑。

“迷路了。”素盈啜泣着说，“该往哪里走，才能走出去呢？为什么总是越不过这片树林？”

素飒奇道：“树林已划入平王府猎苑，这里是我们家，走出去做什么？”

素盈固执地抹着眼泪摇头：“哥哥说过要带我走。”

的确说过。但是，是什么时候呢？朦朦胧胧，想不起来了。

素飒看了看周围，笑着安慰妹妹："仔细看一下，这是林中景致最好的地方！这大树硕果累累，又能遮风挡雨。不哭，我摘果子给你——你想要多少，我都摘给你。"他边说边攀着树枝爬上树。

素盈大惊失色，轻轻一跃就坐到素飒身后，牵住他的衣袖说："不可以！不能动它的果实。"

"没关系，马上就能碰到了……"眼看一颗散发出馥郁香气的果子唾手可得，素飒探身向前，不料重心不稳，身子一栽坠向树下。

"哥哥！"素盈一伸手，紧紧抓住他。

素飒身子猛地一挣，睁开眼睛。

眼前是妹妹略显苍白的面孔，仿佛随他一起脱出梦境，一瞬间长大了六七岁。她如此之近，似幻似真。素飒怀疑他们坠入了另一个梦，想抬起手去摸摸看，一动却发现手被她紧紧握着。

他向妹妹笑了笑，素盈却掉下眼泪，哽咽着拿白绢沾去他额头上的汗珠。素飒觉得不妥，轻轻避开，发现自己不知何时惊出了一身冷汗。他转头四顾——这是他的郡王府。

"你……娘娘怎么出来了？"他清了清喉咙，柔声问。

"你昨晚醒过一次，不记得了？"素盈轻声说，"听说你醒来，圣上准我来探望。"

素飒看见窗上的晚照痕迹，又问："娘娘等了多久？"

"一两个时辰吧，"素盈笑笑，说，"该回去了。"

素飒想挣扎着起来相送，被妹妹轻轻按住："大哥和父亲在外面同宰相说话，我叫他们进来陪你。"

素飒笑道："我又不是怕黑的孩子。"他逐渐清醒过来，知道他们为什么如此谨慎。

"此事已经开始查了。"素盈将声音压低，"哥哥有没有话要对我说？那时，有没有看见什么人，或者蛛丝马迹？"

说什么呢？素飒双目半阖，昏昏中好似听见千军万马惨烈的疾呼。他眨了一下眼，那些刀光剑影就藏回脑海深处。

他淡淡地说："恐怕查不出来吧……能被查出来的，就不叫'暗箭'了。"

素盈见他回避，顿生满腹狐疑："你是不是有事瞒着我？"

素飒反而微笑说："我的秘密太多，娘娘问起来，自然坦诚相告。但若是没个准确的问题，我该抖搂哪一个呢？"反正他什么也不会说。素盈不欲逼问，又叮咛几句才起身离开。

素飒静静地休息片刻，恍惚中又听到金戈铁马飒沓厮杀，转瞬之间，如雷的呼喝变成潮汐一般的悲号，一波又一波，越来越弱，最终归于死寂……素飒紧紧攥拳，关节咯咯地响起来。

门外报了一声，平王、素沉与宰相来到他床前。素飒冲他们浅浅地笑了笑，要起身。

众人自然拦着，让他卧床休息。平王三言两语地告诉他，这回的暗箭伤人引得龙颜震怒。皇后有言在先，令宰相明察，圣上便从了她的意愿，责成宰相亲自督办。

素飒虚弱地向琚含玄客套几句，琚相只是含笑着连声道："好说。"

几个人围绕凶案说了一会儿话。素沉与平王有事抽身出去，琚含玄又望着素飒，露出那种讳莫如深的笑意。素飒心头一颤，轻声说："在下以为，宵小之辈既然冷箭伤人，就不会留证待查。但见相爷如此自信，不知是否已经窥破真相？"

琚含玄面带笑意，声音也极和蔼："圣上与皇后一力催促，怎敢怠慢？事情的确查到一些，但是否为真相，现在还不好下结论。郡王是希望水落石出呢，还是希望再拖上几日？"

他的笑容一瞬间变得另有含义，素飒忽觉遍体生寒。

难道琚相竟已晓得底细？素飒只觉四肢无限沉重，头脑也无法转动……是药的缘故？偏偏这时候发作。在琚相眼前，即使平常也要提起十二分精神全力应付，这时却如此迟钝，实在让他痛恨自己。他缓缓地深吸一口气，漠然问："相爷此话怎讲？"

琚含玄嗤地笑了一声："郡王对伤了自己的箭很有信心，以为绝不会追查出幕后凶手，心里自然有底。我说的可对？"

素飒微微抿嘴，整张脸微妙地绷紧。

居然真的被他知道了……那支来历不明的箭再寻常不过，却又非同寻常——铁镞锻造，桦木杆的直径、长短、削磨方法，鹳羽的粘漆、绑线，没有任何一处与哪家贵族完全相同。单凭一支箭，谁也抓不住射箭的手。

"郡王计划周密，打算当日用来杀人的箭，当然不容他人看出蛛丝马迹。伤了自己，别人追查起来自然也全无头绪。"见素飒听了全无反应，琚含玄摇头笑道，"郡王带着部下出生入死，反落重罪，亲信全部阵亡，功劳却被一个有通敌之嫌的白信端占尽……恨得想杀他，也没什么奇怪。"

最后一线夕晖倏然隐没，仿佛琚相一句话夺了天地之辉。

素飒沉默良久才在黑暗中幽幽说道："我岂是争功之辈？"声音很低，被耳边时常泛起的凄厉呼号湮没。

"将军！将军一定要突出重围，为我等报仇！"

素飒脸色苍白，接连深深呼吸，那令人头疼欲裂的惨呼终于平息。那次他并没有成功突围，若非谢震奇袭敌营，沦为俘虏的他还不知是什么下场。拜白信端所赐，三名与他歃血结拜的副将死状惨不忍睹，至今不能瞑目。白信端却好端端地回来领受金玉良田，还险些封侯晋爵。

他不过是……代枉死的弟兄们出一口气，不杀白信端，此恨难平！

不知怎的，杀心一起，素飒忽然想起妹妹，想起他们以前一起在树林里依偎静坐。他曾说过，杀了白信默，除了让他变成一个杀人凶手，什么也不会改变。

那时，将荣安公主输给白信默，就是他遇到的了不得的挫折。如今，一切不复往昔。他已不记得这双杀敌的手染过多少人的血，再多一个罪有应得的白信端，又何妨？

素飒转眼望着琚含玄，冷笑道：“相爷如想置我于死地，就不会把话说到这步田地。既然相爷有意网开一面，那不妨继续说下去，素飒洗耳恭听。”

“在战场上驰骋几遭，郡王反倒比年少时更有血性了。区区一个白信端而已，想除掉他，有的是办法，何须亲自涉险？”琚含玄轻蔑地讥诮，“郡王渐渐与令妹不相似——皇后娘娘待人虽好，但任凭别人与她风风雨雨、同舟共济，她也不会轻信，郡王却学会同身边的亲信讲‘义气’二字，不知该说你是越来越胆大，还是越来越鲁莽。”

素飒怔住——是被狩猎那天的亲随出卖了吗？暗箭一对，他们各执其一，谁得良机，谁就下手。但他后来却找不到随从了……真是此人背叛？

“白信端也不是傻瓜，他知道郡王到场，自然会远远避开——那一整天，他都与众少年形影不离。但当日贵族的随从没有一百也有八十，要他一一提防，谈何容易！”琚相口气悠然，笑得竟有几分开怀，“郡王自带一箭，想亲自手刃仇人，但也知道这需要十分凑巧的良机。可惜你的随从变节，否则，他这么擅长伪装，或许真能伺机接近白信端，将其射杀。”

琚含玄拍拍额头道：“郡王中箭之后又惊又痛，第一件事就是把自己箭壶中那支一样的箭远远射走。这倒也不错，可惜被人看破一点，就不能算一场好戏。”

素飒默不作声。

琚含玄走到床头拍了拍他的肩，又叹道：“不过我还是很赏识郡王——你亲执的那支箭上沾毒，而随从所执的箭端无毒……用人不疑的同时，也有防备，受他暗伤仍能保住性命，也非全属侥幸。”

他娓娓道来，仿佛亲眼所见，素飒听得脾气全无。

“是谢震目睹后，向宰相陈说的？”素飒记得倒地不久就看见了谢震。

琚含玄嘴角上扬，似笑非笑：“谢震半个字也不会向人说，何况那时，他只是赶巧路过。就算他不救郡王，自然有别人相救。”

素飒看他的神色，心下一凛——当时他周围并没有骑马的贵族，但长草中也许隐伏着为主人找兔子的脚力。

“那些贵族子弟的随从当中……”他苦笑道，“自然有相爷的人。”恐怕漫山遍野，不知隐藏着多少个这样的耳目，散开罗网为宰相搜集少年们无心的言论。

“近来朝廷多事，不得已。”琚含玄并不否认，反而笑道，“若有机会，郡王与我一起听听奴婢如何出卖主人，才知道以前打猎失去了多少乐趣。”

素飒只觉得无限疲惫，喉中干涩，心里也愈发不安：“在下作茧自缚，进退两难，相爷如此推心置腹，何不干脆指明出路？”

“作茧是自缚，还是缚人，全在郡王一念之间。这伤岂能白受？”琚含玄正要说下去，屋外传来人语。

他收住话头，起身笑道："我的主意不大好说，日后会让郡王知道。郡王如果自有高见，也请尽快让我知道。"

他起身告辞，素飒忽然问："变节之人是否已落入相爷手中？"

琚含玄顿了顿，点头道："他招认是郡王指使他射杀白信端，却没有说是谁令他倒戈一击，暗害郡王。"

素飒低声说："他本不是这样的人，大约受人离间。"

琚含玄蹙眉问："你还想让他活着？"

那随从是射伤兰陵郡王的凶手，自然罪该万死。就算真有隐情，他知道太多，也留不得。素飒长长叹了一声，道："请相爷赐他死得痛快。"

兰陵郡王失阵兵败，在很多人眼中死不足惜，但天子早已为他处断。试鹰会上背后放冷箭暗杀，这是另外一件该死的事。向来说话都没个高音的皇后，此刻也拿出脾气施压，终日深锁的眉间显然郁结着一股狠厉，蓄势待发。京城显然又要迎来一场风波。

睿洵向他父皇进言："陛下上个月亲自为兰陵郡王断罪，已经闹得满城风雨，这一回若不慎重……"

"你这一仗打得很轻松？"皇帝突然发问，吓了睿洵一跳。

"并不轻松。"他惜字如金。

皇帝笑笑，说："兰陵郡王打过胜仗。他没有死在战场，也没有死在刑场，却被暗杀于猎场——幸好他没死。如果他就这样死在京城，下一仗会更艰难。"

睿洵恍然大悟："那些武将……"

"他们最反感的就是被迫卷入京城的破事中，被那些不熟悉也无法掌控的事态扰乱。让他们安心守在北镇。"皇帝将睿洵的奏章丢在一边，"尽快查明真相。但愿真相与他领兵时发生的事没有关系。"

宫中的机灵人都知道，这种时候绝不能惹是生非。唯独真宁公主不肯合作。

崔落花收到籍禁司通报，说公主在门前抢夺别人的出宫准条。她匆忙赶去，只见一身男装的真宁倔强地杵在那里不走。

"殿下这是做什么呢？"崔落花上前劝说，"就算出去，那书院也不会再放你进去。快回去吧，切勿让圣上与皇后发觉。"

"那就换个书院。"真宁石头似的站着不动，僵硬地说，"若仍不让我进，就再换一个。直到有人愿意和我说说，什么样的世间能取代现在这个。因为现在这个，每件事到最后都会被弄脏。"

崔落花一动不动地站在对面，紧盯着那双像要喷火又像要流泪的眼睛。真宁说完这些话，两人沉默地对峙着。

“今天请回吧，太晚了。”崔落花说，“明天，我会说服皇后。”

真宁并不相信，但也知道今天无论如何也出不去，怏怏地下了台阶。

为慰藉皇后，天子赏给兰陵郡王不可胜数的珍稀草药。当日与郡王同去观鹰的贵族之家，为了趁着这股风摆脱嫌疑兼示好，馈赠的东西也令人眼花缭乱。素飒懒于应酬，一边养伤，一边静待相府的消息。

没过几天，素澜亲自捧了一座盆景来探病，说是琚相托她捎给素飒的。

盆景的构造颇为精妙雄奇，山川野树具体而微，一看便知出自名手。里面的假山被削了顶，应是模仿五台山。但山中却无寺庙，只有一座小道观筑在山谷里。素飒颠来倒去地看了一阵，不禁一身冷汗。

山岳削头，剩一“狱”字。（“岳”的繁体为“嶽”。）东面宫观低沉倾斜……如果没有猜错，竟是“狱陷东宫”。

京城中已好久没出现今日这样的无风之夜。北地的冬风，本该像从天宇倒灌下来一样狠厉沉重。少了它，这夜就太安静。

一连串快而清晰的足音敲碎了令人心悸的夜色，踏飞浓霜的蹄声还在回响，马已稳稳停在兰陵郡王府前。

骑士跃下马背时，忽的一阵风卷銮铃，引他仰望夜空。层霄上原是星隐月藏，被这泠泠的声音一唤，青云骤然中开，泻下一地如水月光，也为他罩上一层清辉。郡王府门房下人接过他的缰绳，恭敬地道：“谢将军快请进，郡王正等着呢。”

谢震不消引路指点就借着月华来到素飒的书房。他一进门，素飒立刻大步迎上前。谢震拦住他不准施礼，见书房中还有东洛郡王素沉，先向素沉拱手示意，才问素飒：“贤弟已能够离榻行动了吗？伤口还碍不碍事？”

素飒笑着回答：“御医当然是叮嘱多多卧床休息，可我怎么能躺得住？在战场上受了更要命的伤，也没这样歇过。”

素沉见他二人言谈亲切，不免有些惊奇。以前他们一同长大也不曾情同手足，不知道几时又变成了好兄弟。

素飒看出他的疑惑，郑重地说：“谢将军对我有救命之恩，我自当死生相恤，性命相酬。换了别人，我也要八拜结交，何况将军原本就是我们家的养子。只是父亲……他向来粗枝大叶，我们不需让他知道，免得他给谢将军乱惹麻烦。”

素沉欣喜地站起身，拉住他们两人，连声称好。三人一同坐下。

谢震问：“贤弟为何深夜召唤？”

素沉也问：“你说等谢将军来了再讲，到底是什么事？”

素飒搬出盆景，说：“都是小弟受伤惹来的祸事。琚相要借题发挥，小弟左支右绌没有主意，想听两位高见。”

他竟会问别人的意见，这倒是十分新鲜。素沉看了弟弟一眼，仿佛有点猜不透他。素飒笑说：“大哥，如果我在驰骋沙场的这些日子里，还是跟以前一样，学不到新东西，早就没命了。”

谢震并未去看盆景，径直问：“事情如何败露了？”

素飒脸色一沉：“他说四郎背叛我，暗箭伤人。”

谢震一听就摇头：“绝无可能！”

“我也不信。”素飒蹙眉道，“但他既然知道有四郎、有暗箭，又知道我蓄谋暗杀白信端，那么真相如何，已经无关紧要，是非黑白都任由他说了算。”

“你……”素沉听见“谋杀”，顿时大吃一惊，“暗杀白家老三？这种事情，怎么能任性妄为？！”

他看谢震神色竟与素飒一样平静，这才知他们两人早已商量好，连连摇头：“这是北镇莽夫的作风，绝不是皇后娘家行事的方法。飒儿年轻冲动也就罢了，谢贤弟向来老实稳重，怎能与他一起胡闹呢？”

素飒全无懊悔的意思，声音依旧压得很低：“京城的法子从来抛不开权衡，娘娘顾虑太多，不听我的建议，不肯在圣上面前进言，甚至谢兄向圣上所奏的秘本也石沉大海。他们根本不知道事态有多严重，而我们二人既然知道，又怎么能无所作为？杀贼慰天，杀之无罪！”

“真是胡闹！你也将京城的活法忘光了！难怪宰相敢坐等借刀杀人，不是这一次也有下一次。”素沉的眉头拧成一道深痕，不再责备他们，问，“琚相要借这事对付谁？”

“伤我的冷箭，他要转手射向东宫。”素飒半嘲讽半淡然，“京城的活法。”

素沉的心猛地一沉——虽然事出突然，但也不在预料之外。事关重大，他反而平静下来，缓缓地摇了摇头，说：“荒谬，荒谬。东宫没有理由伤你，如何陷害他？何况圣上仅此一子，不会因他一时失足就动摇储位。”

素飒铁青着脸，低声怒道：“东宫不配储君之位！他……我怀疑他已经私下与西贼媾和。”

素沉这才如五雷轰顶，瞪大眼睛，却见谢震一脸早已知道的样子。

“这不可能吧？”素沉的声音不禁颤起来。

素飒说：“圣上病危的消息传到西陲，难道能瞒过敌人的密探？这一仗本是九死一生的局面，东宫却凯旋。他本不是天生神将，敌人却突然弱得反常。让这种人继承大统，国家恐有失地之虞。”

素沉呆了好一会儿，指向那盆景，问：“那么，宰相这建议恰如你意？皇后那边又该如何？你不能让她介入这种事。可她绝不会不追究。”

谢震一直没有说话，这时才沉声道：“贤弟千万不可听从宰相。贤弟在皇后娘娘心中的分量，人尽皆知。一旦你指称东宫加害，皇后得知，必然不会罢休——中宫和东宫之间的关系本就脆弱，打下这样重的一拳，必然破裂。皇后自从入宫，一直承受着要产子取代东宫的舆论，倘若东宫有事，即便与她无关，她也很难置身事外。假如她主动去寻太子的麻烦，恐怕就不止是东宫里的人会插手了。”

素沉一边点头，一边重重叹息：“皇后在宫中步步权衡，才有今日雅望。只要她不行差踏错，等圣上龙潜之后，取皇太后之位又有何难？担心改朝换代的仅是琚相罢了，他不害东宫，东宫日后必害他。此举倾覆东宫，琚相得利。但若是不成，皇后与东宫结仇，于我家又有何益？三弟千万不能妄动。”

“我正是知道这些，才觉得左右为难。”素飒苦笑，“我的随从在琚相手里，他想造什么样的口供做不到呢？他要我同谋，不是邀请，是威胁。如果我不答应，他大可禀报圣上，说我害人不成反害己——那时娘娘的立场又会好多少？就算他不愿事情牵涉太大，仅仅让白家知道一点风声也足够我操心的了。白家如何反应我不好说，但到时必然是非不断，我家该如何应付？娘娘又该如何？”

“皇后她……”谢震顿了顿，掩藏口气中的温柔，坚定地说，“她并不是遇事一筹莫展的人。只要不是陷害东宫这样的大事，其他风波她能应付。贤弟只管拿定主意，以后无论如何，愚兄都与你一力同担。”

素沉也赞同：“这事只有我们三人知道，不要泄露，最不能让娘娘知道——我看她最近心事重重，好像是……”

素飒与谢震一起看着他，素沉不好把话留一半，迟疑地说：“好像是又有身孕。”

素飒奇道：“这样的大事，为何我们都不知道？”

素沉笑了笑：“你的妹妹，你还不清楚？她上一次有孕，也是拼命瞒着。这回若不是看东宫夫妇急躁的样子，我也猜不到她又有了。”

素沉说得坦直，没有其他意思，素飒的表情却变得很不愉快：“我依稀记得，有次素澜说，‘姐姐再有孕，绝不能让她随便吃别人孝敬的东西’——当时说幕后主使是废后，可这‘孝敬’二字奇妙得很，用不到废后身上。上次阿盈的孩子没了，是不是跟东宫有关系？我本来不愿意这样想，以为他是成年储君，不至于做这种事。难道他真的忌惮宰相到这地步，连阿盈的孩子也不放过？”

听素飒越说越严厉，谢震猛然震惊。皇极寺中的情景宛在眼前，他一想起，脸色便阴沉一片。

素沉原本没想那么久远，见他们两人神情严峻，他也迟疑了几分，但仍不欲恶意猜度，说：“今时不同往日，即便东宫上次真有牵连，也不能断定他这次又怀鬼胎。”但素飒显然已经另有心思，连谢震的眼神都变得阴鸷。素沉知道话一出口就如覆水难收，心中有一丝悔意，却只能叹口气，起身告辞。

谢震也一同告别，素飒亲自送到门口。

不知几时，天色又转变了，原先忽隐忽现的星斗月光又被吞入彤云深处，周遭黑漆漆的，不见五指。素飒在谢震上马前拉了一把，目送大哥轿上的灯笼摇晃着越来越小，才说：“谢兄……”他有些歉意地想要说些什么。

谢震打断他的话：“不必多说。”面色宁静，大约已经猜到——不提皇后有孕还好，一提这事，素飒反而更心意坚决，以免东宫对怀孕的皇后先下手为强。

“京城的做法，我这北镇莽夫向来不明白。但是不能让京城的做法再伤害她，你比我明白。无论结果如何，愚兄自然与你一力同担。”

这天后半夜忽然下起雪，先是细密的霰珠沙沙地打在窗上、瓦上，紧接着，大片大片的雪花铺天盖地。待到清晨，已是雪拥窗扉。

素澜习惯早起，到公婆跟前问过早，想拉着云垂去赏雪。一个小丫鬟进来说：“兰陵郡王来了，刚给夫人问过早，请少夫人出去一见。”

素澜诧异道：“兰陵郡王？我哥哥？”

小丫鬟抿嘴微笑：“正是，奴婢认得的。”

云垂也惊奇：“三哥的伤好了？这么冷的天气赶早出门，是有大事吧？你赶快去。”

素澜带了两个丫鬟，匆匆赶到待客的偏厅，见里面坐着的果然是素飒。不知是冷还是伤未大好，他脸色灰白得令人担忧。素澜连忙吩咐添一个火盆，又让人在椅上加一张小熊皮。确定素飒坐得舒服，她才殷勤道：“哥哥身体还没痊愈就来看我，真让我受宠若惊。”

素飒轻轻地笑了笑，说：“这趟出门，我可是拼上命了。看在这份上，有件事你要如实答我。”

“果然是无事不登三宝殿！”素澜笑道，“什么事这么要紧？”

她含笑将周围人都打发了，又说：“这么郑重，我也把丑话说前面——如果问的事情还需再瞒上十年八年甚至一辈子，恕我不能奉告。”

“你姐姐的孩子没了，是不是东宫做的？”

素澜一怔之后笑道：“原来是问这个呀！”她见素飒态度凝重，收起笑脸，缓慢地点点头。素飒的脸色顿时更加苍白。

“其实想想也不难明白——相爷与东宫不合，也不是一天两天的事，动手动刀也不止一次。相爷暗地里早就等着后宫再有一位皇子，东宫自然是暗地里防着。如果姑姑生的八皇子不是那么早死……”素澜含蓄地笑笑，说，“这时候我们家岂止是有一位皇后，恐怕连太后也早有了呢！”

她见素飒的面容愈发可怕，横下心坦言：“东宫不愿后宫有子，有他在，姐姐必无子息。”

“不必说了。”素飒大力地挥了一下手，脸上阴云也一扫而空，笑道，“好久没见云垂，烦劳妹妹请来，与我下盘棋。”

素澜哦一声，一时猜不透他想做什么。

云垂很快抱着棋盘来了，见到素飒十分亲热，直说三哥受伤以后没人同他切磋武艺，又说好久没下棋，想念得很。

“别人刚刚送给我一块宝玉棋盘，还有这棋子，也是难得一见的，正好拿来与三哥切磋。”

素澜听了就头疼——云垂棋艺差得令人唏嘘，每次与她对弈都被杀得片甲不留，还要大呼没趣。与别人对弈，人家总让着他，他还很当真，每一步必定深思熟虑，磨磨蹭蹭地下一局，要一两个时辰。

素飒笑说：“今日正有两招好棋要请教妹婿。近来棋艺退步，还请手下留情。”

素澜忙道：“三哥不必谦让——自家人谦让起来就没完没了啦。”

素飒虽然也称不上高手，但总比云垂强些，今日起手却比平日的步调慢了很多。素澜看了一会儿，见两人都是慢吞吞的，实在可怕。她虽然知道观棋不语，但眼看两人诚心向死路上你追我赶，忍不住哀声连连。

云垂反而笑她：“这些女人，一点也沉不住气，都是当娘的人了，还像小孩子一样着急。”

“幸好我还没当奶奶，否则一大把年纪要被你这招数气死！”素澜一瞪眼，代他落了一子，云垂定睛一看，连赞“好棋好棋”。素飒微微一笑，从容应对，一子落下，便有起死回生的兆头。素澜暗暗惊诧。

不出几招，云垂又再见绌。素澜忍不住要开口对三哥说点什么，云垂急忙尴尬摆手，咕哝着说：“我还要想想！不准再扫兴。”

素飒已察觉苗头不对，狠狠扫了妹妹一眼，示意她不可忘形。素澜忙在一旁莞尔说：“我这相公，跟别人下棋时精明得很！今天实在是遇到三哥这样的好手。”听了这话，云垂才默默地含笑。

一盘棋下得稀里糊涂、不堪入目，下了一个时辰才打成和局，堪称神奇。素飒起身告辞，云垂挽留说：“最近圣上不能主持早朝，家父与大臣们碰个头，很快就回来，见过再走也不晚，顺便在府里用饭更好。”素飒客套两句就留了下来。

云垂要亲自安置他的宝贝棋盘。他前脚刚走，素澜就狡黠地看着哥哥直笑：“三哥想见相爷，只管坐着等他回来又何妨？何必陪那个臭棋篓子耗时间？”

素飒慢悠悠地说：“相爷正在办我这件公案，我本不该上门扰他，但既然时间凑巧，我总要打声招呼再走。”他扫了素澜一眼，又说，“阿澜，云垂今日爱你青春娇美，对你放纵，你说什么他都觉得活泼俏皮。日后青春不再，今日的一切就有悍妇之嫌。娘家耗费数年教你这些道理，如今竟要我来提醒？”

他还有心说这些，似乎心里完全没什么大事。素澜微笑道：“他不是三哥说的这种人。”

他们兄妹本不像素飒与素盈之间那么亲近，也没有什么家长里短的事情可说。素澜试探地问："相爷那盆景的意思，三哥懂了？"话到这里，她自然是看懂了。

素飒看她一眼，没有作声。

"事关重大，不同以往。"素澜言语中有劝诫的意思。

素飒也明白——这回宰相要向东宫动手，可不会像对待废后那般拖泥带水，必是要东宫再无喘息之机，一举改写日后的皇统。

"邕王归藩之前，可曾到府上拜见？"他忽然问。

素澜心里突地一跳，摇头说："邕王心机深沉，不会公然与宰相来往。"

"你又怎知他心机深沉？"

"看他如何教孩子。"素澜鼻端哼一声，"从未上过京的孩子，偏在这时候带来。我听人说，那孩子比东宫更像圣上小时候的气质。人们还说，邕王在北地颇有人缘，林、谢两家都与他交情匪浅，说其实当初不必钦妃亲征，要他去游说，也是一样的，只是圣上不敢让他接近军权，才派出去一个女人。"

素飒默认，又说："我虽未见过邕王，不过以耳闻判断，他与京中皇族的兴趣志向大不相同。"

素澜饶有兴趣，问："如何不同？"

素飒想了片刻，说："若将如今的皇位视为先皇遗留的财产，那圣上众兄弟自然都是有份的，但在邕王看来，皇位并非先皇留给圣上的——是圣上以自己的手段夺下，捏成了今日的形状。他没有兴趣。"

素澜听了不禁有些讶异。

素飒笑道："北方人的想法与京城的大相径庭，在我们看来，不免有些奇怪。"

素澜说："邕王是成年亲王，相爷断不会在他身上打主意。只是皇家有变，他不可能袖手旁观。所以我说，事关重大。三哥千万要将这些琐细之处照顾到，以免事态失控，深受其害。"

这时候，下人报说琚相回府，请郡王到书房相见。素澜不便相留，送出门外。

这回的书房仿佛是谢震提过的那个，素飒并不十分惊讶。琚含玄已在里面等候，见了他，悠然笑问："能出门走动了？"

素飒的目光与他一对，才察觉书房尚未被火盆烘暖，自己的脸颊有些泛凉，笑不出来。他神情恭敛，行礼之际从容不迫。

来了意味着什么，他们明白。既然已经心照不宣，也就不必着急了。

琚含玄不提盆景的事，却说："今日东宫又翻起他生母的旧案，要求重审。"

素飒知道这是必然，但东宫回京才一个月，就先迈出这样大一步，可以猜到往后还有一连串举动。他问："素庶人被废不过一年多，当时涉事的人却差不多全死了，要如何重审？"

琚含玄笑得很怪："我看圣上的意思——废后已死，事到如今不过是个名声问题，倒有几分准许的倾向。"

这出乎素飒的意料，也听出完全是托词——根本不是废后的名声问题，而是东宫要不要背负着母亲的恶名继承皇位的问题。

"相爷如何看？"他问，"当时揭发废后的宫女可是谢将军的侧室，由皇后亲自请旨放出去的。难道要判她诬告陷害，连累皇后与谢将军的名声？"

"圣上若准重审，我自然无话可说。"琚含玄笑道，"不过事分先后，是郡王这件事先到我手里，况且还没有捕到真凶。便是圣上准许重审素庶人一案，也要稍稍往后推。"

素飒在他面前缓缓地躬身跪倒："大事应当速决。素飒愿尽心竭诚，助相爷早日定案。"琚含玄上前搀起素飒，拍了拍他的肩。

"你放心，不过……"他冷笑起来，"皇后领不领情呢？她宁肯拿命去跟人赌一轮，也不肯理会我们这些外人。这回若还是如此寻死，那我也不便插手。或许，上次下手的人这一次不再留她性命，倒让她如愿以偿呢？"

素飒垂下眼睛，身体微微战栗。上次，皇帝身体康泰，死了一个皇后可以再立一个，再立的皇后又可以受孕。那还不如留着素盈的性命，可以防止更厉害的角色登上后位。这次，皇帝仿佛来日无多，肯定无心无力再册立一个皇后。素盈一旦有孕，对某些人来说就有点多余。

"她……皇后自幼惯于忍耐，别人亏待她，她反倒能替对方想出理由。"他怜惜地说，"只好由我，在她受伤之前，防患于未然。"

琚含玄听了，嘴角仿佛微微上扬。

人人都明白，兰陵郡王在皇后心中有多么重的分量，人人都能猜到，如果他被东宫伤害，皇后会怎样憎恨东宫，但好多人不知道皇后在她哥哥心里有多重要。他们不知道他会为她做什么。

兰陵郡王似乎从来没有为皇后做过什么——当她在宫里举步维艰，当她被退婚，每一次，他连一句为她抗议的话也没有说过。他好像永远不会冲动，不管多愤怒，永远不会有出格的举动，只是安然享受妹妹带来的好处。

但是谢震知道，琚含玄也知道——有两件事素飒绝对不能袖手旁观，一是伤害他妹妹的性命，二是威胁他妹妹的宝座。

"相爷一定能够成功。"素飒由衷地叹了一句。

明知是被他利用，结果倒像他们兄妹离不开他。琚含玄懂得他们兄妹都想护住对方的心意，趁机提出"狱陷东宫"，素飒根本无法拒绝。这位宰相知道的实在太多。单单起手这一步就已如此，下面的布局还需要担心吗？

"不知相爷需要下官怎么做？"

琚含玄笑得很轻松："不必刻意矫饰——我请你唱的这台好戏，是你很自信的那一出。"

一降了雪，这一年就再没有什么事情值得期待。第一场雪之后，宫里总会设宴暖冬，犒赏辛劳一年的宫人。每到此时，隆冬的宫廷就衍生出奇妙的活力，一双双眼睛仔细揣摩着每一份赏赐的含义，猜测哪个宫女内臣会在来年更上层楼，哪个又会走下坡路。

秉仪崔落花的那一份赏赐从来不会单薄。

其余人等并不需要特别关照。玉屑宫都监白信则做事稳妥，素盈原本打算给他一份厚赐，但他弟弟白信端与素飒不睦的流言越传越广。此外，荣安公主产女和满月的时候，平王府两次都不在受邀之列，显然两家的交情不会有拨云见日的一天。

素盈想了想，觉得不必格外赏赐信则，免得让他误以为皇后在这局面下缺不了他。

她正琢磨这些细节，平王府的哑小姐轩茵欢欢喜喜地进宫拜见。素盈搁下笔，笑吟吟地看她展示那身新衣服。

自从平王认轩茵为义女，当真没有亏待这女孩，吃穿用度无一不是遵照自家女儿未出嫁时的标准。轩茵别无心机，只当是她尽心侍奉的小姐成了皇后，自己才能沾光，平日得了好东西总像受之有愧，偶尔为平王传递一张便笺就似得到报答的机会，恨不得用性命护那一张纸的周全。

轩茵的表情瞒不住心思，素盈一看就知道她今天带着外面送来的东西。果然，轩茵从袖中拿出一条狭长的折笺，浅蓝色的纸是素飒常用的。

素盈展开来，默默读了几行，不知不觉伸手抓住书案。轩茵虽然见多了她不言语的样子，也发觉这一次非比寻常——皇后深锁眉头，站起又坐下，想要写什么，拈起笔，悬腕凝神想了半天，还是只字未题。

素盈握住轩茵的手，想要教她传几句话，却不知从何说起。蓝笺上的事让她措手不及。

如果世上只有一个聪明人在策划，周围人都听其差遣没有二心，那世上就没有多么复杂的事了。可惜，现实是这个聪明人发现，人人都有自己的想法，每个人都以为自己应该是那个出主意、让别人服从的聪明人。于是所有人都变成了自作聪明。

这状况绝不能继续下去，否则最后不知会合谁的心意。素盈毫不迟疑地撕碎蓝笺，让轩茵看着自己的口唇："告诉三哥快来见我。"

可是即便素飒立刻上表请求觐见，也要隔日才能获准。素盈目送轩茵离去，沉吟片刻，将崔落花叫到身边问："秋莹近来有没有和你说起圣上的病情？"

崔落花谨慎地回答："她从不说。"

"她进来也有好一阵了，一次也不曾请求出宫。"素盈捧着那张赏赐的单子又说，"没多久就是冬至，该让她回家与家人团聚，过了元宵再回来。你为我起草内旨。"

崔落花眼睛一眨。今日轩茵忽然进宫，匆匆走了之后素盈就突然有动作。她隐约察觉有事要发生，小声问：“这事是否应由圣上首肯？”

“圣上的病情已经不再反复，宫中还有吴、李两位老太医，还不至于缺人手。”素盈平平淡淡地说，“只是放她回家过节，圣上不会不近人情。”

崔落花见素盈态度自然，料到这次不是针对秋莹，也就不大担忧。

这边，王秋莹莫名其妙地接了懿旨，不知为何突然让她回家过节。听崔落花宽慰，她才晓得宫中素来有这讲究——只有十分得宠的宫人，才能在节前出宫，与家人团聚几日。得知皇后对她格外开恩，王秋莹松了口气说：“承蒙娘娘不弃，怎敢贪图安逸？我该留在宫里尽心侍奉。”

崔落花斟酌几番，觉得无论什么措辞都不如意，爽性单刀直入地问：“圣上的病还能拖多久？”

王秋莹却不回答，泰然反问：“这是娘娘要问，还是旁人要问？”

“是我问。”

王秋莹垂下眼，缓缓道：“圣上的病是不能说的，对你也不能。”

崔落花眼睛一眨不眨地看着她。王秋莹只得摇头道：“是圣上钦命，圣意难违。”

皇帝亲口下令，难怪皇后不再打听——她不会慌到犯这种错误。

崔落花的眉头稍微拧紧。倘若王秋莹不能通过皇帝的考验，她在这宫里的道路也就到头了，但是她若对皇后毫无助益，一样会失去宫里的靠山。

“皇后对你有知遇之恩，她挂念圣上的病情，恐怕你无法以圣命难违来搪塞。你若做不到……元宵之后，想办法不要再回来。”

王秋莹脸上晃过一股欲言又止的神气。她最终还是克制住，十分为难地笑了笑，无言以对。

这情形，实在太像昔日周太医与皇后之间的气氛。他们有秘密，也许比秘密更糟，是密谋。而王秋莹并没有周太医处事的手段。崔落花不由得更加担心，忧心忡忡地说：“秋莹，你若能稍稍变一下，目光从那些干枯的草药上，移向人们多变的脸，就好了。”

王秋莹舒心一笑，说：“我不过是个过客，不会一直都在这里。把自己捏成宫廷的形状，出了宫门又如何自处？”

她忽然想起一事，从袖中摸出一只银色圆盒，递给崔落花：“我见许多宫女交换这个，也向人弄来一点。”

“冰糖莲子？”崔落花边走边打开看，笑起来，“你一个过客，何必准备这种排遣寂寞的东西？”

“我听说，十分要好的宫女们一起分吃了冰糖莲子，发誓同甘共苦，日后便如同家人一样。”王秋莹瞅着她，低声说，“九娘，你怕我看不懂别人的脸，我却担心你以后越来越难做——皇后想要知道的东西会越来越危险。她身旁有你，你身旁却没有别人。”

崔落花默不作声，许久才怅然道："昌永之乱以后，崔家的人不在宫中谈'交情'，只谈'交易'。我们身旁注定没有别人，只有皇后，足矣。"

她从头上拔下一朵白花，放在王秋莹手里，苦笑说："多谢你的好意，但我只能以此回赠。代我把这花放在你大哥的坟上。"王秋莹郑重地收好，随她一起去丹茜宫谢恩。

素盈说了一些褒奖的话，又温柔地笑着轻语："元宵之后切记回来。王家有成器的子弟，不妨带来。"

王秋莹见她有意提携，婉言谢绝道："家中子弟狂狷，不谙仕途，不敢引来令娘娘失望。"

素盈笑了笑，不再勉强。她一直觉得王秋莹为人处世不大通透，可是听这话又觉得，秋莹好像也明白，宫中需要的并不是再世华佗，而是练达的臣子，比如吴太医、李太医和周太医。

李太医回头眺望，雪上的脚印清晰可辨。怎么不起风呢？他有些盼望天地之间的扫帚能为他清理足迹。月升之后的雪夜太明亮，李太医猛然瞥见身边一个黑影，吓了一跳——原来是映在朱墙上的他的侧影。

这条前往东宫的道路，似乎比他想的更加难走。李太医开始犹豫——他不应该与东宫过从太密。康豫太后驾薨前将李、吴二人擢为太医，让他们发誓一生忠于天祐皇帝一人。从此之后，他就应该谨从皇帝旨意，与后宫、东宫都保持距离。但是……李太医懊丧地边走边想，皇帝似乎开始嫌弃他们这些老臣不中用了。

他不是不服气粟州王氏的医术，可王氏子弟那么多，皇帝偏偏听了皇后的话，留一个年轻女人在身边。王秋莹不过一介女流，容她大言不惭地插手，将太医院的颜面置于何地？这宫廷渐渐变味啦！还是以前那位素皇后手中的后宫，更值得怀念啊。

东宫夫妇已经等他多时。客气地将太医让到座上，东宫妃素璃才笑着称赞："太医果然医术高明。依太医处断之后，小儿的确不像前些天那样哭闹了。"

李太医微笑谦谢道："殿下保育有方，并非下官之功。"

睿洵命人奉上好茶，仿佛无心似的问起皇帝近来是否有起色。李太医连连唉声叹气："近来圣上以王氏为主治，下官与吴太医早已形同虚设，看诊开方不过例行公事，并不见用。粟州王氏的家学渊源精深，下官也不知她用的什么方法，竟能妙手回春。但圣上还能硬拖多久，恐怕王氏心中也无把握。下官见圣上不似起初那样终日昏睡，然而无论气力还是脉象，都是时好时坏……只怕已到听天由命的时候。"

睿洵敛容道："李太医如此坦诚，不怕犯了宫中忌讳吗？"

李太医的花白胡子轻轻颤了颤，他淡淡地说："圣上器重皇后带进宫的王秋莹，那就是不打算对中宫隐瞒病情。既然中宫对圣上的病情已经了然于心，那下官为什么不能让殿下也知道呢？"

“早知道李太医的见识与众不同。”素璃拍手笑罢，轻快地问，“还有一事需要太医解惑——最近见皇后眉低眼慢，形容举止也不像平常，她是不是有身了？”

李太医愕然道：“皇后一向召周太医看诊，但下官料想不该是那回事。”

不等他说出缘由，素璃就笑盈盈地说：“既然大人没看过诊，又怎能肯定？皇后呕吐、嗜睡，难道是随便什么病的症状？大人与周太医同在太医院，想想法子总能弄清楚。”

李太医被她抢白，咳了一声，说：“下官以为，圣上绝不会糊涂到……以眼下的状况临幸妃嫔。再说，后宫侍寝都要记入内事录，便于日后有孕时对证。近来，内事录中也没有记着哪一位娘娘蒙此大恩。”

素璃静静地听着，忽然冒出一句：“如此说来，若她真有身孕，必定不是龙种了？”

这话说得重，李太医脸色一变，忙垂首道：“又或者，皇后娘娘所怀是传闻中的鬼胎。据说，女子思子心切，容易被阴气所感，腹中会聚结一团邪气，外表与有孕无异，足月也会产痛，但却什么也生不下来，只是将那邪气排出。”

素璃轻轻地哼了一声：“妾可不是叫太医来讲奇闻异事的。”口气也没有责怪之意。

“够了，太医难道不如你懂得多吗？”东宫扫了她一眼，向李太医颔首道，“今日，我夫妇备了一点薄礼答谢太医，往后小儿有不妥之处，还要劳烦太医。”

李太医接过礼匣，见里面放着一对硕大的虎睛石，正是他爱好的收藏，连忙道谢不迭。素璃唤来一个宫女，小声道：“之惠，提灯送太医。”

那宫女长得秾纤得衷，提一盏宫灯立在夜色里更显得袅袅婷婷。李太医看了暗自惊艳。待她略略欠身，低垂着眼睛说“太医，请”的时候，烛光与雪月交相辉映，更照得伊人肌肤如玉冻凝脂一般。看得出她已有点年纪，言语中的和气从容不是小宫女能比的。李太医慌忙道声“有劳”，紧紧跟在她身后。

月色玲珑，通天彻地的寒气自领口袖口见机而入。李太医缩了缩脖子，一边走，一边四下观望，希望没有人发现他的行迹。他越是张望，领口灌入的风就越多，到后来，简直不知他颤抖是因为紧张还是寒冷。如此辛苦让他不禁摇头苦笑，其实谁的肚子里没有养着一个鬼胎呢？

睿洵凯旋之后，每日往玉屑宫晨昏定省侍疾，后宫与东宫之间封闭的宫径又再度开启。之惠送走李太医，飞快地前往丹茜宫。司阍是白信则安排的可靠人，对之惠视若无睹，任由她从门扉匆匆而过。

素盈正等着她来禀报今日的动静，悠然问：“李太医走了？”

“是。”之惠稳住急促的呼吸，缓缓说，“东宫很介意娘娘是否有孕，东宫妃问起时，他一声不响地听着。说到圣上的病，东宫反而不是很热衷，只有李太医对王氏医术耿耿于怀。”

素盈无声地冷冷一笑。吴太医自视甚高，脾气不好却是个正人君子。虽然看不惯王秋莹，可是从没在背地里说过一句难听的话。相比之下，李太医没有容人之量，又不看好皇帝的病情，这种时候果然跑去东宫借刀——如果睿洵当真不愿父皇长寿，自然会从皇帝手里夺走王秋莹这根救命稻草，替李太医除掉眼中钉。这李太医在宫里倚老卖老好多年，终于到了老糊涂的时候。

之惠想了想，又说："东宫妃知道内事录上没有娘娘侍寝的记载，也许会反诬娘娘，请娘娘小心。"

素盈嗯一声，不置可否，淡淡笑道："这么冷的天气，辛苦你跑一趟，喝杯热茶暖暖身子吧。"

之惠吓得几乎不能动。素盈以了然的态度笑了笑，说："之惠，虽然是我打发了东宫里年老的女官，空出一个位子，但你是凭自己的才能成为替补。你从此可以在东宫尽忠，谋求飞黄腾达，我不会强迫你做任何事。"

"奴婢知道为太安素氏尽忠的结果。"之惠从她手中接过茶杯，谢恩之后，低垂眉眼，"娘娘问奴婢，有没有当自己是一个'人'。奴婢说自己是一个'人'，却没有告诉娘娘——让奴婢真切尝到为'人'之苦的，是罪恶。"

素盈心中惊诧，但没有逼问。

"负罪让我不配为人，也让我知道人之恶与悲。只有赎罪，才能切断今日的我与过去的我，重新成为一个人，他日九泉之下，无愧于贞妃娘娘。"之惠徐徐地喝下那杯热茶，交还空杯，说，"昔日奴婢只能眼看贞妃痛苦，今日若要赎罪，唯有阻止他们再对别人使出同样的手段。"

素盈伸手扶她起来，说："你这差使与别的不同，只好委屈你。"

之惠凄然微笑，说："东宫夫妇与素庶人都是一种人，娘娘却问奴婢是否当自己是一个人，愿意给奴婢重新为人的机会……娘娘知遇之恩，奴婢定当尽心竭诚。"

"那么，"素盈娓娓叮嘱，"不可让东宫妃看出你有异志。李太医有意投靠，东宫妃有意接纳，你且顺着她的意思。"

之惠喉中一哽，低声道："奴婢自当照办。"

"放心吧，以李太医的能耐和胆量，绝不敢对宫女有非分之想。"素盈轻轻拍了拍她的肩膀，柔声叮咛，"赶快回去，代我照顾好阿寿。"

这场密会结束，丹茜宫终于夜阑人静。

本来不需要着急。素盈伫立窗边望着寒空，叹了口气。

慢慢地走，用不了多久，就会走到她的伏击之地。孰料这旅程忽然热闹起来……现在没法再等了。再等下去，就要变成看着哥哥沉入迷局。

素盈踱到宫殿深处，打开一个柜子，立刻有股清香扑面而来。她努力地嗅——香气和当初一模一样。不老香，真的不会老去。大约是专用来诱人怀念从前，回味那些未老时的美丽记忆。闭上眼睛浸身香味中，心也变软变清澈。送这香的人，慢慢在眼前清晰。不知她作为回礼的八宝香炉，他是否还在意。

唉……不讨厌他，更不是恨他。

可是这一次，不能再等他。

不能等他出手伤害之后，再用眼泪来惋惜他们之间又一场无可挽回的交锋。

第二十章
数九

雪中的丹茜宫红白分明，更加耀眼。

以前，素飒常常能远望到丹茜宫的一角屋檐，或者一方红墙，然后会在心里默默想：总有一天。

“总有一天”是哪年哪月，要经历怎样的过程，却是难以预知的。大抵心中的那幅图画里，是他妹妹伴着太子，一路从东宫走到中宫。

侧妃又怎样？她是睿洵少年时的爱侣，情深弥笃，自然胜过东宫妃。有了合适的机缘，她总会成为丹茜宫的主人。然后是太子的母亲、皇太后，甚至太皇太后。在他心中，妹妹总是长命百岁。

她的确成了皇后，可这场意外中，他还没有享受到安心就开始担忧。他早知道素氏的手段，但是他没有亲身承受过伤害。储君谋害皇后，更是鲜有耳闻。他从未体会过那些痛苦，却一直要她坚强……真是糟糕的哥哥。

就算她不够坚强，又有什么关系？让她保持那样就好，恶人由他来做。只要结果和预想的一般无二，就权当这过程是另一番风景。

宫女含笑道声：“郡王请！”素飒又有了精神，回忆带给双眸的迷离一扫而空。

皇后紧急地找他来，毫无疑问是为了他提到的事情。

助相废储……她能吗？她放过东宫一次，这次他必须说服她。大哥想得太轻易，以为天子西去，素盈能理所当然地变成皇太后。可是龙座上的人变成睿洵与素璃后，素盈这皇太后会落得什么下场？

心事重重的素飒走入丹茜宫，见皇后的身影半掩在珠帘之后，正凝神绘画。素飒并不上前扰她，一直等她画完最后一笔。

素盈拿起两张画，雪白的底色上用墨线勾勒出两树繁花，一张是梅花，另一张看不出是什么。

“郡王喜欢哪一张？送你消寒。”

原来是九九消寒图。九九八十一朵花，代表九九八十一天。九枝梅花，每枝九朵。每日取胭脂红染一朵，待到春回，已成一片红艳灿烂的画卷，冬天仅剩这一纸斑斓，冰封雪冻的严酷了然无迹。

素飒微微一笑："臣爱梅花有血色。"

"雪色？血色？"素盈一挑眉，也微笑，"你怎知我这张'步天歌'染成之后，不及梅花色浓？"

素飒闻言端详，觉得另外一张似曾相识，原来是懿静皇后的青缎"步天歌"上的图案，小时候曾见父亲拿出缎子来炫耀。她此时画了一张，是什么意思呢？素飒从妹妹手里接过梅花图，说："既然那张是好的，自然留给娘娘。"

素盈与他分次坐定，先关切地问了他的伤势，又慢慢说起查案的事。周围女官见他们言谈渐渐深入，很有默契地无声退后。没过多久，素飒发现周围格外寂静，转头看看，才知仅剩兄妹二人，不由笑道："娘娘宫里的人越来越识相。"

"现在不需凡事一一交代，她们也懂得该怎么做。"素盈的口气却是意兴阑珊，"原来我的心思这么容易被猜透。"

素飒摇头笑道："让她们识破一些，有何不可？何必难为下面的人终日如履薄冰。"他顿了顿，"别说是下面的人，就算是我，也不能明白娘娘的全部心思。那日，娘娘问我是否有事瞒着，其实有事瞒着的人，岂止是我？"

素盈低头把玩那张步天歌，忽然抬起头直视素飒。那双眼睛冰亮，素飒心中陡然一颤。若不是她转瞬绽放一个笑容，素飒几乎以为自己失言惹恼了她。

"哥哥。"素盈柔柔地唤了一声，神情稍显凝重，口气也更加轻微，"你记不记得，当初你与父亲为什么认定我得了幻症？为什么派了轩茵这个聋哑丫头伺候，不让人听我胡言乱语？"

素飒当然记得。她对着空气说："我不需要你给的天下！"这是一句绝不能传扬出去的话。

"如果老天给一个人一年时间纵横在天下之巅，但必须以二十年的孤独寂苦为代价，哥哥觉得如何？"素盈怡然问。

素飒想了想，朗声一笑："老天对此人实在不薄。"他定定地望着妹妹说，"当年秀王之乱，前后动员十余万叛军。多少士卒或战死，或伏诛，或被俘治罪，而秀王身为皇子，却连一日都没能摸到皇座的边。天下忍辱负重却一事无成的人，何止千百？而这个人，只要过上二十年许多人都会过的日子，就可以实现十余万人实现不了的宏愿，何其幸运！"

素盈含着一个无法形容的笑，对哥哥点头："我知道你会这样想……如果那个人是我，你也会觉得上天待我不薄吗？"

素飒的笑容僵在脸上："你、你？"

素盈见他一脸古怪，落落地笑道："如果那个人是我，哥哥一定还是以为我疯了。因为我即使坐在天子身边，也不像老天愿意这样厚待的人。"

素飒的嘴唇动了动，却没有恰当的言语。素盈站起身舒了口气，坦然道："不过已经没有关系了。不论那是上天的意愿，还是我深藏的心声，都没有关系了。"

她端详纸上的步天歌，嘴角有浅淡的、难以描述的笑意："我是因为什么成为今日的我，已经过去了。要为了什么成为明日的我，我已经选好。就当那是真的，竭力做一次看看。无论是心中悲苦、无人问津，或是寂寞到无法提笔，只要是出于自己的意志，我愿意一试。"

素飒的神情从震惊转为了然，最后化成一个浅浅的笑："娘娘终于……"

其实他早有预感，有一种风景，素盈不得不看。可妹妹好像总是执拗地偏过头，寻找她自己的景色。终于，她转过身，为自己选了一幅真实的风景。

素盈在他探究的目光中，用极为清淡的口气说："素氏少女，本是怀着怎样的心情注视宫廷的呢？像阿澜雄心万丈，或者像阿槐心中有过美丽的情感……宫廷却让她们变成疯子，然后又让疯子把疯子处理干净。或许只有我这个真疯子，能去做一些她们都顾不上做的事。"

素飒端详她寂寞的眉眼，依稀看得出一丝灰冷。他又想起她曾经流着泪说"她们都疯了"，不禁为她感到悲伤，轻声说："娘娘千万不要贬低自己。臣当初说，若得丹茜宫，万死不辞。今日，若能让丹茜宫变成娘娘心中的样子，臣亦万死不辞。"

素盈在他手臂上拍了拍，说："我知道哥哥一向对琚相的手段佩服有加，然而他正是这个宫廷、这个国家的病灶之一啊。因其成事，反受其制——永远摆不脱这个怪圈，岂是你我的意愿？"

素飒的心向下一沉："可是，若娘娘这回不愿助成他的心愿，就必须尽快与东宫联手，先除他，否则必受报复。"

素盈慢慢摇头，走到他身边很近的地方，几乎是耳语："宰相是宫廷的病，而东宫……早已病入膏肓。宫廷交给他，只能继续疯下去。"

素飒又愣了一下，低头注视她柔静的面孔，看不穿她的意思。

素盈说："哥哥可告知宰相，不必心急，且慢慢查案，留心宫中动静，什么时候到了供出主谋的时刻，宰相自然能看得出来。"

素飒心中不知是兴奋还是担忧，半晌才说："此事若有失误，凶险难挡，娘娘千万保重身体。"说话时，眼睛不自觉地望向皇后的腰身。

素盈默默一笑，连哥哥也以为她有了身孕。她并不说破，却道："事到如今，哥哥切勿将希望寄托于我生儿育女。这是天意，不可指望。宰相亦不会在我这里冒险。事成之后，他要找一个听话的孩子，实在有太多方法。我们尽早自行打算吧，但是绝不要让他察觉。"

素飒心中有疑，又问："娘娘可否告知，进行相爷交代的事，还需要等多久？"

"三枝梅花。"她轻飘飘地说。

一九生寒换玉妆。

冬至这天，皇后素盈带领后宫女眷卸下夏秋之季的佛妆，自即日起，改换清雅的淡妆。她将消寒图分赐各宫，亲自在所有图上点染第一朵红花。宫人齐唱一句消寒令："一九生寒换玉妆。换罢笑雪梅，不及腮上香。"

各宫奉上自备的香脂，答谢皇后赐图。素盈问在座的诸妃嫔："今年的消寒令是谁起的头？"

素璃回道："抽签抽中了东宫。妾身边的一个宫女斗胆填了，让娘娘见笑了。"

素盈颔首称赞："怪不得有小儿女态。换了你来作，定是别样风貌。让她上来受赏吧。"

素璃领着一名宫女上前时，众人都端量此人，觉得她容貌秀丽却面生得很，竟是个无根基门路的宫女。

那宫女向上叩头："奴婢宋之惠跪谢娘娘赏赐。"有的妃嫔依稀知道这名字，便问她是否是从针工房调出的人，落实之后，免不了诧异她竟能在东宫出人头地。她所填的消寒令，颇有改头换面的得意之情，看来在东宫混得不错。

东宫里，得力的心腹宫女少说有十人，遇到出头露脸的事情，从来是她们得好处，今日素璃却特意抬举一个新人。在座的全是素氏，都知道素璃不会无缘无故向宫女施善，大约要利用这宋之惠做成什么事情。她们动了心思，又细看此人几眼。

唯独皇后无动于衷，仿佛事不关己，只轻轻扫了那宫女一眼，含笑夸一句："东宫里真是人才济济。"说完问，"下一句消寒令该谁？"

钦妃回答："是妾抽中了。"

素盈叮咛一声"好好地作"，就把这事搁过，下令开消寒宴。妃嫔们赏雪吟诗，温酒唱令，皆以消寒令中提到的雪梅、香脂为赏罚。披云楼内一时间姹紫嫣红，笑语萦绕。

同一天，皇家为朝臣在飞光楼设消寒宴。本当由皇帝主持，但他仍是不能出席，这回交给东宫去办。素盈因在披云楼见众妃嫔所作的消寒诗蔚为可观，便问起飞光楼："今日连诗作赋，起的是什么题？又得多少佳作？谁领风骚？"

在她身边伺候的崔落花回答："题为'寂寒''梅''冰心'，琚相亲书《孤梅诗并序》，三题合为一作。寒毫未暖已作成，辞旨高标，百官甘拜下风。"

素盈笑着点头："琚相出手，自然独占鳌头。信则，你将前面诸位大人的佳作一一录来，送给圣上，也抄一份容我拜读。"

白信则得旨去办，恰好看见先一步下楼的宋之惠走在前面。

之惠投效皇后一事，唯有二三人知道，且皇后再三叮嘱，人前勿露痕迹。白信则常觉此女怀机变之心、涉险之胆，兼有数年料理针工房一群女流的手段，又无家口之累，日后定生变故，因此与她来往格外小心，此时见了也不愿照面，径向旁边的回廊柱后走，半掩形影。

满面春风的之惠怀抱赏赐，还未走出多远，斜刺里忽然冲出一个人，吓了她一跳。她定睛一看，原来是结拜妹妹封令柔，忙拉到一旁问："今日诸宫在此开宴，你怎么走到这里来了？"

"姐姐如今可好了。"令柔文文雅雅的口气让之惠颇感刺耳，不及为自己分辩就听令柔说，"姐姐入东宫时日已多，愈见信赖，为何还不申明我们几人的事情？若姐姐有难言之隐，小妹自有唇齿，今日便等在此处，待东宫妃路过。"

"令柔，东宫妃不是你想的那种人。"之惠的神情颇为失望，她低声说，"你愿意向太安素氏报恩，但太安素氏只有一个方法嘉许你的忠心，就是信得过你，要你再去投骆驼蓬。我不想看你再蹚这浑水，你会受不了的。"

令柔眉宇间凝结的阴郁略略缓和，诚心道："这宫里根本没有清白的素氏。我们做过的事，早就无可挽回。眼看圣上性命堪忧，我们若不尽早向东宫妃陈明始末，待到东宫继得大统，她再回顾往事，我们岂不是百口难辩？"

"这话切勿乱讲！"之惠狠狠拍了令柔的手背一下，"我等微末之辈，怎敢议论天子安危！"

令柔想要争辩，忽见前面拐出几名内官，想必是要去赴内庭冬宴。令柔身份卑微，连忙闪在墙根躬身避路。之惠是有品女官，只略略侧身相让，向其中的李太医颔首微笑。

李太医装作没有看见，目不斜视地走过。与他同行的吴太医见这女官对李太医态度轻佻，不免多看一眼，蹙眉轻哼一声。

他们一行消失在下一个拐弯处，令柔松了口气，还想与之惠说些什么，之惠却不由她，向她摆手道："此处人来人往，被人看见多有不便。你快回去，东宫妃那边，自有我来处理。"

令柔把话憋回心里，快快地走了几步，回头再看之惠，却见她已头也不回地走了。她陡然觉得之惠与自己渐行渐远，心中生出莫名惆怅。忽听有人叫一声："封令柔！"

令柔惊了心事，见不远处闪出一名衣着焕丽的宦官，大步走过来。她认出是白信则，嗫嚅着应了声："白大人。"

信则四顾无人，背着手看了看令柔，又看了看之惠远去的方向，冷笑一声："你这末等宫女，走到这里做什么？"

令柔垂下头不言语。信则偏头仰望披云楼，琉璃映雪，晃得他眯上眼睛。

"不要多事。"他的语调平缓，在令柔听来却似一记棒喝，"皇后娘娘是何许人？东宫妃又是何许人？换作我是你，宁可她们忘了我，不知道我。自作聪明，最终无非是害人害己。"

“奴婢不敢。”令柔想抬头看他脸色，后背一梗撞在墙上，这才发觉无意中躲他躲至墙根。

恰逢东宫妃素璃带着五六个宫女从披云楼上下来。见白信则仍在楼下逗留，素璃笑问：“娘娘要的诗，白大人录毕了吗？”信则只得匆忙告辞。

素璃没有立即走开，斜眼上下打量那名宫女。白信则掌管着皇帝养病的玉屑宫，也是时下皇后看重的红人，素璃有意留心他交往的宫人，等看清下跪的乃是一名最末等的宫女，心想定非白都监所交之人，多半是偶然遇见。谁知移步前行时，忽听这宫女低吟一句：“梅雪双失色，只为一谪星。”

素璃一惊，当即神思远遨——那年冬至，皇家私宴消寒数九，这一句正是皇帝随口道来的戏谑之语。那时的消寒宴仅有帝后、太子、公主们与她……真正的一家人。可惜，物是人非事事休。

素璃郁郁寡欢地想起，当时裙子不慎被酒污了，姑姑宠爱地把她拉到身边，笑着看了看之后，赏给她一条更好的。刚才胸前也不小心弄脏一点，却要立刻退座更衣，否则就是对素盈不敬。

“你，那时在场？”素璃目光如炬。

令柔知道此时她正怀疑自己与白信则的关系，绝非良好时机，然而错过此时，一介卑微宫女要见她委实不易，踌躇之后还是说了那诗——当时，东宫即将合婚，不要别的，却要奉香素盈亲手调配香料。废后疑心素盈受了宰相指使，蓄意接近东宫，要令柔与婉微盯紧她，每日来报。那天塑晶阁的私宴拖得太晚，令柔便到阁下禀报，恰好听见下来的女官们对这诗赞叹不已。

听东宫妃发问，令柔立刻说：“奴婢当日在塑晶阁听候差遣。”

素璃重新打量令柔一番，慨叹道：“当初见识过消寒宴的人落到这地步……恰好有张多余的图，赏你吧！不枉你侍奉过星后一场。”

令柔大喜过望，自宫女手中接过一看，首行已题上“换罢笑雪梅”一句。

“今年首句作得如何？”素璃问，“是个星后身边的过来人写的。”

令柔不欲立即说明自己与之惠的关系，也不想背后攻讦，便缓缓地说：“人各有志。”

“能记得旧诗的人，志在何处？”

令柔稍一凝神，立成一句：“常将新脂调旧色，每对永夜思故人。”

“这听着才像话，好歹今天遇着一个像样的人，”素璃笑了笑，徐徐吐了口气，“日后不妨多走动。”

大小官员自冬至这天封官印，放假三日与家人共度冬节。像平王这等有爵无官的闲散王侯，原本就闲着没什么事，遇到节日自然拿出十分精神操办，将开府的儿子们和出嫁的女儿们全邀来团聚。

素沉与素飒赶个不迟不早的时候来了，四小姐素蕙也同夫婿带着厚礼早早拜见，唯独素澜推脱一句“父亲怎么糊涂了，我是相府的媳妇，自然要在夫家团聚”，从始至终没露面。

少了这个盛气凌人且眼尖口刁的女儿，平王倒更高兴些，席上不住大说大笑，鼓励儿子们喝酒赋诗。

他的三个幼子这年十二岁，平日养在别斋专心读书习武，今日回家团聚。平王有意考考他们，奈何自己本事也有限，便将事推在两个成年儿子身上。素沉自己若有儿女，年纪也该与弟弟们差不多大，因此对这三个孩子格外亲切。素飒心里有事，含含糊糊地应付几声，不怎么挑剔。

一顿饭吃得一团和气，下人忽来报，说茵小姐自宫中回来团聚。平王正在兴头上，喜道：“来来来，给夫人们桌上添副碗筷。”几位夫人与素蕙在另一桌上用饭，听了这话均不大高兴。

不一会儿，轩茵走进来，给在座诸位行了礼，她口耳皆钝，礼毕木讷地呆立，不敢乱动。

平王妃睿氏久病不愈，今日打起精神入席，一直没气力多话，此时上下打量轩茵，冷笑着装糊涂：“哪个茵小姐？妹妹们几时添了这位不会说话的千金？怎么养到这般大了，我还不知道？”

七夫人白潇潇笑道：“王妃说笑了。她就是那个伺候过皇后娘娘的丫鬟，王爷念她尽心尽力，收来当义女的。”

王妃放下碗筷，怫然道：“娘娘在家是小姐，她是下人，用心伺候主人是她的本分。王爷厚待她已属罕见的恩情，今天竟想与我们同坐？”边说边瞪向轩茵，“这张桌子阿蕙与阿澜才能坐得，几时轮到你了？”

轩茵耳朵不灵，但看王妃的脸色也知道大事不妙，浑身颤抖着手足无措。

平王一句高兴话惹来一场没趣，心中嫌恶王妃较真，可是又怕气死这老太婆，日后诸多麻烦，只能自己气哼哼地憋青了脸。

素飒见状道：“多谢父亲赐饭，儿已用毕，请容儿退席。”

他站起身，向轩茵招手：“跟我出来。”轩茵猜到他的意思，如见救星一般跟在素飒身后。

他们刚迈出门，王妃就皮笑肉不笑地说：“好了，倒让他做个人情。”

平王忍不住怒道：“飒儿哪里惹到你了？”其实他知道，自素盈封后，素飒封王开府，门庭若市，王妃的儿子素沉虽既是长男又是驸马，反倒不及素飒风光，她心中不平已久。

见他动了怒，王妃当下不再说素飒什么，转脸向素蕙笑道：“你看见没有？那位茵小姐身上的衣服比你的还好！”

素蕙不愿生事，微笑道：“那是娘娘念她辛苦，赏她的，自然不是寻常衣料能比。”

王妃当即又冷笑：“脑子得过幻症的人，不管到了哪儿，想法都和别人不一样。自己姐姐还是这模样，她倒由着一个使唤丫头摇身变成千金小姐。”

平王听到她又开始揭素盈的往事，终于怒不可遏：“这事你还提起来干什么？！人活一辈子，谁不会得个疑难杂症？你说这话，是不是还记恨我拒绝了你弟弟家的亲事？我的女儿生一次病就该下嫁给你侄子？那小子倒是壮实得很，可惜一生下来就像脑子少根筋！”

王妃也不退步，又讽刺：“不说就不说吧，免得你向上一报，皇后娘娘来治我们的罪。我们一群姐妹可没有一个生过她，谁知道她心里怎么曲解我们说过的话呢？”

“还不住嘴！”平王大怒，将手里的玉箸啪地掷在地上。玉箸顿时碎成几段，吓得众人纷纷低下头。

素沉忙打圆场道：“想是母亲疲惫，请父亲容儿送母亲入内休息。”平王巴不得王妃早早退席，飞快地挥了挥手让他们出去，又招呼诸人再举杯箸。

王妃搀着素沉手臂，一步一挪地往自己住处走，还没走出几步就听见厅内再度笑语盈盈，心中已然不悦，又瞧见仆人端着饭菜往妙音轩走，知道一定是素飒命人做给轩茵的。

她恨恨地指着妙音轩，说：“你看，老三的眼里哪儿还有我的教训？竟让一个卑贱的丫头开起宴来了！”

素沉宽和地开解道：“母亲太多心了。轩茵已经是父亲义女，今日连一顿好饭也分不着，岂不是让人小看我们家？三弟一向考虑周全，也是存着这个念头赏她一餐，母亲何必为这点小事生气？”

王妃犹自唠唠叨叨：“你当他是什么好人！他脑子里的病不比他妹妹轻。府上这么多夫人，唯独他亲娘死了是被人谋害。那秋婉音算个什么人物？值得我们这样的人去谋害？可他非要将全家视为杀人凶手，让我们都欠他一桩血债，这样他心里才舒坦。朝廷竟厚待这样一个人，当作青年当中一等一的人才，恐怕这国家是气数将尽了。”

素沉忙道：“母亲切不可再提这话。”

“你一心当他们是弟弟妹妹，免不了像你父亲那样护短。可是，他们当真是你眼中合格的皇后与龙骧将军？”

素沉正色道：“娘娘洪福齐天，令家门生辉。母亲不也因此加封诰命夫人？以后不可再说席间那种短浅的话了。”

“我是目光短浅，可怎么也咽不下这口气。”王妃脸上笑容顿消，冷冷地说，“我年纪大了，自己有没有诰封无所谓，只盼你凡事占在人先。你是睿素两家的正宗血统，又是长男，尚的是今上长女。老三是个女乐班里吹笛子贱人的儿子，眼下已经比你抢眼，等他与盛乐公主的婚事定下，还有人把你东洛郡王放在眼里吗？”

素沉笑道："母亲又来了！人生一世，各有因缘。何必盼自家的孩子翻不了身？而那些闲杂人等，我入不入他们的眼，又有什么关系？"他将母亲送回房中休息，又将喝药作息等事细细叮嘱丫鬟们一遍，才转身到妙音轩。

轩茵在偏房吃饭，素沉不打扰她，径直走到素盈昔日的房中。素飒与白潇潇坐在圆桌旁，神色凝重。素沉与父亲的这位七夫人不大来往，但也知道家中许多事情是她在背后出谋划策。素飒因为她是名义上的养母，也时常向她请教。

素飒请大哥也坐下。素沉问："怎么样？"

白潇潇脸色沉重，将面前一张叠好的纸推到他面前，说："东宫私下与西边媾和。"

素沉大吃一惊，打开纸仔细看，还是不愿相信："属实？"

白潇潇瞥他一眼，淡淡地回应："我姓白。"

当年秀王之乱，不少追随他的将领兵败之后叛逃西边，有些仍活着。"白"字在北镇、在那些人心里的地位，至今无人可以取代。素沉眼睛盯着那纸，只觉得身体像石雕似的，心中还想替东宫否认，嘴却无法动。

"必须报知圣上。"他艰难地说。

"你以为，他可能不知道吗？"白潇潇的嘴动了动，"如果他不作声，是因为他觉得可以接受呢？"

"怎么可能？！"

"那个人二十年前就愿意与西边结盟——只为了剿灭秀王。你觉得，他当时承诺了什么好处？没准比今日东宫许诺的还多呢。"白潇潇说，"禀报此事，只能让他知道，皇后娘家也察觉此事。他会选皇后，还是他儿子？废黜太子就不要想了，但凡他愿意对自己儿子做出一点处置，会对飒儿与谢震的密奏不置一词吗？"

素沉的脸色也变得如同冬季岩石。白潇潇淡淡地说："这里是京城。我们按京城的办法，总有出路的，殊途同归。"

素飒将一张纸递给大哥说："这是轩茵带出来的。"

"诗？"素沉见每一首标题下皆注明作者，左面还以小字批注该诗受何赏赐。原来是朝臣们今天在飞光楼所做的冬宴诗。

这个时节，本来少不了辞旧迎新的陈词滥调，但赶上皇帝卧病，东宫主持宴会，谁也不提这种话。不少诗作情偏宰相，轻慢东宫，但睿洵表面素来一派宽容态度，并不计较诗作吹捧宰相，依旧给作者重赏。今日褒奖倒也不出所料。

作诗的人字斟句酌、挖空心思，读诗的人也细细品味，从字里行间揣摩落笔时的情绪。素沉看了一会儿，向素飒道："娘娘的意思很明白，不知能否行得通。"

素飒立刻出了门，不一会儿又回来，对素沉说："卫侯、衡侯愿倾力相助。"说完去看白潇潇的态度。

白潇潇说："这两人可以。"

素沉至此无话，站起身向外走，素飒忙送出去。

轩茵这时吃完了饭，兴冲冲跑出来向素飒道谢，恰好看见他们一起出来。她有些怕素沉，不敢上前。素沉却向她笑道："王妃不知道你的辛苦，你不必为她的话难过。"

素飒笑道："大哥，你这样的音调，她听不见。"

素沉哦一声，依旧低声说："我知道三弟与盛乐公主情真意切，不久之后有望成婚。你心中既然看不起奴婢出身的人，又何必让她们误会？这轩茵也是个实心眼的人，你既无意收她，就别误了她。"

素飒被他说得垂下了头。素沉顿了顿又说："近来她在宫内外走动太频繁，这几天最好留在家里，避一避别人耳目。"

这时，轩茵呀地叫一声，指着天空。素沉素飒闻声望去，也齐齐发出惊呼："啊，这——"兄弟二人对视一眼，深觉不可思议。

白潇潇听见动静走出来，仰面出神地望着，神色难以捉摸。片刻之后，她又从怀中取出一张叠好的纸，面无表情地交给素飒，说："去找上面的人，转告上面的话。"

素飒看了那张纸，点头问："这就是姨娘说过的'很老的朋友'？"

白潇潇因天上的景观而分心，含糊地说："不是很老的朋友，是很老的过去。"

素沉犹自惊诧，问白潇潇："你是如何在一个月前得知今夜会有彗星？"

白潇潇半侧身，举头望天，依旧平淡地说："一个月前算什么，有人比我知道得早得多。"她收回目光，指着素飒手中的纸说，"这些人，就是为了今天。务必确保他们不出差错。"

飞光楼诸诗皆是名臣手笔，果然金声玉震。素盈将诗作递给皇帝，赞许道："意境又比今春赏雪时高了，不知东宫如何嘉奖？"

信则已经向她禀报一次，知道今回是说给皇帝听，便不慌不忙地回答，某官得了某赏赐，某官受了什么样的赞扬。

皇帝一边看诗一边听，见素盈听完默然无语，笑问："皇后为何皱眉？"

素盈睁大眼睛，舒展眉头，笑道："赏赐与妾所想的略有不同。"

皇帝仿若无事，随意地问："皇后以为应当如何？"

素盈说："这冬宴题诗，向来是文臣独领风骚，武官专司陪衬。但今年不同以往，众多武将为国捐躯，来年恐怕……仍要仰仗他们。我看谢将军与这位上京受赏的林将军，两人诗作虽乏点睛之笔，勉强读来尚可，若是陛下主持冬宴，定有厚赏。毕竟，又不是考词林状元，不过是年底图个高兴的事，东宫太拘谨了。"

皇帝微笑说："不必想太多。"

素盈低眉莞尔道："妾是妇人之见，料是东宫的用心比我高明。只是别人得了重赏也罢，这卫侯与衡侯向来十分轻慢武人，今天却得到东宫特意赐酒，不知那帮武夫会怎么想。”话到这里便打住了。

帝后二人在玉屑宫里一面煮酒品诗，一面闲话守夜。素盈想起这天晚上至明日日出，星官要观星测云，预料来年吉凶。她低声喃喃道：“但愿天予太平，今夜无事。”这话引得皇帝向窗上望了一望。

恰逢风定云停，迢迢月华笼雪，将窗纸映得明朗如昼。皇帝见宫中灯烛逊色，更爱寒光洁净，命人移榻至窗前赏月。素盈生怕夜风阴厉，再三阻拦，皇帝已推窗放入一片冰清。

堂皇的宫殿顿时接入天然美景，展眼是遍地碎玉、数枝梅影，仰首是万里星海、半面冰轮。皇帝为这璀璨喝了声彩，指着天空问：“认得几个？”说话时呵出浅浅白雾，朦胧了满天星子。

玲珑银辉在眼前踊跃，素盈笑答：“这学问岂是妾能学的？勉强认得牛女、参商、北斗、太白。”

平地里缓缓腾起一团薄云，散成一片片飘絮，密密匝匝地挡在月前，似在银盘上洒下无数轻薄的花瓣。月光骤减，皇帝忽觉夜寒慑人。正欲关窗，穹窿上突地白光一闪，似一柄雪利的宝刃自天幕那边割透了幽蓝，寒气晕染出一道长而散漫的尾巴。那痕迹明亮，经久不散，斜斜地向远空划去。

素盈脱口道：“彗星！”心中知道大为不吉，偷眼去看夫君。

他凝神注视着彗星过往之处，怔怔地看了一会儿才无所谓地笑道：“明日听听星官有何分晓。”

消磨至夜深，素盈耐不住倦意，倚在榻边托腮打盹。潘公公见皇帝无所表示，跪问：“时候不早了，陛下看，娘娘是歇在里面，还是外面？”

素盈心里还是明白的，想说“扶我到外面”，偏偏口齿不听使唤，身子也重得无法动弹。

恍惚中，有人为她卸去钗环，抱她起来。素盈只觉头脑轻飘飘的，对方没费什么力气就将她安置在御榻上。她口齿不清地唤了一声“陛下”，听他安然说：“睡吧。”素盈侧身时，手指碰触到一件极冰冷坚硬的东西，她在浑噩中还未去想是什么，那东西已被取走，只听玉石琤琤，像是悬挂着贵重饰物。

周围不知静了多久，大灯灭了换上小烛，小烛也灭了，唯余悠悠月光。素盈睡了一会儿忽地醒来，觉得宫中有人影晃动，伴着有节奏的玎玎声，似乎是她夫君在宫中徘徊。

他平日总在床榻上，或坐或卧，几时能独自行走？素盈心中大奇，想伸手摸摸看他是否在侧，更奇的是，身子仿佛被锁在梦里，无论如何动不得。几番挣扎未果，却听到窸窸窣窣的声音——

潘公公说：“千真万确，卫侯夫人和衡侯夫人……”语调忽地低下去。

过了一阵，皇帝叹道：“知道了。东宫已经歇息了吗？”

潘公公道："大约已经歇了。"

皇帝又道："让她们回去，待明日……"

素盈心里依稀知道有人触了霉头，微微冷笑着睡了过去。一觉醒来时，刚过五更。往常这时候，宫里早忙碌起来，但今日朝廷放假，气氛静谧，只有宫娥仍然准时掌灯。

深冬之晨的黑暗中，一团柔柔的光晕跃上床帷。借着微弱的光，素盈侧身去看旁边的皇帝。他的气息似有似无，让她的心骤然一紧。又一会儿，终于看出来他的眼睑不住轻颤，像在似薄似沉的幻梦中战栗，她才松口气。

他在她的注视中轻轻耸动眉峰，睁开眼睛问她："又在看什么？"

素盈不答，为他掖好锦被，柔声道："陛下再睡一会儿。"他摇摇头，也坐起来。

素盈坐在镜前梳妆时，就着两盏灯光不时从镜中偷眼看皇帝。他不知在想什么，凝思的身影映在金闪闪的镜心，仿佛琥珀里一道静止的阴影。

"昨晚，卫侯与衡侯出了点事。"他披衣坐在御榻边，不疾不徐地说，"两位夫人夜半叩阍，称他们宴罢回家，在路上遭遇歹人，被拖下车来一顿痛打，须臾之间命悬一线。等送回家中，已奄奄一息。夫人们不肯罢休。宫门关闭，她们竟跪在雪地里，要等天亮之后求见。"

素盈诧道："今春相爷遇刺也不曾惊驾，她们何苦为难自己？"

"那两位夫人性子刚烈是出了名的，白衣叩阍已有殉夫的决心。她们是我的堂姐，又是身加荣封的诰命夫人，门禁上不敢视之等闲，悄悄通传至潘公公。潘公公见我未睡，才据实禀告。"

素盈更奇："她们想要怎样？"

皇帝深深地看了素盈一眼，说："昨日的诗作，你也全都见过。卫侯、衡侯之作暗嘲武人，尽管如此，洵还是亲自持觞赐酒。那两人口无遮拦是出了名的，恐怕一出宫门又招惹是非。不光人挨打，赐给他们的玉杯、琉璃等物也摔得稀烂，这岂是凑巧？"

"陛下切勿这样想！"素盈摇头不信，"武官纵然鲁莽，也不会做这种事。"

此时，外间通报说，丹茜宫的宫人前来跪迎后驾。皇帝唤素盈到身边坐下，执起她的手柔声说："我昨晚已吩咐过，待太子起身就让他来，一会儿你留在这里。"

素盈一听就猜到，他要将二侯之事交给睿洵处理，留她参与此事，不过是要外人晓得，后宫站在太子一边。她款款笑道："妾当然该尽绵薄之力。"说罢出去吩咐女官们等候。

为首的崔落花低唤一声"娘娘"，递上一卷细细的蜡封纸。白蜡中掺了金蓝两色粉末，乃是素飒从军时特制，用来传递密令的封蜡。素盈背着人将纸捻开，见上面用蝇头小字写着："昨夜彗犯太微，今依《圣洽符》奏'臣谋主'。虽无大涉，宜从谨慎，切记切记。"

素盈不禁吃惊——民间私自学习天文乃是大罪，素飒从未学过，平王府也从不与星官结交。废后、立后那一回，素盈已看出来，天象有时能够影响一些事情的走向，解释天象的星官在其中担当着非常角色。但天有异变实在是非常渺小的概率，她也没有精力与宰相争夺星官。

想不到哥哥竟在暗中做了功夫。素盈暗赞哥哥这回未雨绸缪，压低声问：“这是几时来的？”

崔落花道：“轩茵刚才带进来的。”

素盈点点头，将纸条折起还她，然后就见御前宦官急匆匆地引来司天监。她赶在前面转回，与皇帝同听司天监的禀报——果然奏了“臣谋主”。

二十年来星象之变，无论是荧惑太白犯日，还是月食日珥，从没有一回的结论是“臣谋主”，皇帝也是头一回听见这话，不禁皱了皱眉。遣退司天监，他忽然转脸问素盈：“皇后怎么看？”

素盈未料他会先问她的想法，摇头说：“妾不懂天象。”

“司天监便真的懂吗？”皇帝笑了笑，“他们若能以天意预知国事，国家也不需要我，不需要文武百官了。”

素盈陪着笑了一下。

他又问：“你心里怎么想？”

素盈注视他，莞尔说：“人尽皆知，‘臣谋主’这话一出，只有一人嫌疑最大。但陛下知道，他不是唯一的臣子，却是唯一不会谋主的臣子。我看这话倒像是‘臣谋臣’，有人借机给宰相造点烦心事，不必当真。”

“为何不必当真？”

“陛下不当真，宰相也不会当真。彗星什么的，有什么了不起呢。”素盈笑说，“所谓臣谋主，不过是无稽之谈。”

皇帝仿佛闲谈似的问：“你知不知道，凡在我国有犯主位的星变，皆指帝后两人？”

素盈愣了，摇头笑道：“不知道。”

皇帝微笑说：“只要皇后不当真，便是无稽之谈。”

不一会儿，微光初绽，睿洵进宫叩问圣安。皇帝说起冬宴之后二侯遇袭，说：“兰陵郡王遇刺未久，歹人竟又在京城袭击侯爵。两位夫人白衣血书诉冤，不肯罢休。此事不宜久拖，我想要你去办。”

睿洵立刻推辞：“儿臣并无缉凶之能。”

他知道，要他办这事，是想弥补冬宴时偏待文武的过失，却不愿多事。

素盈不慌不忙地说：“以妾愚见，殿下无须多虑。以诏狱去办，督促大理寺卿即可，也算对卫侯、衡侯有所交代。殿下只需表明居中主持、不偏不倚的态度。”

她话音方落，睿洵不同意道：“若以诏狱过问，无论有没有我，大理寺都可以居中处断、不偏不倚。”素盈扫他一眼，便不说话了。

皇帝说：“卫侯、衡侯是什么样的人，你也知道。太平无事时，恨不得要武官俸禄全缴国库，人家多吃一口肉，也像是吃了他们碗里的。遇上今年这样的危机，他们还是到处嚷嚷，说为国捐躯是武人本分。同样的俸禄，别人要拼命，他们却只要会作诗，兼辱骂莽夫，换我也想打他们一顿。”

素盈抿嘴笑了笑，而睿洵不敢笑，脸色愈加郑重。

“但一个人挨打是私怨，若两个人被打得命悬一线，那满朝文官都会受到威胁。”皇帝从容说，“大理寺固然可以居中处断，彰显国法公平，我也可以斟酌处置真凶，让人知道我的态度，但你的态度是什么，要如何让人知道？”

睿洵没有立刻回答，眼睛望向地。素盈知道，这沉默的瞬间是因为皇后夹在他们父子中间，有些话他必须多考虑三遍。

“大理寺的处断是国法公平，父皇的处断是天恩浩荡，儿臣无须让他们另外知道什么。”他说得非常自然而且平静。

皇帝微笑地看着他，半卧在床，脸上一派安详。宫中静了片刻之后，他短促地笑了一声，问：“元日开经筵时请的高僧，要提前四十九天入宫，是不是今天？”

他忽然换了话题，睿洵怔了怔才回答：“正是。”

皇帝又道：“我刚才在想，彗星夜出是天怒之示。近来，我身体转安，该亲身祝祷才不至于亵渎神明，可是再想想，经筵比冬宴还耗精神，还是交给你办。你就好好地做这件事吧。要诚心礼敬，尤其要留心言语，不可怠慢。”冬宴行赏失当，皇帝却要睿洵在月余之后又做朝廷表率。睿洵与素盈都有些拿不准吉凶。

皇帝侧过身，轻轻拍了拍素盈放在床沿上的手，又说：“今日召卫侯、衡侯的夫人们来，你代我宽慰几句。务必要她们知道，诏狱了结之前，不可在京中胡言乱语，擅自造出谣言。”素盈连忙应承。

睿洵看出来，这件事他退后一步，皇后便要上前一步，表明她的态度。当下他心里有些担忧，听到父皇对他说：“看来昨夜的彗星真是来势汹汹。不过我总觉得，这次一定能够逢凶化吉。”

这日天色无光，素璃对窗而坐仍觉眼前灰暗，总觉得胸中气滞不畅，时时长吁短叹。日交辰时，一名须眉皆白的老僧经人引入东宫。素璃终于打起精神，急匆匆迎上去。

那老僧面目中有股超然物外的气质，令人看不出年龄，一见便觉可敬。他合掌致一佛礼就坐上客座。素璃跟到他座前，反而口称：“大父在上，受孙女一拜。”

正欲向他脚下拜，被老僧拦住：“老衲身在世外，不受俗礼。”

素璃仍拜了一个大礼，起身亲手奉茶，说：“知道大父今日入宫，不胜欢喜。皇极寺一别之后风雨周折……不想大父又在这交困时入宫，真是福星。”

“殿下言过。”老僧接过茶放在一旁，说，“太子英姿天纵，殿下聪颖勇毅，能遇何难？”

“大父有所不知，”素璃叹口气，“自从兰陵郡王遭人冷箭，四下里不知有多少流言中伤东宫。昨日，东宫第一次主持宫中冬宴就出意外，我总觉得此事背后有更大图谋。恰好夜里彗犯太微，星官说是‘臣谋主’，会不会是有人打算谋害殿下？大父曾习天文，还请解惑。”

老僧摇头笑道：“天象的解法虽说不是随心所欲，但也并无定式。彗星一出，有的说是臣谋主，有的说君害臣。有的以为是后族为乱，有的却当作女主有忧。星官即便通晓，也多是自己取舍。‘君害臣’‘后族为乱’的这些说法，他们怎敢大张旗鼓地说出来，得罪帝后？而‘臣谋主’千古常存，只要没有实指，说说无妨。”

“那么大父以为如何？”

老僧沉吟片刻，缓缓说：“宫里什么样的事情没有呢？若要用彗星去附会，找出多少印证也不奇怪。殿下听听也就罢了，若是当真，恐怕反受拘束，不能恰当处事。”

素璃顿觉气馁，转念又恨道：“这些星官着实可恶！姑姑主掌丹茜宫时，他们何曾说过一句对东宫不利的话？如今宫里的世道也变了！”说罢忧心忡忡地埋头不语。

老僧重重地叹了一声道：“老衲听说，仁恭皇后初入宫廷时不过是侍女——那是惯于看别人眼色、猜别人心思的人，做事自然与我家不同。她年纪轻轻就能有今日之势，恐怕与平日惯于委曲求全大有关系。我家顺遂几十年，于这一点上反生疏忽。殿下须知，你姑母尚不能在宫廷中保全自身，你更该变通处事的态度。”

素璃眼中噙泪道：“如今宫中只余孙女一人，势单力孤，何尝不愿放下高傲，曲意逢迎？只是宫廷中人心叵测，就算倾力讨好，也未必落得好下场，更多时候反被人恶意揣测。”

老僧见她说得凄凉，心中生怜：“老衲有一事不明——殿下这般心神不定，到底是畏惧皇后，还是轻视皇后？”这一问将素璃问得哑口无言。

“我不知道。”她说，“我不知道……可我知道，与帝室中任何一个人都没有血缘关系的女人坐在后位上，对其他人而言只能是危险。她有自己的血亲、自己的利害，她一定会给我们，还有这个国家，带来灾难。”

她眼神迷离：“我必须要做点什么。可是我该做什么？那个女人最擅长的就是装作若无其事，一脸‘与我无关’的无辜表情。”

老僧见她心思百转，忽喜忽忧，忽悲忽怒，显然是心病已深。他忍不住为她叹了口气，自己也生出疲惫之感，缓缓地放眼在宫中望了望，黯然说：“吾姐宛峥与宛嵘各为其子，挥剑相向。今上与秀王为长嫡之争，兵戈动野，几乎裂国。今上亲身经历这等变乱，断然不会允许储争，他对前途应有安排，殿下不该自乱阵脚。宫中尚有许多青春女子侍奉太子，殿下与其立心于空穴来风的储位之危，不如约束这群女子恪守妇道，这才是长远之计。”

素璃嘴唇轻颤，苦笑道：“大父，我是我家唯一的一个了……再怎么多疑多虑，也不为过吧？”

老僧不作声地看着她斜坐的身影，她那种悲哀却狠厉的目光，让他依稀看见记忆中许多女子青春时的模样。他默然半晌才摇着头吟一声：“正宫有子多逢难，锄地之说非偶然。果然，果然。”

卫侯、衡侯的夫人来拜见时，素盈正在选色润笔，欲染红花，见她们来了立刻放下笔。

两位夫人的朝服外披着白衣，是求朝廷明查原委。素盈一边倾听一边宽慰，问了半天找不到破绽，命人取来厚重的赏赐，说：“两位侯爷前途必然大吉，只管放宽心。”

衡侯夫人低头悄悄说：“烦劳娘娘费心，折煞我们。娘娘御体安康便是我们的前程。”

素盈加重笑意，亲执了两位夫人的手送到丹茜宫外。

宫前又报东宫求见。素盈以为他来打听二侯的动静，睿洵却听了父亲的话，当真只字不问。他站定之后，阴沉地打量素盈身边的轩茵。轩茵慌得缩头缩手，往素盈身后躲。

素盈坐在画案后，一边喝茶一边打趣：“殿下看得这么仔细，难不成相中我这妹妹？”

“岂敢。”睿洵哼了一声，“这位小姐是娘娘跟前的忙人，但凡有事发生的前后，她总在宫里宫外往来奔波，辛苦得很。昨晚才出宫过节，一大早又进来了。”

素盈端起茶碗，茶香飘飘忽忽，萦绕在鼻端。她仿佛沉醉于那股香气，心不在焉地说：“殿下，东宫里的事我本不想置喙，怎奈圣上今日要我在场，说说妇人之见。丹茜宫的事情，又是谁请殿下来发高论的呢？”

睿洵搁过这话，又道：“今日皇极寺高僧入宫，进献数样开光祥物。我听说这串念珠能助人安神定性，特来进献给娘娘。”说着从袖中摸出一串一百零八颗的白水晶念珠。

素盈并不接，淡淡地说：“殿下留着自用吧。我看殿下近来心绪不宁，应该静心宁神。一念之差铸成大错的情形，我们可都亲眼见过。”

“是，我们都见过。”睿洵默默地笑了笑，“娘娘记得就好。”

他向素盈的画案瞥了一眼：“娘娘的消寒图好像是叫作《步天歌》吧？”一边说一边走到了案旁，指着图上怒放的红花，“记得听人说过，这一朵一朵都是宫殿。娘娘正在染的这一枝，好像是东宫？”

素盈若无其事地把图卷起来。

“东宫是不是这图上最好染的，娘娘不妨看看再说！”睿洵冷笑一声，将念珠撇在画案上，向素盈草率地拜了一拜就走。承仪女官正要训斥，素盈挥手制止。

女官冷眼送睿洵背影，直言道：“东宫今日言行不孝不敬，臣职司礼仪，若不加叱责就是失职。”

素盈一笑置之，两根手指拈起念珠看了看。她一直记着皇帝曾说过，素若星与皇极寺颇有渊源。既然知道皇极寺来了人，就不能置若罔闻，她向崔落花道：“今日有皇极寺僧人入宫，我也想见一见。”

今日突然有了兴趣，必定事出有因。崔落花拿不准素盈所谓的“见一见”是哪种态度，出了门仍然满腹疑惑。

承仪女官追了上来，问：“秉仪，东宫对娘娘失礼，你也看见了——如此傲慢，竟连一点和气的样子也不肯装了。这事，是否该让圣上知道？”

崔落花笑道：“承仪觉得娘娘需不需要让圣上知道？”

承仪点头道：“下官明白了。”

崔落花听说僧人正在玉屑宫觐见，就在宫道上等他出来。不消多时，果然见一老僧沿路而来。她一看觉得眼熟，再细辨认，惊得变色，旋身跑回丹茜宫禀报：“娘娘，那僧人是法善大师。”

素盈也惊了一下：“昔日的永宁郡王？”

永宁郡王素宛峻是皇帝的舅父，废后素若星的生父。皇帝即位后，他本该一字封王，终生富贵。可是当年康豫太后杀了亲妹妹怀敏皇后，气死生父。永宁郡王归罪于自己，在皇极寺剃度，一日荣华也没有享受。后来他又放走了囚禁于寺中的秀王深凛，招致六年秀王之乱，皇帝因此夺了他家的王爵，太安素氏当中对他也颇多非议。

“传闻说法善大师天文地理无一不精，又能贯幽通冥，窥探天机。可是他性格古怪，几十年在皇极寺闭门不出，今年居然进宫来了。”崔落花说完，以为素盈定然惊诧。

不料素盈仅怔了短短一刹，微笑起来：“奇怪，轮到他家一个又一个地跑进来。”说着展开图，依旧染她的红花。不知想着什么，她悬腕太久，笔端一滴殷红滴落图上。素盈就势将笔一抹，下手重了，颜色直透纸背，一汪血水似的聚在纸上。

“不要紧，”她向目露惋惜的崔落花浅浅笑道，“刚刚好。”

二九朔风冷难当。围炉铺锦绣，废眠待君王。

映荣吟出这句消寒令，举座皆静。

那些在草原上迁徙的祖先首领，总会于冬深时探访每个毡帐，嘘寒问暖，部族子民每逢冬寒，就在炉边恭候大驾。后来成了传统，帝王会依习俗问寒。帝国越来越大，他们行走的范围越来越小，最后变成在宫里走一圈。失宠的嫔妃一年到头只有这一次面圣的机会，往往费尽心机多留他片刻。可是再后来，皇帝往往几年也不会走这一圈了。

没想到，脾性暴躁的钦妃竟写了一句漫漫的哀怨。素盈叹道：“更像是宫怨诗。”

钦妃赔笑道：“妾一时卖弄聪明，扫了大家的兴，真是罪过。”

后妃们聚在一处煮雪烹茶，也邀了素璃，可届时却不见她的身影。素盈让人去东宫请了一次，那边推说病了。素盈关切地问：“哪个御医去看的？怎么说？”

宫女回道：“今天碰巧李太医有空，去看了，说是稍染风寒，休养几天就好，不打紧。”

钦妃嘿嘿冷笑：“是心病吧？”众妃嫔皆是抿嘴一笑。

头九里东宫不太平，太子侧妃偏赶在这时候临盆。虽然产下的是个女儿，但出乎意料的是，皇帝特别喜爱新生的孙女，亲赐“韵”字为名，又起了一个小名叫作“齐儿”，意谓孙辈男女双齐。他赐西陵郡王黄金三斗，还赏赐了东宫僚属，规格只略逊于皇孙降生。

睿洵又得一女且受父皇心爱，仿佛一股喜气冲散了阴霾，因此对女儿格外爱护。明眼人都察觉到，这样的时候，皇帝故意因一个孙女厚待东宫，用意明显，无非表明东宫地位稳固，让臣僚不要对太子离心。

唯独素璃，她情知如此，仍比旁人多一层顾虑。想到侧妃刚产女便身价陡增，几乎与她比肩，不禁暗生愁怨，恼侧妃运气好，撞上这样一个时机。她本就连日心焦，这时又多一股火气，怏怏地病倒了。所幸法善大师在宫中，早晚为她祝祷。僧人殷勤出入东宫本来不妥，但皇帝念法善大师是素璃的祖父，又敬他德高望重，特准来往。

妃嫔们说上几句就不再叨念素璃，仍是各自染了消寒图后品茶。素盈见众图画上点点艳红，渐成规模，莞尔一笑，不知想到什么心事，心情仿佛很好，特煎了一瓯滚烫香茶，亲手加上封签，命宫女趁热送到东宫为素璃发汗。

一会儿，宫女回来说太子妃叩谢娘娘。素盈问：“东宫妃喝了这茶，是不是精神一些？”

宫女吞吞吐吐道：“茶烫，殿下不慎打翻了。”

钦妃口下不饶人，当即冷哼：“她把娘娘当成什么人了？”

素盈严厉地瞪了她一眼。

各宫宫女聚在一起，砌了大大小小、姿态各异的雪狮子，用金铃彩绦装饰罢了，送到诸位娘娘面前请求品评。素盈正在兴头上，忽觉腹中不适，忙将诸事交给钦妃打理，自己匆匆回宫去了。妃嫔们起身送驾，目送她背影，暗暗嘀咕道：“看着并不像，可是这动静又像真有其事。”

钦妃冷笑：“像不像，跟我们有什么关系？”

恭嫔与景嫔姐妹俩笑道：“姐姐不知现在多少人巴巴地望着那腰身。”

钦妃再冷笑道：“两位妹妹都是生养过的，你们倒是说说看，有没有那回事？”

恭嫔、景嫔讪讪答道：“我们怎么敢？再说我们四只浊眼，怎比得上姐姐目光雪亮？姐姐若是看出门道，还望明示一二，好让家兄南安郡王早晚烧香，为娘娘祈福。”

钦妃瞥这对姐妹一眼：“让他去烧吧！”

不仅恭嫔、景嫔呆了呆，肃嫔与安嫔也吃了一惊。钦妃却又婉转笑道：“素庶人把持丹茜宫的时候，是如何待你们的？娘娘为你家兄弟在圣上面前美言，哪一次没有落实？难道这还配不上受你哥哥早晚三炷香？”她说了这话，众人才又呈笑脸，可心中更猜疑不定。

素盈休息一会儿觉得没有大碍，取了彩笔，将今日的消寒令题在图上，亲自送到玉屑宫。正逢法善大师在宫里为皇帝讲经，她坐在皇帝手边，默默地观察法善，突地又是一阵腹痛。正值皇帝与法善谈论到紧要的地方，她强忍了不作声。待皇帝回头看见她煞白的脸色，惊问：“怎么了？”

素盈容色惨淡，按着小腹欠身道：“妾突感不适，乞陛下准妾告退。”

皇帝挽住她说：“不必奔走，就在外间躺下，这就召太医进来。”

素盈忙道：“病人不敢在圣驾前惊动，请容妾回宫小歇。”她态度坚决，皇帝只得令肩舆小心送她回去，又命御医火速前去侍奉。

法善木木呆呆在旁边看着，待风平浪静才唱声佛号。皇帝猜到他有话想说，漠然道：“大师有何灼见？”

“老衲不过出家的凡夫，能有什么灼见？不过忽然想起来一个典故，想与陛下共谈。”法善仔细想了一阵，说，“太祖开国时，曾向隐居山野的奇人询问国运。奇人当时正在锄地，随口说，‘前三天夺地，后两天争锄。’太祖不知何意。后人却道，睿素两姓共拓江山，当由谁为天下之主，两家争了三代，皆是睿氏获胜。史传虽然语焉不详，但也看得出前三位天子争夺‘帝’位最为残酷。奇人所言不虚。那么待到皇子争‘储’位最为激烈时，国运也要到头了。好事之徒称作‘锄地谶’。”

皇帝不住冷笑：“大师，朕敬你年高，礼遇有加。原来年高的人果然健忘，连尘世的规矩也忘了——红尘中的事，自归红尘中的帝王。大师只管潜心钻研佛法，琢磨着如何沟通天人即可。”说到后面，声调全无一丝温和。

法善多年不曾见识他的厉色，听他话锋，好像全然忘了他们本是舅甥翁婿。他顿时灰心，叹一声“善哉”，合掌躬身。再抬眼打量玉屑宫中姐姐留下的旧陈设，他连连苦笑，却再也说不出一个字。他黯然退出时，皇帝仿佛浑然不觉，展开素盈送来的消寒图观赏。

“废眠待君王”五字着实令人哀怜，他沉吟片刻，向左右道：“仔细一想，已有七八年没有夜访，以后不知有没有机会……今年就走一圈吧。”

潘公公忙劝：“陛下保重龙体要紧。”

皇帝笑道：“我已动了这念头，必定要做的。”

这天就依圣意，通知各宫候驾。天公却不作美，敲过酉牌，飘飘忽忽洒下细碎的雪花。

素盈喝了汤药，和衣半卧在床上静养，宫前忽报圣驾降临，风雪轿转眼抬了进来。素盈行过礼想要搀住皇帝，他却摆手笑道：“我养了小半年，走这几步还难不住。”步履果真稳健，边走边问素盈，“你好些了？”

素盈扶他坐到暖和的床上，嗔怪道：“妾才好过来，又要提心吊胆，只怕今晚好不了。”

皇帝笑笑：“我反而觉得出来吹吹风，比闷在床上又好了许多。”他四处望了望，感慨道，“有多久没来过这里了？虽是老样子没变，看在眼里却新鲜了。”

素盈陪他说了一会儿话，皇帝招手让潘公公扶他起身，又坐回风雪轿里，说：“你安静歇着，我这一夜还有好些路要走。”

素盈不住摇头：“明日第一个该罚妾，不该把那消寒令给陛下看。第二个要罚钦妃，偏在这时候招惹陛下想起这事。”

皇帝笑笑，起轿去了。

自他离去，素盈就不能安心。一座宫殿，几日不来便觉得新鲜，那些许久不见、千伶百俐的人是否也让他眼前一亮呢?

遣去探听的小宦官隔一会儿就回来一报。

圣上就近去了恭嫔的景福宫。圣上出来，去了安嫔的泰福宫。圣上去了景嫔的迤泉宫。

此后过了好一阵子不见回来通报，素盈眼见外面风雪之势只增不减，愈发不安。又过了约莫一刻，小宦官终于回来，身上雪花虽已拍净，发梢上呵气结的冰还未消，颤颤地说：“圣上在流泉宫时，大雪忽狂，难以行动。圣上今夜下榻流泉宫。”左右宫人听了，一时皆不敢作声。

素盈默了一会儿，叹道：“这是钦妃的缘分。”说罢自去睡了。

夜越深，风声越是紧，呜呜咽咽一整晚。宫女们添几分小心，一夜数次留意炉火，生怕不留心熄了，害娘娘受凉。每次她们入内检视，都听到素盈在床上辗转反侧，问她是否身体不适，她却在半梦半醒之间咕哝着说没事。

她整整折腾了一夜，第二天起身之后，精神果然非常勉强。丹茜宫的老都监与白信则一起求见。

都监将手中册子呈上，道：“娘娘，这是下赐平王和交给东洛郡王代为献祭的清单。”

信则也呈上一份，说：“这是陛下为主祭一家下赐的几样日用私物，要我拿来给娘娘过目。”

“历来都是这些东西，没什么可挑剔的。”素盈接过来随意地浏览一遍，说，“今年有彗星之兆，理当向神明献一份大祭，祈求平安渡厄。自我入宫至今，陛下赏赐的诸多珍宝一直封存未动，今年节前，陛下又赐了许多金玉宝石、绫罗绸缎，我平日极少用到，都监将它们一并交给东洛郡王，让他在祖宗神前多多致礼。今年贡进来的绸缎甚多，我留了几样，余下赐给平王府——有象牙色上织珊瑚红牡丹花的，给轩茵，其他的请夫人们自己挑去添件新衣。”都监一一记下来。

周太医听说皇后不适，急急赶来医病，素盈抱怨说，总觉得疲惫。

信则心中纳闷，她最近总是喊累，可看起来又不像是虚弱。眼下宫里已开始猜她是不是又有身孕，她既不承认，也不制止他们乱猜。这样做给人看，似乎有特别的用意，必定不是什么好事情。

在这丹茜宫里，便是崔落花那样看着素盈长大的人，有疑窦也不敢问出来。他与崔落花的角色全然不同，只能心里琢磨，绝没有问的份，于是默默地退出宫来。

素氏年祭是全族大事，主祭从来是由国舅出任，皇后助资也是不成文的规矩。腊月初一这天，全族在宗庙碰头。虽说每家皆是显贵，但皇后的兄弟在其中，仍令人一望而生鹤立鸡群之叹。

太子妃的父亲和弟弟们来得稍晚，见锦绣步障一直蔓延到数里之外，宗庙山门前车马粼粼，连插针之缝也难寻觅。他们吆喝一番，却被告知，国舅礼神之物正入山门。年祭自有年祭的规矩，他们不能冲撞祭品，只得在一旁等着。一等二等，半晌也不见人群松动。素璃有一弟弟唤作素琛，年纪尚小，这时向父亲好奇道："怎么这么久还没有过去？"他父亲素若峦听了，顿觉黯然。

旁人没听见他们父子对话，个个被东洛郡王所敬祭品吸引，也各自称奇："素沉向来稳重内敛，这次怎么招摇起来，比往年多了那么多贵重宝贝？难不成有特别的缘故？"

"是不是在祖宗神前许下宏愿，所以加倍供奉？"这话入了素若峦耳中，勾起丝丝忐忑——宫中关于皇后有孕的那些捕风捉影的传言，仿佛又多了一个佐证。

好不容易等到国舅家的祭品过了门，素若峦父子也下马跟过去。山门内，彩幔经幢耸峙如林，这天风大，它们全飘扬在半空，仿佛五光十色的云霞笼在宗庙上方，颇有遮天蔽日之势。

光彩焕烂的人群熙熙攘攘，男在东女在西，尊者前卑者后，七家各有地界。素琛眼尖，扯扯父亲的衣襟道："看那儿！"

素若峦扫了一眼，见平王家中一名位卑的女眷穿着一件象牙色外衫，十分娇艳夺目。他不觉得有什么特别，再一看才发现那衣料跟自己母亲今日的外衫一模一样，而平王家那位女眷不过是他们家的养女轩茵。两位女性一个站在东平素氏最末，一个站在太安素氏最前，很是刺眼。

素琛皱着眉头嘀咕道："平王家是怎么搞的？让一个奴婢进到这里！"

"别说了。"素若峦的脸色更加难看，"皇后娘家的人想做什么，谁管得了？"

东平素氏之前也主持过年祭，但那时素盈初入宫廷，他们不敢张扬。性喜炫耀的平王忍了一回，这次终于等到素盈亲自颁赐诸多宝物，像是默许操办，于是这一年的祭典隆重非凡，甚至有些铺张。

当精美绝伦的丝织衬托着皇后供奉的宝物一样样送上祭坛，这些皇家的贵戚们也啧啧称羡。不知道谁低声说了一句："过去二十年也没见过这场面呀。"

一句话又刺痛了太安素氏的人。人们明知道他家遇到这场合一定不好受，可想起素若星的所作所为，难免有些幸灾乐祸，也就不避讳一些风凉话了。

祭典散时，国舅家负责打赏宗庙中的各等执事。其余六家家长一一上前致礼，素若峦落在最后。他平日看得起素沉和素飒，因此还算客气。但转身面对平王时，他就不那么看得起了，口气不免有些讥诮："王爷今年办得如此体面，破费不少吧？不明所以的人，还以为王爷在哪里捞到了横财呢！凡事还是按老规矩，谨慎一点好啊。"

平王斜眼看着他，不住冷笑："今年是铺张了一点，我也的确不够谨慎，没去想别人会怎么看。可我有铺张的本钱，也有不谨慎、不顾忌的底气——你想铺张、想无所顾忌也可以，你能吗？”说完了趾高气扬地哼了一声。

一句话噎得素若峦满面通红，冷冷地反唇相讥：“势极无让者疑，位尊弗恭者忌——这道理，素家女儿们念了一代又一代，王爷竟没听进耳朵里，真是可惜！”

素飒觉得父亲说话过火，忙过来打圆场，可素琛以为他上去帮腔，一步抢先护在父亲身前，凶巴巴地瞪着素飒。

素飒看看这个小不点儿笑了笑，向素若峦道：“家父今天太高兴，失言得罪之处请郡王海涵。”

素若峦冷哼一声，拉着儿子转身就走。偏那孩子天真地问了一句：“父亲，他就是那个打败仗被削了将军的人吗？”说着向后白了一眼，“是该好好向祖宗求些庇佑。”

素飒被戳到痛处，脸上一阵青一阵白。

平王自己被揶揄几句没什么，听到有人揭素飒的短，一时忍不住又要发作，被素飒拦住了。平王瞪眼道：“就算是狼，夹着尾巴太久，也要被人误认为是兔子呢！”

素飒无所谓地笑了笑说：“夹着尾巴，总好过被人抓住尾巴。”

平王立刻把胡子吹起老高：“我说你是怎么回事？你是皇后的哥哥，还是看人脸色的奴婢？处处躲闪，束手束脚，别人还没把你怎么样，你已经搞得自己一脸倒霉相。”

他轻蔑地白了儿子一眼，说：“我在你这年纪的时候，放歌纵剑，醉柳眠花，何等快意！一把年纪了，反倒跟着儿女们憋一肚子气！如今别人找碴儿找到面前来了，出一口气也要被你们这些温吞的家伙拦着，扫兴！”

那边素沉应酬完了立刻走过来，向父亲笑道：“父亲是先帝的亲外甥，既是天家姻亲，又是血亲，当然不是寻常素氏能比的。儿子们没您那样的福气，多少要收敛一点。”

平王哼了两声，领着他那一大群威风八面的跟班，浩浩荡荡地走了。

素飒苦笑两声，向哥哥道：“今年是否太过引人瞩目？我听好几个人暗中嘀咕，说我们家大操大办的本意是在祖先面前为娘娘祈子。”

素沉却笑道：“我倒是觉得，娘娘一向知道父亲的脾气，却有心纵容他夸耀。既然这是娘娘的意思，其中自有她的道理，今日之事也许正合她意。”

东平素氏与太安素氏在年祭上的摩擦，很快风传到宫廷之中。

钦妃这天在太平湖边看取冰，正好见东宫妃带着几个宫娥走过。她有意挑衅，抄一条近道赶在素璃前头。两人迎面撞在一道贴着水面的九曲桥上。桥下的水早已结冰，又覆了一层积雪，却不及她们之间寒气逼人。

钦妃冷笑道：“令尊近来身体还好吗？”

素璃淡淡地答了一声：“托赖。”

“可我听说他脑子有些糊涂。”钦妃说，“难道祖宗只是我们家的祖宗，不是你们家的？难道平王重重地献一份祭品，没替你们家供奉？出钱出力的，反而落得被怨怼——你说这世道是不是有些怪？宫外面是那样，宫里面，晚辈也不懂得给长辈让路了呢！”

平王家故意让一个奴婢出身的养女穿着同永宁老王妃一样的衣服，平王又当众羞辱素若峦，这种种行迹让素璃暗自气愤，今日钦妃竟先倒打一耙。素璃暗暗光火，上下打量钦妃几眼，笑道：“要我给娘娘让路，有什么难？”说着真向旁边退开。

钦妃冷哼一声向前走，素璃忽然啊一声，想起来什么。

“娘娘，你说过，我上战场可以给阿寿争口气，我也确实争到了。”素璃眼梢一挑，冷冰冰地说，“你又给自己争到什么？”

钦妃顿住脚步，侧目看她。

素璃讥诮地说：“你真以为，一介女流领一桩头功，会有人为你大书特书？你啊，越活越看不清自己是什么人了，反倒不如你侄女明白——你这种摸不到丹茜宫的人，不过是用来生儿育女的罢了，何必管得太宽呢？”

钦妃一时气愤，一掌向素璃劈面打去。

素璃是上过战场的人，手上又有股狠劲，一把反将她手腕抓住，笑道：“险些忘了，敢在这宫里明目张胆打死人的，娘娘是唯一一个。”说罢将钦妃手腕一撇，害她手上一只玛瑙镯子飞脱，在冰面上摔成几截，滴溜溜直打转。素璃见损了她的东西，也不想继续取闹，冷哼一声扬长而去。

钦妃本不是善罢甘休的性格，当下命人拿手帕把碎镯子包起来，径直去玉屑宫告了一状，说到后面，气得眼中含泪，愤愤地说：“话里话外，好像她是摸到丹茜宫的人了！”

皇帝前些天刚听丹茜宫承仪女官来告，说东宫目无尊长，今日又出这事。他知道事出有因，可是理屈在素璃。尽管如此，他也不愿助长钦妃的气焰，只是随便听了听，说：“让她给你赔个礼，赔你一副上好的镯子。”

钦妃见他如此平淡，虽然不高兴，但也无话可说。

就在第二天，仿佛是天意，又仿佛是人意，久久未出结果的兰陵郡王遇刺一案，忽然有了惊人的进展。据相禀报说，辗转追查，终于找到一个参与暗害素飒的人——东宫妃素璃。

睿洵起个大早，唤素璃一同去玉屑宫晨省。前不久是他受诬，现在素璃又惹上麻烦……必须要在皇帝受人误导之前，让他听取她的辩解。

可是等了许久，不见妻子踪影。他不悦地问宫娥：“她去哪儿了？”

她们面面相觑不敢回答。之惠抱着哭个不停的歆儿，见睿洵冷冰冰的目光扫向自己，忙低下头，心虚地瞥向南边。

睿洵一见就明白了八成，暗暗恼火，冷哼一声，找去那处不受外界打扰的书房——室内空气压抑，一群女官和宫女环绕着素璃，显是彻夜未眠地密议。素璃像是想事情想得深了，托腮蹙眉，凝望着尚未熄灭的烛火。

女官们看见睿洵进来，纷纷起身退让。睿洵厌恶地打量她们一遭——其中的大多数，自他母亲还在后座上的时候，他就已经认识，偶有一两个生面孔，想必是新笼络来的。他寒着脸转身要走，听到妻子说：“殿下来此，难道不是想一同商量？”

一阵衣衫婆娑，女官们纷纷为素璃让开道路。素璃盯着睿洵的眼睛，一步步走到他身边，缓缓道：“这样的时候，殿下不是应该与我们在一起吗？”

我们……这个亲切的字眼，说的是她与她身后的那群女官宫女。她们才是一体。

短短的一瞬间，睿洵忽然觉得透不过气——包围他的全部是母亲和素璃的死党。

密闭的窗户透入微弱天光，借着光，睿洵依稀在她们身后看见她们夫婿、儿子、兄弟的影子。这些阴影仿佛散发出千丝万缕看不见的线，要把他团团缠住。她们在向他示威——没有素璃，没有太安素氏，没有这些女人的父子兄弟，睿洵还有什么？一刹那间，睿洵心底某个地方忽然产生微妙的怨恨。

看到他的表情，素璃用一个眼色打发了那些女官和宫女。她站在他面前，直直地注视着他。睿洵的嘴唇动了动，说：“和我一起去见父皇。”

素璃点点头，抚摸自己的脸庞，似乎对一夜未睡的憔悴毫不介意。她的举动让睿洵嫌恶，而她像是明知如此，却故意考验他的忍耐。

他们一前一后走入玉屑宫。皇帝果然对素璃有些不满，责问她怎样卷入了兰陵郡王遇刺事件。睿洵冷眼看着妻子委屈的样子，她所说的每一个字，他都没听见。

父亲的声音像是从迢迢千里外传来：“二郎，你怎么想？”

睿洵一惊，眼里的光彩骤敛，漠然地说：“儿臣对此一无所知。”他说的是实情，而且情愿自己确实对她的所作所为一无所知。一句话引来父亲玩味的目光，也引出妻子的沉默。

“但是，儿臣相信阿璃与兰陵郡王遇刺无关。父皇也知道她的为人，她不会做这种事。”睿洵为妻子辩白，说完反而更觉得疲惫不堪，轻轻地抬了抬手，想要挥去缠身的困倦，可是四肢却加倍沉重，只得满怀歉意告退。

素璃紧紧跟了出来。夫妻二人一语不发，走到一条清静的甬巷中，素璃停下了脚步。睿洵起初没有察觉，又走出老远才感到耳中缺了她衣衫婆娑。他也停下脚，没有转身也知道她正用凶狠的目光瞪着自己。

她尖锐的声音挟着回音刺入他内心深处：“殿下，你该不会想在这时候把我一脚踢开吧？”睿洵不自觉地拧眉。

“确实有一些太子妃，为了自己的丈夫陷入困境，却被贪图自保的储君抛弃。不过，殿下不会那么做，对不对？”她一步步走上前，伸手抓住睿洵的手，扳开他的手掌，对比他们手心相同位置的刀疤。

睿洵记得素璃在手上割出伤口的时候，比他坚决。

“有些女人一生见识不到郎情妾意，可日子还是要过的，我知道这种日子该怎么过。”她手上流着鲜血，脸上带着无所谓的表情，这样说。从那以后，东宫里连虚情假意的夫妻也没了，只有一对盟友，皇座是他们共同的目标，拦在这条路上的人，是他们共同的敌人。

睿洵垂眼看着泛白的伤痕，那一股空虚又向周身蔓延。他怎么接受了这样一个女人，怎么接受了她的邀请呢？也许因为，母亲留下的一切，是留给这个女人，而不是留给他……母亲对侄女太好了，好像太安素氏彼此都是家人，她的儿子却不是。她必须保证儿子无法割舍太安素氏，唯有如此，她的一部分血肉才能继续徘徊于宫中。她们，是可恶还是可怕？

他默默地继续走路，素璃依然跟在他身后等一个回答。不知不觉，两人走回东宫书房。

“阿璃，我们的约定，你做到了什么？”他看着这位盟友摇了摇头，“你没有。现在，连你自己也陷入泥潭。”他心中知道，如果惹上麻烦的人是他，素璃一定不会说出这种话，她一定会不离不弃。然而那只是因为，没有太子，就没有太子妃。

他的口气让素璃的脸色变得十分阴冷。这话分明在说，也许他该考虑换一个没有瑕疵的助手。

“衣服弄脏了，可以随手丢掉。可我不是你的衣服，睿洵，我是你的皮肤、你的血肉——扯开我，你也会皮开肉绽，血肉模糊！”她说出这句话，两人陷入久久的静默。

素璃威严地看着睿洵，而睿洵的眼光变得怜悯：“阿璃，你从小就是这样——以为自己很可贵，以为别人出于各种各样的理由离不开你……其实你不过和所有的素氏一样。”

素璃眼睑轻颤，反驳道：“我本来就是素氏，也是你唯一可以得到的一种女人。”

她凝望着他，无奈地说：“看来，我明白了如同盟友的夫妻该怎么过，你却不明白呢。”

睿洵俯视她的眼睛。即使相距如此近，他们却在彼此之间藏了太多不信任，谁也读不懂对方眼里的真意，最后只能用一个转身掩饰失望的叹息。

“听说皇后的消寒图是步天歌。当年懿静皇后的步天歌上面，到处是白花，全染红了，一定很可怕。”大约是看到了书案上的消寒图，素璃冒出一个新话题。

睿洵的指尖到眉梢都散发出寒意，连口齿也冰封了似的。他没有看她，也没有动。

“殿下与皇后这两张图，恐怕注定要有一张染不完。今日的花还没有点上——殿下也来染一朵。”她边说边冷漠地笑了笑，拈起笔递到睿洵手边，“我可不希望落空的是你这一张，殿下也是这么想吧？”

睿洵看着她手中的画笔，半晌才接过来，将笔锋在图当中的梅花上碾了一圈。那朵花蔫蔫地破碎，成了一个鲜红的缺口。素璃看着不住摇头，握住他的手叹道：“这种事情果然还是要交给女人。”

睿洵嘴唇嚅动：“现在是什么时候？你还有闲工夫跟她纠缠？”他说话时安静地看着

妻子，发觉她嘴角一勾，不经意地露出模糊的微笑。

“琚含玄想对付的不是我。他不过想借此机会离间我们夫妇二人，让你试图撇开我。可皇后居心叵测，说不准会伺机落井下石。我自然不能让这块石头落下来，否则就没有机会考虑怎样从井里爬出去。”素璃冷冷地说罢，扫了睿洵一眼，“你答应过，不会因一念之仁坏了我们的事。”

没错，这是他们盟誓时约法三章之一。那时睿洵就明白地知道，“我们”里面没有他，也明白她指的是什么——皇后若有动作，他要听素璃的，绝不能迟疑。

睿洵默了片刻，说：“我记得。”不过他心里总觉得，她不可能等到皇后有所动作。

灯下的白水晶晶莹剔透，在皇后指端晃过一丝亮光之后，折射出许多个小小的光点，映在她平静的脸上。

“二侯遇袭的诏狱，办得怎样？”

“大理寺卿很能干，已捕获几个疑似行凶的武官。”崔落花说，“这一回上谕急拿凶手，时间紧迫，听说动了刑。”

素盈挑眉以示不满：“我以为是什么能耐呢！日子到了，抓不到人，便要打出一个凶手来？”

“动刑总是免不了的。”

素盈想了想，说：“我有几样东西，要赏赐平王府的众位夫人和姐妹们。明天你亲自去，顺便问问蕙姐，她的夫婿进御史台混了这些日子，是不是打算靠我的名头过一辈子？”

崔落花心惊，问：“他？实在不像是上进的材料，这种事交给他，合适吗？”

“若是上进的材料，早就出头了。”素盈耻笑道，“这种人，自己什么也做不来，最会推事，倒比我们还会使唤人。任他推给谁，都比他自己去做强。”

素盈又问：“兰陵郡王遇刺一事，琚相说是东宫妃，你如何看？”

崔落花问：“娘娘以为，应该是谁？”

素盈想了想说：“素璃。”

不等崔落花发问，她立刻说：“但我的理由，大概与琚相不同。”

“娘娘认为，琚相是为了离间东宫夫妇？”

素盈点头说：“而我认为，就是她做的。”

她对崔落花的惊诧毫不意外，声音低微：“郡王告发东宫通敌。是密奏。”

崔落花迅速想了想，同样压低声说：“她不会挑选试鹰会。那天东宫与她都在，太容易授人以柄。如果她一定要在那天动手，我们早该看见她准备的顶罪人了。”

“如果不是她，那就是……”素盈没说下去，似是烦了水晶的光彩，将它扣在桌上。

丹茜宫中静了下来。窗外的雪飘飘洒洒，下得越来越紧。宫女等了一会儿不闻声息，当她们已经说完话，上前报说白信则来了。

信则匆匆走进丹茜宫，看见素盈神思恍惚地盯着一串白水晶念珠。

“圣上今日召见大理寺卿，并未太久。”信则说完，垂手在一边听着，不敢妄自出声。

素盈不知在想什么，没头没脑地问：“都监，你在宫里有年头了，见识也与众不同。你觉得，东宫妃像是冷箭伤我哥哥的人吗？”

信则说：“不止娘娘对此存疑，宫里人也疑心，觉得事情肯定还没完呢。”

素盈笑眯眯地问：“宫里人怎么猜？”

不记得从几时开始，他们两人提到玉屑宫卧病的皇帝，代以“宫里人”，仿佛这宫里没有别的人值得一提。

“猜是战场上的事。京城里、宫里能数出来的事，实在没有哪一件至于让东宫妃谋害郡王，那么只能是外面发生的事，我们想不到的。”

素盈叹道：“我以为这些话，他至多是随便听听。”

“琚相怎会拿信口开河的话来引发议论？”信则说，“上一回揭发废后通奸之事，废后以为荒诞不经，等人还她清白，结果琚相只会证明他的话分毫不错。这回自然也不会空手而来。”

素盈笑了一下，低声喃喃：“因为是女人。”

“娘娘说什么？”信则没听清。

“如果矛头指向东宫，这事情今天就结束了。因为宰相指控的是女人，所以可以再看看，大不了，最后扔掉就是。”

信则不禁为她的神态感到惊异，大胆地说：“或者，琚相并没有可以指控东宫的证物，宫里人也没有怀疑东宫的理由。”

素盈默然看了他一眼，信则乖觉地说：“娘娘今日劳累，应当歇息，容小人告退。”

“你看见的不是累，是蠢。”素盈的语调并无情绪，“我看起来已经对东宫夫妇满腹仇怨，认定他们是害我亲兄的凶手，是不是？”

信则不便直接回答，端详她的脸色，轻缓地说：“娘娘说小人在宫中日子久了，见识不同。娘娘可知道，小人在宫里这些年，学到什么？”

他抬眼看素盈，见她无动于衷，发自肺腑说：“千万不要小看称帝二十年仍岿然不动的人。一个人或者有拱卫之臣，或者有卓越的能力，才能坐稳。这两样，您的夫君都具备。他将继续高踞皇座之上，直到下一个帝王之星出现。”

素盈心中若有所感，回头看了他一眼。这一瞥让信则的信心又增。

“小人曾在废后身边侍奉多年，直到废后死去，小人才仅仅窥到一斑，仅此已让人明白——长久以来，自以为能左右他意志的人不是小看了他，而是没有能力理解他。”他坦诚地望着素盈，说，“精心策划的计划，只要不被人看透，就是聪明。可是只要有一个人看透，在那人眼中，再好的谋篇布局也只是自作聪明。”

素盈身子一震，脸色也变了。

“有他在的宫廷，其余人都是自作聪明。”信则说，“外朝、东宫，皆有人宁做跳梁小丑。娘娘一向甘于示弱，何必在此时冒险奉陪？”

素盈想问他，为什么要说这些话，可转念已明白——他的前途压在她这里，容不得闪失。

“我希望只有他一个人看透。”她微笑着说完，将桌上的点心赏他，“大胆直言，诚意可嘉，退下吧。”

这回换信则有些困惑。出门时，沙沙作响的小雪已变成更安静的大雪。信则提灯默默地走了一会儿，回头去看丹茜宫。雪夜造成一种虚假的明亮，宫廷仍是四下昏蒙，只有一阵阵遥远的铃声，惊动冰冷的空气。

除了上一次不成功的冬宴事故之外，东宫可以说是一个举止妥当、态度安稳的储君。就算是琚相，也很难找到他的致命伤吧？琚相老奸巨猾，擅用离间之法。而素盈……

素盈也有自己想要的东西了。

他想起很久以前，有人对他说过的话：“总有一天，我们当中最弱的，也会发现，不为自己呼喊，就无法呼吸，到那时候……”

一瞬间，扑向头脸的雪花无比尖锐刺痛。

Staread
星文文化

一年天下

典藏版

（下）

煌瑛 著

浙江文艺出版社

目录

第二十一章 变乱

腊月初七是皇后生日。因为今年兰陵郡王遇刺，她无心庆祝，早早谕示各处免去入内行礼，但贺礼与皇帝的赏赐少不了。

平王送进一大缸瓷制的花哨东西，流水注入便有暗轮转动，带动一缸瓷鱼摆尾、瓷花摇曳，还有瓷的大小水禽在水面游。素盈实在没有闲情盯着这东西看一整天，不过稍看几眼也看出花了心思和大价钱。

崔落花领命，带了几名宦官携皇后的赏赐出宫。正在籍禁司验证准条，有人从后方扯她衣袖。崔落花一低头，被真宁公主吓了一跳。

小公主今天又换了男装，目的不言而喻。崔落花急忙拉她到一旁："殿下这是做什么？"

"你食言了。"真宁没忘记她前些天的承诺，但不打算挑这时候发脾气，直截了当地说，"我现在就要出去！"

"宫中事情突然忙碌，未能及时遵守承诺，请殿下宽容。"崔落花怀着歉意说，"但今日实在无暇护卫殿下，请容改日。"

真宁满不在乎地说："我穿这身衣服，又不是随便哪一家跑出来的孩子，还有人敢起歹意不成？"

"殿下切勿高估歹人的见识。"崔落花说罢，招来两名宦官，要他们送真宁返回。

"既然他们有空陪我走回去，不如陪我出去。"真宁固执地不走。崔落花既不能错过出宫的时辰，也不能装作不知道她的企图，只好立刻差人禀报皇后。

不一会儿，那宦官带回来一个人，崔落花与真宁都远远认出那身影是谢震。

"是你。"真宁笑道，"听说父皇不舍得放你回北边去，如今在哪里高就？"

谢震躬身回答："下官暂任禁军统领。"

宦官道："娘娘说，公主几次三番擅自出宫，本该重责，但这回是丹茜宫女官有言在先，不可出尔反尔。下不为例。只是金枝玉叶不容有差错，务必要谢将军护卫，公主不可任性妄为。”

真宁噗地笑道：“我又不是第一次出宫，哪一次死在外面了？”

“殿下！”崔落花斥一声，转向谢震，“有劳将军。”她担心地看了真宁一眼，带领宦官们去办她的事。

谢震与真宁出来，有侍卫牵来两匹马。真宁本不高兴，见有马可骑，又雀跃起来，但是指着那两名侍卫说：“将军一人跟着就行了，用不着他们。”

“万一……”

不等谢震抗议，真宁笑嘻嘻地说：“平安无事，要他们没用。万一我真有危险，将军豁出命相救便是。反正我有三长两短，你也一样没命，何必多拖累两个？”

谢震上马问：“殿下打算去哪里？”

“别多问，跟着就是了。”

下过一夜雪，道路泥泞且滑，两匹马走得很慢。真宁这回出宫是得了准许，并不心急，一边悠闲前行，一边看。

他们走的这条路由宫城直通出来，避开衙署，但真宁却听见天地之间有一阵阵人声躁动，沿着低垂的云层下方隐隐传来。

“什么声音？”她问谢震。

谢震没回答。真宁这一回头，看清他除了腰间挂刀，鞍前也横了一支短刀，仿佛随时要与敌人兵刃相接。她心里不由得惊骇，却并不想返回去，反而对宫外的事更加好奇了。

两人向明德书院的方向前行，一路遇见许多人骑马来往。虽然雪天道路不宜行走，但这么多人骑马来去，还是充满异于寻常的气息。那些人有不少相互认识，迎面遇见时神色或激愤或凝重，没有寒暄致意，却在相互指点方向。真宁暗自瞩目，到此时方有些害怕。

“这些是什么人？他们要做什么？”她原是骑马走在谢震前面，不知不觉慢下来，仿佛走在他旁边更安全。谢震仍不回答，眼睛却没有离开周围来往的人物。

到书院附近，终于清静。真宁心中惴惴不安，说不清是因为刚才的所见所闻，还是因为即将再次敲门。

开门的却是个老妪。真宁一问才知，有贵人送了李怀英一座小宅，他们夫妇已搬走了。门关上半晌，她仍有些不知所措。

谢震说：“在仙鹤坊。”

“你知道？”真宁恍然大悟，“他的贵人是东洛郡王。你去过他家？”

“下官与李先生并无私交，只是听郡王提起过。”谢震说，“殿下要去吗？不远。”

真宁笑道：“当然要去看看李先生的才能在郡王眼中值多少钱。”

两人又骑马走过几条街，不时还会遇见骑马来往的壮士。见谢震一身武官装束，有几人本想过来搭话，但见到旁边的真宁，便走远了。真宁由衷诧异：“这些人到底是做什么的？”谢震仍然只是看，不回答。

行到仙鹤坊东南角，果然有座新整饬过的小宅院。谢震上前叩门，对开门的仆人说："请报知主人，禁军统领谢震来访。"

真宁下马笑道："有能使唤的仆人了。"

不多时，李怀英接出来，身上衣袍簇新，看起来精神抖擞。见到公主，他颇为惊异，一时间手足无措。真宁尴尬笑道："看样子东洛郡王不曾亏待先生，我放心了。"

李怀英想起该跪拜，真宁急忙双手搀住，就势问："先生不在书院教书了吗？"

李怀英躬身回答："殿下有所不知，书院自冬至起有冬假。"

真宁笑道："好。正经的学生都得闲，没人同我这不速之客争先生了。"

李怀英向一边闪避，说："寒舍简薄之处，还望殿下见谅。"

往内走了没几步便是正厅，李怀英将公主让到上座，请谢震陪坐。李家丫鬟进来献茶，举止规矩，茶也有模有样。真宁自然看不入眼，但也感觉到今非昔比。李怀英又问是否容冯氏出来拜见。

"不必，"真宁摆手说，"我今日有时辰管着，来日她封了诰命，有的是见的时候。先生请坐。"

李怀英恭谨地立在一旁，这时候才坐下。

真宁含笑说："原有许多事想请教先生，专跑去书院。陋室寒窗，令人头脑清醒，听得真切。不期先生换到这里，温温春煦，我一进来就头昏脑涨，想不清事。倒是路上遇见怪事，一群壮士策马来来往往，不知道是哪一桩？"

李怀英看谢震一眼，谨慎地说："这事，谢将军应该比草民清楚。"

谢震目光避开真宁，说："此事不便私下议论。"

真宁反而更好奇："我私下什么也不说，你拿什么去禀报皇后呢？"

谢震不予理会。

李怀英干咳一声，化解尴尬："谢将军绝非飞短流长之辈。"

真宁无所谓地笑道："是呀，谢将军在皇后面前绝无诳语，所以皇后只信他一个。若非皇后要他监视我的一言一行，单凭我，哪能使唤他来保驾呢？"

谢震怕她越扯越离谱，简洁地说："前些天，卫侯、衡侯在京中遇袭，抓住几名嫌犯。大理寺狱里打死一个，是羽林军。"

真宁哦一声，兴趣不大。李怀英接着说："传说，卫侯、衡侯是在宫中冬宴上侮辱武人才挨的打。结果大理寺还没有结论，就打死武人。羽林军群情激奋，同僚亲友相邀，去大理寺门前叫嚣，要放人。"

"这可是诏狱！"真宁瞪圆眼睛。

"圣上也没要他们把诏狱办成冤狱啊。"李怀英摇头说，"大理寺狱这样打死人，普天之下，哪里还有能找出清白的地方！"

真宁斜眼看谢震，忽然问："冬宴你也在场，卫侯、衡侯到底写了什么诗？"

谢震想了一下才说："下官不懂诗，也记不太清楚，只记得当时东宫说好。"

李怀英看看他们两人，道声"失陪片刻"，去后面书房取来一叠纸，说："这种应制诗作，年年都会流传出来。"

真宁翻看，先看见谢震所写，读完抬起眼睛瞥他，说："你以后还想凑这种热闹，最好多练练。"

谢震冷漠答道："下官有空，宁可练别的。"

"可你拿出这种东西，怎么赏你呢？难道要东宫先戳瞎双眼？"真宁嗤地笑道，"我父皇倒是会重赏你，人们会以为他偏心皇后，爱屋及乌，早就盲目了。"

"殿下！"谢震出声制止，而李怀英被公主说话的态度惊呆了。

真宁低头继续翻看，拿出宰相诗作，说："你看人家，一样是军功出身，不管学什么都能学好。拍马屁的人也不至于太为难，可以骗自己那些阿谀奉承都是真心话。"她嘟哝着翻到卫侯的诗作，突然不作声了。

诗写的是少年士兵种下一株梅花后，便销声匿迹。梅花孤独地等了二十年，昔日的少年变成将军雄赳赳地返回，不识故地，却当自己是开疆辟土的英雄一样骄傲。

对于拼上性命从敌寇手中夺回疆土的士兵来说，这种评价很不公平。真宁又看衡侯的诗，意思差不多。这可是会流传民间的诗作，他们两人无论脑子还是胆子，都不至于公然在国家交兵之后，写这种不开眼的诗。

她产生怀疑，仔细将所有的诗翻一遍，出神地想事情。过了一会儿，她问："先生，这些诗可以送我吗？"

"殿下请便。"李怀英看她将诗稿叠起，试探说，"我听闻，这两位侯爷向来不太喜欢武人。前些年，因为香料耗费巨大，国库吃紧，他们还提过要裁武将的俸禄。"这话是向谢震说，"香料不过是消遣之物，武将俸禄却关系国家典制。似他们这等贵族，真能拿这两件事相提并论吗？"

谢震与李怀英并无交往，只是听素沉提过几次，说这人有忧国忧民之识。他原不是来闲聊，尽量沉默，此时见真宁自顾自出神，无人接话，他才叹一声说："岂止是他们……"

真宁忽然插嘴问李怀英："我不明白。国家既然仰重武将，又怎会让武人落到这境地？"

"这事应由谢将军来讲，更为务实。但殿下发问，草民愿将拙见摊开，与二位切磋。"李怀英侃侃而谈，"祖先制度，兵权不予小姓，我朝大将军多是睿、素两姓。后来为防亲王拥兵自重，大将军不授予亲王及三代子孙。而素氏大将军若有姑侄姐妹在宫中，难免有发兵相助的隐患，因此大将军亦不授予后妃家人。久而久之，南北边镇大将与皇家血脉越来越远，世居边境，不问京城，与朝廷疏远了。"

他看了看谢震，继续说："北镇又因为格外荒僻，百年之前战乱犹多，两姓大将战死无数，两姓无人愿意驻守，因此将世袭边镇将领的职位授予小姓，譬如林家、谢家。他们在边镇声望颇高，但在朝廷中说话乏人响应，疾苦难以上达天听，南北皆是如此。”

“秀王作乱之后，朝廷不是待北边挺好的吗？”

李怀英又看谢震，说：“秀王之乱本是一次契机，边镇将领协助朝廷平乱，功不可没，若是把握机会步入朝堂，或许可以扭转地位。但是，边镇将领在朝中，其实难以为生。昔日的北镇大将军、清河郡公白效圣，在离开边镇后无所事事。这还是昔日素氏七家之一的清河郡公呢。至于其他将领，转为京官后，前程更为狭隘。他们已经很难真正离开边镇，在朝廷扎根。便是谢将军，也从宫中出来，又回战场去了。”

真宁扫了谢震一眼，皱眉问：“南边呢？”

“南边已有几十年没有战乱，兵销革偃，士兵半耕半戍，尚可为生，但是……”李怀英抬眼揣摩她的态度，说，“我朝武将唯有战功才可升迁，譬如龙骧将军、谢将军。南边没有战事，几十年来几乎无人升迁。好一点的，譬如清河郡公的小儿子，为求军功，专门从南边转迁北镇。这是他家的门路。我听说有些武将为求军功，不断骚扰边境，劫掠百姓，谎报敌情，为害一方。”

“真有此事？”真宁闻所未闻，震惊地去向谢震求证。谢震还是不答她。

李怀英叹息：“边镇军士确实生活艰难，但是其中也有这样的人，因此在朝中口碑向来不好。其实秀王当年借助北镇军力叛乱，已是武将发泄不满的端倪，可惜朝廷不过是合并边镇，并未触及根源。南边太平无事，朝廷仅仅是加以劝抚，按时颁赐而已。升迁一事不能解决，迟早……”他摇头不再说下去。

真宁冷笑问：“不就是升官，有这么难吗？”

李怀英看出她一无所知，长长叹道：“朝廷已无官可做了！科举不敢停，但殿试减为隔年一试，即便上榜也无从安置，十人一官尚且不够，哪里还有空位给他们呢？”

真宁斜眼看着谢震，不怀好意地笑道：“果然还是家里出了皇后好，三个十岁的孩子就有官做。”

见谢震不理不睬，她没意思，又问李怀英：“先生觉得，这种处境如何改变？”

“必须重置边镇，将冗余兵力转为戍民。另外新制条令，改掉百余年来的升迁办法。”李怀英说完，谢震也转过脸正视他。

“大敌当前，怎能重置边镇，废兵为民？！”谢震总算说了句话。

李怀英忙说：“此举自然不便在北方边镇推行，但于南方边镇，已是不得不为了。”

“一动南方，北方还看不出矛头所指吗？人心不安，必有大乱。”谢震拧眉反驳。

李怀英奇道：“戍兵转为戍民，可以自给自足，至少生计得以维持。”

谢震怒目注视他，说：“先生以为，北人代代为兵，仅为一口饭吗？国家安危系于我辈，我们祖祖辈辈以为国捐躯、马革裹尸为荣。戍民呢？皆是流放的罪犯。即便能够增谷万担，可谁愿失去清白与荣耀，世代与罪犯为伍？即便他们自己不怕，也怕子孙受连累。

朝廷日后再有惠政于兵，也难以恩及后人。”

李怀英认真听取，若有所思地连连点头，叹道：“看来是我纸上谈兵，异想天开了。”

谢震闻言，脸色微微缓和，说：“北镇之所以自成一体，最初就是因为无人真正去了解我们需要什么，或者了解，但并不想给我们。朝廷要么不大理会，要么拿出一些自以为对我们好但只是表面光鲜的办法。”

真宁左听一句，右看一眼，始终插不上话，刚想开口，门外忽然一阵骚乱。

仆人来不及通报，便有两少年急匆匆地喊着“先生”冲进正厅。见厅中高坐一位少年，旁边还有个武官，两人愣在门口。

李怀英急忙斥道：“不得无礼！”

他欠身向真宁和谢震解释：“这是我的两个学生，平日随便走动惯了，令二位见笑了。”说着将那两人拉出厅外。

“出事了，先生！”一个少年急吼吼地说，“羽林军把大理寺砸了！”

厅中的真宁与谢震听得真切，相顾骇然。

李怀英急忙问：“怎么回事？”

另一少年说：“听说衡侯醒了，说打人者不是羽林，是市井无赖。羽林军轰然大乱，说大理寺白白打死他们的兄弟，要大理寺卿出来赔罪。大理寺今日大门紧闭，无人敢应。羽林军一时恼怒，掀瓦的、撬砖的、搬石头的，找到什么都向里面乱扔，只是不敢在皇城之中投枪放箭，否则大理寺也早出人命了。”

厅中，谢震站起身向真宁说：“殿下，请速回宫。”真宁惶惶地不住点头，可是身子动不了。谢震上前来抓住她手臂，强搀起来向外走，对李怀英告辞。

宫门前的那两个侍卫已经尾随而来，在李家门外等候多时。真宁顾不上乱发脾气，只听遥远的叫骂声传来，大理寺一带动静非常。谢震沉下脸，将真宁推上马背，自己也上马，牵了真宁的缰绳说：“请随我走这边。”

附近的仙鹤坊、安化坊，有不少好事之徒出来看热闹，谢震一行人避过他们。可是走不多时，前面一伙壮士推搡着一个穿官服的人，边走边叫骂：“你不是会写诗吗？来写啊！七步写不出来，打断你的腿！”旁边一顶风雪轿烂在泥里，显然是被他们砸毁的。

真宁颤声大喝：“你们是什么人？竟敢公然侮辱朝廷命官！”

那伙人听见她的声音，都转过身看，然后忽向这边大步奔来。真宁见张张面孔狰狞，吓得一声尖叫，掉转马头逃命。

“殿下！”谢震惊呼，连忙策马去追。

真宁本就不熟悉这些道路，惊慌当中不辨方向，不久之后自己也不知道跑到哪里了。一团团人群，愤怒地向一座宅邸当中扔火把。那宅子里已浓烟滚滚。马驮着她跑过去之后，又经另一座宅院，大门破开，歹人与仆人里里外外地乱跑乱叫。她吓得紧紧伏在马背上不敢动，不多时见到宫城一角，急忙奔驰而去。

这回却被一群人发现了，众人呼地从街巷左右涌出来。这群人不像是羽林军之流，见她一副贵公子模样，不由分说地扯住缰绳，眨眼工夫就把她团团围住，一个个狂魔似的涨红了脸喝问："你爹是哪里的狗官？"

真宁吓得大哭，挥舞马鞭一通乱打。

"还不退下！"谢震沿路召集一队侍卫，冲散人群。

"殿下，没受伤吧？"他把缰绳向她手里送，只见小公主眼中含泪，浑身抖得像发热病，双手紧紧揪住马鬃不敢放。

"请恕下官无礼。"谢震抓住真宁的腰带，将她提到自己的马背上，向宫城疾驰。

真宁浑然不知，只记得在宫城门前，她还逞强说可以自己走。进入宫门，骤然安静，再没有喧闹的暴徒，她终于忍不住大哭起来，一边哭一边跑向玉屑宫："父皇——父皇——"

有人听见她哭喊，冲出来阻拦："殿下，勿在宫中奔走哭号，吓坏宫人。"

原来是崔落花先一步回来。她也看见羽林军在大理寺闹事，已经禀报皇后。此时皇后正在玉屑宫。朝廷从未发生过这种事，天子震惊，已下令去捉拿聚众闹事的首犯，并要大理寺迅速禀报拷问致死的事。

"大理寺卿来不了，听说翻墙逃走的时候被人用木杆打下墙头，摔断了腿。"崔落花说起来，犹自心惊胆战，"幸好摔回墙内，若是掉在外面，恐怕不止断一条腿。"

真宁在她的搀扶下，一边走一边哭哭啼啼："他们恨我们。"

"殿下这是哪里话？"

"他们问，我爹是什么狗官。"

崔落花勃然大怒："是谁讲这种大逆不道的话？！"

"他们又不知道我是谁，只看衣服就要打我。"真宁哽咽说，"我们从小就学'爱民如子'，但孩子也有可能恨父母，我也不可能爱那些想打死我的人。我还以为，只有皇后招人恨，其实我们有什么差别呢？"

崔落花哑然："没人恨皇后。"

真宁那张冻红的脸上咧开一个难看的笑："只有你们还信这话。"

她回到寝宫，扔掉那件被许多脏手拉扯过的衣服，有生之年再没有微服出宫。

睿洵在玉屑宫听完事情始末，其间眉头不曾松懈片刻。

"你是不是在庆幸，一开始没有督办大理寺这件事？"他父皇的口吻仿佛在开玩笑。

睿洵想了想说："儿臣若是介入，或许大理寺就不会闹出人命，也就没今日之事了。"

"你来调停此事，"深泓说，"不得推诿。"

“父皇，事已至此，仅剩判明是非，严惩凶徒，还有哪里需要调停？”

“你在冬宴上褒奖卫侯、衡侯——这才是诸事之因。”深泓说，“羽林军殴打大理寺少卿时，说的是‘会作诗’。拷打嫌犯至死，自然有刑律处置，但他们还是向大理寺发泄超出常理的怒气——因为没有得到你的尊重，又没法向你发泄。”

睿洵难以置信：“父皇要我尊重这些暴徒，对他们从轻发落？打砸大理寺，殴打官员，必须依律严惩！若他们能得到储君的从轻发落，那明天满世界都是法外之徒了！”

“我们是帝王。现在的帝王，未来的帝王。”深泓看了儿子一眼，淡泊地说，“人们都知道律令会怎么判，大理寺卿知道的比我们还多，但人们不会当他是皇帝。因为这个国家不仅有律令，还有人比律令高那么一点点。我们尊重国家的规则，但也要在这种骚乱时刻，提醒人们别忘了我们的位置。从轻发落，或者从重发落——你来处理。”

他看得出来，睿洵又犹豫了。并不意外。他几乎想不起来，儿子脸上几时有过坚决的表情。这时候，潘公公进来报：“皇后来了。”

深泓刚点头示意，她就急匆匆地走进来，脚步没在镂屏那里停顿。

“真宁怎么样？”他问。

“吓得不轻。”素盈蹙着眉摇头，“妾不该心软放她出去。”

“无须自责。她自己想看宫外，外面就是这样，不尽是好的。”深泓不再多说。

睿洵上前一步请愿：“父皇，袭击公主与趁势作乱的暴民，请交给儿臣一并搜捕处置。”

素盈在旁边提醒：“殿下，真宁说那些人并非羽林军，若追查，恐怕要惊动全城。”

睿洵正色说：“羽林军袭击大理寺，固然应当严惩，但有人趁势作乱，劫掠良民，危害百姓，不应算在羽林军头上。一并捕到，断明是非罪责，更为妥当。”

“你去督办吧。”深泓说完挥手示意他退下，转向素盈微笑，“一年就一个生日，竟被这种事情搅了。”

素盈笑说：“这两件事怎能相提并论呢？再说，妾本无心庆祝。”

“衡侯醒来说，袭击他的人不是羽林军，是市井无赖。”他的声音一转低，素盈便警惕起来。

“是妾失算了。”她歉然说，“本以为这样可以息事宁人，便要衡侯夫人教他这套说辞，未料到羽林军会因此袭击大理寺。”

深泓摇头：“他们不是因为这个。”

话说了三分，他含笑打量素盈，问：“衡侯夫人那脾气，居然肯听你的？”

素盈笑道：“妾本来怕劝不动呢！谁想到只是说说，她便听从了。”

深泓继续问：“怎么说的？我也该学学。”

素盈回想，笑答：“妾说，冬宴本是犒赏文武百官同心协力安度一年。若是衡侯专喜欢挑这种时候给人难堪，从此以后不必来了。况且，他那诗除了让圣上看见文武相轻，也没什么了不起的内涵。因言获罪确有不公，有人会为他主持公道，但以后不要再给圣上、东宫找这些麻烦了。”

深泓注视她说每个字时的细微神态，问：“那你说，洵又是为何赏他？”

素盈眨一下眼睛：“妾不便评价东宫。”

“因为他自以为外出领兵，天下兵马大元帅已经得到武将的支持，需要拉拢朝中文臣。卫侯、衡侯恰好不是宰相党羽而已。”深泓微微叹息，“再者，就算向林、谢两位将军示好，他们也不可能舍皇后而投东宫。”

“陛下这样想，那妾实在是罪大恶极。”

“如果是洵这样想呢？”深泓嘴角的微笑与口中话语并不相衬，在他脸上却又意外地和谐，“他能赏给衡侯一只琉璃杯，而你能让衡侯改变说辞。”

素盈笑道：“妾能做到，并非自己的能耐，是因为搬出了陛下。有能耐改变说辞的是陛下，还有衡侯夫人。”说罢，淡淡地劝道，“陛下请不要再拿妾与东宫比较。他是未来的帝王，不需要与我这样的人比。”

深泓紧盯她的眉眼，许久，惋惜似的说：“当初，我以为他选侧妃的结果会是你，已经准备好同意。”

素盈习惯掩盖惊诧，但这回还是有一些没能死死掩住。

“但是他的想法……”深泓长叹，“他做事总是这样，意图美好但脆弱，自己造出许多阴差阳错。”

素盈一时无语，低头说：“陛下该休息一会儿，容妾告退。”

她走出温暖的宫殿，天空阴沉，扫过雪地的风如冰刀。面上一僵，整个人被冻得清醒了。现在说这些还有什么意思呢？阴差阳错的事情并不值得责难，那些他打定主意要做的事，才是两人分崩离析的根由。不可能重来。

第二天常朝，深泓难得亲临昭文阁，众臣欢欣，唯独宰相告疾未到。众臣都知道，皇帝勉强亲临，一定是因为昨日出了羽林军那事。听说事情交由东宫督办，且已捕获羽林暴徒若干，众人无话可说，只是不乏要求重惩羽林军的进言。

及近午时，琚相忽然求入玉屑宫面奏。深泓并未见怪，反而笑说：“姗姗来迟，定是事出有因。”

琚相面色凝寒，并不避讳素盈在场，跪倒道：“臣有罪——兰陵郡王遇刺一案柳暗花明，臣担心物证有闪失，急交大理寺，不想大理寺遇袭，大理寺卿闭门不出，传送物证的少卿路遇歹徒，物证俱已丢失。”

素盈与深泓默默对视，两人眼中所蕴含的意味却不相同。深泓简短地吩咐：“皇后回避。”

目送她离开，他不慌不忙地问：“既然宰相见过证据，说说看，是什么？”

琚含玄再叩头道："空口无凭，不敢妄奏。"

"是真是妄，我会判断。"

琚含玄静了一刻，徐徐地回答："西陲军中有一军校，他找到一样东西，托人送交兰陵郡王。有人误以为郡王已经得到，想要杀他灭口。其实那东西辗转多人，最近才抵京，可惜……"

"这般神神秘秘，到底是什么东西？"

琚含玄又斟酌了一刻，才回答说："是东宫串通西国，出卖龙骧将军属下八千精兵的书信。"

深泓默了一会儿，说："带大理寺少卿来见我。"

三九冰雪映日光。天道存阴阳，消长亦有常。

第三句消寒令抽中了丹茜宫，本该在今日聚集后宫妃嫔同赏，碰巧又是腊八，合该热闹一次。但昨天出了那样的事，皇后罢宴，只题了一句，传送宫中。

钦妃拜见时赞道："皇后果真是皇后，笔下没那些风花雪月。"

素盈笑说："我向来不会写这些，头疼得很，索性欺负众位不敢笑我，胡诌应付差事。"

"娘娘身为皇后，照样是自己应付差事，不像东宫妃，找一个奴婢顶替。"钦妃不忘讥诮，顿了顿，又带着几分担忧说，"只是这诗模棱两可，恐人多疑。"

素盈含笑说："大冷天，大家闲着也是闲着，活动活动脑筋，好打发日子。"

钦妃忍不住笑了。

素盈端详她的笑脸，忽然问："姑姑，月信如常吗？"

钦妃慢慢收住笑意，未回答。素盈缓缓地点了点头。

钦妃伸手拉住她微冷的手，心平气和地说："我想，是时候了。"

"哦？"

"忘了八皇子。"钦妃说，"无论怎样怨恨别人，我内心深处一直都知道，是我的错——我在没有能力保护孩子的时候，当了母亲，结果害了他。"

"现在呢？"素盈问。

钦妃认真地点头："既然我有能力成为领军的皇妃，有能力击退敌军，我想，我也有能力当母亲。"她注视素盈，目光温和，"你告诉我，余生可以有别的样子。现在，我有了想要的样子。"

素盈笑了笑，平静地反握住她的手，说："你可以的，一定会有平安健康的孩子。"

钦妃用力按住她的手，坚定地说："是我们两人可以——你和我一定可以养育内心明亮的孩子。"

她们正在里面说话，外面宦官匆匆跑来，向崔落花耳边说了几句。崔落花大惊，急忙入内唤一声："娘娘。"

钦妃知道这一声是提醒她该走了，便起身告辞。素盈在她耳边叮咛："诸事小心。"

崔落花不等钦妃完全走出门，就快步走到素盈身边。

"什么急事？"素盈问。

"昨日，有个大理寺少卿挨了羽林军的打。"

"我知道，"素盈皱起眉，"出人命了吗？"

"不是，"崔落花说，"羽林军将他的衣服帽子都扯烂了，里面有一样东西，也落到了他们手里。原来是东宫私通西国的书信。"

"什么？！"素盈也惊呆了，"什么样的书信？写了什么？"

"说是东宫与西国私下媾和，葬送龙骧将军麾下八千精锐。"崔落花忐忑地说，"今日全城大肆搜捕羽林。羽林军说，他们已将参与闹事的那些人绑送大理寺，东宫大肆搜捕，致使清白羽林沦落大狱，是为了找回这东西。因此五百多人聚在宣明门外登闻鼓院，要将书信和诉状面呈圣上。"

素盈呆愣半晌，回过神，压低声问："你看这是……相爷的意思吗？"

崔落花无从回答，也犹豫半晌才说："很难说。但是，东宫通敌叛国，全京城都传开了。朝野哗然，要求废太子。"

素盈恍然不知该说什么。崔落花又报："圣上已重回昭文阁，召见众位大臣与兰陵郡王。"

"我要去看看。"她站起来。

琚相……她侥幸在他面前施过诡计，此后无论怎么告诉自己不能低估他，还是低估了。现在她必须忘记过去那些侥幸，永远记住今天。

但是，他并不是此时此刻值得她注视的人。

阁下明戈亮甲，一片森森寒光。领军将军见皇后来到近前，行过君臣礼之后说："娘娘留步。圣上在阁上议事，后宫妃主不得入内。"有禁军护卫昭文阁，看来羽林军的人已经来了。这阵势倒不是怕他们，是要他们知道，羽林并非唯一的侍卫之臣。

"我不上去，就在这里等一会儿。"素盈浅浅一笑。

领军将军为难："此处风急霜重，兵戈往来，娘娘不宜久留。"

素盈不理他，见一队侍卫送着一个人渐行渐近。她好奇是谁来得这么晚，仔细端详才发现是哥哥素飒。

领军将军迎上去道："郡王请速登阁。"素飒以君臣之礼与素盈相见，一字未发便匆匆入阁去了。

素盈目不转睛地送他的身影入内。领军将军又劝说："务请娘娘以凤体为重，速返丹茜宫。"他是武将，说话直来直去，素盈和蔼地笑了笑，并不怪他，可也没有妥协的意思。

她又等了一会儿，谢震从阁中出来。见皇后在外，谢震上前施礼。素盈问："叫你来做什么？"

"臣与真宁公主都亲眼看见羽林殴打少卿。"

两人不便多言，匆匆别过。片刻之后，几名羽林军退出来，并没有穿戎装，可是俨然带有一股独特的气势。接着是众位大臣紧锁眉头，一一自阁中退出。又过了一会儿，素飒随琚相一道走了出来。

琚相随口问了一句："大冷天，娘娘怎么站在这里？"

素盈不回答，反问："还有谁在上边？"

琚相露出一个古怪的笑："圣上在等人，娘娘这时还不能上去。"

素盈没问他在等谁——她看见远处，睿洵被一队兵士簇拥着走过来，便明白了。皇帝一个人承受了全部发难，最后才独自面对他儿子。

琚相带着一点兴致观察她："等着和他碰面？"

"他"指的当然是睿洵——琚相以为素盈想看看睿洵的表情。可素盈没理会。她无视从旁边走过的太子，定定地伫立在昭文阁下，显然不达目的不会离开。

"现在我有点好奇你要请求什么。"琚相轻喃一句，步履缓慢地走开。

他身后的素飒关切地看了看妹妹，说："你放心吧。"一字字掷地有声。

素盈绷紧面孔，直直地瞪着他，最后严厉地说："你先回去。"素飒知道，她一定是对那封书信起疑。他还想说些什么，但这里实在不是说话的地方，只得生硬地躬身告退。

睿洵看多了他父皇在玉屑宫半倚御榻的形象，此刻诧异地发现，他再次出现在那面描龙画壁之前时，威风依旧。

"父皇，儿臣已听说羽林军在登闻鼓院闹事，但儿臣俯仰无愧。"他本来就无所隐瞒，又着意添上几分诚意，那口吻听起来近乎可怜。

深泓直直地注视着他，一言不发，伸手拿起书案上的一张纸，轻轻一抛。那张纸飘飘忽忽地落在睿洵面前。他大惑不解，拾起来看了两眼，简直不相信自己的眼睛。

"西陲一个军校拼死得到这封密信，送给兰陵郡王。中途几经风波，落在羽林军手里，呈给我看。这是你写给西国主帅的信，里面所书，与你禀报的战事并不相同。"深泓双手撑着书案，慢慢地站起身来，"你葬送了龙骧将军的精兵，换得西国来日出兵助你登上皇位的许诺。借此机会乘胜修和？与西国王密约儿女婚姻？的确，后家、宰相拥有的，你还没有。你妻子拥有的，你不情愿依靠。可是——向外敌寻求助军？你疯了吗？！"

睿洵喉咙里仿佛塞了一样东西，吞吐不得，憋得他浑身颤抖。

"这不是真的！这是捏造！父皇，这是假信！"

"完美的假。"深泓一步步走过去，拾起那张纸，"文辞、笔迹、印信，甚至，落在右边的火星——你惯用左手，写字时，灯烛总是放在右边。你要如何证明这不是你的亲笔？"

“这些细节尽人皆知！诚心模仿怎会不加注意？”睿洵痛苦地向父亲大喊，“为什么要我证明？只要你相信，我就什么也不需要证明！”

“那么给我一个提示，让我面对天下的时候，可以告诉他们，我不是偏袒自己的儿子，我是在为一个清白的人主持正义。”

“父皇，是你告诉我，我们比律令高那么一点点。你的话就是正义！你可以为兰陵郡王御笔断罪，为什么对你的亲子满口推诿？”

“兰陵郡王算什么！你是国家的储君！”深泓看着这个几乎绝望的孩子，极缓慢地摇摇头，“你太傻了。你可以玩弄权术，但绝不能沾上背叛国家的嫌疑。权力是国家给我们的。”

睿洵惊诧地望着父亲，忽然怀疑他们是否真是父子。

“可我什么也没做。”他讷讷地说，刚说完就明白了，他有没有做，谁会在乎呢？所有的人，只在乎他们看到的。

他无力地发出一声长叹。

在羽林军对他满怀敌意的时候，一封伪造的信忽然出现，落到他们手中。不巧的是，那封信也在说着同样的事——储君是如何糟蹋武人的性命。更不巧的是，他现在满脑子想到的，不是如何为自己雪冤，而是一句话——

不，父亲不会救他。

如果连这样一个孩子也搭救，无异于对全天下说：“他是我的儿子，他做任何事，我都会原谅他。即使他通敌叛国，我也宽恕他。”

皇帝不会那样做，否则就是告诉全天下，国家可以交给一个叛徒。那还有谁会忠于天子？皇帝绝不会那样做，就算明知他什么罪也没有犯。

“啊！啊！”睿洵连连叫了两声，声音越来越苦闷，可是再无任何意义。

怎么会突然变成这样？怎么会落到这地步？他呆呆地看着父亲，看了好一会儿才说：“父皇，今天是腊八。”

深泓默默地看着儿子忽然变得平静，心中隐隐痛起来。

“儿臣原本备了素粥，打算亲手侍奉。”睿洵说，“父皇想尝尝吗？”

他说话的口气，犹如今生今世再没有机会。深泓心中一软，柔声回答：“你去取吧。”

睿洵拜了一个大礼，起身离去时，风度依然很好。

“父皇，我的确太傻了。”他的声音忽然深沉，“我傻到以为对手和我一样，玩弄权术的时候，不会搬动‘国家’这颗砝码。”

深泓扶着椅子坐下，累得仿佛再也无法站起来。昭文阁静悄悄的，只有他一人享受死寂。

一串小心翼翼的脚步声踏着软毡登阁。素盈的身姿慢慢映入眼帘。她走上前施礼，仔细地打量他，语音轻软："陛下，离开这儿吧，换个地方休息一会儿。"

深泓向她伸出手，触到她冰冷的指尖，便问："你等了很久，只为说这个？"

"今天太残忍了。"她一边说，一边拉着他的手，坐在他脚边，轻轻将头倚在他膝上，"他是你唯一的儿子。陛下不忍心让他知道，你为他承受了什么。今天这事，对陛下太残忍了。"

两人没有说话，半晌，深泓才叹："皇后是个聪明人。"

素盈摇头说："我不知所措。陛下仍能冷静面对，才是真正的聪明人。"

深泓抚着她的头发说："我做尽傻事才有今日，而到今日才发现，想再做一件傻事，也做不得。"

他长长地叹了一声，说："今天是腊八，可惜没有家宴了。我们一起，受东宫夫妇侍奉一碗粥吧。"

砂糖倏然融化在腾腾的热气里。

睿洵诧异自己的手没有颤抖。在这样的日子、这样的时刻，本该绝望，但他笑了笑。谁知道呢，大约这样的漠然，就是他的绝望。这问题实在无须深想。

"你为什么不拼死否认？"素璃难以置信地看着他，"一封伪造的书信就把你吓傻了？"

睿洵苦笑。的确，吓了一跳——造伪书的人，简直会读他的心思。他不是没有想过利用有利的战机联络西国，因为他实在没有十分可靠的力量。可他仅仅是想了想。那封书信出现时，他几乎要怀疑自己是否真的把这些想法写了出来。

"竟然一日之间天翻地覆。"他长长地叹了口气。

"没有什么事情是突然发生的。"素璃拭去愤怨的眼泪，恨恨地说，"是我们太粗心，错失了在暗中进行的筹划而已。"

发觉时，已太迟。

不，也许，什么也没有迟到。一切都是正该发生的事，只是在他的幻想中，来得不该这么早。

十数名禁军将东宫夫妇送到玉屑宫。深泓斜倚在床，皇后在他手边端坐，谁也没出声。

睿洵送的是一碗粥，触手还温暖。素璃奉一壶酒，膝行至帝后脚边，口中唱颂驱鬼避疫的古歌，向天、向地弹去指端的酒，恭恭敬敬地斟了两杯，送至帝后面前。

深泓接过来，依样在杯中浸湿手指，向空中弹了三次，将金杯送到唇边轻轻一碰，又将金杯还她。素璃似是心中感动，一饮而尽，两滴眼泪扑簌簌垂在手上。她急忙抹掉泪痕，对着深泓深深地一拜。

皇后本该用同样的方式将另一杯酒与她同饮，可素盈接酒之后，翻手倾在脚边。毡毯上晕开一片酒渍，艳丽的花朵没有变色，这并非一杯鸩毒。素盈知道她的表现不及深泓大度，然而她不在乎。

酒气腾起浓浓醇香，可素盈冷着一颗心，冷眼看睿洵朗声说出那套为父亲祈福的说辞。烛光不安地跳跃，在他脸上投下淡淡的影子。他的脸色泛白，但声音有着神奇的平缓。他将盛着粥的青玉碗高举过头。

深泓专注地凝望他的孩子，没有接。睿洵抬起眼，微微苦笑着拿起调羹，舀了一匙放入口中，毫不迟疑地咽了下去。

“你何必呢？”深泓悠悠慨叹，伸手端来玉碗。素盈心头一紧，狠心将小人做到底，抢着把那碗粥夺下，交到旁边宫女手中。东宫夫妇见状，一个字也没说，齐齐深拜，在禁军的护送下离去。

深泓看了素盈一眼，目光中不知是责备还是玩味。素盈昂然与他对视，没有觉得自己做错了什么，并且大胆地伸手在他唇上一擦，要把那寥若无迹的酒痕也清除干净。深泓趁势抓住她的手，轻声说：“你心里知道，他不是一个弑父弑君的人。”

“天下人心里知道，储君不该背叛国家。陛下若是面对叛徒时不加提防，会有损你的聪明。”素盈说，“那么，有些人就不再忌惮你了。”

深泓沉默之后笑了一下：“这真是……只能从皇后口中听到的话。”

素盈立刻察觉自己说了不该说的话——她不该用自己的想法威胁皇帝，即使那是真心话。她无力地喃喃：“我突然很累。”

深泓像是明白她的感受而且早已习惯，拍了拍身旁，用前辈的口吻安慰她：“在这儿睡吧。明日起来，你就会忘记这句话。”

空气中弥漫的酒香令人昏昏欲睡。素盈本不敢沉醉，但是片刻之后，她浑身酸软无力，一心只想睡到地老天荒。

这次真累了。她静静躺了片刻，悚然警觉——皇帝睡得无声无息，他从不会如此，更不可能在这样一个夜晚如此安稳。

素盈想翻身看看他，忽然感到一阵无法控制的麻痹。那股无形的恐怖瞬间向头颅蔓延，她眼前发黑，连喘气也变得艰难。明明刚才还可以动弹，此刻脖颈之下却像是注了铅……

她费尽力气想在他耳边呼喊，可做到的只是头一偏，重重撞在他的肩上。呼吸喷在他肩膀上，他还是像一尊熟睡的雕像。素盈大口吸气，期待自己能发出声音，哪怕只是一句耳语。可惜呼吸也渐渐变成一件奢侈的事。她的感觉越来越麻木，心思越来越模糊。

就这样无所作为吗？待明日，宫人来唤他们起身，只发现一对僵硬的尸体？

不！她张开嘴，用尽浑身力气咬住他的肩膀。

深泓的身子疼得一颤，猝然惊醒。

“啊！”他按住肩头，身子几乎是从素盈身旁弹开。他低头看了看受伤的肩头，满脸愤怒和惊诧地看着皇后染血的嘴角。又一次……这大胆的女人又想做什么？

她的长发散了半床，凌乱中苍白的脸庞沾满泪痕。她的身体僵硬无法动弹，咝咝地喘气，含泪望着他。

他忽然明白："皇后！"

守夜宫女听到皇帝的惊呼，慌张地拥入内，一见深泓血迹斑斑的肩头，立刻"哎呀"叫出了声，旋身向外奔去，边跑边叫："快传太医！"

"站住！"深泓大声喝止，"不要大惊小怪，取一碗热水来。"

潘公公迅速捧来最大的碗，战战兢兢地望着他。

"我没事。"深泓说着托住素盈的后脑，说，"把这毡毯拿出去烧掉。"

潘公公心中惊骇，立刻遵照他的吩咐卷起毡毯，弓着身子倒退出去。

深泓从玉枕中取出几片干涩的叶子嚼碎，和着热水送素盈吞服。即使如此，他想，也许她还是会死。对她来说，这些枯叶来得太迟。他又取一粒干枯的果实塞入她口中，然后轻抚她的脸庞，擦干所有泪渍。

"没事的。"他已经习惯说谎，但这句听起来难以自欺，更难骗人。可她还是愿意相信，呼吸渐渐平静，身体也慢慢放松。

潘公公带着洁净的白布回来，吃惊地看到深泓同刚才一样敞怀坐在床上，仿佛并没有感觉到寒冷。

"陛下，肩膀！"他想上前包扎，却被深泓挥手拦住。

"嘘——"深泓将手指放在唇边，邀他一起聆听。潘公公也听到了一种轻轻的颤动——"喀！"

皇后又咳了一声，眼睛睁开一线，弱弱地说："我头晕。"

"睡吧。"深泓长呼一气，手臂放松下来。她像苍白的羽毛一样落回枕上。

这日是个阴天，宫殿内外灯烛全燃。素盈伏在枕上许久才缓过神，取出口中异物，勉力发出虚弱的疑问："冬珊瑚？"

深泓在案边书写，不知是没有听到还是不愿给她解释。他写完之后又看了一遍，将那东西卷起来。素盈看清是一卷诏书。素盈从没有见过他亲笔下诏，但在今日，发生更古怪的事情，她也不会惊异。

深泓将诏书交给潘公公后，就坐回床边，轻轻理顺素盈的长发。

他沉默了好久，说："我不想瞒你——中了'沉梦'之毒，或在朝夕，或是数年，迟早暴毙。"

素盈想问他："当初忽然病倒，是不是也与'沉梦'之毒有关？为什么你能如此坦然？为什么你会没事？"但她睡前已说错一句话，同样错误，清醒后不敢再犯。

潘公公回来复命，深泓便大步走到帷幄外，同潘公公说话。素盈竖起耳朵，听到他问："她怎么说？"

"她不愿独揽。"潘公公回答，"并且，殿下也不愿意推在她头上，陷母族于不忠。"素盈当下领悟，他想要素璃替他儿子挡箭。

素璃先于东宫卷入刺杀兰陵郡王的风波。她不是他的女儿，他不必处心积虑保她。可惜睿洵除了妻子一无所有，不能就此抛弃发妻。而素璃……素盈听之惠说，每一个向素璃投诚的宫人，都会听她说出这样一句话："这一刻开始，我要你记住——你服侍的不是我和太子，是我，是我一个人！"

这样的女人，怎么会独自承担丈夫的灾难呢？

深泓重入帷幄，素盈才问："陛下刚才颁了什么样的诏书？"

他沉默了更久，怅然说："国家失去了储君。"素盈悚然变色。他接着说："从今起，只有庶人睿洵。我已命他夫妇二人一开城门就离开京城，日后无诏不得擅还。"

闪电般的处断。即使是在这充满风波的一天，素盈仍为这个结果感到震惊，但她马上理解了。

"陛下是个好父亲。"

深泓懂得她的话，安闲地说："我早知道洵的性格和我完全不同，可我从未想过，皇位必须交给一个和我一样的帝王。洵有他的优点。我很想知道，他登上皇位会写一段怎样的历史。"他无奈地叹了口气，"可他，不小心越过了这趟旅程的底线……"

丹茜宫静了下来，最后还是素盈的叹息打破了静谧——做皇帝的儿女，到底比做皇帝枕边的素氏幸运。正因如此，素璃绝不会揽罪。她要以睿洵妻子的身份，跟他一起沦落，再伺机与他一同东山再起，重圆她的美梦。

"陛下，我可不可以去送她？素璃。"她忽然冒出一个奇怪的念头。

"为什么？"

皇后的一声喟叹脱口而出："我们都生在素氏。"

深泓的睫毛颤了颤，思忖之后说："我不愿别人看到，皇后为皇帝废黜的储君送行。"

"我不会被人发现。"素盈如此回答。

睿洵觉得自己已经等了一百年。

就在两个月前，他多么威风地从城门进来，谁知迎接他的荣耀不过是一团泡影。如此离开，他不愿被任何人看见。

可城门迟迟不放行。他靠着马鞍仰望天空，视线所及一片空无，黑沉沉的宁寂吞没了月色星光。

由远及近传来车轮碾动，不紧不慢的声音吓了睿洵一跳。马车停在不远处的黑暗里，不多时，一名侍卫走到睿洵身边说："是驸马的车，请素庶人过去说话。"

睿洵心中疑惑，问：“哪个驸马？”

“东洛郡王。”

睿洵摇摇头——素沉怎么会有话与素璃说？一定是姐姐凤烨公主。他不愿与素璃说话，对侍卫说：“你让她过去。”

素璃脚步稳定，从睿洵身边走过时，看也未看他。她一走近那辆马车，立刻有人代为揭开车帘，旋即严守一旁。车内没有亮光，素璃愣了一下，怔怔凝视暗影里的那个女人。

她端正地坐在那里，姿势和气态都不是孱弱的凤烨能够具备的。素璃冷冷地笑了一声，转身要走。

素盈的声音不高，在静夜里足够清晰：“只有东宫活着，东宫妃才有意义，但若失去妻子的地位，东宫的死活与你有什么关系？你是这样想的吧？他……真可怜。”

素璃停下脚步，慢慢地回身上了马车，随手把毡帘落下。她紧盯着素盈，一字一字地说：“他可怜不是因为遇上我，而是遇上你。他没有想到，你愿意搭上自己的性命，与宰相一起陷害他。”

“如果与你无关，你怎么知道我昨晚差点没命？”素盈淡淡地问。

素璃愣了一下，不住地摇头：“你自己不知道啊！”她指着素盈嘿嘿笑了笑，“你也很蠢——我们都被人利用，但我和东宫可以活着离开，你呢？”

“那是我的事。我来，不是同你谈论今天。”素盈平静地说，“我想看看阿寿。”

素璃立刻警惕起来：“他还睡着，你看他做什么？”

素盈柔声问：“以你们夫妇的处境，如何抚养他？”

“不劳你费心。”素璃飞快地打断了她的话，一挑帘跳下马车。

她回头望了素盈一眼，说：“你心里知道的，你来，不是见我，也不是看阿寿。你是来送他，就像他当初送你到宫门。”

素盈没有想到她仍然对这事耿耿于怀。素璃咬牙切齿地望着不远处的丈夫，说：“同你分离，在他心上留下一个缺。当你嫁作他人妇，那缺口痛了很久。后来，只要想到你还活着，想到你也许会生一个皇子，心缺就变成一块心病。现在那伤口裂成一道鸿沟……如果硬说他心有所属，一定是属于你吧？尽管，不是很愉快的归属。”

她今日的口气一直消沉，至此方添一丝快意：“我为什么要为一颗被别人染指的心，输尽我的全部？不。我还想看你和他最终会落得什么下场。”

素盈心寒——原来素璃不仅不爱他，甚至有些恨他。大约连素璃自己，也是此刻才发觉。

素璃大步走开，冷笑着走到睿洵身边，说：“去见她吧！”

睿洵仍不解车中的人是谁，怎么会和素璃恶声纠缠。直到迈上马车辨别出素盈的身影，他才苦笑一下，打算掉头离开。不想他踩着车里一样东西，发出笨拙的声响。

素盈低低地出声道：“你脚边是火镰，递给我。”

睿洵在脚边一摸，果然摸到火镰，向她怀里一抛，仍要走，又被她一句“慢着”拦了下来。

她拿着火石磕几下，几点明红色的火星点着了一盏纸灯。灯芯摇了摇，悠悠地亮了起来。她穿着过去的衣服，昏暗的光线勾勒出他熟悉的面容，可他们的神态已经不复当年。恍惚之间，睿洵觉得如梦似幻，待她一转眼凝视着他，他又猛然觉醒，冷笑起来：“你来做什么？”

“是你父亲准了的。”素盈说，“我来找一个答案。”

睿洵静静地等待，可是她过了好久又说：“算了。”

“问吧。”睿洵放缓口气，“今日的素盈，不该连提问的勇气也没有吧？”

“今日的素盈，不该太在意那个答案。”

见她无话可说，睿洵不愿久留，临走前回头注视她的衣衫，说：“这件衣服，好像是裁掉奉香那天，你出宫时穿的那件。那时候你多大？十五岁？十六岁？简直像是十年前的事。”

“好像是上辈子的事。一碗藕羹，勾销了。”素盈悠悠地说，“可我还是想知道，你是怎样狠下心投毒害我的？”

他忽然转身回来，面孔几乎贴上她的脸。素盈伤心地望着他的眼睛。他毫无征兆地把她抱紧，说：“你不会有事的，我会照顾你一辈子——那时，我是这样天真地认为，除了孩子，你想要什么，我都可以给你。”

素盈胸中溢满酸涩——别人天真，至多不过害自己，他的天真，却要改变许多人的命运。他现在还是那么天真。

“你杀掉的不是一个孩子，是我。”她说这话时太冷静，睿洵的柔情顿消。

她只余唏嘘：“我不能掌控自己的人生、自己的婚姻，但是为了你，我想掌控自己的生育。结果，是你向我宣示，身为女人我一无所有，我的身体不属于我，生命也是。昨天晚上，又一次……”

素盈闭上眼睛，轻轻推开他：“你走吧。”

睿洵察觉她手臂僵硬。其实他刚才就注意到，她打火石的动作笨拙，腿脚一直没有动，似乎还麻木着。他看在眼中，心里不是滋味。

“不是我干的。”睿洵说，“父皇还没有决定如何处置那封信。我与素璃都看得出来，怎么会自掘坟墓去谋害至尊夫妇？你想想吧。”

素盈看着他，迟疑地摇头：“我不知道该不该相信你。”

“我没有做，就像我没有通敌叛国。也许有一天，你会看到所谓的我的供状，你会愿意相信素飒。但是在这世上，没有什么不能造假。此时此刻我对你说的话，是我唯一的供状——我没有那么做。”睿洵握住她的手。

素盈毫不犹豫地甩开他，用很慢的语调说：“我哥哥不会拿将士生死去钩心斗角。”

“我也不会。”睿洵听到城门放行的声音，知道分别在即。

他跳下马车，忽然问：“你哭了吗？”

素盈疑惑地回答：“没有。”

云端泻下一丝曙光，他苍白的面孔迎着光，绽放一个哀伤的笑容：“我果然太傻，分别时，竟然只想要你的一滴眼泪。”

素盈回到丹茜宫，深泓没有问她看到什么、听到什么，又或者感受到什么，但是他仍然在丹茜宫，没有回玉屑宫。素盈走到他身旁，陪他一同盯着香炉上冉冉的氤氲。

他伸手托住她的脸，声音有些哑：“一定是他说了什么。”

素盈点点头，说不出话。

“你是个不会死心的女人。”深泓的目光转回香炉上，“再大的背叛，你也想找一点蛛丝马迹，证明它不像看起来那么糟糕，即使你差点送命。”

然而她没有。也许他说的是自己，但素盈惊讶的是，他不再能够看懂她。

深泓轻轻地说：“如果相信洵的话会让你好受……你可以选择让自己心里舒坦一点。可是，不会有人坦率地承认‘对，一切正是我做的’。唉，说谎的人多么轻松啊，却让我们承受判断的痛苦。”他说着偏头去看素盈，发现她靠在他肩上似睡非睡。

“皇后？”深泓轻轻叫她。

素盈嗯了一声含糊应答，没有转醒。她的呼吸伴着他的心跳，他越来越清醒，渐渐听到更远——宫中炉火噼啪，窗外北风扫过树丫……忽然有一段故事涌到他嘴边。

他用细若蚊吟的声音，在她咫尺之处讲述，不在乎她能否听见。

“我在宣城时，有个胡人自告奋勇为我相面。母亲用胡语问他，‘我儿生命中最要紧的事是什么？’”

他说了两句，停下来。素盈仍然闭着眼睛，没有出声打扰。

深泓继续说：“当然，她想问的是我能不能登上皇位。可胡人显然会错了意，回答说，‘这男儿，会为一朵花，爱上一个女人。’母亲觉得被愚弄，打了他五十板。”

他笑了笑，那表情像是从内心深处觉得这事情滑稽。

“洵出生时，胡人又来找我。我怕他会错了意，用所有我们能沟通的语言问他，洵一生中最重大的事是什么。‘我肯定还是要挨打。’他看了看襁褓中的婴儿，说，‘这男儿，会为一朵花，爱上一个女人。’我哑然失笑，不以为意，因为同样的预言，在我身上被证实只是无稽之谈。”

深泓停了很久没有说话，好像把这个故事的后续遗忘了。

“后来呢？”素盈不知在哪一刻醒来，轻柔地问。

深泓于是继续说：“当歆儿出生后，我忽然想起他，派人四处去找，终于把他找来。我好奇他还会说什么。你知道，他怎么说？”

“这男儿，会为一朵花，爱上一个女人？”

素盈开个玩笑，深泓却点点头：“他还没有开口，先伏在地上，说，‘原来找我来，是想打我。那么请吧！因为这男儿，还是会为一朵花，爱上一个女人。’”

素盈与深泓一起微笑起来。

“这次我没有打他，因为他是个不值得打的疯子。可我还是训他，‘你这傻瓜，以为君临天下的人，是满口你情我爱的小儿女？’胡人站起来，倔强地回答，‘聪明如陛下，怎么没有发现呢？爱情并不是宫廷中最耀眼的部分。可是当你疲惫不堪的时候就会发现，它并非危险无用，而是冰冷的宫殿里，唯一能让你感到温暖、让你微笑的东西。这不是最要紧的事吗？’”

素盈乍受触动，心中一软，轻轻地叫声：“啊呀！”一刹那，这两天闷在胸中的恐惧和酸楚被释放，一点泪花竟放肆地在眼中绽放。

深泓大约没有在意，仍沉浸在他的故事里，笑道：“我不想再与他计较。他只是个浪漫的胡人，他看到的宫廷，和我们看到的完全不一样。他不会懂。先皇偏爱深凛，自己也深知这份私情影响到他的判断力，久久无法抉择储君。结果长嫡之争险些分裂国家。所谓的爱，就是会引起这些乱象的无聊情绪。我……抛弃了可能危害国家的因素。”

他看着素盈，问：“你懂吗？”

素盈垂下眼睛，忽然想起：二十年的爱与被爱，不是他交给了神明，而是他自己从不践行。不需她巧妙地掩饰泪光，小小的泪花在这一刹悄悄凋零。素盈淡淡地抿嘴微笑：“我一向明白。”

那朵花开或未开，那女人来或未来，他不在乎。

深泓欣慰地呼了口气，如释重负。

“可是今天，陛下仍然感到痛苦。”她说话时温柔而坦然的神态，让深泓感到了一丝冒犯，但无法否认。

“陛下曾有两次，向我提过一个青衣少年。”素盈说，“只有这个故事，陛下很在意，向我提过不止一次。”

深泓怔忡一瞬。

“你说，他看到的不是宿命，是野心。”素盈再次靠回他的肩上，说，“但我觉得，那既不是宿命，也不是野心，是他的痛苦。”

“为什么这样想？”

“什么样的代价，能让人觉得习以为常却不肯立刻接受呢？只能是每天都会面对，但并不想一生都去面对的‘痛苦’啊。”

深泓再次陷入漫长的沉默，偏过头俯瞰靠在肩上的女人。

“皇后，你是一个很特别的人。”他的口吻真诚温和，“我见过擅长察言观色的人，他们能猜到别人的心思，能判断怎样的言行恰当。你也可以做到，但又和他们不同。”

“我其实比他们傻？”素盈勉强玩笑，“终于被陛下看穿了！”

“你能感受。”深泓说，“能看穿人的想法，也能感受他们产生这种想法时的痛苦。我这样一生只在旁观的人，有点羡慕。”

素盈摇头说：“替别人想得太多，只能给自己带来额外的烦恼，哪里值得羡慕呢？不过我能感到，今天的陛下不是旁观者。”她聆听身边传来的心跳，缓缓说，“是一生都会记得自己与儿子分享了同样预言的父亲。”

他的身躯在她旁边如山般沉稳，但很快，山的中心传来微颤的动静：“洵只是……我儿子只是褒奖了两首诗。”

这是素盈第一次清晰感受到他难过的情绪。她紧紧抱住他。

二十年前，少年许下心愿。后来，四个人一同建立这个王朝时，当中有几个会想到今天？他说，洵越出了底线。那些人的离去，是否也因迈出了越界的一步？

还有一个人，同样越过了自己的底线。

第二十二章 弥散

睿洵的离去带来一场地震。

东宫官署广受牵连，有人借机提出储位暂虚，可裁撤东宫属官。东宫属官一向自成一群，宛然另一个缩微的朝廷，着实不利皇权永固。这提议一经提出就得到一片支持。东宫三府十率，合并撤换之后仅剩一府六率，所有属官不再向太子自称“臣”，而改为“下官”。

“有人”的背后是谁，朝廷内外心知肚明。宰相终于拔掉眼中钉，可不会让下一个坐那位子的人还能同他对抗。但素盈认为，提议如此顺利，是因为皇帝不想他儿子在坠落的时候分量太重，那样容易摔得更加粉碎。他本来不打算这么快处置他儿子，这时候废黜太子，是因为有人为了陷害他，不惜谋害天子夫妇的性命。睿洵继续留在这里纠缠不休，对父子二人来说都太危险。

他没有在诏书里提到那天晚上中毒的事，只写了一桩日后很有可能会被证明是子虚乌有的通敌嫌疑。到时候，太子就可以回来，东宫官属也会回来。现在他们被裁后无处转职，全部前往宣城追随睿洵去了。

还有另外一些人，因为坚信东宫清白，自发前往宣城。大多是京城中的闲人，比如无处任官的闲士、退出书院的学生。场面有些像当年秀王北叛，一群小姓相约北上。

李怀英也归还宅院，向素沉辞别。素沉实在意外，着意挽留：“先生何必效仿那些冲动的年轻人呢？他们也许是一份忠心，也许是一次投机，无论哪一种，都是陷东宫于险地的不智之举。”

李怀英没有回答，深鞠一躬说：“草民之志，并非在于王府清客。承蒙郡王厚待，不曾回报点滴，今日略备薄宴，不知郡王肯否屈尊赏光？”

素沉摇头叹息：“我从未将先生视为清客，我们且走且谈。”说罢与李怀英一同出门，骑马而去，一直走到京城最热闹的富华楼。

李怀英停在门前，指着恍若人间仙阙的酒楼问：“郡王知道这是什么地方？”

素沉自然知道，不禁有些惊诧地看他。

“琚相长子开的酒楼。”李怀英笑着说，“这里有全国最好的酒和茶。禁酒令和禁茶令，对这里无效。”

素沉提醒他：“琚大公子是朝廷特准的酒商和茶商。”

“看郡王的表情，一定是知道，我不可能在这里请您喝酒。”李怀英说，“最好的茶要三十万钱一壶，而酒，价值千金——琚相号称清廉，琚家从不让人拿着真金白银送上门，谁敢送礼上门，一概打出门外。可是，想求相爷办事的人，只需来这里买几壶茶、几杯酒喝，日后自然心想事成。”

“先生慎言。”素沉拉住缰绳，快速离开。

两人并行到一个冷僻的地方，李怀英停下马，肃然说：“宰相先废皇后，再废储君，玩弄皇家如同儿戏。天下皆知废后蒙冤，又怎么会信储君通敌？如今朝政全在这人手里。废后黜正，覆其国家。什么也不做的人最安全，不会受到攻击和仇视，不会身处险境。然而国家已经至此地步，如果舍出性命可以让世间有所不同，匹夫亦不会吝惜！”

素沉听了不由得发愣。李怀英又说：“我知郡王并非一般纨绔子弟，心中亦有国家。所以这番话，我可以对郡王坦言，万望郡王成全。”

素沉默然，长长地叹了口气。

“先生的志向，我大概能猜到。自从因缘巧合遇到先生，我有时想，国家或许真有希望，可惜年轻人一拨又一拨地心灰意懒。我不愿看先生也慢慢冷如死灰，这才诚意相待。”他慢条斯理地说，“朝政确如先生所言。后宫呢，我妹妹……素氏皇后，在朝廷中早已不能举足轻重。我们只能全力保住她，才有机会在未来的朝廷中发声。”

他说到这里，真正触动了心事，更深地叹息道：“素氏代代争夺丹茜宫，为保住后位，打压选女，结果一代不如一代，渐渐无法控制丹茜宫。后位会落在仁恭皇后手中，是偶然也是必然。总有一天，东平素氏将被更弱的人而不是更强的人赶出丹茜宫，亦是注定。我这样的人，实在没有权力束缚先生这样的人啊！”

“郡王言重了。”

“之所以想要皇后提携先生，只是因为……”素沉顿了顿，小心地审视过周围才说，“圣上是一个你完全无法想象的人。即使最亲近的人所说的话，他也不会轻易当真。你必须先做些什么，让他听见你的声音。皇后或许可以帮你。先生如决意前往宣城，我可以明白地告诉先生，眼下的时机险绝——一旦朝中再有人向储君发难，他或许不会有事，但你们难免有池鱼之殃。他若有事，你们更糟。”

“草民亦知境况颇为艰难。但是，废太子究竟是怎样的人物，只有此番可以见识。若储君清白而逢殃，奸佞之力动摇皇统，草民自当以微薄之力护翼储君，怎能惜命？”

素沉抿紧嘴，沉吟之后说：“他是怎样的人，先生见过自有判断，我不便再说，只想提醒先生，储君并非圣人，也并非国家。”

说得很明白，储君可能确实犯有大错，效忠国家也有其他的方式。

李怀英在马背上再次躬身，说："郡王也请多多保重。我看皇后，面有丝竹之清和，声如金石之铿锵，绝非民间所传是宰相着意挑选的懦弱傀儡。如今的局势，宰相绝不会就此打住，但愿皇后与郡王皆能平安。"

当天，他们两人在李怀英的书房里把酒相谈，素沉为李怀英写了一封荐书，李怀英便携妻子前往宣城了。

不出几日，羽林军换了一大批人，带头闹事的都被判全家流放。趁机骚乱的暴民被斩首示众。大理寺从上到下被整治得不轻，大理寺卿也遭贬。满天纷纷扬扬的尘埃快要落定，只剩下东宫通敌的调查并未结束，毕竟已闹得满城风雨。白信则收到父亲托人送来的家书，三弟信端被软禁家中，父亲要他在皇后面前美言。

若非实在走投无路，父亲不会向他求助，而且是有求于皇后。可以想到他写每一个字时有多么为难。信则看完信，轻轻投入火中烧了。

这夜无风，寒气绵绵不绝，从积雪里向上生长。他灌了一壶红花饮，提灯走上一条寂无人声的道路。

多年前，这条路很热闹，年轻的面孔来来往往。有时候他觉得可怕——那些全都消失了。以前发生的事，对于从未听闻它们的年轻人来说，等于从不存在。只留下他，一个孤证。

他很担心自己行走在这条路上，被角落里沉睡的一星半点尘埃认出来。它们会趁着他脚步的搅动，钻进他的呼吸里，让他闻到昔日的味道，承受旧时光的纠缠。所以他已经好几年没走过这条路。

没人发现他的刻意回避，大部分人不会走这条路——尽头只有无人居住的庆云宫。

信则在门口停住，竖起耳朵聆听。里面没有他记忆中的人声，也没有一个小女官困在里面，等着被解救。听说素奉香被人捉弄关在庆云宫的时候，信则内心有一丝波澜，以为往事会回来。但是没有。

他向远处退开几步，背对喑哑的宫殿。

震动的铃声由远及近，很快震碎寒气，近在眼前。

"封令柔。"信则悠然唤一声。

提铃宫女早看到这里有灯笼亮光，没想到是他，讷讷地躬身问候："白大人。"

借助雪光，信则看清她冻僵的脸和手。棉衣很厚，但应付这样的夜晚还是不够。他从壶中倒出一杯热气腾腾的红花饮，说："喝吧。放心，不是骆驼蓬。"

令柔一手提着铜铃串，另一手接过来，默不作声地喝。

"我认识你姐姐。"信则说着，回顾身后，"当初我在庆云宫侍奉靖嫔，她是靖嫔身边得力的宫女。我想，你知道这是什么意思。"

令柔不敢说话。

“那时候的靖嫔和丹嫔，简直是火镰和火石。必须准备几个水缸在她们旁边，否则两人一碰面，能火烧宫城。我和令娴就是这样的水缸，帮她们消灾解难。只不过，八皇子坠楼死后，我说靖嫔当时确实在楼上，而令娴什么也没说。”

令柔目视着庆云宫振动铜铃，然后递过空杯说：“请再赐一杯。”

信则一边斟满，一边说：“我有必须那么说的理由——为了向某个人尽忠，我不惜一切，必须走到至少是今天的这个位置。令娴也有必须那么做的理由。她用性命，选了真正想追随也值得追随的人。”

信则看着冻僵的宫女：“可惜你无法理解这种忠诚。你只是想把卑微的生命，系在素若星这棵发光的树上，把人生寄托在强者身上。也许根本不是什么伟大的强者，只是有一种你想要但得不到的魅力，你希望自己成为那道光的一部分，分享那道闪耀的轨迹。”

令柔将杯中热水一饮而尽，喷出一团白气：“大人根本不知道奴婢是什么样的人。”

“我不需要看你生活中的点点滴滴才能知道你，我早就知道你的结局。”信则冷酷地微笑，“我在这宫里二十年了，可以清清楚楚告诉你——太安素氏的爪牙，从来都是被太安素氏除掉的。他们动手很快，绝不把活口留给外人。”

令柔打了一个大大的哆嗦。

“有人对皇后下毒。如果我没猜错，那个人很快就会死。我不想在听到死讯的时候太意外，不如你现在告诉我，那人是谁。”

“大人以为自己知道得很多。”令柔嘿地冷笑一声，“那你知不知道，奴婢家里根本没有说‘不’的底气。他们说，令娴不堪使唤，死了。家里只好再交一个女儿出来。如果她当初像你一样选择，奴婢根本不会在这里。”

信则很有耐心地听她抱怨。

“如果奴婢再死于这种事，家里只好再送来一个。”令柔望着信则，冷冰冰地说，“奴婢没有妹妹，只有几个弟弟。如果今天胡言乱语，用不了多久，大人就会见到奴婢的一个弟弟变成你这样。”

“我可以去问宋之惠。”信则无动于衷，“虽然她不像你，需要向皇后将功赎罪，但她未必愿意追随东宫迁往宣城，我给的机会很及时。”

令柔无声地笑了。

“如果她知道答案，你早就知道了。”她无视信则脸上若有若无的尴尬，说，“奴婢与她自幼结为莲子姐妹，看得出来她在干什么。”

信则看了看她：“你不是很想换取素璃高看一眼吗？”

“靠出卖姐妹？奴婢不是那种人。”令柔交还空杯，继续振动铜铃串向前走。

“皇后疑心东宫妃用‘沉梦’暗杀她。但我认为不是。”信则从容跟上她的脚步，“事情太过突兀蹊跷，圣上不愿在这时候公之于众。皇后因此更加忧郁，认为她的死活已经没人在乎。她不会坐等下一支暗箭。我可以尽力而为，帮东宫妃摆脱嫌疑。但我必须知道，废后留在宫中的人还有谁，此事是否真的与他们没有关系。”

“大人怎知不是东宫妃动手？”令柔脚步不停，“宫中只有太安素氏掌握‘沉梦’，哪个中毒的不怀疑他们？”

信则不说话。令柔侧头看他，恍然明白：“你懂验证‘沉梦’的方法，而玉屑宫找不出染毒之物。”

“宫中只有太安素氏掌握‘沉梦’，我可不是他们。”信则淡淡地否认。

铜铃串又振动，声音似乎比之前略显急躁。

“皇后，”令柔终于嘘口气，“皇后有一种病。”

“那个白衣女人？”

“不是那个。”令柔摇头说，“她还是奉香的时候，我们……我们给她喝过骆驼蓬。但是很快就停了，因为她变得有点……奇怪。”她抬起头，雪地苍凉的光映在那张冻僵的脸上，看起来很是惊悚。

“即使喝清水，她也会出现骆驼蓬中毒的症状，久久难消。”

信则皱起眉：“什么意思？”

令柔无法直接回答，说：“奴婢听说，前一阵子，她出现怀孕的种种迹象，但是并没有身孕。皇后她……可能就是这样的人。当她以为或者暗中希望什么事情要发生在她身上，不管她自己知不知道、承不承认，她的身体都会真的出现那种反应。”

信则有些不能相信：“你是说——”

“没人给皇后下毒，也不是她假装。”令柔说，“她是真的相信自己中毒了。”

在皇帝枕边发生这种事，谁会相信她没有企图呢？信则急斥：“你怎敢这样污蔑皇后？！”

“奴婢实在没有别的可以奉告。”令柔向他笑笑，“如果白大人交不了差，奴婢也无计可施。谁让他们一开始选了个疯子当皇后呢！活该我们这些下面的人倒霉。”她说完，摇动铜铃远去。

信则在雪地里站了一会儿，手脚冷得失去了知觉，急忙提起那壶渐渐变温的红花饮大口喝。身上很快暖起来，他长呼一道白气，转身向丹茜宫走去。

素盈还没有睡。她本就常常失眠，出了这种事，更是整日整夜难以合眼。召信则入内，她马上问：“查得如何？”

信则垂首回答：“娘娘，毒药本就胜在无痕迹、无处查。宫中尽人皆知太安素氏祖传‘沉梦’之毒，等于给这毒药戴上枷锁，用不得了。他们即便真要投毒，也不会用这个。若真有人使用‘沉梦’，只能是栽赃太安素氏。”

素盈点头：“我也这样想过。”

信则迟疑一瞬，问：“娘娘如何认定是中了‘沉梦’之毒？周太医为何诊不出来呢？”

素盈目光闪烁："不是我自己空想。"她看信则一眼，"是圣上告诉我的。"

信则暗暗地吃惊。片刻之后，他定下心神，躬身说："娘娘切勿再查。"

素盈怔忡许久，说："好。辛苦你，退下吧。"

再过几天就是元日经筵和法会，素盈面前放着展开的经卷。信则提醒："娘娘请多休息，不可再劳神。"说罢告退出去。

素盈招手让崔落花到跟前，低声说："立即修书，要王秋莹回来。"崔落花早已写好信，只等素盈首肯，听了这话，转身出去，交给信赖的人星夜送往粟州。

"娘娘试着睡一会儿吧。"崔落花安慰说，"这样虚耗精神，于身体无益。"素盈这回听从劝告，卸去衣妆就寝。

然而谁也没想到，她这一觉有多长。

苍白的月仅在天心晃了一下，眨眼就藏得无影无踪。

失去月的夜，总让人倍觉不安。缺了月光，偌大的书房骤然不见五指。有人点燃了灯，众人围灯而坐，在墙壁上投下一片阴影。整间书房唯有天顶明亮，余地皆被他们笼入黑暗。

他们特意围成圆圈，席地而坐，以此泯除宾主座次，可是一说话，又分了你高我低。

"该如何是好？"最先开口的是素璃的堂兄素征，"原先尽心竭诚的人，不过寄望于太子唾手可得的新朝。眼看革故鼎新之际近在眼前，事情却演变至此……所谓的废贬，几时有过好结果？更何况是在琚含玄的虎视眈眈之下。"

没有人开口接他的话。一圈七八个人仿佛商量好了，全部盯着中心的灯芯，仿佛他们不是太安素氏中的长辈，而是一群严肃的巫师，正在通过一摇一晃的灯芯预见未来。

长辈们的怯懦让素征年轻的眼中充满失望和轻蔑。

"每一次都是这样！"他不满地挑了挑眉梢，立刻换来周围的白眼。

"唉。"素若峦叹了一口气，沉重的呼吸几乎压灭孱弱的灯火，"果然像家父说的，太安素氏没有在梁秀之战中挺身支持梁王时，厄运就已经开始了。圣上并不是一个善忘的人。更糟的是，他也不是一个把别人的功劳铭记一生的人。神安皇后助他廓清海内，他却没有与她共主天下的胸怀。偏偏皇子屡屡不得养成，家姐因此数度蒙受诽谤，好不容易等到太子长成，又遭受横祸……一切，正如家父所说，皆因圣上早已对太安素氏生出疏远之心吧！"

他越说越是丧气："这一次，还是应该听听法善大师的见地。"

素征扬眉，阻断了他的话："法善大师的确颇有预见。可是事情发展到这个地步，不正是因为他一再说着这样丧气的话，一再退缩吗？若是当初不受他的阻挠，那我家今日不仅不会失去一个太子妃，还会拥有一位权倾天下的皇太后和一位稳坐丹茜宫的皇后！"

"住口！"呼出这一声的不止素若峦，还有几个长辈。

只有若峦的庶兄若华嘿嘿而笑：“小儿率性，让众位见笑了。可是，为什么不试试看呢？法善大师此刻正好在宫中。等到失去所有的机会，我们才开始抱怨和后悔？我们家当初将丹茜宫兜入囊中，凭借的可不是‘明哲保身’四个字。”

“你在说什么？！”

驳斥的声音并不是很强势，素征立刻有了底气，向族亲们大声说：“难道你们想等到庶人洵也死去，然后浑浑噩噩地叹息到死吗？”

“年轻人何必急于求成？”一个人说，“事情若是败露，太安素氏将步上清河素氏的老路，永失后宫。”

素征看着他，冷冷笑道：“年轻人怎么了？仁恭皇后比神安皇后、阿璃更年轻。你们如有自信胜过年轻人，为何不与她一较高下？瞪着眼睛看她稳坐丹茜宫，看着她一个接一个地铲除太安素氏，便是你们的才能吗？”

“还不住口！”素若峦制止，“空口无凭，不要乱指认。”

素征拿出一叠纸摔在面前：“你们没有看到宫中传出来的诗吗？哪回冬宴有过这么多蔑视武人的诗作？卫侯、衡侯不过是两颗棋子，而殿下碰巧赏了他们。这样的棋子，她手里还有一把！若是东宫殿下当时赏了别人，那挨打的就是另外两人，但总归都是她的安排！”

冬宴已经过去些日子，后来发生的事情太多，这一桩已是乏人回想了。太安素氏的长辈们纷纷拿起素征勾画过的纸。

批注字迹不像是素征的，倒像是女子所写。但内容的确如素征所说，今年的诗作主题有些异常。

“皇后为何要构陷东宫呢？未尝不是宰相所为。”

素征笑道：“仔细看看那些写诗的人。宰相以军功出身，向来敬重武官。而这些人，他根本看不入眼，从未将他们收入麾下，也免得令自己一党之内矛盾重重。这些人便是想投靠他，也没有门路。只有皇后能许诺他们前程。我看卫侯、衡侯不过是演苦肉计。”

有人盯着诗作仍然怀疑：“大理寺打死人，煽动羽林，也是她在背后指使？不像啊。”

有人摇头放下诗稿，说：“毫无用处。就算她指示人写了一些骂武官的诗，又不是杀头之罪。衡侯亲口说，打他的并非羽林，所以诗也没挑起什么实际的危害。总不能拿这个去状告皇后。倘若大理寺里打死人是她做的，倒可以考虑一用。”

有人深以为然：“宰相才是大患。若不除他，东宫回来还是危机四伏，无法长久。但是宰相无懈可击。倘若能够从皇后这里找到哪怕一个缺口，便能将他们一网打尽……”

马上又有人揉碎手中的纸，说：“这贱婢是个祸害。神安皇后蒙冤那一回，就该除掉她。若非东宫心慈手软，何至于今日？”

“神安皇后那一次，宰相下定决心，只用一个月就要了她的命。这回他能给东宫多久呢？”素征目光炯炯地望向素若峦，“退让到何种地步，才是太安素氏的底线？难道我们要从皇朝顶尖的贵族，沦落成一群胆怯的废物，才能觉得更安心、更舒适吗？”

“够了。”素若峦噗地吹熄灯火，在一缕轻烟上伸出手，声音沉痛，“神安皇后蒙冤被废，我们未能救她。这回东宫蒙冤被废，倘若我们还是束手待毙，那以后也没有哪个皇族愿意与我们联姻了。来盟誓吧。”

月光好奇这是怎样的仪式，偷偷洒了一片光。

轻烟荡尽，一只、两只、三只……所有的手握在一起，所有的脸皆是阴沉。

素盈睁开眼时，宫中灯火通明。她伸手遮住眼睛，片刻之后才清醒。然而没有睡醒的感觉，眼睛还想闭上，肚子却饿得难受。

“谁在外面？”她有气无力地唤了一声。

崔落花立刻掀开床帏，惊喜交加：“娘娘醒了！”

素盈撑起身问：“现在是什么时辰？”

“快到卯时。”素盈哎呀一声，忙要起来。

崔落花上前说：“娘娘不必着急，圣上已交代过，今日可以安心休养。”

素盈一边披衣，一边羞赧地笑道：“我最近太不像话，要么睡不着，要么险些睡过。”

崔落花欲言又止，最后小心翼翼地说：“娘娘睡了整整两天两夜。”

素盈睁大眼睛，难以置信地瞪着她。宫女送来清水和素粥，素盈讷讷地说：“怪不得这样饿。”她一言不发地喝了一碗粥，喝完仍呆呆地坐着。

崔落花轻声说：“周太医来了。”

素盈仿佛没有听见，一动不动地坐了良久，最终平静地对宫女说：“为我更衣。”

周太医进来，关切地问：“娘娘自觉有无异常？”

素盈摇头，平静地说：“我没事，一定是前些天太累。”

“娘娘——”

“太医，我没事。”素盈温和而坚决地望着他说，“我没事。”

周太医见她眼中仿佛有泪，急忙说：“容臣禀告——娘娘脉象确实无异于常人，臣也认为是失眠与疲劳所致。请娘娘宽心。臣为娘娘所下药方，专治失眠。务必安心休息，切勿强撑。”

素盈听到这结论，反而愣了愣，眉宇之间略微松开，点头说：“如此甚好。”

盛乐公主一听说她醒来，便到丹茜宫探望。上次试鹰会后，她也病了一场，闭门不出。两人好久没谈心，这天本来都有话想说，却都恹恹的，有气无力。

素盈感到惊奇，盛乐的精神比她更差，憔悴以至消瘦。她不由得关心：“真是风寒吗？哪位太医在看？怎么还没有好？”

盛乐无声摇头，坐到皇后床边，仔细打量素盈。她明显心里有话，却梗在胸中说不出来，半天才虚弱地问："娘娘刚累倒，我本不该来烦心，可是不问不行——兰陵郡王遇刺的事，算是查完了？"

素盈黯然说："说是素璃怕那封信落到郡王手里，要杀郡王灭口。"

"这……"盛乐更虚弱地问，"你觉得，说得过去吗？"

素盈虽然卧病在床没有精神，却警惕地抬起眼眸，问："你，是不是那天看见了什么？"

盛乐没有承认，也没有否认，精神仿佛因这一问又差了一截。素盈打了个手势，示意周围人都退下，然后握住盛乐的手腕，低声问："谢震密奏军中有人通敌，你可知道？"

盛乐这回点头："我也有此怀疑。"

"兰陵郡王认定的叛徒，那天也在试鹰会。你是不是……看见了什么？"素盈的心微妙地抽紧。

盛乐咬着嘴唇不言语，一口气憋了很久，才微弱地吐出来："我不知道。我不知道自己看见了什么，也不知道该不该告诉你。"

素盈隐约有不妙的预感，但还是毫不迟疑地说："皇极寺那一次，你怕我把难过憋在心里。今天我见你这样子，何尝不怕你有三长两短呢！无论是什么，我们两人可以商量。"

盛乐本就想对她倾吐，得到鼓励，低声说："我怀疑，郡王是被宰相误导了。"

"哪件事？"

盛乐见四周无人，微微提高声音："你知道，郡王恨白家入骨。清河郡公的三子白信端是东宫推荐上阵的。郡王一会儿说，他与东宫关系过于深厚，一会儿又说，他是从南方边镇过来的，带不了北方士兵。总之不予重用。其实可以看出，他有成见。最初我们几人怀疑军中出了通敌叛徒，郡王第一个怀疑白信端，将他单独拉出去审问，以至于军中一时人人怀疑白信端。那年轻人都快被郡王逼疯了。"

她停下来看素盈的反应，又说："但我觉得应该不是他。清河郡公的儿子，驸马的弟弟，他是出去混军功的，连连败阵没好处。若真有叛国之心，南边才是他的地盘，不必专程跑到北方，叛逃去一个不熟悉的小国。"

素盈一言不发地听，问："谢震怎么说？"

"一边居中调和，一边查。可惜还没结果，紧随其来的便是大军覆没、郡王被俘。我们退守金源镇，叛徒的事也无从查起。后来的事，现在说也无用。不过，我还是觉得……废太子在阵前处置合理，重振军心士气，白信端也得以发挥所长，能够立功并非时来运转、机缘巧合。"盛乐说，"其实，军中有敌方谍人，是免不了的。那边也有我们的人。但郡王第一次遇到这种事，经验不够，处理很糟，暴露出他的私人恩怨。娘娘可知，他从那以后，锲而不舍地追查白信端与废太子通敌之事？"

素盈无声地点头。

“这样太容易受人利用了。”盛乐说，“我劝过他，太子的敌人知道郡王愿意相信什么，总有办法弄到那样的证物。他冷笑不说话。”

“通敌书信……果然是假的？”素盈失神地说。

“我不知道。”盛乐摇头，“我在试鹰会寻找真宁的时候，看见郡王的一名随从带有弓箭——谁家的脚力随从会带弓箭呢？而且，那个人是他从军中带出来的，特意带去试鹰，是要他辨认别人不认识的人。我这样想。”

“白信端吗？”素盈吃惊，“郡王那天要杀他？你可曾阻止？”

“那随从不听我的。我找不到郡王，只好对白信端说，试鹰会是为真宁择婿，轮不到他，别不知天高地厚，赶快滚。”盛乐惴惴不安，“他虽然吃惊，但不傻。”

“是他冷箭伤我哥哥？”

盛乐用力摇头：“我就是怕你在气头上这样想，正中别人下怀，才没有告诉你。”她长长地吸了口气，“听说，宰相查到是郡王的随从被素璃买通，背后冷箭。但随从若要谋害，每日都有机会，为何专挑那天？再说以他的射术，郡王当场就穿喉毙命了，怎会是背上一点外伤？”

素盈一直坐直与她说话，这时腰不自觉地弯了。盛乐犹豫地问：“那箭的事，郡王并没有告诉你？”

素盈闭上眼睛，摇头。

盛乐又问：“那你相信废太子通敌吗？”

素盈没有回答。

“结果，郡王不知被何人所伤，却把太子废掉了。”盛乐看了素盈一会儿，说，“我恐怕事情不会就此结束。郡王受伤、郡王的随从、郡王收到军校指控东宫通敌的信，就算天下皆知宰相是借此机会废掉储君，但他由始至终未曾介入。是郡王在出头。太安素氏必定恨郡王入骨。而宰相——倘若宰相废掉太子，再将矛头一转……”

“你的意思是？”

“眼下宰相必定全力戒备废太子，对中宫疏于防范。若能除他，天下感恩。必须在没有宰相介入的场合，重新审定太子通敌一案。唯有这样，才能有真正的结论。否则太子通敌终成悬案，而郡王将一生受制于人。”

素盈摇头说：“我从无准备。”

“太安素氏却已准备多年。”

“太安素氏绝不会与我共事。”素盈别过脸。

盛乐端详她的神态，按住激进的话锋，婉婉地说：“我不知娘娘与他们有何过节。但是东宫……废太子，也不能仅凭一封书信，就认定他通敌啊。”

盛乐见素盈目光游移，又问：“娘娘与太安素氏，当真没有一星半点和解的可能吗？”

素盈继续沉默。

“那么凤烨公主——”

盛乐才提到，素盈立刻急斥：“绝不要将她牵扯进来！”

盛乐见她态度坚决，只好说：“事不宜迟，万望娘娘三思。”

崔落花等她们说了这么久，过来却见素盈的脸色更差了。盛乐告辞之后，崔落花上前低语：“真宁公主听说娘娘因病昏睡，昨日去皇极寺祈福。既然娘娘已醒，可以召她回来。”

“她是在皇极寺，还是跑去了别的地方？”

崔落花忙说：“是在皇极寺，并未擅自离开。”

“那个塾师呢？”

崔落花略停一下才说：“东洛郡王打发他离开京城了。”

素盈点头说：“让真宁在皇极寺多住几天，看看有谁去找她。”

气定神闲飘落的冬雪是一道优雅的风景，若有若无的绵绵冬雨则是一场冰冷的灾难。清晨，天边刚泛起一道朦胧的初光，立刻洇在寒透心扉的雨水中。

信默回家时，发现有人已经等他等得不耐烦。荣安急急地迎上前质问：“你昨晚到哪儿去了？”

信默发现她双眼通红，一定是彻夜未睡。他瞧瞧她手中提的剑，柔声问：“这是做什么？”他的声音稳定和缓，每一次都能让剑拔弩张的气氛消弭于无形。

可荣安今日并不买账。她倒提了剑，将剑柄向他胸前一戳，声音有些嘶哑：“你要是还自称男人，就拿着这把剑，跟我一起去杀了琚含玄！”

信默定定地看着荣安，看了片刻才伸手推开宝剑，低声说：“胡闹！死生大事，岂可儿戏？”

“谁同你儿戏？”荣安好像根本没察觉他的忧郁，直直地望着丈夫厉色道，“琚贼闭塞圣听，混淆黑白。先逼死我母，又构陷我兄。他还不死，才是大事！你要眼睁睁看着他兜揽天下吗？拼上三千飞虎卫，我不信取不下他的人头！”

信默见她激动得双颊泛红，连连摇头苦笑：“我所说的不可儿戏，是劝你不要随随便便拿我们的性命开玩笑——恐怕你还没伤到琚相一根头发，我俩已同东宫一样，莫名其妙地失去所有。不要意气用事。”

荣安张口结舌地瞪着他，最后叹了声：“男人活到全无意气，还有什么意思？”

信默没生气，无声地摇头笑了笑，就入内更衣，留荣安独自一人在寂静中默默站立。过了一会儿，她怅怅地把一对宝剑撇在地上。

咣当一声大响之后，周围静得令人心寒。

荣安明知信默向来行事稳健，自己也从未觉得不妥，可是今天忽然若有所失。或许婚姻本是如此，嫁时如宝剑掷地有声，轰轰烈烈一响就归于寂寂……她仗着一口气撑了一夜，此刻心劲一失，疲惫乘虚而入，瞬间袭遍全身。偏偏此时身边没有依靠，双腿一软竟坐倒在地。

婢女抱了她女儿进来，见状急忙来扶。荣安一把推开，自己站起来，解开衣衫，亲自为女儿哺乳。不多时，信默换了衣服，出来坐在旁边，静静看着她们母女。荣安将女儿交给婢女带出去，擦掉眼泪问："昨晚去干什么了？"

"去看信端。"

荣安不知是该松口气还是该更紧张，问："老三怎么样？"

信默摇头说："事情未必没有转圜的余地，只是不容易。指控他通敌的是当时领军之人，东宫又因此被废，无人可证他清白。"

荣安怒道："素飒这是公报私仇，圣上看不出来吗？唉，为什么假的证物唾手可得，真的证物却找不出来呢？"

信默淡淡地说："假的只要造，便有了，真的却是平日里视而不见的，谁会刻意保留呢？"

他看到荣安沉思的模样，劝说："你可不要乱来，也想着造个东西出来。最后真真假假混淆不清，害了自己。"

荣安当即摇头，大声说："你想到哪里去了？我还有女儿呢！我可不想她有一天发现亲娘肚子里全是肮脏手段，想想自己跟那些龌龊东西一起长了十个月，一辈子也洗不干净。"说出这话，夫妻二人一时沉默。

信默宽慰说："废后的事，早已过去了，不必再记恨。"

荣安含泪说："我恨她，也爱她，这是我们母女的事。斯人已逝，无须再说了。可我哥哥还没有死，我不能不说。"一提到废太子，信默又沉默无语。

"去皇极寺为他祈福吧。"他说，"听说真宁公主也在那里，为皇后祈福。现在只有……皇极寺，或许可以救他。"

只有佛祖才能救他？荣安苦笑一下。

她生产之前本在皇极寺许了愿，早准备去还愿，至今还没去。困在家中，除了胡思乱想实在没什么用处，她清点诸多还愿的供奉，前往皇极寺。

听说妹妹为了清晨的头炷香，早早去殿中闭门祈祷，荣安心中有气。

素盈已经变成真宁的亲娘了？生病还不知是不是又在演戏。就算是真病，皇后小产之后，十天有八天是这样病恹恹的，倘使每次都要为她祈福，那真宁得要出家才能忙得过来。同胞兄长蒙受不白之冤，她却顾不上。

荣安一路上撵走挡她路的比丘尼与宫女，气鼓鼓地推门冲进偏殿，却见殿内一个年轻男子和少女并肩站立。她吓一跳，那两人也吓一跳。

"荣安姐姐？"真宁吃惊极了。

荣安替她羞得满脸通红，急忙掩门，指着他们怒道：“你、你真是——你还要不要名声？！他是什么人？在这里做什么？”

那年轻人疾走几步上前，躬身施礼：“公主不认识我了？”

荣安在气头上定了定神，瞩目端详，似曾相识。

年轻人说：“下官是素征。”

荣安想起来，这是她舅父素若华的儿子，平日不大来往。她静下来，嗔怪：“你们二人真是大胆！纵然有意，说给圣上，没有不准的道理，又何必在这里……传出去还了得！”

真宁噗地笑出声，问：“姐姐来做什么？”

荣安心中悲伤，眼望殿中佛像，说：“洵哥哥蒙受污名，除了菩萨，谁还能救？”

真宁与素征交换眼神，缓缓摇头，说：“求神拜佛，只是让我们自己好受，没什么用处。”

荣安冷笑：“准你给皇后拜佛求好受，不准我为亲兄长拜吗？”

真宁笑道：“我为皇后，是做给皇后看。你为洵哥哥，那看的人可就多了。”

荣安又吃一惊，说不出话。

真宁仿佛是对她说，又仿佛是对殿内的雕像说：“姐姐这样莽撞的性格，是成不了事的。”

素征将头低下，说：“两位公主慢慢说话，容下官告退。”

待他出门，荣安向佛前跪拜，又默默流泪。真宁陪她拜了一拜，说：“别担心。”也不说这没头没脑的话是什么意思，站起身走了。

荣安转过头目送她的背影，觉得她逆光的背影特别像母亲，也有些像父亲。

元日将到，宫中为开经筵做足了准备。既是一时之盛，不免人人用心，连丹茜宫中的女官们也将圣教五经挂在嘴边，闲谈间不时借用典故。素盈听说，今年经筵的讲官乃是儒派正宗，深忿萧墙之乱，必要借题发挥，扬抑两宫，感悟君王。因皇帝自幼笃信佛法，听罢儒言，还要请释家高僧上座谈经。而今年入宫的高僧，正是睿洵的外公。

元日未到，素盈已料到届时不能欢度佳节。她心中准备好应对，做事便不慌乱。这天，将手抄经书送到佛前礼敬之后，她算算时辰差不多，按照惯例前往玉屑宫。

去了才发现皇帝正与法善大师随意闲谈，看样子已经说了好一会儿。素盈见打断了他们说话，略感歉意。

皇帝却招手要她过去同坐，回头仍与法善谈论，说的恰好是“情”字。他很清楚，法善在宫中斋戒闭门不出的时候，发生这样天塌般的事，一定不能安之若素。

“大师比我有福。”皇帝凄然叹息，“出家人果真是明白，抛开七情六欲，四大皆空。人啊，要情有什么用？徒增烦恼。”

法善庄重地说："陛下，令人烦恼的并非'情'本身，而是这追问有用无用的心思啊。请问陛下，若说情有用，要怎样用？若说情无用，又是怎样无用？"

他平静的双目盯着皇帝，说："情之一物发自天然，若是以功利之心，计较情之付出、接受是否对自己有利，心思所动的则是'欲'，而非'情'。世上有些人，虽有小情小爱，亦能无欲无求，'情'对他们来说，无须抛弃，亦无烦恼。可惜陛下所见的，大多是'用情'之辈吧。"

素盈听着，微微地冷笑出声。法善的年纪辈分都高她许多，被她一笑却不嗔不怒，平和地说："洗耳恭听娘娘高见。"

素盈窘了一瞬，轻轻地反问："大师说得高明。妾只想请教大师，分得清发自肺腑的'情'，还是汲汲于利的'欲'，又如何呢？世上当真有人能为'情'舍'欲'吗？"

皇帝听了她的话，笑了笑，不去看她。法善却仔仔细细地端详着素盈，一言不发。

"大师？"

"娘娘，贫僧虽通道理，却无辩才，实在不知道，如何对一个毫不在乎的人，解释其中的重要。"

素盈听得呆了一呆，说："大师这句话，我却懂了。"

他们一答一对时，皇帝只是无所谓似的听着。这时候宫人送进他的药汤，皇帝便遣退法善。素盈亲手奉药，他劝阻说："不要尝了。你自己还喝着药，小心两相冲撞。"

素盈点头，坐在旁边看他喝完药。他放下碗问："这几天睡得还好吗？"

素盈无声地摇头，强笑说："不过，周太医的药有些效果，或许再喝几次就好了。"

除了每日必做的侍奉汤药，她并无别的事，便告退出来。走不多远，见法善站在长廊下，眺望远处丹茜宫。素盈走上前，笑问："大师悟到了什么？"

法善的目光从丹茜宫转到皇后脸上，惋惜中带有一丝和煦。

"娘娘的问题，其实自己早有答案。"法善说，"世上有人能够为'情'舍'欲'，你比任何人都懂。"

素盈仿佛听懂了，又不敢轻信。

"你和那人不同。"法善宽和地说，"你有过'情'，否则不会在发生这种变故之后，还去送别。"

素盈仿佛窥见他伸出友善的手，但不能确定是不是要推她一把，将她推进深渊。她心头一颤，戒备起来，冷冷地说："大师有过女儿。"

法善长长地叹了口气："你也会有的。女儿、儿子，你还年轻，都会有的。"

素盈以为他会含混过去，然而他说得这样明白——太安素氏不会再管她生儿育女。她僵直地站着不能动。

"但是？"她干涩地向法善微笑，"这种祝福，后面总会有'但是'。"

"但是，年轻人要学会宽容一点，才能走得更远。"法善说。

“大师要的宽容，应该只是要我给废太子夫妇吧？”

“你想给别人也可以，”法善无声地微笑，“但只有废太子会回报你同样的宽容。换了别的太子，不可能的。”

素盈望着丹茜宫的屋顶，漠然地问：“你如何管得了他？我没记错的话，现在的你只是法善大师，而永宁郡王是另一个人。”

“且容老衲试试看。”法善微微躬身，转身离开。

这夜，冬雨冰冻起来，虽没有成气候，米粒大的霰珠仍铺了满地。踏上去，仿佛踩着一地琉璃屑，纤细脆弱的破碎声让人不由自主放轻了脚步。

深泓赞叹地俯瞰这条地上的银河，欣赏了好一会儿，才命宦官们扫开一条道路。他令人挪开雪伞，仰面迎着雪糁子，寻找夜空中的微光。

浓云那边定有一轮皎皎明月，即使是厚重的阴霾也掩不住它，被它绝大的力量印上浅浅的透亮的暗花。

“真是好月光。”深泓对着无月的天空叹了一声，说罢笑了笑——不明白他的人，一定以为他的一生都用来说胡话。潘公公看得出他兴致已尽，不失时机地挪伞过来，为他挡雪，拭去他前额上几点冰凉的水珠。

丹茜宫依然灯彩焕烂，雪夜里更显出暖意。深泓没有让人报唱驾临，静静地走入一片温馨灯火之中。

素盈斜坐在榻上，就着一盏白纱灯做针线。这情景可不多见。深泓看了片刻，悄悄地走到她侧面。她做得太专注，用全副心思寻找下一个完美的插针之处，甚至没有察觉他在一旁观察。

“这么小的衣服给谁穿？”深泓一出声，吓了素盈一跳，银针一下子刺破了她的手指。

好好的一件天青色小斗篷上染了一星血渍。素盈啊呀叫了一声，目光却说她分明更心疼斗篷。她的样子与一个敝帚自珍的小妇人一般无二，深泓见了微笑起来，说：“我看看。”

素盈递上她的作品，深泓却牵起她的手，看了看说：“小伤，不要紧。做针线好玩？这么晚还不休息。”

他与琚相议事本就够晚，随口一问却被告知皇后自从醒来就没有合过眼睛。他就着灯光看素盈，见她眼角有了血丝，又拿起那件小斗篷说：“难道明日急着穿这东西？今晚连觉也不睡了？”

素盈被逗乐了，浅浅一笑，但愉快的情绪转瞬即逝。

“怕睡了……就醒不来。”她小声地说。

深泓听了默然，左右摩挲那件小衣服，问：“给谁的？”

提起这话题，素盈来了一些精神，微笑道：“不知道阿寿穿上会不会好看。”

深泓哧地笑一声：“他不至于缺一件斗篷。再说，宣城也不像以前那么清苦。”这话素盈没有接口。她知道，许多无官一身轻的人跑到宣城去陪伴睿洵，应当是热闹得很。

“小孩子眨眼就长大，就算费多少心思给他做衣服，他恐怕还没看清楚是什么样子，就穿不上了。”深泓略带失望地叹了一声，“何必投入呢？”

素盈抿嘴笑道：“趁他小的时候做，他会记得。等到他大了，再送更多更好的衣服，已晚了。他不会为几件衣服领情。”

深泓一边听着，一边抚摸斗篷上绣了一半的小老虎，说：“你上表请求接睿歆回宫抚养，我看见了。”

素盈点头回答：“庶人不肖，幼子可怜。况且皇统只此一脉，襁褓之中就流落在外，终归不妥。”

深泓似乎想些什么，想了少顷才说：“他们夫妇几乎失去了一切，若连睿歆也被带走，太可怜了。再说，洵已废为庶人，岂有庶人之子留养皇后宫中的道理？”

素盈听了埋头不语。深泓将那小斗篷展开看了看，说：“以后，有机会再做吧。”

素盈怀疑，他是不是发现了她与法善交谈，还是发现……她已无心与他生儿育女。面对试探，她乖觉地收起斗篷，只送了一封信到宣城。

素璃攥在手里许久不放，手上越来越用力，脸色越来越难看。睿洵挟着淡淡酒香推门而入，看见满屋女官，他模糊地笑笑，敲敲脑门嗔怪自己来得不是时候。

素璃如今对他比过去更加体贴，见他不痛快的神色，立刻柔和地说：“与那些失意的年轻人白日纵酒，既蹉跎光阴，又伤心伤身，您为何不把永宁郡王送来的书箧打开看看呢？”

“我与那些失意的年轻人有什么差别？”睿洵笑笑，“这时候埋头读书，不是更接近虚伪的做戏？你以为圣上会相信吗？”

素璃知道他一向喝得不多，虽然时常装一装糊涂，沉醉则很稀少。一个人愁得连酒也喝不下，还能指望他怎么样呢？她叹口气，对他的幻想又消减了一二，但仍客气地同他商量：“皇后送来一封信，问阿寿的近况。使者还在外面等候，该如何回话呢？”

“找我就是为了这个？你们这么多人想不出一句回话，真意外啊。”睿洵定睛看了一眼，说，“祝她早生贵子，让我们有机会依样表示关怀。”

“又说笑！”素璃原想让他写一两句话，让他父皇看到之后回心转意。可他的反馈又是如此不着边际，她有一刹那认定他是故意找碴儿。

仿佛要让她落实猜想，睿洵看到素璃动了气，嘿嘿一笑转身便走。摇摇晃晃走开不及五步，他的肩膀被人抓住，却是素璃冷着脸跟了上来。她的手太用劲，睿洵皱起眉头。

“颓靡也该有个尺度，”她说，“别辜负了圣上一番苦心。”

“是别辜负了他，还是别辜负了你？”睿洵抓着她的手腕，用力把她的手甩到一边，也客气地说，“事到如今，你就让我暂且歇口气吧。”

素璃绷紧的嘴角轻轻颤抖，声音几乎是委屈：“事到如今，谁来让我歇口气呢？”

睿洵十分宽容地看着她，说：“想想你的两个祖姑、你的姑姑，还有素盈——你这辈子无论如何也无法停歇。为什么不稍稍放过我呢？”

素璃的双手默默地握成拳，她慢慢走回房中。那扇门轻轻合拢，睿洵松了口气，不去想也不介意里面会发生什么样的事。

庭院里厚厚的白雪散发着冰冷清新的气息，他大口地呼吸，素璃留下的温度便在眼前彻彻底底消散了。睿洵忽然觉得，热在炉上的那瓶好酒变得更有诱惑力了。今日，也许是个一醉方休的好时机。于是他放纵地跳到积雪上，慢悠悠地踢着雪花，去找一个能陪他喝酒谈心的人。

素璃手指紧扣着门上花格，她一直听着，待外面再无他的声息，又过了一会儿，才回过神。五六名女官炯炯有神地注视着她。她们从来没有把希望寄托在睿洵身上，这时候也没有失望。素璃简直有点羡慕她们。她直愣愣地盯着地板说：“皇后若是只想着赶走他，我不觉得惊讶，可竟然又来觊觎我的孩子……真是不可饶恕的女人。”

“殿下不必为她的事烦心，”一个女官说，“郡王自有安排。”

她们仍然称素璃为“殿下”，就好像始终称素若星为“神安皇后”或者“星后”。素璃却从未因此感到安心。自欺欺人，让她更尴尬。又像一根鞭子，要将她强行赶回过去的位置。

姑姑被废的时候，是否有过同样的感觉？素璃闭上眼睛，说：“你们散了吧。”

她像是太空虚，又像是太疲倦，随口喃喃：“现在，我也想喝一杯酒。”

她的妄想立刻收到一片异口同声的否决：“殿下不可因酒废事。”

素璃一听她们劝阻，本能似的飞快地说：“我自然知道。”言毕苦笑着接过女官双手奉上的热茶，喝一口便蹙紧眉头：“睿洵那个不懂得负责任的家伙！真让我有点羡慕……大概他此刻能放纵地做个好梦吧。”

宣城的雪用来烹茶，有种难以言说的苦腥。素璃想，她这辈子一定无法忘记这种苦涩。

女官三三两两告退后，一边窃窃私语一边行走，不留神在拐角撞上一个怀抱酒瓶的女人。那女人走得太着急，撞得又突然，怀中几只酒瓶啪啦啦碎了一地。女官们恼她不懂行走的规矩，仔细一看是新来的冯氏，脸色就更加冷淡几分。

即使她们失去了宫廷中的身份，但仍然在荒僻之地保持着女内官的傲慢，不与这种外来的使妇争辩。她们什么也没有说，抖净衣襟上的残酒，一个个昂然离去。那沉默的威严无异于轻蔑地宣布，冯氏应该承担全部责任。

冯氏早跪在地上慌手慌脚地收拾残局，口中一个劲道歉，生怕遗漏碎片伤了别人。她埋头捡着捡着，眼泪快要憋不住——她虽然未曾位高权重，但也从未在别人脸色里过日子，此时此刻更怀念那小宅院中的生活。

有人轻轻拍她的肩膀，冯氏忙抬头端详，认出那人是叫作之惠的女官。之惠端着几瓶酒，悠然说："杂活儿与你身份不称。你几次三番做这些，当心过些日子被人当作杂使宫女差来遣去。"

冯氏垂着头，不知该如何是好。之惠转过屋角，不知向哪儿唤了一声，很快就有两个小宫女跑来收拾残局。冯氏讷讷地站在一旁看着，既觉得别扭，又插不上手。

之惠向她招手说："你同我送酒去。"又说，"在宫里遇到左拐的拐角要靠外走，右拐时贴墙走。宣城虽然不是宫里，但习惯是没法变的。"

冯氏连声应承，见她态度和气，忍不住说："日后愚妇犯错，还望姐姐赐教。这里的贵人们太气派，从不动怒训斥，反而让人更加无所适从。"

之惠轻轻扫她一眼，笑笑说："她们不会训斥你——她们会让你觉得，出现在这儿，就是你最大的错误。"

两人一起走到睿洵的寝殿，安静地推门进去。

睿洵与李怀英仍在痛饮，仿佛完全没有注意到有人进来，又仿佛完全不再担忧自己的言行被人关注，依旧随心所欲地高谈阔论。两人说到畅快处，且歌且吟，惺惺相惜，分毫没有皇子平民的区别。

"今日始知'相见恨晚'四字的真意！"睿洵慨叹，"那里的人，只剩下权力欲望，失去了所有的理想。先生是个有梦、信梦的人，但愿我能分得你一点梦想。来，再饮一杯！"

他们的话，冯氏听了不大明白，目光不禁去丈夫脸上寻找些许迹象。之惠却好像完全听不见，安稳地放置酒瓶，收拾空瓶，默默地转身告退。冯氏急忙跟上她的脚步，一同出来。屋外犹能听到睿洵恣意的朗朗笑声。

"那位怀英先生，是你的丈夫吧？"之惠微微地笑着说，"他的言论有动人的真诚，真是难以拒绝的魅力啊。听说，你们本是投在东洛郡王门下，怎么会跑到这里呢？"

冯氏听她问起，便简单地讲了他们夫妻二人的经历。

之惠听说，他们本是指望真宁公主能将其引见给东宫。公主们向来不惹这些闲杂事，即便是盛乐公主，愿意自己为国家舍命，却从不提携外人。真宁年纪虽小，眼光却远超姐姐们，日后未尝不成气候。动了这个念头，她对待冯氏的态度又亲切两分，随口指点一两处宫中行走的诀窍。冯氏唯恐自己在此处举止不当，给丈夫惹来麻烦，见她有心相助，当即感激不尽，视她为第一个知交。

又过了几日，冯氏与之惠渐渐熟稔，大着胆子问起她的来历。之惠叹道："我本是在东宫里照管皇孙的，这回不跟出来也可以。但看顾皇孙这些日子，心里实在舍不得，便跟来了。"

冯氏不由得钦佩："私下说一句，姐姐这份深情，我看比他亲娘更真。不知他亲娘整日忙碌些什么，反而不管孩子。”

之惠笑了笑没有接话。冯氏又问：“听说东宫里还有一位侧妃，为什么从没见过呢？”

之惠说：“侧妃产女不久，圣上与皇后垂怜，要她带女儿回娘家了。”又叹息，“东宫殿下本来是比较喜欢她的。若是她们母女在，或许不至于颓靡至此。”

这时候一个小丫鬟来报，说有人来拜访之惠。之惠匆匆返回自己的住处，果然看见宫中来人假扮为东洛郡王府的使妇等着。她快速写下一封简信。

两人说起皇后的近况。那使妇唉声叹气：“自从入冬，总是生病。上回一合眼，睡了两天三夜。后来又不敢睡了。全靠太医用药，才能睡着。”之惠忍不住跟着唏嘘。

使妇环顾四下，低声问：“落到这地步，素璃还不肯送皇孙回去？娘娘的意思是，你要让她知道，孩子在圣上跟前，能提醒他惦记儿孙，可比留在这里有用。”

之惠点了点头：“近来变故太大，素璃什么也听不进去。特别是关于皇后的话，一提起来，她就火冒三丈。说得多了，反而弄巧成拙。待我过几天再劝。请务必如实转告娘娘，切勿以为我在这里不尽心。”

“那你就多尽一尽心吧，总在嘴上说，没什么用。”

之惠又问：“令柔最近在宫中如何？”

“还是老样子。我听说，有人找过她。”

之惠一惊：“是什么人？”

“这便不知道了。”使妇叹道，“那个死脑筋，你还操心她做什么呢？我这就告辞了。你照管好这边的事，不要多想。”话虽如此，之惠知道令柔的性格，毕竟不能无动于衷，只是千里之外，实在无能为力。

这天晚上，睿洵又要酒喝。之惠送酒进去，假传睿洵的意思屏退众人，独自留下为他斟酒。睿洵知道这宫女原先是母亲身边的人，后来又到东宫看护皇孙。他也知道她必定与京城还有来往，于是佯装半醉，问她：“近来宫中有什么趣事？”

之惠低下头说：“并没有趣事。只是皇后小产之后总病，入冬之后更是如此。年纪轻轻的，比圣上的状况还不如。”

睿洵听罢沉默片刻，狠狠地喝了几大杯，痛苦地承认：“是我害了她。落到今日，也算是咎由自取吧。”

之惠大胆地看了他一眼，试探说：“可是皇孙有什么错呢？她心里肯定也知道的，所以才会一直要求接回去。宫里到底比这里安稳。”

睿洵不再说话。又喝几杯，他说：“没酒了，再去取。”

之惠顺从地退下。睿洵盯着她向外走，醉眼中一片朦朦胧胧。

“为什么……会觉得是她在背后谋划呢？”睿洵在眼前挥了挥，把素盈的影子抹掉。

大概是因为，他从京城城门一直把她带到宣城，从此凡事都有她的影子。他叹口气，拎着最后半瓶酒走到室外。阳光晃得他睁不开眼，眯着眼大声叫：“怀英先生！”

李怀英听见，从稍远的室内疾走过来，躬身问：“殿下有何吩咐？”

“我想要你回京城办一件事。”睿洵咧嘴微笑，心想，也许他喝多了，也许他疯了。

“帮我带一封信，给东洛郡王。”

元日大朝，礼部原本担心皇帝无法亲临，绞尽脑汁议定一套储君代为主持的礼仪。想不到，天子浑身不见疾病的影子，储君却没了。延德殿内礼毕，皇帝退殿，百官各自归去。相府来人说，琚相得了好酒，请谢震过去同饮。谢震隐约感到并非好事，推辞不过，只得去了。

酒虽然好，他却喝不到心上。琚相见状，不疾不徐地提到神毅将军的次女。

“那位素小姐，很像我从小敬畏的一位女性。”琚相说，“谁若有福娶了她，想必能够像那位女性关怀的人一样，从此如虎添翼，平步青云吧！”

居然又是说媒。谢震脸色骤然绷紧，透出他从来不擅长掩饰的厌恶。琚相笑道：“神毅将军对谢将军赞不绝口，托我来说。我怕一开口，反而坏了这事。但我想，谢将军从来不会因为宰相的权威而勉强自己，说一说也无妨。”

谢震忙谦谢道：“素氏向来通婚皇族，下官不敢与素氏结亲。”

“知道你要这样推辞。”琚相讥笑道，“你那心思，瞒得过谁？倘若素氏当中有值得你高攀的人，你还会说不敢吗？对那女人痴心妄想，只能白白蹉跎啊！”

谢震垂下头，噤声不答。琚相看了笑道：“神毅将军的女儿，比你心里的人强了何止百倍！我能够断言，娶她的人要是有你这样的资质，日后封侯拜相轻而易举。”

“相爷厚爱，实在令下官不知所措，”谢震依旧推辞道，“下官何德何能？”

琚相拍了拍谢震的肩，说：“唯有孤儿能够随心所欲、勇往直前，因此能够成就自己的心愿。这一点，你像我。”

“相爷智勇，天下罕见，下官怎敢妄求相爷之能？”

“托词就算了。”琚相看着谢震的眼睛说，“没有家人，不用对他们负责，也不需受他们束缚。只有一个喜欢的人，所以可为她做任何自己能够做到的事——世上唯有孤儿能够如此。但是，真想要向前走，就必须忘记那些可能让你陷入危险的人。如果那人是你的母亲，就忘掉母亲。如果那是你用情至深的女人，就忘掉那女人。”

他说到这里，沉默片刻。

谢震不敢吱声，瞥见琚相笑得讳莫如深。琚含玄笑了一瞬继续说：“你是小姓，一定要去争取他们没想给你、不肯给你，甚至他们自己也很难得到的东西。这样，他们在提起你姓氏的时候，就不是轻蔑，而是敬畏。人生很长，年轻时的眷恋有时不过是一种不谙世事。”

他的语调让谢震后背渗出一层薄汗。

“这就是相爷超越下官之处。”谢震讷讷地说，“也许，我这一生都不谙世事。”

琚相听了冷笑一声：“你心里放不下，就去问问你的心上人有何高见——我想，她也会同我一样，劝你娶那位小姐呢！”

到此处，他对谢震可谓仁至义尽，再不相劝。又饮一杯，他话锋突兀地一转：“西陲送给兰陵郡王的那封信，你事先可知情？”

谢震谨慎地反问：“相爷为何这样问？”

琚相笑道：“我看你不大相信废太子通敌。”

“下官怎样想并不重要，物证说了算。”

“这事还没有结束。”琚相悠然品茶，说，“你看不上神毅将军也罢，最好还是早点结一门亲，不要总黏着平王家。”

谢震依稀觉得他话里有股十分不对的味道。但是酒已三巡，琚相放下酒杯，算送客了。谢震识趣地告辞，心里那丝疑云却久久不能散去。他没有回自己家，径直到凤烨公主府上拜见素沉。

有一人来得比他更早，谢震见了不禁讶异：“李先生？听说你去了宣城，怎么在这里？”

李怀英施礼笑道：“受睿庶人所托，送一封信给郡王。”

两人等不多时，素沉出来相见，先道歉：“公主入宫拜见皇后，路上有些受寒。我今日不便与二位畅谈，请容改日再聚。”

李怀英忙取出信说：“郡王请自便。我这里有一封书信，亲呈郡王便无事了。郡王写好回信之后，我再来取。”

素沉诚意挽留：“先生难得回来京城，不必找别的去处，就在我这里委屈几日。”说罢唤仆人带他去客房暂住。

谢震也告辞说：“改日再来叨扰。”

素沉当着他的面，一边拆信一边摆手说：“贤弟不要急去。”匆匆将书信浏览一遍，就送到谢震手里。谢震见他如此信任，不便推辞。

信虽然长，多是虚话。字里行间那番悔恨，在谢震看来也很无聊。但睿洵却仗着这些说辞，提出了他的要求——恳求郡王看在他姐姐的情分上，拜托皇后还他清白。从此之后，他定视皇后为母，孝敬终生。万望郡王将这些话转达皇后。

“他怎么敢说这种话？”谢震一阵恼怒，“他的清白又不是皇后剥夺的。若不是他，皇后本来也不缺孩子孝敬。事到如今，他竟敢厚着脸皮来求皇后！”

他按住怒气，转向素沉，说：“事情是求到郡王这里，我本不该多话。”

素沉也摇头说：“算他聪明。倘若这信是给凤烨，要她去求皇后，那我现在就去宣城揍他一顿。”

他拿过那封信，又看一遍，说：“不除宰相，他即便回来，也久不了。他这是要皇后与他联手。不去求他舅父，求到我这里，可见永宁郡王手中已经没有宰相的把柄。”

“皇后也没有，”谢震想起馨娘那张鬼魅般的脸，皱眉说，“宰相却有皇后的把柄。”

“正是如此。”素沉表情微微凝重，望着谢震说，“正是因为宰相有皇后的把柄，迟早，不得不除掉他。”

这话由他说出来，谢震惊得头脑空白。素沉压低声音说：“为了皇后，更为了国家。”

“可是……”谢震喉中一阵干涩。宰相有哪里愧对国家呢？他固然把持朝政，但朝政把持在睿、素两姓手中，也许还不及他做得好。他固然一个人决定了天下大事，但皇帝从未有异议。人们不过是出于仇视，断定他蒙蔽皇帝。为什么不会是皇帝认可他的决定呢？他固然废掉了皇后与储君，但这种事情，素氏自古以来干得还少吗？

他也曾经因为求赐宫女的事，对宰相满腹愤恨，可是到这时候，那事好像并没有多么重要。他不知道为什么，心里冒出许多为琚相辩解的话。

为了国家——说这话的不过都是凡人，凭哪一点断定自己的想法对国家更好呢？

“郡王受那位李先生影响太深了。”谢震最终只说了这样一句。

素沉不置可否，盯着那封书信思忖片刻，说：“我会告知皇后。”

“绝不可以。”谢震不放弃阻止，“证实东宫通敌的书信，是兰陵郡王提供的！若为东宫翻案，素飒会怎样？”

“那封书信，我仔细看过。”素沉说，“虽然看起来是东宫亲笔，但……并不是没有证伪的余地。”

他说话时，神情没有一丝波澜，仿佛这事淡如清水，混在脑海中无数平淡无味的水滴里，不值一提。但谢震的心海再也无法宁静——那信可是废黜储君的关键！如果可以证伪，为什么不早说？

谢震先前对睿洵的罪名与证物都坚信不疑，此时却产生动摇，怀疑那封信的原文是由眼前的素沉或者皇后家里某个机敏的高人杜撰的，顺利废黜储君的同时，还给素飒留下脱身的余地。

皇后世家——谢震终于又想起这群人终生要背负的身份。他心头结了一层从未有过的微霜，再也不能深思。

“郡王！事情若有反复，朝廷又将大乱，这回连皇后也难以置身事外。”谢震担忧地说，“至少听听素飒怎么说。”

素沉想了想，说：“明天此时，你们同来。”

谢震摇头：“我要说的话就是这些，不必再来说一遍。郡王请自行斟酌。”说完便告辞。

元日的后宫朝觐，素盈注意到真宁来得最晚。内外命妇们礼毕告退之后，素盈特意留下凤烨，怕她为东宫之事过于忧伤，又伤到身体。凤烨精神还好，却见素盈虚弱不堪。两人说了许多相互慰勉的话，凤烨才告退。

这时已不早，一天看起来不会有什么大事了。真宁却像一直在等待机会，又来求见皇后。

“辛苦公主在皇极寺斋戒祈福。”素盈说得很轻快。

真宁笑得有些异样：“这么说，娘娘已经知道我在皇极寺与谁见面。那我就不再禀报了。”

素盈笑而不语。

“听说法善大师动之以情，娘娘感触颇多？”

素盈深沉地注视她，收敛笑意说：“与亲戚来往是一回事，掺和这些闲事，是另外一回事。公主要有分寸。”

真宁无所顾忌地笑道：“我乃皇帝之女，我家里全都是这些事，怎能闭目塞听呢？”

素盈冷冷注视她。

真宁迎着她的目光望回去，忽然记起她封后的那一次。这回完全没有害怕的感觉，她内心暗暗为自己高兴，说话更直：“你原打算怎样废掉洵哥哥？”

“公主！”素盈神情大变，厉色问，“你是在指控我吗？”

“我在说你没来得及完成的事。”真宁不乏得意，“宰相根本没有给你机会吧？虽然我想，按照你的想法进行，也许会对洵哥哥手下留情，但仔细想想——唉，你算什么呢？你的想法算什么呢？”

她带有一些做作的同情，望着素盈说：“虽然名为皇后，但真正撼动乾坤的事情，哪能轮到你呢？不过是一再被人利用罢了。”

素盈不声不响地听到此处，提高声音喊道：“崔秉仪！”

真宁笑意顿消，直勾勾看着她，问：“我想知道，你是为什么？宰相想废太子，我可以明白，但你是为了什么呢？”

素盈又高声喝问：“崔秉仪哪里去了？”崔落花还没有出现，她心里突然烦躁得很。

真宁微笑说：“娘娘，有一件事情，我想亲口告诉你比较好——兰陵郡王买通大理寺的狱正与狱卒，命他们在刑讯中打死羽林军。朝觐之后，他已被大理寺带走了。那位新上任的大理寺卿，可没有收过他的贿赂。”

真宁看着素盈骇然的表情，无奈地摇头说：“我觉得，你可能不知情，也可能是装出来的。还是交给宫正来判断吧。我来是告诉你——我不希望自己像母后和你那样，一辈子在别人背后插刀，处心积虑希望人家别发现。那是不可能的。挨刀的人肯定会知道。而我，希望此生为人光明磊落，唯有如此，才能不负那些以正直待我的人。所以，我来当面告诉你，是我发现，是我告发他。”

“你？！你在胡说什么？！”

“崔秉仪已经被宫正司带走了。”真宁平静地说，“要查清兰陵郡王是否受到皇后指示。”

素盈一时失语，痛心道：“崔秉仪一向对你另眼相待。”

“我知道。所以我要把整件事摊在光亮处，只有这样，她才不会被不知名的狱卒或者小吏失手打死。”

一名宫女花容失色，跌跌撞撞地跑进来惊呼：“娘娘！”后面跟着两名中年女子。素盈看见她们服饰的颜色，吃了一惊。那两人正是宫正司的宫正与司正。

“别怪法善大师。”真宁青涩的脸孔上出现一种超越年纪的漠然，“他试过，他老了。我们不想按他那种活法再活。”

素盈冷静下来，哭笑不得地摇摇头，挥手要她离开。真宁高扬着头，脚步轻快，让素盈想起印在脑海里的某个时刻，妹妹阿槐也曾这样转身而去。

“宫正，”她招手让宫正到近前，沉下脸问，“兰陵郡王遭人诋毁，大理寺尚无声息，为何就要带走我这里的崔秉仪？”

宫正小心地问：“有个叫封令柔的宫女，娘娘可有印象？”

素盈心头一凉：“与她有什么关系？”

“她跑到宫正司投状说，亲眼见兰陵郡王拜见皇后之后，崔秉仪追出来授意。还说，平王家的轩茵小姐夹带消息出入宫禁，宫外有事，大多是皇后在里面指点。”

素盈大怒：“好大胆子！竟敢说这种弥天大谎！”

宫正抬起眼睛看看皇后：“她还说，皇后曾以骆驼蓬泡酒，威胁她性命，玉屑宫都监白信则可以为证。”

素盈冷笑讥讽：“一个提铃宫女，她这命可真够要紧的。”

“娘娘知道，凡宫人向宫正司投状，未经证实之前，都要收在宫正司里。我等自然要问，宫里是谁与她互通声气，得来这些闲言碎语。但她现在还不肯说。”司正这时为难地说，“自从宫正司因拷问过重逼死方太医，朝中颇多攻讦，说是宫中私刑失道。如今遇到这种抵死不开口的，也不能太过逼迫。倘若她自尽，我等连同娘娘，都免不了被人冤枉。”

“这种一件也落不实的事情，你们自己去查便是。”素盈皱眉问，“崔秉仪眼下如何？”

“等大理寺那边有了风声，再过问不迟。”宫正说着放低声音，“但是，宫女告皇后下骆驼蓬……娘娘须知，自从被废的丽媛与柔媛传递毒药，宫中凡有告发后妃私用药物，必须报知太医院。臣实在无从隐瞒。太医院和典药司已写来供词，说确实曾按王秋萤的药方拨发骆驼蓬。女医当初自述，是用来医治宫中疫病、消肿毒。如今崔秉仪下了宫正司，宫里不得不去粟州拿人对证。”

素盈默想片刻，说："你去吧。"

宫正告退，剩素盈一个人在丹茜宫里静坐，突然很不习惯。

崔先生经常说一些可怕的话，但她什么也没做过。她没有在水中下骆驼蓬，也不会在绣褥中塞咒语，更不会在藕羹里投毒。她比他们任何一个都好，却被送进了宫正司。

只为了向皇后耀武扬威——后妃身边的人进了宫正司，这是一个重大的暗示。

"不要慌。"内心响起的声音平静温和，像幽馥，也像她自己，还有一些像崔落花。

真宁想要的，不是一刀插入皇后的心脏。

"你为什么想废太子？"她的质问暴露了一切。她只想为她哥哥证明——兰陵郡王挑唆羽林闹事，故意将东宫通敌的书信散布到羽林军中，引起他们聚众上书，求废太子。而皇后是背后主谋。

太弱了。素盈的眼睛慢慢闭上又睁开，嘴角微微冷笑。小孩子的手段，太弱了。

想起这个字眼，又有一些黯然——真宁追求的并不是"手段"。

"去玉屑宫，"素盈招来一名小宫女，从容地说，"圣上喝药的时辰到了。"

一行人步履安稳从容，无视路上宫人异样的目光与神态。素盈从容步入玉屑宫，药也正好送进来。皇帝半卧在榻上，含笑说："皇后不必尝了。"语气一如昨日，就好像还没人来告诉他发生的事。

素盈柔柔笑道："妾习惯了，看着陛下喝完才安心。"说着坐到他身边。

他喝完药，气息推出一丝苦味："真宁去见过你？"

"嗯。"

"我要她不准胡闹，可是她……"他头疼似的皱了皱眉。

素盈含笑接上说："她是个和哥哥姐姐们都不一样的孩子。"

他目光向下一沉，落在她双目上，两人便心知肚明——是场闹剧。

"教训她了吗？"他问。

素盈摇头，诚挚地说："这样笃信'真相'的公主，我不仅不能责怪，还希望任何人都不要责怪她，阻拦她。我希望，她能用自己的努力看到真相，而不是蒙蔽自己。我希望……她能够面对结果。"

他笑了笑，又说："崔秉仪在宫中的人缘很淡，却遭人妒恨。"

"她只有我，我也最倚重她。"

"这就是问题所在。"他说，"如果你珍爱她，就不该让她一枝独秀，不该在一个人身上投入太多。大风来时，会卷走你们两个的全副身家。"

"陛下忘了？我在成为丹茜宫的素皇后之前，是丹茜宫的素奉香。"素盈温柔而无畏地说，"我知道宫中如何待人。如果我看重崔秉仪，就必须让她与众不同。如果我只能给她平平淡淡的重视，那她很快就会陷入各种各样的麻烦，多到我根本不敢再用她。"

他意味不明地笑了一下。素盈悠闲地说："陛下不必担心，她会没事的。"

他呵呵地笑起来："我的皇后一向知道什么事情可以做，什么事情不可以。入宫第三天就懂得身份已变，不与伶人计较笛技。我想，提醒你别去宫正司干预讯问，应该是画蛇添足了。"

"宫正与司正，服务皇家三十余年，普天之下再寻不出如她们这样执掌刑罚的女子。"素盈微笑说，"妾自己不会，也绝不会让人干预宫正司，令她们蒙受污名。"

现在看似是针对皇后与崔秉仪，但是，也会有人盯着宫正司——每场风波，人们总是各有各的心思，并不全都盘算着风眼波心里的人。早就听闻，朝臣不乐意由女子掌握宫中刑罚。几十年前，他们不乐意让女子担任各宫都监，结果慢慢没了女都监。后来他们又想清除女宫正。除了辛劳的杂活与生育，女人好像做什么都不能令他们满意。

如果安置选女的宫司又少一处，那素氏送来的七十名选女就不得不一心一意地争夺嫔妃之位。后宫这些老套的故事永远没完。

这些话，素盈没有说出口，也绝不会说出口。

但他就像听见了似的，看着她微笑起来。

周太医在太医院如坐针毡。吴太医看了说，像他这样把心思发散出来的人，比较长寿——如果能活过灾祸的话。周太医学不会吴太医的气定神闲，这是天性使然，年轻的时候就放弃了。

"别转了，别转了。"吴太医放下医书，"我眼睛花得更快了。你还是去练五禽戏吧。"

周太医停在门口摩拳擦掌，哎哎地叹息着望天。

通常都是崔秉仪从后宫传他。而皇后自己，总觉得生命特别顽强，她还能再撑一会儿。现在崔秉仪不在，皇后会把自己累垮，或者逼疯。

有个小宦官来到太医院，说后宫传召周太医。周太医几乎是蹦起来小跑着跟去。

然而找他的是盛乐公主。

"太医莫怪。"公主自己也一脸病容，但周太医知道那不过是暂时的，她也是个会发散心思的人。

"太医已听说今日之事了吧？"盛乐说，"皇后骤然失去崔秉仪，如失左右手。我担心她受到太大打击，她……唉！"

周太医连忙点头说："下官懂得。"

"我看，她的病皆发于心。自从宫中没有能让她高兴的事，病就不曾有片刻离身。"盛乐说，"崔秉仪不久前刚与我商议，在皇后面前要多讲些高兴的事，无须皇后定夺的琐事，我们自行处置便罢。想不到，她自己却遇上这种事。"

周太医陪着叹口气，却不知道她要自己来，是为哪一桩。

"太医，我想求你一件事。"

周太医听到“求”字就心惊肉跳，惴惴不安地说：“殿下折煞下官。”

“无论她的病情怎样，只要你有信心治好，就往轻了说。”盛乐哀伤地说，“这样，或许她能好得快一些。”

此时，周太医终于对她的态度感到一些怀疑：“殿下说这些话是……”怎么好像遗言呢？

盛乐笑笑，挥手说：“太医请回吧。”

送走困惑的周太医，她换一身骑装，也不带随从，径自出宫去了。

她是皇帝的成年女儿，不同于真宁那孩子，天子夫妇不大管她。只是她自己因为服丧，回到京城，总要有点孀居的样子，平日不肯外出。这天骑马出来，一路骑到清河郡公府。

白家听说是盛乐公主，急忙惶恐接驾，禀报说：“郡公与驸马恰好都不在家，不能出来迎驾，望公主见谅。”

盛乐一听便知他们是为白信端奔走去了，便问：“你家三公子在何处？”

下人本以为她是来拜访荣安，愣了愣才说：“三公子不便出来接驾。”

“我去找他。”

下人更加不知所措。盛乐不耐烦：“快些带路。”下人便一路将她引至内宅。绕过大片花圃，前方一座小楼立在一片杂花中间，叫作梅花阁。周围却唯独没有梅花。

白信端便被软禁在这座阁里。此时他在外面，踢着一个圆滚滚的冰疙瘩满地跑，几名负责看守他的官差在后面跑来跑去，一群人像顽童蹴鞠似的热闹。白信端身手矫健，忽然转身，一脚踢得冰球直穿过众多腿脚，骨碌碌滚到盛乐面前。

盛乐踩住，拿起来看，只见里面冻着许多淡黄的彩纸花。她侧目再看浑身热气腾腾的白信端，不可思议：“你这软禁的日子也太逍遥了吧？”

“这叫梅花鞠，我们兄弟从小这样玩。”他不知跑了几个时辰，浑身发热，长嘘一口浓浓的白气，气咻咻地问，“公主来干什么？”

盛乐将那冰球撇到一旁，寒着脸说：“我有话问你。”

白信端收敛那股轻松的神气，郑重地说：“公主对我有恩，我一定知无不言。”

盛乐点头，问：“你知道那封揭发东宫的信里面写了什么吗？”

白信端冷笑：“我从没见过那封信。它出现之前没见过，至今也没见过。”

“我见过。”盛乐说，“所以我知道，为什么父皇会相信上面的话。”

白信端闻声皱紧双眉，说：“相信？我听说，圣上本来是半信半疑。”

盛乐冷哼一声：“我父皇只有相信和不信的事，没有半信半疑的事。半信，就是信了。”

白信端不作声，走了几步才问：“信是怎么写的？”

盛乐犹豫一下，才说：“留有活扣。”

白信端不明白。

盛乐说："看起来的确是东宫的态度，但是也暗藏……甩给别人的机关。如果言之凿凿，父皇是不会信的，因为东宫处事没那么坦白。但是因为这个活扣，反而很像是他。"

白信端听得浑身发冷，装作不介意道："那不是刚好证明，信并非东宫所写？他没有推给别人，是因为他自己也没看出这个活扣。"

"通敌，他能推给谁呢？兰陵郡王？"盛乐面上一层寒气，"正是兰陵郡王拿出的这封信。谢震？我？钦妃？哪一个都能轻易证明他是诬蔑。"

白信端沉默地随她在雪地里走了几步，自嘲似的笑道："那么只剩我了。公主来找我，到底想问什么？"

"只有你知道，素飒险些全军覆没、被敌人俘虏，到底是怎么回事。只有你知道，龙骧将军死里逃生的八千精锐，最后是怎样消耗殆尽的。你知道这么多，还活着回来了。"盛乐痛苦地问，"现在，是谁指责你通敌？你们白家不会挨了这样一击，却对出手的人毫无头绪吧？如果是我哥哥，那我就……终于知道他是什么样的人了。"

白信端久久说不出话，最后温和地注视盛乐，说："公主，你我一同上过战场，交情匪浅。我刚才也答应，知无不言。我并非想对你隐瞒，而是……"

他停下来，一句话憋在胸中，最后结结巴巴地吐出来："假想东宫通敌，就让你如此难过。告诉你那个人是谁，你会更痛苦。"

盛乐呼吸几乎停滞："兰陵郡王？"

白信端摇头："兰陵郡王当然对我有私怨，但这回他只指控东宫——我看，他比任何人更相信那封信是真的。"

"到底是谁？"

白信端注视她许久，低声说："是圣上。"

盛乐盯着他的嘴唇，第一次感到五雷轰顶的力量。

"我能活到今天，已经是我家的实力了。有什么办法呢？"白信端凄然笑笑，"圣上也想救他的儿子。我们只是曾经犯过谋反大罪、被改了姓的一家，没人比我们更适合当叛徒。我们一家这样拖着耗着，不过是竭尽全力，等待更多的蛛丝马迹。或许其中有一个能成为转机，让他放过我，盯上别人。"

"东宫到底有没有通敌？"盛乐突然大叫起来，"我要知道！"

白信端看看身后那些人，摇头不说。

"我要知道，我父亲是什么样的人！是为了还他儿子清白而牺牲一个人，还是为了让他儿子看起来清白而牺牲一个人？"盛乐咬着嘴唇，快哭出来。

"公主，请回吧。"白信端平静地说。

"今天，兰陵郡王被人指控，说他收买大理寺狱卒打死人，连皇后身边的女官也被带走了。这种证据是真宁那个小女孩轻轻松松就能找到的吗？"盛乐的声音抖得厉害，"我本想知道，我哥哥究竟是怎样的人，会不会是他。如果真是他，那我宁可豁出性命，也要制止。现在我没法不去想——我父亲是怎样的人？会不会是他？”

白信端第一次听说素飒被卷入这种事，脸色不由得微变。

“兰陵郡王和你，一人扛一桩罪，东宫从此清清白白了。我要知道——他到底是什么样的人？我从十一岁起豁出性命战斗，捍卫的到底是什么样的人？”盛乐哭喊出来。

白信端脸色苍白，忍不住伸出双手紧紧抓住她双肩，但是并未能停止她的颤抖，连他也不禁颤抖起来。

“公主，请回吧。”他不得不提高声音，松开手，大步转身向梅花阁走。

“站住！”盛乐哭吼一声，没追上他就被那些守卫拦住了。

兰陵郡王被收押大理寺的消息，第二天才传开。

李怀英在凤烨公主府中得知，心中惊诧不已，觉得这似乎又是一桩大事的预兆。素沉派人来请他一见。李怀英本想问问兰陵郡王到底出了什么事，素沉却无意多讲，客气地说：“先生带来的信，我已经看过。并无回信。先生若想在京中多盘桓几日，尽管留在我这里，不要拘束。若想返回宣城，我也为先生准备了盘缠等应用之物。”

李怀英自然想在京城多观望几日，但又怕这消息不能及时传到宣城，睿洵茫然无知，更加不利，便说：“既然郡王没有回信，草民不宜叨扰，这就告辞了。”

他辞别素沉，心中仍然觉得有事，又去昔日的学生家中探望。那少年见了他分外欣喜，强留下来。两人说话比李怀英与素沉之间更加坦荡，说到废黜太子之后朝中的种种变化，又说到太子在宣城的境况，直说得通宵达旦。

第二天李怀英准备告辞，少年却又去找来昔日众多同窗好友。一个个都敬佩李怀英投奔宣城废太子的气魄，又是秉烛夜谈。直到第三日午后，众少年一齐相送。

将至城门，一少年飞奔而来，冲入这群人说：“不得了！不得了！我亲戚有在朝官手下当幕僚的，说是今天又出了大事。这里不宜讲，快同我到家去。”

说着挽住李怀英，就近找了一个少年的家，进去也不分主宾位次，就站在堂前说：“清河郡公的小儿子，去西陲打仗的那个，因为受到东宫通敌一事的牵连，被软禁在家。他昨日突然指认东宫私下议和。”

“简直一派胡言！”众人大哗，没人相信。整个院里的少年七嘴八舌，乱套了，闹得李怀英脑中轰轰作响。

那少年急得向众人挥动双臂：“你们不要向我嚷嚷！我也只是复述而已——白信端说，敌国元帅是西边皇太女的驸马，自称是秀王流落在外的儿子，当年是琚含玄放他一命，人证物证俱在。攻城略地，是要夺回他父亲当年的地盘。东宫闻知此事，派使者暗中议和，要得到宰相当年私放秀王之子的证物，说是‘除宰相，才能得天下’。”

“东宫不可能说这种话，”李怀英瞪圆眼睛摇头，“我知道他是什么样的人。”

众少年一起附和：“是啊，怎么可能暗中议和？东宫岂敢如此僭越？”

李怀英急问：“都有什么物证？”

“有我国谍人的密报，可以与战局相印证。还有东宫派遣密使那几天的日程、布置，据说战况确实异于平常。”

李怀英难以置信：“都是真的吗？”

有少年说：“即便是真的，又能证实什么呢？”

那报信的少年对李怀英说：“先生，你快去报知废太子吧。这事情的真相到底如何，我们说不清，但绝非吉兆啊。”

李怀英不敢耽搁，星夜兼程赶回宣城，一路上有两三次与驿马擦肩而过。那些赶超他的驿使也都是前往宣城方向，料想不缺人向睿洵通风报信。

当他赶了七八天路，终于回到宣城离宫，睿洵果然已经得知京中变化。李怀英一入书房，他便问：“郡王可有回信？”神情中有些急迫。

李怀英不忍他失望，但不得不说：“郡王说，信看过。没有回信。”

睿洵定定地坐在书桌后，连眼睛也不会眨动了。

“我知道了。”他喃喃一句，便又发起呆。

第二十三章 刺杀

这一年的灾祸，竟比前年赤马劫来得还早。

宫中虽未禁止上元节观灯，但没人敢敞开胸怀庆祝。玉屑宫自是不必说，皇帝为他儿子的事情，称病不见外臣。丹茜宫呢？兰陵郡王与崔秉仪被关押十几天，全然没有进展，皇后表面上云淡风轻，内心仍然忧郁，每晚辗转反侧，总要消磨一两个时辰才能睡着。

丹茜宫的宫人们猜到，在这个特别的日子，只有一个特别有眼色的人，和一个特别没眼色的人会来道贺。

结果是没眼色的谢将军先来。

白信则事先已知道他当值的时辰，估摸差不多是这时候，正在丹茜宫前徘徊，便见谢震托着一只木匣大步走来。

谢震向来待人和气，与信则却无深交，此时略一致意就要别过。信则迟疑一阵儿，没有主动搭话。然而谢震比他想象中更善于察言观色，走出几步之后，回头问道："都监是否有话要对我说？"

信则略微点头，走过来面对面地问："将军与清河郡公三子曾一同上阵杀敌。近来，他出了这样的事，不知宫外如何议论？"

"你仍然在乎？"

信则仿佛说一件平淡无奇的事："祸事一到，我们便是别人眼中的一家人，个个都该连坐，哪能自以为置身事外呢？"

谢震看左右无人，沉声说："他太大胆了。"

"是啊，"信则低头叹息，"宫外可有谣传，是什么人背后指使他这样干？"

谢震看他几眼："我以为，都监在宫里比我们听得多。"

信则的笑容淡得几乎看不出来。

"将军可听过一个叫封令柔的宫女？"他问。

"就是诬告崔秉仪的那个？"

信则点头，缓缓地说：“她不是诬告崔秉仪，也不是冲着皇后。无法落实的零碎名目，是用来掩盖真实的用心——她要人人都知道，玉屑宫都监白信则是皇后的爪牙。这一件跟在那些尽人皆知的事实后面，在圣上心中留一丝暗影，就够了。”

谢震的吃惊并不是因为那宫女，而是因为白信则居然站在素盈那一边，而素盈从未有过一丝一毫的暗示。

“本来我与太医一样，不该有偏倚。至少不能在这种时候，偏向皇后。”信则看穿他的意外，微笑说，“所以啊，封令柔这事之后，我的耳朵眼睛就都被废掉了。”

谢震略加思索，低声说：“私下议和与通敌不同。通敌固然是叛国重罪，但议和……只有皇帝可以决定战争什么时候结束，怎样结束。令弟是在指控废太子有取代皇帝之心啊。这种话，连宰相也不敢教他。恐怕，并没有谁指使他。”

信则双目微垂，注视墙根的雪。他早看出来皇帝的打算。信端在劫难逃，求谁也没用。但现在情况又变了。信端手里全是真东西，虽然有限，但真东西无须严丝合缝，也能让人推导出前因后果。

通敌或许可以推卸到别人身上。儿子想要取代自己，皇帝还能找谁顶罪？信端不会有通敌的嫌疑，但从此以后，也没有前程。

“多谢将军。”信则稍稍欠身，说，“另有一事——那宫女封令柔在宫正司里半个月了，不能再留她，今天就要她出来。”

谢震哦一声。信则见他不明白，直接说：“请将军救她一命。”

“救命？我？”谢震更加吃惊，不知这话从何说起。

“她去宫正司投状，大约并非出于正直。但她也不曾为了诋毁皇后，编造诸如废后通奸之类大逆不道的秽行。”信则说，“皇后不会原谅她。但如果她丧命，另外一个无辜的孩子也要因此遭殃。我这些稀里糊涂的话，将军可能不太明白。只是，我不希望看见清白无辜的年轻人变成我这样。斗胆想请将军在皇后面前救两个人。”

谢震皱着眉摇头说：“我确实听不明白。皇后为何要取一个宫女的性命？”

“如果不那么做，就永远不会有人对她有所畏惧。接下来，就会不停有人去投状——皇后与兰陵郡王说过什么，皇后与德昌郡主说过什么，皇后与谢将军说过什么……”信则面上不带一丝喜怒，“只有‘仁恭’二字，是管不了偌大后宫的。”

谢震愣愣的，好像在想这话，喃喃说：“那我为什么要阻止她呢？”

“不管找多少理由说服自己，为她开脱，但看到她最终变成一个杀人的人，你不会开心，只会后悔。”信则说完，眼角余光瞥见甬道尽处有个闪避的身影，不由得微笑——玉屑宫都监不是一般的位子，不知有多少人想找出他的一两个把柄。

信则从怀中取出一张折好的纸，说：“正月十五，是月瑟的生辰。”

谢震身子一颤，抬起眼紧盯他。信则悠然说：“若有人问将军，我们说了些什么——这就是答案。请将军代我将这东西为她焚化。”

谢震愕然，无法言语。信则却自顾自地转身走了。

那张纸只是随便折了两下，似是并不反对别人看。谢震展开粗略浏览，上面不过一首古诗。

“亭亭山上松，瑟瑟谷中风。风声一何盛，松枝一何劲。冰霜正惨凄，终岁常端正。岂不罹凝寒，松柏有本性。”

全然不解何意。

当素盈宣谢震进去，她看到一张凝重的脸。

他来，应该是奉送一件贺礼，素盈不知他怎会不高兴。她不动声色地打开礼匣，一见其中的无骨琉璃灯就惊喜地叫道：“呀！”

旁人看她的表情就知，这不稀罕的灯已经盖过方才南安郡王托人送来的九色夜明珠。到底是谢将军出手，一下子就落在皇后的心坎上。女官们交口称赞，手快的宫女添支花蜡，灯外层的镂花琉璃顿时朦朦胧胧地亮了。

恰好这日天色阴晦，大略看得出七彩琉璃的绚烂光芒。巧妙的是，无论怎样晃动，琉璃球内插的蜡烛始终保持竖立。这一点的确值得喝声彩，于是宫女们又赞了一阵。素盈知道她们不解这灯究竟好在哪里，唯有谢震与她心知肚明。

“你还记着呢。”她微微一笑，像个孩子似的提起灯四处走，为看明灯色，一直走到丹茜宫内最阴暗的地方。那光彩便像一段融化的彩虹，无声无息地淌了满地，身边霎时变成最瑰丽之处。

“比那时的好看多了。”她向谢震诚意道谢。

谢震看她伫立于虹彩中央，会意地笑了笑。

大约是素盈十岁的时候，当时的东平郡王不知道从哪里弄来五个无骨琉璃灯。他突发奇想，要孩子们射麻雀，一刻之中谁射杀得最多，谁就可得灯一盏，美其名曰褒奖射术。只有谢震与素盈袖手旁观。谢震处处违逆父亲已经不是新鲜事，可素盈也不听话，让父亲有些意外。

“我还记得，那天娘娘的眼睛一刻也没离开那些漂亮的灯，可还是不卑不亢地说，‘为一盏灯伤了许多性命，有什么值得骄傲的呢？’”谢震注视着她说。

素盈立刻察觉到他想对某事发表高见。她兴致顿减，偏头向女官们扬了扬手，她们退开几步。

她自顾自将那盏灯摇来晃去，看着遍地流转的光华说：“我现在仍然觉得，再漂亮的灯也不过是一件玩物，并不值许多。”说罢将目光投在谢震身上，仿佛暗示，别把太为难的事说出来徒增尴尬。

谢震自忖兜圈子的功夫差她太多，索性直言不讳：“那么，为一座丹茜宫，让世上失去一个人，是否值得呢？”

这问题似乎根本不需要考虑。素盈笑道：“丹茜宫并非玩物可比。”

谢震的神色愈加肃穆："即便那个人是素盈？即便让素盈失去真性情，不能再称为一个真正的人？"

素盈心中微微酸楚，可依然只能落寞地说："有时，不得不向'无可奈何'四字低头。"她仰起头，眼睛亮如星宿。

"这四个字，千万不要对自己说太多次。"看着这个包裹在五光十色之中的女子，谢震缓缓摇头，"你会忘了自己是什么人。"

谢震的话并没有激怒素盈，让她生气的是他眼中的惋惜。她低声喃喃："今天你的话太多了。我甚至不知道，你究竟想要我给你什么。"

"封令柔的性命。"谢震清晰地说。

素盈的时间仿佛忽然静止，她既无动作也无表情。片刻之后，她提起灯，噗地吹熄蜡烛，这个晦暗的角落顿时被打回原形。她的神情在阴暗中令人难以捉摸。

"你已经要过一个宫女。"素盈神情麻木，"你知道封令柔是谁？是什么样的人？容貌怎样、年纪几许，性情又是如何？你知道她做过什么？你什么也不知道，却提出这样的要求？"

"我能猜到你想对她做什么，也能猜到你为什么要那样做。"

谢震又用那样的目光看着素盈，几乎让她生气。奇怪的是，当她想说点什么的时候，心里却只有失望："你不知道自己在说什么。"说完将琉璃灯向谢震怀中一抛。

既然她不想要，他便没有去接。脆弱的琉璃啪地摔成一地碎片。

"拿回去，一个碎片也别剩。"素盈生硬地说，"谢震，你不要以为，你所做的一切，我都会欣赏。你卖弄的聪明，我并不喜欢。"

谢震俯下身，一点一片拾起那些五光十色的残骸。捡了没几片，他不慎割破手指，叹了口气："你宁可不医幻症、不吃不喝，也不肯踏入咏花堂——仿佛只是昨天的事。那日也是你，今日也是你。多年以后的你回头时，用一句'迫不得已'评说今日，会感到一切皆有所值吗？"

素盈背过身不看他，也不让他看到自己黯然的面容。

还以为他能够明白，原来是她高估了他——他什么也不明白。

她嗤地笑一声："你说在边镇时，只有我能懂你。阿槐说，只有离她亲娘远一点，才是好女儿。看来，我们家的女儿无法与人靠近，终需远离才好啊。"说完一转身，自己走回珠帘后面。

谢震还想说话，承仪女官上前打个手势，示意他立即告退。

特别没眼色的谢将军走后，特别有眼色的素澜果然来了，怀里抱着她女儿。

素盈本来闷闷不乐，见到孩子，咦了一声，笑起来："今天怎么想起带孩子进宫？"

"忘机会扶床走啦，特意来给娘娘看看。"素澜笑吟吟说罢，把女儿放在胡床旁。忘机紧抓床边左顾右盼，果然左右走了两步。

素盈满心欢喜，说："走得真好！阿寿比她还大两个月，也该走稳了吧。"

素澜笑道："我女儿哪能和他比呢？"

素盈抿嘴微笑："如今是你女儿金贵些。"又问起忘机的哥哥知机。

素澜摇头说："胆子不如他妹妹，看起来应该能走，可是不敢。所以没有带来献丑。"

两人坐在床边逗弄孩子，说了没多久，忘机在素盈的床上睡着了。素澜起身轻声说："我告退了。忘机就烦请娘娘帮我看顾几日。"

素盈狠狠地吃了一惊，怕吵醒孩子，压低声问："你有什么事？"

素澜摇头，轻声笑道："我没事，是怕娘娘有事。"她挽起素盈的手，从床边退开，才渐渐提高声音说，"娘娘自从小产，时常悲伤，大病小病缠身。唯有照管阿寿的那几个月里格外好。他一离开，又不行了。全家为娘娘健康担忧，可是什么样的药也不能医这心病。我斗胆自作主张，以女儿一试。她若能换得娘娘心中拨云见日，也算是我们一家人的造化。"

素盈心中黯然，却摇头说："我……见过素璃归来时，面对阿寿怎样泪如雨下。她几时哭过？那是真正的母子亲情，我没有的。今天怎能因为自己有病，狠心霸占妹妹的女儿，要你们骨肉分离呢？"

"你妹妹有四个孩子。"素澜扑哧笑道，"虽说府中有人照看，可我也不能撒手不管，当自己没有这群孩子。你知道四个孩子前前后后跑的跑、哭的哭，是什么光景？我巴不得娘娘帮忙看管几天呢！"

她怕素盈还不放心，又说："若是送个男孩进来，恐怕别人挑剔他是琚家的孙子，而且父亲又要说，娘娘不能养他人之子。女儿总不会有那些麻烦。我都替娘娘想好了，娘娘无须顾虑我。"她来时带了孩子的乳娘，这时留下那妇人，自己无事人似的，利落地走了。

丹茜宫的女官宫女们不得不感叹，到底是德昌郡主的手段。琚忘机待在宫里几天，没什么了不得，可若是皇后喜欢，从此离不开，在宫里养上几年，那九成九是日后的皇子妃了。

忘机着实给她母亲长脸，只哭闹了一天，见乳娘还在便不害怕了。素盈心中喜欢，走到哪里也不忘带她。

皇后本来病得有气无力，三四天后就能抱着孩子在宫里到处走，饮食睡眠都比以往好。宫中人人称奇，周太医也称赞素澜的主意。

从此，素盈完全不问朝中宫中的风言风语，连崔落花似乎也被她遗忘了。宫正司本不想当破坏皇后健康情绪的恶人，但不得不向她禀报："王秋莹已从粟州带到。同时，也传了王家的几名后辈和曾经的病患，证实王家确实用骆驼蓬治疗某些疫病，消散肿毒。她并未与崔秉仪私下传递药物。至于崔秉仪与兰陵郡王阴谋串通，实为空口无凭，无据可查。崔秉仪已由宫正司放出，稍后整理仪容，便来拜见娘娘。宫女封令柔指控不实，宫正司亦将处置。”

忘机充满好奇，小心翼翼在雪地上踩脚印。素盈一门心思紧盯她，不知有没有漏听宫正的话，随意说：“辛苦你。”

宫正说：“娘娘，关于封令柔的处罚——按照宫里规矩，曾经尽心侍奉皇后的奴婢，可以稍加宽待。可她侍奉的并非皇后，是奉香。是否应予宽容？臣乞娘娘慧语点悟。”

素盈双眼仍望着孩子，说：“我不便三言两语干涉宫正。不妨稍后呈文送到丹茜宫，我再批示。莫要令人质疑宫正司的公平。”

宫正躬身说：“遵命。”

崔落花由宫正司出来，一眼便看见真宁站在前方。

“殿下？”她快步上前行礼，“此处不是殿下应该来的地方，请快回去。”

“她没有管你死活。”真宁寒着脸孔，“我以为她无论如何也会管上一管。”

崔落花慈爱地注视她，问：“殿下，这事可曾危及我的生死？”

真宁咬紧嘴唇。

崔落花微笑说：“殿下，以我所知，想以言语而非行动危及一个人的性命，只有自己也铤而走险，豁出性命。告发皇后通奸，告发东宫通敌、私下议和，这些人仅仅说了几句话吗？不，他们把自己的命拿了出来。事若不成，他们也不会顾惜性命。而殿下只是说了几句话，自己浑然无事，却要别人丧命？你若能成功，我今日索性自戳双目，不必看这后宫与朝廷的闹剧了。”

“你不恨我吗？”

“老师不会恨学生，只会恨学生不争气。”

“我是你的学生？”真宁冷笑，“我以为你的学生只有素氏。”

“我的确没有教过素氏之外的学生。我也没见过，有人能让太安素氏对法善大师的活法说‘不’。”

灰色云层后探出一道阳光，照亮雪地，映在崔落花脸上。她面目清亮，泰然微笑，说：“不管公主和我，抱负是否一样，见解是否一样——世间想拥有自己头脑的女子变多，是件好事，应当成全。”

真宁古怪地撇撇嘴，像是本来想笑，又生硬地憋住。她离开前，走过去拉住崔落花的手握了一下，说：“明天再来看我念书。”

崔落花在宫正司里困了二十来天，许多事情的细微之处不能尽数得知，问了许多人方知废太子又有祸事上身。

她回归丹茜宫，向素盈谢罪：“连累娘娘名声，罪不可恕。”

素盈笑道："没有的事。我知道宫正司会还你清白。看崔秉仪气色还好，我更放心了。"

"娘娘精神也大好了。"崔落花真心实意地说。

"既然你回来了，帮我写手谕。"素盈示意她去书桌上的金匣里取草稿。

崔落花取来快速看，是为封令柔酌减处罚。她不便问素盈为什么要这样做，只是尽职尽责地提醒："娘娘，倘若开此先例，日后，宫中可以优容的人便多了。"

"可以打死的人多了，便好吗？"素盈笑笑，"我近来觉得，凡事做到极致，是另一种无趣。由她自生自灭吧。"

崔落花写完，着人送往宫正司，接着说到一个人："宣城的事，娘娘可曾问过圣上的意思？"

素盈摇头说："人人都让他更难受，何必再多一个我呢？"

"那么'人人'的态度，是要如何处置废太子？他已经被废黜了，难道一定要把他逼上绝路吗？"

素盈缓缓说："中和节那天，再看。"

宣城那边毫无动静，大约也是在等中和节——事情凑巧发生在正月，二月初一便有这样一个节日，而且是庆祝天地回春、万物苏发的佳节。或许会有一次特赦。

正月的最后一天，素氏七家向皇后敬献青衫，皇后赐以银尺和布帛。清河郡公一家虽然早就被改姓，但这种场合仍然允许他们以臣子的身份献礼。

今年清河郡公身体不适，派他儿子白信默来。素盈不想见这个人，找个理由说："郡公家中公案未决，况且是指控圣上之子，我不便相见，以免两边惹上请托的嫌疑。请崔秉仪将银尺、布帛发放出去，不必召他进来。"

崔落花应诺一声，依言去办。

白信默却不肯走。崔落花愀然不悦："白大人，既然娘娘不收白家的贺礼，你又何必等在这里纠缠不休？莫非惹出流言蜚语，对你有好处不成？"

她向来顾及丹茜宫的体面，很少以一己好恶讥诮外臣，唯独待信默冷漠又犀利。白信默浑如不觉，向她施礼之后，和气地说："下官怎敢亵渎皇后以牟利？素氏七家，皇后唯独苛待我家，将下官拒之门外坚决不见，对外臣如此强横，声张出去对她可有好处？"

崔落花故意放眼四望，淡然笑道："好在这里都是些不会声张的人。白大人说出这种话，万一真有离谱的言论，我们可好找源头了。"

白信默早知丹茜宫不会对他友善，面不改色地说："既然无论如何不能面见娘娘——此物请秉仪务必转交皇后。"

崔落花见他毫无虔诚之心，本不愿接，可信默坚定地把一只巴掌大的小玉匣递到她面前，分明不肯罢休。崔落花白他一眼，接过来想打开。信默手一翻，五指将匣捏紧了不准她动："只有娘娘一人可看。"

"难道比白家传家的翡翠还要紧？"崔落花冷哼一声，并不强看，不再搭理信默，转身走入丹茜宫，呈给素盈。

素盈一见就拉下脸问："你拿进来做什么？"

崔落花只是微微一笑："众成其势，一人堪毁。娘娘砥砺至今，不可不防那尚未出现的一个败事之人。诚接君子，悦待小人。何必让轻如鸿毛的白信默恼羞成怒，有机会变成那个坏事的人？"

素盈忍了不怿之色，打开玉匣看一眼——其中只有一张纸条。她皱眉展开，见上面只有四个字："明日，申时。"工整的字迹仿佛临帖，笔画漂亮、规矩，然而没有半点自己的发挥和变通。素盈认得这是信默的亲笔。唯有"申"字中心一横写得异样长，两边都出了头。显然是刻意。

她不明所以，翻来覆去看了一会儿，轻声问："他呢？"

崔落花示意宫女召白信默进来，宫女回来却报："已走了。"

明日，申时。

他来放下四个字，是什么意思？素盈想了一阵子，不禁自嘲——难道会是好意吗？

她将那字条撕得粉碎，依旧盛在匣中。

"找个地方收起来，不要让我再看见。"

中和节当天，百官向天子敬献农书、谷物种子。皇帝的健康状况似乎较前些天更好，像是从未病过，也像他生病之前那样端默。

没有特赦。大德殿内照旧是赐宴歌舞，这回由他亲自主持。他一向喜怒不形于色，众大臣看不出他欢喜，但好像也不至于为了东宫的事不饮不食。众人不敢过于欢悦，也不敢完全没有喜庆态度，只觉得这短短半日着实考量他们为官的能耐。

素盈也在后宫为内官赐宴。及至撤宴，崔落花和女官们依次来叩谢赏赐。素盈心里有事，恍恍惚惚地应付她们，问崔落花："现在是几时了？"

"申时刚过半刻。"

"哦！"

素盈心中充斥毫无头绪的惶惑，也不顾宫外还有等待谢恩的人，向崔落花道："我想一个人清净，不准任何人来打搅。"

崔落花正要与女官们告退，素盈又改了主意："不必散了，接下来该哪一个？"

"娘娘既然疲乏，请勿勉强自己。"崔落花委婉地劝了一句。

可素盈摇头说："做了一半，单单停在这里，后面的人怎么想呢？"于是抖擞精神，召了在外等候叩恩的丹茜宫卫尉进来。

他是个矫健的年轻人，行动迅速，几步走到珠帘外拜倒："臣，丹茜宫卫尉素江，叩谢娘娘赐宴。"

素盈还没有与谢震的接任者交谈的经历，甚至鲜少与他照面。但他的声音……他的声音让她想起什么……

素盈一言不发地怔住，努力在脑海中搜寻。

那一定不是快乐的回忆，当她听到他声音的一刹，不寒而栗。

可是，究竟把那一点点记忆遗落在哪里了呢？

“你说你叫什么名字？”她问。

“臣，丹茜宫卫尉素江。”

素江？素江……还是没有想起来。

“素江，你是哪一家的？”她又问。

“臣出身清河素氏旁系。”

是他上任之后来拜见时，听过他的声音吗？不是。素盈记得很清楚，当时她并没有见这人，她只是说：“知道了，让他忠于职守，效力皇家。”

她可以把一件不打紧的事情记得这样清楚，为什么想不起在哪里听过他的声音呢？是什么时候曾经见过面吗？她这辈子也没见过几个男子，不可能想不出来。是她入主丹茜宫之后，或者更久之前？做奉香的时候？素盈翻过脑海中所有角落，还是寻不到让自己不安的症结。

“你以前在哪里供职？”素盈透过珠帘想要努力看清他，口中疑惑地喃喃自语，“我好像……在什么地方见过你。”

“臣……”他不解地回答，可后面的话素盈没有往心里去。

这个“臣”字带着北地口音，听起来有点像“琴”。应该是从小养成，怎样也改不了的口音。素盈心中忽有一幅画面骤然明亮——那时的素奉香十四岁，被两个小宦官捉弄，反锁在偏僻的庆云宫里。夜渐深沉，她正在半梦半醒之间，有两人来了。

其中一人是东宫太子——素盈不会忘记，她与他尚未谋面，就不留神见识到他筹备一桩暗杀……他总是这样大胆冒进，并且不小心。

另一个人对他说：“臣这次就是给您一个口信——下个月初五。”

啊，是他！素盈心中一惊，旋即冷笑——她处心积虑将宋之惠送入东宫，东宫也没有闲着，早就放了一个多年的亲信在此。

“你起来。”她向素江说。这些年发生的事情越来越多，她几乎把那个晚上完全抛在脑后。直到此刻她才有点好奇——胆敢与东宫一同策划刺杀宰相的，是个什么样的人？

素江缓缓站起身，恭敬地垂下眼睛望着地面。他不再年轻，神态很稳。素盈饶有兴味地打量一遭，心想，日后要提防他才好。司礼女官得她眼色，唱奏一声，准素江退下。他却没有走，依然用他很稳的声调说：“臣有一物敬献娘娘，望娘娘不弃。”

女官在素盈的示意下道声“准呈”，他便大胆地向前两步。素盈看不清他手里捧着什么，坐直身子眺望。他忽然扔了手里的东西一跃而起，一把扯断了数缕珠络，另一手已抽出佩刀向素盈当头劈下。

谁也没有预料这突如其来的变故。

那一瞬间，素盈动也未动。那只是仪式用的刀，不会有锋刃呀。她在攸关性命的一刹那，居然犯了傻。

一道雪亮的光向她劈来。太刺眼，她想闭上眼睛，结果却张大了嘴，可是没有任何声音发出来。一串血红在她眼前飞溅，她看见白信则苍白扭曲的脸挡在她面前。

丹茜宫卫尉之后是玉屑宫都监，他本来跟在素江后面。

“快走！”白信则一把将素盈推下后座。就是这个刹那，丹茜宫里忽然有了声音——女官们尖叫起来，可惜只是些毫无意义的慌张的噪声。有人拖住素江的腿，有人抱住他的腰，而素江用刀锋反击。

素盈从地上爬起，立刻一步不停地跑，不敢回头去看。珠帘钩住她的发簪，她不知道从哪里来的力气，扯断它们，继续逃命。

有人抓住她的外褂，她尖叫一声，旋身躲闪，外褂便从身上脱落，落入那人手中。

素江弃了衣衫，又一刀向素盈劈去，却被她甩开的珠帘打中眼睛。他忍了疼痛大步追赶，他知道素盈跑不远。她只是个女人，天太冷，她的衣衫太单，脚步太乱。既然她不愿死在她拼命死守的丹茜宫，那就让她自己挑选一个殒命之地。

素盈在惊慌失措中忽生怨气——有人在丹茜宫行刺，为什么没有侍卫现身救驾？对了，刺客就是丹茜宫卫尉……本该保护她的人。

现在她该去何处寻求保护？

缠在素盈发髻上的断线，不住把残留的珠子抛落在地，噼噼啪啪，噼噼啪啪……素盈被这声音吓坏，仿佛身后有千军万马。慌不择路时，忽然明白“申时”的“申”为何两边出头——活似一刀腰斩了“中”字，原来是挑这时辰斩杀中宫。

素盈心中冰冷，恐惧和悲哀化成眼泪——难道像谢震所说，她已经变成一个该死的素氏？已经让人这般恨之入骨？还有谁，还有谁会护着她？

素盈一个劲冲向前，全凭习惯和直觉引导脚步。不一阵儿，眼前终于出现人群。她已是鬓乱钗斜，一脸狼狈惊骇的模样吓坏了宫人。

琚含玄正从玉屑宫中出来，皇后这副尊容让他脸上露出难得的诧异。素盈一把推开他，喊一声“快逃”便直奔入玉屑宫。

素江提着刀追上来，琚含玄脸色骤变，正要大呼，素江怒喝一声：“来得正好！”一刀砍向他胸口，又向玉屑宫中追去。众多宫人见这嗜血狂徒砍伤宰相，顿时大呼小叫地乱作一团。

素盈拨开玉屑宫一层层蓝色帷幔，慌张地奔到皇帝榻前，带着哭腔喊道：“陛下！”他正阴着脸凝思，见她这模样也愕然呆住。

一声“救我”几乎脱口而出，素盈脑中却突然转了个念头。

“快逃！谋反！”她嘶哑地吼出这几个字，腿一软跪在他脚边。

皇帝神色骤变，大声断喝：“是谁？！”

话音未落，殿内宫人已惊叫起来——手提宝刀的凶徒正走向皇帝。潘公公一步冲上前，伸开双臂挡在御榻前。

皇帝脸色严峻，伸手揽住素盈的肩膀，一言不发。

素盈一脸苍白，偎在他臂弯里，一时没了主意，睁大眼睛盯着素江的刀锋——殷红的液体顺着雪刃淌下来，不知是谁的血。

“什么人？！”皇帝厉声问。

素江紧握刀柄向深泓迈进一步，拄刀下跪，厉色道：“陛下明鉴！妖妇蒙蔽圣听，纵容外戚，串通宰相，诋毁储君，实为误国祸端。请陛下废皇后，籍其家！”说着手腕一转，染着血污的刀光映上皇帝的脸。

素盈手心里早捏了一把冷汗，这时更是浑身发抖。

皇帝仿佛丝毫没有被身边的轻颤扰乱心绪，口吻反而平淡：“今日容你要挟君王废去正宫，明日只怕你将一纸退位诏书送到朕面前，要朕落印呢！”

他满是威严的声音陡然抬高：“侍卫何在？！”然而一连喊了三声，没有人回应。只有周围宫人蜷缩在角落里，此起彼伏地啜泣。皇帝的脸色也变得难看。

素江笑了笑：“陛下情愿为一个女人，丢掉太上皇的宝座？”

他扬扬得意的神情还未尽放，头上忽然挨了一击。深泓高喝一声：“拿下此人！”琚含玄二话不说，一手捂着受伤的前胸，一手提着落地宫灯，向素江劈头盖脸地打。

素江并不还击，返身挥刀，劈向天下至尊的夫妇。那一刹他什么也没有说，但素盈忽地明白他的想法——他不再需要退路，他死罪难逃，不愿一事无成地死去。

刀光之下，潘公公本能地挺身护住皇帝，而素盈这一次闭上了眼睛。

噗的一声闷响，有一样东西插入了谁的身体里。

接下来是噹啷一声，素江的宝刀掉在素盈身前。

素盈睁开眼睛想看，皇帝却将她紧拥在怀。

“别看，”他在她耳边说，“你看不惯这个。”说罢挥了一下手中的剑，佩剑上玉石琤琮。

素盈陡然明白，某个深夜，触及她手指的冰凉是什么。她自以为知道他的一举一动，却不知道那柄宝剑几时藏在他床上，他又是几时握了长剑在手。

阳光轻抚着滴血不沾的剑锋，闪烁出冰蓝色的光彩。

“二十年……我以为它不会再饮血。”深泓颇有感慨，素盈却觉得他一早料定用得着它。

琚含玄拄着灯架，挪上前看了看素江，说：“死了。”

一剑毙命。

“死了……”素盈在皇帝怀中重复一遍。死了就是再也问不出话，问不出主使和同谋。皇帝能精准地杀死素江，当然也能留其性命，除非他根本不想知道事情的来龙去脉。

血腥在宫殿中弥漫开，到处是诅咒的味道。素盈又向皇帝怀中紧靠，期望贴近他就能远离死亡的气息。皇帝就势抱紧她，见她惊魂未定，口气仿佛怜惜：“这地方脏了，我去你那儿休息。走吧！过去了。暂时。”

又有几名侍官进来，气喘吁吁地口称：“臣等救驾来迟，死罪，死罪！”皇帝好像很累，缓慢而无力地向他们挥了挥手，他们识相地拖了那具尸体出去。

素盈听到素江的盔甲蹭着地面，发出一道尖锐惨厉的声音。

那声音她一辈子也没法淡忘。

宰相在宫中遇刺的消息一经传达，相府上下顷刻震惊。他们不是寻常人家，隐约能感到一人之下、万人之上的宰相在两年内两次遇刺，透露出什么样的讯息。芳鸾夫人到底沉得住气，问那武官：“相爷现下如何？”

“相爷性命无虞，包扎之后便可行动。此时正随圣上急召重臣在昭文阁议事，今日恐怕不归。”

素澜急忙问：“皇后呢？”

“娘娘无碍。”

芳鸾夫人不容素澜插嘴，又问：“昭文阁中议论的事是……”

那武官见周围几人无非是琚相的儿子和皇后的妹妹，不需要特别忌讳，便压低声音说：“刺客扬言要圣上退位。大约是商议这个吧。”他知道的并不多，将这些话带到，便匆匆告辞。

相府再无过节的心思。素澜安慰婆婆：“相爷福星高照，大难不死，必有后福。”

“死？”芳鸾夫人冷哼一声，“相爷最后一次为刀所伤时，恐怕那狂徒还没出娘胎呢。他没能死在相爷手下，只能说他运气太差。”

她的话听起来别有用心，素澜不敢随便接茬，恳求说：“请容我入宫一趟。”

芳鸾夫人正想心事，从容地反驳：“不是说了皇后娘娘无碍嘛！”

素澜轻皱眉头说：“毫发无损也是‘无碍’，九死一生也是‘无碍’……谁知娘娘究竟怎样？毕竟要弄个清楚，我才能放下心。”

芳鸾夫人想了想，说：“恐怕今日的宫廷，容不得你来去自如。”

“那也要试试才知道。”素澜得到她的默许，匆匆地去做准备。

云垂安排了府中事务，返回房中就看见素澜在换衣服。他怔了怔才问：“这时候，你去哪儿？”

素澜在衣屏后回答：“宫里。忘机还在丹茜宫呢！”

云垂登时沉下脸：“谁让你将女儿送进去的？平日恋着那地方也罢，今天是什么局面？宫里闹出这等大事，你去掺和什么？老实待在家里，哪儿也不准去！”

素澜周身已装束停当。她不知云垂这把无名火起自何处，婉转向夫婿道："我岂不知今日是什么时机？我几时坏过事？你别管。"

云垂心绪原已糟糕，又听她说出"别管"二字，怒火突地上冲，也不与她理论，站起身，出去便把门反扣，命人取锁。

素澜见状大吃一惊："你发小孩子脾气做什么？"云垂不理她，亲自把钥匙收好，头也不回地大步走开。素澜连连唤他不应，无可奈何，只好坐在屋中生闷气。

一直坐到夜幕降临，云垂终于来开门。他气已消，又觉得自己做事蛮不讲理，放下脾气要向素澜赔罪。可开门就瞧见素澜一身装束仍然整齐，她阴着脸看了云垂一眼，一把将他推到一边，夺门而出。

云垂在她身后喊："这么晚，你去哪儿？"

这一次，她连回答也省略了。

素澜错过了觐见的时辰，自知面见姐姐的希望渺茫，仅是为了与云垂怄气才一路到了宫门。不承想，经过通传，崔落花很快亲自出来迎接，见了素澜便说："郡主来得正好。"

素澜诧道："已经这时候了，娘娘还没歇息吗？"

崔落花摇头苦笑："哪里能闭上眼啊！"

素澜听了叹口气，一路走进去，果然看见丹茜宫里里外外灯火通明，灯烛显然添了不止一倍，连附近的园囿、道路也广置灯笼火把。她走入宫内，见人头攒动，仿佛丹茜宫所有在册女官与宦官一个不漏，聚集在一起。然而他们全部静静地伫立外间。原本悬挂珠帘的地方，换上了一面缂丝屏风。

透过素白菊花图案，素澜看见姐姐一人坐在榻上，不准任何人靠近她。只有忘机无忧无虑地在旁边睡觉。

"娘娘！"素澜轻轻唤了一声。

素盈身子一耸，点头说："你来了。"指着忘机又说，"赶快把孩子带回家去，免得跟着我……"一语未毕，掉下泪来。素澜急忙帮她擦拭。

"你听说了？"素盈哭声颤抖，"我差点死掉。"

素澜紧握她的手，希冀给她勇气，只觉得手心冰凉。她看着素盈的眼睛，柔声说："姐姐呀，难道你以为，只要坐在丹茜宫里花一点心思，差遣别人动动手，永远不必玷污自己的眼睛，就能心想事成？"

捕捉到素盈瞬间的哀伤，她摇头叹息："唉——你的确会这样以为。你是素盈，你一辈子也无法让自己的手沾上别人的血。没关系……以后会好的。"

"会好吗？"素盈伸手捂上眼睛，"我想过自己会怎样死，但想不到是这样。以后不过是再多一种噩梦，会好吗？"

"会的。"素澜抱住她的肩膀，轻声安慰，"今日不过一个拙劣的伎俩，日后你会耻笑它。到那时候，什么都不算可怕啦！你几曾见圣上怕得发抖？他早就入昭文阁做事去了。娘娘，你在发抖……这并不是你此刻能做的最好的事吧？”

素盈推开她，闭上眼睛深深地呼吸，几次吞吐之后，她的态度渐趋安定。

“是啊。”她双眼闪亮，“你带忘机回去吧。”

素澜摇头：“这种时候，怎么能带她走呢？”

“多谢你，”素盈温柔镇定地说，“忘机确实让我好多了，可我……丢下她逃命。我不能骗自己。以前，是别人夺走我的孩子。这回，是我自己知道，我还不配当母亲。你带她回去吧，我还有些事没做完。”

信则从昏迷中痛醒，看到一大片黑暗，不知自己身在人世还是黄泉。片刻之后，知觉越发明晰，背部好似一条火蛇攀附，连他也忍不住疼得呻吟。

忽然，有一只冰凉的手放在他的伤口上。与烧燎似的疼痛相比，冷冷的触碰反而让他舒坦了少许。他惊得回身去看，看不清那人的脸，只看见发簪摇动的影子。

不需要看清面目，他也知道这是谁，于是更加吃惊：“娘娘！”

“别叫得那么凄惨，你死不了。”素盈说，“你豁出命换的东西，我会给你。”

她的话让信则心一宽，迷迷糊糊地沉睡过去。再次疼醒，想起来还没有谢恩，忙呼一声：“谢娘娘……”

可是素盈已经不在。

天子登基二十余年，从未发生过入宫行刺之事。守卫御寝的宗子队有千人之多，却无人在逆贼入内时挺身而出。宫廷禁卫几乎全盘易人。据相提议清查宗子队与反贼的关系，皇帝却以为重责宗子队必伤勋贵老臣之心。尽管如此，当时轮值的全班侍卫仍被流放至边境。

一切进行至此，没人想到最为棘手的竟是丹茜宫卫尉的选任。当吏部选定的人选来到丹茜宫拜见皇后，素盈没有说出那一番客套的话。她定定地望着这位新来的卫尉，脸上寻不着一星半点的亲切。

“我不认识你，”她庄重地对这人说，“我不讨厌你，也没有私人的怨恨。所以我说的话，不是针对你。”

新卫尉茫然不知所措。

“丹茜宫卫尉是要保我生命的人，但我不信任你，更不能把性命交给你。”素盈坦荡荡地说，“我不能接受你成为丹茜宫卫尉！”

皇朝历史上有许多比她强势、比她爱耀武扬威的皇后，但当众拒绝吏部选定的丹茜宫卫尉，她是第一个。

并且，一连三次。

吏部对皇后的无理取闹忍无可忍，一本奏到皇帝面前，称后宫干涉任命。深泓合上奏章，淡淡地向素盈说："你过分了。"

素盈铁了心，说："素江上任时，我没有过分。结果呢？"

深泓拍了拍她的手背，一样样历数："丹茜宫卫尉之选，年高不用，年少不用，无功不用，外戚不用，智通崔氏不用……"一切可能让丹茜宫变成皇后私人堡垒的人，都被祖宗排除在外。这是皇家为丹茜宫划下的底线。

他没有说完，素盈已笑道："这'八不用'我早知道。有个人，一定可以用。"

深泓伸出手指摇了摇，说："驰阳谢氏，不用。"

素盈呆了一呆，不知怎么突然变成了"九不用"。驰阳谢氏只剩一个人，又不是没当过丹茜宫卫尉。素盈用心望入他的眼睛里，寻找他真正的心意，口中喃喃："可我说的这人，叫作白信则。"

宦官从来都被排除在武官之外，连"九不用"也没想过多此一举，把他们纳入禁区。

"他？"深泓还是摇头，"他还是个毛头小子时，就跟在秀王后面摇旗呐喊。"

"小孩子懂什么呢？不过受人蛊惑罢了。"素盈安然说，"如果拼死保护我的人不能当丹茜宫卫尉，那谁有资格？"她第一次如此坚定，不同他妥协。

"宦官得权，从来不是好事，尽人皆知。"

素盈牵起他的手，睁大的眼睛里溢出凄凉："那么，当我在一朝一夕，或者三年五载后突然死去时，陛下再把他加入'十不用'吧。"

信则还不能起床，恭贺的礼物已堆得与床榻齐平。

他并不张扬自己的欣喜，他早就料定素盈迟早能够做到。可眼下正是皇帝收拢内宫权限的时候，她能把丹茜宫的一支卫队从皇帝手里扒出来，连信则也想说声"了得"。

信则能够勉强离床后，很快收到父亲差人送来的家书。信端的软禁被解除了，但是一纸诏书很低调地革了他的将军。

听说因为大理寺狱卒反复翻供，已无实证的可能，兰陵郡王也被放了出来。

那么……只有一个人要糟糕了。

信则虽在养伤，也知道这回的事牵连太大。传闻说，宗子队成员没有一个开口招供，因为废太子的确在宫变当日暗约他们按兵不动。他们宁可三缄其口，以失职之罪被流放，也不敢顶上图谋废立的罪名。

这传闻空穴来风，信则并不相信。并且他知道，不相信的大有人在。他一能行动，就赶到皇后面前谢恩，装作无意地提起这件事，向素盈说："真不敢相信啊，居然是东宫……要在丹茜宫取娘娘性命。"

素盈落寞地笑笑，回了一句："又不是第一次，他怎么会真的改变呢！"

看那神态，信则只得按下所有想说的话，心里一声叹息。

地面结了一层浓霜。

侍卫张大嘴巴，冰冷的空气早充斥口、喉、胸，似乎已将他由内至外冻成冰雕。然而双眼并未模糊——一盏红色纱灯在远处晃过，仿佛飘荡一般，轻盈地消失在宫墙尽处。这一次，他看清楚了——提灯而来的不是怀敏皇后的幽灵，而是两个人。

到底是谁呢？侍卫猜疑时已挪动脚步，终于看见霜地上两行浅浅的脚印。他大着胆子循迹向前，却听身后有人沉沉地问：“你要往哪儿走？”

寒夜里这样一声，足够吓人。侍卫几乎是跳着转过身躯，很快便看清眼前说话的人是宰相。皇帝恩准宰相于禁中休养，近来两人在玉屑宫商谈完毕，宰相就前往昭文阁对面的彰化阁留宿。这几日在宫内见到宰相也非偶然，可是像今天这么晚，却是第一次。

侍卫立刻单膝跪地：“小人……”

“那边没有路。”据含玄身披毛氅，拥着暖炉，态度也是一团融融和气。

没错，那边是一个死胡同。

“可是……”侍卫扫了一眼地上的足迹。

“既然没有路，为什么还不回头？”据含玄悠闲地问。

侍卫已听出话中含义，慌忙叩首，仓皇地离开。宰相对身后的宦官们轻轻地说：“这里霜太重，不好走。”

宦官们立刻解下外衣在地面上扑打，为宰相前面的道路清去白霜，同时也打散了那些通往狭巷中的足迹：“相爷请吧！”

据含玄看了看昏黑的远处，说：“我想知道，那名侍卫叫什么名字。”

宦官们并不认识。不过当宰相在彰化阁中坐稳，很快就有人告诉他了。

“尽快打发此人离开，尤其不要让他谈论宫中的事情。”他说。

深泓忽然察觉一丝凉意，拢紧身上的毛氅。

“这样的大氅，刚刚赐给相爷一条。”他一边抚摸皮毛，一边说，“毕竟我们都老了，天一冷就离不开这样的东西。”

“陛下不老。”芳鸾庄重地回应。

“你心里没有以为我已经老糊涂了？”深泓微笑道。

芳鸾仰头看了看他，敛容回答：“陛下的一切主张，妾唯有遵从，绝无二意。然而……以妾之愚钝，实在不解陛下为何让宰相长居禁中。”

“放他回家，我还能看到活着的他吗？”深泓抚摸着下颌，似笑非笑，“芳鸾，康豫太后对你有过交代，不是吗？”他并没有亲耳听到，但是可以大胆地猜到。

“有朝一日，据含玄觊觎皇位，杀。”芳鸾平静地说，“太后如此说过。只要妾还活着，就不容他迈过那条界线。”

深泓带着探究的意味紧盯着她：“如果我放宰相回家，还能看到活着的他吗？”又问一次。

芳鸾吸了口气，稳稳地回答："不会。"她抬眼看着深泓，"也不会再看到活着的我。"

"你啊，还真是把太后的话当成一回事。"深泓托着腮，口气似乎有些感慨，"他是你的丈夫，二十年夫妻……"

芳鸾无声地笑起来："太后并非将妾嫁给他。妾嫁的，是一段憎恶——他对妾的厌弃，妾对他的怨怼，这些才是妾二十年的伴侣。"

真是残忍。造一段互相仇恨的婚姻，才能造一个永不变心的仆人，母亲早就知道。芳鸾为自己而恨，是为她尽忠，又用为她尽忠的借口安慰自己，继续憎恨。母亲啊……"真是残忍！"深泓忍不住叹出声。

"是啊——他本可以尝试接受我，但他没有。"芳鸾听到的"残忍"，似乎另有来路。

"妾此生仅剩的骄傲，就是太后的嘱托和陛下的信赖。"她深深地拜伏。

深泓看着她，和缓地提起正事："你觉得，白信则这人是个什么样的角色？"

"他？"芳鸾不明显地笑了一下，"此人有救驾之功，陛下仍觉可疑？"

"他救的是皇后，不是我。"深泓淡淡地说，"他因此从皇后那里得到丹茜宫卫尉，这种人怎能等闲视之？"

"武官不会听从一个宦官的指挥，他不过是有个名衔罢了。"

"这个人，都有过什么名衔？"

"起初只是没入宫中的罪犯。"芳鸾一边回忆一边说，"十九年前，清河郡公亲手将他押回京城时说，'我儿子叫白信默，我没这个儿子，听凭陛下处置。'后来果真当没他这人了。我听驸马说，他长到十多岁，一直以为大哥小时候死了。在东宫侍读几年，也不知道宫里有个宦官就是他大哥。后来知道了，兄弟二人也不怎么和睦。他在靖嫔身边听过使唤，后来在丹茜宫慢慢熬到副监，废后之后，主动求去宫苑司。是皇后要他回到丹茜宫，当个普普通通的听差。因为办事稳妥，补了耽翠宫副监，后来升了玉屑宫都监。"

这回答让深泓陷入了沉思。

"除了这些呢？没人了解他吗？好歹也曾在素若星手下做到丹茜宫的副监啊。"

芳鸾窘了一刹，低头说："素若星提拔他，是因为靖嫔那事。他当时是庆云宫的人，指认八皇子遇害时靖嫔在楼上。我听她说过，这人可以做事，交给他的事从无差错，但不会锦上添花。大概因为过去的经历，他在宫中十分保守，不坏事也不生事。因此素若星并不曾视其为心腹。"

深泓的手指在膝上连续敲了几下，节奏略显迟钝。

"一个人在宫里二十年，却没人说得出几件关于他的事。这听起来可不太对。"他蹙起了眉头。

"那么，让他做几件事，可以吗？"芳鸾低声提议。

“无须生事。”深泓摇头，“他想将宫里炙手可热的位子都坐一遍，随他去。丹茜宫卫尉下属不会甘心受他调遣，就够了。”

芳鸾点头，又问：“玉屑宫都监空缺，陛下可有打算？”

“嗯。”深泓说，“宫里老成可靠的人实在不多。皇后从我这里搬走一个都监去当了卫尉，我只好从她那里拉一个过来。由丹茜宫都监来做。”

“那么丹茜宫都监的空缺呢？”

深泓笑道：“我知道皇后想让谁来做。”

丹茜宫都监调往玉屑宫，应该算降职，但玉屑宫毕竟是皇帝卧病之所，地位特殊，老都监也没什么可抱怨的。

后宫的人事变迁总算快结束，只剩下丹茜宫都监一个空缺。既然宫里已经没几个“用得上又有经验的老人”，那谁来补丹茜宫都监的缺，又成了问题。只有皇后不发愁。

“我想让你来做。”她说得十分平静，显然是经过深思熟虑。

崔落花毫无欣喜，只有意外。

“娘娘，这是陷阱。”她尽心提醒，“二十年前有过女都监，后来发生的事……如果娘娘提拔女官充任，必定四面楚歌。而且娘娘已经为卫尉的事与吏部对峙，不可再为都监的事又来一次。请听凭吏部安排。”

陷阱。年轻的皇后，不过是用来牵制宰相与东宫的。有人要她知道，如果四角局因缺了一角而失衡，每个人都要动摇。宰相为皇帝挨了一刀，稳住自己那一角。皇后不可自乱阵脚。

可是……素盈露出淡漠的微笑。

只会躲开陷阱的羚羊，还会遇到另一个陷阱。只有踏破这陷阱，才有真正的生路。

“一个女都监造过反，就不让女人当都监，那天下造过反的男人不计其数，应该什么官也别给他们做。”素盈从容地鼓励她，“宦官知道自己可以向上达到什么地步，我要女官们也知道。她们有管理宫内事务的才能，就能够成为都监，也可以指望将来成为宫大监。”

崔落花听见这些话，便知她不仅这一次准备好面对吏部的攻讦，还有更长远的打算。但她还是不得不推却：“娘娘若执意如此，请务必挑选宫中有德有能的上位女官充任。我恐怕……我并不具备担任都监的能力，徒为娘娘惹来‘任人唯亲’的恶名。”

“去学。诸位都监也并非完美之后才蹑高位。”素盈看着崔落花，“提拔一位女都监，意义重大，但并非绝对的好事。对我来说，有风险，对你也一样。如果你是因为害怕危险——我不会强迫你为一件不情愿的事，拿出舍命的觉悟。你认真想。”

崔落花惊讶于她的毅然，轻声问：“如果我拒绝，娘娘也一定要推动此事吧？第二个人选是谁，可否容我为娘娘参谋？”

素盈说了一个名字，是一位尚宫，已为皇家服务多年。崔落花说：“她才三十岁出头。”

“高位不是用来犒赏老年人的。”素盈淡然说，“我冒险为女都监的事争一回，是要她能长久地守住这个位子。”

崔落花静下心想了想，垂首说：“关于此女，我有耳闻。确如娘娘所言，才能人品可以充任都监。如果是她，定敢蹑足高位证明自己，且会感激娘娘赏识。”

素盈再次转头看她：“你一定不肯吗？”

“我……有顾虑，”崔落花似有难言之隐，“万望娘娘体谅。”

素盈点点头，不再勉强，说：“去找她来，我有话对她说。”

丹茜宫又一次拒绝吏部提出的都监人选，吏部尚书素大人实在是火冒三丈又摸不着头脑。皇后肯定会提出自己的人选，这回尚书已有准备，不会像丹茜宫卫尉那次让她太得意。谁知，人选居然是他妹妹。

尚书跑到神毅将军府上，求见将军。

“堂兄，天下奇闻啊！”尚书大惊小怪。

神毅将军这才听说，皇后推荐与钦妃同年入宫、充任女官的武威素氏堇仪，担任丹茜宫都监。他虽然吃惊，但很快就接受了。

“算不上什么奇闻。”神毅将军说，“我们早知道，白仙英不会是最后一个，迟早还会有个女人当上都监。”

“但这可是我妹妹。”尚书说，“堇仪担任尚宫多年，毫无败笔，我家亦以她为荣。在闹了反贼后，第一个去当女都监——根本没有必要去惹这麻烦啊！”

“造反的是清河素氏，不是我们家。我家是帮助皇帝平叛的。若白仙英之后有下一位女都监，舍我其谁？”神毅将军不以为然，“皇后只有一个，我们早已不抱希望。皇妃，我们家有过，结果两位姐姐的一生都被糟蹋了。都监，或许是件大好事。我们家能用适合的方式，在丹茜宫占据一席。宫内女官大多是素氏，不是我们妹妹，就是别人的妹妹，才能、智慧皆不如堇仪。自然还是堇仪合适。”

尚书当然还有他的烦恼——皇后绝不能干涉后宫要职的选任，这回他若一言不发，免不了有偏袒妹妹的嫌疑。而坚辞抗命，又像是怕一位女都监给自家惹事。

神毅将军指点：“眼下已经知道皇后能够接受的人选，只要按照规矩，由宫内都监举荐即可。显英殿都监、耽翠宫都监都可以办成此事。”

尚书见他也赞成，再无话可说，摇头叹道：“皇后……这个年轻女人，看来并非我们以为的那种人啊。”

神毅将军点头认同：“后宫已经过了二十年冬天，她知道宫人现在需要什么。我也该多去平王府走动走动了。”

冬九九的最后一天，消寒图上的八十一瓣花都染完了。后宫的气氛微微发生了一些变化。继宦官出任丹茜宫卫尉之后，女官升任丹茜宫都监。春季的微风里少不了惊疑和腹诽，但也有秘而不宣的期待，轻轻涌动。

素盈精神已经大好，听说盛乐公主反复生病，她亲自前往去看。意外的是，在盛乐寝殿前，遇见一个人。见皇后来到，他躬身施礼，侧立一边。

“你怎么会在这儿？”素盈问。

白信默始终低着头，恭谨地说：“听闻盛乐公主卧病，臣与荣安公主特来探望。”

荣安与盛乐从不来往，这回未免太热情。宫女正要向里面通报，素盈伸手止住，说：“让她们姐妹说一会儿话。”

白信默说：“听闻娘娘御体已大好，臣与公主无限欣慰，手抄佛经十卷，为圣上与娘娘祈福，方才已送往佛前供奉。”

“费心了，”素盈说完，转身望着远处披雪的树与石，不看他，“以后不必麻烦。你们管好自己家里的事，就是圣上与我的福气。”

“说到家里的事，”他显然有自己的打算，用安闲的口吻，聊天似的说，“娘娘可曾听说，近来有些别有用心的人，竟然说臣参与中和节谋变。臣不知道他们怎么想，臣只知道，娘娘必定不会这样认为。”

素盈笑了笑，摇头说：“不，我也是那样想的。”

白信默抬起眼睛望向她：“那天献给娘娘的玉匣，今在何处？”

“丢了。”素盈淡淡地回答。

白信默苦笑一声，看着她时有些忧伤：“故意的吗？故意让人发现其中的字条，又匿报说我事前知道申时将生剧变。”

素盈横了他一眼，不再理睬。

虽然她什么也没有说，可白信默仿佛明白，道歉说：“臣以小人之心妄测娘娘气度，娘娘恕罪。臣本该想到那东西……娘娘不会反复揣摩。如果娘娘真明白那字条的意思，申时就不会在丹茜宫，而应该在玉屑宫。”

明日，申时，玉匣中。素盈的手指一直在轻擦手串上两个宝石坠子，可是光亮的石头珠子越擦越是模糊。她手上不知不觉用了大力。

“那天的事，你比我都清楚，还说自己清白？”她呵口气，叹息的声音却留在了胸中，“想要我救你，现在就把事情原原本本地告诉我。”

白信默仿佛听到一个天真的孩子主意，看着她无声地笑了一下：“你救不了我。”

“盛乐可以？”素盈神气清淡，“她若无用，你可不会费心出现在这里。”

白信默的目光依然如常，仔仔细细地看着她的脸孔。他总是在对话的时候专注地看着对方，像一个无比真诚的听众。可素盈知道自己已经识破了他，无法再被这种真诚打动。

“娘娘依然是那个我不太了解的你。”他仓促地笑了一下，仿佛自嘲，“奇怪的是，我虽然不了解你，有时候……却忍不住向着你，明明知道这样做没好处。”

“住口！”素盈沉着脸低喝一声，“有妇之夫说这些，我只觉得刺耳。何不坦诚痛快，做个交易？”

白信默半侧身，低下头惆怅地微笑起来："那么请娘娘给我一点时间，容我坦诚说完。"

素盈点头示意。

白信默像是想了一会儿，又像是在聆听荣安的动静，最后轻轻地开始："我十四岁时，有一天父亲忽然说，'你日后能娶公主就好了。'荣安公主，宫廷之中她的笑声最响亮，说话最大胆，再没有一个人比她更活泼自在。跟她在一起，是不是可以像她一样无拘无束？太子人很好，说他待我如同手足，一点也不夸张。但毕竟是主仆。如果能成为亲戚，是不是会更好？我这样想的时候，父亲又问，'你讨厌公主吗？'我的回答是不讨厌，甚至有点欣羡。其实就算讨厌，父亲也会继续追问，'你会装作喜欢的样子吧？'"

他想要笑一下，可没有笑出来："这件事情就这么决定了，我唯一的未来就是做好它。终身大事，是不是应该再等几年，等一个真爱的人出现——这种事情，谁在乎？"

素盈很想打断他的话。但他打了个手势，请她不要作声。

"公主从来没有表达出婚嫁的意愿。我能用平平淡淡的口吻，告诉父亲'一切随缘，顺其自然'吗？这不是一场可以扬长而去的游戏。自从我家被改姓为白，我是第一代从出生起就姓白的人。如果我泯然众人，白家从此就真的只是一个小姓了。有良机，绝不能错过。"他平静地说。

"就算渐渐察觉到，被利用的女孩儿不应该受这种伤害……但难道可以为了她，把一切抛到脑后？不。舍本逐末的事情，我不会做。是真正的不会——根本不知道那样的事该怎么去构想，去实践。"

素盈直直地望着他，整个人仿佛散发出寒气："白大人，我已经没有和你兜圈子的情绪。你如果实在无话可说，就别说了。"

回忆在白信默眼中绽放的光彩，在短短一瞬收敛："要是从来没有专注地看过你，就好了。是我太高估自己。"

素盈眼中充满轻蔑——难道他不知道吗？相信他的话，需要极大的信任，可这信任早被他亲手夺去。

"白大人，即便能够回到从前，你也仍不会舍本逐末。执着于'我当年怎样''你当年怎样'，有什么意义呢？"她提高声音说，"让开！"

信默槁灰一样的反馈让素盈觉得自己有点残忍。而这残忍让她内心深处一个长久无法平静的地方，得到了一点痛快。从他身边走过时，她淡淡地说："以后别挡在我的路上。"

他认真而镇定地回答："只此一次，以后不会了。"

殿内的荣安早已听见动静，此时出来，迎面遇见皇后，略低了低头，算是行过礼。

"盛乐怎么样？"素盈的态度还未从冷硬中融化。

"她不想说话。"荣安说，"娘娘可知，她去见过骁锐将军？"

“哪个骁锐将军？”

她是真想不起来，但荣安当作故意轻视，脸上浮现一层薄薄的怒气，说：“骁锐将军白信端。第二天，他便告发东宫。这也太巧了吧！”

素盈不禁生气，绷着脸说：“今天是来向盛乐问罪的吗？你几时变成这种长舌妇人，到宫里搬弄是非！”

荣安涨红脸，大声冷笑：“娘娘教训得极是！我许久不来，今天在宫里，只听到娘娘这两句话是敞亮的。我若不干点什么让娘娘教训，宫里连这两句敞亮话也没了！”说完拂袖而去。

素盈不与她夹缠，径直走入殿内去看盛乐。

盛乐公主不知有没有听见她们争执，不迎接皇后也不行礼，自顾自在案边呆坐。素盈不许众人烦她，独自上前。女官们知道她们两人素日亲厚，从来不拘小节，也不再打扰。

素盈走到她画案边，见一张消寒图撇在角落，从三九之后就没有染过。公主意气消沉，好像仍沉浸在冬天。她不等素盈发问，说：“最近我总想……”后面的话咽下不说了。

“总想什么？”素盈轻声问。

盛乐沉默良久，说：“离开。”

“去哪儿？”

“北方。”

“也许还会打起来。你还想打仗吗？”

盛乐用力摇头。这是素盈第一次见她抗拒上战场。

“我累了，想不出打仗的意义了。”盛乐疲惫地说，“东宫，未来的皇帝，先被指控通敌，又被指控私下议和。战场，本来沾满将士们舍命报国的鲜血，现在有人把那些崇高的血迹弄脏，让他们的死被糟蹋了。”

“请圣上为你置府吧。”素盈牵着盛乐的手，柔声说，“你这样的人，本应有属于自己的地方。在宫里常住，我怕你会越来越消沉。”

盛乐向来不同意置府，这一次却没有立刻拒绝，想了想说：“我本是孀居之人，也不需要什么府邸。和父皇说，找一座清静的宫观给我空出一两间，也不必惊动其余人等，就可以了。”

“这是哪里话呢？”素盈摇头不许。

盛乐执意如此，并且一字不改地向她父亲恳求。皇帝自然不同意，谁知他一再反对，盛乐反而心意弥坚。父女二人一个坚求，一个不允，来来往往三五回，盛乐竟有了出家的念头。

素盈见此事苗头不对，怕她真钻入牛角尖，忙将父亲叫来。

平王的三夫人曾捐了几处大宅邸作为寺庙、道观。素盈让父亲收回一处，里面仍是道观的排场，留几名道姑打理，免得不符合盛乐的要求，她不肯去。其余大部分地方就给盛乐做了府邸。盛乐不日便搬出宫，从此在那半道观半公主府的宅邸中闭门谢客。

信默在窗下画一枝雪中的寒梅。纤弱的花瓣，仿佛一碰触就会碎成满地落英。无论怎样描摹，满天的雪花总是难在笔下幻化成形。荣安走入画室的时候，他并非没有听见，可是毫端的世界更需他的关注。而荣安这一次格外有耐心等他。

信默放下画笔时，看到荣安像一尊泥塑，呆呆地坐着。她的脸色几乎可以融入身后的粉壁。她慢慢地走过来，扫一眼信默的新作，嘀咕一声："真难看。为什么画一场难看的雪？"

信默温柔而耐心地回答："看不透的东西总是有别样的美，需用心去体会。"

荣安微微地仰头注视他的面容，点头说："是呀。"她清清嗓子，又说，"我刚才去了相府。我原以为，一辈子也不会拜访那里。"

信默注意到一缕湿发贴着她光洁的前额。他轻轻地把它掠到一旁，低喃道："我知道，你做这不情愿的事情是为了我。但是有什么用呢？迟早会查到我身上。信端做了那样的事……白家一定会遭到报复。"

"那也不该是你承受的。"荣安固执地说，"可老贼太狡猾。他好像天生仇恨我，不放过嘲弄我的机会。"

信默猜到她可能听到的话。他的心快速地跳了起来，可他并未慌张，好像很久之前，他就开始期待这一刻。他平静地问："他说了什么？"

"很多。"任性的荣安一反常态，安宁地说，"他问我，为什么你自己不去求他。因为你知道没用。他说，这就是你娶我所图的，要我为你摆脱麻烦。我该相信他的话吗？"

"你不是已经相信了吗？"信默浅浅而笑。

荣安的力气仿佛在一瞬间被打散。

"信默，你所做的一切是为了什么？"

信默轻缓地抚摸她失望的脸庞，慢慢地说："你怎么会明白呢？"他叹口气，又说，"你不要再去找他，你会被他愚弄。"

"难道一直以来我没有被愚弄？"荣安垂下头，信默疑心这一次会看到她的眼泪，可她并没有哭泣。

她抬起头时，目光仍是炽热的："我想知道，你有没有真的爱过我。"

"只想知道这个？"

"这是我嫁你所图的一切。"

信默心头忽生长长的叹息，他没有将之付诸言语，可目光还是泄露出来。

"荣安，你是公主，"他温柔地说，"你不能指望娶你的男人，把爱你当作婚姻的全部。"

荣安迅速地低下头，转身背对着他。信默可以从她肩头的颤抖猜测她的表情。

谎言伤害了素盈，真话伤害了荣安。唉，这些女人。信默把手放在荣安肩上，想要压抑她的惊颤，以此安慰她。可是她倔强地甩开了。

“我到底是怎么了？”荣安的话里带了哭腔，“即使你这样说，我竟然还是放不下。白信默，你到底是个什么样的人？你当初也是这样欺骗素盈的？用这种虚伪的温柔？”

信默缩回手，失落地说：“有时我没有骗她，有时我也没有骗你。”

荣安转脸正对他，冷冰冰的表情有点像她母亲。

“那么，对我说实话吧——你到底如何知道申时宫变？为什么没有揭发？现在仍闭口不谈，是在为谁隐瞒？这件事不可能是东宫所为。我能感到……是琚含玄栽赃给他。你从琚含玄那里得知的？他是策动一切的人？素江险些杀掉他，又是怎么回事？”

她连珠炮似的发问，信默却没有将她的问题放在心上。

“嘘——”他轻声道，“我不能对你说。”

荣安嫁他至今，生过闷气，闹过情绪，然而她从来没有落一滴眼泪。此刻听到他坚决冷漠的拒绝，眼圈忽然酸了。她一边掉泪一边点头：“不能对我说。生死攸关，我愿为我的驸马豁出性命，你却不能对妻子说句实话。如果我满肚心机，能帮你出谋划策，你是不是可以对我说呢？”

“说出来会更糟啊。”信默握住荣安的手，“我不是没有勇气说出秘密，我只是……没有能力对抗揭秘之后的局面。我只能托付给一个人，希望他能让秘密就此消弭。荣安，你的夫婿并不是圣人君子，可也不是一个叛君叛国的人。参与谋反的指控对我来说太过了。我自己去找出路。”

“你要找的人，是宰相，还是皇后？”荣安冷笑，“你宁把性命托付给这两人，也不肯将实情上报天子？难道我的父皇在你眼中轻若鸿毛？天子的安危被侵犯，你竟想通过他们让这事不了了之？不行！你要把知道的一切都告诉圣上。”

她觉得需要更多的理由说服信默，于是认真地想了想，坚定地说：“素盈……就别提了。我不知道你和琚含玄之间发生了什么。他想救你，就不会让你落得今日处境。何不借机到圣上面前反将他一军？在他伤害你之前，除掉他——这不是你们这些人惯常的伎俩吗？”

信默被她浅薄的想法逗笑，看着她认真的眼睛，道：“是的。只是他明白这道理比你早，动手比我早。我们即将做的一切，至多能挽回自己，不可能除掉他。我不会妄想奇迹，你最好也不要。”他说罢紧紧地拥抱她。

荣安在他怀里轻轻地抽泣：“我早就明白，你永远也不会与我分享你的心思。因为我实在太蠢吗？”

“不，是我暗中希望你永远不需要明白。”信默说，“每个人都希望世上有一个人，可以过他们得不到的生活，可以恣意说他们不敢说的话，做他们不敢做的事……即便他们看不惯这个人，甚至深深地讨厌她，但内心深处仍存着微薄的羡慕，一再容忍她——荣安，只要不超越尺度，你将长命百岁。”

他说完，取出一封早写好的信，托人送入宫中。

三月初三射兔日这天，一向独占鳌头的神毅将军让素沉赢得头名。禁军侍卫们的比试，今年因为多了一个宦官在里面，便没有这股客气。结果却是丹茜宫卫尉白信则力压众人夺魁。

回到宫中，素盈含笑说：“干得好。”

白信则躬身道：“臣不敢懈怠，招人非议娘娘慧眼。”

素盈微笑点头：“第一次参加庆典比试就夺魁，我赏你一件东西当个纪念吧。你想要什么？”

信则没怎么想，说：“请将驸马白信默送来的玉匣，赐给臣。”

素盈的脸色变了。

信则面朝地，声音听起来不是很清晰：“行刺帝后、谋图废立是滔天大恶。无论主谋是谁，信默知而不举，与之同罪，如今已被软禁府中。臣斗胆请问娘娘，是否觉得白家这一次会山穷水尽？”

“你们家的本事大得很，怎么会呢？”素盈望着窗纸，仿佛能一直看到玉屑宫去，“荣安公主一定会在她父皇身边求情。求不到，她是不会罢休的。”

“是啊——这正是白家娶她的用意。”信则的口气中满是惭愧，“娘娘一定觉得白家卑劣，但让白家沦落至此的，正是微臣。”

他把头抬起一点，看了素盈一眼，继续说：“臣少年无知，追随秀王犯上作乱。臣家里因此被褫夺素姓，改姓为白。信默被当作长男养育，从小担负全家厚望，全无一点自在。若是臣当初没有失足，他今日怎会如此？”

他坚定地说：“为这缘故，臣不能不管信默。”

素盈静坐了一会儿，起身亲手取来玉匣交给他。

“你可以毁掉里面的东西。但已经发生的事情，抹不掉。”她轻声说。

她对申时变乱的主谋早有猜测——这场人祸毁了东宫的前程，证明了宰相护卫皇帝的忠心，还险些要了她的小命。谁这般擅长一石三鸟？若非效忠那人，信默从哪里得知当日将生变故？

若是如此……

“信默其实是宰相的人吧？”素盈笑着连连摇头，“他背叛了所有人，我、荣安、东宫，还有他真正的主人。我从来没有见过，一个人背叛了身边所有人，还能活这么久。”

信则没有否认，把头垂得更低，说：“行走宫廷，最可怕的事情不是不够圆滑机变，而是失去立场。为了白家，他伤害娘娘。对娘娘纠结于心，他又背叛了宰相……我知道，他从带你私奔的那天开始，就失去了立场。他将成为众矢之的，他帮助过和伤害过的，都不会管他。这样的弟弟，我能够抛弃吗？”

想左右逢源的人，迟早有一天会受到左右夹击，两面不讨好。素盈觉得自己不该对这事情有兴趣，可她竟然听了这么久而不乏味。也许是信则打动了她，她安慰似的说：“他还有荣安呢。”荣安不会抛弃他。

信则无可奈何地摇头：“公主的力量能够强过宰相吗？”

素盈面上如覆冰风，口气也冰凉：“怎么不能？她父皇为她，不惜毁人婚约，引起朝臣非议。”

信则听了这话，却笑得更苦：“信默能娶公主，不是凭他一人的小聪明便能成就。这是他拜宰相为父，求取的好处之一啊。”

他看到素盈须臾之间的诧异，仿佛惭愧似的，把声音压得更低：“娘娘不要惊讶。宰相可以秘密收您为义女，将您推上后位，也可以收一个义子，让他步步高升，以备不时之需。信默九岁入东宫侍读，本就是宰相与家父的安排。他一向很听话，所以宰相私下在废后与圣上面前进言，助他顺利尚主。”

素盈哑然。

“为什么要对我讲这些呢？”素盈仔细地看着信则，不知他坦诚相告的信心从哪里来的。

“因为娘娘是唯一一个，明白他所有的坏处，还可能去帮他的人。”

素盈无可奈何地笑了：“我帮不了他。”

忽然，丹茜宫一阵喧闹。宫女们拦不住混乱的源头，一股慌张的人流顷刻涌到素盈面前。泪污妆容的荣安从众人中挣脱出来，一把抓住素盈的手：“跟我走！”

素盈吃了一惊：“你要做什么？”

“到圣上面前说清楚。”荣安扯着素盈走了两步，急吼吼地大声说，“告诉他，信默不是知情不举——他偷偷地告诉了你，只是你没有弄明白。”

不愧是荣安，竟然直奔反方向。素盈硬生生地站立不动。

荣安又拉扯两把，拉不动她便瞪圆了眼睛：“你不去？”

旁边的女官和宫女们立刻上前，不客气地将荣安请到一边。

“公主若再搅闹丹茜宫，下官将不得不行宫规。”女官高声厉喝，却吓不住荣安。

“我已经知道了——陷害信默的人就在你们之中！”荣安伸直手臂，朝一群女官面上指指戳戳，又指着素盈说，“正是你这丹茜宫里出小人，造谣生事，说信默知道申时将生宫变。即便信默真的知道，但他告诉了你，必然是要救你。有救驾之心，怎能与首谋同罪？你保住一条性命，却不管他？”她说着又想上前来抓素盈。

素盈向左右道：“撵出去。”

宫女们立刻上前推搡拉扯。荣安口中高喊：“只要你对圣上说，信默提醒过你，他就洗脱了。为什么说谎害人对你来说那么容易，说一句真话帮人，却像要了你的命？你是不是恨我们？你是不是恨我？我今日死在丹茜宫，你会不会改变主意？”

素盈仿佛没有听见，对掌事女官们说：“让人冲入丹茜宫滋事，是你们失职，各自下去领罚。”

女官们气馁地领着宫女唯唯告退。素盈又看了信则一眼，说：“看来圣上没有应允她的请求。”

“娘娘一定可以想到些什么。”信则再三叩头，“娘娘所知的事情，哪怕赐告一点，也是信默的希望。”

哭声仍在宫外回荡，显然是荣安迟迟不肯离去。

素盈听见，苦笑了一下，终于还是说：“白信默不过是那样一个人，荣安却能够说出要为他死在这里的话……死在丹茜宫，有什么用呢？”

信则屏息凝神去听最关键的后续，果然没有失望。

“你不妨转告她，让她去问琚相，他答应过她母亲的事情，能不能做到。”

信则虽不明白，仍然感激地告退去追荣安。素盈目送他离去，幽幽地问身旁伫立的崔落花：“你心里责备我多管闲事吧？”

“臣不敢。”崔落花诺诺答应。见素盈似笑非笑地瞅着自己，她心一沉，却又在同时松了口气。

“是你吧？”素盈呵地笑一声，“白信默拿来玉匣，里面的字条只有你我看见。是你告诉宰相，信默走漏消息。”

崔落花的神情没有被戳穿的尴尬，反而带着打开心结的释然。

“琚相要查清本末，对圣上有所交代。臣以为，白信默正是琚相希望臣说出的人。臣以为，娘娘也不会在乎他。”

素盈合眼蹙眉：“宰相到底有什么魔力？连你也背着我……”

“唉，娘娘！”崔落花温柔地笑着摇头。

素盈恍然惊觉，猜疑道：“这就是你不能充任丹茜宫都监的原因吗？你有什么把柄落在他手里？”

“唉，娘娘……”崔落花还是那样神秘地笑了笑。素盈忽然觉得伤心，挥手将茶碗摔在地上。外面宫女听见动静，想要进来收拾。崔落花挥手制止她，自己俯身去清理。

“说，全部说出来。”无论素盈如何努力，呼吸就是无法平静。

崔落花轻柔地回答：“知无不言，并不是我们在这里做事的方法。”

“那么我该叫杨芳来一趟。他比我擅长挖掘真相。”

不知是畏惧杨芳，还是不愿她们师生一场落到动私刑的地步，崔落花看了看素盈愤怒的眼睛，松了口。

“娘娘可知，我们崔家的女人出入宫廷，也会处于危险。”崔落花跪在素盈脚边说，“曾经，崔家差点出一位女都监，但事情却出了偏差，她死了。我们家没有得到女都监，但是得到了更宝贵的财富——她的儿子，琚相。他从不会提起这事，年轻如您，大概也不知道。”

“崔氏？他的母亲？”素盈没有想到，“你们这样一个奇女子无数的女教习世家，居然视一名男子为更宝贵的财富，真是讽刺啊。”

“我们这样一个女教习世家，除了借助素氏，还有什么发声的途径呢？”崔落花继续温和地说，“但是，他身上充满与众不同的力量。我们想要成就他。”

“结果你们成就了什么啊！”

“琚相对崔家恩惠颇多，崔氏满门受其厚待。每个素氏家中的女教习，都是他的亲眷，得过他的关照——不独是我。只要愿意，他可以了解和影响每一个受崔氏教养的素氏小姐——不独是你。”

崔落花怜爱地看着素盈泛青的面孔，说：“可怕吗？入宫的素氏小姐，哪一个机灵圆滑，哪一个乖巧听话，哪一个心口不一……我想，他心中大致有数。哪怕所知之事永无用武之地，他也仍然孜孜不倦，沉迷于看不见的操纵游戏。洞察一切，他才能感到安全。”

“为了让他安心，你把我这里的一切都告诉他？”

“不，我几乎从未那样做。他偶尔才问一二事，从不强求我回答。他知道我是什么样的人。”

“可我却不知道了。”素盈凉凉地笑了一下，“你应该清楚，我对人的信任是多么脆弱。你可以继续留在丹茜宫，但是不必再指望得到我的信赖。”

崔落花有那么一刹没有动弹，不知是否为这结果略感遗憾。最后，她还是婉然施礼，用完美的仪态作为结束。

一次、两次、三次、四次……荣安不知疲倦地日日造访相府。她从来没想过，自己会如此锲而不舍地做一件事。并且，是为了那样一个丈夫。她对自己、对信默、对这件事情都感到失望，眉头深锁，日复一日。

她一向厌恶琚相，因此从不对他露一点笑脸，也不懂得如何哀求他。她的出现总是满怀愤怒，而琚相从不拒绝她的到来和怒火。他总是泰然地看着她，像看一个暴跳如雷的小孩子表演。

有一天他说：“那天你来的时候，大嗓门险些把正厅吼塌。你大声问我，‘你记不记得，答应过我母亲的事情？’你知道我答应过什么？”

荣安气鼓鼓地摇头。琚相还是那般安然地微笑：“最后一次和你母亲交谈时，我答应她，照顾你。是照顾你——不是白信默。”

荣安瞪圆了眼睛：“我的驸马落到这地步，我还能好吗？”

琚相脸上挂着淡淡的古怪，点头说：“总有办法的。”

荣安瞠目结舌，愤愤地跺脚出来。

她的自尊每次都被他的平淡伤害。但即便这般受辱，她还是可以在出门时盘算明天继续来吵他——如果讲道理完全没用，她就演一出死在他家的假戏，看他如何下台。

也许，她只是不能忍受向他服输。她心里正这样想着，马车忽然停住。荣安不高兴地问：“怎么回事？”

车外有人低声说：“惊扰殿下，实在有罪。”

荣安掀开帘子看一眼，认出外面的人是她表兄素征。

“你？”荣安见他神色凝重得很，不知这是唱哪一出。

素征忽然做出一个神秘的提议：“可否请殿下换辆车，随小人去一个地方？”

纵然荣安做事鲜少瞻前顾后，也不敢轻易随他去。素征见她迟疑，不失时机地又道：“此事与搭救驸马大有干系，不便在此说明。”

荣安左右环顾，看到不远处停着一辆不起眼的老牛拉的车。她蹙眉道：“什么事？这样鬼鬼祟祟！”

素征听她话头已松，伸手将她搀扶下车，小心翼翼地说：“事关重大，务求稳妥。”

荣安将信将疑地随他坐上牛车。牛本就慢，车又破旧，半天也没有走出去多远，荣安是金枝玉叶，几时受过这份罪？若是“物有所值”，她不是不能忍耐，可素征像个木塑似的，不向她解释一字。荣安心中渐渐不乐，便要发作。

素征自是知道这个表妹，分毫不差地开口阻住了她的怒火：“殿下试想一下，若是琚相谋划一事，亲身践行，他是否会因无法忍受无聊，让那事功亏一篑？”

当然不会。即使荣安衔恨琚含玄已久，也不得不承认，此人一旦谋划完备，就一定要成功。

权力这东西，取之不易，守之尤艰——这是荣安从父亲口中听过的话。而琚含玄能助皇帝扫平谋反者，建下无人比肩的功勋，又能一步步拿下相印，保它十余年。

“想与琚相较量的人，怎能因小失大呢？”素征轻轻地补充一句，荣安便不再作声。

牛车慢吞吞地向前挪，素征不时回顾。荣安看了一会儿，忽然问：“走得慢，才能看出谁一直尾随在后吧？”

素征没想到她有这等细心，怔忡一下才笑着回答：“殿下聪慧。”

荣安见他有仔细的安排，就闷闷地不再多说。车轮吱吱咯咯晃了很久，终于停在一条僻静的小巷内。荣安随着素征进了小门，穿过花园，转了一条回廊，眼前建筑让她恍然大悟：“这不就是你家？”

“正是。”

荣安不禁气馁：“兜个大圈子，就是为了到这里？往日我又不是没来过，哪次需要这般小心？”

“殿下家门外遍布琚相的手下，近日出入还是避嫌为好。”素征推开一扇门。荣安迟疑一瞬才抬脚进去，发现屋里早已坐了十来个人，全是她母亲的亲戚。

“你们？”她不明所以地站在屋子中央，看着他们在她周围拜倒。

“臣等久候公主大驾。”永宁郡王素若峦将荣安让到上座，先奉上热茶，又问信默的近况，后来还提到废太子夫妇近来的生活。他料荣安没有分辨弦外之音的智慧，单刀直入地说：“眼下有一件大事，需要公主协助。此事若成，自然荡除雾霭，云开月明。”

荣安一路行来，已猜到事关重大，好奇地问：“什么大事？”

素若峦顿了顿，向素征说：“你去外面守着。”素征一走出去，屋里只剩下太安素氏“宛”字辈和“若”字辈的人，都是荣安的长辈。

荣安心想，她一辈子也不会明白他们在搞什么鬼，就像她一直不明白父母和信默。但她忽然又想，有什么难呢？她一直不愿与他们为伍而已，如果把自己当作他们，也许就明白了。只是这样想了一下，她仗着直觉道：“要他出去，是想着日后事情败露时，可以为他开脱，说他并未参与吧？你们要做什么？难道是大逆不道的事？”

太安素氏的长辈们面面相觑，一个个微笑起来。那只是短短一刻的笑容，很快他们就都严肃得让荣安不知所措。

“素氏与皇家共生，永远不会越界。”素若峦说，“但是有人想在素氏与皇家之间横插一脚，妄图摆布君王，玩弄素氏的前途命运——那人便是我们的仇人。”

荣安想了想，问：“你在说琚含玄？你想对他如何？”

素若峦冷冷地哼了一声：“除掉他！殿下不是也想过吗？”

荣安早有这念头，甚至想过哪天见琚含玄时怀揣利刃，一刀结果他的性命。然而她渐渐觉得，那样杀死他，她自己也将付出巨大代价，并不划算。她希望有个像信默一样聪明的人，为她出主意。但信默坚决不轻易涉险，她的主意至今未定。

“要如何做？”她有点期待地看着舅父。

“首先，要有肝脑涂地的勇气。”素若峦看着荣安的眼睛，伸出手说，“殿下可有胆一试？”

荣安看看他的眼，又看看他的手，便明白了。这事必须由她来做。他们都会肝脑涂地，但她或许可以全身而退。这些聪明人。

或许，世上只有他们能够担起对付琚含玄的重任。荣安大力而坚决地与他击掌，咬牙切齿说：“若能除那老贼，何妨一试！”

这天夜里下起雨。信默与荣安并肩卧在床上，不约而同去听窗外的声响。信默似乎没有注意到荣安一反常态的沉默，荣安似乎也没有注意到信默非同寻常的出神。

过了许久，荣安悄悄握住信默的手，说：“信默，总有一天，我会明白你。”

信默的手轻颤一下。

“朝夕相对，却不懂你——这样的日子，纵使过得自由自在，也不过是个独自表演的傻瓜。”荣安叹口气，“糊涂求安稳的一生，不是能够让我快意甘心的一生啊！”

她将头偎在信默肩头，说："我想要随性，也想要懂你。这又不是鱼与熊掌，只要我尽力，兼得有何难？你只需看着就好啦，总有一天，一切都会变好的。"

信默不忍心说出扫兴的话，仅是轻轻地拍了拍她的手。荣安仿佛得到他的鼓励，自信地微微一笑，安心地闭上眼睛。

第二日常朝之后，琚相与一干朝臣从阁中出来，一眼看到荣安守在路上。荣安的意图不问可知，可她脸上的表情十分新鲜，琚相忍不住笑了笑。

荣安心中恨恨，强装恭敬，道："我家驸马罪刑未定，还是清白之躯，想见相爷一面，向相爷当面剖白。相爷不解禁令也罢，万望屈尊寒舍，给他一次分辩的机会。"

琚相轻描淡写地说声"不必了"，便撇下她。

今日无论如何，一定要让他妥协！荣安想着，不依不饶地跟上去，沉着脸走到一处，忽然道："相爷且留步，看看那是什么？"

琚相果真停了一步，见荣安手指处不过是一根柱子。荣安作势厉声道："相爷若是连我小小请求也不应允，我立刻触柱！我知道相爷权势熏天，不把一个公主放在眼里。相爷权势之大，可以在皇宫之中逼公主无奈触柱——这事要是沸沸扬扬地传开，对相爷来说是好还是坏呢？"

琚相的眼睛微微瞪大，他侧目看着荣安，似是没有想到会被她威胁。他转瞬就平静下来，向荣安冷冷地说："走吧。"

"软禁"禁止人做很多事情，唯有一件事不加阻挠，便是"悔过"。而白信默恰是一个常常后悔的人。即使如此，一个背叛了琚相的人，想悔过也需要绝妙的理由。而他恰好知道，什么样的表态能够在他义父面前屡试不爽。

他怀抱这样的想法出现在琚相面前时，眼中的温驯和面上的悔意都是真的。他真心实意地认为，他的确又一次做错了。很错。但他觉得，所有的错误都能够弥补，这次也一样。

"信默。"琚相端坐在桌后，双手按膝。

信默猜他膝头横着佩剑。他跪在琚相面前叩头，抬起头时，并没有喋喋不休地为自己辩白，只问了一句："义父要我做什么？"

琚相笑了笑："我要你死呢？"

信默毫不犹豫地回答："请借您膝上的宝剑一用。"他知道，琚相真将宝剑掷过来，他也真会引颈自绝——如果琚相那么做，他不死在这里，也会死在别处。他知道，犯错的人不能太过迅速地取巧，还是先看看影响他命运的人有什么样的决定。

琚相抬起手，手里果然是一柄剑。他失望地看着信默，问："为了素盈，值得吗？"

信默不自觉地垂下眼睛，慢慢地回答："是我咎由自取。"

琚相怀抱宝剑，探究似的看着信默："你的所作所为，是为了向她证明你也有心，还是为了平复内疚？"

“我只是想那么做，并不知是为了什么。”信默稍稍地吸口气，大胆地看着琚相说，“义父能够说得清、看得透吗？能够在每个决定之前，先想明白为什么吗？”

琚相怔了刹那，起身走到信默身边，抽剑出鞘。他的剑没有传闻中的寒意，相反，剑身之中似乎藏着一道金光。琚相向着剑锋嘘口气：“这柄‘焕雯’是把好剑，无论谁死在其下，都不该抱憾。”信默微笑着欣赏“焕雯”的金色光彩，伸手去接时，竟没有怯意。

“家父曾教导我，做有用的人。只有做一个有用的人，才不会被抛弃。”信默捧着剑说，“看来我没有做到。”

琚相轻轻将手指按在剑上，缓缓地说：“你在一件要命的事上背叛了我。我再信你，即是把自己的命交给你。可你是信默……我的义子。”

他当地弹剑笑道：“这一剑为你留着。”

信默静静等他说出下文——在宰相手中保留性命，代价必定高昂。果然，琚相从容地说：“我不喜欢事情脱离我的预想。我希望未竟之事能有结果，预计要死的人，静静离开。”

信默心中的第一个念头是，琚相是不是要他杀死素盈？但转念就知道，琚相不会如此打算。白信默刺杀皇后，毫无价值。

信默立刻明白琚相指的是谁。一股寒意在他背上漫开。

“啊！”他轻轻地叫了一声——他在一件危险的事上犯了错，只好做一件危险的事来弥补，让先前失败的企划得到应有的结果。

“我对他，忍无可忍了！”琚相长长地吐了口气，“只要他还活着，事情就没完没了——我自然可以不理会，但你牵挂的素盈，动了与太安素氏和解的念头。他们两家真掺和起来，免不了一场大乱，你也会不断地左右为难。信默，去做点什么，让不停摇摆的意志停下来。”

信默没有立刻回答，但沉默之后的答复仍然是：“遵命。”

琚相看看窗外，无边无际的阴霾铺在半空，真是上天才能创造的奇画。他微笑颔首：“好雨知时节。希望还有别的好消息，让好事成双。”

信默不知自己心中是何滋味，向琚相深深地躬身告退。

荣安一直在等信默的消息，见他沉着脸走出书房，她快步迎上去。他的眼神，她照旧读不懂。他温柔地说：“辛苦你。”荣安想，事情应该没有变得更糟，也许还有好转的迹象。

琚相很快走了出来。荣安这一次有意向他示好，却听琚相不冷不热地说：“你不要以为，恐吓对我奏效。我不过是遵守承诺，防止你做傻事。今日这般幼稚的言谈，不要拿到别人面前给你父母丢人现眼。”

荣安的好心情立刻变成熊熊怒火，简直疑心他天赋异禀，能用三言两语轻易激怒她。

“他今日可以出门。”琚相说完想走。

荣安急忙上前拦住，说：“府中已准备宴席，请相爷务必容我聊表心意。”

琚相不肯答应，荣安悻悻地说：“相爷怕是忘了，我们这家里，还有个白信端。难得请到相爷莅临寒舍，他妻子杨氏有求于相爷。”

白家这位三公子自从揭发东宫议和，算是一无所有了。荣安得寸进尺虽在意料之中，但琚相没想到她自顾不暇还要顾别人，脸色微寒。

白信端的妻子杨氏上前跪倒，琚相不好当着别人的面与荣安较真，沉着脸，听那年少妇人哭诉。荣安借机出来，匆匆抽身去张罗酒食。她随便问了问宴席的筹备，几个转弯来到内宅一处静室。

永宁郡王的七名义士正在室中凝神安坐，荣安忐忑地问：“他的亲卫果然跟来。这老东西，时时刻刻加着小心。”

义士们点点头道：“琚相亲卫二十八人，从不离左右。此时散在正厅、书房、宴厅，还有通往内宅的道路上。”

荣安几乎失了主意，问：“如何是好？早知如此，该让你们埋伏在宴厅当中。或者刚才就应在书房里了断他的性命。”

那七人毫不慌张，说：“公主不需担忧，一会儿从容饮宴即可。”

荣安又焦躁道：“信默自然要入席陪着，发生变故时他一定会维护宰相……你们不可伤害他。”

一人回答：“驸马与琚相说完话后，心事重重地去了马厩，不准人打扰。”

荣安有些惊讶：“家有贵客，他到那臭烘烘的地方做什么？”

另一人说：“我们也很担心——驸马一向言行得体，做出这样不合时宜的举动，是否因为琚相对他另有吩咐？”

这问题难住了荣安。她想了片刻，毅然道：“将马厩封上，不准他出来！倘若真如诸位所言，是宰相秘密差遣，一定不是好事，不能让他去办。更不能让他坏我们的事。诸位已有必死决心，瞻前顾后有何意义？机不可失，不如这就动手吧！”

那七人互换眼色，一齐点了点头。他们本已换了家仆服饰，陆续离开静室，并未引人注意。荣安又回到书房，见杨氏还在琚含玄面前涕泣。荣安仔细一听，果然听见杨氏赌咒一般，说着赴汤蹈火的誓言，恨不能剖腹挖心给宰相看似的。

荣安听不惯这话，几乎后悔让她来求情，想三言两语赶快了结：“宴席已备，请相爷入席。”

没想到，杨氏不仅没有识趣退下，反而说：“愚妇恳请为相爷持觞，不知相爷肯否赐此殊荣？”

荣安当即急了，声音不由得尖锐严厉：“一介妇人在相爷左右劝酒，成何体统！”

她与杨氏同是白家儿媳，然而一向自恃身份，样样不与人同。今日杨氏求情，早有豁出一切的决心，偏偏荣安又不帮腔。杨氏心中正恼她，这时更不肯听她的，苦苦向宰相哀求。

琚相烦这妇人纠缠不休，未置可否就入席去。杨氏便当他默许，紧紧跟上。荣安心中虽然不悦，但又怕因此搅闹会让琚相拂袖而去，于是生生忍气吞声，入席陪坐。

琚相环顾，问："怎么不见驸马？"

荣安急中生智道："不知为什么，他骑马出去了。我想拦他，却拦不住。他平日不是这样的人，望相爷见谅。"琚相听罢泰然自若，并未怪罪。

酒过三巡，荣安的眼睛不再安分，不住地看看琚相，再看看他身后的两个侍卫——他们神态自若，仿佛已放松戒心。荣安向家奴说："上那道菜吧。"又向琚相笑道："今日贵客莅临，家中备了一道大菜，但愿相爷喜欢。"

话音未落，外面已有一队人抬着一桌全羊走来，才走到门口，香味已溢满宴厅。琚相的亲随依例要查，然而那只羊做得不同寻常，全身用色彩绚丽的花朵覆盖，一动便会破坏。

琚相奇道："这季节，从哪里弄来的花儿？"

荣安笑答："相爷仔细看看——都是用果蔬做的。"家仆听了便要抬桌子到他们跟前，供他们观赏。琚相的亲随小心翻开几处，见没有异样，便让抬桌的四人进去，却不准其余三人跟随。

琚相见烤羊如此奢华，不觉看得入神。

那四人放下桌子，突然各从花朵之下抽出短剑。雪光倏忽一晃，两人去刺侍卫，另两人直刺宰相胸膛。

荣安虽然早知如此，但当真置身这场面，还是看得呆住了。只见刹那之间，剑光将宰相围住。杨氏不知哪里来的胆量，横身挡在宰相前面，顷刻被两柄短剑刺穿。荣安的头发几乎竖起来，她想要尖叫，舌头却僵在口中。

两名勇士拔剑再去刺宰相，而宰相已趁机拔出他的宝剑"焕雯"。

荣安听说过，二十年前他剑术超群，阵前来去，如入无人之境。策划今日之事前，她怀抱着侥幸想，离开战场二十年，他已老了。

今日却知道，"老"字对有些人来说，仅限于容貌。

"焕雯"的金色光华向四周一荡，霎时间，他的气势锐不可当。荣安仍呆坐不动，但在这一刹却是被他震撼而动弹不得。她微微张大嘴，目光无法从他身上移开——对手的淋漓飞血之中，他的样子简直宛如杀气腾腾的战神。

素若峦期望刺杀一举成功，派来的人自然是高手。他们是送死，没有退路，招招必杀。宰相却游刃有余，"焕雯"金色光芒所到之处，血肉横飞。

"繁阳李氏弟子……"勇士中的一人被击中要害之后，仿若欣羡一般，说出这样一句。

荣安看着方才还生龙活虎的四个勇士一一倒下，这时候才发出尖锐的叫声："啊——"

没有人理会她。门外三个刺客为阻挡宰相的侍卫入内，腹背受敌，超出他们能够应付的程度。琚相几步抢到宴厅正门，再挥一剑。剑光仿佛只是轻飘飘掠过，三人腿上顿时血流如注，身子跪倒。

“留他们性命！”宰相一声高喝，声音中没有一丝战栗。

那三人剑仍在手，自是不肯就擒，举剑便刺向同伴要害。这是素氏死士就戮的方式——即便是勇士，也担心自尽的一刹对自己仁慈，只要有同伴，便要相互杀死，绝不容情。

宰相料到他们的举动，一剑斩断了其中一人握剑的手。于是便有一人自这断手下生还，直直地注视同伴们倒下，呆滞地跪着一动不动。

荣安本以为这场血屠会杀到风云变色，想不到，短短一刻就结束了。

她本以为，最紧张的画面是亲眼看见宰相命丧当场。想不到，令人心惊胆寒的画面是他还提着剑，凶神恶煞一般伫立在眼前。

她踉踉跄跄地走到宴厅中间，从血泊中拾起一把短剑，心中说：“今日他若不死，日后不知有多少人要死！此事必须了断！”

如此一想，目光凶狠起来，把心一横，那一剑便用尽全力刺了出去——

信默整理鞍鞯的手，从没有这般迟疑。那匹千里马也没见过他这么磨磨蹭蹭的举动，不耐烦地摇头晃脑。

真要去吗？他的心左摇右摆，对目的地并不期待。

不必急在一时吧！他想着，向马厩外走去，可是大门怎样也打不开。信默发现门被闩死，即刻大声喊人。

门外家仆道声“得罪”，又说：“是公主吩咐的。您知道公主的脾气。”家仆以为公主与驸马又闹别扭，信默却呆住了——荣安无端发火并不罕见，但今日实在不像。

“公主到哪儿去了？”他问。

“此时大概在宴席上。”家仆歉意地说，“相爷也在席中，这时候不好打扰。您再委屈一会儿。”

信默顿觉荣安今日行事古怪。若是为他请来宰相，此刻正是让他向宰相赔礼谢罪的良机，实在不该关住他。他想着想着，背上逐渐汗涔涔一片。

她究竟要做什么？信默预感不妙。然而心中有个细细的声音说：“由她试一试！万一成功了呢？”

不！不可能成功！他惯常告诫自己的声音立刻出来反驳——猫再凶悍，还是赢不了狐狸。

“放我出去！”信默向门外大喝一声。那家仆也不成心困他，听他声音既有紧张又有怒气，就势开门放他出去。

信默几乎是一路飞跑到宴厅，恰好看见荣安挺剑直刺。

“阿润！”他大吼一声，荣安充耳不闻。

剑锋飞快地贯穿了跪地那人的胸膛。

信默不知道那人是谁，却松了口气。呆立一刹后，脑中无数个念头活了起来，这才偷偷地慨叹：“若是真杀了宰相也好……”这念头混在无数个念头里，稍纵即逝。

他慌张地奔向前，看到宴厅中横七竖八的尸体，又看宰相衣襟披血，他嗵地跪倒道：“救护来迟，下官死罪！”

“在你府中发生这事，你岂止是救护来迟？！”琚相寒着脸，拂袖离去。他的青衣卫带走了重伤和死亡的同伴。

荣安眼神木然，反应也迟缓。信默见她那样子，不禁痛心：“你……”一个字之后再不知该说什么，索性不再看她，指挥家仆清理凶地。杨氏早就气绝，信默上前看了伤口就知道刺客出手不俗，显然早有预谋。他重重地叹了口气，也不顾满地是血，脱力地坐在地上。

荣安慢吞吞地走到自己座位上，想要倒一杯酒，无奈手抖得厉害，杯子酒壶叮叮当当乱响。信默提起宰相坐榻旁边打翻的酒坛，见里面还有少许，问荣安：“有毒吗？”

荣安一个劲摇头。信默为她斟满，自己一股脑将所余的酒喝了下去，又说：“你入席前后与宰相说过什么，逐字逐句告诉我。”

荣安这时候失了主心骨，结结巴巴地复述一遍。信默听到她向宰相谎称他出门办事，便苦笑起来：“这下子，你不好撇清了！”若是她不说谎，还可以推托说，刺客顶替了府中下人，她并不知情。可是她只留宰相一个人在席，分明是主谋之一。

信默不再理会荣安，闷头坐了一会儿，缓缓地问：“这酒还有吗？”

“有。”

“灌一壶给我。”信默说着站起身。

荣安如惊弓之鸟，仓皇地问：“你去哪儿？”

信默淡淡地回答：“不得不出门了。”

快马不眠不休地风驰至宣城时，已然精疲力竭，骑士却依然沉着。

离宫中，一场气氛惨淡的宴聚还未散场。信默带着一脸憔悴，脚步稳定地走进来。人们看到他皆是惊诧，不知他的出现意味着什么。

睿洵讶异片刻，转而笑道：“来得正好，这壶酒刚刚温热。”说罢平静地遣退素璃等人，留信默对饮。

他已不是东宫太子，信默还是向他一拜，问：“是梅花酒吗？”

往年这时节，东宫邀友相聚，席间总有数种梅花酒。睿洵笑道：“此时此地，讲那些无用的风雅做什么？来尝尝这酒，烈得很。”

信默撇开大氅，从腰间解下一壶酒说：“烈性与您并不相衬。”

那是一壶甘醇的梅花酒。睿洵珍惜地尝了一口，回味它的醇香，好一会儿才说："只有它一如既往。真是好东西！"

他让信默坐在对面，却不招呼信默喝酒，独自饮了三五杯才问："你来做什么？"

"叙旧。"信默不紧不慢地回答，"现时太多苦难，我希望殿下在今夜想到的全是美好，譬如这酒。"

他就在睿洵对面坐下，专注地看着他饮酒，看他一连喝下十几杯，说："我与素飒……殿下一直比较欣赏素飒。荣安准备择偶时，殿下一直关照他。"

"我喜欢他进取的性格。如果他有一件事落在人后，定会默不作声地暗暗发奋。我觉得，你们两人当中，他比较可靠。"睿洵淡淡地说，"没想到……他这种性格，也要逼他妹妹走到险峰山尖。这算是什么美好的回忆呢？"

"这回忆说明殿下的直觉不错，那时候他的确比我可靠。"信默微微地颔首，"我在十岁那年，被宰相收为义子。"

睿洵错愕地看着他，苦笑道："感觉越来越糟糕了。若我不是一介庶民，恐怕至今仍被蒙在鼓里吧！你真是来让我回忆美好的吗？"

"殿下虽在宣城，但应该也知道，我最近卷入什么样的事里。我不可能脱身了。"信默如此回答，"殿下最想知道的事情，我将知无不言。"

睿洵缓慢地点点头："你最近的处境，我听说了……原来，真是宰相容不得你。那你究竟知道些什么呢？"

"我知道，你想用假议和的方法，离间敌方的元帅与主君。"信默悠然说，"一个自称秀王之子的假货，还这么能打仗，他的国君不会真正信任他。只要有他代国君议和的铁证，他必定要完。结果也确实如你所想，他被紧急召回国都，西边战事一路扭转。但是你忘了，你也会遭遇同样的嫌疑。信端手里握的东西都是真的，你'假议和'的说法却无法证实。"

他顿了顿，说："我想，你内心深处，是想给自己留一条路——如果敌军主帅与主君之间的信赖意外地强，离间未能奏效，你还可以弄假成真，去要宰相当年放走秀王之子的证据，攻击宰相。所以你没有留下'此事是离间陷阱'的人证和物证，也没有用哪怕一言半语向你父皇透露。"

"我信任他，"睿洵喝了太多酒，嘴角已经再难像从前那样绷紧，"信端，还有我父皇。"

"多谢，但我们白家的人不会信任主君。"信默心平气和地说，"主与臣的前程性命，从来不曾对等，你们拥有压倒一切的权力，可以为了自己，轻松葬送我们。我们必须得到你们的信任，但绝不可能信任你们。你或许应该学学信端。"

睿洵慢慢地垂下头，最后无声地倒了杯酒，一饮而尽。

"你看我像是为这种事情谋变的人吗？"

"素江愿意信。"信默舒口气，说，"按照他的性格，肯定不止一次劝进，说性命与头脑都大不如前的皇帝应该退位吧？所以我，殿下信赖的妹婿，含蓄地一提他就信了。”

睿洵勃然变色：“你！”

“素盈遇刺后，会有一名宫人去玉屑宫告知谋反。当圣上召唤宗子队护卫时，没有人来。因为我会协同一名宗子队领队、一名东宫卫率，一起向宗子队传达您的命令——宗子队中有人溜出宫酗酒闹事，打伤东宫一名卫率和荣安公主家的家仆，申时全员受检。”信默说着垂下眼睛，“这样，只要死去一个女人，一场伪造的谋反就完成了。”

“的确，没有人流血，这罪名怎么能坐得实在？”睿洵看着信默时，既悲哀又失望，“你竟然参与杀死素盈的阴谋？”

“不，”信默平淡地反驳，“传闻是真的，我事前曾向皇后暗传消息。”

当时的情景历历在目，信默仿佛在尽量描摹，声音飘忽：“宰相谋划之精明超越我，眼光之长远也超越我。我从不与比我聪明的人对抗，他的命令我一向遵从。唯独这件事，我认为并不需要搭上她的命。可她没有理会我的建议。”

睿洵听得屏住呼吸。

信默叹口气说：“宰相看到素盈的时候，一定立刻明白事情不顺利。他想到了最好的脱身之计——变成受害者。”

“可惜素江那一刀没有劈死他。”睿洵冷冷地说。

信默无声地笑了笑：“他岂是自投死路的人？”

“你既然把这些说给我，我便有办法让他伏法。”睿洵的眼睛再度闪亮出希望的光彩，他甚至想笑出声来。似乎这一生之中，还没有一次如同今日，他清清楚楚地明白了宰相的诡计，且得到一个活生生的人证。

“我们一定能够让他罪有应得。”睿洵说着，想要伸手拍一拍信默的肩膀。可是酒劲忽然涌上脑门，他身子晃了晃，脸上的欢欣变成平静，渐渐失去所有的表情，无比安详地伏在桌上昏睡过去。

“殿下，你从来没有准备好当他的敌人啊！”信默对着沉睡的睿洵，伤感地说，“真相，我从没有对任何人说过。我并非来此出卖他。刚才不是说了吗？‘他的命令我一向遵从。’”

他看着睿洵的睡脸，看了一会儿，才从怀中摸出一叠绢。白如初雪，空无一字。信默无法想象，宰相会在上面添加怎样的字句。他在睿洵手上割一道创口，于白绢末端落上血手印。做完这一切，他为睿洵包扎伤口，将睿洵的烈酒收入自己壶中，剩一些盛不下的，装作被打翻的样子洒在桌上。

“殿下，但愿你在梦里揭发他、击败他，变成最终的胜利者。”信默说完，恭恭敬敬地行个大礼，轻手轻脚走出门，小心翼翼把门掩上。一如房中那人睡得很轻，怕被惊醒。

之惠端着新酒前来，正看见信默的背影远去。她心中生疑，加快脚步走入殿内。只见桌上酒瓶全部空空如也，睿洵浑身酒气地卧在残迹之中，醉得不省人事。之惠心中不安，轻唤几声“殿下”——他虽在醉梦中，对这称呼却已成习惯，听到便含含糊糊地哼了一声。之惠见他仍有声气，略略宽心，唤来宫女将桌上的狼藉收拾停当，搀扶睿洵入内室休息。

睿洵呼呼睡去时，之惠忽然看见他手上有一道白绢。她吃了一惊，立刻解开，发现一道深且长的新伤。之惠几乎是出自本能，当即去唤素璃。

素璃匆忙赶来，见伤口整齐，分明是利刃所致，不知睿洵与信默说些什么、做些什么。可是无论她怎么唤，也唤不醒睿洵。见睿洵挂着微笑睡得死沉，素璃只得心怀疑窦地等他醒来。

没有想到的是，睿洵这一睡就是一天一夜，睡到后来，气息越来越微弱，也丝毫没有清醒的迹象。整个宣城离宫慌了。“殿下遇害”这句话四处流传，前来投奔睿洵的人们聚集在他的寝殿外面，静静守候消息。

紧闭的寝殿中，素璃眼看睿洵奄奄一息，守在他床边几欲昏厥，最终还是咬紧牙关低吼：“去找最好的大夫！”女官和宫人们立刻开始行动，尽管能够找到的最好的大夫已经在这里。

“睿洵——”素璃用力抓紧睿洵的肩膀，咬牙切齿地说，“你不能这样倒下，你是东宫太子！这不是你应该给我们的结局！”

“睿洵，你要醒来！你不能这样睡过去，你不能让我去告诉外面那些人——‘你们都是瞎子，你们都看错了人，他根本不值得期待！’”

“睿洵，你不能这样对我们！”

他睡脸平静，对她的声音毫无反应。

“醒来！多少人的未来，就放在你的眼睑上！睁开眼睛，你不能畏惧它们的重量！”素璃觉得丈夫的肩膀正在自己掌中变得僵硬。

她吓得浑身颤抖，声音变得尖厉：“自私的家伙，你不能这样一走了之！不能！不能！”

也许被她忽然拔高的尖叫吓到了，睿歆开始号啕大哭。宫女听见素璃绝望的呼喊和皇孙的哭声，以为睿洵已经死去，不由得哭出来。很快，殿外等候的人们听到了哭声，被这气氛感染，悲泣四起。

“他还没有死！没有死呢！”素璃尖锐地叱责众人，却见大家泪眼婆娑地看着她，仿佛她才是不明白事情的那一个。素璃怔怔地看看他们，又看看静卧的睿洵，自己也不再确定。她极缓慢、极缓慢地，将手移动到他静默的微笑上方……果然，连那最微弱的气息，也感受不到了。

素璃微张着口跌坐在床边，手无意识地抓住了睿洵的手腕——他仿佛还有温度，她不死心，不愿放开。到后来，不知道那温度是他的，还是她的。

她木木呆呆地转过头，温柔地凝望他，无可奈何地哀叹：“你……要我怎么办？”说罢顿觉天旋地转，咚地倒在他胸前。

女官们慌忙七手八脚地救治她。

素璃很快醒来，平静地仰面望天，并未哭泣。女官们纷纷垂涕，求她保重身体，主持离宫局面。素璃却悠悠地说："他已逃到那个世界去了，我醒来做什么呢？"

一女官道："娘娘还有皇孙！万万不可泄气。"

又一人说："东宫殿下已经遇害，皇孙还需娘娘保护。"

女官们依次拜倒，发誓道："苍天昭昭，逆贼终有恶报。我等一定尽心竭诚侍奉娘娘，有朝一日，皇统必能归正。恳请娘娘振作！"

素璃想了想，勉力撑起身体。她本无疾病，一朝失去意志，就像大病一场，想要再次傲然站立竟需十二分力气。可她还是站了起来。

"给我纸笔，"她说，"我要亲自来写，让他父亲知道。"

后来人们都说，素璃那一纸文辞的造诣，远超她的姑姑素若星。素若星被废之后，曾经上书陈述冤屈，皇帝并未动容。然而素璃的短短千言，使得多年不动声色的皇帝泪流满面。

"死了？"素盈得知时，正在宫廊下以雪烹茶，掌上香瓯在一刹那失去味道。

"死了？"她再度失声。廊前的雪正静悄悄地飘落，她好像骤然领悟，老天为何要在入春已久的今天下起雪来。看着看着，只觉眼前纷乱模糊，原来是眼眶湿润。她急忙擦拭，问："怎么会？"

信则不知道如何告诉她，沉默片刻，终于说："说法很多。宣城回来的人说，庶人洵颓废过度，终日饮酒，迟早会这样一醉不醒。京城的人说，他与素若峦密谋杀害宰相，事发畏罪自尽。"

啊！不仅杀死他，还要如此诋毁他。素盈心中痛了一下，又问："素璃如何说？"

"说是庶人洵自从到了宣城，一直满怀愁绪，那晚悲伤饮酒，从此长眠不醒。"信则谨慎地说，"通篇未提到有人害他。不像是为庶人洵喊冤，更像是……抱怨离宫悲苦压抑，活不下去。"

无凭无据，她放弃了为死者招惹麻烦。素盈失神地盯着自己脚尖，半晌才弱弱地说："真的死了？我心里觉得，他好像还在一个远远的地方活着。"

"那地方，是娘娘心里一个远远的角落吧。"信则忽然失礼地冒出这样一句。素盈神情恍惚，没有怪罪他，却走到一只柜子前面，取出一支玉笛。

信则连忙规劝："今日奏乐是否——"

"没有关系。"

玉笛日日与名为"不老香"的香料放在一处，触手即留一片冷香。素盈嘴唇一贴近吹孔，手指就灵活起来。信则还是第一次见她吹笛。那曲调高远辽阔，清澈的笛音有种落寞，难以亲近，却向往贴近。

一曲吹罢，素盈仿佛听到宫里有个声音温柔地说："果然声声动情……时常听到的人，真是有福。"

她微微一笑，眼泪落了下来。

第二十四章 托付

睿洵猝死，离宫之中人心浮动。

冯氏想起睿洵前两天还与李怀英高谈阔论，转眼就成阴阳永隔；想起睿洵贵为东宫太子，因蒙受不白之冤终日忧伤，借酒消愁；想起他平日待人随和，不似素璃为首的贵妇们那般苛刻。冯氏也为他落了泪，哭罢又不知自己与丈夫该何去何从。

李怀英与众位青年筹备白衣，为睿洵写了许多缅怀的篇章。然而睿洵已死，这样做能带来什么出路呢？冯氏心中虽有这想法，但断然不敢在此时此地说出来。

她一个人茫然无措，想找之惠说话。走到之惠住处，却听屋内有人高声交谈。冯氏不便旁听，正欲转身，忽听之惠高声说："毒死殿下的人就是白信默！"

冯氏被吓了一跳，怔怔地迈不开脚。

之惠又说："他那晚来得蹊跷，走时殿下就沉睡不醒——当时只有他们两人对饮，他却安然无恙地离开。不是他动了手脚，还能是谁？此人阴鸷狠毒，须加小心。"

京城来的使妇拊掌道："啊呀，这可要乱成一锅粥了！"

之惠气道："此事确凿无疑，哪里乱？"

"你是这样说，但京城中又是另一套故事。"使妇道，"相爷在荣安公主府遭遇七名刺客围攻。他当场手刃六人，留下一个活口，要问口供。但那活口却被公主一剑刺死了。"

之惠惊诧地咦一声："公主为何多管闲事？"

使妇压低声音："这还用问？"

之惠掩饰不住惊骇："荣安公主也有份？不可能！她几时有这心机胆量？"

"她一个人自然是想不出的，怎奈有人唆使。"使妇叹口气，"几名刺客用的是素氏死士的自尽方式，相爷当即请旨追究京中素氏。连平王府也未能获免。几乎没费多少力气，就查出是太安素氏所为。"

之惠急忙问："宣城这位会不会受牵连？"

“岂止你们这位哟！”使妇急急地说，“在素若峦家中的密室里，搜出庶人洵所写血书！据说血书上除了抱怨生活艰辛，还声称他已准备好所需证据，足够将宫变栽赃给宰相。他请素若峦击杀宰相，先斩后奏，圣上纵然抱疑，也无对证。父子亲情终是大，宰相一死，庶人洵迟早有机会翻身。”

“一派胡言！”之惠怒喝，“废太子若当真与他舅父谋划行刺，怎会留下物证？”

“可那血书上有殿下手印。”

之惠顿时醒悟，惊出一身冷汗：“白信默！”

使妇见她脸色苍白，说：“之惠，不能再拖了。睿洵已死，皇朝正统就剩这个一岁多的孩子。留在这里太危险。近日京中一定会有人请求接他回宫，你要做好准备。”

冯氏听到此处早已浑身冰冷，蹑手蹑脚走远，仓皇地奔去找丈夫。李怀英正心事重重地在庭院中望天，一见妻子面无血色地跑来，就知道没有好事情。冯氏气喘吁吁地拉他到无人处，把听到的事情一股脑地倾吐给他。

李怀英听罢仿佛并不意外，重重地叹息道：“今日真是见识了天下奇冤——去京城报丧的人刚才回来了，说是得知庶人洵的死讯，很多人竟然说他是畏罪自尽。”

冯氏听得瞠目结舌：“怎能颠倒是非黑白到这地步？！”

她更加不安地问丈夫：“现在怎么办呢？若是庶人洵真被定成畏罪自尽，那他所谓的罪行必然要拿周围的人开刀。”

李怀英点头道：“已有一些人正陆续离开这里。”

“不然我们也走吧！”冯氏焦虑地说，“阿寿的娘好歹是皇家媳妇，结交的尽是显贵，总有三两个人搭救她。就算是之惠那样的宫女，也有她的朋友。我们一介草民，被卷入这样的事情，可怎么好啊？”

“太安素氏谋杀宰相，在劫难逃。这种时候，显贵不比草民容易啊！”李怀英再叹息，“即便殿下出身贵族，眼下也只是孤儿寡母。我们微薄之力，在平日无足轻重，此时却有一点用处，怎能弃之不顾？”

来投奔睿洵的人，渐渐从宣城流散。有的立誓至京，慷慨陈说睿洵冤屈。有的悄然消失。还有人与李怀英相处之后意气相投，来劝他道：“天下有道则仕，无道则隐。当今朝廷已成一言堂，你我不如归去山林，结庐授业，广收门徒。待到风转水流时，我辈人才济济，还愁肺腑之言不能上达天听吗？”

李怀英反而笑道：“危急关头，却说静待时机。退居山林，等候纳贤，是自欺欺人以求虚名。我在宣城虽然无力施展惊天动地的举动，但能为殿下的遗孀幼子尽点绵薄之力，也不枉读书人学过‘仁义’二字。”

此后，他不再高谈阔论，睿洵丧事期间，哪怕是琐碎的活计，他也尽力相助。素璃原本不喜欢睿洵颓废中交的朋友，知道李怀英的言行，也不禁感叹：“李先生值得一交。”话虽如此，能走入殿内与她合议大事的，仍然是伴她至此的贵妇们。李怀英与冯氏一次也没有得到她的垂询。

睿洵的头七一过，之惠央求冯氏带她找到李怀英，委婉拜托：“宣城远离京城，若无极为灵敏的人脉，难以得知京城风声。太安素氏被宰相纠治，自顾不及，殿下这里音讯断绝，无异于耳聩目盲。宰相在废了太子之后，要借此案肃清异己，定用狠力。我内心惶恐，可惜不能随意外出。听说先生曾与东洛郡王结交，斗胆劳动先生去京城一趟，送一封信。”说着，拿出亲笔信，托李怀英投到素沉府上。

冯氏宽慰道：“姐姐宽心。皇孙是吉人自有天相。今日虽然可怜失怙，但宫中还有皇后垂怜他，必定不会让他遇险。”

之惠微微摇头，低声说：“皇后……我不知道。”说罢仰面指着那封信，“此信请先生当面交给凤烨公主。她是废太子的亲姐姐，又是圣上最偏爱的女儿，向来也疼爱小孩子。恐怕能够真心相救的人，非她莫属。”

李怀英早知宫中女流不同于一般女子，但想不到这平日负责照看幼儿的保姆宫女，竟也深谋远虑，他除了点头实在挑不出毛病。近日，能与李怀英畅谈之人越来越少，或有二三则京城动向，在他听来也似谣言。他也觉得有必要了解真正的状况。宣城里无人管他，他便整顿行装，当日就离开宣城入京。

行至半路，忽然遥遥看见草原上一队骠骑，飞也似的向宣城方向而去。这队人马衣着光鲜，坐骑精强，速度极快且保持着队列整齐。李怀英远远张望，不知是吉是凶，忽见队伍中飘着一面旗帜。有旗帜，便不是随便哪一户人家的私卫，但那旗帜规格不同于禁卫与军队。李怀英犹疑之际，那队人马已绝尘而去。

他想，也许该返回去，与宣城同福同祸，不枉费他抱节至今。马首还未掉转，就见更大队的人马循着同样的方向飞驰。队伍中还是扬着那面旗帜。

李怀英稍稍放心——若是素璃与其他宣城贵族获罪，皇帝命人捕他们入京，甚至赐他们自尽，只需一队人马奉旨降临，不必如此劳师动众。

他又想了想，策马向京城方向奔去，能赶路就不眠不休，终于在累垮之前来到京城，休息一晚，第二天一早直奔凤烨公主府。

储君蒙冤而死，京中的繁华热闹却未因此减去一二。李怀英无暇感叹。门上的人认得这位素沉青眼有加的李先生，见他风尘仆仆，说：“郡王今日恰好不在，往宫里去了。”

李怀英问：“公主可在？”

门上听他这样问，不免惊异：“先生求见公主？这是另外一回事了。”但仍然帮他通报进去。

李怀英等了又等，终于等到一个年近四十的妇人出来。之惠要求他面呈公主亲启，李怀英无论如何不肯将信交给别人。妇人平日也听过他的名字，好声好气地同他说：“公主这里规矩繁多，可不是有恒心就能见到的。”

李怀英作揖道：“在下受人之托，忠人之事，不敢敷衍。”正说着，里面又走出一个丫鬟，年纪不过二十，衣装比妇人精美艳丽许多。妇人见了她，毕恭毕敬地低下头。

“宣城来的人，就是你？”那丫鬟从头到脚看了看李怀英，说，“别站在大街上，赶快跟我进来。”说罢领着李怀英入内，走了一条他以往不曾走过的小路，穿过小门，后面是回廊、曲径、孔桥。

李怀英往日也与素沉一同在府中书房、花园各处出入，今日才知那不过是驸马用来待客的一隅，向内还有诸多精妙景致、雄阔建筑，规模之大令人咋舌。

丫鬟一路不语，带着李怀英来到一处暖洋洋的偏厅。厅内温暖如春，坐在主位的女子却依然披着大狐领云肩。李怀英从未见过，却知这一定是凤烨公主，向她拜下去。

凤烨说话时声如浮绵：“先生就是从宣城来的信使？听说带来一封信？”

李怀英答声“是”，听她又说：“请拿出来。”

李怀英取出之惠的信，凤烨再不发一言，挥手命那丫鬟送李怀英循原路出门。李怀英一走，她不慌不忙地打开信读起来。越往下看，她脸色越是难看。读到最后，又从头浏览一遍，确定并未遗漏一字，她立刻将那信揣入怀中，缓缓地吩咐：“趁着天色早，入宫一趟。”

丫鬟很少见她临时起意，奇道：“殿下要换衣服吗？”

凤烨道：“换来换去，宫门要落锁了。我就穿这个，圣上与皇后娘娘大约不会见怪。”她的口气虽然平常，但丫鬟猜到她必定有着急的事，因此一路上不敢烦她，只管催促车夫快快前行。

凤烨是皇帝的第一个孩子，从小身体又不好，因此格外得到皇帝的偏爱。在她下嫁素沉时，皇帝便颁布诏令，从此凤烨公主入宫不须提前报请，宫门上亦不得为难。这是天大的恩典，十几年来无人能出其右。

凤烨虽来得突然，素盈却未吃惊。凤烨一眼看见家里的轩茵又在宫里——如今能同她一样来去自如的，便是皇后特意关照的平王的这位养女了。凤烨心里知道是皇后家中派她来送信，她估摸着素盈已经知道她派飞龙卫去宣城的事，就没再提起。

私底下，凤烨与素盈两人一向不好见礼——公主不拜皇后固然不妥，但大嫂跪拜小姑，说来也尴尬。素盈一如既往，大方地说：“公主体弱，繁文缛节一概免了。”说罢拉着凤烨的手，并肩坐在堆锦软床上。她一握就感到凤烨的手冰冷，忙命人添个火盆。

“东洛郡王刚才还在这里呢，此时去向圣上问安了。”素盈说，“我派人去叫他留一步，稍后你们夫妻一起回去。”

凤烨手脚暖过来，从怀里取出一张叠好的纸递给素盈，笑着说：“今天遇见稀罕东西，迫不及待地想给娘娘过目。”

那封信的抬头落款已被剪去，诚心不让皇后知道，恐怕内容也剪去了一些。素盈扫几眼就折好，微笑道：“这婢女是什么人？偏偏在这种时候凭空冒出来，指控驸马。轻易相信下婢的话，容易闹出乱子呀！”

凤烨的生母正是因一名宫女告发而被废，宫内外怀念她的人，至今都认定那是诬告，认为废后之死是皇帝轻信诽谤而造成的悲剧。

素盈压低声音在凤烨耳边说：“怎么能因为一个婢女这样说，就真将驸马当作杀人凶手呢？这事……荣安知道该怎么想？”

“她前些天如何为驸马求情，娘娘也知道。她对那男人，真是死心塌地啊……给她看这个，不是要她的命吗？”凤烨看着素盈，莫名其妙地笑了一下，“恐怕她想不到，救下白信默竟然害了我们的兄弟。”

素盈岔开话，问：“这事同圣上说了吗？”

“娘娘看那里面写的——把宰相也扯进去了。此时的宰相，可不同于昔日的我母亲。圣上怎么会为一个婢女的话去寻麻烦？恐怕知道之后，更是把所有罪行栽在白信默身上吧……这让荣安往后怎么做人呢？”

素盈不愿插手，将叠好的纸塞回凤烨手里：“从我口里说出来，就值得他去刁难宰相吗？况且这种话，我也不好说出来招惹是非。”

“我可没有求娘娘到圣上面前说无凭无据的话。”凤烨小声喃道，“白信默这人，从他毁弃与你的婚约，我就不喜欢他。尚主之后，也未见他如何珍惜荣安。荣安是嘴硬的人，就算知道自己走眼，捡到瓦砾，也要硬说是宝，定要别人都相信。也许站在娘娘的立场，荣安更可恶吧？可是在我这个当姐姐的看来……”

凤烨微微唏嘘过后，又道：“白信默，是个祸端。跟着他，她还要受多少罪！”

“你是说——”

“请求圣上，让他们离异。”凤烨镇定地说，“单是申时的事，白信默就注定逃不过。宰相眼下碍着荣安，但早晚还是要解决这事。与其让荣安成为罪臣之妇，何不解开宰相的手脚，痛快了结此事？”

“啊呀！公主真会害我！”素盈轻斥一声，转眼看看宫中的人，才向凤烨戏谑似的说，“让荣安知道，还不同我拼命吗？”

凤烨莞尔道：“娘娘做过多少她不知道的事情，怎么这一件就会被她知道呢？”说着将那叠纸又塞回素盈手里，沉声道，“这东西就当作我的谢礼，娘娘且留着。今日圣上不会随便惩治宰相，日后却不一定。”

素盈淡淡地说：“交给你父皇不就好了？”

“我这个出嫁的女儿，插在皇帝与宰相中间有什么意思呢？”凤烨握住素盈的手，讷讷地说，“我也有私心——为了东洛郡王，倘若日后有倒相之举，我希望协助圣上的人是你。”

素盈就势将那封信攥在手心，呵口气：“我在公主的眼里，依旧是个小孩子吧？”

凤烨微笑着握了握她的手。

“还有一事，”她双眼一眨不眨地直视皇后，说，“宰相绝不会让皇位落在洵的儿子手里。阿寿留在宣城，实在太过危险。但他若回到宫中，是个敏感的征兆。只怕除了危险，还要牵连皇后。我想先让他们孤儿寡母清净地凭吊亡人，过两天我再请求圣上，让我来抚养他。”

素盈眼睑动了动，嘴角微微提起：“你去说吧，一切看圣上的意思。”

凤烨由宫中出来，果然在宫门处见到素沉正在等候。夫妻同乘一车而回。素沉扶着妻子的手臂，不慌不忙地说：“圣上听说，飞龙卫往宣城方向去了。”

凤烨淡淡地说：“宣城是我的封地，飞龙卫是我的私卫。我的私卫到我的封地，有什么不妥？”

“这时候？”

凤烨不打算隐瞒，握住他的手叹道：“小人之心难测！以为他不敢做、不会做的事情，他偏偏做了。以为他不会贪图的东西，他偏偏贪图。真无法想象他还会做出什么事情来。我已有一个弟弟送命，再也没法袖手旁观。我派三百名飞龙卫去宣城保护素璃母子。”

素沉心头一震，仔细盯住她明亮的眼睛。她的眼眸宛如漆黑的荒原，不知几时点起了微微火星。他轻拍她的肩膀，安慰道：“洵的死……你怎么就认定是宰相呢？”

凤烨避开他的手说：“天下皆知正是宰相，先害吾母，又杀吾弟。依律法定他罪名，才需要证据，心里的判断则并不需要——我就是知道。你在心里也知道，只是不想承认。”

素沉苦笑着，涩涩地说：“你有你的弟弟、弟媳、侄子，我也有我的妹妹啊！”

凤烨闻言，睫毛一颤，垂下头。

“我没有飞龙卫，没有通天之力帮助我妹妹。怎么能不自量力，让她受累？”素沉轻抚她的侧脸，说，“你要保护素璃母子，我不阻拦。罔顾亲情不是你的风格，也不是我的，不过……”

凤烨心领神会，微笑道：“十年夫妻，今日却对我不放心了吗？你与阿盈的处境，我也晓得，自然会考虑到。”

两人达成共识，凤烨微笑说：“时辰尚早，我还要再去一个地方。”

素沉说：“不要太劳累，明日再去吧。”

“明日就不是最好的时机了。”凤烨笑容顿消，幽幽地说，“人人都去探望宰相——我妹妹也在凶案当场，除了圣上与皇后，却没人过问！现在又冒出她家驸马暗害洵的流言。我趁着今日，去看看她。”

“你那妹妹……”提起荣安，素沉不住摇头，“你知道京中如何谣传吗？”

“说她策划暗杀宰相？”凤烨笑道，“她几时有这样的能耐？有这样的谣传，才更该好好看看她呀。”

马车一路来到清河郡公府。

白家三公子妻子杨氏的丧事还没有办完。因是舍命救护宰相而死，琚家感激不尽，处处照应，听说还要为杨氏求旌表。今日正是三七，亲友都去皇极寺做超度法事，府中十分清寂。忽见凤烨公主与驸马素沉登门，下人一时惶恐，怕招待不周。

凤烨说："我来看看荣安便走，不必劳烦。"说着便由素沉搀扶，命下人引去荣安房中。

荣安果然没有去为杨氏烧奠，一个人在房中发愣。素沉留下她们姐妹说话，自己去书房等候。凤烨坐到妹妹身边，并不说话。

姐妹二人并肩静坐片刻，荣安恨恨地低声抱怨："那个蠢女人。若非她坏事，今天本该是另一种光景。怎会横插出这么一个蠢妇呢？"

凤烨想，恐怕她这二十一天，只干了一件事，就是抱怨。

"事已至此，想想你自己吧。"

"没什么好想的。老贼若认定我是主谋，那就算我给自己身上刷一层清白的白粉，骗得过世人，又能骗得了他？"荣安摇头，"外面怎么说我？"

"我想，应该有很多人为你拍手称快，也有很多人惋惜你功亏一篑。可那不过是一件惊天动地的事件之后，激起的一股情绪。"凤烨温和地说，"他们平静下来，就会反思——公主不应该谋杀朝中大臣，无论那个人是否犯下滔天大罪。如果公主可以在自己家里决定宰相的生死，那朝中还有谁安全？世上还有谁安全？然后他们会想起，你曾经与人争夺未婚夫，还曾在鸭川河边，拿金钩打伤皇帝的手——你并非义士，而是一个对朝廷、对人伦产生威胁的女凶手啊。"

荣安嘴唇抖动，喉中发出一声怪笑："无所谓了。聪明人文雅杀人、不染瑕疵的方法，没人比父皇更熟练，结果伤不到琚含玄一根汗毛——他对那套方法一样烂熟于心。至少，我亲眼看见他离鬼门关只有一步之遥。"

凤烨依旧温和地说："荣安，你还没有明白吗？父皇并不想除掉他的宰相。"

荣安诧异地望向姐姐，见这位体质孱弱、鲜少参与这种话题的姐姐忽然语出惊人："傻妹妹。人们都说，天下是皇家与素家的天下。其实——那也只剩下传说了。像我们母亲那样的皇后，也会被轻易抛弃，而权倾朝野的宰相却不会被轻易撼动。天下，是父皇与宰相的天下啊！"

凤烨说完，笑了一下："幸好你只是个女儿身，从此消停便好了。"

"什么？"荣安没有听明白。

凤烨向妹妹柔柔一笑："若是个皇子，却没法处理好与宰相的关系，你想想看。"

荣安脸色发白："洵哥哥……信默……"她忽然学会了闭口不谈。

"姐姐，为什么我不能嫁一个你家那样的驸马呢？明知你的缺陷，却是因为看到这种缺陷，也看到你与众不同，值得爱惜。从此之后，你变得越来越好。"荣安说着，声音渐渐低微，变成哽咽，“我觉得他是这个人。我想因为他变得越来越好，结果全部弄糟了。”

凤烨抱住抽泣的妹妹，轻声说：“也许，还有机会。”荣安只顾着哭，不知有没有听懂。

信则听说丹茜宫要添火盆，疑是素盈受了风寒。他已不再负责丹茜宫杂务，但他没有忘记什么样的场合宜于表达关切之情。忙过手边的事，他就前往丹茜宫，此时方知，阳春时节添火盆是因凤烨公主来了。

带着好消息的人，通常不会当一个悄然来去的不速之客。信则大步走入丹茜宫，看见素盈坐在桌边裁东西。

是一张纸。她裁成三段之后，递给信则一片，说：“你看看这个。”

原来是一封信。信则拿到手的这一部分，说的是白信默去宣城与睿洵饮酒，此后睿洵就不省人事，不久之后撒手人寰。这一片上不见称谓与落款，信则看得冷汗涔涔，不敢问这信的来路去向，更不敢问它已被几人看过。

“怎么会有这种事呢？”他为信默抱屈，“信默已经落到那地步，害死庶人洵，对他有什么好处？”

素盈好像没兴趣研究信默的企图，继续说：“这样一个人，竟然是皇家的女婿……就算是寻常人家，女婿杀死儿子，也没有敷衍了事的！”

信则大胆问：“依娘娘之见，会怎样了事？”

素盈几乎没怎么想，说：“圣上刚失去一个儿子，不管驸马谋害废太子是真是假，他都不会让女儿因这样的人蒙上污名。”

她顿了顿，遗憾地说：“这事和上回的玉匣不同，我不可能替他瞒住，你也管不了他。”边说边看了看窗外天色，从袖中取出一样东西，“你去吧。”

信则见是出宫用的令牌，摇头说：“臣不能离开丹茜宫。”

“去吧，”素盈说，“我这儿一时半刻用不到你。”

信则接过令牌，心向下沉，闭上眼睛躬身说：“多谢娘娘。”

他上次出宫门，是上个月去射兔。上一次回家，却是八九年之前的事了。那一次同父亲不欢而散，就再也没有面对面说过话。然而回家的路，比他想象的更加好认。

清河郡公府上的门房见过不少武官，却是第一次见到面白无须的丹茜宫卫尉。其中一人认出信则，叫道：“这不是白大人吗？”

他立刻上前为信则牵马，呵斥其他人：“丹茜宫卫尉白大人到访！还不向里边报？”

信则不同这些门房计较，一边往里走，一边问：“郡公回来了吗？”

“回来了。”

信则装作若无其事地问：“今天还有谁来过府上？”

那门房恭敬地回答："凤烨公主夫妻两个来看过荣安公主，略坐一会儿就走了。"

信则心跳顿了一下。

身后，下人们嘀咕："丹茜宫卫尉也姓白？是我们府上的亲戚？"

"是驸马和三公子的亲哥哥。"

"原来他就是大公子。"

"日后往里面报，只说是'丹茜宫的白大人'就行了。"

信则在宫里这些年，耳朵变得极灵。这些话全部入耳之后，他因赶路而腾起的一身热气，登时消了一半。

他刚在偏厅里站定，清河郡公就迅速地出现。信则注视多年不见的父亲，只觉得他比印象中老了很多，身材由高大变成瘦高，微微有点驼背，须发稀疏，目光冷锐。不出声时，他的严厉更加迫人。

信则行过官礼，口中称呼："郡公。"

他父亲无心同他客套，一挥手说："白大人到访，必定有事。"

信则将素盈示信的事情讲了一遍，清河郡公不假思索地断言："这是诬陷！"

信则无视他刚愎的态度，问："是否应该听听信默怎样说？"

"我不会因如此荒谬的事情责难我的儿子。"清河郡公冷笑，"你竟然特意跑来，告诉我这些根本不应该轻信的话——你到底在想什么呢？！"

"不怕谣言流遍天下，只怕天下皆知是谣言，而关键的那几人却各怀鬼胎，愿意信以为真。"信则一动不动地望着父亲白眉下的双眼，"这是你教我的。"

清河郡公愣了愣，问："他们怎么打算的？"

"诏离。"

"荒唐！怎么能因为虚无缥缈的指控……"

"若皇家让公主与杀死她哥哥的人白头偕老，才是真正荒唐吧？"信则说，"皇后亲口对我说，'就算是寻常人家，女婿杀死儿子，也没有敷衍了事的'——寻常人家里，若丈夫杀死妻子的兄长，夫妻双方便要义绝。请郡公告诉我，皇后透露的是什么意思？"

信则歇口气，说："今日，凤烨公主从丹茜宫出来，就来探望荣安公主。郡公觉得，她会从丹茜宫捎了什么样的风声，来试探荣安的态度呢？"

清河郡公颓然点头："以皇后逼死素若星的手段来看，的确是个落井下石的女人。"

信则冷漠地绷紧嘴角，不同父亲争辩。素盈实在对得起信默，可惜在不理解她的人眼中，她所做的一切都是错的。信则的样子激怒了清河郡公："你也觉得，皇后的主意不错吗？"

"我想，这并不是皇后的主意。"

有人在这关头敲了敲门，唤声："父亲。"

清河郡公一惊，旋即镇定道："信默，进来。"

没有人责备信默在门外偷听。他用这种方式加入，反而解了他们的尴尬。信默向大哥行礼后，目光炯炯地问："皇后当真这样说？"

信则又一字不漏地复述事情始末。信默听罢点点头，怅然道："我总觉得会有这样一天，踩着她伤口得到的东西，必定要由她收回……"

信则急问："真是你毒杀了睿洵？"

信默忧心忡忡地说："宰相在我府里遇刺。若不对他有所表示，白家连同荣安在内，全要遭殃。"

"你真是疯了！"信则心中仅有的一分侥幸化为乌有，呼吸变得紧张急促，"有所表示？你这么做，是要把性命赔上！白家又怎么可能洗脱干系？"

信默凉凉地笑："大哥，宰相说出要我除掉睿洵的那一刹，我与睿洵的性命就已不在了！睿洵必定要被除掉，而我，无论是否动手，既然知道宰相要害废太子，就注定要死。宰相不过是给我一个机会，让我最后为荣安、为自己家做点事情。"

清河郡公猛地一巴掌打在他头上，低声怒吼："你这混账东西！遇到这样大的事，你怎么敢自作主张？"

信默挨打之后并无怨言，跪在父亲面前，叩头道："父亲养儿至今，所授的处世之道几乎万无一失。可惜孩儿不能守心恪行，总生枝节，终酿成大错。孩儿不敢辜负白家，定会给父亲一个柳暗花明的结局。"

清河郡公惨然道："你还能做什么呢？连我也不知要怎么办……"

"皇后给了孩儿最后一次机会。"信默充满把握，说，"大哥能顺利来报信，应该感谢她——也许皇帝明日就会下令，让我与荣安离异，但我能在今晚得悉，这事就绝不会发生。"

他说完，又向郡公与信则磕头："孩儿为家，已竭尽所能，父亲勿怪。大哥见到皇后，代我谢她。"

清河郡公仍在恼他，气得背过身。信则心头有模糊的预感，却不知怎样宽慰弟弟，眼睁睁看着他平静地离去。信默的脚步声消失后，他仍在出神。

清河郡公没有正视信则，干咳一声道："你快回去吧，免得有人问起来。"

信则平静地说："今日是杨夫人的三七，容我略为致奠。"

杨氏就在宅中停灵，清河郡公唤人引信则前去。

"泰昌城……就活了这几个，一个个走得比我们还早。"清河郡公仿佛自嘲，说罢厉色叮嘱，"这孩子算是我难得没有看走眼的，务必诚心祭拜。"

信则闷不作声，由下人引去灵堂。三弟信端已经换了衣服，在旁边谢祭。信则知道，三弟对这位年长几岁的夫人向来没什么深情，也不嫌弃，只当是一桩必须恭敬对待的父母之命。这样想着，他真心为杨氏落了几滴眼泪。

信端从灵堂一路送出这位大哥，始终无言。信默童年的记忆里，多少还有大哥的影子，而信端是分毫没有的。他只知道这宦官是丹茜宫卫尉，对他来说，这就够了。

“承蒙宰相求情，小弟以待罪之身主持内人丧事。”信端脸上无喜无悲，“今日庶人洵骤亡，我那件公案，料想也快结束了，难逃贬谪。想不到，我家的前程最终还是着落在大人身上。”他言语中流露出一种预感，在信则心上微妙地引起共鸣。

自从宰相在荣安的宴席上遇刺，京中传出信默谋害废太子的流言，那种预感就萦绕在白家众人心头，只是谁也没想去做点什么，全在静静等待。

等着一个人做出决定。

兄弟二人相对无言，在灵堂外默然站立。不多时，有下人气咻咻地跑来，到信端面前颤声说：“三公子，大事不好！驸马、驸马出事了。”

信端点了一下头，没有惊诧和悲恸，只有预感成真的了然。

“请大人同去。”他对信则说完，自顾自地向前走。

清河郡公双手按膝，宛如木雕似的坐在信默的房间之外。信则进来时，他好像根本没有看见。房内传来荣安公主与一群人忽高忽低的话语声，信则顾不上理会清河郡公便推门进去。

“什么意思？”脸孔苍白的荣安被一群人包围着，失魂落魄地问，“‘死了’是什么意思？我不懂……刚才他还是好好的！”

信则看到她正对李太医发脾气，忽然明白事情真的发生了。

“信默？”信则走到床边，看见弟弟微笑的睡脸。他摸了摸信默的脸颊，有些凉。

预感就是一种判断。他知道信默会这么做。全家都在等着，等信默一个人解决所有的事。

这一下，果然不会有离异——荣安成了白家的寡妇，信默把她留在了白家。信则突然感到无比难过。

“这就叫‘柳暗花明’吗，信默？”信则一拳打在信默的枕上，“你怎么能笑得出来？”

有人将信则一把推到一旁。信则定睛一看，是他的父亲清河郡公。

“你为什么要来……”郡公面孔僵硬，呆滞地盯着信则，“若你没来，那么就算明天接到诏离的圣旨，信默还是能够活下去。给我一点时间，我定会想出主意。哪怕永不出仕，哪怕流放，信默会活着。你为什么要来呢？你不知道他在等什么吗？你不知道你只给这个家带来噩运吗？”

他摇摇晃晃地走到床边，突然失去全部力气，咚地跪倒。信则犹豫了一刹，还是走上前，想搀扶他。但清河郡公立刻拒绝，一口气坚决地说：“你永远不要再踏入这个家门！”说完之后他更加无力，头几乎垂到胸前。

信则看着他抓住信默的手不住摩挲。

“我儿，我儿……”清河郡公当众老泪横流，干脆号啕大哭，“我儿呀！”

屋里的人全部沉默，对这老人的悲哀表示尊敬。荣安尽力张大嘴，似乎那一刻忘记了如何呼吸。

“这到底是怎么了？”她看着信默和清河郡公，仿佛不知道郡公为什么要哭。难道她的丈夫真的死了吗？她用蚊吟般的声音嘀咕一句，捂着胸口瘫坐在地。

人群围着清河郡公和荣安，再也没有人理会信则。他用力转过身，快步离开这个可悲的地方。

素盈几乎忘记，那天的阳光是多么体贴——亭、瓦瓴、云与树，每样色彩都恰到好处。应是晚秋天气，轻风却像弄错了时节，似有意又似无意地拂动着早春情绪。睿洵的坐姿完美得无可挑剔，衣衫、笑脸、眼神、言辞。

素盈立刻明白，这里是……澄澜亭。

她不再摆弄手中的香料，看着他微笑起来。

“我说过，你不愿做牺牲，就要把别人放上祭坛。”声音随风袅袅而至，素盈惊觉此处还有别的观众。她猛地转身去寻，一道白纱蒙住了她的眼睛。她低呼“幽馥”，想不到再次看见了这个幻影。

苍白身姿突地化成雪白的杨花从空中散落，飘飘荡荡，如同落雪。素盈不为所动，专心凝望面前的一缕香烟——甜蜜而美好的味道，让人想要迫不及待地呼吸。她吸了一口又一口，深深地，直到胸腔充满那气息，心头忽生悲凉。

这独特的香，此生只调过一次，燃过一次……还以为不会再想起它的味道，奈何有些事情刻意去忘，反成了记忆里鲜明的烙印。

她仍然是调香的少女，可这亭不再是东宫之南的澄澜亭，而是平王府花园中的怀风亭。为什么要想起这一刻？她慢慢攥紧拳，直直盯着亭外那个身上沾着杨花的男人。

他的眼神充满伤感，像是渴望说出一番话。素盈看着看着，冷笑起来——是呀，他将要说一个宛如美梦的谎言，做一场仿佛情真意切的假戏。

不，不。素盈缓缓站起身，捧起香炉又深深地闻了一次——这一幕不配安放在这里。她用尽全身力气，将香炉朝他扔去。

哗啦一声巨响，简直像是另一篇开天辟地的神话，晴日风光霎时湮灭，扑面而来的黑影与寒冷让素盈无所适从。她觉得自己在向玉屑宫发足狂奔，仿佛是遇刺的那天。

但她跑进去之后，用近乎狂热的口吻对皇帝说：“请让白信默与荣安公主离异！”然后得到他的诏书。素盈忍不住转身指着信默沮丧的脸说：“将与我的婚约视同儿戏，如今你的婚姻也将遭到摆布！”可是一瞬后她就浑身冰冷。她怎么能在皇帝面前做出狂妄的表现？太可怕了！这一定是个梦。

在现实里，她绝不可能提出公报私仇的建议。

她也不会得意忘形地大笑。

她是安全的。

想到“安全”这两个字，素盈忽然觉得，她必须回到现实中去。

梦里有太多无法预测的妄想。能够自我控制的现实才是安全的。

想着想着，素盈睁开眼睛，梦境在一刹那被遗忘。她翻个身，看见轩茵卧在床边的足榻上熟睡，想起三哥托轩茵捎了张纸条进来，说凤烨公主派飞龙卫去了宣城。纸条上还说，凤烨公主虽是皇帝爱女，聪慧过人，然而身体单薄，绝非弄潮之辈，素沉袒护爱妻，难以劝阻，皇后务必要规劝她，多事之秋，千万不能由她身上横生枝节。

睿洵一死，“宣城”在素盈心中的意义就变了，它不再是睿洵幽居之地，而成了阿寿的所在。想起那孩子，她心中惴惴不安，知道宰相不会就此打住。遇上这种赶尽杀绝的对手，这世上就再没一处安全——大约凤烨也是这样想的。

她静静从轩茵身上跨过，来到书案旁，提笔写信。写完梳洗更衣，待轩茵也梳洗完，她悄悄交代轩茵出宫，不可在路上耽搁。

众女官入内拜见，崔落花禀报说：“夜里不敢打扰娘娘休息，未敢禀报。北宫门来人说，白大人昨日直至晚上才回宫，错过时辰，虽然持有令牌，但他们不敢放入。”

素盈似乎并未惊诧，说：“让他立刻进来见我。”宫女得了她的吩咐，快步去办。

素盈神态如常地到玉屑宫问早，再返回丹茜宫时，没看见白信则。素盈蹙眉道：“卫尉呢？”

宫女吞吞吐吐地说：“待到奴婢行至北宫门，白大人早已进门，回自己的住处了。奴婢又去那里唤他。可是无论奴婢说什么，他都好像没听见……后来又有几人去过，谁也说不动，他至今还在那里坐着发呆呢。”

素盈本欲动怒，听了这些话，反而缓和神色，好奇道：“他平日不是这样的人。”想了想又说，“我去看看。”

皇后不该随意走到禁卫住处，可信则是宦官，身份又不同于一般禁卫。素盈身边的女官规谏几句，但毕竟知道素盈的脾性，也不竭力劝阻，只传令下去清道，令禁卫们待在屋中不得出入。

天色依然昏昧，素盈一路走来果然不见一个人影。信则屋中亮着灯，她停了停去听屋里动静，却听不见任何声音。宫女为她推开门，厉声道：“白信则为何不出来跪迎娘娘？”素盈做手势制止了宫女，自己走进屋去。

信则很随意地坐在地上，背对着素盈。

素盈没有责备他，看着他的背影，看了一会儿才轻声说：“我丹茜宫的堂堂卫尉，竟一个人躲在屋里哭！让人知道，岂不笑掉大牙？”

信则原本只是默默地落泪，被她一说，反倒哽咽一声，再也抑制不住哭腔：“娘娘，信默死了。”

素盈一听僵在原地，半晌才轻飘飘地问：“你说什么呢？”

信则努力抹去满脸的泪，尽量让声音听起来平静："信默死了。昨天，他服毒自尽。"

"什么毒？"

她居然问这样一句，信则似乎感到意外，冷笑一声："他去得很快，与废太子不一样。"

素盈垂下眼睛，默了一瞬，说："节哀。至少你见到了他最后一面。"

"不，"信则说，"是因为我去了，他才会死。"

素盈不经意地把脸偏到一边。信则虽然悲伤，却没有糊涂。素盈这种反应让他心中闪过一道寒意，一刹恍然大悟，苦笑道："原来……"

"你想说什么？"素盈徐徐地问。

信则悲伤地说："原来最了解我的人，是娘娘。"她知道他介意信默的际遇。没有她意义不明的言语，他就不会疑心皇家要信默与荣安离异。没有她的允许，他就不会回家，不会向家人传达她的暗示。

信默听到这消息之后的反应，不难猜测——他已经被逼到绝处，无论如何不能再失去费尽心机得到的公主。这公主，不是他为自己娶的，是他为白家娶的。

没人能让荣安与一个死人离异。当然，这也仅能留住她二十七个月。丧期结束后，朝内外也许已是一番新景象，白家可能已度过最糟的时期。

"原来，信默比我了解娘娘。"信则清清嗓子，心情好像也渐渐平复，"他说，我能回家报信，要感谢娘娘。"

素盈嘴唇紧绷，说不出话。信则又说："信默要我代他向娘娘道谢。"

素盈当即短促地回道："你说谎。"

"臣不敢对娘娘说谎。"

"你说这话，是为了让我觉得是我逼死了他，该对他有愧？"

面对素盈连珠炮似的指责，信则沉默片刻，说："愧对他的人是我。"

明明觉得信默承担的一切是受他所累，可是内心深处，又阴险地嫉妒信默得到的一切……是他选择相信皇家要信默离异的暗示，也是他选择不去制止。他对自己说，信默活得太辛苦，在宫廷中摇摆不定，得罪了所有势力，被栽赃重罪——死是他唯一的解脱。

"其实，是我想看着他失去一切，甚至，想要亲手夺取他的一切吧！"他说着，把脸埋在膝间，又哭起来，"他这一生对不起很多人，我却对不起他的一生。"

这句含泪的自责，冲淡了素盈隐藏的一丝惧意。她很清楚，信默在信则心中是一个特殊的存在。现在信则心里有一块坍塌了，断裂了，素盈有些怕，怕那裂缝里长出对她的仇恨。但由始至终，信则看见的只有他们兄弟二人之间的事，她是外人。

她由着他哭了一阵子，站起身，板着脸说："在这里，在我面前，你是丹茜宫卫尉。我的丹茜宫，我的性命，怎能让一个哭哭啼啼的人守卫？你舍命换来的丹茜宫卫尉，要葬送在眼泪里吗？要哭，回白家去哭。"

她呼口气，说："你父亲年纪大了，你回去尽点孝心。"

提到清河郡公，信则口气冷淡："多谢娘娘垂怜。不过，臣早就是个孤儿。宫廷才是臣的家，臣不会再离开家了。"

"你……"素盈眉宇轻轻耸动，不解地看着他。

信则满是泪痕的脸上，绽放出一个自嘲的笑容。

"在清河白氏那样的家里，变成一个做错事的孩子，遭人冷眼，已经足够可怕。如果再失去家族，身在宫廷，将要面对多少可怕的事，我简直无法想象。"他低下头，黯然说，"想做些事，让父亲与我的联系不被切断。可越是努力，就越是惧怕，越是感觉到——我早已是个无人在乎的孤儿。现在，终于连欺骗自己的必要也没有了。"

这番话让素盈在某个瞬间感同身受。她张了张口，但想不出适当的言辞。恰好门外宫女通报说："圣上召见，请娘娘速去玉屑宫。"

素盈拍拍信则的肩以示安慰，往外走。

信则心中还有一个疑窦，大胆地问："娘娘，你知道他会选择昨天自尽吗？"

阳光在素盈的肩上抖了抖，但她忍住没有转身。

"不迟不早，就是昨天。"信则慢悠悠地说，"他从宣城回来，尽可以自我了结，但他不想为宰相死。他在等你，等你去取他的命。"

"有时候，我心中也会有恶毒的念头。比如这一次，我想要每个人知道白信默做下何等坏事，尤其是让疼爱他的大哥知道，让荣安知道。我会暗暗期望，这件事情能够传开，圣上下诏，命他与荣安离异……偶尔，我会克制不住自己，把情绪表露出来。"素盈说，"信则，你太擅长观察我，却不够了解我——我并不会真正去插手啊！"

信则看着她，脑中空空荡荡。

清河郡公、信默，白家所有的人，他们一直都在惧怕。自从被退婚的少女成为皇后，他们一直暗暗地提防，生怕她来一次釜底抽薪的报复。这一次实在太像他们想象中的复仇。连信则在那一刻也忘了，信默早已不是她眼中的对手。

信则长长地叹了口气——不知几时起，她的神态开始变得像她夫君，从容地看着他人自我毁灭。

这天，素盈有意在玉屑宫逗留，等着宰相来讲故事。

琚相果然带来一个离奇的故事，而信默的死，正是故事的结局。

在这个故事里，废太子意图杀皇后，逼皇帝退位，白信默是他的得力助手。事情败露后，太子被废，但不甘心从此自生自灭，再约舅家行刺宰相。白信默又是他的帮凶——他伪装悔罪，邀宰相到府，却暗藏刺客。结果行刺失手，废太子与白信默相继畏罪自尽。

宰相深知三个道理：所有事，都可以编出一整套看似有理的故事去附会；只要故事编造出来，就有办法找到佐证，就会有人相信；即使没人相信，只要故事是被一个有决定地位的人说出来的，也可以成为结论。

阴谋家首先须是讲故事的高手。阴谋从头到尾都需要精致的故事，他们总能编造得入情入理。素盈和他们一样，都知道第四个道理：故事也许可以将一件难事搪塞过去，但明眼人心里都有各自的答案。

皇帝接受了这个故事。没有深究，是因为荣安公主身陷其中，成了帮凶的孀妻，还是因为他仍然不想与宰相反目？素盈并不急着去想答案。

听完故事，她真心实意地说："荣安的终身所托非人，可惜了。"

皇帝嘴角勾起一个浅浅的弯："被'可惜'的人，险些是你啊！"

"不，不会是我。"素盈轻声说，"从一开始，就不会是我。"

她与信默之间，不过是一场彻头彻尾的误会。在错误的时间相会，而且会错了意。后来的每一步，便很难不去误会对方。

素盈惋惜地长叹，从容告退，在宫道上等着宰相。过了好一阵，终于看见宰相昂首走了出来。

"从妾认识您以来，这是相爷第四次遇刺。"素盈不胜唏嘘，"宰相是朝廷柱石，千万保重！"

宰相冷淡地说："久处朝堂，难免遇到阴险狭隘之人。这不过九牛一毛。皇后年纪轻轻，所遭劫难亦不在少数。见多了就知道宵小手段不过如此，何必唏嘘？"

素盈安然笑道："妾也不知该忧该喜——若是相爷日后再无劫难，恐怕妾再也听不到这么好玩的故事了。"

宰相扫了素盈一眼，轻蔑地笑道："臣也想听听娘娘的故事。可惜，娘娘总是把圈子兜得太大，却不能利索地收尾，兜住的猎物十有八九要跑掉。臣想等着看惊喜，可娘娘的故事里很难有奇迹。臣实在厌倦了娘娘的谨小慎微和迟疑，希望臣的故事能让娘娘满意。"

"相爷经验老到，谋篇布局远在我之上，娓娓道来当然是个好故事。"

宰相微微躬身，又说："臣又想到一个好故事，不知能否圆满结局——娘娘是否认得神毅将军家的二小姐？"

"见过。"素盈淡淡地回答，"据闻是个才貌双全、个性要强的女子。"

"她与娘娘生在同年，至今未嫁出去，平日会到臣家中拜访拙荆。"宰相愉快地说，"神毅将军有意将她许配给谢将军。"

素盈眼睑颤了一下，没有说话。

"前日，谢将军听说臣遇刺之事，送了几样名贵的礼物到府上拜会，碰巧与神毅将军父女照面。那位小姐气度绝非一般女流，与谢将军畅谈边陲战局。我看他们彼此十分投缘。"

素盈合掌微笑："相爷若做成此事，真是功德一桩。"

目送宰相越走越远，素盈嘴边的笑越发凝了寒意。难道是讲的故事多了，人也变得自负，以为自己说什么，别人都会信以为真，其中的疏漏，他自己也不愿意去回顾解释？然而素盈看得很明白——

他不该为求逼真，把故事的一幕选在玉屑宫。

他不该把手伸到皇帝的咽喉。

至于谢震……她心底微微地翻了一波情绪，伸手在墙边梅树上一弹，花瓣纷纷扬扬地撒在她脸上、身上。香味很近，又像很远。

不得不承认，他的确该成亲了。

信默死得不光彩，丧事办得也不大体面。听说上门吊唁的人很少，不知是他的人缘本来如此，还是人们都怕引火烧身。皇帝召荣安入宫，希望能够安慰她。

荣安走入玉屑宫时，吓了素盈一跳。她本是个圆润美人，如今竟憔悴至双眸深陷、两颊失色。素盈从来没有欣赏过荣安，但眼看一个女人失去丈夫伤心至此，她不禁动了恻隐之心，柔声安慰几句。但忽然又想，也许荣安觉得最刺耳的，就是来自她的安慰。

素盈寻个恰当的时机告退，让皇帝去安慰他的女儿，荣安却一同告退出来。这举动出乎素盈的意料，她猜到荣安有话对她说，但猜不到是什么。

两人默默地走着，眼看就要走到丹茜宫，荣安说："我与信默成亲前后，根本没有介意你——你太卑微，我太自信。我以为可以抹去他心里任何的旧日痕迹。"

素盈不愿提起这段往事。与白信默有关的陈年旧事当中，还有多少她不知道的卑鄙企图？她不止一次地猜过，早就冷了心。可是今天，素盈想，如果说出来可以让荣安痛快，就由她去说吧！

"有一段日子，他与庆源侯的公子走得很近。我不明白那是为什么，也没有去问。后来才知道，庆源侯有意向你家提亲——他在帮你鉴别那人是否值得托付终身。"荣安说着呜咽起来，"他一直对你念念不忘，结果就是这样。"

素盈顾怜她的天真，说："公主，他只是做个样子而已。他从小就立志娶你，他的一举一动，都是为了让你对他患得患失。我不过是他的一件工具，引你嫉妒，让你争强好胜，更在乎他。"

"是吗？你真的明白他吗？"荣安一边啜泣一边说，"最初喜欢的人，未必是日后会爱一生的人。最终爱上的人，也有可能稀里糊涂地错过。他从此过得索然无味，自己又不想承认——这就是我看到的。做妻子的就算糊涂，有些事情还是比别人清楚。"

荣安的悲伤仿佛被冻在脸上，苦笑也变成悲凉的颜色："我跟他，真是一对自欺欺人的绝配。"

连日阴雨，风又冷又湿，吹着荣安凄楚的身影。素盈想，风是不是因为从她那边吹来，所以才这么伤人呢？她被吹得身心俱冷，忽然不想回到冷清的丹茜宫，又折返玉屑宫。玉屑宫总是比别处暖和。

法善这两天准备回去皇极寺，挑了此时到玉屑宫拜别，大约是想见一见荣安，却错过了。

不知是不是被风吹狠了，素盈总觉得脑中嗡嗡乱响。不顾宫人们不解的神情，她径直走到皇帝床边，坐在她惯常的位置上。皇帝看了她一眼，见她心神不定，也不去引她说话，仍与法善说话："大师不必遗憾。机缘到时，自会相见。"

"万事不可强求啊。"法善微微摇头唏嘘，若有所指，"红尘中事，归红尘中人。陛下能出此语，可见慧根强胜于我。老衲修行二十几年，却忍不住贪求缘分，可见修行未够。今日告辞出宫之后，老衲便要云游四方去了。"

皇帝颔首说："从此你可以自由自在了。"法善叩头告退。

皇帝转身问素盈："皇后去而复返，有事吗？"

素盈眉宇间的哀色犹在，凄楚地说："见了女子丧夫的模样，实在惹人伤心。"

皇帝笑她孩子气，若无其事地说："我只有一样好处值得自夸，就是不会轻易死掉。"

"陛下再别提那不祥的字！"素盈慌忙止住他的话，又叹惋道，"陛下只记得自己的女儿，却忘了有一人同样承受着丧夫之痛？"

"素璃？"皇帝浅笑道，"我若召她回来，岂不是给太安素氏的犯人虚假的希望吗？她真回来，能不为家人求情？且留她在那里静心戴孝。"

他说着，看素盈一眼，问："你仍想接阿寿回宫吗？"

"不是我，是凤烨。"素盈说，"我能够体会她的担心。阿寿是她弟弟的幼子，而她是那样一个疼爱孩子却没有孩子的年轻女子。"

说完，她很担心自己说得太急——要不要把阿寿给凤烨为子，这是要皇帝马上表态这孩子是否还有继承的资格。这可能让阿寿远离危险，但也会让她自己陷入插手正统的危险。

皇帝出神地想了想，说："如今素璃仅能指望那孩子，我不忍他们母子分离。"素盈便不说话了。

他瞥一眼，说："你心里还有话。"

素盈迟疑道："有一件事……最近时机实在太差，妾一直不知该不该说。可是，好像继续等待，也只有新的风波和烦恼，没有好时机。"

他不禁有些警惕："你的身体最近怎么了？"

素盈摇头，说："是钦妃已停经三个月，太医诊出喜脉。"

这回，他的沉默里多少有些意外的惊愕。

"请三名太医共诊吧。"皇帝说罢，不再议论这事。

宫里的芍药花照旧开了。丹茜宫通向太平湖的道路两旁种着许多芍药，有三五株相互依偎，簇拥一团红粉，也有翠绿当中点点雪白，馨香浮动。

素盈极爱其中一株粉中带白的，色泽怡人，娇艳芬芳不同寻常。平日她嘱咐宫人好生呵护，日晒风来掉上几片也要惋惜，今日却破天荒，命人小心剪下大朵的花，分送给诸位妃嫔，特别送了一大瓶给钦妃。

素沉与素飒向钦妃贺喜之后，进来拜见，一眼就看见丹茜宫里也摆放着红白芍药作为装饰。素沉谨慎地说："娘娘，圣上独子方殁，储位空虚，于家于国实在难称喜庆。今日钦妃有孕，我等亦不敢恣意欢谑。娘娘宫中摆出这些花，是否……"

素盈莞尔道："几朵花谈得上什么喜庆呢？不过是稍慰寂寥。"

这样一说，素沉与素飒反而不好再讲。

素盈掐下一朵花，放在鼻端轻嗅一下，不知是笑花香还是笑他们。她慢悠悠地说："那天，宰相进宫时责备我了，嫌弃我做事不够利落。我想，从此是不是该利落一些？"

素飒蹙眉道："以宰相的手段来看，素璃母子恐怕无法善终。我私下问了太医，说是钦妃的脉象极有可能是男胎。以他们的经验，很少诊错，只是太医院严禁他们说出来。"

素沉急忙打断说："当初盛乐公主在娘胎里，脉象也像男胎，生出来却是公主，可见这事没有万无一失的，不可全仰仗诊脉。"

素盈沉下脸道："就算钦妃果真产男，以宰相的手段来看，我家便可善终吗？！两位哥哥能够一面背负世人对外戚的指责，一面受制于他吗？再说，抚养儿女岂是一朝一夕之事？万一皇子又遭逢不测，他想找一个小儿即位是多么容易！到时候，莫说皇太后之位，只怕连我们的命也难保。届时，两位哥哥能否忍气吞声？"

她冷然观察两位兄长的脸色，肃容道："白信默的今日，就是你我的明日——处处顺从宰相，只要一朝违逆，就需以死供他戕害别人。太安素氏便是皇后之家不堪忍受的前车之鉴。眼前已有诸多教训，难道我们可以装聋作哑，得过且过？"

素沉与素飒相顾骇然："娘娘之手能折一枝花，但能摧折一株大树吗？"

素盈凝视她心爱的芍药，说："花在我手，折花未必是我手。"

素沉默然不语。素飒想了想之后，说："东宫、太安素氏，甚至尚主的白家，相继为此走入穷途。一着不慎，便是自掘坟墓。"

素盈一直垂眼望花，这时候也没有变换姿势，柔柔地说："申时宫变——宰相已动弑后之心，难道我还能期望长生不死吗？我们这辈子能够选的，不外乎是进自己掘的坟墓，还是进他人掘的坟墓。"

素沉始终没有说话。素盈问他在想什么，素沉道："娘娘可还记得，你的妹妹是你想要对付之人的儿媳？"

被他不冷不热地训了一句，素盈无言以对。素飒却说："宰相会因为娘娘是他儿媳的姐姐，就对娘娘网开一面？只要娘娘拥有丹茜宫，阿澜就是皇后的妹妹。哪怕换十个八个宰相，只要他们有儿子，阿澜想嫁哪个不行？我看她与云垂……"他本想说素澜与云垂难以长久，但话到嘴边又吞了回去，“孰轻孰重，大哥应该明白。”

素沉嘴唇动了动，没有说别的。

素盈从容地说：“那就从今日起，按照我让轩茵带出去的那句话去办吧。”

不知是不是春意使人心思活跃，一段流言随着春风散遍京城——废太子是被宰相害死的。素盈和宰相一样，也知道那个道理：只要把故事散开，就会有人相信。

她还知道，如果讲故事的人没有宰相那样的分量，只好借助“三人成虎”这个典故。舆论是成本最低，且不易追寻源头的武器。

丹茜宫里的芍药还未蔫萎，皇帝就对素盈说：“太安素氏行刺宰相的案子已了结，流放的、籍没的都处置完毕。天子舅家落到这地步，着实令人心寒。我又想起你前些日子的提议，觉得素璃母子孤苦无依，的确可怜，不如择日接他们回来。”他只字未提京城中的流言蜚语，然而素盈知道，他很少漏听。

若是能够狠心处死睿洵，他早就做了。将睿洵废黜，避祸宣城的意图再明显不过，宰相却赶尽杀绝。无论是多么举足轻重的大臣，毒杀皇子已越过了行事的界限。谁也不能料定，一个越界的人还有多少出人意表的举动。

素盈连忙命人将久不热闹的东宫收拾打扫，准备迎接素璃母子回来。

东宫积尘始动，已有人飞快地将这动向通报宰相。

“爹不觉得这事蹊跷？”素澜从丹茜宫回来，急不可待地将自己看见的情况告诉宰相，“睿洵已被废为庶人，素璃今日不过一介妇人。世上哪有民妇入居东宫的道理？以爹的经验来看——睿歆那小儿此番回来，是不是要被立为储君？”

宰相正在品一盏好酒，没有理她。他的夫人芳鸾一边为他剥下酒的核桃，一边对素澜说：“星展派人从榷场送来南国好酒，你去叫云垂过来，一起尝尝。”

宰相长子琚星展常年在榷场做生意，时不时送回一些稀罕东西。好酒实在不算稀奇。素澜见他们不愿听自己说这些，乖乖地告退。

芳鸾与宰相夫妻多年，看得出他喝酒喝得心不在焉。她猜到宰相的心思——若是睿歆被立为储君，早晚会登基，那时必定要追究是谁害了他的父亲。素璃又岂有不为太安素氏报仇的道理？芳鸾偷眼看了看宰相，总觉得他平静的外表之下，对素璃母子已起杀心，想着不由得捏了一把冷汗。

“夫人也来喝一杯。”宰相说着，亲手斟了一杯酒。芳鸾含笑道谢，浅尝一口。

这酒入口甘醇，初时不觉得如何，片刻之后才觉得头晕。芳鸾饮了三四杯就推托不胜酒力。宰相还是默默地一杯接一杯地喝。

芳鸾熟知他的酒量，暗暗算着，觉得他今日实在喝得太多。又过了一阵儿，宰相果然眼花耳热，说：“康豫太后用了九年才从宣城回来。”

“是八年零七个月。”芳鸾纠正。

“素璃肯定不懂，太后为什么要在宣城苦居八年……”宰相摇头叹息，“所有人都有了新的对手，不再惦记她的时候，再回来，不是很好吗？”

“如果那时候回不来呢？被遗忘是件可怕的事。”

“戏子才害怕被遗忘。一经淡出，便再没人捧场。她的儿子是皇帝嫡孙，她怎么能跟戏子的见识一样？再说，我们这位圣上什么时候健忘过？”宰相忽然低沉地说，“聪明如圣上，让她回来是什么意思呢？”

芳鸾注视他有些迷离的眼睛，微微冷笑：“怕了？早知今日，何必当初呢？”

宰相呵呵地笑起来：“夫人，你我都在宫廷中行走多年，怎么说出这样的话？宫里哪个人没有把柄？有什么可怕呢！”

芳鸾瞥他一眼，冷哂道：“素璃能有什么把柄在你手里？”

宰相哼一声，说：“宫里想当皇太后的人，可不止死去的素若星一个。”芳鸾听了，不禁瞪起眼睛看他，宰相却不同她多说了。

宰相的话，芳鸾不全信，但是听到就不能置之不理。难道素璃也有当皇太后的野心？宰相既然这样说，一定察觉了其中端倪，甚至有真凭实据。素璃究竟有什么样的举动呢？凭她，能使出什么样的手段，勾结什么样的人？

倘若皇帝真有闪失，首先知道异状的一定是太医。芳鸾知道自己该怎么做。她回到自己房中，打开一只紧锁的白螺箧。里面不过是一本今年的皇历，她却无比珍重。皇历上以蝇头小字写着哪一日谁家做寿、哪一日谁家嫁娶，诸如此类不胜枚举。

吴太医的夫人募资修葺一座道观，近来其中的牡丹盛开，她邀请布施过的诸位夫人去赏花。芳鸾先前没有兴致，婉言拒绝。今日一翻皇历，见仍在赏花期间，她立刻命人准备车马前往了真观。

吴太医为人正直，但深谙不与强臣当面对峙的道理，行走宫中数十年，从未得罪人。尽管如此，他的夫人仍担心他一朝出事，无人搭救，故而平日对芳鸾十分殷勤。这日见芳鸾不期而至，吴夫人连忙上前招呼，又将自己的儿媳、孙女介绍给她。

芳鸾见她的孙女温柔娴雅，当即褪下手上一串精雕细琢的白珊瑚珠作为见面礼。吴夫人见她如此抬举，心中不胜欢喜，与芳鸾前后来到后院赏花。

芳鸾之意不在牡丹，边走边说：“过些日子，宣城那对母子就要回京城了。到时候，圣上必会指定一名可靠的太医呵护皇孙。我看这任重道远的事，只有吴太医能承担。”

吴夫人近日正为此烦恼。吴、李两位太医的医术不相上下，但李太医做事活络，与吴太医同僚多年，处处占尽先机。吴太医因为皇帝的病情避讳中宫、东宫，没少遭素璃的冷眼。李太医却不知几时同素璃攀上了交情。素璃毕竟是皇孙生母，皇帝百年之后，她便是皇太后。想来那一日并不遥远，到时候仍是李太医趾高气扬，而吴太医又要遭冷遇——这恐怕还是好的，若是遇上要命的病症，一家大小都要搭上性命。

思及此处，吴夫人难免要为丈夫发愁。她心中不平，便婉转地对芳鸾诉说，期待芳鸾能施以援手。

芳鸾听说素璃与李太医有交情，自责从前竟丝毫没有察觉。吴夫人见她好奇，就说：“冬至那天飞光楼开宴，我家大人回来愤愤地说，李太医与东宫里的宫女眉来眼去，不成体统……也不知李太医几时与东宫走得那么亲近。宣城的那位夫人回来，怎会看得上我家大人呢？”

“话虽如此，但在太医院，终归还是要看医术。”

吴夫人幽幽一叹：“夫人怎么说出这样的话？太医院一样是官府，与别处能有多少分别？实在是我家大人资历在此，旁人无从动摇。若是像王秋莹那样势单力孤，医术高超又有什么用？之前皇后准她归家，临走之时，李太医仿佛威胁过她不要再觍颜入宫。”

“难道李太医不知道，王秋莹为圣上治病有举足轻重之功？怎能因嫉贤妒能，耽误圣上？”芳鸾说着瞪圆眼睛，心中暗想，若是李太医早与素璃勾结，巴望着改朝换代……皇帝的性命怎么能交给他呢？这事一定要让皇帝知道。

吴夫人发觉她把问题说得严重了，忙掩饰道：“谁晓得李太医想什么？”

芳鸾已有主意，随便看了一会儿花，就满怀心事地离去。

不计其数的白牡丹迎光绽放，这繁盛的景象放在京城，一定引来无数观众，可惜它开在宣城离宫一隅，只有一人观赏。冯氏往日在家就喜欢摆弄花草，见了这些花不胜欢喜。

旁人没有她这份闲情逸致。

自从守在宣城的飞龙卫告诉他们，凤烨公主得到消息，皇帝不日将召他们回京，离宫中几乎人人动手收拾东西，恨不得下一刻就插翅飞回京城。冯氏不敢妨碍她们忙碌，悄悄唤了之惠，七拐八转来到花前。

之惠触景生情，说：“我与夫人相识以来，深感夫人为人诚挚，我由衷欣赏。宫中女子常常结拜莲子姐妹，约定同甘共苦。夫人若不嫌弃，你我就请这牡丹花为证，结为姐妹，日后同进同退，永不相弃。”

冯氏在离宫中也只得她一个知心朋友，当即说：“承蒙姐姐垂青，实在是愚妇之幸！”

她们两人没有冰糖莲子，索性不计较那些，寻来两杯浊酒，洒在牡丹花下。

之惠较冯氏年长，做了姐姐。她心中欢喜，便说得多了一些：“不瞒妹妹，我在宫中也曾辗转侍奉过几个主人，可惜一个个不得善终。不知追随他们的我，死后是美名还是骂名。若能得一金兰之友，死生相恤，往后的宫女念我是个重姐妹情谊的人，结拜时口念我名，那我虽是个小人物，这一生也算以另一种方式名留青史了。”

结拜莲子姐妹，是宫女之间最神圣的誓言。宫女本该一心一意服从上位者的命令，但那命令如果危害到莲子姐妹，她们宁死也不会照办。过往也有莲子姐妹不愿参与各自主人斗法，一同自杀。这样的宫女会被往后所有宫女祭奠。即便十年、百年之后，已无人知晓她们的来历，她们的名字也仍会被供奉在案前，结拜莲子姐妹的宫女会向她们虔诚地叩首。

冯氏动容道："姐姐叩头时已存同生共死之心，小妹定不相负。"

此后，她们知道这里僻静雅致，偷闲时便约在这里说话。起初说一些回京之后的打算，可回京的消息已传开四五日，大道上却迟迟不见皇家车马前来迎接。她们也私下嘀咕，不知又怎么了。

素璃预感态势有变，连忙修书一封，托人投到凤烨府上。

等待回信的两天无比难熬。好容易等到一骑飞至，信使带来的却是素璃绝不期待的消息——在皇帝首肯素璃母子回京的第二天，朝臣见时机正好，请立储君。

宰相提出，睿歆自睿洵被废之日起，即是庶人之子。无知小儿，日后贤愚难辨，不当册立。邕王之子睿渤心神清朗，资质秀美，怀才抱器，神采英拔，可以奉宗庙社稷。朝中顿时哗声一片，连日为此争执不休，因此未能及时来接素璃母子。

素璃心头顿起无名火，将信掷在地上，恨恨道："宰相说出这种胡话，圣上竟没有怪罪吗？邕王世子再好，毕竟是他人之子。世上岂有爱他人之子，胜过自己嫡孙的？"

她身边一名女官恍然大悟道："星后亡故，崔落霞不肯与我等投效娘娘，反而去邕王府上执教——看来是宰相授意，早有谋立邕王世子之心呀！"

另一人道："娘娘不必愤恨。朝议仍在皇孙一边。宰相与邕王胆敢异想天开，不过是自寻死路罢了。"

"朝议？"素璃冷笑道，"东宫生前的心腹之交，还有我娘家的亲戚……能拧成一股声音的人全部死的死、散的散。宰相的异想天开，哪一次没有让天地崩裂？如今只剩几个老臣倚老卖老地向宰相挑衅，这也叫作'朝议'？！我能够妄想依赖他们吗？"

她将信使唤到室内，重重地赏过，又亲自询问京城中的动向。那信使是机灵的人，一件件说得清楚明白。

"邕王世子年纪虽小，可是言语稳重，又精骑猎，见过他的人都交口称赞。朝中几位老臣不同意宰相的提议，但提起邕王世子，也承认他颇有圣上小时候的姿态。"使者说，"上次他随邕王进京，圣上与皇后见到，也极为喜欢。此次宰相提出以睿渤为嗣，圣上仿佛在认真考虑，只是最近钦妃有孕，尚不知腹中是男是女，因此并不急于立储。"

"钦妃也怀孕了！"素璃越听越泄气。

使者看出她面色忧郁，又说："皇后娘娘心里不同意立邕王之子，这几天时不时向圣上央求，召您与皇孙回京。"

他停下看了看素璃，放缓声音说："可是皇后也有自己的顾虑，只能劝说圣上召您母子回去。其他的事，她不太好开口。"

他说出这话，素璃就知道，这信使虽是凤烨派来的，但终究还是东平素氏的下人。

她大致能够猜到素盈的心思。

钦妃所孕，还不确定是男是女。即便为男，贤愚未知。若是睿渤得立，人家自有手段高强的爹娘，又有宰相当靠山。到时后宫外朝，岂有素盈与东平素氏的立足之地？至于不好开口的顾虑，定是不愿参与皇帝决策储君之选。即使她费心进言，立了阿寿，也不过是为他人做嫁衣，素璃回去之后兴许还要继续同她对峙。有朝一日素璃成为皇太后，又要自立朋党，与她为难。

沉默一会儿，素璃起身到内室，写了两封书信，托使者带给凤烨和素盈，又对使者说：“有些话不便落在纸上，恳请您转告皇后娘娘——贱妾仅求皇孙能在天子身边长大成人，此外绝无非分之想。皇后娘娘若能助力，贱妾不惜以死相酬。”

使者静静地望着她问：“您的话是发自肺腑吗？”

素璃当即赌咒道：“绝无虚言，否则天谴。”

使者走后，女官们想问素璃写了些什么，她绝口不提，又到书案边写了一封信，说：“请李先生来。”

李怀英来到宣城这么久，第一次正式得到她的差遣，他知道必定是件大事。然而素璃只是交给他一封信说：“请先生将信送到京城，投到宫门上，宫门司自然知道如何处置。”

李怀英见信上一连串职司后面，收信的是个从未听过的宫女，纳闷她是什么意思。素璃说：“那位信使不值得托付，我将全部希望交在先生手上——这封信务必送达。就说，是她家里人送来的。”

她表情凝重，李怀英知道事关重大，躬身道：“定不辱命！”

这天，皇帝与宰相等一众大臣在昭文阁议事。素盈知道他们在说讨厌的话题——是否应该尽快确立储君。一个未成年的孩子，一个还不会走的孩子，一个没出生的孩子，哪一个有可能担当重任。

她等着他们结束这荒诞的争议，想不到等来一个更糟糕的消息——皇帝晚上喝过药后，忽然不舒服，等李太医赶到时，已经昏厥。

素盈心急如焚地赶往昭文阁，正看见大臣们等在阁外。他们的表情仿佛读懂了上天的暗示：皇帝的寿命朝不保夕，实在应该抓紧时间确立继承人。李太医从昭文阁中出来，素盈上前拦住问几句话，李太医答非所问，仿佛心神恍惚。

素盈急于亲眼看看皇帝状况，阁下守卫却拦住道：“娘娘留步——有大臣在阁中，娘娘不可入内。”

“宰相仍在里面？”素盈不知宰相有何企图，心突突地跳起来。

她等了不多时，宰相泰然自若地从阁中出来，与素盈施礼之后说：“吴太医仍在内诊治，娘娘回避为好。”

素盈向阁上的灯火眺望，苦笑道：“天下间只有我，不能在夫君骤病时守在他身旁吧！”

“圣上不只是娘娘的夫君。”宰相说话时，吴太医也出来。

素盈急忙拦住问：“圣上如何？”

皇帝病情理当避讳宣扬，但吴太医见她紧张之中真情流露，不忍闭口不言，斟酌道：“圣上最近过于辛劳，因此病情小有反复，此时睡得安稳，娘娘不需担忧。只是御体不宜移动，近日需在阁内休养。”

素盈听罢，不禁冷冰冰扫了宰相一眼，疑心是他在立储的风口上，故意阻隔帝后相见，因此用卑劣的手段将皇帝留在昭文阁。此后他身为群臣之首，可以日日入内奏事，皇后却须避讳。

“我要上去看看。”素盈执意登阁，不等吴太医劝阻，就只身快步走入。

昭文阁中专辟一室，供皇帝议政疲惫时休息。其中也有简单的家具陈设，只是不及玉屑宫中的宽大气派。潘公公守在皇帝床边，看见素盈就悄悄地退到一旁。素盈蹑足上前，脚步声没在厚密的毯子中。

皇帝双目紧闭，呼吸静得几乎听不见。素盈跪在他身边，握住他的手。他的手是暖的，可是对她的举动全无反应。

一定能够醒来！素盈想。前些天他还亲口说，他最大的好处就是不会轻易死掉。她把脸埋在他的锦被里，觉得自己整个人都温暖起来。渐渐的，她听见了他的心跳，于是微笑着安心地听了片刻，站起身将潘公公唤到室外。

“听说是服药之后忽然昏厥？”素盈低声问。

潘公公点头，说：“今日的御方是李太医所出，药也是他经手合和。娘娘没有看见吗？他快要吓死了，留在这里也不济事，宰相索性将他轰出去，另召吴太医进来。”

“是药出了差错？”

“药方是几位太医一起审过的，和药之后的封题也写得明白无误。不知怎的，圣上偏是在服用之后出了岔子。”潘公公对皇帝极其忠诚，此时无法尽力，只能对素盈吐露他的忧惧，“若是药上有误，吴太医大约有法子挽救，只怕……是吴太医也不明白的状况。”

素盈的脸色登时沉下来：“是旧病复发？”

潘公公反问：“娘娘，那位王姓女子为何不再入宫来？她医术高明，圣上也信得过她。”

素盈为难道：“她因为宫人状告崔秉仪之事，受了宫正司询问。宫正司认为，她在宫中惹出传递药物的流言，若仍将圣上安危交给她，大是不妥，因此放出宫去了。”

“此人近日在何处高就？”

素盈答不出，低头问：“非要此人不可？”

潘公公不置可否。素盈说：“若要召回，请圣上出手谕。唯有圣上亲召，可以免除宫中非议。”

潘公公点头入内去了。素盈满心不安，回到丹茜宫坐了片刻，吩咐：“唤崔秉仪来。”

近来宫人们都看出，这师生二人之间出了很大的问题，过去片刻不离丹茜宫的崔秉仪，现在终日教导真宁公主，几乎难在丹茜宫里看见她。

今日皇后又突然召唤崔落花，真宁不由得皱眉，说："听说父皇又在昭文阁晕倒，她多半是要你去找那个女医回来。"

崔落花不说话。真宁又道："父皇病情愈发诡异。那个女医在宫中倍受嫉恨，别人临危受命或许可以勇往直前，她不行，背后还有冷箭，太危险了。"

"木秀于林，虽有风摧，亦有阳光。怎能因畏风而缩肩，俯身于阴暗呢？"崔落花苦笑一下。

"殿下，你看这宫廷——世间最好的，只有得到这里的认可，才是真正的好。御用、御制、贡品、御笔钦题……没有这些名衔，就不是佳品吗？但是，得到皇家认可，是一件很重要的事。"她向真宁笑笑，"我们也是如此。女教习、女医，得到皇家认可，说明我们并非这世间的异类，我们的特殊之处从此可以解释为'出类拔萃'。"

真宁不再说话。

崔落花入丹茜宫拜见，果然听皇后问起王秋莹。

"她仍在京中行医。"崔落花说，"她有在宫中的经历，民间不敢等闲视之。听说近来开了医馆，求医问药的人络绎不绝。"

素盈不由得向往，嘴角扬起："好！找到真正的用武之地了，不枉我们赏识她。不过，还是要辛苦她来宫中一趟。"当天便回报潘公公，由皇帝下手谕召王秋莹至宫中。

崔落花受皇后所命，亲自出宫去，帮助王秋莹准备入宫事宜。谁知，王秋莹出京采办药材，须得数日方回。崔落花不敢在宫外逗留，回宫复命时，在宫墙外见到一个熟悉的背影。

李怀英受素璃之托前来送信，人马累极之时才稍作休息，终于在这天顺利到达京城。信投到宫门，他知道这回等不到回信，也不像前两回那样耽搁，返身便回转宣城。

"李先生？"崔落花心中困惑，不知这个应该在宣城的人，跑回这里做什么。只是不便在这地方与他交谈，只好眼睁睁看着他骑一匹极疲惫的马走了。

那信由宫门司送往里面，一层层受检，不知经过多少人的手，终于送到封令柔手里。

令柔听说是家里来信，脸色顿如土灰。展信一看，乡下人笨拙且文笔不佳的半篇文字，都是农家琐事。若说哪里不寻常，那就是她没有务农的亲人。

信是二月十八所写。将其中的字，每隔两字和十八字挑出来，互换偏旁，便是这信真正要说的。这是只有她知道的解读方法。令柔捏信在手，却不大敢细看。

据说，之惠的家信是按某种顺序，将与"宋之惠"三字同韵的全挑出来，交错反切。但究竟怎样做，也只有之惠知道。

令柔想起之惠，不由得想起她说："太安素氏只有一个方法嘉许你的忠心，就是信得过你，要你再去投骆驼蓬。"

果真会是这样吗？令柔鼓起勇气，细细地挑出字来看。只要不是这件事……

自从皇后逼她喝骆驼蓬酒之后，这件事渐渐变成她心里最糟糕的行为。只要不是这件事，似乎都会好一点，她或许可以接受。

但是她换出一个“骆”字。眼睛再也无法向下看了。

他们当然不会指望一个提铃宫女。但是只有她知道谁可以做成这件事，也只有她，做不成就会有一个弟弟被送进来。

令柔在阴冷的屋里呆坐很久，直到浑身哆嗦起来。

他们以为自己是谁！太安素氏已经完了！冰冷之中，她感到一种前所未有的愤怒。要她在这种时候继续效忠？他们不知道自己的爪牙是怎样长出来的吗？威胁，恐吓，死亡……他们以为，这样换来的忠诚能永远奏效？那他们……到底是有多天真啊！

令柔拿起那封信，沉默地提起她的铜铃串，一路摇到流泉宫。因为钦妃有孕，宫人吩咐她每天多在这里摇几次，避一避邪气。今天她刚来，映荣就拿了一碟点心出来说：“辛苦你，这是娘娘赏的。”

令柔不接，上前说：“奴婢求见钦妃娘娘。”

映荣笑道：“去干你的活儿吧，不必当面谢赏了。”

“奴婢有一事相告。娘娘若能躲过此劫，便再不用铜铃避邪。”

映荣听她话里蹊跷，说：“有事便告诉我，我自当转告。”

令柔拿出那封信，说：“姐姐若能读懂，便用不着我了。”

映荣看那封写得老实巴交的信，心中疑惑，入内禀报钦妃。不多时，她出来唤令柔：“你进来。”

令柔提着铜铃串，丁零丁零地走进去。钦妃坐在桌边，从那信纸上斜眼一看她，问：“有什么话定要当面告诉我？”

“请娘娘隔两字挑出一字，隔十八字挑出一字，互换偏旁。如此至尾。”

“什么乱七八糟的？”钦妃皱眉，但只看了两三行，脸便变色，厉色问，“这是哪里来的？！”

“奴婢原是素庶人的使唤宫女，”令柔声音发抖，并非胆怯，而是气愤，“专为他们做种种见不得人的事，若有不从，命丧黄泉，家中就必须再送一个孩子来。奴婢不得已，在宫中煎熬至今。今天却收到这样的信，要奴婢设法谋害娘娘腹中骨肉。奴婢……做不到这种事。”

钦妃咬牙切齿，攥紧拳头，脸色气得煞白。映荣急忙在旁边提醒：“娘娘不可动摇心神——此事只有一面之词。”

令柔听见，说：“确实，奴婢除了这几句话，什么也无法向娘娘证实，也无意向娘娘证实。万望娘娘小心饮食，以免宫中还有人所不知的毒手伸出来。”

“你为什么要告诉我？”钦妃犹自怀疑，“你不怕死吗？”

令柔说：“毒害娘娘腹中骨肉，奴婢也唯有被灭口一条路，家中弟弟们照样逃不过，要在我死后被送进来。左右都是这种结局，我又何必伤天害理？”

钦妃盯住她看几眼，短促地笑出来，指着宫中一个宫女说：“你替她摇一晚上。”又对映荣说：“安排可靠的人看护她。”

映荣去办完，回来便见钦妃将那信上的字仔细誊写出来。简短的一句话，意思很明白：向李太医索取骆驼蓬，致钦妃小产。

写信的人还不知道李太医摊上了事，已不能随便拿到骆驼蓬。消息这样不灵通还想谋害钦妃的人，也只有宣城那个了。

“娘娘，这事是否应该告知皇后？”映荣说，“突然冒出这样一个宫女，万一有诈……”

“我想应该是真的。”钦妃淡定地说，“她就是之前去宫正司指认崔秉仪的那个宫女，的确是太安素氏的使唤宫女。”

映荣有些意外：“娘娘认识她？”钦妃笑了笑。

“皇后有皇后该做的事，这种事情不必告诉她。”钦妃拿起桌上的信和誊写出的暗语，将它们塞进一个信封，“我警告过素璃，如果他们家再有人盯着女人的肚子，我必奉陪。是时候让她知道，我不是随便讲讲。”

厚实的信封辗转送到昭文阁下。宰相收入袖中，到僻静处打开来看。其中之一是素璃写给皇后的信，写道——

自从琚含玄策划中秋弑后，种种形迹堪称丧心病狂，近来又肆无忌惮地议立旁支。皇后风华正茂，圣上春秋久长，何患无子？琚贼急立外人，用心实在险恶。她本想在宣城苟且偷生，将幼子养育成人，想不到琚贼赶尽杀绝。庶人洵已被害，孤儿寡母恐难逃毒手。

素璃现有宰相指使白信默毒杀睿洵的证人，又有多种物证，足够指控宰相受财卖官、私藏军器、榷场买卖禁物等诸多劣迹。只要一息尚存，誓除此贼。皇后若能施以援手，素璃母子愿以对待母族之礼，毕生敬奉东平素氏。

“她一面写这样的信给皇后，另一面却指示宫女毒害钦妃腹中骨肉。实在不好说，她几时会扔出手中所谓的‘物证’。”崔落花说。

宰相不动声色地将信折好，放回信封中，问：“皇后已见过了？”

崔落花平静地说：“素璃的信送来时，皇后正昏睡，并不知道有这东西。”

“这一封你拿回去给她。”宰相说着，将信还给崔落花。

他本来要趁皇帝卧病的良机，再提立储之事。这一天皇帝醒来，他提的第一件事却是：“李太医已承认误诊。但是臣以为，他行医多年犯下这样的错误，令人难以置信，恐怕其中另有隐情。”

皇帝看了他一眼，笑道：“你应该知道李太医，他哪里有熊心豹胆？”

“可是臣听到传闻，说他违背规矩，在陛下卧病时与东宫过从甚密。”宰相拧着眉头说，“偏偏在这时候，他害陛下病情反复——臣以为此事不能大意，已派人去追查，必定会给陛下一个结论。”

皇帝听他说已经开始查，稍稍沉思，道：“年前有彗星之状，年初庶人洵就暴毙。做事要懂得收敛，莫要酿成风波，让不法之徒借天灾人祸妖言惑众。”

“臣明白。”宰相说罢，心中已有蓝图。

第二十五章 出路

宣城的黄昏总是伴着冷风降临。这一天的风很怪，从四面八方攻击宫殿，猛烈地撞着门窗，掀落瓦片。宫人们在狂风的怪叫中紧闭宫殿，离宫便像一个孤零零的匣子在风里颤抖，似乎随时会被大风推入皇天飘荡。

不透气的宫殿令人焦躁，素璃觉得她无法静心做事。偏偏阿寿毫无征兆地哭起来。素璃不胜其烦，吩咐之惠管好孩子。她自己走到窗前，去看昏黄的天空。

就在那一瞬，天空飞溅一道血迹。素璃惊得叫了一声，发现是自己眼花，那不过是几朵折断的红牡丹被风卷上了天。她压住怦怦直跳的胸口，转身对正在哄阿寿的之惠说："这孩子吵得我心慌意乱，你带他出去。"她一说出这话，阿寿仿佛听懂似的，便不哭了。

素璃仍挥手让之惠带走孩子，自己开始莫名其妙地翻箱倒柜。她也不知道在找什么，只是在烦躁之中，需要动手把握一些东西。

从某个箱子里，落出一张染过几笔的消寒图。染破的那一处，不是睿洵的手笔吗？素璃怔怔地看着满纸红白梅花，忽然心酸。

"殿下与皇后这两张图，恐怕注定要有一张染不完……我可不希望落空的是你这一张……"那时她的语气多么自大。

风呼的一声把门冲开。她快快地走过去关门，霎时全身血液冻结——门外站着一个黑衣人，浑身上下只露出一双眼睛。他们对视不过弹指一刹，那黑衣人便毫不犹豫地向她拔刀。

素璃将门一推，挡他一招，转身奔入室内，抄起长枪，回身向刺客手腕上击去。

可笑！她冷笑着想，以为她像素盈一样，被一个刺客杀得狼狈逃窜？呵！太小看她。

来人变招极快，可比不过她在战场上见过的威风赫赫的西国将领。素璃想，拿下此人将有大用，于是全力与他周旋。刺客不知她能顽抗，不敢再小觑，想一刀劈断她的枪柄。咣当一声崩出火星，枪上多了一道豁口。

素璃轻笑一下，使力拍向刺客的侧脑。这一击却没有拿捏好，那刺客被击得头破血流，倒在地上。素璃慌忙夺下他的刀，再去看时，那一下正击中太阳穴，刺客已毙命了。

素璃心中懊恼，提着刀与枪走到门外。

离宫之中风声狂乱，每个方向的风都带着惊慌的呼喊。

“阿寿！”素璃高喊一声，四处去寻她的儿子。

“飞龙卫——飞龙卫何在？”她走几步就提高声音呼唤，希望风把她的求救声带给宣城外的飞龙卫。

携带兵械者不得在城中长驻，飞龙卫就在城墙下驻扎，与她不过一箭之遥。然而过了那么久，破旧的宫殿中，除了她，还是没有半个人影。素璃急不可待地踢开一扇又一扇宫门，有些房中有吓得抱在一起的宫女，有些门后只剩一二具尸体，倒在血泊里。

“阿寿呢？谁见到了我的儿子？”素璃慌起来，提着刀在离宫中四处奔跑，眼睛不住地寻找，耳朵只留意孩子的哭声。当她停下时，已寻到了离宫正殿前。

围住她的是三个黑衣人。

素璃小时曾拜名师，对剑术颇有自信。三个对手，她并没有放在眼里。

“你们是什么人？”她稳稳地站着，以王妃和武将的威严大声喝问，“此地乃是皇家离宫，携刃闯宫皆是死罪！宫内杀人形同谋反，株连满门。连累一家老小身首异处，你们于心何忍？还不速速弃刃！”

被黑衣包裹的仿佛并不是真正的人，而是一团杀气。他们静静地望着素璃，电光石火之间，以出手作为回答。素璃用枪去挡剑，只听轻轻响了一声，长枪被对方的利剑削成两截。她立刻明白，眼前的人并非寻常之辈。

素璃抽身避开手持宝剑的人，与另外两人周旋。然而对方似是对她的一招一式了若指掌。她手中所持，是刀非剑，施展开来并不自如，几个回合便落了下风。

“繁阳李氏。”素璃跳开一步，盯着对手的眼睛，见他果然被这四字触动。难怪出奇不能制胜，原来师出同门。

“繁阳李氏代代受太安素氏关照，为何与我为敌？”素璃持刀断喝，那人却不理会，又挺剑向前。

素璃应付之际，眼角余光扫见手持宝剑的人安然抱剑站立。云层偶被狂风吹开一角，点点夕照映上他的剑锋，那剑顿时宛如朝阳一样光彩夺目。

“是‘焕雯’！”素璃恍然大悟，“青衣卫！”

不知道时，她还怀有必胜之心。一察觉对方的身份，她心中忽然没底。相府的青衣卫个个百里挑一，宰相延请繁阳李氏的高手授艺，绝非向李氏习武以防身的她能够匹敌。

她稍一泄气，对方就察觉她心神不宁，眨眼工夫便占尽先机，不过三招就将素璃兵器打落，逼得她跌坐在地。

持宝剑的那人不慌不忙走到她身边。素璃紧紧盯着他的眼睛——这人还年轻，绝不是琚含玄。她强作镇定，说：“宰相之势再强，也不能延绵万世，数载之内必将破灭。你们追随他，能够猖狂一时，难道能够猖狂一世吗？”

那人居高临下地看着她，嘴动了动："人生苦短，能够快意猖狂的，本不过这区区数载而已呀！"这声音素璃熟悉，听了几乎要跳起来。

就在这个瞬间，那人一剑当胸刺下。

"焕雯"的光芒晃了素璃的眼。她想，一定是眼又花了——天空映照的，应该是几朵红梅吧？

耳朵忽然能听到极远的地方，风里传来孩子的哭声。

"阿寿……这就来救你。"她说着，自然而然向着那个方向转身。但力气从所有的骨骼和血液中消失，身体不再听使唤，无力地倒在地上。刹那间，她眼中倒映出无数血红的枝条向天际蔓延，很快盛放成完美的一树梅花……

冯氏一开始不知道发生了什么。风太大，她不得不收起室外所有衣服。刚摘下一张白单，之惠就匆忙抱着阿寿跑来，一把拉住她躲入室内，掩好门，上气不接下气地说："有人闯宫，我听到惨叫声。"话音一落，风里又飘来一声惊呼。两人吓得屏住呼吸，只觉狂风大作的离宫中到处流窜着这种惊呼。

之惠匆匆地说："你赶快寻个妥帖之处，躲起来。"

冯氏忙拉住她的衣袖，问："姐姐还要去哪里？"

"我怀中小儿关系重大，不能草率。"之惠从门缝向外看一眼，说，"此处太显眼，我不敢逗留。"

冯氏遇到这场面六神无主，拉住之惠说："我们发誓同生共死。今日若是劫难，你我二人便要有祸同当。"说着跟紧她。

冯氏从不敢在离宫中乱走，这时更不辨东南西北。之惠却早就用心摸透了离宫中的路径，专循着偏僻角落走。她本想从一扇不起眼的角门出去，行到不远处，看见那道门前有两个阴沉的男子正左顾右盼。她吓得拦着冯氏后退几步，侧身从宫殿的罅隙中张皇逃开，一路有惊无险，转到了她们结拜的牡丹花前。

壮观的一片牡丹被狂风蹂躏，只剩下残花几枝。之惠跪在花下喃喃祷告："苍天有知，莫让狂徒寻到此处！"祈祷罢，她将睿歆交给冯氏，自己攀上旁边粗壮的树枝，向墙外眺望。

离宫墙外是一片开阔地。宣城规定，房屋不得在宫墙近处营建，服务离宫的大夫、柴夫等杂役都住在百步之外。本来追随睿洵而来的人，很多也在这片民居中借住，只是最近又空置了不少。

之惠回头眺望，隐约看见房檐遮挡的正殿之前，有人与素璃缠斗。之惠心一沉，麻利地解下衣带罗裙，绾成一股系在粗枝上，向冯氏道："缒出墙外或许可以逃脱。"

阿寿好像感受到此时事关重大，不声不响地转动眼睛看着她们。冯氏抱着他安然地落到墙根，左右看看无人，急切地说："姐姐，快！"

之惠又向正殿前望一眼，不见素璃的动静，心下一乱，落地时不慎崴了脚。她以为无关紧要，便没有声张，与冯氏慌慌张张地躲入最近处的空屋。

冯氏颤声问："姐姐，我们向哪里走？"

之惠沉吟片刻，说："刺客大摇大摆在离宫行凶，城外的飞龙卫却无动静。他们隶属凤烨公主，伤害素璃母子毫无益处，应当是未能察觉。我想冒险出城求救，若能成功，或许有一线生机。"

她裹好阿寿，再三叮嘱冯氏："若是我没有回来，或者此地更生惨剧，妹妹一定要带阿寿躲好。等到风平浪静之后，想法子带他离开。"

冯氏哽咽道："我只是一介妇人，能带着他去哪里呢？"

之惠凄然笑道："他是皇家子弟，自然有人看顾。恐怕还会有人来争抢呢！妹妹切记一点——辛相与这孩子有杀父之仇，他势力极大，朝野上下遍布爪牙。千万不可轻信人言，轻易托付皇孙。"

她说罢看看屋外，小心地走了出去。开始几步，她走得很小心。可是钻心的疼痛告诉她，若是不快些行动，不消多时她将寸步难行。之惠深深地吸口气，拼尽全力向城门跑去。

眼前突地出现几人，他们在街巷中狂奔，看衣着打扮像是从京城来投奔睿洵的那批人。他们的嘴巴与手都被捆住，只有一双脚还能跑，也不太利索。她急忙躲入旁边甬道，大胆探头一看，那几人转瞬便被追上，然后被一个个地处死了。之惠吓得一阵眩晕，不敢久留。她又摸入一间无人的房屋，躲在里面等待天黑。

冯氏胆战心惊地不敢乱动，既盼望夜色快快掩住之惠的行踪，又害怕黑暗笼罩自己。心慌意乱之中，忽觉天色反而愈加明亮，她从窗缝向外一看——离宫屋顶上的火苗已蹿上半空。冯氏顿如五雷轰顶，呆呆望着火焰在狂风中东摇西摆，不消多时，热浪漫过宫墙向她袭来。

顷刻之间，宣城中人声鼎沸，飞龙卫入城救火。冯氏依旧不敢出门，抱紧睡着的阿寿，蜷成一团。那火一直烧到后半夜才减了声势。阿寿不知自己身遭横祸，在冯氏的臂弯里安然入睡。冯氏等到屋外人声不再嘈杂，小心翼翼地推开门，向外张望。只是这样细微的举动，却立刻被人察觉。门被人一把拉开，一名飞龙卫仔细打量她，回头大叫："这里还有人！"

屋外浓烟滚滚，呛得冯氏不住咳嗽，连忙手忙脚乱地翻起衣袖，盖住阿寿的口鼻。飞龙卫的一名领队走过来问："你是什么人？"

冯氏痴痴地垂着头，不回答。领队看她身上既非女官衣衫，又非宫女服色，机警地看着她怀中的孩子问："这孩子是什么人？"

冯氏还是埋头不语。

领队不敢无礼，将她带到城外。宣城中幸存的人都聚在飞龙卫扎营之地。冯氏慌忙寻找，不仅不见之惠的踪影，连宫女也没有一个，放眼所及只有离宫外居住的杂役。其中有宣城的老大夫，一见冯氏怀抱小儿，跪地口称："苍天有眼！苍天有眼！"

领队忙问："你认识此人？"

老大夫道："这妇人我不认识，可我知道，宣城里里外外只有一个小儿，便是冤死的太子殿下的亲生儿子。"

民间仍称洵为太子殿下。领队听了，慌忙向冯氏施礼，问："请将皇孙交给我，下官定当用心护卫。"

冯氏木木呆呆地不理人，一见他来要孩子，却像疯了似的拔腿便跑。领队见她神志不清，急忙大叫："拦住她！莫要伤到皇孙！"众多飞龙卫马上奔过来，将冯氏团团围住。

"雪娘！"有个女人叫了一声，冯氏紧紧抱着孩子定住。

城里又有飞龙卫搀出一个被烟熏得面目黢黑的年轻女子，说："又找到一个宫女。"

"奴婢宋之惠，曾是东宫女官。"之惠不顾阻拦，上前抱住冯氏，见她怀中皇孙犹自酣睡，边哭边连声说，"没事了。"

冯氏仍旧听不见似的，不理不睬。

领队不敢怠慢，忙将冯氏安排在一顶帐篷中，顺手指派老大夫照顾她。任凭旁人如何循循善诱，冯氏就是噤口不言，更不容旁人来碰她怀里的孩子。

飞龙卫将离宫惨变飞鸽传报给凤烨公主，一边继续灭火，一边等候凤烨的指示。那场火直到第三天傍晚才彻底扑灭，离宫早已面目全非。

李怀英的马自离开宣城就未好好休息，出京之后又被鞭策着狂奔，夜色未降，已疲惫不堪。李怀英只得下马，在荒野里徒步前行。天黑时，他寻个安全的所在，支起帐篷，坐在篝火边仰望夜空。

夜风荡清了苍穹，满天寒光。茫茫琼霄让李怀英有感而发——他原是一腔热情报效国家，几时竟变成在贵族之间周旋？今日的所作所为，仿佛已经离题万里。可是若非如此，连认真倾听他的人也没有……思及此处，他取出酒囊，一边喝一边唱起悲怆的歌，后半夜就在苦闷与醉酒中睡着了。

虽是春季，野外的夜仍旧寒冷沁骨，他一睡便沾上病根，第二日浑身如同火烧，起也起不来，叫也叫不出。他心里先慌了，想着，难不成要死在这里？一直躺到午后，头脑稍稍清醒，能够挣扎着爬上马背，便任由马驮着他走。

偏偏这日风吹得狠，无边无际的旷野上遍布轰轰回声。远处一串马蹄声雷鸣一般来到时，李怀英蒙蒙地看了一眼，有心求救。可是，这列骠骑从他不远处倏忽而过，眨眼间只剩下天际几点黑影。

他伏在马背上，晃至夜色再临，勉力撑开帐篷栖身。这一觉稀里糊涂，睡了不知道多久，醒来时他感到身体舒服了些，又急着赶路。他的马头天并没有费力，这一日精神十足，扬蹄如飞。接下来的两日，一人一马走走停停，倒也没有受更大的罪。

越是接近宣城，李怀英越是精神振奋，恨不能插翅飞回。孰料，地平线上渐渐出现一道暗影，仿佛画师在描绘晚霞时，不慎错用黑色，染上了不协调的一笔。渐行渐近，李怀英才看明白，那是一道直冲云霄的浓烟。他疑心自己发烧之后两眼生花，用力地揉了揉眼睛，那浓烟却没有被他揉掉。

李怀英这才感到大事不妙，使出全身力气策马疾驰。

赶到时，离宫里的红色火苗还没有完全熄灭。抛开它们，天地之间的这个角落只剩下一堆黑色的废墟。李怀英晕乎乎地跌坐在地，立刻有飞龙卫迎上来盘问。他魂不守舍地应付几句，脚下不由自主地四处走动，口中声嘶力竭地呼唤冯氏。飞龙卫见他如痴如狂，拦也拦不住。

忽然，一顶帐篷中传来哭泣声，一名年轻宫女出来惊喜叫道："李先生！"

李怀英一见是之惠，连忙上去问："拙荆何在？"之惠将帐篷掀开，李怀英便见妻子木雕泥塑似的，怀里抱着皇孙。

飞龙卫领队好言相劝："这位夫人受了极大惊吓，不肯放手。先生请劝劝她，或许她能听见。宫墙之内没有半个活口，不如将皇孙交给飞龙卫，快马送回京中。"

冯氏依稀听见这话，低头抱紧阿寿不松手。李怀英对领队躬身道："大人勿怪。她这人实心眼，一旦受人重托，宁死也要践行。即便要将皇孙送入京城，也不能离开她的怀抱，否则她是绝不依的。另有一件——我想拙荆应知离宫内的变故。过几天，她能解开心结，自然可以将其中种种告知信赖之人。若是此时强扭她的心意，恐怕她更加惊惧，三五日是好不了的。请大人见谅。"

领队见李怀英文质彬彬，也客气道："既然如此，请先生歇息一晚，明日飞龙卫护送先生夫妇与皇孙一同回京。"

说完，领队又惭愧道："我等奉凤烨公主之命护卫宣城，实在想不到须臾之间变生肘腋。万望夫人说出真相，勿令我等糊涂至死。"他话中透露出失职之后难逃一死的意思。

李怀英吃了一惊，没想到那么弱不禁风的凤烨公主，家中也有极残酷的私刑。他不敢夸口说能够为领队美言，心下亦生苍凉，觉得用心服务皇家的下场，往往不过如此。

老大夫按偏方煎了一剂药，李怀英喝过之后蒙头大睡，起床后果然好多了。冯氏仿佛一夜未合眼，抱着阿寿，默默地坐着不动。李怀英见了心疼，柔声安慰她几句，她好像全未听见。夫妻二人与之惠带着一个小儿，乘着马车向京城进发。

一路上，李怀英愈发察觉到妻子的异样。他耐不住疲惫昏昏睡去时，她还没有合眼。他半夜偶尔醒来，每次都发现她依然瞪着身边的孩子。李怀英生出怯意，唤她小名，她对答起来倒也如常，可是劝她入睡，她却不从，即便躺下也是大睁着眼睛。如此一连数日。

这日凌晨，一行人到达京城时，城门尚未开启，城下已有数辆马车牛车等候入城。李怀英夫妇的马车由飞龙卫守护，格外与众不同。然而从车窗望出去时，李怀英却羡慕起旁人来——别人不过起个大早做生意、跑买卖，虽是士农工商四民之中的末流，忙的不过是蝇头小利，却不需担惊受怕。他与冯氏原本也是一介小民，怎么会走到这地步呢？尤其冯氏，她本是小户人家的女儿，嫁给他图的不过是诗琴相伴的日子，如今却被他连累成这副模样。

想到此处，他握着冯氏的手，忍不住默默地落泪。再看看车中熟睡的阿寿，天地虽大，却没有皇室正嫡的一方净土。家事如此，国事又是如此。李怀英想着便哭起来。他本是性情中人，此刻索性放声大哭，宣泄情怀。

他这边哭声凄怆，有人听了再也坐不住，从另一辆马车上跃下，走了过来。飞龙卫拦着不准接近，那人只低声地说了一句话，就打消飞龙卫的猜忌，来到了李怀英的车前。

"先生哭声含混，大病未愈，不宜伤心。"她说。

李怀英掀开帘子，看见一个三十来岁的女人。她温和地向他点头，说："先生若是身体不适，我略通医术，可以救急。"

李怀英抹去眼泪，闷闷地说："多谢美意。夫人知道如何治伤心之症吗？"

守在车边的飞龙卫听他不着边际地乱扯，替他急了："先生，这可是为圣上治病的女医！千载难得的机缘，赶快求她救救你的夫人。"

李怀英这才知道女子的来历，连忙跳下车施礼，请她为冯氏看诊。

王秋莹一看冯氏的状态就知道事情不妙。她试着同冯氏说话，冯氏却没有多大反应。王秋莹连忙从自己车中唤出一个二十出头的年轻人，向李怀英道："这是舍弟，医术比我高明。"说话时，声音颇为自豪。

年轻人果然有主意。他从随身的小包袱内取出一套金针，一边轻声宽慰冯氏莫怕，一边在她头颈前后扎了十数针。

李怀英屏息凝视，看着冯氏合上眼睛，睡得宁静。李怀英如释重负，忙不迭向王家姐弟道谢。王秋莹如实相告："先生的病发在外部，用药可医。尊夫人的病，虽无险恶表现，却难治些。舍弟此番入京，暂住在谢震将军府上，先生可去那里寻他。"

那王姓青年看起来十分腼腆，姐姐说话时，他只是微笑。李怀英见他们姐弟古道热肠，又千恩万谢。三人就此攀谈起来，王秋莹方知宣城的惨剧。听说车内乃是睿洵的儿子，她不禁惊诧，问："先生要将他们送往何处？"

李怀英道："圣上诏废太子时，特意声明，无诏不许睿洵擅还京城。前些日子还曾经传说，要召他们回京。宣城大火之后，却再也没有动静。这孩子眼下只是庶人之子，又成了没人管的孤儿。这一趟是去投奔西陵郡王，废太子的侧室正在娘家。"

王秋莹见他很不情愿，好奇地问："先生是迫于无奈，才将皇孙交与西陵郡王吗？"

李怀英没有回答，只唏嘘道："我听说，西陵郡王为人胆小怕事，侧妃也不是刚强的女子。将废太子的遗孤托付给他们，实在难以令人放心。"

"那么，还有凤烨公主。"

李怀英自然知道凤烨是何许人物。正是因为凤烨，宋之惠与他发生巨大分歧。若是成为凤烨的养子，这孩子或许可以保命，但再也不可能继承大统。这种决定，他是万万不敢代做的，也不知该如何抉择。他自然希望孩子能长命百岁，但作为有报国之心的人，他也不想看到皇统正嫡就这样没落。

李怀英还不知王秋莹是什么样的人，这些话不宜当着她说出口，然而他脸上的表情已透露出不赞同。

王秋莹微微一笑，道："先生不要怪我出言轻狂——我在宫中并非一天两天，对这些皇家子弟多少有些了解。要说值得托付皇孙的人，我心中也有个人选，不知先生是否想听？"

"洗耳恭听。"

王秋莹不慌不忙地说："当今皇后。"

李怀英霎时想起素盈波澜不惊的脸："她？"

王秋莹见他神情犹疑，奇道："先生也对皇后娘娘有所了解？"

李怀英侃侃说道："我不过一介贫贱书生，不怕说出来得罪人——不瞒夫人，我的确有幸见过皇后。以我愚见，若是将孩子托付给她，恐怕他长大之后，还是一个只认识睿、素二字的人！我为天下布衣怀私心，不愿托付给她。"

王秋莹失声笑道："先生误会了吧？难道先生没有发觉我的姓氏吗？皇后娘娘并不是先生所说的那种人啊。"

她望着阿寿，说："这孩子出生没多久，就大病一场，险些送命。正是皇后挡住了多方非议，召我入宫救治。她自己也衣不解带，日夜照料。从那之后，宫中人人知道皇后对这孩子爱若己出。先生要将他托付给真正关心他的人，除了皇后，还有第二个人选吗？"

李怀英仔细地看了看王秋莹。

人的性格往往可以从她评价旁人的气态中一望而知。李怀英虽未在官场上搏杀，却见过数百名形形色色的书院学生，于识人一项上有少许心得。王秋莹语气中并没有天花乱坠的奉承，李怀英却看得出，她行事正直，且对皇后爱睿歆之心笃信不疑。他原本自信对皇后的认识，这时也不禁生出小小疑窦——也许，他看到的只是皇后很小的一面。

他没有忘记，皇后还年轻，有朝一日生下皇子，也许就会变成睿歆最大的敌人。可是转念又想，如果皇后真的生下皇子，她又真有害人之心，那睿歆即便在别处，又能摆脱吗？也许，让她养育反而更好。

"夫人这一次回到京城，是要入宫吗？"李怀英问。

王秋莹坦然道："正是。我本是出京采购药材，现奉召回来，宫中还有我的病人。"

"我听夫人之言，也有了托付皇后之心。请夫人在方便的时候，转告皇后，我夫妇已携这孩子回到京城。"

说到此时，城中传来声声晨钟，城门依时开放。王秋莹姐弟同李怀英告别时，她忽然想起一事，说："先生若是担心孩子在京城的安全，我可以推荐京城中一个值得信赖的人——就是舍弟要去投奔的谢将军。他的为人，先生一处便知。”

李怀英正不甘愿去拜访风烨，一听之后眼睛就亮了，说：“这位将军，也是我由衷钦重之人，我同令弟一起去拜访他。”

焕雯剑上遍布干涸的血。

琚含玄将剑举到眼前，伸指在剑身上平抹过去，“焕雯”便立刻如同它的名字，又是一片晶莹光华。

“你烧了离宫？”他弹去指上的褐色粉末。

“是。搜遍素璃的寝殿，实在找不到相爷所说的那些东西，不知被她藏在离宫何处。下官怕耽搁下去横生枝节，所以……”

琚含玄望着地面，脑海中清晰地浮现出那座阴沉的宫殿。

高耸的殿角，胭脂色的晚霞，似紫色又似深蓝的夜空和闪亮的群星，顽固地在宫檐上安家的燕子，发芽的野草，廊檐下优雅行走的宫女，自由的风，望不到尽头的荒野……

他微笑一下，轻声自语：“它还在。”

“相爷的意思是……”

“烧就烧了吧。”琚含玄说着，将“焕雯”入鞘，“你做得不错。我还以为，你们兄弟当中，信默是最有本事的，没想到你现在做事比他利落。”

“多谢相爷夸奖。”信端说，“信默的确比下官能干，下官仅仅胜在用心如一，不像他，顾虑那么多。”

“用心如一？”琚含玄笑道，“我想请教，你甘愿为我出生入死，用心何在？”

信端深深地低着头，说：“信默一生困在‘白家’二字之间，寿限不及而立之年，欣悦不足一掌之数。结果呢？谁也没有感到些许幸福。人生苦短，下官希望能够畅所欲为，遂心快意。在朝廷中寻求这种人生，需有相爷成全。”

琚含玄微笑说：“信默是个好孩子。可是，他犯了一个我不能原谅的错误，你知道是什么吗？”

“背叛。”

琚含玄摇头说：“不，是失败。我从不奢望世上的英杰自我而止，从不要求你们对我用心如一。倘若有一天，你们靠自己的能耐可以打翻我，那就说明，这世间，这局面，不再需要我，没什么好遗憾的……但是我讨厌看见失败。你可明白？”

信端只觉得他话音里有一种比权势更深邃的恐怖，冷战之后低头回答：“似懂非懂。但是，可以听出相爷绝非常人，正是我愿追随的那种人。”

琚含玄微笑着点了点头：“既然如此，我就成全你吧。”

琚含玄知道，一定有人在他之前，把宣城起火的事情报给深泓——他听说，绝少出门的凤烨公主很悲伤地入宫觐见——但他还是带着凝重的神色，亲口又说了一遍。

“烧掉了？片瓦不留吗？”深泓又问了一遍。

“似乎是这样。”据含玄说，“先前，臣怀疑李太医私受素璃重资，故意贻误陛下病情，禀明陛下之后就秘密派人去宣城追查。去时宣城已经起火，偏偏那日风大得很，只能眼看着，没法扑救。”

“宣城的人呢？”

“还有数十幸存者，现在宣城等候安置。”据含玄没有告诉他，幸存的都是些什么人。

深泓闭上眼睛。

母亲的影子早已不在那里，如今，她时常伫立的殿廊也……

若星狡黠的微笑早已面目全非，她偷偷探头张望的门扉……

月下舞剑的少年早已脱胎换骨，他踏足的布满白霜的庭院……

一切都不在了。

“烧就烧了吧。”深泓说，“查明白是怎么回事。”

“陛下打算如何安置宣城的人？”

深泓从凤烨那里听说，宣城有宫女带着皇孙幸存。宫女……阿寿还是变成了没有母亲的孩子。要将一个尚未自立的小儿带入这座宫廷吗？只要他一开口，面前这人立刻就会认定他仍然有心立阿寿为储君。

“宣城已成一团灰烬，可以调拨他们去缦城离宫。若是年老的不愿去，可听其自便。庶人洵之子同去那里即可。”

“皇后娘娘一定会觉得伤感。”

“过几天就会平息，”深泓慢慢地说，“以后还会有其他孩子，代替她失去的孩子。”

八宝香炉吐出浅浅云雾。

“又一个祭品。”白烟幻化成女子模样，懒洋洋地卧在一张鹿皮上，玩弄手中一枝开着红白两色花朵的梅花。她的手指轻轻拂过，白色梅花尽数变成血红。

“你有没有觉得，这旅程越来越惊险？必须要全力以赴，才能看见结局。你是不是应该再抛去一些无关紧要的东西，换一个更有把握的未来？”她向素盈递出那枝梅花，顷刻之间，饱满的花朵纷纷凋零。

“三百六十五天，听起来不短，其实稍纵即逝！你过得这么辛苦，仅换来一个不在乎你的人多活一年。你已经坚持到今天，该为自己换一些东西了。”

“譬如说？”

白衣女人想了想，咯咯笑道：“你的心思我明白！你想要睿歆继承大统，你想看见，自己亲手抚养的孩子创造一个未来。那么，用毕生无子，来换无人与睿歆争夺皇位，如何？我今天真是太慷慨了，允许你用一个代价换取结果——机不可失呀！”

素盈哂笑道：“幽馥啊幽馥，这需要交换吗？宰相推荐的那个孩子，根本不能与阿寿争夺皇位。”幽馥冷笑着一旋身，背后变戏法似的出现一个女人。

是钦妃。素盈吃了一惊。

“你当母亲的决心，可以超过她吗？你让孩子登上皇位、创造未来的决心，可以超过她吗？”幽馥望着素盈不住冷笑，“素盈，你真迟钝啊！”

素盈的脑子嗡的一声炸开，在梦里，她只觉天旋地转，立时昏厥过去。

在现实中，她却从午睡里慢悠悠地醒来。

“娘娘！”有人低低地唤了一声。

素盈眨眨眼睛，微笑道：“秋莹，你还是回来了。”

她起身喝过茶，幽幽地说：“我曾经想过，王秋莹不愿回来，我能够理解。你不在这里，也许是好事。可你……唉，这宫廷果然很神奇吧？走出去，也抛不下。”

王秋莹笑道：“娘娘，我回来并非因为眷恋宫廷，而是因为这宫里还有我的病人呀！”

素盈轻声说：“你总是忘了，在这里应该自称‘奴婢’。”

王秋莹低头默了一瞬，想对她说李怀英的事。素盈却先开口问：“听说，你家乡那边春季突降大雪，今年注定颗粒无收了。家中受灾严重吗？”

“粟州的情况还好，周围几个郡县就惨了，”王秋莹如实说，“听说有上万人受灾。朝廷赈灾之粮难以运送，他们就跑到邕王的封地上乞食。幸好邕王宅心仁厚，乐善好施，这次开仓救人，实在功德无量。”

“嘘！”素盈又制止她，蹙眉道，“有人想要立邕王的儿子为储君，你在这时候盛赞邕王，不怕人怀疑你的立场？”

王秋莹讷讷地闭上嘴，终于再一次真切地感受到宫廷。素盈见她情绪低落，不慌不忙地问：“你曾对我说，你见过与圣上类似的病人。那人是谁？不是平民百姓吧？”

皇后之前从没关心过这件事，王秋莹不知她为何忽然提起，疑惑地回答：“是邕王的生母成襄太妃。她身体一直不好，家父负责为她治病，奴婢小时候跟随家父看过这病例。”

“你告诉过我，她一直用药排毒。是令尊开的药？”

“是我祖父。”王秋莹想起又忘了自称奴婢，顿了顿，继续说，“当时家父还没有现在的名气。天下皆知的王神医，是奴婢的祖父。但成襄太妃最终还是……”

“你说，在你医治之前，圣上也曾自行用药排毒。这药与你祖父开的，具备同样的功效吗？”

“在奴婢看来，仿佛是同样的药。”王秋莹不明白她为什么笑得神秘。

素盈呼了口气——救命的灵验药方，大概是从邕王那里得到的吧？然而邕王上次入京，全然不知皇帝有过中毒的往事。那么，必是通过邕王不知道的途径得到的。邕王远在千里之外，却仍在皇帝的指掌之中。邕王不足为惧。

“娘娘，奴婢还有一事禀告。”王秋莹小心翼翼地说，“入城之时，奴婢遇到宣城来的人，正护送睿歆进京。”

素盈立刻警惕地问：“进京了？去了哪里？”

“奴婢指点他们投奔谢将军。”王秋莹微笑着将前因后果告诉素盈，末了说道，“护送他们的飞龙卫起初不肯答应，但那位李先生是个意外倔强的人，那位夫人更是固执，由宣城来，抱着孩子从未放手。”

“李先生是谁？”

“是个叫作李怀英的书生。碰巧让他们夫妇遇上这样的大事。”

不知世上有多少事情，是在意想不到的小人物手中，不经意地转折。

素盈思忖片刻，说：“谢震官位与声望都不够，与庶人洵又没有交情，这孩子送到他那里，名不正言不顺。不过，他一定不会将人拒之门外。事已至此，便从这一步另做打算吧。待会儿，我写一封信给谢将军，说李怀英夫妇和那孩子横遭不幸，要他务必厚待。行善积德自有善果。你不必担心。”

说完，她笑道：“你还没去拜见圣上吧？不如现在与我同去。”

王秋莹讷讷地说：“娘娘睡时，圣上听闻奴婢回来，已召见过。”

素盈哦一声，问：“你看圣上的精神如何？”

“奴婢过去跟娘娘说过，圣上的‘病’不同于一般病症，平日看来无事，一旦发作便要损寿，再没有康复一说了。”王秋莹轻轻地说，“表面上稍稍好转，实则……连奴婢也难讲。”

她看了看素盈，道：“奴婢临行时，娘娘曾说，家中若有好的子弟，可带来。奴婢这次带了末弟入京，或许可助一臂之力。”

“他的医术一定不差，只是不知道为人处事怎么样呢？”

“舍弟在军中待过一段时间，为人老成，处变不惊。”王秋莹微笑时，十分自豪，“他与谢将军是生死之交，娘娘一问谢将军便知。”

素盈含笑点头：“那么，改天让谢将军与他，还有那位李先生，一起进宫来见一见。”她说罢，又去恳请皇帝接睿歆回宫。

她知道，自己这套说辞，皇帝就算不能猜到一字不差，也不会猜得相去太远。而他的反应，跟素盈预计的相比，也没有天壤之别。

“投去谢震的府上了？这算什么啊？真是糊涂。”他的口气有些不自在，“那么就从谢府出发，去缦城吧。”

素盈叹息道：“陛下不肯回心转意，妾也能够理解。恳求陛下让李氏夫妇带阿寿入宫，让妾看一眼，不然妾无法安心。”这一件，皇帝欣然同意。素盈回到丹茜宫便叮嘱王秋莹，在信中提醒李怀英等人早做准备。

然而令人意想不到的是，皇孙回到京城，又带来另外一场丧事。

睿洵废黜之日，原来的东宫侧妃素慈刚刚产女不久，因此皇帝恩准她回到娘家西陵郡王府哺育女婴。素慈终日悲伤不已，据说经常水米不进，形容枯槁，已看不出原本的样子。后来她经常冒出死的念头，西陵郡王再不敢让她独自与女儿相处，更不敢将睿洵的死讯告诉她。宫中得知她的境况，平日不忍打扰，只有素盈每逢节日会送来时令之物慰问。

得知阿寿回京后蒙恩准入宫，西陵郡王府上下都忍不住喜形于色，以为这回齐儿也有望回到宫中。不知哪一句走漏到素慈耳中，她得知睿洵已死，当晚便在房中自缢，留下遗书，说是追随睿洵去了。

西陵郡王后悔不已，将她的死讯报入宫中，人人叹惋。皇后素盈更是悲伤，亲自备了奠仪，命人送到西陵郡王府，又在宫中为她遥祭一场。皇帝也念她贞毅非常，赐几件随葬之物，钦点一名大学士去写墓志。可惜是庶人家眷，也不能大张旗鼓地操办，能够如此已是额外的尊荣。

事情至此，素盈更加后悔当日未能将她们母女暂留宫中，心中更可怜两个相继失去父母的孩子，打定主意不要他们流落在外。

过了两日，李怀英、王秋莹的弟弟王鸣鹤同谢震一起进宫。冯氏因是带病之身，不能入宫冲撞贵人，便由之惠代二人入宫，陈说当日情况。幸而她这两天已将自己所知的断断续续讲给了李怀英，尚有些微小细节含混不清，李怀英稍加联想也不难明白。

皇帝仍不能离开昭文阁，素盈便代为在衍庆殿召见他们，琚相与潘公公也在旁陪同。

阿寿来时由王鸣鹤抱着，一入宫殿就活跃起来，再不让人抱他。他这时已能自己走几步，素盈就命王鸣鹤将他放下。

阿寿抱着朱漆柱子东张西望，一会儿盯着宫女与宦官的衣服，一会儿又仰天盯着藻井看，仿佛全然不认得宫廷了。素盈在玉座上看见他的模样，不禁动情地脱口唤道：“阿寿，到娘这儿来！”

宫里静得可闻落针，她出了这么一声，众人都吓呆了。素盈过了一瞬才反应过来：“哎？我说了什么？”众人没一个敢回答。

阿寿抿着小嘴望向她，认认真真地打量素盈。看了几眼，他忽然向前走一步，紧接着快步向上走，吓坏了周围的人。李怀英离他最近，刚要上前保护，素盈出声制止道：“且看看他的新能耐。”

走到近前，阿寿不慌不忙地看一眼周围的人，迈上御座前的台阶。他似乎对此非常满意，又开始飞快地向上迈步。在众人一片惊呼中，大胆的尝试以失败告终——他扑通摔倒在地。

素盈命人将他抱过来，仔细看看他，柔声说：“在这宫里，跑得越快，摔得越惨呀！”

阿寿不住打量她，乖乖让她抱在膝上。素盈刚与王鸣鹤寒暄两句，阿寿就忽然在她膝上一蹬，一下子蹦到旁边的龙座上。众人还没来得及大呼小叫，他已舒服地趴在上面，一动不动了。

琚相登时怫然不悦。素盈身后的崔落花急忙上前把他抱走，一边抱一边说："这孩子倒是会借力！"

素盈好像没有听见，看阿寿没有伤到就微笑着让人带他下去，转过头，又对李怀英与冯氏的救护之功大加赞誉。她低头看见跪着的之惠，赞道："忠肝义胆，世所罕见。你本是宫中的人，还是回宫里来，先做个女史吧。"宋之惠立刻叩谢隆恩。

女史视同三品，超过了皇后可以控制的范围，李怀英不禁有些怀疑，皇后是否在丹茜宫卫尉和都监的两次较量中，从吏部赢了些额外的好处。他亲眼见过皇后如何对待睿歆，心放下一大半，便问几时将睿歆接回宫中。素盈黯然回答："圣上已安排睿歆住在缦城。"

李怀英听说过缦城离宫的凄凉之景与宣城不相伯仲，废皇后素若星便是死在那里。他不能相信，皇帝竟让失去父母的亲孙到那种鬼地方。何况孩子才会走路，根本没有独立的能力。

素盈早见识过这人的率直，怕他当着琚相的面大放厥词，忙道："圣上当然会安排可靠的人照看他，我也会再恳求他的……可惜我笨嘴拙舌，词不达意，恐怕要费些工夫。"

她只是随便找一个借口，李怀英却当即道："娘娘，草民有言，不吐不快。愿以肺腑之言助娘娘向圣上进言，求娘娘颁赐文房。"

素盈想不到他又出花招。今日本是谢他，此时若当殿斥责，有失气量。于是，她笑了笑，命人给他纸笔，由他跪在地上胡乱去写。

不料，李怀英思如神助，笔翰如流。文才还不知如何，通篇的字迹已令人佩服。满殿的人看得呆住，屏息凝神，等他一纸文章。连琚相也默默地盯着他看。

不消片刻，李怀英大功告成，肃容将文章呈上。素盈只窥见是一篇长歌，还未及看清，琚相就代她将文章接过，看了起来。

素盈等他看了几行，问："相爷觉得如何？"

琚相将纸平放在膝上，眯眼看着李怀英冷笑："看不出，你这等无根无基的书生竟敢写出这样的话！写给娘娘看，已是不敬，竟然还想要娘娘向圣上转达？"说罢向素盈道："娘娘，此文暗讽圣上罔顾天伦，大为不敬。"

素盈愣了一下，不愿气氛弄僵，半开玩笑半暗示似的说："读书人满腔正气，偶尔会被人误解，我看李先生深明大义，绝非无法无天之徒。何况相爷掌着读书人的前途，他怎么会在您面前大放厥词？想是相爷误会了。"

琚相又是一声冷笑。李怀英认得他是赫赫有名的宰相大人，却不畏惧，昂然向素盈道："草民一番赤诚，不敢连累娘娘。若是不愿依样进言，恳请娘娘将这东西转交给圣上。哪怕为此丢了项上人头，草民也无怨言。”

谢震眼看他执迷不悟，与琚相顶撞起来，轻咳一声道：“李先生一腔热血，不知宫廷规矩，万望娘娘莫加斥责。臣等已耽搁多时，恳请娘娘容臣等告退。”

潘公公在旁边看出素盈舍不得阿寿离开，在她耳边道：“娘娘不如让老朽将这书生的文章转交圣上。圣上向来虚怀若谷，定不会怪他秉笔直言。若是真能打动圣上，他回心转意亦未可知。”

素盈想不到他也来掺和此事，但她知道潘公公侍君多年，定不做无把握的事情，便让他带了文章去。

潘公公很快去而复返，说：“圣上召皇后、宰相与李怀英上昭文阁。”素盈见皇帝反应如此迅速，知道必有佳音。

果然，皇帝在昭文阁上赞了李怀英的文章，又详细问他的经历。李怀英言谈恰当，答必精要，素盈一见皇帝的反应，就知道此人深得他的青睐，因而笑道：“李先生这样的人才若不能效力皇家，实在可惜。”言外之意是为李怀英求官。

皇帝却沉默了片刻，问：“先生的文章洒脱不羁，难道也有心求官吗？”

李怀英坦坦荡荡地回答：“人生天地之间，有才便可有用。并非要有官，才能为天下效力。然而……”他顿了顿，大胆地提高了声音，“朝廷授官向来挑剔，不是国姓后姓，就不能得到要职。两家莠草可入花瓶，其余秀木却只能作柴烧。天下读书人早就憋了一股劲，每一个都渴望遇到一位慧眼的君王，让他能向天下证明，‘良’不会卑于‘莠’。”

素盈听了，不住地摇头苦笑，却发现宰相与自己身后的崔落花尤为动容。皇帝干脆爽快地大笑起来：“你这样的人，是不会毕生栖于人下的。”话是这样说，却绝口不提给他任何职位。皇帝不会让人觉得，只要毛遂自荐，就能轻易从他手中得到官爵。

但素盈与宰相见皇帝的态度，就知道李怀英运气已来，只是抬举他的时机还未到。

“李先生的文章真情流露，我也为之心酸。”皇帝向素盈说，“他是代天下人向我进言，我不忍拒绝天下的诚意。你暂时将阿寿留在丹茜宫，用心抚养吧。”

素盈连忙跪谢圣恩，宰相也在一旁附和几句。众人不再打扰皇帝休息，从昭文阁退下，一出来就看见真宁公主踮着脚探头探脑。原来李怀英在衍庆殿奋笔疾书的事迹已传到真宁耳中，她专门跑来，等着见他。

素盈从来谈不上喜欢真宁，可是见了她热切的样子，又忍不住想劝。谁知真宁只向李怀英轻轻地点了一下头，也不管人家有没有看见，转身便走。素盈反而奇怪，唤她回来，问：“一言不发地来去，有什么意思？”

真宁带着莫名的自信回答：“我要说的话，已经说过了。”

素盈哑然：“你这哑谜，谁能猜到呢？”

“不明白，就算了。”真宁放下脸。

素盈忽然明白，真宁也到了这个年龄——自信的、容易产生错觉的年纪。她以为自己做的事，对特定的那个人来说，是好事；以为特定的那个人，做的事是为自己……

她想以长辈的经验告诉这个少女：不是所有人都能与你心有灵犀。有些话必须要说出来啊！错过这个刹那，你就会被迫成长。往后的后悔，只是因为这一刻的沉默引起了小小偏差。

但是……素盈不安地看了看李怀英。他只是一个书生，没有显赫的出身，却有结发妻子。素盈犹豫一下，再看真宁时，她已跑远，内心的冲动也悄悄隐退。

“那番话，真是耳熟啊。”崔落花一边走，一边微笑着回想绷着脸的宰相，“不是素氏就不能入主宫廷，不是睿氏就不能登上高位——这样的不公，很想亲身打破。哪怕只有一次，也值得赌上一生。”

素盈奇道：“你在说什么？”

“这是宰相说过的话。”崔落花沉声说，“他母亲是宫廷中的失败者，一生未能显赫。他说，‘越长大，越能够理解母亲当初的心情。母亲没有做到的，我一定要做到。’最终竟真的让他做成，以异姓掌相印。”

“素氏难道值得羡慕？”素盈轻叹一声，又想，素姓与素姓之外的人，恐怕一生也无法相互理解。只是这么一想，她就想起衍庆殿里的谢震。

“我要在这儿透口气，你去唤谢将军来。”

崔落花觉得这次没有要紧的事，素盈这样做并不妥当。可是素盈执意如此，她只得照办。

过去也曾在这里同他见过一次，素盈环顾周围，果然看见小小的鱼塘。只是今日没有桂花，不知还有什么可以打动他。心里这样想着，转目四看，只见临水的菖蒲开了，便伸手去折。

“危险。”谢震在她身后平静地提醒。

素盈收回手，向他笑笑，单刀直入地说：“我听说宰相要为你做媒，为何至今没有喜讯？你今天出来打圆场，他也是爱理不理的样子。”

谢震知道她不会闲来惹人腹诽，听她问的是这一桩，他既不情愿答，也不能不答。默了一会儿，他说句“多谢娘娘关心”，便没了下文。

“谢家只剩你一人。不就是为了传承香火，才与平王断绝关系，认祖归宗的吗？拖延至今，不太好。”素盈垂下眼睛道，“那位应芳小姐确实是个罕见的女子，配你也算一段佳话。”

谢震嘴唇动了动：“我也曾经想过，娶一个女人传宗接代。可是经过月瑟那件事，我倒有些明白了。婚姻一事，不仅图一个孩子，也关系两人的一生。我只知道一个素小姐，何必去祸害别的女人？”

他说到这份上，素盈实在没话相劝。

“难道你要这样过一辈子吗？”

“也许是过一辈子，也许是过几年……”谢震躬身道，“臣实在不擅长在娘娘面前隐藏，反而令娘娘操心了。其实娘娘不必介怀，也不必插手。要知道，心事终归还是心的事，谁也管不了啊！”

“那这件事情就交给你的心，”素盈轻轻地说，“而你——你来管束自己的言行，让它们看起来像是另一回事，反映另一种情感，可以吗？”

“可以。”他痛快地回答，“一定不会让臣的私事给娘娘招来猜疑。”

阿寿从此便在丹茜宫住下，由一向照看他的宋之惠来照管。过了几日，素盈又请将齐儿也接来。齐儿年纪太小，素盈专门拨了四名宫女照顾她，诸般安排可谓无微不至。阿寿初来时似乎已经不记得丹茜宫，过了几天就又惯了，整日在宫中走来走去，一点也不觉得生分，和他妹妹也十分融洽。

宫中所有的人都爱逗阿寿说话走路。这孩子离开时已经能说好几个词，不知是不是无人分心教他，时至今日，他会说的话还是很少。素盈悉心教导，没过几天，他就会攀着龙床的边沿喊“陛下”。

皇帝正沉着脸想事情，被他呼唤，不禁微微地向他笑了一下。

“这件小斗篷穿起来很合身，看着有点眼熟。”他摸了摸阿寿身上天青色的斗篷。领口附近有针尖大的一个褐色斑点，仿佛做针线活儿时不慎被刺破而留下的血迹。他看见就不再说什么了。素盈要做的事情，好像总是断断续续没有前途，最终他却发现，她想做的都做到了。

素盈乖觉地将阿寿拉到一旁，小声对他说：“陛下有要事，你不可以打扰。”

皇帝见她对一个小孩子说得郑重，笑了笑：“也不是什么要事。只是那天听了李怀英一席话，我一直放不下。近来朝廷当中，像他这样的人越来越少。大概是因为我与宰相都老了，整个朝廷也跟着我们失去了活力。”

跟着素盈一起来的真宁，笑嘻嘻地发表异议：“宰相老了是真的，父皇可没有。朝廷失去活力必是因为他，与父皇有什么关系？”

素盈听过传闻，说皇帝曾有心扶植三位大臣，作为睿洵登基之后的力量。但素盈也知道，那三位大臣中，一位处事模棱两可，一位才高而不切实际，一位能力虽强，小过太多——没有一个可以像琚相那样滴水不漏。他今日又提起李怀英所说的用人之弊，素盈便猜到他想要做什么——他并不想自己百年之后，有个太强的宰相在他的弱孙身边。

素盈笑着提议：“满塘只有锦鲤，确实太过温吞，放入几条泥鳅，未尝不是趣事。”

“皇后娘娘说得一点不错。”真宁早就等待一个机会，这时笑嘻嘻地向父亲进言，“古人能发布求贤令，招揽天下英才，难道父皇就不能吗？我朝还没有过这种贤明之举，父皇首开先河，又是一件善事呢。”

皇帝指着真宁向素盈笑道："这孩子的确有点见识吧？"

谈笑之间，他就决定向天下发布求贤令。素盈至今也不明白，是她的提议打动了他，还是他早就预见她的一举一动，等着她放这块踏板。

这消息不日就暗传京城，震撼人心。睿、素两姓贵族当然也有犯嘀咕的，不知事情是否属实。

素澜得知之后就坐不住了，赶紧入宫去见她姐姐，见了面就问起求贤的事。素盈上下打量她，笑道："事情是定了。可你急成这个样子，是为什么呢？"

素澜莞尔道："我家里有个不入仕的贤才，我自然替他心急。"

素盈哑然失笑："云垂骑马、喝酒的本事了得，说到文章嘛……"

素澜连忙说："这个不需姐姐挂心，只管等着瞧吧！"

素澜虽然早就从姐姐那里得到消息，等到求贤令榜示天下的那一天，她还是乘了牛车，前去观看。三尺高的黄铜箱置于石墩上，兽口大张，等待才子贤士投递文章。榜文前人山人海，守榜官不停向人群大声宣读。素澜听到内容果然与自己所知的一丝不错，心中暗自窃喜。

她亲眼见过这场面之后，吩咐家仆前往寺庙中求签。丫鬟讨好道："要说求签解签，没有比了真观更灵验的。观中有个形容奇异的言半仙，简直言无不中。"

素澜兴致正好，道声："就去了真观。"

这一日并非道场盛会，了真观内却香火鼎盛。素澜先去三清座下供奉香火，默默祝祷，又去寻传闻中的言半仙，可是被一小道士告知：言姓道士今日不见闲人，专等一位贵客。

素澜讨个没趣，正欲离去，那小道士又急急地追上来说："女居士请留步，言道兄有请。"

素澜见他态度反复，不太高兴："不是说今日要等贵客吗？"

"想必就是女居士了。"

素澜心想，自己的确当得起"贵客"二字，于是转嗔为喜，随小道士在签台上诚心求了一支，拿去求解。

那名为言半仙的解签人是个老者，相貌不俗，却少了一只耳朵。她一看之下有些害怕，老者却先冲她微微一笑，神情甚是祥和慈善。素澜登时宽了心，拿出签子让他解。

老者看了看，笑道："女善人求的是一支签，问的是两个人的前程。"

素澜想想此言不虚，微笑着首肯。

"'马进徐行似有程，月沉西海日东升。运来不必劳心力，风送江湖万里清。'这一签说的是好事姗姗来迟，如今月沉日升一片光明，前程逍遥。"

素澜听了大喜过望，立刻摸出一串钱来，重重谢过。老者还欲说什么，见她如此欢喜，便将后话咽下，问："女善人何不为自己也求一签？"

素澜笑笑：“富贵无忧，衣食不愁。”

老者点点头：“女善人的前程，也着落在签中。”

素澜道：“不错。”说罢起身欲走。

那老者终究忍不住，又道：“女善人且慢走，签上还有一解尚未告知。”

素澜顿住脚步，见他又斟酌须臾才讲道：“‘风送江湖’一句，讲的是分离之相……风行水上，意为涣散。签中暗示了一个名中有水的人的离散。日月分离，云水两隔，福气也就来了。”

素澜脸色变了变，讷讷地含糊两句，心头多了一片阴霾。她本是意志坚决的人，什么道士的言语、流行的谶言，在她心中一概压不过自己的意愿。她多少有点相信言半仙的话，但她更相信自己有办法化解厄运。何况签上也说云垂前途一片光明，她想到这个就喜上眉梢。

一路上，她想好了说辞，自信有十成把握能够说动云垂去投策。

孰料，她十全十美的计划只说了一半，云垂就不住摇头：“我不像那些习惯了钩心斗角的人。让我混迹官场，我哪能应付得来？”

素澜笑道：“有我姐姐和你爹，你费什么心？”

云垂又摇头，不屑地说：“仰人鼻息，看人脸色，还要打上父亲和你姐姐的名号……我如今不好？何必去找这不痛快？”

素澜有些急了，一不留心就提高了声音：“在家里锦衣玉食，是不费心。只要听听各地报上来的账，一年就吃穿不愁。整日不是骑马打猎，就是吟诗斗酒——难道你一辈子就这样糊弄过去？这能叫作‘痛快’吗？！”

云垂见她莫名其妙地发起脾气，心中也不舒畅，瞪着素澜道：“你突然间发疯了？”

素澜苦口婆心地说：“你的悠闲日子是怎么来的？你以为盐商这生意，人人都可以做？你能赚这银子，过这好日子，是因为你爹是宰相，他有权选择让他的儿子过什么样的生活。失去你爹，你还能这样逍遥？‘盐’这买卖，朝廷一句话就可以给别人。有再多的钱，朝廷一句话就可以让我们倾家荡产！你想过潇洒的生活，就要做一个有权选择生活的人！”

云垂指着素澜怒道：“你简直是官迷心窍！做官就有权选择自己的生活？人常言，官情纸薄。若父亲失势，我就算是个官，又能为自己开脱几分？能打动皇帝、打动故人几分？素澜，我已经选了自己要的生活。我只跟你讲一句——要是你时刻盯着朝廷，那我就算做到父亲那份上，你也不得安生。你不看不就成了？”

素澜见他凶巴巴的样子，委屈道：“在你选择的生活里，我只需要每天安顿家务，养儿育女，是不是？在你看来，我与大字不识、眼光短浅的女人，其实都不过是女人而已……对不对？”

云垂哑了一刻，嘴上不肯服输，冷笑道：“那怎么能一样呢？你的本事比她们大多了。只要你喜欢，自己去投策也不成问题吧？”

素澜听出他挖苦的口吻，索性怄气到底，从袖中拿出一沓纸，冷冷地说：“云垂，我并不是做不到。可惜老天生我为女人，我这一生只能因夫婿而显耀。”

云垂吃惊地看到她洋洋洒洒的文章，又看到题头上写的是自己的名字。

“你代我写好了？”他忍不住惊诧地叫起来，“你想逼我选择一种我毫无兴趣的生活，这样你就可以过自己想要的生活？”

素澜用手按着那一纸文章，冷静地望着她的丈夫。只见他惋惜地摇摇头，看也不看那沓纸，转身就走了。素澜的眼泪一下子掉落，她觉得他背对的不仅是一沓纸，也是她的全部期待。她抓起那篇文章，就要用力撕掉，可是霎时又停手。

这么好的文章……被眼泪打湿了。

她又看一遍，更觉心痛，抹干眼泪重新誊写，仿佛赌气似的在署名处写下“素柬”二字。趁着这股气还没消，她回到皇榜跟前，将文章投入铜箱。

李怀英已带着冯氏搬回明德书院，这天也在人群之中，一遍又一遍地听守榜官宣读投策事项。“不分士庶，不论出身”一句尤其激动人心，与他同看榜文的书生们大为振奋。很快，整个明德书院里，大家奔走相告，都去亲眼看那皇榜。

也有性情悲观的人说：“朝廷写一句场面话，你们就信以为真了？投策交上去，还不是要给那些官员拣选？未必真能做到唯才是举。最终还不知什么人受益呢！”

虽然这扫兴的念头也有一点道理，但书生们还是一个个摩拳擦掌，将毕生所学发挥得淋漓尽致，三五日内纷纷投了对策。

李怀英也倾尽心血，做了一纸对策。

投策毕竟不同于科举。有人投过一策之后，心中仍反复思量，过上两日又出一策，再投进去。也有人觉得，自己第一份对策笔力不够，隔天又上一策。有连投几次的人对李怀英说：“李兄为何只写一张？何不多做几份以备变故？万一一份不对审官心思，还有第二次、第三次机会。”

李怀英笑道：“投策岂是投机？投的是一份赤诚之心，一次足矣，何必接二连三？”

京城的铜箱三日之内就满了，换上的空箱在第五日傍晚又满。素盈得知后连连向皇帝道贺：“只要陛下一句话，天下皆愿献计献策。”

皇帝看着素盈与阿寿，淡淡地笑着问：“宰相权倾朝野，一人独大。天下人明知如此，仍奋身投效。你知道是为什么？”

素盈佯装思忖，见身边全是口风紧密的人，才不慌不忙地回答：“朝中虽有宰相，但也有康豫太后留下的旧臣和他们的子弟。托庇于他们，虽然不足以撼动宰相，亦能够向皇帝传达自己的声音。”

皇帝一边微笑着戏弄阿寿，一边说：“没想到，皇后对朝廷的第一反应，竟然只有朝臣而没有我啊！”

素盈慌忙谢罪。

他温和地说：“他们纷纷前来，是因为我虽然在几件事上比较任性妄为，但遇到大臣相争，却很少偏袒，也很少去干涉他们的言论。宰相声音虽强，别的声音却也有存在的空间。我给他们留下希望。在我的朝廷里，他们永远有勇气做下一次争执。”

素盈默默记住，羞赧道：“陛下远虑！妾的眼光、智慧远输陛下，真是惭愧。”

皇帝抚摸着孙儿的额头，长长地叹气，仿佛略有寄托，但什么也没说。

分送各地的铜箱在放置七天之后，一一运回京城。素澜听宰相说，这一次共搜集到八百七十多份对策。素澜纵然自信，也不禁在心中嘀咕，不知八百多篇文章当中是否藏龙卧虎，不知自己的水准在其中排到几位。

她没有告诉任何人自己的轻狂之举，既不愿受人指摘，说她身为女子胆大妄为，也担心自己这一策石沉大海，引来更多嗤笑。到了出贤榜的当日，素澜假托探望姐姐，早早来到丹茜宫。

素盈还道她心急云垂的前程，惋惜道：“半个时辰之前，七十张贤文已经拆封。我私下问了圣上，其中没有云垂呢……”

素澜悻悻地笑道：“娘娘白白为他操心了！他根本没有投策。”

素盈早料到事情是这样。她知道妹妹对妹夫寄望颇高，安慰道：“云垂那性格，让他入仕未必好。你们夫妻恩爱，每日悠闲逍遥，这日子便是做到皇后也得不到啊！”

素澜低头不语，过了会儿才问：“不知何方高人一鸣惊人？”

“我也不知道。”

姐妹二人闲聊一会儿，丹茜宫里来了一个宦官传话：“圣上请娘娘去一趟。”

素盈留下素澜，自己急忙赶往昭文阁。一进去，她就看见真宁与审策官都在。按规矩，公主不得入阁。而且大臣在阁中，皇后也不该来。可是素盈猜得到，今日关系李怀英的前程，真宁必定要任性地亲眼看看。至于是多大的事情要破例找皇后，她却想不通。

皇帝从书案上拿起一沓纸，说：“你看这个。”

素盈见纸头是红底金花的弥封纸，知道是刚拆封的对策。对策已被专人誊写，圆润优美的字迹掩去了对策人的身份。素盈不知为何会让自己看，刚接到手中就听皇帝说：“文章是绝妙文章，对策是出奇对策。你看看题头那人。”

看见题头，素盈咦一声，也愣了——上面只写着“平王府素柬”五个字。

真宁在一旁酸溜溜地说：“平王府真是含英集萃！有皇后这般女子，有兰陵郡王那等武将，如今又冒出一个出类拔萃的才子……娘娘，这人当真是平王府上的人吗？”

素盈眨了眨眼睛，实在想不出此人是谁，为难地对皇帝说：“府中遍是素姓，妾一时也不知道是哪个。况且妾许久不曾回家，门客、亲戚又是来往不息，实在不知府中究竟有没有这一号人物呢。”

皇帝笑道："这文章非比寻常。不知朝廷深浅的人，哪里能够写出这样的气魄！难道不是皇后的兄弟们？"

素盈汗颜道："妾的弟弟们年纪尚小，况且也不敢变易名字戏弄上官。"她又看了眼"素柬"二字，心头一跳，本能地推搪道："也许是什么人的玩笑，写上'平王府'三字，希求顺利过关吧！"

"这可是头名文章，怎需借助后家盛名？"皇帝想了想说，"既然皇后不知，那么唤平王来问问，应该知道。"

素盈连忙道："不必麻烦。妾的妹妹正在宫中，她从小记忆超凡，人物姓名过目不忘。妾去问问她，便可知晓。"说着也顾不上更多客套，慌忙回丹茜宫去了。

真宁等素盈走后，质问审策官道："此处就是全部的贤文吗？"

审策官回答："正是。八百七十二篇文章当中，最好的七十篇全部在此。"

真宁眉头蹙得更紧，说："怎么不见一个叫李怀英的人所写的文章？"

既然没有，定是不够好，可她有心关照李怀英，审策官也不便直说，索性不答。真宁却更来劲，对皇帝说："父皇，李先生的谈吐学识您也知道，区区对策怎么会难住他？我看其中定有玄机，不如取来他的对策看看吧？"

皇帝料到她当初提议策问，就是为了抬举李怀英，此时不见李怀英的文章，一定不肯罢休。可他也不纵容真宁，敛容斥道："你小小年纪，怎么敢对朝廷大臣无礼？速速出去！"

真宁也知父皇不能为一人破坏规矩，况且还有八百份对策名落孙山，为李怀英一人重审，要如何对待其余的呢？她嘟着嘴出来，快步跑到存放对策的集贤殿，向里面的人道："立刻找出李怀英的文章。"

那些学士面面相觑，不知道小公主突然跑来是为什么。真宁见他们纹丝不动，大怒道："这些纸已经没用了，过两天就要烧掉，今日给我，有何不可？立刻给我找出来！"

一名学士躬身道："殿下，对策一经拆封，即便无用，也不得拿出此处，否则……"

他还没有说完，真宁便一步上前，抢了一沓，跳到殿外，乱翻手中那沓纸道："这不就出来了吗？"

翻罢，见其中没有李怀英的，她又对学士说："快给我找出来！若有人责难，你们只管推到我身上，爱怎么说就怎么说吧！"

几个年长的学士示意众人不要理会她的无理取闹。真宁要赖不成，沉下脸，决心给他们一点颜色。学士当中有一人见过李怀英的对策，爱惜他的才华，趁势将那张纸抽出来说："公主息怒，对策在这里。"

真宁夺了纸，喜滋滋地拿到皇帝面前，说："父皇，你看看这个好不好？"

皇帝早知道她不肯放弃，责备两句就接过浏览。他从头看到尾，问审策官："李怀英的对策，卿可看过？"

审策官直言："臣亲眼看过。"

"这样的对策，为何沉落？"

审策官也是耿直之人，坦坦荡荡地说："陛下，此人词句精妙，然而论事偏激。世间一事不合他意，便大加捶楚，满纸狂言，恨不能将朝廷击碎重粘。"

皇帝笑道："他所披露的时弊是实情吗？"

审策官无法回答他的问题，回避道："臣以为，陛下寻求的是对朝廷有所助益之人。臣以为，这样的人应知如何安人心、救时弊。譬如头名的素柬。臣观此二人的对策，只觉得以素柬的情怀，若是去行医，遇到身患不治之症、痛苦至极的病人，他会比平常更加努力，施展浑身解数搭救。而李怀英这等狂徒，却要以杀人为救人！这样的对策，怎么能称为贤文？"

皇帝微微笑道："爱卿，你觉得，朝中若无李怀英，单凭素柬，能够看出绝症所在吗？李怀英正是发现绝症的那个人啊！"

审策官无言以对。

皇帝由衷感叹："若能得此二人，朝廷气象必定不同以往。"

审策官还要抗议，却被皇帝笑着制止："爱卿用心良苦，朕已体会。此人殊是难得，朕不忍弃之，可与素柬并为头名。"

审策官怅然道："臣担心，陛下以此等言论为首，会引来天下攻毁朝廷之风。"

真宁听到父皇将李怀英列为头名，心中大喜，不容审策官再来搅局，插嘴道："大人何来'攻毁'二字？天下岂有痛恨朝廷之民？如李先生那样的人，不过是盼望以激烈言论惊醒世人罢了。"

皇帝轻轻地点头："李怀英我已见过。真期待素柬的露面啊！"

素盈心神不定地回到丹茜宫，看见钦妃也在宫中。

钦妃原是闲来无事找素盈闲聊，不巧撞见她最不喜欢的素澜。两人话不投机，正闷着，见到素盈都松了口气。

钦妃笑脸迎上去问："娘娘怎么愁眉苦脸的？发生什么了不得的大事？"

素盈一手一个，将钦妃与素澜拉到软榻上坐定，说："今日出了一件奇事。圣上求贤，竟被我们家一个名不见经传的人摘去头名。"

钦妃惊噫一声，道："府里若有这样的能人投策，平王怎么能沉得住气，藏得密不透风呢？"

素盈说："是个叫作'素柬'的人，两位可有印象？"

她早在留意素澜的反应，察觉妹妹在这一刹喜不自禁，忍不住惊道："阿澜！果然是你？！"

素澜莞尔道："娘娘莫怪。我本是一时冲动，想不到……"

钦妃厉声喝道："你好大胆子！闯下这祸，还嬉皮笑脸。"

素澜顿时不悦，冷眼看着她说："天大的祸事，我担不起吗？姑姑怕什么！"

不等钦妃再开口，她又抢白："丹茜宫里娘娘还未发话，姑姑急什么？"

素盈嗔怪素澜道："你真是不知天高地厚！那守榜官竟然让你一个女子投了？"

素澜小声说："我说是代兄弟投递，他就没拦着。"

素盈知道实情后冷静下来，说："你跟我去向圣上说明。我在一边求情，他又欣赏你的才华，应该不会特别怪罪。"

素澜急忙扯着素盈的袖子道："姐姐不要！"

素盈吃惊地看她，失声道："你在妄想什么？难道想要同那些才子一起，接受皇帝当面垂问？"

钦妃在一旁讥诮："你是相府的儿媳，做事也该给夫家留点颜面吧？"

素澜咬了咬嘴唇，毅然对素盈说："姐姐，试问世间可曾有过一个女子，在天子面前与男子一较学问？我得到这个机会，并非因为我是皇后的妹妹，而是因为我能写出精彩的对策——请问这是丢脸的事吗？"

钦妃又要揶揄她，素澜抢在前头说："就算不为世风所容，可我毕竟破天荒地做了一件为女子扬眉吐气的事。焉知千秋之后，不为后人乐道？请求娘娘成全。"

她话中有豪情万千，素盈听了不能不动容："毕竟从小教养不同，妹妹的魄力远在我之上。虽然不是后宫女子，却……不，也许正因不是后宫女子，你才能够这样意气风发地畅谈远见卓识。"

钦妃急道："娘娘怎么能纵容她呢？！两位都忘记了吗？我朝不准睿、素二族科举入仕，曾有一个国姓小儿匿名投考，被人告发之后，父子皆受鞭刑！投策本来没有女子参与之理，阿澜明知故犯。她有父有夫，谁知会连累哪个？娘娘应立即禀报圣上，求他饶恕阿澜，这才是明智之举。"

"我会去求情，"素盈握着素澜的手说，"也求圣上给素澜一次机会。"

"娘娘，你也跟着她发痴吗？"

素盈向钦妃笑道："姑姑，你上过战场，难道你不想看看这场比试？常常有人攻讦皇后之家凭借女色取媚帝王，不学无术，尸位素餐。我真想看看那些自负的书生结结实实地败在东平素氏女子的脚下！"

素澜大喜过望，跪在姐姐面前行过大礼，高高兴兴地回家去了。

钦妃在一旁，皱眉笑着摇头。素盈见状道："姑姑无须担忧。以素澜的才华和机灵，她在这事上不会吃亏。"

"若世上的事全都由才华和机灵来决定，她的确很难吃亏。"钦妃不冷不热地说，"恐怕她想得好，旁人却不是那么认为呢。娘娘看着吧！只怕别人没拜倒在她脚下，她先要向别人跪拜央求。"

“这话怎么说？”

钦妃哼一声，说：“依妾之见，阿澜这事起头就不祥！起假名用什么字不好，偏生把自己名字里的‘门’扔掉。希望这事不要害她无门无户、无家可归！”

素盈只当她又对素澜泼冷水，并没有放在心上。孰料三日之后，平王匆匆入宫求见，竟应了钦妃的预言。

“什么？”素盈听了一遍，不信自己的耳朵。

平王拿出一沓纸交到她手中，抬头上赫然写着“放妻书”三个字。平王气得面色铁青，愤愤地说：“云垂那小子！居然将我们阿澜休了！”

素盈一边看一边摇头：“阿澜为他生儿育女，也没有听说他们夫妻不睦。云垂是一时脑热才做出这事吧？”

“他要不是相爷的儿子，我就……”平王气得攥紧拳头，口中嘟囔了一串含糊的叫骂，又说，“宰相的儿子休了皇后的妹妹，简直是天大的笑话！阿澜已被他送回家里，连哭了两日。今天她不哭了，我反而害怕——娘娘，这可怎么好？”

他斟酌一番，压低声音，吞吞吐吐地说：“娘娘知道阿澜——她对人好的时候，是真好，可她也能干出一些出格的事。这事已经够大了，万一再闹出人命……”

素盈忙制止他说下去：“父亲不要慌乱。阿澜有非凡的抱负，不会轻易断送自己。父亲回去开解她，我试着劝劝云垂。”

平王磨磨蹭蹭地不想走，又说：“云垂仗着自己是宰相的儿子，一句‘两情不合’就送回娘家，摆明了以为没人能管他。娘娘可否请求圣上干预此事，不准云垂休妻？”

素盈听罢，悒悒一叹：“后家与相府的联系将要切断，简直是他的天赐良机，他会出手干预吗？”

她的话自然不错，平王只得喟然长叹：“素沉、素飒已经劝过云垂。云垂对他们两人的态度倒还好，只是不听劝，无论如何不要素澜……希望娘娘有灿莲之舌，否则我家与相府非但做不成亲戚，恐怕还要生出嫌隙。”

素盈思忖，郑重其事地召见云垂，若不能扭转结果，反而更加令人齿冷。算起来，又到了皇家猎鹅兼为真宁物色夫婿的日子，今年皇帝身体不好，已吩咐素盈主持，奖赏不可逊色于往年。皇后在宫中殷勤操劳，许久不曾与家人团聚，宴罢可顺道归省。素盈想了想就叮咛父亲，那天务必让两个哥哥请云垂到平王府中。

今年的猎鹅刚好撞上水神诞辰，需要先行祭祀。新年有睿洵夫妇的丧事，皇家应停祭三个月，宰相却称，睿洵夫妇早成庶人，没有为庶人停祭的道理。祭奠虽然未停，但参与者们各有心思。

水神与农猎神并为国中最重要的神祇，既保收获丰盛，又保鱼畜繁殖兴旺，也身兼生育之神。因此，在向两位神祇献祭的仪式中，皇后不可或缺。然而素盈入宫至今，未有一男半女，献祭时不免感到四周逼来重重压力。

猎鹅也没有像往年那样散发出欢悦之意。皇帝不在场，东宫与白信默的身姿消失，荣安守寡，不再出席这种场合。盛乐公主本是皇家公主当中最飒爽不羁的，也关起门来修道去了。皇后大约是预见到场面凄凉，带了两个孩子来，一起坐在岸边观摩，但这也并不能挽救皇家人丁凋零的破散气象。只有真宁公主与以往一样，穿一身男装混杂在少年贵族中间，诚心不让别人出彩。

好不容易到宴会结束，平王府迎接皇后归省，府内隆重迎驾不在话下。素盈等到过场走完，便随大哥素沉穿过通门，到了一处静厅中。

云垂正在等候，一见素盈连忙跪拜行礼。素盈先同他寒暄几句，问他母亲身体可好，又问几个孩子近来如何。云垂知道她真正想说什么，答完之后爽性问："娘娘是要为素澜做说客吗？"

素盈没有立时回答他，却说："素澜是我的妹妹，但我不敢说了解她。可有一事，我知道得很清楚——她是我家着力培养的，无论夫婿是什么样的脾性，有什么样的好恶，她都懂得如何去讨他欢喜。"

云垂笑了笑，对素澜的这个好处并不在意，说："如果她的夫君是帝王，她的确会使出浑身解数，极力奉承。可我不是。"

"为何说出这样的话呢？"素盈顿了顿，和气地说，"云垂，你是真心休妻吗？还是……你的父亲……"

"这与家父有什么关系？"云垂蹙眉看着素盈。

素盈没法告诉他，宰相想要牺牲皇后陷害东宫。虽然皇后侥幸不死，但两人再也没法维持虚伪的客气。他要将皇后的妹妹逐出家门，也不难理解。

云垂猜不到素盈的心思，自顾自地说："娘娘，我已同两位郡王说过，令妹是太优秀的女子，我永远不能满足她对我的期待。"

他看着迷惘的素盈，笑笑说："娘娘尽可以轻视我，责备我整日享乐、得过且过，然而这就是我呀！"

他长长地叹了口气，又说："那天，我从没见她那么高兴过——原来是因为她技压群雄，一鸣惊人。我忽然觉得，最让她雀跃的，不是她的才华得到伸展，而是她的犯禁取得了满堂彩。我怎么会娶了一个不顾一切要出人头地的女人呢？忽然觉得很疲惫，可又不知从哪里来的力气，同她大吵起来。"

素盈轻轻地说："云垂，你知道素澜——她本来是要入宫的。让她籍籍无名地在这世上白走一遭，她不会甘心啊！"

"是啊……从一开始，我们的姻缘就让她胸臆难平吧！所以才会不断寻找途径，张扬她的优点。"云垂黯然道，"我一直觉得，我们夫妻之间隔了些什么。那一瞬，我忽然觉悟，我与她之间，隔着整个世界。她站在另一个世界里，不向我妥协，而我，也没法为了她放弃自己的世界。娶一个素氏女子，竟会这样累。”

他向素盈和素沉深深地躬身：“在下资质驽钝，胸无大志，与令妹两心不同，难再携手。放妻书文已成，夫妻缘尽，恳请诸位不要再劝。”他说完又行一礼，从容告辞。

行至门边，忽然看见素澜就在门外站着，一言一词都听得清楚。云垂谦谦地施了一礼，素澜也答一礼。两人都没有翻脸。

素沉送云垂出府。素盈忙将妹妹唤到身边，拉着她的手不知道说什么好。素澜不容姐姐来可怜她，先开口说：“我已经想明白了。与我相伴，他是过得辛苦的那一个。我总觉得自己牺牲了很多，他却觉得，没有得到他想要的——也许分开才对。”

素盈忍不住为她遗憾，叹道：“你这是何苦……”

“姐姐，你看。”素澜牵着素盈的衣袖，拉她来到窗前。窗外刚好能够看见平王府后宅里一座又一座精美的小院，那是平王夫人们的住所。

“姐姐，你喜欢她们吗？”

怎么可能喜欢呢？素盈心上疏凉。那里面并没有她的母亲——她的母亲早就死了，那里没有一个人真正把她当作女儿。

素盈从小就学会了不去在乎——她不是那些人生的，没有资格要求她们对她好。可是今天迎驾时，她们一个个满脸堆笑，关切地问长问短，想以此示好，让她惦记。

素盈知道自己永远无法喜欢这些女人。但她唯一能做的事，是殷勤地一一问候她们。离开皇后，她们固然少了盛气凌人的资本，可是失去父亲广泛联姻得到的这些亲戚，皇后又有什么了不起呢？

“我讨厌她们。”

乍听到这句话，素盈疑心是自己不小心说出来的，怔过之后，才知是妹妹在旁边咬牙切齿：“想到我日后也是这个样子，我甚至痛恨自己生为女人！我娘在世的时候总是说，我比她强。难道比她强的结果，是终究逃不过跟她一样，变成一个只知道在家里讨好男人、同一群女人周旋、整日碎碎算计一点蝇头小利的浅薄妇人？绝不！”

她说出这句话时，胸膛一起一伏，仿佛胸中燃烧着亿万火把。素盈忽然觉得，云垂和素澜的分离并不是那么不幸。

过了两天，云垂将素澜陪嫁的财物、奴婢送回，虽然尽量不张扬，但大队人马还是引来路人议论纷纷。素澜的奴婢当中有配给相府下人为妻的，不再归回。那些奴婢失了素澜做主，料定日后不如从前，这日也跟到平王府同素澜泣别。

素澜不是儿女情长的性格，除了嘱咐她们机灵做人之外，也没有更多可说。见云垂领着她的孩子们进来，她才忍不住动情。

大一点的双生子知微和知渐已经两岁，察觉这次到外公家非比寻常，都不开口生事。知机和忘机还不会说话，只知道牵着父亲的衣襟东张西望。素澜看看这个，又看看那个，语重心长地对云垂说：“大家庭里没娘的孩子如何长大，我亲眼见过。虽说宝剑锋从磨砺出，可我不忍心自己的骨肉重蹈覆辙，但愿公子的新妇温柔典雅，善待我儿。”

“孩子们是琚家血脉，全家视若珍宝，怎么会受委屈？”云垂顿了顿，说，“归还你的陪嫁之物若没疏漏，我就告辞了。”

素澜笑道：“我怕那些有缺吗？”

云垂在消沉之中强笑道：“我知道你不会在乎。”说罢，抱起小的那一对儿女，领着孩子们要走。

“我还没有说完呢。”素澜站在原地，攥着衣带说，“公子另聘新妇，请容我知道是哪一家的小姐，也好安心。”

云垂回头看了她一眼，回答：“一定……不会是素氏。”

素澜听了心中不是滋味。云垂大方地抱拳：“预祝小姐对策时一鸣惊人。”

他见素澜一脸不屑，苦涩地笑笑：“我真是奇怪。想到你不再是我的妻子，我忽然……很希望听到你在对策时传来佳音。你本来，就有那种才华。”

“多谢公子吉言。”素澜欠身一拜，起身时向他璀璨地笑了一下。

她也很奇怪。她容忍这个男人厌恶她，却不能容忍他的厌恶是因为她有能力。得知他并不嫌弃她的才华，她忽然觉得，也许可以把喜讯第一个告诉他。

两人和气地相视而笑，转身时都有点奇怪——这两年，他们到底做了一对什么样的夫妻?

得知素柬就是素澜，饶是皇帝见过大风大浪，也吃了一惊。

“我早知女子不可小看，”他笑着摇头，“可想不到，皇后这般安分守己的女子，家中竟有这样的姐妹。”

“请求陛下不要降罪于她。”素盈诚心说，“将心比心，无论谁有她的见识、才能和忠君之心，都忍不住要放眼天下、指斥乾坤。在陛下求贤时献计献策，实在是不忍心埋没自己的锋芒。”

皇帝又拿出素澜的对策，边看边摇头说：“可惜是她……你不必再求情了。我可以不怪她，但不能让她与男子们同殿辩论。”

素盈不肯灰心，又说：“陛下，她原是宰相的儿媳。相府是何等门第？但为对策一事，她与丈夫决绝。陛下无法想象，女子要有怎样的决心，才能够走到这一步。妾不忍心看她鱼与熊掌两失。”

“宰相次子的事，我已听说了。”皇帝平静地凝视素盈的眼睛，惋惜道，“她若是民间女子，为她的才华开一先例，未尝不可，可她是你的妹妹，还是宰相家刚刚休掉的媳妇。”他不能如此偏爱皇后，也不能如此令宰相蒙羞。

“陛下一定还有办法。”

皇帝好奇地问：“你很喜欢这个妹妹？”

素盈从未想过这事，委婉地笑道："血缘可不像姻缘，与喜不喜欢关系不大。我和她之间，有上天所造的更深的联系。即便有时候讨厌她，不知不觉，也会像了解自己那样，了解她，像原谅自己那样，原谅她。"

皇帝考虑了一会儿，柔声说："血缘可没有这种奇效。是你自己生出这样的心啊。我不愿令你在家人面前为难。素澜也不必来对策了，今日就授她为女史，择日入宫就职吧。"

素盈万万没有想到他是这样打算的，当即呆住。

她原本有自己的计划——平王府上门客众多，大都滥竽充数，实在难以器重，若素澜以实力登堂对策，一日之功就可使东平素氏蜚声海内外。日后必定有文人或不服、或好奇，登门一探究竟。以素沉待客之真诚，平王一掷千金之豪气，不难从中招揽佳士，收为己用。了却素澜的心愿，再为她安排前程亦不迟。

然而，要将妹妹常留宫中，素盈却没有自信能管得住她。可她央求半天，皇帝给了她这么大的恩典，她不能得陇望蜀，只好惴惴地叩谢圣恩。

素澜在平王府中摩拳擦掌，每日想着如何将所学发挥至极致，想不到等来的却是一纸任状。平王起初觉得女儿被休，他也颜面扫地。见到选充内职的金状，他胸中恶气一下子吐了出去，不停嘴地夸素盈想得长远，做事干脆利落，不用废闲工夫同那些酸腐书生周旋，就给素澜拿到了女史之位。

素澜心中怅然若失，但见到父亲喜得难以形容，她未将情绪挂在脸上，笑嘻嘻道："日后女儿能在姐姐身边，父亲不必总操心了。"

素澜从小娇生惯养，后来嫁的又是权相之子，向来目中无人。她被休回家之后，平王的大小夫人虽然没来落井下石，但也没好言安慰。这时候听说素澜摇身一变，成了说话有分量的女史，她们又纷纷前来道贺。素澜知道这是人之常情，她们若连虚伪也没有，反而不似人了。可即使知道，素澜仍没给出好脸色，对平王妃睿氏也很冷淡。

睿氏讨厌她，更甚于讨厌素盈，受到怠慢便冷冷地说："从前巴望你入宫，结果你搞砸了。后来指望你在宰相家好好过日子，你又搞砸了。这一次你好自为之吧！"

素澜一来就是女官中位阶最高、年纪最轻的，众人难以心服。然而她是皇后的妹妹，不仅是女官与宫女，就连后宫的妃嫔也对她笑脸相迎。钦妃虽然向来不喜欢素澜，但毕竟是自家人做了女史，反而不像过去那般刻薄了。

素澜从小便知道如何恩威并济、因材用人，在宫廷之中如鱼得水，不消三五日，就将上上下下各人的脾性摸清了。那些宦官宫女嗅觉灵敏，一见她的举动，就闻得出又是一个十足的素氏。他们多年来最拿手的功夫就是与素氏打交道，你来我往，心照不宣，双方落得省心。皇后素盈几乎没受过素氏的后宫教育，处处出乎他们意料，相处起来仿佛提着一口气。比起揣摩皇后那不合常规的心思，与新来的素澜相处，要轻松许多。

素澜很快就建立起声望。

可她心中始终放不下一件事。到了皇帝召集贤才对策的那天，她偷偷溜到集贤殿外，让小宦官为她传递里面的消息。

那小宦官知她身份，又收了她的好处，十分尽心尽力地跑腿，一会儿出来说，皇帝问一句“古之君子仕”，一个书生答了好长，可惜口音太重，圣上也没有弄清楚此人说些什么，给了纸笔让他写出来，写得倒是很不错。一会儿又出来说，皇帝又请众人解“慎独”，头名的李怀英与诸位贤才辩论起来，各使喉舌，难以尽述。

素澜并不在意贤才们如何回答。皇帝所问的两事，她眨眼之间就能想出一大篇道理，可惜这时机并不属于她，当下心中寥落。

小宦官再一去，许久没有出来。素澜等得不耐烦，知道听上更多也只是徒增遗憾。正要走时，那小宦官出来了，说：“这下可热闹了！圣上问‘六朝门第’，那些书生个个有话说，连争辩也顾不得了，拧成一股绳鞭笞门阀。不仅国破家亡是门阀之错，连天灾物孽也要怪到门第上。真应了那句‘宁鸣而死，不默而生’。我出来时，圣上反问了一句，‘六朝亦知门阀之弊，为何宁可与门阀一同破灭，也不愿废弃门阀？’殿里哑了一半，李怀英还在口若悬河地详解——女史还要听吗？”

“你只管告诉我，圣上听了是什么态度。”

小宦官不一会儿就出来，小声地说：“圣上意犹未尽，要不是太医叮嘱过，恐怕要问更多吧。方才圣上语重心长地对这些书生嘱咐了许多，似是要退殿了。以小人之见，他们一个个都要出人头地啦！”

素澜已不把出人头地放在眼中，远远看着那些应对的才子出来，她心里只是遗憾——错失这一场，此生大约再没有机会与全国的才俊一较高下。从此之后，她只能安心做个女史。

她对素盈执掌丹茜宫的做法，早就有诸多意见。往日她身为相府媳妇，许多话不便说。如今她专负责建言，便有不少大胆的意见冒出来。碰巧素盈近来一门心思扑在阿寿身上，琐碎的事情也不大去费心，便交给她做。

素澜不是那种只知道要威风、贸然得罪旁人的人，做事虽有狠劲，但也面面俱到，不留话柄。然而明明没有得罪人，旁人却不及她初来时那么热络了。

人情往往就是如此反复。初时大家都觉得她做事老练，多少有些欣赏她。渐渐察觉她实在太老练了，心机似海深，远在自己之上，便要同她保持距离，以防不测。

宫廷里的人，哪个也不写糊涂账。不消几日，即便是没有同她打过交道的人，也晓得皇后的妹妹是个厉害角色。诸位嫔妃从前只知道她大胆任性，还以为她像钦妃似的，如今方明白，她既有美貌，又心思周到，从而对她生了忌惮，觉得素澜这种人，当下虽没有惹到她，但若不小心触了她的利益，她可不会像素盈那么通情达理。

不知几时，宫里开始流传一个谣言，说皇帝喜爱素澜活泼机敏、才貌双全，又知道她宜生养，打算将她纳入后宫。素盈知道这是一句玩笑，也以玩笑心态说：“那也好。圣上贤如尧舜，我们姐妹共效皇英未尝不可。”

想不到，这话被传得有鼻子有眼，连皇帝与宰相也知道了。

皇帝养了几日，可以移驾玉屑宫。这些天他绝口不提立储之事，宰相知道不能操之过急，也不能将他一辈子留在昭文阁，便在恭贺圣体康复时问素盈，问她妹妹是否贤淑。

素盈答应了一声，宰相就半真半假地建议以素澜充实后宫，趁皇帝康复之际孕育子女。

素盈说了声“荒唐”，就不再理睬他。可是皇帝刚刚搬回玉屑宫的那一天，对素盈说：“说起来，我还从未验过你妹妹的才能，不知她能否胜任女史。你去将她叫来，我亲自问问。”

素盈有点后悔在这时候给自己添了一桩麻烦。倘若素澜真的察觉到入宫为妃嫔的机会近在眼前，她会有什么样的反应，素盈想想便觉得惊险。

不过素澜自己好像心无杂念。等皇帝召见完毕，她就对素盈说：“姐姐不必担心。圣上并非将我视为一个女人来欣赏啊！我作为女人，正是他讨厌的那一种呢！”

素盈姑且相信她的话，但周遭的人无法安心。

凤烨因为庶人洵的七七，在皇极寺放生鸟雀，素盈也想为素慈祈求冥福，同去放生。凤烨一见素盈就说：“阿澜入宫当个女史就罢了，断不能为妃。她若是真产下皇子，宰相必然要舍邕王之子，拥立那孩子——此后，他的三个孙子就是皇帝的同母兄了！那人愿意不惜一切代价实现妄想，疯点子已经害死多少人？这苗头太危险。娘娘若是觉得无力阻止，我来设法。”

素盈一边仰头看着天空翱翔的鸟雀，一边叹道：“阿澜从来锱铢必较，可在这风波里那么多人非议她，她却恪守女官的本分，没有对不起任何人。里里外外竟没有一个人愿意容她……真是无可奈何。”

她当天就将素澜唤到跟前说：“妹妹，你知道眼下的情形吗？”

素澜默默地认了，仰头对素盈说：“姐姐若不嫌弃，仍留我在宫中，假以时日，我一定能令左右改观。”

素盈微微笑道：“阿澜，你时常觉得，只要你愿意，这世界也会在你脚下顶礼膜拜。那么你有没有觉得，稍加时日，你会心甘情愿地膜拜另一个人？这宫廷里大多数人，表面如何且不说了，内心里与你一样自视甚高，等着别人来膜拜呢！你能够改变他们的表象，但能够改变他们的心吗？”

素澜听了闷不出声。素盈抚着她的肩膀道：“你有拒绝委曲求全的手段。但宫廷是活的，和云垂一样——所有举动都一目了然，看起来很容易对付，却不会对你妥协。即使你与它一拍即合，也难免在某处失去欢心，最终失去它。”

“想不到会在姐姐这里听到教诲。”素澜低头涩涩地笑了笑，“给我一个女史的头衔，就惹出这么多话题。而姐姐却能从皇后起步，叫宫内宫外赞不绝口，连吏部也甘拜下风……说出来，会令所有自小受教的素氏女子汗颜吧。”

素盈容她难过了一会儿，柔声问：“阿澜，我为你谋一门亲事如何？”

“亲事？”素澜落寞地笑道，“我曾做过宰相的儿媳，让我再嫁谁好呢？”

“你自己说吧。”

素澜想了想，谨慎地回答：“请娘娘让我仔细考虑，这事也需要同父亲商量。”

她只想了一个晚上，就有了答案。第二天，她眨着闪亮的眼睛说：“娘娘可以将我许配给邕王殿下吗？”

素盈诧异一瞬，心想：不愧是素澜啊，永远不会放低自己，去迎合配不上她的人。

她看着妹妹，不动声色地问：“邕王有妃子。为什么是他？”

“姐姐还记得吗？邕王第一次来时，你问他平常是怎样生活的。安乐，狩猎，出游——我也听到他的回答。”

“云垂过的正是这样的生活吧？”素盈观察她细微的表情，直截了当地问，“你想嫁给他，是不是因为他的儿子有希望成为未来的皇帝？”

素澜见她一针见血，轻轻一笑道：“姐姐应该明白，这跟我怎么想无关。素氏女儿要嫁谁，只与她们的父亲需要谁有关。父亲知道宰相的威力，他不愿等到睿渤真的即位之后，我们家被撇到一边。”

素盈的心冷了半截，她叹道：“唉，阿澜！这根本是——”

“我知道。”素澜打了个手势示意她不必再说，款款道，“如果对方是邕王，我可以忍受父亲这笔糊涂账。就算结果会让父亲失望，至少我不会失望。请娘娘成全。”

邕王妃卧病已久，皇帝赐邕王诸多礼物时，也颁赐了一位能干的女史作为侧妃，照料邕王的生活起居。邕王自知宰相提议以睿渤为储君之后，皇帝必然多心，这女史恐怕来者不善。但是看看女史，好像有些眼熟。

世子睿渤眼力好，惊奇道：“这不是德昌郡主吗？”

邕王听说皇后的妹妹被休，不料又赐给自己。他对素澜不放心，亦不怠慢。素澜能猜出他的顾虑，不急于博取他的欢心，后来慢慢让他知道，这桩婚事是她自己向皇后求的。

她年轻美貌，人又活络，邕王渐渐同她说得多起来。有一天两人下棋，素澜技高一筹，处处留下妙招。邕王叹道：“夫人有这样的绝色与头脑，又是皇后之妹，想必再醮名门并非难事，为何会选择我这样无用的男人？”

素澜抿嘴笑道：“殿下的棋路与我姐姐极相似，以为处处忍让便可以求全。在那位皇帝的后宫里，这打法是上上策。我做不到，只好离开。”

她狠心落一杀手，悠然地说：“可是世事终会让你们明白，平日风平浪静并非因为你们的忍让，而是世间本无事。一旦有事，你们仍会被推到风口浪尖。”

“这样一说，我更不明白你为什么到我身边来了。”邕王不露痕迹地揣度她的布局，碰运气似的落了一子，局面大大改观。

素澜不以被他反制为羞，静静看着黑白阡陌，微笑说：“因为预感到您和我姐姐相似，必定有一天，会令所有对您不屑一顾的人震惊。”

第二十六章
狠毒

“陛下的胸口与后颈两处，还会刺痛吗？”

“大约三五日才会痛一次。”

“脸颊与后脑还有麻木的感觉吗？”

“比以前好多了。”

王秋莹把脉时神情严峻，深泓憬然有悟：“事有必至，你如实说吧。”

王秋莹俯首道：“奴婢临行时曾将药方留给李、吴两位太医，看来他们并未使用。”

深泓微微点头，说：“你去得太久了。李太医同我说，病症已变，应当换药。”

王秋莹料到是李太医变方不当，招致病情起了变化，但她没有说什么。李太医因用药不对导致皇帝昏厥，已被逐出太医院，送入京师狱问罪。他的错误自有人纠治，王秋莹不愿对他落井下石。

深泓叹了口气：“康豫太后在世时，他就服务皇家，见的事比看的病多，临到老，反而两般都看不清了。”

他向王秋莹提议：“李太医一去，太医院有个缺额。让粟州县令写一封荐书，举荐你的弟弟入太医院如何？”

如此隆恩，王秋莹却只是伏地跪拜，不开口称谢，半晌才感慨地对深泓说：“奴婢入宫为陛下治病，堪称三生有幸。可是奴婢不谙宫廷处世之道，已将太医院上上下下得罪尽了。天下名医向来仰慕王家不媚贵人、不入仕途之风，提及奴婢，皆为侧目。奴婢深恐末弟一步登天，更招人嫌。”

“你不必担心，”深泓说，“自然有人会关照他。”

王秋莹见圣心固执，不敢一再推诿触怒龙颜，只得遵从皇帝的意思，写信拜托粟州县令推荐王鸣鹤。县令不久就回复一封荐书，并且上表奏明王家医学渊薮和行医的奇迹。王秋莹拿着荐书去找弟弟，却见人去楼空——王鸣鹤得到消息，竟逃跑了，留下一张字条道：“伴君如伴虎。”

谢震也不知他几时遁去，急忙命人四处寻找，又拜托李怀英发动书院学生一起寻找，结果寻遍京城亦了无踪迹。谢震与李怀英近来愈加意气相投，见王鸣鹤这般举动，两人都忍不住大笑："这位贤弟果然不是俗人。"

王秋莹当即蒙了，失魂落魄地回到宫中禀明此事。深泓听了有点意外，哈哈一笑道："你的弟弟倒也有趣。"他顿了顿，"我想这个缺额由你来补，不知道你肯不肯。"

王秋莹大惊失色："这怎么能行呢？"

深泓取笑道："皇后的妹妹也是一个女子，却有志与男子同殿较量。异姓的胆识见地，果然落在素氏下风啊。"

王秋莹听了默不作声，过了一会儿说："奴婢并非以女子自卑，而是唯恐不能堪当重任。"

"你放心吧。"深泓看透她的心思，说，"你助我活到了却心愿，到时我一定放你走，不会让你一辈子困在宫里。"

他的话再明白不过，王秋莹无法违抗。深泓当即下令，命太医院于第二日考试王秋莹的医术。

这天入夜时分，一个小宦官跑来找她，说："皇后发病。"

王秋莹匆忙赶往丹茜宫，进到宫中，却见素盈好好地在床上半躺着。王秋莹连忙问："娘娘哪里不舒服？"

素盈面色平和，说："心有些刺痛。"这是她中毒之后的常见症状。

王秋莹急忙问："多久了？"

"很久。"素盈沉下脸，"秋莹，你对得起我吗？"

王秋莹愣愣地回答："娘娘明察！奴婢用药并没有错。"

素盈冷笑道："当然不错！否则，怎么能进太医院呢？"

这时候，王秋莹才体会她的真意。

"这一件，请娘娘谅解。奴婢一生只求对得起一种人，就是病人。"王秋莹说这话时，不卑不亢地望着皇后，态度似和蔼的长辈一般平静，"自从奴婢为圣上治病，太医院在明处虽没有百般阻挠，却也从未同心协力——只因奴婢在宫中地位尴尬。若是入太医院有助于救治圣上，奴婢没有理由拒绝。"

"我并不怀疑女子成为太医的能力。我让钦妃上战场，让素堇仪成为都监，让素澜参与对策——因为我知道，她们会成功，会让人看到希望。"素盈凉凉一笑，"我不愿看到的，仅仅是你成为太医。"

王秋莹瞪大眼睛，讶异极了："可是娘娘——"

"以民间女医的身份在宫中效力，是你的极限，也是我可以帮你的极限。"素盈平静地说，"如果像你这样，毕生学成高明医术，名满京城，得到皇帝的认可，成为太医，最后却落得下场凄凉——天下还有谁肯让女儿学医呢？你不会成为希望，而会成为劝她们退却的反例。”

王秋莹哆嗦一下，不由自主地退后一步，摇头道：“奴婢不知娘娘所谓的‘下场凄凉’是从何说起。”

“那么，你就不是应该生活在宫廷里的人。”素盈向秋莹逼近一步，用更加冷漠的口吻说，“宫门一开，你就走吧。”

王秋莹怔了一刹，坚定地说：“奴婢不能走。”

素盈觉得胸上被闷闷地击中一记。她深深地蹙起眉头，侧身审视这天真的女医。

她真以为皇帝的安排是对她医术的肯定？

素盈更加无可奈何地摇头：“秋莹，别做梦了——太医院会是你的桃花源吗？太医是宫廷的一部分，行走宫廷该有的常识，他们一样也不缺。”

王秋莹微笑道：“奴婢也怕过，可是娘娘的话让奴婢有了勇气。”

双眸闪烁着异样的光彩，她说：“我见过一个人，别人口中最不适合行走宫廷的人，一个比我更害怕宫廷的人，连我也怀疑她能否成为皇后。”

崔落花来不及喝止，王秋莹无畏地正视着素盈微笑：“曾经，我以自以为是的忠心和正直，与别人一起阻止娘娘成为皇后。但是，过去那些看起来无比适合丹茜宫的皇后，她们不关心、不会做的事，娘娘却看见了、做到了。适合宫廷的人，未必是能让它更好的人吧……我看着娘娘，萌生这种念头，有了在宫中发奋的勇气。和娘娘相比，太医院于我而言，又算是什么难关呢？”

她眨了眨眼睛，慨叹道：“娘娘，就算最终下场凄凉，不过是我个人缺少行走宫廷的常识。但是，女人的医术能得到朝廷认可，这将成为天下皆知的常识。”

“真是固执！”素盈叹了口气，向她挥挥手。

王秋莹离开的一刻，崔落花从屏风后面走出来。

“交给你吧。”素盈说罢，不再理会这事。

王秋莹并不知道有人跟着自己，丹茜宫去玉屑宫的路全是大道，可是这一晚格外安静，路上只有她自己衣履摩挲的声音。一阵脚步声接近时，王秋莹回身看了一眼，看见崔落花站在昏暗的夜色里。

“秋莹，你怎么这样傻呢？”崔落花一步步走上前，说，“娘娘已经说得那么清楚。”

“我还是不明白，”王秋莹纳闷道，“就算我进入太医院，也不会做任何愧对娘娘的事，她究竟……”

“你会死的。”崔落花苦涩地笑着摇头，走到她身边低声说，“圣上，他不单是你的病人，也是这个国家的皇帝。皇帝可以死于各种疾病，但不能是中毒。投毒若能见效，那他们需要提防的人就太多了。所以死于毒杀这件事，绝不能传开，国史上死于毒药的帝后，一概都写病死。”

王秋莹浑身血液仿佛在一瞬间冻结，她瞪大眼睛，看着说出这番话的崔落花，简直想不通她怎么能够说得这么理所当然。

“可、可是圣上……”

“吴太医即使对圣上，也没有明确说过他真正的病因。”崔落花淡淡地说，“你以为他是真的诊不出来吗？病由他来治，说那些多余的话，只会让皇帝对周围充满敌意。你却坏了这个规矩。你让他切实知道，有人投毒害他。”

王秋莹的嘴唇颤了颤。

“这就是宫廷。”崔落花说，“难道你以为，皇帝的病情瞒着皇后，是怕自己的妻子伤心难过？”

崔落花放缓了脸色，又说：“‘民间女医’是皇后可以保护你的极限。你进了太医院，就必须像吴太医，与中宫保持距离。她就算想救你，也可能招致圣上怀疑，反而害了你。”

她见王秋莹呆若木鸡，叹道：“太医，要知道皇帝的病，更要知道皇帝的人。毕竟，你竭尽全力救他的命，也未必能救到，而他一个念头就能要你的命。一步行错，不只是名裂身死，也许还会连累全家。要做聪明的选择啊！”

吴太医、周太医遵循皇命，亲自来考校王秋莹的医术。然而王秋莹呆呆地跪坐在地，一言不发。两位太医面面相觑，不明白她打什么主意。

“王秋莹，为何对考官所问，置若罔闻？”周太医问。

过了一会儿，她向上叩头：“民女恳请两位大人恕罪！民女离家之时，家父三令五申，若是民女定要在宫中行医，他就要将民女逐出家门。民女不忍辜负皇后娘娘厚谊，一直未提起此事。然而今日非同一般，民女一旦回答两位大人的提问，便是有心入太医院而与家父绝情——民女做不到。请两位大人责罚！”

吴太医与周太医见她态度突变，惊诧得说不出话。

吴太医到底还是惜才，好言相劝道：“王秋莹，这是圣上有意抬举你，你该好好表现，勿令圣上失望。至于你父亲——我与周太医曾和他有一面之交，记得他往日很通情理。我们代为调解，他应不至于绝情至此。”

周太医也道：“圣上与皇后对你期望极大，你莫要因一念之差令他们心冷。”

王秋莹只是不住地磕头道：“请两位大人责罚民女，民女实在不能！”说着就要哭出来。

吴太医听她声音中隐含悲愤，又见她双目中满是委屈，便知道事有隐情。周太医也看出此中别有奥妙，与吴太医交换一个眼色，两人同时叹了口气，无可奈何地起身离席。

周太医走到王秋莹面前说：“你起来。既然你心意已决，我们不能代为做主。你自己去向皇后娘娘解释吧。”

王秋莹伏在地上，从袖中摸出两个信封，推到周太医脚下：“民女无颜再见圣上与皇后娘娘。民女将平日常用药方交给两位大人，大人若不嫌弃，请代民女向圣上与娘娘尽一份心意。”

周太医打开写给皇后的信封，只见王秋莹将为她治病第一天起的所见症状、所用药方，全部写得详详细细。另一只信封同样厚重，他不便看，径直交给吴太医。

吴太医往日见了王秋莹只有一个哼字，今日却不住摇头说：“可惜……”他大约推测出，王秋莹不舍患者却执意离开宫廷，定是受不了宫中有人施压。他在宫中太多年，知道其中准没好事，于是宽慰道：“你不愿入宫是为了向父亲尽孝，皇朝不降罪于孝女，你无须害怕。若是在京中需要帮助，尽可以到我府上。”

王秋莹感激他雪中送炭，泪眼婆娑地向他拜了一拜，一边抹眼泪一边走了。

素盈与深泓得知王秋莹拒绝受考时，都小小地惊了一下。吴太医原原本本地上奏完毕，深泓得知王秋莹留下了所有的药方，叹道：“这女子不堪器重就算了，难得她也是一片孝心。世上没有逼人不孝的道理。念她这些日子尽心尽力，赏她些金银，由她去吧。”

素盈也摇头惋惜：“妾同她相识多年，许是缘尽了。妾也备一份薄礼，谢她多年的照顾。”

他们两人将这事放过，仿佛王秋莹这样的人，在宫廷中来来去去根本没有什么了不起，不必在她的事情上多费言语。他们又回到被打断的话题。

“我朝公主为夫守丧二十七个月。还有两个月，盛乐公主的丧期将满。”素盈感慨，“时间真是快啊！”

深泓明白她的心思，微笑道：“盛乐与兰陵郡王的婚事，是两年前就内定的，差不多该让他们有情人终成眷属了。”

真宁公主一直同阿寿在旁边静悄悄地玩耍，吴太医来说王秋莹的事时，她乖乖地没有插一句话，这时候却想说什么。素盈不等她来唱反调，先对她说：“真宁公主也该好好地考虑终身大事了。”

真宁立刻铁青着脸说：“要我嫁给姓素的男人，我宁可一辈子不嫁人！”

深泓早知道她在这一方面心思很怪，今日索性问个究竟：“素氏男儿有何不好？从小熟识朝廷规矩，言谈举止、进退风仪无师自通，又多与天下的名门望族相交，世间顶尖的技艺他们从小就接触，或精于文韬武略，或长于音律诗词——这岂是寻常子弟能比的？”

真宁讪笑道：“最终也只是用来钩心斗角、争名逐利。差一点的，就知道声色犬马。无论好坏，整天趾高气扬，觉得现状无限美好，半点忧国忧民的心也找不到。”

她说了怕得罪素盈，又道：“我看素氏当中，只有东洛郡王与兰陵郡王两个好男儿，可惜是两个姐夫，我只好不嫁人了。”

深泓见她又开始满嘴胡说，白了她一眼，向素盈道：“你把这稀奇古怪的公主带出去，好好劝导她。”

素盈知趣地带着真宁与阿寿告退。

深泓又招了吴太医进来，问："她留下了所有的药方？"

吴太医如实回答："可谓毫无保留。"

"爱卿，我只剩下你了。"深泓说，"竭尽全力，为皇朝再续一段命吧。"

吴太医深深叩头，说："还有一事，需要禀明陛下——皇后……曾经出现与陛下相似的症状，王秋莹却没有给她留下相似的药方。是否应该提醒周太医？倘若不管，可能会危及皇后性命。"

"不必担心。"深泓展开一个轻淡的微笑，"她是丹茜宫的主人。她对性命，有自己的安排。"

"如果我像你一样，总是被这些姓素的女人包围，我也不会想嫁给她们的兄弟。"素盈沏了新茶招待真宁，一边喝一边对真宁说，"更何况，在那些男人的眼里，女人的意义就是能为他们生下姓素的女儿。公主的意义……也许更令人心寒。"

她放下茶盏，轻笑了一声，又说："很乏味。不过世上大多数的男人都是如此吧，只求传宗接代的，还算厚道，另一些人，想的又是另外一套呢。"

譬如她的夫君，只是把她当作一个住在丹茜宫的女人，一根醒目的刺，让剑拔弩张的人们先消磨一些时间来评估她的危险，打磨她，免得他自己在不经意时被她刺伤。而她的作用，就是乖乖地立在这里，既不能刺人，也不能被磨平。

这一次，真宁反而不愿意附和她，说："也有不同流合污的人，譬如东洛郡王。凤烨姐姐至今也没有为他生过一个孩子，但他们夫妻依然鹣鲽情深。"

素盈骄傲地笑了笑，说："东洛郡王是难得的人。"

见她提起自己哥哥时的表情如此幸福，真宁反而不高兴了。

"我也有过难得的哥哥，可是他死了。"她冷冰冰地说，"他的丧事刚办完两个月，娘娘就急着为自己的哥哥办喜事。"

素盈怔了一下，默然无语。

"你看不出来吗？盛乐姐姐已经不想嫁人了。"真宁说。

素盈这回真的吃了一惊："什么？"

真宁冷哼了一声，从她面前跑走。她也听过宫廷当中的传闻，听说素盈曾经很有把握成为东宫侧妃，然而她今天只看到一个对睿洵无动于衷的女人。她还曾亲眼看见皇后与盛乐公主情同手足，然而今天只看到一个要为后家谋求尚主，对盛乐不闻不问的女人。

所有素氏都深谙一个道理：感情与利益应该永远分开。哪怕至亲至爱的人挡在路上，也要一脚踢开，待到大事做成，再为之落几滴眼泪，缅怀曾经有过的感情。

真宁想着想着鼻尖发酸，觉得世间皆是无情物。会不会有一天，她自己也走到这一步？她跑回自己的寝殿，无声无息地哭了一场。看见镜子里的泪容，她又想，真是傻到极点！她怎会是为这种事情哭泣的人！

尽管这样安慰自己，但她忽然很想去看一眼两位姐姐。

真宁做事从来是要东则东、要西则西，一动了看望姐姐的念头，她就跑到玉屑宫说：“父皇今日说得很有道理，皇后娘娘也劝我务实考虑终身大事。若是任由父皇与皇后做主，我纵然放心，也不会甘心。请父皇容我问问两位姐姐的意见，我才安心。”

皇帝向来清楚真宁与素盈八字不合，凤烨与荣安是她的亲姐姐，这种时候比素盈有说服力。

一得到父皇的首肯，真宁就带了銮驾浩浩荡荡地驾临凤烨府上。她来得急，又哭丧着脸，凤烨不知出了什么事，惊道：“怎么了？”

真宁委屈地说：“他们要把我赶出宫。”接着就说帝后二人如何催她出嫁。

凤烨掩口笑道：“这算什么‘赶’呢？你到了年纪，难道能一辈子不嫁人，留在宫里？”

真宁紧闭着嘴，任凭大姐说了一阵儿，她讷讷地说：“皇后一门心思扑在睿歆身上，哪里能指望她精挑细选？我有一事没弄明白——宣城不是由姐姐的飞龙卫守着，怎么会让睿歆落到皇后的手里呢？”

凤烨尴尬地轻咳一声，道：“世事难料。”

真宁叹道：“若是姐姐养大他，那他就算无望即位，做姐姐的儿子也不会受委屈。”

凤烨听这个妹妹一语道破她的心机，稍稍地惊诧片刻。

真宁又道：“交到皇后手里，就要看他的运气了。他父亲、他祖母都是罪废的庶人，正统的话也休提了，只怕钦妃的孩子都比他强。父皇身体渐渐康复，生儿育女的日子还长着呢，睿歆这一辈子休想沾上宝座。”

“你真是口无遮拦！这种事情哪里轮得到你来议论？”凤烨轻斥道，“小小年纪竟只知睿歆是你哥哥的孩子，不知皇后与众妃嫔的孩子也是你我的弟弟？往后再不准你说出这种蠢话！”

真宁被她训了之后闷闷不乐，嘀咕道：“众妃嫔或许有，皇后是不会有的。”

凤烨听了更加诧异：“这又是什么呆话？”

“她自小产至今，能不侍寝就不侍寝。”真宁淡淡地说，“宫里传说，她再也不能生育，所以回避这事。”

凤烨惊道：“当真吗？”

“你知道阿寿回宫那天，她在殿上说了什么吗？她说，‘阿寿，到娘这儿来！’不是‘娘娘’，是‘娘’！你说这人是不是……”真宁说到这里，终于微微放低声音，“头脑真的出了问题？”

凤烨僵住。

“你去说吧，一切看圣上的意思。”当凤烨提出要养育阿寿时，素盈这样说。但是在她心里，阿寿是她的孩子，是害她不能生育的人欠她的孩子。

凤烨打了个哆嗦，想起了素璃的那封信。她从来没有当真。素璃走投无路，那封信不像是有条有理地分析，更像是拼上生命中最后的余力展开的一场攻讦。

素璃说，若是有一天她横遭不测，睿歆落入皇后手中，皇后又极力促成其为储君，则可以八成肯定，皇后早有晋身太皇太后之心。素璃之死、东宫之废、皇帝之病，她难脱干系。

凤烨觉得胸闷，歇了歇又问："父皇最近身体好吗？上回在昭文阁发病之后，没有异状了吗？李太医被治罪，是什么人顶替他给父皇治病？"

"没有人替李太医，现在宫里只有吴太医照料父皇。"

"那个女医呢？"

"这又是一桩奇谈了。"

皇帝破例让王秋莹入太医院，女医却哭着拒绝，真宁将这事讲了一遍。

凤烨这一回却沉下脸没有答话，心动摇的一瞬间，思绪回到多年前的丹茜宫。

那画面清清楚楚——母亲穿着月白色长裙，荣安与真宁坐在她身边玩耍。

"赵太医中风？"得知她御用的太医暴病，素若星深深地蹙起眉头，"那么只好找人来替他，还有哪一位太医医术高超？"

回答是周太医。

"周太医？周醒？跟素玉婵哥哥关系很好的那个？"她不情愿，"他最近不是在准备素玉婵临盆的事吗？让他去忙那边吧，我再物色一个。"

不出三天，当时为丹媛的素玉婵生下八皇子，晋为丹嫔。

素若星是皇帝的舅家表妹，她最高贵的亲戚康豫太后已经死去数年。而素玉婵却是皇帝的姑姑惠和大长公主之女，是素氏与睿氏结合的高贵血脉，并且她母亲还活着。丹嫔产子之后，凤烨明显察觉到母亲有些不安。

就在那几天，东宫睿洵忽然高烧昏迷……最终当然是平安无事。

凤烨关心弟弟，入宫探望他时，母亲素若星冷笑着说："素氏女子做事，外人很难看得出'有什么关系'呢。她们费尽心机，就是为了不被人一眼看穿。至少要把七八件事情都看在眼里，才能猜到她们万分之一的目的。倒霉的赵太医……"她看起来后悔万分，若是早早疑心赵太医不迟不早的中风，也许就不会害睿洵多受一番痛苦。

凤烨那时就知道，素玉婵与母亲的斗争开始了。她的母亲不会认输。

八皇子还没有长到一岁，睿洵就已遇到好几次不测。一次坐骑失蹄，一次游湖时失足落水，还有一次只是风寒，却怎么也好不了。

八皇子永远没有长到一岁，连惠和大长公主也病逝了。

没人把这一连串的事情当作一起了不得的连环凶案来记载，也没人说得清这几件事有什么联系。可凤烨总在暗中盼望，盼望素玉婵再也不要生下孩子！否则，不知又有谁会为此丧命。有时，凤烨暗自心虚，想着自己至今无子，是不是因为恶毒地诅咒了别人。

宫廷里，除了母亲被废自尽和素盈流产两件大事，一直都可勉强地称为风平浪静——直到今年。

睿洵被废，继而丧命，素璃也死于离奇的大火。仿佛昨日重现，在宫中行医多年的李太医，莫名其妙因误诊被逐。为皇帝治病的王秋莹，突然不敢在宫里待下去……又是从太医开始吗？这一次瞄准的是谁呢？

凤烨坐不住了。真宁走后，她找来飞龙卫的领队，说："我将重任委托给你，你却眼睁睁看着废太子妃丢了性命。本该重责你，可我再给你一次机会。"

领队连忙跪倒道："殿下不杀之恩如同再造，小人定当尽心竭诚。"

"你去找一个叫王秋莹的女人，年纪在三十上下，身材适中，谈吐直率。"凤烨说，"她是王氏子弟，医术高明，不会就此销声匿迹。若是找不来她，你就不必回来了。此事万不能让驸马知道。"

领队领命，当日就散开人手去找。

王秋莹借宿在谢震府上。她不愿久留，给谢府添麻烦，更不愿招人非议，这一日打算独自离京。

既然要走，免不了要到照顾她的吴太医府上拜别。回去时，忽然有人打横拦住她，问："请问是王秋莹王小姐吗？"

王秋莹一开始不以为意，见这人面相彪悍，才慌了。

"王小姐不必惊慌。我家主人请小姐驾临寒舍，一叙仰慕之情。"那人长相虽凶，说话倒也客气诚恳。

王秋莹的心放下几分，她欠身道："今日天色已晚，恐耽搁久了将入宵禁。请告知尊主姓名，明日定当登门造访。"

那人却不由她，道："王小姐明日即将离京，主人恐难以详谈，抱憾余生。务必请小姐走一趟。"

王秋莹还想拒绝，那人一扬手，道路上又多几名壮士。王秋莹一见就知道这是要强人所难，她手无缚鸡之力，注定吃亏，只得忍气吞声，随着那人上了一辆马车。

见马车以黑布围得严严实实，王秋莹便猜到这不是光明正大的事。过了一阵儿，马车停下，那凶悍的人跳下车说："请小姐小心脚下。"

虽没蒙她眼睛，但京中府邸尽皆华丽，王秋莹也认不出是哪一家哪一户。那人将她引入偏厅，不一会儿屏风后面有了脚步声。她盯着看，却见走出来的人是凤烨公主。

王秋莹曾给凤烨公主医治过滑胎症，两人也有一点交情。凤烨见王秋莹一脸不解地看着自己，笑道："王小姐走得这么急，也不来同我道别。"

王秋莹讷讷地应付两声，问："我看殿下身体还好，急急忙忙地将我寻来，是为什么呢？"

凤烨笑道："想问问王小姐，为什么急着离开。"

王秋莹见她也来纠缠此事，头皮立刻发麻，将头一低，闷不作声。

凤烨沉下脸道："王小姐，你当你医治的是什么人？那不是一个奇症患者，供你挑战自己的医术。为他治病，你不能在束手无策时逃走。那是天下至尊！他的性命，多一日与少一日大大不同！"

"医治圣上的事，我已托付吴太医。"

"吴太医若是能治好，怎么轮得到你进宫侍奉？"凤烨冷笑道，"可是你呢？竟把自己的性命放在陛下的性命之前，为了保命而逃走！"

王秋莹被她戳破隐私，登时失色。凤烨又宽慰道："你在担心什么呢？有皇后在后宫之中保护你，你不会像李太医那么倒霉。"

王秋莹的神情反而更加凄惨，赶紧低下头说："求殿下让我走吧。"

凤烨见状倏然明白八分，厉声问："是不是素盈逼你离开京城的？"

王秋莹没有说话。

凤烨脑中轰的一响，再也无法对心中的那个素盈怀抱侥幸。她忽然觉悟，她习惯听到素氏女子相互戕害，但从没听过有谁会去对付皇帝。她总以为，每一个素氏女子都以嫁给她的父皇为目标，心无二意，而她的父皇是个绝不会让人失望的杰出男子。女人们应该为他倾倒，带着这份感情对他忠诚。

但素盈是受家人安排才嫁入宫廷。成为皇后非她所愿，之前她心中已有过婚配的人选，是睿洵，是白信默，而不是皇帝。从一开始就不应该对素盈存有幻想！她在丹茜宫，只是完成身为皇后的使命。而这使命的下一步，是追逐更高的权力……

"她得到了睿歆，不再需要我的父皇……是吗？李太医的事也是她做的？吴太医呢？会不会也惨遭毒手？她是要父皇等死吗？！"她颤声问，"听说父皇是中毒——这也是她做的吗？！"

"殿下，我无法为您解读我不懂的事。"王秋莹见她方寸大乱，反而平静下来，"我只知道，皇后有她自己要做的事，太医院从来没有在她的眼里。至于圣上的病情，如果我像您这样狠毒地猜测，我会说，您的母亲才是凶手。"

"你信口雌黄。"凤烨怒视她。

王秋莹平静地说："每个人都可以有自己的猜测。"

凤烨怔住。母亲无论何时都波澜不惊的面容，又浮现在眼前。

"她们都能够这样狠心吗？我的父亲是那么好的一个人，从未愧对她们半分。"她狠狠地倒吸一口气。与父亲结发的母亲尚且在权力与丈夫之间选了前者，今日的素盈又怎么能够信赖呢？

"太狠心了，她们……太狠心了！"

"我却觉得，她们不会无缘无故变成那样。"王秋莹说，"是因为什么人，或者为了什么人。我不知原因，但我感谢皇后。”

“你走吧，”凤烨向王秋莹用力地挥手，“赶快走！”

她心潮起伏之后，容色惨淡，气滞且虚，王秋莹动了医者之心，奉劝她道：“殿下，您先天不足，素来体弱，切忌大悲大喜。”

凤烨哪里还能听得进！不等王秋莹离开，她已踉踉跄跄地转入屏风后。

素沉这天回来，见她将朝服拿出来备着，问：“明日要入宫吗？”

凤烨绷着脸不说话。这反应非常少见，素沉不禁担心：“怎么了？”

“没什么。”凤烨脸色阴沉，“我做了一个噩梦。”

素沉笑道：“岂能因为噩梦去打扰圣上？”

“太真实了。”凤烨简短而坚决地说，“只有父皇的智慧能帮我解脱。”

素沉觉得她有事瞒着，可是不便追问，只好婉言道：“你身子柔弱，不宜操心过度。那些即使不管也无所谓的烦恼，就不必管了。”

凤烨又不言语。半晌之后她才说：“我这十年来，从没有管过。”讲这么一句，又没了下文。

次日，她直入玉屑宫，见皇帝仍在床上半躺着。他面色灰白，竟比从前更加不如。凤烨不禁潸然泪下。

皇帝反而比她乐观，笑道：“我平常不就是这个样子？怎么今天一见就哭了？”

凤烨哽咽着赔罪道：“往日不知父皇病情凶险，今日忽觉惴惴。”

皇帝淡淡地说：“今日算得上什么凶险呢。”

凤烨便问吴太医一人能否应付眼下局面。得知皇帝对吴太医颇为信赖，她又问：“父皇到底是怎么了？从前一年到头，连一次风寒也不会染上，纵横猎场，呼啸山林，何等威风！为何自从去年夏天晕厥，三番五次发作？前些日子分明要好了，怎么又……”

她说着，忍不住垂泪：“真不敢相信，父皇会卧病这么久，简直要认不出来了！”

“你怎么今天才想起说这些呢？”皇帝静静地打量女儿，问，“出了什么事？”

凤烨一言不发地从袖中掏出一封书信，递给皇帝。

“宣城大火之前，素璃托人将这封信送给我。”她说，“我曾觉得难以置信，可如今又不知该不该信了。请父皇过目。”

皇帝徐徐将信展开，见上面写着一些他并不陌生的事。

素璃说，她从李太医口中得知皇帝中毒，疑心是后宫中有人下毒手，可惜事情还没有查出眉目，她与睿洵不幸先被诬陷。她虽不能肯定，但觉得此事皇后的嫌疑很大。因为皇后一直对睿歆格外关注，东宫被废之后，甚至想要代养睿歆，恐怕早有晋身太皇太后之心。她说，不除皇后，天子必死。天子若死，宰相必除皇孙，立旁支，天下必乱。

“试问公主是要保后家，还是要保天下？”最后一句，言辞激烈。

凤烨见父亲读信时容色淡然，轻声问道：“父皇以为如何？”

皇帝微笑道："你认为我会如何呢？我这一生都在处理这种事——甲察觉蛛丝马迹，以为乙是罪人，于是怀着一片赤诚向我告发。但真是乙之罪吗？乙又以为是丙和丁的错，兼以为甲在蓄意陷害自己。难道他的见地就是最终答案？更不要说，有些人并不是怀抱赤诚向我告发，否则世上就不会有'恶人先告状'这句俗语。"

他扬起那封信说："素璃对你是这样一番话，你知道她对别人又是如何说的吗？这素氏女子啊……也许她只是怨恨皇后，写下满纸离间之言，借你的信任来报复。"

凤烨一时词穷，小声道："也就是说，父皇信赖皇后胜过素璃。"

皇帝闻言，微微抬眼注视她："你不相信她吗？"

"我骗过自己，'这样也不错'。虽然在我看来她太年轻，并不适合成为皇后，但只要她是父皇挑选的女人，那她就是皇后。"凤烨脸色苍白，"结果母亲、洵、荣安的驸马……现在连父皇也病成这样。真的是中毒吗？"

"阿洮，你信不信运数？"皇帝忽然发问，凤烨不知如何回答。

"如果懿静皇后不去写她的步天歌，先皇或许会和他那十余名兄弟一样，死于非命。如果先皇没能活下来，就不会有我和秀王。如果没有秀王，就没有今日的我。而我……"他露出看透一切似的微笑，"我早晚也会因为世间要成就另一个人，而变成一个'如果'。"

凤烨有些困惑。

"选择皇后的不是我，是宫廷。"他神情淡然，"宫廷有它自己的规律。我们都只是权衡之后，做了该做的事。"

"宫廷是你的！任何权衡都不应该伤害宫廷的主人。"凤烨用力握紧她父亲的手腕。

皇帝噗地笑了，摸着她的头发说："你与荣安、真宁不同。你比她们两个聪明，而且，你是素沉的妻子。你与你的驸马多年恩爱，着实不易。莫让聪明误姻缘。"

他伸手拍了拍凤烨的肩膀，说："我的事，我心中有数。你不需担心。"

凤烨顺势握住他的手，再度落泪道："但是……倘若东平素氏当真对不起父皇，莫说姻缘，便是性命，女儿也不会悭吝。"

皇帝服药的时辰到了，素盈抱了阿寿与太医一起走进来，见凤烨还在，有些诧异："公主怎么哭了？"

皇帝笑道："我这样子又惹人伤心了。"

凤烨眼中含泪，看素盈侍奉皇帝服药。阿寿在皇帝床边玩耍，已经十分习惯，玩一会儿就绕着素盈打转。年轻的皇后完全被孩子吸引，时刻注意他的一举一动。

她眼里已经没有皇帝，而阿寿眼里只有她。

"他眼里本来可以是我。"

凤烨不明白这念头的意义，只觉得没有错。瞬间，一种难以描摹的、陌生的情绪塞满她的心胸。她直愣愣地瞪了素盈不知多久，告退出来。

玉屑宫外等着一队人数众多的女官宫女。除了皇后的女侍，还有照顾阿寿的一拨人。凤烨一眼看见其中服色品级最高的女史，脱口赞道：“真年轻啊。”

女史微微低头施礼。

皇后喜欢用年轻人。丹茜宫的女都监也是，才三十岁出头。凤烨想，阿盈不喜欢被年长的人控制，怎么从前没有看出来呢？

“你就是在宣城救了阿寿的那个人？”

“是，奴婢宋之惠。”

凤烨点头：“多谢你。”

之惠连忙躬身谦让：“奴婢承受不起。”

“不，多亏你，孩子才能平安。”凤烨郑重地说，“飞龙卫枉称精锐，还不如你这样一个弱女子。”

之惠再次谦谢。

“你是不是给我写过一封信？”凤烨不动声色地问。

“正是。”之惠的目光向左右闪烁。

凤烨微笑，伸出手说：“我累了，烦劳你送我几步。”

之惠急忙上前搀扶。

“信里说的事情，是真的吗？”凤烨一边走，一边慢悠悠地轻声细语。

“字字属实。”

“除了白信默谋害废太子，其余也是真的吗？”

之惠默了一瞬，低头说：“殿下，奴婢当时是怀着不成功便成仁的心，写下那封信。奴婢是受皇后安排进入东宫，看护皇孙。也尽心尽力，认为自己帮皇后免去受人戕害，帮她守护一个孩子，以赎自己的罪。但奴婢……对皇后真正的意图渐渐有了疑惑。奴婢不想再次从人变成棋子，变成灾祸。”

她停下来，偷眼看凤烨，说：“当时奴婢认为，只有公主可以真正保护、抚养这孩子。”

从洵在东宫的时候？素盈早想要洵的孩子？怎么没早点看出来呢！

凤烨悠悠地叹了一声：“你现在仍然这样认为吗？”

之惠想了想，点头说：“是的。”

凤烨慢悠悠地长嘘：“我亦如此。”

六月入朝的这批新臣令很多人瞠目结舌。

他们一来就以李怀英为首，相继提出重组台阁，更置府司。这是明目张胆要分割宰相权力。宰相不屑同李怀英论争，但对着亲信不免泄露恼怒：“不过是一个有名无实的左司谏，竟敢拿着鸡毛当令箭！他真以为，皇帝会对他的奇谈怪论保持兴趣？”

白信端疑道："这位李大人年纪轻轻，可是做事很有魄力，口才又好，也许能蛊惑圣上。"

宰相嗤笑道："圣上启用一班秀才，不过是因为他将发妻和独子废为庶人，那两人又先后横死。他偏爱一个年轻的皇后，口碑渐渐不佳，今日借一群傻乎乎的年轻人再造伟岸形象。他真会重用一群不了解他的朝廷的书生？"

重组台阁一事果真石沉大海。不久之后，左司谏李怀英又提出科举定年，因材授官。

北国禁止睿、素两姓以科举入仕，原意是两家贵族有很多门路，不要再占科举的名额。但睿、素两姓以种种途径占据显官要职，朝廷便没有那么多空缺给进士。久而久之，科举形同虚设。

众老臣亦知其中弊端，然而他们更清楚的是，定年开科，必然引来源源不断的新官，睿、素两族子弟定不肯辞官让贤，那到时又是大批的冗官冗费，兼有不停息的朝争。

书生意气自然不管那么多，而皇帝显然有自己的打算，竟很快同意了他们的奏请，当月就下了诏书，命各州在今秋开科。

天下青衿为之振奋时，平王之流便不满意："日后要让那些贫贱之人对我们颐指气使吗？真是可笑。"

说归说，老臣们看的还是皇帝的脸色，一见诏书就知道皇帝将有大动作。有些皇族后族家有良田牧场，或是有强势的亲戚，原本就不在乎那芝麻大的官位，这时候趁势辞官让位，静观其变。若是日后天下太平，他们几时再去要个一官半职，亦是唾手可得。

这件事获得肯定，李怀英等人更加振奋，不久之后又提出，储位不可暂虚，应立储君。

这一下触了许多神经，鉴于睿歆如今已回到宫中，很多人犹疑不决。原本就主张立睿歆的人，得到了新力量的支持，更加精神百倍。宰相居然还是主张立邕王之子，令李怀英为首的一群青年和一些皇族长者大为激愤，认为皇孙在宫，宰相依然我行我素，显然是故意错乱皇统。

皇帝有时将他们的言论带回后宫，当作笑谈。

这一天又说到立储之事，素盈看着在宫中跑来跑去的阿寿，笑道："宰相的顾虑，妾倒是能够理解。我亲眼见过'小时了了，大未必佳'的人。不过，邕王世子也只是一个十来岁的孩子罢了，现在的确懂事得很，可谁敢说他一定比阿寿聪明呢？阿寿现在还小，若是长大以后体貌瑰异，聪睿机敏，天下岂不要将今日引为憾事？"

"我怕是看不到那一天了。"皇帝玄妙地笑了笑，"你看我，三天两头就要一病，哪里敢奢望看着歆儿长大成人？立储是应当早定。皇后以为如何？"

"陛下折煞妾了。"素盈赧然说，"我不过女人的见识，陛下莫要嘲笑——自然是膝下的孙儿强过别人的儿子。"

皇帝却不以为然，说："当初，先皇以遗诏传位于我，附了一句奇怪的话，你知道是什么吗？"

他看着素盈期待的眼睛，说："人人都以为，他应该传位给秀王。秀王既是皇后嫡子，又是他宠爱的儿子。但他遗诏却说，'朕爱秀王，更爱吾国。'我一直无法敬佩他，但是他说出这样一句话，我就知道，自己这一生恐怕很难超越他。"

素盈垂首道："妾受益匪浅。"

皇帝古怪地提起嘴角，说："若是不早定储君，以后要烦恼的就不止如此了吧！"

素盈脸色微变，没法笑得自然——钦妃的身孕越来越明显，算来要五个月了。周太医说，钦妃身体极好，又有生产的经验，只要准备好临盆即可。素盈心中失落，亦不敢怠慢。本该怀胎七月时再派医官随侍在侧，但素盈照顾钦妃年纪大，四个月时就派了医官值宿。

钦妃往日趾高气扬，怀孕之后却变得慈眉善目。众人都道这是胎儿影响母亲，此胎不论男女，必是一个贤儿。素盈得知之后心中冷笑，钦妃不愧是前辈，竟知道从这时就开始下功夫散布流言！

皇帝提起这话，分明是知道钦妃不怀好意。可他这一次为什么无动于衷呢？素盈猜不透他，回到丹茜宫就闷闷不乐地不再说话。

阿寿跑到她身边，抱住她的手臂，嚅嚅地说："娘娘！"

素盈一把将他紧紧抱在怀里，只觉胸口生疼，过了片刻才察觉是被东西硌着了。她解开阿寿的领口，发现他脖子上系着一根金线，下端挂着一枚琥珀球——是她赠给睿洵的香炉上面镶嵌的那枚琥珀核桃。

李怀英说，他见到阿寿时，这孩子手里就抓着琥珀玩，这是他唯一带出离宫的东西。素盈将此视为冥冥之中的天启——阿寿要提醒她，不要忘记为什么做到这地步。若是不能让这孩子成为储君，睿洵岂不是白白地……

素盈想着，亲自抱了阿寿到流泉宫做客。

钦妃有了身孕也算不上大腹便便，依然动静自如。素盈免了她的拜礼，她便命宫娥捧出许多点心招呼阿寿。素盈却嫣然道："这么小的孩子，吃这些不太好。万一闹起肚子来，反是我与姑姑的祸事。"

钦妃听了便不勉强，与素盈闲聊起来。

阿寿初到流泉宫，好奇地仰着脖子四处乱看。流泉宫的宫女们一个个屏气肃立，没有人理他。阿寿并不介意，他见流泉宫陈设与丹茜宫迥异，自顾自地到处走走看看。素盈起初还紧盯着他，一个不留神失了他的踪影，眸中即刻流露出关怀。

钦妃不住地摇头，说："我知道娘娘将睿歆视为己出。可视为己出，并不是真正的己出呀！"

素盈干涩地说："不是每个人都有姑姑这般运气。"

钦妃高深莫测地莞尔一笑，仿佛知道这是素盈自己的选择。

"请问娘娘，平王是你的亲生父亲，你是否因他在自己幼年时对你照顾不周，或是因他不懂自己的心事而怨恨过他？是否因为嫌弃他管得太多，希望远走高飞，远离他？”钦妃诚恳地说，“人对亲生父母尚且如此，何况外人呢！我不妨对娘娘说出我的担忧——娘娘将睿歆当作自己的孩子，可哪怕做得再好，只要稍有矛盾，他就会在心里面想，‘如果我的亲生父母在，定不是这样待我。’”

“我怎么会将他养成那样的人？”

钦妃从容地说：“请娘娘试想一下——有那种想法的，如果只是一个叛逆的孩子，早晚要服你管教，可他若是一个能够为所欲为的帝王，你要如何呢？你与他不过是名分上的亲人，恐怕有一天会反遭其噬！”

她无所畏惧地看着素盈，一字一句地说：“但是我的孩子不同，他与我们血脉相连。”

“想不到姑姑竟敢说出这些话！”素盈冷笑道，“姑姑知道自己腹中一定是皇子吗？”

钦妃收敛笑容，缓缓地说：“我不会虚伪地说‘也许是个女孩儿’‘也许轮不到我来操心储位’，我只会问，‘万一是皇子呢？’”

钦妃深深望入素盈的眼底，说：“万一是皇子，他就是圣上与我们东平素氏的孩子。庶子与嫡孙，又同是这么大的孩子，到底有些难办。但是，娘娘不会坐视他屈居在睿歆那小儿之下吧？”

素盈漠然说：“待到姑姑生下皇子再说吧。”

“娘娘从四个月起就帮我准备医官，这件大事上，却要等生出来再说？”钦妃的口气风轻云淡，“我不喜欢事到临头，才手忙脚乱地应付。”

素盈无声地笑了一下，与她不欢而散。

太平湖上清光潋滟，半空云絮静静流淌。

素盈心中有事，美景难入眼中。

皇帝明明知道钦妃的心思，为什么还要拖呢？到底在犹豫什么？她正闷闷不乐，有宫女走过来说：“娘娘，平王府办事的详单，今日送到丹茜宫了。”

平王府开始准备素飒与盛乐公主的婚事。因为今年丧事特别多，喜事也不大好办。太张扬或太保守，都不像好兆头。素盈格外叮嘱，要将所有事宜详细写来给她看。

“是谁送进来的？”

宫女答道：“是兰陵郡王亲自送来的。他此时去拜见圣上了，一会儿还会过来。”

素盈正需要与人交心，得知他在便稍觉安慰。过了约莫一盏茶的工夫，素飒到丹茜宫拜见。素盈见了他，忍不住悲戚，将钦妃的事情一股脑说给他听。

素飒微笑道：“姑姑的话不无道理。娘娘，皇孙不是你的孩子。”

“我成全了她，”素盈低缓地说，“她却要折磨我抚养的孩子。当真与她冲突，她为了孩子，也会六亲不认吧！”

“姑姑的想法虽然大胆，但在见到男婴之前终归不切实际。”素飒想了想说，“臣与平王有个想法，不知娘娘愿不愿听。”

“说来听听。”

素飒缓慢而慎重地说：“四姐阿蕙膝下有三男，均为皇族血脉。娘娘愿不愿意收养一个？”

素盈马上摇头：“我抚养别人的孩子时，姐姐是我的家人。我抚养姐姐的孩子时，姐姐是我的敌人。”

“那宰相力保邕王之子，娘娘又怎么想呢？”

素盈闭了眼，捋清思绪，再睁开眼时判若两人。她道：“左司谏李大人近来还会登门吗？”

“当然。”

“请哥哥回访时告诉他，不要再与宰相争执了。”素盈言语清晰，“邕王说，如果世子睿渤能够登基，他情愿与邕王妃共死，托孤宰相。告诉李大人，对方是抱着必死之心在夺储，宰相是抱着挟天子以令天下的决心在力争，而他不过是一个有名无实的小官，若不知难而退，恐有性命之忧。”

“若他逼问消息的来路呢？”

“这种消息非同一般，哥哥怎么能告诉他来路？非但不能告诉他，还要叮嘱他不要深究，不要外传。”

“娘娘能摸准李怀英这人的动向吗？”素飒有些不放心，“我看他行事仿若冲动，实则颇有计较。单拿开科取士来说，天下以为他要为青衿扬眉吐气，我却觉得，他提议分相权失败，已大致看清朝中分野，招揽士人入朝，显然有意树立一支新锐势力。假设进士皆入他那一派，不出三年，分相权之声定然汹汹。”

素盈的眉眼微微地弯了起来。她信心十足地说：“他不会放过这个打击宰相的机会。我也不担心，他真的傻到噤若寒蝉。”

邕王愿以死托孤宰相，换取世子成为储君——这消息在朝中炸开了锅。宰相评价：“一派胡言。”但在朝廷中，风向微妙地变了。

“国家将毁于争夺储位——虽是无据可考的传说，但照此情形，万一亲王真与权臣勾结谋位，势必又是一乱啊。”平常不怎么表态的神毅将军也站出来说话，“陛下不要忘记当初的秀王之乱，请不要再犹豫了。”

“爱卿是勋贵老臣，以为应立何人？”

这种话没人敢乱说，但神毅将军昂然回答：“陛下膝下唯有皇孙，请立皇孙。”

皇帝点头说：“爱卿忠言，朕定会慎思。”

两三日之后，储君人选确定了，是皇孙睿歆。

今年以来，灾事颇多，人心惶惶不安。现在国家有了明确的继承人，一时间举国欢庆。

丹茜宫尤为欢悦，皇后亲自为册封典礼做准备，事无巨细，样样过问。朝中青年得知，也对皇后心服口服。李怀英尤其松了口气："当初将皇孙送回宫中，真是做对了。"

这一回册封储君格外隆重，只是睿歆年纪太小，尚不能独自完成，全程都是皇后抱着。典礼结束，满朝庆贺，宫中宴会办了七天，意犹未尽，恨不能将一年到头大小节日的各种花样全都搬出来。

凤烨公主本来不喜欢这种场合，但是心中有放不开的事，趁她父皇与众人到东宫赏海棠之际，低声建议："歆儿今后就是储君，是否应该搬回东宫，另外择人，善加抚养教导？"

"不到两岁的孩子，我不想让他过得这么拘束。"皇帝兴致勃勃，"在丹茜宫也好，在别的宫也好，到姑姑家也好，四处过着，众人齐心养起来，长大才有见识。洵小时候也常住在他舅舅家。"

凤烨听了大喜："父皇的见地果然不同寻常。"

事情就这样定了。八月，请凤烨与素沉养他一个月。

凤烨回到家中便精心张罗。

首先在公主府中腾出房舍，一遍遍地打扫。看起来可能会有危险的家具物件一律扔的扔、换的换，市上售卖的，她一概看不入眼，火速命工匠打造孩童合用的桌椅等物，又拿出金银去造食器，其余诸如时令果蔬之类的鲜物，也早早订好。考虑到八月还有一个大节，她连皇孙在府上过中秋的各种准备也做好了。

到七月中，诸事得宜，但在凤烨看来，距离万事俱备还差得远，她永远能挑出不太满意之处。素沉向来纵容她，况且又是这样一件破天荒的大喜事，除了来者不拒地配合她，只是提醒她不要太过劳累。

七月底，素沉进宫去请示储君莅临的日子，却被告知，睿歆因为暑热，近来总病，太医说一时半会儿不宜移动，且等等看。他亲自去丹茜宫看望，见睿歆确实有风热病症，蔫蔫的没精神。素盈一心看护他，几乎不能分神应付大哥。

素沉不好多说，回到家中，将实情委婉地告知凤烨。

"不必心急，等天气稍微凉爽，皇孙稍微好起来，多住些日子也是可以的。"他怕凤烨伤心。

"是她不想放手。"凤烨呆呆地说，"偏偏就在这时候病。"

"千万不要这样想。"素沉劝解，"皇后也是担心，将染病的孩子推给你，累了你的名声不说，伤到身体就更糟了。"

凤烨偏过头不听。

那天很晚的时候，素沉没在房中看见她，找了一圈，发现她在为睿歆准备的房间里，在一张很小的凳子上呆坐着。他不忍心打扰，就让她在那房间里过了一晚。

天一亮，凤烨到底还是不放心，亲自进宫去看。

玉屑宫中摆了一人高的冰柱降温，皇帝见她进来，命人拿罩子兜住冰柱，拉住她的手微笑说："事情不巧，歆儿病了。你们在外面不知道，其实他不时会有点小毛病。这回也是不凑巧，切勿多想。"

他知道她心里的疑惑，凤烨反倒不好意思多说。

"生病的事本是无常，没人比我更清楚了。"她说，"我也不是跑来质问，只是府里为迎接皇孙准备了许多鲜果，一时消耗不掉，想要送进宫里。"

过了一会儿，太医送药进来，旁边不见皇后。凤烨奇道："皇后向来亲自侍奉，怎么不见人呢？"

"那边还有个孩子生病呢，她不便跑来跑去，怕我也染上。"皇帝若无其事地说。

凤烨心中却不高兴："若这孩子不是储君，她照样会来。"

皇帝横她一眼："你怎么会说这样的话？"

"我不知道。"凤烨怅怅地说，"我不知道，为什么最近总说这种奇怪的话。"

父女二人说了一会儿话，殿内又慢慢热起来。皇后命人送来降暑汤。她知道凤烨向来不喝这种寒性的东西，只准备了皇帝的份。

凤烨亲手侍奉皇帝喝完，见他头上一片汗涔涔，拿出绢帕去擦，说："我还是告辞吧，殿里的冰柱要白白浪费了。"

皇帝笑道："是今年格外热。"说着，忽然接连大口吸气。

凤烨看得吃惊："父皇，你怎么了？"

他没回答，咚地栽到床下。

"父皇！"凤烨第一次亲眼看见他晕厥，一时竟没有反应过来，还是旁边的宦官机灵，飞快跑去传太医。

凤烨紧紧抱着父亲的头，不住地颤声唤："父皇，父皇。"他毫无反馈，额上的汗渐渐变凉、消失。恐惧牢牢卡住凤烨的喉咙，她觉得自己也快喘不上气了。

匆匆赶来的吴太医一见皇帝的情形，神情骤变，打了个手势请凤烨出去，他一言不发地向皇帝口中灌入药水。凤烨不想走也走不动，失魂落魄地站在一旁看。

父亲没有发出一丝声响，吴太医也不再有行动。凤烨一步上前揪住他，急斥道："你为何停下？圣上还没醒呢！"

"殿下，请勿惊慌。"吴太医从容地安慰她，"药生效需要时间。"

他安抚凤烨之后，不动声色地转身，将盛放降暑汤的碗藏入他的药箱。

凤烨眼尖看见，厉声问："你拿那碗干什么？！"

吴太医顿时尴尬，嗫嚅道："臣有些疑惑。"

凤烨立即明白了："有毒……是不是？！"

“臣不敢妄言。”

凤烨强迫自己快速冷静，但嘴唇止不住地颤抖：“太医，此事只有你知我知。你去验吧——结果无论如何，要告诉我。”

这时，素盈也听说皇帝晕倒，从丹茜宫赶过来。见皇帝躺在床内毫无知觉的样子，素盈一阵紧张，问：“怎么回事？”

吴太医从容说：“是中暑，娘娘勿惊。”皇帝这两年夏天总是中暑，素盈已分不清也不再追问是真是假了。

凤烨自责道：“都是为我。冰柱都封了，才会这样热。我就此告辞，圣上就交给太医与娘娘。”

素盈忙说：“近来暑热，你自己也要多加注意。”

凤烨抬头看向吴太医，庄重地叮嘱：“太医，今日圣上到底如何，还望你能给我传句话。”

吴太医躬身送她：“下官会据实相告，公主放心。”

七月的暑热诚心要将人闷死，凤烨从宫廊下走过却觉得发冷，伸手向外面攥住一把阳光。

远处有刺眼的明亮，比阳光还白。她微微眯眼，发现是丹茜宫的新琉璃顶在反光。

再璀璨，也不过是借了一丁点阳光的假光。只有真正的阳光，才能驱散这宫廷里的寒冷。他不会消散，绝不会被这种假光逼退。

她冷笑一声，内心神奇地静下来。

那天晚上，她收到吴太医送来的口信和书信。口信说皇帝已苏醒，暂时无碍。书信中只有一个字：“是。”

素盈无论如何也不会想到，真宁会跑到玉屑宫，郑重其事地对帝后两人说：“我想通了，若我这辈子注定要嫁一个素氏公子，再拖下去也不是办法。况且不应对人一概而论，当中也许会有好的。请父皇办一场马球大会，让我亲自物色。”

皇帝沉默地打量这个女儿，问：“你竟会属意于善击马球的男子？”

真宁理直气壮地说：“这倒不是。若办一场诗文大会，也许有人捉刀代笔，误我终身。即便在马球大会，我也可以挑一位举止优雅、有君子风度的公子。况且，在狂欢之中不是更加容易发现乐不忘形、宠辱不惊的人吗？”

素盈笑道：“果然是好主意。”

真宁知道父亲一定不能出席，不失时机地向素盈道：“此事需要娘娘玉成，万望娘娘不要推辞。”

素盈自然无法推辞，当即同皇帝商定了八月的一天。

尽管没有明说是为真宁择婿，但京城中的素氏子弟得知此事，亦能猜出一二分，免不了着意准备。到了那日，有心无心、有运无运的都来凑这热闹。素盈放眼看去，只见年轻人一个个轩然霞举，玉树临风。其中甚至有比真宁年纪还小的少年，面庞还未脱孩子气，已能在马背上来去自如了。

荣安公主仍在为信默哀悼，没有露面。而盛乐公主孝期虽过，却以挑不出吉日为由，尚未与兰陵郡王完婚，仍然住在她那半府邸半道观的宅中，不凑这热闹。只有凤烨公主来亲自过目，显然十分用心。

素沉与素飒向来是此中高手，各入了一支队伍凑热闹。平王一向喜欢看热闹，当然也不失此机。平王妃睿氏因身体稍好，兼要为亲戚的女儿物色一个女婿，也带着成群奴婢来观摩。

素盈依传统设下重奖，一声号令，那些年轻人就生龙活虎地对抗起来。素盈不时问真宁："此人如何？那人又如何？"真宁只是笑而不语，连连摇头。

待到一场分出胜负，素盈按照三六九等颁赐奖品，又唤另外两队入场。如此过了三场，真宁仍未发现一个顺眼的人，素盈只好叹道："大约是缘分未到。"

三场之后便是午宴，凤烨说："我带来一些好酒，本来打算庆祝真宁觅得良缘。既然她此时尚未怦然心动，我们只好向神明祝祷，祈愿一会儿天降英才。"她说得俏皮，众人哈哈一笑，命人将酒开了。

那酒芳香四溢，连豪饮无数的平王也大声称赞。

凤烨亲自倒了一杯，捧到素盈面前，说："东洛郡王知道娘娘有众多食忌，这种酒极为难得，诸种禁忌都不犯呢。郡王特意为娘娘寻来，一直攒着，打算找个时机送给您，今日可巧了。"

素沉向父亲微笑道："这酒只有一整坛，开了就不能放置，因此未能及早孝敬父亲，还望父亲见谅。"

素盈为难地向他们夫妻笑道："不是我信不过两位，可是还需将料方看一看。"

凤烨笑道："这有何难？"说着走出帐外，命人写料方。

崔落花将酒闻了一下，说："似是有桂花。"

素盈只得遗憾道："我近来连桂花也忌了！"说着将酒赐给素沉，"郡王代我喝吧。预祝你场内游龙，技压群雄。"

这里全是自家人，本来也没什么大规矩，素沉接过就喝了一口，忽然怔住。凤烨这时回到帐中，恰看见这一幕，顿时全无血色，手中的纸也掉落。素盈心一沉，伸手就去推素沉的酒杯。

可是他动作更快，仰脖喝完了。

"大哥！"素盈慌了刹那，沉声道，"吐出来！"

她的慌张让大帐中所有端着酒杯的人呆住了。

只有素沉镇定自若地说："娘娘为何惊慌？"

“酒中有异！”

素沉诧异地望着妹妹，微笑道：“娘娘勿开这种玩笑，怎么可能呢？”

素盈抓着他的手腕，急切地低声说：“你先吐出来！”

素沉却向众人笑道：“的确是好酒。”然后镇定地望了凤烨一眼，“凤烨公主是怎样的人，娘娘从小知道的，请勿说这样伤感情的话。”

他见凤烨脸色依然苍白，额角冷汗也流出来，意味深长地对她微笑：“你不擅长这一套，先回去休息吧。”

“不……”凤烨打着战说了一个字，说罢就抓住素沉的手臂，仿佛不抓住他，就站不稳。素盈看见她嘴唇轻轻动了动，但那话只有素沉能听见，旁人都不明白。素沉却坦然无事一般，扶她坐下之后如常进食饮酒。

平王妃关切地问：“不要紧吗？”

素沉笑道：“母亲不必当真，是娘娘误会了。”

平王知道素盈一向多疑，今日当众闹出笑话，不免尴尬地咳一声：“娘娘今日精神不好，我们不便打扰，另外换个地方喝酒！”他一边说，一边将人都赶出大帐。

素盈几步跟到帐前，依然紧紧看着素沉。平王拦住她，说：“娘娘好好休息，别胡思乱想。若是指责旁人就算了，可你偏像是揭发凤烨——别让你大哥下不来台。”

素盈不同父亲废话，径直命一名随行的太医去照顾东洛郡王。不一会儿，那太医灰头土脸地回来说：“郡王将臣拦在帐外，说是没事。”

“当真没事吗？”

“臣看不出有何异样，不知娘娘要臣诊断何病？”

素盈挥手斥退他，也不知自己到底是怎么了。她想不出凤烨有何理由来毒害自己，只是那个瞬间寒彻骨髓，她控制不住自己的直觉。

而后不久，素沉与贵族子弟入场。素盈没法不紧盯着他，并且她发现，凤烨与平王妃也同她一样紧张。

素沉本是个马球高手，这天仿佛状态不佳，飞快地追球时，忽从马背上落下。全场惊呼，素盈只觉得眼前一阵天旋地转，连忙扶住身边的崔落花。在她眩晕的一刹，凤烨公主昏倒在地。

素沉被抬下场时，神志依然清醒，笑着对素盈说：“娘娘不要这种表情——看来是我喝多了。”

素盈咬着牙说：“我知道定是这样。”

“球会还是继续吧，”素沉不好意思地说，“真宁与诸位公子才是主角。因我扫了大家的兴致，不好。我这就和凤烨回府中养着，娘娘不必担心。”

“好。”素盈目送他被人簇拥离去，又端坐着主持大会。然而没有人能全心全意地关注马球了。

素盈简直如坐针毡，好不容易挨到比赛全部结束，迫不及待地去探望素沉。真宁自然看出她的心思，她也急着去看自己的姐姐。两人索性轻骑快马，带着几个侍从飞奔至凤烨的公主府。

平王仍不知轻重，说：“已请了高明的大夫。那大夫治过很多坠马的人，能够妙手回春。”

“我在这里等着。”素盈不客气地坐了下来。

平王奇道：“从前可不曾见你这么关心你大哥。”

素盈不知是否听见，不再理他。

那大夫在房中熬了一种奇特的药，不一会儿就有滚滚浓烟刺鼻。平王捂着鼻子，直挥舞袖子，却见素盈一动不动，只好又在她面前舞袖，代她扇开浓烟道：“不知这药里有什么东西，娘娘禁忌的东西多，还是避一避。莫要治好了你哥哥，你又病倒了。”

素盈还是不理他。平王只得自己捂着鼻子，逃到空气流通处。

白烟中恍惚出现一个轮廓，轻轻地低喃：“啊呀，一不小心，连自己的哥哥也被献祭了。”素盈吃一惊——她已经很久没有看到这个幻影了。伸手一抓，白烟应手破裂，她抓的是素飒的手臂。

素飒见她抓得用力，柔声问：“怎么了？”

素盈不说话，只是抓着他不肯放手。素飒知道她紧张，小声说道：“坠马这事可大可小，守在这里也没有用啊！外面的宫人托我进来，催你回宫呢。娘娘已耽误许多时辰了。”

随便他怎么说，素盈只是一言不发。不一会儿，房中忽然传来平王妃一声怪异的惊叫。素盈立即站起身。

平王妃的丫鬟跑出来说：“夫人晕死过去了！快请大夫！”

素盈将她推到一旁，大步走入房中。

那治跌打的大夫手足无措，瘫坐在地。平王妃两眼翻白，倒在素沉床边。素盈一见就明白了，走过去探大哥的鼻息，再摸他的胸口，已凉了。若不是睿氏发觉，真为难那大夫，竟舍不得报一声丧，还在折腾他。

素飒见了此情此景，也不禁骇然。两人都忘记去救助睿氏，睿氏却自己悠悠醒转，看着素沉唤了一声：“我儿！”

她定神片刻又恍然大悟，撕心裂肺地叫起来：“沉儿！”

平王听说素沉没了，慌慌张张地跑进来，只看一眼就手足冰冷，跌坐在地，直勾勾地盯着儿子。过了片刻，他大号两声，揪住那大夫就要往死里打。那大夫不住地大喊冤枉，说素沉摔伤并不严重，不知怎的一命呜呼。

房中乱作一团。外面等候的宫人们听说这变故，鱼贯而入向素盈道：“娘娘节哀，请先行回宫。”素盈一把将宫人们推向两旁，挟着怒气大步流星地走到凤烨房中。

凤烨此时已醒来，在床上半躺着，也哭得肝肠寸断。素盈却不管她这些，径直走上前便是一记耳光。旁边的真宁从未见过她这般发狠，也从未见过凤烨挨打，吓得不敢出声。

素盈凶狠地对真宁说："你出去！"真宁颤巍巍地站起身走了出去，连听也不敢听她们要说什么。

"你杀了我哥哥……"素盈声音颤抖，伸手揪住凤烨的领口，面对面地质问，"为什么？！"

凤烨挨她一掌，反而止住了哭泣。

"杀死他的不是我，是我们，我和你。"凤烨凄然道。

"你在说什么？"

凤烨厉色看着素盈，说："你自己知道，你对我的家人做了什么。"

素盈张了张嘴，喉头干涩："废后又不是我……"

可是一想，真的不是吗？她转口又道："洵他……"话一脱口又想，凤烨不是说他吧？难道是说白信默？她不敢再贸然开口。

凤烨摇头冷笑："你果然心虚。"

她垂下头，边垂泪边道："怪我一念杀生，怪你绝情至此。沉……他为何要代替这样的你？"

"他不是替我，是替你！"素盈丢下这句话，身子脱力，坐在凤烨脚边，双手捂着嘴呜咽起来。

第一口就尝出酒不对吧？明明可以不喝下去，可他不能在众人面前让凤烨毒杀皇后的罪行昭然若揭。

"你是皇帝爱女、郡王的爱妻，我无法说出你的罪，伤了活人和死者的心。天下没有人会知道你今日做了什么，你领受的罚，只有仇恨。"素盈背对着凤烨，一面哭，一面一字一句地说，"倘有一天，此恨略消……我若知道有一个人仇视毒杀罪行，我便要加上那个人的份，去仇恨你。若是有十个人如此，我便要用十个人的仇恨，去恨你！"

凤烨听了，脸色惨白，捂着揪痛的心口，喃喃道："那么你自己又对夫君做了什么呢？"

素盈看也没有看她一眼，抹掉眼泪走出门外，对宫人们说："公主的样子不大好，去召一位太医过来照看她。"

素盈的样子也不大好。素飒跟上她的脚步，在她耳边低声地说："太奇怪了。娘娘疑心那酒，我当时出了大帐就拿给马喝，一点事也没有。"

"不要说这个了。"仅在她一人酒中落毒的方法多得很，不必拉全家人陪葬。凤烨只恨她一个人，不是整个后家。可是……素盈泪痕斑斑的脸上凝了寒意。

整个后家将要恨凤烨。

凤烨哭了又醒，醒了又哭，自己也不辨清醒还是沉睡，不知身在人世还是幽冥。

“你心中认定一件事，不需要证据。”他温柔地说，“我也是。”

空气里好像有微弱细腻的香味，像是某个春天的梨花香。凤烨仰面去接从天而降的花瓣，看见少年的脸。

“你给我写上。”她拿出那本记录自己每个时辰做过什么的笔记，交给他，“就写——‘梨花虽美，不及君。’”

忽然一阵风吹走了漫天花瓣，凤烨睁开眼，见一片黑暗之中有个人影。

“沉……”她轻轻叫了一声，希望是他回魂。如果是来找她，那么她就跟着走吧！

那人向前走了一步，却是个女人。

“你这贱人！”她气咻咻地走上前，苍老的容颜宛如鬼魅。她的面孔已抽搐，凤烨勉强认出是素沉的母亲平王妃。

“我知道是你！是你害死他！”睿氏走上前，伸手去抓凤烨的脸。凤烨想不到平日雍容典雅的婆母，今晚狰狞如鬼魅。睿氏不知哪里生出蛮力，而她连一点挣扎的力气也没有。

“你不是什么皇家公主，你是该死的毒妇！”睿氏扳开凤烨的嘴，硬生生将一块金子塞入她口中。

“该死的！该死的！该死！该死！”睿氏一边这样说着，一边捂着凤烨的嘴。凤烨憋得喘不过气，喉头一哽便昏厥过去。睿氏直到看见凤烨喉头蠕动才松开手，双眼直勾勾地看着凤烨的胸膛，仿佛能看见金子一点点落入她腹中。

渐渐地，她绽开微笑，继而呵呵地笑，安心似的吐了一口气。忽然，她又沉下脸，恶狠狠地摊开手掌，掌中还有另一块金子。

金光闪烁，同那金酒杯刺眼的光芒一样。

“郡王代我喝吧。”那一刻，持酒杯的素盈这样说。

“祸害……还有一个祸害。”睿氏一咬牙，转身走了。

凤烨原本背过气去，然而腹中难受，又疼得睁开眼睛呻吟。

看护她的两个丫鬟因害怕回魂，结伴去解手，回来时见凤烨扯着被单辗转，吓得去禀报平王。平王正喝酒号啕，听说之后急忙来看。这时凤烨已说不出话，只是伸着手乱抓，痛苦地折腾到天明才殁了。

东洛郡王素沉坠马而薨，成为春天的又一桩丧事。更令人叹惋的是，他的妻子凤烨公主在他去世的当晚吞金殉夫。

皇帝痛失爱女，闭朝三日。见素盈也是终日戚戚，他忍不住说：“我还以为，你与素飒比较亲近。”

“陛下说得没错。”素盈一边拭泪，一边说，“大哥是嫡子，集万千宠爱，又得父母厚望，与我们兄妹不是一种人。他年纪比我大得多，我从小怕他。可越是长大越是明白——理解他的感情，需要时间。可惜时间让我明白时，又让我失去了他。”

她说着又泣不成声。皇帝心痛，说：“你可贵的兄长与我珍爱的女儿，但愿他们在九天之上仍是神仙眷侣。我的凤烨，竟是那么爱他。”

平王府送来一只巨大的盒子，里面有素沉用过的笔砚、骨梳、扣弦等物。素盈见了，忍不住又垂眼泪。崔落花说：“还有凤烨公主常用的几样东西，平王府先送去给圣上了。我见他十分哀伤，娘娘此时要过去吗？”

“不了，”素盈喃喃道，“我不确定自己能装出很怀念凤烨的样子。”

“他的身边不会留下空位，娘娘此时不在，就会被别人补上。”

“是呀……”素盈叹了口气，起身向玉屑宫走去。

在丹茜宫后的沐芳池边，她瞧见真宁向湖心奋力扔了一样东西。真宁好像自小养成这习惯，一旦有不如意，就向沐芳池里扔东西。

“公主扔掉了什么？”素盈走上前。真宁僵了一瞬，素盈也趁机看见了她手里的东西，不禁变了脸色——那是凤烨留下的发簪、发梳、胭脂盒。

“为什么要扔掉呢？是圣上给你，缅怀你姐姐的吧？”

“那样的姐姐，也要得到我的缅怀吗？”真宁冷若冰霜，扬手将胭脂盒也扔出。水面扑通一声，她脸上波澜不惊。

“她曾经答应我，要让我挑选驸马的场合干干净净。”真宁说着，将发簪咻的一声投入湖中，“这回是她告诉我，办一场诗文大会，会有人捉刀代笔，而马球大会上，我可以挑一位乐不忘形、宠辱不惊的公子。那时候我觉得她真是太周到了。”

她说着又要将发梳扔掉。

“我不是傻子。我也看到她做了什么。像神话一样完美的姐姐，原来是一个拙劣的下毒者，这样的人也要得到我的缅怀吗？”

素盈一把抓住她的手腕，说：“留着吧。有一天你会觉得，她好像没那么可恶，你会像看另外一个人一样看她。”

“娘娘能预见未来吗？”

“不，”素盈说，“我有过姐姐。”

真宁听了默然。素盈拍了拍她的手，说：“这是把好梳子，是东洛郡王托宰相长子在榷场上重金求购的，我到现在也没见过比它更美的玉梳。”她拿起玉梳看了下，赞叹道，“南国不愧是物产富足啊！这样的宝物堪称无价，理应珍惜。”

看似无心的一句话提醒了真宁——素盈向来喜欢精巧美丽的东西，也算是见过无数珍品的人，此时见了一把玉梳竟能够赞叹如斯。

“确实是一把好玉梳。”真宁来回把玩，说，“南国太后殂时，他们的皇帝遣使送来几样遗物，其中玉器的质地也不过如此。榷场至多是个杂色商贩云集之处，宰相长子也只是个长年驻守榷场的买卖人，竟能弄到这样的货色？”

她想着就对素盈笑道：“既然珍贵，理应孝敬娘娘。可这毕竟是死人用过的，不吉利。我就贪财收下了。”

同素盈分别之后，真宁急匆匆跑回自己的寝宫，写了一封简短的书信，又将玉梳与信包好。她知道，今日李怀英等人与宰相在彰化阁议事。她不想当着众大臣的面与李怀英私相授受，就亲自带了一个小宦官到彰化阁不远处，眼看着他将小包交给李怀英，她才折返。

第二十七章
倒相

宰相夫人是虔诚的佛教信徒，不仅逢年过节要大举布施，还斥资修建了一座尼寺，专门救助世间苦难女子。每月初一至初七，她会在家中为太后吃斋，每月十五，会到寺中沐浴焚香，诵经礼佛，二十年来从未间断。

很少有人知道的是，她并不总在佛前侍奉——她还有另外一个更加信奉的人。

“陛下化险为夷，令人欣慰。”她跪拜起身，“果真是李太医素行不良，令陛下久患不愈。”

皇帝笑了笑。李太医的确在变换药方时有疏漏，但说他蓄意谋害，却是冤枉。他没有那样的胆量，也没有值得铤而走险的益处。有这两样的，是另一个人。

皇帝胸中隐隐作痛，不得不用手按住前胸。他一直小心防范太安素氏，却仍没有躲过劫数。因为太安素氏之外，还有一个知道“沉梦”配方的人。含玄……他想起这个名字，心里冷了一下。

曾经以为宰相在等待素盈产子。在他推上后座的女人生下听他摆布的皇嫡子之前，他能沉得住气。对他放心，只是因为他在没有得到傀儡之前，不会对皇帝不利。

可素盈只是一个幌子，并不是他的全部希望。别人以为他在等待的时候，他心中早已选好继位者。现在终于公开——他想要的下一任皇帝，是邕王的儿子。既然早有了这个选择，那反而是他最能无所顾忌地下狠手。

“芳鸾，康豫太后的话你仍然记得吗？”

“铭记在心，不敢有片刻轻慢。”芳鸾说罢，心中已雪亮。

“认真地看，”他说，“我已给了他除却皇位的一切，他却向邕王父子卖人情，想做一个无形的太上皇。若是他仍贪于权势而不知止步——你帮他停下。”

“是。”

皇帝想了想，不无遗憾地说：“也许会伤及你的两个儿子。”

“那两个人啊……”芳鸾口气平平，“妾虽是康豫太后赐婚，亦害怕宰相以无子为由将妾休弃。那两个人的出生，不过为此。”

“那是两个孝敬的好孩子吧？”皇帝也叹惋，“太可惜了。”

二十年来，有人敢当庭与琚含玄争得脸红脖子粗，但没有人敢弹劾他。

他长子名下的酒楼，滴酒千金仍能生意兴隆，开了一年又一年。他蓄养的私卫，公开声称的人数是一千，但远远不止这个数目。他们不仅与公主们的私兵一样配置利器，甚至请了专门的武师训练。他的两个儿子垄断国中的盐酒买卖。如果需要南国的稀罕宝贝，他长年驻扎在榷场的长子可以轻易弄到。

这些事不是秘密。可是没人想过，用这些理由把宰相赶下台。

一名年轻的御史突然跳出来揭发，很快左司谏李怀英和几个年轻人也加入，一起声讨宰相。勋旧老臣们看着，心想真是奇怪，这些话为何从没人说出来过？是所有人都胆怯得不愿意得罪宰相呢，还是……

他们想了想，觉得自己多年来太过容忍。因为这些事并不侵犯他们，所以渐渐习以为常。这个国家有那么多事情值得关心，为什么这几个年轻人一定要揪住宰相家里的事呢？

他们换个角度，就能明白年轻人的想法——宰相能够凭一家之言断掉所有的路。若是不除去他，大多事情都办不成。

“宰相要职，岂能一人常踞？”有人冒出这样一句，真是一针见血。

这不是论争，是攻击。可惜。老臣们在心中暗自摇头，像这样的事，就算拎出来一箩筐，也无法让宰相伤筋动骨，只会白白得罪了他。他们这样想着，谁也没有跟风。

琚相还从未在朝上受到过这样直接的攻击，而他的神色却和平常没什么两样。

“台院有任何怀疑，尽管查吧！”他泰然自若地说着，扫了侍御史一眼。

那侍御史是他提名任命的，见到属下一个小青年跳出来弹劾宰相，已惊出一身冷汗，又听宰相的口气波澜不惊，更加心颤。

皇帝看到这场面，只是微微一笑，笑容有点冷，又像很随意。他身后持障扇的两名宫女皆由宰相选拔，侧面隐隐见他模棱两可的表情，觉得和平常有细微的不同。

皇帝似乎一时想不出绝好的处置，没有立刻做出决断，说：“这事交给御史台吧。”然后又问，“今日还有何事？”

宰相便道：“陛下，祭山仪将近，所幸陛下近来龙体大好，应当命礼部及早安排。往年祭山仪后要出猎，今年是否照旧，亦请陛下早做定夺。”

皇帝微笑颔首道：“祭山仪乃本朝第一大礼，不可怠慢。出猎之事，朕再细想。”

一场流火乱窜的朝争，在他们优雅从容的对话里悄无声息了。

素盈在丹茜宫听说朝上乱箭齐发，不禁莞尔。动嘴斗敌，需要正义为伴。动手斗敌，却要能力。一群人到底都是书生，只知道夸夸其谈，其中居然没有一个好射手，令人遗憾。此刻她若仍然引而不发，日后放出一箭便突兀了。她知道皇帝必定要她来筹备祭山仪的事，果然皇帝午睡醒来，就唤她去。

素盈从不过问朝上的飞火流光，非到皇帝问她，她才议论一两句。这天皇帝像是有意要听她的心思，很自然地说到了宰相被人揭发的种种劣迹。素盈却将头一低，效仿金人之箴。

他开玩笑道："皇后是在心虚吗？莫非平王也在宰相两个儿子的生意中分了一杯羹？"

"平王虚张声势罢了，哪有作奸犯科的胆子呢？"素盈曼声低语，"陛下所说，让妾想起来一件事——前些日子，素璃曾经送了一封信给妾，说她有宰相指使白信默毒杀睿洵的证人，又有多种物证，证实宰相受财卖官、私藏军器、榷场买卖禁物。"

皇帝神色不动，问："那么证物在哪里呢？"

素盈浅浅嗟道："陛下也知，那时正是宰相提出要以邕王世子为嗣的当口。妾拿到素璃的信，不知是真心检举还是谎报诬陷。还未来得及回信，素璃就丧生火海了。"

她默了片刻，忽然想起："凤烨曾送一样东西给妾，妾当时看过，只是不信。今日可不敢断定了。"

皇帝微挑眉峰，道："她们都同你亲近，不曾对我透露半分。你还攒着什么稀奇东西，一并拿出来看看吧。"

素盈亲自回到丹茜宫取了信，拿给皇帝过目。

皇帝见一张纸被裁成三条，问："为何裁开？"

"这封信控诉荣安公主的夫婿。"素盈说，"妾原本觉得，仅仅凭一个奴婢的话就怀疑一位驸马，未免荒唐，便剪坏了。后来驸马暴亡，又想着，何必大张旗鼓地追讨死者呢？于是，一直留到今日。"

皇帝将信拼在一起，默默地看过，又看另一封，叹道："的确是素璃的笔迹。墨迹犹在，人已不知在碧落黄泉……你真是会藏东西，这般要紧的内容，从宣城送到宫里，不知转过几次手，你竟保到今日。"

皇帝收了两封信，道："若是当真如信中所说，睿洵之死、素璃之死与宣城大火也有些蹊跷。可惜当日从宣城幸存的人，没有一个能说清。"

素盈提醒说："我这里的宋女史倒是看见几眼，可是她跟我说，大约当时受惊过度，脑海中的画面忽远忽近，一会儿清晰一会儿模糊，也不敢妄言。李大人的夫人当日也有保护皇孙之功，同样是受惊过度，病了好些日子。"

皇帝无声地微笑一下："李怀英是个赤诚效国的年轻人，勇气可嘉。你改日慰问她的夫人，也是应该的。"

素盈款款欠身道："妾明日就召她进宫。"

冯氏这辈子没想过自己能踏入真正的宫廷。

引她入内的宦官宫女个个精致非常，所过之处尽是金阁玉阙，气象恢宏。皇家规矩森然，她几乎不敢多出一口气。皇后却十分年轻，而且和蔼，虽没有格外的亲热，但那体贴的口吻还是听得出来的。

冯氏起初以为她丈夫整日生事，皇后拿她入宫，是要训她不能规劝丈夫。可皇后只是询问她的病情平常如何调养。不一会儿，一位年老的宦官也来致意。冯氏听皇后介绍，才知道这是皇帝的亲信潘公公。冯氏受宠若惊，言语更加小心。

坐着闲谈了一会儿，素盈深深地叹惋："宣城那么多人都丧生火海，你能够死里逃生，真是造化！可这些日子也苦了你！"

冯氏一听提起这事，就不禁落泪。素盈安慰她后，说："想来离宫中定是人手不够，或者是那些奴婢不谙规矩。否则，怎会不留心炭火，惹出这么大的惨事？"

冯氏当即眼泪涟涟地跪到她脚下，说："娘娘，离宫众人绝非死于火灾。妾亲眼看见，当日离宫角门有来路不明的黑衣人把守。倘是火灾，偌大宫门开着，怎么会人人坐在里面等升天？"

"这可不是能随便说的话。"素盈道，"果真有外人进入离宫？"

冯氏不知顺水推舟，老老实实地说："不仅是妾见过，外子也说，他曾在道中见过一队黑衣骑士离京，不知是否为同一伙人。"

素盈便不再追问。

待冯氏告退，素盈与潘公公便到玉屑宫禀明此事。皇帝听罢就问："李夫人为人诚实吗？"

潘公公回答说："这位夫人实在得很，不是乱说话的人。"

皇帝心寒道："竟是有人行凶！离宫终究是皇家庭院，有人在皇家离宫行凶，去查祸因的官员却连一句相关的话也没说过，真是废物。要他们干什么呢？换一位聪明敢言的御史去查吧。"

然而，聪明敢言的御史，也仅仅查到宫中的确有过搏斗，失落在庭院中的一支长枪被削成两截。至于是什么人所为，却查不出了。皇帝听闻后，只责备了一句："骑士是从京城离开的，凶器是能将铜器削为两截的宝刃啊——这很常见吗？"

御史知他心中有谱，只得叫一声苦，编列京中宝器，以查案为由，拿了长枪一一去试。号称吹刃断发、削铁如泥的宝刀宝剑，通常名声在外，主人没法隐藏。算来不过十余柄，都能够将铜器削断，却要费些力气，断口也不及宣城的那么利落。

这一番折腾，京中便沸沸扬扬，都知道了查剑之事。宰相得知御史上门求他的"焕雯"，怒道："当我也是疑凶吗？将他赶走！"

御史只得硬着头皮向皇帝回报："京中并无此物。"

察觉皇帝不满，御史又道："没试过的，只剩陛下的'冰洗'与宰相大人的'焕雯'了。"

皇帝当即命尚宫取来"冰洗"，说："试吧。"

御史本是文官，提刀向烛台比画了一下，一剑就将烛台削为两截。他惊得看了看宝剑，定神说："断口很利。"

宰相得知皇帝的剑也试过了，自己再无理由拒绝。御史再上门时，宰相冷笑道："刀剑无情，大人小心！"

他说得阴森，御史却不畏他。烛台应手变成两截，御史赞道："不亚于圣上的'冰洗'。"

当日他就回报："京城中只有陛下与宰相之剑所削烛台的断口锐利。臣冒死请求彻查宰相。"

皇帝终于对他微笑说："你去查吧。"

然而这位御史出了宫门后，马匹忽然受惊，发疯似的在大道上疾驰，不出二里就将他摔下马背。御史当即气绝。

很快，御史台三院遍知此事，原本无所偏倚的一些御史也义愤填膺。宰相虽然向来跋扈，但一直对台官们留有敬意。出了人命，他们才知道他从未将他们放在眼里，遇事照样会下毒手。

这位御史出殡当日，三品以上的台官守着御史无私交的规矩，没有到场，但也婉转向家属致意。四品以下的台官不受此规矩约束，不少人都奔赴灵前，亲身祭拜。

更不可思议的是，明德书院有上百名学子沿路送他的灵柩。一时间白衣塞路，号哭动天，连御史的家人也吓了一跳。学子们一路痛哭至坟地，又在坟前化了诔文，痛惜国家失去了一位正义直言的好官，号召天下承他遗志。

这名御史原本不出奇，一死之后天下闻名，都道是难得的好官。

宰相知道了种种怪事，自当是李怀英从中挑唆，更加恼他了。

风波过后，皇帝还是决定要在崇山狩猎三日。大批的随行人员当中又添了一众太医与医官药官。各处将名单、物品拟出，几乎将能带的人都带上了。

睿歆不在单子当中。

让那么小的孩子随猎史无前例。废太子洵、秀王深凛这些在天子身边长大的宠儿，都是在六岁随驾出猎。但是只有疯子会让那么小的睿歆与宰相的爪牙，以及怀孕的钦妃一起留在宫廷里。素盈悄悄找到潘公公，说："公公是明白人。睿歆势单力孤，我不忍离他左右。请公公委婉劝说陛下。"

潘公公弯腰笑道："娘娘不必担心。"

并不是所有忠心的人，都能够长长久久地为皇帝贡献忠诚。就算不变心，也要将忠心用得聪明，否则皇帝会不再当真。潘公公能够做一个长达四十年效忠两代帝王的忠仆，自然有他的不二法门。

"老奴手脚耳目不再灵敏，不适合猎场，该让年轻人陪伴陛下了。"这天，潘公公对皇帝说，"请让老奴留在宫里，也可以照顾皇孙。"

皇帝笑道："刚刚说自己手脚耳目不再灵敏，又要去照顾歆儿？你怎么能照顾得来呢？"

"可是，陛下与皇后信得过的人都在身边。"潘公公惆怅地说，"小孩子在这个年纪很容易遇上三灾八难，老奴在宫中照看他，至少知道，发生状况该去何处找人帮忙，不至于叫天不应。"

皇帝失笑道："说得这么可怜！简直像是没人理会的鳏老孤儿。"他顿了一下又说，"猎场上真刀真枪，可不比宫里轻松，不过……歆儿是个命大的孩子，带他一起去吧。"

猎场上依旧是翠茵苍穹相照映。

这样的场合，一个区区左司谏原本无缘得见。但皇帝近来很喜欢李怀英，时常让他在身边谈古论今，连狩猎这种场合也带他来。皇帝还没有养出骑马的力气，可是看着贵族们策马扬鞭，他按捺不住，乘着马车向草原奔驰。

李怀英根本不懂狩猎，而素盈在照料皇孙，也没有出猎。两人一起在大帐前远眺风景时，素盈忽然有感而发："我第一次来的时候才十四岁，第一次来，就遇见一桩凶案。"

"凶案？"李怀英疑惑地看着她。

"宰相说，南国的一队刺客行刺圣上，被他与卫队撞见，全数剿灭了。"素盈浅浅地笑着，"其实是睿洵埋伏了一队人马，要一举杀死宰相，先斩后奏。"

李怀英听了有些发晕："为何宰相没有借机生事，反而栽赃给南国？"

"他借机生事了。当时的皇后身边有一名女官得到圣上宠幸，他说她是南国的谍人。那女官当即被带回宫正司处置，但她还没有回去就死了。"素盈不紧不慢地说，"那时的皇后是素若星，宰相对后宫与东宫留有余地。今天他的处事方式大大不同了。"

李怀英慷慨笑道："微臣并不畏惧。"

"我知道。宰相不会真的杀死你，你们这样的人从不畏惧死。杀了你，会激怒你的同类。"素盈说，"所以我不是劝你逃避。"

"那么娘娘究竟想要微臣做什么呢？"

"想请你去看一幅壮观的景象。"

素盈向身后唤了一声："卫尉！"

白信则昂首走上前，躬身施礼。李怀英知道此人是丹茜宫卫尉，官阶高于自己。他虽不齿信则是个宦官，亦行了一礼。白信则忽略他眉目间的不屑，泰然答礼。

"李大人，请跟着他。"素盈说，"到时就知要你看什么。"

李怀英半信半疑地跟着白信则上马，在一队精锐的护卫下穿草越林，不多时来到一片长草丛中。

"请李大人下马。"白信则说。

李怀英一跳下马就被长草没顶。

"不要再往前走。"信则一边说着，一边为他拨开眼前的草丛。长草丛缓缓地落成一扇缓坡，居高临下，可以看见下方有一片声势恢宏的人马在远处驰骋。为首的是宰相琚含玄，矫健的姿态完全不逊于少年。

“大人能看清吗？”信则问。

“看得很清楚，”李怀英感叹，“比追随圣上的人还要多。”

“那么大人能看见那些人的面孔吗？”

“能认出一些。”

“哪些认不出呢？我来帮大人。”信则说。

李怀英是聪明人，一听就明白了，道：“那个穿蓝衫、骑白马的是……”

“神毅将军。因他父亲武威将军帮助圣上登基，他家曾经红极一时。他年少时曾经参与平定秀王之乱。他骑射本领很高，但战绩一般，没什么了不起的本事。他姐姐是贞妃与文妃，如今一死一出家。如今的丹茜宫都监素堇仪，是他堂妹，也是吏部尚书的亲妹妹。吏部尚书与他是从小一起长大的堂兄弟，彼此非常信赖。他不是非要追随宰相，只是偶尔也要表示一下友善。建议圣上立睿歆为储君的，就是他。”

李怀英吃了一惊，想不到能从一个宦官口中听到一部家史。

“那个骑枣红马的……”

“他和他旁边那些穿玄绫裤子的，都是南安素氏，恭嫔与景嫔家的子弟。南安素氏自有家规，家中有长者病，年轻人玩乐时都要穿玄绫裤子，提醒自己不可恣意欢谑。每次宰相出猎，他们都要助阵。”信则顿了顿说，“南安素氏黄金满屋，是因为在琚云垂的盐买卖中分了一杯羹——这是传言而已，朝廷明令禁止睿、素二姓染指茶盐酒的生意。”

李怀英多了个心眼，问：“南安素氏当中，有要紧的人病了？”

“南安郡王中风，情况不大好。光是用人参的钱，就够养活一个县。”

李怀英又问了十几个人的来历，信则全部对答如流。诸人与宰相有什么样的瓜葛，又有什么样的传闻，与宰相相交得了什么好处，或是暗地里对宰相有什么样的不满，他一概知道得一清二楚。李怀英见他回答这些的时候十分坦诚，便趁势问：“大人可否告知，娘娘要我至此的用意？”

信则好整以暇地回答：“两军对垒，兵对兵、将对将时，擒贼先擒王是个很好的战术。可是大人不要忘记，您与宰相并不在对等的位置，要凭什么去擒他呢？想擒王，不如先好好在他周围下一点功夫。”

李怀英向来看不起宦官阉人，此时听他一席话却不由得汗颜，不由得又问：“既然皇后的功夫已经下到此处，为什么一直隐忍不发呢？如果她告诉圣上，宰相结党营私，傲睨得志……”

信则以淡然的口吻回答他：“大人说出这种话，是不明白皇后的处境啊！圣上并不喜欢皇后对朝中要职指手画脚。况且娘娘知道，宰相之职早晚要新人代旧，而她是要继续留在宫中的。试问，若大人成为下一位宰相，当宫里有个能用三言两语令你下台的皇后时，你能否安心？”

李怀英低头道：“这样说来，娘娘是在利用我。”

“是利用你，还是帮助你，大人自己斟酌。”信则又说，“我不了解大人，不知道你的悟性是否足够行走宫廷。倘若是我，我不会拒绝娘娘的美意，否则圣上也会觉得可惜。”

“圣上吗？”

信则带着轻微的轻蔑眼色，望着这个不够狡猾的青年。

“他为什么会容忍你一次又一次地冒犯宰相？为什么带你来打猎，却把你留在营地呢？”他不无遗憾地对李怀英摇摇头，“有时候打击敌人，并不需要威猛的巨矛，一根足够毒的细刺就够了。皇后交给你多如牛毛的刺，而圣上正等着你把这根刺给他看。不要辜负他们两位呀！”

李怀英听得汗涔涔。他一直觉得皇帝被蒙蔽，皇后为人诡秘，令人费解，今天才发现，也许是他太不了解他投身的这个世界。

祭山结束不久，第二波弹劾宰相的风潮又开始了。这一次没有啰唆地罗列许多罪状，只列举了一条——宰相窜通牧官，数次谎称西国群盗将马群掠去，实则马匹由宰相长子贩入南国，前后总计五百三十匹。此后又以所获资财，私购南国青白盐，由宰相次子贩入国内，牟取暴利。

这骇人听闻的言论一出，朝野震惊。皇帝钦点一名钦差究办此事，宰相一见就领会三分——那位钦差姓冯，因与李怀英的夫人同姓，不久前认了冯氏当干女儿。

很快，案中所指牧守全数下了台狱。御史台识得形势，况且对宰相衔怨未解，十分尽心尽力地彻查此事。琚相曾在御史台内安插高官。御史们彼此心知肚明，索性将他们架空，放手去查，很快牧守就对谎称马匹遭劫之事供认不讳。

受牵连的南安郡王一家，原本对贩卖青白盐的事矢口否认。但恭嫔与景嫔为人滑头，偷偷叮嘱自家人，要一口咬定只是从琚云垂那儿弄来一些盐，不知盐是南国来的，自己只担一个违禁卖盐的罪名就罢了。

贩卖南盐虽不是重罪，却让云垂蒙了。他多年不曾亲自打理，每年阅账，账目清楚，并无一丝可疑。如今发生这事，他觉得冤枉也无计可施。

私鬻马匹是死罪一条。可是奉诏令去捕琚星展时，他早逃入南国不知所终。宰相之子戴罪叛逃，令天下哗然。琚相何等眼色，看出这是皇帝在要他好看。

他身边同党已养成不吃亏的脾性，此番受到打击，便有人蠢蠢欲动，向宰相进言：“相爷为皇家鞠躬尽瘁，一朝被猜忌，就三番五次地遭受中伤——相爷何等人物？天下是相爷为皇帝平定，朝政是相爷代皇帝操持，为何要忍受这种难堪？不如……”

琚相登时变了脸：“不准再说这般大逆不道的话！”

白信端抱拳道：“相爷，我等并非夸夸其谈，而是真心认为相爷之才能足可称帝。如今皇座上那人，他的所作所为早已不能让我等服膺了。”

琚相冷笑道：“你们想当改朝换代的功臣，另寻明主吧！琚某胸无大志，看不出皇帝虚名有什么值得羡慕。坐在那位子上，要受重重束缚，僭越那位子，更是给了别人攻击的理由。何必贪图一个名号，导致身败名裂？”

“相爷，既然皇帝已经生疑，不得不有所防范啊！”

“难道我不知道？”琚相不同他们多说，只是在这天悄悄地请了一位女官密谈。

他的爪牙没有他的首肯，纷纷偃旗息鼓。而琚含玄自己，挑了一个日子披头散发，一步一叩，膝行至玉屑宫。

素盈与皇帝正在宫里，见他额角血流如注，衣上也是斑斑血痕，两人都惊了一刹。

“陛下明鉴！罪臣确实曾收受牧守馈赠的良马。然而其时总在罪臣、内子或逆儿的生辰，牧守或赠良马二十双，或赠三十对，不知不觉，数年之间的确数目可观。罪臣以为此系牧守私有，一番好意不忍拒绝，绝不知道此乃谎报劫掠所得。”

琚相说得声泪俱下，又道：“若说罪臣为了贩马与牧守勾结，更是荒谬。陛下待臣天高地厚，恩赏不绝，臣家自有成群奴婢，金玉满堂。五百匹马即便是绝代佳品，不过黄金万两，罪臣何必为万两黄金，断送大好前程？孽子星展目光短浅，利令智昏，竟将所得之马贩售外国，其行径足够天诛地灭，罪臣已正告天下，将之逐出家门。此后琚星展之死活，罪臣不闻不问。”

他再三叩首，乃至于血染毛毡，口中不住地说：“孽子云垂，近年将生意交由下人打理，懒于过问。私贩青白盐一事，实在是狡猾之仆自作主张。娘娘也知云垂为人驽钝，不敢逾规矩半步，怎会做出这等胆大妄为之事？罪臣教子无方，甘愿受罚。但请陛下明察秋毫，还云垂清白。”

他又向素盈哭泣道：“云垂是娘娘四个外甥的亲生父亲，求娘娘为了稚子动动恻隐之心。”

素盈从未见过他如此狼狈，然而她也知道，若此刻放过如此狼狈的他，他会迅速精神抖擞。到时候，害他狼狈一刻的人，将要万劫不复。皇帝涵养好过她，能够心平气和地同宰相寒暄：“台院尚无定论，宰相不必悲切。回府上调养伤口，静候消息。”

宰相又再三叩首，这才期期艾艾地出了玉屑宫。宦官们麻利地撤走了血染的毛毡。素盈微微叹道：“陛下终究还是陛下。”

“怎么？”

“外人以为，陛下二十年来掣肘于宰相，以为宰相权势熏天蔽日。可是陛下只一弹指，便是云净天空。”

“皇后，那不是‘掣肘’呀！那叫作‘放纵’。”皇帝狡黠地笑了一下，揽住素盈的肩，“我放纵他，不是亲信他或者畏惧他，而是我了解他。他不会产生谋取皇位的念头，他喜欢坐在宰相的位子上发号施令。”

“可是让宰相独揽朝政，绝非好事。”

皇帝耸耸肩，说：“他的确一人独断朝廷是非。他是个很有手段的人，也有决断大事的能力。他选用的人也有可圈可点的良才，而且他做出的许多决定正合我意。”

他又露出那种狡狯的笑容：“这不是很好吗？宰相当权，天下不会绝望，遇到不满总会想，‘只要换掉这个坏宰相，一切都会变好’。所以他两年之内遇刺四次，而我，这辈子也没有四次。”

他静静凝望素盈的眼眸，动了动嘴唇：“如果失去这扇屏障，人们会怎么想呢？‘都是因为皇帝无能，换一个人当皇帝，一切都会变好’……”

素盈忽地哆嗦一下。皇帝落寞地说：“不是他一直骗我，是我一直舍不得他。现在你不会说‘陛下终究是陛下’了吧？”

他向素盈微笑：“我和他，不过是两个自私的家伙。他不愿冒天下之大不韪，我不想承担所有的责任和过错。”

素盈垂下眼睛，幽幽地说：“陛下以前从没有对妾说过这些。”

“以前不需要对你说这些。”他轻飘飘地说了一句。

“陛下打算如何处置宰相呢？”素盈问，“他始终是勋贵老臣。”

皇帝想了想，说：“也许让他去做一个小官吧。”

宰相出了玉屑宫，一路悲怆。将出宫门时，有人气咻咻地追上来，唤一声“相爷”。他回头，见是潘公公身边的一名小宦官。

这宦官在玉屑宫里毫不起眼，宰相却与他熟识。他拿出一条白绢给宰相，说：“相爷请用。”

宰相用白绢轻轻捂上伤口。伤虽不见了，脸上的冷峻犹然：“他们怎么说？”

小宦官垂下头低声道：“说是要将相爷降职。”

宰相胸中气滞，急忙深吸两口气，才淡漠地说：“多谢你报信。”他将染血的白绢交还小宦官，又说，“烦劳你务必将此物送给玉屑宫里的赵令人。她与我有些交情。我一走出去，今生恐无缘再入宫廷，留白绢容她睹物思人。”

小宦官曾领受过宰相的恩情，时不时将皇帝的言语偷偷传递给他——这已经是泄露宫秘的大罪。但他至今还不曾为宰相偷传过任何东西。

此时见宰相伸手递来白绢，神情不容置疑，小宦官只得接过来，也没有问赵令人是哪一个。他向来在御前侍奉，虽不认识很多后宫中的令人，但也知道宫中异姓女官极少，皇帝身边更是遍布睿、素二氏。稍一打听，就知道赵令人是玉屑宫的奉馔令人。他不愿辜负宰相之托，便将白绢交予赵令人，心中却暗暗嘀咕，不知宰相与奉馔令人有何瓜葛。

素盈很久没有这样安然入睡。似乎进入宫廷之后，她还从未这样满怀期待地盼望明天来临。

当她醒来时，再没有“琚相”这个人。至于琚含玄会变成什么，她不在乎。现在只剩下她和他，这已够了。

可她才睡了不到一个时辰，就被人摇醒了。

“什么事？”素盈睡眼惺忪，而她面前的人，牙齿颤得说不出话。

素盈定睛看见是个黄衣宦官，声音立刻变得尖厉：“什么事？！”

“圣上……圣上……”

素盈不需要听他说完，立刻披上衣服向玉屑宫跑去。吴太医面如死灰，连周太医、高太医、刘太医、卫太医也在，仿佛太医院倾巢出动。素盈不祥的感觉更重，聚集这么多人时，面临的往往不是一个凭借人数就能解决的问题。

她分开人群，扑倒在皇帝的床边。他面容宁静，心跳还不及她的颤抖明显。她见状，心也快要不跳了，没来由地垂下一串眼泪，颤声唤道：“陛下！”

他没有理她。

她转过身，泪眼婆娑地向太医们哽咽道：“任何人，去找任何能救他的人！”这话语无伦次，太医们却明白得很。

吴太医说：“臣斗胆，请娘娘传王鸣鹤入宫。”

“他在哪儿？立刻让他来！”素盈甚至都没想这王鸣鹤是谁。

吴太医急匆匆地离开。素盈问那些太医：“怎么回事？”

他们说：“听宫女说，宫里有一声响动，进来时，陛下落在床下，已是这样了。”

“我问的是，他现在这样是怎么回事！”

周太医缓缓地说：“臣等认为是中风。请娘娘来，是想娘娘做好准备，万一……”

“没有万一！”素盈厉色道，“你们站在这里什么也不做，是要圣上等死吗？”

太医们面面相觑，道：“臣等已灌过参附汤，但愿圣上能够苏醒。”又道，“事关重大，请娘娘传机要大臣入内，以防不测。”

素盈的面孔慢慢从悲伤中松弛，变成巨大的惊愕：“什么？”她盯着皇帝的面容，瘫坐在地，至此方知生离死别近在咫尺。

太医们见她浑然没有主意的样子，转眼去望秉仪崔落花。崔落花叹口气，就在玉屑宫内制成懿旨，传元老重臣入宫。

吴太医领着王鸣鹤先来一步。年轻人一见皇帝的样子，就紧紧蹙起眉。吴太医这些日子受王秋萤所托照顾这年轻人，与他相交颇深，知道他一手金针厉害，便不住地催促他。王鸣鹤却不慌张，仔细审视过无声无息的皇帝，才道一声：“请娘娘回避。”

崔落花与潘公公上来将素盈搀出，素盈一抬起泪眼，就看见宰相又穿上朝服，等在门外。他额上的绷带还带着血迹，脸上的狼狈却再也寻不着了，见到素盈只说一句：“娘娘节哀。”

素盈回头向玉屑宫里望一眼。她几乎可以预见，皇帝若是死了，明天御史台的高官们就会反口说，宰相是遭人诬陷，琚星展是无奈避祸，琚云垂买卖南盐是无稽之谈。他依然大摇大摆地当宰相，大张旗鼓地鼓吹邕王世子才是皇位的合适人选，然后……

不，这一切不能发生！素盈心中发狠，猛地抬头，看见吴太医又惊又喜地跑出来说：“圣上醒过来了！”

“是醒过来，还是活过来？”宰相不冷不热地问，“是醒片刻，还是……”

吴太医脸上的喜色顿消，无颜面对素盈期盼的目光，讷讷地说：“恐怕只在一时。”

素盈便要冲进去，宰相却伸手将她拦住，说：“这时刻不属于娘娘，请容臣等进去聆听遗诏。请您静待宦官延请。”

素盈面失血色——倘若宦官真来请她，那便是皇帝龙潜，要她去梳头临哭。

她眼睁睁看着宰相与诸臣鱼贯而入，而太医们被一一赶了出来。王鸣鹤最后一个走出来，素盈无意识地抓紧他的手腕，说：“他会杀死他！”

王鸣鹤怔了一下，看着这个苍白惶恐的女人，不知道这两个“他”是谁，但忍不住轻声安慰她：“不会的。”

玉屑宫中静得可以听见空气震动的声音。琚含玄仔细地听了听，发现那不是空气震动，是他的心。诸位大臣关切地张望，看见皇帝微微地睁着眼睛。

琚含玄专横地说：“陛下让我过去。”说着走到床前，跪在皇帝床头。为避嫌疑，他双手放在膝上，可身子将皇帝的脸挡住了。诸臣均在五步开外的地方，看不清也听不清。

“陛下，你变成了这样。”琚含玄背对诸臣，流露出悲情，而皇帝似乎连眼睛也无法转动。

“原谅我——如果你能够一直活下去，我也会一直对你忠心不二。可是，你中毒了，一次致命的失败。”琚含玄深吸一口气，用更加低的声音喃喃，“我所知的陛下，不应该有这样的失败。你能活下来多好啊！我可以同你出生入死。可我不能等到你离开之后，任你的儿子宰割。陛下，原谅我，我不能陪你死。”

他说到此处终于沉默，无言片刻，又短促地笑了一声：“原谅我，现在竟松了口气——我一直怕你，几乎透不过气。”

皇帝转过脸看了他一下，温柔地轻声说：“最后一件可以原谅你。”

琚含玄如被五雷轰顶，惊骇得动弹不得。诸位大臣都听到皇帝说话，立刻一拥上前，纷纷道：“陛下，觉得如何？”

“还能动。”皇帝说着，手指动了动。

怎么会这样呢？琚含玄脸色阴沉地看着他，紧紧抿住嘴。

“临睡前，喝了一点酒。”皇帝若有所指似的，“呵，这酒可真厉害啊！”

琚含玄宛如失色的泥塑，明白了吴太医所说的“一时”不是“一刹”，或许是三日五日、三月五月……

他在戏弄宰相。一国之君，怎么能够这样呢？琚含玄长长地呼了口气，仿佛很欣慰很放松，忍不住笑出声："既然陛下无碍，容臣等告退，由太医继续服侍陛下。"

"你们都去吧，"皇帝很疲惫似的说，"留皇后在此守候就可以了。"

重臣们迟疑着退出后，素盈听到传召，立刻奔至床前，含泪喊了一声："陛下——"

"嘘！"他说，"别声张，说你不放心，让吴太医和那个年轻人留下。"

素盈急忙照办，又问王鸣鹤："圣上是中风？会恢复吗？"

王鸣鹤道："不是中风。"他不乱说皇帝到底是怎么了，同王秋莹一样守口如瓶，比秋莹懂得避讳病因。

一定是他姐姐教过他——皇帝只能死于疾病，不能死于中毒。

素盈背上一阵发冷，他是又一次中毒了。

宰相匆匆回到家中，见一片灯火通明，家人都在等他。得知皇帝仍在，他们也不知是悲是喜，各自回去休息。宰相将云垂拉到房中，说："立刻收拾细软，准备良马，挑几个可靠的家人，带上孩子们——我们走。"

云垂惊道："去哪里？"

"去找你大哥，"宰相一把扯掉身上的朝服，"去南国。"

"大哥在哪儿？"

"在我的一个朋友家中。"宰相如此回答，飞快地从箱子里拣出两三样东西，说，"莫要贪多，两刻之后就出发。"

"那母亲呢？"云垂说着，要去告诉母亲。

宰相一把拦住他，说："我去告诉她。"

芳鸾察觉今夜的事情十分蹊跷。今日宰相去求情，说皇帝不为所动，说他明日可能会被贬官。今夜，皇帝就暴病。

"一切都像陛下说的那样。"芳鸾心中默默说着，拿出一支匕首。

门吱呀一声开了，她急忙将袖子放下，遮住了匕首。

"夫人，这些年辛苦你了。"琚含玄背对着月光，说话时口气柔和。

芳鸾警惕地看着他。他又说："我有些事情与你说。哦，对了，明天是十五……这些事你会从圣上那里听到。出了这么多事，明日你还是不要去宫里了。"

"你果然一直都知道。"芳鸾微笑一下，握紧藏在袖子里的匕首，"可是二十年来，一次也没有阻挠。"

"我成全还来不及，为什么要阻挠？"琚含玄浅浅地笑着说，"如果皇帝对我的生活一无所知，一定会生出许多猜忌。让他信赖的人，把我的生活点滴告诉他，定期让他安心——这不是很好吗？夫人，你辛苦了。但这件事情再也没有必要。有一段旅程，是属于另一些人的。你站在自己的终点，目送我们吧。"

芳鸾立刻抖刃刺他，他轻松地躲开，反手一下，打在芳鸾的后背。

只是那么一下，芳鸾一点感觉也没有，又回身去刺，却看见他手里的长锥染血，血珠滴滴答答地往下落。

芳鸾这时候才觉得背上剧痛，难以置信地伸手摸了一下，满手都染上了血。匕首也失落在地。

“夫人，不光是我从来不喜欢你，”琚含玄扶住她，面不改色地说，“皇帝也从来都不喜欢你——他完全有能力杀死我，何必借助你的手？只是让你以为自己很重要罢了……傻女人啊！”

“母亲！”云垂闻声而来，看到了骇人的一幕。他的父亲若无其事地丢掉长锥，目不斜视地走了，而母亲倒在血泊里。

“母亲！”云垂大声叫着“来人”，却没有人来帮他。

“没人会来。”芳鸾一声冷笑。

“怎会这样？”云垂手忙脚乱地为母亲止血，那伤口不大，却不住地汩汩冒血，无论他多卖力仍是于事无补。

“云垂，”芳鸾看着这个焦急的孩子说，“逃吧……小心，别跟着你父亲。”

她从来言语简洁，连遗言也只这几个字。太简单了，以至于云垂完全不明白父亲和母亲之间究竟发生了什么。他恨恨地带着满身鲜血，大步流星走到后院。

马厩里的马都被牵出，琚含玄飞身上马，小腿忽然被儿子扯住。

“为什么？”云垂第一次在面对父亲时目露凶光。

“她是康豫太后与皇帝的心腹，”琚含玄冷漠地说，“二十年来，她活着的意义就是不断出卖我。”

云垂张大嘴巴，说不出话来。所谓太后的赐婚，所谓无上的隆恩，华丽地掩盖着一桩背叛。

“她是你儿子的母亲、孙儿的祖母……不能放过她吗？”

琚含玄看着哀伤的儿子，说：“我放过她，她也活不下去了呀！当我们离开，她会变成叛臣的妻子，同样只有死路一条。”

他迫不及待地挥鞭为令，向追随他的家仆与私卫说：“走吧！”又对云垂道：“立刻上马！”

云垂愣愣地接过缰绳，失神地随着这支壮观却毫无人声的队伍，悄悄出了家门。

父亲一次也没有回头看他的家，他二十多年的富贵权势造就的那处府邸仅次于宫城，宛如皇城的第二个中心，可是他弃如敝履，毫无眷恋，亦无丝毫狼狈，依旧昂然向前。

他在想什么？他那永不衰退的自信，是要去另外一个地方，造就另外一场繁华吗？即使是这样肮脏的繁华？在紧要关头毫无气节，自行证明他只是一个冷血的杀人凶手……

云垂以前不了解父亲，不了解他在家中的私生活，也不懂得他在朝堂上的生活，不懂得他父亲如何得到这一切。他没有真正思考过宰相之子带给他的种种可能，只是在他父亲造就的府邸中生活着，任由皇城围着他转……现在，马背上的他想要思考，然而比平日更加没有头绪。

逃吧……小心，别跟着你的父亲。

也许母亲已经想过了。云垂发现自己握缰绳的手一直在抖，母亲的血在他颤抖的手上干涸。他不敢盯着看，抬头直视前方——父亲就在正前方，但父亲的背影不可能再成为他的路标。

他不能追随一个叛徒，一个杀人凶手。

城门守备得过宰相的好处，宰相又有伪造的谕令，他便睁一只眼闭一只眼，放琚含玄一家人逃生。遥望一队黑影消失在苍茫夜色中，守备不禁摇头叹息，谁能够想到，不可一世的宰相竟只是一场易碎的大梦。

城门刚刚闭上不久，又一队人马冲到城下，大叫："开门！"为首的是个女人。

守备同她便不客气，拿腔作势要诸般手续。那女人道："我是荣安公主！手续全都有，你来验吧！"守备一听不敢怠慢，迅速下到荣安马旁。

荣安提起鞭子就向他劈头盖脸地打，口中骂道："不知死活！琚含玄那等逆贼，你放他过去，却对本公主来这一套——赶快开门！"

守备挨了打，又听到她知道自己开门放贼，哪里还敢阻挠，赶紧开了城门。

琚含玄带着亲卫一路飞驰，直到天色大明才藏身一座废弃的农家小院中休息。他刚刚坐定，忽然有人报告说："相爷，有追兵。"

琚含玄急忙问："多少人？"

"约莫二三百，尚有二十里地。"

另有人道："相爷，背水一战，亦有胜算。"

琚含玄摇头说："此地空旷，再向南行。"说罢又领众人上马逃奔。幸亏他们所骑皆是良驹，一路奔行到黄昏时分，将追兵甩脱在百里之外。众人寻了一处无人的山神庙，权且栖身。

琚含玄夜以继日地逃，此时终于疲惫，不禁感叹自己年老不支，这么想着，他盘腿坐在神像下拄剑小憩。一下子不知不觉睡着了，梦里似乎什么都有，又似乎只是一些幻觉。直到金戈声直刺耳膜，他猛地惊醒。

满屋清凉山月，空气却是躁动的，荡漾着他熟悉的血腥和杀戮声。琚含玄见门上有个人影，提起剑去一看究竟。

打开门的一瞬间，他就出手砍中对方的肩膀，可那人完全不要命似的，忽然扑入他怀中。

"荣安。"他唤了一声，口中落下血来。

荣安全身的力量都集中在手里的刀上，一下子刺穿了他的身体。她浑然不觉肩膀负伤，推着刀柄向前走了一步，刀锋又向琚含玄胸中插入几寸，他不由得退了小半步。

“那时候一剑刺死你，就好了。”荣安抬起头，面孔在皎洁月光下苍白如素。

她直视他的眼睛，说：“可是一刹那，我不舍得自己在众目睽睽之下变成杀人凶手。结果，洵哥哥死了，信默死了，素璃死了。如果那时候就这样做……”

她说着又向前，刀锋直没到刀柄。

“你也是可以杀死的。”荣安在琚含玄肩上用力一推，他的身体就向后仰倒，“你的命不过一刀就能够了结，如果早这样做，就好了！”

琚含玄仰面躺在地上，仰视荣安冷酷的脸。那表情好像有点熟悉，像是她的母亲。

他仰望那扇破旧的庙门，产生一种错觉。

“你有皱纹了。”有人在门后，仿佛带着惊讶笑了一声。二十年后，她终于正眼看他。他反倒有些后悔让她看见。二十年来，他在她心里一直是没有皱纹的少年。

“我也有吗？”声音轻快，好像还是二十年前的那个人。

她又不是不照镜子，自然是知道答案。但他坚定地说：“没有。”那一刻他没有看她的正脸。还记得二十年前的她，足够了。

她默了一刹，说：“照顾荣安。”

“我答应你。”他这样回答。

琚含玄看着荣安冷酷的脸，笑了起来。无论他如何照顾荣安，荣安都不会领情，不会多虑，不计后果。早晚，他将死在他无法杀死的公主手中。

他守住给她的承诺，也守住她给的死法。

荣安一直冷冷地看着他断气。

她要求自己一定要这样做，即使这场面让她战栗。

可是她不明白，为什么他笑得不肯闭上眼睛。

皇帝多多少少惩罚了效忠宰相的人，却没有十分为难他们。臣强则死。现在没有人那么强了。

皇帝任命一位睿姓皇亲为新的宰相，众臣没看出睿相有什么特殊的才华，温厚忠勤是他的全部优点。这些优点作为人品，值得钦佩，然而在处理政事方面则没有多大的作用。

睿相明白自己的智慧不及皇帝，很忠厚地向皇帝请示大多数事情。素盈觉得，睿相在某个方面来看，亦有超强的智慧——功归上，罪归己。智勇不显，戒惕不弃。皇帝没有采纳废除宰相的建议，但如今也与没有宰相差不多了。

皇帝也没有为难邕王父子。念妄则亡。现在他们暂时不敢幻想了。

邕王甚至上表祈死，皇帝不答应，他又上表请求自贬为庶人，皇帝还是没有答应。素盈发现，邕王的行文中颇有她妹妹素澜的影子。

皇帝当然没有为难荣安公主。

“宰相畏罪逃遁，不入西国，则奔南境。此人久居要职，叛逃敌国实在于我朝无益。儿不惜一身触罪，为国除贼。”荣安公主竟一直派人监视宰相的府第，带着飞虎卫去追杀他，又能找到这样的借口收场，简直令人刮目相看。

唯一一个被赐死的，是玉屑宫奉馔令人赵氏。素盈看见潘公公为一个小宦官求情：“他虽然犯了大错，却不是蓄意。何况做过之后就后悔了，将事情全部向老奴交代，终于没有错上加错。”

这时候，她才知道赵令人在酒中下毒，被一个小宦官告发。皇帝事先已经知道赵令人将有动作，当场命她饮酒自尽。此事直到琚相受死，仍秘而不宣。大约以后也不会再提起。

“大臣们很快会重新分党，朝廷很快会有活力。”皇帝对素盈说，“这是朝廷最有趣的部分。”虽然只是旧瓶装新酒，但是至少有了新鲜的味道。

素盈看着他，轻盈地笑起来：“陛下像个迷恋一种游戏的孩子。”

他呵呵地笑：“为什么不迷恋呢？这就是我的一生。”

素盈将头倚在他胸前，问：“现在可以将陛下一生的故事，告诉我一点点吗？为什么那天晚上会中风呢？”

“一个皇帝暴毙，总有一种病要被冤枉。”他从容地说，“说来尴尬，我只是过食了冬珊瑚的叶子。这是个偏方，过量就会变成那样。”

他指着床头的香炉说：“只要有它在，一个时辰，至多两个时辰，就能够醒来。”

“陛下你……”是故意的吧？素盈一句话想要吐出来，忍住了。故意让宰相误以为赵令人已经得手，其实是想听听他会如何在床边虚构皇帝的遗言，想知道他还有什么样的狂想，会引出什么样的人吧？宰相到底在他的耳边说了什么呢？他竟然息事宁人了。

“陛下你，险些将太医们吓死了。”

“吴太医知道该怎么做。”他若无其事地说，“况且还有那个年轻人，王秋莹的弟弟。唉！这时代，眼看就是年轻人的。”

“那么……陛下听到我说的话了？”

他微笑着握住她的手，说：“嗡嗡隆隆的，听到一点。”

素盈担忧道：“以后可别再乱用偏方！帝王生死，岂可儿戏？”

皇帝若有若无地笑了一下，没有回答。

阿寿不知道一夜之间发生的事情对他意味着什么。他总是充满无畏，在皇帝身边转来转去。

“同是孩子，境遇却这样不同。”皇帝抚摸着阿寿的额头，“琚云垂带着两个孩子逃了。剩下两个小的，被荣安带了回来。还在牙牙学语的两个稚儿，这就没为官奴婢。”

素盈低着头，斟酌言语。平王托她央求皇帝，让琚知机与琚忘机两个孩子成为平王府名下的奴婢。

“我的外孙，还能指望谁呢？”平王凄凄落泪，素盈不忍当面拒绝。

她深深地吸一口气，省去了动情的言语：“陛下，那两个孩子……可以赐给平王府吗？”面前这人，刚刚平静地接受了他二十年来第一重臣的死讯。“动情”这种伎俩，能够打动他吗？

皇帝不假思索地说：“人是没入丹茜宫的，你自己做主吧。”

素盈欠了欠身，牵着阿寿的手走出玉屑宫。

“娘娘，太平湖中荷花开得很好。”崔落花问，“娘娘要去看吗？”

“改天再说吧。”素盈回一句，低头看身边的小儿。

二十年来不可撼动的宰相，他只要想除掉，根本不需筹划，一天一夜就能除掉。可他没有早点动手，生生看着一个又一个生命消失。就好像是知道自己的死期，要给皇家一场试炼，将不能过关的人全部带走。

结果，那些人在他眼中，究竟算是什么呢？

“我……抛弃了可能危害国家的因素，你懂吗？”素盈想起他曾经这样说，脸上本能地反应出一个冰凉的微笑。

皇帝说，朝廷最有趣的部分就要到了。

而后宫中，最无趣的部分也快到了。

为宰相之死额手称庆的时刻过去，每个人都有自己要继续的生活。

素飒与盛乐的婚礼终于挑定十月的一个吉日。旁人即便知道有些不妥，也不去搅皇后之兄与皇帝之女的好事。唯独荣安公主不依不饶，上表称凤烨公主与东洛郡王刚薨两月，兰陵郡王应为东洛郡王服齐衰，盛乐公主应为凤烨公主服大功，婚期应延至十一月。

盛乐倒没说什么，偏偏荣安时不时来惹她，这一日甚至说：“你怎么能嫁给素飒那种自私奸猾的小人？你不记得了吗？正是他与宰相诬告洵哥哥外通西国！”

“姐姐这时候的眼光倒高明了。”盛乐冷漠地讥讽，“你挑的驸马又如何呢？要说起来，我们之中谁的血肉是干净的？”

荣安被她顶撞，一肚子闷气没地方发，回到家中自怨自艾。盛乐那些话也不过是气荣安多事，她自己对于婚嫁的心意却很淡。真宁又来看她，几次都像是有话，又不大好说出口。

终于有一天，真宁说：“从前你只在战场上见过兰陵郡王，如今也见过他在别处的样子了。后悔，不嫁他，也没什么。”

盛乐默了一会儿，说：“你真是崔氏的好学生。偏学来这个。”顿了顿又说，“我也不知道……就算不嫁人，也未必会活得更高兴。”转而注视真宁，问，“你那位李先生呢？”

真宁急忙大力摇头：“他是有妇之夫，你不要乱说。”

盛乐落落地说："我想，世间缘分大概总是这样吧，没有十全十美的，只有各种各样的。哪种会让我振奋呢？我不知道。"

真宁听了，心下也有些落寞。自那次将玉梳私赠李怀英之后，便再也没有与他照过面，不知是一时缘悭，还是他有意回避。她自忖对李怀英只是慕才，并无儿女私心，可是周围人人都拿这事来逗她，恐怕李怀英也误会了她。

又一天，真宁有意去遇李怀英，果然在一丛硕大的蔷薇下遇见他。

繁花漫漫，香片如雪。李怀英第一次看见真宁穿女装，茜色衫子与淡粉红的长裙，在一片落英之间亭亭玉立。他不再多走一步。

真宁笑道："我与大人认识也不是一天两天，大人今日才晓得避讳我吗？"

李怀英谨守规矩，只答礼而不言语。真宁落落大方地笑道："我听说大人重置军镇的主张了——改冗余士兵为兵户，与戍民分治。朝中交口称赞，说是可以全文载入史册的奏章。"

"承蒙谢将军平日坦诚相待，下官才有这种大胆的想法。若能造福一方，实属众人之力，并非下官一人能够成就。"

真宁颔首微笑，说："大人先有扶正嫡的志向，后有分相权的壮举，如今，这件文武官员向来难以达成共识的事，也让你协调成功了。大人前程不可限量，从此富贵毋庸置疑。是否可以将我的玉梳还来？"

"下官改日定当奉还。"李怀英深深地躬身道，"公主栽培之恩，下官铭记在心，此生定不负公主厚望，必要令这朝廷有所不同。"仿佛是说，她可以功成身退了。

真宁笑笑，大约在他眼中，这小公主从今之后就是嫁人，度过平静安逸的一生，不时将少年时的种种勇敢，编成非凡的童趣故事讲给后人听。而他将成为继承她志气的人，真正地留名青史。

李怀英听不到她的声息，抬起头去看——真宁已经走了。

大风浪过去之后，可以真正称为喜事的只有一桩——王鸣鹤娶了吴太医的孙女。喜宴当天，皇帝钦赐御酒佳肴，皇后请平王代赠厚礼。谢震也到场称贺，王鸣鹤便领了新妇向谢震行礼，说："谢大人对我有救命之恩。"

谢震忙道："贤弟言重。"又向新妇道，"尊夫在战场上也救过我的性命。"

"我对大人谈不上救命之恩，那是我的职责所在。大人救我，却是仗义之举，不得不报答。"王鸣鹤说着，拉着新妇又拜一次。

席间宾客也有王、谢两人昔日的同壕战友，如今在京城中做官。尽情欢乐之际，他们便道："谢将军过去常吹一支笛子，今日吹一曲相贺吧！"

谢震痛快地拿出随身携带的玉笛，当即吹了一曲。

吴太医觉得曲调有些悲情，私下对王鸣鹤说："这曲子颇感孤凉……谢将军这样的青年俊杰，却独身至今，令人惋惜。若有机会，要帮谢将军物色一位能够心意相通的夫人才好。”

王鸣鹤笑了笑，逮个空闲将此话说给谢震。谢震听了，不发一言。

“谢兄的心事，我大致明白。别人已说过的话，我不再赘言。”王鸣鹤向来慎言，对谢震却很坦诚，“那位女子心有所属啊！”

谢震听了这话，不由得一怔。

“家姐秋莹曾说，她救的是天下的帝王，不是皇后的丈夫，”王鸣鹤道，“而我那天晚上，救的却是皇后的丈夫。”

谢震回过神来，笑了笑说：“她的夫君乃是人中龙凤，为他心折在情理之中。这样对她比较好。”

王鸣鹤吞吞吐吐地说：“我倒觉得，一个诈病威吓大臣的人，实在难称正人君子。做他的妻子，要怎么全心全意地信赖他呢？唉，扯得远了。谢兄当作我酒后失言吧。”

他拍了拍谢震的肩，说：“谢兄不必纠缠于他们之间，否则要白白误尽一生啊！”

第二十八章
废后

八月的空气中充满琐碎的烦怨与喜悦，仿佛这一年可以这样发一发牢骚，斗一斗心眼，惬意地过去。京城中热门的话题，渐渐由睿洵的悲剧、素璃的离奇死亡、宰相的狼狈结局，变成京郊的景致、流行的文风、结伴出猎的黄道吉日和应该结交的新朋友。

不知不觉，太平湖上菡萏盛放，烟深花满，风光堪称一年最好。碧空晴岚是丹青妙手也画不出的明媚，御舫过处，波光芰荷荡漾出一片清新。

“那里的景致更好。”皇帝命人驶向荷花深处。

素盈看见荷叶贴着船身拜倒，忍不住蹙眉，以为暴殄天物。担心的目光追随着它们，却发现大船过后，它们依然亭亭。皇帝看见她眼角的关切，朗声笑道：“宫里都是倔强的东西，不那么容易倒呢。”

素盈抱着阿寿，浅浅地抿嘴说：“在陛下面前，还不是一一倒下了？”

“皇后越来越会说话了。”皇帝看着素盈，没来由地叹了口气，又微笑，“你一直抱着他，不觉得辛苦吗？让他自己走走，你同我到那边说话。”

素盈将阿寿放下，阿寿立刻好奇地满船转悠。

宦官站在船尾，用丝带钩住莲蓬，借着船行之力将之提起，再仔细剥了敬奉帝后。静静的湖面上，粉红雪白的莲花从船边拂过，黄衣宦官熟练地提起一个又一个翠绿的莲蓬。阿寿痴迷地盯着这一切，身子如钉住一般不肯挪半步。素盈看了他一会儿，见他安分得很，稍稍放心，转眼才察觉自己也被人专注地看着。

“皇后对那孩子真是情深义重。”皇帝问，“还记不记得法善曾说，‘情之一物发自天然’？”

素盈嫣然道：“那样奇特的说法，怎么会忘记？”

他仿佛开玩笑似的说：“皇后与歆儿并没有天然的联系，却情深至此。有机会可以问一问法善，看他如何解释。”

素盈无可奈何地笑道：“他一定会说，这就是‘用’情。”

“皇后从不曾对谁‘用’过情吗？”

素盈喉中一哽，忙用一个浅笑掩饰道：“那是精明人的游戏，妾哪有‘用’情的本事呢？”

“聪明人……”皇帝笑着饮一杯清酒，说，“聪明人哪里还有‘情’可用啊。”

荷风掠过，素盈看着这个对着美景逍遥饮酒的男人，心想，这大约是一生中最后的美满时刻。晴天、微风、花，偶尔一两声莺啼鹂啭，心静神怡地游湖，慢条斯理地对话。最重要的是，只有他、她和阿寿。麻烦的人都走了，或者还没有来。素盈沉浸在这份宁怡之中，偷偷地想，为了换这一刻，一切都值得。

她不希望此时的他心中仍是那么通透，于是轻声嗫嚅：“陛下曾给我讲过一个胡人的故事。他说，这个男儿会为一朵花，爱上一个女人。”

他漫不经心地笑了笑。

“那么，聪明人一定是有‘情’的。”素盈垂着头，拨弄玉盘里的莲子，“胡人挨了三次打，却仍然固执地相信着。”

皇帝偏头去看湖上风光，片刻之后才说：“是两次。我没有为了歆儿打他。或许那时候，我觉得，如果不打他，这话会成真。”

他看着周围的水面，仿佛出神，说：“或许那时候，我觉得，正是因为母亲一听这话就打了他，我这一生才注定了。”

他回头向她笑一下，目光里却有异样的严肃：“成为母亲，本来就是一件沉重的事，更何况抚养的是将来的帝王。她……在有些人看来，已经超出‘可怕’，是‘恐怖’的存在了。那些害怕我的人，对她，是怀着十倍的恐惧。”

素盈几乎没听他提过康豫太后，在惊愕中微微张大嘴巴。

“素若星与琚含玄对她忍无可忍。”皇帝轻轻地说，“那天，赵令人用的毒药是‘沉梦’。长久的怀疑有答案了——是他们一起干的，这两人都知道毒药的配方。”

“陛下……”素盈握住他的手，以期能够安慰他，“我一直不明白，陛下为什么会因一名奴婢的告发而废黜她——这是真正的原因？”

皇帝的嘴角又勾起了素盈熟悉的、神秘莫测的微笑，像掠过湖心的风一样轻。素盈为之失神，心头笼上浅浅的失望——无论何时何地，与何人在一起，他的心都不会宁怡。

忽然，船尾咕咚一声，宦官失态地惨叫起来：“殿下！”

素盈猝然从熏风中惊起，目光立刻寻找阿寿，却没看见他。她仓皇地奔到船尾，见宦官正吓得跪在船尾大叫：“快快停船！殿下落水！”

绿水中隐约可见阿寿的紫色小袍，他挣扎了几下，就被纷纷扰扰的荷叶隐去。

“阿寿！”素盈在一刹那忘了这是何处，失声一呼就跃入湖中。她紧盯着孩子的衣服，只想到必须立刻抓住他，不然就晚了。

她的举动出乎意料，皇帝伸手去抓，只抓住她的披帛。那轻薄的纱应手而裂，他还没来得及发出声音，她已消失在水花里。月白裙裾在水波里一翻，就隐入深处。

御舫停在花间，分开的莲花慢慢合拢，转瞬就看不见来时痕迹。他满眼都是红、白、粉、黄的莲花在翠盖之间摇曳，乱纷纷的，害得人心慌。

撑船的两个宦官水性好，扑通扑通跃下水去摸索。钩莲蓬的宦官哭道："殿下想摘一朵花，小人才一侧身，他就从旁边跌下去了……小人该死！小人该死！"

几个女官原本在船头随侍，此时奔到船尾。崔落花惊恐万状："娘娘不会游水啊！"

皇帝手一颤，掌中半片披帛一下子被风偷走了。

这水本不深，只是莲茎荷梗缠人。两个宦官分开花叶，很快看见睿歆小小的身子被举在水面之上。一个宦官急忙游过去救起，御舫上的人便大呼小叫地救助他。

皇帝站在原处，看见素盈的身子还沉在水里，只有一头青丝在水下拂动。宦官将她托出水面时，她的衣带缠在几株荷茎上，带出一串荷花，仿佛壁画里的水仙。皇帝用力扯去硕大的花朵，拍了拍她的脸颊："阿盈——"

为什么会这样叫她呢？大约是什么时候，听过什么人这样叫她吧。

素盈并无性命之忧，很快就在宦官们的救助下接连吐了几口水。

御舫如飞一般划过湖面，停靠岸边时，皇帝立刻唤来太医。他从来不懂惊慌，此刻亦从容镇定，然而心里却有点自责——也许不该提起死者，太不吉利。

周围许多人接连呼喊："娘娘！"素盈觉得头昏昏沉沉，耳中的声音也模糊。她吃力地转动眼睛看了看他们，缓慢地想，依稀听到有人叫她阿盈。

是谁呢？在宫廷里要避讳皇后的名，没有人可以直呼，是谁这么冒失啊……

素盈醒来时，眼前是金闪闪和黑沉沉的一片模糊。她定神看，原来是夕阳映衬着皇帝的身影。他坐在窗边，背对夕阳，面对着她。

"你是我想不到的傻，还是我想不到的聪明？"他问。

素盈张了张嘴，没法把答案给他。她有时会产生错觉，觉得阿寿是她的孩子。这是太傻，还是太聪明？

"阿寿呢？"她迟缓地问。

"没事了，吴太医在照顾他。"

"我去看看。"素盈松了口气，想要坐起来。

"不急。"他背对着夕阳，像黄金底色上的阴暗烙印，"你不是想听我这一生的故事吗？我可以给你讲一段。"

素盈不知他的用意，怔怔地凝望他。

他气定神闲地说："你一定很奇怪，我怀疑素若星与琚含玄毒死我母亲，却能容忍他们那么久。可这一对共犯，除了这桩我无法证明的罪恶之外，对朝廷和后宫也有过益处。"

“失去了共同的敌人，所有的联手都是一句空话。他们除掉康豫太后之后，已经没有联手的纽带。而且含玄与若星都太聪明，自以为了解对方的一举一动，连给对方解释的机会都免了——误会不就是这样产生的吗？渐渐的，千沟万壑，难以弥合。谁也不想轻易决裂，都在等对方沉不住气，因为那样，自己就有了绝情下狠手的理由……”他无动于衷地说，“她应该小心点，可是太自信了。不仅据含玄，连我也不在她眼中。”

素盈听到这里，明白这不是他一生的故事，而是出现在他一生中的别人的故事，素若星的故事。

“你知道素若星因何失去丹茜宫？”他微笑着问，然后冷笑着回答，“能够站在天下之巅，每个人的贡献都非同小可。于是，她最想要与之一较高下的人，就是我。她想要知道，到底是她的能力成就了我，还是我成就了她。她想知道，她能不能凭借自己的力量成为皇太后。在丹茜宫与我之间，她选了丹茜宫。”

他站起身，一大片黑影向素盈迫近。

“可是她从来没有真正地与我对决。在心里某个地方，她并不希望我是一个输给妻子的帝王。既然如此，为什么不能仅在锦衣玉食中寻找乐趣？收集感兴趣的珍玩，读喜欢的书，赏令人赞叹的风景，观察有趣的人和事——皇后的一生可以过得比多少人幸运！”他的神情中满是惋惜。

“陛下，”素盈安静地回应，“您所说的，是一只猫或者一条狗的宫廷生活，不是一个皇后的。”

“呵！”他笑了一声，对这答案有点喜欢。他坐到她身边，轻轻抚摸她的脸颊，“告诉我，我需要另一个像素若星一样的女人吗？”

素盈心一紧，喃喃道：“我不想成为她那样的人。”

他轻蔑地笑了一下：“你以为我不会观察身边的女人吗？”

素盈心头发冷，遗憾地注视着他问：“陛下……你从未信任过我，从未产生过‘也许她不一定会那么做’的念头吧？”

他托起她的下颌，对着阳光看她脸上的表情。她轻轻握住他的手腕，脸颊贴在他的手心，仿佛心情低落。

“陛下，我也来讲一个故事，好吗？”

金色的静谧，仿佛将他们带入一块巨大的琥珀，时间可以在这里停止，秘密可以在这里凝固。

“有点像那个对着水波许愿的少年，我也在香气中，见过不属于现实的人。”素盈说。

皇帝坐在她对面，静静地听。

“她要我用二十年代价，换一年实现心愿。”素盈笑了一下，“就像爱与被爱对那少年，那代价对我来说，实在不算什么，根本是习以为常的事。于是我一直犹豫着，没做交换。直到有一天，不得不向她乞求。”

手指在她耳畔不经意地轻轻颤抖一下。一刹那，他想起水波飒飒的湖边，小小的少年虔诚地说：“我已下定决心。”

他傲气地微笑，说：“我说过，想从你身上，看到一个从未发生的‘如果’——我希望你能抗拒那股诱惑，那样我就能看到，‘如果’我不曾妥协，会有什么样的结果。可是你变得不一样。我猜到你一定在某个时刻，妥协了。”

一滴眼泪倏地落入他手心。

“我若一直抗拒，也许会看到一个我最不敢看到的‘如果’。”泪水把她的眼睛浸得亮莹莹的。

“是什么样的事，能够让你低头呢？”他细细捕捉她最细微的表情。

“我以为，你要离开这个世界……我没有时间再犹豫。”

“啊！”他轻轻呼了一声，想起小小的少年。

不是付不起代价，只是这交换看起来并不值得。唯有到了生死关头，才能让他们手足无措。

“她用了十年纠缠我。可我想要的，并不是她许诺给我的。”她说，“我换了陛下的寿命。”

深泓无法解释那一刹的心情。没有他想看到的“如果”，但他却终于明白，母亲听到他的交易时，震惊的心情。

他早就好奇，素盈心底有什么样的欲望。当真的知道时，他情不自禁说了母亲当日说的第一句话：“真傻！”

以为自己努力与命运对抗，可存活却并非因为这份顽强的努力，而是别人的一个愿望……这心情难以形容。但是，能够责怪眼前的这个人吗？

“真傻！我活着，是因为有高明的太医和我的意志。鬼神之说，是无稽之谈啊！”他口气中有着隐约的不满。

素盈听得分明，怅怅地说：“这件事应该瞒一辈子。可是，陛下讲了素若星与琚含玄的故事。我不想掖着藏着，以致与陛下之间千沟万壑，难以弥合。”

她伸手擦拭脸上的泪水，他抓住那只手，顺势将她揽入怀中。素盈忽然觉得卸下了一副重担似的，在他怀里哭起来。他轻轻抚摩她的背，说：“我会证明，所谓的交换无非是因为绝望。”

“我会活下去。”他说。

那天夜里生了凉风，素盈感受到凉意之后悠悠醒来。宫里值夜的宫女都不知去了哪里，她赤着脚走到阶前，沐浴月光。偌大的宫廷空无一人，她渐渐有点害怕。席地而坐的一瞬间，有人坐在她身旁，是个穿着白衣的倾国佳丽。

“你不要以为自己坦诚相对，就会变成他的知音。”她对素盈说，“他不会感谢你。”

“我知道。”

“有件事情，崔落花说得很对。你的内心孤独到了某种地步——宁可把绝密托付给我，也不与活生生的人交谈。”她又说，“你别忘了，他也一样。”

她一口气拂在素盈肩头。素盈身子轻轻一颤，陡然惊醒。她依旧躺在床上，拂过肩头的，是她夫君的呼吸。

“阿盈，你早就明白。”白衣幽馥从梦里追了出来，带着一抹嘲弄的微笑说，“如果格外渴望一样东西，就一定会受制于人。权力、地位、家人、爱……那样东西的主人，会变成你的主宰。你心里明白，阿寿不是你的，是他的。”

素盈没有理会她，怔怔地聆听皇帝的呼吸。

“是我的。”她对幽馥轻柔地微笑，“今天我感觉到了——我可以成为母亲。而他从来没准备好成为父亲。”

“阿寿是他的继承人，但是，是我的孩子。”她坚定地说。

“那要看你了。”白衣幽馥坐在香炉上，轻挥衣袖，白烟末梢掠过皇帝的前额，“那要看你了。毕竟他离奇迹很远，离你很近。”

平王下定决心，要为素飒办一场隆重豪华的婚礼。失去素沉与凤烨之后，平王府很期待再一次尚主的荣耀。婚礼的筹备因素沉亡故而停了一阵。平王算着日子，觉得必须重拾精神，让未尽之处趋于完美。

平王到未来的驸马家中走了一圈，不住摇头。素飒的生活起居向来以简洁为主，性喜奢华的平王毫不犹豫为他做主，将几处主要的厅堂装饰一新。夜明珠不是一般硕大、一般光洁，紫檀、沉香、云母、螺钿、绫罗绸缎不是最最上等的，就不能入他的眼。

素飒几次劝他从俭，平王摆摆手道：“你别管我。看着这些，我才踏实。”

有天，他觉得少了一挂珠帘，才开口，七夫人白潇潇就痛快地命人取来一挂，笑着说：“这东西是清河郡公送来的，还是崭新的。兰陵郡王是我看着长大的，他也想尽点心。”

清河郡公全家失势，此时又念起他妹妹和平王。平王不屑这种示好，但那紫琉璃珠帘一颗颗浑圆一色，是难得一见的别致。平王着实喜欢，夸了两句。

这先例一开，其他夫人都不能无动于衷，纷纷解囊。她们都攒着好私房，出手皆不是寻常物。平王代素飒不客气地收下，渐渐成了习惯。

这天，他觉得桌上少一面小屏风装饰，找来几十个都不满意。忽然想起王妃睿氏有一扇象牙插屏，径直让人去要。结果那下人愁眉苦脸地跑回来说：“王妃说屏风是她陪嫁的。她自己的儿子成亲也没拿出来，女伶的儿子想要，除非她死了——她让小人把这话原原本本地说给您听。”

平王顿觉扫兴，恶狠狠道：“你去告诉她，让她记住这话！想来屏风归兰陵郡王，也用不了几天了！”

睿氏因遭受丧子之痛，病在床上好些日子，平王一直不曾来关怀。今日派人，却是传达这些话，睿氏气得两眼发黑，抱着素沉的灵位呜呜咽咽地哭起来。

前几日，她花重金请了一个巫婆，终日为素沉招魂。那巫婆平常就在富商贵族家中弄些拿神捉鬼、取媚求子的勾当，今日摊上这样一个大主顾，自然无微不至。见睿氏哭得伤心，巫婆上前安慰一句：“王妃何必呢？伤了身体是自己苦。那些没有良心的人呀，是没有好下场的。”

她只是随便说了一句，睿氏却当她已预知未来，止住了哭声问：“什么时候能让他们遭受报应？”

巫婆只得推诿道：“快了。”

睿氏听了就发狠：“倘若能咒贱人之子无法尚主，我情愿送上黄金百两。”

巫婆算计着素飒的婚期还早，骗了睿氏的金子还有足够时间逃逸，便道：“王妃既然有这份心，我就拼了老命助你一回。”

从此，她们两个整日在睿氏的小院中呼天唤地。平王只道睿氏还在为素沉招魂，可怜她一份慈母之心，就当是扔些金银买她安心，没去管。这头还忙着素飒的婚事，也顾不上。

谁知不久之后，有人匿名告发，说平王妃在家大行巫蛊，诅咒皇孙。大理寺接到此案，即日着人到了平王府。

平王多日不曾踏足平王妃的小院，这天气急败坏地跑进来，当即愣着无法动弹——眼前分明是一座大道场，说得出、说不出名字的神仙鬼怪在小院里各据一方，有些供着香炉，有些供着生肉死禽。

寺官们见状面面相觑，从地上拾起木头人偶，见背面被针扎出密密麻麻的小孔，正面被火烧过，已看不清面目，依稀可以看见上面有生辰八字。其余的字看不清楚，“十二月”“七”“子”“乙”几个字还辨得出来。睿歆生在十二月初七，八字当中有“壬子”与“乙卯”。他们顿时沉下脸来，收起木偶，再不同平王多说话。

“这个疯妇，装神弄鬼要做什么？”平王怒极，三两下将泥塑木雕推倒，将神龛踢翻。平王妃听见响动，披头散发地从屋里冲出。

平王见她身上穿的衣不像衣、袍不像袍，头上还戴着古怪的冠子，不禁咋舌：“你这该死的老妪发什么疯？作法招魂还不够？我家要被你害了！你知不知道行巫蛊是什么罪？”

平王妃冷笑道：“真可惜，再过八天她必死无疑。可惜不能为我儿手刃赠毒之人。”

“你在说什么？！”平王瞪着眼睛呼喝一声，忽如醍醐灌顶，明白她并非诅咒睿歆——素盈也是生在十二月初七，八字之中亦有“戊子”“乙未”。他的嘴巴张了张，觉得实在荒唐，急忙拉住寺官们，说："大人们明鉴，这疯婆子不是诅咒皇孙……"说罢却再说不出下文——若是让人知道她诅咒皇后，恐怕要罪加一等。

寺官敬他是皇后的父亲，私下说："王爷应当知道，祝诅从不问动机何在，一旦发觉便是死罪。恕下官们无能为力。"

平王急出一头汗，想找素盈，却被拦在宫门之外。他在宫门外苦苦央求的时候，平王妃施咒的器物正由差官查封，被一件件搬出平王府，引来不知多少人围观。这事很快就在京城中传开，道是平王府要以巫术将钦妃的胎儿定性为男，兼要谋害皇孙性命。

素盈听说时，正在为阿寿挑选新衣料。一匹纱骨碌碌从她手里滚落，铺成一道锦绣。

"怎、怎么会呢？"她深知睿氏绝对没有这样的抱负，惊疑不定地问，"是诬告吧？"

丹茜宫里没人能回答。

素盈定下心来，吩咐崔落花等几个机智的女官打听详情。过了很久，崔落花回来复命："平王妃行巫术是真，巫婆已被下狱。平王妃是诰命贵妇，暂被软禁在府中。"

素盈听罢立刻换上朝装，去往玉屑宫，到时却发现，真宁不知为何先在宫里了。

皇帝知道素盈的来意，不等她陈情，就说："此事自有国法，皇后在情法之间两难，还是不要过问了。"一句话堵上素盈的嘴，她只得谦谦谢罪。

原以为真宁定然要说风凉话，但她这次却不置一词。待到素盈告退，真宁才对父亲慨叹："皇后对阿寿也许是真情。可是她家里还有一个钦妃。若钦妃果真得子，恐怕她们两人谁也过不好啊。父皇虽然立阿寿为储君，但变数还有很多。"

皇帝扫了女儿一眼，过了一会儿才开口："阿湍。"

真宁不由得打了个哆嗦——他从来不叫她的小名，这是凤烨在世时才有的殊荣。

"你长大了。"他和蔼地说，"还像小时候一样，在我面前说这样的话，会有什么后果，你也该知道了。"

真宁一时不知如何回答，受挫地低下头。她父亲安慰似的，拍了拍她弯下的背。

"如果我是儿子，说这样的话，你会高兴吗？"她消沉的声音中，还有一丝不甘和一丝悲伤，"你会把我放在阿寿前面吗？"

"你不是。何必空想这种无谓的事呢？"

"我当然知道自己不是，"真宁抬起头，眼眸闪亮，"所以我连让你知道我是什么样的人、我能想到怎样的事，都算僭越吗？"

皇帝索性不理会她。真宁苦笑："父皇，你看，这就是我不愿意嫁人的原因——我实在不需要身边再多一个男人，这样轻视我。"

看到父亲的嘴唇动了动，真宁不失时机地起身告退："父皇为国事操劳，儿臣不敢打扰，先告退了。"

从玉屑宫出来，她有些气，也有些难过，径直走去丹茜宫。

素盈对这位客人多少有些意外，真宁也没有太多客套，看着她怀中的皇孙，苦笑一下。

“皇后推荐一个女人为丹茜宫都监的时候，我以为，你其实是一个超过我生母太多的人，只是人们没有发现。”真宁仿佛是为素盈感到失落，说，“可是自从有了阿寿，丹茜宫就只剩下一群陪孩子玩耍的保姆。”

“殿下。”承仪女官在旁提醒她不要口出狂言。

素盈挥手示意她无须多虑，柔和地望着真宁，说：“元日那天，你当着我的面说出别人根本不敢想的话来。今天这样兜圈子，难道是在夸我？”

真宁噗地笑了笑：“即使我对皇后说了那些话，提心吊胆提防皇后，皇后却好像……接受了那样的我。我在想，你会不会是皇家当中唯一一个知道我是女孩儿，却仍然让我畅所欲言的人。”

素盈一手抱着阿寿，一手搭在真宁肩上，柔声说：“真宁，你仔细看看他。”

真宁抬头看了看。阿寿长得很好看，眼睛尤为灵活，性格也活泼亲善，人们喜欢他并非没有道理。但他只是一个刚会说几个词、几个短句的小孩子。

“选择一个能力与魄力都超出众人、但失去身体某个部分的人，成为丹茜宫卫尉；选择一个才能与忠诚都足以再上一层楼、但生为女身的人，成为丹茜宫都监；选择一个才华与抱负都超出平常、但生在小姓的人，成为朝中大臣。这些事，可以证明我们今天是怎样的人，能怎样用人。”素盈说，“但今日很短暂——如果将来无人认可我们今日的作为，这些都将轻轻松松被付之一炬。我们所做的，如果不能留下影响，就不过是短暂的自我满足。”

真宁紧盯着阿寿，阿寿也眨动眼睛看她。

“我怀里的是未来。”皇后说，“不光是我一个人的，也是每个人的。”

真宁抿紧嘴，伸手握住阿寿的手左右摇了摇。

“巫案从来没有草草了结的，就算父皇想息事宁人，朝中的人也不会置之不理。”真宁说，“而且，娘娘的敌人并没有全部销声匿迹。”

素盈原不打算和她说这些，默然微笑不语。真宁自顾自地说：“为今之计，娘娘必须和人分享未来，才能保住未来。”

素盈淡淡地说：“愿闻其详。”

“请将阿寿交给钦妃暂时抚养。”

崔落花倍感吃惊，正欲制止，素盈却问：“公主为何这样想？”

真宁说：“父皇本来说过，要他在各宫到处住。我明白父皇的意思——他是孤儿，此事是大不幸，但若能因此与宫中贵人结成新的缘分，也可稍稍弥补失去父母的可悲。钦妃因为备产，宫中准备极为妥当，无须另行安排。而且，娘娘已经在皇帝面前证明自己有资格抚养孩子，但钦妃还没有，她只是怀孕而已。她必定不敢让阿寿出半点差错。不然的话，即便她生了皇子，没准父皇也会交给你。”

她侃侃而谈，最后说：“钦妃能够借此机会，洗脱家人为她求子而诅咒皇储的污名。但是她自己不会来求，意图太明显了。请娘娘遵照圣上之前的意思，让阿寿开始在各宫轮流居住，首选流泉宫。钦妃也可由此知道，娘娘虽然看重阿寿，但也看重她这个姑姑。”

素盈认真地听着，末了微笑道：“你长大了。”

“娘娘该不会又要催我嫁人吧？”真宁讪讪地说，“我可不想落到德昌郡主那样的下场。”

素盈摇头，听她提起妹妹，免不了有些黯然。

这时，流泉宫的映荣带领一队宫女走来，到近前向素盈施礼：“钦妃娘娘多谢皇后器重。她今日已去永寿山与太平湖边走了一大圈，此时实在走不动，怕勉强行动伤了胎，命我等来接皇孙。万望娘娘勿怪。”

真宁这才知道，素盈已先她一步安排好了。

素盈笑道：“既然今日累了，孩子到她那里只怕要打扰她休息。明日再让皇孙过去。”

映荣说：“娘娘尽管交给奴婢，奴婢定能看护周到。”

“这事不是我求她，也不是要硬塞一个孩子给她。”素盈含笑说，“明日，请她早一点过来。”

映荣只得喏喏告退。

素盈看着真宁笑道：“事情就是这样了。但是距离解决还早得很。毕竟天下已经没有琚相，再也不是打倒一个人就能看到结局的从前了。”

年轻的朝臣们刚刚除去宰相，还在喜悦中，经此一事，他们忽然发现，皇后也是威胁皇家继承人的人。虽然她没有亲手做什么，但她的家族与皇孙存在危险的冲突。他们对皇后素盈并没有特别的恶感，可这件事情必须重视。

李怀英已由左司谏升为左谏议。他在倒相一事中受到素盈的助益，但他并不是徇私废公的人。他的职责是说出真实的想法和判断。听闻皇后为了证明她姑姑钦妃的清白，把阿寿放到钦妃的流泉宫——这分明是为了一家的名声，罔顾皇储安危，也不顾钦妃腹中胎儿。他必须说点什么。

对此，皇帝在昭文阁面见几位臣子时说：“皇后实在无辜。”

“往往被利用的正是无辜之人啊！”李怀英说，“恕臣不敬，做一假设。倘若陛下百年之后，皇后成为太皇太后或皇太后。她家中有睿氏之流的亲戚，为搏权势不择手段，陛下在九泉之下能够安心吗？”

皇帝沉吟片刻，说：“皇孙凭空遭人诅咒，恐怕恶气缠身，不宜小儿。封他为梁王，或许可以化险为夷。”

梁王是他即位前的封号，其中心意毋庸置疑，即便钦妃果真产子，也不会有太多争议。

可是此事又引来非议。有人说，皇后年纪尚轻，钦妃有孕在身，两位娘娘日后皆有可能生下皇子，甚至皇嫡子。今日以“梁王”封号赐皇孙，他日又以什么封号匹配皇嫡子？请不要轻易为皇孙封王。

年轻的朝臣此时才发现，他们只知道为这个国家保住“已有的”，即皇帝的孙子，而有人在期待“尚未有的”。既然有年轻的皇后在，就有人在等待皇嫡子出世——一个比庶人洵之子更正统的继承人。

李怀英正在思考该怎样说明自己的态度，同时让对方无须过于忧虑。皇帝会听取他们的诤谏，也会听取别人的。只有两面都不至于疏失的建议，才有可能真正行得通。

行至宫门处，有个宦官上前说：“李大人，请这边走。”不由分说，将李怀英带到一处僻静的拐弯处，前后只有一个人，是丹茜宫的崔秉仪。

小宦官一走，她马上缓缓地说：“李大人，请勿得寸进尺。”

李怀英莫名其妙：“请秉仪明示。”

“李先生曾向宫中投信。你知道信里写的是什么？”

李怀英更加摸不着头脑：“那不过是受人之托。信里所写，与我有什么关系？”

“往往被利用的正是无辜之人。”崔落花语调冷硬，“容我做一假设，信里所写是一桩十恶不赦的重罪，要与宫中勾结共谋。像李先生这样促成其事的人，却成了朝廷命官。朝廷可以安心吗？天下百姓可以安心吗？”

李怀英怒气涨满：“崔秉仪这是污蔑我的清白！”

“平王妃的所作所为，与皇后又有什么关系？你高瞻远瞩，结论却是污蔑她的清白。”崔落花与他怒目相向，“左谏议大人，不要为了博取勇猛善谏的名声，乱放冷箭！”说完便转身走了。

李怀英气得脸色发白，心里也产生疑惑——她是否在暗示，那封信真有重大机关，且已经成为他落在皇后手里的把柄。想着打了个冷战，他也成为一个提防被人抓住把柄的人了吗？

皇孙封王一事暂且被搁置，对睿氏的处决则达成了一致。

这天，一队宦官与禁卫来到平王府。全家跪接圣旨时，平王窥见对方手里捧着白绫、匕首、酒壶和酒杯。他吓得直哆嗦，睿氏反而镇定自若。圣旨的内容无非是说平王妃睿氏出身国姓，身为皇后之母，理应博爱慈祥，孰料竟用心歹毒，施行巫术，念睿氏乃一等贵妇，赐三般朝典，容家人收殓。

睿氏默默听着，无动于衷，末了说：“我儿已死，生亦何欢？”

“下跪的是平王妃睿氏吗？如实回答，否则阖家上下罪同欺君。”传旨宦官一连三次问下跪诸人，得到肯定的回答就算验明正身。

他沉着脸说：“睿氏，皇恩浩荡，你自己挑选吧。”禁卫们将毒酒、白绫、匕首送到她面前。

睿氏从容看了一眼，拿起毒酒一饮而尽，施礼道：“死状难堪，请大人容妾避开众人。”

老妇人说罢，昂然向自己住处走去。宦官与禁卫跟着她，心慌意乱的平王也踉踉跄跄地尾随在后，其余人也战战兢兢地跟着。

这支沉默的队伍还未走到目的地，睿氏腹中便火烧似的绞痛。她一个趔趄摔倒在地上，身子蜷起来，越痛苦越是蜷缩。她不由自主咬破唇舌，鲜血流了满颌。众人眼见如此，头发都要倒竖起来，当下周围就发出畏惧的呜咽。到最后，睿氏一团佝偻的身子一动不动。平王吓得汗流浃背，瘫坐在地。

宦官走上前，验过尸身，向平王及禁卫道：“睿氏已顺天意。”说罢就与禁卫回去复命。

平王府中的诸姬妾与丫鬟见到这场面，连哭也不敢。还是平王最先号啕起来，边哭边道：“你这早死不成的老太婆！一辈子没做过什么了不起的事，临死可把我们全家都坑害了！”说罢号哭不止。

全家人哭着收殓睿氏。整理她的遗物时，平王看见箱中那扇象牙插屏，端在手里不禁流泪，接着霍地举起来摔成几片。丫鬟们连忙上前劝阻，却听平王哭道：“还有什么喜事呀！这用心歹毒的老太婆，竟让她得逞了！”

平王的预感果然成真，隔天便有一道圣旨，以睿氏巫案为由，削去了素飒的兰陵郡王封号，取消了他与盛乐的婚约。赐给兰陵郡王的府第、奴婢皆被没收，素飒搬回了平王府。

虽然宫中会有专门的使者告知盛乐，但素飒还是亲自去了一趟。

“想不到我与殿下的缘分就此耗尽了。”他说话时，注意到盛乐的神气大体还是平静的，只是略有一丝忧伤。

“我倒是想，也许我们结下的，本来就是这种缘分。”盛乐慢悠悠地说，“还没有铸成大错的时候，恰到好处地耗尽了。”

素飒觉得这些日子没见，她完全褪去武将的气质，变得像个禅师。那种平静中夹杂一些悲悯、一些了然的神态，意外地适合她。他静静地坐着，多看了一会儿。

她不介意他在看。

又过一会儿，他说：“你一定可以遇到比我好的人。”

她笑笑说：“我已经不需要这种想法来安慰自己了。”

清凉的室内静了好一会儿，盛乐问：“你有什么打算？”

素飒摇头说：“京城已经没有用得着我的地方了。或许，出门散散心。”顿了顿又建议，“你也该出门走走。”

盛乐摇头说：“你先去吧。走到好地方，看到好景色，遇到好人，来信告诉我。有缘我会去。”

素飒无声地笑着点头，便告辞了。

他一路向西北走，看过山，看过河，看过昔日的战场，祭拜过战友的亡魂。后来，信没有再寄来。盛乐回头翻看最后一封信，来自清河郡——邕王的封地。

素盈谋划两年的婚事化为泡影，不免大为沮丧。听说素飒出京周游，心中实在放心不下，可又觉得他这样或许比较好。

阿寿已在流泉宫住满一个月，该去安嫔那里了，钦妃却磨磨蹭蹭的，不肯送走。安嫔便来见皇后，问这事如何处理。素盈与她一起到流泉宫，见睿歆正与映荣玩耍，大腹便便的钦妃坐在旁边看。

一见皇后与安嫔同来，钦妃就知道来意，不情愿地说："他在我这里刚住惯，又要挪动，不太好吧。"

"你临盆之期将近，别太劳累。"素盈说。

钦妃撇嘴说："好吧，带走吧，别让我看见。"言罢，起身慢慢走回宫里。

映荣目送她的背影进去，代她解释："钦妃娘娘嘴里不说，其实心里喜欢得很。平日左一句右一句离不开他，说这比他父亲强了多少，那比他母亲强了多少……"

安嫔皱着眉摇头笑道："听起来哪像是好话。"

"我们当然听得出来是好话。"映荣含笑说完，将阿寿平日用的物件交接给安嫔的领班宫女。待安嫔抱走阿寿，素盈走入流泉宫，看见钦妃正在床边擦眼泪。

"都是你害我。"她瞥见素盈，赶快擦完，"怀这一胎本就忽喜忽忧，你偏给我找这样一桩好事！又没人信我会喜欢他，传出去，平白让我惹一身'假惺惺'的嫌疑。"

素盈攀着她的肩，贴着她身子坐下，说："可是喜欢一个人，总比讨厌一个人要舒服得多吧。"

"你这人，真是越来越怪。"钦妃嗤地笑起来，"崔落花还没被你气死吗？"

素盈抿嘴微笑："姑姑，你说过，我们一定能养育明亮的孩子。这样的孩子，有两个也很好。"

"有两个，就会有比较。"钦妃擦净泪容，说，"如果我的孩子不如阿寿呢？如果我不喜欢自己的孩子，却喜欢阿寿呢？那我就太糟糕，孩子也太可怜。"

"糟糕和可怜的是没有比较，他只能摸索你的意愿，顺应你的褒贬，无法从别人身上照见自身。尤其皇子皇孙，不可能像其他孩子那样自在交友，宫墙之中又只有我们素氏。"素盈说着，沉默一瞬，稍后又补一句，"我想，圣上应该已经明白了，所以他不希望阿寿成为'一人之子'，而要他成为'众人之子'。"

钦妃听了半晌无语，忽然说："怪不得人家都喜欢你。"

"'人家'是谁？'人家'可没有对我说过这话。"

钦妃又嗤地笑一声。

"至少我没见过他们喜欢谁。"她瞥素盈一眼，说，"琚相已经不在，但朝中大臣还会为你将来可能生子而抗争。他们一定很喜欢你。”

“他们只会因这一件事为我抗争。”素盈笑了笑。

钦妃知道她想的是哪件没人管的事，说：“平王妃已伏诛，兰陵郡王之封并非一定要褫夺，圣上却借机展示他的姿态——削弱皇后亲族。朝中有人为了中宫，阻挠睿歆成为梁王。他要展示皇帝的选择。”

她看着素盈干笑：“很尴尬吧？想成就那个孩子，结果他最大的阻碍却是自己。”

素盈阴沉着脸，默默坐着。

向来无拘无束的幽馥刚刚落在香炉上，宁静地望着素盈说：“你把三个人强行扭在一起，伪装成一个家庭，这是无法长久的！你与睿歆，注定难以共存。”

如梦似幻的浅白色氤氲笑嘻嘻地说：“接下来，他只要做一件事情，就可以彻底打消那些朝臣的期待——没有皇后不就可以了吗？没有能够生下皇嫡子的人，阿寿成为梁王就没有障碍了。你本就是他打算扔到寺庙里的弃子啊。可怜的女人！”

素盈轻轻地叹了口气。

钦妃将她的一举一动收入眼中，说：“娘娘心中或许有别的抱负，但是在外人看来，年轻的皇后只有为皇家开枝散叶的用处。你如果不能，就不配占据丹茜宫，但如果能，就会威胁皇孙。”她为素盈叹息，“你太年轻。”

素盈想，她可能没能说服钦妃。她太年轻，学到的一切，还有校正和否定的机会。而那些东西早在钦妃的生命里扎根，钦妃更愿意看到自己坚信的道理没有错，世间万事不外如是。她们想要的别样的活法，不一样。也许，钦妃已经得到了她想要的活法。

素盈向钦妃的腹部看了一会儿，觉得自己今天说的已经够了。

后来她才知道，想要掌握未来的人，如果对过去所知太少，就无法做出准确的判断。

她低估了钦妃包含在“你太年轻”四个字里的羡慕和失望。

一天，深泓驾临丹茜宫，见两个宫女正用丝绢擦拭一盒动物形状的白银。

“七兽棋。”他微笑起来，“从哪里把这东西找出来了？”

素盈婉婉道：“今日偶然在柜里看见。长久不用，颜色都暗淡了。”

“皇后想要下一盘吗？”深泓含笑问。

素盈看了看盒中的棋子，只有羚羊与虎王被擦拭得光洁如新。她拿起来笑道：“只有两种棋子，怎么周旋呢？陛下既然有兴致，不如来下围棋。两人对弈，当然用围棋更好。”

深泓看着她，点了点头，当真命人取来棋盘棋子。他仍是闲闲地起手，几招之后素盈就皱了眉头：“陛下总是让着我，害我心里总疑惑，心想是不是陷阱呢？”

“皇后总是知道是我让了你，因此从不趁势反扑。我那些后招都不好使，竟让成习惯了。”他安闲地回应。

素盈抿嘴笑道："正是因为如此，陛下才迷恋这游戏吧。"

"是呀。"他呵呵一笑，不再言语。

两人从前对输赢拿捏得很好，失了兴致的时候，总能三两招内了结。这一天竟无休止地消磨在棋盘上。两人行棋很慢，都没有催促对方。过了很久，素盈说："我已看不出来陛下是否还在让我。"

"没有了。"他微笑，"皇后心思敏巧，我怕太自大会引来满盘皆输。"

旁边宫女借机提醒："陛下、娘娘，时候不早了。"

两人抬头看看，发觉夜幕早已降临，宫中也生了火烛。他们相视一笑。

深泓说："就这么放着，改日再来继续。"

潘公公在旁边轻声提醒："陛下，那东西……"

深泓笑道："险些忘了。"说着示意将东西拿来。

两个宦官捧入一只硕大圆盒，素盈失声道："呀！"见他们笑嘻嘻地打开，里面果然是一盒带着露珠的花朵。是前年中元节，她与他初次见面时，盛放在月下草原的白色小花。去年他也送她一整盒，然后……说了她永远无法谅解的话。

盒中还有两朵完美无瑕的粉色莲花，添了一层薄薄的香气。素盈取出莲花，不解地看了深泓一眼。

"那是代阿寿送给你的。"他说，"皇后可以为了阿寿，连性命也不顾。"

素盈命人将盒子开着放在桌上，若有若无的香气很快溢满丹茜宫。

深泓在香气中睡得安稳，素盈却在天蒙蒙亮时就醒来。她翻了两次身，还是没能睡着，惊醒了身边的人。他轻轻握住素盈的手，说："静下心躺一会儿就起身吧。"

素盈靠着他的肩膀，无声地笑了。他一偏头看见，问："想起什么了？"

"想起我在大婚之夜睡不安稳，要起身时，陛下也这样拉住我，说不能在那天晚上共枕至天明的话，就没法一世同床共枕。"素盈用极轻微的声音说，"我太惊讶——陛下竟然想同我这样一个毫不出奇的女人，做一世夫妻。"

深泓一动不动地仰卧着，说："我也很惊讶——我的新皇后偷偷从香炉中挑出一些东西，和酒吞了。是零陵吗？你周围所有的人都盼望你生下皇子，你自己却不想要。我当时就知道，你不是他们所想的那种女人。"

"我想，那件事应该由我自己决定。"素盈消沉地说，"其实也隐约知道，我很难掌控。"

他轻轻地吻了她的额头。

"平王妃的巫蛊案，不是我家第一次做出这种事。诅咒珍媛是一回事，诅咒皇储是另外一回事。陛下，说出来吧。我已经准备好听。"素盈说，"有人要求废皇后吗？"

他摇头。

"没有？"素盈惊讶一瞬，而后不可思议地轻轻笑了，"朝廷……果真不一样了。"

如果是半年前，琚相第一个不会放过这样好的机会。为了打消这场言论，她需要做很多事与他较劲，与他交易。

他静静地看她，直到她的眼角和脸颊染上晨曦。素盈便知道，他对这情况感到失望。失去琚相，没人能提出合乎他心意的猖狂建议，他不得不自己站出来胡闹。

“我不能接受储位有争议，你向来是知道的。”他说，“如果你和我一样，希望阿寿成为下一位帝王，那就为了他让出丹茜宫。我不会再立皇后。我希望人们对皇后产子的期待，能够转到阿寿的身上。”

素盈半合着眼睛听完，没有作声。她的面容波澜不惊，好像早就知道，在她与阿寿之间，他将选择阿寿。过了一会儿，她呢喃道：“既然这是陛下的决定……我会让陛下安心。”

他欣慰地拥抱她。

“陛下说过，一个好的继承人，不会让他父亲没有别的选择。”素盈在他怀中问，“那么这回，为什么陛下一早认定是阿寿，不打算看看别的选择呢？”

“和你认定他的理由一样。”他在她耳边回答。

“他是洵的儿子，我没能救的、你没能嫁的洵的儿子。”

近来，深泓留宿丹茜宫，总在第二天早晨让素盈陪着一起在丹茜宫内用早膳。素盈亲身照料他的汤药饮食已有段时日，这一天做来仍是有条不紊。两人默默地各自进食，一顿饭吃得格外安静。他们很有默契，谁也没有打破这宁谧。

直到撤了膳，深泓仍没有要走的意思，时不时看素盈几眼，似有言语，但总是沉默。眼看他要误了时辰，还在与皇后耽搁，潘公公轻声提醒：“陛下。”

深泓终于站起身道：“时候不早了，走吧。”

丹茜宫众位女官见今日情形实在诡异，送驾之后都悄悄观察素盈的举动，偷偷交换眼色之后退了出去，各自带着不同的心思，托人探听昭文阁内的动静。

“去请都监与卫尉来。”素盈安稳地说。

不多时，素堇仪与白信则同来拜见。

“娘娘有何吩咐？”素堇仪虽然这样问，心里想的是皇帝的生日天安节快到了。他这两年多灾多难，时不时有病危传言，此次再迎来天安节，应是要庆祝，起到安定群臣的作用。

素盈柔柔浅笑，招手示意他们二人走到近前触手可及处，伸手放在他们肩上，说：“两位是我力排众议选定的英杰，丹茜宫就交给你们了。有生之年，勿令丹茜宫威名有损。”

两人吃惊得动弹不得，瞪圆眼睛看向皇后。素盈只是静静微笑。

一名宦官气吁吁地跑进来，跌跌撞撞地跪在珠帘前，说：“娘娘，不好了！圣上在昭文阁……要大学士起草废后诏书！”

丹茜宫里顿时一片哗然。

“休得胡言！”秉仪与承仪异口同声怒喝。

素盈摆手示意不要大惊小怪，泰然问：“哪位大学士来写？”众人见她神情自若，才知她早有准备。

宦官颤巍巍地答：“无人愿写。本要睿相写，他说，臣起草过册后诏书，颂扬皇后美德，字字发自肺腑，恕不能像个反复小人，再写废后诏书，指斥皇后不贤。还有左谏议等一班大人，都在跪求收回成命，说皇后无过，不应轻易废立。”

丹茜宫里的人稍稍松口气，只有素盈不为所动，颔首示意崔落花：“那么，崔秉仪，你来帮我写自请废位的表文吧。”说着站起身，要都监与卫尉先退下。

“娘娘！请勿意气用事！”崔落花连忙跟着素盈走到她珍爱的柜子前。

平日皇后不准别人擅动这柜子，也很少打开。今日她亲手开了，立刻传出一片香气。里面东西并不多，她自架上郑重地取出一样，崔落花立刻认出那是题着“步天歌”三字的青缎。

“我知道他想要什么。”素盈轻轻展开青缎，端详那些璀璨的花朵，“今天，他想要丹茜宫的主人消失。老师，今天的我，无论如何都会从九霄之巅坠落吧！”

“今天的娘娘，早已不是为了他一人而走这花团锦簇的阶梯。”崔落花低声提醒，“如果在这里后退，你亲手编织的一切都会被破坏！”

素盈举动轻柔，卷起那张华丽的绣品，说道：“那么，我再给外面的大人们留一些表现的时间吧。”

她的神情似是打定主意。崔落花心下空荡荡的，告退出来，转身便往流泉宫去。

“你听说了吗？”她径直问钦妃。

钦妃点点头：“本以为他不需要做到这地步。皇后什么态度？”

“打算自请废位。”崔落花说，“我不知道他们两人之间有什么交易。或许是等到睿歆得封梁王之后，再为她复位。”

“真是荷花池里泡久了，脑子里全是泥巴！”钦妃不屑道，“到手的东西，自己丢掉，还能指望别人还回来？”

“这回和以往不一样。”崔落花沉下脸，“一旦废位，今日没有皇后，明日也就没有了皇太后。日后无论谁登大宝，下一位素皇后的出现，最快也要在十五年之后。十五年，足够世间改头换面。外面那些新换上的小姓，不会给素氏十五年时间。到时还能不能继续掌握丹茜宫，另成悬案。”

钦妃摸着隆起的腹部，沉思之后深深点头，说：“你回去，给她写自请废位的上表，尽快公开。其余的事我来办。”

她等崔落花走远，唤来映荣，单刀直入地说：“二十年来，我从没问过那个人是谁。”

映荣天天堆着笑容的脸，倏忽变色，仿佛换了一个人。

“除了太安素氏，还有其他人握有‘沉梦’的配方。”钦妃的口气像在谈论一件不值一提的事，“之前受宰相指使而死掉的赵令人，好像是你的结拜姐妹？依我愚见，宰相也不知道她向皇帝投的毒是‘沉梦’吧？做得好像琚含玄早就掌握了那种毒药。但她肯定不是我说的那个人。”

映荣面孔冷冷的，不承认也不反驳。

钦妃说：“既然那个人有毒杀皇帝的决心——让他再做一次，不难吧？”

映荣的脸色终于动了动：“娘娘，请三思之后再说一次。”

“明天能做成吗？”钦妃很平静，“明天，皇后会上表自请废位，皇帝会为了表示遗憾，迟一天答复。后天就迟了。”

“娘娘，你确定要这样做？”映荣又一字一句地问，“不会后悔吗？”

钦妃平心静气地笑了笑说：“二十年来，在他眼里，我只是用来生儿育女的工具……也许还不如工具。用了二十年的工具，多少让人有些不舍，但他和我没什么感情可谈。生不出孩子，我就没用。那么现在有孩子了，他又有什么用？”

她冷笑一声：“这世间，没人不可替代，即便是皇帝。”

映荣默默看着她，很快点了头：“奴婢会做好万全的准备。但是，奴婢也不得不做好出差错之后的准备。”

“你知道该向谁头上推。”钦妃面无表情。

映荣又看她一眼，躬身告退。

她找了一个小宦官去请白信则，地方定在丹茜宫后面的沐芳池边，清静但开阔的角落。今日出了废皇后的大事，流泉宫领班宫女要向丹茜宫卫尉打听消息，也没什么值得注意的。反倒是他们格外注意周围有没有别人。

“兄长，”映荣脸色严肃，“篡夺秀王天下、屠尽泰昌城全城老幼的元凶，只剩最后一个。报仇吧。”

信则的面孔动了动，眉目之间晃过奇妙的情绪。

映荣说：“错过今日，皇后也自身难保了。没有皇后，丹茜宫就不再需要一个手握重兵的卫尉。失去兵力无所谓，反正对你来说，那不过是画饼。但失去这个身份，你就不能结交到有用的人，以后或许再没有机会，像今天这样贴近报仇的机会。”

信则闭上眼睛，像是随着她的一句一字在思考，又像是在清空脑中杂乱的思考痕迹。过了一会儿，他什么也没说，默默点了点头，解下蹀躞带上的一个银盒交给她。

连映荣也有些吃惊——毒药，他就明晃晃地放在身上最显眼的地方。

但信则只是轻缓而郑重地嘱咐了一句：“谁选中时机，谁去做。阿灯、阿霜，都是如此。这一回是你。不要牵连更多人。”

皇后果真上表，自请废位。

人们忍不住想比较一下，上一回发生这种事是什么情形、什么结局，但皇朝史上从未发生过。素氏从不放开丹茜宫。

表文写得非常诚挚，而且哀切。李怀英等人有些糊涂——她不可能是真的想退出丹茜宫。那么，是在用这股委屈和不甘利用他们吗？这样一想倒觉得，皇帝废后的突然举动，或许真有外人不知的缘故。这天的议论，反而不及前一日那般激烈。

皇帝退朝之后，亲往丹茜宫规劝。不过是做个样子，人人都知道是他先提出废后。

至于他们夫妻二人之间，早已心照不宣，彼此不需做戏，话非常少，只有极其简短的几句问答。

丹茜宫外忽然一阵衣衫窣动。潘公公进来报说："陛下，丹茜宫都监带领各宫都监、六尚、十一局总管、宫正司，跪求陛下驳回皇后自乞废位之表。"

帝后二人吃了一惊，走出来看，果然见整个后宫位阶最高的内官都整整齐齐地跪在宫外，连耽翠宫、玉屑宫两位须眉雪白的老宦官也来了。

"都监！"素盈向丹茜宫都监惊呼一声。

素堇仪膝行向前，再三叩头："陛下明鉴。皇后自从主持后宫，朝夕恪勤，诸事得宜，深得宫中仰重。娘娘青春正盛，虽然眼下无出，但来日方长。至于家中巫祝，既非娘娘指使，也非为娘娘行咒。娘娘实无过错，堪当天子之配。天下没有为皇孙得立而废正宫之理，求陛下驳回上表。"

宫正司两个平日不肯轻易开口的宫正和司正，也叩头连呼："跪求陛下三思，勿因人言，轻易废后。"

丹茜宫从未有过这种场面。皇帝不由得多看了几眼，和蔼地说："废立大事，众位内官不应多言，都退下吧。"

素盈也带着嗔怪对丹茜宫都监说："圣上所言极是。众位请不要再多言了，速速回归职守。"

众内官又再三叩头，相继起身告退。帝后二人相对无言，回到宫中。深泓笑问："你对他们做了什么？"

素盈摇头："什么也没做过啊。"

深泓若有所思，轻微地点头："或许正是因为，什么也没做过吧。"

当晚，他留宿丹茜宫。

"失望吗？"他问，"为我许了那样的愿望，却被这样对待。我好像……还不如那些宦官和女官。"

"别这样说。"她轻声制止这话题，"正如陛下所说，鬼神什么的，不过是无稽之谈。我这样的疯子，本不会成为皇后。是陛下给我丹茜宫，陛下也可以收回它。对我来说，它已经不是最重要的东西。"

他静静地躺了一会儿，说："这个国家，被疯子改变过一次——将它从分裂中拯救出来。很可惜，他借助了……更大的疯狂。结果，这个庞大的家伙又在另一个地方病入膏肓。也许，它需要另一个疯子。这就是它的意志。当它需要的时候，我们这样的人就会出现。"

他回头看素盈："你说，那幻觉是痛苦的象征——如果有人在这世间感受到那么深刻的痛苦，那这庞大家伙的某处一定需要改变。我想，你可能……确实改变了一些地方。"

素盈微微瞪大眼睛。他的眼睛正迎着月光注视她。她直直看进他眼眸深处，看见自己——他看见了她。

"你的代价是什么？"他问。

"孤独。"

他恍然大悟似的，体谅地露出无声的微笑，轻柔地拥抱她。

"十年以后，愿你可以摆脱由我而起的孤独。"

第二天，皇帝在丹茜宫用完早膳，仿佛不想这么快离开，又要了一盏茶来消磨时间。

"陛下送的那盒花，阴干了用来泡茶，味道还不错。"素盈笑着说，"再没什么能敬献陛下了。"

深泓怔了一下，若有所思地喝完茶，说："可惜花味太重了，唇齿留香，反而惆怅。"

喝完茶，他便起身离开。素盈送到门口，深泓转身向里面看一眼，说："总觉得，缺了点儿什么。"素盈也转身看了一眼——这可是丹茜宫，里面什么也不缺。只是缺少他们两个。而且从明天开始，再也不会有他们两个。

他好像也想到这一点，低下头对她说："我还是我，你还是你。"说完，慢慢离开这座宫殿。

自即位以来，二十五年，丹茜宫将第一次长期空置。他心里很难说是怅然，还是有些轻快。

走着走着，胸口却疼起来。一开始，他误以为是伤感，但很快那疼痛攫住他的呼吸。他停下脚步想休息一下，双腿却再也迈不开。

"陛下！"潘公公察觉异样，急忙上前搀扶，但他还是重重地栽倒。

皇帝的昏厥已不能算是稀罕事，相隔的时间越来越短，也不出众人所料。上一次，太医们误以为他大限已到，他却熬了过来。这一次看起来并不及上一次猛烈，他被送回玉屑宫之后，却越发动弹不得。

"吴……太医……"深泓说了三个字，就觉得心慌且气虚。

"陛下又过食了冬珊瑚吗？"吴太医问。

深泓勉强摇摇头。以冬珊瑚的毒性对抗"沉梦"已成为他的习惯，在昭文阁休息的空当，偶尔嚼小小的四五片，并未过量。他细想自己的饮食，忽然脑中闪过灵光，浑身一冷，明白为什么素盈的花茶太香。

“皇后。”他浅浅地冷笑起来。那一刻，他觉得缺少了什么，现在知道缺的是什么——她的抗争。拥有丹茜宫的女人，从来不会乖乖把它出让。

他想要她为了阿寿让出丹茜宫，她却要他为了阿寿，让出皇位。

脸色青白的素盈来到时，吴太医正在皇帝身上施针，见她闯入，悚然道：“娘娘为何进来？请回避。”

“人人都知道他一次不如一次，你到此时还要避讳我吗？”素盈没有后退，而是走到皇帝床前，凝视着他的脸，跪倒在地，“他会变成什么样？”

吴太医犹豫了很久才说：“圣上五脏六腑长久地遭受毒性侵蚀，每一次发作皆是承受到了极限，每一次醒来都要用更长的时间来调理。微臣虽然有以人头作保救治圣上的决心，但生死毕竟有天数。”

他停顿了一刻，说：“正如王秋莹所说，每次发作之后，都有回天乏术的可能……微臣没有把握让他每次都平安无事。必须让圣上醒来，进食，进药，否则他会越来越衰弱，就此长睡不醒。”

素盈捂着嘴哭出声：“我就在外面等着，就在外面等着。”

她在门外坐了两天一夜。一名又一名太医在这期间走入玉屑宫，偶尔有一两个出来叹息，素盈每听到一次，就落一次眼泪。

上一回皇帝垂危，只用了一夜时间就转醒。人人都知道，久拖的事情必定是越来越没有把握的。相对的，皇后与皇孙的未来则越来越确凿了。

“娘娘，请休息一会儿。”崔落花跪在素盈脚边规劝。

见素盈缓慢地摇头，她又劝道：“将有更多的事情等着您，您必须要保重身体。”她说着要搀扶素盈起来，但素盈腿脚无力，栽倒在她臂弯里。

潘公公匆匆走出来说：“圣上睁开眼睛了，唤娘娘进去。”

素盈立刻挣脱崔落花，跌跌撞撞地走到皇帝床边。

所谓的睁开眼睛，其实是半闭着，极缓慢地眨一下。但深泓从模糊的景象中辨别出素盈的泪颜。

“为什么……”随着他喉头气息翻滚，囫囵涌出一句话。

素盈抓着他的手臂，将脸埋在床上嘤嘤地哭起来。深泓并没有期待她的回答。她亲眼见过宰相如何在他床边受骗。她的秘密，也许要到灵前才能听见。

“唉……”他叹了口气，又接连地、猛烈地喘息起来。

“陛下！”素盈急忙呼喊。

“你的心愿，够一年了吗？”

素盈愣了一刹，悚然变色。深泓看见，勉强地笑：“看来是够了。在你心里，我该死了。”说完微微喘息，闭上眼睛。

“陛下！”她慌张地唤了一声，见他毫无反应，又不断提高了声音喊他。外面的太医们听见，陆陆续续走进来，虽没有好主意，还是倾力抢救。

素盈只觉心中无比难过，却不知自己究竟是为什么难过。崔落花搀扶着抽泣的素盈回到丹茜宫。

“娘娘请等待吧。”

素盈颤巍巍地走到妆台前，从抽屉中取出一把玉梳，上面刻着“结发同心”。是她成为皇后的那天得到的赏赐，一直是最喜欢的一把。她抚摸着梳齿，悲切地想，他从来没有一次为她结发，而她也从来没有得到他的准许，碰触他的发丝。

现在她将等待仅有的一次。等着宦官带来皇帝的死讯，传她去为他的尸身梳头……

这一等，却是三天。

第四天的傍晚时分，来了一名黄衣宦官说：“请娘娘到玉屑宫。”

素盈顿觉天旋地转，伸手扶住妆台，手指就压在玉梳上。宦官低低地说：“梳子不必带了。”

崔落花警觉地问：“怎么？”

宦官静静地回答：“请娘娘到玉屑宫。”

惜字如金，仿佛意味着什么。素盈看不明白他的脸色，但能感到寒意。

看来……他临终之际要做的最后一件事，是废后吧？

素盈三天来寝食难安，此刻脚步很不利索，软软的，走不稳。崔落花立刻扶住她，低声说：“娘娘，臣会同您一起。”

“崔先生，我……”

挤出几个字，又不知道想说什么了。反而是崔落花无比安然地搀扶着她，像平日闲谈似的说：“娘娘，还记得您大婚之前，我们在咏花堂的夜谈吗？人一生当中会有一刻，知道自己必须去做某件事——我做了该做的那件事。”

素盈依旧恍恍惚惚，听不到心上，崔落花温柔而爱怜地看着她苍白的脸颊，轻轻拍了拍皇后的手背。

“他们因为你年轻柔弱，强横地改变了你的命运。但最终，是你改变他们的命运。”崔落花搀扶着皇后，边走边说，“他们原本以为不会发生在自己身上的事，因为你而发生了。当初我害怕，怕你无法发出自己的声音，但即使没有我，宫廷仍然因为你，有了过去二十年来不曾有过的变化。”

“娘娘，你是这么年轻啊！”她说，“你一定要坚守下去，改变更多人的命运。”

玉屑宫的气氛有些奇怪。不仅重臣云集，连荣安与真宁也在。素盈走进去时，被这拥挤的寂静吓了一跳。看见她进来，他们心领神会似的一一退出。唯有荣安怒视着素盈。

“荣安，你也出去吧。”她父皇端坐在胡床上，语调平静。

“父皇，我要搜这女人的身！”荣安粗鲁地指着素盈说，“若有寸刃在身，请父皇当即赐死！”

素盈讶异地睁大眼睛，脸色更加苍白。

“放肆。”皇帝轻斥她一句，荣安悻悻地瞪了素盈一眼，甩袖出去。玉屑宫里只剩下帝后，还有守在皇帝身边的两名禁卫、潘公公与跪在门边的崔落花。

素盈定定地注视她的夫君：“你……”

他的声音依然虚弱，却不再是那一股荡漾在生死界限上的游丝了：“我告诉他们，昏厥那天一切正常，只是在丹茜宫里喝了一杯味道有些怪的茶水。荣安以为是你毒害我，所以才会那么失礼。”

这不是怀疑，根本就是指控。现在所有人都认为，皇后为了逃避被废，给皇帝下毒。素盈忽然想起他说：“在你心里，我该死了。”那不是他的怀疑，而是结论。

“皇后。”他宽容地微笑一下，“有些事情，你可以决定如何开始，但它未必会依照你的计划去继续。我比你发觉这件事情早了一点，所以我还有机会重新选择，而你，不会再有机会决定别人的命运。”

素盈听到这里，呼了一口气，忽然觉得一切都无所谓了。

夕照为他的侧面镶了一道金光灿烂的轮廓，却留给她一张看不清楚的容颜。她心里苦笑，皇后对他来说算什么呢？女人对他来说算什么呢？她给他讲了那个深藏在心里的隐秘，在他眼里算什么呢？从来没有放在眼里吧？

她不过是棋盘上剩下的最后一枚棋子，是等着他扫除的最后一个隐患，好让这盘棋局再一次闪耀出帝王的无上权威。

“陛下冤枉皇后了！”跪在门边的崔落花忽然开口，“臣有事禀报。”

“崔秉仪？”皇帝看了看匍匐在地的崔落花，漫不经心地问，“你知道的事情很重要吗？”

崔落花向前膝行几步，平静地抬起头：“是。”话音未落，她突地跃起，袖中不知何时藏了匕首，直刺向皇帝心口。

潘公公高喊时，禁卫挡在了皇帝面前，而素盈神使鬼差地拦腰抱住崔落花。崔落花一击未能得逞，握着匕首的手被素盈紧紧抓住。

“你疯了吗？！”

素盈怒斥时，禁卫已扣住了崔落花的手臂。崔落花直视着惊讶的皇帝说：“茶中投毒，皇后娘娘并不知情，她也同样喝了——因为，那是我投在水中的。”

皇帝冷笑：“好大的忠心。你要替她？”

“不是替她，是替琚相。”崔落花坦然说，“我是琚相的表亲，多年受他照顾。这是为了被陛下逼死的琚相报仇。娘娘与此无关。”

皇帝对她的借口愣了一下，在这空当，禁卫已将崔落花扭送出门。素盈紧紧扯住她的衣带，问：“崔先生！为什么？！”

“你是我的学生。”崔落花急促而温柔地说，“使我留名的不是我自己，而是你。你不能这样倒下。”

她刚说完就被禁卫拖走，一路上仍高呼着：“我虽未能得手，亦不负琚相！”素盈追到门前，听见外面的人对崔落花的高呼报以一片惊噫。

真宁大叫一声：“你们别碰她！”

她发疯似的冲上去捶打那些禁卫：“别碰她！别碰她！崔秉仪！”

在她渐渐遥远的呼喊中，素盈忽然透不过气来，缓缓倒退回玉屑宫中。

皇帝看着这个孤零零的女人，觉得再也没有话要对她说。至少这样一个有人甘心效死的女人，不能说是一无是处。

“你，可以走了。”他的干脆利落，并不因为一出又一出花样迭起的闹剧而有所波动。

素盈静静凝望他冰冷的面容。这个素氏的儿子，竟然像素氏一样，能够把情绪撇在事件之外。她原本以为自己已经准备好，准备好接受他的死亡和随之而来的十年，但她发现自己又一次天真——这个男人带给她的，她永远也无法准备好。

“你……只在残酷的时候最坦诚。我想，我连你的微笑也得不到了吧？”

素盈转过身背对他时，拖出一条长长的影子。

“如果早知道我是这样一个人，你不会选我为后吧？”

黄昏的宫殿被她纤细的阴影劈成两半，一半偷窥她刻意别过的脸，一半琢磨她柔弱却挺直的背影。

“可是就算知道今日……”她说着，匆匆回顾他一眼又别过脸。他的身影无动于衷，素盈不再有坦白的欲望。但是忽然又觉得，如果不说出来，会后悔。

于是口唇轻轻地动了几下，不在乎他是否听了进去。

同一天，皇后素盈被废，皇孙睿歆被封为梁王。真宁抱着阿寿在皇帝脚边谢恩，而皇帝还在斟酌废后的诏书。

“皇后素氏……”说到这里，他停下来。他一停，整个世界也配合他的步调，停顿、沉寂。执笔官静待下文，不敢发出一点声响扰乱帝王遐思。

那一刹，她本能地拦住崔落花，就像她为阿寿跃入湖中时一样没有犹豫。

“皇后素氏，奸人琚含玄所荐。不宜生养，家风不正。降为惠妃，入居耽翠宫。”他简洁地说完，转眼看了看两个女儿。

真宁沉住了气。荣安也想装出对这决定毫无异议，但满头珠翠琤琤相击，泄露了她的愤慨。皇帝随意地问：“怎么？”

“没什么。”荣安气鼓鼓地回答。元宸贵惠是一品嫔妃，宫中并无元、宸、贵妃，素盈落下后座，却仍然是后宫中地位最高的贵妇。她们的母亲因为子虚乌有的私通事件，丢了丹茜宫，屈死在缦城。素盈做到这份上，却仍有惠妃头衔。父亲是何等厚待这个女人！

皇帝能猜到她的心思。尽管不满，但连荣安也学会了不轻易发表意见。他笑了笑："梁王的道路已经扫清。没必要让全天下知道，一个女人胆敢撼动皇庭。我们心知肚明就可以了。"

执笔官写好了洋洋洒洒的诏书，第二天就能向天下解释皇后的沦落。圣旨也写得庄重堂皇。皇帝看了一眼，说："去吧。"

潘公公亲自捧了圣旨前往丹茜宫。素盈已穿好朝服，在那里等着。

等待那卷轴展开，似乎是最漫长的事。

素盈在心里对自己笑笑。不必急，一生当中，还会有更加漫长的残酷等着她。她有预感，这里不是她的终点。

果然，她听到了新的封号和新的住所。那么接下来，耽翠宫会成为新的冷宫吧？她这样想着，轻轻地张口说："谢圣上恩典。"

一语未毕，忽然玉阶生凉。

重阳节、天安节……惠妃的名字一次也不曾加入庆典。素盈开始了无人问津的日子，一日除去三餐，无所事事。宫女们是一群新面孔，对她既不亲热，也不怠慢。她起初不能习惯，不知道该做些什么，但不久之后豁然开朗——她不是早就只剩一个人了吗？身边不过少了些假象，并没有真正的损失。

无人来关怀她，无人来揶揄她。虽然妃嫔们都有谈话的技巧，与她们交谈绝不会尴尬无题，但是毫无真意的对话，有什么意义？她选择站在屋檐下，看漫天流云、朝霞晚霞。

再也见不到阿寿，再也听不到家里的消息。对等的是，再也没有那么多事情需要她来考虑。就当作，她的丈夫已经死了，她的孩子也已经死了，耽翠宫是她的结庐之地，索性谁也不见，活在这个安慰自己的骗局里。

钦妃前来探望素盈时，发现她正在看宫女整饬护阶的花草。

"惠妃好兴致。"钦妃挺着大腹走过来，客气地笑了笑。

素盈微微点头说："姑姑。"

"平王病倒了。"钦妃拉着素盈的手，哀哀地叹息，"百日之内，他失去了一个儿子、两个驸马和一个皇后。可怜的哥哥。"

"姑姑是要再一次责备我吗？"

"你还年轻，本来就有机会犯错，有机会改过。你自己选的，自己看清吧。"钦妃遗憾地直摇头，"惠妃娘娘，你将成为后宫里最高贵和最悲惨的人。"

素盈的表情始终柔和，没有一根睫毛为之所动。

钦妃将她肩上的垂发理顺，赞许地笑道："这正是我喜爱你的地方——多糟的事情发生在你身上，面容依然全无反馈，好像在说，‘更糟的事情我也准备好了。’”

素盈挡开她的手，说：“请直说吧。”

钦妃掩口笑道：“阿盈，你知道我。我对很多人、很多事无所谓，只有一桩例外。他日梁王得继大统，会让你我配享他的祖父吗？不会！受他子子孙孙跪拜的会是素若星。那个罪人会以这种方式回来。以前没有别的皇子，我无可奈何。现在有机会，我绝不会让素若星的名字再次混入我的余生。”

“我帮不了你。”素盈直截了当地说。

“就知道你会这样说。”钦妃无可奈何地叹了口气，“那么你就在耽翠宫，和你的幻觉交谈，做你的梦吧。我不会总有闲工夫来看你呢。”

她说着转身要走，回头看了年轻的侄女一眼。

“这国家，要么是皇帝的国家，要么成为权臣或权宦之国，要么成为皇后与外戚之国。从来没有一个‘丈夫’和‘妻子’联袂控制的天下。”她说，“喜欢那样的人，一辈子也不能让他知道啊！若是让他知道，他也不会感激，反而会算计你的爱情对他有多大好处，你会输得一干二净。”

她说出这话时，冷漠而尖刻，素盈却没有惊讶——说出这样的话，一定是因为那人做了什么，或者什么也没有做。

钦妃果然不再来。

皇帝遵守他的诺言，一直顽强地活着。素盈再也没有亲眼见过他。

所谓的许愿，果然只是心里的虚妄吧……她却忍不住对他说了出来。这样荒唐的一个笑话，她却郑重无比，让他知道，他在她心里只能活一年。

想起这些，她觉得自己恨他——他没有给她一丁点辩解的机会，也就是说，他从来没有一丁点信任她。

有一天，真宁屈尊亲至，绷着面孔告知：“崔秉仪死了。”

素盈皱紧眉，痛苦地闭上眼睛。

“我永远不会原谅你。”这才是真宁必须亲口对她说的话，说完她也走了。

素盈不太确定，不原谅，是因为真宁认定是她投毒，害崔落花蒙冤，还是因为崔落花为了素盈勇敢就死，眼中始终只有这个素氏。

为庆祝梁王受封而特意举办的庆典很盛大，耽翠宫中却听不到些许动静。素盈放宫女去看热闹，自己到太平湖边的偏僻角落，远远眺望五莲亭，聆听笙歌。皇帝与阿寿应在其中，可是一水相隔，什么也看不见。

燃了香独自祈愿时，冉冉香烟里腾起穷极无聊的幽馥。

“现在是时候了吧？”

“许愿还有什么用呢？不过都是心中虚妄罢了。”素盈说。

“这世间，有你想实现的愿望，有想要的东西，有想实现的目标，才有意义啊。”

素盈看着她悻悻的表情，问："你对这样的我，感到无聊了吗？是不是只有我的痛苦才能满足你？"

幽馥忽然放声大笑，边笑边说："我要你的痛苦做什么？不能吃不能喝，也不能让我快乐。我想要的是你许愿！我想看到的是，你仍然拼尽全力地活着。"

她猛地抓住素盈的双肩，热切地引诱她："你不是死掉的素槐，不是被废掉的素若星，不是被打入浣衣坊的素淳——你是惠妃！失败的经历不过是小小的失误，只要一次逆转，你就可以把那些不痛快的往事埋葬。"

她的声音越来越高亢，语气越来越坚定，仿佛对这一次的交易十拿九稳。

"我要你再一次许下无法无天的愿望，颠覆过往的自己。难道你不想吗？变成一个前所未有的你，尝试另外一种余生。为了成为那样的自己，就算周围的人承受十倍于你的苦难，和你又有什么关系？虚妄可以变为现实！只要你肯付出代价。"

"你总是告诉我，如果我能够割舍一切，就可以换来为所欲为。"素盈对着幽馥，镇定自如地说，"我也的确想过，素皇后的宿命就是用'胜利者'三个字掩盖'犯罪者'……可是隐藏在心里某处的真正的我，能够被掩盖吗？我不像某个人，我无法从这样的一生中得到乐趣。"

幽馥蹙眉道："难道你不想挽回你的丹茜宫？已经得到的宝物又失去，多么可惜！"

"宝物？"素盈看着湖水中圆月的倒影，幽幽地说，"我在丹茜宫时，得到过宝物。但'皇后'的地位，并不是宝物。"

"呵！伤害过那么多人，趁着失败忏悔，就可以变回纯洁无瑕吗？"

素盈抬头看着幽馥的脸，忽觉她并不美丽。长久以来，怎么会觉得她美得无与伦比呢？她并不比那些利欲熏心的素氏女子更豁达。素盈想着，轻蔑地笑了。

幽馥在她的注视下吃了一惊，低头看自己，忽然发现身体正失去形状。她叫了一声，从半空向素盈伸出手，期待她能够抓住自己。

"素盈！我是你仅剩的！连我也失去，你还能过什么样的生活？"

"也许是一种……日后回想起来，不会令我更加厌恶自己的生活。"素盈慢慢抬起手，与幽馥的指尖相触时，一挥手，幽馥的手臂立刻化为飞烟。

"幽馥，别再回来。"

轻烟袅袅散尽，素盈垂下头深深地吸了口气——太平湖上的莲花几乎凋谢殆尽，嗅不到香味。记忆中最美好的一天，早已随着枯枝败叶沉入湖底。

素盈转身时，猛地看见树木疏影之间有个人影。她吓得叫了一声："谁？"

走出来的人她很熟悉，是丹茜宫卫尉白信则。素盈稍稍安心，问："白大人怎么会在这里？"

"看见娘娘往湖这边走。"他说。

素盈哑了一刹，淡淡地说："我不是轻生之辈。大人只管自救就好。"她虽然没有听到风声，但效忠她的人必定会因她的离去而受牵连，这是百世不易之理。尤其白信则以宦官出任丹茜宫卫尉，必定首当其冲。

白信则以复杂的目光望着她，问："娘娘以后有什么打算？"

素盈想了想，自嘲似的说："我没有想过。运气好的话，我将默默无闻。"

白信则听罢垂下头，一躬身，沉默地走了。

素盈想，大约以后也见不到这个人了。没想到几日之后，一个令人意外的宦官来到耽翠宫。满地嫣红的落叶上，青衣宦官规规矩矩地并脚站立，两手交叠，放在腰间。

"白大人？"素盈看着他，大惑不解——他身上不是丹茜宫卫尉的武官服饰，而是普普通通的宦官打扮。

"丹茜宫没有主人，领兵五千的丹茜宫卫尉没有可以效忠之人，太危险。小人被免官。"信则神色泰然。

素盈放在书上的手忍不住颤抖，忙落到膝上，抓住衣摆。

"臣有罪，娘娘。"信则带着深刻的悔意，向她跪下。

"不要这样，"素盈摇头说，"你不应该对我称'臣'。"

"娘娘力排众议，授予宦官丹茜宫卫尉，就这样被人抹消了。小人未能守住娘娘留下的痕迹，未能将这难得的经历，带向更长远的将来。"

素盈的目光回到经书上，脸颊回到阴影中。

"你有能力，还会有别的未来。现在我一无所有了，你还跟着我做什么呢？"

"我从您那里得到的太多，已经无处可去。"信则还是用平静的口吻说，"没有人会觉得，宦官得到的地位是凭借能力。我们得到的一切，都会被归因于钻营和谄媚，得到的越多，越是奸猾、善于取媚之辈。史上留名的宦官都被称为阉竖，如果我的运气好，但愿我同娘娘一样默默无闻。"

素盈将脸转向他，沉默的面容仿佛凝固于时间交替的夹缝。

"你这样的人，不适合默默无闻。你坐过宫里所有让人眼红的位子，还会在别处找到赏识你、能够给你很多的人。"

低头伫立的宦官忽然挺起脊背，露出高傲的笑容。素盈记得那种笑——他曾经用同样的姿态宣告，他的抱负是要成为丹茜宫卫尉，就算有国以来从没有宦官做到，他将打破陈规。

"小人曾经追随秀王，落到宫刑加身，也没后悔过。因为秀王他是绝无仅有的——他是怀敏皇后为了扫清素氏在内宫的劣迹，千辛万苦为这国家培养的储君。"他坦诚而平静地说。

"光明永远比阴谋简单，他就是那么简单的人。成也好，败也好，他坚持用简单的心性同复杂的算计搏斗，宁肯死得坦荡。我……预感到他会失败。我是素氏之子，我知道什么样的做法在这种地方行得通，也知道什么样的人有潜力登峰造极。可是跟随他，即使辛苦，也从未想过抱怨。他是那样——特别。”

他慢慢转身，回望落日当中鳞次栉比的宫檐，迎着夕阳的余晖，嘴角含笑，仿佛在傲视那些隐藏在阴影中的数不胜数的贵人。

“我白信则，什么时候向那些无趣的人低过头？”

丹茜宫沦落为无主之地的时候，有一群人渐渐崭露头角。

大约是之前皇帝向天下求贤，并重用李怀英等一群士子的举动打动了天下，秋季开科取士的场面非常壮观。因朝臣不满科举对睿、素二姓的限制，这一年也不禁他们投考。结果名列前茅的大多是布衣，但贵族亦有不少骄人成绩。李怀英等人不再终日将“睿、素二姓尸位素餐”挂在嘴上，但包括睿相在内的一些勋贵，却为诸多寒酸之人进入朝廷而终日慨叹。

北国到底更重武科，而武科放榜之后，素飒高中探花。皇帝得知之后，笑了笑说：“这家人想做什么，就一定要做成，有时令人佩服。可是做成之后……唉！”尽管如此，素飒还是得到一个品阶不高的将军之职，没过多久就上了前线。

这一盛事结束之后，在一个温度骤降的夜晚，皇帝在玉屑宫最后一次发病。

在数次昏眩与清醒之后，深泓又醒来，觉得心里出奇地安静。他能看清宫里每个人的表情，听到自己平稳的呼吸，可是感觉不到真正的力量。仿佛此刻的每一点体力，都是此生最后的积蓄，而不是一次新生之后的产物。

还有那么多值得留恋的事啊……他长长地嘘口气。

潘公公与吴太医见他醒来，欣喜地走上前。深泓向这两个忠实的老人笑了笑，说：“这大概是我这辈子最后一次清醒。”

“陛下切莫这样说。”两个老臣心虚地低下头。

“我心里清楚，差不多就是这时了。”深泓笑笑说，“以往我总是知道，我将活下去。这一次却不同。”

“陛下……”

“准备为我梳头吧。”深泓平静地说。他的表情，仿佛全然忘记他没有皇后。

潘公公不能违背他的意愿，问：“陛下要召哪一位娘娘？”

后位空缺时，为他梳头的后妃将在他升遐之后，代行皇后职责。深泓很仔细地想了想才回答：“召惠妃。”

素盈在耽翠宫里沉默地等着，想到每个瞬间都可能听到丧钟，她胸中说不出是什么滋味。那个人的存在，已成为她的世界的一部分。素盈不知道他的离去将带来哪一部分的坍塌，还是整个世界的沦陷。

忽然门庭热闹，脚步声让她心头一沉。宫女们感知到不祥的气息，悄悄垂着头站到角落。潘公公走进来说：“娘娘，请带上梳子走。”

素盈周身的血液霎时不再流动，瞪大眼睛看着他："你说什么？"

潘公公又说一遍。素盈颓然地靠在椅背上，颤声问："他已走了？"

"不。"潘公公难过地摇头道，"圣上不愿在死后受人惊扰，定要现在梳头。娘娘请快点。"

素盈顺手在妆台上抄了一下，匆匆跟着潘公公来到玉屑宫。

此地久不来，似乎有点变化，然而素盈没有介意，径直来到皇帝床前。深泓睁着眼睛仰望上空。素盈跪到他床边，见他没有转动眼睛，仿佛没有听见她的到来。

素盈轻声问："陛下，你在看什么？"

他没有立刻回答。素盈数着他的呼吸，过了四五次，他带着少许的失望，喑哑地说："太后归天之前曾说，她看见了先皇。我想知道，最后会是谁走到我的眼前。"

"看见谁了吗？"

深泓看了她一眼说："没有。我现在只看见你，也够了。"

素盈微微苦笑，记得这句话原本是她对他说过的。

"扶我坐起来。"他的声音轻微却稳定，"我不想像个没用的老头子，躺着死去。"

素盈小心翼翼地搀扶他坐起身。他舒畅地长嘘一口气，解开自己的头发。

素盈沉默地为他小心梳理。其中一缕乌黑的发丝与他灰黑相间的头发格格不入。她用手掠了一下，发现那不是他的头发，是用玄丝系上的。

"结发为夫妻，恩爱两不疑。"深泓抬手扯了一下，那缕黑发应手而落，"曾经有一天，若星一边系上这缕发丝，一边对我说，'如果你不是一国之君……'只有这几个字，我们都笑了。如果我不是一国之君，也不是她爱的那个人。"

他伸手把青丝放在灯上，一股青烟，几点灰烬，转眼烟消云散。

"与我做夫妻，太特殊。我不再怪你们从未信赖我。"他偏头对素盈说，"你还等什么呢？恨我怨我，无论想说什么，就在此刻。说晚了，我不会听见。"

素盈攀着他的肩，把脸贴在他背上。她手里的梳子噗地落在他脚边。深泓回头看一眼，看见她的眼泪跌落在木梳上的牡丹花瓣里。

素盈轻轻地说了什么，深泓没有听清楚："嗯？"

她又在啜泣中说了一声："深泓。"

只有若星叫过他的名字，素盈从来没有。深泓无比诧异地望着她，很快恢复了平静。

"不准哭。"他说，"别让这一次的收场，又变成悲剧。"

素盈破涕为笑："陛下，你还等什么呢？恨我怨我，迟了，就没机会说了。"

深泓拾起梳子，抹去上面的泪痕，交还素盈，说："我原谅你。"

他忽然觉得说话时提不起力气，放缓了声音说："后宫无儿无女的妃嫔，我将放出宫去。你们家有钦妃一个太皇太妃，够了。"

素盈哭出声："即使离开宫廷，我也无法得到普通女人的幸福。陛下请让我留下。让我在耽翠宫终老，至少一生能够听到阿寿的消息。”

“在你心中，阿寿会一直这么要紧吗？”

“陛下，难道你没发觉？淘送来那碗藕羹之后……你没有怀疑过吗？”素盈在深泓耳边抽泣，“阿寿就是唯一能让我摆脱寂苦的孩子，不会有别的了。”

深泓仿佛没有认真听，向枕头指了一下，拼尽力气说：“把里面的东西拿过来。”

素盈依言照办，见其中是一张白纸和一张黄纸。深泓接过黄纸在火烛上烧了，将白纸递给素盈说：“我再也管不了更多了，祐惠太皇太妃。”说完忽然感到一阵寒意，明明没有风，却像有风压住了玉屑宫的烛火，眼前晦暗难明。

“将阿寿交给我这样一个女人……没想过别人会如何评说吗？”素盈轻轻梳理他的头发，没有看那张纸。她生怕一停下说话，深泓就再也不会回答。

深泓似乎没有听见。他耳中贯穿另一个声音——仿佛绷紧的弓弦骤然放松，嘣的一声，眼前也亮了起来，一支箭在空中疾飞，飞向在天际摇晃的马背上的男人。

母亲那一刻的释然，他忽然明白。

“你记着我的话。”他说，“身后事，眼前人。”

潘公公听见皇帝再无声气，看见惠妃在轻轻啜泣。她的手一直没有停下，可是手中的发髻却迟迟没能绾起。细致地编了一缕，又是一缕，连眼泪一起编了进去。潘公公叹了口气，嚅嚅地催促一声：“娘娘！”

素盈不理会他，还是流着眼泪摆弄。一直拖了一个多时辰，她才绾好皇帝的头发，认认真真把掉落在床上的发丝一根一根拾起，收在绣囊里。她迈下床，掩面跪到他面前，深深跪拜。

潘公公垂下双泪，哽咽着大声宣布：“鸣登遐钟——”

号令一声接一声传远，仿佛回音似的，沉沉的丧钟很快就从远方传来。

在那怅怅的尾音里，素盈听见一个时代终结的声音。

第二十九章
退守

睿歆在他祖父的棺椁前即位，改元皇佑。钦妃在没有得到尊号时，于妃子封号之前加上先帝天祐皇帝的“祐”字，成为祐钦太皇太妃。出乎所有人意料的是，刚刚跌下后座不久的失宠的惠妃，变成了祐惠太皇太妃，受命抚养新帝。

真宁瞪圆了眼睛，翻来覆去看她父皇最后的手诏。

“他疯了不成？”她秘密邀请睿相以及一班大臣，“就是不愿意让她染指阿寿，才废了她，临死反而糊涂了吗？”

睿相慢悠悠地说：“臣也得到陛下密诏，祐钦、祐惠两位太皇太妃的家人，一概不得重用。若是有意干涉朝政，一犯可规劝，再犯则出示密诏，夺其封号，废为庶人。”

真宁冷笑道：“相爷还是不要这么自信满满。以祐钦、祐惠的狡猾和善于伪装，只怕相爷还被蒙在鼓里时，她们已将鼓扔下万丈深渊了！”

她说罢，向李怀英道：“先帝将圣上托付给素氏，大约有以毒攻毒的用心，但实在不是明智之举。试问哪家素氏能够对大权无动于衷？就算子弟真的不为官，又能怎样？琚含玄的子弟也没有为官的，对这国家的祸害还浅吗？更不要说是掌握皇帝的家族了！他日圣上长大成人，自然对他们言听计从，到时朝廷还有宁日吗？外戚根本不值得信赖！”

李怀英和他的同僚深以为然，同时又有疑问：“圣上毕竟幼小，仅靠保姆抚养，亦有弊端。”

真宁静静地环顾他们，朗声说：“诸位大人，我已下定决心，一生不婚，守护圣上，诸位能否信赖我？”

睿相听了吃一惊：“大长公主在说什么话？”

“我已下定决心，绝不让素氏利用圣上染指皇权。”真宁从头上拔下一支金簪，用力刺破指尖，将血滴入面前的茶碗，斩钉截铁地说，“在座诸位若是与我有同样的心愿，若是有志令朝廷革故鼎新，请为茶盏融入新血。即便无人信我，我一人也将背水一战。”

睿相老于世故，立刻明白眼前是什么景象。江山不会因为一个人的离去而消逝。先帝已同之前每位帝王一样，正在面目模糊，变成史书上的一个名字。新秀继起，重争大权——朝廷永远没有冷场的时候，永远不会因为一个人的退场而散了一台戏。

李怀英接过她的金簪，刺破手指，又将金簪递给他身旁的人。睿相看着这群年轻人肃穆的仪式，暗自摇头。但是金簪转到他的手中时，他也刺血为盟。既然是打击掌控帝王的素氏，他当然没有意见。

真宁冷冷地笑了一下：“那么，请诸位协力——从今日起软禁祐惠。”

报丧使者传达“天子登遐”四字之后，又说睿歆已奉遗诏在梓宫前即位。宗子五等以上，不限远近，全要去京城，送皇帝灵柩到泰陵。

邕王的脸色立刻变了。

“凶多吉少，殿下不能去。今年才发生过宰相拥立世子的事，先帝戒心很重，难免留下遗诏除王，以保幼帝平安无事。”素澜说，“再者，祐惠太皇太妃奉诏养育幼帝，尚且被真宁以卧病为由软禁。真宁居心叵测，可见一端。”

“是啊……”邕王郁郁地叹了口气，“明知如此，却不能不去。假若这时候诈病不觐，便是明明白白的意图谋反了啊！”

素澜听了默然不语，邕王看得出她不能苟同，问：“你怎么想呢？”

素澜反问：“先帝思随冥运，智与神行，又是殿下的兄长，殿下向来百依百顺，难道要相从于地下？即便入京奔丧时，真宁并无不轨之举，可殿下日后真能对真宁与睿歆这两个小儿顺服吗？”

“或许真宁正在等我给她一个机会，好名正言顺地剿灭我。”

素澜微笑着说：“真宁一个小女子，只是排挤祐惠太皇太妃而保育幼帝，并非真正的帝王。她所仰仗的不过是李怀英那一帮文人。他们或许懂得机谋，却非知晓军机之人，更没有一个能出来带兵。就算真要讨伐殿下——眼下改朝换代，情势多变，众将必定不愿轻举妄动，以免兔死狗烹。”

她自信地说：“去年雪灾时，就食于殿下藩地的流民数万，个个对殿下感恩戴德，至今未归去。将他们编为一支队伍，据险要之地，亦可抵挡。殿下的藩地虽不能说物产富足，但多年囤积亦足以助军。北部诸郡县地广人稀，容易拿下。界外五个部落弱小，立场从来摇摆不定，阻断他们与朝廷的交通，令其朝贡，亦可得牛马。”

素澜见邕王听得眉头深锁，缓缓地问：“难道殿下的一生要这样过吗？让渤儿的一生也如此？全尸于地下，苟活于猜忌，抑或试着哪怕一天快意于天地——哪个是殿下真正想要的？”

邕王正襟危坐地听她说完，叹道：“同室操戈非我愿，但愿新君通情达理。我上表请求免去奔丧，你代我写信邀请北边驻将素将军及他的诸位副将，请他们速来。”

素澜来了这么久，从没见他邀请哪个贵族上门，这时请一位将军来，定是有事。她代笔作书，吩咐家人快马送去。

第三天，素将军就带着部下一起来了。此时，邕王才为素澜介绍说：“这位素将军出身清河，是王妃的第九位兄长，目前是北边驻军的副帅。”

因北镇在过去几次外敌入侵时损失惨重，为防范西国来犯，朝廷特意从各处整合出一支大军，驻扎边境。驻北元帅是北部军队当中第一要职，副帅仅次于他，只从国姓素氏当中挑选。素澜急忙上前行礼。

素将军只是随意看了她一眼就与邕王携手入内，寒暄之际问到邕王妃的健康，邕王便请他到后宅相见。素澜几步在前，先至邕王妃床前殷勤道：“姐姐，素帅来看你。”

邕王妃病得浑身无力，见到她哥哥不胜欢喜，精神一时好了很多，又叫世子来拜见舅父。三人一直说话，直到王妃气力不支。

素澜见惯了大哥素沉与三哥素飒，觉得素将军说话一板一眼，不及自己的兄长有亲爱相惜的兄妹之情。但素将军出来却对邕王说：“殿下的心意我能够明白。我曾大力支持琚相拥立渤儿，真宁记仇，定不会放过我。殿下若要起事，我一定追随。只有一点……”

他指着素澜说：“若要我跟随，请殿下杀死这个女人。”

素澜没想到他会说出这种话，邕王与世子也吃了一惊。

素将军直截了当地说：“这女人年轻貌美，又有智谋。我担心殿下被她迷惑，舍弃我的妹妹。日后她若有子，殿下又要舍弃我的外甥——我将为殿下出生入死，不想有这样的后顾之忧。”

素澜敛容道：“副帅，妾劝说殿下自立，并非贪图母仪天下。帮助自己信赖的人，亲眼看着他成就一番前所未有的事业，这才是妾心目中的人生之乐。若能如此，一生不虚。倘若副帅定要以我之死作为肇始，我无可推搪。我非罪人，殿下定不忍心手染无辜之血，请副帅亲手杀死我吧。”

素将军乃是一介武夫，并非能以言语打动的人。等到素澜说完，他就拔出剑。这时，世子忽然挡在素澜身前，目光炯炯地盯着素将军说：“内闱相残这样的事，一旦开始，就从来没有好结局。难道我们的国还未建立，这样的事情就要先一步发生吗？请舅父去问母妃，澜姨到来之后，父王与她可曾怠慢母妃半分。父王与母妃情意深重，断不会为了别个女子抛弃元配。至于日后——澜姨若有子贤于我，即使父王无易储之心，我也甘愿让贤。”

他向素将军深深鞠躬，说：“舅父，今日我们所图的，应是齐心合力开创一国。这是艰难大业，抱定同生共死的决心，或能成功。若似舅父，各有所图，一一列于父王面前，我担心军心难定，聚合之势转瞬即逝。请舅父收回方才所言，莫开先例。”

他不过是个十来岁的孩子，见识谈吐令素将军连连咋舌，弃剑向邕王道：“武夫目光短浅，请殿下见谅。”

邕王松口气，双手搀扶他说：“你我十三年来亲如手足，勿以此事见外。”又道，

“那么军中……”

“军中之事，殿下不必管了。”素将军痛快地说了一句，带着人马旋风似的离开。

第二天，邕王府就接到飞马快报，说北军哗变，素将军杀了睿元帅，自封为顺天大元帅。素澜见邕王完全没有意外的神色，心想自己到底低估了这个人，恐怕今日的一切他早有准备，却从来没有对她透露过半点痕迹。

不久之后，真宁果然发来檄文，声称邕王分明无病却假装有疾，不哭先帝，不朝新帝，不臣之心已显，朝廷将以大军讨伐。邕王得知之后亦不慌乱，向北部诸郡散发文告，称真宁困太妃、挟天子、欺皇叔，女祸之势昭然若揭，愿诸郡共力抗之。

北部是清河素氏的故乡。因深泓登基之初，谋反的都出自清河，因此在天祐皇帝一朝，清河素氏颇受排挤，睿氏皇族大多避讳与之联姻。清河女子嫁得最好的，就是邕王妃。因难以入选宫闱、受命京官，清河素氏多在北部互相联姻，邕王一呼便有百应。数日之间，他们或举家投奔，或以私兵攻城夺郡。

不到两月，北部两州十郡已俨然是一个小王国。战事之迅速，完全没有突然起事的仓皇。素澜看了就知道，这手准备必定已秘密谋划多年，竟能在先帝的眼下而从来没有败露。

“即便是先帝那样的皇帝，也不能亲眼看到所有的事。在他近处会很危险，但只要远离他，只要他是借别人的眼来看，就有机会蒙蔽他。”邕王对素澜说，“我的母亲成襄太妃说，‘那对母子永远不会对我们放心，绝不能坐以待毙。’然后，她为我聘了邕王妃。”

素澜听了心惊——是二十多年前的事情了。

“我祈祷过，不要有这样一天。”邕王忧郁地叹息。

北郡人一向以剽悍叛逆著称，他们七次击溃朝廷军队，士气大振。以顺天大元帅为首的将领认为七是吉数，请邕王应吉兆而称帝。

邕王一身戎装站在箭楼上，凛然无畏地伸臂指向对方阵营，说：“那国家，我不会去诋毁它。”

开场第一句就令人怔了一下。邕王说：“对许多人而言，它并不差。但对我而言，对你们而言，它已不是你我信奉的国家。我们将在此地，缔造自己追求的天下！”

他只说了短短四句话。说出最后一句时，风将他的话扩散成巨大的震响，阳光令他的容颜威严庄重。箭楼下群情踊跃，箭楼上戎装的素澜也泪盈于睫。

这一天，不再有邕王与邕王妃，也不再有邕王侧妃。

世上有了承光皇帝睿深涵、顺华皇后素一蘅、宸妃素澜，以及清泰元年。

真宁得知邕王自封为帝，北部已自成一国，不禁大怒。她一动怒就要四处发泄，李怀英不准她对着大臣失态，她只好退回后宫，气急败坏地去找两位太皇太妃。

她先到了耽翠宫，迫不及待地冲到素盈面前道："你们家生的好女儿！邕王造反竟不知制止，也不向朝廷揭发，反而当起皇妃！你家等着被满门抄斩吧！"

无论她说什么，素盈的神情总是淡淡的，不为所动。

"大长公主在吓唬谁呢？"祐钦太皇太妃挺着大腹，翩翩来迟，"动不动把'满门抄斩'挂在嘴上，当心教出一个暴君，令先帝在九泉之下更加失望。"

真宁怒视她，而祐钦微微一扬下颌，轻蔑的态度不言而喻。她是这样的目中无人，素盈则是另一种目中无人，真宁恨得咬牙切齿，却无计可施。她们辈分高，吓是吓不住，打又打不得——上次她只顶撞了祐钦几句，第二天朝堂上就炸开了锅。对她心存不满的人借机生事，尖刻地指责她对先帝后妃没有孝敬之心，连她保育幼帝的能力也一并置疑。

真宁狠狠地瞪了瞪她们两个，拂袖而去。祐钦对着她的背影冷哼一声："芝麻大的事情，要我走一趟。"

素盈送她出门，轻轻地说："小心。"

"女孩子坐到政事堂里同一帮老狐狸议事，本来就够刺眼，还不断地生事。"祐钦不疾不徐地边走边说，"她已经得罪不少素氏子弟，如今又想拿我们全家开刀——呵，小孩子不知天高地厚。"

"正是不知天高地厚，才会做出可怕的事。"素盈轻飘飘地说，"与孩子心性的人角力很玄妙，你斗过她，她不怕你，只会记恨你。而且她精力无穷，会不断地骚扰你。"

"你只有这点志气，难怪你走的是下坡路，素澜却一步步当上皇妃！"祐钦冷笑一声，忽觉腹中一阵异动。她当即站住不动，叫了声："阿盈！"就抓住素盈的手腕。素盈见她脸色骤变，急忙低头掀起她的裙脚，见她脚下已有羊水淌落。

流泉宫的宫女训练有素，搀着祐钦急急忙忙地返回。素盈被撇在原处，看着她们的身影越来越小。侍卫仍不准她迈出庭院，她不声不响地回到耽翠宫，拿起她的经书，又从容地念起来。

"为什么头疼的事情总是没完没了呢？"真宁在政事堂里对着李怀英发牢骚。此时政事堂内的议事已结束，只有他们两人时，显得空空荡荡，无比清静。

真宁闭上眼睛感受寂静，说："有时夜深人静，我会难堪地想，'父皇，我该怎么办？'当时明明对着你们很张扬地说，绝不继承他的缺陷。可是好像，终于向他低头了……他是如何做到的呢？如何在臣子们吵翻天的时候，不迷失自己，还让他们对他满怀期待？"

"也有人对殿下满怀期待。"李怀英说。

"更多人满怀仇恨。"真宁凄凄地笑了一下，"只因为我是一个女人。李先生，你怎么想？你也觉得，女人不该干这些事吧？"

这时，一个宦官飞快地走到真宁身边，附耳说了一句。真宁表情变了变，说："祐钦要生了。"

李怀英稍稍发愣，当即道：“应按规矩传告平王府。”

“嗯。”真宁原本站了起来，此时又坐下，说，“我就在这里等消息吧。”

李怀英见她脸上阴云密布，轻缓地问：“殿下觉得这胎是男还是女？”

“若是女孩儿，就是我的妹妹。”真宁这样回答。

平王大病一场之后，身体大不如前。可是一得到祐钦太皇太妃临盆的消息，他立刻来了精神，按照习俗在家里点燃甘草扎成的火把，让婢女们围绕火把且歌且舞。他仔细观察飞烟荡去的方向，据说这可以预测新生儿是男是女。可是这日一丝风也没有，浓烟直直向天上去。

平王坐立不安，恨不能搬来满天神佛让他求告。他正焦虑，宫里又来人。这一次却是来送赏赐。平王没料到这一胎生得如此顺利，眼见宦官将锦盒端到跟前，只是呆呆地看，也不敢伸手打开，心里又祷告几遍才伸出手，一双手已经凉得打战。

“千万是豆汤、豆汤……”他默默念了十几遍，才想到豆汤原是生下公主之后的赏赐，皇子诞生，该送黑豆饭才对。这么一想，到底是盼望皇子，还是公主，他自己也说不清了。

宦官见他磨磨蹭蹭，心里替他着急，也不便出言去催，只把锦盒向前一递。

平王吐口气，稳稳揭开盒盖，一看就愣了神。周围跪着的众多家人早已心急，这时候听到平王朗声谢了恩，他们才各自起身退到两旁，但也不敢出一声，更不敢探头探脑去问。平王私下厚赠了宦官，将他送出门外，这才喜气洋洋地回来。

“快拿两个锦盒来，将赏赐分给东洛郡王、兰陵郡王！”众人都怔忡一下，忍住了没有提醒他，东洛郡王已不在了，而兰陵郡王早就被剥了封号。

平王没有察觉，郑重地将锦盒又打开，众人才凑上去看——

是一整盒黑豆饭。

“是个男孩儿。”李怀英应真宁的要求，又说了一遍，“名字就按照先帝的意思，取‘澄’字吧？”先帝留给睿相的遗命中提到，若是祐钦太皇太妃产子，可取名为澄，封为宁王，以西南部的宁州为封地，令祐钦太皇太妃携子移居封地。

“随便。”真宁十分冷淡地说了一句。

“殿下，恭喜您得到一个弟弟。”

真宁漠然道：“邕王也是先帝的弟弟，忍气吞声多年，还不是有谋反的一天？李大人，男丁无法信赖啊！他们各求自保，已经足够引起大乱。更不要说，他们不是自己谋反，就是被人拥立谋反。而且这是祐钦的儿子……”

她越说越是阴沉，到此处忽然打住，说：“李大人，有件事，我只告诉你一个人。”

李怀英不解地望着她。

真宁说：“关于崔秉仪，你知道，我一直耿耿于怀。皇后自请废位的第二天，她突然要为琚含玄报仇，行刺先皇。她肯定是为什么人遮掩、顶罪，毫无疑问就是皇后。”她仍然称惠妃为皇后，自己好像没有察觉，李怀英也没有刻意去纠正。

“素盈跟我说过，她今日所做的一切，必须要由将来的皇帝守住。为了守住丹茜宫和她想要的未来，她不惜谋害夫君。”真宁顿了顿。

李怀英悚然变色。外朝至今以为，先皇废皇后是因为梁王，不知另有隐情。

“她想要的未来也许并不难看，但素氏所用的手段一定会龌龊至极。”真宁继续说，“钦妃是一个比惠妃更地道的素氏。惠妃往日待她不薄，但因为惠妃偏袒阿寿，两人形同陌路。钦妃所图，实在明显。现在她有了亲骨肉，我恐怕，在她想要的未来里，我们都是死路一条。”

“殿下……有何打算？”

真宁默想了许久，问：“李大人，今天湖上的风景好吗？”

“好风晴日，湖光水色应当不错。”

“那我们去游湖吧。”真宁说着，站起身。

流泉宫门上插了喜气洋洋的红石竹花。祐钦太皇太妃刚刚生产，身体还虚弱，流泉宫暂不待客。可是不速之客不管这么多。真宁带着一队人闯入，环顾流泉宫问：“他呢？”

她身边立刻有两个宫女从映荣怀里夺下新生儿。祐钦一见这阵势，眼中几乎喷出火来，便要挣脱众人去抢儿子，口中尖叫：“真宁，你要做什么？”

真宁却不理会她，只问那两个宫女：“这是刚出世的皇子吗？”

宫女点头。

真宁又问稳婆：“皇子出生时的状况，入册了吗？”

稳婆道：“还没来得及写。皇子健康，并无别的异状。”

真宁冷笑道：“我看他并不健康，该抱给太医看看。”说罢抱了那孩子就走。

祐钦怎容她带走自己孩儿，伸直了双臂去抓，却被真宁带来的宦官牢牢按在地上。

映荣紧紧抓住真宁的衣带，却被两个宦官打翻在地。她又爬起来追出去，一路踉踉跄跄跟到了太平湖边。真宁身边有个宫女与映荣相熟，故意落后一步。待映荣到了近前，这宫女将她推到树荫中急促地说：“你还跟着做什么？今日连皇子也要杀了！你跟上去，想陪葬不成？”

映荣听是如此，吓出一身冷汗。她瘫坐在树荫当中，眼睛直勾勾望着真宁的背影，腿脚却站不起来了。

真宁抱着睿澄上了小船，向身后看看，问：“李大人会划船吗？”李怀英自是会的，真宁便命那舟子退到岸上，说：“只准李大人跟上来。”众人听她如此吩咐，默默地目送李怀英与她登舟破水而去。

那小舟漂到湖中心，李怀英稳了舟楫，一言不发地望着真宁的背影——她仿佛入定似的，抱着睿澄坐在舟头，姿势丝毫未变过。李怀英不敢出声惊她，只觉得手心里全是冷汗。

过了一会儿，真宁问："石头呢？"

舟中早备好一只箱子。李怀英打开一看，是块十来斤重的石头，连绳也缚好了，只待向睿澄身上一缠，便可结果他的小命。李怀英未作答，真宁自己腾出手来，抱起那块石头。她左臂弯中是酣睡的睿澄，右臂弯中便是石块。李怀英忍不住惊呼："殿下！请勿如此！"还没来得及看清她的神情，她又转过身坐在了舟头。

平日湖上风大得很，今日却出奇地静，真宁听到自己咝咝的喘气声。她眼睛瞪得老大，紧紧盯着熟睡的睿澄。

婴孩睡脸宁静，完全没有意识到命悬一线。真宁胸脯一起一伏，却没有察觉自己呼吸急促。她把目光转开，望向水面。不知怎的，在倒影里看见了父亲。

"并非生在皇家，就有左右这个帝国的能力。"父亲问，"你能做到吗？"

真宁把心一横，向他的幻影说："我可以！你等着看！"

李怀英见她长袖婆娑，一颗心立刻提到嗓子眼，只说出"殿下"二字就听咕咚一声响，一样东西已向湖底去了。真宁做完这事浑身脱力，斜斜地向一旁瘫软。李怀英怔怔看着她的背，发觉她已不再颤抖，他自己的手脚却哆嗦起来。

真宁慢慢挪转身，李怀英这才看见，睿澄仍在她怀里悄无声息地睡着。他心头豁然开朗，不禁露出喜色。

"带他走。"真宁将睿澄放到箱子里，双目炯炯，盯住李怀英，说，"我把他交给你——永远别让他出现在我的阿寿身边。"

李怀英神情柔和地看着这个少女，缓缓说："万一人们说，你杀了自己的弟弟……"

"日后若有人那样说，世间必是没了睿澄。"真宁淡淡地说，"无人与阿寿争这天下，旁人如何说我，谁会在乎？"

仿佛考验她的意志，李怀英又问："想要世间没有睿澄，还有比此时彻底了断更好的办法吗？"

"我与宫廷角力至今，难道是为了杀死一个婴孩？"真宁镇定地回答，"不。以杀死自己的手足为开端，我今后将同父皇一样，对'情'字失去感觉。无情的皇朝所做的一切，都不能得到天佑。我并不想嗜血，我只想保住阿寿的天下。"

李怀英沉默地向她长揖，将小舟划回岸边。

映荣见真宁怀抱睿澄而去，却空手而回，不禁低低地叫："啊呀！"她仓皇失措地返回，跑到流泉宫不远处，却见宦官将宫门口的石竹花打落，连宫灯也一一摘下，挂上了打极乐结的白绫。

映荣见状愣在原地，手脚扑簌簌地抖起来。流泉宫中的宫女排成一队走出来，个个以长袖覆脸。雪白的一片袖子，看在眼中惊心动魄。映荣胸腔内狠狠地颤动，哇的一声大哭起来：“娘娘！”

宫女的队伍行经她身边，有人悄悄啜泣，也有人低语：“姐姐还不自寻生路？”一句话提醒了映荣。祐钦已死，皇子又遭溺毙，她也不知自己下场如何，失魂落魄地一边哭泣，一边往耽翠宫跑去。

映荣的哭声传到耽翠宫，惊扰了素盈。她疑惑地走到门口，见侍卫拦着映荣。映荣哪里还顾得上许多，一看见素盈就扑倒在地，手足并用地爬到素盈脚下，哭哭啼啼地将真宁的所作所为说了一遍。

素盈听了，手中念珠跌在地上。她颤声问：“当真溺了？”

映荣垂泪点头说：“奴婢亲眼所见。”

素盈立刻如冰封般呆住。一个时辰之前，姑姑还是谈笑风生……

素盈吩咐信则出去打听，他急匆匆地跑出去，没多久就回来，说：“说是祐钦产后失血殁了，孩子生来无法呼吸，也殁了。”

“这是说谎！”映荣撕心裂肺地叫了一声，“娘娘与皇子都是好好的！皇子的眼睛还没睁开呢！”

信则待她吼完，依旧用低低的声音对素盈说：“孩子被投湖了，至于祐钦太皇太妃……真宁大长公主身边的四个宦官，持着棍子将所有的宦官宫女赶出流泉宫后，不一会儿便出来说，太皇太妃薨了。她身边一个不肯走的小宫女也一并死了，对外人说，是为殉祐钦太皇太妃而触柱。”

素盈听得浑身发冷。信则将她的念珠拾起，交回她手中，可她手指颤抖，那串白水晶撞着玉戒指，叮叮地响起来。一对禁卫来到耽翠宫，向素盈施礼道：“祐钦太皇太妃驾薨，流泉宫宫女全数要去守灵，为何有一人逃到这里？请娘娘交出此人。”

素盈才拦了一下，禁卫就推开了她。信则大声道：“不得对太皇太妃无礼！”禁卫只是冷笑了一声，根本没有理睬，驾着映荣大步走了。素盈追到宫门口，被侍卫强行拦住。而映荣已认命似的，只管哭，也不再挣扎了。

“信则，将我所有的东西都拿出来。”素盈怔怔走回宫里，强抑着颤抖说，“全部送给睿相，无论他想要什么，只管开口。”

信则略感诧异：“娘娘要他做什么呢？”

“我要去为先帝守陵。”素盈说，“无论如何，他要赞同我。”

信则这次感到真正惊讶——真宁做出这样大逆不道的事，正是素盈扭转乾坤、夺回幼帝的时机，她却再一次退缩了。

素盈明白他的心思，说：“真宁只是在后宫中兴风作浪，在朝廷上却扶植那些新入朝的寒门官员，对睿相也毕恭毕敬，而我却有可能完全相反……与胆敢杀死先帝后妃和遗腹子的真宁相比，他们更加忌惮我啊！”

“可是，去守陵？”信则疑惑道，“娘娘为何会产生这种念头？您也许听过守陵的故事，可是您仍然无法想象——守陵绝非那么简单啊！”

“信则，我……”素盈攥紧了拳，一句话憋在她喉头，就是无法说出来。

信则的心突地跳了一下。他发觉她独自藏着一个秘密。如果她说出来，那就是对他毫无保留，可他怀疑自己能否得到她这样的信任。

“如果娘娘主意已定，小人就去照做。”他并不打算追问。

果然，直到他走出门，素盈依然一言不发。

祐惠太皇太妃自请为先帝守陵，让睿相愣了一刹。不过他立即明白，她在害怕。

祐钦太皇太妃产子并暴毙的那一天，正是得到邕王自封为帝的消息的一天。

平王府庆祝祐钦产子的喜宴还没有结束，就接到了她母子的死讯。雪上加霜的是，因为素澜，平王被贬为庶人。大喜之中忽临大悲，平王当即昏倒，从此瘫了。

素盈始终是受到先帝托付抚养幼帝的正宗人选，真宁杀戒一开，未必会对她仁慈。可是去守陵……连睿相也觉得太过分。比出家还寂苦的差使，素盈是怎么想到自己要求的？而且……他看了看面前这个年轻人——久闻其名的谢震。为什么是这个人代素盈求情呢？

“你？”睿相看看谢震。

谢震躬身抱拳：“陵卫领之职向来从禁军军官中选出，下官请求以北禁军统领之职，换陵卫副领。”

泰陵变成了这些人的宝地？睿相心中纳罕。但尽人皆知，谢震曾受琚含玄青睐，又深得素盈信赖，在眼下的局势中很是不利。近来，也有人觊觎北禁军统领一职，请求睿相将谢震调离。今日谢震自己提出，睿相不吝顺水推舟。

当真宁满腹狐疑地琢磨素盈的请求时，睿相大大方方地说：“大长公主以祐惠太皇太妃卧病为由，代行养育圣上之事。有人会问，有朝一日太皇太妃痊愈，大长公主是否遵循先帝遗诏，交还幼帝？倘若太皇太妃久病不愈，甚至病故，大长公主因此把持幼帝，天下大概又要以险恶目光来看待。难得她以身体虚弱，无法抚养幼帝为由，自请守陵，您在犹豫什么呢？”

“她表面上要这宫廷与众不同，结果和所有素氏一样，甚至更糟，胆敢谋害帝王性命。这样的人，会如此胆怯吗？她一定有新的打算。怎么能顺她的意思呢？”真宁冷笑，“素氏就是因为频出这种女人，败坏了天下力求上进的女子之名。若不是担心天下的质疑，我更想亲手处置的人，是她啊！”

“还有比让她活着守陵更凄惨的处置吗？”睿相悠长地叹了口气。

他的同情提醒了真宁。真宁想了想，素盈的话有时是出于真心，有时是出于反意，让人费解。也许这一次，她正是将自己放在最艰难的路口上，等着真宁来驳回她的意见，这样她就避免了最惨的生活。下一次，也许她又要自请去做什么，连连被拒绝的话，她就逃过了所有可悲的处罚。

也许不该有那么多顾虑。在她自掘坟墓的时候帮她一把，能省掉多少力气！真宁这样想着，皮笑肉不笑地说：“这样的大事当然应由睿相做主，我随便插嘴提醒，相爷不要介意。既然相爷没有疑虑，我就不再过问了。”

睿相见这猖狂的小丫头给他面子，心想她到底还有点自知之明。他拿出拟好的诏书，真宁则将视如性命的皇帝之玺取出落印。

祐惠太皇太妃守陵就此确定，不日就昭告天下，打发她到泰陵去。

素盈从宫女面前走过，她们纷纷屏住呼吸。她在挑选随同前往泰陵的人。

这些宫女早就知道，侍奉失势的祐惠太皇太妃是一件艰难的差事。流泉宫祐钦太皇太妃身边，一名宫女以触柱自尽为死因，而映荣则以悬绫自尽为结局。但真正的缘由瞒不过宫女们——死者命薄，她们主人的对手太心狠。

祐惠太皇太妃也许是个聪明的人。她选择的也许是对自己最好的出路，但并不是她们的。她们不愿意仅仅因为她要保命，就追随她。

素盈看了几眼，没有一个亲切的面孔。每天面对一群不情愿的人，有什么意义呢？她柔柔笑了一下：“先帝都不曾为自己指派守陵宫人，我怎么敢代他挑选？若有人心怀先帝，能够久居泰陵而无怨言，就跟随我。若是没有，我也不为难你们。”

宫女们一个个目光坠地，不吱一声。素盈早知道是这样，倒也没有失望。忽然有一人走出来，说：“奴婢愿去。”

素盈听声音十分耳熟，循声去看，不由得愣一下：“令柔……”

余下的宫女依次告退，只留下素盈与令柔。

“娘娘放了奴婢一条生路，而奴婢还欠娘娘一场没有骆驼蓬的侍奉。”她说得很自然。

素盈挑眉说：“有人跟我说，忠心这东西，货卖两家就一文不值。”

“奴婢不打算再变卖了。”令柔抬起头，面对她微笑说，“忠心这东西，只有不掺杂利害，才有价值。”

这天，百僚送她，素盈这才看见朝廷的新气象。以前只要能够背出睿、素二氏的家谱，就能轻易猜到在哪个位子上的是哪个人，现在到处是陌生的面孔，是一种她不讨厌但也认不出来的新格局。

不少人也是在这时候第一次见到祐惠太皇太妃。这个二十岁出头的淡雅女子，安静地从他们面前走过，默默地匿身于马车之中。白信则将她为数不多的随身物品放在她脚边，垂下皂帘。素盈眼前一暗，索性什么也不去想了。

马车颠簸了不知多久，有人唤醒浅寐的素盈，说：“娘娘，到了。”

素盈迈出马车，发现历经一夜奔波，天已蒙蒙亮了。上前来搀扶她的人还是信则，素盈疑心是梦："你？"

信则脸上并没有特殊的表情，扶着她站在长长的神道上。

等在尽头的老宦官是弓着身子的潘公公。受皇帝之托掌玺的老宦官，和素盈一样，在真宁的变局之中首当其冲。神道两旁已有陵卫侧立，陵卫领与朝廷使者交接文书，接收了新上任的副领。素盈努力辨认，直到听见他自报姓名"谢震"。她茫茫然叹了口气，其实她一路有预感，觉得他就在附近。

陵卫原是守卫皇帝的宗子队，皇帝死后就每年轮流在此守陵。曾经有一次，刺客闯入皇帝寝宫，宗子队救驾不及，是谢震出了风头。宗子队全队对谢震并无好感，他却硬要到这里来。

"娘娘，请进去吧。"陵卫领如此说。

素盈同信则一前一后走入山色微茫处。

山门一闭，从此外界是另一个世界。

潘公公为素盈打开寝殿，没有多说什么就悄悄回了自己住处。

"你又跟来了。"素盈说。

山岚环绕，她的声音仿佛飘自天外。

"谢震的念头我能明白，可是……你这人，到底在追求什么啊？守陵，比宫中有趣吗？"

信则向前走了几步，打量薄薄晨曦中的陵宫。

"请原谅我在梁王庆典的那天晚上，偷听了娘娘祈愿时的自言自语。"信则说，"您说，要过一种不会更加厌恶自己的生活。"

素盈轻轻咬紧牙关，听到信则说："我在丹茜宫挡了一刀，换了任何一个除你以外的素氏皇后，只会赏赐我，不会让我成为丹茜宫卫尉。她们会计算，为此受到抨击并不值得，而且宦官也未必能胜任，日后麻烦更多。但娘娘选择了我——在那一刻，您有一点点信任我吧？我这样幻想着。"

他们说话时，朝阳从山坳里爬了上来。周围有了光，虽然寒冷，却让人心上明亮。

山风瑟瑟，白露未晞，信则找出素盈的披风，温和地说："娘娘有一个异常沉重的秘密。而我知道，如果无人分担秘密，无论它能孕育好的还是糟的结果，都会留下遗憾。我想与娘娘分担。我想在这里，证明我值得被托付秘密。"

素盈接过披风自己穿上，漠然地说："我的信赖，将让你变得很辛苦。"

信则淡淡地回答："尔虞我诈的一生同样辛苦，却并没有多少事情值得自豪。"

过了一会儿，陵卫领与副领前来拜见。那陵卫领是个三十来岁的青年，深知真宁软禁太皇太妃而挟天子的事迹，对待素盈倒也客气，可是口气难掩为难："朝廷以为，娘娘家中出了叛逆之徒，不得不防。为防范里勾外连，圣上有令，不容娘娘迈出泰陵半步。"说是圣上有令，但人人皆知是真宁的腔调。

“不会令大人为难的。”素盈冷淡地说了这么一句。

“日后若是无事，臣就不来打扰娘娘追思先帝了。”

陵卫领告退时，素盈用稳定的声音说：“请副领留一步说话。”

谢震愣了一下，恭恭敬敬地再度跪下。

“你在想什么呢？”素盈轻声地问。谢震看见信则在一旁，没有回答。

“到我面前来。”素盈说着，让信则也跪坐在她身旁。谢震亦到了她面前不远的地方。

素盈低声说：“我……遇到了一件措手不及的事情。”

他们迷惘地看着她。

素盈说：“这是一个直到我一生终结也不能被公开的秘密。保守它，不仅仅要藏在心里，还要担很多风险。如果你们准备好，一生将被这个秘密羁绊，我就对着你们两个说出来，请求你们的帮助。”

谢震与信则都认真地想过之后，回答说：“洗耳恭听。”

“我的身体里……”素盈深吸一口气，可声音还是颤抖起来，“有先帝的遗腹子。”

“啊！”信则如醍醐灌顶，明白她为什么对祐钦产子而死感到恐惧。

“先帝不知道有这个孩子，才肯将阿寿托付给我。局面变了。”素盈声音低回，“钦妃和皇子的死，不仅是真宁狠心，连同李怀英那些大臣，也不打算在阿寿的皇位之畔容留先皇的孩子，所以才会默许真宁到这地步。我得到先皇的托孤遗诏，又怀有身孕——他们绝不可能让我一个人同时掌握幼帝和皇位继承人，我比钦妃更危险。”

“于是，娘娘又一次到先帝身边寻求保护。”谢震抬起眼看了看她。

“你们……怎么想呢？”素盈低着头问。

“谨守秘密。”谢震与信则异口同声地说。

素盈知道潘公公对先帝忠心不二，疑心他仍在记恨自己蓄意谋害先帝。但是潘公公平常并不来打扰素盈。他仿佛变成了聋哑的老翁，每日规律地打扫庭院和正殿，向先帝的神主膜拜供奉。

有一天，素盈听见庭中扑通一声响动，走到门口去看，发现潘公公在落叶上仰面摔倒。素盈急忙唤信则和令柔帮忙，将他抬入寝殿。他们略知一些救治昏厥的法子，折腾了一阵儿，老人惘然转醒。素盈留下信则照顾他，自己一天当中偶尔去看一两次。

“娘娘仍然不敢面对我。”潘公公半卧在床，对匆匆要走的素盈说，“如果是担心披风下的身形暴露——我早已发现了呀。”

素盈愣了，伫立在他的床边，问：“你怎么想？”

“我这卑微的老奴，怎么能妄加判断呢？”潘公公轻轻地说，“真是幸运，在先帝离开之后，在这陵宫之中，仍有机会看见他的血脉、他的痕迹。”

素盈拖过一把椅子，坐在他床头，过了一会儿才说：“我一直为各种各样的原因，不想要他的孩子。你发现了吧？”

潘公公温和地笑一下：“他也发现了，你无法原谅他，无法认同他作为父亲的资格。他也不认为你可以当母亲。但我想，你们会有和解的一天。”

“结果却是在这样的时候，在这样的地方。”她轻轻摸了摸腹部，已有非常明显的隆起。

潘公公若有所思地微笑道：“娘娘，我曾亲身经历懿静皇后入主丹茜宫，亲眼看见康豫太后斩下怀敏的头颅。有时候想，那一代人真是太张扬了，后来的人有闪光之处，也在他们的事迹前黯然失色。可是有时候又忍不住想，他们的内心究竟是什么样的呢？若不是出于天下至尊的皇家，大概只能用狠辣歹毒来形容吧……”

“继承那些人的血脉，谁的存在不是一场战争？扭曲的战场，扭曲的荣耀呀！”他缓缓摇头，望着素盈的腹部，说，“或许这个孩子，才幸运吧。”

他说了不会妄加判断，但在每个人的心里仍有一个标准。

“再给我讲一点吧。”素盈轻声央求，“他是如何长大的？为什么长成了我看到的那个样子？我不希望这个孩子像他一样不幸，也不希望孩子因为不像他而不幸。”

潘公公扫了她一眼，慢慢将他所知的帝王娓娓道来。素盈有时听得会心一笑，有时叹息。

日子不知不觉地一天天过去，潘公公以这奇特的方式成为她的同伴。他给素盈讲芳鸾是如何被赐婚给琚含玄的，也给她讲每个月圆之夜的秘密。他讲到了芳鸾如何在皇帝面前推荐素盈，也讲到了玉屑宫的机关。

直到离开这么久，素盈才发现，自己对宫廷仍只是一知半解。

潘公公也讲到了胡人的预言。素盈凉凉地慨叹：“一直到此生终结，属于他的花还是没有开放。”

“也许已经开过了——只有他自己才知道。”潘公公微笑着说，“娘娘，你不能期待他像寻常男人那样表达爱意。理解他的爱情，是很辛苦的猜谜啊！”

那么她始终是一个笨笨的猜谜者吧？仰着头在灯谜下徘徊，欣赏它的精妙，可到底还是糟蹋了出题人的心意……素盈想自嘲地笑一下，眼睛却湿润了。

一盏灯孤独地亮在黑暗里。初冬的夜，寒气逼人。

“经历艰苦卓绝的战斗，将士好不容易告捷，却连应有的赏赐也没有。我无颜面对众位。”素飒坐在灯后，英俊的眉目凝结了阴云。

“将军……真宁大长公主早就说过，‘怨仇之人，不可贵之’。将军是伪国皇后的兄长，领兵打仗的意义已经不同了。”

邕王元配病死，素澜已成为伪国的新后。

素飒的副将与部下聚在一堂，坦率地说：“将军可以殉国，但国家不会再给将军任何荣耀。不论您多么努力，国家只当您是在赎罪。”

素飒手肘支在桌上，双手交叉，关节扣得发白。

副将说：“将军在为一群想让您送死的人服务。成见不会因为您的战功而改变。”

素飒咬紧了牙：“是我连累众位。”

“不，这绝不能怪将军。”他的部下说，“将军为了给我等请功，几次三番向真宁低头。是她心胸狭隘，容不得我们。”

“跟着我，你们只能战在最苦处，却毫无前程可言。”素飒叹了口气。

众部下面面相觑，试探着说：“也许还有别的出路。”

素飒抬头看着他们，见其中一人说：“将军是澜后的兄长啊！怎么会无路可走呢？”

素飒悚然变色：“你们要我——”

“将军，涵帝说来也是皇家长辈，却被真宁逼至叛国。真宁对待自己的叔父尚且如此，皇家亲王尚且如此保全自己，我等还有更高明的见解吗？不如入北部，助涵帝成就大业。有朝一日重新统一国家，我等也算一辈开国功臣。”

“将军昔日曾游清河郡，当时的邕王对将军颇为赏识，今入北部，定可得到重用。”

素飒沉声说：“真宁大长公主曾经特意吩咐泰陵守，祐惠太皇太妃家有叛徒，不得不防，若有异常可以先斩后奏。你们怂恿我叛逃，将置太皇太妃于何地？！”

他的副将想了想说：“将军，祐惠太皇太妃能留命至今，并非因为将军拼命效国，而是因为她是澜后的姐姐。”

另一人接口道：“涵帝裂国，所行终究非正，养精蓄锐之际也不敢轻易来犯。真宁忙于在众臣之中周旋，虽想出击北部，却愁于无人。此时若祐惠稍有闪失，那边就多了一条挑衅的借口，可以国仇家仇并报。至于您是否留在这里，对她的生死并无影响。”

“请将军为您自己、为您手下众多兄弟的性命，仔细考虑。”一时竟众口一词。

素飒看着他们坚毅的面庞，动了动嘴唇，却没有说话。

有些话，对他们说不清。他们不会明白。

“将军，要早做打算啊！”他们抱拳恳请。

“我要去一趟泰陵。”素飒站起身，说走就走。

这一夜有稀稀落落的风雪。灰白的雪片在天地间孤零零地翻滚，不知是雪追着风，还是风缠着雪。素飒的快马飞驰而过，惊扰了它们的游戏。雪片犀利地打在他脸上，可是他并不在乎。

他对着那些雪花，在心里不住地说：“妹妹对我而言，不仅仅是皇后，不仅仅是惠妃，也不仅仅是生母留下的唯一同胞。”

他无法对别人解释的事，只能对着飘雪的旷野倾吐。说出来也没人在意的话语，就在没有听众的时候说出来吧。

“妹妹是我的家。抛弃她，我就算还有成千上万个亲戚，也是一个无家可归的人。我将无处安放我的思念，无处寄托我的荣耀，无论走到多远、多高的地方，我将是个独夫，感受不到任何喜悦。”

渐渐地，泰陵在风雪弥漫的地平线上露出一条边。

“妹妹是我的弱点，让我永远是个凡人。有她在，我才会有所珍惜，不变成斗争中的困兽。我知道我可以变得很冷酷，甚至很凶残。但是只要有她在，我依然可以变回凡人。即使越界，她也会把我拉回来。”

可是，今天……

他在泰陵前停下马。陵卫向他大喝：“皇家山陵，不可擅闯！来者止步！”

素飒大声说：“我是谢将军的朋友，请他出来说话。”

谢震听说有人找他，以为是京中出事，朋友来通风报信，没想到看见素飒。他听说素飒凯旋，却被真宁压制，不知今日到来是为了什么。

“谢兄，可以让我见娘娘吗？”素飒的神情有一点古怪。

谢震向身后看了看，低声道：“真宁有令，娘娘倘若走出泰陵一步，格杀勿论。那些陵卫并非全是我的朋友。”

“那么请她到门口来，让我看一眼。”

谢震见状就知道要出事，疑惑地说：“她现在的样子……不宜到处走动。”

“求你。”

素飒声音异样，谢震隐隐觉得不祥，说：“好吧，你等等。”

不一会儿，素盈披着兜头的大氅出现，宽大的下摆完全挡住了她隆起的腹部。可是素飒眼尖，一瞬间察觉端倪，他的心又动荡起来——妹妹并不打算让世人知道这个孩子，她是真的全身心退隐在这里。

兄妹两人在山门会面时，素飒眉上的水滴渐渐结成冰，但他好像全然不在乎。素盈疑惑地走上前，讷讷地唤一声：“三哥！”他似是而非地含糊答应，眼睛一直看着素盈。

素盈上前摸了摸他握缰绳的手，觉得冰凉吓人，忙问：“出了何事？”

素飒摇摇头，头上、脸上的水珠滑落，仿佛细碎的泪珠似的，落在素盈手背上，冰得她打了个哆嗦。

“就是想见你一面。”他说。

素盈觉得他一定有事，可也看出他不想说。

“你这样跑来可不行，一定有人要生事。”

“随他们好了。”素飒摸了摸妹妹的袖子，觉得衣衫不够厚实，便说，“我一会儿回去就让人多给你送衣物来。”

“深更半夜又下着雪，算了。”素盈越听越觉得蹊跷。

“放心，让他们不引人注意就好。”素飒轻声说，“你叮嘱谢震不要传出去，他就一定不会让别人知道。”

他顿了顿说：“他就是这一点最好，有他在你身边，我就没什么可担心的。”

“你在说什么呢？”

素飒拂去妹妹头上的雪花，说：“可惜他和你，总是这样接近，却没法在一起。”

素盈提高声音喝止：“不要乱说！”

“阿盈，找个同伴——能让你坚强，能让你想要与他互相扶持的人。”素飒说，“我真怕你推开别人，自己反被孤独击垮。”

“不是还有你吗？”素盈说话时握紧了素飒的手，声音却不自信地颤抖着。

素飒没有回应，握住她的手腕一阵心酸——这么柔弱的手，再也无法拨云见日，编织希望。

“我走了。”他跃上马，走开几步就一回头。一直回顾了十几次，才狠狠地抽一鞭。

妹妹是他的界限，可是今天，他将要抛弃她。

从此以后，再也无法追求自己的安乐，再也无法回头了。

漫天飞舞的雪花转瞬吞没他的背影。

素盈忐忑地目送他，回去之后辗转难眠。折腾了很久好不容易睡着，她却做了一个莫名其妙的梦。

梦里的哥哥还是少年，自己也只是十来岁的女孩儿。他们兄妹一起骑马出城，走的是熟悉的道路，渐渐奔驰到那片杨树林。他们从来都是停在此处。无论多么想要远走高飞，却每每因为太多顾虑，最终折返。

素盈的马慢下来，习惯性地停住。可她前方，素飒的马没有像记忆中那样驻足。

他在马背上回首一笑，笑容迎着夕阳，有陌生的光彩。素盈在梦里慌张又惊讶地唤一声：“哥——”

素飒绝尘而去，把杨树林、把素盈抛在身后，消失在梦的边境。

他去了她追不到的地方。

不久之后，一个轰动的消息传遍北国——素飒率军叛入北部。素盈正坐在殿中为先帝诵经，听了之后，拨弄念珠的手再也没有动。

谢震说：“也许他来，是想带你走。”

“但是我对他没有用。带着先帝的妃子投奔伪王，岂不是滑天下之大稽……”素盈木然呆坐，说，“你出去，我要一个人静一会儿。”

后半夜，雪忽然下得更紧。谢震冻得手脚麻木，然而不见偏殿中有半点动静，他心中更加担忧，反而不觉得冷了。

大雪纷纷扬扬，不多时就染白了庭院。忽然轰的一声，偏殿一角被雪压塌。谢震慌忙大步上前，猛力拍门道：“娘娘请快快出来！”素盈还是没有回应。谢震心中大感不祥，径直推门进去。

只见素盈一个人坐在黑暗之中，一动不动。殿中静得可以听见她起伏的呼吸和含混的低语。谢震唤一声“娘娘”，一步一步走上前，听到她悲戚地不断重复：“叛徒！叛徒！”

谢震连连对她说：“有我在。”明明裹了几层皮毛，她还是不住颤抖。谢震疑心她冷，仔细一看却是泣不成声。他一时心痛，大胆将她拥在怀中。

素盈不受控制的颤抖在他的臂弯里慢慢平息。一旦平静，又静得可怕。他们连呼吸也不敢用力，仿佛稍稍大声就会震塌头顶森严的殿宇。

雪落的声音宛如无数窃窃私语，躁动着，尖锐地评论这一对男女。冬意沁骨，素盈却觉得痛快——就算被世界遗弃，好歹还有这样一个人为她挡住寒气。他轻轻用大氅将她罩住，嘈杂与冷寂都消失在他的体温里。

素盈心里一个声音说：“不可以。”

另一个声音温柔地反驳：“为什么不可以？我只能找到这样小小的一块温暖……”

素盈的心被温柔的声音说服。她抬头望了谢震一眼，倚在他肩头，闭上眼睛。她那一眼满是信赖，但凛然不可侵犯。于是谢震怀抱着她，心无杂念。

时间仿佛消失在黑暗里。不知过了多久，素盈呼吸平稳，沉沉地睡着。

雪势稍减，月光从百般阻挠的云层中穿出来，映上窗户，冷清的亮光淡淡地照亮素盈的脸。谢震猛然发现，素盈头上多了几根银丝。他心痛又哀怜，想为她悄悄拔去，伸手一拨才发现——那发丝并不是她的，而是仔仔细细编入她发髻里的一缕黑白相间的长发。

他登时僵住，怔怔望着前方。

眼前其实什么也没有，但他失神地看了许久。

窗纸上不知是雪光还是晨曦。谢震轻手轻脚地走出偏殿，正看见信则守在门前。

“娘娘呢？”信则问。

“睡了。”谢震说，“不需要担心。”

“将军，请不要再这样。”信则平静地说，“我担心的不是娘娘，是你。”

“你放心吧。我不会侮辱她，也不会侮辱她的亡夫和我自己。”谢震口吻淡定，“不会在此时，不会在此地，不会用这种方式。”

素盈第二天推门出来时，看到信则仍在门外静静地守候。他没有多说，单刀直入地规劝：“娘娘切不可再让谢将军进来。这谣言传开了，诸多不利。”

素盈微微笑了一下，说：“在我身上发生过比这更不利的事，可我依然活着——需要我活下去的人，会忽略这些细节，想要我死的人，总有更离奇的谎言。”

“但是——”

“你放心吧。”素盈轻轻地说，“我们无法忍受自己仅有的感情，变成奸情。”

信则看了她一会儿，说：“娘娘的话几乎与谢将军的如出一辙。”

素盈笑了笑，说：“你去请谢将军过来。”她自己就站在廊下看雪。

谢震很快赶到，素盈紧紧地拢着大氅，向他微微一笑。

他站在阶下，也回给她一个微笑。素盈的心猛地被他的目光刺痛，尖锐的酸楚迅速蹿到五脏六腑。她的笑容变成一个苦笑，预见到自己将要毒害这个男人。

“将军，你为什么还在这里？”她轻声问，“连我自己的哥哥也离开了我。你年轻有为，处事权变，结交广泛——朝廷大胆用人，皇佑元年应该是你的时代。为什么要在这里？”

谢震低下了头，说：“若是没有娘娘，我不会在这里。”

“为什么要为了我呢？”素盈叹了口气，“我注定要寂寞啊！我是一味毒药。谁碰，谁的仕途就要遭殃。”

谢震却说：“我也曾以为自己是毒药——无数次出生入死才得到将军封号，可是仿佛被诅咒似的，从那之后屡战屡败。”他抬起头，望着素盈，“跟随我、信任我的人先后死在我眼前，连我自己也要被军法处置。于是好像写遗言似的，写了一封信给你。”

素盈听得呆住，喃喃道：“我不记得呢……”

“我记得信里慨叹，不知有没有人会为我收骨，即便没有，不知有没有人会为我落泪，即便没有，不知有没有人会在日后提起，曾经认识一个叫素震的人——那时候我还是个素氏。”谢震傻傻地笑了一下，“上司准许我戴罪立功，在上战场之前，我收到你的回信——‘我会，我会，我会’。”

“这是我活下来的原因，为那三个‘我会’。”他说，“这是我一直都在的原因——不希望看见那个说出‘我会’的人，对是非生死、人情冷暖再也无动于衷。”

他低头嘿嘿一笑：“这样的理由，如今自己想来也觉得天真。可既然是真心想过要实践的事，就值得去做。”

素盈的嘴扁了扁：“你要知道，我不仅仅是一无所有。我还会带走别人的一切——选择和我站在一起的人，会受我连累。”

她看着谢震，说：“你若问我会不会为了逃避寂寞，阻断你的未来，我会用‘不会’来回答。”

他没有想过离开她。现在，却是她来赶他。

“娘娘，我不能在这时背叛你。”

素盈镇定下来，说：“这不是背叛，是我请你代劳——去京城，去听听人们是如何说的。”

素飒的变节带来又一股危险。在这里，他们只能隔着高墙独坐，只能在危险到来时，豁出一条性命。必须有一个人跳出去，才能保护另一个人在此地平安无事。

谢震顺从地告辞，真的回到了京城。

他通过王鸣鹤找到睿相，请求调职——睿相夫人多年的痼疾不久之前被王鸣鹤治好，他很想帮他们一个忙。

睿相并不是一个会报答医者的人，但他恰好知道谢震的好处——谢震做过边将，也领过卫尉，曾经在琚相身边吃得开，与琚相的旧部有点交情，他还与祐惠交情匪浅，在北边的澜后、素飒面前也有情面，实在是个内外可用的人才。

不久之前，真宁终于实践了她父皇未能实现的分台阁壮举。宰相变成三人，睿相实在需要一些机灵的帮手。

于是，谢震不久调回京中，任一个不起眼的武官。

他时常派人去泰陵探望素盈。泰陵守卫起初恪守真宁的吩咐，不准外人入内，也不准素盈踏出一步。渐渐的，他们对谢震的态度开始转变——从谢震派来的马车可以知道，他的处境越来越好。他们不会一辈子做陵卫，日后需要谁的帮助，还很难说。

而素盈受到素飒叛国的连累，被真宁急不可待地废为庶人。仿佛嫌弃她玷污了惠妃的“惠”字，一品妃嫔换成了元宸贵昭。

谢震第一次回来时，说：“如今政局萧条。琚相的下场让三宰不敢放开手脚，而真宁又不信任他们——她不信任何人，即使是人人眼红的李怀英。群臣在静观三宰与真宁的势力变化。”

素盈问：“你去平王府看过了？如今是什么景象？”平王在素飒变节之后，怒极攻心而死。受素飒的牵连，平王府全家没官。宅子空置一久，就显出了颓靡景象。

谢震久久不语，末了回答：“桂树久不实，黄雀巢其巅。”

素盈默了一会儿，怅然道：“那也好。无牵无挂，你随机应变吧。”

第二次来时，他说：“真宁大用文人，北部武将人心不定，很多人在抱怨待遇微薄，拼了老命还不及只会吟诗作画的书生。”

他也曾向真宁谏言，但真宁冷笑说：“谢将军，我没忘记和你一起微服出宫的那次——李先生这样的文人会为国家着想，也会为你们着想。而你们，只会火烧衙门，打死他们！”

“真宁以自己生日为由，将几位高官及其家属接到京中，盛情款待。可是最后却说边关凄苦，将那些军人的家眷常留京中居住——这岂不是将他们扣为人质吗？”谢震摇头叹息。

再来时，他是道别。他在睿相的保荐下，要上东部战场。

“上次那事之后，真宁竟借皇帝名义发布诏令，日后的边防军官需将家属全部安置在京中，才能去上任。名义上说是厚待军属，实则防范他们叛国投敌。”他自嘲说，“如此一来，京外很多军将不愿服从调遣赴边。我这般无家可归的人，倒是逮到机会。”

素盈早知道，他不会令她失望。他回来时果然升职。向她报了喜讯之后，他又悄悄离开泰陵。

泰陵的守卫发现，往日他只是带来很多东西，这日却带了一口箱子离开。

不久之后，谢震宣称，一名侍婢为他生下一个儿子。

他只是一个小小将官，儿子出生时却得到了睿相的厚礼，甚至真宁大长公主也好奇地想要见一见这个孩子。谢震听命，将孩子带到宫中让她看了一眼。真宁大长公主探身看罢，板着脸说：“长得龙眉凤目，真是你的孩子？”

谢震赔笑道：“也有人取笑说，出征期间生下的孩子很可疑。不过下官知道那侍婢的为人，必是我子无疑。”

真宁冷笑一声：“听说他生母死于难产，你一点也不伤心呢！”

“侍婢非偶，不宜过伤。”

真宁又是一声冷笑，没再为难他。

不过是一个小小的将官，谅他也不能如何，她想。

然而谢震从此一直向上、向上走去。他自己用兵如神，又有睿相不断提拔，五年之内，已成为东防大将军。

这一年他回京述职，又来探望素盈。

“所谓的书生，到底是一群什么样的人啊！”谢震向素盈慨叹，“他们是因真宁的扶持步入朝堂，现在却不再支持她。我在朝上甚至亲眼看见有人攻击真宁不是摄政，而是乱政……他们要求她不可再以皇帝名义恣意颁布诏令，要求日后遵照传统，敕令诏书由三宰拟写，皇帝只负责勾决。”

“他们是一群爱正义胜过迷信某一个人的人。”素盈淡淡地说。

“曾经用心培植的人反过来攻击自己，真宁十分恼怒，将其斥为叛徒。”谢震说，“我看文臣已四分五裂，划分为不同的派系。他们甚至说，‘我等甘心助力，是为皇室正统。大长公主当守妇人之志。把持帝王，恐吓众臣，日久必为女祸！’也有人欣赏三位宰相，投在不同的宰相门下。还有些人辞了官，远离宫廷。”

“妇人之志。”素盈忍不住微微冷笑，“真宁就是不愿当一介妇人，才与这群人混在一起。这个孩子……能赢他们吗？”

“只有李怀英仍在真宁身边坚持。‘大长公主以非常之见识魄力，欲革天下之弊。人生百年而遇一主如此，我怎能推诿匹夫之责？’——这是他的名言。他的很多朋友因此疏远了他，认为他效忠于一个女人，背叛了他们的信仰。”

“李怀英……”素盈垂下眼睛唏嘘，“他比你更艰苦吧。你可以对我吐露心声，他却一辈子不能说出来呢。”

“或许他已经用他的方式说出来了。”谢震微微笑着说。

素盈忽然接连地咳嗽几声，谢震连忙关切地问：“鸣鹤最近没来看望娘娘吗？”

“有，药也一直在吃。”素盈轻飘飘地说，“他说，他和他姐姐都认为我没有中毒。令柔也是这样说。我这病再调理两三年，也许就治好了。”

谢震知道她在产后受了风寒，但是“产后”这种字眼，她从不亲口说出来。素盈低头摆弄衣襟，问：“你的儿子最近还好吗？”

“他很好。”谢震郑重地回答，“今年秋天打算送他入宫，陪伴圣上读书。”

素盈脸色略微发白，也没有制止，只说：“忠君，防小人。”

“娘娘放心。”

第三十章 覆天

“看到那些槐树了吗？”

忘机点点头。

“拿着这个，去把槐花剪下来，然后在庭院里晾干。”宫女说，“令人们要用干槐花做枕头。”

忘机默默接过顶端系了剪刀的竹竿。那支竹竿立起来比她还高，可是总也够不到树梢上的花团。她一直仰着脖子忙活到正午，衣兜里的槐花仍少得可怜。宫女来查看，皱起眉道：“这么简单的事情也做不到？真是当千金小姐的料！算了，这里不用你，你去择槐花吧。”

忘机低头走到晾晒槐花的庭院，扑鼻的香气没有让她欢欣。宫女们一边小声说话，一边麻利地将槐花从细枝上剔下来。忘机手慢，心中却不敢怠慢。过了一会儿，宫女们忽然鸦雀无声，纷纷站起来跪地。忘机做得入神，片刻之后才察觉是真宁大长公主来了，急忙跪下。

真宁将一只枕头摔在地上，说：“是谁做的？里面有虫！”她说是虫的东西，不过是芝麻大的小黑物，根本看不出是什么。

“不知道这是圣上要用的吗？”她正要找人泄怒，忽地看见忘机，勃然大怒，“怎能让罪人的手制作御用之物？！”说着将三尺宽的竹簸箕掀翻，直直砸在忘机的后脑上。

无人敢出一声大气，忘机忍着疼，听见雪白的槐花扑簌簌落地的声音。

真宁怒气冲冲地返身离去。宫女们虽然暗中怨恨真宁的飞扬跋扈，但口中却是埋怨忘机惹来祸事，又让她去剪槐花，命她将竹簸箕填满。忘机剪到晚上也没有剪来那么多。

宫廷夜深，只剩几声怪鸟悲啼、一团昏朦月光。她在暗影中寻找白花，仰头转来转去，一个立不稳，仰面朝天摔倒在地，摔得眼冒金星，才想起今日午饭晚饭都没吃上。她又是委屈，又是伤心，忍不住在角落里呜呜地哭起来。

忽然有人说：“真伤心呀！”

声音跟槐香似的，清清淡淡。忘机抬头一看，发现一棵粗壮槐树旁站着一个红衣女童。忘机不知道她是谁，不敢贸然说话。

女童样貌天真脱俗，同情地看着忘机说："如果一辈子过这样的日子，可怎么办呀？一定会忍受不了而死掉的。"

忘机畏惧地问："有什么办法吗？"

"有啊。"红衣女童说，"世上的任何东西都可以交换得来，好日子也一样。"

忘机神使鬼差地问："要用什么换？"

女童躲在树影里，说："我给你荣华富贵，而你——要用寿命来换。"

"寿命？谁的寿命？"

"你的寿命，以及这个国家的寿命。"女童轻咬着指甲说，"用你的十年和这个国家的十年，来换一年荣华富贵，你觉得怎么样呢？"

"好呀！"忘机不假思索地回答，"那我多换几年好啦！现在这样的日子，长命百岁不过是多几十年的痛苦，至于国家……"

真宁的国家——忘机几乎要将那句"时日曷丧，吾与汝偕亡"说出口。少几十年，于天下苍生而言，也许是一种幸福！

"何时能让我得到？"忘机问。

女童咯咯笑着："到时你就知道了。"她说完，像怕被月光伤到似的，拼命往暗处躲。忘机好奇她怎能躲到那么狭小的阴影里，去寻那女童，却不见踪迹。

她有些惴惴，不知女童究竟是什么，也不知自己是否做了一个荒唐而短暂的梦。

不久后的某一天，她又看见一个穿红衣的人，于是知道，命运给了她承诺。

很多年没在五月出现这样的溽暑天气。

这日分明闷着一场雨，偏偏不肯爽快地落下。恼人的潮热缠上身，无论怎样摇扇驱赶也挥之不尽。偌大的宫殿里，似乎只有清润的石地板还藏着凉气。

歆儿伏在书案上，不转眼地看着地面，终于将樱草色的衫子一把抓掉，远远抛开。

陪在他身边侍读的小近侍吃了一惊，急忙去拾，拾起衫子却不见了书案后的人——原来皇帝陛下竟躺到地上去了，只穿着里衣在深青地板上四仰八叉，宛如海上的一朵浮浪。

这朵浪花一边打滚一边欢笑："总算凉快了！"

小近侍吓得跪下，叫苦不迭："陛下快快起来，这被人看到了，如何是好？"

歆儿伏在地上斜眼看他，灵机一动："你也把外衣脱了，凉快凉快。"

小近侍知道他口中没一句正经话，苦笑道："臣不敢。"

歆儿脸色一变，厉声道："你不听朕的话就是抗旨。你愁眉苦脸地挨热，更显得朕不与民同乐——你，立刻脱了！"

小近侍心里喊声倒霉，又怕不听他的话，会引来他更奇异的想法，只得慢吞吞将外衣脱了，老老实实跪在地上。歆儿好心提醒一句："躺着凉快。"

小近侍无可奈何，平躺好后，又听他说："多躺会儿。"

小近侍心知不妙，侧头一看，天子竟抱起他的衣服逃命似的跑了。

"陛下——"

"不许乱动！"一声嘹亮的回答远远传来，话音里满是笑意。

歆儿兜头套上那件朱红色的近侍外衫，怎么看都觉得不合适。他倒也不挑剔，很大度地安慰自己："天生不是当近侍的料，凑合穿穿吧。"

赤日炎炎的午后，宫廷里的风声听在耳中分外清晰。歆儿原想到太平湖边摸鱼，可转念一想，弄脏了这身衣服，姓白的小子又要回家多嘴，惹得荣安大长公主进来啰唆。到时赔他衣料不说，还要听那自以为是的女人一通说教，划不来，划不来！

他一边想，一边背着手四处溜达，不一会儿就觉得日光晃眼，该找个地方乘凉。放眼望见一片槐树，青翠喜人，他笑眯眯地点点头。趁着周围没人，他也不迈平常那四平八稳的规矩步，在地砖上蹦一下、跳一下，心中大乐，踩着欢快的脚步去寻那荫凉。

风里染上槐花的甜香时，也送来咔嚓咔嚓的声响，一下一下，安闲得很。歆儿心中好奇，侧身在月洞门边张望——槐树下站着一个十来岁的小宫女，手持一柄竹竿剪，正在剪槐花。

歆儿见她神情专注，一时被吸引，大气也不出地一个劲儿看。她只是重复那几个简单的动作——仰头寻找树上的一簇白花，然后伸长手里的竹竿，一扯线，五尺竿头的剪刀就咔嚓一声，剪断树枝，她轻盈地兜着围裙去接，每次都不会让花落地。

歆儿盯着她白皙小巧的脸颊，心想，真像姑姑宫里的那套瓷娃娃。不，那瓷娃娃虽然瓷色晶莹，可是神态粗糙，比不上她眉目如画。

小宫女剪了一兜花儿，低下头哎哟一声，蹙眉轻揉发酸的脖颈。她蹙眉的样子很好看，歆儿从没在别人脸上见过，忍不住呵呵地笑了。小宫女先是惊了一下，见是朱衣近侍便绷起脸，背过身快步走开。

"喂！"歆儿笑嘻嘻地追了几步，"你剪槐花做什么？"

小宫女目不斜视，一个劲往前走，并不回答。

歆儿装作生气，提高声音吓唬她："这槐花是我的，谁准你剪的？"

她还是不看他，反而更加快了脚步。

歆儿没趣，心中有些不高兴，恶声恶气地问："你叫什么名字？"

她飞快地扫他一眼，几乎跑起来。

"好大的胆子！"

歆儿正欲发脾气，远处一个上了年纪的宫女走过来，一见他俩就停住脚步，向那小宫女招手道："忘机，做完了活儿快点回去。"小宫女如见救星，一阵风似的跑过去。

歆儿拍手笑道："你叫忘机，我知道了！"

年长的宫女听到他大呼小叫，牵着忘机的手一边走一边回头，虽然看不清少年的脸，可那身衣服太显眼。她低头责备："你怎么跟六侍走到一块儿了？不要招惹那六个人，咱们惹不起的。"

忘机也不分辩，轻嗯一声，跟着她埋头走路。

歆儿见对方连头也不回，很无趣地叉腰哼了一声。他忽觉周身缭绕一股香气，提起袖子一闻，清浅的槐香仿佛让衣料也变滑软了。他忍不住怔怔看着那个周身浸在花香里的小姑娘，痴痴地笑起来。

还没笑够，身后忽然一声霹雳似的怒喝："陛下！"

歆儿暗暗吐舌，转过身一看，果然来者不善——两个姑姑竟凑到一起找上门来。平日只要一个就令人头大，如今凑成一双，委实吓人。他也不气馁，悠闲地等她们上前行礼。

真宁大长公主早气得脸色煞白，哪里还记得施礼，连声哆嗦："天子着臣装，成何体统！"

歆儿满不在乎地哈一声："姑姑喜欢提桶，井栏边多的是，我这里可没有。"

真宁气得直咬牙，恨不得一掌打下去。

歆儿咧嘴笑："再说，姑姑知道什么是体统？"他忽地变脸，"朕是天子！尔等妇道人家自恃长辈，整日在朕面前摆脸色，成何体统！"

真宁一口气憋在胸口，打又打不得，骂又骂不出，恨恨地跺脚道："西北六郡反了。群臣集议未果，妾不敢擅专，请陛下定夺。"

"什么？又反了？"歆儿挠挠头，不明白这个天下是怎么了，"上一次西北三郡反入北国，你说朝廷须施以颜色。听你的，该杀的人都杀了。结果有人说我不仁，令西北成为不毛之地。又听你的，手忙脚乱地迁了内镇八万人过去。这下好了，一有人就反。"

他想不通，嘘气道："可见人多了真不是什么好事。人越多越乱，闹事的全都杀掉才清静。这次可不往那里搬人了。"

他小小年纪将杀人说得轻描淡写，连真宁也悚然变色。荣安笑着委婉谏道："陛下这可不像话……"

歆儿不等她说完，冷笑道："我不像话也不是一天两天，早知我是这样，何必装样子来问我？"

真宁怒得拂袖离去，荣安脸上还是笑，仿佛她比妹妹大度，不跟小孩子计较。见歆儿要开溜，荣安急忙拉过身旁清秀可人的小女孩，笑着说："陛下还记不记得？这是妾的女儿，叫锦心。"

歆儿随便看了一眼，嘻嘻一笑："不记得了。我这脑子还要省着，日后去记那些姓素的女人呢！"

荣安顿时如木塑一般，尴尬地僵住。

歆儿见气跑一个、窘住一个，心里暗暗欢喜，打个哈欠，逍遥地踱回寝宫睡午觉去了。

这天黄昏，果然来了瓢泼大雨。近侍换班，谢胜换入宫来，一抬眼就看见歆儿长吁短叹，心中稀奇，不知他又玩什么花样。

“陛下几时学会发愁了？”谢胜年纪比歆儿小，还是一团孩子气，歆儿往日对他总比对别人宽和几分，说话也稍稍自在。

歆儿叹道：“一场雨，恐怕把花都打蔫了。”

他伸出手臂让谢胜闻，惶惶地问：“阿胜，是不是还有些香气？”

谢胜没闻到什么，小心地嗯一声就不敢吭气了。歆儿却忽然冒出一个念头，拍拍他的肩说：“你去给我找出来——今天在南苑太平湖附近折槐花的小宫女。”

谢胜张大了嘴巴合不拢，也说不出话。歆儿见他这样子就丧气，叹息道：“看你这个死心眼，就算做不到，连一句讨巧的话也说不出来？早晚跟你爹一样，只能打仗。”

一句话伤了谢胜，他恭恭敬敬地说：“臣如果能像父亲一样为国效力，此生绝无怨言。”

虽然用话将这事混过去，谢胜心里却较上了真。这晚歆儿就寝之后，谢胜退出帝王寝宫，也没有回自己住处，径直往太平湖方向走去。

风里偶尔夹几点绵绵的雨丝。谢胜毕竟是个孩子，走着走着怕起来。风声与树梢都露出可怖的一面，居心叵测地掩住他头顶的月光。谢胜越走越急，渐渐乱了节奏，不留神走到路外，在泥地苔痕上滑了一跤，灯笼也摔灭了。他想起父亲教诲，忍住了不哭，镇定下来，找回鹅卵石小路。

仿佛是他的镇定破解了夜晚的魔咒，风与树都消停，不再为难他。一片皎皎月光洒落在小路前端，照亮了广阔的太平湖。谢胜心里却叫声不好——走着走着，竟错过了南苑植槐的地方。

他正想回头，忽然听见啪啪声，似乎是什么东西擦着水面掠过。一轮涟漪在月光下抖开，起点离他并不远。谢胜向前走几步，果然见湖边坐着一个比自己大一点的小宫女，正向湖心打水漂。她仿佛只是随意一挥手，石子就在水面上跃出一串漂亮的轨迹。

谢胜呀地叫了声好，小宫女吃了一惊，待见到是孩子，也不慌了，反而微笑着问：“你会打吗？”

谢胜笑着摇头说：“不像你打得这么好看。”

忘机见走过来的竟然又是个穿朱红侍服的，暗暗后悔与他搭话，可见他年纪幼小，说话也稚声稚气，就不再多心。

谢胜拾起石头打了一两次，果然不及她的轨迹长远。忘机从湖石上跃下来，手把手教了他一招。谢胜忽然闻到她身上的槐花香，眨着眼问：“你就是今天在南苑剪槐花的那一位吗？”

忘机眼睫一颤，猜是他的同伴说的，只是不知这群纨绔子弟背后说她什么。谢胜已看出来，便道：“我叫阿胜，你怎么称呼？”

“忘机。”

谢胜身子轻轻一颤，说：“我认得一位叫知机的，不知道……”

忘机收敛笑容，微微点头道：“哦，你认识我哥哥。”

谢胜想起知机是个小宦官，立刻知道忘机也是罪人家眷，但他仍赞道：“忘机，真是好名字。”

忘机却淡淡地说：“罪人子孙，有什么好的？怎能比得上谢将军的独子？”说着抛了手里的石子，欠欠身便走。

谢胜知道惹恼了她。他从来都招人喜爱，此时见了一张冷面孔，心中反生歉意，觉得是自己惹人不快，于是跟在忘机身侧问：“‘忘机’是什么意思？”

忘机不想告诉他，反问：“‘胜’是什么意思？”

谢胜知道她是故意的，但还是认真回答：“有人说是祭品的意思，其实也不怎么常用。”

“有人说？那你父母是怎么说的？”

谢胜停下脚步，狡黠地向忘机笑笑，仿佛透露一个重大的秘密，道：“父亲从来没说过。可是……”

他拾起一根树枝，在泥地上一笔一画写下自己的名字，说：“你看，‘月’‘生’——好像又说了什么，是吧？也许，我就是在今晚这种明亮的夜里出生的。”

忘机看着他孩子气的脸庞笼在月光下，抿嘴笑了笑，说：“‘忘机’就是‘忘却心机’。是我父亲起的名字，因为他不希望我像母亲。”

谢胜喜上眉梢：“这算我们交换了秘密吗？”

忘机轻嗤道：“什么秘密呀！我的名字，识字的人都能看出来。”话虽如此，脸上却再没冰霜了。

忘机回到住处，猛地看见门前坐着一人，分明在等她。她讷讷地唤声“之惠姐”。

说是姐姐，年纪实在太大了，但宫女之间没有辈分，只能以姐妹相称。之惠默不作声地将她拉入房中，沉着脸问：“这么晚，你跑去哪儿了？”

忘机默默地垂下头，不回答。

之惠拿她没办法，苦口婆心道：“忘机，你家的境况你最清楚，怎么能在宫中多事呢？万一有个差池，可是要命的。”

忘机把头垂得更低，神情中原有的一丝放松全都不见了。

她们洗漱睡下。忘机躺在之惠床边的脚榻上，仰面可见皓月当空。她悠悠地说：“之惠姐，我对不起你。我是没入宫中的罪人之女，姐姐好心要我来伺候，现在却像是姐姐伺候我，整日为我提心吊胆。”

之惠笑道：“我伺候人已经习惯了。”

忘机听说过，她曾经位至女史，伺候当时的皇孙，颇为风光。然而，正是因为她与皇孙亲密，受到真宁的排挤，一步步又跌回这里。

后脑被竹簸箕打中的位置还在疼，忘机想，自己是不可能习惯这种日子的。她忍不住问：“我大父究竟有多坏？干了多少坏事？死了不算，连我也要因为他被人恨一辈子吗？”

之惠仔细想了想才不紧不慢地回答：“得不到琚相恩惠的人觉得他是坏人，受过他恩惠的人觉得他很好。这样想来，他也不是十分坏——真正的坏人，连那些得了他好处的人也觉得他坏。”

“那么，我娘呢？”忘机翻个身，背对着之惠。

之惠心中一紧，口气不那么友善：“在我们这里，一定要说你娘是坏人。而你，最好不要再把她当作娘。”

那这一辈子的仇恨是不可能结束了。忘机咬着嘴唇，不再问。

谢胜第二天早早入了书房等天子，一见他来就藏不住笑。歆儿笑道：“明天才是你父亲回来的日子，今天就乐成这样。”

谢胜站起身，呈上一张纸。歆儿不知他葫芦里卖什么药，见纸上写着“琚忘机”三个字，立刻笑逐颜开：“真被你找到了？是哪一处的宫女？”

他欢喜了一刹，猛然想起什么，顿时一身冰凉：“是琚家的人……”

然而这也只是短短片刻，他旋即朗朗笑道：“琚家的人也无妨，今日就把她找来。做什么呢？嗯……就让她负责采花，每天去采时新的花，放在书房里。”

他说得兴起，旁边冷不丁地有人道：“什么琚家的人？！”

歆儿见真宁大长公主进来，顿感扫兴，坐在书案后不作声。真宁夺了他面前的纸，一见那三个字就连连冷笑：“皇恩浩荡，容她苟延残喘，她竟蒙混到天子眼前。真不愧是乌氏的女儿！”

歆儿脸上不动声色，心中大大吃了一惊：“原来小宫女有这来历。”

真宁瞪了谢胜一眼，手里三两下将纸撕碎，正色道：“琚家犯下谋叛大罪就不必说了。素澜怂恿邕王裂国称帝，被夺去素姓，冠以乌氏。她在琚家生的女儿，是大逆至极的祸种。陛下怎么能抬举她？！”

歆儿见她这态度，怫然道：“姑姑一厢情愿夺去人家的素姓，冠以污名。可人家在西北先称皇后又称太后，哪天不是叫‘素澜’？什么皇恩浩荡！姑姑留下这小女孩儿的命，不过是不敢赶尽杀绝，想留一个筹码。咦？如此说来，忘机这小姑娘去了西北，说不定还能弄个长公主来当一当呢！”

“陛下说什么混账话！”真宁大怒，“他们是不忠不孝的乱臣贼子，哪来的‘皇后’‘公主’？！”

说着胸中发闷，眼前黑气腾腾。她吓了一跳，忙将手中奏章掷在案上，颤声道：“陛下也仔细看看，别被臣子问得不知所措。”

“你自己拿金印盖了，不就行了？哦，我想起来了——万一别人在我面前提起来，我什么也不知道，他们又要说你蒙蔽君王、擅权乱政，对不对？”歆儿不齿道，“怎么？姑姑也会怕这个？”

真宁胸口一阵闷痛，眼前黑翳似乎更加浓重。她这情况不是一两天，只是平常转瞬就好，便不肯让人知道。这次，天昏地暗的感觉久久不散，她心中吃惊，伸手扶额，只觉得抬起手臂也十分费力，前额浮起一层细细的汗珠，当下虚虚地怒喝：“早晚要被你气死。”

歆儿笑道：“姑姑有福。”

他说出这话，不仅真宁怔了，四周的人全都骇得噤若寒蝉。歆儿也知失言，讪讪道：“姑姑有的是福气，不会那么容易离开歆儿。”

这话像是辩解，但更像讽刺。真宁怒极无言，恨恨地拂袖而去。

谢胜松了口气，见歆儿面上仍是一团恶气，小心翼翼地缩到角落。这举动当然没躲过歆儿的眼睛，他冷冷地问：“你怕什么呢？”

谢胜想了想，回答说：“不知道该不该说。”

“你什么时候连说话也害怕起来？”歆儿蹙眉咕哝，“我几时因为你们说错话就生气？”

谢胜又认真想了想才说：“臣进宫前，父亲曾经仔细交代说，锋芒太盛遭人妒，言语太直祸事生。”

歆儿微微一笑：“谢将军是个稳重人。他还说了什么？”

“他说，但愿我能抱朴守拙，无灾无难。”谢胜红了脸，谢罪道，“臣的确愚钝多事，这才惹出大长公主今天的一番口舌。”

歆儿大笑道：“阿胜，父辈的话没有错，但不一定适合我们。锋芒太盛的如果是黄蜂，自然惹人讨厌。但如果是宝剑，光华毕露，又有何不对？”

谢胜慌道：“陛下！”

“听着！”歆儿猛地拍案，见谢胜惊栗，又换上笑脸，仿佛戏谑，“我生于王座，注定是威赫天下的宝剑，为何要惧怕那些黄蜂呢？”

谢胜默然一阵儿，讷讷地叹口气：“可是琚忘机不是宝剑……陛下今日让她变成别人眼中的黄蜂了。”

歆儿愣了一刹，心中也有些懊悔，但嘴上不肯让步，冷笑着展开书卷，装作若无其事：“无意中知道她的名字算是缘分。可如果在这个宫廷里，连保护自己也做不到，她的名字就不配再次出现在我眼前。”

他瞥见谢胜神色不定，安慰道：“阿胜，你才多大？想管宫女的事，你能管得过来吗？操心自己吧。谢将军明天回来，你早点换班回去，省得真宁大长公主来寻你晦气。”

谢胜谢过圣恩，心中惦记那个打水漂十分漂亮的小姐姐，待到无事又去太平湖边。可是这一次没有遇到她。谢胜失望地往回走，遇到同是朱衣六侍的素扬与素拂两兄弟。

他们看见谢胜时轻蔑地笑了一声："走远点儿！跟穿着一样衣服的你走在一起，你不觉得心虚，我们还觉得丢人呢。"

谢胜并不生气，转身就走。一个娇柔的声音说："同样是六侍，怎么就丢人了？"

素扬、素拂看见是皇帝的妹妹诚节长公主，急忙行礼。诚节并不搭理，径直走到谢胜旁，才开口说："你们父亲不过是个有爵无权的王侯。你们跟大将军的儿子站在一起，有什么地方丢人，我倒想听一听。"

六侍是宫中傲视群英的少年贵族，许多年长皇族也不敢等闲视之，但他们对皇帝疼爱的唯一的妹妹从来都很恭敬。素扬、素拂不敢不答，可也不知该如何回答——诚节长公主因为自幼受真宁大长公主影响，对身份之说并不介意，若他们此时揭穿谢胜的身份，恐怕又要惹她鄙弃。

诚节见他们想得太久，哼一声道："同是圣上身边的近侍，却自大欺人。今天说不出个子丑寅卯，你们就在这儿站着吧！"

素拂弱弱地说一句："他是侍妾的儿子。"

谢胜脸上立刻变色。

诚节呵地笑一声："原来是为这个。以为只有你们知道这事吗？圣上尚且不嫌弃，几时轮到你们来摆架子？"说罢向谢胜点头道："你跟我来。"

谢胜不看素家兄弟，跟着诚节来到一棵李子树下。诚节指着树杈说："帮我拿下来！"

谢胜仰头一看，脸立刻红了——树枝上竟挂着一只玲珑的绣鞋。诚节笑嘻嘻地提起裙子，一只脚上只有绫袜，早被泥污了。

谢胜什么也没问，努力爬上树，将那只鞋揣在怀里。

诚节又道："帮我摘几个李子。"

谢胜犹豫一下，说："还没熟呢。"

诚节又笑了："只管摘几个！"

谢胜只得从命，跳下树时，脸仍然红着。他说："殿下，下次吩咐别人来做这事吧。鞋是不能把李子打下来的。"

诚节呵呵一笑："我知道鞋子没有那么大力。"一边穿上鞋一边说，"是我从树上摔下来时，不知怎么钩在上面的。"

谢胜大惊："殿下伤到哪里了？"

诚节依然乐呵呵地说："好端端的。"

她揣了那几个青李，又对谢胜笑："谢将军上次答应要送我晖城的木偶。这次他回来，你帮我带进来。"

谢胜老实地答应一声，目送她笑嘻嘻地走远。忽然，脑后被重重一击。他吃疼，伸手一摸，后脑流下血来。素扬与素拂又丢了一块石头，恶狠狠地啐一口，跑远了。

谢胜不过是个小孩子，看见满手鲜血时吓了一跳，立刻有股火气冲上脑门。他俯身拾起一块石头，可是刚站起身就想到，对方是两个比他高大的人，即使追上去，八成也是自取其辱。他愤愤地抛开石头，一时有些不知所措。

手忽地被人拉住，一股香气将他团团包裹。

“快捂着！”忘机把手绢牢牢按在伤口上。她穿着围裙，下角掖在腰带里，裙兜里全是洁白的槐花。

谢胜忍不住说：“真香……”

忘机无心听那些，拉起他的手一路小跑到太医院。裙兜里的槐花一颠一颤，撒落一路。几个医官见到一个青衣小宫女拉着朱衣六侍之一，正惊奇，再细看，那近侍头上流着血，急忙将人接进去包扎。

其中一个医官以为是忘机弄伤谢胜，厉色道：“你好大胆！这下有你好看的。”

“别为难她，不关她的事。”谢胜不知怎么听到了，捂着头上的绷带跑出来喊。忘机惊讶地看着他——这个小鬼生怕别人误会她，又让她遭殃。她心里泛起淡淡温暖，冲他笑笑，欠了欠身就兜起所剩无几的槐花走了。

谢胜又担心她弄没了槐花会受罚，总有些忐忑。

至于有人把青梅汤中的青梅换成生李子，害得诚节长公主那个严厉死板的女教师闹肚子——这是第二天的事了。

作为镇守东防的大将军，谢震回京述职的队伍不算排场。尽管如此，真宁大长公主仍然嫌他把精要的将军带回来一半，斥道：“如今正是春夏相交，东奴水草丰茂，马壮兵强，将军们应当谨慎防守。大将军把他们带回来，是什么意思？”

谢震面不改色，道：“四月一战已令东奴元气大伤，年内必定不敢再犯。此次回京，正是为这些功勋卓越的将军请赏。”

真宁冷笑：“原来是这样！我说嘛，平日从不曾见他们来得这么勤。功劳簿在哪儿？”

谢震忍住心中不快，将功劳簿呈上，说：“此簿请交给陛下过目。”

真宁不客气地抄过来，翻看几页又是一声冷笑：“大将军真会做人情——明明是他们分内的事，到你眼中也算是大功劳！”

下跪的众将心中更气愤，谢震压住怒意道：“臣相信殿下深明大义……”他还没有说完，真宁已转身退回帷内。谢震无可奈何，只得领着属下众将告退。

出了宫闱禁地，一名将军难忍愤慨，脱口道：“大长公主欺人太甚！”

谢震忙伸手拦住，四下看了看才歉然道：“谢某不得大长公主器重，令诸位将军受辱，实在汗颜。”

“大将军说哪里话！”各将军转过来宽慰他，“这真宁乱政也非三五日了，如今越来越不像话，竟连我们这些将领也不放在眼里。这与大将军有什么关系？哼，皇天昭昭，必有果报。”

一名将军又叹："若非那妖女听信谗言，我们家眷怎么会被扣在京城，一年到头见不上一面？"

"京城不比边防，说话须仔细。"谢震叮咛几句，便让他们各自归家去看亲人。他自己也放松缰绳，任由马匹慢慢前行。

这是一匹老马，走着走着，没有回到大将军府，却来到一座废园的后墙外。谢震知道它在寻旧日门庭，忙勒住缰绳眺望——墙那边的老树野藤一片翠绿，因长久无人打理，早已长得全无章法。谢震轻轻夹马，绕到一处便停下不动。

墙头可以看见一株枯树，浑身缠满了常春藤，因此触目之处还是绿油油的，可是细看就会发现枝条全是了无生机的枯褐色。

"死了……"谢震为这株桂树伤感，目不转睛地看了一会儿，怅怅地拍了拍老马的脖子，"走吧！"

谢胜得知父亲回家，赶快到堂下敬献香茶。谢震没接茶碗，而是摸儿子头上的绷带，摸至后脑，谢胜吃疼地蹙了一下眉。谢震撤回手问："谁打的？"

上一次谢胜被素家兄弟欺负，写信时告诉了父亲，反而被父亲训。这一次他不敢讲。谢震也不强问，又道："你今天不是应该在宫里当值？怎么早回来了？是不是闯祸了？"

谢胜连忙摇头，低头难过了半天才说："爹，我以后可不可以不再进宫？"说罢立刻偷眼看父亲的反应——父亲一向不苟言笑，这时候嘴角轻轻上扬，仿佛是在微笑。

"讨厌宫廷吗？"

谢胜想了想，说："我也不知道。有想见的人，总觉得只要他们还在那里，宫廷也就不讨厌。可认真想想，又不想和他们在那里相见。常常在想，如果他们不是他们，我也不是我，就好了……"

"你站起来。"父亲忽然这样说，谢胜站直了，眼睛迎上父亲慈爱的目光。

"已经长这么高了。"父亲把手放在他肩头，温和地说，"没事的，宫廷不会把你击败。你可是那个人的孩子。"

谢胜眼睛一亮，以为终于可以从父亲口中听到母亲的点滴。谁知，父亲看着他的样貌，似乎陷入了遐思，再不说话。谢胜等了又等，只等到他说："你去准备一下，待会儿，我要看看你这半年的武艺、功课进展如何。"

谢胜掩不住心中失望，喏喏地答应一声，去换衣服。

谢震垂下眼睛——手中的茶碗里盛着桂花茶，毕竟是去年的花，一缕香气趁着掀开盖子的瞬间逃得无影无踪。

其实他并不喜欢喝桂花茶，可是没人知道。因为他总是那么专注地看，仿佛曾经跟某朵桂花谈过一场恋爱，要在无数花瓣里重寻她的身影，而又不能用自己的呼吸唐突她。

这天，父亲检验谢胜的功课直到傍晚。用过晚饭，风清气爽。谢胜抱着蛐蛐罐溜到家中的槐树下，一边呼吸正当盛时的香气，一边捉蛐蛐。他循着鸣叫，看到父亲房里的灯光又剔亮了。不消多时，父亲与两三个人从房中出来，向外走去。

风送来微微人语，谢胜听到“启程”二字，心中一酸。父亲总是趁他熟睡后离开。这次他回来，竟只有短短的几个时辰。他偷偷跟上去，想默默送父亲几步，却看到那些人正往一辆马车上搬运几个大箱子。

谢胜大奇，不知这是什么名堂，趁人不备时溜到近前，见箱子并不上锁，一口极大的箱中全是衣服。他合上箱子，发现父亲正严厉地站在他身后。

“爹，你去哪儿？”他吃惊地问。

“回去睡。”

父亲简单的回答并不能让谢胜满意，他说：“不，我跟你一起。”

倔强的口气真熟悉……谢震将儿子拦腰抱起来扛在肩上，大步向孩子的房间走。

“爹！爹！我跟你一起去！”这孩子不嚷着放他下来，却凭直觉坚持己见。谢震把他放在地上，高大的身影挡住了谢胜面前的月光。

谢胜仰着头挪了两步，转到光亮处，让父亲看清他执拗的仰视。

“你知道我要去哪儿？你去做什么？”谢震问。

“我去跟爹在一起。”谢胜这样回答。去哪儿有什么关系？有爹在就不会有危险。

谢震看出他的心思，笑起来。谢胜立即感受到他的温和，也笑起来。

谢震忽然想，在别人眼中，他们父子的笑脸并不相似吧。总听人说，孩子长得一定像他母亲。因为没人知道他母亲什么样，只知道不像父亲。可是有什么关系？他们面对面，笑得真心实意。

“马车会颠簸，不准叫苦。”他说。

好像这辈子还没有出过这么远的远门，谢胜心想。

马车朝着他不熟悉的方向前进，渐渐地，那儿口大箱子不像初放上车时那么安分，他一直惊险地在它们之间寻找平衡。当旅途完成，谢胜迫不及待地跳出马车，置身一片开阔的庭园里。

他从没见过这样的建筑，也没有见识过这样的风和星空。

宫廷宏伟，不及这里肃穆。京中的风能歌善舞，总带着谁家的銮铃、乐声或香气，不及这里狂放天然。京中人力创造的景致非常多，星空常被人遗忘，而这里的星空是唯一的景色。

有人提盏昏灯，穿破黑暗走来。谢震向他抱拳，他也躬身施礼。谢胜好奇地打量，见这人是个宦官，年纪好大，行动仍然利落。宦官见到谢震时很平静，可是看到谢胜，忍不住流露出骇异。

“出什么事了？”他疑惑地转眼望向谢震，声音中有惊惧和担忧。

“不必担心，一切都好。”谢震宽慰说，“这孩子一定要随我来，拦不住他。”

宦官这才松口气，祥和地说：“他长大了。”

谢震轻声问：“她呢？”

“在配殿等着。”宦官说罢，静静为他们引路。

谢震不说话，谢胜被他们庄重的样子唬得更不敢出声。一直走到一扇昏暗的木门前，宦官停下脚步，谢震对儿子说：“把绷带拆下来。”

谢胜愣了愣，见父亲神色坚决，有点不情愿地拆了头上绷带。伤口差一点才愈合，这时似乎又弄破了，但他不敢说。谢震又道：“里面是一位娘娘，你知道该怎么拜见吧？”

谢胜点点头，见父亲轻轻推开门，一幅幽深典雅的画卷在他们眼前展开——

寂静的宫殿中，依稀可以看见高大的屋椽轮廓，描金花朵隐隐泛起一点异彩，梁上悬着宫灯，却只有坐榻两旁的烛台上有火光跳跃。这暗淡的宫殿没有让人生出一丝恐惧和压抑，因为西面一扇通顶的窗子全开，泻下一地似雪似银的月光。

那道月光里，凭窗站着一个女人。谢胜一见她，心中啊的一声，想起自己的名字——“月”“生”……这女人才像是从月光里生出来的，面容与衣着素洁无瑕。

他的父亲不知是不是被皎洁月色感染，单膝落地，跪在她面前。谢胜急忙一起跪下。那位娘娘坐定了，谢胜忍不住再抬眼去看——银色的月光在她背后，金色的烛光在她面前，真是黑暗中辉煌的存在。

她为谢震赐座，声音像清流一样令人振奋。

“你带他来，是出什么事了？”她慢慢地问，缥缈的口气好像在告诉听众，世上再没有能动她心魄的事。

“没事，胜儿执意要跟着我。”谢震说，“今年秋冬所需的东西，我交给白公公了。不知道娘娘还有什么特别吩咐。”

素盈摇摇头，向谢胜招手：“你来！走近一点。”

谢胜看看父亲，得他首肯后，彬彬有礼地跪到离素盈几步远的地方。素盈又招手说：“来，到我身边。”谢胜吃了一惊，偷偷回头看父亲，见他仍然颔首鼓励，这才大胆地跪在素盈脚边。

素盈摸了摸他的脸颊，柔声问：“你有十岁了吧？”

她抽回手时，惊见指上染了血迹，立刻发现谢胜后脑有道新伤，拉下脸道：“这是怎么回事？”

谢震满怀歉意，道：“正是不想让娘娘看见，才叮嘱他取下绷带……好像是昨日与同伴玩耍时弄伤了。”

“是阿寿干的？”

“应该不是。”谢震笑道，“问过他，就是不说。这孩子一旦打定主意，就很藏得住话，像他母亲。”

“挨打的时候像他母亲，可不妙。”素盈抽出一条长绢，为谢胜包住伤口，“有一点点像他父亲才好。”

谢胜见她言语亲切，心中也不大畏惧了，眼睛滴溜溜一转，轻声问：“我父亲会怎么做？”一边说一边偷眼看谢震。

素盈抿嘴一笑：“哎，他啊，会不动声色地让小看他的人输得很惨呢。”

谢胜听罢，微微吃惊地看了看父亲，看到他露出一丝苦笑。

素盈让谢胜坐在她身旁，问谢震：“将军近来还好吗？这次回京述职，可还顺利？”

谢震的神色不大痛快，他说：“这几年真宁做了几件大事，有点洋洋自得。”

“荣安呢？”

“荣安是外家妇，不便插手，况且真宁也不信任她。但她另有打算——她有个女儿，眼看长成了。”

素盈微微冷笑：“打算送入宫？她还不如真宁这个小姑娘有见识。”

“再过一百年，也仍是这么几招。”谢震不屑，忽然见儿子目光炯炯，忙道，“娘娘，这些话还是别当着孩子的面讲。”

素盈却说：“懂事的孩子，自然不会乱讲。如果不懂事，也不会把这些话当真——我们十来岁时说过的话，如今还有多少放在心上呢？”

谢震顿了顿，回答说：“历历在目。”

素盈怔了一瞬，婉转笑道：“将军是懂事的人。”

谢震微微笑了一下，想起别的，又蹙眉道：“我担心的是阿寿。他性格爽朗不羁，恐怕会越来越不合当权者的心意。他年纪还小，怕是有危险。”

素盈摇头说：“不会。她不会伤害阿寿，她没有能替代阿寿的傀儡。”

谢震盯了素盈片刻，仿佛下定决心似的，问：“如果宫中需要一个新的当权者，此人必须地位崇高，不逊于真宁大长公主，性格温雅大度，又与真宁迥然不同，出身世家，能令那些受真宁排抑的贵族服膺……”

“嘘——”素盈竖起手指，用心聆听。安静的配殿中，谢震也听到了蛐蛐的鸣叫。

谢胜难为情地从怀里掏出竹罐，立刻受到父亲的训斥：“成何体统！”

他委屈地想：“我怎么会知道要来拜见一位娘娘呢？”

他偷偷去看那位娘娘的反应，却见她含笑问：“给我看看好吗？”

谢胜顿时放松了心情，欢喜地把小罐放在她面前。

“你知道为什么困在笼里的蛐蛐会斗吗？”她似在问谢胜，但不等他的回答就说，“困在这么狭小的地方，以为杀死对方就能成为这方天地的主宰。为了争夺这个钵，它们忘了世界是多么广大。”

她抬起眼睛，清澄的目光直视着谢震：“如果我们是蛐蛐，该怎么办呢？跳出这个钵，在每个夜里安心歌唱，不是很好吗？”

谢胜察觉父亲陷入了异样的沉默，明白这时一定要机灵应对，于是天真地反问："蛐蛐怎么可能跳出钵呢？除非遇到一个宅心仁厚的主人放生，不然，直到它忘了外面还有一个世界，也无法出来呀。"

素盈怔怔听着，半晌才说："那么，你能不能为我把这只蛐蛐放到庭院里？让我可以经常听到它的鸣叫。"

谢胜点点头，笼起蛐蛐罐告退，跨出门时忽然听到她一连串压抑不住的咳嗽。空旷的殿中立刻回响起她痛苦的喘气声。谢胜吓了一跳，回头看，父亲竟然走到她身边，一手扶住她的肩膀，另一只手轻轻拍她的背。

"再这样下去，你会变成什么样呢？"谢震凝着眉，轻抚素盈的后背。

谢胜看得惊呆了。那宦官点了点他的肩膀，他才仓促地合上门，惊疑不定地走到庭院中央，把蛐蛐放走。见宦官坐在廊下，谢胜过去坐到他旁边，一本正经地问："请教公公如何称呼？"

"小人姓白。"

"那位娘娘尊讳如何？请白公公告知，让下官日后避讳。"谢胜老成地说出这套话。

白公公笑眯眯地看着他，回答说："娘娘讳'盈'，'持而盈之，不如其已'之'盈'。"

"'大盈若冲，其用不穷'之'盈'。"谢胜静静看着满天星光，又问，"有件事请白公公赐教。为什么我在宫里从没听说过这位娘娘？她……是个什么样的人，为什么住在这里呢？"

白公公陷入沉思，像是难以总结。过了不知多久，他才说："她是一个……本来可以成为一段传奇的人。"这回答似是而非，谢胜没有明白，还想再问。

"嘘——"白公公低声说，"听。"

蛐蛐开始唱歌了。

歆儿拿起一张纸看了看，又拿起另一张，蹙眉说："阿胜，你这字都写错了。"边说边把纸扔到谢胜面前，"'天地不能两盈'——这个'盈'字，'又'都写成了'乂'。"

谢胜脸红了。父亲叮嘱过不要在任何人面前提起那位娘娘。他知道不应该分辩，悄悄团起那几张纸扔到瓷桶里，一抬头看见真宁大长公主站在门口，恶狠狠地盯着他。她弯腰拣出一团纸，展开看了一眼，冷厉的目光立刻转到谢胜脸上。

"你父亲跟你说什么了？"

"家父没说什么。"谢胜坦然回答。这话一点不假，告诉他避讳的是白公公。真宁显然不信，一言不发地俯视这孩子，想用沉默让他胆怯。

歆儿把他们的一举一动看在眼中，笑着问："姑姑不是怕被我气死吗？怎么偏偏喜欢来我这里生气呢？"

真宁想到还有正经事，冷哼一声放过谢胜，道："夏狩已经筹备得差不多了，请陛下定一个出行的日子。从员名单，也要尽早弄妥。”

一听到夏狩，歆儿登时双眼放光。真宁一走，他就在纸上写来写去，不一会儿完成了一张名单，递给谢胜看。

谢胜一眼看到自己的名字，连忙跪谢圣恩。他再往下又看见父亲的名字，奇怪地问：“陛下要家父随行？”

“打猎，人多才热闹。令尊劳苦功高，又是难得回京一趟。你们父子俩一起去纵情消遣一次，也算我的心意。”歆儿眯着眼睛说，“你今天回家告诉他，早点准备。”

谢胜微笑着没有回答。

歆儿悒悒道：“你是不是以为，我想带去的人不一定能去成？”

他斜着眼睛，看见谢胜脸色难堪，笑道：“放心吧，这次一定会合我心意。”

御赐雕弓让谢胜兴奋不已。他擦了好几遍，又一次问父亲：“爹，你参加过狩猎吧？是不是很激动人心？”

谢震第一次回答这个问题时说：“的确令人难忘。”

第二次时说：“常有意外收获。”

这一次，谢震看着儿子说：“狩猎是很危险的活动。”

谢胜眨了眨眼睛，回道：“爹放心吧，我不会贪功逞强的。”

谢震慢慢地点头：“打猎的诀窍只有一个——眼里不能只有猎物，也要往身后看看有没有追逐着你的猎人。”

谢胜张了张嘴，有些扫兴地说：“爹，我只是一个小孩子。”

谢震愣了，旋即微笑着拍拍他的肩膀，说：“是。打猎的经验和乐趣，应该由你告诉我才对。”

谢胜听了这话咧嘴笑道：“我不会让爹失望。定会是一次很好的狩猎，爹觉得呢？”

“我？”谢震意味深长地说，“我也很期待。”

真宁试着挽弓，可是一拉之下没有成功，于是无趣地把弓抛到一边。李怀英在一旁看着，笑道：“殿下从来不是一个擅长动武的人。”

真宁撇嘴：“太平盛世，弓悬壁，剑入匣，我也懈怠少许而已。”

“殿下既然一箭不发，为什么还要去凑热闹呢？”李怀英像是心中有事，劝道，“猎场上是怎样的刀光剑影，殿下应该知道。”

真宁见他说得关切，不禁缓缓微笑：“大人不必担心，我自有万全准备。”

李怀英戏谑道：“当真万全？”

真宁面上腾起一层薄怒，将银弓摔在地上说：“大人如不放心，就请代我仔仔细细地重新安排。”

李怀英见她想偏了，连忙说：“下官绝没有这意思。殿下万金之躯，万一因托大而有闪失，岂不令人唏嘘？”

真宁觉得李怀英讥她，冷笑道：“我本来就是个托大的人。谁有心来寻我的闪失，不妨来试试看！”

李怀英深知她这几年的脾气变化很大，当下再不惹她，提起此时的野外美景来分她的神。过了一会儿，真宁自知理屈，叹道：“人常说，君子能忍当面之讥。大人容忍我这么多年，是个真君子。我这一辈子是不如你了。”

李怀英诧异道：“殿下可谓女中奇人。这些年来，天下感受到的震撼，无一不是来自殿下惊人的勇气和意志，当世谁敢小觑？”他笑着望向真宁，“昔日有殿下定夺大计，这才能保住皇统不乱。圣上如今正是孩童调皮的时候，过几年会明白的。”

他说得诚恳，真宁也知道此言不虚，露出自信的笑容：“那我就再撑几年吧！”

夏狩的日子定在六月第一天。谢胜眼看着连日瓢泼大雨，以为这次一定去不成了，不想临行前，天公作美大放光明。碧蓝的天空上随意散着几缕浮云，蓝色清澈，白色无瑕，令人精神为之一振。

尽管营地有些泥泞，歆儿却兴致不减，休息一天就催促众人快快行动。真宁耐着性子向他解说：“这猎场广大，西边接着腾霞草原，向南是载月湖，北面的崇山是先帝最爱之处，东方密林里有数不清的禽鸟。”

歆儿充满豪气地挥鞭一指：“我去树林里打鸟儿，抓到活的还可以带回宫中解闷。”

真宁轻蔑地扫他一眼，说：“陛下请便。妾要试试运气，看能不能遇上鹿和狼。”

歆儿向谢胜招招手：“走，咱们去找叫声好听的鸟。”

谢胜本想跟着父亲去追捕更有挑战的猎物，遵从歆儿吩咐的一刹那还有些失望，可是不知怎的，他想起那位在空荡荡的配殿里听蛐蛐鸣叫的娘娘。如果能送给她一只善鸣的鸟，不是比蛐蛐更好吗？

“你，紧跟着我。”歆儿在谢胜耳边悄悄地说，“跟紧点儿。”

见他如此器重，谢胜高兴地用力点点头。

两个少年笃信好鸟在深林，带着随从向林密草长的地方行进。不知走了多远，谢胜听见一串婉转清脆的呖呖声，满心欢喜地摸出一支箭，四下寻找。可那美妙的声音并不停驻，一路向更加幽深的丛林飘去。谢胜握着弓箭仰头观望，双腿控马慢慢前行。但鸣声久久沉寂，猛地一阵扑翼声后，半只鸟影也不见了。

谢胜失望地垂下手臂，向身后一看，不禁大吃一惊。随从们不知去了哪里，跟在他身边的竟只有皇帝一人。他慌忙在马上欠身道：“臣惶恐不胜……”

歆儿做了个手势，示意他安静听——一阵又一阵鸣叫和振翅声打乱了树林里的宁静，像是每个巢中的鸟儿同时受到了惊吓。

“发生何事？”谢胜陡然一惊，本能地把弓箭搭好，“陛下请到臣身后——也许是大家伙。”

“比大家伙更可怕。”歆儿仿佛已经知道什么，屏息说，“你再听。”

群鸟的喧闹之后林中有片刻寂静，但是谢胜立刻又听到了嘈杂的蹄声和马嘶。

“下来！”歆儿说，“别让其他人看见你。”

谢胜赶紧按他的吩咐，藏在马后。交错的树木和藤萝善意地将两个孩子的身影掩藏。透过树叶，他们看见一匹失惊的马驮着一抹红影，磕磕绊绊地在树木之间冲撞，显然已迷失了方向。

谢胜惊骇地发现那狼狈不堪的人竟是平日高不可攀的真宁大长公主，他刚想出声喊她，嘴巴就被歆儿捂住。

嗖嗖几声，数支利箭追逐着真宁的背影，却错失目标，钉在树上。那些箭入木极深，每一支都带着必杀的意愿。这样一来，不需要歆儿强行捂嘴，谢胜也发不出任何声音了。

真宁的坐骑悲嘶一声摔倒在地，她红色的身姿被抛入草丛。谢胜看不到她，却看到几个侍卫装束的男子奔过去，挥刀向草中砍去。谢胜看到草尖上露出一柄短刀铮铮地挡了几下，撞击出几点微弱的火花之后终于不支。那些侍卫围成一圈，一齐将佩刀向下刺……

谢胜的眼睛在这个时候被歆儿的手挡住。

“别看。”歆儿漠然而平静地说，“没什么好看的。”

“陛下也别看。”谢胜心惊肉跳地伸手去遮歆儿的眼，却被他冷冷推开。

“我早说过，真被我气死，反而是她的福气。”歆儿出神地凝视着凶杀现场，说，“天下地位最高的女人临死时，不过是这么狼狈可悲的景象。”

“她真的死了？”谢胜恍如置身梦里，呓语似的问，“一声不响地死了吗？”

没有撕心裂肺的惨叫，也没有对凶手的恶毒诅咒——那个狂傲的、睚眦必报的真宁大长公主，竟会这样窝囊地死去？他不能相信，总觉得这应该只是一幕大戏。真宁公主投入地演完了她的那一份，就会从草地上一跃而起，掌掴那些扮演侍卫的人，凶狠地训斥他们演得太逼真……

“她不过是个人。”歆儿见那些衣衫染血的侍卫飞快撤退，“现在，去看看你父亲那里怎么样了。”

“我父亲？”谢胜更加摸不着头脑。

“难道你不认识？”歆儿一边在谢胜的帮助下跨马，一边说，“其中有两个人，是和你父亲一起回京的睿将军和素将军。”

谢胜没有想到这样的凶杀会牵连到父亲，急忙向歆儿道：“陛下，家父绝对不会做出这样大逆不道的事。”

歆儿看着他笑了笑，没有再说什么。

谢胜又回头看了一眼——那群刺杀大长公主的人里，有一个人来迟了，此时没有离去。他吓了一跳，向歆儿的马臀上打一鞭：“陛下快走！”他自己也飞快爬上马背。坐得高，他终于看清，那是李怀英李大人。

李怀英并没有看见他们。

她倒在地上。一开始，他远远看见，以为她会站起来。但她没有。众人都骑马而去，他终于扑过去，扶起她。

她的喉咙似涌动千言万语，但一张嘴涌出的全是血。所有的心里话，都淹没在血里，流到他双手上。

“阿湍……”他怕得声音发颤，但此时此刻，却有胆量叫她的名字。

她瞪着眼睛，冲他笑。

“阿湍。”他一再呼唤，而她只是瞪着他笑。过了很久，他仍然没有意识到那是遗容。

谢胜飞快地回到营地到处寻找父亲时，也有人正在找他。谢胜刚刚冲出父亲那顶空无一人的帐篷，就被人拉住了。

“大人还认得下官吗？”那人急匆匆地问。

谢胜点点头：“你是大将军的副将，对吧？”

那人几乎是半拖着谢胜，一边向前走一边说：“下官姓素，出身南安素氏。请大人立刻随下官走一趟——事关大将军安危，十万火急。”

“我父亲怎么了？”谢胜停下脚步，抓住素将军的手腕大声喝问。

素将军拉不动他，慌道：“大将军现下安然无恙，但如果大人不出面，他前途堪忧。”

谢胜又问：“你要我去哪里？”

素将军回答说：“快马约莫一个时辰就可以到。只有大人见到那位，大将军才能高枕无忧。”

谢胜更加不解，感觉今天似乎有很多事情跟打猎一点关系也没有，让他毫无准备。

“那位？谁？”

“时间紧迫，大人请上马，边走边说。”

谢胜想向随从交代几句，素将军连连摆手道：“此事暂不可外泄。下官绝无伤害大人之心，请大人不必多虑。”

谢胜听了这话，有些不情愿，不住回头四顾：“我父亲在哪儿？他为什么不亲自跟我说这些？”

素将军用异样的口吻说：“大将军，正在打猎。”他几乎不由分说地把谢胜推上了马。

那是一匹高大的骏马，谢胜没有想到一匹马可以跑得这么快。他从没有骑过这样的骏马，加上迎面的风迫住呼吸，一路上无比艰辛。素将军虽然答应为他解惑，可是只紧张地赶路，根本就是一言不发。

当他终于说出“能看见了”这四个字的时候，谢胜咦一声，觉得这里很眼熟。建筑不能算簇新，但能看得出有常常修葺的痕迹。长练似的白云在上空荡漾，将天分割得仿佛一扇囚窗。这里的宁静总让人觉得太过肃穆，不似宫中那般藏着生机。

谢胜已经想起自己几时来过。

“我们来找谁？”他跳下马时问。

素将军低声说：“失礼！”他拉起谢胜的手，大步流星地沿着主道走。这一次谢胜见到了守卫在这座宫城外的卫兵，他们紧张地立在山门下，眼睁睁看着谢胜与素将军步入。

三殿中央，白公公正打扫庭院，看见风尘仆仆的两位稀客，不由得呆了呆，立刻拦在他们面前呵斥道：“大胆！难道你们不知擅入此地是触犯刑律吗？竟然还带着弓箭刀具！”

谢胜吓了一跳，桩子似的立在原地。他怎么也没想到上次来去自如的地方，竟是一个禁地。

素将军毫不犹豫地跪倒，几乎是大喊：“下官求见太皇太妃！”一声霹雳似的大吼，让谢胜与白公公都惊呆了。仿佛是嫌自己的喉咙不够震撼，他又大喊了一遍。

白公公出了一身冷汗，也提高嗓门叫起来：“你在胡说什么！”

殿门被一只优雅的手打开，谢胜看见那位娘娘身穿暗青色的常服出现在朱门前。日光下的她看起来和那天夜晚有些不同，娇小苍白的脸庞和纤细的身材看起来更加弱不禁风。可是她态度沉着，与那天晚上一模一样——看来这世上当真再没有让她动心的事了。

她没有多看谢胜，打量着素将军，悠然道：“你是什么人，竟敢跑到这里大放厥词？妾已经因为兄长的叛国，被废为庶人了啊。”

素将军膝行几步，匍匐在地：“娘娘，真宁已死，臣恭迎娘娘回宫主持大局。”

素盈静静伫立着没有动，神色并未因真宁的死讯而有变化。

“我不知你说的太皇太妃在哪里。”她说完，转身欲回。

“娘娘！”素将军急忙出声阻拦，“谢大将军的性命就在娘娘一念之间！”

见素盈的背影僵住不动，素将军又朗朗地说：“娘娘入主宫廷，大将军便是扫除真宁奸党的功臣。如果娘娘袖手旁观，令实惠落入外人之手，大将军反而会被当作刺杀大长公主的罪人——这是什么样的罪行，娘娘心中有数。娘娘要眼看这样幼小的孩子变得无依无靠，落到可悲的境地？”

他说着抓住了身旁的谢胜，急切地说：“大人，快为您的父亲央求这位娘娘回宫吧！”

素盈背对着他们，抓门的手用了用力。

“既然知道如此……”她的声音十分不满，“做出这种举动之前，他父亲为什么不想想这些呢？他能想到的，就是去杀了真宁，让我来善后吗？”

素将军听她说得决绝，咬咬牙，当地抽出腰刀拄在地上，道：“娘娘是大将军念念不忘之人，没有想到竟会这般绝情。既然在下难逃一死，便是背负犯上罪名，也要得罪娘娘了！”说罢提刀扑向素盈。

谢胜见他要动真格的，不知自己腿脚怎么会突然麻利，眨眼就伸开双臂挡在素盈面前。不过显然是多此一举，白公公比他更快地举起手中长帚，用柄在素将军腕上一击。这一下又狠又准，素将军手一软，那刀就跌落在地。

“你——”素盈将手放在谢胜肩头，想要感谢他，又想称赞他，但最后摇头说，“他只是想强行挟持我回京，不会伤害我。”

“可是你怎么会知道呢？”谢胜这时才后怕，小小的身子颤抖起来。

“杀死我，不仅让他们失去了幻想中的太皇太妃，还会让他们犯上作乱的罪名更加确凿。”素盈安闲地说，“他被你父亲委以重任，不会是个糊涂人。”

“娘娘会回去吗？”谢胜睁大眼睛仰望这女人，他已经不知该说她神奇，还是该说她麻木。

“我不相信家父会参与这种罪孽。圣上那么聪明，一定会查明真相，他不会为难家父。即使娘娘不按照素将军所说的去做，家父也会平安无事。”他诚挚地说，“如果娘娘回去，就听不到这里的蛐蛐叫了。”

素盈忽然感到一阵心酸，慢慢蹲下身，平视他的眼睛说：“可是从今天开始，我已经不能留在这里，必须要回去了。”

谢胜又不明白：“为什么？娘娘明明不愿意。”

素盈摸了摸他的头，见他后脑的伤痕已经愈合得差不多，脸上有了一丝欣慰的笑容：“慢慢地，你就明白了。”

她站起身，对抱臂而跪的素将军说：“让你的同伴来迎驾吧。”

素将军大喜道：“娘娘英明。”说罢从背后取下劲弓，向天射出三支鬼箭。

一声尖过一声的锐啸之后，原本静谧的天地间扬起隐微的雷动。很快，一队堂皇利落的车马长驱直入，仿佛从地下钻出来似的，但又像畏惧什么似的，停在宏丽的山门下不再前进。谢胜看得呆了。

素盈闭上眼睛念声“罪过”，对素将军说：“为迎接妾，动用此等仪仗踏足禁地，大失人臣之礼。妾须向先帝请罪，方可离去。”

谢胜今天的惊诧在这时达到顶峰——当素将军说出“太皇太妃”时，他猜到了这位娘娘的身份，但他想不到这里还有一位“先帝”。

素盈发现他脸色大变，问：“怎么？大人并不知道这是什么地方吗？”

谢胜半个字也说不出，只能一个劲摇头。素盈有些黯然，说：“此处乃是昭圣皇帝的陵寝，妾乃昭圣皇帝惠妃素氏。”

谢胜恍然大悟——怪不得两次见她，她都是安身在配殿当中。原来那紧闭的正殿是为一个不容打扰的灵魂准备的待客之所。谢胜毕恭毕敬地向先皇享殿拜倒，目送她慢慢向那里走去。

忽然，她回头向他招手，说："你来！"

谢胜的心嗵嗵跳起来，颤声道："臣不敢……"

除了侍奉先灵的人，只有皇家男子得到允许时才能步入的先帝陵寝正殿，他怎么敢跟上去呢？单是说说这念头，已是不敬。可是素盈坚定地微笑着说："来吧！"他唯有惴惴地跟在她身后，和她一起跪在正殿外，郑重地叩头。

素盈久久地跪地不起，大约是心中在默默讲述什么。素将军等得急了，催促道："请娘娘动身吧。"

谢胜觉得他对先帝太过不敬，脸上表示了出来。素盈回头看见他的表情，笑道："这里大概只有你我眼中还有先帝。"她拉着谢胜的手向外走，这份荣宠令小孩子不知所措，却没有让其他人惊讶。

他们从这幅画面中看到一个很好的暗示：素盈将会十分宠信和依赖迎她回宫的谢家父子，他们跟随的大将军即将带他们进入又一个胜利。

先帝的惠妃素氏还归宫廷的那一天，歆儿只远远看了一眼，就藏到一个无人能找到他的地方独自玩。她没有要他去跟前行礼，也没有大张旗鼓地派人寻找，仿佛她是来这里过她自己的日子，见不见这里的主人没有关系。

歆儿一直躲到晚膳时分，终于感到无趣，怏怏地回到寝宫。

这天在宫里当值的近侍是白宽，歆儿敏锐地发现他比往常更加窝囊，蔫蔫的，似乎受了多大的委屈。歆儿最讨厌看见他这副样子，作色道："你摆出一张臭脸做什么？"

吓得白宽跪倒在地。

"臣不敢，臣有罪。"他说着几乎哭出来，"陛下息怒。荣安大长公主今日闯来觐见陛下，遍寻不着，拿臣出气。陛下看，臣这满头的包还没有消去呢。"

歆儿心中大为光火，暗怒荣安不识好歹。真宁尚且死在乱刀之下，她当真以为凭借"大长公主"四个字，就可以横行天下？

对着白宽这样絮烦的家伙，歆儿也不想细说什么，托腮坐在床上，紧蹙着眉头说："你回去告诉你婶婶，朕不想见她。"

白宽又泣道："荣安大长公主一定不信，又要说有人居心不良，在陛下面前进了谗言，免不了还是要赏臣一顿好打……"他本想借此央求歆儿召见荣安，可这些话正是歆儿不喜欢听的。

歆儿当下怒道："她打死你，是你家的事！别在朕面前翻来覆去地说！"

白宽受了责备，掩着脸呜呜地退到外面，歆儿犹在他身后骂："你婶婶怎么硬是把你这么没用的人塞到宫里来？也不嫌丢了白家的脸！"

白宽受屈含泪奔出宫，直直撞在一个人身上，被她扶住。他抬头一看是惠妃娘娘，慌得抹去眼泪要跪。素盈将他搀住，问身边的白信则："这是你侄子？"

信则恭谨地回答："年深日久，小人不认得了。"

白宽也不曾听过这位大伯父的事迹，张口结舌，傻傻地看着他。

素盈俯视跪在周围的尚宫等人，冷冷道："里面那孩子，是从野地里拾回来的吗？"

众人齐齐谢罪，又道："真宁大长公主只是名义上辅君，其实唯恐外朝非议，一直对圣上十分纵容，从不严加督导，我等也不敢违逆。"

素盈冷笑道："如此说来，下跪诸位均为媚臣，留着有何用？"众人未料她回宫当日就有动作，惊得失神之际，有一队衣着簇新的新尚宫走上前——竟连替补人选也已任命。她们只得神色惨淡地摘下腰间金牌、玉牌，掩面退下。

歆儿听见外面动静，提着佩刀来到门前，正瞧见新尚宫各归其位。他大惊道："你们是谁？怎敢在此妄为？"

门前的女人一转身，挡住了他眼前的灯火月光。歆儿握紧刀柄，向后退了一步。她不失时机地向前迈一步，在他面前慢慢蹲下。

歆儿原本害怕她刚才那一刻突如其来的威严，此时却发现眼前这张面孔很和善。就是这个女人！被那些妄想操纵他的人搬到他的宫廷里，企图降伏他的人。他紧抿着嘴，与她对视。

若是皇后还可另当别论，但她不过是祖父的妃嫔。她能怎么样？不过是皇帝许多个女人中的一个罢了！歆儿这样想着，执意不向她低头，一定要让她知道谁才是宫廷今日的主人。他紧盯着素盈的嘴唇——那柔润的红色十分悦目。他想，如果她说出恰当的话，他也可以扮演一个尊敬长辈的孩子。

似乎过了很久很久，她的嘴唇在他专注的目光中轻轻动了动，歆儿听到她软软的声音："阿寿！"

歆儿顿如雷霆击顶——记忆中从来没有人唤过，连他自己几乎也要忘了这个小名。

"阿寿……"她又唤了一声，口气如春风迟来，令人倍感温暖欣喜。

歆儿神使鬼差地回应："娘娘！"一应一答像是故人重逢，让他自己也倍感诧异。

她微笑着嗯了一声，没有与他啰唆那套皇家惯用的寒暄，也没有摆出强势的姿态，宣布从今往后的规矩。她手腕一翻，掌心托出一枚系着金丝绳的核桃。歆儿定睛一看，原来是一枚雕成核桃的琥珀。

"拿着，这是你父亲的。"她说，"他会想看看你长成了什么样的人。"

歆儿珍而重之将琥珀握在手里，问："娘娘，从哪儿来的？"

他问这核桃的来历，她不知是没有听清，还是刻意回避，报上的是自己的起点："泰陵。"

"那是哪里？比猎场还远吗？"猎场就是歆儿迄今为止去过的最远的地方。

"比那里远。"她安闲地把琥珀上的丝绳绕在他手腕上，说，"明天，陛下将出现在群臣面前。带着它，让你的父亲为你骄傲。"

歆儿认真地点了点头，觉得这件事情真是奇妙——她来自他从未到过的遥远的地方，却像一个他最熟悉的人……

“明天我要做什么呢？”他好奇地问。

她笑得高深莫测：“这应该交给你的臣子们猜测。不妨试着给他们一个惊喜吧。”

“喜”倒是未必，“惊”一定是免不了的。真宁曾经说过，当他足够懂事，就让他登临玉座，令天下惊服。可是在真宁看来，那一天永远不会到来吧？歆儿满怀期待地沉入梦乡，梦里也在想象他出场时的画面。

但当真进入神往已久的朝堂，他却忍不住失望——下面的人似乎根本没有发现这里多了一个皇帝。他们时而自说自话，时而相互辩论，根本不来问他的想法。歆儿紧紧攥着拳头，几乎把那颗琥珀核桃捏碎。

三位宰相还在为惠妃的尊号争吵。睿相说：“娘娘曾封仁恭皇后，如今上为太皇太后，有何不妥？”

冯相反驳说：“睿大人怎么说出这样的话？‘后’与‘帝’相配，或因夫君为帝而称皇后，或因儿子为帝而称太后。惠妃的尊号早在慈明年间由先帝褫夺。今日再加尊号，有违先帝当日心意，实属不敬！”

刘相听到这里，也站出来说：“姑且不论惠妃往日种种。且说素氏妃嫔得享尊号，因其祖先与帝室同源，其父兄对国家有功，因此素氏妃嫔拥有稀世罕见的厚待。惠妃兄长为叛国之将，妹妹为叛国伪后，怎能享此殊荣？”

他们争得横眉冷眼，歆儿大致弄清了那位娘娘一团糟的过去。

睿相自知惠妃这太皇太后的头衔底气不足，心里瞄的不过是太皇太妃，喊得高一点儿，就算对另外两位宰相妥协几步，也不吃亏。

“家人变节与惠妃何干？陛下，惠妃仁慈大度，世所共知，昔日又有保育圣上之功，今日既已还朝，当无愧太皇太妃之号。”

金銮殿上一片寂静。

三宰面面相觑，抬眼向上一瞄，小皇帝早不知去向。三宰叹了口气，在内心深处偷偷达成一致——这是个不成器的阿斗而已。

睿相咳了一声：“既然圣上已经退殿，我等不妨退入政事堂，再议其他。”

他们带领一班大臣进入政事堂后，刘相心中已有计较，有心向睿相卖个人情，提议道：“谢大将军拨乱有功，应该如何封赏，还需仔细议一议。”

冯相不屑道：“这有什么为难之处需要集议？”

睿相呵呵一笑：“的确。皇朝不幸，开国以来变乱不少。拨乱功臣应当受到什么样的封赏，也不是无例可循。”

冯相吃了一惊：“什么？”

连刘相也略感意外：“睿大人，需要那样吗？”

睿相笑道："谢大将军是这回首屈一指的功臣。难道遵照先例封赏也不对了？"他咳了一声，"老夫出门忘了查皇历，也不知今天是诸事不顺，还是有口舌之争。真是令人不快！"

他是三宰当中唯一的皇族，一开口就有附和之声。刘相、冯相只得忍让一步。

"大人的意思倒也不错，只是不知圣上如何想。"他们说着拟好了文书，想起这文书还不知几时能得到皇帝的御批，又一起叹息着摇了摇头。

歆儿将那与他无关的金銮殿抛在脑后，带着素扬与素拂在太平湖边乘凉。一阵飒飒凉风起，湖面上荡起水波涟涟。素家兄弟虽然跋扈，对歆儿倒是十足忠心，风大时挡风，日晒时遮阳，一举一动都静静的，不敢打扰歆儿出神。

歆儿望着湖心发呆——真宁死了，三个宰相谁也不敢独自控制小皇帝，以免自己落得琚含玄和真宁那样的下场，但又不甘心放开这大好时机。其中之一想抬出惠妃管住皇帝，另外两个当然不答应。迎惠妃回宫是睿相的如意算盘，这实在明显不过。可是他能压制其他两位宰相的意思吗?

一块石子拍打出啪啪声，潇洒地飞过水面，惊扰了歆儿的思绪。素拂正要去找这倒霉的家伙，又一块石子同样利落地在水面上跳了几跳，隐入湖心。

歆儿一时童心大发，也拾起脚边一块扁平的鹅卵石，挥手抛出去，恰好击中又一块横过水面的石子。两块石子的轨迹都偏了，扑通沉入湖中。

歆儿跳起来，带着素家兄弟去见识那个打水漂的人，走了没几步，就见忘机沿着湖边小径向这边寻来。她看到他的时候愣了一下，大约还没有看清他的脸，就朝着黄色的龙袍拜倒。

这一次她没有逃走。

歆儿有心过去，忽然想起今日朝堂之上刘相攻讦惠妃——昔日的皇后尚且因家人受此诋毁，何况是忘机这样的女孩子呢?

他挑了另一条路。

这一次他也没有缠上她。

几年之后的一天，他们又童心大发，一起到太平湖边打水漂。忘机体虚手软，丢了几次都没丢出去，悲哀地叹道："如果那天，我没有抬头看你，你没有回头望我，就好了。那两块石子若是没有撞在一起，都有自己漂亮的轨迹。"

"可是，那惊破湖面的一声撞击，那偏离轨迹的意外终点，其他石子就算化为沙砾也难以经历，难道不值得吗？"歆儿开朗地笑着说。

谢震深深看了素盈一眼，才垂下头，又抬头看了一下。这些年，他几乎忘了她梳这样的发髻、描这样的眉、染这样的唇，是什么样子。他也几乎忘了她这样不理不睬，是什么感觉。

“请娘娘责罚，臣绝无怨言。”

素盈没有正眼看他，淡淡地说：“大将军应该知道，回到这个地方，我就不再是能够随随便便骂你罚你的女人。我不能坏了宫里的规矩。”

她说完又不理人。

谢震叹道：“娘娘，圣上需要辅佐扶持，宫中又没有名正言顺的人选。”

“这不是你定要找我的原因。”

谢震想了片刻，才沉重地说：“臣听说，圣上出猎之前，因为死了一只猎犬，杖打仆从几乎至死。即使是真宁，他也时常当面顶撞讽刺。这样任性，是活不长的。娘娘说，真宁没有别的傀儡。但这一次，真宁已经备好皇位更迭的人选——明元皇帝第十一子庆王遥的重孙，与圣上同辈，比圣上还小两岁。庆王一脉只剩这孩子孤零零，出身又不像圣上那样正统，易于控制。”

“你怎么知道？”

谢震默了一瞬，说：“是自尽的李大人生前告诉我的。”

“啊！”素盈有些吃惊，“连他也参与了……”

谢震摇头：“李大人不同意另立皇帝，这会让真宁成为皇朝之敌。但他也知道，真宁不会放弃。是忠于真宁，还是忠于国家，他只有一个选择。”

素盈不禁沉默。

“他说，这个时代不是琚含玄的时代了。是真宁亲手改变了‘一人权重到可以改换天子’的时代，是她亲手分散了那股权力。她不能再把这种权力汇聚起来，重新回到那个时代，否则以后又会有人觊觎那份权力。”

素盈听着，闭上眼睛，微微低下头。

谢震一口气说到这里，索性把自己的道理全说给她：“虽然真宁不在了，但迟早会有其他人不能忍受他。先皇留下的最后希望，就让他这样断绝吗？娘娘当初拼死保住的孩子，就这样让他自生自灭？让他成为一个昏君，令皇朝蒙羞？”

素盈沉静地笑起来：“大将军，你让我想起了过去我最讨厌的人——那些喜欢以小见大的朝臣，总是因为偶然发生的事，认定整个皇朝的未来一片黑暗。”

谢震坚持道：“虽然不知道皇朝的未来，但我也知道，昏君犯的错未必一样，但有一点一定相同——他们都不觉得自己犯了错。圣上现在正是这样的一个孩子，以后会不会变成这样一个人，就要看情况了。”

“为此，你把我拉回来？”素盈淡淡地说，“我这孤苦伶仃的女人，在泰陵守着先帝还算力所能及，到了幽深似海的宫廷里，能有什么作为呢？”

谢震嘴唇动了动，口气有些难过：“你……以前说过，说你的余生变成了一剂毒药，能在泰陵了却残年，对自己、对别人都好。可我不能眼看你那样终老，不能自己过得自在却忘了有人在一座陵墓忍着病痛。我不想成为你心里的又一个叛徒。”

素盈沉默了，慢慢走到他身边，把手按在他肩上，说：“真傻！当初是我让你走的。”

“所以更加不能背叛。”他微笑着回答。

两人一坐一站，保持着那个姿势很久，连悄悄走进来的歆儿也看呆了。他觉得那是一个不容打扰的画面，又悄悄离开玉屑宫。

过了很久之后，他无意中提起那一天。

太皇太妃没有讲出一个字为那时的景象辩解。她只是看着歆儿和忘机说：“能够遇到一个人，他明白你对他好，而且想要回报，这难道不是一件很幸运的事吗？也许，我一直没办法变成一个让人畏惧的人，只是因为身边有这个人在——他回报我的善意，让我知道，即使是在这宫廷里，做善良的事也有意义。”

荣安入宫时，颇有大闹一场的架势。

歆儿想，早晚躲不过，索性当面赶她回去。如果能让她气得受不了，再也不进宫，那是最好不过。想不到，荣安根本没有出现在他面前，而是径直去了玉屑宫。

十六字镂屏，绣花蓝色帷幔，玉屑宫中的布置俨然当年。荣安站在屏风旁，半晌没有迈开一步。银丝结花的宝蓝色帷幔前，那女人穿着淡淡的黄衫、青瓷色裙子，像深夜星空里一朵香云托出月儿。她的侧脸与那天别无二致，若不是御榻上少了端坐的父亲，荣安会以为眼前是一卷描绘当时景象的图画，几乎要问自己，真的把这女人赶出宫廷了吗？

素盈回眸看看这预料之中的访客，浅浅一笑：“你发福了。”

荣安还是直直地看着她，紧绷着脸。素盈容她沉默，自顾自捧了一盏香茗，仍走到敞开的窗前看景色。

“你在看什么？”荣安的声音较之从前更加尖锐。

素盈没有回头，说：“其实也没什么好看的，不过找些当年的记忆罢了。”

“你的当年有什么值得回忆？”荣安嗤地笑道，“这玉屑宫里的往事，对你来说不是什么骄傲吧？唉，‘恬不知耻’大概就是总也赶不走你的原因！”

素盈回头看了她一眼，眼中有些怜悯：“你我何必五十步笑百步呢？真宁也死了，现在你只剩一个女儿，好好为你们母女打算一下将来吧。”

荣安怆然神伤：“真宁泉下有知，看到你又大摇大摆地回来，一定愤慨极了。她得罪无数人，冒了无数险，抱定终身不嫁的决心也要保住的皇家正统，居然又落到你手里……可怜的妹妹！”

她悲愤地瞪着素盈：“你这狡猾的女人。我绝不会让你得逞，绝不会让歆儿受你蛊惑。我要告诉他，你对他的亲人做过什么。你会后悔没有留在泰陵！”荣安说到此处，似乎倍感愉悦，耀武扬威地转身离去。

素盈不再和她争辩。她们判断事情的标准永远不一样。

白信则正好领着一名年轻的太医来为素盈诊断，与荣安错身而过。荣安失望而惋惜地看了他一眼，而白信则根本没有抬眼去看她。

这颗灾星身边的人都会迷失立场。大姐，哥哥，信默，真宁……原本不应该是这样的结局，可是一个个，渐渐地不知走到了什么方向……只是因为多了一个她，多了一个她！

荣安越想越是难压胸中那股翻腾的怒火，气势汹汹闯到歆儿的书房。

歆儿正在摆弄那颗琥珀核桃。荣安攥紧拳头问："陛下，那琥珀是哪儿来的？"

歆儿瞥了她一眼，懒洋洋地回答："太皇太妃赏的见面礼。"

荣安火气上冲，提高嗓门道："陛下知道那琥珀是什么来历吗？"

歆儿毫无兴趣地摇头。荣安压住，冷笑道："我知道，我说的话陛下从来不喜欢听。但今天的话，陛下一定想听。"

她一点一滴搜索脑海中的仇恨，把它们聚集成谁也不能置若罔闻的攻讦。这并不费力，荣安自己也略感诧异——原来向一个不明所以的人揭发罪恶，比与那些心知肚明的人交换回忆，更令人快意。

歆儿渐渐陷入沉默。荣安说得太急，说到激动处胸口不住起伏，不得不停下来喘气。这时候，她才注意到歆儿满不在乎的脸，高昂的兴致顿时没了。

"陛下……"

"姑姑说累了吧？"歆儿嬉皮笑脸地让人送来一杯香饮，"喝完这杯清火饮，回家歇歇。"

荣安浑身颤抖起来："陛下，你怎能无动于衷？"

歆儿的眼睛亮晶晶的，没有透出一丝不高兴。

"当初你和真宁姑姑说，琚含玄害死了我父母。因为你们这句话，他们家该杀的杀，该发配的发配，该没官的没官。还有那些跟他亲近的人，我听从真宁姑姑的话，由她一并斩草除根。当时是不是险些把整个朝廷清空？现在，你又来这套——怎么，今天害死我父母的人变成了太皇太妃？"

他看着荣安，诚心实意地说："姑姑，朝廷好不容易充实起来，你又想在后宫折腾一次？我虽然只是个点儿大的孩子，也会嫌烦的。再说，真宁姑姑那些整人的手段，你也学不来，算了吧！"

荣安瞠目结舌："你以为，我说这些话是想借你的手泄私愤？"

歆儿看着她的样子笑起来："姑姑，你有没有想过，如果她像你说的那么心思歹毒、下手狠辣——我这样一个小孩子和你这样一个明目张胆去挑衅的人，怎么能活到今天？"

"以前她让你活着，是一门心思要当太皇太后！她打的就是这个主意！现在终于……"

歆儿一边摇头一边嘲笑："真宁大长公主是我的亲姑姑，前些天想杀了我，用庆王的重孙来代替。太皇太妃与我非亲非故，如果有心，十年前还是仁恭皇后的时候，难道找不出另一个小儿助她成为太皇太后？何必等到今天？"

荣安瞪着他，艰难地喏喏道："你不相信我的话。"

"如果姑姑所说都是真的，你就该想到——你口中的'那女人'，对你、对我都没下狠手。"歆儿耸耸肩，向荣安笑道，"你还是别去招惹她了。"

"陛、陛下！"荣安有气无力地摇头，"你会吃亏的，你会吃亏的！就连先帝，也险些被这女人算计……"

"姑姑，你们一直告诉我，先帝是个极其聪明的人。如果先帝真是那样超越常人的聪明，他与太皇太妃之间发生的事情，你真的能明白吗？"歆儿呵呵笑了笑，无论她说什么也不再理会。

荣安被这小孩子嘲弄，失望地离开。歆儿仿佛根本没有发现，仍是看书写字。

谢胜见荣安走了，才悄悄进来，把许多写好的纸交给他说："陛下，今天的都写完了。"

歆儿接过来看了看，点头道："只有你的字与我的最像。走，拿去给太皇太妃看看。"

他们一起来到玉屑宫，歆儿凑到素盈身边，拿出那些纸说："娘娘说过要看我今天的功课——在这里。"

素盈微笑着看了几页，不紧不慢地说："这是谢胜代笔的吧？"

歆儿眼睛一转，笑道："娘娘怎么这样说呢？"

"每次谢胜入宫当值，'盈'里面的'又'都写成'乂'。平常都是写作'フ'的。"素盈微微一笑，可转脸望向谢胜时，就不那么和气了。

谢胜被她瞪了一眼，心虚地垂下头。

歆儿全然不觉得被她戳穿是尴尬的事，满不在乎地说："娘娘，一个皇帝最重要的才能不就是会用人吗？阿胜的长处是喜欢读书，字写得跟我差不多。我善用他的长处，有什么不对？"

他这狡辩乍一听，仿佛有点诡异的道理。

若是真宁在，一定气得大叫："歪理！将这功课重写十遍！"

而荣安一定是束手无策地笑着说："陛下真会说笑。"

歆儿自以为什么都见识过，大人们的手段也不过是或骂或哄的那么几招。

可素盈没对他的话做出评论，反而问："陛下，在你拥有的一切当中，只有一样是无人能够夺走的——你可知道是什么？"

歆儿想了想，没有想出来，于是爽快地笑道："我不过是拥有血肉之躯的人，这条命跟别人一样，有生老病死。有什么东西是夺不走的呢？"

"是你的学识。"素盈说，"财富、权势、亲人、朋友，甚至性命，别人可以强夺，唯有学识是人抢不走的。只要你学到了，没人能逼你忘记。只要你成为一个渊博聪明的人，没人能逼你变回愚痴粗鲁。连这唯一不受褫夺的东西，陛下也要拱手让给别人吗？陛下拥有一天四海，却是一个对自己的财富满不在乎的人。这样的话，别人又怎会尊重你拥有的一切？”

她说着用眼角扫了谢胜一眼，冷笑道：“偷了宫里那些有价的东西还要狠狠地罚呢，你偷了陛下获取学识的机会，该怎么罚？”

谢胜嗵地跪下道：“无论怎样责罚，臣都心甘情愿。”

歆儿知道严守宫规的太皇太妃不会在后宫责罚臣子，并不为谢胜担忧，可是短短片刻竟想不出话来反驳素盈，只能在一旁直眨眼睛。

素盈看着他的样子，又笑道：“陛下，我这番道理并非无懈可击。把我说的那本书背一遍，你就知道了。”

歆儿扁了扁嘴，心说：“难道我还会想不出来吗？”但那毕竟是以后的事，眼下他实在想快点把这话题抛开。适逢宫女送来刚刚煎好的药，歆儿灵机一动，快步走上去接过来，亲自尝了一口才双手捧给素盈，笑嘻嘻地说：“不苦。”

素盈连忙嗔怪道：“这是药，陛下怎么能……”

“我听说娘娘以前每天都为先帝尝药，从来甘之如饴，没有一点怨色。”歆儿坐到她身边，看着她喝完了。

那宫女接过空碗，歆儿瞅见她的脸，咦了一声。

素盈说：“她是我妹妹的女儿，叫忘机。我身边刚好缺一个机灵的小宫女，就把她要过来了。”

歆儿明知故问：“她母亲是娘娘的哪个妹妹？”

“我只有一个妹妹平安地生儿育女。”素盈微笑着说。

歆儿眼睛滴溜溜地转了转，问：“娘娘仍然把她当作妹妹？”他说了这话，连忘机也一并偷偷望着素盈。

素盈没有一点慌张，说：“尽人皆知的事情，不是一个不承认就能改变的。既然不能改变，坦然面对更好。”

歆儿闷不作声，过了一会儿问：“那娘娘能不能坦然告诉我，我父亲是个什么样的人？”

看着木然的素盈，他又笑：“连那位伪国的皇太后尚且不避讳，娘娘为什么不能说一些我父亲的事呢？”

“即便你是皇帝，也不能知道天下所有的事。”素盈这样回答他。

歆儿却笑得更大声了：“可我是皇帝，我想知道的时候，被问到的人必须回答。”

素盈摇头苦笑：“问问你自己的事吧，让你父亲保留他的神秘——你知道吗？你会说的第一个字，是‘天’。这一件事，就比你父亲的一生更值得津津乐道。”

歆儿好奇地睁圆眼睛：“你是怎么知道的？”

“因为那时你就在我怀里。”她说。

这天的云彩很漂亮。歆儿站在九曲桥上仰头望天，望了很久仍然兴致不减。谢胜静静等在一旁，听到他说：“真美，比所有的人都美。怪不得我选了‘天’作为这辈子说的第一个字。”

谢胜低头看着自己的脚尖，讷讷地说：“陛下，还有一篇文章等着背呢。”

歆儿冲他挤了挤眼睛：“你真以为偷了我长学识的机会？哈！”

他一边往前走，一边大声地说：“君为元首，臣作股肱，齐契同心，合而成体，体或不备，未有成人。然则首虽尊高，必资手足以成体；君虽明哲，必藉股肱以致治。《礼》云，‘民以君为心，君以民为体，心庄则体舒，心肃则容敬。’《书》云，‘元首明哉！股肱良哉！庶士康哉！元首丛脞哉！股肱惰哉！万事堕哉！’”

见谢胜听得发呆，歆儿笑了：“把书拿出来看看啊！”

谢胜忙从袖里抽出片刻不离身的书，又不知该翻哪页，听歆儿说：“君臣鉴戒第六。”

谢胜怔了怔——这是两天前太皇太妃亲自指定的书。可是歆儿背的，早超出自己不知多少了。

“明明已经背会了，为什么偏要死板地抄三遍才作数？”歆儿撇撇嘴，笑嘻嘻地拍了拍谢胜的肩膀，“阿胜，想偷我的东西，你还得加把劲儿。眼下嘛，还是小心一点儿帮我抄仔细。下次，再故意让太皇太妃看出来，我可真不高兴了。”

“原来陛下都知道。”谢胜惭愧地涨红脸。

歆儿伸个大懒腰，若无其事地跑去打水漂了。

谢胜记得，有太皇太妃在的那几年，日子过得很宁静。

谢胜不大在意宫廷里的风云变幻，不知道暗地里发生过多少争斗，也不介意每一次人事变更背后的意义。他只知道没有人再来找他的麻烦，他每天陪着歆儿读书写字，射箭使枪。

偶尔，他也听素家兄弟嘀咕外臣之间的矛盾，也曾听他们说到三宰各自对太皇太妃有些不满。每次一有这种风声，谢胜就惴惴不安，可是所有传闻中的麻烦，到了太皇太妃身边全都烟消云散。

歆儿起初只是在太皇太妃身边嘻嘻哈哈哄她高兴，能偷懒便偷懒，能表现的时候也不会漏下，仿佛什么也不留意似的。可是有一天，他带着佩服的神色对谢胜说：“睿相现在大概后悔请回这么一尊真神，而我、我也许真会吃亏。”

“怎么会呢？”谢胜说，“娘娘不是对陛下说了那样的话吗？”

“你的祖父在那里坐了二十二年。真宁大长公主虽说没走进去，好歹也在昭文阁掌权好几年。你的父亲，一天也没有。”

太皇太妃的面容永远波澜不惊。那天，她遥遥指着金銮殿，问：“你知道这是为什么吗？”

歆儿摇头说不知。

她又说："当陛下想明白时，我所做的一切就不算多么稀奇的事情了。那个位置，将不会从你手中溜走。"

"那时的口气和眼神，是很期待的吧？"谢胜想着想着笑起来，"总觉得，太皇太妃是真心实意希望陛下能够成为一代明君，也是真心实意希望陛下皇位永固。"

可是歆儿对先人的所作所为并不热衷。他总是想着，祖父是祖父，姑姑是姑姑，父亲是父亲，他是他。他还记着祖父的起居注里写着一句说给父亲的话："没人能推心置腹传授一套当皇帝的诀窍。你会听到许多人出谋划策，可他们只能告诉你'他们认为怎样做才好'，没人能告诉你'怎样做才对'。这是世上最难揣摩的角色，对别人、对我们都一样。"

他一直有个仿佛与生俱来的顽固念头：他一定可以过一段谁也不曾有的日子，让父亲、姑姑甚至祖父羡慕。亲政之后，他将年号从"皇佑"改为"垂佑"——他的国家无须高于人世的力量庇护，是他将要传留恩惠，庇护国家。他心里的皇帝角色有个清晰的雏形，他一定可以做到。

只因心里有这个影子不愿放弃，他一辈子也没能成为别人眼中的明君。

第一次与大臣们对峙，是为他的人生大事。虽然闹得太过，但歆儿始终觉得值得。

"为什么不可以？"他刚练完弓箭，那股狠劲还在周身环绕，说话也咄咄逼人，"你们常喜欢把先帝挂在嘴边，先帝不也有外姓妃子吗？"

"不是妃子，是才媛娘娘。"刘相多嘴提醒，立刻被歆儿冷冷地瞪了一眼。

睿相道："纳外姓入后宫，不是多么了不得的事，可是封得太高，就……再说，陛下也该考虑到琚氏的出身。"

歆儿懒懒地说："同样的话你要说几遍？再说，我可没好话应付你了。"

冯相一向言辞犀利，早憋了一肚子牢骚，这时不假思索地说："陛下是否受到太皇太妃的煽动，才会这样固执？要知道，那琚氏是太皇太妃的甥女，她获册封，对太皇太妃百利无害，陛下却要为此受万人指摘……"

他正说得慷慨，冰冷的箭镞已指在鼻尖。杀气腾腾的少年说："你好像一向喜欢鬼扯一大堆有的没的。我倒要问问你，你又是受到谁的煽动，让你借机攻讦太皇太妃？"

冯相怒目圆睁，绝望而伤心地默视歆儿。

眼看三宰一个个面色难看，歆儿冷哼一声："你们不愿意想尊号，没关系，这点小事我也能做。"说罢抛下弓箭，往玉屑宫去了。

"陛下！"三宰齐齐跪下，"皇后之位怎能落在逆臣之家？陛下三思！"

歆儿头也不回，一声朗笑："是，我不仅要三思，还要三十思，给她想个响亮的尊号。"

歆儿知道这次又让一大群人不高兴。他曾以为他不需要讨任何人的欢心，现在他不这样认为了。但他只是想看到那张笑脸，其他人不在他用心的范围。

一迈进玉屑宫，扑面而来一股甜爽的馨香，歆儿深深吸一口，整颗心变得欢快。他迫不及待地往里张望，看见忘机坐在榻上，专心致志地摆弄许多香料。

“这是什么新玩意儿？”歆儿凑上去问。

忘机一门心思都在那把香料上，知他进来也没起身，说：“我听说娘娘年轻的时候是位调香的好手呢！求了几天，娘娘才答应教我。现在让我闻这一炉，闻到哪一味，就挑出来按顺序放好。”

她说着拿了一块香料碎屑压成的香饼，在歆儿鼻尖晃了晃：“你闻这味道美不美？”

素盈这时候从外面回来，见到这两个年轻人的样子，轻柔地唤了一声：“忘机！怎么回事？陛下站着，你却坐着。”

歆儿嘻嘻笑道：“没事。”

“有事。”素盈的口气隐隐有些严厉，忘机急忙站起身，退到一侧。歆儿不想她为难，就势坐在忘机的位子上，手里拨弄着那些香料岔开话头。

“娘娘有这手艺，为什么不时常消遣？”他又大大地吸了一口，“这么温柔风雅的事，才和太皇太妃相配。”

素盈拨了拨炉里的香，立刻腾出一片新的味道，与刚才的大不相同。虽然还是夹着一丝甜甜的味道，却别有一种幽深得令人心酸的风情。香气晃了晃，恰好将她的侧脸晕染成一片朦胧的美丽。

“有的人学了一技之长，一辈子受用。有的人学了，不过用在一时。用过了，便再没那份心思。不只是心思，那时的一切都没了。”素盈说，“我学的便是这样徒增伤感的一时之长。”

好像又说到不该说的话题……歆儿闭上嘴，用心闻那迷迷蒙蒙的香气，闻着闻着，忽然说：“娘娘，我要立忘机为皇后。”

素盈毫不惊讶，平淡地说：“不行。”

歆儿对她的回答也不惊讶，微笑着说：“能行的。忘机聪明善良，也懂道理，能当一个好皇后。”

素盈只是看着他苦笑。

歆儿不慌不忙地说：“娘娘，你是不是也觉得，一个皇后是否聪明、是否善良都不重要，重要的是她必须出身素氏，有显赫的家世和有力的父叔兄弟，这样她才能保障后宫的稳定，积极地辅佐君王。这就是娘娘从小听到和学到的道理。”

他注视素盈的眼睛，说：“可这是不对的。如果只是需要一个能干的女人威震六宫，那么干脆在后宫设一位女宰相好了。皇后是我的妻子，与我偕老之人。要我说，她是什么样的家世并不重要，她的家人是什么地位也不重要。家世我可以给她，她家人的命运我也可以改变。但是，如果我的皇后不是忘机，有谁能把她变成忘机呢？”

“你怎么能说出这样天真的话？”素盈的口气有些失望。

“在娘娘看来，正是天真吧。”歆儿没有生气，笑着说，“可在我看来，这是一件很简单但很重要的事情。我不明白为什么先人遗忘了这么久。”

“不是忘了，是有些事情不能轻易改变。”素盈微微笑着说，“皇家与素氏，如日月同天。人们早已接受此事，或许有不满，但更怕突如其来的改变——陛下，假想今天忽然要指定你的六侍之一为皇位继承人，天下会怎样哗然？国家典制将要动摇，这是剧变之兆。选一位素氏之外的皇后，也是一样。我担心国家还没准备好接受这样突然的改变。如果真心喜欢她，或是媛，或是嫔，封什么不可呢？”

“那才是真的害了她。”歆儿镇定地望着忘机，说，“既然引出她的锋芒，为什么要她变成一只一掐即死的黄蜂，而不是一柄慑人的利剑？那些不痛不痒的改动对天下毫无意义，却让她一个人蒙受攻讦。为什么不干脆地做个大改变，让天下知道，世间本就不是一成不变？天下会因此震惊，还是因此雀跃，现在怎能断言呢？”

素盈正视他的眼睛，仿佛在少年的眼底寻找些什么。

“这样喜欢冒险，是像谁呢？”她看了好一会儿终于退步，“我劝你，你也不会听吧？”

歆儿大喜过望：“我一定要让娘娘看到另一种帝王和皇后。忘机，你说呢？”

忘机却扑通跪倒：“可是，陛下，我无法成为皇后——即便变成利剑，我也无法震慑别人，只会伤到自己。”

“忘机！你怎么能说这样泄气的话？！”

“陛下，”忘机笑笑说，“罪臣后人得到如此垂青，唯有性命相报。可帝王婚姻从来不是两人间的事。陛下已有太多举动不受常规拘束，世人已无法揣摩陛下的动向。在这样一件从开国就不曾有过分毫偏差的事上，恳请陛下向世人妥协吧。不能因为我，让他们再一次觉得，主宰他们的是一个荒唐而随心所欲的天子。”

歆儿张了张嘴，有些不甘心，却没有勉强她：“那就依你说的好了。”

外姓被册封为昭妃，是王朝史上第一次。同时受封的还有睦嫔白氏——开了册封异姓的路子，歆儿也没法将荣安大长公主的女儿拒之门外。

昭妃到太皇太妃跟前敬茶时，素盈似有意似无意地夸了一句：“昭妃娘娘好巧的心思。答应嫁他的第一个瞬间，就让他服服帖帖听你的。没要那个烫手的丹茜宫，倒让他欠了你一份心意。”

忘机从来没有告诉素盈，这是她用自己的寿命换来的。她不置可否地笑笑：“娘娘居然没有反对圣上的主意，反而是妾没想到的呢。”

素盈一边喝茶一边凝神想事，想着想着笑起来：“因为他口才太好，把我迷住了……阿寿是非常难得的君王，跟着他的思路，总会走到一片意想不到的开阔地。这一次，我对他描绘的没有素氏皇后的未来，有一点点好奇。”

“但那终究是不可能的，对吧？无论是宫里还是人们心里，素氏跟后座已经无法分开。告诉世人皇后将不再是素氏，与告诉他们大地将翻覆有什么差别？”

忘机以为这位久在宫廷的太皇太妃一定会点头说：“没错。”

但素盈没那么做。她宁静地、深深地看着忘机，悠然说：“谁知道呢？”

四个字让忘机的笑容敛住。

太皇太妃慢悠悠地喝着忘机敬奉的茶，用格外平静的语调说：“很久以前，在今天的一切都没有开始的时候，有个人说，要带我走。”

她用眼角余光扫了忘机一眼，笑笑说：“可是那时候的我，和现在的你一样聪明。我知道，他就算能带我走出一道门，也走不远，走不稳，走不长久。我对他摇头。从此之后，我再也无法知道，他到底能把我带到何处。”

话说完的时候，茶也快喝完了。

“我们总是自以为比他们聪明，比他们看得长远，以为我们看到的结果是注定会发生的，他们看的未来不过是一种幻想。到底谁天真呢？”太皇太妃把茶碗放回忘机手里，“你有机会知道他能把你带到哪儿，可你也错过了。”

忘机怔了。她不觉得自己的做法不对，也不觉得太皇太妃说错了什么。但是，太皇太妃不是应该比所有人更明白，什么是重要的传统，什么是必须保存的东西吗？她该是规束者，而不是被皇帝牵着走……

忘机看着她亮晶晶的眼睛，忽然觉得里面闪烁的全是危险的火光。

“娘娘，你有些变了。似乎和初回宫时的你，有些不一样。”忘机怯怯地说，“这样，好吗？”

太皇太妃没有说话，只有那笑容还是一样的平和。

之后不久，皇家制度到底还是发生了一些变化。太皇太妃提议，选女不再以十四岁为限，只要未嫁即可。宫中派人前往选女家中验身时，会准备一青一白两玉环。如果少女自己不愿入宫又不便对父兄明说，则以青玉环私下示意。若有苦衷，不能此时表露心意，入宫验身时仍有两枚玉环发给她们，可以在殿内私示宦官。入选之后，三年之内若有悔意，可报四院都监，出宫还家。

外面传说，太皇太妃自己不是逢七而生，年少时光艰辛，因此要放开选女年纪。可是容许选女以玉环明志，到底还是会得罪她们的父亲。

“民间儿女婚嫁，也要遵从父母之命，皇家选女又怎能让她们自己恣意妄为？”素氏大臣们不同意。

歆儿不住皱眉：“你们是嘲讽我没有父母，所以恣意妄为吗？”

“臣无此意！”

“臣为祖制进言，陛下请勿怪罪。”

“不怪不怪。”歆儿摆手制止他们，“制度大事影响深远，朕自当谨慎深思。众卿无需多虑。”他一本正经说这些话时，内心努力压抑雀跃。本来，正是害怕他这小皇帝胡来，他们才搬回太皇太妃。现在她也开始寻求改变。这些大臣该手忙脚乱了吧？歆儿想着，脚步轻快，笑嘻嘻地去见太皇太妃。

“不因出生而有高下分别，可以选择余生归处——以前，当我为之痛苦，看到她们为之痛苦的时候，就应该试着改变。”太皇太妃的态度很自然。

她望向歆儿的时候，目光又变得温和：“可是一不小心，人就会适应痛苦，变得中规中矩。若不是陛下锐利的意志划开我脑中的混沌，那些不合规矩的念头迟早会模糊，而我也迟早会忘了真正应该改变的是什么。”

歆儿听了，哈哈笑起来。太皇太妃年轻时的事，他前前后后从荣安姑姑那里听了不少，尽管总是被荣安当作劣迹。如果是荣安口中的那个女人和他一起出力，国家早晚可以改变。

如果……太皇太妃此刻说的是真话。

歆儿被这念头惊了一刹，灰暗的念头接踵而来——她提拔过宦官，任命过女都监，那些人对她感恩戴德，不惜冒着受先皇猜忌的风险，为她求情。今天她是为了谁？真是为了那些还没入宫的女孩？

“陛下？”太皇太妃察觉他突如其来的静默。

歆儿打了个激灵，又想，不论如何，这是可喜的新气象。

他爽快地下诏，从此皇家选女有了新的规矩。

如果不是因为这位娘娘，每个人的结局是不是会不一样呢？

谢胜有时这样想一想。然而在宫廷里没有什么“永远”，就像歆儿常常评论别人时说的：“她也不过是拥有血肉之躯的人。”即使她应对宫廷事务十分老练，总会有化解不了的明刀暗箭在某一天突然袭来。

垂佑二年九月，传来伪太后的死讯。

忘机应歆儿的召唤，一大清早前往御苑林暖酒观枫。一片黄栌与红枫之间，她素白的身影从容闲适。宫人们将干枯的香叶拢作一堆焚起，在上面支炉温酒。朽叶的幽香和酒香缠绕在一起，弥漫成满园奇异的气息。

“听说是头疼症忽然加重，眼睛骤然看不见，只折腾一天就去了。”歆儿就着瑟瑟晨风饮下一杯热酒，说，“我从未承认伪王是另一个国君，当然也没有遣使吊唁、受赠遗物之说。”

忘机拾起玉箸，从没有燃尽的叶子中拨出一枚奇迹般轮廓完好的红叶。

“她今年才三十二岁。”她一边把玩红叶，一边说，“为什么我觉得她不是病逝？”说着手指一弹，完整无缺的红叶立刻碎裂。

“不是亲生的母子，无论在外人眼中如何其乐融融，转过身，还是会各自打算。伪王如今也是英武青年，大约对她的指手画脚再也忍无可忍了——真奇怪，我心里忽然冒出这样的念头。”

“伪国来了使者通报死讯，俨然把自己当作另一个国家。”歆儿说，“据说，那位使者还带着一封交给太皇太妃的密信。”

他看着忘机，坚决地说：“事关重大，我会亲自问她。你别过去插嘴，就在这儿焚叶煮酒，等着我。”

忘机侧过脸看了看他，低下头叹了口气。这里的宫廷也有一对没有血缘的皇帝与太皇太妃。也许心里冒出那样的念头，只是因为平日积攒了太多不好的预感。

玉屑宫前一带，枫树火红如烧。歆儿远远就看见素盈带着几个宫女拾叶。一群人中，她最耐心安闲，边想心事边信步，走出很远才有一次弯腰，可捡起落叶就再不离手。歆儿看了一会儿，恰好身旁枫树摇落几片干净的红叶到他脚边，他捏起那些叶子走到她近前，打趣问：“娘娘攒这么多落叶做什么？难道要学‘红叶题诗’？”

他与素盈说话随便惯了，素盈从来不恼他，今天却作色道：“这话也能乱说？”

歆儿嘻嘻一笑，说：“九月的泰陵栌环松绕，满山深翠金黄之中点点枫红，一定美不胜收吧？”

素盈捧着满掌红叶，静静的目光掠过树梢直上云霄。

“泰陵比京城冷得多，地上早早就起了一层浓霜，赤红的枫叶落在上面，美极了。”她说罢向歆儿笑笑，“京城还没有落霜，可我却觉得更加寒冷。进去说话吧。”

他们两个走入玉屑宫，刻意没有让任何一个人跟进来。歆儿开门见山地问：“娘娘手中是否有一封那边来的信？”

素盈平淡地否认。

歆儿有备而来，笑笑说：“可我听三宰说，他们已经有了使者仆从亲口交代的供词。使者往来时暗传书信，不报知君主，一概要算作密谍。那边与我们是什么关系？留着他们送来的密信，无论内容是家事还是国事，都是一桩祸事。”

他向素盈伸出手：“娘娘还是把信交给我。”

素盈也笑了笑：“这可难住我了。我手里的确没有什么信。至于那封神神秘秘出现在我床头、来路不明的东西——早已被我烧了。”

“娘娘做得这么干净，看来信里提到的是真的……”歆儿眼中聚起一层似冰的迷蒙，“娘娘生过一个孩子……是真的。”

他定了定神，又问：“你的孩子如今在哪儿？”

“我能猜到你在担心什么。”素盈从他脸上看到另一重影子，轻声慢语道，“你和你父亲担心的事情一样。”

她正视他，一字一字清晰地说：“我没有孩子。”

歆儿咬牙站起身：“娘娘，泰陵并不是只有你、白信则和谢震三个人。也不是所有人都能像你们三个一样，铁了心守口如瓶。”

他紧紧盯着素盈，一刻也不松懈：“谢大将军受到真宁大长公主排挤，抛弃京中要职，去泰陵任陵卫副领的时候，很多人为他惋惜吧？塞翁失马，焉知非福，谁会想到整日守在泰陵那样荒僻的地方，谢大将军还能在第二年春天喜得贵子？可那孩子的母亲是什么样的人，现在也没人能说清呢。”

“陛下怎么忽然有兴趣研究谢大将军的私事？”素盈一脸迷惘，“这可不是帝王所为。”

歆儿冷笑着点点头：“好，好。我现在就去把阿胜杀了，看看你是不是还能这样无动于衷。”

“假如你是一个滥杀无辜的君王，我当然不能无动于衷。”素盈漫不经心地转开目光，去看十六字镂屏，淡淡地说，“你的父亲为什么一天也没能坐上王座，这答案你仍没有想出来。”

她说出这样的话，歆儿久久没有回应。素盈不经意扫了一眼，大吃一惊——以前从没有在这孩子脸上见过悲伤。

“又来了……你，总是把我当作我的父亲。”歆儿难过地笑着说，“他做过而我还没有做的事，你总是以为我迟早会做。我在你眼里究竟算什么呢？”

素盈呆呆地看着歆儿，疑心这孩子就要哭出来了。

他嘴唇颤抖：“娘娘，在你心中，世上是不是只有大将军一个人懂得回报你的善意？我从来没有想过杀死你的儿子。只是，希望他能走得更远，不要成为你和我的危险。”

他眼里的水光吸引着她慢慢站起身，想要亲手为他拭去。歆儿倔强地推开她的手，生硬地迈开大步走了。

歆儿第二次与大臣对峙，是为了太皇太妃。

据说，她暗中勾通伪国。为了让她那个守在边境的哥哥保住性命，她不止一次秘密地干涉军机，连谢大将军也被扯进这件不光彩的密谋中。

“啊，真啰唆。”歆儿在御座上打了个大哈欠，伸手向三宰指指点点，“你们有哪一个人能拿出像样的物证？”

“陛下，现有密谋口供……”

歆儿呵地冷笑一声：“往常你们是怎么说那边的？‘穷凶极恶的亡命之徒’‘大逆不道的乌合之众’——你们宁可相信这种人说的话，也不相信天下最高贵的太皇太妃？真不知你们和朕相比，谁更荒唐！”

“陛下——”

“都住嘴！”歆儿大力拍着御案，惊得金銮殿上一片寂静。

他看了看殿门外美好的秋光，口气忽又轻松起来：“常言道，‘春狩秋猎’，打猎的时节又到了。”

一听这话，大臣们就猜到他又想贪玩逃避，纷纷劝阻："陛下十日之前刚刚从御苑打猎归来，近日非节非庆，为何又有出猎之意？"

歆儿脸色一变，脑中转出个冠冕堂皇的理由："昨夜，朕梦到顺圣皇帝在黑山下郁郁徘徊，似乎受到什么阻隔，难以前行。黑山乃是人世魂灵所归之所，黑山如生妖氛，人世必起祸端。朕既是天子，也为人子，难道不应该亲自扫灭孽障，惠泽于天下，尽孝于先人吗？"

顺圣皇帝是他改葬了他的父亲之后，为睿洵加的谥号。

大臣们明知这是他信口胡诌，可是谁能在金銮殿上说皇帝根本没做这梦，又有谁能说皇帝的梦境毫无意义？纵然百般阻挠，对这一贯诡辩的小皇帝，怕也是徒费口舌。

有几位大臣不死心地建议皇帝在宫中设享，或是请高僧做个法会，全被歆儿否决。性情耿烈的冯相向来直谏，这时忍不住要一抒胸臆，却被刘相一声咳嗽止住。

歆儿心道：这可奇了，三宰一向神离貌不合，今日竟打起一个算盘，这趟黑山之行可要多加小心。

皇帝出猎，筹备十天半月是常事，这一次匆忙准备五天就带着大队人马浩浩荡荡出了京。

忘机不喜欢打猎，近日身体也不大好。虽然歆儿很想携她同去，但她只是一味婉拒。

宫中没了皇帝，骤添冷清。忘机整日神思飘忽，倍感无聊，时不时去玉屑宫陪伴太皇太妃解闷。

这天宫里安静得有些异样，素盈指点她调制香料到很晚，白公公突然踉踉跄跄奔入宫。忘机从来没有见过他这样的神色，甚至从未想过素来平静的白公公也会如此仓皇。

"娘娘！"信则上气不接下气地说，"宫中有变，娘娘快走！"

素盈恍如坠入前尘旧梦，唇边浮起一个浅笑。信则见她一动不动，催促道："娘娘，现在可不是发呆的时候！"

素盈黯然神伤，伸出一手扶住发髻，眼虽不见，也知指尖正触在其中一缕灰黑相间的发丝上。另一只在榻上的手紧紧抓住茵褥，难过得揪心。

走到哪里去呢？那时，她可以拼上全部力气跑来玉屑宫，是因为这里有他……有他在，她绝不会横死阶下。现在，她就在这玉屑宫里，可是没有他。让她跑去哪里，才能找到另一个把她紧拥入怀、挥剑相护的人呢？

"来的是什么人？这京城之中不听谢大将军调遣的，可不多。愿意顶着犯上作乱的风险跟着三宰起哄的，就更少了。是……荣安的私兵飞虎卫吧？"

信则侧耳听了听，口气更急："娘娘快走吧！今日宫中乏人相护，娘娘留下等什么呢？速速前往黑山，面见圣上与谢大将军，即刻回京处置逆贼。"

忘机亲自跑出去看一眼，惊慌地回报："娘娘，正道上迎面来了好多人。"

宫中本有数名宫女宦官，方才不知所措说不出话，这时始知祸起，一个个慌得哭起来。

素盈扫了他们一眼，叹惋道："可怜这些都是没经历过的，指望不上。"说罢不再理会。想着，既是荣安的人来了，旁人多半无事，忘机留在宫里只怕活不成。她快步上去牵起忘机的手，跟着信则绕到玉屑宫后的一面墙边。

忘机已没了主意，只管跟着他们奔逃，正不知逃入这死巷之中是何打算，就见白公公伸手在墙上重重推了一把。隆隆一声闷响过后，整面墙转开一道狭缝。竟是活墙，后面是条静谧的宫道。

忘机瞠目结舌。她过去也曾从这条宫道上走过，恼怨这墙封死了路，害人多绕个大弯，怎能想到其中别有玄机？

素盈拉着她侧身而过，转身招呼白公公。信则却向她怆然一笑："娘娘，我老了……不是当年那个能跑能打的年轻人。"

那宫墙一转，闭得严丝合缝。

素盈大叫一声："信则！你做什么？！"墙上机关原是两面皆有，可无论素盈怎样按动这边的暗砖，墙硬是纹丝不动，显是那边扣死了。

素盈急道："我们是发过誓的！"

那边再没声响。忘机拽着素盈的衣袖，硬是将她拖着小跑起来。可忘机心中全无目的，跑了一阵就不知方向。反是素盈定下神道："往北宫门走。"

忘机讷讷道："那是大宫门。"

素盈笑道："找麻烦的人都从大门进来了，我们为何不能换个大门走出去？"

"可这时候出大宫门，腰牌、口令或是准条、手谕，总要有一样。"

素盈向身后望了望，一时半会儿还没人追到这个方向。她拉起忘机的手说："谅荣安不敢闹遍整个后宫，此时不难找到一两个藏身之处。你是寻一处稳妥的地方躲起来，还是跟着我，快做决定。"

忘机耳中听得远处人声鼎沸，颤声道："出宫谈何容易？娘娘为何不躲一躲？禁卫、宫卫不消多时便可扫平乱党。"

"三宰与荣安这么大的举动，事先会不考虑对付禁卫、宫卫的法子吗？"素盈声音低沉，让忘机隐隐有些害怕。

"这样的事情，我不是第一次遇到。我不会再相信什么宫卫、禁卫。"她说着，大步向北宫门的方向走去。忘机不知如何是好，想起歆儿说过枫苑里有个绝佳的匿身之地，他从小藏在那儿躲人。可是看看素盈的背影，忘机跺了跺脚，又跟了上去。

宫中本该有一队队宫卫、禁卫巡查，可她们两人走了老大一段路，没遇上半个。忘机终于相信，这夜的宫廷绝非寻常。

唯有北宫门前气象森严。

十二队兵卫持枪严守，银甲毫光岿然不动，浑如排兵布阵。望见素盈与忘机徒步走来，前列两名首领大喝一声“止步”，待看出是光华灿烂的两位贵妇，便迎上前来高声问：“贵人乃是天子内眷，何故夜至宫门？”

忘机认得服饰，一个是禁军统领，一个是宫门督。她不知如何应付，自己先心虚了，向素盈身后侧了侧身。素盈默然从颈上扯出一根丝绦，末端系着一块两指宽的玉牌。

禁军统领认得玉牌，当下低声说：“小人位卑，从未有幸瞻仰娘娘面容。令牌不假，却不知……”

素盈无意与他为难，道：“可对暗语。”

忘机听得云里雾里，那统领自然明白，低声说了一句：“中秋月。”

素盈不假思索地应答：“早春雷。”

门督也有一句暗语：“边塞风雷隐。”

素盈又道：“深宫明月生。”

两人听得字字清楚无误，立刻拜倒：“我等是禁军卫尉北宫门将与北宫门督，奉大将军令，严守宫门。大将军唯恐变生肘腋，临行前吩咐过，说娘娘若至，可快马送入大将军府。”

忘机气道：“既然知道宫中有变，为何不入内平敌救驾？在此一味静守，是何用意？”

素盈一扯她的手臂，又问门督：“马呢？”

门将、门督二人立刻引着她们出了北门，外面果然有三匹良驹。他们又道：“刚才已有快马往黑山传信，大将军黎明前定可带兵返京。”

素盈翻身上马，黯然看了看谢震为信则准备的黑风驹，向站着未动的忘机道：“快走。”

忘机的脸色让她立刻恍然大悟：“你不会骑马？”

“没有学过……”忘机手足无措地看着比她高大许多的坐骑，忽见素盈腾出一只马镫，向她伸手。

“来——”

忘机从来没有见过太皇太妃这个样子，痴痴地握住她的手，踩着镫，跃上她的马背，从后面拦腰抱住她。这大胆的举动真是此生想也不敢想的……忘机感受到她温暖的背，可仍觉此刻的她仿佛幻境，错愕地唤了一声：“娘娘！”

“这回，我绝不会丢下你！”素盈没有给她说第二句话的机会，流星骓一声长嘶，冲破了夜色晚风。

信则点燃最后一盏灯，玉屑宫中再没一个角落遗漏光明。宫女们已被他打发去躲避，他安然席地而坐，恰在毡毯中心。烛光里，五色彩线钩织而成的花朵纷纷环绕着他摇曳。

玉屑宫被团团围住，他能听到外面松明火把毕毕剥剥地燃烧着，却没有一个人发出声音。信则知道他不需要等太久，果然，很快就有一双轻靴踏上台阶。

荣安推门进来，只见到信则一个人，倒也没有意外，耻笑道：“这种时候她果然把你这傻瓜丢下了。离开也好，不会玷污先皇最喜欢的宫殿。我倒要看看，在这宫里，她能转到哪儿去。”

“你杀不了她。”信则悠闲地说，“我相信，即使你让她跪在脚下，用刀逼住她的咽喉——感到挫败的人，还是你。”

“白信则！”荣安大叫一声，“你还记不记得自己姓白？你还知不知道谁才是你的家人？素盈到底给了你什么好处，竟能让你背叛自己的家？”

“我从来没有背叛家人。”信则的手指抚过一朵花，又轻轻碰触另外一朵，“即使他们可恶可恨，我也不想撇开他们。因为我害怕……在茫茫宫廷里，我无法忍受成为孤儿的寂寞和危险。”

他看着指尖那一朵嫩黄色的绣花，笑笑说：“可我早就不再害怕。因为在宫廷里遇见了娘娘。”

荣安怔了。真是不可思议……又是因为有她！

“娘娘和我相仿，都是打心眼里拒绝成为孤儿的人。”信则微笑着回想起第一次见到她。那样一个安静谨慎的小姑娘，悄悄走在他身后，好奇地向丹茜宫张望。

“与上天赐给我的父亲兄弟相比，她与我更相似。”他睁大眼睛望着荣安，一字一顿地说，“她是我为自己选择的家人。”

荣安气得打战，抽出长剑抵在他颈边。信则容色不变，口气也依旧：“这世上已经没有什么事情，是我能做到而她做不到的。除了这一件——杀死我，你将成为一个血染宫廷的反贼，一个真真正正、不孝不睦、不忠不义的恶人。你能成全我完成这件事吗？”

“你是个疯子！”荣安将剑锋贴着他的头顶一挥一扫，信则的帽子发髻被利剑斩得乱七八糟，他还是动也不动地坐在那里。荣安恨恨地跺了跺脚，终归下不了手杀他。

一名全副武装的兵士进来禀报：“殿下，附近全找过，找不到她的踪影。”

荣安提起嗓子向信则怒喝：“她去哪儿了？”

“不知道。”信则泰然回答，“没有人会知道她将在哪里停下。”

耳边的呼呼风声太紧，忘机一直把脸埋在素盈背上，紧闭着眼睛。渐渐习惯了颠簸之后，她偷偷睁眼观望。

“娘娘，这……这是去大将军府的路吗？”

“不是。”素盈顶着风，说了一句就咳嗽起来。她勒住马，忘机急忙轻拍她的背，抬头一看，发现她们正在城门下。素盈也不理睬上前问话的卫卒，径自向城楼上高喝：“白信端！还不快快开门！”

城楼上的一名守将向下张望，说：“刚才已放了传信的快马过去。娘娘出城又为何事？请勿贸然涉险。”

素盈厉声道："你连城门守也不想当了，是不是？"说着又咳嗽起来。

忘机向城门上喊道："太皇太妃亲下口谕，守将为何置若罔闻？听闻你是白姓，难道与荣安有瓜葛，想将太皇太妃截在此处，等逆贼追来？"

白信端默然。在这几年接连不断的风波中，有人粉墨登场，譬如谢震与素盈。有人黯然退场，譬如他，如今沦落为小小的城门守。在这个女人周围，充满了难以预料的未来。最好不去惹恼她。

他向身边的守备点了点头，城门隆隆打开。信端说："小人派两名护卫一路相送。"

"不必。"素盈向忘机叮咛一声"坐稳"，打马从城门缝里倏然而过。

十月荒原，野寒袭人。快马自夜幕初降奔驰至草叶结霜的深宵，它口鼻中喷出的水雾仿佛是天地间唯一的温暖。

扑面凉风逼得素盈顿住呼吸，一阵一阵地咳嗽。忘机见她实在难受，一再劝道："娘娘，停下歇会儿。"素盈咳得胸腔生疼，提缰立稳，不住地大口吸气。

忘机冻得瑟瑟发抖，放眼四望，野地里不见一户人家，兜天荡地的大风从四面八方席卷而来，扫净了满天云彩。大地像涌起银涛雪浪的大海，风吹草动在这空空的原野上，汇聚成庞大的震响，天地间仿佛翻滚着生生不息的海潮。忘机从未独自在深夜置身这般孤凉的原野，顿时感到孤立无助，连方向也辨不清了。

素盈渐渐平复喘息，由衷赞叹一声："夜色真好。"她一面松开缰绳，任马慢行，一面仰着头追逐星子。头上的簪子不知何时丢了一支，发髻散开，凌风张扬，她浑然不觉有何不妥，任凭每一根青丝去追寻自在。

她不慌张，忘机也慢慢忘了恐惧。两人一骑，慢悠悠地在银色草原上乘风前行。素盈指着天尽头幽幽出现的一星灯火，说："那里有人家，应是黑山脚下。我们不妨慢慢前进。"

忘机被风吹得头疼欲裂，辨不出山影与夜幕，分不清灯火与星光，只觉得满眼全是晶晶闪闪的碎屑。

"怕吗？这里和宫廷，哪个更让你无所适从？"

忘机认真想了想，好几次以为自己找到了答案，但最后还是摇头。

素盈温柔而缓慢地说："小时候有一次，我哥哥对我说，'只有衣食无忧，周旋于同样的人之间，钩心斗角，你才会幻想平民的生活也许不错。让你去民间一天，可能你不觉得辛苦，因为你穿金戴银，出手阔绰。但你有什么谋生的手段？身外之物终将流散。无财无势、没有来路的女人，你打算凭什么活下去？为一个铜钱想尽办法，为难以下咽的三餐挣扎，那不是你能过的日子！'"

她垂下头一笑："他言之凿凿，我也对此深信不疑，简直不知道宫廷和宫廷之外，哪个更让我害怕。可是却有另一个人对我说……"她伸出手，渴望触摸整片草原，"他那样无所畏惧地说，他的一生应该是在这里……只一瞬间，我就觉得世上没有什么地方不能战胜。"

忘机向前探身，偷眼看她："那人，是谢大将军吗？"

"为什么？"素盈奇道，"为什么以为是他？"

因为她提起那人时的神情，分明与平日说到大将军时一般无二。忘机心里偷偷这样想着。然而素盈是长辈，即使两人此刻如此亲近，她也不敢调皮揶揄。她抿着嘴不言语，隔了一会儿问："娘娘为什么不去大将军府上避一避，却要前往荒山野岭？"

"他可是牵连在密信案里的。我到他府上，岂不是害他把共犯坐实了？他人不足信，唯信我君王。事情闹到这地步，除了到阿寿身边剖心泣血，我还有什么方式表明清白呢？"

忘机点点头，又想起一桩，不满道："大将军明知宫里不太平，当然是救人要紧，他偏把一队禁军死死扎在北门。"

素盈淡淡地说："在宫里只有一样东西，谢震绝不会放手，就是他的北门禁军。北门禁军绝不会擅离职守，招致无妄之灾。"

忘机不服，嘀咕道："难道会比娘娘还重要？"

素盈呵呵一笑，偏着头叹了口气："这次回到宫中，真的很生气，气得不想再看见他。不是因为讨厌宫廷，而是因为恼恨他。他明明知道我不想回来。"

"你猜，他说了什么？"素盈的语调仿佛虚幻，"他说，'那么这一次，我就赔你一座想走时一定能走掉的宫廷。'那时觉得这简直是梦话，可是……"

她扑哧笑了："现在细想，我们真是胆大妄为——不要说开国以来，就是从开天辟地算起，也没有几个后妃能在晚上狂奔出京，在这野地里游荡呢。"

"娘娘！你还有心说笑！"

素盈笑着笑着，忽然又咳又喘，咳得厉害时，双手紧紧抓住胸口，身子一弯就栽下马去。忘机吓得滑下马背，扶起素盈连声呼喊："娘娘！娘娘！"

素盈只是紧闭双目，无声无息，忘机举目无人相救，急得哭起来。

呼呼风声之中，忽然卷起另一种狂响，似是惊雷遁地而来。忘机眼前的泪雾中有一串金屑闪耀，仿佛天上的星子纷纷惊落，飘飘摇摇坠在草原上，越来越硕大明亮。

一队持着火把的骑兵刹那间涌至忘机眼前，将她团团围住。忘机哭得泪眼婆娑，只见为首那人跃下马，三步两步迈到素盈身边，顺手扯下斗篷把她裹紧了抱在怀中。

忘机带着哭腔唤了一声："大将军！"

谢震向她点点头，镇定自若地把所带亲卫一分为二，大队人马仍是回京，十余人的一队护送忘机继续走。他自己抱起素盈，领着两个亲卫飞也似的先往黑山去了。

胸口缓缓涌起一团温暖，驱散了长久的刺痛。素盈睁开眼睛，帐篷的缝隙泻入阳光。映入眼中的第一个人是谢震，她并不惊奇，向他笑了笑，问："我怎么了？"

"没事。"他说着蹙起眉，"不是让你去大将军府吗？怎么想起来在那么冷的晚上长途跋涉？”

素盈嘿嘿一笑，轻快地说：“因为没想到能顺利走出宫廷，索性任性一次，一口气冲到大千世界里。”

他沉下脸：“这么凶险的事情，被你当作游戏？你知道夜半荒野有多危险吗？竟带着一个年轻无力的女人孤身上路！”

素盈叹了口气，这一叹反让谢震不好再说什么。

“圣上对我说了信的事。那……是素飒的信？”谢震柔声问。

素盈笑着点点头，又摇摇头：“字迹是很像哥哥，但没有用蓝色的纸，也没有用他的封蜡——是来自一个假素飒的信。”

谢震扬眉道：“有人故意生事？是三宰的圈套？”

这一次素盈摇摇头说：“是伪王的圈套才对。阿澜死得蹊跷，他担心无法约束哥哥，希望我能回一封信，这样就有了哥哥勾结敌国的证据。那边没人见过我的字迹，不然只需仿造一封即可，不会惹这么多事端。”

“你一点都不担心你哥哥呢。”谢震口气里有些怪她。

素盈却笑道：“欺负到他头上，该担心的人是伪王才对。”她说完想要喝水，谢震亲自捧了一碗。素盈这时忽然发现这帐篷里太安静，似乎外面也没人守卫。

“这是哪儿？”她此时才想到这个问题。

谢震没有说话，静静托着她的后脑，看她喝完了水才说：“这里哪儿也不是。不是宫廷，不是黑山，当然也不是大将军府。”

他握住素盈的手，慢慢地说：“你也不是任何人，不是太皇太妃，也不是素盈。”

“你在说什么呀？”

谢震看着她迷惘的眼眸，缓缓地说：“太皇太妃夜奔出京，半路坠马，昨天晚上薨了。圣上今天一早扶灵柩回京发丧。宫中逆贼昨夜找不到太皇太妃，退出宫廷时，大多被堵在奉阳门内血屠，所余残党由圣上回京发落。密信一案纯属无稽之谈，太皇太妃不惜涉险明志，此事无从追查，不得再提。”

“啊！”素盈骤然听到许多，不知此身是否还在梦里。

“我就这样死了？回不去了？”她哑然失笑。

昨夜才与忘机说，不知道宫廷和宫廷之外，哪个更加可怕，今天忽然就变成将要亲身体悟的一件事。刚才还在谈论三宰、伪王、哥哥，转瞬他们就成了高不可攀的话题……

“我该怎么办呢？”她仰面躺在床上，双眼失神。虽然不怕，可是不知道何去何从。本来在梦里就已想好，醒来时要关心一下忘机的情况，询问荣安的处境，再问问三宰要如何发落。然而一瞬间，这些轮不到她来过问了。

阿寿一定早就跃跃欲试，想亲手处理他的宫廷，处置那讨厌的三宰，安排他自己的亲信。既不愿意伤害她，又渐渐不能忍受她。趁她昏迷，这么一个天赐良机，一声招呼也没有，就做主让她死了。

真是只有阿寿的脑子才会想出来的主意。

素盈又看看谢震——这个人，当时是一力赞成，还是反对无效呢？是希望她彻彻底底离开宫廷，还是希望她继续尽忠皇朝，扭转阿寿的性子，直到小皇帝忍无可忍？她想得太多，转念才记起来这都无关紧要，苦笑一声："我……甚至不知道离开这张床之后，该做什么。"

"继续活。"谢震为她理了理枕上乱发，说，"外面有我留下的两个人。他们没见过太皇太妃，也不知道此时睡在帐中的人是谁。他们会送你去一个地方。"

说罢他起身欲走，素盈轻轻扯住他的衣襟，问："你呢？"

他低头看了看她，说："圣上带走了胜儿……他知道我不会抛下胜儿，他在等我回去。"

素盈僵了短短片刻，放开了手。

他回去意味着什么，实在再清楚不过——推翻真宁之后又一次平乱，功劳卓越，加官晋爵，然后是位高权重，登峰造极。这简直就是一条注定的道路。

"我明白了。"她向皇帝的这位新宠笑笑。

其实她曾经幻想过，假设有一天她终于可以抛下一切，他再一次说"我带你走"……也许她不会像上一次那样摇头，会点头说："好。"

可是在幻想时，她也明明白白地知道，他已经不再是当年那个孤儿，不能抛下一切追着她，只想着带她走了。

几片红叶被秋风恣意摆布，打着旋儿栽向湖心。谢胜坐在太平湖边，看看落叶，看看湖水，再看看摇曳的树冠，看着看着抽泣起来。有人走过来拍了拍他的肩，他慌忙擦干泪痕，躬身道声"娘娘"。

这二字说出口时，心中又是一酸——果然叫得最心悦诚服的，还是在面对去世的那一位的时候。

"谢大将军回来得真迟。我刚才看他见过圣上，出宫回府了。你不回家去吗？"忘机在他身边坐下，说，"大将军失去神采的样子，真令人叹息——仿佛疲惫得不得了。"

"圣上不让我走。"谢胜喃喃，"他说，太皇太妃突然仙去，他想让我在宫里陪他说说话。"

提起太皇太妃，忘机一个字也说不出来。她不止一次恼恨自己不会骑马。如果会骑马，就不会连累太皇太妃，也许她就不会从马上摔落。如果会骑马，就不会那么慢吞吞地赶去黑山，等她到时，太皇太妃已不在人世。

"娘娘总是像平静完美的画，言行举止不曾有一处失去风范，那蓬勃奔放的一面，早已注定了会像火花一样，预示着燃尽吗？"忘机想着想着，泪水又涌上眼眶，"曾经那样贴近她的温暖，居然不到一个时辰就成天人永隔。"

谢胜望着湖面，忽然说：“娘娘，我想辞官。”

“你父亲是谢大将军，新起的高门。圣上待你从来不薄，兴许过几年会把诚节许给你。你为什么要辞官？”

因为即使是太皇太妃驾薨，也没有让圣上的面容染上一点伤感……谢胜心里这样想想，不敢说出来。

“我怎能高攀长公主呢？再说，也许父亲也会辞官。”他这样回答。

“胡说八道！”歆儿笑嘻嘻地走到他们身后，突然大叫一声，吓得他们急忙起身施礼。

“他是朝廷重臣，是军人，只因为太皇太妃驾薨，他就忘了人臣的责任？那岂能算作一个男人？”

谢胜默默地微笑起来。父亲几乎什么都做过——西陲守将、东防大将军、内宫卫尉、禁军统领……前朝受过东平素氏的牵连，几起几落，今朝是两次肃反的功臣，腾达在即。但是在父亲心中，在其位谋其事只能算作一个忠臣，不辜负太皇太妃，才能算作一个男人吧？

歆儿看看这个，又看看那个，平静地宣布：“太皇太妃的陵寝，定于崇山之阴。”

忘机与谢胜都吃了一惊。忘机大胆地问：“不与先帝合葬吗？”

歆儿拾起脚边的鹅卵石，一挥手就甩出一道长长的水漂。

“听说他们感情不怎么样。先帝那年纪，能当她父亲，后来更是把她赶下后位。换了是你，愿意生生死死都和这样一个人在一起吗？”他说着扔出一块石头，这次用力太狠，扑通一声沉了底。

“唯一一次和她一起狩猎，登上崇山的时候，她一直静静地眺望那个方向。”他挠挠头，“好像听她说过，死后应该葬在崇山之阴那样宁静安逸的地方。好像听她模模糊糊地说，死了也不会在宫里游荡，一定会去崇山之类的话。她好像很喜欢那个地方。”

这个充满“好像”的草率结论，让忘机哑口无言。她默默地施了一礼，转身离开。歆儿几步追上去，关切地问：“怎么不高兴了？”

忘机沉着脸，轻轻摇头：“为什么不让谢胜出宫？陛下真的需要有人陪你度过失去亲人的这一刻吗？为什么在妾看来，陛下并不悲伤呢？”

歆儿咬牙瞪着她，阴郁地说：“忘机，是我一直没有注意到，还是你一向都是这么狂妄大胆？”

他的口气让忘机心中一痛，忽然觉悟，此后宫廷中只剩她与地位卑微的哥哥知机，除此之外再没亲人相扶相伴。想着不由得再一次泪盈于睫。

歆儿见她哭了，心中有些懊悔，牵起她的手一起在湖边漫步。他们两人常常这样一言不发地信步，可往日宁静温馨，今天却沉闷尴尬。

“看到她紧闭着眼的样子，我吓了一跳。”歆儿沉沉地嘘了口气，打破沉默。

“被她吓到，也被我自己吓到——我竟然不知道心中是难过还是高兴，是希望她醒来，还是希望她永远别醒来。”他握着忘机的手渐渐用力，“我害怕没有她的未来，更害怕有她的未来。我害怕自己有一天对她忍无可忍，恨不得杀了她。也害怕她永远比我强悍有力，在帷幕之后把我玩弄于股掌之中，我根本无法对抗。更害怕有一天忍无可忍的人是她，怕她变成另一个真宁姑姑。也许她这时候离开，对我们来说都是好事。”

忘机看了看他，心中隐约有些恐惧。毕竟是没有血缘，可以如此冷漠地表达他对一个人的逝去毫不惋惜。太皇太妃真是坠马而死吗？会不会是像母亲一样，步入素皇后、素太后和一切素氏至尊女子那神秘而严禁探究的结局……

“陛下打算如何发落荣安大长公主？”

三宰密谋宫变，注定没好下场。与他们同谋的荣安大长公主是皇家血脉，忘机想知道他会如何对待自己的血亲。

歆儿的脸色阴晴不定，他说：“她口口声声说是为了我好。她坚信太皇太妃勾结伪国，不是暗谋废立，就是贻害国家。她说她是为了保护我，说她如果真想害我，就不会挑我不在的时候。她说，她从来没有想过伤我一分一毫。”

他一口气说下来，笑了笑：“我知道她说的是真的。可她把我的宫廷当作什么？动辄带兵搅闹，怎生了得？我看她是仗着自己有三千私兵才会头脑发热。这次就把她的私兵全缴了。”

歆儿好奇地瞅了瞅忘机：“你怎么想起关心她？”

忘机久久没有说话，埋头走了老远，才缓缓地说：“恭喜陛下。”

“嗯？”

“陛下的时代，真正到来了。”

“哦。”歆儿仰头望着风云变幻的苍穹——从他第一次唤出它的名，已经足足过了十七年。

第二年，忘机生下皇子。歆儿册封北固素氏一个与他同年的少女为皇后，大臣们却都忧心忡忡，知道这是什么意思。直到宠妃有子，才立皇后，显然是要以昭妃所生的长子为储君。他们又习惯性地开始未雨绸缪——昭妃是罪臣后代，她的孩子怎能登临大宝呢？日后恐怕难免长嫡之争。

在这节骨眼上，谢震推托身体不好，要辞官。歆儿大怒：“大将军正值盛年，身体有什么不好？不准！”

谢震笑道：“西征东战，周身伤痕累累，每逢风寒阴雨，遍体痛楚——这样的人即便是在盛年，也不过是拖着半废之躯妄自尊大罢了。自古英雄出少年，国内锐不可当的少年将领数不胜数，正等待陛下慧眼识英，大力拔擢。”

“大将军走到如今这位置，容易吗？”歆儿冷笑，“能这样轻易抛却？”

谢震坦然笑道："荣华富贵，高官厚爵……时运所致，岂能长踞？陛下如若爱惜微臣，请准臣急流勇退。微臣实在不愿待到垂垂老矣再致仕归乡，反辱一生豪情。"

见他抬起头，歆儿怔怔望进谢震眼里，忽然走神，想起了忘机刚给他生下的儿子。那孩子的脸在心上一晃，歆儿就转了念头。谢震请辞可能是件好事吧，总不能真留他一辈子。莫让他变成又一个琚含玄，害得皇家两代操心。

"可惜，可惜。"歆儿叹口气，便是准了，"大将军打算退隐何处？"

"谢家故里尚有产业，足够微臣觍颜终老。"

歆儿一笑："那么再赐你良田百顷，奴婢三百，金银百担，锦罗千匹，归乡颐养天年。"

父亲一辞官，谢胜也无心再留在宫中，隔三岔五向歆儿提出他也要辞官回家，奉养父亲。歆儿免不了又是一阵大怒："朕什么地方对不起你们谢家？看你们的样子，恨不得插翅飞走似的！你父亲守着百顷良田，金银满屋，奴婢成群，用得着你去养活？"

谢胜讨了几次没趣，依旧锲而不舍，终于把歆儿惹烦了，捉弄他道："你讨厌这座宫廷，是不是？好呀——把朱衣脱了，腰牌留下！你能自己走出宫门哪怕一步，我就不再留你！"

谢胜默不作声地照做，在两处宫门都碰了壁。门守即便认识他，没有见到腰牌、准条，也不敢放他出去。谢胜早知会是这样，怅怅地叹气。这事无望成功，可是他一定要做给歆儿看，让他明白自己的决心，也许他就会改变主意。

他边走边想，一抬头看见昭妃抱着小皇子在御苑中玩耍。谢胜过去施礼，昭妃盈盈笑道："找到放你通过的门了吗？"见谢胜的表情，她就明白了，招手让谢胜到身边，悄悄地在他耳边说了几句话。

"有这种事？"谢胜难以置信地看着昭妃，见她笑容和蔼，依稀有些太皇太妃的样子。

昭妃笑着在他手里塞了一样东西："你去试试看。结果会怎样，我可说不好。"

谢胜听了她的话，半信半疑地走到北门。门督正在巡检，猛地看见谢大将军的儿子直直走过来，有些摸不着头脑。谢胜鼓起勇气，向他清晰地说："中秋月，早春雷。边塞风雷隐，深宫、深宫——"

他心中恍惚飘过一个念头，啊了一声。

"深宫，明月生！"

歆儿气鼓鼓地来到北门时，看到谢胜正在门那边，谦逊地向他微笑。

"是哪个放他过去的？"歆儿愤愤的目光从众门卫面上一一扫过。

门督跪禀："启禀陛下——北门素来以印信、口令为凭。谢大人所持印信、所对口令一点不错，小人无从阻拦。"

"什么印信？"歆儿向谢胜瞪眼。谢胜急忙走上前，捧出一枚二指宽的扁长玉石，底侧阳刻一个“北”字。

“君无戏言。”他说，“请陛下准臣……”

“哼！”歆儿把石头向他怀中一丢，“你本事大，宫里留不住你了——走吧！”

谢胜笑逐颜开地跪谢圣恩，拿着玉石去还昭妃。

“你留着做个纪念。”昭妃仍抱着皇子在园中游玩，“这是那天晚上，太皇太妃戴在脖子上的。我怕丝带勒着她无法呼吸，为她解了下来。谁知道，再没有机会还给她。”

她一边逗孩子，一边说：“你可以拿走，宫里没人能用它了。”

“娘娘……”谢胜看着这位曾经教他打水漂的女子，真诚地说，“保重。”

谢胜说完，轻松愉快地离开。

他能看到的景象里，没什么可担心的，他看不到的地方，也轮不到他操心。在谢胜眼中，这个宫廷很安稳，四处荡漾着春日的暖芳，似乎能够一直保持明媚灿烂。

那时无论如何也想不到，两年之后就迎来了歆儿这个时代的终结。

垂佑五年称得上是一个天灾地孽、物怪人慌的糟年。

东边两个重镇接连颗粒无收，歆儿调拨两次，还广散了一回官仓的粮食，奈何各地歉收，拆了西墙也补不好东墙，反而让西墙也破了。大度调拨粮食只是连累更多的地方发生恐慌，总觉得自己地头上就指着这么些口粮过活，调到别处，本地也要支撑不住。

每天看着报荒的奏章，歆儿越来越沉不住气。他很想找一个痛斥的对象，很想找到问题的症结，下狠心一口气解决，让一切回归正常。

可是怪谁呢？怪他自己没有预测到灾荒吗？皇帝不是从事专门行当的人，他并不懂农学。

那么要怪他没有任用正确的人吗？义仓能够有粮可散，应该归功于大臣们建议存粮备荒。他们的办法很对，他也没有漠视这么好的主意。他们都没有错。遗憾的是，存入义仓的粮食太少了。

有贪官可杀，也好呀！至少让百姓对他有信心。可粮食不是被贪污，是大地只给了那么一点。平日紧巴巴攒下的一点点，怎么禁得住普天之下的百姓张口等着？

那么，只能怪天吧……歆儿悲观地将越来越多的时间花在仰望天空上。那个成为他所说的第一个字、成为他命运庇护者的天，难道要抛弃他了吗？

夏天又一次发生骚乱，这皇朝便如风雨中的鸟巢，摇摇欲坠。

东边两个重兵之镇供不上口粮，不只百姓剥树求食，守兵也人心惶惶。终于，一群饥民豁出性命，请开军仓。擅自开仓是死罪，镇将不敢做主。他的拒绝激怒了合境饥民，当下叫嚣着杀镇将、抢口粮。镇将眼看逃不过一死，开仓放粮之后，不待处罚便反了。

东国趁机大举兴兵，一口气打下东十二镇。

败绩传来，歆儿默了半晌才问：“谢大将军在哪儿？”

几名武将未想到他又惦念起谢震，面面相觑，如实回答道："谢家在东平郡内，此番不幸被东奴攻克。大将军若还幸存，恐怕也流落战地了。"

"那时若是没有放他还乡……"歆儿闭上眼，叹了口气。

若是没放他走，现在和日后需要担心的又是另一个问题了吧？

"我朝以戎马立国，大小名将不下百位。哪位将军能领兵，将东奴赶出国境？"歆儿大声问。

一名将领道："眼下朝廷骁勇之将多，善战之将少。东奴来势凶猛，只有守备西陲的睿将军堪当此任。"

"西边的素飒难道能怠慢吗？"歆儿摇头否决。这男人，已将伪国的地域扩展。从前只占北部一隅的伪国，如今已成为帝国的西邻了。

"恰好西边在竭力防御蛮族，未必能抽身出击。"

"不到万不得已，还是不要轻举妄动吧。"

歆儿与众将议至头昏脑涨，心情低落。散了一拨武将，又来一班文臣。

"四海扰扰，天下不安。请陛下下诏罪己，略安民心。"他们说。

"好吧。"歆儿有些疲惫，"写好了给朕看看。"

立刻有人呈上一沓——原来早有准备。

歆儿冷笑着展开，看了几项，脸色就变了："这第三条，'宠溺异姓之女，显贵罪臣之后'，是谁写的？把这旧账簿翻出来，想趁火打劫不成？"说着一把将草拟的底本扯成碎片，劈头盖脸向大臣们扔过去。

这便是他记忆中最后一次大发脾气。再往后，连发脾气的机会也所剩无多。

反击之战打得痛快淋漓，可惜也输得哀鸿遍野。听说敌人攻向京城，歆儿呆坐了很久。百僚跪请皇帝离京，为皇家正统保存血脉，以待日后重整山河。既然说出重整山河的话，那这山河毕竟是要保不住了吧！

皇后素氏悚然变色，力主皇帝应该留下鼓舞士气。他嫌恶地一甩袖子："我知道素氏的本事大，我们这些没本事的人，难道陪着你死？"

皇后呆了一呆，歆儿借机走了。皇后将后冠摘下，重重摔在地上，切齿道："皇天何其昏，令我嫁此人！"这位平日并不显山露水的皇后，竟无视皇帝，自带着丹茜宫卫尉与禁军，将京城保护起来。

歆儿一溜烟跑到耽翠宫，拉着昭妃的手，凉凉地笑道："忘机，我们不要这里了。我们再找一座都城，我为你盖另一座丹茜宫。你说，往哪里走好呢？"

昭妃甩开他的手，哀婉地说："陛下，天下虽大，一朝土崩瓦解，转瞬就没有你我的容身之处啊。"

"难道我不明白吗？"歆儿叹了口气，"输在这里，就再没法卷土重来了呀！"

尽管如此，他到底还是留下了。同皇后素氏唯一一次并肩作战，和平日一样，不合拍。京城沦陷之前，歆儿在偌大的宫中兜兜转转，在每一处留下叹息之后，终于带着亲近之人逃了。

离京正是夜晚，才逃出数里，就听见背后杀声震天。歆儿仓皇回顾，京城火光冲天，已被敌军攻破。

那火焰万丈之处，正是丹茜宫的方向。

世宗皇帝立志要炫耀四海、举国之力兴建的宫殿，素氏数百年来你争我夺的丹茜宫，向无尽夜空吐着熊熊烈焰。歆儿愣愣看了好一阵，直到随从急促地催他，他才黯然收回目光。

向北撤退的路并不好走。那一夜颠颠簸簸，歆儿也不知走到哪座山里，只见山脚下一道大河清波寒澈，向上看，满目的野草披霜。

“忘机，你来看！”他向车中柔声一唤，忘机病恹恹的身子慢慢探了出来。战败与逃亡正在折磨她的信念，这副躯体亦不堪承受日夜奔走的疲惫。歆儿想让她在无望之时记住这幅夜下美景，他残存的河山。

这青山绿水都是他的，可他此生一直用来抢它、守它，亲眼看到它的时候，才发觉相见恨晚，相留，大约也只是短短一夜。

歆儿与忘机相偎在河岸，潺潺流水是伴此孤宵的唯一音乐。歆儿有些遗憾，觉得总归少了什么。

“忘机，来打水漂吧！”

可是忘机连扬手的力气也没有了。歆儿看着一阵心酸，将她紧紧拥在怀里。

“陛下，原谅我。”忘机眼中噙着泪水。

“原谅你什么呢？”歆儿喉中一哽，“因为爱你，令天下不满？因为要立你的儿子为太子，让朝野震惊？因为听你的话死守京城，结果落败？忘机……这些是我甘愿的啊！”

“陛下，原谅我。”忘机的眼泪垂了下来，“我的荣华富贵，葬送了你的帝国。”

歆儿没有明白她话里的含义。

不知是愿自心生，还是清音自回忆里腾跃，似幻似真之中，依稀有一曲婉转悠扬的笛声，恍恍惚惚在山间飘荡。歆儿闭上眼睛，朦胧中认定与它似曾相识。是在哪里听过呢？

他闭上眼睛慢慢品味，思绪忽然飞回垂佑元年。

那一天既是他的生日天圣节，又是太皇太妃的生日奉圣节。两个圣节遇到一起，可谓少见。内宫外朝隆重地操办了一回，人人衣冠华丽，喜气洋洋……真是完美无缺的一天啊！

宴席之中众臣戏谑，非要谢大将军出一段才艺贺寿。大将军推辞不过，从袖子里摸出一支玉笛——十分漂亮的翠玉，一看就知道它定会发出绝妙的声音。

没想到大将军也是个风雅的人，一曲笛子吹得妙不可言。那曲子很特别，却连宫中乐师亦不识得，只觉比世间曲调更为哀婉一些。一曲终了，席间无不赞叹服膺，唯有太皇太妃微微笑着说："真是寂寞的笛声，将那送秋的心意表露无遗。可惜有个地方吹得不够雅致。"说罢接过大将军的笛子，重新吹了一遍——技艺竟压过了大将军。

这一幕让来访的南国使者惊骇不已。据说，回国之后还将此作为北地风化未开、君臣男女大防不及南国严密的证据，到处去传。

忘机倚在歆儿肩头，虚弱地说："那曲子——只听大将军与太皇太妃吹过呢。"

"啊！"歆儿这才知道笛音并非来自遐思。

万籁俱静之中仍然如此稀微，不知是绕过几座山梁，乘着哪个方向的风而来。依稀能听出，有两段笛声和鸣。不一会儿就消失得无踪无影，似是被风一吹，退回了久远的记忆，仅供珍藏，不容亵渎。

就像那两个人，明知是在的，可是轻易遇不到了。

"好好一首寂寞的曲子，被他们吹得一点也不寂寞，糟蹋啦！"歆儿苦笑时，喉中不知怎的，有些哽咽——如果没有记错，这天是他和另一个人的生日。

垂佑五年的所有美好，便在这梦幻般的一晚谢幕。此后的颠沛流离、妻离子散让他再没有力气回首前尘。儿时心中勾勒出的帝王之姿，是否依然值得赌上一生？阖目之前，他仰望苍天，凄然一笑。

这一生，竟然只是重重地写下了覆天的一笔。

图书在版编目（CIP）数据

一年天下 / 煌瑛著 . -- 杭州 : 浙江文艺出版社 ,
2019.10

ISBN 978-7-5339-5804-6

Ⅰ . ①一… Ⅱ . ①煌… Ⅲ . ①长篇小说－中国－当代
Ⅳ . ① I247.5

中国版本图书馆 CIP 数据核字 (2019) 第 189213 号

YINIAN TIANXIA

一年天下

煌瑛　著

出版发行　浙江文艺出版社
地　　址　杭州市体育场路 347 号（邮编 310006）
网　　址　www.zjwycbs.cn

责任编辑　瞿昌林
责任印制　张丽敏
封面设计　归　鱼 46设计 QQ:1067244694
内文版式　风吹雪
封面插画　白　岫 不语氏

印　　刷　三河市嘉科万达彩色印刷有限公司
经　　销　浙江省新华书店集团有限公司
开　　本　710 毫米 ×1000 毫米　1/16
字　　数　1253 千字
印　　张　59
版　　次　2019 年 10 月 第 1 版
印　　次　2019 年 10 月 第 1 次印刷
书　　号　ISBN 978-7-5339-5804-6
定　　价　128.00 元（全三册）